诗三百解题 上

陈子展 撰

复旦大学出版社

陈子展先生（1898—1990）

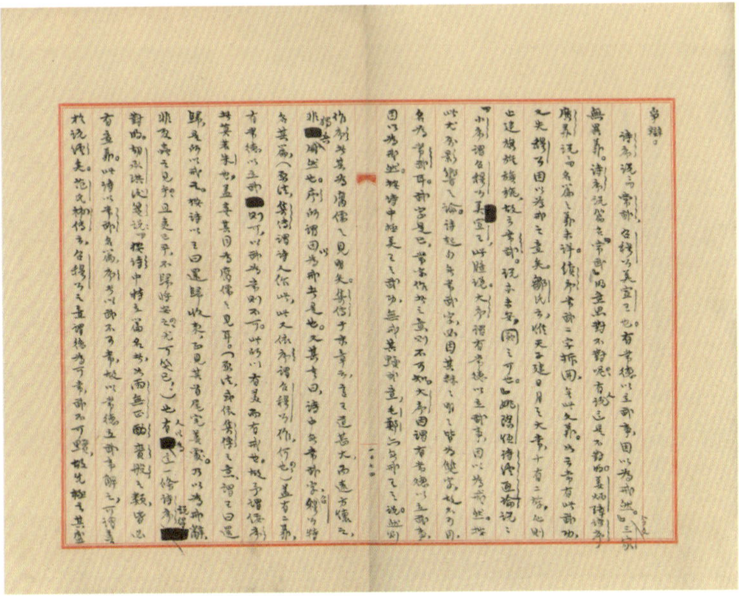

陈子展先生手稿

出版说明

《诗经》，共三百零五篇，简称"诗三百"，或"三百篇"，是中国最早的一部诗歌总集。编成于春秋时代，反映了周初至春秋中叶五百多年间的社会生活。长期以来，《诗经》一直受到很高的评价，它不仅对二千多年来中国文学的发展具有深广的影响，而且是珍贵的古代史料。

陈子展先生生前浸淫于《诗经》研究，本书是他继《诗经直解》之后又一部治《诗》的力作。全书共分三十卷，依次对《诗经》各篇的写作主旨、作者以及写作时间、社会背景等进行了极为全面而深入的探讨。在研究中，作者既总结旧学，综合前人成说加以批评；又融会新知，凡现代人文社会科学家和自然科学领域研究成果，有涉《诗》义可资取证者，见闻所及亦皆网罗。全书征引浩博，考论精审，颇多创获，具有很高的学术价值。

本书据复旦大学出版社2001年版重新整理，改为简体字版。书中经文及解题，在不引起歧义的前提下，均改为简体字。此外，本版对原版中发现的文字、标点错误进行了修改，对部分引文做了补充加工，并以编注的形式增补了原版中略去的一些研究资料。疏漏之处，敬祈读者批评指正。

复旦大学出版社
2024 年 6 月

目录

诗三百解题卷一

周南　毛诗国风 …………………………………… 1
　关雎 ……………………………………………… 1
　葛覃 ……………………………………………… 6
　卷耳 ……………………………………………… 9
　樛木 ……………………………………………… 15
　螽斯 ……………………………………………… 16
　桃夭 ……………………………………………… 18
　兔罝 ……………………………………………… 19
　芣苢 ……………………………………………… 21
　汉广 ……………………………………………… 23
　汝坟 ……………………………………………… 27
　麟之趾 …………………………………………… 28

诗三百解题卷二

召南　毛诗国风 …………………………………… 31
　鹊巢 ……………………………………………… 31
　采蘩 ……………………………………………… 34
　草虫 ……………………………………………… 36
　采蘋 ……………………………………………… 38
　甘棠 ……………………………………………… 40
　行露 ……………………………………………… 43
　羔羊 ……………………………………………… 45

殷其靁	46
摽有梅	47
小星	50
江有汜	51
野有死麕	55
何彼襛矣	59
驺虞	64

诗三百解题卷三

邶　毛诗国风	70
柏舟	70
绿衣	73
燕燕	74
日月	77
终风	79
击鼓	81
凯风	82
雄雉	86
匏有苦叶	87
谷风	89
式微	91
旄丘	93
简兮	94
泉水	97
北门	98
北风	100
静女	101
新台	106

二子乘舟 ·················· 109

诗三百解题卷四

鄘　毛诗国风 ················ 114

　　柏舟 ····················· 114

　　墙有茨 ··················· 115

　　君子偕老 ················· 117

　　桑中 ····················· 118

　　鹑之奔奔 ················· 122

　　定之方中 ················· 123

　　蝃蝀 ····················· 126

　　相鼠 ····················· 128

　　干旄 ····················· 130

　　载驰 ····················· 134

诗三百解题卷五

卫　毛诗国风 ················ 139

　　淇奥 ····················· 139

　　考槃 ····················· 141

　　硕人 ····················· 144

　　氓 ······················· 145

　　竹竿 ····················· 152

　　芄兰 ····················· 153

　　河广 ····················· 155

　　伯兮 ····················· 157

　　有狐 ····················· 159

　　木瓜 ····················· 162

诗三百解题卷六

王 毛诗国风 …………………………………… 167
 黍离 …………………………………………… 167
 君子于役 ……………………………………… 173
 君子阳阳 ……………………………………… 175
 扬之水 ………………………………………… 178
 中谷有蓷 ……………………………………… 182
 兔爰 …………………………………………… 185
 葛藟 …………………………………………… 186
 采葛 …………………………………………… 190
 大车 …………………………………………… 194
 丘中有麻 ……………………………………… 196

诗三百解题卷七

郑 毛诗国风 …………………………………… 204
 缁衣 …………………………………………… 204
 将仲子 ………………………………………… 207
 叔于田 ………………………………………… 215
 大叔于田 ……………………………………… 216
 清人 …………………………………………… 218
 羔裘 …………………………………………… 220
 遵大路 ………………………………………… 221
 女曰鸡鸣 ……………………………………… 223
 有女同车 ……………………………………… 224
 山有扶苏 ……………………………………… 226
 萚兮 …………………………………………… 230
 狡童 …………………………………………… 232

褰裳 ………………………………………… 235

丰 ………………………………………… 237

东门之墠 ………………………………… 239

风雨 ……………………………………… 240

子衿 ……………………………………… 242

扬之水 …………………………………… 244

出其东门 ………………………………… 246

野有蔓草 ………………………………… 248

溱洧 ……………………………………… 251

诗三百解题卷八

齐 毛诗国风 ………………………… 257

鸡鸣 ……………………………………… 257

还 ………………………………………… 260

著 ………………………………………… 262

东方之日 ………………………………… 265

东方未明 ………………………………… 266

南山 ……………………………………… 268

甫田 ……………………………………… 270

卢令 ……………………………………… 272

敝笱 ……………………………………… 275

载驱 ……………………………………… 277

猗嗟 ……………………………………… 280

诗三百解题卷九

魏 毛诗国风 ………………………… 286

葛屦 ……………………………………… 286

汾沮洳 …………………………………… 288

园有桃	291
陟岵	293
十亩之间	295
伐檀	299
硕鼠	301

诗三百解题卷十

唐 毛诗国风 …… 305

蟋蟀	305
山有枢	309
扬之水	311
椒聊	315
绸缪	317
杕杜	319
羔裘	321
鸨羽	323
无衣	325
有杕之杜	327
葛生	329
采苓	331

诗三百解题卷十一

秦 毛诗国风 …… 336

车邻	336
驷驖	338
小戎	340
蒹葭	343
终南	346

黄鸟 …………………………………… 350
晨风 …………………………………… 355
无衣 …………………………………… 358
渭阳 …………………………………… 362
权舆 …………………………………… 364

诗三百解题卷十二

陈 毛诗国风 …………………………………… 366
  宛丘 …………………………………… 366
  东门之枌 …………………………………… 368
  衡门 …………………………………… 370
  东门之池 …………………………………… 372
  东门之杨 …………………………………… 374
  墓门 …………………………………… 376
  防有鹊巢 …………………………………… 377
  月出 …………………………………… 378
  株林 …………………………………… 381
  泽陂 …………………………………… 385

诗三百解题卷十三

桧 毛诗国风 …………………………………… 389
  羔裘 …………………………………… 389
  素冠 …………………………………… 391
  隰有苌楚 …………………………………… 394
  匪风 …………………………………… 396

诗三百解题卷十四

曹 毛诗国风 …………………………………… 399

蜉蝣	399
候人	403
鸤鸠	406
下泉	408

诗三百解题卷十五

豳 毛诗国风 …… 412

- 七月 …… 412
- 鸱鸮 …… 421
- 东山 …… 427
- 破斧 …… 430
- 伐柯 …… 434
- 九罭 …… 435
- 狼跋 …… 436

诗三百解题卷十六

鹿鸣之什 毛诗小雅 …… 441

- 鹿鸣 …… 441
- 四牡 …… 446
- 皇皇者华 …… 449
- 常棣 …… 451
- 伐木 …… 454
- 天保 …… 458
- 采薇 …… 460
- 出车 …… 462
- 杕杜 …… 467
- 鱼丽 …… 469

诗三百解题卷十七

南有嘉鱼之什　毛诗小雅 …… 473

　南有嘉鱼 …… 473
　南山有台 …… 475
　蓼萧 …… 476
　湛露 …… 481
　彤弓 …… 483
　菁菁者莪 …… 485
　六月 …… 488
　采芑 …… 493
　车攻 …… 497
　吉日 …… 499

诗三百解题卷十八

鸿雁之什　毛诗小雅 …… 501

　鸿雁 …… 501
　庭燎 …… 503
　沔水 …… 505
　鹤鸣 …… 508
　祈父 …… 511
　白驹 …… 514
　黄鸟 …… 517
　我行其野 …… 520
　斯干 …… 523
　无羊 …… 527

诗三百解题卷十九

节南山之什　毛诗小雅 …… 532
 节南山 …… 532
 正月 …… 535
 十月之交 …… 539
 雨无正 …… 546
 小旻 …… 551
 小宛 …… 553
 小弁 …… 558
 巧言 …… 563
 何人斯 …… 565
 巷伯 …… 571

诗三百解题卷二十

谷风之什　毛诗小雅 …… 576
 谷风 …… 576
 蓼莪 …… 578
 大东 …… 579
 四月 …… 581
 北山 …… 585
 无将大车 …… 589
 小明 …… 591
 鼓钟 …… 593
 楚茨 …… 597
 信南山 …… 600

诗三百解题卷二十一

甫田之什　毛诗小雅 …………………………………… 604

　甫田 ………………………………………………………… 604

　大田 ………………………………………………………… 606

　瞻彼洛矣 …………………………………………………… 613

　裳裳者华 …………………………………………………… 617

　桑扈 ………………………………………………………… 618

　鸳鸯 ………………………………………………………… 620

　頍弁 ………………………………………………………… 622

　车舝 ………………………………………………………… 625

　青蝇 ………………………………………………………… 627

　宾之初筵 …………………………………………………… 631

诗三百解题卷二十二

鱼藻之什　毛诗小雅 …………………………………… 636

　鱼藻 ………………………………………………………… 636

　采菽 ………………………………………………………… 639

　角弓 ………………………………………………………… 641

　菀柳 ………………………………………………………… 643

　都人士 ……………………………………………………… 644

　采绿 ………………………………………………………… 647

　黍苗 ………………………………………………………… 650

　隰桑 ………………………………………………………… 652

　白华 ………………………………………………………… 654

　绵蛮 ………………………………………………………… 657

　瓠叶 ………………………………………………………… 659

　渐渐之石 …………………………………………………… 662

苕之华 664

何草不黄 665

诗三百解题卷二十三

文王之什　毛诗大雅 668

文王 668

大明 674

绵 682

棫朴 687

旱麓 689

思齐 691

皇矣 693

灵台 697

下武 704

文王有声 707

诗三百解题卷二十四

生民之什　毛诗大雅 711

生民 711

行苇 719

既醉 725

凫鹥 727

假乐 730

公刘 732

泂酌 741

卷阿 745

民劳 752

板 755

诗三百解题卷二十五

荡之什　毛诗大雅 …………………………………… 760

荡 ……………………………………………………… 760
抑 ……………………………………………………… 765
桑柔 …………………………………………………… 772
云汉 …………………………………………………… 775
崧高 …………………………………………………… 781
烝民 …………………………………………………… 786
韩奕 …………………………………………………… 791
江汉 …………………………………………………… 801
常武 …………………………………………………… 805
瞻卬 …………………………………………………… 810
召旻 …………………………………………………… 814

诗三百解题卷二十六

清庙之什　毛诗周颂 …………………………………… 818

清庙 …………………………………………………… 818
维天之命 ……………………………………………… 822
维清 …………………………………………………… 823
烈文 …………………………………………………… 826
天作 …………………………………………………… 828
昊天有成命 …………………………………………… 831
我将 …………………………………………………… 836
时迈 …………………………………………………… 837
执竞 …………………………………………………… 840
思文 …………………………………………………… 841

诗三百解题卷二十七

臣工之什　毛诗周颂 …… 846
  臣工 …… 846
  噫嘻 …… 848
  振鹭 …… 850
  丰年 …… 853
  有瞽 …… 855
  潜 …… 857
  雍 …… 861
  载见 …… 864
  有客 …… 866
  武 …… 868

诗三百解题卷二十八

闵予小子之什　毛诗周颂 …… 874
  闵予小子 …… 874
  访落 …… 876
  敬之 …… 877
  小毖 …… 878
  载芟 …… 880
  良耜 …… 883
  丝衣 …… 889
  酌 …… 892
  桓 …… 894
  赉 …… 895
  般 …… 897

诗三百解题卷二十九

駉　毛诗鲁颂 ··· 901
　駉 ··· 901
　有駜 ··· 904
　泮水 ··· 905
　閟宫 ··· 909

诗三百解题卷三十

那　毛诗商颂 ··· 916
　那 ··· 916
　烈祖 ··· 922
　玄鸟 ··· 924
　长发 ··· 928
　殷武 ··· 932

诗三百解题卷一

周南　　毛诗国风

关　雎

关关雎鸠，在河之洲。窈窕淑女，君子好逑！
参差荇菜，左右流之。窈窕淑女，寤寐求之。
求之不得，寤寐思服。悠哉悠哉！辗转反侧。
参差荇菜，左右采之。窈窕淑女，琴瑟友之。
参差荇菜，左右芼之。窈窕淑女，钟鼓乐之。

【解题】

《关雎》，乐得淑女以配君子之诗。篇名为什么叫做《关雎》呢？《孔疏》说："《关雎》者，诗篇之名。……《金縢》云：'公乃为诗以贻王，名之曰《鸱鸮》。'然则篇名皆作者所自名。既言为诗，乃云名之，则先作诗，后为名也。名篇之例，义无定准。多不过五，少才取一。或偏举两字，或全取一句。偏举则或上或下，全取则或尽或余。亦有舍其篇首，撮章中之一言。或复都遗见文，假外理以定称。《黄鸟》显绵蛮之貌，《草虫》弃喓喓之声。'瓜瓞'取绵绵之形，《瓠叶》舍番番之状。'夭夭'与桃名而俱举，'蚩蚩'从氓状而见遗。《召旻》、《韩奕》则采合上下，《驺虞》、《权舆》则并举篇末。其中踳驳，不可胜论。岂古人之无常，何立名之异与？以作非一人，故名无定目。"他说古诗人先作诗，后为名，不错。他说名篇之例也大致不错，但不必都是作者自名。我想，这大都是采诗或陈诗的人所加，乃至编诗或删诗的人所定，《关雎》篇名当是一例。

雎鸠是什么鸟？王铚《默记》说："李公弼，字仲修，登科初，任大名府同县尉。因检验村落，见所谓鱼鹰者飞翔水际，问小吏。曰：'此关雎(当云雎鸠)也。'……仲修令探取其窠观之,皆一窠二室,盖雄雌各异居也。……仲修且叹:村落犹呼曰关雎,……学者不复辨矣!"宋时大名府的村民小吏尚知道有鱼鹰,鱼鹰就是雎鸠。而大儒不识雎鸠,如郑樵、朱熹说它是凫类,他如王质疑它不是鸤鸠就是鸰鸠。难道王铚根据当时已经出现的伪托师旷《禽经》,故意编造一个故事,来和他同时的学者们开玩笑吗?

任谁读过清人陈大章《诗传名物集览》一书的,只见关于雎鸠一鸟争讼纷呶,恐怕难免头痛。他在最后还说:"《长笺》谓王雎如鸭,《风土记》疑为苍鹦,近代冯元敏谓状似鸳鸯,《通雅》定为属玉,盖名得其形似。而郝氏指为布谷,钱氏以为杜鹃,则又拟非其伦矣。"他自己不是也仅被王志长、冯元敏、方以智、郝敬、钱澄之等晚近诸家之说,就已弄得有些头昏眼花了吗?他说的"得其形似",倒是"拟非其伦"。所说"拟非其伦",却是不错。

最初《毛传》说:"雎鸠,王雎也。"《尔雅·释鸟》说:"鴡鸠,王鴡。"不同的只是雎写作鴡。郭注说:"雕类,今江东呼之为鹗。好在江渚山边食鱼。《毛诗传》曰:'鸟挚而有别。'"这已明确说出了雎鸠就是鹗。《孔疏》引《陆疏》说:"雎鸠,大小如鸱,深目,目上骨露,幽州人谓之鹫。而扬雄、许慎皆曰白鹢,似鹰,尾上白。"从扬雄、许慎说它是白鹢,陆玑说它是鹫,到了郭璞才说它是鹗,把他们说的改正过来了。

最后王先谦《集疏》说:"愚案《说文》鹢下云:'白鹢,王鴡也。'段玉裁注谓转写之误。案:'王鴡也'三字缘下科'鴡'字注误衍,段说是也。《广韵》:'白鹢善捕鼠,与捕鱼之鴡是二物。'《禽经》:'鴡鸠,鱼鹰。'郝懿行《尔雅义疏》云:'能扇波令鱼出食之,故《淮南·说林训》谓之沸波。'邵晋涵《尔雅正义》云:'《史记正义》:王鴡,金口鹗也。今鹗鸟能翱翔水上,捕鱼而食,后世谓之鱼鹰。其鸣缓而和顺,与白鹢相似,而色苍,非即白鹢也。'参稽众说,是鴡鸠即鱼鹰矣。"他总结了清代几个汉学家之说,所作结论算是正确的。

按古训,白鹢、鹫、鹗,都属鹰雕之类;用现代的术语来说,都属隼形目。所谓白鹰，郝懿行以为就是俗名白鹞子或风鹞子、白尾鹞的一种鸟。不错，白鹰、白尾鹞常飞掠大平原、大草地，觅食田鼠、小鸟、昆虫之类，却不一定在河之洲飞鸣徘徊。所谓鹫、秃鹫，栖息高山悬崖，性好孤独，好吃鸟兽的尸体，不会在河之洲雌雄和鸣。只有所谓鹗、鱼鹰，常在江河湖沼及海滨一带飞翔，看见水中有饵就直下水面，用脚爪掠之而去。趾具锐爪，趾底遍生细刺，外趾又能由前后反转。这些都适宜于捕鱼。从其生态上来看，它最和诗说的"关关雎鸠，在河之洲"整句的意义相合。更值得注意的，是和这诗的比兴之义切合。雎鸠就该是鹗是鱼鹰了。这种鸟在湖南方言叫作鱼鹰，见郭嵩焘《湘阴县图志》。至鹈形目鸬鹚科的鸬鹚也叫鱼鹰，今人有说这诗鱼鹰就是鸬鹚的，那也错了。

说到雎鸠比兴之意，这就更难说了。诗人往往特别敏感，联想异常发达。"感物造端"，发端便借物起兴，作者未必自知其所以然；他人揣摩作解，更不尽可靠。在三百篇中，《毛传》说是"兴也"的共有一百十六篇之多。《毛传》未必尽得诗旨，笺疏《毛传》的人也未必都得《传》意。"他人有心，予忖度之"，忖度终归是忖度。比如说，"关关雎鸠，在河之洲"，下文紧接"窈窕淑女，君子好逑"，雎鸠和君子淑女有什么相干？这在文义上怎么申讲下去呢？《毛传》止简单地说一句"兴也"，看来他认为上下文义是相联贯的。古人说《诗》义的所谓兴，所谓比兴之义，犹今人说象征，说象征主义。想是大毛公认为诗人用关关双叫、"二鸟和鸣"的雎鸠，作为君子淑女求爱的象征，所以说是"兴也"。

倘若再从那时的社会阶级来分析，君子和小人原是两个敌对阶级——统治阶级与被统治阶级的专名，《孟子》一书里解释得已够明确。君子原指统治阶级或有位之称，引申为有德之称，再引申为"妇女谓夫为君子，上下之通名"，如《孔疏》所说。《关雎》中"君子"当是本义而不是引申义，尽管你不承认古人说这君子是指王者、文王，淑女是指后妃、太姒。但是你不能不承认这诗说的君子淑女是少爷小姐一流，属于社会上层的贵族；而不是一般匹夫匹妇，属于社会下层的庶民。

这话怎讲？我们已经说过雎鸠是一种鸷鸟了。从兴义上再进一步来说：《左传》昭公十七年记载郯子朝鲁，他答复昭子在宴会上提出的上古名官的问题，末了记及孔子学官于郯子。郯子说上古时代少皞氏以鸟名官，"雎鸠氏，司马也"。按司马主兵又主法制，兵刑大权都掌握了，可以推知官名雎鸠氏，它的古义实是权力的象征。我想还应该说，雎鸠氏乃是指上古原始社会里把雎鸠猛鸟作为图腾的一个氏族部落或其酋长。《关雎》诗人当是以很猛鸷的雎鸠来象征有权威的君子。那么，这位君子不是指贵族又是指什么？《晦庵诗说》道："或言今人作诗，多要有出处。曰'关关雎鸠'，出在何处？"不错，本来作诗无须有出处，而《关雎》可能有出处，就出在雎鸠氏的这一典记上。

倘若再从字句训诂上来说：按《郑笺》，窈窕淑女，是"幽闲处深宫贞专之善女"。这决不是小家碧玉。"琴瑟在堂，钟鼓在庭"，又岂是筚门圭窦、瓮牖绳枢的民间房屋所有陈设？总之，我们不从那时社会阶级上来分析，了解到君子淑女是何等人物，他们所赖以生活的事物打上什么阶级烙印，我们不从动物学上了解到雎鸠是什么鸟，并从我国上古史学上了解到以雎鸠氏名官是什么意义，就无从了解到《关雎》一诗。我想无论任何学者要对《诗经》作一番研究，首先下手就会遇到这么一个难题。

这里，略评关于《诗序》的主要的几说。《诗序》："《关雎》，乐得淑女以配君子"，止此一句已足，已把这诗的主题道着了。其他都是多余的话，还带来一些错误。比如劈头第一句就说"《关雎》，后妃之德也"。这话太强调了，就有"壹以后妃为主而不复知有文王"之失，诚如朱熹《辨说》所指出。何况这诗未必和文王、太姒有关呢？

至若朱熹以为这诗"虽若专美太姒，而实以深见文王之德"，应将文王、太姒并提掺合。他在《集传》里说："周之文王生有圣德，又得圣女姒氏以为之配。宫中之人于其始至，见其有幽闲贞静之德，故作是诗。"他把文王、太姒美化了，理想化了，还是局限于封建主义修身、齐家、治国、平天下的一套大道理以内，犯了《诗序》同样的毛病。李超孙

《诗氏族考》说:"若以淑女为后妃,君子为文王,则失之矣。考《大戴礼》,文王十五而生武王,前此(文王十三)已有伯邑考。计文王未取后妃之时,年尚幼冲,宫中乃先有琴瑟钟鼓与夫宫妾之盛,且思其配至于展转反侧,毋乃迩色之蚤乎?郝氏敬辩之,最为确当。"试问文王当十一二岁童年时就和太姒大闹恋爱至于如此,岂足为训,而夸什么王者之化、后妃之德?何况太姒是文王元妃还是继妃也有问题!(参看《大雅·文王之什·大明解题》)宋儒解《关雎》多闹笑话,再举一例。沈朗奏《关雎》,夫妇之诗,颇嫌狎亵,不可冠《国风》,故别撰《尧》、《舜》二诗以进。而理宗嘉之,赐帛百匹。如此腐儒不是迂谬已极吗?

至于今文三家说,都以为《关雎》是"刺时"。到了魏源竟说成"当殷之末世","当文王与纣之时","以求贤妃配君子讽刺王室",意似以为刺纣,这恐怕是错了的。最后王先谦《集疏》说:"综览三家,义归一致。盖康王时,当周极盛。一朝晏起,应门之政不修,而鼓桴无声。后夫人璜玉不鸣,而去留无度。固人君倾色之咎,亦后夫人淫色专宠致然。毕公王室荩臣,睹衰乱之将萌,思古道之极盛:由于贤女性不妒忌,能为君子和好众妾,其行侔天地,故可配至尊为宗庙主。今也不然,是无以奉神灵之统,而理万物之宜。陈往讽今,主文谲谏,言者无罪,闻者足戒。《风》人极轨,所以取冠全《诗》。《毛传》匿刺扬美,盖以为陈贤圣之化,则不当有讽谏之词,得粗而遗其精,斯巨失矣。"这里综述三家义,主要是《鲁诗》义,以为《关雎》是康王好色,毕公刺晏起而作,可算转述得不错,尽管三家义本身不见得不错。因为这诗实在不含讽刺意味,并不见得"《毛传》匿刺扬美","得粗而遗其精",除非论者胸中先存《诗》今古文门户之见。若说是"陈往讽今","以美为刺","美在此则刺在彼",那也是龚橙《诗本谊》所说"此诵诗谊","瞽矇讽诵之谊",不是作诗谊。

总之,《关雎》只是乐得淑女以配君子的诗,当是西周作品。无疑的原是关于歌咏社会上层男女恋爱的诗,因而统治阶级作为房中乐章。但不一定是歌咏"后妃之德"、"王者之化",为"后妃所自作",或

"宫中之人"所作；也不一定是"刺时"，或毕公为刺康王好色晏朝而作。便是今之学者以为《关雎》只是描写一般人民的恋爱的作品，也不一定算得正确，因为至今还不见说出所以正确的理由。倘若说，这是民风，就是朱熹说的"民俗歌谣之诗"的一例。是的，这倒也像是求爱的山歌，也和调情的小夜曲相仿佛。那么，诗中所谓君子淑女，正和后世小说戏曲里所谓才子佳人、公子小姐一样，在两性关系上各自反映了当时占优越地位的阶级，并且各自反映了当时占统治地位的思想，而作者可不一定就是君子淑女一流。这样说来，就该说通了罢。

葛　覃

葛之覃兮，施于中谷，维叶萋萋。黄鸟于飞，集于灌木，其鸣喈喈。

葛之覃兮，施于中谷，维叶莫莫。是刈是濩，为絺为绤，服之无斁。

言告师氏，言告言归。薄污我私，薄浣我衣。害浣害否？归宁父母！

【解题】

《葛覃》，也当是关于当时统治阶级婚姻的诗，更具体一点来说，当是关于大夫妻从嫁时到嫁后一段时期的生活之诗。

这诗末章首句说："言告师氏，言告言归。"按《礼记》，师氏为三母之一。《内则》说："异为孺子，室于宫中。择于诸母与可者，必求其宽裕、慈惠、温良、恭敬、慎而寡言者，使为子师。其次为慈母，其次为保母。皆居子室，他人无事不往。"《孔疏》说："此文虽据诸侯，其实亦兼大夫、士也，但士不具三母耳，大夫以上则具三母。"可知当时自大夫以上的统治阶级都可能于子室中有师氏。古文《毛序》说这诗说的是"后妃之本"；主张今文三家中鲁说者，说"是亦士大夫婚姻之诗"。究竟哪一说对呢？他如方玉润《诗经原始》说："盖此亦采之民间,与《关雎》同为房中乐,前咏初昏,此赋归宁耳。"以为诗说"民间妇道",不知道他怎么能够解通"言告师氏"一句。倘问这诗是否采之民间,鄙见已略具上篇解题的结尾了。

这诗末章结句说"归宁父母",这话怎讲？《毛传》于上"言归"之归,说"妇人谓嫁曰归";于下"归宁"之归,又说"父母在,则有时归宁耳",凡九字。还未出嫁就说归宁,实于事理不合。段玉裁说："或云,此九字恐后人所增。"到了陈奂,就说："此九字是《笺》语窜入《传》文耳。"他把诗两归字都解作嫁。又特将《诗序》这么断句："尊敬师傅则可以归,安父母,化天下以妇道也。"说是"既嫁而宁父母,所谓无父母诒罹也"。总之,他要证成《诗序》和《毛传》一致,就不得不说："古者后夫人三月庙见,使大夫宁,有宁父母礼,无归宁父母礼。《左传》归宁,春秋时制,文王初年不当有此。且此篇三章皆言后妃在父母家事,唯末句才说到嫁耳。若作'归宁'连文解,大失经旨。"这是《毛诗》一说,说来实属牵强。惠周惕《诗说》驳斥了《毛传》"父母在则有时归宁",以为古无归宁之礼,并疑《昏礼》不载归宁之条。还以为《诗》说"归宁父母",《序》说"归安父母",这都是"盖以其为女知其能为妇,所谓无父母诒罹"的意思,"《序》说自长"。翁方纲《诗附记》已讥其固。而段、陈师弟子宗主《毛诗》,想是受了其乡老前辈这说的影响,就疑《毛传》原无归宁之文,乃后人增窜,而不知其说的牵强不可通！

朱熹《辨说》以为"此诗之《序》首尾皆是,但其所谓在父母家者一句为未安"。又在《集传》说："此诗后妃所自作,故无赞美之辞。然于此可以见其已贵而能勤,已富而能俭,已长而敬不弛于师傅,已嫁而孝不衰于父母。是皆德之厚,而人所难也。《小序》以为后妃之本,庶几近之。"他怎么知道这诗是后妃自作的呢？倘若说是因为无赞美之辞,那么,但述事实,不加评论,使人读了见其有勤、俭、敬、孝的美德,不是赞美得更巧吗？何况作者是后妃,还是别一阶层的妇人乃至男人,都很难说呀！朱熹一说也不可靠。

我想，这诗今文三家中鲁说比较可信。比如《诗序》"归安"二字，诗"归宁"三字，各为一词，都不可以割裂来说；言归之归字即归宁之归字，不可析作两解；否则于此章文义串讲不通。鲁说以为归宁是指大夫妻，这一解释当是不错。王先谦《集疏》说："《公羊》庄二十七年《传》何休《解诂》云：'诸侯夫人尊重，既嫁，非有大故不得反。惟自大夫妻，虽无事，岁一归宁。'徐彦《疏》：'自，从也。言从大夫妻以下，即《诗》云"归宁父母"是也。诗是后妃之事，而云大夫妻者，何不信《毛叙》故也。'案古天子、诸侯夫人皆不归宁。《穀梁》以妇人既嫁逾竟为非礼，《传》凡八见。……在西周之初，自无后妃归宁之事，毛说疑与礼不合。惟大夫妻有归宗之道，见《礼·丧服传》。又《郑志》答赵商曰：'妇人有归宗，谓目其家之为宗者，大夫称家。'与《解诂》合。详诗旨，以鲁为长。"可见鲁说以为这诗是咏大夫妻事，而和后妃无关。这就避免了后妃可否归宁的问题。又说："《古文苑》蔡邕《协和婚赋》云：'……《葛覃》恐其失时，《摽梅》求其庶士。唯休和之盛代，男女得乎年齿。婚姻协而莫违，播欣欣之繁祉。'徐璈云：'赋意盖以葛之长大而可为絺绤，如女之及时而当归于夫家，刘濩污浣，且以见妇功之教成也。故与《摽梅》并称。是亦士大夫婚姻之诗，与何休谓归宁非诸侯夫人之礼者义同，鲁家之训也。'愚案，徐说是也。蔡赋'恐失时'用首章诗意，次章已嫁，三章归宁，正美其不失时。玩赋末四语，归美意可见。……《乡饮酒》《燕礼》郑注：'《葛覃》言后妃之职。'此推言房中乐歌义例，若用以说诗，则不可通。以浣衣、归宁皆非后妃事也。"据鲁说，《葛覃》是关于大夫家婚姻之诗。《诗序》说《关雎》后妃之德，《葛覃》后妃之本，只是作为乐章的意义。以下凡诗与后妃夫人无关，而《诗序》指为后妃夫人者，皆当作如是解。又说："鲁、齐'敇'作'射'。齐说曰：射，厌也。言己愿采葛以为君子之衣，令君子服之无厌，言不虚也。""云'为衣令君子服之'者，是以为女适人后事，较《笺》云'在父母家习絺绤烦辱之事'者，其义为长。此齐说也。"按郑玄既以《齐诗》说注《礼》，又以《毛序》说注《诗》，故同说《葛覃》一诗，不免前后自相矛盾。龚橙尝讥"晁说之遂误谓三家以《关雎》之三、《鹊巢》之三、《鹿鸣》之三皆刺康王,则误以诵诗为作诗谊。"不料精通三家说如魏源《集义》同有此误。并且误以诗之合乐谊为作诗谊,所以就说"《葛覃》,后妃之本"了。到了王先谦才得改正。

卷　耳

采采卷耳,不盈顷筐。嗟我怀人,寘彼周行。
陟彼崔嵬,我马虺隤。我姑酌彼金罍,维以不永怀!
陟彼高冈,我马玄黄。我姑酌彼兕觥,维以不永伤!
陟彼砠矣,我马瘏矣,我仆痡矣,云何吁矣!

【解题】

《卷耳》,"此必大夫行役,其室家念之之词"(何琇《樵香小记》)。这里略举今文三家说为证:当时大夫有仆有马,也可以有金罍。许慎《五经异义》六,言罍制,引《韩诗》说:"金罍,大器也。天子以玉,诸侯大夫皆以金,士以梓。"其中大器,《孔疏》引作大夫器。可证金罍可为大夫有,不必为诸侯所专有,或文王所独有。安知这诗不是说的大夫行役呢?《焦氏易林·乾之革》说:"玄黄虺隤,行者劳罢。役夫憔悴,逾时不归。"此《齐诗》说。蔡邕《述行赋》说:"仆夫疲而劬劳兮,我马虺颓以玄黄。"此《鲁诗》说。都用了《卷耳》诗中所说行役的词意。罗愿《尔雅翼》三说:"盖采采卷耳,职之贱者。《淮南子》(《览冥训》)称'瞽师、庶女,位贱尚枲,权轻飞羽'。许叔重曰:'尚,主也。枲者,枲耳,菜名也。主是官者,至微贱也。瞽师庶女复贱于主枲之官,故曰权轻飞羽。'观此,则主枲之官,位之微者。《周礼》顾不可考,或成周以前周南之官有之。不然,则醢人、酒人之属也。"这当是卷耳也叫尚枲、常枲、常思菜的由来。采采卷耳,当是尚枲之职。妇人作尚枲,高于庶女之职一等。她的丈夫作大夫,夫妇地位不是恰好相当吗?这诗哀而不伤,劳而不怨,它的技巧也很熟练,尽管还是民风体制,中有重章叠咏。

作者倘为尚枲之官的妇人,想有相当的文化修养。至于诗意似轻公义而重私情,这就不及《汝坟》一篇"妇人能闵其君子犹勉之以正",《殷其靁》一篇"其室家能闵其勤劳劝以义",《小戎》一篇"国人则矜其车甲,妇人能闵其君子",都还含有一点积极的意义。魏源《集义》说得不错,"诗人欲君子知臣下之勤劳,故陈使臣室家之词","若为后妃之诗,安得人之民风?"但是他仍说"《卷耳》,后妃之志",似以合乐之义作为诗之本义。这就未免自相矛盾了。

《卷耳》不是后妃"辅佐君子求贤审官"之作,也不是文王"慕古怀贤欲得遍置列位"之作。这诗首章自提主旨说:"嗟我怀人,寘彼周行。"《毛传》解作"思君子,官贤人,寘周之列位"。《鲁诗》一说解作"思古君子,官贤人,置之列位"。看来两说字句很少差别,意思大致一样。但问:所谓我,是谁自我?《毛传》无说,据《诗序》说后妃之志,则所谓我者当是后妃自我。王先谦《集疏》说:"我者,文王自我。……人,谓古君子。……彼,彼贤人。周,遍也。行,列位也。嗟我思古君子,欲得寘彼贤人遍于行列。"又说:"《淮南·俶真训》云:《诗》云'采采卷耳,不盈顷筐。嗟我怀人,寘彼周行',以言慕远世也。高注:……言采易得之菜,不满易盈之器,以言君子为国,执心不精,不能以成其道,犹采易得之菜不能满易盈之器也。'嗟我怀人,寘彼周行',言我思古君子,官贤人,置之列位也。诚古之贤人各得其行列,故曰慕远也。此鲁说。《左·襄十五年传》:'君子谓楚于是能官人。官人,国之急也。能官人,则民无觊心。《诗》云:嗟我怀人,寘彼周行。能官人也。王及公侯伯子男、甸、采、卫大夫各居其列,所谓周行也。'杜注:'周,遍也。诗人嗟叹,言我思得贤人,置之遍于列位。'左氏引《诗》固多断章取义,此说周行与鲁合,是诗本义如此。参证《荀子·解蔽篇》,此诗为慕古怀贤,欲得遍置列位,思念深长,诸家无异说。……《乡饮酒》、《燕礼》郑注:'《卷耳》言后妃之志。'亦后来乐歌义例,无关诗旨。"又说:"盖文王当日以官人为急,虑岩栖谷隐之贤伏而不出,不惮跋涉劳瘁,躬亲访求,故有崔嵬、高冈、马病、仆痛之事。猎吕尚于磻溪,举颠夭于山林,皆其明证。故知不通三家，未可言《诗》也。"以上两说，好像一说此诗后妃作，或诗人托为后妃作；一说此诗文王作，或诗人托为文王作。这就算是古文毛氏和今文三家分歧的一个地方。难道三家之说确比毛说为长，不通三家就不可以说《诗》吗？

我想，单就王先谦所称述的三家义来说，以为这诗文王作，也还是有问题。至说"《卷耳》，后妃之志"也是后来用为乐章的意义，原和诗旨无关。这话倒不错，确比《诗序》、《辨说》、《集义》跨进了一步。说《左传》引《诗》多断章取义，也是对的。当初孔门引《诗》，子贡、子夏之流都是如此。孔子称许他们"可与言《诗》"，就是赞美他们能够引《诗》以就己说，灵活运用，不拘泥于作诗之义。《左传》引《卷耳》一诗也还是断章取义。谁能保证《荀子》、《淮南子》引此诗不也是断章取义，或是引诗以就己说之义呢？戴震《补注》就说："《春秋传》曰：'嗟我怀人，寘彼周行。能官人也。'……断章见意。如郤至之论公侯干城、公侯腹心为一美一刺，于诗之本指不然也。荀卿书曰：顷筐易满也，卷耳易得也，然而不可贰周行。以明用心者之一，情之至也。不贰，其得诗之意者欤？"他既肯定了《左传》引《卷耳》一诗不是诗之本旨，又疑《荀子》引这诗只在不贰，即用心不二这一点上或得诗意。因为此外，诗之本旨实指什么，《荀子》并未说出。他说话很谨慎。至于《淮南子》引《卷耳》以就己说，高注显然沿袭了《毛传》，未必即用鲁说。汉《诗》四家原是互为影响，互有得失，即从《卷耳》一诗来说，也很难说"不通三家，未可言《诗》"。总之，《左传》、《荀子》、《淮南子》三书各引《卷耳》，各明一理，都不足以说明《卷耳》整篇的主题。便是总结三书，得出了文王"慕古怀贤，欲得遍置列位"的结论，也未见得是。这和魏源说的不合，我也不能同意，因为我们都是从三家遗说中各得出了一种结论的，而且我要坚持己见，在这诗主题还未得到正确的结论以前。

再从《三百篇》中相传和文王有关的诗来考察，它给我们一个总的印象：文王是周代开国最伟大的人物之一，他和后稷都是半人半神的英雄，或是说都属半神话半历史的英雄人物，所以凡是相传涉及文王的诗篇无不严肃、庄重。例如《周南》中的《兔罝》,《小雅》中的《鹿鸣》、《四牡》、《皇皇者华》、《伐木》、《采薇》、《出车》诸篇,《大雅》中的《文王》、《绵》、《棫朴》、《旱麓》、《思齐》、《皇矣》、《灵台》、《文王有声》、《荡》篇,以及《周颂》中的《清庙》、《维天之命》、《维清》、《我将》等篇,都是。倘认为《卷耳》是文王思贤、官人的诗,那么,和此相类似的诗,如《兔罝》说"文王举闳夭、泰颠于罝网之中",叙"鄙贱之事犹能恭敬";《伐木》说文王"燕朋友故旧",叙家常话,也于亲切之中含庄重之意;《棫朴》说"文王能官人",又是何等有威可畏、有仪可象?这还可说是诗人用自己的口吻;即是明用文王自己的口吻,如《荡》篇,文王嗟叹殷商失政,又是何等刚毅、严正?诗人要用这样的风格才能反映这样的人格。《卷耳》一诗所表现的风格,所反映的人格,殊与文王这位领袖人物不相称。拟人必如其伦,用怀念爱人的口吻和柔情蜜意来怀念贤人,未免太不慎重。即令是用比兴之义,何以《兔罝》、《伐木》、《朴棫》都用比兴之义并不如此?虽说在奴隶社会里,大奴隶主有时也参加劳动,借以督促奴隶,不使怠工。即如《尚书》里说"文王卑服即康功田功",他在初期曾经参加种田,也有可能还参加过伐木,有诗为证。似乎他要偶尔采采卷耳,不算一回事。"但采耳执筐,终近妇人事"(姚际恒《通论》),"嗟我怀人","云何吁矣",亲昵作态,忧伤不堪,也是儿女子语。《卷耳》一诗自是妇人女子一流所作,决不是以征服者自居的野心家文王所作。

　　《卷耳》虽是妇女作品,也决不是"后妃怀文王"之作。陈启源《稽古编》说:"今以《卷耳》诗为后妃思念君子,恐不然。妇人思夫之诗,如《伯兮》、《葛生》、《采绿》诸作,见于变《风》变《雅》,所以闵王道之衰;征役不息,室家怨旷,刺时也,义不系于思者也。若如今说,则《卷耳》当为商纣刺诗,不得为周南正《风》矣。况民家妇女思念其夫,形诸怨叹,不足异也。后妃身为小君,母仪一国,且年已五六十(原注:'《无逸》:文王受命于中身。《孔传》云:即位时,年四十七。案征役当在即位后,后妃年应相若。'),乃作儿女子态,自道其伤离惜别之情,编为诗歌,传播臣民之口，不已媟乎？至于登高极目，纵酒娱怀，虽是托诸空言，终有伤于雅道。《汝坟》、《殷其靁》两诗闵其君子，犹能勉之以正，劝之以义，故列于正《风》，曾后妃而反不若哉？"这些话虽然还是局限于诗教正变、美刺、王道等等的老教条，却已于此看出朱熹《集传》和《辨说》的不近情理处。所说似可为后来魏源《诗序集义》提供《卷耳》是"刺时"、"民风"，"非后妃之诗"的旁证，但这还有待于商量。至胡承珙《后笺》说："朱子初解从《序》（见《吕记》），后作《集传》乃以为太姒怀文王之诗。则懿筐非后妃所执，大路非后妃所遵。至于登山极目，纵酒遣怀，尤为拟不于伦，近儒辨之当矣。"这也是反对朱熹一说的，所说也近是，同样还有待于商量。如说"懿筐非后妃所执，大路非后妃所遵"，这是后世后妃拟文王后妃，也是"拟不于伦"。文王可以躬自参加体力劳动，为什么他的后妃不可以采采卷耳？问题不在于此，而在于这诗不像是文王后妃的诗，陈启源说得是。

还有，"登高极目，纵酒娱怀"，陈氏说伤于雅道。"登山极目，纵酒遣怀"，胡氏说拟不于伦。这都未必说得是。按《史记·周本纪》，周代先世自不窋"犇戎狄之间"，经过公刘迁豳（《大雅·公刘》），还是"在戎狄之间"。古公去豳，"止于岐下"，"乃贬戎狄之俗"。当迁岐山的时候，"古公亶父，来朝走马。率西水浒，至于岐下。爰及姜女，聿来胥宇"（《大雅·绵》）。古公姜女不是双双走马同行的吗？戎狄游牧，男女犷悍的风俗，一时岂易贬除？文王的后妃单独携带仆马，出游写忧，未必没有可能。问题不在于此，而在于从这诗的篇章结构或文章脉络来研究，就会发现登高饮酒不是作者自己，不管作者是谁；乃是作者所怀念的人，不管其人是谁。朱熹初解从《序》，似乎已经看出了这一点。他说："一章言后妃志于求贤审官，又知臣下之勤劳。故采卷耳，备酒浆，虽后妃之职，然及其有怀也，则不盈顷筐，而弃置之于周行之道矣。言其忧之切也。二章、三章皆臣下勤劳之甚，思欲酌酒以自解之辞。凡言我者，皆臣下自我也。此则述其所忧，又见不得不汲汲于采卷耳也。四章甚言臣下之勤劳也。"可是他后来作《集传》、《辨说》都不曾采用。《升庵经说》四说:"'陟彼崔嵬'下三章……原诗人之旨,以后妃思文王之行役而云也。陟冈者,文王陟之也。马玄黄者,文王之马也。仆痡者,文王之仆也。金罍兕觥者,冀文王酌以消忧也。盖身在闺门而思在道途,若后世诗词所谓'计程应说到梁州'、'计程应说到常山'之意耳。曾与何仲默说及此,仲默大称赏,以为千古之奇!"杨慎自以为这是创见,千古之奇。其实像是他拾取了朱熹自己放弃的初说,又把六我字"皆臣下自我"改为文王自我的意思而已。这也好像有助于朱熹《集传》一说,无奈这一说不可通。

从这诗的文章脉络或修辞手法来说,叙述明有层次。怎见得如《辨说》所指斥的"首尾衡决,不相承应,亦非文字之体"?一章为作者自道。我,是作者自我。二、三、四章设为作者所怀念之人的自道。六我字,全是所怀念之人自我。各章依次说马愈走愈疲,最后仆马都疲病得不能再走了。叙述是从递降进行。同时说升登山地,由崔嵬而高冈而砠,愈升反而愈降,正与马和仆人的力量愈走愈降的情况相应。叙述也是从递降进行。这递降又好像是遵从西北山岳地带的山脉走向,往东南进行,因为西北高而东南低。难道这诗不是采自岐周之地,周召之采邑;岐周大夫于役中原,其妻思念之词?倘若说全篇都是作者自道,则作者方在采取卷耳,何得忽然遭闷,登高饮酒?又何至于登了一山又是一山,还是一山,像是在途中旷日持久,使得仆马愈行愈困?何以行于山地,像是依一定的走向,有一定的目的,由山地走向平原?自当以一章之我为作者自道,二、三、四章之我为作者想象所怀念之人自道为是。可参看拙作这诗章指所论。这诗不是"太姒怀文王"之作,从清代朴学家陈启源、戴震、胡承珙、魏源以来,至于今日,渐渐地研究明确了。

上文批判了从来学者关于这诗的诸说,最后所得来的结论,正和最初所提出的主旨相符。这里不妨再具体一些,重说一遍:

《卷耳》,当是岐周大夫于役中原,其妻思念之而作。当她采卷耳时,怀念她远行服役的丈夫,想象他在外的思家情况。戴震说:"《卷耳》,感念于君子行迈之忧劳而作也。"这话不算错。魏源说:"《卷耳》,诗人欲君子知臣下之勤劳,故陈使臣室家之词。"节取他在《集义》中有合于诗旨的这些话,也许可以不算错。

樛　　木

南有樛木,葛藟累之。乐只君子！福履绥之。
南有樛木,葛藟荒之。乐只君子！福履将之。
南有樛木,葛藟萦之。乐只君子！福履成之。

【解题】

"《樛木》,下美上之诗也。"在旧注中,只此戴震《补注》一句较为简括、妥当。这像是奴隶社会里歌颂主子的诗,可能是采自民风。这诗用葛藟附托樛木的形象来象征奴隶依从主子的关系。樛木是什么木?《毛传》说:"木下曲曰樛。"这是恶木,无用之木,拿来象征剥削人的统治阶级可算恰切,而且在歌颂之中带有讽刺的意味。三家《诗》樛或作朻。《说文》"朻"下云:"高木下。"倘若不是因为这二字同声相通,借朻为樛,则朻是高木,拿来象征压迫人的统治阶级倒也未尝不可。不过高木可能有用,不能解作恶木。这样,就只见诗有阶级协调的意义,却看不出它含有阶级斗争的意义,显然三家义不如毛义为长。

这诗不见得和后妃有关,更不必论其妒与不妒。《诗序》所说,也还是从"《关雎》之三"乃至全部《周南》用作乐章之义推衍来说的。戴震说:"《樛木》,后妃逮下也,未闻其审！"一句冷语代替了批评。《朱传》仍用《诗序》,他说:"后妃能逮下而无嫉妒之心,故众妾乐其德而称愿之。"以为诗是众妾美后妃而作。又说:"君子,自众妾而指后妃,犹言小君内子也。"当日他的门下就已有人疑这一解释错了,《朱子语类》中有此记载:"问:《樛木》诗'乐只君子',作后妃,亦无害否？曰:以文义推之,不得不作后妃,若作文王,恐太隔越了。"在他前后一些时候,欧阳修、苏辙、吕祖谦、严粲诸家却都以为君子是指文王。到了戴震,就说:"恐君子之称不可通于妇人。"还是用冷语代替了批评。戴东原冷嘲了毛、郑,也冷嘲了朱子。

魏源以为诗"美后妃""得配君子以成其德",王先谦以为诗"美文王得圣后受多福",未必就是三家义,更未必说得是,但都破了《诗序》"后妃逮下而无嫉妒之心"一说。王先谦说:"《文选》潘安仁《寡妇赋》云:'伊女子之有行兮,爰奉嫔于高族。承庆云之光覆兮,荷君子之惠渥。顾葛藟之蔓延兮,托微茎于樛木。'李注:'……言二草之托樛木,喻妇人之托夫家也。……'案:潘以女子之奉君子,如葛藟之托樛木,李引此诗为释。是古义相承如此,不以樛木喻后妃、葛藟喻众妾也。且诗明以樛木、君子相对为文,无后妃逮下、不妒忌众妾意。《文选》班孟坚《幽通赋》:'葛绵绵于樛木兮,咏南风以为绥。'李注引曹大家曰:'《诗·周南·国风》曰:南有樛木,葛藟累之。乐只君子,福履绥之。此是安乐之象也。'潘、李所用《诗》义不能明为何家。大家用齐义,而说此诗亦不及后妃逮下,知三家与毛义异。"他说此诗与后妃不妒无关,并用班固、班昭说,以为三家与毛义不同。可算不错。倘若他只是说,这诗原为"妇人之托夫家"而作,这就比较《毛序》、《朱传》、魏源《集义》指实后妃一说有了进步。

至若崔述《读风偶识》说:"若樛木,则未有以见其必为女子而非男子也。玩其词意,颇与《南有嘉鱼》、《南山有台》之诗相类,或为群臣颂祷其君亦未可知。"依他说,《樛木》一诗不但和后妃无关,且和任何妇人女子无关。这好像是开玩笑,倒也合乎事理,即合乎诗旨。

最后综合已有诸说来说,只有戴震说的"《樛木》,下美上之诗也",这句话可以浑括众说而不算怎么错。

螽　斯

螽斯羽,诜诜兮。宜尔子孙,振振兮!
螽斯羽,薨薨兮。宜尔子孙,绳绳兮。

螽斯羽,揖揖兮。宜尔子孙,蛰蛰兮!

【解题】

《螽斯》一篇的主题和《樛木》相同,所以戴震说:"《螽斯》亦下美上也。"同样赞美统治阶级,所不同的,一是祝愿他们的多福禄,一是祝愿他们的多子孙。记得《庄子·天地》篇说华封人祝帝尧:"使圣人富!使圣人寿!使圣人多男!"这不正像祝愿帝尧多福禄多子孙吗?歌功颂德,贡谀献媚,远在上古就有了。可是樛木是曲木,螽斯是害虫,两诗都于歌颂之中含有讽刺之意,通过了诗人善于运用比兴之义和象征的手法就不容易使人察觉,这是很可研究的。

《螽斯》比兴之义怎样?古人已稍注意到了。《毛传》于《樛木》篇说:"兴也。"他于《螽斯》篇无传。《郑志》答张逸云:"若此无人事,实兴也。文义自解,故不言之。凡说,不解者耳,众篇皆然。"郑玄有时很能体会到毛公的意思。《孔疏》也以为此实兴体。《朱传》以为"宜尔子孙"之"尔"是指螽斯,全诗通说螽斯,就改为比了。想是因为他谬主这诗是众妾为美后妃不妒忌而作,如拿螽斯"一生九十九子"来象征"则百斯男"的后妃是大不敬的。

民间歌手见螽斯起兴,以象征贵人之多子孙。他开口便说螽斯羽,把这虫连它的特征长翅、并且是能够振动善鸣的长翅并称,怪有意思。武亿曾疑螽斯二字断句,羽字属下读,其说可通而未必是。螽斯为害谷物,歌手难道不知?用它作为比兴,作为损害人、侮辱人的统治阶级的象征,这是歌颂还是讽刺?当时无人察觉,后儒才加试探。严粲《诗缉》以为螽斯蚣蝑就是蝗。顾广誉《学诗详说》道:"蚣蝑虽间食稼而不甚为害,蝗之属,而非即蝗。蝗则所到之区,禾稼为之顷刻立尽,直是恶物。故蚣蝑可为兴而蝗不可为兴,此亦立言之则也。严说不可从。"是的,螽斯并不就是飞蝗。难道它虽间食稼而不甚害,就不算害虫恶物吗?如果诗直说蝗,就会被认为刺诗而非美诗,就不会被采入乐章而保存下来了。

自学者于螽斯比兴之义不明，连对《诗序》断句也有争论。一种断句："《螽斯》，后妃子孙众多也，言若螽斯。""言若螽斯"四字属上文为句。一种断句："言若螽斯不妒忌，则子孙众多也。"四字属下文为句。《郑笺》说："凡物有阴阳情欲者无不妒忌，维蚣蝑不耳。"这是后一种断句，引出了问题。首先欧阳修《本义》说："螽斯微虫，诗人安能知其不妒忌？据《序》，宜言不妒忌则子孙众多也。"许谦《诗名物疏》引其师金仁山（履祥）说，也以为"言若螽斯"四字断句，属上文。何楷《古义》、朱鹤龄《通义》、焦循《补疏》、段玉裁《小笺》也都是如此。魏源则以为即令此四字属上文读，下文也还是有问题。所以他在《集义》中说："续《序》不妒忌则子孙众多，不得经谊。"因为他要用《韩诗》"言贤母使子贤"一义，就不得不如此说。但是他还摆不脱《毛序》首提"美后妃"一句。陈奂《毛诗音》里说："奂曾在京师汪户部喜笋家，见《纂图互注》课读本（言若螽斯）四字作句，知昔蒙师尚明句读。"这里又使出了他宗毛攻郑的故技——施放暗箭了。王先谦《集疏》说："《序》说言若螽斯不妒忌，则子孙众多。螽斯微虫，妒忌与否非人所知，《笺》说因之而益谬。陈氏奂祖《传》，于'斯'字断句，究属牵强。"我以为于"斯"字断句也未尝不可。这一说不是从陈奂开始，不当独科他以袒护《毛传》的罪名。王之攻陈，正如陈之攻郑，都是《诗》今古文宗派主义在作怪！这都不是科学的态度。

桃　夭

桃之夭夭，灼灼其华。之子于归，宜其室家。
桃之夭夭，有蕡其实。之子于归，宜其家室。
桃之夭夭，其叶蓁蓁。之子于归，宜其家人。

【解题】

"《桃夭》，美嫁取及时也。"魏源这句话和诗意相合。倘若当时一般男女都嫁娶及时，可能做到男女以正，国无鳏民。但不能都归功于后妃不妒忌和文王风化之盛。《诗序》和《辨说》都说错了,当以魏氏《集义》说为是。至戴震《补注》说:"《桃夭》,歌于嫁子之诗也。家之大善曰宜,以美以诲,两见之与!"这偏就祝愿新嫁娘宜家一方面来说,正说得是,不失诗旨。

《桃夭》自是有关民间嫁娶的歌谣。看不出它本身上打有任何来自当时统治阶级的烙印。《易林·师之坤》:"春桃生花,季女宜家。受福且多,在师中吉,男为封君。"又《复之解》:"春桃萌生,万物华荣。邦君所居,国乐无忧。"又《困之观》:"桃夭少叶,婚说(悦)宜家。君子乐胥,长利止居。"陈乔枞《齐诗遗说考》说:"谨案:据《易林》说,则《桃夭》之诗,盖当时实指其事也。张冕云:《桃夭》如为民间嫁娶之诗,《大学》何由即指为实能宜家而可以教国?详《易林》之语,似是武王娶邑姜事。然则《大学》引之,非虚词矣。"王先谦《集疏》说:"愚案:张说无征。然《易林》云'男为邦君',是《齐诗》说不以为民间嫁娶之诗甚明。参之《大学》宜家教国之义,非国君不足以当之,不知为周南何国之诗也。鲁、韩未闻。"记得何楷《古义》也据《大学》引此诗以释齐家、治国,就以为诗说"之子"是指太姒。总之,他们不从《桃夭》诗本身而从《大学》、《易林》的引用来探求它的意义。不知道《诗》有后人引诗断章取义的意义,有引诗以就己说的意义,这都是和作诗之义无关的曲解,徒然引起争论罢了。

兔罝

肃肃兔罝,椓之丁丁。赳赳武夫,公侯干城。

肃肃兔罝,施于中逵。赳赳武夫,公侯好仇。

肃肃兔罝,施于中林。赳赳武夫,公侯腹心。

【解题】

《兔罝》一篇,当是民间歌手咏叹文王举用闳夭、泰颠这一有名的历史故事而作。

这诗咏叹武夫,可以认为是表示在公侯的下面有武士的阶层存在着。《墨子·尚贤上》说:"文王举闳夭、泰颠于罝罔之中,授之政,西土服。"金履祥《通鉴前编》引《墨子》此文,以为与《兔罝》之诗词意吻合,此诗必为此事而作,自是不错。《尚书大传》也说:"文王以闳夭、太公望、南宫括、散宜生为四友。""文王一年质虞芮,二年伐于,三年伐密须,四年伐畎夷,纣乃囚之。四友献宝,乃得免于虎口,出而伐耆。"又说:"周文王胥附、奔辏、先后、御侮,谓之四邻,以免于羑里之害。"《文选》桓温《荐谯玄彦表》:"《兔罝》绝响于中林。"刘良注:"殷纣之贤人,退于山林,网禽兽而食之。"唐时《韩诗》尚存,刘注或本《韩诗》所说。根据以上诸说,可以推知周初民间必有许多关于闳夭、太公望、南宫括、散宜生以及泰颠诸人的历史故事流传。倘若上引《墨子》的话不是引用古史遗文,就是记录民间流传的历史故事。《墨子·公孟》篇说到过"或以不丧之间,诵《诗》三百,弦《诗》三百,歌《诗》三百,舞《诗》三百"。未必是它根据《三百篇》中《兔罝》一诗而杜撰了这一段古史。何楷《古义》说:"诗专以武夫为言,《墨子》之说似若可信。若胡毋辅之谓闳夭樵于山,与猎者争路被执,缠以兔网,文王救而得解。则鄙俚无稽甚矣。"他只讥胡毋辅之说话俚鄙无稽,却不追查这一话的来源。他似乎不知道:古史中的神话、传说、故事鲜有不俚鄙无稽,大都是根据自古民间众口相传而来,当然其中也杂些传述者和记录者的添枝加叶。陈启源《稽古编》说得比较好。他说:"或疑《墨子》所言不见经典,未可据信。夫古人轶事,经史所不载,而幸存于诸子百家之言以传后世者多矣,可悉指为诬乎?纵使事属附会,要必当时说此诗者原有得贤于兔罝之解,故以闳夭、大颠实之也。又汉贾山云:'文王之时,刍荛采薪之人皆得尽其力。'刍荛采薪非兔罝之流乎?山之言亦本是诗矣。可见毛、郑以前释《兔罝》诗者皆作是解,并非一家之私说也。"他颇能从多方面看问题,从发展上看问题,所以他的见解就不固陋,议论就较阔通了。

总之,《兔罝》一诗和什么"后妃之化",乃至"《关雎》之化"、"文王德化之盛"无关（何焯《义门读书记》云：以《兔罝》为后妃之化，成何文义），也不是"刺纣时所任小人，非干城腹心"，更不是殷商遗老刺闳夭、泰颠钓鱼猎兔，乌莸采薪者流出仕文王而作。《诗序》和朱熹《辨说》、《集传》以及魏源《集义》说的都不用驳了。且看最后王先谦《集疏》是怎样说的。他说："夭、颠先臣事纣，见其无道，逃遁山林，文王举之。诗人闵商之危乱，恶夭、颠之不终事王朝而为公侯腹心，故作此诗。盖祖伊、微子之志也。……贤才乐为文王用，而忠于商者有深疾焉，是以为刺。"他以为《兔罝》诗人是祖伊、微子一流人物，为刺纣臣闳夭、泰颠不终事王朝而作。我想，王老先生自入民国以后，闭门著书，隐居不出，《集疏》是他最后的巨著。他深恶痛绝出仕于民国的前朝遗臣，就不自觉地借他人的酒杯浇自己的块垒，把自己的一种孤愤偏见发泄在《兔罝》一诗的疏语中了。

芣苢

采采芣苢，薄言采之。采采芣苢，薄言有之。
采采芣苢，薄言掇之。采采芣苢，薄言捋之。
采采芣苢，薄言袺之。采采芣苢，薄言襭之。

【解题】

《芣苢》，是描述妇女们同采车前这样一种轻微劳动的赋体诗。不说任何大道理，直写一种琐屑事。工作轻便，情绪轻松，语调轻快。看来有文字淳朴之美，读来有声调谐和之美，作者固当别有一种自得其乐的情趣。此外，似乎无甚重要意义。所谓言外之意，弦外之音，作者读者当各自得之。吴师道说："此诗终篇言乐，不出一乐字，读之自见意思。"（《传说汇纂》引）这是从无甚意思处玩味出意思来，可说善会诗意。袁枚说："《三百篇》如'采采芣苢，薄言采之'之类，均非后人所当效法。……今人附会圣经，极力赞叹。章龢斋戏仿云：'点点蜡烛，薄言点之。点点蜡烛，薄言剪之。'……闻者绝倒！"（《随园诗话》）随园一生卖弄天分,高谈性灵,瞧不起出自古代民间一种简单朴素的歌谣,这话并不令人感到意外。但是,谁教他死搬硬套?谁教他附会圣经,盲从赞叹,而谈什么"后妃之美"?就诗论诗,这岂是无此实际生活、无此感触兴会,徒有什么性灵的才子所能作得出来?王肃说:"自《关雎》至《芣苢》,房中之乐。"作为房中之乐的歌辞,就被后人误会它和后妃有关,来寻绎诗旨了。这和诗的本身有什么相干呢?也只可使闻者绝倒!

《诗序》续说:"和平,则妇人乐有子矣。"所谓和平,与其从社会生活来说,毋宁从个人生活来说。其所谓乐,应该是说热爱劳动,热爱生活。但说车前"宜怀任","其子治妇人难产","妇人乐有子",这只能算是勉强地说得过去。郑樵还以为这说得完全不对。他说:"以《芣苢》为妇人乐有子者,据《芣苢》诗中全无乐有子意,彼之言此者何哉?……且《芣苢》之作,兴采之也。如后人之采菱则为《采菱》之诗,采藕则为《采藕》之诗,以述一时所采之兴尔,何它义哉?"(周孚《非诗辨妄》引)郑夹漈从民间风俗诗出发来论《芣苢》诗,自亦不错。周信道非难他,驴头不对马嘴。至朱熹《集传》说:"化行俗美,家室和平,妇人无事,相与采此芣苢,而赋其事以相乐也。"他所谓"化",想还是"文王德化"。这和《诗序》说"后妃之美"有什么大两样呢?难怪《诗序辨说》对于这诗不辨不说了。

据《鲁诗》、《韩诗》遗说,《芣苢》是"蔡人之妻,宋人之女","伤夫有恶疾","其母将改嫁之","犹守而不离去,""发愤而作"。诗非赋体有比兴之义。

刘向《列女传》四《贞顺传》说:"蔡人之妻者,宋人之女也。既嫁于蔡,而夫有恶疾。其母将改嫁之。女曰:'夫不幸,乃妾之不幸也,奈何去之?适人之道,壹与之醮,终身不改。不幸遇恶疾,不改其意。且夫采采芣苢之草,虽其臭恶,犹将始于捋采之,终于怀撷之,浸以益亲,况于夫妇之道乎!彼无大故,又不遣妾,何以得去?'终不听其母,乃作《芣苢》之诗。君子曰:宋女之意甚贞而壹也!"刘向习《鲁诗》,这当是

《鲁诗》说。按《史记》,汉初鲁人"申公独以《诗经》为训(故)以教,无传疑,疑者则阙不传"。难道善于阙疑的申公也相信这诗是蔡人之妻、宋人之女所作?

《文选》刘孝标《辨命论》李注:"《韩诗》曰:《芣苢》,伤夫有恶疾也。""薛君曰:芣苢,泽写也。芣苢臭恶之菜。诗人伤其君子有恶疾,人道不通,求己不得,发愤而作,以事兴。芣苢虽臭恶乎,我犹采采而不已者,以兴君子虽有恶疾,我犹守而不离去也。"这是引据《韩诗薛君章句》文,大意略同《鲁诗》说,但未指实为蔡人之妻、宋人之女。按刘孝标《辨命论》说:"冉耕歌其《芣苢》。"冉耕字伯牛,孔门弟子。《论语·雍也》篇有关于"伯牛有疾"、孔子问疾的记载。《淮南子》说"伯牛癞"。癞,今名大麻疯。毛奇龄《国风省篇》说:"芣苢一名虾蟆衣,旧说,取其叶为衣,可愈癞疾。"难道《鲁诗》、《韩诗》说的"伤夫有恶疾",就是《论语》所谓"伯牛有疾"之"疾",就是大麻疯吗? 这是关于麻疯最古的记载,比《新约》、《旧约》还早。丈夫患有麻疯,老婆誓不改嫁,其志可嘉,其愚可悯了! 孔子偶尔探问伯牛,一再深惜说:"斯人也而有斯疾也!"也还是怕染麻疯,不敢接触太近,只得"自牖执其手"呢。

我想:民间歌手都无姓名可考,指为何时何地何种身份人也很难说。说蔡人之妻伤夫有恶疾而作《芣苢》,说"冉耕歌其《芣苢》",同样,殆由古说取芣苢叶为衣可愈癞疾而来,实际上诗只是说有妇人歌唱芣苢而已。不过三家往往采用民间口头文学的资料来解《诗》,这是一个特点,也是《诗》今古文家不同的一个大可注意之点。这里顺便先提出一下,以后还要说到的。

汉　广

南有乔木,不可休思。汉有游女,不可求思。汉之广矣,不可泳思。江之永矣,不可方思。

翘翘错薪!言刈其楚。之子于归?言秣其马。汉之广矣,不可泳思。江之永矣,不可方思。

　　翘翘错薪!言刈其蒌。之子于归?言秣其驹。汉之广矣,不可泳思。江之永矣,不可方思。

【解题】

　　《汉广》,当是江汉流域民间流传的恋爱诗。《韩诗序》说:"《汉广》,说(悦)人也。"当是不错。歌手所求的游女正是民间妇女。《孔疏》说:"《内则》云:'女子居内,深宫固门。'此汉上有游女者;《内则》言'阍寺守之',则贵家之女也;庶人之女,则执筐行馌,不得在室,故有出游之事。"这一解释不错。朱熹《集传》说:"江汉之俗,其女好游,汉魏以后犹然,如《大堤》之曲可见也。"这话也不算错。歌手自是舟子樵夫一流。方玉润《诗经原始》说:"此诗即为刈楚刈蒌而作,所谓樵唱是也。近世楚粤滇黔间,樵子入山,多唱山讴,响应林谷。盖劳者善歌,所以忘劳耳。其词大抵男女相赠答,私心爱慕之情有近乎淫者;亦有以礼自持者。文在雅俗之间,而音节则自然天籁也。当其佳处,往往入神,有学士大夫所不能及者。……叠咏江汉,觉烟水茫茫,浩渺无际,广不可泳,长更无方(舫),唯有徘徊瞻望,长歌浩叹而已,故取之以况游女不可求之意也。"这一段话有可取处。他生长楚黔,欣赏山歌,故能欣赏《芣苢》、《汉广》等诗,赞为自鸣天籁,一片好音。

　　《诗》今文三家都用民间口头文学的资料来解这诗,可说趣极妙极!

　　刘向《列仙传》说:"江妃二女者,不知何所人也。出游于江汉之湄。逢郑交甫,见而悦之,不知其神人也。谓其仆曰:'我欲下请其佩。'仆曰:'此间之人皆习于辞,不得,恐罹悔焉。'交甫不听,遂下与之言曰:'二女劳矣!'二女曰:'客子有劳,妾何劳之有?'交甫曰:'橘是柚也,我盛之以笱。令附汉水,顺流而下。我遵其傍,采其芝而茹之。以知吾为不逊也。愿请子之佩!'二女曰:'橘是柚也,我盛之以筥。令附汉水,顺流而下。我遵其傍,采其芝而茹之。'遂手解佩与交甫。交甫悦,受而怀之,中当心。趋去数十步,视佩,空怀无佩。顾二女,忽然不见。《诗》曰:'汉有游女,不可求思。'此之谓也。"这是《鲁诗》说,以为汉有游女是指民间神话中的江妃。

《韩诗外传》卷一说:"孔子南游适楚,至于阿谷之隧,有处子佩瑱而浣者。孔子曰:'彼妇人其可与言矣乎?'抽觞以授子贡,曰:'善为之辞,以观其语。'子贡曰:'吾北鄙之人也,将南之楚,逢天之暑,思心潭潭(郝懿行曰:潭、谭盖皆燂之借音耳。《说文》:燂,火热也。疑作燂为是)。愿乞一饮,以表我心。'妇人对曰:'阿谷之隧,隐曲之氾(《列女传》氾作地),其水载清载浊,流而趋海。欲饮则饮,何问妇人乎?'受子贡觞,迎流而挹之,奂然而弃之。从流而挹之,奂然而溢之。坐,置之沙上,曰:'礼固不亲授。'子贡以告。孔子曰:'丘知之矣。'抽琴去其轸,以授子贡,曰:'善为之辞,以观其语。'子贡曰:'向子之言,穆如清风。不悖我语,和畅我心(《列女传》作不拂不寤,私复我心)。于此有琴而无轸,愿借子以调其音。'妇人对曰:'吾野鄙之人也,僻陋而无心。五音不知,安能调琴?'子贡以告。孔子曰:'丘知之矣。'(按《列女传》此文下有'过贤则宾'四字)抽绣绤五两以授子贡,曰:'善为之辞,以观其语。'子贡曰:'吾北鄙之人也,将南之楚。于此有绣绤五两,吾不敢以当子身,敢置之水浦。'妇人对曰:'客之行差迟乖人(赵怀玉云:句有讹。《御览》八百十九作行客之人,嗟然永久。《列女传》同),分其资财,弃之野鄙。吾年甚少,何敢受子?子不早去,今窃有狂夫守之者矣。'《诗》曰:'南有乔木,不可休思。汉有游女,不可求思。'此之谓也。"("者矣"下,《列女传》多"子贡以告孔子。孔子曰:'丘已知之矣。斯妇人达于人情而知礼。'"凡二十四字)这和刘向《列女传》所记阿谷处女事,字句稍有不同,同是出于民间故事,都像杂有民间语言,不可全晓。令人吃惊的是,当时民间说孔门师弟调戏闺女的故事,他们师弟竟被这个闺女奚落一番,而不知道这是唐突圣贤。宁可得罪圣贤,却不可不尊重妇女——劳动妇女,此其所以为民间的道德观念。像这样,无论是记录民间口头文学来解释诗,或是引诗来说明民间口头文学的来源,当时隔《诗经》时代不远,实在有其必要,可是不免要犯侮圣的嫌疑。《诗》今文经师们竟不避忌,把它记录下来,有声有色,不是可说趣极妙极了吗?姜炳璋《诗序广义》说:"《外传》云:孔子适楚,处子佩瑱而浣,使子贡三挑之,侮圣已甚。三家之废,岂偶然哉?"又说:"可谓《风》、《雅》扫地,三家之废,尚恨其不早!"这真是腐儒的见解。王先谦《集疏》说:"《列女传》六、《韩诗外传》一,载孔子、子贡见阿谷处女事,终引此诗,则说诗者推演之词,不为正训。"想是他为三家辩护,答复姜氏一流腐儒的攻击。

再说《韩诗遗说考》中可知《韩诗》也有关于游女为汉神的神话。《薛君章句》说:"游女,谓汉水之神也。言汉神时见,不可得而求之。"《韩诗内传》说:"郑交甫遵彼汉皋台下,遇二女,〔妖服佩两珠〕,与言曰:愿请子之佩!二女与交甫。交甫受而怀之。超然而去,十步,循探之,即亡矣。回顾二女,亦即亡矣。"《韩诗外传》说:"郑交甫将南适楚,遵彼汉皋台下,乃遇二女,佩两珠、大如荆鸡之卵。"这不是都和上引《鲁诗》遗说记江妃二女和郑交甫的故事一致吗?

还有《齐诗遗说考》中引《易林·萃之渐》:"乔木无息,汉女难得。橘柚请佩,反手离汝。"又《噬嗑之困》:"二女宝珠,误郑大夫。君父无礼,自为作笑。"这也和《鲁诗》、《韩诗》说二女和郑交甫事正同,所不同的只有称郑交甫为郑大夫一点。我想,郑交甫从民间说来有姓有名,可能原来是什么大夫、有名的风流人物,所以江妃二女的神话就依托在他身上了。从汉魏以来,这一神话不知道启发了多少文学家的文思,丰富了多少文学家的词藻。如曹植的《洛神赋》,陈琳的《神女赋》,郭璞、江淹的《江赋》,都算名作。从《襄阳耆旧传》、《元和郡县志》、《大明一统志》,直到民国《湖北通志》,可使我们知道这一神话流传之久且广,和它入人之深。至今还相传襄阳城北有弄珠滩,城西十里有解佩渚。但是有谁还要说什么"文王之道被于南国,美化行乎江汉之域"呢?

汝　坟

遵彼汝坟,伐其条枚。未见君子,惄如调饥!
遵彼汝坟,伐其条肄。既见君子,不我遐弃?
鲂鱼赪尾,王室如毁。虽则如毁,父母孔迩!

【解题】

《汝坟》一篇,周南"大夫受命平治水土,过时不来,妻恐其懈于王事……遗父母忧"而作。这是《鲁诗》遗说,较得诗旨。

诗首说:"遵彼汝坟,伐其条枚。"王先谦《集疏》说:"言己之君子伐薪汝侧,为平治水土之用,勤劳备至也。治水需用薪柴,汉武帝时,命群臣从官负薪寘河,是其证。"对的。诗中说:"既见君子,不我遐弃!"《孔疏》说:"觊君子事讫得反,我既得见君子,即知不远弃我而死亡,我于思则愈。"对的。诗末说:"虽则如毁,父母孔迩!"旧解各持一说,皆似可通而不甚惬当。我以为"孔迩"是承上文"如毁"而言,这句话的意思就是说,父母太接近如烈火的灾难为可忧虑。此诗可能作于商纣"王室如毁"之时。鲁说:"国家多难,惟勉强之,无有谴怒,遗父母忧。"这也像是对的。这样说来,这诗不就可以说通了吗?

这诗汉今古文四家无甚争论。《列女传》说:"周南之妻者,周南大夫之妻也。大夫受命平治水土,过时不来。妻恐其懈于王事,盖与其邻人陈素所与大夫言:国家多难,惟勉强之,无有谴怒,遗父母忧。昔舜耕于历山,渔于雷泽,陶于河滨,非舜之事而舜为之者,为养父母也。家贫亲老,不择官而仕。亲操井臼,不择妻而娶。故父母在,当与时小同,无亏大义,不罹患害而已。夫凤凰不离于蔚罗,麒麟不入于陷阱,蛟龙不及于枯泽,鸟兽之智犹知避害,而况于人乎?生于乱世,不得道理,而迫于暴虐,不得行义,然而仕者,为父母在故也。乃作诗曰:'鲂鱼赪尾,王室如毁。虽则如毁,父母孔迩!'盖不得已也。君子以是知周南之妻而能匡夫也。"刘向用《鲁诗》,说《汝坟》是周南大夫之妻所作,并说明了这诗是为什么而作。这不是出自古史遗文,就是记录民间故事。《后汉书·周磐传》说:"(磐)居贫养母,俭薄不充。尝诵《诗》至《汝坟》之卒章,慨然而叹。乃解韦带,就孝廉之举。"李注:"《韩诗》曰:'《汝坟》,辞家也。'……《薛君章句》曰:'……言鲂鱼劳则尾赤。君子劳苦则颜色变。以王室政教如烈火矣,犹触冒而仕者,以父母甚迫近饥寒之忧,为此禄仕。'"其意义和《列女传》合。魏源《集义》从《韩诗》立说,也不错。《易林·兑之噬嗑》:"南循汝水,伐树斩枝。过时不遇,愁如周饥。"与《鲁诗》、《毛诗》合。《诗序》说:"妇人能闵其君子,犹勉之以正。"《毛诗》与《鲁诗》合。可知此诗不但今文三家义一致,古文《毛诗》也大体略同,故今古文四家无甚争论。

麟 之 趾

麟之趾,振振公子。于嗟麟兮!
麟之定,振振公姓。于嗟麟兮!
麟之角,振振公族。于嗟麟兮!

【解题】

"《麟趾》,美公子之贤比于麟也。麟之仪表见于趾额角矣,公子之贤则见其振振矣。"戴震《补注》说这诗,简单明白。但是三叹麟兮,安知不似连称凤兮凤兮,美中带刺呢?民间歌手常用这种艺术手法,不可被他们瞒过。何谓公子?公子和公姓、公族虽有亲疏远近之不同,其为贵族子弟则一。《诗序》说"衰世之公子",难道衰世就是殷之末世,公子就是文王之子? 王先谦《集疏》说:"公子,诸侯之子。文王位为牧伯,此公谓文王,公子即是武、周诸人。文王而称曰公,足证《周南》之诗在文未称王时。"可备一说。魏源《集义》说:"济济多士,为周桢干,是麟趾之祥。"似包括同姓异姓来说,恐非诗旨。

何谓麟?《礼记·礼运》篇说:"麟、凤、龟、龙,谓之四灵。"麟是上古神话传说四灵之一。龟为习见爬虫,说灵也不稀奇,不费解释。这里且说三灵。杨锺健《演化的实证与过程》一书里说:"龙、凤、麒麟,是我国三种具有神秘性的动物，常常见于记载，但可惜没有科学的说明。一九一九年，章鸿钊著《三灵解》一书，对三种动物解述很详，但也没有明确的结论。依照我们目下的知识来批判：龙是代表种属鉴定不确的几种爬行动物，蛇和鳄鱼最为近似；凤是代表种属鉴定不确的几种鸟，孔雀甚至野鸡最为近似；而麒麟是代表种属鉴定不确的几种哺乳动物，鹿和犀牛最为近似。"据此可知麟为何物。《孔疏》说："今并州界有麟，大小如鹿，非瑞应麟也。"所谓麟，当是鹿科的一种。据《明史·外国传》，成祖永乐十三年（公元一四一五），马林迪王国（在今肯尼亚）的使者曾经远涉重洋，专程把非洲出产的长颈鹿送到中国。当时中国人把长颈鹿称为麒麟，视为祥瑞之物。今之日本动物学者也把现代非洲所产的长颈鹿译名为古代中国所说的麒麟，很有意思。长颈鹿性温驯，和《毛诗陆疏广要》说它有蹄不踢人，有角不触人，是一种含仁怀义之兽，恰好相合。据说非洲索马里语叫它为"geri"，这和麒麟读音相近；又阿拉伯语叫它为"zourafa"，读音的前半部分也和麒麟近似。我想，麒麟原产非洲，中国人仅据传闻而成为神话。也许史前时代中国原有此兽，到了有史时代逐渐稀贵至于绝迹了，这有待于今后的锄头考古学者作证。古人把麟作为瑞应兽，作为四灵之一，当是从原始社会图腾传说转化而来的。麟，在这诗里，自是比兴之义，不一定还是图腾的意义。

　　何谓关雎之应？说应是效应或瑞应的意思还勉强可懂，倘说是"修母致子"就神秘到不可解。这话出在《左传》里。陈奂《传疏》说："《正义》云：言麟信而应礼，则与左氏说同，以为修母致子也。服虔哀十四年《左传》注云：'视明礼修而麟至，思睿信立白虎扰（驯也），言从义成则神龟在沼，听聪知正而名山出龙，貌恭体仁则凤皇来仪。'《驺虞·传》云：'有至信之德则应之。'是与《左传》说同也。说者又云：'人臣则修母致子应。'以昭二十九年《左传》云'水官不修则龙不至'故也。人君则当方来应。案孔颖达《左传疏》及《礼记·礼运·疏》引《异义》，与此详略不同。《左传疏》又云：贾逵、服虔、颖容等，皆以孔子自卫反鲁,考正《礼》、《乐》,修《春秋》,约以《周礼》。三年文成,致麟,麟感而至。然则先儒皆主修母致子之说矣。麟为应礼之信兽。诗以麟喻公子,言公子应文王之礼化,其德似麟也。"把这些鬼话拆穿来说,儒家说的修母致子,很像佛家说的因果报应的意思。《诗序》说:"《麟之趾》,《关雎》之应也。""《驺虞》,《鹊巢》之应也。"《麟之趾》和《关雎》,《驺虞》和《鹊巢》,其间有什么必然的因果关系呢? 真不可解! 这一《诗序》的不通,岂仅仅止于朱熹《辨说》指出的"'之时'二字可删"? 即以"之时"二字而论,胡承珙《后笺》说:"末句皆信厚如麟趾,六字微逗。……'之时'对上衰世言之,即指化行之时。……'如麟趾'三字属上'信厚',非连下'之时'。古人文法拙奥如此!"我们就依照他说的断句,看来还是不大通!

诗三百解题卷二

召南　　毛诗国风

鹊　巢

维鹊有巢,维鸠居之。之子于归,百两御之。
维鹊有巢,维鸠方之。之子于归,百两将之。
维鹊有巢,维鸠盈之。之子于归,百两成之。

【解题】

《鹊巢》当是南国之人歌咏国君迎娶夫人的诗,是一种婚礼曲。一个女子出嫁有上百辆的车子迎送成礼,这在当时自是国君大婚的盛况,决不是一般人民所能有的。姚际恒《通论》说:"百两,百为成数,极言其多。以为天子嫁女可,以为诸侯嫁女可,以为大夫嫁女可。《毛传》曰:'诸侯之子嫁于诸侯,送御皆百乘。'此滞说,出何典乎?"倘诗作在春秋战国以前,未必已有百乘之家的大夫。《毛传》说"兴也"。此诗用比兴之义,《诗序》说"《鹊巢》,夫人之德","德如鳲鸠",这还可以勉强说得。朱熹《辨说》以为诸侯蒙"《关雎》之化","成德"齐家,又未免理想化了古代的王者诸侯。魏源《集义》说"《鹊巢》,《关雎》之应",窜进了"《麟趾》,《关雎》之应"的老套子,就未免可笑了。

何谓鹊?何谓鸠?鹊,古人又称山鹊、干鹊,今俗叫作喜鹊、阿鹊。这是南方一种习见之鸟,属雀形目、鸦科。这没有什么争论。鸠,古人又称鳲鸠,后人称为布谷、郭公。当属鹃形目、杜鹃科。《尔雅·释鸟》:"鳲鸠,鴶鵴。"郭注:"今之布谷也。"《山海经·西山经》:"南山鸟多尸鸠。"郭注:"尸鸠,布谷类也。"《吕氏春秋·仲春纪》:"鹰化为鸠。"高注:"鸠盖布谷鸟。"这都说得不错。但是许多《诗经》学者释此诗之鸠,大有争论,过于争论雎鸠。

鸠是鹳鸰吗?从宋人严粲开始疑鸠是鹳鸰(见《诗缉·曹风·鳲

鸠》),到清人毛奇龄、陈启源,以及焦循《毛诗补疏》(又《雕菰集》二《鸤鸠辞》)、马瑞辰《毛诗传笺通释》,都争说鸠是鸤鸠。直到最后王先谦,他就作了鸠是鸤鸠的结论。《集疏》说:"愚案:鸠为布谷,诸家初无塙诂。今布谷鸟南北多有,小儿聆声能识,其不居鹊巢甚明。崔豹《古今注》:'鸲鹆一名鵅鸠。'严粲《诗缉》、李时珍《本草纲目》、毛奇龄《续诗传鸟名》、陈启源《毛诗稽古编》皆谓雊鹆即今之八哥,喜居鹊之成巢。是也。鹊性好洁,鸲鹆伺鹊出,遗污秽于巢。鹊归见之,弃而去。鸲鹆入居之。又鹊避岁,每岁十月后迁移,则鸲鹆居其空巢。吾乡谚云:'阿鹊盖大屋,八哥住见(现)窝。'谓此。《众经音义》十八:'鸲鹆似百舌。'《荆楚岁时记》:'五月,鸲鹆子毛羽新成,俗好登巢取养之,以教其语。今南方人犹喜弄之。'是八哥即鸲鹆,鸲鹆即尸鸠。古者鸲鹆不逾泲,北方罕见此鸟,故多以为不祥。因悟古人呼尸鸠为布谷,实即八哥。布与八,谷与哥,皆双声字。高(诱)、郭(璞)北人,闻南方呼八哥,以为即是布谷。又无解于催耕之布谷异物同名。云类、云盖,皆存疑莫定之词。或以为化生,则吾无能知之矣。"这一结论得来不易,却不正确。按《春秋》昭公二十五年,特书"有鸲鹆来巢",这就是王先谦根据今文《公羊传》和《穀梁传》说的"古者鸲鹆不逾泲,北方罕见此鸟,故多以为不祥"。也就是他以为鸠就是平常人说不自为巢的鸲鹆即俗称八哥的一大根据。可惜的是他坚持了经今文家的门户之见,但是他已不相信鹰化为鸠,怀疑了化生之说,这倒比较过去一般经师进步。再按《春秋》昭公十七年《左传》,记郯子说上古少皞氏以鸟名官,"鸤鸠,司空也"。鸤鸠也和雎鸠一样,当是那时一个氏族部落所崇奉的图腾。司空一官掌管工程,平治水土。《鹊巢》诗用鸠,只是把它象征一个不劳动的贵族女子。鸠居鹊巢,只是象征新妇来居贵族男女之室,我想。

　　鸠居鹊巢之鸠,当是鹃形目杜鹃科的鸤鸠、布谷,决不是雀形目椋鸟科或白头翁科的鸲鹆、八哥。它们的特征不同,须看何者最合于诗旨。杜鹃科一般的特征:体大如雀,嘴大适中而粗、随种而微异。鼻孔近嘴缘,口裂在眼下。脚之跗蹠短或中长,二趾向前,二趾向后,第二趾之基部有膜。翼短或长且带圆形，羽毛雌雄常相同。其雏概与亲鸟不同，初生时裸出，或略被茸状绵毛。东半球所产者，概不能造巢。其卵产于他鸟之巢，借他鸟孵育之。孵化之雏性暴乱，每逐出寄主之雏于巢外。西半球所产者，大概能作粗拙之巢。世界各处皆产之，约百六十种，大多数产于热带及温带。有人说，布谷就是杜鹃，又名郭公。"体形似隼而小。嘴纤弱，形长而微弯。""性羞怯，通常匿居茂林丛荫间，不易遇见。鸣声凄厉。""嗜食毛虫，有益于农林。不自营巢，亦不伏卵。常产卵于他鸟如莺、鸫等的巢中，使其代为孵育，实系一种特异的习性。"（郑作新《中国的鸟类》）说到这里，使我记起了两首杜诗。一首说："君不见昔日蜀天子，化作杜鹃似老乌。寄巢生子不自啄，群鸟至今与哺雏。虽同君臣有旧礼，骨肉满眼身羁孤。业工窜伏深树里，四月五月偏号呼。其声哀痛口流血，所诉何事常区区！"（《杜鹃行》）一首说："我昔游锦城，结庐锦水边。有竹一顷余，乔木上参天。杜鹃暮春至，哀哀叫其间。我见常再拜，重是古帝魂。生子百鸟巢，百鸟不敢嗔。仍为喂其子，礼若奉至尊！"（《杜鹃》）两首诗说杜鹃的生活习性不是和上引科学的记载相符吗？这不是也有助于我们了解鸠居鹊巢的现象，和诗人把鸠作为贵族女子出嫁的象征吗？不过杜诗把杜鹃象征一位唐朝没落的皇帝，《鹊巢》一诗把鸠象征一位新婚的国君夫人，一为惨剧，一为喜事，有这么不同罢了。

在分类上，杜鹃是科名，布谷是属名，二鸟颇难分别，所以学者间说来有不同。还有动物学家说，尸鸠或布谷并不都是借巢生卵，也不都是在地上产卵，含寄他鸟巢中；有时所含之卵，当是它在占巢产卵后，偷窃寄生（如天鹅）之卵，准备自己吞食。"它有时候住在他鸟的巢中为时极短——时间过短，远在产卵所需的时间之下。"这是"张斯先生"经过几年实地侦察后发现的。"且有母鸠行为的美丽而连续的影片证实之。"（《汉译世界名著·动物生活史》，黄维荣、伍况甫译。又冯志鹏《中国动物生活图说》）据此，鸠居鹊巢的现象及其诗义，可说已经得到了一种科学上的解说。

总之：诗人说鸠，注家自大毛公以来说成鸤鸠，说成布谷，都不算错。高诱说："鸠盖布谷鸟。"郭璞说："尸鸠，布谷类也。"他们说"盖"、说"类"，辨物下字也很准确。由此可见三千年前诗人体物之妙，二千年来学者博物之精。至于扬雄《方言》说鸠是戴胜，即是鸡冠鸟，想如鸤鸠一说同样是出于《诗》今文三家，显然错误。比如说，戴胜有比鸡冠大得多的羽冠，而杜鹃布谷就没有。戴胜属佛法僧目、戴胜科，它的形态习性都和杜鹃、布谷两样，不可相混了。

采　蘩

于以采蘩？于沼于沚。于以用之？公侯之事。
于以采蘩？于涧之中。于以用之？公侯之宫。
被之僮僮，夙夜在公。被之祁祁，薄言还归。

【解题】

《采蘩》，是叙述诸侯夫人执蘩助祭、不失其职的诗。《毛传》说的正和《诗序》一致。王先谦《集疏》说："三家无异义。"是汉今古文四家于这诗无争论。魏源《集义》说"《采蘩》，《葛覃》之应"，试问两诗有什么因果关系？即令《葛覃》说大夫妻治葛，《采蘩》却不是说诸侯夫人亲蚕，也不应联系在一起来说。怎么说"知《葛覃》则知《采蘩》"呢？

宋儒对于此诗创为夫人亲蚕、采蘩所以生蚕之说，实不足信。倘因此诗有"采蘩"、"祁祁"字，就据以为和《豳风·七月》篇说的"采蘩祁祁"同义，这是望文生训，岂足为训？倘疑蘋蘩微物不足供祭，这就不懂古史。崔述《读风偶识》说："祭祀之事多矣，为俎孔硕，为豆孔庶，何为斤斤于蘋蘩之微物也？曰：此古人贵诚之意也。《春秋传》云：'《风》有《采蘩》、《采蘋》，《雅》有《行苇》、《泂酌》，昭忠信也。'盖有诚敬之心，凡事致其精洁，则虽沼涧之中、蘋蘩之菜，皆可以奉宗庙，不在于备物也。"这合于史实，合于古人的祭祀心理。

朱熹《集传》说："南国被文王之化，诸侯夫人能尽诚敬以奉祭祀，而其家人叙其事以美之也。"他据《毛序》说夫人能奉祭祀，对的。又把文王理想化了，不对。说此诗为何等人所作，无据。他在下文说："或曰：蘩所以生蚕。盖古者后夫人有亲蚕之礼。此诗亦犹《周南》之有《葛覃》也。"所谓或曰，盖出于王安石《新义》或陆佃《埤雅》，这何足为据？两说并存，不加判断。当时他的门人就对此发生过疑问。《朱子语类》卷八十一说："问：《采蘩》诗若只作祭事说，自是晓然。若作蚕事说，虽与《葛覃》同类，而恐实非也。《葛覃》是女功，《采蘩》是妇职，以为同类亦无不可，何必以蚕事而后同耶？"朱子曰："此说亦姑存之而已。"又问："《采蘩》何故存两说？"曰："如今不见得果是如何，且与两存。从来说蘩所以生蚕，可以供蚕事，何必底死说道，只为奉祭事，不为蚕事？"我并不反对两说并存，甚至诸说并存，倘若一时无可判断的话。但是《采蘩》一诗，除了外证还有足够的内证，足以说明它是有关于祭祀，而不足以说明它是有关于蚕桑。《集传》于"公侯之宫"说："或曰：即《记》（按指《礼记·祭义》）所谓公桑蚕室也。"又何以解于公侯之事呢？于"夙夜在公"说："公，亦即所谓公桑也。"解来都很勉强。何楷、姚际恒几家相信这一说，甚或更加牵强附会，除非好奇，令人不可解！

清儒几家考订了《采蘩》确是关于夫人供祭祀的诗，都比较可信。最后胡承珙《后笺》为这诗作出了结论。他说："《虞东学诗》曰：蘩之供祭，一见于《左传》，再见于《夏小正》戴德《传》。又《射义》云：'士以《采蘩》为节，乐不失职也（今按，《射义》由此诗不失职之义推之，用为乐章之义）。'诗皆与之合，可以为定论矣。陈氏《稽古编》曰：'《左传》，蘋蘩蕰藻可荐鬼神，正指《采蘩》、《采蘋》二诗言。则毛公执蘩助祭之说不可易矣。"承珙案：《传》云：'神飨德与信，不求备焉。沼沚溪涧之草犹可荐。'此正用《左传》文（按隐三年《左传》：'苟有明信，涧溪沼沚之毛，蘋蘩蕰藻之菜，筐筥锜釜之器，潢污行潦之水，可荐于鬼神，可羞于王公。'又云：'《风》有《采蘩》、《采蘋》，《雅》有《行苇》、《泂酌》，昭忠信也。'杜注：'《采蘩》、《采蘋》，义取于不嫌薄物。'）。不止如叶石林所云,毛释《硕人》《清人》《黄鸟》《皇矣》与《左传》合也。又文三年《左传》:'秦伯伐晋,遂伯西戎,用孟明也。君子是以知秦穆公之为君也,举人之周也,与人之壹也!《诗》曰:于以采𬞟?于沼于沚。于以用之?公侯之事。秦穆有焉。'杜注:'言沼沚之𬞟至薄,犹可用之以供公侯,以喻秦穆不遗小善。'昭元年《传》:'郑伯燕赵孟,穆叔赋《采𬞟》,曰:小国为𬞟,大国省穑而用之,其何实非命?'注云:'穆叔言小国微薄犹𬞟菜。'此虽断章取义,其大旨则皆以𬞟为物薄而用可重之意。然则公侯之事尚得谓之非祭事乎?"又说:"《七月·传》云:'𬞟,白蒿也,所以生蚕。'采𬞟虽同,而用则异。《集传》既从毛以《采𬞟》为奉祭祀,而又存生蚕之说。不知蚕事岂可谓公侯之事?蚕室岂得为公侯之宫?试诵经文,而其说可以不烦言而破矣。"这一结论是可信的。不知道和他同时而持异说的魏源可曾见到了他的这一结论没有?

草　虫

　　喓喓草虫,趯趯阜螽。未见君子,忧心忡忡。亦既见止,亦既觏止,我心则降!

　　陟彼南山,言采其蕨。未见君子,忧心惙惙。亦既见止,亦既觏止,我心则说!

　　陟彼南山,言采其薇。未见君子,我心伤悲。亦既见止,亦既觏止,我心则夷!

【解题】

　　"《草虫》,大夫妻怀其君子行役之诗。"这句话说得简单明确。盖朱熹《集传》节取欧阳修《本义》之意,魏源《集义》又节取朱熹《集传》之意,才说出这一句话来。戴震《补注》说:"《草虫》,感念君子行役未返之诗也。"《集义》或亦兼本于此。《小雅·出车》篇五章说:"喓喓草虫,趯趯阜螽。未见君子,忧心忡忡。既见君子,我心则降。赫赫南仲,薄伐西戎。"前六句差不多全和《草虫》篇一章相同,不知谁抄谁。当是同用民俗歌谣,也不知谁先谁后。作为行役之人"其室家感时物之变而念之"(《集传》),意思却恰好相同。崔述《读风偶识》说:"《小雅》与《国风》称见君子者多矣,皆不训为思其夫(《车邻》、《风雨》、《菁莪》、《隰桑》、《蓼萧》)。何独《汝坟》、《草虫》在二《南》中即为思夫诗乎?既不可知其人,无宁缺之,不必强以命之,致失诗人之旨也。"崔述治学善于用疑,有疑得是处。但疑《汝坟》、《草虫》非思夫诗,就未见其疑得是了。

　　古文《毛序》说:"《草虫》,大夫妻能以礼自防。"这还是用作乐章之义,和诗旨无关。《仪礼·燕礼》有房中之乐。注云:"弦歌《周南》、《召南》之诗。"是则二《南》诸篇皆可用于乡射、燕饮,用于乡人邦国,作为乐章就含有教条的意义。倘读《草虫》拘泥于"以礼自防"这一教条,解说起来就会闹笑话。比如毛公只以为卿大夫之妻适人待礼而行,郑君就以为诗是新嫁娘在途中忧不得礼而作。"不知《昏礼》妇车有襈,安得在途见采蘩之事?且未婚之女亟亟以我心降、我心说、我心夷为言,大违《昏义》女子耻去之义!"(魏源《诗古微》)郑君还以为"亦既觏止"之"觏"就是《易经》里说的"男女觏精,万物化生"之"觏",也就是"交媾"之"媾"。新嫁娘在途中就设想到此而见之于诗语,无论自作、他人作,色情床笫之言如此露骨,不是太猥亵了吗?即令作为大夫已婚妻,而拘泥于以礼自防,说来也会闹笑话。胡承珙《后笺》说:"欧阳《本义》谓草虫、阜螽形色不同,种类亦异,故诗人引以为戒,比男女之不当合而合。李氏《集解》驳之曰:'以类相从者,如云从龙,风从虎,岂必专是一物?《鹊巢》之诗,鹊喻诸侯,鸠喻夫人,诗人之取兴不如是之泥也。'承珙案:二《南》所言贞女,如《南有乔木》、《行露》、《野有死麕》,大抵皆指民间之女。若大夫妻,则当深宫固门,阍寺守之,何至无端而有强暴之侵陵,其惴惴戒心若此哉?总由欧公误认《序》文'以礼自防',只为防闲淫泆之事。而不知礼之所包甚广,失礼之宜防者甚多。故《传》云:'妇人虽适人,有归宗之义。'如七出之类,淫僻第其一端耳。《李解》既谓欧公草虫、阜螽非匹类之说为不可,而又以其余说(按指大夫行役、其妻守礼待归)为可从。且云:'大夫在家而能以礼自防,未足为贤。惟大夫不在家而能以礼自守,所以可尚。'此尤足发一笑。"欧阳修和李樗拘泥于"以礼自防"一语来寻诗旨,固然都闹了笑话;胡承珙不知道此诗原无"以礼自防"之意,"以礼自防"乃是用作乐章之义,不也是可笑的么?

今文三家中《鲁诗》遗说以为"是诗为好善作",这是赋《诗》断章取义、引《诗》以就己说之义,也和诗旨无关。王先谦《集疏》说:"鲁说曰:孔子对鲁哀公曰:恶恶道不能甚,则其好善道亦不能甚。好善道不能甚,则百姓亲之也亦不能甚。《诗》云:'未见君子,忧心惙惙。亦既见止,亦既觏止,我心则说。'诗人之好善道也如此。(刘向《说苑·君道》篇文与《毛序》异)《左》襄二十七年《传》:郑七子享赵孟,子展赋《草虫》。赵孟曰:'善哉民之主也!抑武也不足以当之。'(杜注:子展以赵孟为君子)又曰:'子展其后亡者也!在上不忘降。'(杜注:降,《诗》'我心则降'也)与《说苑》'好善道'义合。是诗为好善作,故赵孟闻子展之赋,即美为'民之主',又自谦不足以当君子也。在民上之人好善,见君子而心降,故以'不忘降'为美德。若妻见君子而心降,礼固当然,何足称美?且与'在上'义亦不合。以此知鲁说最古。"我们也可以认为这诗鲁说最古,难道可以认为这一说便合诗旨吗?

采　蘋

于以采蘋?南涧之滨。于以采藻?于彼行潦。
于以盛之?维筐及筥。于以湘之?维锜及釜。
于以奠之?宗室牖下。谁其尸之?有齐季女。

【解题】

《采蘋》,当是有关"贵族之女"(胡氏《后笺》)"教成之祭"(《郑笺》)的作品。《毛传》说:"古之将嫁女者,必先礼之于宗室,牲用鱼,芼之以蘋藻。"《礼记·昏义》说:"古者妇人先嫁三月,祖庙未毁教于公宫,祖庙既毁教于宗室,教以妇德、妇言、妇容、妇功。教成祭之,牲用鱼,芼之以蘋藻,所以成妇顺也。"《毛传》、《礼》文正和诗相表里。所以陈启源《稽古编》说:"《采蘋》篇毛、郑皆训以为教成之祭,其合于经文者有三焉:蘋藻二菜,与《礼记·昏义》同,一也;宗室牖下,与教之宗室之文同,二也;不称妇而称季女,三也。王肃释此诗是大夫妻助祭于夫氏之事,故谓蘋藻为菹,牖下为奥。《孔疏》驳之,而《朱传》从之。"可知戴震《补注》说的"《采蘋》,教成之祭所歌也",这话也不错。但是他又说:"盖亦专为乐章而作者。"只作盖然之词,似乎自知还有疑问。难道这诗不是采自民风或士大夫诗用作乐章吗?王先谦《集疏》说:"季女,少女,即大夫妻。犹称女者,明是未嫁之词。已嫁,则为主妇助夫氏之祭,不得言尸之矣。"他肯定了《采蘋》是少女嫁前教成、主祭宗庙之诗。至魏源《集义》"《卷耳》之应"云云,迂阔而远于诗旨,徒乱人意。

《诗序》说:"《采蘋》,大夫妻能循法度也。"这还是用作乐章之义。此作为教条较为广泛的意义,不甚切合诗旨。按《仪礼》,合乐歌《周南》,则《关雎》、《葛覃》、《卷耳》三篇同奏;歌《召南》,则《鹊巢》、《采蘩》、《采蘋》三篇同奏。《乡饮酒》郑注:"《采蘋》,言卿大夫之妻能修其法度也。"《礼记·射义》:"《采蘋》者,乐循法也。"郑注:"循涧以采蘋,喻循法度以成君事也。"郑注《礼》用《齐诗》义,正和《毛序》合。都是说的这诗用作乐章之义。王安石说:"自所荐之物,所采之处,所用之器,所奠之地,皆有常而不敢变,所谓能循法度。"(《传说汇纂》引)这话释《诗序》不算错。

何楷《诗世本古义》以为《采蘋》是诗人美武王元妃邑姜教成,能修此礼而作。"似有足据,姑存其说。"(李超孙《诗氏族考》)按《春秋》襄二十八年《左传》说:"公过郑,郑伯不在。伯有迋劳于黄崖,不敬。穆叔曰:'伯有无戾于郑,郑必有大咎。敬,民之主也,而弃之,何以承守?郑人不讨,必受其辜。济泽之阿,行潦之蘋藻,寘诸宗室,季兰尸之,敬也。敬可弃乎?'"何楷据此以为:季兰意即邑姜之名不可知。齐,太公先世所封国,太公仍封于齐。当武王为西伯时,太公以女邑姜妻武王。计其时太公年已老,则邑姜为季女无疑。其言济泽之阿,则尤齐地之证据。读有齐季女之齐为斋,误矣。姚际恒《诗经通论》曾将何氏所举各点一一予以辩驳。但是何氏之说"其意甚巧而足动人",引起了《诗经》学者的注意。翁方纲《诗附记》说:"以愚度之,此季兰必是当时实有其人,今不可考矣。若杜、孔所说,则凡季女皆可称季兰,无此事也。穆叔之语,去古未远,在当日所引,必是古之实事,正可与诗相证。而注家不能稽也,则说诗者复何傅会之有?"王先谦说:"《左传》济泽之阿……正释此诗。济阿,盖季女所居。兰,或季女之姓。惜古义就湮,莫可寻究矣。"我以为何氏之说不能说他有"足据",也不能说他全无据。不妨在此提出,再等将来学者的批判。

最后,还要指出这诗结句"谁其尸之,有齐季女",是后世诗人文家欢喜摹仿的句式。明何孟春《余冬诗话》说:"《诗》:'谁其尸之?有齐季女。'后来作者相袭,遂为文章家一例。'谁能为此谋?相国齐晏子。''谁能为此德?姚公名起莘。''衣中系宝觉者谁?临川内史字得之。''花前醉倒歌者谁?楚狂小子韩退之。'之(此)类不可尽述。间有见之长句作结者。《醉翁亭记》:'太守为谁?庐陵欧阳修也。'《李守节墓志》:'摭辞而书石者,侯之馆客藏丙梦寿也。'《王文亮墓志》:'命其宗人之子铭公之墓者,光禄君也。'"

甘　棠

蔽芾甘棠,勿翦勿伐。召伯所茇!
蔽芾甘棠,勿翦勿败。召伯所憩!
蔽芾甘棠,勿翦勿拜。召伯所说!

【解题】

"《甘棠》,美召伯也。召伯之教明于南国。"《诗序》说得简明平实。

周、召并称,都是周初开国的人物,应该肯定的历史人物。召公事见《史记·燕召公世家》。吴闿生《诗义会通》说:"此诗美召公而作,最为有据。旧评云:千古去思之祖。"倘出民间歌诵,美中无刺,实是难得。冯景《解春集·召公论》根据《诗·召南》《大雅》、《书·召诰》、《周礼·地官·司徒》,以为"三公下兼六卿,周制也。故周公以太师而兼冢宰,召公以太保而兼司徒","《召南》之诗十四,率美召公之教,而于《周礼·地官》司徒之职有合","大司徒施十有二教",他就把十二教来按论十四篇,"六曰以俗教安则民不偷,《甘棠》是也"。他以为听讼也是司徒的职务,召伯确有树下听讼的事实。事实确否还难说,但甘棠听讼确是自古相传的一件有名的历史故事。现在陕州城北大街还相传有甘棠古树,枯干仅三尺许,木理坚致,青气悠然。有碑题曰"召公遗爱"。近人傅增湘《秦游日录》说:"(陕州)城距站里许,南为橐水,北为黄河。城中见高台,云是召公分陕治所。甘棠尚存,但已久枯。齐周华《陕游随笔》云:城东北隅有召公堂,貌召公像。堂前地广亩余西畔枯木一株,树碣曰古甘棠。棠有剪伐痕。"按,光绪《湖南通志·纪闻》里说:"甘棠渡在邵阳县东南,相传为召伯听政之地。……万历间,杨给事廷兰谓棠树之株明初犹存,可坐数十人。居人病游者之扰,窃私伐去。郡伯郭公闻于上,置之重法。"说来好笑!湖南人说甘棠在邵阳。河南人说甘棠在宜阳、陕州。还有陕西人说甘棠在雍县、岐山。(今岐山县西南八里刘家原,有召公祠,西偏存古甘棠一株,高约三丈,闻其上部枝叶犹活。)召伯不复生,谁听此讼呢?即此可见甘棠听讼这一历史故事在民间流传之久且广了。这反映了从奴隶制社会到封建制社会一段长时期中,一般受压迫受剥削而无可控诉的劳动人民对于地方官和法官的热烈愿望。

召公棠树决狱之说,未必是《史记》妄记。日本泷川资言《史记会注考证》根据了我国过去某些学者辨疑的话,就轻下结论说:"皆无听讼之说,史公妄耳。"这就未免武断。太史公习《鲁诗》,所记或据《诗》今文家。今文三家遗说中说到《甘棠》诗旨大都和古文《毛诗》相同。

其有不同的,在于甘棠故事提供了纬书或古史遗文或古代谣俗所传的一些资料。从这些资料中未尝不可以寻觅真实的历史的一点影子。应劭《风俗通义》说:"燕召公奭与周同姓,武王灭纣,封召公于燕。成王时,入据三公,出为二伯,自陕以西,召公主之。当农桑之时,重为所烦劳,不舍乡亭,止于棠树之下,听讼决狱,百姓各得其所。寿百九十余乃卒。后人思其德美,爱其树而不敢伐,诗《甘棠》之所作也。"这当是用《鲁诗》说。《乐动声仪》说:"召公贤者也,明不能与圣人分职,常战栗恐惧,故舍于树下而听断焉。劳身苦体,然后乃与圣人齐。是《周南》无美,而《召南》有之。"(《初学记·人部》引)这当是《齐诗》说。又《韩诗外传》说:"昔者周道之盛,召伯在朝,有司请营召以居。召伯曰:'嗟,以吾一身而劳百姓,此非吾先君文王之志也!'于是出而就烝庶于阡陌陇亩之间而听断焉。召伯暴处远野,庐于树下,百姓大悦,耕桑者倍力以劝。于是岁大稔,民给家足。其后在位者骄奢,不恤元元,税赋繁数。百姓困乏,耕桑失时。于是诗人见召伯之所休息树下,美而歌之。"试想,在奴隶制社会里,二三等奴隶主亲自到田间督耕听讼,甚至参加一部分体力劳动,这有什么奇怪? 当时生产力不高,生活资料不甚丰富。奴隶们不被鼓励、欺骗,就缺乏劳动热情。个别的开明的奴隶主不肯大力营造宫室,不肯过分苛待奴隶,自是可能有的事。今文三家说《甘棠》诗本事,不正是透漏了这种社会生活的点滴情况吗? 即令当日召公存心欺骗,究竟做了一些对于劳动人民有益的事。民间歌手很激动地歌颂了他,并成为一件有名的历史故事流传下来,就不难于理解了。

王闿运《诗经补笺》以为《诗序》"美召伯"是"美其开垦生聚"。这是创解,值得一提。他于这诗一章"召伯所茇"句下说:"所茇,所立草舍。谓民初来无所居,方伯为立舍也。今有道树则成聚落,田舍整齐矣。"二章"召伯所憩"句下说:"憩者,劳息之谓。流亡新附之众当保安之,使得休息如召伯意。"三章"召伯所说"句下说:"说、舍者,侨寓客民令与土著相安杂耕也。"王氏治经属今文一派,他解这诗似不根据今文三家。我想,他是根据《大雅·召旻》篇"昔先王受命,有如召公,日辟国百里"。召公未必是最初开辟南国的一个人。假使果然如此,他在从事开垦生计之余,就恰可有树下决狱之事。诗本事不妨增补,《毛氏故训传》可通却不必强改。要之,王氏此解新奇,可为否认召伯甘棠听讼一说的学者们进一解。虽然,他于训诂及文法了解上还有问题。余详《召旻》篇。

行　露

厌浥行露。岂不夙夜?谓行多露!

谁谓雀无角?何以穿我屋?谁谓女无家?何以速我狱?虽速我狱,室家不足!

谁谓鼠无牙?何以穿我墉?谁谓女无家?何以速我讼?虽速我讼,亦不女从!

【解题】

《行露》,为一个女子拒绝一个已有室家的男子强迫她和他重婚而作。凭什么知道这个男子已有室家呢?因为诗中明说"谁谓女无家"。女的既有此问,就肯定男的已有室家了。这是我们必须首先着重指出的,因为前人不甚注意及此,所有注释往往和诗旨不合。《郑笺》说:"币可备也。室家不足,谓媒妁之言不和,六礼之来强委之。"《孔疏》说:"知不为币不足者,以男速女而狱,币若不备,不得讼也。以讼拒之,明女不肯受。男子强委其礼然后讼之,言女受已之礼而不从已,故知币可备。而云不足,明男女贤与不肖各有其耦,女所不从,男子强来,故云'媒妁之言不和,六礼之来强委之',是其室家不足也。……六礼之来强委之者,谓以雁币,女虽不受,强留委置。故《左传》昭元年云:'徐吾犯之妹美,公孙楚娉之矣,公孙黑又使强委禽焉',是也。此贞女不从,明亦以六礼委之也。"据此可知这件婚事不是礼物不备,而是媒人从中捣鬼,男方强送礼物,强迫成亲,而女方拒绝。这样,就闹成婚姻纠纷的讼案了。这里《笺》、《疏》说的,向来经师不甚注意。经过陈启源《稽古编》到戴震《补注》,才先后指出《笺》、《疏》说得颇为审密。虽然他们都还不知道诗中男子是一个已有室家的人,所以女子拒绝和他重婚。如今我们用这样一种解释,这篇诗就可读通,否则还是不会读通。《补注》说:"《韩诗》以为既许嫁矣,见一礼不备,守死不往。其说非也。《毛诗》篇义曰:召伯听讼也。未闻其审。"这里批评了《韩诗》包括今文三家所说的错误之点,同时批评了《毛序》所说的不可靠。《朱传》仍用《毛序》就不用说了。

今文三家说这诗主旨相同。其有不同的,就在《鲁诗》指实为"申女守志,夫礼不备,虽讼不行而作"。王先谦《集疏》说:"鲁说曰:召南申女者,申人之女也。既许嫁于酆,夫家礼不备而欲迎之。女与其人言,以为:夫妇者人伦之始也,不可不正。《传》曰:正其本则万物理,失之毫厘,差之千里。是以本立而道生,源始而流清。故嫁娶者,所以传重承业,继续先祖,为宗庙主也。夫家轻礼违制,不可以行。遂不肯往。夫家讼之于理,致之于狱。女终以一物不具,一礼不备,守节持义,必死不往。而作诗曰:'虽速我狱,室家不足。'言夫家之礼不备足也。君子以为得妇道之宜,故举而扬之,传而法之,以绝无礼之求,防淫泆之行。又曰:'虽速我讼,亦不女从。'此之谓也。"(刘向《列女传》四《贞顺传》)这不像是根据古史遗文,而像是记录民间故事,借以知道这诗出于民俗歌谣,也很有助于读者。它的错误之点,已经戴震指出的就在于以为女子所争只在"一物不具,一礼不备"这一点上。

胡承珙《后笺》说:"王伯厚以此(《列女传》)为《鲁诗》,《韩诗外传》语亦略同,皆与《毛诗》篇义相近。但既曰许嫁矣,一礼不备,何至誓死不行?范蘅洲云:'如鲁、韩说,以闺门之处子求全责备,至于构讼不顾,岂无父母之命、媒妁之言乎?'承珙案:《毛传》云:'不从,终不弃礼而随此强暴之男。'盖在当时必有女氏未许而男子强求之事。观经文'亦不汝从',词旨决绝,必非已许嫁者可知。《笺》云:'室家不足,谓媒妨不和,六礼之来强委之。'此说最为近理。"我根据上文综合《笺》、《疏》以来一系列的解说,又特别结合诗中"谁谓女无家"等文句来细自玩索,才得以肯定《行露》确为一个女子拒绝一个已有室家的男子强迫她和他重婚而作。

羔　羊

羔羊之皮,素丝五紽? 退食自公,委蛇委蛇!
羔羊之革,素丝五緎? 委蛇委蛇! 自公退食。
羔羊之缝,素丝五总? 委蛇委蛇! 退食自公。

【解题】

《羔羊》,是描写一种官僚生活的诗。作者当是民间歌手。他用漫画一样的手法,将瞬间所见大官僚,身着毛面白羔裘的官服,下班吃饭从公门出来,跨着官步摇摇摆摆的那副神态,只简单几笔就勾勒了出来,已经够瞧的了。作者未必预抱什么目的,先存什么意见。读者见美见刺,也各存乎其人。过去的学者只有崔述可算懂得了这诗的意思,《读风偶识》说:"此篇特言国家无事,大臣得以优游暇豫,无王事靡盬、政事遗我之忧耳。初无美其节俭正直之意,不得遂以为文王之化也。"他以为这诗不是美在位者,也不是美文王之化。他以为诗中说的只是国家无事,大臣得以优游暇豫混日子。在他那时,这是一种卓识。本来这诗说的,只是一种不知道夙夜匪懈、靖共尔位,却知道一味享受、大摆架子的官僚主义一样的生活。

《诗》今古文家说这诗主题都无甚可取。他们以为这是"美大夫""在位节俭正直"、"能称其服"、"进退有度数",甚或以为这是"美召公"(王先谦《集疏》),这不也是够瞧的吗? 至说"《羔羊》,《鹊巢》之功致",两诗哪有什么联系和什么必然的因果关系呢? 又说"德如羔羊",尤为费解。朱熹《辨说》已经感觉它不通了。难道会是孔颖达说的像一只羔羊,"执之不鸣,杀之不号,乳必跪而受之,死义,生礼"(《孔疏》)吗?

或像吕大临说的"德如羔羊,如《羔羊》之诗"(《严缉》)、黄櫄说的"谓如《羔羊》之诗所言"(李氏《集解》)呢?还是像陈启源说的"《笺》云卿大夫竞相切化,皆如此羔羊之人","言如,如服羔裘之人"(《稽古编》)呢?其他就不用驳斥了。

殷 其 靁

殷其靁,在南山之阳。何斯违斯,莫敢或遑?振振君子,归哉归哉!

殷其靁,在南山之侧。何斯违斯,莫敢遑息?振振君子,归哉归哉!

殷其靁,在南山之下。何斯违斯,莫或遑处?振振君子,归哉归哉!

【解题】

《殷其靁》是妇人"感念君子行役而作","闵其勤劳,劝以义"。戴震《补注》这篇也不全用《诗序》,未见得是,想是受了朱熹一说的影响。魏源《集义》兼采了《诗序》"劝以义"的素说,自是对的。王先谦《集疏》说"三家无异义",可是由他自己发表意见就颇有异义了。

这诗主旨是否如《诗序》一再强调的"劝以义"?后儒各执一说,旗鼓相当。我们作为读者,将怎样从中解纷呢?我以为这不关于孔门的微言大义,问题不在这里,而在于这诗每章末四句怎样串讲,尤其是在于四句中的"振振君子"中的"振振"一词怎样训诂。

在二《南》诗中,"振振"一词凡三见。《毛传》于《螽斯》"振振"训为"仁厚",于《麟趾》及此诗都训为"信厚"。按:"振振"何尝不可以训为"振奋"呢?范处义《补传》说:"三章申言振振君子,归哉归哉!谓君子既能奋然自立,勇于从役,当竭力以俟卒事,不可徒归也。相劝之辞谆复如此,非知义者不能也。"这话说得对。王先谦于此三"振振"就都训为"振奋有为"。即以此诗而论，我也以为王说义长。但是他串讲此诗一章末四句就不甚妥帖了。他说："言何斯人而离斯地乎？以奉君命，故莫敢有暇耳。因又曰：此振奋有为之君子，庶几毕王事而得归哉！重言之，切望之也。《笺》云：'归哉归哉，劝以为臣之义，未得归也。'本《毛序》为说。案，诗旨明望君子之归，非劝勉语。它诗如'悠哉悠哉'，悠也。'怀哉怀哉'，怀也。句例正同，皆顺文为说。推之'玼兮玼兮'、'瑳兮瑳兮'、'舍旃舍旃'、'左之左之'、'右之右之'、'有瞽有瞽'、'式微式微'、'采薇采薇'、'曰归曰归'之类，凡遇叠语，都无反言。'归哉归哉'与'曰归曰归'同义。风人之旨，于征役勤劳不讳言归，全《诗》可按。闵其劳而望其归，此正室家至情，不烦补义也。"

鄙见:《毛序》"劝以义"不错，错或在《毛传》训"振振"为"信厚"，不用本义而用引申义上。上引王先谦所举句例，并不完全相同，或例同而义异。即如第一例"悠哉悠哉"和此诗"归哉归哉"就不一定都是顺文为说的决词、正言。即令它不是疑词、反言，也是正反都很难言的无可奈何之语、感叹语。其他各例或可作为商度语、惊讶语、讥讽语、愤慨语等等，须视篇义或上下文义而定。关于这一类的文法修辞往往跌宕不定，岂可呆看？再以此诗来说，倘诗人于"振振君子"意为"振奋有为"之君子，既恰恰暗中答复了自己在上文"何斯违斯，莫敢或遑"一问，又恰恰暗中表明了自己在下文说的"归哉归哉"虽非反言，却是正反都很难言的无可奈何之语、商度语、感叹语。试问，作者对于奔走于役而不敢宁息的君子，不悲悯他"信厚"老实，而称许他"振奋有为"，这不是"劝以义"而是意味着什么？

摽 有 梅

摽有梅，其实七兮。求我庶士，迨其吉兮！
摽有梅，其实三兮。求我庶士，迨其今兮！
摽有梅，顷筐墍之。求我庶士，迨其谓之！

【解题】

《摽有梅》,当是老女求嫁,争取婚姻自由之作。明钱琦《钱公良测语》下说:"《摽梅》直言其意,无顾忌,无文饰,此妇女明洁之心。"这探测到了作品的文心,也探测到了作者的灵魂。当我每读这诗,就记起了南北朝乐府《地驱歌乐辞》:"驱羊入谷,白羊在前。老女不嫁,蹋地唤天!"《折杨柳枝歌》:"门前一株枣,岁岁不知老。阿婆不嫁女,那得孙儿抱?""问女何所思?问女何所忆?阿婆许嫁女,今年无消息!"我在这里只能简单地说出两者的不同:一婉约,一豪放;一反映了上古南方农村妇女的一种风貌,一反映了中古北方牧场妇女的一种风貌而已。

此诗末章结句:"求我庶士,迨其谓之!"这话怎讲?《毛传》说:"不待备礼也。三十之男,二十之女,礼未备则不待礼,会而行之者,所以蕃育民人也。"首句不待备礼,是就这个老女一方面来说的。礼,不一定是指六礼,当然包括有父母之命、媒妁之言。但看这个老女说话十分迫切,当是她的意志受了难以忍受的压抑,有争取婚姻自由极其强烈的情感。首句以下,是就婚姻制度来说的。《郑笺》说:"时礼虽不备,相奔不禁。"按《周礼·媒氏》:"中春之月,令会男女,于是时也,奔者不禁。若无故而不用令者罚之。"盖当时还有一种变通办理婚姻的法令。毛、郑以为这个女子只在争取采用这个变通结婚的办法,而非争取婚姻自由,恐未必然。范处义《补传》说:"男女昏姻失时,固有多端。或以时之凶荒,无以为礼;或以俗之强暴,不容择配;或以役之无节,不遑宁处。"他只列举了这三种原因,偏忘记了男女结合必待父母之命,媒妁之言,致使当事人不得自由,恰是最不可少的一种。安知《摽梅》诗人不就是由于这一原因而争取自由出嫁呢?

此诗三章三"我"字,自是老女自我,诗由她自作。这不是父母择婿之词,更不是旁观者的话,歌谣又当别论。姜炳璋《诗序广义》说:"夫一女不嫁,何劳旁观者之亟亟?"不料道貌岸然的人也禁不住偶然要说出一句两句令人失笑的俏皮话。再说,父母择婿,诗人为女父母。

那么，怎说"求我庶士"呢？除非增字解经，强经就己，否则不可通。何况此为贤父母，也未必会有悲叹男女失时至于如此之事！这一说盖出于今文三家《韩诗》，魏源、陈乔枞、王先谦就都这样说了。

在《朱子语类》中，以为这诗出自里巷歌谣，女子自作。道学先生谈两性关系也偶然有近情理处。如说："问：《摽有梅》之诗固出于正，只是如此急迫，何耶？曰：此亦是人之情。尝见晋、宋间有怨父母之诗（今按：殆指南北朝乐府），读诗者于此，亦欲达男女之情。"又说："如《摽有梅》诗，女子自言昏姻之意如此，看来自非正理。但人情亦自有如此者，不可不言。向见伯恭《丽泽诗》，有唐人女言兄嫂不以嫁之诗，亦自鄙俚可恶。后来思之，亦自是见得人之情处。为父母者能于是而察之，则必使之及时矣。此所谓《诗》可以观。"又说："问：若以此诗为女子自作，恐不足以为《风》之正经？曰：以为女子自作亦不害，盖里巷之语，但如此，已为不失正矣。"朱熹对这诗颇有兴趣。把他的话合起来说，他虽然将这诗比作鄙俚可恶一类，但说在里巷作品中却已为不失正，因为此亦人之情。他也感觉到在封建社会家长（父母兄嫂）权力之下，致使女子在婚姻上不得自由。可是他毕竟还要说："女子自言昏姻之意如此，看来自非正理。"陈启源《稽古编》说："《摽梅》诗，女之求男汲汲矣。《笺》、《疏》皆谓诗人代述其情，良是也。后世闺情艳体出文人墨士笔，正与此相类。朱子以为女子所自言，闺中处女何其厚颜乃尔耶？"看来他想和朱子争道学正统！最后我以为戴震《补注》给这诗作的结论还可不算错，有合乎《三百篇》由采诗到入乐的过程，懂得诗和乐的关系。他说："《摽有梅》……盖仲春歌于杀礼而嫁者之乐章。《桃夭》歌于婚嫁之常用六礼者，此歌于期尽而杀礼者。"依他说，这诗作为婚礼乐章，在尔时社会里，其人不属于那时还有存在的奴隶占有者，就属于自由民，决非属于奴隶或农奴，诗说"庶士"，就是一个证据。

小　星

嘒彼小星，三五在东。肃肃宵征，夙夜在公：寔命不同！

嘒彼小星，维参与昴。肃肃宵征，抱衾与裯：寔命不犹！

【解题】

《小星》，盖"小臣行役之作"。胡承珙《后笺》说："……章俊卿谓使臣勤劳之诗。承珙案：王雪山、程泰之、洪容斋说皆与章同。"今案，不独宋儒多有此说，唐白居易《六帖》先有此说，其实早在汉《诗》四家今文三家中已有此说。至古文《毛序》说《小星》"夫人无妒忌之行，惠及贱妾进御于君"，后来经师大都曲为解说；文人以小星作为小老婆的代词，几乎成为雅俗共赏、无人不晓的典故，可见这说影响之大！《毛序》所说，盖作为乐章之义，瞽矇讽诵之义，不是诗本义，不用再驳了。

今文三家即以《小星》为卑官奉使之作。《易林·大过之夬》说："旁多小星，三五在东。早夜晨行，劳苦无功。"这当是《齐诗》说。《韩诗外传》一说："曾子仕于莒，得粟三秉。方是之时，曾子重其禄而轻其身。亲没之后，齐迎以相，楚迎以令尹，晋迎以上卿。方是之时，曾子重其身而轻其禄。怀其宝而迷其国者不可与语仁，窘其身而约其亲者不可与语孝。任重道远者不择地而息，家贫亲老者不择官而仕。故君子桥褐趋时，当务为急。《传》云：不逢时而仕，任事而敦其虑，为之使而不入其谋，贫焉故也。《诗》曰：'夙夜在公，实命不同。'"王先谦《集疏》说："言贫仕卑官，而引《诗》以明之。任重道远，不择地而息，任事而敦其虑，是'夙夜在公'也。家贫亲老，不择官、不逢时而仕，为之使而不入其谋，是'实命不同'也。……《外传》多推演之词，而义必相比。明此诗是卑官奉使，故取与曾子仕莒事相拟。唐白居易《六帖·奉使类》引此诗'肃肃宵征，夙夜在公'，正用韩义。宋洪迈《容斋随笔》云：《小星》'肃肃宵征，抱衾与裯'，是咏使者远适，夙夜征行，不敢慢君命之意。《笺》释此两句,谓诸妾肃肃然而行,或早或夜在于君所,以次序进御。又云:裯者,床帐也。谓诸妾夜行,抱被与床帐待进御。且诸侯有一国,其宫中嫔御虽云至下,固非闾阎微贱之比,何至于抱衾而行?况于床帐,势非一己之力所能致者。其说可谓陋矣。宋章俊卿、程大昌亦谓此为使臣勤劳之诗,皆本韩为说。"读此可知《小星》一诗正该如此作解。这位诗人戴星襆被,勤劳尽职,倘若作的不是危害人民的事,还不失为当时一个善良的小公务人员。据《春秋》昭七年《左传》:"人有十等,……王臣公,公臣大夫,大夫臣士,士臣皂,皂臣舆,舆臣隶,隶臣僚,僚臣仆,仆臣台,马有圉,牛有牧。"《小星》诗人当属于士一类的人物。他尚叫苦如此,当时劳动人民行役的苦可知。这诗反映了前封建社会统治阶层里就已存在的等级矛盾。

说来可笑。近人有说《小星》一篇是写妓女生活之作。先是方玉润《诗经原始》驳《诗序》和《朱传》,说:"……诗中词意唯衾裯句近闺词,余皆不类,不知何所见而云然也。且即使此句为闺阁咏,亦青楼移枕就人之意,岂深宫进御于君之象哉?"后来胡适就在他的《谈谈诗经》一文里说:"《嘒彼小星》一诗是写妓女生活的最古记载。我们试看《老残游记》,可见黄河流域的妓女送铺盖上店陪客人的情形。再看原文,我们看她抱衾裯以宵征,就可知道她为的何事了。"这是胡说。时代相隔三千年,怎可用《老残游记》描写的生活来证实《诗经》里描写的生活?为什么抱衾裯以宵征,一定是妓女而不是别种人?再于诗中"夙夜在公"一句又怎么解释?小聪明俏皮话,实在谈不上做学问,这种态度,这种方法,在今人《诗经》研究上已遗留了坏的影响,不可不辩。

江 有 汜

江有汜,之子归,不我以。不我以?其后也悔!
江有渚,之子归,不我与。不我与?其后也处!
江有沱,之子归,不我过。不我过?其啸也歌!

【解题】

《江有汜》，疑是"商〔人〕妇为夫所弃"而作。即令不是个人创作而是民俗歌谣之言，其内容主旨还是一样。不待说，商业在《诗经》时代准是早已有之的。可能当时金属货币刀布之类还未十分流通，民间常作以物换物的交易。《诗》说："氓之蚩蚩，抱布贸丝。"(《卫风·氓》篇)"如贾三倍，君子是识。"(《大雅·瞻卬》)不但在被统治阶级"小人"中有商人，在统治阶级"君子"中也有人大谈生意经了。方玉润《诗经原始》说："此必江汉商人远归梓里而弃其妾，不以相从。始则不以备数，继则不与偕行，终且望其庐舍而不之过，妾乃作此诗以自叹而自解耳。"这一说有近是处。但是他既说作者是商妇，又说是商人妾，究竟她是妻还是妾呢？徒凭天分想象而不征实，说来又自相矛盾，未免空疏。

诗说江有汜、有渚、有沱。所谓汜、渚、沱，当是由通名而为专名，至少也显示有一定的区域。我以为江有沱，可能就是如今四川灌县新繁间的沱江。江有汜，可能就是如今四川鱼复县的汜溪口。江有渚，如其不是在今灌县都江堰，当在沱江之间的一个地方，今不可考。总之，都属于古梁州境内召南之国。从《郑笺》到王夫之《稗疏》、程瑶田《通艺录》、朱右曾《诗地理徵》、陈奂《传疏》，都从周南、召南的地理位置来说，以为江沱是梁沱。对的。胡渭《禹贡锥指》、王先谦《集疏》以为江沱是荆沱，这恐怕不对。虽说周南、召南同属南国，究竟其在地理上的位置却各有所指。

或疑远在秦人凿山通蜀之前，周初召南之人未必已至梁沱，即在长江上流巴蜀之间往来经商。按《禹贡》、《史记·夏本纪》、扬雄《蜀王本纪》、常璩《华阳国志》，"黄帝为子昌意娶蜀山氏，后子孙因封焉"。"禹者，黄帝之玄孙，而帝颛顼之孙也。禹之曾大父昌意。"禹"生于石纽"，"西夷之人"。"禹别九州，随山濬川。""岷山导江，东别为沱。"是巴蜀和中原交通远从唐虞时代就已经开始了。又按《尚书·牧誓》："及庸、蜀、羌、髳、微、卢、彭、濮人。"《正义》说："此八国皆西南夷也。

文王国在于西，故西南夷先属焉。"《逸周书·王会》篇："成周之会"，"巴人以比翼鸟"，"蜀人以文翰，文翰若皋鸡(翚雉)"。这是周初和巴蜀交通的确证。倘说召南地区之人不能远到梁沱往来经商，这话恐未必然，何况梁沱正在召南范围之内呢。

诗说江有汜、渚、沱，所涉及的流域颇为广远，不像是作者即日起兴，说的本地风光，一定是指她的丈夫在外活动所及的范围。看来她的丈夫既不是束缚在土地上的奴隶，又不像是行役远离的大夫或将士，当属于当时社会里的自由民阶层，疑是往来于长江中上游的船户或商贾。《小雅·大东》篇说："舟人之子，熊罴是裘。"可能他也是这样的船商暴发户，而另有所欢。当他回家不理老婆，老婆就敏感到要把她遗弃，她就唱出这支痴情无限的悲歌来了。倘不是这样作解，就有许多问题永远纠缠不清，无法把这诗读通的。

再从长江流域中上游由商业文化所产生的歌舞艺术之史的发展上来说，秦汉间的"巴渝舞"，一定是有其先声的。再说：南北朝乐府关于荆、郢、樊、邓间商人妇女歌咏爱情无常的"西曲"，一定是远有继承的。到了唐人也还有不少像这样的诗歌。比如："嫁得瞿塘贾，朝朝误妾期。早知潮有信，嫁与弄潮儿！"便是一例。至于刘禹锡和元稹、白居易一流诗人所作的《竹枝》、《杨柳枝》，就曾自己说明是摹仿巴渝俗歌，这都是"西曲"的嗣响。我们说明了《江有汜》是商人妇为夫所弃而作，不是恰足以说明这一历史的渊源吗？

今古文家说这诗都不可通。陈奂疏释《诗序》说："江沱之媵，妾也。其适，女君也。媵有贤行，能绝适嫉妒之原，故美之。《诗》录《江有汜》，其犹《春秋》美纪叔姬与？适，今俗作嫡。"从而疏释诗中"之子，谓适也。我，媵自我也"。他以为这诗是赞美诸侯的媵妾对嫡妻女君贤慧相处，嫡妻也就不争风吃醋。从《诗》古文家大师这样说，能够说得通吗？

王先谦《集疏》说："齐说曰：江水沱汜，思附君子。伯仲爱归，不我肯顾，佺娣恨悔。(《易林·明夷之噬嗑》)陈乔枞云：《比之渐》云：南国少子,才略美好。求我长女,薄贱不与。反得丑恶,后乃大悔。……详《易林》之语,南国本求婚长女,而女家不与,但以仲女往媵之,故云'仲氏爰归'。迨嫡不以其媵备数,因而恨悔,此《江有汜》之诗所为作也。后其长女所嫁,反得丑恶之人,乃更大悔前事。《比之渐》云云,及《明夷之观》所云'长女不嫁,后为大悔',皆指此事言。《毛序》以此诗为美媵,是据其后言之。盖至江汉之间被文王、后妃之化,嫡乃自悔其过。此诗之作,美媵之遇劳无怨,又以嘉嫡之能悔过自止也。宜合齐说、《毛序》参观之,其义始备。愚案:《比之渐》等所云求婚不与之事,与此诗无涉。彼但云'求我长女',并无不与长女而与次女之说。陈强合为一,易伯仲为仲氏,以成其义,谬矣。古者诸侯一娶九女,二国媵之。其本国之媵,或以君之庶女,或以同姓大夫之女。媵八岁备数,十五从嫡,二十承事君子。未任承事,还待年父母之国。见《公羊》庄十九年《传》何注。绎焦说'伯仲爰归',是伯为嫡,仲为媵,媵以君之庶女,则仲是庶女也。媵既从嫡,嫡不令承事君子,是'不我肯顾'。媵非一人,故有侄娣。诗盖仲所作。兼言'侄娣恨悔',统词也。《释亲》:'女子谓晜弟之子为侄,同出谓先生为姒,后生为娣。'《公羊传》'以侄娣从'是也。……恨悔总谓怨。媵作此诗,怨而不怨,故美而录之。'不我以','不我与','不我过',就目前情事言,即《易林》所云'不我肯顾'。'其后也悔','其后也处',料嫡他日必悔过而与处。勤望之心,立言最为婉至。'其啸也歌',媵自明作诗之意。义训本自分明,自《诗序》谓'嫡能悔过',此诗遂无正解。推究《序》文,语意三截。'美媵也'三字,当日相传古义。'勤而无怨,嫡能悔过也'二句,与'美媵'意不贯注,乃毛所推衍,误以其后悔处为已然之事,非'美媵'二字所能赅,从而为之词。'文王之时,江沱之间,有嫡不以其媵备数,媵遇劳而无怨,嫡亦自悔也'五句,与上二句语意重复,又后人畅发嫡能悔过之旨,盖卫敬仲辈所涂附也。夫嫡能悔过,《序》岂容独言美媵?为毛说者,因谓嫡之悔由媵之劳而无怨,故为推本之词。尊卑倒偾,莫此为甚。譬如君父放逐其臣子,臣子万无怨怼之理。其后君父悔悟,遂归美臣子,以为君父悔悟由于臣子之不怨怼,可乎?且如毛说,末章'啸歌'义不可通。知《序》之不出一人。参以《易林》之文,而诗之本义出矣。"尽管他两面开弓,批评了古文家这一《诗序》的申续之词不通,指出了今文家陈乔枞《齐诗遗说考》解这诗的谬误,都算不错;尽管他说嫡媵的制度如何也算合乎历史事实,说嫡媵相处的道理怎样也算合乎封建伦理;可是他说这诗的文章脉络不合语意、不合文法。我们从这诗中所感受到的只是男女关系的变故,并不是嫡妾关系的协调,实在看不到他说出了这诗的本义。从《诗》今文家大师这样说,能够说得通吗?

野有死麕

野有死麕,白茅包之。有女怀春,吉士诱之。
林有朴樕,野有死鹿,白茅纯束。有女如玉!
舒而脱脱兮!无感我帨兮!无使尨也吠!

【解题】

《野有死麕》一诗,说的是民间简单朴素的一种婚礼。古话说:"礼有隆杀。"(隆杀,犹今言丰俭)杀礼不为无礼,更不是非礼。这还是根据那时统治阶级的所谓礼来说的。《诗序》作者探此诗言外之意在"恶无礼",可算不错。《毛传》说:"凶荒则杀礼,犹有以将之。野有死麕,群田之获而分其肉。……"这话大概不错罢。因为古话说:"礼不下庶人。"庶人自有庶人之礼。这一婚礼从简是否由于年岁凶荒还说不定。所可知的,这一男子像是恰好和人一起野外打猎,分得了猎获物獐鹿,并且带了青杠柴捆,才得以去向一个正想结婚的女子求婚。这个女子就用乡村姑娘的口吻,细腻地而又坦率地告诉他说,你来时要举止从容、打扮漂亮,不要惹起狗吠。狗咬穷人,狗眼是最势利的!我们从这诗可以想象到那时一般劳动人民的生活水平,又从而可以感到那时乡村生活的泥土气息。同时也会感到这诗确是"民俗歌谣之诗"。

前人从古文《毛诗》来解这诗,认为这是写乡村男女简单婚礼的一说,比较最合诗旨。王质《诗总闻》说:"女至春而思有所归,吉士以礼通情而思有所耦,人道之常。或以怀春为淫,诱为诡,若尔,安得为吉士?吉士所求必贞女,下所谓'如玉'也。""当是在野而又贫者,无羔雁币帛以将意,取兽于野,包物以茅。护门有犬,皆乡落气象也。""寻诗,时亦正,礼亦正,男女俱无可讥者。……虽定礼有成式,亦当随家丰俭。夫礼惟其称而已,此即礼也。"这都说得是。但是他说"吉士诱之"的诱:"诱,道也,所谓道即媒妁也。"又解末章是说"媒妁之来,尚欲使舒徐无喧动,贞女可知"。这就未免说得迂曲可笑了。姚际恒《诗经通论》说:"愚意此篇是山野之民相与及时为昏姻之诗。《昏礼》:费用雁,不以死。皮帛必以制。皮帛,俪皮束帛也。今死麕、死鹿,乃其山中射猎所有,故曰野有,以当俪皮。白茅,洁白之物,以当束帛。所谓吉士者,其赳赳武夫者流耶? 林有朴樕,亦中林景象也。总而论之,女怀士诱,言及时也。吉士玉女,言相当也。"这话也可不算错。但是他最后说:"定情之夕,女属其舒徐,而无使帨感犬吠,亦情欲之感所不讳也与?"他不从帨就是"亲结其缡"之缡作解,把"帨感犬吠"看作是偷偷摸摸的"定情",说来未免轻佻。似乎他也不知道"无使尨也吠"、"小心恶狗",正是从古至今乡村人民对于来客常有的关切之语。何况《郑志》答张逸云:"正行昏礼,不得有狗吠。"这话颇合情理。戴震《补传》说:"诗辞所涉,曰林野,曰麕鹿,曰尨吠,亦以见乡曲之远于都邑也。或曰:诗言女之不可诱,固善矣,先之曰'有女怀春,吉士诱之',何也?曰:女之待嫁所愿者吉士也,士之归妻所愿者有女如玉也。诱之之云,以甚言情之动于爱悦(原注:《祭义》曰:如欲色然。张融云:如好色,取其甚也)。而卒能无失乎礼义,则风化之所被可知矣。"他为乡曲男女知礼义,重风化,遵守了统治阶级的所谓"礼教"辩护,似乎多余,未必合乎那时民间的道德观念。但是倘若他不对劳动人民具有相当的了解和同情,恐怕也就说不出这样的话来。

今文家根据《韩诗》说,以为这诗是刺"男女失冠昏之节","为东迁后,西都畿内之人所作"。这话不甚可靠。魏源《诗古微》说:"《昏礼》:

束帛俪皮以为聘币。今以死麕不中礼之皮，而加以茅束苟简之赠，郑子晳之强委禽乎？春女悲，秋士怨，感其物化也。相感而动流荡之思，则末俗失冠昏之节矣。感悦惊龙，谓之姑徐徐云尔。词若相距，情则相昵，乃以为凶荒杀礼，而强推为礼义之化，贞絜之教，其如词义龃龉何？或谓《左传》郑伯享赵孟，子皮赋《野有死麕》之卒章，必非刺淫。则子蠚赋《野有蔓草》，叔孙赋《匏有苦叶》，亦将谓彼二诗非刺淫乎？三家《诗》以《甘棠》、《野有死麕》、《何彼襛矣》皆东周之诗。而二《南》乐章各十一篇，篇相配应，独此三章多出十一章之外，与《周南》不相配应，又不入于《王风》，则知皆东周时所采西都畿内之风也。"王先谦《集疏》说："韩说曰：平王东迁，诸侯侮法，男女失冠昏之节，《野麕》之刺兴焉。""刘昫《旧唐书·礼仪志》文。刘，唐末人，所用《韩诗》义也。魏源云：此东周时所采西周畿内之风也。周初，雒邑与宗周通，为邦畿千里。平王东迁后，秦文公破戎，收地至岐，岐以东献之周。及惠王，尚与虢公以酒泉。是西畿地东迁百余年尚为周有。虞芮、西虢亦错处西畿之内，未为秦、晋所并。故《甘棠》思召伯，《何襛》美王姬，皆陕以西畿内之风，《野有死麕》亦犹此例。其诗既不采于东都王城，使不附于《召南》，陕以西之风将何所属？愚案：魏氏采风之说确不可易。参以下章'平王之孙'，时代吻合。此诗为东迁后西都畿内之人所作无疑。虽时当衰乱，犹知见不善而恶之，斯周初礼教之遗。"魏源、王先谦同治今文三家《诗》，而意见不甚一致，独论这诗同见，殊不易得。古文家说这诗作在西周初，"被文王之化"；今文家说这诗作在东迁后，"周初礼教之遗"。他们所说诗的作出时代恰在两个极端，谁说的对呢？一说这诗非淫诗，一说这诗是"刺淫"，谁说的对呢？我以为问题不在于谁重不重礼教，而在于他们解这诗对于礼教的观点不同、立场不同。古文家似乎不全站在统治阶级的立场，故对于民间婚礼从简（"杀礼"）多少有些同情，认为这还是"被文王之化"，诗作在西周初。今文家似乎完全站在统治阶级的立场，故对于"男女失冠昏之节"一概加以贬刺，认为诗有刺意还是"周初礼教之遗"，诗作在东迁后。我想他们根据了别的什么可靠的事实同样是没有的。

从宋儒开始了对于这诗是否淫诗的争论。欧阳修《诗本义》以"吉士诱之"的诱解作挑诱,视为淫奔之诗。吕祖谦《读诗纪》首先驳斥了他,说:"毛、郑以诱为道,《仪礼·射礼》亦先有诱射,皆谓以礼道之,古人固有此训诂也。欧阳氏误以诱为挑诱之诱,遂谓彼女怀春,吉士遂诱而污以非礼。殊不知是诗方恶无礼,岂有为挑诱之污行而尚名之吉士者乎?"按:上文说怀春,下文说挑诱,正相照应。《毛传》训诱为道,诱导和挑诱不妨看作同义语。必说诱是以礼导之,以媒妁导之,增字解经恐是一病。自古民间尽多男女谈情说爱的歌谣,却不必认真追查其中事实,更不必说不许有此行为。朱熹《集传》说:"南国被文王之化,女子有贞洁自守不为强暴所污者,故诗人因所见以兴其事而美之。或曰:赋也。言美士以白茅包死麕,而诱怀春之女也。"他还说过:"《野有死麕》,潘叔恭谓强暴者欲以不备之礼为侵陵之具。得之。"似乎他引的或说就是潘说。这当是受了欧阳修一说的影响。所以陈启源《稽古编》说:"《朱传》诱字无训,以下所述或说推之,当同欧解矣。又谓如玉是美其色。则此二章诗直是称述艳情、夸美冶容之语,安在其恶无礼?又乌得为正《风》哉?至所引或说出于潘叔恭。其以麕鹿为诱者,谓以不备之礼为侵陵之具。夫不论理之当否而论物之厚薄,是特争聘财而已矣。"陈启源坐实《朱传》当同欧解,并非深文周纳。王柏《诗疑》主张"放黜"淫诗三十二篇,《野有死麕》恰是第一篇。他说:"在朱子前,诗说未明,自不当放;生朱子后,诗说既明,不可不放。"王柏腐儒,就已约略说明自己正是继承了而且发展了朱熹的这一说。

为了判断这诗是否为淫诗,末章称"我"是谁自我,这比对于"怀春"和"诱"字的解释,学者间的争论更为有劲。《郑笺》、《孔疏》意以末章为贞女拒暴之词。说是女词,这不错,但说拒暴却未必。范处义《补传》说:"末章设为女家谓男子之词。"怎见得如此?汪梧凤《诗学女为》说:"朱氏公迁曰:(末章)非必出于女子之口,诗人特探其意而言之,所谓极其形容也。……盖旁观者见贞女而刻意摹写之词,非真有强暴之污而女拒之云云也。……"此说颇为圆通。最后王先谦也说："诗人代为女拒男之言。"其实这还是以为借用女子口吻，不过这个女子无须自负言责而已。至于胡承珙《后笺》说："即以为诗人我吉士、或吉士自我，谓当以礼舒迟而来，不可奔走失节而自动其佩巾，致令尨吠，义皆可通。《内则》：'男子亦左佩纷帨。'故谓动女子之帨，不如谓男子自动其帨也。"这是说，诗人我吉士、或吉士自我。越说越支离可笑了。倘若说，这章诗"其词若拒，情则相昵"，这就算是淫诗；说这是"贞女拒暴之词"，这就不算是淫诗；说这不是"出于女子之口"，甚至反过来说这是"吉士自我"之词，这就硬说它不是淫诗了。究竟这一章诗将如何作解呢？我在《诗经直解》章指及本文首段试作的另一解说对不对呢？

我以为与其说这是争论淫诗的问题，毋宁说这是化装争论卫道的问题，其实他们同样自命是卫道君子，看谁卫道卫得最彻底。这不必请教那位脑子似曾出过毛病的弗洛伊德医生来诊断，无疑地这是反映了在封建社会关于礼教、关于男女道德观念的重压之下，这些学者们的脑子里大作怪。我没有兴趣参加这一斗争，但是在研究《诗经》的工作中不得不对它试作历史主义的考察或评述而已。说得对否，那是另一问题。以后再论到淫诗仿此。我在这里说的意见还和我在《国风选译》里说过的意见一致。倘有卫道君子又硬要指摘我宣传淫诗或称许我攻击淫诗，予欲无言，还是让白纸黑字去说话吧。

何彼襛矣

何彼襛矣？唐棣之华。曷不肃雍，王姬之车！
何彼襛矣？华如桃李。平王之孙，齐侯之子！
其钓维何？维丝伊缗。齐侯之子，平王之孙！

【解题】

《何彼襛矣》自是为平王之孙女、齐侯之儿子婚礼而作。齐侯之儿子是指齐桓公。《春秋》庄十一年（当周庄王十四年，公元前六八三年）

"冬,王姬归于齐",就是记的这件事。当时周室早已东迁,国家多难,而王朝及其诸侯骄奢淫佚如故。民间见此盛礼,不是惊讶就是妒羡,竞相宣传,所以成为民俗歌谣之诗。把它列入《召南》诗中,想是因为召南"其地在南郡南阳之间"(《水经注·江水》篇引韩婴《诗叙》语),正在东都畿内的缘故。

这诗的艺术风格颇为别致。一问一答如同对话,而所答似非所问。因为问者故用比兴,故用谐谑(《文心雕龙》有《谐谑》篇);答者直如射覆猜谜,直如画龙点睛。劳动人民的语言艺术,民间歌手的艺术才能,达到了一定的高度。可知后世的"优谏",于今的"相声",原有很古的渊源。日本批评家厨川白村说:欧洲十九世纪末,诗人盛行象征主义,发现了"诗必有谜"。这在我们的《三百篇》中原是一种古老的艺术手法。我们读了这诗,已知诗人谜底自己揭穿。以此为例,可以更加好好地玩索《三百篇》中所用的比兴之义。又在《召南》诗中,《采蘩》篇前两章也是一问一答,末章似是答者另外添加的感叹的话。《采蘋》篇三章就是一问一答到底。好像问答体已是这一时代这一区域民歌惯用的形式。但论《采蘩》、《采蘋》两篇所具的思想性、艺术性,就远不及《何彼襛矣》一篇所具有的这么高。这不但瞒住了当时采风陈诗者的耳目、后来编《诗》序《诗》者的心思,也迷惑了后世读《诗》治经者的理解,大家都以为这诗只是"美王姬"。这里不能不把它揭露出来。

诗说:"平王之孙,齐侯之子。"究竟平王是谁?齐侯是谁?我以为最好即如字面所示,平王就是平王,齐侯就是齐侯,无须绕弯子说话。这样说来,平王就是周平王宜臼了,齐侯是谁呢?《朱传》说:"或曰:平王,即平王宜臼。齐侯,即襄公诸儿。事见《春秋》。"卢文弨《抱经堂文集》二十四《答问》说:"《何彼襛矣》之称平王,似当属平王宜臼。……平为平正一说乃毛公创解,而或以宁王为例。夫武王定天下,宁之为义美而显,平之为义泛而晦。故愚见以为似不若朱子之后一说可从也。"难道齐侯就是齐襄公(襄公名诸儿)吗?那么,齐襄公之子又是谁呢?襄公、桓公都是僖公子。倘若意指桓公,陈启源《稽古编》说:"是竟以桓公小白为襄公子矣,不顾后人齿冷耶?"惠周惕《诗说》道:"《何彼襛矣》明言平王,而旧说以为武王,安城刘氏引《棫朴》之辟王、《文王有声》之称王后、《江汉》之称文人以实之。盖昔人误认二《南》为文王时诗,故曲说羡言先后承袭若此。不知二《南》之诗非一时所作。……《春秋》书王姬归诸侯,一在庄元年为齐襄公,一在十一年为齐桓公,二者未知孰是。窃以肃雍之义求之,疑是归桓公者。《春秋》庄十一年书王姬归于齐。《传》曰:'齐侯来逆共姬。'共固美谥,又与肃雍之意合也。"这是说,齐侯之子为齐桓公。汪梧凤《诗学女为》说:"考《春秋》两书王姬归齐,一齐襄,一齐桓。此后无闻焉。……凤因合参诸说,事以经为证,义以圣为衷,乃为之说曰:平王,宜臼也。其曰孙者,泄父未立之词也。且孙以下皆得以孙概之,犹祭而祝告之文概称曰曾孙也。齐侯之子,桓公也。在位三年而犹子之者,《昏礼》,告庙以父临之,则犹父在之词也。其所以得列于《召南》者,美伯主也。犹《诗》之进鲁于《颂》,《书》之进《费誓》、《秦誓》于《周书》也。……因桓公行亲迎之礼以尊周,而诗人美之。……何必泥《召南》无东周以后之诗,而以平王为平正之王、齐侯为齐一之侯,为此支离不可据之说乎?至于齐襄禽兽耳,何美之可诗?何诗之可附于《召南》?……"这也是说,齐侯之子为齐桓公。他所举的义证,说来迂曲可笑,故多已删去。所举事证,还不算违背历史唯物主义,故认为可取。我以为惠、汪两家主张的齐侯之子即齐桓公一说,比较可信。

这里还有应该加以补充说明的:《春秋》两书王姬归于齐,这和鲁史何关?戴震《补注》说:"《春秋》所书,使鲁主之者耳。""天子嫁女于诸侯,必使诸侯同姓者主之。秦汉以后,使三公主之,呼为公主。"我则以为齐侯亲迎王姬,路过鲁国,所以记载在《春秋》里。庄十一年:"冬,王姬归于齐。"《公羊传》说:"冬,王姬归于齐。何以书?过我也。"又《穀梁传》说:"冬,王姬归于齐。其志过我也。"这当是指的齐桓公亲迎王姬。按庄元年当齐襄公五年,即周庄王五年。庄十一年当齐桓公三年,即周庄王十四年。在这两个年头,《春秋》都记载有"王姬归于齐"

事。所说王姬应该都是周庄王的女儿,平王的玄孙女。或者前一王姬则是庄王之妹,平王的曾孙女。孙以下都可称孙。在鲁国,就有《鲁颂》称鲁僖公为"周公之孙,庄公之子",可证。因此说《何彼襛矣》一诗为齐桓公亲迎王姬而作,可通。何况当时齐国颇为富强,加以齐桓公一生多内宠、颇荒淫之事迹证之,当他亲迎王姬,岂有不大事铺张的?这正是民间歌手的好资料!这也许还是鲁史《春秋》所以一再记载"王姬"过境的一个原因。

　　今古文家说这诗里平王和齐侯为何人,都不可靠。《毛传》说:"平,正也。武王女,文王孙,适齐侯之子。"平王,就是平正之王、文王吗?文王为什么叫平王?武王之世的齐侯是丁公还是乙公?都不可晓。只见《孔疏》引《大诰》注:"受命曰宁王,承平曰平王。"孔广森《经学卮言》引《周诰》:"十五王而文始平之。"似乎二孔各为平王找得了一条像样的理由。这还禁不起崔述《读风偶识》一问:"《大雅》、《尚书》称文王者无虑百余,何以不一称为平王?"尽管梁玉绳《人表考》列举"文王之异称凡十有九",但不能据以说明这诗中平王就是文王。甚至周中孚《郑堂札记》据《逸周书序》:"穆王遭大荒,谋救患分灾,作《大匡》。"以为这穆王就是文王。他说:"此解文王时作,观本解及上下解可见。盖文王可称穆考,未始不可称穆王也。而不嫌与穆王满相重者,犹《诗·何彼襛矣》之称平王不嫌与平王宜臼相重也。且在当时不知后之有相重也。……"即令《逸周书·大匡解》的穆王就是《周书·酒诰》的穆考,也就是文王,但也不能据以说明这诗中平王就是文王。更甚而至如俞正燮《癸巳类稿》有《武王女得适齐侯之子答何休皇甫谧》一文,自谓恨不得与古学者同时相与辩论,也只是多此一举。总之,尽管他们说得都很善辩可喜,还是不能说服人们相信古文家的解说这诗。可知古文家解说这诗主题不可通。

　　王先谦《集疏》说:"三家说曰:言齐侯嫁女,以其母王姬始嫁之车远送之。(《士昏礼·贾疏》引郑《箴膏肓》)""案如三家说,是齐侯之子为齐侯所嫁之女;平王之孙,周平王之外孙女也。平王女王姬先嫁于齐,留车反马。今所生之女嫁西都畿内诸侯之国,荣其所自出,故以其母王姬始嫁之车送之。诗人见此车而贵之,知其必有肃雍之德,故深美之也。魏源云:《传》以平王为文王,王姬为武王女,文王孙,适齐侯之子。武王元妃邑姜,若女适齐侯之子,无论丁公、乙公,皆违《春秋传》讥取母党之例(见《白虎通义》)。且天子女适人,曷不云宁王之子而必远系之祖?《诗》三百篇皆称文王,不应此独易称平王,不见它经传也。或谓平王崩于鲁隐三年,《春秋》惟庄元年、十一年两书王姬归于齐。两者之中,齐襄无道,鲁王僬昏,王姬为齐继室,违诸侯不再取之义。惟庄十一年适齐桓者,卒谥共姬,意其有肃雍之德,事在庄公十四年,则王姬是平王之玄孙。不知《韩奕》'汾王之甥,蹶父之子',美韩姞一人也。《硕人》'齐侯之子,卫侯之妻,东宫之妹,邢侯之姨',美庄姜一人也。无一称其妻,一称其夫,分属二人者。至齐襄取王姬,立已五年;齐桓取王姬,立已三年,尚称齐侯之子,亦乖君薨称世子、既葬称子、逾年称君之例。唯《筬膏肓》得之,平王四十九年以前未入《春秋》,安知无王姬适齐,而所生之女别适它国者?齐女所嫁,当是西畿诸侯虞、虢之类。其诗采于西都畿内,既不可入东都王城之风,又不可入《齐风》,故从《召南》陕以西之地而录其风尔。"这里王先谦恰好又和魏源的意见一致。魏源雄辩,把《毛传》以平王为文王一说驳了,我们没话说;把或说齐侯之子为齐桓公一说驳了,我们就得一一答辩。说齐桓公既立就不能称子吗?汪梧凤早已据《昏礼》说过。关于东周王姬之诗不能入《召南》吗?我们已在本文首段说过。说平王之孙,齐侯之子,不能一称其妻、一称其夫吗?所举外证不适合,须举内证来说。这诗无可争辩地是用的比兴之义。一章单说唐棣,以兴王姬一人。二章并举桃李,以比平王之孙、齐侯之子两人。三章说:"其钓维何?维丝伊缗。"缗就是两股合成的纶,倒得感谢王先谦作出确诂,因为诗人恰以钓具丝纶兴齐侯之子、平王之孙两人。倘不如此作解,那么,诗用比兴还有什么意义呢?可知今文家解说这诗主题同样不可通。

驺　虞

彼茁者葭，壹发五豝。于嗟乎驺虞！
彼茁者蓬，壹发五豵。于嗟乎驺虞！

【解题】

《驺虞》，是关于春日田猎，驱除害兽，举行一种仪式之诗。戴震《补注》说："《驺虞》，言春蒐之礼也，除田豕也。"又说："春蒐以除田豕，为其害稼也。"所说礼，犹今言仪式。《毛传》说："虞人翼五豝以待公之发。"齐说道："虞人翼五豝以待一发，所以复中也。"（贾谊《新书》）今古文家都说这是一种仪式，一种形式主义的行政措施。这些害兽野猪之类是早就准备好了的，只待君长一到，就驱赶它到他面前，让他好好去射杀。倘若一射不中，只得续求"复中"了。这就是所谓春蒐之礼。戴震把它明确提示出来，这是他的卓识。

上古时代，地旷人稀，草莱未辟，田豕田鼠都是农作物的大害，所以才有春蒐以除田豕之礼；又在八蜡之祭中特有迎猫祭虎之礼（《礼记·郊特牲》）以报酬猫虎除灭田鼠田豕之功。积极一面依靠人力，消极一面迷信神力，这是古人从事生产斗争、与大自然灾害不断作斗争的方式。可是这种春蒐之礼如同亲耕之礼、亲蚕之礼，实际上只是一种每春例行的仪式，以及每冬八蜡之祭迎神赛会（《礼记·礼运》篇）的拜物迷信，恐怕都只是统治阶级有意无意地愚弄劳动人民的几套把戏。民间歌手留下了这支关于春蒐之礼的谣曲，真可宝贵！

记得《孟子·滕文公》篇下说到了上古人民和大自然作斗争的美丽而雄伟的古史传说。他说："当尧之时，水逆行，泛滥于中国，蛇龙居之。民无所定，下者为巢，上者为营窟。《书》曰：'洚水警余。'洚水者，洪水也。使禹治之，禹掘地而注之海，驱蛇龙而放之菹，水由地中行，江淮河汉是也。险阻既远，鸟兽之害人者消，然后人得平土而居之。尧、舜既没，圣人之道衰，暴君代作。坏宫室以为污池，民无所安息。弃田以为园囿，使民不得衣食。邪说暴行又作。园囿污池沛泽多，而禽兽至。及纣之身，天下又大乱。周公相武王，诛纣伐奄，三年讨其君，驱飞廉于海隅而戮之，灭国者五十。驱虎豹犀象而远之，天下大悦。"他说的未必全合古史的真相，但不能说全无古史的影子。洪水猛兽的传说乃至其他神话，当是远从史前时代人类十口相传下来的。治洪水、驱猛兽的功绩是由人民劳动创造出来的，自然不是大禹、周公几个代表历史人物的一手一足之烈所能成就。我们读此，可以了解到一点周初开国时的自然环境和政治措施，很有助于我们来读《驺虞》一诗。不然的话，怎么容易知道当时在实际上驱除害兽，在形式上举行春搜之礼，究竟是什么一回事呢？

我们从《驺虞》一诗可以推想到召南和周南的自然环境怎样，和社会生产发展到了怎样的阶段，并且知道当日召公日辟国百里，开发南国，可能有传说周公驱猛兽那样相当的功绩。二《南》所涉及的地区，前人颇有争论。大体说来，自陕以东，经洛阳以及汝蔡江汉一带，这是周南的范围。自陕以西，经终南到梁州的江沱，东南到南郡、南阳之间，和周南的汝蔡江汉相接，其中包括秦岭巴山大山脉，可能比周南"草木畅茂，禽兽繁殖"，这是召南的范围。《周南·兔罝》是猎兔者之歌。《召南·野有死麕》也和猎人有关。《周南·关雎》说荇菜，《卷耳》说卷耳，《召南·采蘩》《采蘋》说采蘋、蘩、蕰、藻之菜，这都是后世除了偶逢荒年凶岁一般人不食用的植物，更不要说供王公食用和宗庙祭品了。其他《国风》、《雅》、《颂》里还有许多说到采集这一类植物作为食用的诗篇。从事采集的人包括统治阶级和被统治阶级的各阶层，虽然那时劳动主力早已几乎全加于辛勤的人民。无论采集的这类东西是供祭祀还是作食用，总之是当作一种不可少的生活资料，差不多和农作物黍、稷、稻、粱、菽、麦一样看待。从二《南》到《豳风·七月》乃至《雅》、《颂》里作为周初太平时候的诗篇，涉及一般人们的衣（以丝麻为主，葛纻次之，皮毛为贵）食日用资料都不算怎么丰富，可以称它丰富的只是坐享其成的统治阶级。总之，我们可以想见西周时代：土地还是多未开发，农业生产还不丰富。在广泛使用"铁耕"以前（春秋战国以前),生产工具(包括石、木、铜制,可能有一部分粗铁所制)效率不高,生产力水平低下。这是前封建社会的一般经济状况。其时生活资料(首先是食物)获得的方式,当是大半靠人力农耕畜牧。这虽已日益取得支配地位,而所得的谷物肉类远不足以供给人们的需要,小半还要向自然界采集,包括采取野生植物和猎获野生动物来补充,而不只是当作副食品或奢侈品。至《孟子》所说"草木畅茂,禽兽繁殖",周公"驱虎豹犀象而远之",正足以说明那一时代中国土地上大自然界的一般景象。而在目前中国,除了西南边境可能发见犀象大动物,其他地方早已绝迹,即是虎豹也已稀少,不足为人畜大害了。《驺虞》说及野猪犯豵,《野有死麕》说及野有死鹿,目前这一带地方野猪为害还是很大,并有老熊。当我流寓四川时,常闻及大巴山区川陕万源、镇巴一带,农民往往彻夜篝火鸣锣,守护庄稼。但是野鹿恐怕已经绝迹了。我们懂得了上面所说各点,就会更加懂得二《南》乃至全部《诗经》涉及采取野生植物和猎获野生动物的诗篇,关于春日田猎驱除害兽的《驺虞》一诗也就会有更进一步的了解了。

何谓驺虞?今古文家的争论一直没有解决。《毛传》说:"驺虞,义兽也。白虎黑文,不食生物,有至信之德则应之。"毛公以为驺虞是神话化的白虎,瑞应之兽。这和《诗序》说"《驺虞》,《鹊巢》之应"相合。说他没有根据吗?陈奂《传疏》说:"《周礼·钟师·疏》引《异义》古《毛诗》说与《传》同。《异义》又引古《山海经》、《邹子书》云:'驺虞,兽。'《御览·兽部》二引《尚书大传》:'散宜生之於陵氏,取怪兽,尾倍其身,名曰驺虞。'《正义》引《郑志》答张逸问:'《传》曰白虎黑文何谓?'答曰:'白虎黑文,《周史·王会》云。'今《逸周书·王会》篇佚此文。然亦可证驺虞为兽,古无异说。服虔注《左传》云:'思睿信立白虎扰。白虎即驺虞。'此从左氏修母致子,与古《毛诗》说同。"又说:"诗之犯豵皆田豕也。《郊特牲》云:'迎虎,为其食田豕也。'春蒐亟驱犯豵,其即《礼记》迎虎之意与?"究竟驺虞是征应之义兽,因"纯被文王之化"、"王道成"而出现,诗人才咏叹它呢,还是因为它是白虎能食田豕,诗人因春搜之礼才想到它呢？驺虞用在诗里是比仁君文王，"喻言"呢，还是文王"实致"驺虞献纣（上引《尚书大传》），直赋其事呢？古文家一直不曾解说明确，直到陈奂也还是这样。

鲁、韩说道："驺虞，天子掌鸟兽官。"（《钟师·疏》引《韩诗》说，许慎《五经异义》引今文诗《韩》、《鲁》说同）又鲁说道："驺者，天子之囿也。虞者，囿之司兽者也。……作此诗者，以其事深见良臣顺上之志也。良臣顺上之志者，可谓义矣。故其叹之也长曰：吁嗟乎！虽古之善为人臣者亦若此而已。"（贾谊《新书》）齐说道："《驺虞》，乐官备也。"（《乡射义》）究竟驺虞二字各为一词，天子掌鸟兽官之名呢，还是驺虞二字各为一词，驺是天子之囿名，虞是囿之司兽官名呢？《驺虞》一诗是诗人"深见良臣顺上之志"而长叹之，还是"乐得贤者众多，叹思至仁之人以充其官"（《乡射义》郑注）呢？抑或如另一鲁说："《驺虞》者，邵国之女所作也。"（蔡邕《琴操》）这是衰世男女怨旷之词，"叹伤所说（所说，意指其丈夫）而不逢时"呢？可知今文三家说的也并不甚一致。

袒护古文毛氏"驺虞，义兽"一说最出色的，可以如马瑞辰《通释》指出"古书言驺虞"，"在《毛诗》未出之前"，或为《毛传》所本的，凡举四证；可以如胡承珙《后笺》，写出一大篇，赞叹"毛说之精切"，"毛公之博物"，"而征应之理实有不可诬"。最有趣的是陆奎勋《陆堂诗草》，竟举明代曾获白虎为证。他说："明宣德四年，滁州获二驺虞献之朝。今观夏原吉赋序，一一与《毛传》合。"袒护今文三家驺虞官名一说最有劲的，可以如俞正燮《癸巳类稿·诗驺虞义》，攻击"《毛传》义有不安"，举出六证；可以如皮锡瑞《诗经通论》，写出一大篇，指摘"《毛传》晚出"，"《毛传》一大瑕"，而"绝祖毛者之口实"，"以扶三家之义"。两派旗鼓相当，各不相下。我没有这种宗派主义的兴趣来参加哪一派，这里却不容许我不自下己意。

我以为驺虞古义，可以是兽名，可以是官名，作为这诗直解，不太增字解义，都像可以说得过去。以前今古文家爱求深解，爱说微言大义，附会一些封建主义的道理，故都难以说通。不过我以为这诗确为赋体,驺虞确为官名,则在当时就有很现实的意义。即不相信瑞应一说以为真有灵物出现,如《朱子语类》说的:"问:《麟趾》、《驺虞》莫是当时有此二物出来否? 曰:不是。只是取以为比,云即此便是麟,便是驺虞。"但将驺虞为比,说似可通而未必是。比谁呢? 以比仁君,以比文王吗? 则于《郊特牲》迎猫迎虎之义,"春蒐之礼以除田豕,为其害稼"的道理,都有未合。"除恶务尽,如农夫之务去草焉。"岂有驱除害稼的田豕不驱除净尽的道理,如《诗序》、《毛传》(见上)、《郑笺》、《孔疏》那样说的?《郑笺》说:"君射一发而翼(驱)五豝者,战禽兽之命。必战之者,仁心之至。"《孔疏》说:"解云君止一发必翼五豝者,战禽兽之命。必云战之者,不忍尽杀。今五豝止一发,中则杀一而已,亦不尽杀之。犹如战然,故云战禽兽之命也。而必云战之者,仁心之至,不忍尽杀故也。"这岂是诗人之用意? 除非诗人有意说反话,拆穿了这一骗人的把戏。便如三家以驺虞为掌鸟兽官,比作"至仁之人",同样以为"兽虽多,不忍尽杀"(《集疏》)。难道诗人真是有意说反话、含讽刺?

以上研讨颇为详尽。说来说去,我以为只有说这诗是赋体,驺虞是官名,这是关于春蒐之礼的纪事诗,这样说来才说得通。至《射义》说:"《驺虞》,乐官备也。"郑注:"喻得贤众多。"连驺虞掌鸟兽之官也这么好,这不是备官的多贤吗? 这是用作乐章之义,非诗本义。《孔疏》已经指出这是"引《诗》断章",不错。

以上二《南》讲毕。

自从孔子告诉他的儿子,似以为《周南》、《召南》是人人必读书,引起了后儒对二《南》的特别注意。这就是二《南》所以曲解独多的一个原因罢。《论语·阳货》篇记载孔子对他的儿子孔鲤的一段话:"子谓伯鱼曰:女为《周南》、《召南》矣乎? 人而不为《周南》、《召南》,其犹正墙面而立也与!"最初何晏《集解》引马融说:"《周南》、《召南》,《国风》之始,乐得淑女以配君子。三纲之首,王教之端,故人而不为,如向墙而立。"后来邢昺、朱熹直到刘宝楠,他们所解说的,大要不外乎此。不过刘宝楠《论语正义》还异想天开,于夫妇之道、人伦之始以及修身齐家治国平天下的一套大道理以外,还加上了一点新的意义。他说:"时或伯鱼授室,故夫子特举二《南》以训之与?"这就把二《南》视为新讨老婆的青年人必读书!当日孔子所以对他儿子说那些话的用意何在?至今谁也只能悬揣。沈括《梦溪笔谈·辩证一》说:"《周南》、《召南》,乐名也。胥鼓以《雅》以《南》,是也。……有乐有舞焉。学者之事,其始也学《周南》、《召南》,末至于舞《大夏》、《大武》。所谓为《周南》、《召南》者,不独诵其诗而已。"他以为人必为《周南》、《召南》,因是学习乐舞的基础,不是徒读其诗。这也可备一解,却不为经师所取。王先谦《集疏序例》末说:"《毛传》巨谬在伪造周、召二《南》新说,羼入《大序》之中;及分邶、鄘、卫为三国。二南疆域,三家具存其义。若如毛说,是十五《国风》不全也。孔子云:'人而不为《周南》、《召南》,其犹正墙面而立也与?'推详圣意,盖因周立国最久,至孔子时已六七百年。二南规制既远,史册无征,惟据诗篇,尚存崖略,故有不为墙面之叹。"这是说,二《南》诗篇保存了周初二南疆域及其规制的一点历史资料,孔子所以重视它,毕竟还是无以解于孔子"不为墙面"之叹。我们却从这个线索可以寻觅《诗》今古文家对于二《南》解说纷歧的症结所在了。

诗三百解题卷三

邶　　毛诗国风

柏　舟

泛彼柏舟，亦泛其流。耿耿不寐，如有隐忧。微我无酒，以敖以游！

我心匪鉴，不可以茹。亦有兄弟，不可以据。薄言往愬，逢彼之怒。

我心匪石，不可转也！我心匪席，不可卷也！威仪棣棣，不可选也！

忧心悄悄，愠于群小。觏闵既多，受侮不少。静言思之，寤辟有摽！

日居月诸！胡迭而微？心之忧矣，如匪浣衣！静言思之，不能奋飞！

【解题】

《柏舟》，盖卫"同姓之臣"、"仁人不遇"之诗。《诗序》说的未必不是，朱熹《辨说》攻击它太过了。蒋悌生说："此篇《小序》，《朱传》极贬之。然以仁人不遇、小人在侧之义求之经文，亦未为害义，亦安敢必其非顷公之时所作？亦安敢必其非男子之诗？亦安敢必其非不遇于君乎？诚未敢轻议也。《孟子》引《诗》'忧心悄悄，愠于群小'意，《集注》仍用《序》说。朱子《四书》工夫尤为精密，当从《集注》为定。"（《传说汇纂》引）不错，朱熹说这诗未免前后自相矛盾。按朱熹《诗集传序》作于淳熙四年丁酉冬十月，《四书集注序》作于淳熙十六年己酉二月。相隔十二年，乃于《孟子》所引《柏舟》诗仍从《序》说，我们当从他的晚年定论。《孔丛子》记载孔子的话："吾于《柏舟》见匹夫执志之不可易也。"

这和《诗序》说的相合。今文三家说这诗不甚一致,作为《齐诗》遗说的《易林·屯之乾》云:"泛泛柏舟,流行不休。耿耿痞瘵,心怀大忧。仁不逢时,复隐穷居。"这正是说的仁人不遇,和古文《毛序》相合。刘向《列女传》说卫宣夫人作此诗,就和《毛序》不合。但是他上封事,论弘恭、石显倾陷正人,引此诗"忧心悄悄,愠于群小",接着说:"小人成群,诚足愠也。"这却和《毛序》相合。他也未免前后自相矛盾。陈启源《稽古编》说:"《列女传》之说,或云出自《鲁诗》,未知果否?要其妄为此说者,必因《鄘风·柏舟》是共姜自誓之诗,故讹造此事以配之,以宣公当共伯,以宣公弟当共伯弟武公也。凿空傅会,莫甚于此。朱子则信之,而反移以诋《序》,何以服人乎?又朱子虽引《列女传》为证,然不全用其说,而疑为庄姜诗。盖亦心知其非,特欲借之以助己排《叙》耳。独怪后世耳食之徒,因朱子揣度未定之语,竟据为典故,遂实指此诗为庄姜作。"他批评刘向、朱熹两说大都中肯。但不知道刘向、朱熹都是自己不相信自己呢,还是为学日益,后说胜于前说呢?我们不相信这诗如他们前所说的为妇人作,更不必说这妇人是谁了。

倘若这位"仁人"就是诗人,诗说"亦有兄弟,不可以据",难道他真是卫同姓之臣吗?《郑笺》说:"兄弟至亲,当相据依。言亦有不相据依,以为是者希耳。责之以兄弟之道,谓同姓臣也。"《孔疏》说:"此责君而言兄弟者,……正谓君与己为兄弟也。故逢彼之怒,《传》曰:彼,彼兄弟。正谓逢遇君之怒,以君为兄弟也。"又诗末句"不能奋飞"下,《郑笺》说:"臣不遇于君犹不忍去,厚之至也。"《孔疏》说:"此仁人以兄弟之道责君,则同姓之臣故(固)恩厚之至,不忍去也。以《箴膏肓》云:楚鬻拳同姓,有不去之恩。《论语》注云:箕子、比干不忍去,皆是同姓之臣,有亲属之恩,君虽无道,不忍去之也。然君臣义合,道终不行,虽同姓,有去之理。故微子去之,与箕子、比干同称三仁,明同姓之臣有得去之道也。"秦震宇《诗测》说:"玩'亦有兄弟'二句,必同姓之臣所作,《序》说恐不可易。若以为庄姜诗,则庄姜系齐东宫之妹,安得自卫往诉?"他们说的都很近情理。令人奇怪的是,这一卫同姓之臣的诗人怎和后来楚同姓之臣的骚人处境大相仿佛呢？

由上可见，这诗不是关于妇人之作。这里还须补充一下。何楷《古义》说："章首言饮酒遨游，此岂妇人之事？"说是卫宣夫人作吗？陈启源说："夫卫自康叔迄君角计三十七君，其称宣公者，止庄公子晋耳。宣夫人始则夷姜，烝父妾也；继则宣姜，夺子妇也；二姜之外，不闻别娶于齐。宣公卒后，但闻宣姜鹑鹊之丑，不闻更有守义之姜也。继立者宣公子朔，非弟也。"因说宣字当是寡字之讹，有《御览》引《列女传》可证。又，卫寡夫人列在《贞顺传》，卫宣姜列在《孽嬖传》，薰莸不同器，明明是两人。这话可能不错。但是卫寡夫人是谁呢？是那位因妾上僭而失位的庄姜呢，还是共姜呢？陈启源说："朱子以《柏舟》诗词气卑弱柔顺，断其为妇人诗，正因误认美刺诸篇皆其人自道也。此亦说《诗》之一蔽也。至谓群小为众妾，尤无典据。呼妾为小，古人安得有此称谓乎？"胡承珙《后笺》里说："黄元吉曰：胡一桂据'不能奋飞'句知为妇人诗，今正以此句知非庄姜诗。妇人从一而终，岂可自飞？而我思古人，实获我心，庄姜之温厚和平如此，焉得生欲飞之念哉！"这样说来，这篇《柏舟》不能说是妇人诗。《朱子语类》中也曾说及过，只得解作仁人不遇，但疑不是为顷公作。这话就比他的《辨说》来得平允。至王先谦《集疏》坚持为卫宣（寡？）夫人诗，反复疏证词句为妇人语，难为他苦下工夫。鄙意《列女传》记卫宣（寡？）夫人或有所本，不是出于古史遗文，就是出于民间传说。安知不是由于有《鄘风·柏舟》诗，而民间传闻传说异辞，致把共姜说成宣姜？林义光《诗经通解》就认定"邶、鄘两《柏舟》实为一人之诗，彼为其母不谅而作，此为兄弟之怒、群小之侮而作"。这也难为他肯费思索了。但是，何以解于那时妇人能够公然泛舟载酒、以敖以游，而诗直赋其事呢？

这是《邶风》第一篇，为什么不载邶国诗，而使我们争论诗中卫国事呢？按左氏襄三十一年《传》，记北宫文子与卫襄公论威仪，他引"《卫诗》曰：'威仪棣棣，不可选也。'言君臣上下、父子兄弟、内外大小，皆有威仪也"。所引《卫诗》正是《邶风》第一篇。为什么《邶风》又称

《卫诗》呢？再按左氏襄二十九年《传》："吴公子札来聘，见叔孙穆子。……请观周乐。使工为之歌……《邶》、《鄘》、《卫》。曰：'美哉渊乎！忧而不困者也。吾闻卫康叔武公之德如是，是其《卫风》乎？'"是《邶》、《鄘》、《卫》同称《卫风》，早已见于《春秋》时代。邶、鄘、卫，都在汉河内郡朝歌县内。《汉书·地理志》说："河内，本殷之旧都。周既灭殷，分其畿内为三国，《诗·风》邶、庸、卫国是也。鄁（邶），以封纣子武庚。庸，管叔尹之。卫，蔡叔尹之。以监殷民，谓之三监。故《书序》曰：武王崩，三监畔，周公诛之，尽以其地封弟康叔，号曰孟侯，以夹辅周室。迁邶、庸之民于雒邑。故邶、鄘、卫三国之诗相与同风。"这就是《邶》、《鄘》、《卫》都称《卫风》的由来，也就是王先谦《诗三家义集疏》以《邶》、《鄘》、《卫》合为一卷的由来罢。

绿　衣

绿兮衣兮，绿衣黄里。心之忧矣，曷维其已？
绿兮衣兮，绿衣黄裳。心之忧矣，曷维其亡？
绿兮丝兮，女所治兮。我思古人，俾无訧兮！
絺兮绤兮，凄其以风。我思古人，实获我心！

【解题】

《绿衣》，当是"卫庄姜伤己"之诗，《诗序》说的恰和诗旨相合。《诗序》续申之词，说："妾上僭，夫人失位而作是诗。"就肯定这诗是夫人庄姜自己所作了。《孔疏》说："此言而作是诗，及故作是诗，皆序作诗之由，不必即其人自作也。故《清人序》云'危国亡师之本，故作是诗'，非高克自作也。《云汉》云'百姓见忧，故作是诗'，非百姓作之也。若《新台》云'国人恶之而作是诗'，《硕人》云'国人忧之而作是诗'，即是国人作之，各因文势。言之非一端，不得为例也。"这是以为《绿衣》"不必即其人自作"，殆以为像《硕人》闵庄姜一样，是国人所作，不是出于士大夫，就是出于民间歌手吗？但看《绿衣》、《燕燕》诗中称我，用第一人称,我当是庄姜自我。抒情自伤,不觉凄惋如此,故而感人至深。即令是国人所作,说为庄姜自作也,也未尝不可。《硕人》诗中但称硕人,用第三人称,又对于硕人似有微词,就不可能是庄姜自作了。

庄姜为卫夫人的事实怎样?《孔疏》说:"隐三年《左传》曰:卫庄公(按:庄公扬,武公子)娶于齐东宫得臣之妹,曰庄姜。是齐女姓姜氏也。又曰:公子州吁,嬖人之子。是州吁之母嬖也。又曰:有宠而好兵。石碏谏曰:宠而不骄,鲜矣!是州吁骄也。《定本》:妾上僭者,谓公子州吁之母也。母嬖而州吁骄。"按《史记》,庄公五年取齐女为夫人。《春秋疏》说:"庄姜……盖是庄公之女,僖公姊妹也。得臣为太子早死,故僖公立也。不言僖公姊妹而系得臣者,见其是适(嫡)女也。"读了上文可以略知庄姜其人,和她争宠的是卫庄公的嬖妾,公子州吁之母,不像是魏源《集义》说的陈夫人了。

燕 燕

燕燕于飞,差池其羽。之子于归,远送于野。瞻望弗及,泣涕如雨!

燕燕于飞,颉之颃之。之子于归,远于将之。瞻望弗及,伫立以泣!

燕燕于飞,下上其音。之子于归,远送于南。瞻望弗及,实劳我心!

仲氏任只!其心塞渊。终温且惠,淑慎其身。先君之思,以勖寡人!

【解题】

《燕燕》,是卫庄姜送归妾之诗,《诗序》说的和诗旨相合。这是《三百篇》中佳诗名篇之一。《朱子语类》再三提到它,比如说:"或问:《燕燕》卒章戴妫不以庄公之已死,而勉庄姜以思之,可见温和惠顺而能终也;亦缘他之心塞实渊深所禀之厚故能如此？曰:不知古人文字之美、词气温和、义理精密如此！秦汉以后无此等语。某读《诗》于此数句;读《书》至先王肇修人纪,从谏弗咈,先民时若,居上克明,为下克忠,与人不求备,检身若不及,以至于有万邦,兹维艰哉！深诵叹之。"《许彦周诗话》说:"'燕燕于飞,差池其羽。之子于归,远送于野,瞻望弗及,泣涕如雨。'此辞可泣鬼神矣！张子野长短句云:'眼力不知人,远上溪桥。'东坡送子由诗云:'登高回首坡陇隔,惟见乌帽出复没。'皆远绍其意。"王士禛《渔洋诗话》、《香祖笔记》、《分甘余话》、《池北偶谈》、《古夫于亭杂录》八九十次称赞这篇诗。比如他说:"《燕燕》之诗,许彦周以为可泣鬼神。合本事观之,家国兴亡之感,伤逝怀旧之情,尽在阿堵中,《黍离》、《麦秀》未足喻其悲也。宜为万古送别诗之祖。"(《分甘余话》)又说:"予六七岁,始入乡塾受《诗》。诵至《燕燕》、《绿衣》等篇,便觉怅触欲涕,亦不自知其所以然。稍长,遂颇悟兴、观、群、怨之旨。"(《池北偶谈》)此可为《燕燕》一诗感人最深的一例。

　　这诗是庄姜送归妾之作,前人指出了好几个证据,可供我们参考。一、以地理为证。朱熹于《辨说》外,又在《集传》里说:"送于南者,陈在卫南。"二、以时令为证。顾梦麟说:"案《春秋》,书戊申卫州吁弑其君完。九月卫人杀州吁于濮。杜预注:戊申,三月十七日。则皆桓王之元,隐公之四,一年内事也。盖未几而君完之仇雪矣。此诗之作,则在君完被弑后、州吁未杀先,当春夏之间,见燕托兴。"(《传说汇纂》引)三、以史事为证。即据《史记》石碏与陈侯谋杀州吁于濮(陈地)为证,以为庄姜送戴妫归陈,容有"用陈以讨贼"的企图。《诗义折中》说:"州吁弑立,卫人胁从。而庄姜、戴妫乃能内用谋臣,外结与国,讨贼定乱,其功可谓奇矣。"《传说汇纂》说:"案《史记》:州吁袭杀桓公自立,欲伐郑,请宋、陈、蔡与俱。石碏乃因桓公母家于陈,详(佯)为善州吁。至郑郊,石碏与陈侯谋,因杀州吁于濮。因史以论诗,则戴妫之大归,正后日石碏用陈以讨贼之由也。然则庄姜之越礼远送而惓惓于戴妫,为之涕泣不置者,当非仅寻常妇人女子离别之情,其亦有他望也欤?"诗史互证，这都不能说没有根据。至《折中》解"仲氏任只"之任，说"能承大事曰任"，即仁以为己任之任。我想庄姜果有此事，决不会泄语于诗里，机事不密则害成，她岂有不知道之理？我们倒因此而知道《郑笺》说："任者，以恩相亲信也。"这是定解了。四、以最初汉人引用此诗之义为证。胡承珙《后笺》说："《后汉书·和熹邓皇后纪》：和帝葬后，宫人并归园。太后赐周冯贵人策曰：'朕与贵人托配后庭，共欢等列，十有余年。不获福祐，先帝早弃天下。孤心茕茕，靡所瞻仰，夙夜永怀，感怆发中。今当以旧典分归外园，惨结增叹，《燕燕》之诗曷能喻焉！'此时三家盛行，《毛诗》并未立学官，然诏策已用其义，盖其授受有自，故足取信也。"按《纪》，邓后年十二通《诗》，盖用今文三家？惜乎只今仅有三家遗说，无从详考。邓后送贵人归园诏策引用《燕燕》之诗，恰和古文《毛序》"《燕燕》卫庄姜送归妾"的意义相合。

今考关于《燕燕》一诗的三家遗说，俱不足信。魏源《诗古微》以为此诗是卫庄姜送完妇大归，其后定姜送其子妇亦赋是诗；陈乔枞《韩诗遗说考》以为此诗是定姜送娣而作；王先谦《集疏》据《列女传·母仪》篇以为鲁说是定姜送归妇作。他们同治三家《诗》而所说不同如此，究竟哪个说的对呢？我以为魏源一说比较近是。说"送完妇"，证据颇嫌不足；说"其后定姜送子妇亦赋是诗"，却有根据。因为《列女传》所记定姜"赋诗"事，当出于民间的传闻传说。经他这样一解释，定姜"赋诗"的事实就弄清楚了。

我以为判断这诗三家遗说的得失，当以研究郑玄的《礼注》、《诗笺》作为基础。按《礼记·坊记》引《诗》云"先君之思，以畜寡人"。郑注："此卫夫人定姜之诗也。定姜无子，立庶子衎，是为献公。畜，孝也。献公无礼于定姜，定姜作诗，言献公当思先君定公以孝于寡人。"他先以为此诗是定姜为庶子献公无礼而作，后来笺《诗》改用古文《毛诗》说，这就难免引起他的门人的疑问了。《郑志》："答炅模云：为《记》注时就卢君，先师亦然（案《释文叙录》，郑君依卢植、马融之本而注焉）。后乃得毛公《传》，既古书，义又宜。然《记》注已行，不复改之。"

当时郑玄正能看到《诗》今古文四家的全部资料，以他的学识不至不知道其间得失而漫为取舍。他说他后来改用《毛传》的理由是"既古书，义又宜"。他不追改《记》注的原因是"《记》注已行，不复改之"。这不说得很明白吗？可知郑玄治学颇有随时改正错误以求进步的精神。为什么后儒偏要倒退回去，不用他的新说而用他的旧说呢？

或疑《诗序》说戴妫和史公记载戴妫早死的事实不合。这恐怕又是史公偶然记错了，《史记》有错原是不止一处两处的。孔颖达说得颇为精审，《孔疏》说："隐三年《左传》曰：卫庄公娶于齐东宫得臣之妹，曰庄姜，美而无子。又娶于陈，曰厉妫，生孝伯，早死。其娣戴妫生桓公，庄姜以为己子。四年春，州吁杀桓公。《经》书弑其君完。是庄姜无子，完立，州吁杀之之事也。由其子见杀，故戴妫于是大归。庄姜养其子，与之相善，故越礼远送于野，作此诗以见庄姜之志也。知归是戴妫者，《经》云'先君之思'，则庄公薨矣。桓公之时，母不当辄归。虽归，非庄姜所当送归。明桓公死后，其母见子之杀故归。庄姜养其子，同伤桓公之死，故泣涕而送之也。言大归者，不反之辞。故文十八年夫人姜氏归于齐，《左传》曰：大归也。以归宁者有时而反，此即归不复来，故谓之大归也。《卫世家》云：庄公娶齐女为夫人而无子，又娶陈女为夫人，生子早死。陈女女娣亦幸于庄公而生子完。完母死，庄公命夫人齐女子之，立为太子。礼：诸侯不再娶，且庄姜仍在，《左传》唯言又娶于陈，不言为夫人。《世家》云又娶陈女为夫人，非也。《左传》唯言戴妫生桓公，庄姜养之以为己子，不言其死。云完母死，亦非也。然《传》云又娶者，盖谓媵也。《左传》曰：同姓媵之，异姓则否。此陈其得媵庄姜者，春秋之世不能如礼。"

日　月

日居月诸！照临下土。乃如之人兮！逝不古处。胡能有定？宁不我顾！

日居月诸！下土是冒。乃如之人兮！逝不相好。胡能有定？宁不我报！

日居月诸！出自东方。乃如之人兮！德音无良。胡能有定？俾也可忘！

日居月诸！东方自出。父兮母兮！畜我不卒。胡能有定？报我不述！

【解题】

《日月》，为卫庄姜伤己抒情之作，作在不见答于庄公之时。这是魏源综合了《诗序》、《毛传》、朱子《辨说》、《集传》而作出的结论，比较可通。但看诗语对于庄公存有余望，也不能不说作在庄公生前。魏源《诗古微·答问》里说："毛既以《燕燕》作于州吁弑后，遂以下篇《日月》为追伤不见答之诗。则是十六载未亡人尚追怨先君于无已。陈启源强据'胡能有定'一语谓追伤庄公不能定桓公之位，无论桓立十六年不为不定，且《毛传》训定为止，并无定位之义。……明作于庄公不答之初，曷尝一言及于冢嗣、近于追伤乎？"这里说《日月》是庄姜作在不见答于庄公之初，驳了《毛序》为庄姜伤己不见答于先君之作，对的。至说"曷尝一言及于冢嗣"，就大有问题了。

这诗四章，每章都有"胡能有定"一语，当是主题中心所在。陈启源《稽古编》说："作诗本意在此一语。"不错。按"胡能有定，宁不我顾"，《郑笺》说："君之行如是，何能有所定乎？曾不顾念我之言，是其所以不能定完也。"《孔疏》说："此本伤君不答于己，言夫妇之道尚如是，于众事何能有所定乎？然则庄公是不能定事之人。郑引不能定事之验，谓庄公不能定完者。隐三年《左传》曰：公子州吁有宠而好兵，公不禁。石碏谏曰：'将立州吁，乃定之矣。若犹未也，阶之为祸。'是公有欲立州吁之意。故杜预云：完虽为庄姜子，然太子之位未定。是完不为太子也。《左传》唯言庄姜以为己子，不言为太子。而《世家》云：命夫人齐女子之，立为太子。非也。"读此可知诗说庄公是不能定事之人,郑即举不能定完为证,孔又申明是定太子完之位。那么,此诗当作于庄公生前,桓公完太子之位还没决定的时候。怎能像魏源说的"曷尝一言及于冢嗣"?吕祖谦《读诗记》说得好。他说:"夫人见薄,则冢嗣之位望亦轻,此国本所以倾摇也。庄姜既不见答,则桓公之位何能有定乎?"这话正抓住了庄姜这诗的主题中心。至这诗每章发端都有"日居月诸"一语,末章还加上"父兮母兮"一语。这都是作者无可奈何的呼号之词。《朱传》于前一语说:"呼而诉之也。"于后一语说:"盖忧患疾痛之极,必呼父母,至人之情也。"这话也探到了作者灵魂的深处。

王先谦据《列女传·孽嬖》篇以为今文鲁说此诗是诗人为卫宣姜谋杀太子伋子而作。错了。按《列女传》,凡涉及《诗》本事,说"作诗曰"、"赋诗曰"、"诗曰",显有区别。"诗曰"明是引诗,和"赋诗"一样,"断章取义,余取所求"。这都是用《诗》以就己说之义,岂得认为作诗?王先谦说这诗显然错了。

终　　风

终风且暴,顾我则笑。谑浪笑敖,中心是悼!
终风且霾,惠然肯来。莫往莫来,悠悠我思!
终风且曀,不日有曀。寤言不寐,愿言则嚏!
曀曀其阴,虺虺其雷。寤言不寐,愿言则怀!

【解题】

《终风》,倘若也是卫庄姜伤己之作,那就作在庄公生存的时候,正为庄公而作。古文《诗序》、《毛传》都说错了,朱熹《辨说》、魏源《集义》倒都说得近是。陈启源《稽古编》里说:"篇中取喻非一,曰终风,曰暴,曰霾,曰曀,曰阴,曰雷。其昏惑乱常、狂易失心之态,难与一朝居。"不错!我们试读此诗,就会感到卫庄公当是一个荒淫狂暴的人,患着色情狂;庄姜也被他玩弄得情绪大为困扰,似乎神经有些错乱了。

这诗据今文三家遗说,自是夫妇之词,盖庄姜为庄公而作。魏源和王先谦先后费了许多论证的工夫。魏源《诗古微》说："考《文选注》引《韩诗章句》曰：'时风又且暴，使己思益隆。'为陆士衡《代顾彦先赠妇诗》'隆思乱心曲'之所本。此夫妇之词而非母子。证一也。'愿言则嚏'，《笺》曰：'今俗人嚏，云人道我。'盖用韩义以易毛训。此又夫妇之情而非母子。证二也。'愿言则怀'，《笺》云：'怀，安也。女思我心如是，我则安也。'又以韩义易毛训。此思庄公之词不可施于州吁。证三也。苟非《韩诗》以为夫妇之词，《笺》曷为易《毛传》嚏跲怀伤之训，而同《长门》相思之赋乎？"王先谦《集疏》说："魏源云：庄姜初年即子完而恶州吁（《左传》：州吁有宠而好兵，庄姜恶之），岂恶之庄公尚在之时，而望之篡弑大逆之后。且以毕生孤危扶植之嗣子，一旦取诸其怀而杀之，反仞贼作子，惓惓顾念，责其言笑之末，冀其子道以来，使州吁貌为恭敬，庄姜即母子如初乎？是国人皆不君之，庄姜反欲子之；石碏尚知大义灭亲，庄姜反不知母子义绝也。此当从韩说为夫妇之词。愚案魏说是。《序》首句'庄姜伤己也'，盖大师相传古义。'遭州吁'云云，则毛所臆增。详诗义，为庄公作也。《易林·颐之升》：'终风东西，散涣四分。终日至暮，不见子懽。'此齐义。懽与欢同。《荀子·大略篇》：'夫妇不得不驩。'驩亦欢借字。故夫妇相谓曰欢。《古乐府》：'疑是所欢来。'《懊侬歌》：'我与欢相怜。'并与'子懽'同意。是《齐诗》以此为夫妇之词尤有明证。《尔雅》：'谑浪笑傲。'郭注谓调戏。盖是旧注《鲁诗》义。调戏之词为庄公言则可，若属之州吁而又云庄姜尚以子道望之，殆无是理。知鲁亦谓此为夫妇之词矣。"

窃疑此诗采自民俗歌谣之言，属于打情骂俏的一类调戏之作。这不像是出于统治阶级以荒淫为正经的作品。因而我想到崔述《读风偶识》说的颇有一些是处。他说："余按州吁，弑君之贼也。庄姜妇人，不能讨则已耳，岂当爱之而复望其爱己？乃曰：'顾我则笑，谑浪笑傲。'此何言也，而可以出之口？曰：'寤言不寐，愿言则怀。'此何人也，而可以存此心？庄姜果赋此诗，一何其无耻乎？朱子《集传》因已觉其不合，乃以《终风》指庄公。然比之以'终风且暴'，斥之以'谑浪笑傲'，皆非庄姜所当施之于庄公者。且既谓庄姜不见答于庄公矣,又何以有'顾我则笑'之语?详其词意,绝与庄姜之事不类。是以施之于州吁不合,施之于庄公亦不合也。窃谓年远事湮,《诗》说失传者多,宁可谓我不知,不可使古人受诬于千载之上!"

击　鼓

　　击鼓其镗！踊跃用兵。土国城漕,我独南行！
　　从孙子仲,平陈与宋。不我以归,忧心有忡！
　　爰居爰处,爰丧其马。于以求之?于林之下。
　　死生契阔,与子成说！执子之手:与子偕老！
　　于嗟阔兮,不我活兮！于嗟洵兮,不我信兮！

【解题】

《击鼓》,当如《诗序》所说,卫人怨州吁用兵暴乱之诗。此盖从军之士所作。《诗》今古文家间没有什么争论。《朱传》也从旧说,但因州吁篡弑而特提《春秋》君臣之义,未免是多余的义愤。至毛奇龄《国风省篇》、姚际恒《诗经通论》,都疑此诗非为州吁伐卫而作,未见得是。姜炳璋《诗序广义》、汪梧凤《诗学女为》驳毛,方玉润《诗经原始》驳姚,都说得是。毛说州吁时没有孙子仲这个人,便是李超孙《诗氏族考》那样的专门著作也不曾考出孙子仲其人。最后王先谦据《唐书·宰相世系表》就考出这是公孙子仲,和州吁都是卫武公之孙。他把毛说中最难驳倒的一点于无形中驳倒了。

此诗本事有何根据?按事见《春秋左传》和《史记·卫世家》。《春秋》书宋公、陈侯、蔡人、卫人伐郑,蔡、卫大夫将兵,陈、宋国君来会情事。显然此诗义与《春秋》相表里。《郑笺》说:"《春秋传》曰:宋殇公之即位也,公子冯出奔郑,郑人欲纳之。及卫州吁立,将修先君之怨于郑,而求宠于诸侯,以和其民。使告于宋曰:'君若伐郑以除君害,君为主,敝邑以赋与陈、蔡从,则卫国之愿也。'宋人许之。于是陈、蔡方睦于卫,故宋公、陈侯、蔡人、卫人伐郑。是也。伐郑在鲁隐四年。"这说明了州吁为什么要伐郑,并联合了哪些国伐郑。至说伐郑在鲁隐公四年,我们据此可以推知是在周桓王元年,即公元前七一九年。《击鼓》一诗当作在这一年。

此诗作者为谁?主旨何在?李黼平《毛诗纳义》说:"此诗丧马求林、离散阔洵之状,千载如见,盖诗为从军之士所作。"王先谦《集疏》说:"案州吁自立在隐四年春,至秋九月,即被杀于陈。数月之中,伐郑者再。据诗'平陈与宋'句,与《左传》合。则此诗是与陈、宋伐郑之役军士所作。""一时怨愤离叛之状可见。"他们都说得不错。倘若不是亲自参加这一战役的人就决写不出这样亲切动人的好诗。作者在诗里概括地叙述了他从入伍、出征到思归、逃散的一段过程。以兵写兵,真实有力,直到现在我们读了还有实感。州吁自立为卫君,不到一年,两次伐郑,一次围郑五日而还,一次又无功而溃退。野心家的非正义的战争,自然得不到人民的拥护,引不起军士的斗志,诗里正反映了这种被迫参战的群众情绪。从而军中纪律废弛,以至军士思归逃散,诗里都很有力地反映出来。最有趣的是从来军队里惯有的伙伴结拜,誓同生死,也早从这诗里露出了端倪。这和《清人》篇一样都是最古的以兵写兵的短诗杰作。

凯　风

凯风自南,吹彼棘心。棘心夭夭,母氏劬劳!
凯风自南,吹彼棘薪。母氏圣善,我无令人!
爰有寒泉,在浚之下。有子七人,母氏劳苦!
睍睆黄鸟,载好其音。有子七人,莫慰母心!

【解题】

《凯风》,"七子自责、任过之辞"。《大戴礼·曾子立孝》篇引此诗,卢辩注解得不错。据诗说，有子七人，母氏劬劳。一母抚养七子，从幼小到长大成人；好像凯风吹拂棘子林，从棘夭到棘薪成为木柴一样；看来她原是一个形单影只的寡妇。所以王质《诗总闻》里说："孤子事寡母者也，当是贱者之家。""其子以为妇当代姑，不欲其母太劳也。"所谓"令人，贤妇也。七妇未必皆不贤，而其子怜其母故责其妇也"。诗里只有孝子自责的话，并无责妇之意。所以毛奇龄《国风省篇》也说："《凯风》，孝子自责也。"是否七子自责其妇当代姑劳？这虽然不可知，但是作为民歌来说，也许他们说得不错。

诗里所说物候都是夏日景象。凯风就是南风，南风是夏日长养万物之风。诗人当是见到乡村夏日风物即兴而作。曾巩说得好，他说："凯风盛于夏时，黄鸟鸣于夏木，寒泉亦夏所宜耳。寒泉能使人甘之，有子而使母劳苦；黄鸟能使人悦之，有子而莫慰母心。"（《传说汇纂》引）可见他读这诗细心之至！诗里称我，当是七子自我，或是诗人设言七子自我。说自责，就是七子自作；说美孝子，就是诗人代言。陈启源《稽古编》说："诗人美刺，多代为其人之言，故有似刺而实美、似美而实刺者，不独《三百篇》也。后世骚赋及乐府犹然。《凯风》美孝子，止述其自责之词。夫自责而不怨亲，母感其意而不嫁，正孝之实也，美之者道其实而已矣。若谓七子自作，是暴扬其亲之过，何得云孝？况人子自责惟有涕泣引咎，岂暇弄文墨、夸词藻耶？"这话近是而未尽是。我想，诗人倘是统治阶级的士大夫，当如他说；倘是被统治阶级的一般人民或民间歌手，就没小心眼顾忌到他说的这许多道理了。士大夫哪能容易有这样纯真坦率的诗歌呢？

最初辩论这诗主旨而见于记载的当推孟轲和他的弟子公孙丑。《孟子·告子》篇："公孙丑问曰：'高子曰：《小弁》，小人之诗也！'孟子曰：'何以言之？'曰：'怨。'曰：'固哉！高叟之为诗也。有人于此，越人关弓而射之，则己谈笑而道之，无他，疏之也。其兄关弓而射之，则己垂涕泣而道之，无他，戚之也。《小弁》之怨，亲亲也。亲亲，仁也。固矣夫，高叟之为诗也！'曰：'《凯风》何以不怨？'曰：'《凯风》，亲之过小者也;《小弁》,亲之过大者也。亲之过大而不怨,是愈疏也。亲之过小而怨,是不可矶(激)也。愈疏,不孝也。不可矶,亦不孝也。孔子曰:舜其至孝矣!五十而慕。'"按:孟子称高子为叟,殆其人年长于孟子。疑为高行子,即《释文》所引吴人徐整说的"子夏授高行子",他也是一个传《诗》的人,早在大毛公之前。公孙丑问孟子《凯风》何以不怨,不曾说出要怨的理由是什么。孟子说"《凯风》亲之过小",究竟他说的过小是小到怎样程度的过失,止如赵岐注的母心不悦呢,还是如《诗序》说的淫风盛行、不能安其室呢?或是如晚清的《诗经》学者根据今文三家遗说来说的,七子不同母、母爱不均呢?

  这诗今古文家争论的问题,不在于美孝子或是七子自责,而在于母氏寡母抑是继母的问题。《诗序》说"虽有七子,之母犹不能安其室,故美孝子能尽其孝道以慰其母心,而成其志尔"。《郑笺》说:"不安其室,欲去嫁也。成其志者,成言孝子自责之意。"经过《孔疏》、《朱传》以及后来治《毛诗》的人都依此作解。至今民间俗谚"天要落雨,娘要嫁人",比喻无可挽回之事。七子岂能拦住寡母再醮?七子能慰母心,母即能安其室,子孝母贤,都无话说。作《序》者必联系到"卫之淫风流行"为说,徒然显得自己的脑子不甚洁净。到了晚清魏源、皮锡瑞、王先谦,整理今文三家遗说,就以为这是七子事继母之诗。王先谦《集疏》说:"齐说曰:《凯风》无母,何恃何怙?幼孤弱子,为人所苦。"(《易林·咸之家人》)"《后汉·姜肱传》:肱性笃孝,事继母恪勤。感《凯风》之义,兄弟同被而寝,不入房室,以慰母心。据此,则《易林》所称无母而孤子为人所苦者,人即继母,故肱读此诗而感其义也。鲁、韩说当与齐同。魏源云:如《毛序》所说,宜为千古母仪所羞道。乃汉明帝《赐东平王书》曰:'今送光烈皇后衣巾一箧,可时奉瞻,以慰《凯风》寒泉之思。'《衡方碑》:'感鄁人之《凯风》,悼《蓼仪》之勤劬。'《梁相孔耽神祠碑》:'竭《凯风》以惆怅,惟《蓼仪》以怆恨。'古乐府《长歌行》云:'远游使心思,游子恋所生。凯风吹长棘,夭夭枝叶倾。黄鸟鸣相追,咬咬弄好音。伫立望西河,泣下沾罗缨。'咸以颂母仪,比劬劳,毫无忌讳,何耶？《孟子》曰：'《凯风》，亲之过小者也。亲之过小而怨，是不可矶也。'赵岐注：'《凯风》言莫慰母心，母心不说也，知亲之过小也。《小弁》言行有死人，尚或墐之，而曾不关（一作闵）己，知亲之过大也。'以母心不说释不可矶，即《内则》'父母怒挞不敢疾怨'之谊。若不安于室，固未尝苦虐其子，何矶不矶之有？昔人言饿死事小，失节事大。士庶人守一身，与天子守天下无异。论者乃谓卫母辱止一身故小，幽王祸及天下故大，是庶人终古无大过也。或谓《序》言美七子能慰母心，成母守节之志，故《孔疏》有母遂不嫁之语，以申《凯风》过小之谊。如是，则卫母过在未形，七子谕亲于道，闺门泯然无迹。序诗者乃追讦其一念之阴私，坐以淫风流行之大恶，岂诗人忠厚之谊乎？且与《孟子》'不可矶'之说风马牛不相及矣。据《姜肱传》明此为事继母之诗，或其母未能慈于前母之子，故《孟子》与《小弁》被后母谗将见杀者分过之大小，复以舜事后母例伯奇之事。愚案：《序》美孝子，自是大师相传古谊。淫风流行云云，则毛所涂附。玩《孟子》'亲之过小'一语，周秦以前旧说决无母不安室之辞。赵用《鲁诗》，其为《孟子章句》'母心不说'云云，当本鲁训，亦与齐谊相通，而与《毛序》显异。皮锡瑞云：魏所引外，尚有《汉郎中马江碑》：'感《凯风》，叹寒泉。'《敦煌长史武斑碑》：'孝深《凯风》。'《后汉书·章八王传》和帝诏曰：'诸王幼稚，早离顾复，弱冠相育，常有《蓼莪》、《凯风》之哀。'《三国·蜀志·二主妃子传》：'今皇思夫人宜有尊号，以慰寒泉之思。'此皆汉人之辞。以后如潘岳《寡妇赋》：'览寒泉之遗叹兮，咏《蓼莪》之余音。'陶潜《孟嘉传》云：'渊明先亲，君之第四女也。《凯风》寒泉之思，实钟厥心。'谢庄《宋孝武宣贵妃诔》：'仰昊天之莫报，怨《凯风》之徒攀。'谢朓《齐敬皇后哀册文》：'思寒泉之罔极兮，托彤管于遗咏。'《晋书·孝友列传序》：'洒风树以陨心，颒寒泉而沫泣。'是六朝人犹知古义。愚案：宋苏轼为胡完夫母周夫人挽词，尚有'凯风吹尽棘成薪'之句。至南渡后，朱子《集传》申明《毛序》之旨，文人皆以此诗为讳矣。"他们持论的根据主要在《孟子》"亲之过小"一说，魏源首先阐发了这一说。姜肱感《凯风》之义，是他读诗之义,其他就都是引诗之义。这只能说明《凯风》一诗在孝道思想上、在称述母德的文学上,有过很久很多的影响,却还未能确证这就是善事后母的诗。

雄 雉

雄雉于飞,泄泄其羽。我之怀矣!自诒伊阻!
雄雉于飞,下上其音。展矣君子!实劳我心。
瞻彼日月,悠悠我思。道之云远,曷云能来?
百尔君子,不知德行?不忮不求,何用不臧!

【解题】

《雄雉》,是"妇人以其君子从役于外",有所思而作。朱熹《集传》说得不错。他在《辨说》里说的也是。魏源《集义》说的也是。《诗序》首句何以说刺宣公?作《序》者往往从诗言外之意作推本之论,此其一例。这是作《序》者的意思,不是作诗者的意思。《四库提要》于姜炳璋《诗序补义》一书说:"其《纲领》有云:有诗人之意,有编诗之意。如《雄雉》为妇人思君子,《凯风》为七子自责,是诗人之意也。《雄雉》为刺宣公,《凯风》为美孝子,是编诗之意也。朱子顺文立义,大抵以诗人之意为是诗之旨。国史明乎得失之迹,则以编诗之意为一篇之要。尤可谓解结之论矣。"又王先谦《集疏》说:"案《序》,'大夫多役,男旷女怨',正此诗之旨。宣公云云,乃推本之词,诗中未尝及之。《笺》于首、次章牵附淫乱之事,殆失之泥。三家义未闻。"这也是为这诗解结之论。《诗序》往往和诗旨不合,这是《诗经》中最难解的结子。不仅止于这一篇,可以类推。

这诗,今古文家没有什么大的争论,只见有关于毛、郑异同的讨论。如朱鹤龄《诗经通义》说:"《序》语本显白,毛公所以只解字义。《郑笺》以上二章为男旷,下二章为女怨。而雄雉乃喻宣公淫乱,牵经配《序》,殊觉支离。不思《序》所云淫乱不恤国事、军旅数起者,乃推久役之由。久役而妇思其苦，即是男女怨旷。岂必章各异词、分配其说耶？朱子统作妇人之诗，其义始贯，盖本之曾南丰。"按《郑笺》往往拘泥《诗序》，不惜曲解诗句，强为训诂，此不过举其一例而已。

匏有苦叶

匏有苦叶，济有深涉。深则厉，浅则揭。

有弥济盈，有鷕雉鸣。济盈不濡轨，雉鸣求其牡。

雍雍鸣雁，旭日始旦。士如归妻，迨冰未泮。

招招舟子！人涉卬否。人涉卬否？卬须我友！

【解题】

《匏有苦叶》，这是叙述一个女子在春日一大侵早到渡口待渡，必待其腻友同渡的诗。为什么知道这诗说的是一个女子的事呢？因为诗的结句说"人涉卬否，卬须我友"。卬，当是古时女子自称之词。《毛传》说："人皆涉，我友未至，我独待之而不涉。以言室家之道，非得所适，贞女不行。非得礼义，昏姻不成。"毛公就已独将这章诗作为一个女子的话。马瑞辰《通释》说："人涉卬否。《传》：卬，我也。瑞辰按：卬者，姎之假借。《说文》：姎，妇人自称我也。《尔雅》郭注：卬，犹姎也。卬、姎声近通用（陈奂云：语之变）。亦为我之通称。姎借为卬，犹偃仰通作偃佒（《庄子·列御寇》：缘循偃佒。即偃仰）。"说得很精确。无疑的这是关于一个女子恋爱的诗。诗里反映了这个女子在她将要渡水的时候一瞬间的见闻及其感想，无一不联想到她正在热烈恋爱和她在恋爱中所遇到的问题。从整篇暗示的意义来说，这个女子对于自己的终身大事是主动的，坚强的，倒显得那个男子在处理自己婚姻的问题上很被动，而又懦弱无能了。

这诗如其不是出于这个女子之手，就是出于民间歌手。按《论语·宪问》篇："子击磬于卫。有荷蒉而过孔氏之门者，曰：'有心哉击磬乎！'既而曰：'鄙哉硁硁乎！莫已知也，斯已而已矣。深则厉，浅则揭。'子曰:'果哉,末之难矣!'"卫国一个背着草器的农民找孔子说话,也知道断章取义引用这篇诗来讽刺孔子,可见其原是在卫国民间流行的歌谣。它在当时当地想是人人都能欣赏,后来的许多经师学者倒很难读懂了。倘请现代的批评家来说,可能说诗人高度地或巧妙地结合了现实主义、浪漫主义的两种手法。故使读者丈二和尚摸不着头脑,即是说,难以寻绎这诗的主题。我们单用赋体现实主义的眼光来读这诗,就只知道这是渡水纪事诗,而不知道它同时很巧妙地含有恋爱的情趣。我们单用比兴之体象征主义或浪漫主义的眼光来读这诗,就只知道它是刺淫诗或恋爱诗,而不知道它同时是直写渡水者当时见闻感想的纪事诗。必须结合这两方面的看法来读才可以读通这篇诗。我以为这是读民风、读歌谣的一种必须熟练的方法。前人爱说而又说得不甚明确的"风人之旨",主要当在这里。

《诗》今古文家都用比兴之义来说这诗,都难以说通。古文家以为这是刺卫宣公,或者仅以为刺淫。他们对于诗中所举一些事物的比兴之义,都像猜谜似的瞎猜,安得都有是处?陈启源《稽古编》说:"《匏有苦叶》首章以匏与济兴礼之不可越,又以济之深浅喻礼各有宜。次章以济与雉兴夫人之犯礼。取兴于物者凡三,而八语之中一言匏,再言雉,五言济,错举以便文耳。要之,语语为刺淫托兴,非于假象之中又客主相形也。朱子谓以匏兴济,又以济兴雉,然后以雉比淫乱之人。古人文义平直,恐不作此谬巧也。"又说:"以飞雌而求走牡,大怪事也。宣公之与夷姜,人伦大恶,故诗用为喻,其托兴非泛然矣。古注本不谬,欧阳氏乃谓雌雄、牝牡,飞走之通称。而引雄狐牝鸡证之,殊失诗意。"可见从《毛序》刺卫宣公与其夫人并为淫乱一说难以说通。《毛序》是编诗之意或序诗之意,岂是诗人之意?

据今文三家遗说来说这诗,上举魏源《集义》一说难以说通[①]。这

[①] 编按:《诗序集义》云:"《匏有苦叶》,贤者感遇待时,不敢苟合也。莫己知也,斯已而已矣。'翘翘车乘,招我以弓。岂不欲往,畏我友朋','卬须我友'之谓也。非刺淫之诗。"

里再举王先谦《集疏》,较魏源加详,也难以说通。他说:"《匏有苦叶》,贤者不遇时而作也。《论语·宪问》篇:子击磬于卫。荷蒉讽之曰:'莫己知也,斯已而已矣。深则厉,浅则揭。'此卫人引卫诗,以明当随时仕己之义,乃《诗》说之最古者。《后汉·张衡传·应间》云:'深厉浅揭,随时为义。'又云:'捷径邪至,我不忍以揭步。干进苟容,我不忍以歇肩。虽有犀舟劲檝,犹人涉卬否,有须者也。'衡习《鲁诗》,此本鲁义,与荷蒉引诗意合。知古说无刺淫义也。徐璈云:此是士之审于出处,而讽进不以道者。济涉、济盈,《大易》涉川之象。求牡、归妻,《孟子》有家之喻。全诗以二者托兴。吕祖谦云:此诗皆以物为比,而不正言其事。是也。其曰:'迨冰未泮','卬须我友',则出处之间待时而动,信友获上有其道矣。"谁能用他们这一说一气贯注地把全诗串讲得通?荷蒉引这诗,张衡引这诗,同是断章取义以就己说之义,和《论语》记孔门子贡、子夏引《诗》语一样,岂是诗人之本义!

谷　风

习习谷风!以阴以雨。黾勉同心,不宜有怒。采葑采菲,无以下体。德音莫违:及尔同死!

行道迟迟,中心有违。不远伊迩,薄送我畿。谁谓荼苦?其甘如荠。宴尔新昏,如兄如弟!

泾以渭浊,湜湜其止。宴尔新昏,不我屑以。毋逝我梁,毋发我笱!我躬不阅,遑恤我后!

就其深矣,方之舟之。就其浅矣,泳之游之。何有何亡,黾勉求之。凡民有丧,匍匐救之。

能不我慉,反以我为雠。既阻我德,贾用不售。昔育恐育鞫,及尔颠覆。既生既育,比予于毒!

我有旨蓄,亦以御冬。宴尔新昏,以我御穷。有洸有溃,既诒我肄。不念昔者:伊余来塈!

【解题】

《谷风》,是我国诗歌里最古的又是最好的弃妇词。这是一篇关于丈夫得新忘旧、妇人被虐待被遗弃而自己诉苦的民间故事诗,可以作为有韵的小说读。诗里只拣取农村家庭的日常生活和日常见闻的一些琐屑事物来说,借以表达出夫妇感情的变化,家庭经济情况的变化,好像花朵的交织在一处,好像光影的互映在一起,衬托出一个被压迫的可怜的善良的劳动妇人的形象来,使人读了自然会给这妇人以无限的同情。这虽然是一篇诗,却不妨作为一篇有故事、有结构、有主题而艺术完整的小说来读。

关于这诗的艺术特点和表现手法,前人论说可取的不多。只见郝懿行妻王照圆《诗说》道:"《诗》有二《谷风》,一为夫妇,一为朋友,皆处变《风》变《雅》之世,夫妇朋友之道绝矣。夫妇朋友事相类,故二诗大意略同。然朋友义合,可直写其怨,其词简;夫妇则以情联,虽怨而有缠绵之思,其词繁。所以不同。"又说:"见荛先生(原注:先师陈子讳嘉琰,号见荛。见《诗问•谷风》)说:《谷风》句句怨,句句缠绵,与薄幸人作情厚语,使人伉俪之意油然而生。诗之温柔敦厚、善于感人如此!《谷风》诗之妇人本以色衰而弃,然其德音则可取,通篇反复俱不出此二意。妇已弃矣,恩义绝矣,乃怨之中犹有望之之意。或谕以理,或感以情,其忠厚为何如! 凡人新旧之际,尤难为情。诗中'宴尔新昏'凡三见,乃止曰:'如兄如弟,不我屑以,以我御穷。'绝不痛骂。较之后人诗:'长跪问故夫,新人复何如? 将缣来比素,新人不如故!'何等蕴藉? ……通篇看来,至末二章方露悲酸,而气愈和平,词愈舒缓。若作戟手怒骂读,则失之矣。"

这诗今古文家无争论,只有《诗序》发生了两个小问题,一是刺夫妇失道;一是卫人化其上,淫于新昏而弃其旧室。前一问题《孔疏》说得对。孔说:"此指刺夫接其妇不以礼,是夫妇失道,非谓夫妇并刺也。"是的,诗本刺夫不刺妇。方玉润《诗经原始》也说:"今味诗词,夫失道有之,妇则未见为失。"这都没有渗入重男轻女、夫尊妇卑的谬见。后一问题朱熹《辨说》以为"亦未有以见化其上之意"。吕祖谦《读诗记》引他的话说:"皆述逐妇之辞也。宣姜有宠而夷姜缢,是以其民化之,而《谷风》之诗作。所谓一国之事系一人之本者如此。"这是他的初说,倒得到清代汉学家的无形支持。李黼平《䌷义》说:"此必卫君有淫新弃旧者,民乃从而效之。庄公不答庄姜而已,无新昏之事;宣公要纳伋妻是淫于新昏,无弃旧室之事。而《序》乃云卫人化之,益可证《匏有苦叶·序》公与夫人并为淫乱,为宣公、夫人。有夫人而娶子妻,即为弃旧室也。《正义》于《匏有苦叶》之夫人从《笺》作夷姜,故于此《序》不言化其上者为何公也。"陈奂《传疏》也说:"《左传》称卫宣公纳子伋之妻,是为宣姜,而夷姜缢。此淫新昏弃旧室也。国人化之,遂成为风俗。"我并不同意这一说。但是朱熹论二《南》,深信文王之化、后妃之化,何以独于这篇《诗序辨说》中表示不相信卫宣公淫新弃旧曾给予民间夫妇关系上发生纠纷的影响?

式　微

式微式微!胡不归?微君之故,胡为乎中露?
式微式微!胡不归?微君之躬,胡为乎泥中?

【解题】

《式微》,是"黎侯寓于卫,其臣劝以归"之诗。古文《毛序》当有所本。方玉润《诗经原始》说:"语浅意深,中藏无限义理,未许粗心人卤莽读过。"吴闿生《诗义会通》说:"词特悲愤。旧评:英雄之气,忠荩之谋,有中夜起舞之意。"这诗只短短两章,寥寥几句,却别具风格,耐人寻味。

黎侯本国在什么地方?寓居于卫又在什么地方?并在什么时候?陈奂《传疏》说:"黎古作𥏬。《说文》:𥏬,殷诸侯国,在上党东北。应劭注《汉书》、杜预注《左传》，并云在上党壶关。今山西潞安府治，汉、晋壶关县地。李泰《括地志》云：在潞州黎城县东北十八里。案此黎侯本国也。《汉书·地理志》：东郡，黎。孟康以为《诗》黎侯国。今直隶大名府开州地。魏郡黎阳，晋灼以为黎山得名，今河南卫辉府濬县地。濬县之东，即开州之西。案：此黎侯所寓之地也。《水经·瓠子水》注以黎县为黎侯寓，而《河水》注又以黎阳为黎侯国，则误矣。卫宣公之世，黎遭狄人迫逐，出寓于卫，卫即置诸东地为寓公。中露、泥中，是即所寓二邑也。其后鲁宣公十五年，赤狄潞氏夺黎氏地，晋灭潞，立黎侯。《诗序》之狄人即赤狄也。狄人自迫逐黎侯，遂据夺其地。晋立黎侯，或是继绝兴亡之一举耳。其寓侯之复归与否，不见经传。或其臣劝归，或别立他公为后，无明文可考。卫与黎唇齿相依，黎遭狄患，卫不能救。越后四十余年，卫亦寻灭，卒罹狄祸，于此可以觇国势。"

据今文三家遗说，这诗是黎庄夫人不见答而不肯大归，与其傅母倡和言志之作。王先谦《集疏》说："鲁说曰：黎庄夫人者，卫侯之女，黎庄公之夫人也。既往而不同欲，所务者异，未尝得见，甚不得意。其傅母闵夫人贤，公反不纳，怜其失意。又恐其已见遣，而不以时去。谓夫人曰：'夫妇之道，有义则合，无义则去。今不得意，胡不去乎？'乃作诗曰：'式微式微！胡不归？'夫人曰：'夫妇之道，一而已矣。彼虽不吾以，吾何可以离于妇道乎？'乃作诗曰：'微君之故，胡为乎中路？'终执贞壹，不违妇道，以俟君命。君子故序之以编诗。(《列女传·贞顺》篇)齐说曰：式微式微！忧祸相绊。隔以岩山，室家分散。(《易林·小畜之谦》、《归妹之困》同)"又说："魏源云：《序》谓黎臣劝其君归，黎地为狄夺，复于何归？今有可归，昔不出奔矣。且主辱臣死，而出微君胡为至此之怨词，殉国之忠恐不若是！"

我于这诗为什么采用古文《毛诗》一说？今文三家亦当别有所本。我想是因黎侯寓卫，黎臣先有此诗；其后黎庄夫人和她的傅母赋诗倡和，断章取义以明己志。民间传说这一故事，就以为是她们作诗罢。后来诗话家就以为这是诗人联句之始。再说，黎庄夫人得不到黎庄公的爱情,她的傅母劝她回到卫国娘家,她"终执贞壹,不违妇道",这是她个人的事,和他人无关。黎侯避狄人难,流亡卫国,黎臣劝他归国,这是有关黎国兴亡的事。即令黎原是一个从上古氏族社会遗留下来、僻居一方的部落小国(《吕氏春秋》:武王封帝尧之后于黎城。《说文》:𦱤,殷诸侯国,在上党东北),而在当时卫和黎却是邻近的兄弟之邦,有唇亡齿寒、利害与共的关系。卫不肯救患恤同,助黎驱狄,结果,到了卫懿公就遭到了狄人的毒手,险被灭亡。如果《式微》真是黎臣为劝黎侯归国而作,就觉得它较有意义。何况从诗的文字并连下篇作解,要这样解,两篇都才解得通。所以我采用了古文《毛诗》一说。

旄　丘

旄丘之葛兮,何诞之节兮? 叔兮伯兮,何多日也?
何其处也? 必有与也。何其久也? 必有以也。
狐裘蒙戎,匪车不东。叔兮伯兮,靡所与同。
琐兮尾兮,流离之子! 叔兮伯兮,褎如充耳!

【解题】

《旄丘》,责卫伯之不能救黎,黎臣所作。《式微》、《旄丘》都是黎臣爱国的诗篇。陈启源《稽古编》论此二诗较为精审。他说:"《式微》劝其君归,《旄丘》责卫伯之不救,旨各不同者。意狄人破黎之后,必是弃而不守。黎侯若能自振,则遗民犹有存也。归而生聚之、教诲之,尚可复兴,此《式微》劝归之意也。然此时狄虽去而国已破,且日惧狄之再至也,必得贤方伯资以甲力,送之返国,为之戍守,如齐桓之于邢、卫,方可转危为安,此《旄丘》诗所以望卫之深而责之至也。始则勉其君,继则望其邻,然终莫之从,亦可愍矣。夫子录其诗,示后世以自强之道、恤怜之谊也。厥后百余年,晋人数赤狄潞氏罪,言其夺黎氏地,遂灭狄而立黎侯,是黎未尝亡也。岂黎君流寓日久,虽无卫援而仍自归其国与? 则《式微》一诗有以激之矣。"

魏源、王先谦根据今文三家遗说,以为《旄丘》还是黎庄夫人之诗。魏源《诗序集义》夹注说:"《毛序》以为黎侯责卫伯之不救,在晋景公灭赤狄,立黎侯时。"《毛序》何尝如此?魏源岂不知道《式微》、《旄丘》次在《雄雉》、《匏有苦叶》之后,《新台》、《二子乘舟》之前,正指卫宣公之世?故意移后百年,换卫宣公为卫穆公,不过为了便于他作靶子射击而已!说话有欠公允。王先谦《集疏》说:"齐说曰:阴阳隔塞,许嫁不答。《旄丘》、《新台》,悔往叹息。(《易林·归妹之蛊》)……以《旄丘》与《新台》并称,曰隔塞,曰不答,知与《式微》同旨,亦黎庄夫人不见答而作也。"我以为义证单薄、含糊,未可遽信。

简　兮

　　简兮简兮!方将《万舞》。日之方中,在前上处。硕人俣俣,公庭《万舞》。

　　有力如虎,执辔如组。左手执籥,右手秉翟。赫如渥赭,公言锡爵。

　　山有榛,隰有苓。云谁之思?西方美人。彼美人兮,西方之人兮!

【解题】

　　《简兮》,是关于卫国伶官在公庭上演习《万舞》之诗。《万舞》为古代大规模舞蹈之一,包有文舞、武舞,文用翟籥,武用干戚。这诗说的只是文舞。《诗序》说的伶官就是乐吏。《郑笺》说:"伶官,乐官也。伶氏世掌乐官而善焉,故后世多号乐官为伶官。"这话不错。伶人虽名为官吏,而在当时社会里却是最下等的奴才。虽说如此,这诗里的伶官却有不平凡的气宇,硕人俣俣,赫如渥赭。更有不平凡的才艺,有力如虎,执辔如组。他待在卫公下面实在委屈了他。朱熹《集传》以为这诗是伶官所作,"若自誉而实自嘲","有轻世肆志之心"。他竟把这位伶官看作祢衡辱为曹操鼓吏,羯鼓三挝、解衣旁薄一流人物,岂不有趣?何楷《古义》又以为"旁观赞叹之词,绝非自作"。我以为不论是旁观赞叹、当场喝彩也好,自答自嘲、玩世不恭也好,诗人用意只有一个,就是要在西周王朝盛时才配有这样出色可称硕人或美人的伶官,正像要在山上才有榛树、要在山下才有苓草一样。

为什么说伶官是最下等的奴才?因为他们是至贱之官。诗说"赫如渥赭,公言锡爵",《毛传》说:"祭有畀煇胞翟阍寺者,惠下之道,见惠不过一散。"陈奂《传疏》说:"《祭统》:'夫祭有畀煇胞翟阍者,惠下之道也。煇者,甲吏之贱者也。胞者,肉吏之贱者也。翟者,乐吏之贱者也。阍者,守门之贱者也。此四守者,吏之至贱者也。尸又至尊,以至尊既祭之末而不忘至贱,而以其余畀之。'《祭统》但言阍,《毛传》则兼言阍寺,古阍、寺并称。……翟,即狄人。《丧大记》注:'狄人,乐吏之贱者。'绩溪胡匡衷《侯国官制考》云:《周礼》无狄人,唯有籥师中士四人。其职云:掌教国子舞羽龡籥。《祭统》注:翟,谓教羽舞者也。然则诸侯之狄人岂即籥师与?案胡说是也。《序》谓伶官,即狄人,狄亦作翟。在天子为籥师,在诸侯则为翟人。天子籥师中士,则诸侯翟人是下士。祭祀龡籥又舞翟,即《籥师》所谓'祭祀则鼓羽籥之舞'也。《传》引之者,以明翟为乐吏至贱之官,其煇胞阍寺连而相及耳。"读此可见,伶官在当时原是至贱之官,和制皮革的鞹官、办厨的庖官、守门的阍官同类。这都是最下等的奴才,仅高于奴隶们一等的头目。而诸侯的伶官更下于天子的伶官一等。伶官在王朝为籥师,不过中士;在诸侯之国为翟人,只是下士。虽说伶官舞毕也可以得到余下的一散爵酒喝,却只是对于最卑贱者的一种赏赐恩典。这对于具有不平凡的品质材能而可称为硕人或美人的领受者说来,不知道使他感到的是荣是辱,真是使他哭笑不得!

假设这伶官逢时,是不是可以承事王者,为贤士大夫、为名臣呢?我以为当时伶官虽贤也不可以,即是前封建社会的等级制度由奴隶制的继续,也不是可以随意跨越的。《诗序》说:"《简兮》,刺不用贤也。

卫之贤者仕于伶官，皆可以承事王者也。"看来《诗序》的意思只能说是卫国未能好好地使用伶官，而这些伶官都是可以做王朝伶官的。作《序》者却不知道诗里还像含有不满等级制度扼杀人才进用的意思。末章说"山有榛，隰有苓"，比喻西方才有美人，西周盛时才有这样美的伶人。在《三百篇》里，硕人、美人是同义语，而且是男女通称。这诗硕人、美人同指伶官。我以为如果把这美人指为西周贤士大夫或西周盛时之王，像《楚辞》美人的用意往往指楚王或贤臣一样，都非诗旨。顾广誉《学诗详说》道："吕氏谓西方指西周也。《晋语》：'齐姜氏引西方之书。'韦昭以为周亦西周也。作诗者叹硕人之贤，谓山则有榛，隰则有苓，唯西周然后有此等人物也。'云谁之思？西方美人。'见硕人而慨然有怀西周之贤士大夫也。'彼美人兮，西方之人兮'，指硕人也。嗟美其真西周之人，而非今世之人也。江左诸人喜言中朝名臣，亦此意也。益善。盖言其得生西周盛王时亦为名臣，而卫之不用贤愈见。详云谁之思，其非泛指衰季之臣可知。"吕祖谦说见硕人而慨然有怀西周之贤士大夫，顾广誉说盖言其生西周盛王时亦为名臣，都不合乎西周时代的社会实际情况。倘在当时作为最卑贱的伶官也想爬上贤士大夫名臣的地位而发出慨叹，或者诗人代为发出这样的慨叹，这都是难以想象的事。陈奂《传疏》说："此章承上二章，言乐舞、庙祭、泠翟之人皆有大德，有王者起，天子必有聘贤之典，诸侯亦修贡士之职。得与祭以为庆，不得与祭以有让。则卫贤者决不穷处乐吏矣。慨今不然，是以为刺。"这话也不见得合乎史实。即令西周盛时天子有聘贤之典也聘不到伶官身上来，诸侯修贡士之职，也贡不到伶官身上来。当时伶官的身份就不属于公卿大夫一阶层，做了世守的伶官也不会在贡聘之列。我们只能说，这个伶官生不逢时，偏生在周室东迁以后的卫国，令人有委屈了他做不到西周王朝盛时伶官的慨叹。

这诗今古文家、汉宋学者都不曾有过什么值得注意的争论。只见这诗结句"彼美人兮，西方之人兮"，被人误解，闹过笑话。田艺蘅《留青日札》曰："一督学命诗题云：'彼美人兮，西方之人兮。'有生员不知其义,乃出而语人曰:'圣经中如何亦有西方菩萨之说?非观世音不能当也。'此生巨富,不久即中举。真优人搬戏文也!"这一笑话出在明代科场广钱可以通神的秀才举人老爷间固然很妙,最妙的要算清代号为《诗》学的"专门名家"陈启源也闹了笑话。他的《稽古编·附录·西方美人》一条采及杂说,盛称佛教东流始于周代,至说"夫子之答大宰,抑三王,卑五帝,藐三皇,独归圣于西方"。江藩作《汉学师承记》老实不客气把他摈斥在外,尽管也说:"惠征君定宇亟称之,其书虽宗郑学,训诂、声音以《尔雅》为主,草木虫鱼以《陆疏》为则,可谓专门名家矣。"至晚清王闿运为门人讲《诗经》,曾说"彼美人兮,西方之人兮",这是指的"大西洋彼岸是美国人",当然也是最可笑的了。

泉　　水

毖彼泉水,亦流于淇。有怀于卫,靡日不思。娈彼诸姬,聊与之谋:

出宿于泲?饮饯于祢?女子有行,远父母兄弟。问我诸姑,遂及伯姊。

出宿于干?饮饯于言?载脂载辖,还车言迈。遄臻于卫,不瑕有害?

我思肥泉,兹之永叹。思须与漕,我心悠悠。驾言出游,以写我忧!

【解题】

《泉水》,"此卫女媵于诸侯,思归宁而不得之诗"。姚际恒《诗经通论》说得是。他说:"于何知之?于诗中诸姑伯姊而知之也。诸侯娶妻,嫡长有以侄娣从者,此称姑则为侄也,称姊则为娣也。其时宫中有为之姑者,有为之姊者,故欲归宁不得,与之谋而问之也。"《郑笺》说:"宁则又问姑及姊,亲其类也。"《孔疏》说:"我之向卫,为觐问诸姑遂及伯姊而已,岂为犯礼也哉而止我也?"这都说错了。这卫女的姑姊在家岂皆老女未嫁?她们嫁了也就会如这卫女思归宁而不可得,她怎能归卫觐问她们呢?

这诗今古文家也无甚争论,所以王先谦《集疏》说:"三家无异义。"可是魏源《集义》说:"亦许穆夫人作焉。"这就还有问题。本来何楷《古义》曾以为《泉水》、《竹竿》、《载驰》都是许穆夫人诗,姚际恒《泉水》早就驳斥了他。不知道魏源何以还主张这一说。黄中松《诗疑辨证》说:"此诗之作,或以为宋桓夫人([伪]《子贡传》:宋桓姬闵卫之破也),或以为邢侯夫人(钱天锡据诗言干山,干山在周为邢国也)。则经传无明文,诚不必穿凿也。"从许、宋到卫,无论沫漕,未必路过沛水,为出宿饮饯之地。就古地理相关来说,似以邢侯夫人一说较为近是。虽然我们只知道有邢侯夫人姜氏鼎,北齐武平初,有掘墓者得铜鼎,受五六升,铭曰:"邢侯夫人姜氏。"邢侯不止一人,可能还有邢侯媵姜姬氏诗,这有待于进一步研究。

北　　门

出自北门,忧心殷殷。终窭且贫,莫知我艰。已焉哉!天实为之,谓之何哉?

王事适我,政事一埤益我。我入自外,室人交遍谪我。已焉哉!天实为之,谓之何哉?

王事敦我,政事一埤遗我。我入自外,室人交遍摧我。已焉哉!天实为之,谓之何哉?

【解题】

《北门》,自是仕不得志者所作。《诗序》说"刺",只是陈诗、编诗或序诗之义。仕者,在位之称,和一般的所谓士不同。魏源《集义》用《毛序》,改仕为士,这就稍有问题。李黼平《纲义》说:"《序》:《北门》,刺仕不得志也。《正义》曰：谓卫君之暗，不知士有才能，不与厚禄，使之困苦不得其志，故刺之也。又云：言士者，有德行之称。如孔说，则《序》仕字当作士。然经文《传》、《笺》及《序》下《笺》并无一言及士者，不可解也。"他真细心读书，看出其中的矛盾。《序》用仕字颇为明确，不知道孔、魏何以有此小疵！

这诗今古文家又没有争论。王先谦《集疏》说："三家无异义。《潜夫论·赞学》篇：'君子忧道不忧贫，箕子陈六极，《国风》歌《北门》，故所谓不忧贫也。岂好贫而弗之忧邪？盖志有所专，昭其重也。乃将以底其道而迈其德者也。'王用《鲁诗》，此盖鲁说。志有所专者，以国为忧也。底道迈德者，委于天命也。终窭且贫者，禄不足以代耕，而非以贫为病也。王事敦迫，国事加遗，任劳而不辞，陑穷而不怨，可谓君子矣。读者因终窭之词以为忧贫而作，不亦昧于诗义乎？"我以为这位小官被贫困的生活和繁重的责任所磨折，以致家里人都看不起他，他所忧愤的还是重在贫，贫到了破产的困境，虽然他自身无力摆脱这个困境。

这诗正像《小星》那篇诗一样，反映了前封建社会里的等级制度不平，一般官吏劳逸不均、苦乐悬殊的一种现象。不过这一诗人的忧愤就更深了。所以《潜夫论·交际》篇说："处卑下之位，怀《北门》之殷忧，内见谪于妻子，外蒙讥于士夫。"他不但在公的方面受到上层的事事逼迫，而在私的方面回到家来，还要受到家人的种种责难。向老天爷呼吁罢？怎奈天又不灵呀！

郭沫若先生以为这诗是一破产的贵族诗人所作，说来有趣。他在《中国古代社会研究》里说："这明明是一位作官的人，而且是很得王的信任的。而他大叹其'窭且贫'，受不过老婆的压迫，只好接二连三地大喊其天。这位尊驾怕也不一定怎的贫窭，只是社会的生活程度一天一天地高涨了，人民也一天一天地奢华了起来（尤其是女子）。他的收入不很够供应他老婆的挥霍，所以才那样很夸张地长吁短叹。总而言之，他总算是一位破产的贵族。"这和鄙见虽稍有出入，但可供读者参考。

北　风

　　北风其凉,雨雪其雱。惠而好我,携手同行。其虚其邪?既亟只且!

　　北风其喈,雨雪其霏。惠而好我,携手同归。其虚其邪?既亟只且!

　　莫赤匪狐,莫黑匪乌。惠而好我,携手同车。其虚其邪?既亟只且!

【解题】

　　《北风》,讽刺虐政之诗。《诗序》说的不错。"百姓"包括一切人民在内,不堪虐政,要反压迫、反剥削,又不能积极地用暴力对付暴力,必不得已,只有消极地避开、逃走,甚至成群结队地逃走。所以《北风》一诗就成为避乱逃难的名篇。当时人民都在灾难中,各国的情形差不多一样,哪里有乐土、乐国、乐郊?要逃又往哪里逃?尤其是农民被束缚在土地上,不是出于不得已,总是不肯逃的。"维桑与梓,必恭敬止",故乡的一草一木都和自己有深厚的感情,岂忍轻易离开?本来不想逃,又不得不结伙快逃,——"其虚其邪?既亟只且!"逃时又没有去处,到处乌鸦一般黑,——"莫赤匪狐,莫黑匪乌!"总想彼胜于此,有松一口气的地方。诗里恰好把这种彷徨苦闷无可奈何的情绪表达了出来。

　　宋儒务反《诗序》,以为它说这诗未见其是。或以为"此诗乃君子见几而作,唯恐去之不速,非谓百姓相携而去也"。或以为"卫以淫乱亡国,未闻其有威虐之政"。这都被清代的学者驳斥了。朱鹤龄《通义》说:"此诗以凉风盛雪病害万物,兴卫之时政酷烈病害百姓。《序》所云并为威虐,百姓不亲,正《北风》起兴之意也。《辨说》云:卫以淫乱亡国,未闻有威虐者。夫亡国之政,谁无威虐？州吁好兵,宣公杀子,其威虐可概见矣,何谓之未闻乎？"这驳斥了朱子。陈启源《稽古编》说:"邶有《北风》,犹魏之有《硕鼠》也。避虐与避贪,人情皆然,不待贤者而后能也。程子谓《北风》诗乃君子见几而作,〔相招无及于祸患者也。〕夫北风雨雪害将及身,当此而去亦不得为见几矣。又《叙》以此诗为刺虐,而《辨说》非之,言卫以淫乱亡国,不闻威虐之事。《集传》又以乌、狐为不祥之物。则《通义》驳之当矣。"这驳斥了程子,也驳斥了朱子。

这诗今古文家又无争论。只见最后王先谦据三家义以为此是卫之贤者相约避地之词,倒和宋儒程子之说相近。《集疏》说:"齐说曰:'北风寒凉,雨雪益冰。忧思不乐,哀悲伤心。'(《易林·晋之否》)又曰:'北风牵手,相从笑语。伯歌季舞,燕乐以喜。'(《易林·否之损》、《噬嗑之乾》同)……雨雪益冰者,与《易》'履霜坚冰至'同意。惧威虐之日甚,故忧思而伤心。相从笑语,燕乐以喜,与《硕鼠》'乐土乐土,爰得我所'同意。诗主刺虐,以北风喻时政也。此卫之贤者相约避地之词,以为百姓莫不然,或非也。张衡《西京赋》:'乐《北风》之同车。'与《易林》燕乐意合。张用《鲁诗》,是《鲁》与《齐》同。"我以为《硕鼠》一诗主题思想在反抗经济上的剥削,《北风》一诗主题思想在反抗政治上的压迫,都像是出于民间歌手,不必算作什么君子见几而作,或什么贤者相约避地的作品。

静　女

静女其姝,俟我于城隅。爱而不见,搔首踟蹰。
静女其娈,贻我彤管。彤管有炜,说怿女美。
自牧归荑,洵美且异。匪女之为美,美人之贻。

【解题】

《静女》,无疑地是关于男女相悦之诗。所疑在这一对男女究竟是何等人物。这是指卫宣公和宣姜呢,还是指卫国贵族男女呢?抑或是指民间男女呢?前人说这诗,都和明人袁仁《毛诗或问》说的"朱子解《诗》如盲人扪象"一样。该受这一嘲笑的岂仅一个朱子,便是袁仁自己又何尝例外?今人顾颉刚先生说这诗,作为"瞎子断匾之一例",引起过学者们对于《静女》一诗的热烈讨论,参加的有十人以上之多,拖延四五年之久(一九二六——一九三〇),共写了文章十几万字。结论怎么样?译文怎么样?但看《古史辨》第三册就知道了。"盲人扪象",还是有象,总算扪到了象的一部分。"瞎子断匾",匾没安上,徒然瞎断了一阵。与其像断匾都无是处,毋宁像扪象还有所接触。好,就来谈前人怎样扪象罢。

先看古文《毛诗》怎样说这诗。《诗序》说的已见上文。《郑笺》说:"以君及夫人无道德,故陈静女遗我以彤管之法,德如是,可以易之为人君之配。"《孔疏》无新义。而解释《毛传》和《郑笺》这一说最好的至今还不见有人超过了陈启源《稽古编》。他说:"诗人说静女之德皆与宣姜相反。城隅,高峻之节也;彤管,法度之器也;归荑,有始有终之义也;是谓贞静而有德。宣姜以伋妻而受公要,是无节矣;谮杀伋、寿,与盗同谋,是陷君于不法矣;始播丑于新台,终贻羞于中冓,是无始无终矣。故诗极称女德,而《叙》反言夫人无德,《叙》所言者作诗之意,非诗之词也。"我们细玩诗语,并不见得这是说静女之德。戴震《毛郑诗考正》说:"《静女》首章'俟我于城隅',《传》:'城隅以言高而不可逾。'《笺》云:'自防如城隅。'震按:《传》、《笺》皆就城隅取义,非诗意也。城隅之制见《考工记》。许叔重《五经异义》,古《周礼》说云:'天子城高七雉,隅高九雉。公之城高五雉,隅高七雉。侯、伯之城高三雉,隅高五雉。'据《记》考之,公、侯、伯之城皆当高五雉,城隅与天子宫隅等。门台谓之宫隅,城台谓之城隅。天子、诸侯台门以其四方而高,故有隅之称。言城隅,以表至城下将入门之所也。'静女其姝,俟我于城隅',此媵侯迎之礼。诸侯娶一国,二国往媵之,以侄娣从。冕而亲迎,惟夫人耳,媵则至乎城下以俟迎者然后入。'爱而不见',迎之未至也。爱而,犹隐然。《说文》引此作偯。郭注《方言》引此作菱。彤管之法，女史书宫中之法度。故《春秋传》曰：'《静女》之三章，取彤管焉。''自牧归荑'，言乎说舍近郊也。《尔雅》：'郊外谓之牧。'荑，亦以为洁白之喻。美其管，美其荑，设言以欣慕其人耳。始思见其人，继思得见其物；始言至城下，终乃言至于郊。非实有是事。可知《静女》之刺，思贤媵、怀女史之法者也。盖卫人拟其君之宫中无是女以备嫔媵及女史之法废也。学者罕闻城隅，而诗遂失其传矣。"我们细玩诗语，并不见得这就是他说的"此媵俟迎之礼"，可知《静女》之刺，思贤媵、怀女史之法。他以为这诗失传，只由于毛、郑以来在解城隅之制一点上错了。难道从他这一说就从此这诗得到真传了吗？但是我们可以借此加证毛、郑说这诗很难于说通。

再看宋儒怎样说这诗。欧阳修《诗本义》说："卫俗淫风大行，男女务以色相诱悦，虽幽静之女亦然。举静女犹如此，则其他可知。"朱熹《诗序辨说》以为"此《序》全然不似诗意"。《集传》就从欧阳一说以为"此淫奔期会之诗"。顾广誉《学诗详说》道："欧阳氏始以为男女淫奔之诗，《诗集传》本之，诸家从其说者亦多。然案大义既不逮《序》说，就经训求之又有难通者三：静女不可以为淫，一也。彤管非男女私赠之物，二也。又《左传》有言，《静女》之三章取彤管焉。杜注：谓三章之诗虽说美女，义在彤管。彤管，赤管笔，女史记事规诲之所执。若如欧说，则《传》文将何以解之？三也。"这诗依宋儒欧、朱一说也很难于说通。

最后看魏源、王先谦根据今文三家遗说来说这诗。魏源《集义》据《说苑》和《韩诗外传》，以为此贤者及时思遇，托于盛年思偶之诗。他不知道所据二书引诗之义并不就是作诗之义。这不用驳了，首先王先谦就不同意他的这一说。《集疏》说："齐说曰：'季姬踟蹰，结衿待时。终日至暮，百两不来。'(《易林·师之同人》)又曰：'季姬踟蹰，望我城隅。终日至暮，不见齐侯，居室无忧。'(《同人之随》、《涣之遁》同，无末一句。《谦之巽》作季姜踟蹰，待孟城隅。姜是姬之讹，孟即孟姬)又曰:'踯躅踟蹰,抚心搔首。五昼四夜,睹我齐侯。'(《大有之随》)……此媵侯迎而嫡作诗也。……盖焦氏多见古书,当日皆有事实足征,而今无可考。此诗为望媵未至时作也。戴震云:此媵侯迎之礼。诸侯娶一国,二国往媵之,以侄娣从。冕而亲迎惟嫡夫人耳,媵则至乎城下,以俟迎者而后入。'爱而不见',迎之未至也。徐璈云:戴说与《易林》相证发。寻诗意,是静女为齐侯夫人所媵之同姓,故曰季姬。季,少也。我,夫人自称。女,谓媵。诗旨思贤惠下,情词悱然。有《关雎》好逑之风,《车舝》德音之慕矣。陈乔枞云:《左传》言齐桓公有长卫姬、少卫姬。疑《易林》所云季姬即指少卫姬。愚案诸说皆是。《易林》'望我城隅',即诗之'俟我城隅'也。又作'待孟城隅',明我为孟姬自称。则媵是少卫姬,而孟为长卫姬矣。同是一国之女,又夙相见,故先有贻管归荑之事。及孟已至国,季在城隅,孟思恋企望,愿其早见齐侯,共承恩遇。合《诗》与《易林》观之,情谊显见。《列女传·贤明》篇载齐桓、卫姬事,称其信而有行,齐桓使之治内,立为夫人。此诗其贤明之见端矣。"如果这诗是长卫姬为其媵少卫姬侯迎而作,何以《列女传》往往载诗本事而此独不载?又《易林》所说不见得都和诗本义相合,这也不是为据。清儒徐璈、陈乔枞、王先谦诸人从今文三家遗说来说这诗,同样很难于说通。

我以为彤管是赤笔管,女史所执,说来比较有据。此诗是写女史淫奔,也是反映了卫国统治阶级荒淫成俗之诗。《诗序》所说刺时,卫君无道,夫人无德,是推本之词,话本含浑,看来并不怎么错;错在《毛传》、《郑笺》、《孔疏》都说诗陈静女之德,遗我法则,可以配人君。他们不知道正是这一称为静女的也无德而至于淫奔,她竟把记载宫闱事的赤笔管赠给她的情人了。这岂不是大为卫君和夫人丢丑?只因他们过惯荒淫无耻的生活,这就自然不算一回事了。所谓静女,不必从《毛传》释为"贞静"之女,就从马瑞辰《通释》读静为靖,"谓善女,犹云淑女、硕女",也得。这一称呼恰和女史身份约略相当,却未必是称民间妇女。何况俟人城隅,贻人彤管,自牧归荑,正是宫廷女史生活中可能有的事。即如荑是初生的嫩茅,惯居城邑不事生产的男女可能乍见新奇可喜,作为赠品。这岂是民间儿女子事?诗中称我,自是指的和静女相淫乱的男子。他不是属于大夫一阶层就是属于士一阶层,说不定还是暴发户。诗说搔首踟蹰,说(悦)怿女美,说美人之贻,绘影绘声,丑态可掬,和《桑中》男子勾引了贵族妇女的得意忘形正相仿佛。"卫之公室淫乱,男女相奔。至于世族在位,相窃妻妾。"统治阶级的荒淫无耻至于如此,即称为静女的女史也要淫奔,何足奇怪?

我读这诗的结论:倘若无人确证彤管不是女史所执的赤笔管,我们就得承认《静女》是关于女史淫奔之诗。按《毛传》说:"古者后夫人必有女史彤管之法。史不记过,其罪杀之。后妃群妾以礼御于君所,女史书其日月,授之以环,以进退之。生子月辰则以金环退之。当御者以银环进之,著于左手;既御,著于右手。事无大小,记以成法。"毛公所记典制当有成文。《艺文类聚》十五、《御览·皇亲部》一引刘向《五经要义》说:"古者后夫人必有女史彤管之法。后妃群妾以礼御于君所,女史书其日,授其环,以示进退之法。生子月娠则以金环退之。当御者以银环进之,著于左手;既御,著于右手。左手阳也,以当就男,故著左手。右手阴也,既御而复故。"这也是西汉旧说,或出《诗》今文三家,和《毛传》互有详略。欧阳修说:"古者针笔皆有管,乐器亦有管,不知此彤管是何物也。但彤是色之美者。"从他开始疑《静女》是述卫风俗男女淫奔之诗,疑彤管不知为何物。古时笔有管,乐器有管,这是人所易知的。说针有管,当是出自《内则》右佩针管。胡承珙《后笺》说:"《稽古编》曰:彤管,《毛传》以为女史记事所执,而宋儒疑之。李氏谓针有管,乐器亦有管。古未有笔,不称管也。《解颐新语》亦谓笔始于秦,古以刀为笔,不用毫毛,安得有管?此皆谬说。夫笔之由来古矣。《曲礼》云:'史载笔。'《庄子·田子方》篇云:'宋元君将画图,众史舐笔和墨。'《太公阴谋》载《武王笔铭》云:'毫毛茂茂。'此皆三代文典也,已著有笔名,可谓古无笔乎?可谓古笔用刀而不用毫毛乎?董仲舒答牛亨问,曰:'蒙恬所造即秦笔耳。'又问:'彤管何也?'答曰:'彤者,赤漆耳。'史官载事故以彤管,用赤心记事也。夫有笔之理,与书俱生。且《尚书中候》云:'龟负图,周公援笔写之。'其来尚矣。案《仲舒答牛亨问》,汉短书名也。张华《博物志》、崔豹《古今注》皆载其语。仲舒去古未远,所闻必有据。又武帝时《毛诗》未行,而仲舒之论彤管,与《诂训传》相合,不足为确证乎?承珙案:三代典记言笔者,尚有《国语》。鲁里革曰:'臣以死奋笔。'晋董安于曰:'方臣之少也,进秉笔。'士茁曰:'臣以秉笔事君。'皆是。他若《管子·霸形》篇:'桓公于是令百官有司削方墨笔。'《晏子春秋》:'拥札掺笔。'《说苑·指武》篇曰:王满生曰:'藉笔牍书之。'《韩诗外传》:周舍曰:'臣以为谔谔之臣,墨笔执牍从君之后。'(《新序·杂事》一同)秦以前,言笔者多矣。《说文》云:'楚谓之笔,吴谓之不律,燕谓之弗,秦谓之笔。'或因此遂误笔始于秦耳。至王介甫以彤管为乐管,徐安道注则谓是笙箫之属。姚宽《西溪丛语》已驳之。冯鉴《事始》谓笔始蒙恬。史绳祖《学斋占毕》亦力辨其非。张氏次仲记引丰南嵎云:子张书诸绅,必不以刀。亦为确证。"按:晚近发现居延笔,又发现长沙楚墓毛笔。或谓殷商时已有毛笔(朱芳圃《甲骨学商史编》、陈梦家《殷虚卜辞综述》)。彤管未见得不是笔管。如果彤管真是女史所执的赤笔管,《静女》就是关于女史淫奔之诗。那么,从宋儒欧、朱直到现代顾颉刚,以为《静女》只是民间一般男女的淫奔之诗或情诗,就显然错了。

新　台

新台有泚,河水弥弥。燕婉之求,籧篨不鲜!
新台有洒,河水浼浼。燕婉之求,籧篨不殄!
鱼网之设,鸿则离之。燕婉之求,得此戚施!

【解题】

《新台》,当是为刺卫宣公作新台于河上拦夺其子伋之妻齐女而作。桓十六年《左传》:卫宣公烝于夷姜,生急(伋)子,为之娶于齐而美,公取之。事又见《史记·卫世家》、《列女传》、《新序》。《孔疏》说:"此诗,伋妻盖自齐始来,未至于卫,而公闻其美,恐不从己。故使人于河上为新台,待其至于河,而因台所以要之耳。若已至国,则不须河上要之矣。"《诗序》说"国人恶之,而作是诗"。诗盖出于民间歌手。李黼平《纲义》说:"诗一人作而言国人者,《春秋》桓五年《经》书卫人立晋。《左氏传》:'卫人立晋,众也。'宣公〔晋〕,国人所立,至是躬为淫昏之行,民始失望矣。序诗者本国人之意而众著之,其垂戒者深矣。"这话大有是处。古代民间歌手往往是群众的喉舌,代表舆论,所以歌谣或叫作舆诵。序诗者泛指这诗为国人作,即令含有教条垂戒的意思,而在实质上说来,也并不算错。

　　诗说籧篨、戚施,无疑地是指斥卫宣公的丑恶。《毛传》、《郑笺》都还不甚明确。从宋儒欧阳修《诗本义》开始,便发生了许多曲解。他说:"卫人恶宣公淫其子妇,乃临河上筑高台而遂之,以求燕婉之乐。国人过其下者,多仰面视之,不少不绝,言国人仰视者多也。此恶宣公淫不避人,如鸟兽尔。卒章言齐姜本嫁其子,反与其父,于此台上共求燕婉之乐,使国人见此,又或俯面而不欲视之。得此,犹遇此人而俯面不欲视。据诗,公在台上,其下之人甚众,有仰而视者,有俯不欲视者。然则不欲视者恶之尤深。"这说得不近情理。诗是民间来的,诗人把丑恶的形象加在人民头上,无异加在自己头上来嘲笑自己,而轻轻放过了坏人,这是不可想象的事!何况要依他说,在诗的篇章结构上、文法条理上说来都有问题,正像胡承珙《后笺》指出的"成何文理"呢?拙作《选译》于此诗《汇注》中说:"《国语·晋语》'籧篨不可使俯,戚施不可使仰,僬侥不可使举,侏儒不可使援,矇瞍不可使视,嚚喑不可使言,聋聩不可使听,童昏不可使谋'云云,以此为八疾。诗中籧篨、戚施不知系指形体之丑而言,抑喻品德之恶而言。诗刺一人,而一人之身不容兼此二事,欧阳修已尝疑之。若患伛偻病,俗所谓鸠胸龟背者,俯仰皆有不便。指一人而取其一端分言之,若相人者之相面相背,则亦未为不可也。"我以为诗中籧篨、戚施二词必须如此作解才是。

这诗今古文家无争论。王先谦《集疏》说:"三家无异义。……《易林·归妹之蛊》:'阴阳隔塞,许嫁不答。《旄丘》《新台》,悔往叹息。'此《齐诗》说。《新台》《旄丘》事异,而其为阴阳隔塞、人伦祸变则同。悔往叹息,以诗为国人代姜氏之词,与《序》意合。姜氏许嫁子伋,入其国不见其人,是不答也。遇卫宣之强暴,乃悔往而叹息,其初心未必不善,转念误之耳。……《水经注·河水》篇:河水〔径濮阳县北为濮阳津〕,又东径鄄城县北故城,在河南十八里,河之北岸有新台,鸿基层广,累高数丈,卫宣公所筑新台矣〔《诗》齐姜所赋也〕。《寰宇记》:新台在濮州鄄城县东北十七里,北去河四里。《一统志》:鄄城今曹州府濮州。"这里说新台所在却小有问题。在他之前,陈奂《传疏》说:"新台当在邶东大河之旁,齐、卫之所经也。……案郦道元注《水经》,往往广采杂说,以示炫博。然古今河道不同,卫宣公所作新台河上,决非魏晋鄄城县北临河之新台。"新台究在何处,还有待于研究,倘若这也值得研究的话。

怀疑《新台》《二子乘舟》诸篇和卫宣公、宣姜事无关,似从朱熹开始。《朱传》于此二篇虽然仍用"旧说",但是他又说:"凡宣姜事首末,见《春秋传》。然于《诗》则皆未有考也。诸篇放此。"崔述《读风偶识》正发展了朱子这一说。他说:"《新台序》云云,其事盖本之《春秋传》,然诗所言殊与《传》所载者不类。何者?伋,宣公之子也。以父而夺子妻,禽兽行也,此真所谓言之丑者。乃但笑其籧篨、戚施,若憎宣公之老且丑者。少知名义者肯为是言乎?既至而知其美,故夺取之。未至而先筑台,又不于国而于河上,欲何为者?"似乎他并未读过《左传》和《新台序·孔疏》,所以有后一疑问。他也不知道言非一端,义各有当,必强迫古人作诗和自己一样运思遣词。徒凭主观,逞臆而说,虽似快语,实非确论。胡承珙《后笺》说:"案宣公不父,《左传》虽具其事,而曲折未明。得此诗及《序》,然后情事毕露。"这样以诗及《序》和《左传》所记史事参验互证,比较说得审慎可信。何况还有《史记》《列女传》、《新序》两汉人著作可为佐证呢。

这诗直解颇有困难。诗语为了整齐，为了趁韵，或探下文而省，或蒙上文而省，这是《三百篇》中常用的修辞技巧。此诗每章末句正是这样。如首章末句全文应该是得此簋飱不鲜，二章末句同样。末章末句得此戚施，下面也应该有类似不鲜不殄的两字。我的直解想要明白，想要趁韵，每章末句只好或探下文增字，或蒙上文增字，可是就失了原文的韵味。本来诗就不好解释，更不容易照话直解。解释已是多余的事，照话直解，有时就会确像嚼饭哺人，令人难受了！

二 子 乘 舟

二子乘舟，泛泛其景。愿言思子：中心养养！
二子乘舟，泛泛其逝。愿言思子：不瑕有害？

【解题】
《二子乘舟》，当是关于卫宣公二子伋、寿兄弟争相为死之诗，盖为太子伋之傅母所作。刘向《新序》七《节士》篇说："卫宣公之子，伋也、寿也、朔也。伋，前母子也。寿与朔，后母子也。寿之母与朔谋，欲杀太子伋而立寿也，使人与伋乘舟于河中，将沉而杀之。寿知不能止也，固与之同舟，舟人不得杀。伋方乘舟时，伋傅母恐其死也，闵而作诗，《二子乘舟》之诗是也。"这一记载可作为《二子乘舟》本事。

或疑这诗和卫宣公二子伋、寿兄弟事无关。比如毛奇龄《国风省篇》、崔述《读风偶识》都这样说。毛氏一说下文当有触及，这里且评崔氏一说。他说："寿死于盗，伋始至莘，诗何以称二子乘舟？自卫至齐皆遵陆而行，特济水时偶一乘舟耳。既非于河上遇盗，何不言其乘车，而独于其乘舟咏之思？细玩二诗（《新台》及此诗）之词，与《〔春秋〕传》所载伋、寿之事了不相涉，其非此事明矣。然即《传》文亦有未可以全信者，宣公之立在鲁隐公四年，石碏既杀州吁，迎于邢而立之。而《传》称宣公烝于夷姜生急子（原注：即《序》之伋）。谓烝于夷姜在为公子时乎？则当庄、桓之世必不敢，而在邢又不能。且石碏讨贼立君亦必择其贤者,左公子泄、右公子职何人不可以立,而必立此淫乱之人乎?谓烝于夷姜在已为君后乎?则宣公在位仅十有九年,急之娶,少亦当十四五岁,早亦当在宣公十六七年之时。则宣公卒时,寿、朔皆尚在襁褓,寿安能盗旌而先?即朔亦不能构急也。此乃必无之事,昔人固有辨之者矣(原注:偶忘为何书或何人之说)。盖缘《左传》一书采摘太广,但有所得即缀于篇,而不暇辨其是非虚实。况此事乃后日所追述,非若朝聘侵伐史臣按月而书者比,固未可尽执为实也。嗟夫!《左传》犹不能以无误,况于《诗序》乌在其可以尽信乎?"这一说虽据《左传》立言,并不确切。按《新序》,宣姜先阴谋寿沉于舟,不得;再谋寿死于盗,乃成;是先后两回事。这就回答了"诗何以称二子乘舟"。宣公嗣立为诸侯,距离父庄公之死已逾十六年。他烝夷姜生伋子,庄公固久已不在。桓公能容州吁至十六年之久,卒为州吁所杀,其暗弱可知,怎能防闲庶母和弟相淫乱?这就回答了"烝于夷姜在为公子时乎?则当庄、桓之世必不敢"。若问"烝于夷姜在已为君后乎"和其他接连发生的问题,都无须回答了。再按《左传》:卫人逆公子晋于邢。安知不是因他上烝夷姜故为桓公所黜?他虽有罪,州吁既诛,次序当立,庄姜、石碏就顺众意立了他,大概由于当时事势不得不然。这就回答了"石碏讨罪立君……而必立此淫乱之人乎"。我以为这一说先抱定了不信《诗序》的成见,乃故意出奇立异。但是按诸《左传》所记事实不相符合,恐其惑误后学,不得不予以批判。

依古文《毛诗》说,诗说乘舟只是喻言,以为卫人伤伋、寿之死,思之而作,作于二子死后,是哀悼之歌。《诗序》已见上文。《毛传》说:"二子,伋、寿也。宣公为伋取于齐女而美,公夺之,生寿及朔。朔与其母愬伋于公,公令伋之齐,使贼先待于隘而杀之。寿知之,以告伋,使去之。伋曰:'君命也,不可以逃。'寿窃其节而先往,贼杀之。伋至,曰:'君命杀我,寿有何罪?'贼又杀之。国人伤其涉危遂往,如乘舟而无所薄,泛泛然迅疾而不碍也!"

清代的《毛诗》学者解说这诗用力较多的当以李黼平、胡承珙为代表。

李黼平《绁义》说:"按《序》,言国人伤而思之;《传》训愿为每,众词也;言字亦当如《笺》为我。盖述国人之意,言每我思子,则养养然忧,不知所定,'定'指卫事言也。《史记·卫世家》:宣公卒,太子朔立,是为惠公。左右公子不平朔之立也。惠公四年,左右公子怨惠公之谗杀前太子伋,乃作乱,攻惠公,立太子伋之弟黔牟为君。又云:懿公之立也,百姓大臣皆不服。自懿公父惠公朔之谗杀太子伋代立,至于懿公,常欲败之。卒灭惠公之后,而更立黔牟之弟昭伯顽之子申为君,是为戴公。又云:初,翟(狄)杀懿公也,国人怜之,思复立宣公前死太子伋之后,伋子又死,而代伋死者子寿又无子。太子伋同母弟二人,其一曰黔牟,尝代惠公为君八年复去。其二曰昭伯。昭伯、黔牟皆已前死,故立昭伯子申为戴公。戴公卒,复立其弟毁为文公。文公初立,轻赋平罪,身自劳与百姓同苦,以收卫民。云云。此太史公备摹二子死后国人伤思之事。盖自桓十二年宣公卒,卫人必欲立二子之后,下逮闵二年,垂四十年,文公立而后定。此诗述二子初死时事,《毛传》所谓养养然忧不知所定者也。《笺》云为之忧,则为二子忧而已。《正义》谓郑惟愿言句为异,余皆合而述之,疏矣。"这里节引《史记》以证《二子乘舟》为国人伤思二子初死之词,并以证明《毛传》所说养养然不知所定的含义,而指出《笺》、《疏》的误释。用史证诗,牵合成说,恐失诗旨。

胡承珙《后笺》说:"毛西河曰:莘在河西,齐在河东,以《左传》西至于河一语证之,盗杀二子于莘,未尝渡河,无乘舟事,疑是诗非为二子作。又云:莘、新声近。《汉志》:东郡阳平有莘亭。杜预、郦道元无不曰卫之新台,即卫杀子伋之地。盖莘即新也(按见《国风省篇·二子乘舟》十一)。汪氏梧凤曰:卫宣时犹都商之朝歌,即今濬县。自卫都达莘未尝不取道于河,岂必入齐乃渡河耶?况诗又未明言渡河,若肥若淇,何不可舟者,奚以明其渡之必河耶?(按见《诗学女为》三)承珙案:毛西河谓莘为卫东地而在河西,是也。其云《汉志》、《水经注》皆言莘即新台则误。《郡国志》：阳平侯国有莘亭。刘昭注云：杜预注《传》曰：卫作新台在县北，卫杀公子伋之地，故曰待诸莘。考桓十六年《左传》杜注，但云阳平县西北有莘亭，无新台在县北语。此刘昭误也。《水经·漯水注》云：漯水又北，绝莘道城之西北，有莘亭。京相璠曰：阳平县北十里有故莘亭道，阨限险要，自卫适齐之道也。望新台于河上，感二子于宿龄，诗人《乘舟》，诚可悲也。此所云新台者，不过因其事而及之，非谓新台即莘。西河据此二文以为证，误矣。且《传》云：国人伤其涉危遂往，如乘舟而无所薄，明是借喻之语。毛公岂不知二子皆死于陆，并非舟中，又后先继往亦非同舟而济耶？若《新序》谓寿母谋沉伋于河，寿知之而与之同舟，舟人不能杀。伋方乘舟时，其傅母闵之而作是诗，安知其不即因是诗而附会为此说耶？"这里驳毛奇龄疑是诗非为二子作，对的。以为《毛传》说乘舟是借喻涉危，并非实事；而以为《新序》说乘舟是实事，乃因先有此诗而后为此附会之说；话虽近是，恐未必是。林义光《诗经通解》说："毛谓乘舟为借喻，则不乘舟而谓之乘舟，恐无是理。"这话倒像不错。魏源《诗古微》里说的较为精确。他说："诗有乘舟之文，则非待隘之役。曰'泛泛其逝'，'不瑕有害'，则非既死之词。诗作于事前，不能害诸水，而后改谋害诸陆，《新序》胜矣。"

依今文三家遗说，以乘舟为实事，以为这诗太子伋之傅母悯伋、寿俱死而作，作于二子生前，是忧虑之词。魏源《诗古微·诗序集义》已两见上文，再引王先谦《集疏》作为这一说的代表。他说："《新序·节士》篇(已见上文)：此《鲁》、《韩》诗义，与《毛序》异。范家相云：姜与朔谋杀伋，其事秘，有傅母在内，故知而闵之。寿与伋共舟，所以阻其沉舟之谋，其后窃旌乃代死，情事宛然，此《新序》之胜于《毛传》者。陈奂云：此与《列女传》不同。刘子政习《鲁诗》，兼习《韩诗》也。"又说："案三家义，傅母闵而作诗，二子亦当指伋、寿乘舟实事，非喻言也。沉舟秘计，傅母知而不敢言。寿与同舟以阻其谋，其果沉与否亦非寿与傅母所敢知。而寿有救伋之心，傅母必知之，故闵伋兼闵寿也。"又说：

"马瑞辰云:首章'中心养养',二章'不瑕有害',皆二子未死以前恐其被害之词,非既死后追悼之词。且二子如未乘舟,不得直言乘舟也。《新序》说是。"又说:"《水经注·河水》篇:莘道城西北有莘亭。卫宣公使伋于齐,令盗待于莘,伋寿继陨于此。亭道阨限蹊要,自卫适齐之道也。望新台于河上,感二子于夙龄。诗人《乘舟》,诚可悲也!以河上乘舟为实事,亦用三家义。"我以为这诗在主题故事上依刘向《新序》说,二子乘舟、傅母作诗是实事;在字句训诂上依马瑞辰、魏源、王先谦说,如"不瑕有害"解作不无有害,是疑虑之词;这样,诗就读通了。倘若依《毛传》、《郑笺》、《孔疏》来读这诗,准是不容易读通的。

诗三百解题卷四

鄘　　毛诗国风

柏　舟

泛彼柏舟,在彼中河。髧彼两髦,实维我仪。之死矢靡它。母也天只!不谅人只!

泛彼柏舟,在彼河侧。髧彼两髦,实维我特。之死矢靡慝。母也天只!不谅人只!

【解题】

《柏舟》,共姜自誓之诗。《毛序》当有所本,今无可考。无疑地这诗是贞女寡妇的作品,可能是民间一个女子对爱情忠实、至死不变的自誓诗。姚际恒《诗经通论》说:"此诗不可以事实之,当是贞妇有夫蚤死,其母欲嫁之,而誓死不愿之作也。"他不以为这是共姜诗。我也以为这诗盖出于民间歌谣。

古文《毛诗》说这诗,卫世子共伯早死,共姜似尚未嫁,是贞女守义。已见上载《诗序》。《孔疏》说:"言共伯者,共谥,伯字。以未成君,故不称爵。言早死者,谓早死不得为君,不必年幼也。"陈奂《传疏》说:"《史记·卫世家》:釐侯卒,太子共伯余立为君。共伯弟和袭攻共伯于墓上,共伯入釐侯羡(墓道)自杀。〔卫人因葬之釐侯旁,谥曰共伯。〕而立和为卫侯,是为武公。五十五年卒。考卫武公元年,周宣王之十六年,至平王十三年卒,计在位五十五年,与《世家》合。《国语》称武公年九十有五,犹作《懿》自儆,则其即位年已四十矣。共伯又为武公兄,与《序》云蚤死乖戾。《索隐》云:太史公采杂说而为之记,是矣。"

依今文三家遗说来说这诗,或以为共伯立为卫君,为其弟和所攻,自杀。共姜已嫁,是寡妇守节。王先谦《集疏》说:"司马贞《索隐》据《序》早死之文,疑史公别采杂说。《孔疏》迁就其词,谓《序》言早死者,谓早死不得为君，不必年幼。曲为《序》解。愚案共伯事当以《史》为正，《毛序》不合，无庸强为牵附。三家《诗》义与《史》同。《列女传·汉孝平王后传》云：君子谓平后体自然贞淑之行，不为存亡改意，可谓节行不亏污者矣。《诗》曰：'髧彼两髦，实维我仪，之死矢靡他。'此之谓也。引《诗》义以证汉事，此鲁说。共伯被弑，共姜不嫁，孝平被弑，王后不嫁。其事正同，故取为喻。《汉书·地理志》：《庸》曰在彼中河，与《邶》曰河水泲泲，《卫》曰河水洋洋，并引此河为卫地之河，不容任指一水当之，是女已嫁在卫。班用《齐诗》，知齐说不以诗为共伯早死、共姜守义之事。《魏志·陈思王植传》，植疏云：'有不蒙施之物，必有惨毒之怀。故《柏舟》有天只之怨，《谷风》有弃予之叹。'曰不蒙施，曰惨毒，且以与《谷风》弃予并称，明诗为祸乱惨变、中道分离之作。植用《韩诗》者也。《鲁》、《齐》、《韩》诗义皆无异说。《文选》潘岳《寡妇赋》云：'蹈共姜兮明誓，咏《柏舟》兮清歌。'以此诗为寡妇之词，亦用三家义之明证矣。诗曰'中河'、'河侧'，明见所嫁之地。曰'髧彼两髦'，明见所嫁之人。曰母曰天，明归见其家之父母而自誓。盖共伯弑死，武公继立，姜势难久处卫邦。既不如柏舟（指前《柏舟》）之寡，卒守死君；只得为《燕燕》之妇，往归故国；不料父母欲夺而嫁之，故为此诗以自誓也。"

墙 有 茨

墙有茨，不可扫也。中冓之言，不可道也。所可道也，言之丑也。

墙有茨，不可襄也。中冓之言，不可详也。所可详也，言之长也。

墙有茨，不可束也。中冓之言，不可读也。所可读也，言之辱也。

【解题】

《墙有茨》,是卫国人民刺统治阶级荒淫无耻的诗。古文《毛序》以为这是刺公子顽通乎国母宣姜。《郑笺》说:"宣公卒,惠公幼,其庶兄顽烝于惠公之母,生子五人:齐子、戴公、文公、宋桓夫人、许穆夫人。"《释文》说:"顽,宣公庶子昭伯名也。"《孔疏》说:"《左传》闵二年曰:'初,惠公之即位也少。齐人使昭伯烝于宣姜,不可,强之。生齐子、戴公、文公、宋桓夫人、许穆夫人。'服虔云:'昭伯,卫宣公之长庶,伋之兄。宣姜,宣公夫人,惠公之母。'是其事也。"

依今文三家遗说来说,这诗还是卫人刺卫宣公的作品。魏源《诗古微》一说已见上载《诗序集义》①。王先谦《集疏》说:"齐说曰:'《墙茨》之言,三世不安。'(《易林·小过之小畜》:大椎破毂,长舌乱国。《墙茨》之言,三世不安。)三世,谓宣、惠、懿。与《列女传》所称'卫宣姜乱及三世,至戴公而后宁'合。《史记·卫世家》:太子伋同母弟二人,一曰黔牟,尝代惠公为君,八年复去。二曰昭伯,昭伯、黔牟皆前死,故立昭伯子申为戴公。戴公卒,复立其弟毁为文公。至《左传》所云昭伯通宣姜,生戴公诸人,并《史记》、《列女传》所不及。迁、向用《鲁诗》,知此诗鲁义必不以为公子顽通君母事。《媒氏》:'凡男女之阴讼,听之于胜国之社。'郑注:'阴讼,争中冓之事以触法者。〔胜国,亡国也。〕亡国之社,奄其上而栈其下,使无所通,就之以听阴讼之情,明不当宣露。诗云:墙有茨,不可扫也。'……《贾疏》:'诗者,刺卫宣公之诗,引之者证经所听者,是中冓之言也。'唐惟《韩诗》尚存,《贾疏》盖引韩说。是三家皆以为刺宣公。毛思立异说,故此及《鹑之奔奔》皆附会《左传》为词。"

我以为这诗所刺,无论卫宣公也好,宣姜也好,公子顽也好,总之卫国公室男女许多是荒淫无耻,有禽兽行。统治阶级过着剥削生活,"逸居而无教,则近于禽兽"(《孟子》语),那是不足为奇的,劳动人民却

---

① 编按:《诗序集义》云:"《墙有茨》,刺卫宣公也,与《新台》同义。"

看来不顺眼。尽管"宫墙万仞",乃至"宫中之室","中夜暗昧之言",什么坏事好事,人民眼睛都是雪亮的。《墙有茨》一类的诗就是这种生活现实的反映。

君 子 偕 老

君子偕老!副笄六珈。委委佗佗,如山如河。象服是宜。子之不淑,云如之何!

玼兮玼兮!其之翟也。鬒发如云,不屑髢也。玉之瑱也,象之揥也,扬且之晳也。胡然而天也!胡然而帝也!

瑳兮瑳兮!其之展也。蒙彼绉絺,是绁袢也。子之清扬,扬且之颜也。展如之人兮,邦之媛也!

【解题】

《君子偕老》,当是刺卫宣姜之诗。《诗序》说刺卫夫人,我们不知道是刺哪一卫夫人。《郑笺》说:"夫人,宣公夫人,惠公之母也。人君,小君也。或者小字误作人耳。"这里指出卫夫人是宣姜。既寡而好淫,这就不合君子偕老、从一而终的礼教了。

这诗今古文家无争论。王先谦《集疏》说:"《内司服·贾疏》云:刺宣姜淫乱、不称其服之事。三家无异义。""'象服是宜'者,《笺》引《尚书》'予欲观古人之象',以明人君有象服。则夫人象服亦当是。服之以画绘为饰者,盖袆衣也。袆衣谓画袍,王后之服。而诸侯夫人得服之者,盖嫁摄盛之礼。明此诗为宣姜初至时作矣。"今按,如为宣姜初至时作,作者何以便断定其为人的淑不淑?想是诗人追溯其嫁时之语。至魏源《诗序集义》以为这是哀挽夷姜之诗,并以夷姜为贤夫人,这就要引出问题。他有什么根据?顾炎武《日知录》三十二说:"人死谓之不淑。《礼记》:'如何不淑。'是也。生离亦谓之不淑。《诗·中谷有蓷》:'遇人之不淑矣。'是也。失德亦谓之不淑。《诗·君子偕老》:

'子之不淑,云如之何。'是也。国亡亦谓之不淑。《逸周书》:'王乃升汾之阜以望商邑,曰:呜呼不淑!'是也。"难道魏源只是根据《礼记》"如何不淑",便把诗中不淑二字解作不幸、无禄之谓,指为哀挽夷姜之死吗?何况夷姜是宣公夫人,还是宣公烝先君妾?称她为贤夫人也有问题呢。

  前人评论这诗的艺术特点,有些可供参考,或有助于我们对这诗的欣赏。王夫之《诗译》说:"'子之不淑,云如之何?''胡然我念之?''亦可怀也!'皆意藏篇中。"沈德潜《说诗晬语》上说:"讽刺之词,直诘易尽,婉道无穷。卫宣姜无复人理,而《君子偕老》一诗止道其容饰衣服之盛,而首章末以'子之不淑,云如之何'二语逗露之。鲁庄公不能为父复仇,防闲其母,失人子之道。而《猗嗟》一诗止道其威仪技艺之美,而章首以'猗嗟'二字讥叹之。苏子所谓不可以言语求而得,而必深观其意者也。诗人往往如此。"王照圆《诗说》道:"《君子偕老》诗,笔法绝佳。通篇止'子之不淑'二句明露讥刺,余俱叹美之词,含蓄不露。如'副笄六珈,象服是宜',是说服饰之盛;'委委佗佗,如山如河',是说仪容之美,通篇俱不出此二意。'玼兮玼兮'以下,复说服饰之盛;'扬且之皙'以下,复说仪容之美。'瑳兮瑳兮'以下,又是说服饰之盛;'子之清扬'以下,又是说仪容之美。抑扬反复,咏叹淫佚,句句有一'子之不淑'在,言下蕴藉可思。至笔法之妙,尤在首末二句。首云:'君子偕老!'忽然凭空下此一语,上无缘起,下无联缀,乃所谓声罪致讨,义正词严,是《春秋》书法。末云:'邦之媛也!'诎然而止,悠然不尽,一'也'字如游丝袅空,余韵绕梁,言外含蕴无穷,是文章歇后法。"又说:"《齐风·猗嗟》诗,笔意与此略同,而此诗尤工。"沈、王他们都指出这诗用意有含蓄之美,修辞有婉曲之妙。而王照圆论这诗艺术手法,即她所谓笔法,也有独到之处。

桑　　中

爰采唐矣?沬之乡矣。云谁之思?美孟姜矣!期我乎桑中，要我乎上宫，送我乎淇之上矣。

爱采麦矣？沬之北矣。云谁之思？美孟弋矣。期我乎桑中，要我乎上宫，送我乎淇之上矣。

爱采葑矣？沬之东矣。云谁之思？美孟庸矣。期我乎桑中，要我乎上宫，送我乎淇之上矣。

【解题】

《桑中》，是揭露卫国统治阶级贵族男女淫乱成风之诗。《诗序》说刺奔，不算错。说公室淫乱，男女相奔；世族在位，相窃妻妾；诗中孟姜、孟弋、孟庸正指世族妻妾。所谓桑中、上宫、淇水之上，正指窃色偷情之地。所谓采唐、采麦、采葑，或是作为淫奔者掩人耳目的托词；或是民间歌手用的"感物造端"、"借物而起吾意"的一种老手法。"采唐"句下《郑笺》说："于何采唐必沬之乡。犹言欲为淫乱者必之卫之都，恶卫为淫乱之主。"作为比兴之义来说，也说得通。

诗中称我，不是诗人自我，明是诗人托为三个淫乱者自我，揭露他们争夸窃人妻妾，自鸣得意，正所以为刺。这是一种很高明的讽刺技巧。胡承珙《后笺》说："案此诗惟为刺奔而作，故所举贵族皆明列其人，而桑中、上宫又历著其地。盖如陈之宛邱，郑之溱洧，为男女聚会之所，故奔者三人而期、要、送皆在一处耳。若以为淫者自作，则非僻之事，虽至不肖者亦未必肯直告人以其人其地也。且若以为一人所作，则一人而乱三贵族之女，而其辈行与期会迎送之地又皆相同，固无是理。若以为三人所作，亦必无三人群聚一处而赋此狭邪之诗者。……"这话分析得很精确。崔述《读风偶识》说："余按《桑中》一篇，但有叹美之意，绝无规戒之言。若如是而可以为刺，则曹植之《洛神赋》、李商隐之《无题》诗、韩偓之《香奁集》，莫非刺淫者矣。"这话不见得是。诗有言外之意，弦外之音。作品含有教训的意义、讽谕的意义，最好吸引每一读者自己去细细玩索，而其解悟之深浅广狭各随其人之才性自得之。倘若必由作者一一说穿说尽，有何意味呢？所举各例，明是纯为抒情之作，和讽刺诗不同，不可相提并论。

《桑中》一诗是否即《乐记》所说桑间、濮上之音？这是诗人刺奔，还是淫者自作？朱熹和吕祖谦曾经热烈辩论过。朱熹《诗序辨说》于这篇详载他和"或者"的辩论，所谓"或者"就是吕祖谦。一攻《诗序》，一宗《诗序》。吕氏一说详见他的《读诗记》。他说："诗之体不同，有直刺之者，《新台》之类是也。有微讽之者，《君子偕老》之类是也。有铺陈其事不加一辞而意自见者，此类是也。"他从《诗序·桑中》刺奔一说。又说："《诗》，雅乐也，祭祀朝聘之所用也。……雅、郑不同部，其来尚矣。战国之际，魏文侯与子夏言古乐新乐，齐宣王与孟子言古乐今乐，盖皆别而言之。……宁有编郑、卫乐曲于雅音中之理乎？《桑中》、《溱洧》诸篇作于周道之衰，其声虽已降于烦促，而犹止于中声，荀卿独能知之。其辞虽近于讽一劝百，然犹止于礼义，《大序》独能知之。仲尼录之于经，所以谨世变之始也。借使仲尼之前，雅、郑果尝庞杂，自卫反鲁正乐之时，所当正者，无大于此矣。"这是他的主要论点。他从音乐上来说，雅、郑不同部。他以为《乐记》所谓桑间、濮上之音，郑、卫之音，那都是俗乐，和《诗经》郑、卫之诗为雅乐不同。否则《桑中》之诗就是桑间之音，孔子正乐为什么不删呢？以后祖吕祖朱的相争不决，直到胡承珙作《后笺》，才综合诸说作了一次总结。上文已引他的话指出朱说这诗是淫者自作的非是，这里再引他的话指出朱说《桑中》之诗就是桑间之音的非是。他说："《稽古编》曰：《小序》所云政散民流而不可止语，偶与《乐记》同，非谓桑中即桑间也。朱子因此语遂全用《乐记》文，证此诗即桑间。殊不知《乐记》既言郑、卫，又言桑间、濮上，明系两事。若桑、濮即《桑中》，则《桑中》乃卫诗之一篇，言郑、卫而桑、濮在其中矣，何烦并言之耶？《乐记》又言'乱世之音怨以怒'，而系之郑、卫；'亡国之音哀以思'，而系之桑间、濮上；此则二音之伦节，与作此二音之时世迥不相侔也。又《乐记》注谓桑间即濮上地名，其音乃纣所作。《周礼·大司乐》：'禁其淫声、过声、凶声、慢声。'注云：'淫声，若郑、卫。凶声，亡国之声，若桑间、濮上。'《疏》亦解桑、濮为纣乐。则桑、濮之非卫诗历有明证矣。承珙案，何氏《古义》、《田间诗学》皆引《史记》，以桑间、濮上为纣乐，非《桑中》之诗。考《史记·乐书》，卫灵公朝晋，晋平公使师涓鼓琴，未终，师旷止之曰：'此亡国之声也，闻此者必于濮水之上云云。'是《史记》并无桑间之名。郑注《乐记》乃云濮水之上地有桑间耳。《续汉书·郡国志》：东郡濮阳县有颛帝冢。《皇览》曰：冢在城门外，广阳里中。《博物记》曰：桑中在其中。考东郡濮阳为今开州，在滑县东。诗之桑中与沬相近，当在朝歌，为今卫辉府淇县。濮阳即有桑中，要与桑濮之音无涉。然《汉书·地理志》云：卫地有桑间、濮上之阻，男女亦亟聚会，声色生焉，故俗称郑、卫之音。是班固已以桑、濮为郑、卫之音。而孔氏于《诗序》、《正义》亦全用《乐记》文，则固不始于朱子。但必以《桑中》之诗即桑间，则非耳。《左传》：申公巫臣聘夏姬于郑，尽室以行。申叔跪遇之曰：'夫子有三军之惧，而又有《桑中》之喜，宜将窃妻以逃者也。'其意正以《桑中》为苟合之事，可见《序》说有所自来。王氏《总闻》乃谓作《序》在左氏之后，其说皆附合左氏为之。案毛公传《诗》时，《左传》尚未行，安得作《序》者已尽袭左氏？必如所疑，则天下之书更无有可信者矣。"

这诗今古文本来无争论，最后王先谦《集疏》才指出古文《毛序》用《乐记》"政散民流而不可止"一语，混桑间之音和《桑中》之诗为一，这是一个谬误，尽管桑间、桑中是同指一个地方。他说："《左》成二年《传》：楚屈巫聘于齐，且告师期。巫臣尽室以行，申叔跪从其父将适郢，遇之。曰：'异哉！夫子有三军之惧，而又有《桑中》之喜，宜将窃妻以逃者也。'以《桑中》为窃妻之诗，此最古义。《易林·师之噬嗑》：'采唐沬乡，要我桑中，失信不会，忧思约带。'……又《蛊之谦》：'采唐沬乡，期于桑中。失期不会，忧心忡忡。'又《艮之解》：'三十无室，寄宿桑中。上宫长女，不得来同，使我失期。'此《齐诗》以为淫奔，义与《毛》合。《汉书·地理志》引《庸诗》曰：'送我淇上。'又云：'卫地有桑间、濮上之阻，男女亦亟聚会，声色生焉，故俗称郑、卫之音。'颜注：'阻者，言其隐阨，得肆淫僻之情也。'与《序》、《笺》远幽义合。男女聚会，正指此诗言。明桑间即桑中矣。班用《齐诗》，此亦齐义也。《礼·乐记》：'郑、卫之音，乱世之音也，比于慢矣。桑间、濮上之音，亡国之音也。其政散，其民流，诬上行私而不可止也。'数语《毛序》所本，亦证桑间即桑中。特《记》举郑、卫与桑、濮并论，不得谓《桑中》之诗即桑间之音。至政散民流而不可止，《记》意明指桑、濮，无关郑、卫。而《毛》用其文，溷桑间之音于卫诗，斯为谬耳。《班志》男女聚会用《诗》义。下文但云俗称郑、卫之音，知《齐诗》未尝以桑间之音为卫诗也。郑注：濮水之上地有桑间者，亡国之音于此之水出也。昔殷纣使师延作靡靡之乐，已而自沉于濮水云云。桑间在濮阳南。郑注《礼》时用三家《诗》，而以桑、濮为纣乐，知《鲁》、《韩》诗亦不误桑间之音为卫诗矣。"

鹑之奔奔

鹑之奔奔，鹊之强强。人之无良，我以为兄！
鹊之强强，鹑之奔奔。人之无良，我以为君！

【解题】

《鹑之奔奔》，当是卫宣公庶弟左公子泄、右公子职辈为刺宣公淫乱无良而作。《诗序》说刺卫宣姜，和诗旨不和。姚际恒《诗经通论》说："《小序》谓刺卫宣姜。毛、郑以'我〔以〕为兄'，谓'我君以为兄'，君谓惠公，兄谓顽；以'我以为君'为小君，小君谓宣姜。皆迂。上章'我'字谓'我君'，下章'我'字'国人自我'。亦未允。且均曰'人之无良'，何以谓一指顽、一指宣姜也？大抵人即一人，我皆自我，而为兄、为君，乃国君之弟所言耳，盖刺宣公也。陆农师以上章为娣刺宣姜，下章为妾刺宣姜，尤凿。夫娣即妾，何所分焉？切合兄字君字，稚甚。毛、郑以上章之'我'为'我君'，下章之'我'，'国人自我'，虽非。我念〔于〕《集传》以上章为代惠公之言，下章为国人自言也。"他批评毛、郑、陆佃、朱熹诸说均当。他以为这诗是国君之弟所言，以刺宣公。这话也说得是，可是他没有征实举证。卫宣公之弟究有何人？诗为何而作？都没有交代。到了魏源和王先谦就都考证明确了。

古文《毛诗》说这诗是刺卫宣姜，依今文三家遗说来说，这诗是刺卫宣公。魏源《诗古微》所说，已见上载《诗序集义》①。王先谦《集疏》说："愚按：刺宣公也。《左》襄二十七年《传》：郑七卿享赵孟，伯有赋《鹑之贲贲》。赵孟曰：'床笫之言不逾阈，况在野乎？非使人之所得闻也。'杜注：卫人刺其君淫乱，鹑鹊之不若。义取'人之无良，我以为兄'、'我以为君'也。又《传》云：文子告叔向曰：'伯有将为戮矣！诗以言志，志诬其上而公怨之，以为宾荣，其能久乎？'杜注：言诬，则郑伯未有其实。《正义》：伯有赋此诗有嫌君之意。是伯有之赋，赵孟之言，皆不以为诗之君为小君，此最古义。司马迁、刘向用《鲁诗》，而《史记》、《列女传》无公子顽通宣姜事，是鲁义必与毛异，不以兄为顽也。《礼·表记》：子曰：'唯天子受命于天，士受命于君，故君命顺则臣有顺命，君命逆则臣有逆命。《诗》云：鹊之姜姜，鹑之贲贲。人之无良，我以为君。'郑注：'姜姜、贲贲，争斗恶貌也。良，善也。言我以恶人为君，亦使我恶。如大鸟姜姜于上，小鸟贲贲于下。'《记》义与郑注皆不以君为小君。知齐义必与毛异，不以君为宣姜也。然则诗刺宣公甚明。"又于"人之无良，我以为兄"句下说："无良，谓无善行。以为兄，谓左公子泄、右公子职等。魏源云：泄、职皆宣公庶弟，公所属倪、寿者。故曰：'人之无良，我以为兄'也。"

定 之 方 中

定之方中，作于楚宫。揆之以日，作于楚室。树之榛栗，椅桐梓漆，爰伐琴瑟。

升彼虚矣，以望楚矣。望楚与堂，景山与京，降观于

---

① 编按：《诗序集义》云："《鹑之奔奔》，刺卫宣公也，左右公子怨宣公之诗。……初，宣公属急于右公子职，属寿于左公子泄。后以公子朔之谮，使盗杀之，故二公子怨惠公以及宣公。"

桑。卜云其吉,终然允臧。

灵雨既零,命彼倌人:星言夙驾,说于桑田。匪直也人,秉心塞渊,𬴂牝三千!

【解题】

《定之方中》,是颂美卫文公徙居楚丘、重建卫国的诗。《诗序》说得不错。诗里关于卫文公怎样营造宫室、建立城市,以及亲近农民,殖畜增产,都已说到。当时建造,要观察星宿,选好时令;根据日影,测定方位;踏勘废墟和山丘的远近高下,奠定基地;以及列树表道,兼顾材用。从这里可以想象到那时候的文化生活和科学知识已经进到了怎样的程度。这是一篇具有史诗性质的诗,而且是很有历史价值的诗。

顾炎武《日知录》十二说:"《周礼·野庐氏》:'比国郊及野之道路,宿、息、井、树。'《国语》单襄公述周制以告王曰:'列树以表道,立鄙食以守路。'《释名》曰:'古者列树以表道,道有夹沟以通水潦。'古人于官道之旁必皆种树,以记里至,以荫行旅。是以南土之棠,召伯所茇;道周之杜,君子来游。固已宣美风谣,流恩后嗣。子路治蒲,树木甚茂;子产相郑,桃李垂街。"但看这诗说:"树之榛栗,椅桐梓漆,爰伐琴瑟。"当时对于市容、路政、风致、卫生,都像很有讲究,就可以知道这在当时实际生活上具有什么意义。郭沫若《中国古代社会研究》引了这诗说:"这是卫为狄所灭(公元前六六〇),文公徙居楚丘营立宫室的时候,诗人赞美他的诗。我们看被蛮人战败了之后的民族,他的经营的力量是怎么样呢?种树,建筑,牧畜,耕作,井井有条,立地便恢复了起来,农业的生产力的发展程度,我们可以想见了。"这话不错。

这诗今古文无争论。《诗序》郑笺说:"《春秋》:闵公二年冬,狄人入卫。卫懿公及狄人战于荧泽而败。宋桓公迎卫之遗民渡河,立戴公以庐于漕。戴公立一年而卒。鲁僖公二年,齐桓公城楚丘而封卫,于是文公立而建国焉。"王先谦《集疏》说:"左闵二年《传》:'卫文公大布之衣,大帛之冠。务材训农,通商惠工,敬教劝学,授方任能。元年革车三十乘,季年乃三百乘。'杜注:'季年在僖二十五年。'此徙居楚丘,始建城市,营宫室,国人说而作诗。作于楚宫,《毛传》引仲梁子曰:'初立楚宫也。'《郑志》:'仲梁子,先师,鲁人,当六国时。'案:《礼·檀弓》有仲梁子。郑注:'鲁人。'疑即其人。又见《韩非子》,称仲良氏。足证诗古义相承如此。《晋书·刘曜载记》:和苞云:'卫文公承乱亡之后,宗庙社稷漂流无所,而犹仰准乾象,俯顺民时,以构楚宫,故兴康叔武公之迹,以延九百之庆也。'三家无异义。"我们根据《诗序》郑笺、《左传》所说史事,可以推知这诗应作于鲁僖公二年至三年之间(公元前六五七—前六五六)。我们读了这诗,可以感想到,只要是一个像样的政权,替人民做了一些有益的事体,当时人民就会很高兴地歌颂它。

　　最后,还有一个问题必须提出,就是卫文公究为何人子的问题。据《左传》说,卫文公是公子顽烝淫于宣姜所生五个子女之一。据《汉书·古今人表》说,戴公,黔牟子,文公,戴公弟。那末,文公也是黔牟子了。两说不同,哪一说对呢?钱大昕《潜研堂文集》十六《卫文公非宣姜子辨》一文说:"予读《左氏传》及《诗序》,窃怪卫公子顽烝于宣姜,中冓之言,丑不可道,而文公中兴贤主,乃其所生,何与福善祸淫之理相刺谬乃尔也?夫春秋之世,诸侯夫人失行者多矣,初未有君薨之后公然举子者。宣姜虽不淑,俨然小君也,而辄私举三子二女,若是其多乎?就令有之,则卫之臣民方且痛心疾首不齿诸公族,顾于国灭之后同心推戴以为君,此岂近于人情?且其时齐桓为霸主,仗义封卫,卫岂无它公子而必拥奸生之子而立之?仗义者当不为也。及读班氏《古今人表》云:戴公,黔牟子,文公,戴公弟,而后向者之疑始释。盖卫人恶惠公之逸杀太子,又恶宣姜淫乱,故逐惠而立黔牟。惠虽以齐襄之援返国,而卫之臣民不服也(原注:此意本《卫世家》)。懿公既灭,遂归心于黔牟之子。黔牟在位八年,本无失德,立其子,民必安之矣。《史记·卫世家》以戴公、文公为黔牟弟昭伯顽之子而不书其烝淫事,较之左氏为长。然读《鹑之奔奔》诗,顽之恶自不能掩。卫人恶顽甚矣,岂肯立其子而事之?愚谓班氏之说必有所本,舍左而从《汉·表》可也。"

钱大昕舍左从班,断定卫文公非宣姜子。他根据了当时卫国的内外情势,即卫国统治阶级所存在的内部矛盾以及齐桓公的所以仗义援助卫文公,把两者联系来看,全面考察,而后才下结论。这一结论可能不错,还有待于进一步研究,虽然卫文公贤否并不必系于其为何人之子。

蝃蝀

蝃蝀在东,莫之敢指。女子有行,远父母兄弟。
朝隮于西,崇朝其雨?女子有行,远兄弟父母。
乃如之人也!怀昏姻也!大无信也!不知命也!

【解题】

《蝃蝀》,是一篇关于婚姻自由问题的诗。诗说在一天早上东方有虹、西方有云的时候,一个女子出嫁,却不曾等待父母之命就自己嫁出去了。旁观的人动了多余的义愤,作了这诗来责骂她。

《蝃蝀》诗人盖即事赋诗,也兼含有比兴之义。蝃蝀就是虹。按虹字早已见于甲骨文,说"虹歆(饮)于河",也说"贞虹佳年","贞虹不佳年",可见殷人迷信虹有关于雨水的多少、年收的休咎。朱熹《集传》说:"今俗谓虹能截雨。"这句俗话的来源是很古的,所以虹就被认为不祥了吗?又虹有美彩,把它象征美人和男女关系之事也是很古的。《逸周书·月令》篇已亡,尚有《礼记·月令》、《吕览·十二纪》可考,都说到了虹。其《时训》篇中说:"虹不藏,妇不专一。"《释名·释天》说:"虹……又曰美人。阴阳不和,昏姻错乱,淫风流行,男美于女,女美于男,互相奔随之时,则此气盛,故以其盛时名之也。"我想,《蝃蝀》这诗列在《定之方中》之次,所以《诗序》就以为又是美卫文公。不但从诗里找不出根据,恐怕在事实上卫文公未必能做到"止奔"、化民成俗罢。

这诗今古文家解说不同,古文《毛序》说"止奔",依今文三家遗说来说则是"刺奔女",见魏源《诗序集义》。王先谦《集疏》说:"《后汉·杨赐传》:'有虹蜺昼降于嘉德殿前。赐书对曰:今殿前之气应为虹蜺,皆妖邪所生不正之象，诗人所谓蟪蛛者也。于《中孚经》曰：蜺之比无德以色亲。方今内多嬖幸，外任小臣，是以灾异屡见，今复投蜺，可谓孰矣！昔虹贯牛山，管仲谏桓公无近妃宫。今妾滕嬖人阉尹之徒共专国朝，欺罔日月，惟陛下慎经典之戒，图变复之道。'李注引《韩诗序》曰：'《蟪蛛》，刺奔女也。蟪蛛在东，莫之敢指。诗人言蟪蛛在东者，邪色乘阳，人君淫佚之征。臣子为君父隐藏，故言莫之敢指。'赐用《鲁诗》，以为妖邪所生不正之象。足证鲁、韩同义。《易林·蛊之复》：'蟪蛛充侧，佞人倾惑。女谒横行，正道壅塞。'《无妄之临》、《震之井》同。此《齐诗》说。《春秋演孔图》云：'虹蜺者，斗之乱精也，失度。投蜺见态，主惑于毁誉。'《感精符》云：'九女并讹，则九虹并见。'《文耀钩》云：'白虹贯牛山，管仲谏曰：无近姬宫，君恐失权。齐侯大惧，退去色党，更立贤辅。'宋均注：'山，君象也。虹蜺，阴气也。阴气贯之，君惑于妻党之象也。'纬书并用齐说。是三家皆与《毛序》'止奔'义异。所云奔女倾惑，人君淫佚，必卫君当时有如密康、鲁庄之事，惜书缺有间，不能求其人以实之矣。"魏源以为刺宣姜，王先谦以为刺卫君，两人所说又稍有不同。

　　这诗和《泉水》、《竹竿》同用了"女子有行，远父母兄弟"二句，却不是一人所作。我想，这是当时当地习用的成语，也足以证明这些诗原是民风，同用民间成语不嫌蹈袭。胡承珙《后笺》说："'女子有行，远父母兄弟。'《吕记》云：此与《泉水》、《竹竿》词同而意异。此诗盖国人恶淫奔者，言女子终当适人、非久在家者，何为而犯礼也？《泉水》、《竹竿》盖卫女思家，言女子分当适人，虽欲常在父母兄弟之侧不可得也。一则欲常居家而不可得，一则欲亟去家而不能得，其善恶可见矣。黄氏佐曰：《泉水》、《竹竿》言不可犯义而归，此言不可犯义而行也。《田间诗学》曰：'女子有行'二句似是当时成语，故多引用之。犹言女生外向，本非父母兄弟之所能留，但宜守正待聘，何至于奔邪？"我们并不完全同意胡墨庄引用的这些话，只在说明这两句诗原是成语，三篇同用这成语，而在意义上像是稍有差别，对于读诗有帮助罢了。

相　鼠

相鼠有皮，人而无仪。人而无仪，不死何为？
相鼠有齿，人而无止。人而无止，不死何俟？
相鼠有体，人而无礼。人而无礼，胡不遄死？

【解题】

《相鼠》，是卫人讽刺统治阶级无礼、无威仪、无容止之诗。《诗序》说刺无礼，不错。又好像说卫文公为了正群臣、刺无礼而作。固然卫文公不算坏，但这诗是否他所作，或者人民为颂美他而作，就很难说了。我以为这诗出自民间歌手。

这诗依今文三家遗说来说，就和古文《毛序》意义不同。魏源疑此为夷姜谏宣公之诗，见《诗序集义》。王先谦据《白虎通》，以为此是妻谏夫之诗，当时必实有其人，特久而名不可考，说来比较圆通。他在《集疏》里说："《白虎通·谏诤》篇：妻得谏夫者，夫妇一体，荣耻共之。《诗》曰：'相鼠有体，人而无礼，人而无礼，胡不遄死？'此妻谏夫之诗也。《困学纪闻》引与今本同。《御览》四百五十七引《白虎通》作'夫妻一体，荣辱共之。《诗》云：相鼠有皮，人而无仪，人而无仪，不死胡为云云。是《鲁诗》以此为妻谏夫，与《毛序》义异。所称夫妇，当时必实有其人，古义相承如是，特久而名不可考耳。左襄二十七年《传》：'齐庆封来聘，叔孙与庆封食，不敬，为赋《相鼠》。'此则但取其义，与此诗大旨无涉。后来皆以为刺无礼之诗，固人人能言之矣。"又说："《列女传·陶答子妻》篇略云：答子治陶三年，名誉不兴，家富三倍。妻数谏不听，抱儿而泣。姑怒，以为不祥。妻谓：'答子贪富务大，不顾后害。犬彘不择食以肥其身，坐而须死耳。君不敬，民不戴，败亡之征见矣。'后答子果诛。《魏风·硕鼠·毛序》云：'刺重敛也。蚕食于民，不修其政，贪而畏人若大鼠也。'此诗《传》云'虽居尊位犹为暗昧之行'，《笺》云'偷食苟得，不知廉耻'。是其人在位苟得，与陶答子类，其妻以鼠为喻,则与《魏风》义同。以荣辱一体之情,值屡谏不悛之后,语虽激切,意可矜原。后人谓其不当以死斥夫,遂疑《白虎通》为臆说。斯为谬矣!魏源云:'此以必死自誓,非以速死斥夫。'意亦可通,但古训不如是也。"

班固用《鲁诗》,以为这是妻谏夫之诗。即使是妻谏夫,也不是一般人民中的夫妻。在那一时代那种社会里,"刑不上大夫,礼不下庶人"。诗刺无礼刺不到人民头上。因为礼和威仪容止等等一套东西,是从人类社会有了阶级,统治阶级为了炫耀权威,以便安安稳稳骑在人民头上,才慢慢地讲究起来,到了前封建社会才逐渐规定而完备起来的。本来这一套东西对于人民不利。有时人民实在看得不顺眼,忍受不了,就愤怒地把它的虚伪、欺骗、恐吓的实质揭穿了来说:"你们这些耗子也不如的家伙!你们要活着,就应该确实有你们平日嘴里爱讲的那套东西做给我们瞧。要不然,该死的!你们不如早些死了罢!"我以为《相鼠》一诗正反映了当时这种社会生活的现实。今古文家说这诗都不见说得确切、圆满。

再,相鼠连为一词,还有别解。马瑞辰《通释》说:"按陈第《相鼠解义》云:相鼠似鼠颇大,能人立,见人则立举其前两足若拱揖然,故诗以起兴。又明陈耀文《天中记》:'《诗·相鼠》,陆玑云:河东有大鼠,人立,交前两脚于头上,跳舞善鸣。'孙奕《示儿编》云:'相,地名。按地志,相州与河东相邻。则知相州有此鼠,诗人盖取譬焉。'今按:相州以河亶甲迁于相得名,则地之名相已久,相鼠或以此得名。相鼠一名礼鼠。韩昌黎《城南联句诗》所云'礼鼠拱而立'也。又名雀鼠,见《尔雅翼》。又名拱鼠,《关尹子》所云'师拱鼠制礼'也。"这样解释相鼠似亦可通,究非确诂。王先谦说:"《说文》:'相,省视也。从木,从目。地可观者,莫可观于木。《诗》曰:相鼠有皮。'以相为省视,与《礼记》郑注同。此旧义。《释诂》亦云:'相,视也。'后人以相州之鼠能拱立,谓之礼鼠;释诗'相'为相州,凿矣!"

干 旄

　　孑孑干旄,在浚之郊。素丝纰之,良马四之。彼姝者子,何以畀之!

　　孑孑干旟,在浚之都。素丝组之,良马五之。彼姝者子,何以予之!

　　孑孑干旌,在浚之城。素丝祝之,良马六之。彼姝者子,何以告之!

【解题】

　　《干旄》,旧说是卫臣好善、贤者乐告之诗。古文《毛序》,今文三家遗说,大体相同。即算他们说得对,但在今日我们说来还不容易说通。比如诗说干旄、干旟、干旌,是否言有次第呢?浚郊、浚都、浚城,由远而近;良马四之、五之、六之,由少而多;这都表示什么意义呢?马是大夫所乘,还是"大夫以备赠遗者,不专是自乘"呢?四、五、六是指马数或乘数呢,还是指的辔数呢?所谓素丝,是如《毛传》所说"愿以素丝纰组之法御四马",陈奂《传疏》训释为御马之辔呢,或是如《郑笺》所说"素丝者以为缕,以缝纰旌旗之旒缝或以维持之",作为缝旗系旗之物呢?所谓"彼姝者子",彼卿大夫呢,彼贤者呢?前人说来缴绕不清,我们也不易剖析明确。

　　古文《毛序》上面已经载出了,再看今文三家遗说怎样解释这诗主旨。王先谦《集疏》说:"左定九年《传》:'《竿旄》何以告之,忠也。'是此诗古义。杜注:'取其中心愿告以善道也。'《家语·好生》篇亦云:'《竿旄》之忠告至矣哉!'诸说并合。《韩诗外传》二载楚庄围宋事,末引《诗》云:'彼姝者子,何以告之?'君子善其以诚相告也。虽系推演之词,其言'以诚相告',与忠告义合。知韩说本诗与毛同义。《列女传·邹孟母》篇略言孟母断织,孟子勤学不息,遂成名儒。君子谓:'孟母知为人母之道矣。《诗》曰:彼姝者子,何以告之? 此之谓也。'亦推演之词。其意取孟母能告子以善道，亦与贤者乐告善道合。知鲁说亦同。案《序》云：卫臣好善，贤者乐告。《笺》云：贤者说此卿大夫有忠顺之德。似贤者已与卫臣相见而厚爱之。"《易林·师之随》云："干旄旌旗，执帜在郊，虽有宝珠，无路致之。"此齐说。"宝珠，以喻善道，言可珍贵也。致之，犹诗言畀之、予之、告之也。以无路释何以之义。明是良辅求材，贤人抱道，未适邂逅之愿，但怀忠告之诚者，与《序》、《笺》义异。夫好善则人乐告，其理相因。若如《序》、《笺》所云，既见而犹曰何以，则挟持无具，乌得为贤？知齐说优矣。《笺》又云：'时有建此旄来至浚邦，卿大夫好善也。'马瑞辰云：'《左传》引逸诗：翘翘车乘，招我以弓。又曰：旄以招大夫，弓以招士，皮冠以招虞人。《孟子》：庶人以旃，士以旂，大夫以旌。是古者聘贤招士，多以弓旄车乘。此诗干旄、干旟、干旌，皆历举招贤者之所建。《笺》谓卿大夫建此旄旌，失之。'愚案：《传》言大夫之旃，又云臣有大功，世其官邑。明谓旄旌是大夫所建，不得以此为《笺》失。且《序》言卫臣好善，即使招聘出于君意，干旄本以求贤，而将命往招，亦是臣子之职，无妨是大夫建此旄旌、备此车马也。盖卫文草创于丧败之余，授方任能，励精为国。其臣如宁庄子辈，皆能宣扬德化，留意人才。故岩穴之儒闻风兴起，思以善道告之。中兴气象固不侔矣。"一说卫臣好善，贤者乐告；一说建旗招贤，贤者乐道。今古文家说这诗主旨虽然略同，但王先谦阐明今文齐说，以为比古文《序》、《笺》所说为优，即意以为此是良辅求材，贤人抱道，迄未见面之诗。为什么迄未见面呢？我以为卫国统治阶级向来多有禽兽行，人言为信，他们的话岂可相信？虽说文公是贤君，又有贤臣，他们好善纳言，贤者还是再三审慎，踌躇不前。齐说"虽有宝珠，无路致之"，正反映了这种现实生活。

魏源《诗序集义》以为"《干旄》，闵伋、寿使齐见杀"而作。他在《诗古微》中自注："此本栖霞郝氏《列女传校注》而引申之。"可知他是受了郝懿行妻王照圆一说的影响。按《列女传》七关于卫宣姜一篇，说宣姜使太子伋前往齐国，暗中使力士待在卫齐边界上，见有四马白旄的人到了就杀了他。王照圆《校注》说："以《传》言四马白旄推之，《干旄》之诗疑即为此事而作。白旄取易于识别，以诗云素丝，故知为白旄。浚，卫界上邑，姜使力士待伋之地。姝，忠顺貌。姝子，谓伋子。畀，与也。言彼四马白旄忠顺之子，何故以此与之？深痛惜之也。"这是关于《干旄》一诗主题新颖可喜之说。可是很奇怪！为什么王照圆所作《诗说》、《诗问》两书都不曾提及她的这一主张呢，这是因为著作有先后而不同呢，还是因为这一主张不可信据，故于《诗经》专著中不肯提及呢？

《诗古微》说："《史记》：姜予太子白旄，而告畀盗见持白旄者杀之。《列女传》：宣姜阴使力士待畀上，俟有四马白旄至者要杀之。案四马，即诗良马四之也。白旄易于识别，故诗言孑孑干旄，必三言素丝组之也。《通典》：浚在濮阳县东南（原注：《宋书·索虏传》：渡河屯濮阳南寒泉，即浚之寒泉也。今大名府开州西南有故浚城）。而左氏言盗待伋于莘，则在阳平（今山东东昌府莘县北莘亭是也。成二年鞌之战，晋师及卫地，从齐师于莘。盖卫东境近齐之地）。盖〔寿〕自卫适齐，渡河在浚，由是东行，至莘被杀。故伋载其尸复还于浚，由郊而都而城，遂不复北渡而自杀也。始四马而后五六者，寿先假车马以行，及伋追至，故并寿马为五六马也。《列女传》述孟母三迁之教而引《诗》曰：'彼姝者子，何以予之？'又述断机之教而引《诗》曰：'彼姝者子，何以告之？'《论衡》引《诗传》曰：彼姝者子，何以予之？譬彼练丝，染之蓝则青，染之朱则赤。丹朱、商均也，染于唐、虞之化，然丹朱傲而商均虚者，至恶之质不受蓝朱变也（此明引《诗传》，其为三家说无疑）。皆以'子'为父子之子，以'告'为告姝子。……皆异于《毛诗》姝告大夫之说。盖前二章言此忠顺之子将何以予畀之而后足申吾爱慕乎？言其足以有国为君也。末章'何以告之？'则闵其未闻'大杖则走'之谊而陷父于不慈，犹申世子之仅得为共（恭）也。盖《乘舟》之诗欲杀之河而不遂；此诗则杀寿于莘，而伋还复自杀于浚。《新序》与《左氏》、《史记》、《列女传》义互相备，而伋、寿二诗之情事千载如见矣（下有自注，已见前引）。"我以为即令四马、白旄是宣姜专为太子伋而设,此诗素丝缞于良马之上当是指謇,岂可隔句属于上文干旄？这在文法上说不通。

最后提出鄙见,这诗无论今古文家说,王照圆和魏源一说,都有难以说通之处,颇疑这是关于卫国统治阶级的征收,劳动人民的贡纳,是一篇问题诗。这是《三百篇》中较难解说的诗篇之一。无论作为剥削阶级的卿大夫乃至州长或聚敛之臣替国君向领地征收也好,他们为自己向采邑或采地征收也好,只要把旗竿一竖,车马一停,人民就得乖乖地把自己劳动的果实被作贡纳的东西从郊野送到城里来。郊、都、城是缴纳站,良马由四而五、而六,是缴纳物愈广愈多,车马也相应增加。人民把什么缴纳好？最后把什么告诉好？是高兴还是不满？是的,有所不满,也只是微讽而已,可见劳动人民的厚道老实。这诗当是出自民间歌手。

这诗只是在锁链拉得不太紧的情况之下,被奴役的人民才得露出一种恳切的诉愿、善良的希望。如果在对立矛盾尖锐化到了一定程度的时候,被奴役的人民也会有一定程度的反抗或报复。即如卫惠公子懿公即位以后,不闻爱抚人民,但知他偏爱养许多白鹤。他不但自己淫乐奢侈,让他养的白鹤也像大夫一样,乘高车,享厚禄。不好了,狄人来侵略了！卫国兵民不肯抵御敌人,大家都说："您去使白鹤打退敌人罢！白鹤有禄位,我们怎么能够打仗？"这样,狄人就把懿公杀了。平日被奴役的人民被压到不能反抗,到了外患来临的时候怎么能够得到人民的尽力支持呢？戴公投靠齐国,继位才一个月就呜呼哀哉了。齐桓公率诸侯伐狄救卫,为卫筑城于楚丘,立了文公。《史记·卫世家》里说："文公初立,轻赋平罪,身自劳与百姓同苦以收卫民。"可见卫文公能够接受亡国惨痛的教训,还不失为一个像样的中兴的国君。便算他这是执行一种欺骗人民的政策罢,但于人民有利,也还算他不错。《诗序》说《干旄》作于文公时,正和文公轻赋平罪以收卫民的史实有合。当然在那时那样的社会里,不可能要求他不剥削人民,不压迫人民,但是他能够稍稍放松锁链,轻赋平罪,人民的眼睛是雪亮的。人民不可能不贡献出自己的劳动果实,只是希望他们君臣不太过分苛暴,能够让人民活着、说话。我想,这就是《干旄》一诗在当时的现实意义罢。依我此说,我的诗语直解也通。

载　驰

　　载驰载驱,归唁卫侯。驱马悠悠,言至于漕:大夫跋涉,我心则忧。

　　既不我嘉,不能旋反?视尔不臧,我思不远!既不我嘉,不能旋济?视尔不臧,我思不閟!

　　陟彼阿丘,言采其虻。女子善怀,亦各有行。许人尤之,众稚且狂。

　　我行其野,芃芃其麦。控于大邦,谁因谁极?

　　大夫君子,无我有尤。百尔所思,不如我所之!

【解题】

　　《载驰》一诗,是许穆夫人闵其宗国颠覆,归唁其兄所作。《诗序》说得不错,没有今古文家和汉宋儒间的争论。《郑笺》说:"懿公死,国人分散,宋桓公迎卫之遗民渡河,处之于漕邑,而立戴公焉。戴公与许穆夫人俱公子顽烝于宣姜所生也。"诗为何人所作?为何而作?《诗序》、《郑笺》都说明了。诗作在何时?作者得归与否?却都说得不甚明确。

　　究竟此诗作在何时,即作在卫国何公之世?经过清儒范家相、胡承珙、陈奂、王先谦诸家的先后研究,我们才得确定它作在卫文公元年,即鲁僖公元年、周惠王十八年春夏之间。按闵二年《左传》:"冬十二月,狄人伐卫。卫懿公好鹤,鹤有乘轩者。将战,国人受甲者皆曰:'使鹤!鹤实有禄位。余焉能战?'……及狄人战于荥泽,卫师败绩,遂灭卫。……立戴公以庐于曹。许穆夫人赋《载驰》。齐侯使公子无亏帅车三百乘、甲士三千人以戍曹。"卫懿败亡的原因，和许穆夫人赋诗求救，齐侯出兵，都记载了。戴公立而旋死，文公继立。她作《载驰》应在文公元年春夏之间。

胡承珙《后笺》说："范氏《诗沈》曰：《春秋》闵公二年狄入卫。冬十二月，宋桓公随立戴公以庐于曹。是年戴公卒，立甫一月耳，文公继立。夫人之思归当在此时矣。周之十二月，夏十月也。诗'芃芃其麦'，'言采其蝱'，岂十月所有乎？盖喑卫或在次年或戴公未立之前。承珙案：戴公未立以前，不容有喑。况狄灭卫在二年冬，亦非麦蝱之候。考《定之方中》，文公营室诗也，在夏之十月，为周之十二月。此盖鲁僖公元年之十二月。至僖二年，诸侯乃城楚丘而封卫焉。则当僖元年春夏之间，戴公已卒，文公虽立，而尚无宁居。许穆夫人所为赋《载驰》以吊失国欤？揆之情事，卫侯似指文公为近。蝱丘、麦野虽皆系设词，亦不宜取非时之物而漫为托兴也。"

陈奂《传疏》说："案，胡说是也。《春秋》书闵公二年冬十有二月，狄入卫。《左传》载宋桓公立戴公。杜注：戴公名申立，其年卒，而立文公。《左传》又载卫文公元年革车三十乘，季年乃三百乘。注：卫文公以此年冬立，季年在僖二十五年。《史记·卫世家》：文公二十五年卒。与杜注合。是戴之卒，文之立，皆在鲁闵公二年十二月，鲁僖公之元年即卫文公之元年也。二年春，诸侯城楚丘封卫，则文庐漕之日已一年有余。《定之方中》为文徙居楚丘之诗。《序》云：'卫为狄所灭，东徙渡河，野处漕邑。'《木瓜》，思齐封楚丘之诗。《序》云：'卫国有狄人之败，出处于漕，齐桓公救而封之，遗之车马器服焉。'是则处漕者，谓文公也。此《序》亦云：'国人分散，露于漕邑。'亦当指文公而言。《郑志》：答赵商以庐漕专属诸戴。于《定之方中·笺》云：'戴立一年而卒。'故此诗首章卫侯为戴公。皆泥读《左传》'戴公庐漕'之句。不知《左传》宋桓公逆河宵济，与齐桓公归公乘马，皆谓文公也。胡墨庄以蝱丘、麦野在鲁僖元年春夏之间，准诸于诗，可审定其年月。"

王先谦《集疏》说："愚案，胡说是也。《春秋》闵二年冬十二月，狄入卫。《左传》：'立戴公，以庐于曹。'杜注：'其年卒，而立文公。'是戴公立后旋卒，为日甚浅。纵许穆夫人闻变即行，已不及闵二年戴公在位之日。《笺》以诗卫侯为戴公，盖偶有不照。且丘蝱、野麦皆春深时物也。夫人行野赋诗，其夏正之二三月事，而鲁僖元年四五月间事与？《左传》言齐侯使无亏戍曹，亦必在僖元年。其与许穆夫人赋《载驰》同载于闵二年者，以终经狄入卫后事也。当夫人归唁时，齐国尚未遣戍，《传》叙戍曹于赋诗后，是其明证。故下言控于大邦云云。若齐已遣戍，夫人不为是言矣。"

依上文胡、陈、王三家之说，许穆夫人《载驰》一诗确作于卫文公元年春夏之间无疑，算有绝对年代可考。按：卫文公元年，当周惠王十八年，即当公元前六五九年。

许穆夫人此诗是思归假设之词，还是归时纪事之作？服虔、杜预注《左传》都像是以为她曾归到卫国。而后儒都从《诗序》"思归唁其兄，又义不得，故赋是诗"为说，包括上举胡、陈二家在内。直到王先谦才肯定这诗是她归卫纪事之作。卒章《集疏》说："言尔无以礼非责我，今日之事义在必归，虽百尔之所思，不如我所往之为是也。故服虔注《左传》云：'言我遂往，无我有尤也。'是夫人竟往卫矣。或疑夫人以义不果往而作诗。今案，'驱马悠悠'，'我行其野'，非设想之词，服说是也。如夫人未往，涉念即止，乌有举国非尤之事？若既已前往，则必告之许君，而决计成行，亦无忽畏谤议，中道辄反之理。惟其违礼而归，许人皆不谓然，故夫人作诗，自明其行权而合道。且其忧伤宗国，感念前言，信《外传》所谓行中孝、虑中圣者矣。"这无论从诗语本身或从今文三家遗说来说，都说得通。

再从三家遗说来研究，他们说许穆夫人事有些和《春秋左传》不合。这是不难理解的，他们说诗往往保存了一些关于诗本事的轶说。在此以前，我们已经一再说过，以后还要说到。《列女传·仁智》篇说："许穆夫人者，卫懿公之女，许穆公之夫人也。初，许求之，齐亦求之。懿公将与许，女因其傅母而言曰：'古者诸侯之有女子也，所以苞苴玩弄系援于大国也。言今者许小而远,齐大而近。若今之世,强者为雄。如使边境有寇戎之事,维是四方之故,赴告大国,妾在不犹愈乎?今舍近而就远,离大而附小,一旦有车驰之难,孰可与虑社稷?'卫侯不听,而嫁之于许。其后翟人攻卫,大破之,而许不能救。卫侯遂奔走涉河而南至楚丘。齐桓往而存之,遂城楚丘以居,卫侯于是悔不用其言。当败之时,许夫人驰驱而吊唁卫侯,因疾之而作诗。云云。君子善其慈惠而远识也。"刘向用《鲁诗》说。这里说,许穆夫人初时对嫁齐嫁许自有主张而不失先见之明;她于卫懿公不是姑侄而是父女;她归唁卫侯,不是戴公、文公而是懿公,都于经传不合。倘若这不是根据古史遗文,就是记录民间传说,要之必有所本。

又,刘向《新序》里说:"齐桓公求婚于卫,卫不与,而嫁于许。卫为狄所伐,桓公不救,至于国灭身死。"这和《列女传》说的正相符合。《韩诗外传》二说:"高子问于孟子曰:'夫嫁娶者,非己所自亲也。卫女何以得编于《诗》也?'孟子曰:'有卫女之志则可,无卫女之志则怠。若伊尹于太甲,有伊尹之志则可,无伊尹之志则篡。夫道二:常谓之经,变谓之权。怀其常道而挟其变权,乃得为贤。夫卫女行中孝,虑中圣,权如之何?《诗》曰:既不我嘉,不能旋反?视尔不臧,我思不远!'"所说嫁娶自亲,即指她因傅母自请嫁齐一事。所说怀道挟权,即指她驰驱归唁一事。可证鲁、韩说同。《易林·比之家人》说:"懿公浅愚,不受深谏。无援失国,为狄所灭。"所谓愚不受谏,无援失国,即指懿公不听女嫁齐一事,可证齐说亦同。又《毛诗正义》引《乐纬稽耀嘉》曰:"狄人与卫战,桓公不救;于其败也,然后救之。"宋均注:"救,谓使公子无亏戍之。"这是《纬书》与鲁、齐说同,也和《左传》、《新序》合。最后王先谦总结说:"盖齐桓不救者,怀失妇之私嫌;败然后救者,存霸主之公义。向使女果适齐侯,卫可不至破灭。则许夫人之事关系至重,而经传不载,幸轶说犹见于三家耳。"这话说得不错。

总之,我们从今文三家遗说中可得到一些关于许穆夫人传记的资料,这很可宝贵。她是《三百篇》中女诗人惟一有事实可考的,又在

《邶》、《鄘》、《卫》三十九篇中作者可考而不容怀疑的也只有她。所传庄姜诸诗，《燕燕》一诗确是抒情杰作，却不见得确是她的作品。无疑《载驰》一诗也确是杰作，作者许穆夫人也确是一个有见识有魄力的爱国女诗人。她为了挽救母国危亡，慷慨赴难，赋诗乞援，经过许多思想斗争，克服许多困难，才能达到目的。韩说称许她"怀其常道而挟其变权"，"行中孝，虑中圣"。鲁说以为"君子善其慈惠而远识"。这都是最初汉儒对于这一位女诗人的评价，还可以算得恰当——即用那时封建社会里的伦理思想来说。

诗三百解题卷五

卫　　毛诗国风

淇　奥

　　瞻彼淇奥,绿竹猗猗。有匪君子,如切如磋,如琢如磨。瑟兮僩兮!赫兮咺兮!有匪君子,终不可谖兮!

　　瞻彼淇奥,绿竹青青。有匪君子,充耳琇莹,会弁如星。瑟兮僩兮!赫兮咺兮!有匪君子,终不可谖兮!

　　瞻彼淇奥,绿竹如箦。有匪君子,如金如锡,如圭如璧。宽兮绰兮!猗重较兮!善戏谑兮,不为虐兮!

【解题】

　　《淇奥》是颂美卫武公之诗。《诗序》说美武公之德,不曾见到今古文家、汉宋儒间有何异议。但是我疑这诗美武公当在他死后而不在他生前。作为民风,当他生前鼎盛就对他歌功颂德,恐怕变《风》变《雅》时代没有这么自告奋勇、公然捧场的民间歌手。何况诗一再说:"有匪君子,终不可谖兮!"正像是盖棺论定、哀挽叹慕之词。

　　从这诗作出的年代上来考察,也像是作在卫武公死后。《国语·楚语》说:"昔卫武公年数九十有五矣,犹箴儆于国曰:'自卿以下至于师长士,苟在朝者,无谓我老耄而舍我,必恭恪于朝,朝夕以交戒我,闻一二之言必诵志而纳之,以训导我。'在舆有旅贲之规,位宁有官师之典,倚几有诵训之谏,居寝有亵御之箴,临事有瞽史之导,宴居有师工之诵,史不失书,矇不失诵,以训御之。于是乎作《懿戒》以自儆也(韦注:昭谓《懿》,《诗·大雅·抑》之篇也。懿读之曰抑)。及其没也,谓之睿圣武公。"又徐幹《中论·虚道》篇说:"昔卫武公年过九十,犹夙夜不怠,思闻训道。命其群臣曰:'无谓我老耄而舍我,必朝夕交戒。'又作《抑》诗以自儆也。卫人诵其德为赋《淇澳》。"据此二者可证武公年九十五作《抑》篇,而卫人赋《淇奥》又在《抑》篇之后。安知《淇奥》不是作在武公的死后呢?"睿圣武公",当是死后谥号。韦注:"睿,明也。《书》曰:'睿作圣。'《谥法》曰:'威强睿德曰武'。"诗说有斐君子,切、磋、琢、磨、瑟、僴、赫、咺,不是和谥号的意义恰相符合吗?有斐君子,是说他有很高的文化修养,也可以说他很能够做文章。有诗为证,《小雅·宾之初筵》、《大雅·抑》篇都是他刺时和自儆的名作。《淇奥》,《毛传》说:"武公质美德盛,有康叔之余烈。"不错,卫从康叔受封后,到了武公,算是最盛的时候。武公而下,经过庄、桓、宣、惠、黔牟,以至懿公,为狄人所灭,几乎亡国了,幸有文公稍稍复兴。以后二十三君就没有什么值得一说的了。我以为睿圣武公是死后易名之典,有斐君子是死后盖棺之论,《淇奥》当作于武公死后。《史记·卫世家》说:"武公即位,修康叔之政,百姓和集。四十二年,犬戎杀周幽王(公元前七七一)。武公将兵往,佐周平戎甚有功。周平王命武公为公,五十五年卒。"由此可以推知武公立于周宣王十六年(公元前八一二),《抑》篇《正义》说是三十六年,"三"字当是衍文;卒于周平王十三年(公元前七五六)。他的《抑》篇当作于周平王八、九年间,年已九十五岁。那么,他死时当在百岁左右。《淇奥》作出肯定在《抑》篇后,则其作出年代也由此可以推知当在他死了以后。

　　武公自是卫立国八九百年历史上应该肯定的一个贤君,而《三百篇》中有关于他的诗三篇,又可证他确是一个杰出的人物。《淇奥》一诗概括地叙述了他的学问自修、进德成德之序。《程子遗书》里说:"淇奥之地润泽膏沃而生绿竹。竹,生物之美者:兴武公之美内充,而文章威仪著于外也。"《朱子语类》说:"卫武公学问之功甚不苟,⋯⋯毕竟周之卿士去圣人近,气象自是不同。"程朱一流的道学家几乎要把卫武公捧成所谓圣贤,列入道统,今日说来未免好笑了。章指姑用《朱子语类》。鄙见:卫武公杀兄自立(详见《鄘风·柏舟》篇),虽是一个残酷无情的野心家,当他辅佐平王御侮平戎,又和集百姓,似用了改良主义的欺骗政策，究竟对于人民做了一点有益的事体，固然不可能倒转历史的轮子又从东周回到西周，却不失为卫国的一个好国君、周平王的一个好卿士。他一生积极进取，到死为止，年已老耄还是深自警惕，日夜不懈，征求规谏，似出于诚意。《淇奥》一诗倘若不是出自民间歌手，想也通过人民批准，在民间流行，不然，编《诗》的人不会把它编入《国风》的。上面提及的武公自作的两诗就分别编在《小雅》、《大雅》了。

考　槃

考槃在涧，硕人之宽。独寐寤言，永矢弗谖！
考槃在阿，硕人之薖。独寐寤歌，永矢弗过！
考槃在陆，硕人之轴。独寐寤宿，永矢弗告！

【解题】

《考槃》，当是"贤者退而穷处"之诗，《诗序》这句话不错。但未必是刺卫庄公不能继先公之业，使得贤者如此，《诗序辨说》批评的也不错。《孔丛子》记："孔子曰：吾于《考槃》见士之遁世而不闷也。"这是不是孔子的话，还不可确知。不过孔子时代确已早有隐逸人物存在。《论语》上记载孔子和他的弟子们游卫游楚，就曾遇到过一些隐居贤者，像晨门、荷蒉、长沮、桀溺、楚狂接舆诸人，该是当时社会实际存在的人物。稍后，至于《庄子》一书所叙上古或和他同时的这一流人物，多属奇形怪状，恐怕大都是寓言，又当别论。我们读《考槃》一诗，相信孔子以前奴隶制社会里确是早就有过这一类人物的存在。这一类人物中固然不能说没有逃避现实的没落了的奴隶主贵族知识分子，但是看来好像大都是属于社会底层自由民阶层的劳动人民，与其称他们为隐居贤者，不如称他们为劳动人民中间的知识分子或优秀分子为得，因为他们都不像是脱离劳动生产的寄生虫。以后，我们还会读到《王风·丘中有麻》、《秦风·蒹葭》、《陈风·衡门》、《小雅·白驹》《鹤鸣》等篇。倘有工夫，可以把这几篇诗合在一起来研究。

考槃一词是什么意义？《尔雅·释诂》："考，成也。""槃，乐也。"这是《毛传》所本。陈奂《传疏》说："成乐者，谓成德乐道也。"我以为依《毛传》说，当是自成其乐、自得其乐的意思。汉今古文家于此无争执，宋儒别求新解。朱熹《集传》说："考，成也。槃，盘桓之意。言成其隐处之室也。陈氏（傅良）曰：考，扣也。槃，器名。盖扣之以节歌，如鼓盆拊缶之为乐也。二说未知孰是。"这里二说尤其后一说，引起了后儒的反复研讨。黄中松《诗疑辨证》说："东坡言扣槃而得其声。则槃固可扣之器也。故范逸斋云：'考，击也。槃，器也。谓击器以为乐也。'黄实夫云：'考槃者，考击其槃以自乐也。'《诗》云：'子有钟鼓，弗鼓弗考。'皆从陈说。（《集传》引）夫槃字从木，《周礼》有夷槃，《疏》云：'以木为之。'是也。木槃之声似不足乐而以为乐者，无往而不乐乎？《史记》：'毛遂奉铜槃。'则槃有铜者。《周礼·玉府》：'合诸侯，共珠槃。'则槃更有饰以珠者。皆非隐士所用之器。《内则》：'进盥，少者奉槃，长者奉水。'注云：'槃，盛盥水者。'则以此为盥槃也可。"胡承珙《后笺》说："《集传》考槃二说，前说谓成其隐处之室，即黄氏一正所云，槃者架木为屋，有槃结之义。皆本郑樵'木偃盖为槃'之说。然结室而在涧、在阿、在陆，分为三处，恐无此理。后说引陈傅良云：'考，击也，槃，乐器也。扣之以节歌，如鼓盆拊缶之为。'然此乃贫无聊赖者之所为，贤者当不如此。（原注：惠半农曰：孔子自卫将入晋，及河，闻赵杀窦犨鸣犊，及舜华。临河而叹，遂还息于邹，作《槃琴》以哀之。王肃注云：《槃操》，琴曲名也。然则《考槃》即《槃琴》欤？考犹鼓也，盖古有是名，而孔子作之。曰考，曰作，皆鼓之义。案此说亦近附会）顾虞东曰：世固有隐而弗成者，无真乐斯弗成矣。无可隐斯弗乐矣。成其乐乃所以成其隐也。反复诗言，毛义深矣。"我今解此诗正是用的毛、郑之义。但是以为宋儒训考为击，训槃为器作为乐器，这一说也还似可通。

至于《郑笺》依《诗序》"刺庄公"立说，本来可通，宋儒却认为"害义"。郑于这诗三章末句解为"长自誓，以不忘君之恶"，"不复入君之朝"，"不复告君以善道"，都是点明刺意；即是说，这位贤者发誓不和骑在人民头上的大坏蛋合作。这话在今日我们看来，何尝不通？朱子《辨说》却指出他说的甚为"害义"。在朱子稍前，欧公、程子说及这诗也都曾怀疑《诗序》说刺而诗无刺意，就不用毛、郑说。(只有王安石说此诗仍用《郑笺》。谢采伯《密斋笔记》一："郑介夫侠，闻子侄用王氏学讲《考槃》之义，曰：'弗谖者弗忘君之恶，弗过者弗过君之朝，弗告者弗告君以善。'公叹曰：'是何言欤？一不用而忿戾若此，何以为硕人？何以为考槃？'遂训之曰：'弗谖者弗忘君也，弗过者弗以君为过也，弗告者弗以告他人也。'")这是因为先秦两汉间儒者(尤其孟子)对于君臣之义不像宋儒看得那么偏执乃至迂腐可笑。可以说，封建社会的伦理学到了宋儒道学家愈讲愈严密，就愈不近人情、愈死硬了。《后笺》说："案此《序》是推本作诗者言外之意，诗词则止专美硕人，犹《简兮》亦止美硕人，而《序》云刺不用贤也。盖天地闭而后贤人隐，《卫》之《考槃》、《王》之《丘中有麻》、《小雅》之《白驹》皆咏贤人之肥遁以刺其君者。《郑笺》泥于《序》下之说，以诗词之弗忘即为刺君，故不能无语病。若《毛传》则就诗释诗，有美无刺。说者概以毛、郑同讥，过矣！陈氏见复曰：《序》谓刺君上之失贤，诗谓美隐居之得所，美在此则刺在彼矣，美在言中，刺在言外。其说最为圆通。"关于这诗的美刺问题，毛、郑异同问题，乃至汉宋学异同问题，算由胡承珙(上两引《后笺》)作出了一个小结。

刘玉汝《诗缵绪》说明一诗章指，往往扣紧字句，逐步分析，有时不免烦琐，却肯细心寻绎。这也是前人读《诗》方法之一种。今举他说《考槃》这诗为例，以供读者参考。他说："考槃，见隐者所居之室。在涧，见隐者所居之地。宽，见身心德量。寐、寤、言，见起居语默。永矢，见其节。弗谖，见其志。此四言备隐者之美，后世之善言隐，无以加此矣。独，非孤独之独。言其幽居间处，非常人俗辈所能即，故谓之独。言，谓言语，凡文辞皆是。歌，谓歌咏，凡声诗皆是。宿，非特觉卧，凡坐止偃息皆是。轴有卷而怀之之意。弗谖，以心言，弗过，以身言，皆在己者。弗告，则弗以告人矣。"

硕　人

　　硕人其颀,衣锦褧衣。齐侯之子,卫侯之妻。东宫之妹,邢侯之姨,谭公维私。

　　手如柔荑,肤如凝脂。领如蝤蛴,齿如瓠犀,螓首蛾眉。巧笑倩兮! 美目盼兮!

　　硕人敖敖,说于农郊。四牡有骄,朱幩镳镳,翟茀以朝。大夫夙退,无使君劳!

　　河水洋洋,北流活活。施罛濊濊,鱣鲔发发,葭菼揭揭。庶姜孽孽,庶士有朅!

【解题】

　　《硕人》,是写庄姜新婚幸福生活之诗。在此以前,关于庄姜的几篇诗,都是写她不见答于庄公、失宠以后的不幸的生活。隐三年《左传》说:"卫庄公娶于齐东宫得臣之妹曰庄姜,美而无子。卫人所为赋《硕人》也。"这当是《诗序》说"《硕人》闵庄姜"所本。其实这诗只说她美,不曾说她无子;并无忧悯她的话,倒有夸张她新婚骄贵的意思。诗说"卫侯之妻",当作在卫庄公即位一两年以后。庄公元年甲申,当鲁惠公十二年,周平王十四年(公元前七五七)。先一年武公卒,这一年庄公立。据此就可以推知这诗作出的年代和《淇奥》一诗相差不远了。

　　根据《鲁诗》遗说,这诗是庄姜之傅母所作,作在庄姜初嫁之时。这就和《毛诗》所说不同。魏源所说,见《诗序集义》①。王先谦《集疏》说:"案左隐三年《传》:……卫人云云,谓当日曾为庄姜赋诗,非谓咏其无子。此自左氏行文之法如是,与高克奔陈,郑人为之赋《清人》,句例

---

① 编按:《诗序集义》云:"《硕人》,庄姜子傅作也。庄姜始嫁,操行哀惸,淫佚冶容。傅母谕之,乃作《硕人》之诗,砥厉女以高节,以为家世尊荣,当为世法则,姿质聪达,当为人表式,徒修仪貌、饰舆马,是不贵德也。女遂感而自修。君子善傅母之防未然。"

略同。不得执此为闵忧无子之证,毛似误会左意。《易林·豫之家人》:'夫妇相背,和气弗处。阴阳俱否,庄姜无子。'用《左传》文,无一字及诗义。或据此谓齐与毛同,亦非。诗但言庄姜戚族之贵,容仪之美,车服之备,媵从之盛,其为初嫁时甚明。何楷云:诗作于庄姜始至之时,当以《列女传》为正。"王先谦肯定这诗作于庄姜初嫁时,自是不错。我们读这诗,依《毛诗》说,既看不出诗有国人忧悯庄姜的意思;依《鲁诗》说,又看不出诗有傅母砥砺庄姜的意思。该怎么说才对呢?倘说意在言外,似乎今古文家两说都通。但说这诗是卫人或国人见其嫁时所作,出自民间歌手,其说较长。

这诗描写庄姜容貌之美,描写卫国风物之美,都很生动,都很出色。二章描写庄姜容貌,初说:"手如柔荑,肤如凝脂。领如蝤蛴,齿如瓠犀,螓首蛾眉。"只是罗列几种静态,还未能活描出一个美人的形象。末说:"巧笑倩兮,美目盼兮!"一个倩字,一个盼字,化静为动,化美为媚。这就好像传神写照,把一个美人的形象很生动地呈现在人眼前了。四章描写卫国风物,以及媵从男女:"河水洋洋,北流活活。施罛濊濊,鳣鲔发发,葭菼揭揭。庶姜孽孽,庶士有朅!"前六句连用了六个表现动态鲜明的叠字,同时又是表现调子谐和的叠韵;末一句又特用一个表态跳动、发声响亮的单字(朅)顿挫煞尾。这就使人一面觉得风物之美如在目前,一面觉得声调之美如在耳畔。富有魅力,使人着迷。自恨钝根,所作直解无法完全表达原文所具有的这种美,这就不能不有厚望于我们的"语言艺术大师"!

氓

氓之蚩蚩,抱布贸丝。匪来贸丝,来即我谋。送子涉淇,至于顿丘。匪我愆期,子无良媒。将子无怒,秋以为期。

乘彼垝垣,以望复关。不见复关,泣涕涟涟。既见复关,载笑载言。尔卜尔筮,体无咎言?以尔车来,以我贿迁。

桑之未落,其叶沃若。于嗟鸠兮,无食桑葚。于嗟女兮,无与士耽!士之耽兮,犹可说也。女之耽兮,不可说也。

桑之落矣,其黄而陨。自我徂尔,三岁食贫。淇水汤汤,渐车帷裳。女也不爽,士贰其行。士也罔极,二三其德!

三岁为妇,靡室劳矣。夙兴夜寐,靡有朝矣。言既遂矣,至于暴矣。兄弟不知,咥其笑矣。静言思之,躬自悼矣。

及尔偕老!老使我怨?淇则有岸,隰则有泮!总角之宴,言笑晏晏。信誓旦旦,不思其反。反是不思,亦已焉哉!

【解题】

《氓》篇,和《谷风》篇一样,也是弃妇之词。这都是关于民间妇女生活的故事诗,可以作为小说来读。陈澧《读诗日录》说:"此篇绝妙。"《谷风》篇的弃妇确是由于其夫得新忘旧,《氓》篇的弃妇像是由于其夫始乱终弃。后一篇妇人回忆她的恋爱的经过,叙述她的婚后遭遇,诉说她的痛苦心情,对丈夫的薄幸行为表现深刻的恨,对自己的错误恋爱表现无限的悔。但她并不徘徊留恋,而抱着也就罢了的态度,表现了她的坚强。

这诗今古文家无甚争论。王先谦《集疏》说:"弃妇自悔恨之词。《后汉·崔骃传》载骃祖篆《慰志赋》,所谓懿氓蚩之悟悔也。毛以诗为他人代述,说亦可通。左成八年《传》引《诗》'女也不爽'四句。杜注:'《诗·卫风》,妇人怨丈夫不一其行。'《易林·蒙之困》:'氓伯以婚,抱布自谋。弃礼急情,卒罹悔忧。'《夬之兑》同,首句作'以缗易丝'。此齐说,鲁、韩无异义。"

这诗究竟是"弃妇自悔恨之词",还是"为他人代述"? 陈启源《稽古编》说:"里巷猥事足为劝戒者,文人墨士往往歌述为诗,以示后世。如《陌上桑》、《雉朝飞》、《秋胡妻》、《焦仲卿妻》、《木兰诗》之类,皆非其人自作也,特代为其人之言耳。《国风》美刺诸篇大率此类,《集传》概指为其人自作,决无是理也。《大全》载辅广之言,谓《谷风》与《氓》二诗〔皆出于卫之妇人〕,其文词叙次,虽〔后世〕工文之士〔所〕不能及。然〔考〕其行,〔则〕一贤一否,〔如是之不同〕,信乎〔所谓〕有言者不必有德也。噫!俚语云:痴人前不可说梦,广之谓矣。"按朱熹《集传》于《氓》篇说:"此淫妇为人所弃,而自叙其事,以道其悔恨之意。"这除淫妇一词刺眼外,其他不算怎么错。我们没有汉宋学的成见,觉得陈启源的那一段话还须商量。不错,汉魏以来古乐府里可能有几篇关于民间故事、妇女生活的诗,"皆非其人自作,特代为其人之言"。可是怎么就断定《国风》里关于妇女自言体的诗不是妇人自作? 文人拟代之作,是从汉以来有了专业似的文人才开始有的。朱熹、辅广认为《氓》篇是妇人自作,想是凭"《风》者,民俗歌谣之诗也"这一大前提而来,不见得就是怎么错。要是概括地来说,歌谣是民间口头创作,多由积累而成,不是一时一地一人作品,这固然可说;而按它的内容和人称代词来说,这是自作或代作,这是女子作或男子作,又何尝不可呢? 民间口头创作,最初总该由一个人起头的呀。要说《谷风》、《氓》一类的诗篇是"其人自作",或者说"其人自己创始",我想是可以的。

再就《氓》篇三四两章"感物造端"、用桑起兴来说,这也确像是出自妇女口吻。因为妇女养蚕最关心桑,所以就爱说桑,而且说得那样好。宋史绳祖《学斋占毕》一说:"东坡谓诗人咏物至不可移易之妙,如'桑之未落,其叶沃若'是也。"按《东坡志林》十说:"诗人有写物之功。'桑之未落,其叶沃若',他木殆不可以当此。林逋《梅花》诗云:'疏影横斜水清浅,暗香浮动月黄昏。'决非桃李诗。皮日休《白莲》诗云:'无情有恨何人见？月晓风清欲坠时。'决非红莲诗。此乃写物之功。若石曼卿《红梅》诗云：'认桃无绿叶，辨杏有青枝。'此至陋语，盖村学究体也。"东坡这一段话确是精彩。鄙见：细玩"桑之未落，其叶沃若"，写柔桑宜蚕，自是妙语，但还不见得"至不可移易"，像林逋写梅花语句那样。可知这一妇人有丝出卖，熟悉蚕桑事，对桑观察很深刻，所以写来就很自然、精切了。

这一弃妇是不是由于其夫背信弃义、始乱终弃呢？是的，但看这诗末章便知。明张纶言《林泉随笔》说："《氓》'三岁食贫'，又曰'三岁为妇'。又曰'及尔偕老，老使我怨'。又曰'总角之宴，言笑晏晏。信誓旦旦'。总角而至于老，则不特三岁矣。此岁岂指淫奔之初而言也？《传》言是妇失身于人，宜为人所贱恶。然少而亲昵，老而弃之，则其人忍矣，宜其谓蚩蚩之氓也。"他受了《朱传》的影响，还是不分黑白，男女同讥。正像俗话说的：糊涂官断糊涂事，各打五十板了事。还未免饶了男子，冤了女子。陈启源说："《氓》诗言'总角之宴'，则妇遇氓时尚幼也。又言'老使我怨'，则氓弃妇时妇已老矣，必非三年便弃也。其言'三岁食贫'，及'三岁为妇'，止目初为夫妇时耳。意氓本窭人，赖此妇车迁之贿，及夙兴夜寐之勤劳，三岁之后渐致丰裕，及老而弃之，故怨之深也。"这些话都说得对。但是他接下又说："然风俗薄恶如此，岂独氓之罪欤？"这话说得很含糊，是讥女呢？还是刺时呢？他为这流氓开脱了对于妇女玩弄、遗弃的罪责，恰恰代表了封建社会一般士大夫压迫妇女的礼教思想，和他所轻视的朱熹、辅广师弟子相比较，他并不曾高明了许多！

诗里从淇水说到顿丘，又说到复关，可以推寻这一对男女的住址所在。古代交通不发达，男女社交不公开，要不是男为丝贩，女有蚕丝，他们的自由结合是很难的。记得毛奇龄《国风省篇》里以为卫顿丘有三处，不知诗指那一顿丘。陈启源以为这是《水经注》说的顿丘城。《稽古编·附录》里说："《水经注》：淇水东诎而西转，径顿丘城北，又诎径顿丘城西。则顿丘在淇水东南也。妇涉淇而送氓，又涉淇而嫁之，是妇居淇西北矣。淇水东南流入河。复关堤，即古黄河北岸，氓居在焉。则河之北，淇之南也。两人本天各一涯，氓以异乡客子，与妇数语目成，挈之归家，虽蚩而实黠矣。妇以轻信被绐，失身匪人，后之见弃，又谁咎乎？"这从地理上男女两地相隔颇远来说，还是旨在为这一流氓卸责脱罪，何厚于男而薄于女？王夫之《稗疏》疑顿丘只是淇水旁一个土墩，即《毛传》所说的"丘一成为顿丘"，不是顿丘邑，也就不是明清时代《一统志》所称大名府清丰县西南二十五里的顿丘故城。又诗说复关是指这一流氓见女时必经之地，诗人就借复关来暗指这一流氓。王先谦说："《传》：'复关，君子所近也。'陈奂据左襄十四年、二十六年《传》，卫有近关。谓卫之关有远有近，诗之关即近关，《传》本《左传》为说。愚案：复无近义，且近关非以君子所近蒙称，此毛误解左氏也。《广雅•释诂》：'复，重也。'《管子•牧民》篇注同。复关，犹《易》言重门，近郊之地设关以计出入，御非常。法制严密，故有重关，若《司关疏》所称面置三关者。妇人所期之男子居在复关，故望之。崔篆赋所谓'扬蛾眉于复关'也。"这么说来，所谓复关就不一定是古黄河北岸的复关堤了。至魏源《集义》说："淇水、顿丘，皆未渡河故都之地。"从诗用地名来说，意以为诗当作在卫文公徙居楚丘以前，也颇为有见。

最后还有一点必须提出来一说。诗说"抱布贸丝"，是说物物交换呢，还是所谓布就是指钱呢？这就引起了古泉学者、经济学家间的一些争论。《毛传》："布，币也。"《郑笺》："币者，所以贸买物也。"都说布就是钱。《易林•夬之兑》："以缯易丝。"这是《齐诗》说，释布为缯，也就是钱。《周礼•载师》："凡宅不毛者有里布。"先郑注："里布者，布参印书，广二寸，长二尺，以为币，贸易物。《诗》云'抱布贸丝'，抱此布也。或曰：布，泉也。……又《廛人》：职掌敛市之次布、㕙布、质布、罚布、廛布。"后郑注："不知言布参印书者何？见旧时说也？玄谓宅不毛者，罚以一里二十五家之泉。"《贾疏》云："'里布'至'抱此布'，此说非，故先郑自破之也。云'或曰布泉'以下至'廛布'，此说合义也。"王先谦说：“愚案先郑前说，后郑时已不晓其义，或以为古《毛诗说》。先郑又曰：'布，泉也。'其注《礼》亦兼释《诗》，明《诗》有布泉义也。所引《廛人》云云，彼诸布皆是泉，故以为证。后郑驳先郑前说，则其释《诗》亦不主布参印书之义，而以布为泉可知。郑注《礼》时习三家《诗》，知三家必训布为泉。此《笺》依《传》训布为币者：《说文》：'布，枲织也。''币，帛也。'此二字本义。《食货志》：'货宝于金，利于刀，流于泉，布于布，束于帛。'此泉刀与金布帛各为物也。又引周景王将更铸大钱。单穆公言：'量资币，权轻重，以救民。民患轻，则为之作重币。''秦兼天下，币为二等。黄金以溢为名上币；铜钱质如周钱，文曰半两，重如其文。'金钱皆为币，是钱可称布，又可称币。《传》《笺》训布为币，正以布为钱，因世所共晓，不须分析言之。若枲织之布与币帛之币显然二物，周、秦、汉以来，从无以布当币者。《庄子·山木》篇郭注，释布为匹帛。此晋人语，由于误解《毛传》，《孔疏》乃云布币谓丝麻布帛之布，未免溷淆矣。以布为钱，抱字训怀、训持，义俱可通。《疏》云：'泉则不宜抱之。'亦非。”以上从纸上考古资料总结了前人对于这诗布字的解释，以为布是指钱。下面我就要利用目前已有的地下考古资料来说明这布字是否指钱。

《周颂·臣工》篇说：“庤乃钱镈。”钱镈本来都是田器，转用而为货币，又写成泉布。泉、钱同声通用，泉是借字，钱是正字。布、镈同声通用，布是借字，镈是正字。钱是划，也就是铲，铲地除草。钱、镈性质同，功用同，形制不完全同。哪一类叫做泉或钱，哪一类叫做布或镈，还无法确定。所以古泉学家只好把它统名为“铲币”，有时也把原始布即最古的空首布叫做“大铲币”。周器《䍙卣铭》：“隹十又九年，王才（在）斥。王姜令作册䍙安尸白（夷伯），尸白賔（傧）䍙贝布。䍙（扬）王姜休，用作文考癸䆫隣器。”记得郭沫若《两周金文辞大系考释》考定铭文中的“十又九年”乃文王十九年，即武王六年。是商周之际通行货币有贝，也有金属货币，已经叫作“布”了。昭二十六年《左传》有“鲁人贸之，百两一布”的话。惠栋《左传补注》、洪亮吉《左传诂》都以为这“布”

字是布钱之布。《礼记·檀弓上》记子柳之死"子硕欲以赙布之余具祭器"的话。郑注:"古者谓钱为泉布。"又记"孟献子之丧,司徒(敬子使)旅归四(方)布"的话。郑注:"四方之赙布。"即令这些记载或后于《氓》诗,也足以证明《氓》诗贸丝之布是指货币。就是说,西周末年布钱早已使用了。我们知道,商品交换经济发展到了一定的程度,曾经被作为交换等价物的生产工具刀布(镈)就有可能转化为货币。初尚龄《吉金所见录》、郑家相《中国古代货币发展史》,都以为布钱始铸于西周卫国,正可为《氓》诗作证。近年安阳大司空村殷墓出土有铜贝、铜刀、铜铲,还发现了空首布。洛阳商墓也掘出了铜铲。再结合了郭沫若考释两周金文已说过的来说,生产工具刀布的转化为货币,应该是早从殷商时代就有萌芽了罢。

桓宽《盐铁论·借币》篇说:"古者市朝而无刀币,各以其所有易无,抱布贸丝而已。"桓宽习《齐诗》,这当是《齐诗》异义。在纸上考古资料中,这是不可抹杀的一条资料,抱布贸丝是不可瞒住不说的一个解释,但未必是确解。彭信威《中国货币史》提到《氓》这首诗时说:"向来有人说这里的布是指刀布的布,而不是指实物交换。当时铲币或许的确已出现,而且统治阶级手中可能有大量的铲币。但如果说蚩蚩之氓也能抱着一束一束的空首布去买丝,未免把当时的社会太理想化了,把货币经济看得太发达了。而且铲币的称为布,似为战国时期的事,西周时未必有这雅名。战国以前文献中的布字,都不能令人信服地解作刀布的布。认为'抱布贸丝'的'布'是指布帛之布,并不等于否认当时有货币流通,和有铲币流通,因为几千年以后还有实物交换的事例呢。"这是在现代有了好些地下考古资料可证以后,一个古泉学者、货币史专家关于"抱布贸丝"的一种别解,未可抹杀,但也未必是确解。好在他已自己表明,并不否认当时已有货币流通和有铲币的流通。这就使得我们更加自信解释这诗说的布就是钱币不算错误。

竹　　竿

籊籊竹竿，以钓于淇。岂不尔思？远莫致之！
泉源在左，淇水在右。女子有行，远兄弟父母。
淇水在右，泉源在左。巧笑之瑳，佩玉之傩。
淇水滺滺，桧楫松舟。驾言出游，以写我忧！

【解题】

《竹竿》，是卫女远嫁异国，思归不得之作。《诗序》首句不错："三家无异义。"卫女为何思归？诗里没有明文。朱熹《辨说》是。汪梧凤《诗学女为》说："毛、郑泥《序》不见答之语，其取物比事皆失本旨，宜从《朱传》。《诗论》曰：《载驰》思归唁之诗，境变而思迫；《泉水》、《竹竿》思归宁之诗，境平而思婉。信哉！"不错，这诗朱熹一说是。魏源《集义》说："淇水、泉源，皆未渡河时作。"虽有语病而意自明，即诗作在卫文公徙居楚丘以前。这也不错。但未见其必为"许穆夫人之诗"。《泉水》、《竹竿》同用"驾言出游，以写我忧"。想是同用当时当地的成语，岂是由于作者重复了自己说的话？

方玉润以为这诗是卫女念旧思归，抒情佳作，不必指实作者是谁。颇有见地。他在《诗经原始》里说："《小序》谓卫女思归，《大序》增以不见答。何氏楷则谓《泉水》及此篇皆许穆夫人作。姚氏际恒以其语多重复，非一人笔，疑为媵和夫人之词。均未尝细咏诗辞也。《载驰》、《泉水》与此篇虽皆思卫之作，而一则遭乱以思归，一则无端而念旧，词意迥乎不同。此不惟非许夫人作，亦无所谓不见答意。盖其局度雍容，音节圆畅，而造语之工，风致嫣然，自足以擅美一时，不必定求其人以实之也。诗固有以无心求工而自工者，迨至工时自不能磨。此类是已。俗儒说诗务求确解，则三百诗词不过一本《记事珠》，欲求一陶情寄兴之作，岂可得哉！"他指斥俗儒说《诗》的毛病，其实，《诗经原始》里也常有之。

芄　兰

芄兰之支！童子佩觿。虽则佩觿，能不我知。容兮遂兮！垂带悸兮！

芄兰之叶！童子佩韘。虽则佩韘，能不我甲。容兮遂兮！垂带悸兮！

【解题】

《芄兰》，当是刺卫惠公童年在位骄而无礼之诗。《诗序》说得是。《郑笺》说："惠公以幼童即位，自谓有才能，而骄慢于大臣。但习威仪，不知为政以礼。"也说得是。"三家无异义。"何楷《古义》说："通篇皆比体，乃是借童子躐等之状为刺。"范家相《诗沈》说："若非刺君之词，则指童昏而居上位者言之。"这都说得不算错。王闿运《补笺》说："君既立，不可斥为童子，此刺当未为太子时。"以后世的尊君观念强加于古人，这话未必是。不见《诗》、《书》中有称人君为狡童或小子的吗？毛、郑都以为这诗是卫大夫刺年少即位的惠公骄傲无礼，这说得通。按闵二年《左传》说："初，惠公之即位也少。"杜注："盖年十五六。"这当是毛、郑所本。

有人疑这诗是少女自伤嫁给幼童，意在揭露这种恶俗。这话倒也说得有趣。大概他以为这诗原是歌谣，也许还据古谚"去家千里，莫食罗摩枸杞"，芄兰属于壮阳一类药物作解。但是诗说觿、韘、容、遂、带、悸，描绘这个童子的佩饰和神态，显然打上了阶级烙印，不是一般庶民所能有。这就不知道他怎样解释了。

诗说"童子佩觿"，"童子佩韘"，童子而用成人之佩，非惠公莫能当。《毛传》说："人君治成人之事，虽童子犹佩觿。""能射御则佩韘。"又刘向《说苑·修文》篇说："能治烦决乱者佩觿，能射御者佩韘，能正三军者搢笏。衣必荷规而成矩，负绳而准下。故君子衣服中而容貌得，接其服而象其德，故望玉貌而行能有所定矣。《诗》曰'芄兰之枝，童子佩觿'，说行能者也。"这也像是以为诗说童子用成人之佩，治成人之事，当有成人之行能。这当是出于《鲁诗》一说，和《毛诗》说同，都指惠公。朱熹《辨说》以为"此诗不可考，当阙"。又《集传》说："此诗不知所谓，不敢强解。"他有反《诗序》成见，其说未是。他的门人辅广说："《墙有茨·传》谓宣公卒，惠公幼，而杜预又谓惠公即位时，方十五六。则《小序》以诗属之惠公，亦可。但他无所见，而诗文又不明言其所以，故先生直断以为不知所谓，不敢强解。此阙疑之意。若必为刺卫惠公，则便至有依托凿空之失矣。"（《传说汇纂》引）辅广虽为师说辩护，还是不得不说"《小序》以此诗属之惠公亦可"。汪梧凤《诗学女为》说："〔伪〕《诗说》：芄兰，刺霍叔也。据《竹书》，成王十年武庚畔，是时霍叔已五十有四，非童子矣。故不如《序》说刺惠公为是。《诗翼》曰：诗人忠厚，不应直以童子目其君，不如作泛刺为长。不知箕子仁人也，《黍离》（当作《麦秀》）之歌呼纣为狡童。卫朔佩服成人，而执心不定，放肆骄敖，卒至见逐失位，诗人忧而隐讽之，所以为忠厚也。且《说苑》曰：能治乱决烦者佩觿，能射御者佩韘。《尚书》注曰：人君十二而冠佩为成人。藉非惠公，何以泛然童子亦得佩觿韘，治成人之事耶？"不错，诗当确有所指，确是一种现实生活的反映，岂得无中生有？汪梧凤以为此诗确指惠公，不是泛刺，说得有力。

又，诗说"虽则佩觿，能不我知"，"虽则佩韘，能不我甲"，确像是"父兄大臣"的口吻，非左公子泄、右公子职之徒不能作。二公子于宣公为庶弟，于惠公朔为诸父辈，又尝为宣公二子伋、寿师傅，自于宣姜、惠公母子阴谋杀伋及寿有所不满，作诗为刺，还算忠厚之道，结果，他们把惠公赶到齐国去了。朱鹤龄《通义》说："《左传》：惠公之即位也少。杜预云：时方十五六。盖宣公以隐四年立，假令五年即娶齐女，至桓十二年见经，凡十九年。而朔尚有兄寿，则是宣公即位三四年始生惠公，故知为十五六也。《序》以此诗属惠公，不为无据。朱子谓不可考，当阙。亦疑《序》太过耳。《尚书》注云：国君十二以上，冠佩为成人。（《左传》：国君十四而冠）惠公即位之年非童子也，然骄蹇自尊，德不称服，则犹是童子而已。惠公以谗构取国，为左右二公子所恶，逐之奔齐。《春秋》书卫侯朔出奔齐,不言二公子逐,罪之也。是诗也,其即二公子之徒为之欤?"陈启源《稽古编》说:"《叙》以《芄兰》为刺惠公,而朱子不信。夫惠公潜杀二兄,违距王命,其狠抗不逊可知。《叙》云'骄而无礼',正相合也。且即位时方十五六岁,宜有童子之称,又何疑乎?然则为此诗者,殆左公子泄、右公子职之徒欤?"按朱、陈是同时同里人,同治《诗经》,互相切磋的好朋友。他们肯定了这诗是刺卫惠公,并以为作者就是左右公子一流人物。我们不妨把这说作为定论,和《鹑之奔奔》一诗同读。

河　广

谁谓河广?一苇杭之。谁谓宋远?跂予望之。
谁谓河广?曾不容刀。谁谓宋远?曾不崇朝。

【解题】

《河广》,是寄居卫国之宋人思乡之作。作为宋襄公母归卫后思子之诗。《诗序》、《诗序集义》说的也可通。《郑笺》说:"宋桓公夫人,卫文公之妹,生襄公而出。襄公即位,夫人思宋,义不可往,故作诗以自止。"《孔疏》说:"此假有渡者之辞,非喻夫人之向宋渡河也。何者?此文公之时,卫已在河南,自卫适宋不渡河。"这诗作在襄公即位以后还是在其以前呢?作在卫渡河以后还是在其以前呢?诗是诗人假有渡者之辞还是宋桓夫人出于实感之作呢?《序》、《笺》、《疏》三者说的并不一致,这就是从宋儒以来说《诗》者所争论的问题。

吕祖谦《读诗记》说:"《说苑》曰:宋襄公为太子,请于桓公曰:'请使目夷立。'公曰:'何故?'对曰:'臣之舅在卫,爱臣;若终立,则不可以往。'味此诗而推其母子之心盖不相远,所载似可信也。不曰欲见母而曰欲见舅者,恐伤其父之意也。"这似是以为诗作在宋襄公即位以前、初为太子时。严粲《诗缉》说:"《疏》以《河广》属《卫风》,当为卫人所作,非宋襄公母所亲作。然宋襄公母本卫女,又归卫而作此诗,不属之卫,何所属乎?""《笺》谓宋襄即位,其母思之而作《河广》之诗。《疏》因以为卫文公时,非也。卫都朝歌在河北,宋都睢阳在河南,自卫适宋必涉河。自鲁闵二年狄入卫之后,戴公始渡河而南。《河广》之诗言'谁谓河广,一苇杭之',则是作于卫未迁之前矣,时宋桓犹在,襄公方为世子,卫戴、文俱未立也。旧说误矣。"这就肯定了诗为宋桓夫人所作,作在卫未渡河以前、宋襄公方为世子的时候。魏源《集义》一说无今文三家遗说可据,当是受到了《吕记》、《严缉》的影响,而重加肯定。案《史表》,庚午周襄王元年,宋桓公三十一年,卫文公九年。文公十年为宋襄公元年,卫渡河已经很久了。诗决非作于襄公即位以后,"夫人思之,设言河广以起兴","此假有渡者之辞"。陈启源《稽古编》驳斥《严缉》,回护《笺》、《疏》,不对。胡承珙《后笺》总结了许氏《诗深》、顾氏《虞东学诗》、范氏《诗沈》诸说,以《严缉》之说为得《序》、《传》之意,而以《笺》、《疏》之说为非,不错。

陈奂《传疏》独以为此诗是宋桓夫人忧思宗国有狄人之难,叙其望宋渡河救卫之辞,作在宋桓公逆河救卫、迎立戴公以前。诚为一种创见,还有待于研究。他说:"案此诗宋襄公母所作也。《序》云宋襄公母者,宋桓公夫人也。何以不言宋桓夫人?以夫人终襄公世不返宋,故不系诸宋桓而系诸宋襄也。《序》云归于卫者,归,归宗也。女既归宗,义当庙绝。《春秋》成五年春,杞叔姬来归。《穀梁传》:'妇人之义,嫁曰归,反曰来归。'九年春,杞伯来逆叔姬之丧以归。《传》:'夫无逆出妻之丧而为之也。'盖妇人既出不归葬,犹夫人既嫁不归宁。杞叔姬归于鲁,其义与杞当绝,故《春秋》书逆丧以见讥。宋襄公母归于卫,其义与宋当绝,故《诗》录《河广》以存礼。《序》与《穀梁传》皆正论也。《序》云思而不止者,思,忧思。不止,犹不已也。当时卫有狄人之难,宋襄公母归在卫,见其宗国颠覆,君灭国破,忧思不已,故篇内皆叙其望宋渡河救卫,辞甚急也。未几,而宋桓公逆诸河,立戴公以处曹。则此诗之作自在逆河之前。《河广》作,而宋立戴公矣。《载驰》赋,而齐立文公矣。《载驰》许诗,《河广》宋诗,而系列于《鄘》、《卫》之风,以二夫人于其宗国皆有存亡继绝之思,故录之。若仅谓思子而作,孔子奚取焉?"这说得真巧。宋桓夫人和许穆夫人是一母(宣姜)所生的姐妹。她们都是热爱宗国的女诗人。一作《河广》,一作《载驰》,都是为了挽救宗国而作,恰好是姐妹篇。这一说还有待于研究。倘若不让这诗再给学者们争论下去,我看不如干脆把它还原为卫国民风,只以为这是说明卫、宋相去不远的一种意思;或喻言人当不避一切险阻艰难的一种概念。

伯 兮

伯兮朅兮!邦之桀兮!伯也执殳,为王前驱。
自伯之东,首如飞蓬。岂无膏沐,谁适为容?
其雨其雨?杲杲出日。愿言思伯,甘心首疾!
焉得谖草?言树之背。愿言思伯,使我心痗!

【解题】

《伯兮》,妇人因其君子行役,过时不返,忧思而作。《诗序》说的是。但说"刺时",诗无其文,当是作《序》者推本诗人言外之意。今文"三家无异义"。《郑笺》说:"卫宣公之时,蔡人、卫人、陈人从王伐郑,伯也为王前驱久,故家人思之。"《孔疏》说:"此言过时者,谓三月一时。《穀梁传》:'伐不逾时。'故《何草不黄·笺》云:'古者师出不逾时,所以厚民之性。'是也。此叙妇人所思之由,经陈所思之辞,皆由行役过时之所致。《叙》言为王前驱,虽辞出于经,总叙四章,非指一句也。""蔡人、卫人、陈人从王伐郑,《春秋》桓五年经也。时当宣公,故云卫宣公之时。"他们也都说的是。

王质《诗总闻》不用《诗序》,独于这诗采用了它。他说:"当是卫人从王伐郑,在鲁桓五年,以诗'为王前驱'可见。"又说:"蓬至秋则根脱,遇风则乱飞。萱草盛夏则吐花,深夏则凋。伐郑之役在秋,故皆举秋物寄意。……潘氏(《寡妇赋》):'彼诗人之攸叹,徒愿言而心痗。荣华蔚其始茂，良人已忽捐背。'盖得本意。"他从诗说"为王前驱"和所涉及的物候，以证鲁桓五年卫人从王伐郑之役在秋，正合。

诗说"伯也执殳，为王前驱"。所谓伯，他是什么样的人物？单说伯，像是妇人对她丈夫的爱称或尊称。范处义《补传》说："伯叔尊称，诗人多用之。如'叔兮伯兮，倡予和女'是也。此诗妇人之尊其夫，故以伯兮呼之，……闵其夫之劳久而不归也。"似乎说得不错。可是最初《毛传》说："伯，州伯也。"《郑笺》却说："伯，君子字也。"一说伯是官，一说伯是君子字，谁说的对呢？《孔疏》照例两说兼疏，于《毛传》说："言为王前驱，则非贱者。今言伯兮，故知为州伯，谓州里伯。若牧下州伯，则诸侯也，非卫人所得为。诸侯之州长也，谓之伯者，伯，长也。《内则》云：'州史献诸州伯，州伯命藏诸州府。'彼州伯对闾史闾府，亦谓州里之伯。"这是说，伯是州伯，即州里之伯一类官。于《郑笺》说："伯仲叔季长幼之字，而妇人所称云伯也，宜呼其字，而不当言其官也。此在前驱而执兵，则有勇力为车右，当亦有官，但不必州长为之。"这是说，伯也是呼人之字，不当是称人之官。至执殳前驱，有勇力为车右，也当是官，但不一定就是州伯。看来两说都通。

陈奂《传疏》以《孔疏》引《内则》州伯作解为是。并说："《管子·问》篇：问州之大夫也何？里之士也。此亦谓州里之伯。州伯即州长。《周礼》：州长，每州中大夫一人。天子州长中大夫，则诸侯当下大夫。州长职云：若国作民，而师田行役之事，则帅而致之，掌其戒令与其赏罚。郑注云：掌其戒令赏罚，则是于军因为师帅。"执殳前驱又是什么官呢？陈奂说："……《说文》：〔殳，以杸殊人也。〕《礼》：殳以积竹八觚，长丈二尺，建于兵车，〔旅贲以先驱。〕……《周礼·司戈盾》：祭祀授旅贲殳。……诗之伯，其以州长而摄旅贲欤？《后笺》云：执殳之旅贲则为士。《曲礼》：列国之大夫入天子之国，曰某士。注：三命以下，于天子为士。卫之君子为王前驱者，自是诸侯大夫，于王朝则为士耳。"

王先谦《集疏》说："《旅贲氏》云：'掌执戈盾，夹王车而趋，左八人，右八人。'注云：'夹王车者其下士也。下士十有六人，中士为之帅焉。'

据此,则执戈盾夹车者为下士,其执殳前驱者当为中士与?《司戈盾》所谓授旅贲殳者,盖以授中士。故《说文》独于殳下言旅贲以先驱。虽引《礼》文,而实合于《诗》义。"又说:"案伯以卫国大夫入为王朝之中士,妻从夫在王国,故因行役之久而思之。"又说:"《集传》以卫在郑西,疑不得云之东。《孔疏》云:蔡、卫、陈三国从王伐郑,兵至京师,乃东行伐郑。愚案:必待三国之众同聚京师,方始东行,展转劳费,非军行所宜出。毛奇龄谓伯之妻从其夫仕于王朝者,情事为合。今从之。"经过上举毛、郑、孔、陈、王诸家之说,可知这诗里叫伯的一位军人原是卫国的州长大夫,入为王朝的旅贲中士,当属于武士阶层。这样说来,古文《毛诗》说这诗是对的。魏源和王先谦往往为今文《诗》三家义张目,于此也无异说。朱子《辨说》攻《序》未是。

但是,我以为诗说"为王前驱"之"王",不必是指周王,也可能是称卫王。因为当时诸侯往往自王其国,在国内称王,甚至小国也是如此。这在金文中不乏其例,如《徐王楚义彝》、《吕王作内姬彝》、《夨王尊》之类便是。已见前于《北门》篇"王事适我"之王,和后见于《秦风·无衣》篇"王于兴师"之王,也都不一定是指周王。这还有待于进一步研究。

有　狐

有狐绥绥,在彼淇梁。心之忧矣,之子无裳!
有狐绥绥,在彼淇厉。心之忧矣,之子无带!
有狐绥绥,在彼淇侧。心之忧矣,之子无服!

【解题】

《有狐》,当是旷男怨女相怜相爱之诗。看诗语气,显然是女怜爱男。其实,倘若不是男也求女,男尽管无裳、无带、无服,何预女事,女替男担心如此?《诗序》说:"男女失时,丧其妃耦。"就是说,男女婚姻失时,失其配偶之道的意思。丧训丧失,不训死丧。这话本来不错。《郑笺》说:"时妇人丧其妃耦,寡而忧,是子无裳,无为作裳者,欲与为室家。"《朱传》便说:"有寡妇见鳏夫而欲嫁之。"这就闹出了笑话。有人要问:"何以见其为寡妇?何以见其为鳏夫?更何以见其为而欲嫁之?"《严缉》说:"《有狐》之诗,《桃夭》、《摽有梅》之变也。"这话倒不算错。《桃夭》美"婚姻以时",《摽有梅》美"男女及时",《有狐》刺"男女失时",《诗序》各按诗旨说来,语有分晓,都说得是。

或以为这诗是大夫久役、妇人忧念之诗。似于比兴之义不合。崔述《读风偶识》说:"天下有词明意显,无待于解,而说者患其易知,必欲纡曲牵合以为别有意在。此释经者之通病也,而于说《诗》尤甚。《有狐》、《木瓜》二诗岂非显明易解者乎?狐在淇梁,寒将至矣,衣裳未具,何以御冬?其为大夫行役、妇人忧念之诗显然。而《笺》云'妇人丧其妃耦,欲与人为室家'。夫他人无裳,与己何涉?妇人如此之无耻乎?且何所见之子之必为他人而非其夫也?"方玉润《诗经原始》说:"夫曰'之子',则明明指其夫矣,曰'无裳'、'无带'、'无服',则明明忧其夫之无裳、无带、无服矣。以有狐作比者,狐性善疑,虽曰在淇梁、淇厉、淇侧而终迟疑不渡,故曰绥绥也。此必其夫久役在外,淹滞不归,或有所恋而忘返,故妇人忧之,以为久羁逆旅必至金尽裘敝而难归耳。本无他义,亦无深情。……"他们都能大胆怀疑,却未能细心研究。诗中一男一女当同是淇水旁边的居民,正如有狐绥绥同是在淇梁、淇厉、淇侧一样。怎见得男女离别,两地相思?又怎见得男为大夫君子,有金有裘?相反,之子无裳、无带、无服,在诗的文字上打了庶民阶级的烙印。这当是属于自由民,而不必是奴隶,和前面《蟋蟀》、《行露》、《谷风》、《氓》诗里的男女一样。想是他们读过上面《伯兮》一篇,联想到这诗同类,便如此立说,却不知道于这诗比兴之义未能恰合。

诗说"有狐绥绥",自是比兴之义,显然有象征的意味。《毛传》说:"兴也。绥绥,匹行貌。"陈奂《传疏》说:"兴者,以狐为兴。《传》云'绥绥,匹行兒'者,匹者妃耦也。狐妃耦而行绥绥然,以兴无室家者,狐之不若。"这诗比兴之义正该如此作解。马瑞辰《通释》说:"《序》言男女失时,丧其妃耦,诗本兼男女言。"这话不算怎么错。可是他以为一章无裳言男无妻,二章无带言女无夫,三章无服统男女言之。他以为无裳、无带、无服都含有比兴之义,其说迂滞难通,并不合理。如说:"古者上衣而下裳,以喻先阳而后阴。首章无裳,盖以喻男之无妻。""《东山》诗:'亲结其缡。'《尔雅·释言》:'缡,带也。'妇人系属于人。无带,示无所系属,盖以喻妇女无夫。"王先谦最后为他这说喝了彩。但在今日我们看来,像他那样对于男女的见解,对于此诗的解释,难道不也要看作笑话么?

这诗今文三家和古文毛氏所说主旨是否相同?魏源和王先谦的意见不甚一致。魏氏《集义》已见上文①,这里且录王氏《集疏》:"《韩诗外传》三:'昔者不出户而知天下,不窥牖(牗)而见天道,非目能视乎千里之前,非耳能闻乎千里之外,以己之情量之也。己恶饥寒焉,则知天下之欲衣食也。己恶劳苦焉,则知天下之欲安佚也。己恶衰乏焉,则知天下之欲富足也。知此三者,圣王之所以不降席而匡天下,故君子之道忠恕而已矣。夫处饥渴,苦血气,困寒暑,动肌肤,此四者民之大害也,害不除,未可教御也。四体不掩则鲜仁人,五藏空虚则无立士。故先王之法,天子亲耕,后妃亲蚕,先天下忧衣与食也。《诗》曰:父母何尝?心之忧矣,之子无裳。'愚案:此错引《鸨羽》、《有狐》二诗。言时当贫困,故昏礼不举,男女失时,欲君人者不忘国本,急于养民也。《外传》义与《毛序》合。鲁、齐无异义。"这话倒不算怎么错。

上文撮录群说,加以分析、批判,取其简要,求其明确,庶几这诗从此可以读通。本来这诗是道地民风,不费解释。只因前人务求深解,致不可通。陈介祺《簠斋尺牍·与王懿荣论学书》中说:"学问之事,全在分析而不侗,侗止是不分析。分析得十条路出,方知此一条是,九条皆不及,而知之愈真,行之弥笃。是皆能分析之力也。"分析,虽说只是治学方法中间的一个过程,确是少不得!我研究这篇小诗作一短

---

① 编按:《诗序集义》云:"《有狐》,闵穷民也。在位君子忧民饥寒而图其衣食焉。淇粱、淇侧、淇厉,明为先世故都之诗。"

论也觉得如此。

木　瓜

投我以木瓜,报之以琼琚。匪报也,永以为好也。
投我以木桃,报之以琼瑶。匪报也,永以为好也。
投我以木李,报之以琼玖。匪报也,永以为好也。

【解题】

《木瓜》是美齐桓公救卫之诗,卫人所作。《诗序》这说也还可通。《孔疏》说:"有狄之败,懿公时也。至戴公,为宋桓公迎而立之,出处于漕。后即为齐公子无亏所救。戴公卒,文公立,齐桓公又城楚丘以封之。则戴也、文也,皆为齐所救而封之也。……《左传》:齐侯使公子无亏帅车三百乘以戍漕。归公乘马,祭服五称,牛羊豕鸡狗皆三百。与门材。归夫人鱼轩,重锦三十两。是遗戴公也。《外传》:《齐语》曰:卫人出庐于漕,桓公城楚丘以封之。其畜散而无育,齐桓公与之系马三百。是遗文公也。……言欲厚报之,则时实不能报也,心所欲耳。经三章皆欲报之辞。"可知《诗序》说齐、卫邦交实有所本。只是诗未实陈其事,仅表明了民间道德薄施厚报的一种概念,当出自民间歌手。魏源说:"盖故都遗民随徙渡河者所作。"其说近是。

诗说木瓜、木桃、木李,这是三样什么东西?是我们习见的木瓜、桃子、李子,桃李也就是《大雅·抑》篇说的"投我以桃,报之以李"。俞正燮《癸巳类稿·木桃木李释》一文说得对吗?还是如陆佃《埤雅》说的,木桃、木李是木瓜之类的楂子、楱楂,其品愈趋愈下。或如王闿运《补笺》说的"凡果不可食者为木,今语犹然"。他们谁说的对呢?或如姚宽《西溪丛话》说的"按诗之意,乃以木为瓜、为桃、为李,俗谓之假果者,……犹画饼土饭之义",王夫之《稗疏》说的"盖刻木为之以供戏弄,刘勰所谓刻木作桃李,似而不可食者,是已。此诗极言投赠之微,以形往报之厚。瑶琚虽贵,要为佩玩,故与刻木之玩具同类而言"。他们这一说对吗？鄙见以为《毛传》但说"木瓜，楙木也，可食之木"。木桃、木李不传，当是仿此。是三者不为假果可知。桃李各加木字和瓜加木字例同。木瓜和瓜非同物，木桃、木李和桃李也该不是同物。故尔断从陆佃一说。前人关于这诗主题的辩论很多、很热烈，并不止于这里一个小问题。

朱熹《集传》于此诗"疑亦男女相赠答之辞，如《静女》之类"。说疑，可见其不是完全自信。即在当时他的门人中也并不是都相信他。辅广说："有学者请于先生曰：'某于《木瓜》诗反复讽咏，但见其有忠厚之意，而不见其有亵慢之情。《小序》以为美齐桓，恐非居后而揣度者所能及，或者其有所传也。窃意桓公既殁之后，卫文公伐齐，杀长立幼。卫人感桓公之惠，而责文公之无恩，故为是诗以风其上。不然，则《家语》所载岂凿空而为此言乎？'先生以为不然。曰：'若以此诗为卫人欲报齐桓之诗，则齐桓之惠何止于木瓜？而卫人实未尝有一物报之也。'而先生疑以为男女相赠答之辞如《静女》之类者，则亦以《卫风》多淫乱之诗而疑其或然耳。尝试思之，《静女》之诗其为男女相赠答，于诗文可见；至此诗则全不见有男女之辞，若只据诗文以为寻常相问遗之意，似亦通。先施之者虽薄，而后报之者常过厚，是亦忠厚之情也。且与《家语》之说亦不相戾。"（《传说汇纂》引）他以为此诗全不见有关于男女的话，只有寻常相问遗的意思，这样来说，自亦可通。这就很婉转地驳了师说。

毛奇龄、胡承珙先后驳了《朱传》，都很有力。毛氏《白鹭洲主客说诗》里说："《左传》昭二年，晋韩宣子自齐聘于卫，卫侯享之，赋《淇澳》。宣子赋《木瓜》。盖卫侯以武公之德美宣子，而宣子欲厚报以为好也。然而此二诗皆卫诗也。向使《木瓜》淫诗，则卫侯方自咏其先公之美诗以为赠，而为之宾者特揭其国之淫诗以报之，可乎不可乎？"胡氏《后笺》说："汉、唐、宋诸儒皆从《序》说。朱子《读尊孟辨》云：《诗》录《木瓜》，《春秋》序绩之意，亦以善卫人之情也。正用《序》说。《吕记》引朱子说，则但以为寻常施报之言，已稍变其义。至作《集传》，乃以为男女赠答之辞,疑与《静女》同类。当时辅广最为笃信师说者,尚疑此诗但见忠厚之意,绝无亵慢之情,以《小序》云云,恐非后人揣度者所能及。……而朱子不以为然。但谓美桓公说于经文无所据。不知卫人戴桓之德实有难于报称者,故作此诗以致其意。诗乃咏歌之文,非纪事之史,安得尽著实迹于篇中哉?且此诗在《卫风》之末,或如辅说,为卫文忘齐大惠而作。则风刺之诗更不当直言其事,何可以经无明文疑之?刘氏瑾又驳《序》云:齐桓之德岂可仅比于草木?卫人之报何乃自拟于重宝?不知作者之旨正以人当薄遗厚报,故设为琼瓜不等之喻,言若有厚于此者,报当何如?此尤诗人微婉之意也。至《静女》之诗,如《古序》说,本非男女赠答之作,即谓美人静女经有其言,而此诗则有何明文可据乎?且《传》引孔子曰:吾于《木瓜》见苞苴之礼行。《孔丛》虽非真古书,然如此等已先见于《毛传》,当必有所授之。《春秋》昭二年《左传》:韩起聘卫,卫侯享之,北宫文子赋《淇澳》,宣子赋《木瓜》。使果为男女赠答之私,则何以谓之行礼?而名卿燕享安所取之?若谓赋《诗》断章,则《孔丛》所引孔子之言,自二《南》至《采菽》,皆实据诗义,与《古序》相符,何独于《木瓜》节取焉?而北宫之赋《淇澳》托意宏深,宣子顾自取歌诗不类之诮邪?至贾谊《新书·礼》篇以《木瓜》为下报上,此则因施报之义而推广之耳,未可为此诗正诂也。"毛西河但指出《木瓜》决非淫诗,一针见血。胡墨庄就从《木瓜》是美齐桓公还是男女相赠答整个问题逐点剖析,鞭辟入里,更有说服力。

姚际恒、崔述都以为此诗是朋友相赠答之辞,驳了《诗序》,也驳了《朱传》。姚氏《诗经通论》说:"《序》谓美齐桓公云云,按此说不合者有四:卫被狄难,本未尝灭,而桓公亦不过为之城楚丘,及赠以车马器服而已,乃以为美桓公之救而封之?一也。以是为卫君作与?卫文乘齐五子之乱而伐其丧,实为背德,则必不作此诗。以为卫人作与?卫人民也,何以力能报齐乎?二也。既曰桓公救而封之,则为再造之恩,乃仅以果实喻其所投之甚微,岂可谓之美桓公乎?三也。卫人始终毫末未报齐,而遽自儗以重宝为报,徒以空言妄自矜诩,又不应若是丧心。

四也。或知其不通，以为诗人追思桓公，以讽卫人之背德。益迂。且诗中皆绸缪和好之音，绝无讽背德意。《集传》反之，谓男女相赠答之辞。然以为朋友相赠答亦奚不可？何必定是男女耶？"他驳了《诗序》并及《朱传》之后，以为此诗是朋友相赠答之辞。崔氏《读风偶识》说："木瓜之施轻，琼琚之报重，犹以为不足报，而但以为永好，其为赠答之诗无疑。而《序》云美齐桓也……卫人欲厚报之而作是诗。夫齐桓存卫，其德厚矣，何以通篇无一语及之，而但言木瓜之投？感人之德者固如是乎？且卫于齐有何报，而乃自以为琼琚也？汉周亚夫之子为父治葬具，买甲楯五百。被廷尉责曰：'君侯欲反耶？'亚夫曰：'臣所买器乃葬器也，何谓反？'吏曰：'君侯纵不反地上，即欲反地下耳。'世之说《诗》者何以异此？盖汉时风气最尚锻炼，无论治经治狱皆然，故曰汉廷锻炼之狱。狱之锻炼，含冤于当日者已不可胜数矣，经之锻炼，后人何为而皆信之？朱子最不信《序》，然于《有狐》亦谓寡妇见鳏夫而欲嫁之，是朱子亦不以锻炼为非矣。古人之冤其遂将终古不白邪？唯于《木瓜》不用《序》说，但疑以为男女赠答之词，尚未敢必其然。投桃报李，《诗》有之矣，木瓜琼琚施于朋友馈遗之事亦未尝不可。非若子嗟子国狡童狂且之属，必荡子与游女而后有此语也，即以寻常赠答视之可也。"崔、姚都以为《木瓜》是寻常朋友相赠答之诗，发展了最初辅广怀疑师说而把其本师初说重提出来讨论的一说。虽然这较《朱传》男女相赠答一说圆通，仍恐未必便是。锻炼治经，岂仅汉儒如此？

最后王先谦据今文三家遗说，以为这诗是臣下报上之义。他在《集疏》里说："贾子《新书·礼》篇引由余云：'苞苴时有，箧篚时至，则群臣附。《诗》曰：投我以木瓜，报之以琼琚。匪报也，永以为好也。上少投之，则下以躯偿矣。弗敢谓报，愿长以为好。古之蓄其下者，其报施如此。'……贾子本经学大师，与荀卿渊源相接，其言可信。当其时惟有《鲁诗》，若旧《序》以为美桓，贾子不能指为臣下报上之义，是其原本古训更无可疑。《传》于末章引孔子曰：'吾于《木瓜》见苞苴之礼行。'足见尼山当日以为诗文明白，古礼可征，即微物亦将君上之意，悠然有会于圣心。其对哀公问政，以体群臣则士之报礼重，为九经之一，即此意也。韩、齐无异义。"按贾子当是引《诗》以就己说之义，未必是此诗之本义。胡墨庄说他"因施报之义而推广之"，这话不错。《韩诗外传》引《诗》就大都是推衍之义。王葵园晚年以胜国遗老自居，借贾子的话强调这诗含有封建社会臣下报上之义，寄托他的《麦秀》、《黍离》的悲哀，自无足怪。

总之，这诗原是民风，出自民间歌手，用不着学者们许多无谓的争论。但看他三章一意，换词而不变意，重章而不变调，就知道这是谣曲的格调。它的内容只表明薄施厚报一种道德的概念，正属于谣谚格言一类。这种抽象的概念只用一般的比喻来表明它，还是用的普遍的形式，就不妨人们用特殊的事例来解释它，这就是引起许多争论的原因，《三百篇》中不乏此例。倘若把它还原为歌谣，大家都懂，就用不着费口舌了。

诗三百解题卷六

王　　毛诗国风

黍　离

彼黍离离！彼稷之苗？行迈靡靡，中心摇摇。知我者，谓我心忧；不知我者，谓我何求。悠悠苍天！此何人哉？

彼黍离离！彼稷之穗？行迈靡靡，中心如醉。知我者，谓我心忧；不知我者，谓我何求。悠悠苍天！此何人哉？

彼黍离离！彼稷之实？行迈靡靡，中心如噎。知我者，谓我心忧；不知我者，谓我何求。悠悠苍天！此何人哉？

【解题】

《黍离》，不像是泛写流浪者的忧愤，当是周大夫于役西周镐京，过故宗庙宫室，尽为禾黍，有所闵伤而作。《诗序》所说当有所本，似不为错。《孔疏》说："《史记·宋世家》云：箕子朝周，过殷故墟，城坏生黍，箕子伤之，乃作《麦秀》之诗以歌之。其诗曰：'麦秀渐渐兮，禾黍油油兮。彼狡童兮，不我好兮。'所谓狡童者，纣也。过殷墟而伤纣，明此亦伤幽王。但不是主刺幽王，故不为《雅》耳。"这话也该不错。王鏊《震泽长语》下说："余读《诗》至《绿衣》、《燕燕》、《硕人》、《黍离》等篇，有言外无穷之感，后世唯唐人诗尚或有此意。如'薛王沉醉寿王醒'，不涉讥刺而讥刺之意溢于言外；'君向潇湘我向秦'，不言怅别而怅别之意溢于言外；'凝碧池头奏管弦'，不言亡国而亡国之痛溢于言外；'溪水悠悠春自来'，不言怀友而怀友之意溢于言外；'潮打空城寂寞回'，不言兴亡而兴亡之感溢于言外；得《风》人之旨矣。"这位有名的明代八股文家指出了《国风》诗人往往于其诗中含有言外之意玩味不尽，《黍离》一诗便是如此。

何谓黍稷？毛、郑不传不笺，谁都知道这是谷物。至今我国北方还在照样种植，不应该有何争论。想是因为古今语变，同实异名；南北地殊，南方学者少见北方谷物；这就引起了争论。乾嘉间学者争论最烈。在此稍前，张尔岐《蒿庵闲话》已经指出了宋儒《朱传》、《严缉》说黍稷之误。接着程瑶田《九谷考》以为"黍，今之黄米。稷，今之高粱"。其后刘宝楠《释谷》还是以为"稷，今之高粱"。王念孙《广雅疏证》也说："今高粱，古之稷也。"段玉裁《说文解字注》说同程、王。他说："穄与稷双声，故俗误认为稷，其误自唐之苏恭始。"并说："程氏《九谷考》至为精析，学者必读此而后能正名。其言汉人皆冒梁为稷，而稷为秫秫，鄙人能通其语者，士大夫不能举其字。真可谓拨云雾而睹青天矣。"另一方面，邵晋涵《尔雅正义》就说："今北方呼稷为谷子，其米为小米，是犹古人以稷为粟也。"郝懿行《尔雅义疏》也说："黍为大黄米；稷为谷子，其米为小米。"孙星衍《岱南阁集·稷考》也说："稷者，今呼小米。"看来，黍就是俗称黍子、粟子，或黄米子，说颇一致。稷是俗称穄子、谷子、小米，还是高粱、秫秫？这就是当时争论的中心。焦循《雕菰集·读书三十二赞》于《通艺录》一书说："首种之稷，定为高粱。九谷既辨，众草亦详。"他和段玉裁一样，盛称程瑶田认定稷为高粱一说。尽管他们也都知道"稷，粟大名"，"稷又包举高粱"。却不知道稷并非等于高粱。吴其濬《植物名实图考》说："近世《九谷考》、《广雅疏证》皆以高粱为稷，比音栉字，创博无前，已录入《长编》，以广异闻。但闳儒博辨之学，与习俗相沿之语，不妨并存。穄音近稷，农家久不知稷，但知有穄，高粱则不闻呼稷也。"又附《蜀黍即稷辨》。他明知道稷当是穄，并非高粱，却不敢显驳朴学大师之误，只用曲笔微词转弯抹角地来说。自从程、段、王、焦诸家先后提出了以稷为高粱一说，近二百年来，几成定论。马瑞辰《传笺通释》、胡承珙《后笺》、陈奂《传疏》、王先谦

《集疏》莫不沿用这一说，并见采用于目前通行的《辞源》。

近代农学家或以为高粱不是我国原产，盖从东南亚引入。根据最近考古所提得，西安半坡新石器时代遗址掘到一个彩绘陶罐盛着粟米，又洛阳汉墓掘得一个彩绘陶壶中有谷物稻粟高粱等。由此确证粟是中国原产；又汉代久已有了高粱，虽然未必可证先秦古书说的稷和粱就是高粱。而俄国高粱则系从我国引入，故俄语高粱一词至今沿用汉语译音。

首先试以现代植物学、农学上的知识来考定黍稷学名的，我只知道有夏成吉，他作《五谷考》，以郝懿行一说为是（《中华农学会丛刊二集》）。我想张尔岐、郝懿行、吴其濬三家，均生长北方鲁豫地区，常食黍稷，习见实物，尽管品种很多，俗名不同，他们说来总不会太错。我们要读通《黍离》一诗，于前人已有的训诂考证以外，就不得不参考胡先骕校、童士恺著《毛诗植物考》、陆文郁《诗草木今释》、胡先骕《经济植物学》诸家先后所作关于黍稷的科学上的说明了。学者不辨菽麦传为笑柄，不辨黍稷难道不也是笑话么？今后研究《诗经》这门学问，任谁怎样精通训诂考据，博极群书，倘若没有现代科学上的一般常识（包括社会科学、自然科学），尤其是关于草木鸟兽虫鱼这方面的常识，决不会做到完全正确而精通的。生也有涯，而知也无涯。看来我今生没有希望了。

这诗主题今文三家遗说和古文《毛诗》不同，便有争论。曹植《令鸟恶禽论》说："昔尹吉甫信后妻之谗，而杀孝子伯奇，其弟伯封求而不得，作《黍离》之诗。"（《御览》九百九十三《羽族部》引）当是用《韩诗》说。胡承珙说："尹吉甫在宣王时，尚是西周，不应其诗列于东都。"他怀疑这一说。王先谦说："愚按，吉甫放逐，伯奇出亡，自是西周之事。年岁无考，存殁不知，盖有传其亡在王城者。及平王东迁，伯封过之，求兄不得，揣其已殁，忧而作诗，情事分明，此不足以难韩说也。"他坚持《韩诗》说。刘向《新序·节士》篇说："（卫宣公子）寿闵其兄之且见害，作忧思之诗，《黍离》之诗是也。"当是用《鲁诗》说。胡承珙说："《左传》,卫寿窃旌先往,是死在伋先,安得有闵兄见害之事?且使《黍离》果为寿作,当列之《卫风》,何为冠于《王风》之首?其不足据,明矣。"他又怀疑这一说。魏源《诗古微·诗序集义》见上。他在同书《王风通论》中说:"盖伯封乃卫寿之字。宣姜凤不子伋,直欲以寿为嫡子,故字之伯封,以示无兄。若吉甫西周贤卿,非同卫宣昏悖,安得伯奇未潛以前遽以伯字其弟哉?"他坚持《鲁诗》说,而驳了《韩诗》说。他并替卫寿加了表德的字为伯封来牵就己说。又凭己意把《黍离》移到《邶风》之末,即《二子乘舟》一篇之后。这就恐怕不可靠了。

这诗毛、韩、鲁三说,哪一说对呢?毛、韩两说都似可通,我却倾向于《毛诗》一说。从诗的内容看,依《韩诗》遗说,这诗只是伯封对于他自己一家父母兄弟之间是非恩怨之作。依《毛序》,这是周大夫闵宗周之作。这是一个有心人对于王朝的盛衰兴亡有感而作,当然他也在悲歌自己的命运。诗人的忧心摇摇,如醉,如噎,不能见谅于人主,无可奈何而诉之于渺渺茫茫的苍天!这在诗里所表达的思想的高度和情感的深度,可以和闵宗周的主题相称;可是和伯封只求亡兄,只局限于对一家一人的思想情感,就不见得适合了。

郭沫若《中国古代社会研究》里说到这诗,丰富了《毛序》的意义。他说:"这是有名的故宫禾黍之悲,事实上怕就是悲自己(旧家贵族)的破产。"又说:"《王风》的《黍离》是周室遭了犬戎的蹂躏,平王东迁以后的丰镐的情形。相传周室东迁以后,所有旧时的宗庙宫室尽为禾黍。周的旧臣行役过旧都,便不禁中心悲怆,连连地呼天不止。这样的三章诗,的确是很有缠绵悱恻的情绪。在诗人看来是不胜零落之悲的现象,在我们看来又是怎样呢?我们不要受感伤主义的愚弄。我们要晓得,虽然是旧日的王宫,到现在也不免变成田地。这是什么意思呢?这是周人的不思旧恩吗?这是周室的威令不行吗?这是通常一般的荣枯衰落吗?太肤浅了。我们要晓得,这正是当时的农业已经发展到差不多是地无寸隙了!尽管诗人在叫苦连天,然而老百姓的禾黍还是要成长。"他把当时诗人主观情绪和客观现实联系一起来说,这诗就有了新的意义。这是在他研究古代社会的发展有了把握以后才得这样说的。我认为这是从来说《黍离》一诗的最似合于诗又合于史的一说。他并不完全抹杀闵宗周一说,却从诗中看出了当时农业的发展,创见可喜。宋儒程子太强调闵宗周一说,竟把彼稷之苗说成彼后稷之苗。和他同时代的学者或以为这"较先儒平易明白",视为创见(邵博《河南邵氏闻见后录》五)。其实,只是腐话。

《黍离》周大夫闵宗周,故得列为《王风》之首。何谓《王风》?《郑笺》说:"宗周,镐京也,谓之西周。周,王城也,谓之东周。幽王之乱而宗周灭。平王东迁,政遂微弱,下列于诸侯,其诗不能复《雅》,而同于《国风》焉。"又《郑谱》说:"平王以乱故,徙居东都王城,于是王室之尊与诸侯无异。其诗不能复《雅》,故贬之,谓之王国之变《风》。"又《郑志》说:"张逸问:平王微弱,其诗不能复《雅》。厉王流于彘,幽王灭于戏,在《雅》何?答曰:幽、厉无道,酷虐于民,以强暴至于流灭。岂如平王微弱,政在诸侯,威令不加于百姓乎?"这是说,称为《王风》,以《风》贬周。《孔疏》说:"服虔云:尊之犹称王,犹《春秋》之王人称王而列于诸侯之上。在《风》则卑矣已。以此列国当言周,而言王则尊之。故题《王》以当国,而《叙》以实应,故每言闵周也。"这是说,称为《王风》,以王尊周。陆奎勋《陆堂诗学》说:"《春秋》,鲁国之史,于元年春必书王正月,犹可目为尊王。《黍离》十章采自王畿,将不称王而奚称?或曰:周可称也。予谓王亦以地而言。自平王历景王,都王城者十二世。敬王避子朝乱,乃徙都成周,义不得舍王而称周。且称周则与周南混矣。故谓以《风》贬周者非也,谓以王尊周者亦非也。"这是说,称为《王风》,王以地言,王指王城。王城在何处?顾栋高《毛诗类释》说:"今河南府洛阳县城内西偏即周王城故址。《洛诰》所谓涧水东,瀍水西,周公所营洛邑,为朝会之地。成周在今洛阳县城东二十里,周公处殷顽民之地,在瀍水之东,亦曰下都,与王城相去十八里。平王东迁居王城,至景王凡十二世。敬王畏子朝余党,徙都成周,以其狭小,请诸侯城之,而王城废。至赧王,复居之。"陈奂《传疏》说:"王,王城也。《汉书·地理志》云:河南郡雒阳,周公迁殷民,是为成周。河南故郏鄏地,周武王迁九鼎,周公致太平,营以为都,是为王城,至平王居之。又云:雒邑与宗周通封畿,东西长而南北短,短长相覆为千里。案雒邑,即王城也。镐京至王城千里而近,所谓东西长也。周西东都本通畿。王城居瀍水之西,涧水之东。而成周又在瀍水之东,为东都下邑。召公相雒邑,周公兼营成周。幽王既灭宗周,而平王遂徙都于此。不复及天下之事,故谓之曰王国之风焉。"以上所引诸家之说,都在说明何谓《王风》一个问题。其中只王以地言一说比较为通。上举陆、陈两家以外,早在顾炎武《日知录》、顾镇《虞东学诗》以及胡承珙、王先谦,他们不是主张就是赞同这一说。

追溯反对郑说《王风》降为《国风》而主张王以地言一说的来源,我们不能不想到宋儒郑樵、朱熹。《朱子语类》说:"问:《王风》是他风如此,不是降为《国风》? 曰:其辞语可见。《风》多出于在下之人,《雅》乃士大夫所作。《雅》虽有刺,而其辞庄重与《风》异。"朱子这段话意思有不够明确处,他反对《王风》降为《国风》一说却是显然的。他说辞语可见,是指《王风》同出于民俗歌谣之言吗? 这话虽是而不完全是。《黍离》当为周大夫所作,《君子于役·序》也说大夫思其危难以风,似不得说尽出于民俗歌谣。说《风》、《雅》作者有别,故其辞气不同吗? 但看十五《国风》中二《南》、《豳风》,大半是有关西周王朝盛时之诗,当为士大夫所作,不见得都出于在下之人。不知道他这一说是否受到了郑樵的影响。郑樵说:"《七月》者西周之风,《黍离》者东周之风。""言《王·黍离》者,亦犹言《卫·淇奥》、《豳·七月》也。王城,即东周也。《豳国》七篇,关中人风土之歌也。《王国》十篇,洛人风土之歌也。……以《黍离》为降《国风》,何理哉?"(《诗辨妄》、周孚《非诗辨妄》)倘若朱子也联系到《王风》所产生的地域及其时代来说,就该说得更圆满了。

君 子 于 役

君子于役，不知其期；曷至哉？鸡栖于埘；日之夕矣，羊牛下来。君子于役，如之何勿思？

君子于役，不日不月；曷其有佸？鸡栖于桀；日之夕矣，羊牛下括。君子于役，苟无饥渴！

【解题】

《君子于役》，当是君子久役未归，其室家思念之而作。《辨说》、《集义》都算说得是。王先谦《集疏》说："案据诗文，'鸡栖日夕，牛羊下来'，乃室家相思之情，无僚友讽托之谊。所称君子，妻谓其夫，《序》说误也。"又说："班彪《北征赋》：'日晻晻其将暮兮，睹牛羊之下来。寤怨旷之伤情兮，哀诗人之叹时。'班氏世习《齐诗》，赋云怨旷伤情，知齐义以此诗君子为室家之词。"这诗主题便当如此作解。方玉润《诗经原始》说："《小序》谓刺平王，伪《〔诗〕说》以为戍申者之妻作，皆凿也。诗到真极，羌无故实，亦自可传。使三百诗人篇篇皆怀讽刺，则于忠厚之旨何在？于陶情淑性之意又何存？此诗言情写景，可谓真实朴至。……又况夫妇远离，怀思不已，用情而得其正，即诗之所〔以〕为教，又何必定求其人以实之，而后谓有关系作哉？"他说诗的情景真实一点，自是不错。诗用寻常语言，写真实情景，即景即情，物我为一，确给人一种情景鲜明、亲切动人的美感。王照圆《诗说》道："'鸡栖于埘，日之夕矣，羊牛下来。'写乡村晚景，睹物怀人如画。"正道着了这诗的妙处。

依上所论，可知这篇《诗序》和诗旨不切合。《诗序》还须研究。陈启源《稽古编》说："《叙》以《君子于役》为僚友相思之作，朱子非之，改为室家念其君子。夫大夫行役不归，室家固当系念，岂僚友之情独应置之膜外耶？至于行役过多，自是王者之失，何必以无考为讥？周之盛也，有《四牡》、《皇华》之诗以劳使臣。今王者不念，而僚友念之，其得失俱可知矣。又谓《君子阳阳》亦前篇妇人作，傅会至此，殆以经学为儿戏!"胡承珙《后笺》说:"《吕记》曰:考经文不见思其危难以风之意。承珙案范氏《诗补传》云:行役之人所忧者死亡耳。饥渴则致疾病,疾病则致死亡。所谓危难,即疾病死亡也。卒章祝其苟无饥渴,盖思其危难所由致而风谕之,使无饥渴以生患也。此阐发《序》义甚明。范氏在南宋初,必其时已有疑《序》之言者,故为此说。盖不始于《读诗记》矣。"他们为《诗序》辩护,并不见得确切。本来这一《诗序》文义不甚明确,他们的阐发也是徒劳。我想,《诗序》作者往往推本诗人言外之意,殆以为这诗大夫托为室家思念行役者的危难以讽刺平王不恤征役。并不见得是如范逸斋说的,大夫风谕行役之人,"使无饥渴以生患";或如陈长发说的,"《叙》以《君子于役》为寮友相思之作"。这须细玩《诗序》的上下文义才知。比如上言刺,下言风,正相呼应。然则诗所风刺者正止王一人。这样说来,《诗序》还像可通。倘若说大夫出征没有期限,同僚朋友想到他的危难而作诗劝告他,这项什么用?他何时归来,会遭何种危难,都不是他自己知道而可以自己作主的。这诗确是表达了室家思念之情,如出妇人口吻,却不像是"寮友相思之作"。与其说这诗是大夫所作,毋宁说这诗出自民间歌手。

再说,诗说君子于役,《诗序》说大夫思其危难以风。大夫、君子,未必是寮友。这君子是指大夫还是指平民?《朱传》说君子是"妇人目其夫之辞",可以不算错;究竟她的丈夫是大夫还是平民,依然有问题。朱子于《辨说》以为国人行役,于《集传》以为大夫行役,未免自相矛盾。胡承珙说:"岂欲扭合下篇《君子阳阳》与此为一人所作,故俱以为大夫妻欤?然果何所据而知之?"这一诘难,无可回答。王质《诗总闻》说:"当是在郊之民,以役适远,而其妻于日暮之时,约鸡归栖,呼牛羊来下,故兴怀也。大率此时最难为别怀,妇人尤甚。"这是以为君子指郊野之民。我以为郊野之民而家有牛羊,在当时奴隶制还大有遗留,他至少当属于自由农民,甚至是小有土地者,尽管公田大量存在,私田是有了的。诗称君子,未必是一般的妇目其夫之词;君子大人"也是指一般的贵族,是服侍王公,也从事于战役的"。日本佐野袈裟美《中国历史教程》里说的大致不错。至于他说:"关于当时自由农民及农奴型的农民究竟存在与否的问题,还不能得到确实的证据,所以不能下怎样的断定。"似乎他不曾全面地细读《诗经》,所以只得慎重地着此疑词了。

刘玉汝《诗缵绪》说:"按此诗所谓君子,未见其为大夫。大夫固有行役,庶人亦有行役。君行师从,卿行旅从,士庶人岂无行役者乎?当以《伯兮》例释之。伐冰之家,不畜牛羊。诗言牛羊,犹可以为所见不必所畜。然以下篇(《君子阳阳》)安于贫贱观之,则此所谓君子似不必为大夫。又况士庶人之家人能是,尤足以见王国之风。"这也是以为君子指平民,非指大夫。他以《伯兮》一诗为例,却不知道那正是指的大夫士一阶层。《诗序》说大夫思其危难以风,按它的上文,应该是说大夫托为妇人思念其夫久役危难,以风刺平王不恤征役之意。只因说的不明确,故被误解,遭诋诃。《诗序》屡有此病,除《辨说》所举诸例以外,我又偶拈此例。

君 子 阳 阳

君子阳阳,左执簧,右招我由房。其乐只且!
君子陶陶,左执翿,右招我由敖。其乐只且!

【解题】

《君子阳阳》,当是乐官遭乱,相招以卑官为隐,全身远害之作。可和《邶风·简兮》一诗同读。《诗序》所说殆和诗旨相和。今文"三家无异义"。

这位乐官执簧、执翿,自是一个乐舞的指挥者,和《简兮》伶官相似,并不是瞽矇盲乐工,或侏儒小丑。可是他虽服务王朝,他的职务还是卑微,执翿而舞,像是《周礼》说的旄舞,他可能是《周礼》说的旄人。"旄人掌教舞散乐,舞夷乐,凡四方之以舞仕者属焉。凡祭祀宾客舞其燕乐。"诗说"右招我由房"、"右招我由敖",如果所谓房真是所谓房中之乐,所谓敖真是燕游之舞,那么,他也可能是《周礼》说的磬师钟师。"磬师教缦乐燕乐之钟磬。"郑注云:"玄谓缦读为缦锦之缦,谓杂声之和乐者也。……燕乐,所谓房中之乐,阴声也。二乐皆教其钟磬。""钟师掌金奏,凡乐事,以钟鼓奏《九夏》。"其九是《骜夏》。注云:"公出入奏《骜夏》。"王夫之《稗疏》、俞樾《群经平议》都释"右招我由敖"之"敖"为《骜夏》,不能说他们毫无根据。凡所谓旄人、磬师、钟师以及笙师、籥师、大胥、小胥之流,论其地位不过中士下士,都属低贱的乐官,下等的奴才,当然不能和《尚书》里说的舜命夔典乐教胄子,《周礼》里说的大司乐教国子那样的大乐官相比。这就是这位可称为君子的乐官,他的同僚为他抱不平,才为他作出这样的诗篇来了罢。这是在用人不论才能但论等级的前封建社会里必然有的一种现象。何况时值昏君乱世,所谓贤者只得做个小官,混碗饭吃,采取了合作而不合作、不抵抗而抵抗的两手。《简兮》、《君子阳阳》两诗里的乐官就是如此。至于鲁哀公时候的乐官和乐工又另用一种不合作的一手。全身远害的目的同,而用来达到目的的手段不同。《论语·微子》篇说:"大师挚适齐,亚饭干适楚,三饭缭适蔡,四饭缺适秦。鼓方叔入于河,播鼗武入于汉,少师阳、击磬襄入于海。"这些乐官和乐工眼见礼崩乐坏,国事不可为,好在有路可走,就拆台逃散,或逃到他国,或逃入河汉,或逃入海岛上去了。我们联系到这一史实来读《三百篇》中关于乐官的这两篇诗,就知道那一时代确有这类乐官,不足为奇。文化奴隶是最难对付的奴隶,知识专而狭的乐官就已经难于对付如此。

《诗序》说闵周,诗里看不出,这又是《诗序》作者用了推本诗人言外之意的老手法。这诗和《中谷有蓷》、《兔爰》两诗都说闵周,那两篇都有忧悯之词,这诗偏只说乐,怎见得是闵周呢?从《序》者对于闵周一点不得不找话来说。《程子遗书》里说:"阳阳,自得。陶陶,自乐之状。皆不任忧责,全身自乐而已。"这不足以说明闵周,倒像对于衰周有隔岸观火的态度。苏辙《诗传》说:"君子以贱为乐,则其贵者不可居也。虽有贵位而君子不居,则周不可辅矣。此所以为闵周也。"为何闵周？苏子由解答得很巧妙。朱熹初说也从《序》,见于《吕记》、《严缉》。他说:"君子当衰乱,知道之不行,为贫而仕,亦免死而已。所以辞尊居卑,辞富居贫,岂恶富贵而不居哉？诚以官尊而禄厚,则责重而忧深,非吾力之所能堪也。是以相招为禄仕,虽役于伶官之贱,而阳阳自得若诚有乐乎此者,其所以全身远害之计深矣。虽非圣贤出处之正,然比于不自量其力之不足,而昧于荣利以没身者,岂不贤哉？"朱熹后说攻《序》,他的《辨说》见上。他在《集传》里说:"此诗疑亦前篇妇人所作。盖其夫既归,不以行役为劳,而安于贫贱以自乐,其家人又识其意而深叹美之。皆可谓贤矣。……或曰:《序》说亦通。宜更详之。"当时他的门人辅广见到师说也不能无疑。辅广说:"先生谓此诗疑亦前篇妇人所作者,盖篇首皆以君子为言,而又相联属,此固不害于义,然安知其非偶然而然也？故又取或者之说,以为《序》说亦通,宜更详之。盖欲仍旧也。"朱子为什么疑此篇亦前篇妇人所作？为什么又引或说？倘不是辅广亲炙朱子,谁能知道？辅广又说:"此《序》得之。盖古之乐官实掌教事,如舜命夔典乐教胄子、《周官》大司乐掌教国子可见。故贤者多隐于乐工,如《简兮》诗之类。至春秋时,如鲁大师挚诸人犹知逾河蹈海以去乱,不贤者能如是乎？使贤者隐于乐工而以全身远害为乐,则时可知矣。"(俱据《传说汇纂》引)他这就避开了他的师说,而点明了《诗序》闵周的意思。后来学者驳斥这诗《朱传》有很尖锐而可笑的,如《许氏名物钞》说:"以大夫招其妻入于舞位,亦或有微碍否？"《毛诗明辨录》说:"古者士大夫家有乐不自考击。幼习《象》、《勺》,成人之后亦不闻无故自舞。今君子行役初归,即谓有室家之乐,何以执簧、执翿,声容并肆？"陈启源《稽古编》论这诗,不驳《朱传》,但阐明《诗序》闵周一说。他说:"《君子阳阳》、《中谷有蓷》、《兔爰》三《诗叙》,皆云闵周。今观其词,所云仳离、啜泣、百罹、百忧,其为可闵可疑。至相招禄仕,阳阳自得,似难与彼二诗同论而概以为闵周。叙《诗》者其知本乎？善人隐居下位,则当国者皆小人,内之徒足以病民,外之必至于召寇,政荒民散,纳侮兴戎,皆由此作。见几之士作诗以纪之,词虽乐,情实悲矣。《叙》云闵周,旨哉!"我们虽不相信郑樵骂《诗序》村野妄人所作,却也不相信《诗序》作者竟像苏辙、陈启源说的这么高明。不过我看这几篇《诗序》闵周之说还像可通罢了。

扬 之 水

扬之水,不流束薪?彼其之子,不与我戍申?怀哉怀哉!曷月予还归哉?

扬之水,不流束楚?彼其之子,不与我戍甫?怀哉怀哉!曷月予还归哉?

扬之水,不流束蒲?彼其之子,不与我戍许?怀哉怀哉!曷月予还归哉?

【解题】

《扬之水》,是周平王时代遣戍申、甫、许三国的将士久役思归所作。诗凡三章,诗人连说他戍申、戍甫、戍许。大概他曾在这三个国里展转换防,可见其服役已久,思归也很自然。故《诗序》说:"周人怨思。"《郑笺》说:"怨平王恩泽不行于民,而久令屯戍不得归,思乡里之处者。言周人者,时诸侯亦有使人戍焉。平王母家申国在陈、郑之南,迫近强楚,王室微弱而数见侵伐,王是以戍之。"平王为什么戍申?周人将士为什么思归?此诗为何而作?都很简单地说到了。《诗序》所说,和诗旨、史实大都相符合。今文"三家无异义",宋儒也无异说,因为诗文自明。

诗里称我,自是诗人自我。所谓"彼其之子",指的是谁?彼我之间关系怎样?这在了解我所以想念彼一点上是必得解决的问题。黄震《日抄》说:"古注云:是子独处乡里,不与我来守申,是思之言也。《疏》云:政教颇僻,彼子在家,不与我戍申,是怨不均平也。至欧阳、程、苏,则以为国人怨诸侯不戍申,言周人不当远戍也。《吕记》、《严缉》皆从之。晦庵《传》独从古注,云:彼其之子,戍人指室家而言。夫室家岂有同戍之理?而诗人云尔者,思之情然也。"所谓古注,乃指《郑笺》。他举《郑笺》和《朱传》为一说,《孔疏》为一说,欧阳、程、苏为一说,而以《朱传》"彼其之子,戍人指其室家而言"合于《郑笺》为是。这就闹出了笑话。按《郑笺》"思乡里之处者",当如胡承珙所说"此第谓行者思居者而言",即如王先谦《集疏》所说"思其乡里习狎之人"。他们都是说的戍者平昔故乡之朋侣。岂是说他的"独居乡里"的室家?蒋悌《五经蠡测》说:"《集传》以'之子'指戍者之室家,以《国风》事类考之,'彼其之子'凡五,未有目其室家者。况征戍之人,初无携室同行之理。"黄震误读《郑笺》,而强为《朱传》辩护,难怪胡承珙诘问他:"既云室家无同戍之理,而又以为是思之情,天下理外之情尚得为情之正哉?"好,就让这两位讲道学的先生扭成一团,纠纷下去罢。陈奂《传疏》以为"彼其之子"是"斥平王",远不足以解纷。所以王先谦说:"或以是子为斥平王,悖于理矣!"今按,"彼其之子"当是指不与我同戍之人,他们偏能逃避了兵役。"扬之水,不流束薪",也是象征不与我同戍之人。要这样说,这诗才说得通。

现在让我们略为查考一下和这诗有关的史实。《史记·周本纪》说:"幽王嬖爱褒姒,褒姒生子伯服,幽王欲废太子。太子母,申侯女,而为后。后幽王得褒姒,爱之,欲废申后,并去太子宜臼,以褒姒为后,以伯服为太子。""申侯怒,与缯、西夷犬戎攻幽王。幽王举烽火征兵,兵莫至。遂杀幽王骊山下,虏褒姒,尽取周赂而去。于是诸侯乃即申侯而共立故幽王太子宜臼,是为平王,以奉周祀。平王立,东迁于雒邑,辟戎寇。"王先谦说:"申,姜姓,幽王太子宜咎之舅也。王黜申后,太子奔申。王伐申,申召戎伐周,杀幽王。见《郑语》韦注。太子立,为平王。申虽平王母党,实不共戴天之仇。其后邻国侵伐,而又戍之。"他根据《国语》、《史记》又作了很简括的历史说明。周平王和申侯是什么关系?平王为什么东迁?又为什么戍申?古史所记梗概如此。诗说戍甫、戍许,也当都是为了戍申。史有阙文,诗可补史。总之,平王东迁洛邑,远避西戎;同时戍申御楚,保卫南国。东周初年真是多事之秋了。

最后我们要略为论到关于平王戍申的是非得失诸问题。问题在于那时平王有没有长期大量遣兵屯戍这三国的必要,及其对于国家、对于人民利害得失怎样。这些问题弄清楚,就好进一步了解到这诗的深刻的意义。前人对于这些问题说的纷歧,至今难有定论。这里只能略举清代几家之说为例。

崔述《读风偶识》说:"余按申与甫、许皆楚北出之冲,而申倚山据险尤为要地。楚不得申则不能以凭陵中原,侵扰畿甸。是以城濮还师,楚子入居于申;鄢陵救郑,子反帅师过申。申之于楚,犹函谷之于秦也。宣王之世,荆楚渐强,故封申伯于申以塞其冲。平王之世,楚益强而申渐弱,不能自固,故发王师以戍之耳,非以申为舅故而私之也。不然,戍申足矣,又戍甫戍许何为者?……朱子《诗集传》云:申侯与弑幽王,法所必诛。平王知有母而不知有父,知其立己为德,而不知其弑父为可怨。至使复仇讨贼之师,反为报施酬恩之举。……余按申侯与弑幽王,其事本之《史记》,而《史记》采之《国语》史苏、史伯之言,然经传固无此事也。《诗》、《书》或多缺略,《左传》往往及东迁时事而不言此,乃至《周语》专记周事而亦无之。此非常之大变,周辙之所由东,何以经传皆无一言及之?而但旁见于晋、郑之语,史伯逆料之言,史苏追述之事,乌在其可信为实也?且所载二人之言,荒谬者亦多矣。伊尹圣人也,而以为与妹喜比而亡夏;胶鬲贤人也,而以为与妲己比而亡殷;诬矣。褒君也而化龙,龙漦也而化鼋,童妾也而生女,而孕至数十年,又妄矣。如谓申侯之事必实,二子之言可信,将伊尹、胶鬲亦果与妹喜、妲己比者乎?以此为平王罪,吾恐古人之受诬也。细玩诗词,但为伤王室之微弱,初无刺王之意。故以扬水喻王室,以束薪之不流喻诸侯之不肯敌王所忾。盖因荆楚日强,渐有蚕食中原、窥伺畿甸之势,故戍三国以遏其锋。以为私其母家固已失之,因序此言,遂谓之为忘仇报施则更冤矣。观其后数十年,楚人卒县申、吕,通道中原,陈、许、宋、郑咸被其害，赖有齐桓一匡，始得少安。及齐桓亡，许遂改而事楚。由是楚人遂观兵于周郊而问鼎焉。然则此三国者，正如汉之虎牢，唐之维州，如之何其可不戍？安得不详考其时势与其地势而遽以为平王罪也？"这是根据史实和当日时势地势来说，平王戍申并非私于母家，忘其父仇，还不失其为一种有见地的话。

王闿运《补笺》说："怨戍未为知义。不戍则以委楚矣，周人亦无利也。此《传》（按《传》谓《毛传》，此实指《诗序》）失之。"不知道他是否受了顾栋高和崔述两说的影响。顾广誉《学诗详说》道："《序》不曰远屯戍于申国，而曰远屯戍于母家，此微指也。盖以著其私，而有母无父之意亦足以该之。程子谓诸侯有患，天子命保卫之，亦宜也。平王独私其母家耳，非有王者保天下之心，人怨，宜也。允矣。《集传》谓申侯与犬戎攻宗周而弑幽王，则申侯者王法必诛不赦之贼，而平王与其臣庶不共戴天之仇也。今平王知有母而不知有父，知其立己为有德，而不知其弑父为可怨。至使复仇讨贼之师，反为报施酬恩之举，则其忘亲逆理而得罪于天已甚矣。尤足发明诗辞所未及。顾氏栋高《春秋大事表》曰：申为南阳，天下之膂。至楚灭申，遂北向以抗衡中夏。平王东迁，即切切焉戍申与甫、许。申侯可仇，申之地自不可弃，戍申自不容已。但不当使畿内之民戍耳。顾氏《学诗》深然其说。案申地之为中国要害固是，但平王自以母家而戍之，非果有见于天下之大计也。设逼楚被伐者非其母家，平王未必肯遣戍矣。不然，岐西数百里祖宗根本之地，且不难尽捐以予秦，奚爱于申哉？窃谓平王之罪无可宽也。"这里王闿运、顾广誉两说相反，却都不是为远戍劳苦的人民说话。王氏不责平王而责诗人，而责《诗序》作者，还算他认识到国尔忘家、公尔忘私的道理。顾氏只是发展《朱传》一说的腐儒苛论，不值一驳，前人驳斥《朱传》的已经够多了。

中谷有蓷

中谷有蓷,暵其干矣。有女仳离,嘅其叹矣。嘅其叹矣?遇人之艰难矣!

中谷有蓷,暵其脩矣。有女仳离,条其啸矣。条其啸矣?遇人之不淑矣!

中谷有蓷,暵其湿矣。有女仳离,啜其泣矣。啜其泣矣?何嗟及矣!

【解题】

《中谷有蓷》,是写凶年饥馑、夫妇仳离之诗。《诗序》所说和诗旨合。今文"三家无异义",宋儒也无异说。姚际恒《诗经通论》说:"仳离,仳字未详,合来恐只是流离失所之义。《毛传》训为别。按别离,以后人语,未可以仳之音近别而遂为别也。孔氏曰:以仳与离共文,故知当为别义。如此说,其无确义可知。因以仳离为别离,故以为夫弃其妻,其实不然。愚意此或闵嫠妇之诗,犹杜诗所谓'无食无儿一妇人'也。先言艰难,夫贫也。再言不淑,夫死也。《礼》(《杂记》),问死曰'如何不淑'。末更无可言,故变文曰:'何嗟及矣。'干、脩、湿(湿当读曝)由浅及深,叹、啸、泣亦然。"这可备一说而未必是。崔述《读风偶识》也说"仳离,犹云流离","自镐迁洛者所作","亦不必定在凶年饥岁时也"。姑存其说,以备后来学者论定。

这诗说妇人事,不必是妇人自述。《朱传》说:"妇人览物起兴,而自述其悲叹之词也。"诗说有女仳离,明是旁观者的口吻,怎见得是自述?姜炳璋《诗序广义》说:"诗人所见只一女,而叹、而啸、而泣,以渐而深。曰有女,曰慨叹,知非此妇自作。"其实自作、他作,无须争论。依诗用第三者口吻,不能说是自作;可是诗人自作而托于他人,这也是可能有的事。总之,这诗必是妇人作,却不必是自述,当是采自民间歌谣。在当时社会里恐怕只有妇女才深知妇人的痛苦,才给予以深厚的同情。尽管是被奴役的男子，还是有权压迫同样被奴役的妇女。在此双重压迫之下，妇女们的生活境地是够悲惨的。这诗就是这类生活的一种记录，可和《谷风》、《氓》篇同读。

这诗说蓷因暵而干、而脩、而湿，暗示此女因仳离而叹、而啸、而泣，同是愈逼愈紧，确有比兴之义，即确有象征的意味。问题在于对暵湿等字的怎样训诂，蓷是伤于水还是伤于旱。《毛传》说："兴也。蓷，鵻也。暵，烟貌。陆草生于谷中，伤于水。"《郑笺》说："兴者，喻人居平安之世，犹鵻之生于陆，自然也。遇衰乱凶年，犹鵻之生谷中，得水则病将死。"他们说蓷是兴义，对的；说蓷伤于水则病将死，不对。这是因为他们误解暵为烟貌，又把末章湿字如字作解。《朱传》说"妇人览物起兴"，申《毛传》兴义，对的。他说"暵，燥"，"暵湿者，旱甚则草之生于湿者亦不免也"。他也把湿字如字作解，依《孔疏》训暵为燥。但是他以为蓷伤于旱，不用毛、郑伤于水之说，这就在无形中向读者提出了一个问题：究竟蓷是伤于旱还是伤于水呢？直到高邮王氏父子，此诗暵、湿二字的训诂大明，才肯定蓷不是伤于水，而是伤于旱。这诗就从此可以完全读通了。

王引之《经义述闻》说："谨案暵或作熯。《说文》曰：暵，干也。引《说卦传》：燥万物者莫暵乎火。熯，干貌。则暵为状干之辞，非状湿之辞，可云暵其干，不可云暵其湿也。而云暵其湿矣者，此湿与水湿之湿异义，湿亦且干也。《广雅》有曝字，云：曝也。《众经音义》引《通俗文》曰：欲燥曰曝。《玉篇》：曝，丘立切，欲干也。古字假借，但以湿为之耳（原注：草干谓之脩，亦谓之湿，犹肉干谓之脩，亦谓之膴。《释名》曰：脯，搏也，干燥相搏着也。又曰：脩，脩缩也，干燥而缩也。《玉篇》：膴，丘及切，朐脯也）。二章之脩，三章之湿，与一章之干同意。故其状之也皆曰暵，暵者干之貌也。岁旱则草枯，鵻之干乃伤于旱，非伤于水也。诗言中谷，不必皆有水之地。《葛覃》之诗曰'葛之覃兮，施于中谷'，固非蔓延于水中也。毛云'陆草生于谷中，伤于水'，乃不得其解而为之辞。（《说文》：灘，水濡而干也。引《诗》曰：灘其干矣。误与

《传》同。)段氏《说文》'烟'字注谓蔽即蔫字之假借。蔫,烟也。盖曲徇《毛传》之说。遍考书传,无以蔽为蔫者。且经云蔽其干,不云蔽其烟也。段说非是。"马瑞辰《通释》也正如此作解。

这诗今文"三家无异义"。王先谦以为三家蔽作鹳,还是认定萑伤于水,和古文《毛诗》误同。他在《集疏》里说:"《传》:蔽,烟貌。陆草生于谷中,伤于水。《说文》:烟,郁也。详诗义,此不当作烟郁意。《说文》:蔽,干也。耕暴田曰蔽。亦与此文不合。三家作鹳者,《说文》:鹳,水濡而干也。从水,鹳声。《诗》曰:鹳其干矣。文与毛异,盖出三家,较作蔽义合。王氏《诗总闻》云:益母草在野甚多,最能任酷烈,日愈烈,色愈鲜,则性不宜水可知。愚案,萑本恶湿,今生水中,水频浸之。首章虽濡旋干,次章且濡且干,三章虽干终湿,则伤于水而将萎死矣。次第如此。"粗看似通,细按则不见得是。他不知道蔽既训为水濡而干,则下文干、脩二字岂不都是多余?又何以前二章蔽训为濡而干,后一章蔽训为干而湿,前后不同训如此?记得《庄子》一书里说:"有暖姝者……学一先生之言,则暖暖姝姝而私自说(悦)也。"他正犯了暖姝的毛病,犯了宗派主义的毛病。他太墨守《诗》三家义了,凡比三家义长而和三家义异的,他就一概不取。不过他对于今文三家义作了一次结集,和陈奂对于古文《毛传》作了结集一样,给后来的《诗经》学者进行批判继承的研究以不少的方便,《集疏》和《传疏》同样具有可宝贵的价值。

无论两汉《诗》今古文家,解释此诗"蔽"、"湿"等字都不正确,倒是王引之说的不错。清代汉学家尤其是高邮王氏父子,在先秦古籍文字训诂上往往有超越汉人的地方,这就是一例。在甲骨文中常见:"贞帝其降我莫?""贞雨,帝不我莫?"还有其他带着莫字的记载。莫又作奠,正如蔽或作藆一样。莫、奠,当读为"蔽其干矣"之"蔽",其意义为旱为干。唐兰《殷虚文字记·释莫奠》一文说得精确,并可互证王引之于此诗释蔽为干为旱的精确。

兔爰

有兔爰爰，雉离于罗。我生之初，尚无为；我生之后，逢此百罹：尚寐无吪！

有兔爰爰，雉离于罦。我生之初，尚无造；我生之后，逢此百忧：尚寐无觉！

有兔爰爰，雉离于罿。我生之初，尚无庸；我生之后，逢此百凶：尚寐无聪！

【解题】

《兔爰》，自是一篇伤时感事、悲观厌世之作。《诗序》说："君子不乐其生"，一语已道出诗旨。《郑笺》说："不乐其生者，寐不欲觉之谓也。"《黄氏日抄》说："盖瘼则忧，寐则不知，故欲无吪、无觉、无聪，付世乱于不知耳。"都说得是。今文"三家无异义"。

此诗作在何王之世？《诗序》以为桓王。《孔疏》说："隐三年《左传》曰：郑武公、庄公为平王卿士，王贰于虢，郑伯怨王。王曰：无之。故周郑交质，王子狐为质于郑，郑公子忽为质于周。及平王崩，周人将畀虢公政。四月，郑祭足帅师取温之麦。秋，又取成周之粟。周郑交恶。君子曰：信不由中，质无益也。是桓王失信之事也。桓五年《左传》曰：王夺郑伯政，郑伯不朝。是诸侯背叛也。《传》又曰：秋，王以诸侯伐郑，王为中军，虢公林父将右军，蔡人、卫人属焉。周公黑肩将左军，陈人属焉。郑伯御之，曼伯为右拒，祭仲足为左拒，原繁、高渠弥以中军奉公。为鱼丽之阵，战于繻葛。蔡、卫、陈皆奔，王卒乱。郑师合以攻之，王卒大败。祝聃射王中肩。是王师伤败之事也。"朱子《辨说》疑此诗不作于桓王之世，他又在《集传》里说："为此诗者，盖犹及见西周之盛。故曰：方我生之初，天下尚无事；及我生之后，而逢时之多难如此。然既无如之何，则但庶几寐而不动以死耳。"其意似以为作者生于宣王之时，而此诗作在东迁之初，平王之世。姜炳璋《诗序广义》、范家相《诗沈》说皆略同,疑诗不作于桓王之世。崔述《读风偶识》说:"余按《兔爰》诗云:'我生之初,尚无为;我生之后,逢此百罹。'然则其人当生于宣王之末年,王室未骚,是以谓之无为。既而幽王昏暴,戎狄侵凌;平王播迁,室家飘荡;是以谓之逢此百罹。故朱子云:为此诗者,盖犹及见西周之盛。可以得其旨矣。若以为在桓王之时,则其人当生于平王之世,仳离迁徙之余,岂得反谓之为无为?而诸侯之不朝亦不始于桓王,惟郑于桓王世始不朝耳。其于王室初无所大加损,岂得遂谓之为罹百凶也哉?窃谓此……自镐迁洛者所作。"他更加阐发了朱熹一说。魏源《诗序集义》又以为此诗作在幽王之世,决不作在平王以后,已略见上文。至此吾人可以作一结论:《兔爰》一诗,当是作者生及宣王承平,经过幽王丧乱,平王播迁,从镐京到洛邑以后所作。

这诗当属于所谓"乱世之音"、"亡国之音"一类,为没落的贵族所作。诗里所表达的思想感情可以说是"怨而怒"、"哀而思"了。这是没落者最深的悲愤。这是在唱自己的挽歌。我以为郭沫若《中国古代社会研究》提到这诗说得好,可以帮助读者更好地了解这一诗篇。他说:"这首诗表现一个阶级动摇的时候,在下位的兔子悠游得乐,在上位的野鸡反投了罗网。这投了罗网的野鸡便反反复复地浩叹起来。只睡觉罢,管他妈的!……"又说:"我觉得这也是一首破产贵族的诗。证据是㈠这种厌世的心理根本是有产者的心理。㈡兔与雉的取譬明明是包含得有上下阶级的意义。㈢这样的社会关系的变革正是诗人所浩叹着的乱子。"

葛 藟

绵绵葛藟,在河之浒。终远兄弟,谓他人父。谓他人父?亦莫我顾。

绵绵葛藟,在河之涘。终远兄弟,谓他人母。谓他人母？亦莫我有！

绵绵葛藟，在河之漘。终远兄弟，谓他人昆。谓他人昆？亦莫我闻！

【解题】

《葛藟》，当是一个无父无母又已离开了兄弟的孤儿乞食之歌。《韩诗》说的"饥者歌其食"，这诗正是一例。王照圆《诗问》说："《葛藟》，闵乱离也。牟氏（相廷）曰：为儿童作。"说亦近是。应该说这诗是属于歌谣。《毛传》论这诗"兴也"，不错，但是反兴。这是以河边葛藟的绵绵蔓延有所托庇，反兴乞儿的无依无靠。

朱熹说《诗》，往往从其文字本身所有的意义来说，这不失为说《诗》方法中主要之一种。他说这诗便是一例。他在《诗集传》本篇说："世衰民散，有去其乡里家族，而流离失所者，作此诗以自叹。"他以为这诗是流民作品，或者说，这是流民乞食之歌。刘玉汝《诗缵绪》说："世衰民散，而终远兄弟，非得已也。谓他人父，尊之也。谓他人母，亲之也。凡吾所以尊之亲之若此者，庶乎人之以子顾念我也。此既不可得，则又有以兄事之者，庶乎人之或以弟友我也。而亦邈然如不闻也，则其穷亦甚矣。然其所以然者，或以世道衰而情义薄，或以家荡析而财力微，然皆足以见民之流离失所者，所在皆然矣。"这是发挥《朱传》一说的。我以为这一说离诗旨不远。

《诗序》说这诗刺平王东迁，弃其九族，这就使人联想到后来杜甫《哀王孙》一诗刺唐明皇西幸，弃其皇族。陈奂却说这诗不是刺平王，而是刺桓王。他在《传疏》里说："《兔爰》刺桓，《葛藟》不应刺平，玩诗辞，于桓为有征矣。《释文》、《定本》、崔灵恩、皇甫谧皆以为桓王诗。《诗谱》左方中（表格）作平王者，疑径转写者之误。《群书治要》亦作刺桓王。"鄙见：说这诗刺平王不亲九族，已疑其不确，何况桓王？王族兄弟在当时社会中的阶级地位究竟比一般人优越，处境不会十分难堪。不到王室完全坍台的时候，他们不会叫人爸爸妈妈，也不会叫人阿哥，甚至叫了还没人理会,到那样可怜的地步。难道这诗真是写平王东迁途中有此九族流离的惨状,正像《哀王孙》写明皇西幸途中皇族流离的景象一样么?当日情况果真如此,《诗序》说的就对了。

这一《诗序》实难解通,诸儒解释比较可通的只有胡承珙。《后笺》说:"案《春秋》文七年《左传》,宋昭公欲去群公子,乐豫曰:'不可。公族,公室之枝叶也,若去之,则本根无所庇荫矣。葛藟犹能庇其本根,故君子以为比,况国君乎?'《杜注》、《孔疏》皆引此诗为证,则《序》说与《左传》合,无可疑者。《集传》谓世衰民散,有弃其乡里家族而流离失所者,于葛藟取兴之意殊不亲切。翁氏《诗附记》曰:《序》云刺平王弃九族,故三章皆言终远兄弟,族亲为兄弟,是此句实陈弃九族之事。若作流民失所解,则应首二章自云远其父母,而末一章乃云远其兄弟,方与谓父谓母谓昆义相比协,不宜三章皆以远兄弟为说也。"

依《诗序》说,这诗说兄弟不是实指而是泛指族亲吗?说父、母、昆又是指谁而有什么意义呢?都难以说通,比较说得上通的也只有胡承珙。《后笺》说:"'终远兄弟,谓他人父。'《传》:'兄弟之道已相远矣。'《笺》云:'兄弟,犹言族亲也。王寡于恩施,今已远弃族亲矣。是我谓他人为己父,族人尚亲爱之辞。'其下'谓他人父,亦莫我顾',《笺》云:'谓他人为己父,无恩于我,亦无顾眷我之意。'后儒解此异于《笺》、《疏》者,有二说焉。一说,斥王不爱其亲而爱他人,是谓他人为父。《吕记》所引王氏、李氏、苏氏之说是也。然指斥过甚,恐无是理。一说,风王以一本之义,严氏粲、郝氏敬、张氏杉之说是也。此则谓王不顾兄弟,即是不顾父母,直自视如他人之父母。亦于理不顺。惟《笺》、《疏》以父、母、昆皆指王言,盖九族之戴王,本所谓天地父母者。乃王已远弃族亲,则虽戴王为父而不异谓他人为父矣。夫谓他人为父,尚安肯顾我乎?《传》训终为已,正与'亦莫我顾''亦'字相呼应。言王已远我,虽谓为父,而亦如他人之莫我顾矣。次章《笺》云:'王又无母恩'(原注:此本《笺》语,《正义》标起止不误。今各本脱去句首笺字,遂属之《传》文。非是。《校勘记》曰:又者,系前之辞。所以又上《笺》无恩于我也。《传》未有无恩之文,安得云又哉)。谓有父道者必兼母道也。三章《传》云:'昆,兄也。'段懋堂云:'小功以下为兄弟,篇中言兄弟者,自其亲疏言之,谓于王疏也。《丧服》曰昆弟、曰从父昆弟、曰从祖昆弟、曰族昆弟。虽疏必曰昆弟,亲亲之辞也。此诗自称曰兄弟,谓王曰昆,不敢以其戚戚君,而得循九族之称也。'此说甚精,足明《笺》以兄弟为族亲之义(《将仲子》:畏我诸兄。《传》云:诸兄,公族。亦是谓小功以下为兄弟也)。且于每章皆言兄弟,而其下文谓父谓母谓昆各异之处,晓然易明。陈氏《稽古编》曰:'元后作民父母,况九族之亲乎?名虽父母,情则他人,亲亲之道微矣,所以为刺也。'"

这诗今古文家无甚争论。王先谦《集疏》说:"齐说曰:'葛藟蒙棘,华不得实。谗言乱政,使恩壅塞。'(《易林·泰之蒙》)葛藟蒙棘,喻王族遭谗。华不得实,喻恩施不终。谗言乱政使恩壅塞者,盖因其时公家穷乏,赒给无资,计臣无可如何,出此下策。此谗言乱政之刺所由来也。左文七年《传》:宋昭公欲去群公子。乐豫曰:'公族,公室之枝叶也,若去之,则本根无所庇荫矣。葛藟犹能庇其本根,故君子以为比。'即谓此诗也。诗言人君不可不推恩公族,其取喻同齐说甚明。鲁、韩无异义。"这和《诗序》说的稍有异同,便在同说弃其九族由于恩施不终,而独申说恩施不终由于谗言乱政,谗言乱政由于公家穷乏、计臣吝不赒给。是否有此计臣?葵园老人说的想当然耳,别无根据。

现在,稍为综述我个人对这诗的见解。这一《诗序》除了《左传》以外,不知道它还有什么根据。不错,《左传》古义无可非难。但是安知《左传》引《诗》不是所谓引《诗》节取章句之义,或引《诗》以就己说之义?何况《左传》所记赋《诗》断章取义,这是众所周知的。至于翁方纲暗驳《朱传》,说是三章皆以远兄弟为说,就以为是指王弃九族。安知所谓兄弟不是实指同父母的兄弟?三章连说兄弟,偏重终远兄弟,安知不是诗人早已无父无母,兄弟相依为命,至此又已离开了兄弟?又安知诗里说的情况不是指一个年幼孤儿抛弃了他的乡里家族?在这诗里只听到孤儿要饭的呼声,不见得有王族兄弟恳求亲亲的语气。只好让读者自己去寻诗里留下的阶级的烙印罢。倘若说,这诗出自民间歌谣,这就自然明白,不烦许多考证和解释了。

采　葛

彼采葛兮？一日不见,如三月兮！
彼采萧兮？一日不见,如三秋兮！
彼采艾兮？一日不见,如三岁兮！

【解题】

《采葛》,只是极言思念之切一种情感的比喻诗。它用了普遍的形式,没有特殊的内容,就不能指实所思念的人和诗人是何等关系,又为什么缘故而思念他。所可推测的:被思念的是采葛、采萧、采艾的劳动人民,则思念他的诗人当属同一阶级。无疑地这是出于民间歌谣,在当时采集经济还是占有优势的社会。上篇《葛藟》可作为"饥者歌其食"的一例,这篇《采葛》也可作为"劳者歌其事"的一例。我想,这只是民间歌手触事起兴,用日常的语言,简单的旋律,歌咏了劳动人民间一种伟大的友谊,一种高尚的情操。本来不烦解释,便是我的直解也算多余的。

朱熹以为这是"淫奔之诗",未见得是。黄中松、姚际恒诸人以为"此朋友相慕之诗"或"怀友之诗",其说近是。朱熹《辨说》见上。① 他在《集传》里说:"采葛所以为絺绤,盖淫奔者托以行也。故因以指其人,而言思念之深,未久而似久也。"刘玉汝《诗缵绪》说:"淫奔者托以行。彼,指其地而言。不见,则指其人而言。托言往彼采葛,因其人不见而思念之。三章语有浅深。"这发展了朱熹一说。朱子理学大儒,不知道他为什么竟有这种庸俗见解、低级趣味！

---

① 编按:《诗序辨说》云:"此淫奔之诗,其篇与《大车》相属,其事与采唐、采葑、采麦相似,其词与《郑·子衿》正同,《序》说误矣。"

黄中松《诗疑辨证》说:"朱子初说亦从《序》,《辨说》以为淫奔之诗。今玩经文,并未见有淫奔之意;又不知圣人何取此淫奔之诗之多也!窃意此朋友相慕之诗尔。常情:于素心之人朝夕共处,欢然相得,不觉其久。一旦别离,两地相思,诚有未久而似久者,不必私情然也。"姚际恒《诗经通论》说:"《小序》谓惧谗,无据。且谓一日不见于君便如三月以至三岁,夫人君远处深宫,而人臣各有职事,不得常见君者亦多矣。必欲日日见君方免于谗,则人臣之不被谗者几何?岂为通论?《集传》谓淫奔,尤可恨。即谓妇人思夫亦奚不可?何必淫奔?然终非义之正。当作怀友之诗可也。"又说:"葛月,萧秋,艾岁,本取协韵。而后人解之,谓葛生于初夏(夏当作春),采于盛夏,故言三月。萧采于秋,故言三秋。艾必三岁方可治病,故言三岁。虽诗人之意未必如此,然亦巧合,大有思致(按:此说盖出于罗愿,见《尔雅翼》四。又《焦氏笔乘》一,亦有类似之说。皆嫌傅会)。岁月一定字样,四时而独言秋,秋风萧瑟,最易怀人。亦见诗人之善言也。"后来方玉润《诗经原始》也说:"此诗明明千古怀友佳章。"他们反对《诗序》以为君臣之词和《朱传》以为男女之词,而都主张这是朋友之词。不捏造诗中之事,不妄揣言外之意,就诗说诗,我以为其说近是。

这诗今文"三家无异义"。马瑞辰《通释》畅申《诗序》、《传》、《笺》"惧谗"之旨,王先谦大为欣赏,以为合于今文《鲁诗》说。《集疏》说:"马瑞辰云:《传》、《笺》并以采葛、采萧、采艾为惧谗者托所采以自况。今案《楚词·九歌》:'采三秀兮于山间,石磊磊兮葛蔓蔓。'五臣注:'芝草仙药,采不可得,但见葛石耳。亦犹贤哲难逢,谄谀者众也。'刘向《九叹》:'葛藟累于桂树兮,鸱鸮集于木兰。'王逸注:'葛藟恶草,乃缘桂树,以言小人进在显位。'是葛为恶草,古人以喻谗佞。愚案,刘向用《鲁诗》说,而以葛为恶草喻谗佞,是于此诗惧谗喻意可通《鲁说》之旨。"又说:"马瑞辰云:《楚词·离骚》:'何昔日之芳草兮,今直为此萧艾也?'张衡《思玄赋》:'珍萧艾于重笥兮,谓蕙芷之不香。'萧、艾并举,皆为谗佞进仕者托谕。愚案,衡亦习《鲁诗》者,可以推见鲁说之旨。"

又说:"马瑞辰云:《离骚》:'户服艾以盈要兮,谓幽兰其不可佩。'东方朔《七谏》:'蓬艾亲御于床笫兮,马兰踸踔而日加。'此诗采葛、采萧、采艾皆喻人主之信谗。下二句乃惧谗之意。愚案,以恶草喻谗人,古义叠见。比兴之旨,深切著明。说诗者必兼此旨。"《诗序》惧谗之说,本来难通,倘据马氏《通释》所说来读,或者可以勉强读通。

这一《诗序》止有一句,下无续申之词。续《序》的人也苦无从下笔,可见其难通。这里不妨再加以研究。《郑笺》说:"桓王之时,政事不明。臣无大小,使出者,则为谗人所毁,故惧之。"一章,《毛传》说:"兴也。葛,所以为绨绤也。事虽小,一日不见于君,忧惧于谗矣。"《郑笺》说:"兴者,以采葛喻臣以小事使出。"二章,《毛传》说:"萧,所以共祭祀。"《郑笺》说:"彼采萧者,喻臣以大事使出。"三章,《毛传》说:"艾,所以疗疾。"《郑笺》说:"彼采艾者,喻臣以急事使出。"毛、郑说这诗是比兴之义,喻臣因小、大、急事使出,不见于君,惧人乘隙进谗。这说得通吗?

胡承珙知其难通,就总结众说,略附己见,还是说得不甚明确。《后笺》说:"《黄氏日抄》曰:'《诗传折衷》载晦庵新说,以《采葛》比听谗,《晋风·采苓》之诗亦以比听谗。此说近人情而不反古。'或谓《采苓》刺听谗,诗中明言及之,与此篇不同。承珙案,此诗三言'不见',正惧谗隐微深切之语。盖谗言之入,必乘其间。故曹氏引古语云:'一日不朝,其间容刀。'即《孟子》一暴十寒之喻,虽非为惧谗,亦足见情疏之易间。'李氏《集解》曰:'小人潜入多因其不见,则乘间而谗之。如上官桀等谋谮霍光,伺光出沐日奏之。弘恭、石显欲潜萧望之,候望之出沐日上之。'范氏《补传》曰:'汲黯不愿之郡,疑张汤也。京房不敢离左右,疑石显也。诗人惧人之谗,至不敢去朝廷,故以一日不见君为三岁。'此皆足以申明《古序》之义。'彼采葛兮,一日不见,如三月兮。'《传》:'兴也。葛,所以为绨绤也。事虽小,一日不见于君,忧惧于谗矣。'《吕记》云:'毛氏所谓事虽小,盖通三章言之。葛之为绨绤,萧之共祭祀,艾之疗疾,特训释三物所以见采之由,不于此取义也。《郑笺》

失《传》意矣。'陈氏《稽古编》曰：'《诗》言采多矣，或言采之地，则以地取义，沫乡、新田之类，是也。或言采之时，则以时取义，蘩之春日、薇之柔止刚止之类是也。或言采之事，则以事取义，不盈顷筐、不盈一匊之类是也。《采葛》之诗，言采之外无他词焉，则义在葛、萧、艾三草矣。《传》文至简，兹独详焉，良以兴义攸存，不容略尔。《笺》申其意，以首章为小事使出，次章为大事使出，末章为急事使出，亦非穿凿之见也。东莱非之太过。'承珙案，《毛传》三'所以'字，盖言采此三物皆为有用，犹人臣出使于外本属奉公。而暂违君侧，则谗说遂行，颠倒是非，变乱黑白，无所不至，所以可惧在此。苏氏《诗传》曰：'朝有谗人，则下不敢有所为。采葛所以为絺绤，采萧所以供祭祀，采艾所以攻疾病耳，虽事之无疑者犹不敢行，畏往而有谗之者。是以一日不见君而如三月之久也。'此说申《传》似胜于《笺》。至《笺》本以采葛等喻使事之小大缓急，初非真为采葛而出使。黄氏震乃云：采葛非人臣之事。于情事未通，真瞽说矣。"

陈奂知其难通，就不得不说"《笺》误会《传》"。难道《毛传》不是以采葛、采萧、采艾喻臣出使？他却含糊其词。《传疏》说："兴者，采之为言事也，采葛、采萧、采艾皆事之小者，谗之进而事每始于细小，故以为喻。《采苓·传》：'采苓细事也，细事喻小行也。'《采苓》听谗，《采葛》惧谗，义正同。……《传》云：'事虽小，一日不见于君，忧惧于谗矣者'，此总释全章之义。言其事虽甚细小，然君子之于君，一日不见，已为谗人所毁，故忧惧及之。葛为絺绤，萧供祭祀，艾以疗疾，此唯解物，不言兴意。《笺》误会《传》，以小事专释首章，萧喻大事，艾喻急事，因又申说之，非是。"

马瑞辰知其难通，就不得不说："此诗采葛、采萧、采艾皆喻人主之信谗，下二句乃惧谗之词。"其他的话已引见上文。采葛非人臣之事，更非人主之事，却不妨作为比喻，问题只在于该把比喻怎样来说而说得贴切。前人老在毛、郑一说的泥沼里打滚，以采葛等事喻人臣因事出使而惧谗，越说越噜苏，越令人糊涂。马瑞辰独以彼之采葛等事喻人主之信谗,说来简单、明了。他作《通释》,很少触及《诗序》的是非得失问题,即很少触及诗的主题。他偏于这诗例外地写了这么一条,发挥篇义,阐明主题,为《诗序》作了有力的辩护。这一《诗序》本来难通,到了他才算勉强说通。也就是说,这一诗依《诗序》来说,从此勉强可通了。

大 车

大车槛槛,毳衣如菼。岂不尔思?畏子不敢!
大车啍啍,毳衣如璊。岂不尔思?畏子不奔!
谷则异室,死则同穴。谓予不信?有如皦日!

【解题】

《大车》,当是楚灭息后,一位息夫人殉夫殉国自杀而死的绝命词。此据刘向《列女传·贞顺传》,略见《诗序集义》。姚际恒《诗经通论》说:"《小序》谓刺周大夫,《大序》谓男女淫奔,故陈古以刺今大夫不能听男女之讼焉。颇为迂折。且夫妇有别,岂异室之谓乎?古大夫何为使夫妇异室也?《集传》谓:'周衰,大夫犹能以刑政治其私邑者,故淫奔者畏而歌之'。然于同穴之言不可通。淫奔苟合之人,死后何人为之同穴哉?此目睫之论也。季明德谓弃妇誓死不嫁之诗。然以尔与子皆指其夫,思夫自可,何云畏而不敢乎?伪《传》、《说》,皆以为周人从军讯其室家之诗。似可通。尔,指室家。子,指主之者。奔,逃亡也。一章,大车,牛车。毳衣,毛布衣。"他驳斥《诗序》、《朱传》、季本《解颐》,以为都不可通,毋宁取丰坊伪《诗传》、《诗说》。为什么不据《列女传》来说呢?

刘氏向、歆父子,都精通《左传》。不知道为什么作《列女·息夫人传》和《左传》记楚王纳息妫事恰恰相反。庄十四年《左传》说:"蔡哀侯为莘故,繩(一作绳,誉也)息妫以语楚子。楚子如息,以食入享,遂灭息。以息妫归,生堵敖及成王焉。未言。楚子问之。对曰:'吾一妇人而事二夫，纵弗能死，其又奚言？'楚子以蔡侯灭息，遂伐蔡。"这不是说息妫已归楚文王了吗？

旧《湖北通志》说到汉阳祠庙，有《息夫人庙》一条说："在大别桃花洞，即桃花夫人也。近犹庙祀不绝。"初唐宋之问《题桃花洞息夫人庙》诗说："可怜楚破息，肠断息夫人。仍为泉下骨，不作楚王嫔。楚王宠莫盛，息君情更亲。情亲怨生别，一朝俱杀身。"晚唐杜牧《题桃花夫人庙》诗说："细腰宫里露桃新，脉脉无言几度春。至竟息亡缘底事？可怜金谷坠楼人！"这两位诗人，一美夫人殉息君而死，一刺夫人受辱楚宫。夫人有灵，哭笑不得。究竟谁说的对呢？

有人说，《左传》里的息妫和《列女传》里的息夫人原是两人两回事。但是这也有两说，一说，如吴骞《拜经楼诗话》二说："唐人咏息夫人云：'看花满眼泪，不共楚王言。'息妫事始著于《左氏》，而《国语》及《公》、《谷》，并不言之。刘向《列女传》……则息夫人初未尝失节，乌有所谓生子而未言者？中垒父子皆明《左氏》，纂颂此书独不取其说，当必有据。予疑楚王当日或因夫人不从而死，别取夫人娣侄之媵息者充之，亦号之曰息夫人，是生堵敖及成王者，则未可知，正如蜀之有两花蕊夫人也。"他疑《左传》而信《列女传》，以为息妫不归楚而自杀，归楚的是另一息夫人。另有一说恰和他说的相反，信《左传》而疑《列女传》，以为息妫归楚，不归楚而自杀的是另一息夫人，如陶方琦《汉挚室文钞·息夫人非息妫说》一文便是。此文作为专篇，论证单薄。除了《左传》所载楚纳息妫之外，所据的只是《列女传》末的颂词："楚虏息君，纳其适妃。夫人持固，弥久不衰。"他以为这里说的嫡妃、夫人，明是两人。难得他解决了《左传》和《列女传》上记载的矛盾。虽说可通，却有疑问。那么要问：为什么刘向不在传中明确地说，却在颂中含胡地说？这是有关重要的事体！安知不是他为了趁韵，为了修辞，才把一人两称，好像说成两人，其实只是说楚王想纳她，她坚持不肯呢？上文两说都有问题。庄十年《左传》说："蔡哀侯娶于陈，息侯亦娶焉。息妫将归过蔡，蔡侯曰：'吾姨也。'"《吕览·长攻》篇说："蔡侯曰：'息夫人,吾妻之姨也。'"当时息妫就被称为息夫人,这不可以证明息夫人就是息妫吗?《左传》"浮夸",不尽可信。刘向典校中秘,博极群书,《列女·息夫人传》不采《左传》而用他说,当是有根据、有自信的。

到了魏源、王先谦整理《诗》今文三家遗说,考定息妫就是息夫人,《大车》一诗是息夫人所作。魏源《诗古微·卫风答问》篇说:"《史记·楚蔡世家》叙楚灭息、蔡,何无一言及于纳妫?况隐十一年《左传》:'君子知息之将亡。'《正义》云:庄十四年楚灭息者,庄十四年《经》书秋七月荆入蔡。《传》谓楚文因息妫生二子不言而伐蔡。既同是一年,即使息灭于春初,亦仅相去数月,岂能即生二子?事迹无一合者。……曰尔、曰子、曰予,明属息君、楚子、夫人三人之称谓。班婕妤赋曰:'窈窕姝妙之年,幽闲专贞之性,符皎日之心,甘首疾之痛。'其为夫人词明矣。"王先谦《集疏》说:"今湖北桃花夫人庙祀息夫人,古迹尚存,唐人留咏,知《鲁诗》之言信而有征矣。若如《左传》所载,乌得有遗构至今乎?"按楚灭息在鲁庄公十四年,当周僖王二年(公元前六八〇年),息夫人作《大车》就该在这一年。这是她殉夫殉国的绝命词,也是她反侵略反压迫的血泪词。

丘 中 有 麻

丘中有麻,彼留子嗟。彼留子嗟?将其来施施!
丘中有麦,彼留子国。彼留子国?将其来食!
丘中有李,彼留之子。彼留之子?贻我佩玖!

【解题】

《丘中有麻》,这诗主题疑不能定,疑是国人思被放大夫留子嗟之贤而作,姑且用《诗序》这一说。《毛传》说:"丘中垧堉之处,尽有麻麦草木,乃彼子嗟之所治。"《孔疏》说:"子嗟在朝有功,今而放逐在外,国人睹其业而思。"王先谦《集疏》说:"缑氏县地势险峻,丘中垧堉为多。而树艺勤劳,由于彼子嗟之董督,宜其动人怀思矣。"《诗序》、

《传》、《疏》都说如此,今文"三家无异义",却也不能使人无疑。倘像何楷《古义》所疑,以为此诗刺郑桓公,"桓公处于留,与桧君夫人叔妘通焉,诗人托为叔妘之辞以丑之","留子,即郑伯也。隐其国爵,而以留子呼之,盖自丑其行而忌讳之意"。这就巧于穿凿附会,不用辩了。魏源《诗序集义》又以为此诗美留子,即美郑桓公、武公父子。恐亦未是,故不为王先谦所取,还说"三家无异义"。

这诗有什么可疑之点呢?先疑其所说的地。何楷、魏源都以为诗"留"即郑国处留之留,对吗?即使你读过武亿《授堂文钞·古郑国处留辨》一文,他以当地人说当地史迹,并不能帮助你解决这个问题。朱右曾《诗地理徵》说:"《传》曰:留,大夫氏。曹氏曰:留本邑名,其大夫因以为氏。右曾案,即《左传》之刘也。《公羊传》云:古者郑国处于留。先郑伯(武公)有善于邻公者,〔通乎夫人〕,以取其国而迁郑焉,而野留。盖武公先食采于留,继得邻而迁郑,留遂为郑邑。《左传》隐公十一年,王取邬、刘、芳、邘之田于郑。自是仍为周邑。……此诗在庄王时,子国、子嗟盖氏于此,后绝,又为刘子采地也。"这位古地理学家也肯定诗"留"即郑国处留之留,对吗?

胡承珙《后笺》说:"《路史》:以留为国名,唐尧长子监明之后,妘姓。汉地隶彭城。陈氏《稽古编》驳之曰:'留乃东周畿内邑,缑氏县有刘聚者。是若尧之后,在夏世已有刘累,其来旧矣,不以周邑氏也。厥后八十余年,而留邑复为王季子采地,是为刘康公。岂子嗟之遭放逐,并失其爵邑乎?'承珙案,《括地志》云:刘聚即刘累故城。盖在夏为刘累邑,在周则为周大夫留氏之邑。《汉书·地理志》:'河南缑氏县刘聚,周大夫刘子邑。'《水经·洛水注》云:'合水北与刘水合。水出半石东山,西北流注于刘聚。三面临涧,在缑氏西南周畿内刘子国,故谓之刘涧。'诸书所言皆合。《春秋》刘康公(见成十一年)之后有刘夏(襄十五年)、刘挚(即刘献公),刘狄(即伯蚠,献公子),皆食采于此。虽未知其即子国、子嗟后人与否,要皆以邑氏者(襄十五年《公羊传》云:刘者,邑也。其称刘何?以邑氏也)。若桓十一年《公羊传》云:'古者郑国处于留',及'迁郑焉而野留'。至蔡仲省留而为宋所执。此则地与宋近,即《水经·渠水注》所引孟康曰'留,郑邑也,后为陈所并,故曰陈留'者。至《路史》所云彭城之留,则《左传》襄元年楚子辛侵宋、吕、留者。皆不足以证《王风》之留也。"马瑞辰、王先谦所说略同。他们不以此诗之留为陈留之留和彭城之留(按,汉楚国留县,今沛县境)。肯定它是缑氏刘子国之刘。留、刘古通用。这该说对了吗?可是对于宋儒欧公、朱子读此诗之留为滞留之留,又该怎么说呢?

次疑其所说的人。《毛传》于一章说:"留,大夫氏。子嗟字也。"又于二章说:"子国,子嗟父。"《孔疏》说:"毛时书籍犹多,或有所据,未详毛氏何以知之。"又说:"子国是子嗟之父,俱是贤人,不应同时见逐。若同时见逐,当先思子国,不应先思其子。今首章先言子嗟,二章乃言子国,然则贤人放逐止谓子嗟耳。但作者既思子嗟,又美其奕世有德,遂言及子国耳。故首章《传》曰:麻麦草木乃彼子嗟之所治。是言麦亦子嗟所治,非子国之功也。二章《笺》言子国使丘中有麦,著其世贤。言著其世贤,则是引父以显子,其意非思子国也。卒章言彼留之子,亦谓子嗟耳。"三章"彼留之子",《郑笺》说:"留氏之子,于思者则朋友之子。"马瑞辰《通释》说:"按《传》以诗子国为子嗟父,则此言彼留之子宜为子嗟之子。故《笺》言于思者则朋友之子。思,谓国人思之,于子嗟为朋友也。《笺》上释上二句云:'丘中而有李,又留氏之子所治。'又字正承子国、子嗟言之。《正义》乃谓朋友之子正谓朋友之身,失《笺》旨矣。"俞樾《群经平议》说:"案,此诗首章言彼留子嗟,次章言彼留子国,《传》曰'子国,子嗟父'。盖因子嗟之贤而上及其父也。卒章言彼留之子,则又因子嗟之贤而下及其子也。此正诗人爱贤无已之意。《郑笺》明云于思者则朋友之子,《正义》误以彼留之子亦谓子嗟,故曲为之说,殊失经旨。"又说:"首章言将其来施,次章言将其来食。诗人之辞自有意义。盖首章以子嗟言,《序》所谓庄王不明、贤人放逐者,正指子嗟。子嗟之才必有可用,故曰将其来施,欲其有所设施也(《荀子·臣道篇》:爪牙之士施,则仇雠不作。杨倞注:施,谓展才也)。次章以子国言，子国则子嗟之父也。因其子之贤而思其父，其父之年必已老矣，不能有所设施矣，故曰将其来食，言愿其来而以饮食颐养之，不复烦以事也。自来说诗者皆未达此义。"不错，从毛公以来，只有俞樾《平议》算是把这诗勉强说通了的。我的《直解》就采用它了。再，这诗三章是说两人，主角为留子嗟，配角只是他的父亲留子国，如《孔疏》所说呢，还是说三人，主角是留子嗟，配角是他的父亲留子国和他的儿子即彼留之子，如马瑞辰、俞樾所说呢，或者子嗟、子国原是子虚乌有之流，故不见于他书呢？李樗《集解》说："所谓彼留子嗟者，亦犹《陈风》所谓子仲之子，岂必求于他书有子仲，乃言其姓氏乎？盖诗中所陈便是实事迹，不必于《春秋》、《史记》中而求之也。"话固然可以如他所说。而欧公《本义》已疑其事不见于《春秋》、《史记》，以毛为附会。朱子《集传》以子嗟、子国都是妇人所私男子之字，之子并指前二人。难道欧、朱就不可以这样说吗？

朱子疑"此亦淫奔者之词"。厥后宋末元明诸儒大都不提异议，上引何氏《古义》算是例外。到了清代诸儒才有好些人提出有趣的非难。这里只能举出两个名家为例。王夫之《稗疏》说："《集传》谓妇人望其所〔与〕私〔者而不来〕，〔故〕疑有麻之丘复有与之私而留之者。乃一日之中分望二男子，而留之者非麦田则李下，此三家村淫媪，何足当风俗之贞淫而采之为风乎？正使千秋后闷哕不已。"陈启源《稽古编》说："《采葛》，惧谗也。《丘中有麻》，思贤也。《集传》因《大车》一篇厕其间遂概指为淫诗，果何据乎？惧谗者不知主名，则亦已矣。独惜子国、子嗟贤而被放，已为生不逢辰；幸而遗泽在人，《风》诗显其姓氏；不意二千载后复横被淫狡之名，反不如《采葛》诗人姓氏湮没之愈也。二留有知，应攒眉于九泉矣。"

这里略述我个人对于这诗的私见。《诗序》、《毛传》说的虽然可疑，却也勉强可通，故我打头就从这一说。朱子一说，倘若他不是从主观的庸俗见解、低级趣味来说；而是从谣俗学上的理解出发，以为这诗只是采自民间劳动妇女打趣说笑一类的歌谣，并非真是淫奔者自述之词,像这样来说也未尝不可。诗说子嗟、子国和子都、子充一样,乃是古时美男子的人名。之子,也和《有狐》篇里的之子一样,是指这个男子的意思。子都可考,和他同时并称的子充就不可考。子嗟、子国也不可考。谣谚中人名岂尽可考?诗说将其来施施、将其来食、贻我佩玖,当是暗示爱情的隐语。一群妇女在田间劳动,触物起兴,见景生情,互相歌唱,互相谐谑,担心同伴或自己的爱人(不必是情人)可能有外遇,而合唱出这样的歌来,正足以想见她们的热爱劳动、热爱生活。像这样来理解,这篇诗不也就读通了吗?把它还原为歌谣,这是最妥当的一种读法。我看《国风》里的诗大半是可以还原为歌谣的。

最后我想再提问题:丘中有麻之麻是可食之麻用作谷物,还是可绩之麻用作布料呢?或是同此一麻而可两用呢?这也是读《诗》者所难解决的问题之一。《陈风》:"东门之池,可以沤麻。"麻是布料。《豳风·七月》:"七月鸣鵙,八月载绩。"绩是缉麻为布。"黍稷重穋,禾麻菽麦。"麻当是谷物。"九月叔苴,采茶薪樗,食我农夫。"苴麻,谷物。可食之麻,可绩之麻,究竟是一是二?前儒颇有争论,迄今还没解决。陶弘景《名医别录》、宋应星《天工开物》、王念孙《广雅疏证》、刘宝楠《释谷》以为各是一物,而以宋、刘二氏说的最为明快。李时珍《本草纲目》、吴其濬《植物名实图考》以为同是一物。吴氏说:"麻为谷属,旧说皆以为大麻,陶隐居创为胡麻。而宋应星遂谓《诗》、《书》之麻或其种已灭。火麻子粒压油无多,皮为粗恶布,无当于谷。斯言过矣。《月令》:'以犬尝麻。'《周礼》:'朝事之笾,其实麷蕡。蕡为枲实,亦曰苴。'《豳风》:'九月叔苴,食我农夫。'《说文》作萉或作䔈,其无子者为牡麻。大抵古人食贵滑,麻子甘润。《南齐书·纪》:陈皇后生高帝乏乳,梦人以两瓯麻粥与之,觉而乳。则齐时尚以为饭食。《食医心镜》亦云:麻子仁粥治风水腰重等疾,研汁入粳米煮粥,下葱椒盐豉食之。盖麻子不以入食始于近代。若其衣被之功则与苎并行。周官专设典枲,以隶冢宰。绩麻沤麻,妇子所事。……夫一物之微而衣人食人如此,何乃屏之粒食之外?"吴状元以可绩之麻和可食之麻为一物,其说恐未是。南齐陈皇后以麻粥发乳，今乡俗产妇还须吃黑芝麻，岂能作为南北朝时代还以大麻子作为谷物之证？《食医心镜》麻子仁药方，更明明不是常食。若说麻子不以入食始于近代，究竟是何朝代？

王念孙以狗虱、巨胜、藤宏、胡麻为一物，此中国古代所固有。刘宝楠说："胡者，大之之词。……如胡豆、戎豆之类，不以胡地称也。而说者以为张骞所得，故名胡麻。非是。又案《本草纲目》……以大麻、火麻、黄麻、汉麻为一物。……又以胡麻、巨胜、方茎、狗虱、油麻、脂麻为一物。盖以胡麻为出自张骞，非中国所本有，故举今之火麻以当古之八谷，而其名则有汉麻，是对胡麻言之也。然今火麻仁止用入药，未以充食。民生日用，今古无异。岂得便以火麻当古食谷，而反以脂麻归之异域哉？……盖麻是通称，黂苴皆言其可食，则专谓苴麻。故《间传》言斩衰貌若苴。郑注：谓色必深黑。是苴为黑脂麻。若火麻仁则止有淡黄色一种，安得有黑哉？"今案，《诗》、《书》时代所谓麻，原是一个大名，有可绩之麻，有可食之麻。枲，或单言麻，以及苎、苘，可绩；苴、苴麻，或单言麻，可食；二者并非同物。但因大名相混，后人稽古视为同物。《释谷》一文才明白辨别如此。枲、牡麻、大麻之类，当为荨麻类桑科植物。苴、苴麻、胡麻之类，当为管花类胡麻科植物。大麻子今不堪食，只用作家禽鸟类饲料，也或可用以榨油。难道古人作为谷物常食？总之，周代可食之麻、苴麻，当是胡麻。不知何时始不用为常食，大概在春秋战国之际。因为使用铁耕，农业生产大有发展，高产的谷物已能大量生产，苴麻低产而利用不广，就渐渐不作为日用常食，只作为一种间用的副食品，或用作油料植物了。但知两汉时代的人已经不辨谷物之麻和布料之麻原是两种不同的植物，看《诗》、《礼》几种古书的汉儒注释可见。

从古作为谷物之一的麻、苴麻、脂麻、芝麻、胡麻，当是一物而异名，现在只叫芝麻，已有地下考古的实物作证：一九五八年浙江省文物管理委员会在吴兴县钱山漾古文化遗址中发掘出新石器时代晚期遗物，其中有稻谷、花生（一九六二年江西省考古队在修水山背地区两座原始社会晚期房屋遗迹中也发见四颗花生种子)、芝麻等植物。那么，相传芝麻由汉张骞从西域携归种子，以及花生由唐(段成式《酉阳杂俎》始载花生)宋时代开始由海外输入，英人瓦特以为中国和西欧水稻系由印度传来，可见其都还有问题。除非有人采用碳素同位素C_{14}来鉴定这出土的芝麻和其他遗物即伴出物的年龄，证明其并不是出在史前时代。因此，我以为要说《诗经》里说的苴或麻作为谷物，可能就是胡麻、芝麻，像《释谷》所说的那样，也未尝不可。何况《墨子》里说的"麻脂有积"，可能就是苴麻，也就是脂麻、芝麻油料的由来。苴、脂、芝，一声之转。董仲舒说八谷"禾是粟苗，麻是胡麻"，在张骞出使大宛以前。倘若不然的话，他知道了胡麻是由张骞出使带归，还说这话吗？

最有趣味而又值得注意的，是现代植物学家或农学家释《丘中有麻》之麻，还是相信古说，混可绩之麻和可食之麻为一物，以为就是大麻。童士恺《毛诗植物考》说："麻，桑科。《集传》：麻，谷名，子可食，皮可绩为麻者。按麻即今之大麻也，又称汉麻，古列五谷之一。《月令》：春食麦，夏食菽，中央食稷，秋食麻，冬食黍。是也。但今无有食麻实者，仅取其茎之纤维以织麻布、制绳索而已。……《植物名实图考》载陶隐居言：八谷之中胡麻为最良。以《诗》黍、稷、稻、粱、禾、麻、菽、麦为八谷。而引董仲舒云：禾是粟苗，麻是胡麻。按胡麻一名巨胜，系张骞得之大宛，后出之种。虽后亦列为谷类，如唐王维诗，有'御羹和石髓，香饭进胡麻'之句。然《诗经》所称应是中国之苴，决非大宛之巨胜，故大麻亦称汉麻，正以别于胡麻而言也。"陆文郁《诗草木今释》说："麻有多种，然古义系专指大麻，《尔雅》所谓枲麻。大麻科，一年生草本。……从古供衣被之大用，所谓其服麻丝之麻，是也。今为纤维工业用之大宗，又为火药之原料。种子制香料，又榨油。种仁可食，实可供。故《周礼》'朝事之笾供蕡'，《月令》'食麻'。"最近看到石声汉《中国农业遗产要略》(未定稿)里说："麻，最初指大麻，兼供纤维和油质种子，种子可以作饭或作粥。后来从西亚输入了胡麻，纤维的意义几乎没有，油的质量却很高，专作食物。从文献上看，曾有过一些把胡麻作饭的尝试。可是种皮不易脱去,所以就只用来作糕饼或榨油。"他分大麻、胡麻为二,还是认为大麻种子可以作饭作粥。看来,《诗三百》中的麻,包括《丘中有麻》一篇的麻,作为谷物之一的麻,究竟是何种麻,还有待于今后的《诗经》学者植物学者作进一步的研究。

诗三百解题卷七

郑　　毛诗国风

缁　衣

缁衣之宜兮,敝,予又改为兮。适子之馆兮,还,予授子之粲兮。

缁衣之好兮,敝,予又改造兮。适子之馆兮,还,予授子之粲兮。

缁衣之席兮,敝,予又改作兮。适子之馆兮,还,予授子之粲兮。

【解题】

《缁衣》疑是诗人假托君主为好贤而作。诗中六"予"字托为君主自予。这君主是谁呢?是诗人假托周天子为爱郑武公之贤而作呢,还是假托郑武公为好贤而作呢?两说谁是,还待说定。

黄中松《诗疑辨证》说:"《礼记·缁衣》:子曰:好贤如《缁衣》。《孔丛子》:孔子曰:于《缁衣》见好贤之至。今读其词,欢爱之意,笃厚之情,殷勤缱绻,有加无已,不啻家人父子之相亲者,好贤若此,宜夫子屡叹之也。""窃意经文六予字自是周人自予。周人与武公有同朝之谊,无尊卑之分,故曰予曰子,为平等之称。若郑人爱其君,岂可斥之为子?郑人献于公,敢自号曰予乎?此诗虽为周人所作,而主美郑君,郑人荣之,传流本国,采诗者得之于郑地,遂以之冠《郑风》也。……此诗武公为司徒,善于其职,周人善之而作者,是已。"说诗人为周人,是武公同僚,可能不错。说"予"是诗人自予,未见得是。当是诗人托为周王自予。范家相《诗沈》说"适"说"还"都是"诗人自谓",同样未是。何氏《古义》引徐学模说:"适馆授粲,岂民之得施于上者?"汪氏《异义》里说："改衣授粲出自王朝则为隆礼重任，而民之愿。"其说近是。俞樾《群经平议》说："篇中言予者，皆设为周天子之辞。……《仪礼·觐礼》'天子赐侯氏以车服'，此即所谓敝予又改为也。其云'适子之馆'者，《觐礼》'天子赐舍'是也。其云'还予授子之粲'者，《觐礼》'飨礼乃归'是也。武公以诸侯入为卿士，故用诸侯之礼，诗人纪其实耳。"王先谦《集疏》释"予"字正和俞说同。他们都以为这诗是诗人假托周天子美郑公之词。我以为只有这说可通。

吴闿生《诗义会通》说："此诗当属谁作乎？朱子曰：周人爱之而作。然爵禄者，君上之大权，周之诗人岂得擅之？若托为天子之言，尤无此理。且卿士服敝，天子必为之改为，亦不胜其劳矣。味诗旨，自是武公好贤之诚，缁衣以礼贤士，适馆授粲，殷勤无已，故国人作此诗美之。《序》所谓明有国善善之功者，有国谓武公，善善即好贤也。夫惟贤士贫贱，故旌以殊服，敝又为之改为，斯足尚也。若天子卿士，其衣服何待他人为之？周人爱其卿士而过情如此，是佞贵，非尊贤矣。反复求之，其说皆不可通也。"这好像是出于季本《解颐》一说。他们以为是国人美武公好贤之作。不知道他们于诗中"予"字怎样作解。依他们说，郑武公好贤，请问，当时有何贤者被举于朝、相助为理呢？陈启源《稽古编》说："案郑、卫二武皆贤诸侯，一相幽无救于亡，一相平无补于弱，不知当年相业何在。记载阙略，蔑由稽考，论世者不无憾焉！"

今按，郑武公怎见得贤，怎见得好贤，和卫武公并论呢？周天子说他贤，那是另一回事。卫武公杀兄夺位，原是一个凶狠的野心家。其事已略见《邶风·柏舟》、《卫风·淇奥》，以后读《小雅·宾之初筵》、《大雅·抑》篇，还要论到。因为他替人民做过一点好事，诚意征求批评，到老不忘追求进步，还可说得上贤，乃至好贤。我们就不妨承认他是一个贤诸侯或贤卿士，作为《三百篇》中肯定的历史人物。郑武公虽然同样被传为贤诸侯或贤卿士，但是确否算得贤，还成疑问。他是桓公之子，名掘突，《史表》作滑突。《史记》：犬戎杀幽王于骊山下，并杀桓公，郑人共立其子掘突，是为武公。在位二十七年。隐三年《左传》：郑武公、庄公为平王卿士。桓、武父子都是阴谋诡计的家伙。桓公初欲以阴谋兼并弱小，其后虢、桧果致灭亡。武公以诡计灭胡，冤杀大夫关其思。《韩非子》里说："昔者郑武公欲伐胡，故先以女妻胡君，以娱其意。因问于群臣：'吾欲用兵，谁可伐者？'大夫关其思对曰：'胡可伐。'武公怒而戮之，曰：'胡，兄弟之国也，子言伐之，何也？'胡君闻之，以郑为亲己，遂不备郑。郑人袭取之。"他们徒以阴谋诡计取得权力，此外于人民于国家没有什么好事可举，怎么算得贤呢？

郑是何时建国？在今何地？《郑谱》说："初，宣王封母弟友于宗周畿内咸林之地，是为郑桓公。"《史记·郑世家·索隐》引《世本》云："桓公居棫林。"咸当作或，盖或、棫古通。《国语·郑语》说："桓公为司徒（韦注：桓公，郑始封之君，周厉王之少子，宣王之弟桓公友也。宣王封之于郑，幽王八年为司徒），甚得周众与东土之人。问于史伯曰：'王室多故，余惧及焉，其何所可以逃死？'史伯对曰：'王室将卑，戎狄必昌，不可偪也。当成周者，南有荆蛮、申、吕、应、邓、陈、蔡、随、唐，北有卫、燕、翟、鲜、虞、路、洛、泉、徐、蒲，西有虞、虢、晋、隗、霍、杨、魏、芮，东有齐、鲁、曹、宋、滕、薛、邹、莒，是非王之支子母弟甥舅也，则皆蛮夷戎翟之人也。非亲则顽，不可入也。其济、洛、河、颍之间乎！是其子男之国，虢、郐为大。虢叔恃势，郐仲恃险，是皆有骄侈怠慢之心，而加之以贪冒。君若以周难之故，寄孥与贿焉，不敢不许。周乱而弊，是骄而贪，必将背君。君若以成周之众，奉辞伐罪，无不克矣。若克二邑，鄢、蔽、补、丹、依、䣕、历、莘，君之土也。若前莘后河，右洛左济，主芣、騩而食溱、洧，修典刑以守之，唯是可以少固。'……公说。乃东寄孥与贿，虢、郐受之，十邑皆有寄地。幽王八年，而桓公为司徒，九年而王室始骚，十一年而毙（韦注：幽王伐申，申缯召西戎以伐周，杀幽王于丽山戏下水，桓公死之）。及平王末，而秦、晋、齐、楚代兴：秦景、襄于是乎取周土（韦注：景当为庄，庄公秦仲之子，襄公之父）。晋文侯于是乎定天子，齐庄、僖于是乎小伯，楚蚡冒于是乎始启濮。"《汉书·地理志》：

京兆尹郑县,周宣王弟郑桓公邑。河南郡新郑县,《诗》郑国,郑桓公之子武公所国。洪亮吉《府厅州县图志》:陕西同州府华州,有郑县故城在州北。《一统志》:河南角亢氏分野,寿星之次。许州府新郑县,周初邻国,春秋为郑国都,有新郑故城在县北。

这诗今古文家无争论。故魏源《集义》全用《毛序》。王先谦《集疏》也说:"《礼·缁衣》云:'好贤如《缁衣》。'郑注:'《缁衣》,诗篇名也。其首章曰:缁衣之宜兮,敝予又改为兮。适子之馆兮,还予授子之粲兮。言此衣缁衣者,贤者也,宜长为国君。其衣敝,我愿改制,授之以新衣,是其好贤,欲其贵之甚也。'郑注《礼》时治三家《诗》。知三家皆以此诗为美武公,无异说。"今按诗旨,疑是诗人托为周天子褒美郑武公之贤,而不是诗人颂美郑武公之好贤。

将 仲 子

将仲子兮!无逾我里,无折我树杞。岂敢爱之?畏我父母。仲可怀也;父母之言,亦可畏也!

将仲子兮!无逾我墙,无折我树桑。岂敢爱之?畏我诸兄。仲可怀也;诸兄之言,亦可畏也!

将仲子兮!无逾我园,无折我树檀。岂敢爱之?畏人之多言。仲可怀也;人之多言,亦可畏也!

【解题】

《将仲子》,当是一女子拒绝其情人之词。这是把它还原为歌谣来说,想无争论。自宋儒郑樵、朱熹以为"此淫奔者之辞",颇得许多学者的赞同。王柏《诗疑》说:"此乃淫奔改行之诗也。仲虽可怀,独能畏父母兄弟之言,又能畏人之清议。三章六'无'字,所以拒绝仲子为甚严。"姚际恒《通论》说:"《小序》谓刺庄公,予谓就诗论诗,以意逆志,无论其为郑事也,淫诗也,其合者吾从之而已。今按,以此诗言郑事多不合,以为淫诗则合。吾安能不从之而故为强解以不合此诗之旨耶?……此虽属淫,然女子为此婉转之辞以谢男子,而以父母、诸兄及人言为可畏,大有廉耻,又岂得为淫者哉?"方玉润《原始》说:"女心既有所畏而不从,则不得谓之为奔,亦不得谓之为淫。……此诗难保非采自民间闾巷、鄙夫鄙妇相爱慕之辞。"是的,这不必算作"淫奔者之辞",也不必算作"淫奔改行之诗",更不必说是纪实的"淫诗",但作为有关民间闾巷男女相爱的歌谣来看则无不可。诗里所称仲子和仲是一人,是这个女子对于一个男人的敬语、爱称。她要拒绝他,说是害怕父母、诸兄和旁人的闲话,说来是婉曲的,含意是严正的。《传说汇纂》案语里也说:"玩其诗辞,乃一篱落间女子,虽不能自遏其情,而犹畏父母、兄弟、国人之言,不敢轻身以从其人者也。"御用的学者老爷们还偶然有眼睛照看到一个老实可怜的乡村姑娘,难得!

《诗序》以为这诗是刺郑庄公放纵其弟叔段多行不义,不加管制,祭仲谏而不听,以致大乱而作。《郑笺》说:"庄公之母谓武姜,生庄公及弟叔段。段好勇而无礼,公不早为之所,而使骄慢。"又于一章下说:"祭仲骤谏,庄公不能用其言,故言请,固距之。'无逾我里',喻言无干我亲戚也。'无折我树杞',喻言无伤害我兄弟也。仲初谏曰:'君将与之,臣请事之。君若不与,臣请除之。'"《诗序》、《郑笺》所说都于诗无据。诗说仲子或仲,难道便是祭仲?《传说汇纂》虽说"今从《集传》为正解",但是又自着疑词说:"考《左传》(按,见襄二十六年)载卫侯见囚于晋。齐侯、郑伯为卫侯故如晋,以请卫侯。子展赋《将仲子兮》,而卫侯得归。使其为本国淫奔之诗,当日晋侯赋《嘉乐》,齐侯赋《蓼萧》,郑伯赋《缁衣》,皆寓意弘远,子展何取以同赋,而复见许于叔向耶?"胡承珙《后笺》说:"吴氏肃公曰:子展赋此诗取兄弟相护之意,则岂淫奔语乎?承珙案,子展之赋此诗,杜注虽云众言可畏,然实以全诗皆有关于兄弟,并非断章。惟《晋语》姜氏劝重耳归国专引卒章末三句,此则断章取义耳。"这都是以为《诗序》确有所本。我以为郑上卿子展赋《将仲子》也是断章取义。杜注:"义取众言可畏,言卫侯虽别有罪,而众人犹谓晋为臣执君（按，此指卫叛臣孙林父以戚如晋，卫人侵戚，孙氏愬于晋）。"这已明说取其众言可畏一义。吴肃公、胡承珙以为义取兄弟相护，如郑庄公之于叔段，似属附会。

这诗今古文家又无争论。魏源《集义》、王先谦《集疏》都用《毛序》。王氏说："三家无异义。《左》桓五年《传》：'郑伯使祭足劳王。'杜注：'祭足，即祭仲之字，盖名仲字仲足也。'愚案，诗人感于君国之事，托为男女之词，称曰仲子，无直呼其名之理。当是祭封人名足，仲为其字也。《春秋》桓十一年：'宋人执郑祭仲。'《公羊传》云：'祭仲者何？郑相也。何以不名？贤也。'则杜误显然矣。《后汉·郡国志》：陈留长垣县东北有祭城。《一统志》：今长垣县东四十里。"这还是阐明毛、郑一说，可备读者参考。虽然其说勉强可通，似亦不足信据。记得王夫之《诗译》说："子之不淑，云如之何？胡然而念之？仲可怀也！皆意藏篇中。"尽管意藏篇中，还是看得出这诗直是关于男女之词。

《三百篇》中淫诗问题，尤其是《郑风》淫诗问题，自郑樵、朱熹以来颇多争论。早在"王应麟、方回辈，以为是前辈未了公案"（《传说汇纂》）。岂但未了？他们以后还迭有发展。我在这里拟对这一问题从头到尾作一鸟瞰，为今后学者理出一条线索，提供一些资料，好让他们作出正确的结论。

《论语·卫灵公》篇："颜渊问为邦。子曰：'行夏之时，乘殷之辂，服周之冕，乐则《韶》舞。放郑声，远佞人。郑声淫，佞人殆。'"又《阳货》篇："子曰：'恶紫之夺朱也，恶郑声之乱雅乐也，恶利口之覆邦家者。'"为什么郑声淫？为什么郑声乱雅乐？所谓郑声，是否指《郑诗》说，即指《郑风》说？还是和《郑风》无关？这就是《郑风》淫诗问题的由来。从来讨论这问题的人很多，概括起来，约略可分为五说：

一、班固说　班固《汉书·地理志》说："凡民函五常之性，而其刚柔、缓急、音声不同，系水土之风气，故谓之风。好恶取舍，动静亡常，随君上之情欲，谓之俗。孔子曰：'移风易俗，莫善于乐。'言圣王在上，统理人伦，必移其本而易其末，此混同天下，一之虖中和，然后王教成也。"又说:"〔郑〕武公与平王东迁,卒定虢、会之地,右雒左泲,食溱、洧焉。土陿而险,山居谷汲。男女亟聚会,故其俗淫。郑诗曰:'出其东门,有女如云。'又曰:'溱与洧,方灌灌兮。士与女,方秉菅兮。''恂盱且乐,惟士与女,伊其相谑。'此其风也。吴札闻郑之歌,曰:'美哉!其细巳甚。民弗堪也!是其先亡乎?'"又说:"卫地有桑间、濮上之阻。男女亦亟聚会,声色生焉。故俗称郑、卫之音。"他这三段话包含了好几个大问题:地理与风俗与文学的问题,音乐与风俗与政治的问题,郑俗淫与《郑诗》淫的问题,郑、卫之音及其风俗的问题。所有这些问题,他都强调了地理的因素。他不曾明确地说出郑声淫就是《郑诗》淫,却已明确地说出《郑诗》淫是由于郑俗淫。似乎他曾受到了《乐记》的影响。

二、许慎、朱熹说 陈寿祺《五经异义疏证》:"《异义》:今《论语》说,郑国之为俗,有溱、洧之水,男女聚会,讴歌相感,故云郑声淫。左氏说,烦手淫声谓之郑声者,言烦手踯躅之声使淫过矣。谨案,《郑诗》二十一篇,说妇人者十九,故郑声淫也(《乐记·正义》:今案《郑诗》说妇人者唯九篇,《异义》云十九者误也,无十字矣)。〔蒙案〕公羊庄十七年《传》,何休《解诂》引:'放郑声。'《徐疏》曰:'案《乐记》,郑音好滥淫志,宋音燕女溺志,卫音趋数烦志,齐音敖辟乔志。此四者皆淫于色而害于德,是以祭祀弗用也。然则四国皆有淫声,盖逐甚者言之,故许氏云:《郑诗》二十一篇,说妇人者十九,此之谓也。或何氏云郑声淫与服君同,皆谓郑重其手而声淫过,非郑国之郑也。'据此《疏》,是服虔解《左氏传》与许义异。"许君以为《郑风》多淫诗,《郑诗》淫就是郑声淫。《朱传》说:"郑、卫之乐皆为淫声。然以《诗》考之,《卫诗》三十有九,而淫奔之诗才四之一。《郑诗》二十有一,而淫奔之诗已不翅七之五。卫犹为男悦女之词,而郑皆为女惑男之语。卫人犹多刺讥惩创之意,而郑人几于荡然无复羞愧悔悟之萌。是则郑声之淫有甚于卫矣。故夫子论为邦,独以郑声为戒,而不及卫,盖举重而言,固自有次第也。《诗》可以观,岂不信哉?"依朱子说,郑、卫之乐等于郑、卫之诗,郑声淫等于《郑诗》淫，和许君说正同。又张端义《贵耳集》上说："郑、卫之音皆淫声也。夫子独曰放郑声，不及卫音，何也？《卫诗》所载皆男奔女，《郑诗》所载皆女奔男，所以放之，圣人之意微矣。"这也是以为郑声淫就是《郑诗》淫，也同样具有宋儒对于男女的谬见。

三、杨慎、毛奇龄说　杨慎《丹铅总录》说："郑声淫，淫者声之过也。水溢于平曰淫水，雨过于节曰淫雨，声滥于乐曰淫声，一也。……非谓郑诗皆淫也。"毛奇龄《白鹭洲主客说诗》是记录他在吉安和几个学者讨论《诗经》里淫诗的专书，打头就说："甲曰：《郑风》多淫诗，而夫子录之于经，何也？乙曰：非淫诗也。《孔子世家》曰：古者诗三千余篇，及至孔子，去其重，取其可施于礼义者，三百五篇。孔子皆弦歌之，以求合于《韶》、《武》、《雅》、《颂》之音。是三百五篇皆可施礼义者也，皆弦歌者也。向使为淫奔诗，则不惟为礼义所绝，几见有淫诗而可弦之歌之者？且淫诗何诗？谓可以合之舜之《韶》、《武》之武与夫在朝在庙之《雅》、《颂》耶？……丙曰：然则郑声淫何也？乙曰：郑声非《郑诗》也。子夏对文侯曰：君之所问者乐也，所好者音也。乐与音本一类，而尚不同。若诗与声则真不同之极者。《虞书》：诗言志，声依永。声与诗分明两事。故《丹铅录》曰：《论语》'郑声淫'。淫者，声之过也。水溢于平曰淫，雨过于节曰淫，声溢于诗曰淫。声能溢诗，诗岂能溢声乎？乃朱氏《语类》且谓郑、卫同淫而夫子独放郑声者，《卫诗》三十九，淫才四之一；郑诗二十一，淫不啻七之五。凿凿以二国诗篇较淫深浅。则夫子当云放《郑诗》，不当云放郑声矣。况放者，《说文》：逐也。《广韵》：去也。《左传正义》：放，弃之也。岂有明言逐其诗，去其诗，放弃其诗，而反收之者？是明言佞人当远而反亲之也。若曰收之是垂戒，收即是放。则设颜子当时乐则《韶》舞，既已作《韶》乐以示法则，又复作郑乐以示垂戒，《韶》《郑》并作，观者将谓何？"这都是说，郑声并不就是《郑诗》，郑声自郑声，《郑诗》自《郑诗》，原是两回事。所谓郑声淫，只是说郑声的声淫溢了的意思，也就是其声太过了的意思。声怎么太过了？没有具体说明。按周密《齐东野语》十八说："往时余客紫霞翁之门。翁知音妙天下，而琴尤精诣，自制曲数百解，皆平淡清越，灏然太古之遗音也。复考正古曲百余，而异时官谱诸曲多黜削无余。曰：'此皆繁声，所谓郑、卫之音也。'余不善此，颇疑其言为太过。后读《东汉书》，宋弘荐桓谭，光武令鼓琴，爱其繁声。弘曰：'荐谭者，望能忠正导主，而令朝廷耽悦郑声，臣之罪也。'是盖以繁声为郑声矣。又《唐国史补》：于頔令客弹琴，其嫂知音，曰：'三分中一分筝声，二分琵琶，全无琴韵。'则新繁皆非古也。始知紫霞翁之说为信然。"杨升庵、毛西河所说的淫声是否即早为周草窗所说的新声、繁声呢，也就是《乐记》所说的新乐呢？

四、武亿、俞正燮说（详申《左氏》服虔、郑玄一说） 武亿《群经义证》说："郑声淫。案康成《驳五经异义》引《左传》说：烦手淫声谓之郑声。言烦手蹴躅之声使淫过矣。庄十七年《公羊传疏》，或何氏云郑声淫与服君同，皆谓郑重其手而音淫过，非郑国之郑也。郑既与服君同指，殆胜许氏之单说矣。又郑声，即《乐记》郑音好滥淫志，亦非《郑诗》；言《郑诗》者自许叔重《五经异义》，近人多归狱朱子，未审其实。"好像他是继承了《左传》服虔、郑玄一说，而反对许慎、朱熹一说，以为所谓郑声之郑并非郑国之郑，只是"烦手淫声"的意思，也就是"言烦手蹴躅之声使淫过"的意思。俞正燮《癸巳类稿·郑声解》一文说："《论语》云：'放郑声。'……孔子不言放卫声，则郑非指郑国。《释名·释州国》云：'郑，町也。其地多平，町町然也。'《白虎通》云：'郑国土地，人民山居谷浴，男女错杂，为郑声以相悦怿。'……今按，郑对雅言之。雅，正也。郑从奠，下也，定也，重也。声相应故生变，变成方谓之音。《春秋》昭二十年《传》所谓一气，二体，三类，四物，五声，六律，七音，八风，以相成。清浊，大小，短长，疾徐，哀乐，刚柔，迟速，高下，出入，周疏，以相济。君子听之以平其心。昭元年《传》：医和言先王乐有五节，迟速本末以相及，中声以降，五降之后不容弹矣。于是有烦手淫声，慆堙心耳，乃忘平和。今其声郑，则奠定、专一、沈下、滞重。《乐记》所谓'新乐，进俯退俯，奸声以滥，溺而不止'，乃不变不成不济五降后之淫声。狄成、涤滥,而民淫乱,正奠下之谓。郑从奠声,奠亦义也。郑重乃主定慎重之义,申之则谓郑重为频烦之意也。"他说郑对雅言,不错。也以为郑声之郑非指郑国,并详解了郑字、郑声的意义,较武亿说义进一步。

五、郑觐文说　近人郑觐文《中国音乐史》说:"按《左传》季札观乐,闻《郑风》则曰其细已甚。古音以低为大,以高为细,细而已甚,其高可知。则郑、卫之音必甚高。又考《诗经·郑风》多长短句,不似《雅》、《颂》体格平正。又周乐之卒章或用二调合奏,或用四调合奏,名曰嬴、乱。郑、卫之声当类此,或过之。又孔子尝谓郑声淫,淫者其乐相犯。如本用宫调,中间忽夹商角诸调是也。《大武》乐已然。观《乐记》,孔子问乐于宾牟贾,淫及于商之言可知。盖春秋时代,郑、卫之音最为风行,且其流甚远,历秦、汉、魏、晋迄五代方始绝响。"这从音乐上来说,郑声淫,淫是其乐相犯、其音过高乃至过繁的意思。犯调杂奏,或数调合奏,这就是所谓郑声和郑、卫之音。又郑先生并没有把《郑风》和郑声分开来说,明是把两者作为一件事了。

现在,我们对于郑声淫和《郑诗》淫的问题要作一个小结。

《乐记》说:"郑、卫之音,乱世之音也,比于慢矣。"(慢,谓五声陵乱)"志微、噍杀之音作,而民思忧。"(志意微细、乐声噍蹙杀小)"流辟、邪散、狄成、涤滥之音作,而民淫乱。"(流辟,谓流荡不正。邪散,谓放散邪乱。狄成、涤滥,皆谓往来速疾,谓乐之曲折速疾而成,速疾而止。僭滥,止谓乐声急速)"凡奸声感人,而逆气应之,逆气成象,而淫乐兴焉。""魏文侯问于子夏曰:吾端冕而听古乐则唯恐卧,听郑、卫之音则不知倦。敢问古乐之如彼,何也?新乐之如此,何也?子夏对曰:……今夫新乐,进俯退俯(俯,犹曲也,言不齐一也)。奸声以滥,溺而不止(奸邪之声,滥窃不正,人贪溺之而不可止)。及优侏儒,獶杂子女(如猕猴间杂,男女无别)。不知父子(无尊卑之礼)。乐终不可以语,不可以道古。此新乐之发也。……郑音好滥淫志,宋音燕女溺志,卫音趋数烦志,齐音敖辟乔志。此四者皆淫于色而害于德,是以祭祀弗用也……(《孔疏》:郑音好滥淫志者,滥,窃也,谓男女相偷窃。言郑国乐音好滥相偷窃,是淫邪之志也。宋音燕女溺志者,燕,安也,溺,没也,言宋音所安唯女子,所以使人意志没矣,即前'溺而不止'是也。卫音趋数烦志者,言卫音既促且速,所以使人意志烦劳也。齐音敖辟乔志者,言齐音既敖很辟越,所以使人意志骄逸也)"我们读此,可以了解到何谓郑、卫之音,何谓郑声,何谓郑声淫,这原是只从音乐上的狭义来说的。但看《诗经》无宋风,这里却将郑、宋、卫、齐四音并列来说;《陈风》多淫诗,这里偏不说,便可知道。

郑觐文《中国音乐史》说:"孔子行乡饮于鲁。孔子〔学乐于苌弘〕,学琴于师襄。孔子鼓瑟却匡人。景王六年孔子正乐作《乐记》。《史记》:邹鲁大儒皆出于七十子之流裔,所传有《乐记》一篇。按《诗经》三百篇为春秋国际音乐之重心,皆可歌唱,亦孔子所手订,盖《乐记》言其理,《诗经》则其谱也。此外有《管子》、《吕览》、《荀子》诸家于乐皆有深切之学说,皆孔门流裔也。"他这段话旨在说明孔子博学、习礼,也是一个音乐家,同时说及彼时诗与乐相互的关系。他既不曾把郑声和《郑诗》分开来说(见前),这里又说"《乐记》言其理,《诗经》则其谱"。那么,据此推论,我们就不妨说,《乐记》说了郑声的理,《诗经》记过郑声的谱,今《诗经》只存了它的歌词。从而以为孔子说的郑声淫是指《郑诗》淫,似无不可。不过淫字不可呆解,须知有两义,一为音乐术语的淫,一为淫奔常语的淫,有时要分别来看。倘若偏执一义,即便不错,也要引起争论。

单从古音乐上来说,郑声淫,淫者,其细已甚。即是说,其高太甚,殆似今之所谓女高音。或者说,其声相犯,数调合奏,殆即古之所谓新乐、繁声。又其所谱的《郑风》多长短句,体格多不平正,但不必说《郑诗》都是男女淫乱之诗。只因当日有郑声和《郑诗》二者配合起来的乐歌大为流行,所以从孔子以来的学者往往把这二者混在一起来说了。上文列举各说,有对有不对,不对在于偏执而不全面,依此小结或可推寻而知。这一"前人未了公案"未有定谳之前,就姑且让我这样来了结罢。

叔 于 田

叔于田,巷无居人。岂无居人?不如叔也,洵美且仁!
叔于狩,巷无饮酒。岂无饮酒?不如叔也,洵美且好!
叔适野,巷无服马。岂无服马?不如叔也,洵美且武!

【解题】

《叔于田》,是赞美一个青年猎者之歌。这个青年猎者可能是属于当时统治阶级王公卿大夫士的士一阶层,武士之流。看诗说他出猎、饮酒、乘马,结尾又称许他"洵美且武",生活优裕,颇有身份便知。作者当是民间歌手。诗赞美他,只用抽象的议论,没有形象的描述,重章叠咏,也是歌谣的一种体格。朱熹《集传》说:"或疑此亦民间男女相悦之词也。"又在《辨说》中疑诗和郑庄公贵介弟叔段无关,颇有是处;疑为男女相悦之词则非。不知道朱老夫子为什么对于民间男女的相悦最感兴趣,本来看不出是涉及男女关系的诗,他偏嗅觉灵敏,认出它是男女相悦之词!

为什么前一诗里称仲,这一诗和下一诗里称叔?看来,伯、仲、叔、季,本是当时人常自用作表字表行的字,人家也就常用此字相称,好像今人称老大、老二、老三、老四一样。不必指实仲是祭仲,叔是太叔段。这三诗不见得是如《诗序》所说的"刺庄公",尽管"三家无异义",今古文家说的一致,我们也不会随便同意。崔述《读风偶识》说这三诗说得好。他说:"大抵《毛诗》专事附会。仲与叔皆男子之字。郑国之人不啻数万,其字仲与叔者不知几何也。乃称叔即以为共叔,称仲即以为祭仲,情势之合与否皆不复问。然则郑有共叔,他人即不得复字叔,郑有祭仲,他人皆不得复字仲乎?宋陈振孙云:本朝诸家蓄古器物款式,其考订详洽如刘原父、吕与叔、黄长睿,多矣。大抵好附会古人名字,如丁字即以为祖丁,举字即以为伍举,方鼎即以为子产,仲吉匜即以为偏姞之类。邃古以来,人之生世夥矣,而仅见于简册者几何?……乃以其姓字名物之偶同而实焉,余尝窃笑之。惟其附会之过,并与其详洽者皆不足取。信矣!陈氏之言可谓特识。然岂惟古器物为然哉?古今之如是者,盖不可枚举矣。故陈恒所杀者阚我也,而司马氏以为宰予,以予亦字子我故也。饵金石药者卫退之也,而孔氏以为韩昌黎,以昌黎亦字退之故也。世传有严洞宾者,尝挑女子牡丹,而传奇家遂以为吕岩事,以岩亦字洞宾故也。彼说《诗》者亦如是而已矣。洺滏间有李氏者,素封也。其季弟行五者,俗呼为李老五。同城别有一李老五,年相若也。偶以事至邻郡,闻者以为素封李老五也,延之于家,厚其供帐饮食,出金帛以恣其狭邪游,犹恐其不得当也。其人知其误而利其奉,亦不自言去。旬月而后,知其非此李老五也,乃嗒焉若丧。闻者莫不笑之。然此二人者,不惟其行同,其姓亦同,其误犹有说者。若《诗》之《将仲子》、《叔于田》,但举其字而姓氏皆无之,何所见其当为祭与共者?乃说《诗》者动谓《诗序》近古,其言必有所据。岂知生同斯世者,相距仅百里,其舛误已如是。况作《序》者(原注:谓卫宏)上距作《诗》之时已八百余年乎?嗟夫,嗟夫!此真非言语所能争也。"崔东壁释这三诗仲、叔两字可谓精妙,精在不是违背历史主义的自说自话,妙在举例很恰切,取譬有风趣,足破高叟说《诗》之固,即使毛公复生,也当点头一笑。

大 叔 于 田

叔于田,乘乘马。执辔如组,两骖如舞。叔在薮,火烈具举。襢裼暴虎,献于公所。将叔无狃,戒其伤女!

叔于田,乘乘黄。两服上襄,两骖雁行。叔在薮,火烈具扬。叔善射忌,又良御忌。抑磬控忌,抑纵送忌。

叔于田,乘乘鸨。两服齐首,两骖如手。叔在薮,火烈具阜。叔马慢忌,叔发罕忌。抑释掤忌,抑鬯弓忌。

【解题】

《大叔于田》，也是赞美一个青年猎者，好像是由《叔于田》一篇改写出来的诗。或者说，这两篇是同一母题的歌谣。题目上加一个大字，这当是最初编《诗》的人为了要和前一篇分别才加上的。有人认为大叔就是京城太叔，就是叔段。这恐怕是望文生义的说法。倘说我的话不然，《诗序》说这两篇都是写叔段"刺庄公"，为什么两题不一样呢？不过与其说前篇毋宁说这篇写叔段较为近似。因为这篇写叔出猎场面比较阔气些，还说"禵裼暴虎，献于公所"，明是和郑公接近的人。《毛传》说："叔之从公田也。"似不为错。可是话又说回来，安知这位字叔的猎人不是属于武士阶层——侍卫郑公的武士呢？《汉书·匡衡传》载着匡衡的上疏说："郑伯好勇，而国人暴虎。"国人指郑人，明系泛指，不是专指叔段。匡衡习《齐诗》，大概《齐诗》不以叔为叔段。王先谦《集疏》说今文"三家无异义"，只是根据今存三家遗说大致来说的。

试从艺术手法上、历史意义上来看这两诗，就会发现其显然不同。同写一个青年英雄人物，一篇只给我们一个侊侗空洞的概念，一篇却给我们一个较为鲜明的形象。因为这一篇把这个人物和他的打猎场面都稍给它具体化、形象化了。两诗的艺术手法成为极自然又极有趣的对比。在这里教给我们一种很好的作诗的方法。再，在《诗经》有关田猎诸篇中，只有《大叔于田》较为详细地描述一个英雄人物怎样运用个人的勇武和工具技术相结合的危险的猎虎活动，同时可以想见那时的生产工具效力还不很高，社会发展处在怎样的一个历史阶段。又，前诗似说一个人单猎，这诗明说"火烈具举"，似系多人举火围猎。

关于古代火猎（火田）之法，已经不易详细查考。但关于这件事零碎的记载还是有的。从汉以来，许多说《诗》的人对于"火烈"不甚了了。吾家硕甫先生作《传疏》，解释"火烈"就是"遮迣山泽而楚之"，极精确。只是我们买菜求添，还嫌他说的不够。最近看到友人胡厚宣教授《殷代农作施肥说》一文，里面恰好说到"火田"（火猎）。他说："甲骨文常见焚字。《说文》：焚,烧田也。王筠《说文句读》说:谓烧宿草以田猎也。《周礼·夏官》：牧师,凡田事,赞焚莱。《春秋》：桓七年,焚咸丘。杜注:焚,火田也。《尔雅·释天》：火田为狩。郭注:放火烧草猎,亦为狩。又如定元年《左传》：田于大陆,焚焉。《韩非子》：焚林而田,偷取多兽。《吕览·义赏》：焚薮而田,岂不获得？而明年无兽。又《韩非子·内储说上》：鲁人焚积泽,天北风,火南倚。哀公惧,自将众,趣救火,左右无人,尽逐兽而火不救。形容烧田逐兽之情况更为生动。"这里只是节录一部分,不必再详细引用他特举的卜辞作例,就可以移作《大叔于田》描述火猎最好的解释了。

清　　人

清人在彭,驷介旁旁。二矛重英,河上乎翱翔！
清人在消,驷介麃麃。二矛重乔,河上乎逍遥！
清人在轴,驷介陶陶。左旋右抽,中军作好！

【解题】

《清人》,是刺郑文公使中军高克将兵御狄于河上,久不召归,卒至兵散将逃而作。刘玉汝《诗缵绪》说:"此诗有三意,一见士卒将溃,二见溃由中军,三见中军由郑伯处之不善。然不言必溃,而忧其将溃之意自见,则闻者乌可不早制之乎？此诗人所以善咏也。诗虽危之,而郑终弃之,此《春秋》所以责郑也。"这样分析诗人构思命意有中肯处。可和《卫风·击鼓》一篇同读。

《诗序》说诗本事确有根据。陈奂《传疏》说:"《春秋》：闵二年冬十有二月,狄入卫,郑弃其师。《左传》云:郑人恶高克,使帅师次于河上。久而弗召,师溃而归。高克奔陈。郑人为之赋《清人》。案鲁闵公二年,郑文公之十三年也。郑、卫连境,其时狄人入卫,郑能修方伯连率之职,救患恤同,此一役也,郑可以霸。乃徒寻君臣之小忿,外为救卫之师,内遂逐臣之怨。《春秋》讥其弃师,不啻自弃其国矣。此诗为公子素所作。《汉书·古今人表》有公孙素，与郑文公、高克列下上，当是一人。"按：鲁闵公二年，郑文公十三年，当周惠王十七年，公元前六六〇年，这诗当作在这一年。但不一定是公子素作，《左传》也只泛说郑人赋《清人》。

《诗序》说这诗作者公子素，他是什么人？焦循《补疏》说："循案，公之子称公子。郑文公之子，详见宣公三年《左传》。子华、子臧皆不贤，得罪死。公子兰即穆公，公子俞弥早卒。公子瑕为泄驾所恶，奔楚，死于周氏之汪。公子士，僖二十年帅师入滑，后摄父事，朝楚，楚人鸩之，死于叶。以诸公子考之，士与素声相转，公子素盖公子士也。观其入滑、朝楚，非碌碌者，故能赋诗刺高克。楚人鸩之，当亦忌其才，虞其得立也。素与华瑕正同类。士为素之变，或本素字残缺，仅存上字头而讹作士，可用以互证。"他考定公子素就是公子士，此诗为公子士作，正持之有故，言之成理。

这诗今古文说略同。王先谦《集疏》说："齐说曰：'清人高子，久屯外野。逍遥不归，思我慈母。'(《易林·师之暌》)又曰：'慈母望子，遥思不已。久客外野，我心悲苦。'(《易林·丰之颐》)皆为高克事作。诗盖从克之军人所作。据《易林》'清人高子'，知克亦清邑之人，故率其同邑之众屯于卫邑彭地。越境屯兵，故云外野。鲁、韩无异义。"

我以为如果郑文公出兵确系反对狄人侵逼，救邻自救，这是一种正义行动，当日军人未必不赞同。但据《左传》、《诗序》所说，实情并非如此，而是统治阶级好利不让，分赃不匀，内部发生了矛盾，借故遣将出兵，意存排挤，正如《传疏》说的徒寻君臣之小忿。结果，越境屯兵，久不召回，主将被逐抱怨，儿戏从事。这就难怪主将高克所统率的虽是同邑的子弟兵，兵将并不融洽。以致兵士思念慈母，慈母思念儿子，如《齐诗》说的那样，最后至于瓦解。不是郑国兵士不守纪律，不爱国家，而是"郑弃其师"。只说出这个弃字，是非、责任，便都分明。《春秋》褒贬，有时真可说是一字不苟了。

羔　裘

羔裘如濡,洵直且侯。彼其之子,舍命不渝!
羔裘豹饰,孔武有力。彼其之子,邦之司直!
羔裘晏兮,三英粲兮。彼其之子,邦之彦兮!

【解题】

《羔裘》,这诗是颂美政府中人,还是讽刺政府中人? 很难说定。《诗序》说"刺朝",又说"言古之君子以风其朝",以为借古讽今,以美为刺,似亦未尝不可。正言若反,反言若正,正反两面,言、闻自知,言者无罪,闻者足戒。这就是诗人的不可侵犯的权利。从来统治阶级包括所谓"古之君子",大都无可歌颂,偏爱歌颂,歌颂之来,转成讽刺,这就是政治讽刺诗所以产生的社会根源。《诗序》作者于美刺诸诗,往往推本诗人言外之意,大概如此。《春秋》昭十六年《左传》:"郑六卿饯宣子于郊。宣子曰:'二三君子请皆赋,起亦以知郑志。'子齹赋《野有蔓草》。宣子曰:'孺子善哉! 吾有望矣。'子产赋郑之《羔裘》。宣子曰:'起不堪也。'"杜注:"取其'彼其之子,舍命不渝,邦之彦兮',以美韩子。"陈奂《传疏》:"此诗皆言古君子立朝之义,故韩起辞不堪,陈古刺今也。"尽管当时子产赋《羔裘》原是好意,韩宣子听了辞不敢受,因为他就不知道这对他是美是刺,不能再说"美哉"了。这或者就是《诗序》所本。

这诗不能视为美郑大夫子皮、子产之徒而作。朱熹《辨说》说的不见得是。魏源《集义》因诗说"三英",便附会为诗人"美三良"而欲郑文公信任,更不见得是。至明人丰坊伪托《子贡诗传》、《申公诗说》,以为这是子产美子皮之诗,尤其可笑。毛奇龄《诗传诗说驳议》说:"《诗传》:子皮为政,忠直文武,子产美之,赋《羔裘》。《诗说》:《羔裘》,郑子皮卒,子产思之追颂焉。赋也。按《左传》郑六卿饯韩宣子,子产赋《羔裘》,则此诗先子产有之,故子产取以为赋,非子产所作明矣。朱子《小序·辨说》有云:'当时郑之大夫如子皮、子产之徒,岂无可以当此诗者?'故此即以子产美子皮实之。其欲窃附朱子而遂忘前此之有《左传》，亦可叹也！"这驳得是。陈启源《稽古编》说："陈古刺今，诗之常也。《辩说》之讥《羔裘叙》过矣。且云《叙》以变《风》不宜有美，故言刺。夫《淇奥》、《缁衣》、《车邻》、《驷铁》诸篇，皆变《风》，《叙》何尝不言美乎？至释为美其大夫，而欲以子皮、子产当之；不知《诗》止于陈灵，郑二子之去《诗》世已五六十年矣。襄二十九年，鲁人为季札歌《郑》，《羔裘》诗久编入周乐。是年子皮始当国，子产之为政又在其后，鲁何由先有其诗也？昭十六年，郑六卿饯韩宣子，子产赋郑之《羔裘》，不应取人誉己之诗歌以夸客也！朱子说《诗》无乃未论其世乎？近世伪为《申公诗说》者，以此诗为子皮既卒，子产思之而追赋。傅会至此，知有《集传》而已矣！"这更驳得详确。

《诗序》说"刺朝"，当是说刺在朝君臣。《孔疏》说："此主刺朝廷之臣，朝无贤臣是君之不明，亦所以刺君。"这话说得圆通。《严缉》说："或谓桧《羔裘》专刺其君，唐《羔裘》专刺其臣，郑《羔裘》兼刺君臣。按此诗言豹饰，止是臣下之服。舍命不渝，邦之司直，邦之彦兮，皆臣事也。止当为刺在朝之臣。"朱鹤龄《通义》说："《诗》所称'彼其之子'，如《王风·扬之水》、《魏风·汾沮洳》、《唐风·椒聊》、《曹风·候人》，皆刺；则此诗恐非美之，三章末二句皆有责望之意，若曰彼其之子果能称是服而无愧否乎？"他们都像是以这诗为专刺在朝之臣，而朱氏说刺意尤为近是。王先谦《集疏》说："三家无异义。"不攻毛、郑。他就申《郑笺》缁衣羔裘诸侯朝服之义，以为首章指诸侯。用《礼记·玉藻》篇君子狐青裘豹褎、羔裘豹饰之义，又用《管子·揆度》篇上（原注：今本作卿）大夫豹饰、列大夫豹襜之义，以为二章指上大夫。申三章《孔疏》三英之义，以为指列大夫。又说："所云刺朝者，统王朝诸侯朝言之。"我以为他说的或得《诗序》意，也或合诗旨，较其他旧注为是。

遵 大 路

遵大路兮，掺执子之袪兮。无我恶兮，不寁故也？

> 遵大路兮，掺执子之手兮。无我魗兮，不寁好也？

【解题】

《遵大路》一诗主题迄难说定。《毛序》以为这是郑庄公失道，君子去之，国人思望之之词。胡承珙《后笺》说："《严缉》云：庄公失道，君子恶之，遵循大路而去。其国人欲擎持其裾袖以留之，曰：子无恶我而不留，不可仓卒于故旧也。言弃去之速也。不言其恶庄公而以为恶我，婉辞也。言故旧，以先君之义风之，庶其或留也。范氏《补传》云：诗人谓君子何忍舍我君遵大路而去？我欲擎其袪而留之，君子勿以我为可恶，不敢速忘故旧之情也。我欲执其手而留之，君子勿以我为可丑，不敢速忘昔日之好也。既欲擎其袪，又欲执其手，以见为王留行之意甚坚。既陈故旧之情，复陈昔日之好，以见诗人述己之私情，期君子之必听。非爱君忧国者安得此言哉？承珙案：《唐风·羔裘》'岂无他人？维子之故'、'岂无他人？维子之好'，与此诗'故也'、'好也'正同。郑彼笺云：我不去者，乃念子故旧之人。又云：我不去而归往他人者，乃念子而爱好之也。以彼证此，固当以《严缉》、《范传》之说为长。"这申《毛序》君臣之词一说较好，并不见得就通。

朱子《集传》以为这是淫妇为人所弃、故于其去也而留之之词。刘瑾《诗传通释》说："宋玉《登徒子好色赋》曰：郑、卫、溱、洧之间，群女出桑，臣观其丽者，因称诗曰：'遵大路兮揽子袪'，赠以芳华辞甚妙。……《集传》(宋玉赋有'遵大路兮揽子袪'之句，亦男女相说之词)援此为证者，盖宋玉去此诗之时未远，其所引用当得诗人之本旨。彼为男语女之词，犹此诗为女语男之词也。"这申《朱传》男女之词一说较好，从歌谣上来说，不见得不通。

黄中松、姚际恒以为《毛序》、《朱传》都不是，另提一说，主张这是朋友之词。黄氏《诗疑辨证》说："夫词人之引用古诗，惟取古人之言以为藻采耳，与本诗之旨多不相涉，更甚于赋诗之断章也。且宋玉之意乃是男之悦女，朱子之说又为女之留男，何用其说而反其意耶？"这驳了朱熹、刘瑾一说。又说："窃意此朋友有故而去，思有以留之，不关庄公事，亦不为淫妇之词。"这就提出了自己的主张，而反对《毛序》、《朱传》两说。姚际恒《诗经通论》说："此只是故旧于道左言情，相和好之辞。今不可考，不得强以事实之。"这也是提出了自己的主张，而不取《毛序》、《朱传》两说。他们的主张相同，似乎也还可通。

上面列举三说，难说谁是。倘若把这诗还原为歌谣，则朱子一说为是。另外有趣的是魏源《集义》一说，意存调停毛、朱，说是"托男女之词为留贤之什"，这岂不是唐突贤者，还留得住他吗？这诗自是闾里男女之词，如今民间也还有所谓"反情"一类戏谑的歌曲。朱子所说"淫妇"、"淫乱之诗"，不入现代批评家之眼。倘用朱子一说，似以改用爱人、恋爱诗之类的话为是。"毛郑佞臣"做不得，"朱子残羹"吃不得，就一诗论一诗，谁说得是就接受，谁说得不是就反对。比如就这诗来说，我便不取毛、郑，宁从朱子。

女 曰 鸡 鸣

女曰鸡鸣，士曰昧旦。子兴视夜，明星有烂。将翱将翔，弋凫与雁。

弋言加之，与子宜之。宜言饮酒，与子偕老！琴瑟在御，莫不静好。

知子之来之，杂佩以赠之。知子之顺之，杂佩以问之。知子之好之，杂佩以报之。

【解题】

《女曰鸡鸣》，当是写一个猎者家庭幸福生活之诗。魏源《集义》申《诗序》意，以为述古贤夫妇相警戒之诗，陈古刺今，刺今人的不悦德而好色。话虽可以这样说，但凡所谓陈古刺今，当是太师陈诗，瞽矇讽诵，或序诗云义，未必是诗人本义。朱子《辨说》是。这个猎者正如两

《叔于田》里的猎者一样,该属于当时的武士阶层。看他家有玉石杂佩赠人,甚至还有家蓄琴瑟,下不同于庶人,看他鸡鸣而起,弋凫与雁,上不同于大夫,便可知道。

有人说,此诗所写不是什么贤夫妇。又有人说,此诗中女是淫女。说来都很有趣!崔述《读风偶识》说:"余按夫妇果贤,则当男务耕耘,女勤纺织,如《葛覃》之刈濩,《七月》之于耜举趾矣。果相警戒,则当如《蟋蟀》之无已太康,《小宛》之无忝所生矣。今也鸡鸣而起,所为者弋凫雁耳,饮酒耳,好交游耳,所谓贤者固如是乎?所谓警戒者如是而已乎?《孟子》曰:'鸡鸣而起,孳孳为善者,舜之徒也。鸡鸣而起,孳孳为利者,跖之徒也。'然则鸡鸣而起,不必贤者而后能也。若但以不留色为贤,则天下之男子岂必日日皆御妇人者哉?盖郑俗浮薄,不知勤于职业,男女相悦者不必论矣。即夫妇居室,不为冶荡,亦不过弋游醉饱之是好,初无唐、魏勤俭之风,秦人雄勇之俗也,君子是以知其国势之不振。以此为贤而相警戒,误矣。以为陈古刺今则尤大误。岂古之人亦惟弋猎饮酒之是好哉?"由于他胸有郑声淫、郑俗浮薄等成见,又以为弋猎非生业而是游惰,乃以今民间一般夫妇生活来苛求古诗中夫妇,自然和其诗旨格格不入。龚橙《诗本谊》说:"《女曰鸡鸣》,淫女思有家也。"他以为《毛序》"误传诗谊"。他说:"《易林》:'鸡鸣同兴,思配无家,执佩持凫,莫使致之。'《丰之艮》)为淫女之思明甚。"不错,《易林》作者用《齐诗》说,但《易林》不是经解,于《诗》往往用其辞而不用其义。《丰之艮》、《渐之鼎》用《女曰鸡鸣》就是一例。这恐怕不能算是《女曰鸡鸣》一诗的"本谊"!

有 女 同 车

有女同车,颜如舜华。将翱将翔,佩玉琼琚。彼美孟姜,洵美且都!

有女同行,颜如舜英。将翱将翔,佩玉将将。彼美孟姜,德音不忘!

【解题】

《有女同车》,为刺郑太子忽宁娶他国之女,两次辞婚于齐,致失大国之援而作。诗人刺他,正所以痛惜他。《诗序》说"刺忽",必须如此理解才是。朱子《辨说》但知刺之所以罪之,不知诗人正忠于忽,又但自论义理而不顾及当日情势,故所说陷于谬误而不自知,后来学者也很少知道而加以驳正。《严缉》说:"忽以弱见逐,国人追恨其不取齐女,言忽所取他国之女,行亲迎之礼,而与之同车者,特取其色尔。此女色如木槿之华朝生暮落,不足恃也。而今也且翱且翔,干此佩其琼琚之玉,徒有威仪服饰之可观,而无益于事也。曷若彼美好齐国之长女,信美且闲雅,向来忽若取之,则有大国以为援,而不至于见逐矣。"依他这样说,这篇诗旨和《诗序》的说明、毛郑的注释,似乎都比较明白了。

这诗今古文家无争论。王先谦《集疏》说:"案,昭公辞昏、见逐,备见《左传》。隐八年如陈逆妇妫,诗所为作。三家无异义。"魏源《集义》以为此诗"刺文公",是自下己意,非出于今文三家,无据。《集疏》比《传》、《笺》更进一步,考定此诗作出年代,在忽辞昏于齐、亲迎于陈时所作。又在这诗一章下说:"钱澄之云:上四句言忽所娶陈女徒有颜色之美,服饰之盛。下二句盛言齐女之美且贤,以刺忽之不昏于齐。《笺》说〔郑人刺忽不取齐女、亲迎与之同车,故称同车之礼,齐女之美〕非。马瑞辰云:有女同车,实陈亲迎之礼,谓忽娶陈女也。下言彼美孟姜,乃慕齐女德美之词,故言彼美以别之。下章仿此。愚案钱、马说是。"这诗毛、郑以后,经过欧阳《诗本义》(始以有女为娶他国之女)、《吕记》、《严缉》、钱氏《田间诗学》、马氏《传笺通释》,直到王葵园作《集疏》,才算说通。

《朱传》说:"此疑亦淫奔之诗。"这比他在《辨说》中说的更为谬误、可笑。崔述《读风偶识》说:"《郑风》二十一篇,唯《缁衣》好贤有开国之规,《羔裘》直节有扶危之操,其余皆卑鄙猥琐之言耳。两《叔于田》及《女曰鸡鸣》,其言之津津者止弋猎一事。至《遵路》、《同车》之属淫靡冶荡,尤不知人间有羞耻事矣。"至以《遵路》、《同车》同为淫诗之尤,这好像是"武夷山下吃残羹"人语。但《同车》不是淫诗。诗无淫媟不庄的话,本来不用辩。然而有人驳诘此非淫诗,也很有趣。如说:"以为淫奔之诗者,朱子特以《郑风》而臆之耳。今就经文诠之,同车者,亲迎授绥之礼也;同行者,御轮三周之候也。曰佩玉,是有矩步之节;曰孟姜,则本齐族之贵。彼《溱洧》之相谑,《桑中》之相要,有如是之威仪盛饰、昭彰耳目者乎?"(《后笺》引赵文哲《有婵雅堂别集》语)

山 有 扶 苏

山有扶苏,隰有荷华。不见子都,乃见狂且!

山有乔松,隰有游龙。不见子充,乃见狡童!

【解题】

《山有扶苏》,当是一个好女子悔嫁一个劣汉而作。无疑地这是采自民俗歌谣之言。"劣汉偏骑骏马走,巧妻常伴拙夫眠。世间多少不平事,不会做天莫做天!"由于父母之命、媒妁之言的婚礼,几千年来不知道害死了许多无辜的好女子!

黄中松《诗疑辨证》说:"朱子以狡童不可斥君(原注:毛以狡童即斥昭公,郑指昭公所用之小人言),而定为淫女戏其所私之词。不意大贤而明于狎邪之情如此耶?或疑斯女有才美,而所适匪偶之作,如谢道韫所谓'天壤乃有此王郎'耳。然为女如此,亦太轻薄。窃意此朋友相规之词也。言山之有木,隰之有草,敷华而敛实,各成其美。今乃不能闲习于礼法(本《孔疏》),而恣为放荡;不充实其性行(本《孔疏》),而喜行奸诈。是可恶也。狂与都,狡与充,正相反。《毛传》曰:子都,世之美好者也。子充,良人也。既不以子都为射颍考叔之子都,则子充更不必求其人以实之矣。"他于这诗既不相信毛、郑,又不相信朱子,以为只是朋友相规之词,说来一本正经,还不太煞风景。但不知道他引或说,其人为谁,是故意隐其姓名,还是自己假设?在旧有诸说中这一说最近"情理"。女子所天非人,作此无可奈何之语,岂得视为"轻薄"之言?把这诗还原为歌谣,正该如此立说。朱子也像是以这诗为歌谣,却说这是"淫女戏其所私之词",怎见得女为淫女?黄中松说:"不意大贤而明于狎邪之情如此!"真能使人听了发出会心的微笑。

《诗序》说"刺忽","所美非美然"。这有两种不同的解释。哪一解释对呢?《郑笺》于一章下说:"扶胥之木生于山,喻忽置不正之人于上位也。荷华生于隰,喻忽置有美德者于下位。此言其用臣颠倒失其所也。人之好美色,不往睹子都,乃反往睹狂丑之人,以兴忽好善不任用贤者,反任用小人,其意同。"又于二章下说:"游龙,犹放纵也。乔松在山上,喻忽无恩泽于大臣也。红草放纵枝叶于隰中,喻忽听恣小臣。此又言养臣颠倒失其所也。人之好忠良之人,不往睹子充,乃反往睹狡童,狡童有貌而无实。"这一解释,"言忽所美之人实非美人"。也就是说"不爱贤人而爱小人"。陈奂《传疏》说:"美,读如彼美孟姜之美。上篇言应取不取,此言不应取而取,皆所以追刺忽之失援也。"这一解释,是上篇说忽应该娶孟姜而不娶孟姜,此篇说忽应该不娶陈妫而娶了陈妫,所以说"《山有扶苏》犹《有女同车》也"。郑、陈两说申《序》,好像猜谜,但是上古诗人未必有此哑谜。

《毛传》:"狡童,昭公也。"这有三种不同的解释,都不以狡童指昭公为是。哪一解释对呢?还是《毛传》对呢?《孔疏》说:"充,是诚实,故以忠良言之。充为性行诚实,则知狡童是有貌无实者也。狡童,谓狡好之童,非有指斥定名也。下篇刺昭公之身,此篇刺昭公之所美非美、养臣失宜,不以狡童为昭公。故易《传》以为人之好忠良不睹子充而睹狡童,以喻昭公之好善不爱贤人而爱小人也。孙毓云:此狡,狡好之狡,谓有貌无实者也。云刺昭公而谓狡童为昭公,于义虽通。下篇言昭公有狂狡之志,未可用也。《笺》义为长。"这里孔颖达一解释,申《笺》易《传》,以狡童为指小人,非指昭公。毛、郑两义不同,而以郑义为长。汪龙《毛诗异义》说:"孙毓谓《传》以狡童为昭公,于义虽通,不若《笺》指小人为长,其言亦是。然以《传》义求之,疑《传》文有误也。《传》以章首二句为反兴,则下二句义当接成。且屈伸理对,言伸必有屈。《传》释子都为美好,子充为良人,正指君子,则狂且狡童当指小人。用舍失当,反正对言,合《叙》所美非美之义,无由以狂且狡童目昭公也。《传》如以目昭公,亦必于释狂且下著之,不应于下章始言。又上章解狂且之义,而狡童之义于《狡童》篇释之。似此《传》狡童昭公也,系彼《传》之文,后脱误移于此耳。彼《叙》刺忽不与贤人图事,为贤人指昭公之言,故曰狡童昭公也。昭公有壮狡之志,《传》以狡童之义在后总释,此因略而不言。不然,于此言其人,于彼言其义,《传》文何杂碎乃尔?彼此参校,知不如是也。"这里汪龙一解释,以为此《传》"狡童昭公也"系下《狡童·传》脱文误移于此。陈奂《传疏》说:"案汪起潜以此《传》文'狡童昭公也'五字为《狡童》篇之义,误移于此,汪说极是。但以子都、子充为君子,狂且、狡童为小人,当是《笺》义,非《传》义。此与上篇同意,刺忽之不取齐姜,既失强齐之援,以结乱陈之亲。故一章云'不见子都,乃见狂且',《传》:'狂,狂人也。'狂人,当指陈侯鲍。《公羊传》:'曷为以二日卒之,忆也。'何注:'忆者,狂也。齐人语。'……狡童,当指陈佗。《公羊传》:'陈佗者何?陈君也。陈君则曷为谓之陈佗?绝也。曷为绝之?贱也。其贱奈何?外淫也。恶乎淫?淫乎蔡,蔡人杀之。'盖陈桓公既为病狂之人不能足恃,陈佗弑立,亦淫乱之辈,不能援救,而忽反辞昏于齐以失大国之助,是为刺尔。"这里陈奂一解释,以为狂且、狡童非指小人,狂且系指病狂而死的陈桓公,狡童系指杀太子免而自代的陈佗。以上三种解释明与《毛传》相违,究竟《毛传》对不对呢?依最后王先谦以今古文说互证得出来的结论,那就《毛传》对,他们的解释就都不见得对了。

这诗今古文无争论。魏源《诗序集义》所说无据,和今文三家遗说无关。王先谦《集疏》于此《诗序》下说:"三家无异义。"于一章下说:"齐说曰:'视暗不明,云蔽日光。不见子都,郑人心伤。'(《易林·蛊之比》)言郑君视暗不明,在朝非无子都,特不见耳。鲁说曰:'言所谓好者非好,丑者非丑。'(《中论·审大臣》篇全引此诗一章)……赵岐《孟子章句》十一云:'子都,古之姣好者也。'亦引此诗二句。明齐、鲁、毛文义并同。子都、狂且以好丑为君子小人之喻,不指好色言。"又于二章下说:"齐说曰:'思我狡童,不见子充。'(《易林·随之大过》)云思我狡童,是齐说亦指昭公,不以为刺小人。下《狡童·诗序》云刺忽,《传》谓昭公有壮狡之志,则以狡童指昭公乃古义相承如此。齐说释诗,盖言不见善人相辅,惟见狡童孤立于上而已。"最令人感到有趣的:这诗《毛序》、《毛传》尤其是关于《毛传》"狡童,昭公"一点,从来专治《毛诗》的名家包括陈启源、胡承珙和陈奂,他们都不曾解通,倒让这位专治今文"《诗》三家义"的先生用今古文互证,才勉强把它解通了。还会有人疑《毛传》不是以狡童指斥昭公吗?

还有子都、子充、狂狡其人为谁的问题,前人许多争论,到此也该作一小结。王夫之《稗疏》说:"郑有公孙阏,字子都。《春秋传》与颍考叔争车者,是也。盖郑庄公之力臣,或其仪容丰伟,故《孟子》称其姣。以此推之,亦必实有子充,盖庄公所托国者,而昭公废之,听任群小,故《序》曰所美非美然也。《左传》郑有狂狡,岂即昭公之所任者欤?若淫女相戏,岂敢指斥贵大夫之字以相谑笑哉?"这驳《朱传》淫女说近是。但是子都疑为古美男子,不必为当时的公孙阏。又诗说狂且、狡童,明分为二,不能视为"离合",说指一人,即是狂狡。《左传》记狂狡在宣二年,即在郑昭公之后、郑穆公之时,俘获了宋大夫狂狡。不知道王船山是否受了丰坊伪撰《诗传》、《诗说》的影响;丰坊还伪造了子充为瑕叔盈字子充之说,也不足辩。李超孙《诗氏族考》说:"按丰氏坊谓子都乃公孙阏字,子充乃瑕叔盈字,皆世族之贤者。丰坊伪说虽不足据,然考隐十一年《左传》:'公会齐侯、郑伯伐许,颍考叔取郑伯之旗蝥弧以先登,子都自下射之,颠。瑕叔盈又以蝥弧登,周麾而呼曰:君登矣。郑师毕登,遂入许。'杜注:'瑕叔盈,郑大夫。'则此与子都皆郑卿之勇而有将略者。以是斥昭公之狂狡,而思见此两人,其说似相吻合。"按,既说似相吻合,只是似而已,丰坊伪书岂可为它证实?毛奇龄《诗传诗说驳议》道:"《诗传》:郑灵公弃其世臣而任狂狡,子良忧之,作《扶胥》(原注:狂氏,狡名)。《诗说》亦然。按诗本作扶苏,唯《毛传》作扶胥,胥、苏通字。其曰任嬖人狂狡者,按《左传》宣二年,郑公子归生受命于楚伐宋,宋师败绩。狂狡辂(迎)郑人,郑人入于井,倒戟而出之,获狂狡。则狂狡本宋人,而见获于郑者。其后任狂狡则无所据。且获狂狡者亦郑穆公,非灵公也。此以狂狡二字偶同,故实之耳。"毛西河驳得是。

萚　兮

萚兮萚兮,风其吹女?叔兮伯兮,倡予和女!
萚兮萚兮,风其漂女?叔兮伯兮,倡予要女!

【解题】

《萚兮》,咏叹落叶之歌。好像是写秋冬之际,霜晨月夕,庭前树下,农民兄弟载歌载舞、一倡一和之作。但论它的情调,低沉、感伤,又像是没落的贵族不胜空虚、寂寞、悲凉、哀怨之作。黄中松《诗疑辨证》引金仁山(履祥)说:"萚,木叶之将落者,风吹则落矣。以见人生之易老,故欲与之相乐也。"其说亦近是。昭十六年《左传》,郑六卿饯韩宣子,子柳赋《萚兮》,只是断章取义,取其宾主酬酢、倡和欢乐而已。

就诗论诗,这诗似无暧昧的男女情事,也无明显的政治意义。朱子《辨说》以为这也是"男女戏谑之词",《集传》径以为"此淫女之词"。实不可解。怎见得叔伯必是男女相呼,倡和必是男女相悦?此诗但有感伤的意味,并无戏谑的风趣。何楷、黄中松、姚际恒、方玉润诸人,都驳斥了这一说。何氏《古义》说:"女虽善淫,不应呼叔兮又呼伯兮,殆非人理,言之污人齿颊矣。"这就够了,不用再驳了。何况诗的文字本身上不就是一大雄辩吗?

《苏传》、《吕记》、《严缉》一说,以为这诗是忧惧之词,大臣相约倡和以谋国难之诗。真德秀、范家相一说，以为这是群臣结党避祸之诗。《诗义折中》以为这是望晋急郑之诗，它说："夫救灾恤患，大国之职也。待小国之请而后图之，惰其职矣。圣人录《萚兮》，悯郑而责晋也。"又说："郑介晋楚之间，楚常伐郑而晋不能救，郑大夫欲晋之急已也。……苟能倡大义以攘楚，则郑自从而和之，不止存郑，亦所以固晋也。"这说的不止是望晋倡义纳忽，而且望晋倡义攘楚。黄中松以为这是诗人避祸逃难之诗。他说："窃意诗人以风之吹萚喻国势之将衰，故呼周姓之叔伯相倡和而去，与邶之《北风》相类，宫之奇以其族行之意，是也。"王闿运则以为这是群公子诸大夫倡乱谋篡、互相结连响应之诗。诗人不复生，谁知道他在诗里寓有什么政治意义？诗人眼见寒风落叶吹飘作响，引起神思，而独有叔伯倡和互相合作的这么一种抽象的概念就作出诗来，怎知道读者会各以自己的感触和认识等等来填充它、解说它呢？

这诗毛、郑稍有异同，今古文家无甚争论。陈启源《稽古编》说："叔兮伯兮，倡予和女，《传》以为君责臣之词，言倡者当是予，和者当是女也。《笺》以为群臣相谓之词，言女倡矣，则我将和之也。如《笺》意，则倡字当略断，予和女三字连读，然《传》义胜矣。郑之君臣不相倡和，应举倡和之常理以正之也。康成之意，徒以叔伯乃兄弟之称，当是群臣自相谓耳。案《左传》，鲁隐公谓公子弸为叔父（见五年），郑厉公谓原繁为伯父（庄十四年），晋景公谓荀林父为伯氏（宣十五年），安在叔伯之称君不可施于臣乎？"是的，《毛传》意以为君臣应相倡和，此君责臣之词。《诗序》"刺忽"，就在刺忽君臣不相倡和。今文"三家无异义"。魏源《集义》自说自话。王先谦《集疏》说："陈奂云：《笺》谓倡、和俱属叔伯，指群臣言，与上下文义不通。愚案，郑欲显刺意。然诗但言君臣倡和，刺在言外也。《书大传》言虞廷赓歌之事，言百工相和，帝乃倡之；百工非不可相和，而倡必由帝。《吕刑》：王曰，伯兄仲叔季弟。《枚传》：伯仲叔季，顺少长也。举同姓包异姓，言不殊也。此诸侯叔伯义同。《左传》鲁隐公谓公子弸为叔父，晋景公谓荀林父为伯氏，亦其例也。曰倡予,君自谓。曰和女,谓群臣。词义森然。《列女·鲁公乘姒传》言妇女之事,倡而后和。引此诗四句,明鲁、毛文同。妻道、臣道一也,唱而后和,亦无异义。"

狡　童

彼狡童兮,不与我言兮。维子之故,使我不能餐兮。
彼狡童兮,不与我食兮,维子之故,使我不能息兮。

【解题】

《狡童》,是郑贤臣刺昭公忽不能深相信任呢,还是淫女被弃之诗呢?从宋儒以来,争论得很激烈,看来《毛序》、《朱传》两说都有可通之处,至今还难下一个结论。倘若把它还原为歌谣,则后一说为胜。倘使狡童没有身份,是卑贱之人,诗人会称他为"子"么?又如没有太师陈诗、瞽矇诵诗、经师序诗一类的意义,它能够保存下来么?这样看则前一说也不可废。我以为不仅论这诗如此,凡论《国风·诗序》和朱子《辨说》、《集传》的异同得失,都不可忘记《诗》所以保存下来而从这一观点出发。尤其是在论《国风》中所谓淫诗时更应如此。

朱子《集传》说:"此亦淫女见绝而戏其人之词。"从诗原出于民风来说,这话未尝不是。至《辨说》攻击《诗序》"刺忽"一点,强调了"君臣之分",这在今人看来就未免觉得可笑了。又《朱子语类》说:"圣人言郑声淫者,盖郑人之诗多是言当时风俗、男女淫奔,故有此等语。《狡童》,想说当时之人,非刺其君也。"又说:"郑、卫皆淫奔之诗,《风雨》、《狡童》皆是,又岂是思君子、刺忽?忽愚,何以为狡?"又说:"经书都被人说坏了,前后相仍不觉。且如《狡童》诗是《序》之妄,安得当时人民敢指其君为狡童?况忽之所为,可谓之愚,何狡之有?当是男女相怨之诗。"又说:"许多郑风,只是孔子一言断了,曰:'郑声淫。'如《将仲子》自是男女相与之辞,却干祭仲、共叔段甚事?如《褰裳》自是男女相咎之辞,却干忽与突争国甚事?但以意推看《狡童》,便见所指是何人矣。"朱熹还戏言《春秋》最苦是"郑忽",以嘲笑《诗序》说诸诗"刺忽"之非。龚橙《诗本谊》说:"《狡童》,淫女见弃也。"谭献以为"龚氏家学往往求晚周之绪、西京之初"。不错,龚橙说《诗》多据今文三家义,可是他于这诗就像是根据《朱传》了。

关于这篇诗,不,应该说整部《诗经》中的所谓淫诗,学者间争论得最激烈的一次是在康熙初年江西白鹭洲的讲学会。施闰章讲学于吉安城南白鹭洲,恰好楚人杨洪才(耻庵)率领他的门徒数人去了,施又招请寄居抚州崇仁的毛奇龄去。他们展开了学术上的辩论三天,《狡童》一篇只是关于《诗经》淫诗辩论里的一部分。不待说,以攻击朱子学说有名的毛奇龄是主张《诗序》一说的,属于主方;杨洪才及其门徒是主张《朱传》一说的,属于客方。辩论的结果,毛氏一方似乎占了上风。这是根据毛氏事后转录施闰章的"写记"而成的《白鹭洲主客说诗》一书,想是实录。毛奇龄说:"先仲氏曰:'使我不能餐'、'使我不能息',与《古诗》'思君不能餐'、'思君不能寐'正同。此是诗例。儒者不识经,当亦识例。如'风雨凄凄',怀人之最雅者。二《南》原有'既见君子'一例,此在《三百》本文所自有者,而一为后妃之德,一为淫奔,何以为说?岂'风雨凄凄'八字中有淫具耶?"即此可以见其博辩有趣。

这里再节录毛奇龄叙述的关于解说《狡童》篇有趣的故事两则:

"高忠宪讲学东林。有客问:'《木瓜》之诗并无男女字,而谓之淫奔,何也?'忠宪未能答。萧山来风季曰:'即有男女字,亦非淫奔。'忠宪曰:'何以言之?'风季曰:'张衡《四愁诗》云:美人赠我金错刀,何以报之英琼瑶。张衡淫奔耶?'傍一人不平,遽曰:'彼狡童兮,称为狡童,非淫奔乎?'曰:'亦非淫奔。'忠宪曰:'何以言之?'曰:'箕子《麦秀歌》云:彼狡童兮,不与我好兮。其所称狡童者,受辛也,君也。君淫奔耶?'忠宪起揖曰:'如先生言。'又曰:'必如先生者,而可与言《诗》。'"

"宋黎立武作《经论》,中有云:少时读箕子《禾黍歌》,愁然流涕。稍长,读《郑风·狡童》诗,而淫心生焉。出而视邻人之妇皆若目挑心招,怪而自省。夫犹是'彼狡童兮,不与我好兮'二语,而一读之而生忠心、一读之而生淫心者,岂其诗有二乎?解之者之故也。然则解《诗》当慎矣。从来君臣朋友间不相得,则托言以讽之。《国风》多此体,而逞臆解说,锻成淫失,恐古经无邪之旨必不若是。此宋末儒者之言。立武,字以常,宋国子司业,临江人。"

这诗所谓狡童究竟应该怎样解释?胡承珙《后笺》说:"钱氏竹汀曰:'古本狡当为佼。《山有扶苏·笺》云:狡童有貌而无实。孙毓申之,以为佼好之佼,非如后世解为狡狯也。《狡童·传》云:昭公有壮狡之志。《疏》亦云:佼好之幼童。则佼童只是小年通称,非甚不美之名。卫武公刺厉王云:於乎小子。古人质朴,不以为嫌。'段氏《诗经小学》云:'壮狡,与《月令》之壮佼,皆当作姣。姣,好也。有壮狡之志,《正义》以童心释之,是也。'承珙案,狡、佼、姣三字古通。《月令》:'养壮佼。'《吕氏春秋》作'壮姣'。《诗·硕人·笺》:'长丽佼好。'《还·笺》、《猗嗟·笺》:'昌,佼好貌。'《月出》:'佼人僚兮。'《释文》并云:'佼本作姣。'《荀子·非相》篇:'古者桀、纣长巨姣美,天下之杰也。'据此,则箕子以狡童目纣者,亦止为形容佼好之称,明甚。且此《传》云'壮狡之志',则又非徒形貌。高注《吕览》云:'壮狡,多力之士。'是壮狡与雄武意略同。昭公志在自奋,而所与图者非其人,故惟有壮狡之志而暗于事机,终将及祸。愈使人思其故而忧之,至不能食息焉。然则谓毛以狡童目昭公为悖理者,皆不达古人文义者也。"读此可知《诗序》说"《狡童》刺忽"、《毛传》释狡童为"昭公(忽)有壮狡之志",即就"君臣之分"来说,也未为不可。

以臣目君为狡童,远从箕子开始。箕子的《麦秀歌》见于《尚书大传》(作微子)和《史记》。如果《麦秀歌》不是后人剿袭《狡童》一诗而假托箕子所作的话,那么,箕子虽说是纣王的诸父或者庶兄,不妨倚老卖老,究竟他是臣,纣王是君,他怎么好说纣王为狡童呢?如果箕子可以,那就郑人也可以指斥昭公为狡童,可能还是模仿《麦秀歌》的了。从毛、郑以来直到清代许多汉学家都以为《狡童》一诗是刺昭公的,怕就是因为已有箕子先例在。又从宋儒朱熹直到近人说《诗》,都以为狡童二字是淫女指斥她的情人,不,应该说女子指斥她的爱人。我以为在没有人证明箕子《麦秀歌》是后人伪托以前,《诗序》说"《狡童》刺忽"这一说也还不可废。《严缉》说:"旧说既以狡童指忽,又以子为指忽,非也。彼,以指忽之所用。子,以称忽。……彼者,薄之之辞。子者,亲之之辞也。"虽与《毛传》相背,却和《诗序》有合,也像可通。

褰 裳

子惠思我,褰裳涉溱。子不我思,岂无他人?狂童之狂也且!

子惠思我,褰裳涉洧。子不我思,岂无他士?狂童之狂也且!

【解题】

《褰裳》,很像是出自民间打情骂俏一类的歌谣。朱熹《集传》以为这是淫女戏谑与所私者之词,近是。他于一章下说:"淫女语其所私者曰:子惠然而思我,则将褰裳而涉溱以从子。子不我思,则岂无他人之可从而必于子哉?狂童之狂也且!亦谑之之词。"我以为"褰裳涉溱"一句未必是像他说的女将涉水从男,相反,女望男不惮涉水而来。毛奇龄《毛诗写官记》说:"女子曰:子思我,子当褰裳来。嗜山不顾高,嗜桃不顾毛也。"这话说得诙谐有趣。可知道他早年也承认这是男女之词。

《朱子语类》说:"诗中狂童之词是怎意思?作《序》者但见子太叔赋此诗,韩宣子曰:'起在此,敢勤子至于他人乎?'便以为思大国之正己,不知赋《诗》但借其言以寓己意。"不错,春秋时代,列国聘享,往往赋《诗》寓意。后世大宴会有歌舞,有时特奏某曲,特点某戏,好像还有古代燕飨赋《诗》遗意。假如有人说,郑六卿饯送晋卿韩宣子,子太叔赋《褰裳》怎么敢用本国淫诗献给大国的卿相?还敢暗讥他为狂童?这就是由于不顾史实,不知道那时候赋《诗》往往断章取义,并不一定要用诗的本义。何况当日晋、郑两国还在互相猜忌,郑六卿赋《诗》暗示以威胁对付威胁,知己知彼、不卑不亢呀。

子太叔赋《褰裳》,子产赋《褰裳》,都是在外交宴会上暗示外宾改善两国关系,都曾取得了一时外交上的胜利。昭十六年《左传》:"郑六卿饯宣子于郊。……子太叔赋《褰裳》。宣子曰:'起在此,敢勤子至于他人乎?'子太叔拜。宣子曰:'善哉,子之言是!不有是事,其能终乎?'(其意似谓:不鉴前人之狂惑,后人未必能有终也)"子太叔赋此诗寓意,韩宣子身为大国执政是懂得的,所以既称许他善于赋《诗》,同时也闻诗自儆。为了不迫使郑国求援于秦、楚,表示晋国将不攻郑,这样郑国也就终能依附晋国,晋、郑邦交就有终了。《吕氏春秋·求人》篇说:"晋人欲攻郑,令叔向聘焉,视其有人与无人。子产为之诗曰:'子惠思我,褰裳涉洧。子不我思,岂无他士?'叔向归,曰:'郑有人,子产在焉,不可攻也。秦、荆近,其诗有异心,不可攻也。'"这里说子产为诗,还是说子产赋《诗》或诵《诗》的意思。晋国想攻郑国,派了叔向去探虚实。子产借歌《褰裳》以寓己意,就是说,你国不助我国,难道就没有他国?当时晋国因为怕迫使郑国求外援于秦、楚两国,就不敢发动攻郑国了。子产赋《诗》可能在子太叔之前。郑国两次在外交宴会上都因赋了《褰裳》一篇小诗,有助于取得了外交上一时的胜利。

《诗序》说"《褰裳》思见正","国人思大国之正己",这是什么意思?又说"狂童恣行",指谁发昏乱搞?《郑笺》说:"狂童恣行,谓突与忽争国,更出更入,而无大国正之。"《孔疏》说:"忽是庄公世子,于礼宜立,非诗人所当疾,故知狂童恣行谓突也。忽以桓十一年继世而立,其年九月,《经》书突归于郑,郑忽出奔卫,是突入而忽出也。桓十五年,《经》书郑伯突出奔蔡,郑世子忽复归于郑,是忽入而突出也。故云与忽更出更入。于时诸侯信其争竞而无大国之正者,故思之也。此《笺》言更出更入而无大国正之,则是忽复立之时思大国也。忽之复立,突已出奔,仍思大国正己者,突以桓十五年奔蔡,其年九月郑伯突入于栎。栎是郑之大都,突入据之,与忽争国。忽以微弱不能诛逐去突,诸侯又无助忽者,故国人思大国之正己也。"胡承珙《后笺》说:"《春秋》……桓十五年,郑伯突出奔蔡。《公羊》曰:'突何以名?夺正也。'郑世子忽复归于郑。《公羊》曰:'其称世子何?复正也。'夫突为夺正,忽为复正,与《序》云思见正者合。然则所谓狂童非指突而何?"我们读了《郑笺》、《孔疏》和胡氏《后笺》,就该知道《诗序》的意义,狂童恣行,是指郑厉公突敢和其兄郑昭公忽争国。王先谦《集疏》说:"《左传》桓十五年:'公会宋公、卫侯、陈侯于袲伐郑。'十六年:'公会宋公、陈侯、蔡侯伐郑。'党突攻忽。诗甚言狂童之狂,恣行为乱,冀动大国之听,速其兴仁义之师耳。"《诗序》说思正,说国人思大国之正己,原来是因几个小国助突攻忽,而站在忽这方面的国人也希望有大国助忽攻突。统治阶级内部发生矛盾,各求外援,人民就遭殃了。我们知道《诗序》往往根据《左传》立说,无疑地它关于这诗也是根据《左传》子太叔赋诗的意义说成"思大国之正己"一个意义作为诗的意义。并把这诗作出的年代上推到郑厉公和郑昭公的时候,把他们争国的史事作为诗本事。今文三家无异义,故王先谦说:"为此诗者,深忧君国,奔走叫号,无裨时事,以世无霸主故也。"我们可以说,这诗《诗序》是用《春秋》贵族赋《诗》的意义,《集传》是用当初民俗歌谣的意义,所以显得两者各不相蒙。看来《诗序》也还可通,不过《集传》当是用了诗的本义,直截了当,平易近人,更容易为后来一般人接受罢了。

丰

子之丰兮,俟我乎巷兮,悔予不送兮!
子之昌兮,俟我乎堂兮,悔予不将兮!
衣锦褧衣,裳锦褧裳。叔兮伯兮,驾予与行!
裳锦褧裳,衣锦褧衣。叔兮伯兮,驾予与归!

【解题】
《丰》篇,当是叙述男亲迎而女不得行,父母变志,女自悔恨之词。

《诗序》说"刺乱",是刺郑国衰乱呢,还是刺郑俗淫乱呢?说"男行而女不随",女为什么不随呢?都不曾说得明确。诗一再说"子之丰兮"、"子之昌兮"。女既盛称其男之美,难道她还"有异志",自愿不随男吗?如果是她自愿不随男,为什么又说"悔予不送",还痴心妄想"驾予同归"呢?说不通。朱熹《辨说》以为"此淫奔之诗"。那么,岂有淫奔而俟于堂之理?岂有锦衣锦裳、招呼叔伯、驾车同行、炫耀淫奔之理?说不通。

戴震以为此诗言男亲迎而女不至,婚姻变志出于父母,不出于女子。依他这样说就把诗说通了。他说:"此《坊记》所谓亲迎,妇犹有不至者也。盖言夫俗之衰薄,昏姻而卒有变志,非男女之情,而其父母之惑也。故托为女子自怨之词以刺之。悔不送,以明己之不得自主,而志终欲随之。后二章望其复迎己以行。《昏礼》:以名通。在女子不必知其夫之字也。'叔兮伯兮',便文连称,不知其字之辞,非不知其人也。或曰:女子始有所为留者非欤?曰:非也。凡后世昏姻变志,皆出于父母,不出于女子。诗言迎者之美,固所愿嫁也,必无自主不嫁者也。此托为女子之辞,正以见惑由父母尔。使父母知男女之情如此,惑亦可以解矣。"我查戴著各书,未见此文。这是根据他的乡人汪梧凤《诗学女为》、胡承珙《后笺》对勘转引。

《后笺》说:"承珙案,〔戴氏〕此说极为圆通。《记》云:'婚姻之礼废,则夫妇之道苦,而淫辟之罪多。'然《序》但云刺乱,未必定为淫乱。或者国乱民贫,父母变志,男亲迎而女不行者有之。若以为淫奔之诗,天下岂有淫奔而备衣裳、驾车马以行者乎?且既称叔,又称伯,一女子而欲从二人,是人尽夫也,廉耻道尽,尚足以污简册哉?"又说:"'悔予不送兮',《传》:'时有违而不至者。'或谓昏礼女随男行,无所谓送,故当与《桑中》言送者相似。承珙案,送,犹致也。《荀子·富国篇》云:'男女之合,夫妇之分,婚姻娉内,送逆无礼。'注:'内读曰纳,纳币也。送,致女。逆,亲迎也。'《春秋》言致女者,即以女授婿之谓。此女悔其不行,故托言于其家之不致,非自谓其不送男子也。《传》以'违而不至'释之,盖即以送为致女之意。《坊记》:'子云:昏礼,婿亲迎,见于舅姑,舅姑承子以授婿,恐事之违也。以此坊民,妇犹有不至者。'《毛传》即用此语。郑彼注以'违'为'夙夜无违命'、'毋违宫事'之'违'。以'不至'为'不亲夫以孝舅姑',解殊迂曲。《陈风·东门之杨·序》云:'刺时也。昏姻失时,男女多违,亲迎女犹有不至者也。'其'昏以为期,明星煌煌',《传》云:'期而不至也。'正与《丰》诗相类。《匡谬正俗》谓康成《诗笺》为得其义,何为注《礼》乃更妄生异说?不知郑先注《礼》,后笺《诗》,固当以《诗笺》为定论。但于《郑风》云:'时不送,则为异人之色。'于《陈风》亦云:'女留他色,不肯时行。'其实违而不至,变故或非一端,未必尽由未嫁之女先从奔诱而然耳。"这都足以申明戴说,可称博洽。王先谦《集疏》也说:"愚案:胡曲为送字斡旋,说亦可通。"又说:"三家无异义。"我以为今后解这诗当用戴、胡、王三家之说为定论。

东 门 之 墠

东门之墠,茹藘在阪。其室则迩,其人甚远!
东门之栗,有践家室。岂不尔思?子不我即!

【解题】

《东门之墠》,自是男女求爱、赠答唱和之词,完全是民间恋歌的形式。从《郑笺》说"此女欲奔男之辞",《孔疏》说"二章皆女奔男之事",到王先谦《集疏》说"女求男之意",一直以为全篇是女子一人之词,不知道这是民间恋歌男女对唱的形式,倘若把它还原为歌谣来说,不就知道了吗?

这诗今古文说不同。依古文《毛诗》说,是"刺乱"、刺"相奔";依今文三家遗说,"诗无奔意";两说恰恰相反,争论就要发生了。魏源《诗古微》说的已略见上载《诗序集义》①。王先谦《集疏》说:"齐说曰:'东

---

① 编按:《诗序集义》云:"《东门之墠》,刺乱也。男女有不待礼而相奔者也。有靖家室,靖,善也。言东门之外,栗树之下,有善人可与成室家也。此女望男来迎己之词。"

门之墠,茹藘在阪。礼义不行,与我心反。'(《易林·贲之鼎》)案,诗无奔意。盖以世风淫乱,已独持正,故《序》云刺耳。……言乱世礼义不行,与我心相违反也。鲁、韩无异义。"他于《诗序》推本言外之意,以美为刺之意颇有了解,不独说这诗如此。又于一章下说:"《淮南·说山训》:'行合趋同,千里相从。行不合,趋不同,对门不通。'高注:'《诗》所谓室迩人远。'知鲁、毛说合。晋酒泉太守马岌求见宋纤,不得。铭曰:'丹厓百尺,青壁千寻。室迩人远,实劳我心。'借此语以表求贤之诚,言其可望而不可即,与诗女求男之意相同。或遂执以为此诗别义,非也。"鄙意以为这里说的"女求男",似当改为"男求女"。又于二章下说:"陈乔枞云:《曲礼》:'日而行事则必践之。'郑注:'践读曰善。'《正义》:'践,善也。言卜得而行事,必善也。'然则践义可依韩训善。……慕善心切,愿得为其室家,足见此女之贤,欲嫁不由淫色。有靖家室,犹今谚云'好好人家'也。""尔、子,皆指贤人。言我岂不思为尔室家,但子不来就我,以礼相迎,则我无由得往耳。此女以礼自守。"这都应该是确诂。最有趣的是,他说此诗男女都算得上所谓"贤",好像故意和《诗序》、《朱传》男女淫奔一说开玩笑。想是因为他作《集疏》住在长沙,正是辛亥革命以后,眼见"文明结婚"已经在大都市盛行,而且那时"男女平等"问题也已经提到议事日程上来了。

风　　雨

风雨凄凄,鸡鸣喈喈。既见君子,云胡不夷!
风雨潇潇,鸡鸣胶胶。既见君子,云胡不瘳!
风雨如晦,鸡鸣不已。既见君子,云胡不喜!

【解题】

《风雨》一篇,自是风雨怀人之诗。诗人于风雨之夜怀念君子,设言终于相见,喜极而作。《诗序》就诗论诗,可算正确。"三家无异义"。朱子《辨说》以为"轻佻狎昵,非思贤之意"。今按,诗说"云胡不夷",

"云胡不瘳""云胡不喜",都是设言一时骤见狂喜之情。说它"狎昵"或是说它"轻佻"则非。何况诗说风雨鸡鸣,比兴君子不改其常度,用意至为严肃。又《朱传》说:"淫奔之女,言当此之时,见其所期之人而心悦也。"怎见得是淫奔之女说的淫奔的话? 可是从此《风雨》一诗就蒙上淫诗的恶名了。今人论这诗把淫诗改称为恋歌情诗之类,同样不合理。

《传说汇纂》一书原是羽翼《朱传》为封建社会统治阶级服务的官书,虽然不敢驳斥《朱传》,还是不得不说"古说亦可通"。它说:"《序》……所谓乱世者,稽诸《郑谱·疏》及严粲《诗缉》之说,以郑公子之乱,时事反复,士之怵于利害,失其常度,故诗人有思夫君子,是在突与忽更入更出之间也。其诗见采于国史,后郑之贤大夫皆诵习之,于燕享之会至赋以言志焉。所以自两汉、六朝及唐、宋诸儒皆传其说,守而不易。独至朱子而直断为诗词轻佻狎昵,非思贤之意;风雨晦冥为淫奔之时。而南宋、元、明诸儒率不宗其说,且辨之曰:淫诗未见有称其人为君子者。盖风雨杂至而如晦,喻世之昏乱;鸡鸣在暗而思曙,喻君子居乱而思治;君子不改其度,则世道可挽,故见之而心悦,如疾之去其体焉。以此观诗,古说亦可通也夫!"按昭十六年《左传》,郑六卿饯韩宣子,子游赋《风雨》。杜注:"取其'既见君子,云胡不喜'。"这可能是《诗序》古说所本。

这诗积极的意义,在于它教育了人,为善不息,不改常度,临难不动摇,对敌不屈膝。毛奇龄《白鹭洲主客说诗》道:"陈晦伯作《经典稽疑》,载《风雨》一诗,行文取证者甚备。郭麾叛,吕光遗杨轨书曰:陵霜不凋者松柏也,临难不移者君子也。何图松柏凋于微霜,而鸡鸣已于风雨!《辨命论》云:《诗·风雨》云'风雨如晦,鸡鸣不已'。故善人为善,焉有息哉?《广宏明集》云:梁简文于幽絷中《自序》云:'梁正士兰陵萧纲,立身行己,终始如一。风雨如晦,鸡鸣不已。非欺暗室,岂况三光。数至于此,命也如何!'""自淫诗之说出,不特《春秋》事实皆无可按,即汉后史事其于经典有关合者,一概扫尽。如《南史·袁粲传》,粲初名愍孙,峻于仪范。废帝偞之,迫之使走。愍孙雅步如常,顾而言曰:'风雨如晦,鸡鸣不已!'此《风雨》之诗盖言君子有常,虽或处乱世而仍不改其度也。如此事实,载之可感,言之可思。不谓淫说一行,而此等遂阒然。即造次不移、临难不夺之故事,俱一旦歇绝,无可据已。嗟乎痛哉!"胡承珙《后笺》说:"案,《文选》陆士衡《演连珠》云:'贞乎期者,时累不能淫。是以迅风陵雨,不谬晨禽之察。'亦是用《序》意也。"我们仅仅根据了这些材料就可以想象到《风雨》一诗曾经鼓励了历史上多少人物临难不动摇,对敌不屈膝;又教育了多少人为善不息,不改常度。如果一定要说它是淫诗或恋爱的作品,究竟有何根据,有何意义,是何居心呢?

子　衿

青青子衿,悠悠我心。纵我不往,子宁不嗣音?
青青子佩,悠悠我思。纵我不往,子宁不来?
挑兮达兮,在城阙兮。一日不见,如三月兮!

【解题】

《子衿》,刺学校废,也是严师益友相责相勉之诗。《诗序》可信。《郑笺》说:"郑国谓学为校,言可以校正道艺。""国乱,人废学业。"不错。诗说:"纵我不往,子宁不嗣音!"《毛传》:"嗣,习也。古者教以诗乐,诵之、歌之、弦之、舞之。"《郑笺》:"嗣,续也。女曾不传声问我,以恩责其忘已。"诗说:"一日不见,如三月兮!"《毛传》:"言礼乐不可一日而废。"《郑笺》:"君子之学,以文会友,以友辅仁。独学而无友,则孤陋而寡闻。"《笺》盖用三家义易《传》,较《传》义为长。《传》胶执于"刺学校废"一点,以不嗣音为不习礼乐,以一日不见为一日不习礼乐,实于上下文义不甚贯,迂滞难通。

朱熹《集传》说:"此亦淫奔之诗。"未见得是。又于'挑兮达兮'句下说:"挑,轻儇跳跃之貌。达,放恣也。"难道这就是他在《辨说》里的

"辞意儇薄"吗?这里佻、达二字,他的训诂实未精确。原来《毛传》、《孔疏》说得不错,胡承珙《后笺》又从《毛传》内证、《说文》本义加以详释,已成确诂。现在我们读诗,但见严师益友的忠告善道,不见情人腻友的甜言蜜语,怎见得"辞意儇薄"?毛奇龄《白鹭洲主客说诗》道:"陈晦伯曰:《朱传》以《青衿》为淫奔诗,及作《白鹿洞赋》又从《序》说,此正中心不能泯处。而安成刘君谓其断章取义。夫毛、郑去古未远,其说必有所本,故吕东莱宗之,作《读诗记》,朱氏乃敢戏东莱先辈为毛、郑佞臣。然则刘君者,殆亦朱氏之佞臣乎?"毛、郑佞臣做不得,朱氏佞臣更做不得。辅广吃朱子"残羹",刘瑾做"朱氏佞臣",都不曾获得什么光彩!

清儒讲这诗,有调停毛、朱两说的,一主两说并存,一把两说统一。《传说汇纂》说:"《左传》襄公三十一年,郑人游乡校以论执政。然明曰:'毁乡校如何?'子产曰:'何为?盖郑之有学校也旧矣。'郑康成曰:'国乱,人弃学业。'范祖禹曰:'大乱五世,学废之由也。'此诗自汉及唐、宋、元、明诸儒皆主学校之说,而《集传》定为淫奔之作。他日朱子作《白鹿洞赋》云:'广《青衿》之疑问。'则仍用《序》说矣。今《集传》已是不刊,而古义亦有可据,且朱子曾所引用,故节录昔儒之说如右(按,此指其《附录》载毛氏苌、郑氏康成、孔氏颖达与程子、欧阳氏修、严氏粲六家说)。"这主两说并存。魏源《诗序集义》也像是想调停毛、朱两说。他说:"挑达城阙,言以青衿之士为狭邪之游,故刺废学即是刺淫。"他把两说统一,话似圆通,而于训诂不免偶有疏失。难道他和胡墨庄同时,不曾见到《后笺》么?

这诗有汉宋学之争,却无今古文之争。王先谦《集疏》说:"魏武《短歌行》:'青青子衿,悠悠我心。但为君故,沉吟至今。'虽未明指学校,并无别解。北魏献文诏高允曰:'道肆陵迟,学业遂废。《子衿》之叹,复见于今。'《北史》:大宁中征虞喜为博士,诏曰:'丧乱以来,儒轨陵夷,每揽《子衿》之诗,未尝不慨然。'宋朱子《白鹿洞赋》:'广《青衿》之疑问,宏《菁莪》之乐育。'皆用《序》说。三家无异义。"按隋王通《中说》道:"房玄龄谓薛收曰:'道之不行也必矣,夫子何营营乎?'薛收曰:'子非夫子徒与?天子失道则诸侯修之,诸侯失道则大夫修之,大夫失道则士修之,士失道则庶人修之。修之之道,从师无常,诲而不倦,穷而不滥,死而后已。得时则行,失时则蟠,此先王之道所以续而不坠也。古者谓之继时。纵我不往,子宁不嗣音!如之何以不行而废也?'"这也是引用《子衿》一诗从《诗序》的意义来说的。可证从汉魏到唐宋,一般人作文提到《子衿》一诗总是指的学校,或者学校中的士子。我们治学,实事求是,并非强调政治第一的柏拉图主义者。如今有人一定要把《子衿》视为淫诗,说成谈情说爱的诗,才认为有人民性,有艺术性。这是尊重人民呢,还是侮辱人民呢?这是出于马克思主义的反映论呢,还是出于弗洛伊德主义的性欲升华说呢?何况在那时社会里,青衿佩玉不是一般劳动人民的服饰呀!城阙通衢之地也不是一般劳动人民冶游猎艳的场所呀!

扬 之 水

扬之水,不流束楚?终鲜兄弟,维予与女。无信人之言,人实迋女!

扬之水,不流束薪?终鲜兄弟,维予二人。无信人之言,人实不信!

【解题】

《扬之水》,疑是忧悯郑昭公忽兄弟相残,孤立无助,为同姓臣所作。《诗序》或有根据。《郑笺》说:"忽兄弟争国,亲戚相疑,后竟寡于兄弟之恩。独我与女有耳,作此诗者同姓臣也。"《孔疏》说:"经二章,皆闵忽无臣之辞。忠臣良士一也,言其事君则为忠臣,言其德行则为良士,所以言之异耳。终以死亡,则忽为其臣高渠弥所弑也。作诗之时,忽实未死。《序》以由无忠臣,意以此死,故闵之。《有女同车·序》云:'卒以无大国之助至于见逐。'意亦与此同。"这诗何为而作,何人所作,作在何时,《诗序》何以说"闵无臣",《笺》、《疏》都解释明白了。魏源《诗序集义》说诗"刺兄弟相争",可不算错。说"或当为文公身后子瑕、子兰争国之诗",并不比《诗序》说的更为有据。只见其节外生枝、徒乱人意罢了。王先谦《集疏》说:"三家无异义。"

朱子《辨说》道:"此男女要结之词。"他以为淫诗,未见得是。又《集传》在一章下说:"淫者相谓,言扬之水则不流束楚矣,终鲜兄弟则维予与女矣。岂可以他人离间之言而疑之哉?彼人之言特诳女耳。"诗说"终鲜兄弟,维予与女",着重在兄弟上,不在予女上。"终鲜"是因,"维"才是果。这岂是"男女要结"的话?倘说"淫者相谓",淫在哪里?便是本来旨在羽翼《朱传》的《传说汇纂》,也不得不说:"《序》:'《扬之水》,闵无臣也。'汉、唐、宋诸儒之解曰:忽微弱,政令不行于臣下,而亲戚携贰,终寡友于之恩,又无忠良之士与之同心,将至灭亡,故君子闵之。是此诗之作,在忽未遇高渠弥之难之前也。吕祖谦《读诗记》载朱子初解,以为所亲者惟二人,亦不能自保于逸间,此忽之所以亡。是与《序》义同矣。后改为淫女相谓其所私之言。而于'兄弟'二字难解,则曰:兄弟,婚姻之称,《礼》所谓不得嗣为兄弟,是也。后儒疑之,以婿辞于女家曰:恐不得嗣为兄弟者,言有大故不可嫁娶,将无中表兄弟之续,非夫妇而有兄弟之称。然兹亦一解,不必具论。即就婚姻诠释兄弟,后儒谓与'终鲜'文义究有未协。况《扬之水》三篇皆兴微弱,一言平王,一言晋昭,此言郑忽,诗同一例。则似仍从朱子初解之为长矣。"幸有《吕记》存着朱子初解可供采择,为《传说汇纂》执笔诸臣不太触犯《朱传》卸下了一个重担子!

清儒说这诗,大抵宗毛驳朱,这里只能选录略具总结性的两说。黄中松《诗疑辨证》说:"《集传》定为淫者相谓,而于'兄弟'字难通,乃曰:兄弟,婚姻之称。又引《礼》(原注:《曾子问》曰:不得嗣为兄弟)为证。考《诗》'宴尔新昏,如兄如弟',如之耳,非真兄弟也。而据《周礼》(《大司徒》:以本俗六安万民,其三曰联兄弟)郑注(曰:兄弟,谓婚姻嫁娶)、《尔雅》(曰:父之党为宗族,母与妻之党为兄弟,妇之党为婚兄弟,婿之党为姻兄弟)郭注(曰:古人皆谓昏姻为兄弟),则'兄弟'之义尚有可通,于'终鲜'义又难通。若依《朱传》,当为淫女要其所私者之诗,'兄弟'二字即作淫女自称其兄弟言,谓我既少亲族,无兄弟之依,而予与女之相好,决不可更为他人离间,以见亲昵固结之情,似为直捷。但圣人何取此淫人之不相离间乎?许谦以为兄弟相保之诗,与《雅·小宛》义同,经文'兄弟'自有着落,'终鲜'义亦清澈,较胜诸家。"胡承珙《后笺》说:"郝氏仲舆曰:《国风·扬之水》有三,皆微弱之比。一《王风》,比平王不能令诸侯也。一《唐风》,比昭侯不能制曲沃也。一此篇,比昭公不能制突也。昭公之于突,与昭侯之于曲沃,其事同,故其比同。突与子仪、子亹皆忽之弟,同气相残,迄无宁岁,诗所以谓之'终鲜兄弟',伤忽之无助也。何氏《古义》曰:郑突夺适非正,然其出奔也,诸侯尚有会师而谋纳之者。忽以世子当立,乃自其失位以至复国,迄于被弑,外不闻邻国之援,内未有臣民之戴。意其人必多猜喜忌、于物无亲者,读此诗可想其概。《朱传》改为淫者相会之辞,而于'兄弟'难通,则曰:'兄弟,昏姻之称,《礼》所谓不得嗣为兄弟,是也。'或又云:'兄弟',如所谓'宴尔新昏,如兄如弟'者,盖亲亲之辞。然章首'扬之水'二句当作何解?承珙案,以兄弟为昏姻,非独章首二句难通,即本句亦自不协。兄弟可以多寡言,若夫妇而曰'终鲜',此何言乎?"这诗《朱传》经过黄、胡两家有力的驳斥,以后无须再驳了。

出 其 东 门

出其东门,有女如云。虽则如云,匪我思存。缟衣綦巾,聊乐我员!

出其闉阇,有女如荼。虽则如荼,匪我思且。缟衣茹藘,聊可与娱!

【解题】

《出其东门》,是一个男子自述安于自己的耐贫守俭的妻子,不存二心的诗。诗说"缟衣綦巾"、"缟衣茹藘",是他自己的妻子的服饰,即作为妻子的代词。尽管别的女子如云之多,如荼之美,都诱惑不了他。魏源《集义》以为这是"贞女自述己志",他是推衍《韩诗》遗说来说的,不见得《韩诗》意原是如此。郑康成兼通今文三家《诗》,明以为作者是男子,缟衣綦巾是作者之妻服。魏默深却说"贞女"所作,不见得是。

朱熹《辨说》道:"此乃恶淫奔者之词。"这诗是否涉及淫奔,还是一个问题。又《集传》在一章下说:"人见淫奔之女而作此诗,以为此女虽美且众,而非我思之所存。不如己之室家虽贫且陋,而聊可自乐也。是时淫风大行,而其间乃有如此之人,亦可谓能自好而不为习俗所移矣。羞恶之心,人皆有之,岂不信哉!"他赞美这诗人不见异思迁,不遗弃其妻子,所说尚是;说诗为见淫奔之女而作,恐怕不然。诗说如云如荼的女子自是繁盛市区来往的女子,岂能说是淫奔之女?怎见得如云如荼便是淫奔?纵令他在那时说得通,但是在我们这时就说不通了。何况在那个"诗人时代",贵妇人也说:"驾言出游,以写我忧。"为什么一般妇女不能游览市区,爱热闹,买东西呢?

诗说:"出其东门,有女如云。"又说:"出其闉阇,有女如荼。"为什么当时此地有女如云如荼呢?据《左传》记载郑国城门名,共有十二个之多。为什么在《郑风》二十一篇中说到的城门只有东门一处,一见《东门之墠》,一见《出其东门》呢?陈启源《稽古编·附录》说:"《左传》纪郑事,所言城门凡为名十有二。曰渠门,曰皇门(皆一见),曰师之梁门(四见),曰南门,曰北门(皆二见),曰东门(六见),曰闺门,曰时门,曰鄟门,曰仓门,曰墓门,曰旧北门(以上皆一见)。又有远郊门曰桔柣之门(三见),又有外郭门,曰纯门(二见)。惟东门两见于《诗》,意此门当国要冲,为市廛鳞萃之墟与?故诸门载于《左传》,亦惟东门则数及之。……盖师旅之屯聚,宾客之往来,无不由是,其为郑之孔道可知,宜乎诗之一兴一赋皆举以为端也。虽然,除地之墠,行上之栗,特假以寓兴耳。至五争之后,室家相弃,出此门者,但见乱离之象,诗所为闵与?"王先谦《集疏》说:"郑城西南门为溱、洧二水所经,故以东门为游人所集。"可知郑城东门原是一个水陆码头,繁盛市区,游人麋集的地方。当时诗人所以说到东门,陈启源、王先谦也都加以研究和解释了。

这诗今古文家无争论。《诗序》说"闵乱",说"公子五争,兵革不息,男女相弃,民人思保其室家",还算是就诗论诗,从内证出发。《郑笺》说:"公子五争者,谓突再也,忽、子亹、子仪,各一也。"王先谦说:"齐说曰:'郑男女亟娶会,声色生焉,故其俗淫。《郑诗》曰:出其东门,有女如云。又曰:溱与洧,方灌灌兮。士与女,方秉蕳兮。恂盱且乐。惟士与女,伊其相谑。此其风也。'(《汉书·地理志》)诗乃贤士道所见以刺时,而自明其志也。鲁、韩当同。"大约当时当地统治阶级的内部矛盾发展到反复战争,到生产破坏。一般小市民陷于贫困,家庭生计无法维持,男女关系混乱,夫妻相弃是常事。《郑笺》说:"有女,谓诸见弃者也。如云者,如其从风,东西南北,心无有定。"死解《诗序》,未免可笑。但是我以为诗人对于这些男女,或如《毛传》说的"思不存乎相救急",无力挽回他们的命运;或如《诗序》说的"思保其室家",只想顾全自己的妻子。这都很近情理,诗的主旨不外乎此。我们读诗就不必故求深解了。

野　有　蔓　草

野有蔓草,零露漙兮。有美一人,清扬婉兮。邂逅相遇,适我愿兮!

野有蔓草,零露瀼瀼。有美一人,婉如清扬。邂逅相遇,与子偕臧!

【解题】

《野有蔓草》,无疑地原是所谓"男女之词",当出于歌谣。诗说"有美一人,清扬婉兮"。显然是指一个漂亮的女子。倘若说,这是指君子,指贤人,指朋友,都不大相宜,甚至有欠庄重。即如魏源《集义》说:"思遇贤者而托诸男女之词。"虽是寄托的话,也欠庄重,贤者未必肯受。究竟这诗是说人民生于乱世，男女婚姻失时，想逢治世，指望"仲春之月奔者不禁"的那种礼俗能够保持下去呢，还是说礼俗所不容的草间野合、露水夫妻呢，或者是说草长露多的时节男女能够一见成婚呢？从来异说纷歧，难以确定。何况还有人以为这不是写男女关系的诗。但据鄙见，可用第一说，这是有关"奔者不禁"的诗。

这诗《诗序》说"思遇时"，又说："民穷于兵革，男女失时，思不期而会。"《郑笺》不错，其他注家都错了。时，指男女合法结合之时。不期而会，指奔者不禁之时。奔者不禁有法定的季节，故说不期而会。《郑笺》说："不期而会，谓不相与期而自俱会。"又于一章下说："蔓草而有露，谓仲春之时草始生，霜为露也。《周礼》：仲春之月，令会男女之无夫家者。"他以为这诗是写奔者不禁之诗。单说奔，不必是指非法的淫奔，可能是指法定的奔，即指仲春之月奔者不禁的奔。按《周礼·地官·媒氏》："中春之月，令会男女，于是时也，奔者不禁。若无故而不用令者罚之。司男女之无夫家者而会之。"既然奔者不禁，就是奔者合法，这不叫做淫奔。人民生在乱世，男女婚姻容易失时，还想每年能够遇到这么一个使旷夫怨女皆大欢喜的为期一月、奔者不禁的季节。本来这个季节的规定，是给压在被剥削、被压迫一副惨苦的重担之下透不过气来的男女，开一个方便之门。如今到了乱世，可怜男女婚姻失时，就连这么一个季节也遇不到了。《诗序》和《郑笺》正都是说的有关仲春之月奔者不禁的这件事。我这样解释此诗《诗序》、《郑笺》，可不算错吧？

朱熹以为这是淫诗。在他稍前，欧阳修《诗本义》已说"男女昏娶失时，邂逅相遇于野草之间"云云。他可能受到了这一说的影响。又《朱传》于一章说："男女相遇于野田草露之间，故赋其所在以起兴。言野有蔓草，则零露漙矣。有美一人，则清扬婉矣。邂逅相遇，则得以适我愿矣。"于二章说："与子偕臧，言各得其所欲也。"他简直以为这是男女野合的淫诗，曾引起过学者强烈的反驳。毛奇龄《白鹭洲主客说诗》道："《春秋》赋《诗》之例，若果淫诗则未有不面斥者。当襄二十七年，郑伯享赵孟于垂陇，其时郑臣子展、伯有、子西、子产、子太叔等七人相从。赵孟因曰：'七子从君以宠武也！请皆赋以终君之贶，使武亦得以观七子之志。'当时伯有赋《鹑之贲贲》。赵孟即曰：'床笫之言不逾阈，况在野乎？非使臣之所得闻也。'以为刺淫乱，不宜赋及，故面斥之。且复退而告叔向曰：'伯有将为戮矣！诗以言志，志诬其上而公怨之，以为宾荣，其能久乎？'则刺淫且不可赋，其严如此。及子太叔赋《野有蔓草》，即拜曰：'吾子之惠也！'夫《野有蔓草》，朱氏所谓淫诗也。淫则何以称贶？何以明志？何以拜惠？且同一淫诗，而何以一则面斥，一则面谀，其不伦又若是？然则以当时郑大夫本国之诗之解见诸实事，明白可据。而区区数千年后之一儒，谓足以非所是而黑所白，难矣！"这自是雄辩，并非确论。后来学者却都公认这诗《朱传》被他驳倒了。其实，伯有赋《鹑之贲贲》似是故意冒失，断章取义在"人之无良，我以为兄"，其意不在诬上以为宾荣，而在骂座以为宾辱。赵孟受辱，故不得不借口淫诗当面斥他。并且不肯甘休，退有后言，骂他该死。子太叔赋《野有蔓草》，断章取义在"邂逅相遇，适我愿兮"、"与子偕臧"，而且诗之本义在言"奔者不禁"，例行公事。故赵孟不以为淫诗，反而拜惠。鄙见如此，还待研讨。

这诗今古文家颇有争论。胡承珙《后笺》说："此诗及《出其东门》，《朱传》皆以为淫诗。遂谓'如云'为冶游之女，'野田'为苟合之区，后儒多疑其说。今案《汉书·地理志》云：'郑国土狭而险，山居谷汲。男女亟聚会，故其俗淫。《郑诗》曰：出其东门，有女如云。又曰：溱与洧，方灌灌兮。此其风也。'《太平御览》引韦昭《答问》云：'时草始生而云蔓者，女情急欲以促时也。'此汉、晋人《诗》说，盖出于三家者，实为《朱传》之滥觞。然揆之经文，《东门》有'聊乐'之言，则于閟乱为近；《蔓草》为'偕臧'之语，则于遇时为宜。故知《毛诗》所传为得其正。"他为《毛诗》辩护，以为《朱传》淫诗之说出于今文三家。

王先谦《集疏》说："左襄二十七年《传》：郑伯享赵孟于垂陇，子太叔赋《野有蔓草》。赵孟曰：'吾子之惠也！'杜注：'太叔喜于相遇，故赵孟受其惠。'昭十六年《传》：郑六卿饯宣子于郊，子齹赋《野有蔓草》。宣子曰：'善哉！吾有望矣。'杜注：'君子相愿，己所望也。'以郑国之人赋本国之诗，享饯大礼，岂敢赋不正之诗以取戾于大国执政？《有女同车》诸诗，宋人以为淫奔者，赖《毛序》正之。独此诗为《序》说所累，久蒙不美。然即赋推诗，其非男女之词决矣。且《序》为卫敬仲辈所涂附，早失真面。详此诗，'思遇时'也，尚是元文，余则他人增窜。遇时之思，盖因兵革不息，民人流离，冀觏名贤以匡其主，如齐侯之得管仲，秦伯之得百里奚耳。《说苑·尊贤》篇：孔子之郯，遭程子于途，倾盖而语终日。有间，顾子路曰：'取束帛一，以赠先生。'子路不对。又间，又顾曰：'取束帛一，以赠先生。'子路屑然对曰：'由闻之也，士不中而见，女无媒而嫁，君子不行也。'孔子曰：'由！《诗》不云乎？野有蔓草，零露漙兮。有美一人，清扬婉兮。邂逅相遇，适我愿兮！今程子，天下之贤士也。于是不赠，终身不见（原注：言终身恐不得再见）。大德不逾闲，小德出入可也（言天下善士以得见为幸，不可以常礼拘也）。'据此，鲁、韩诗说皆以为思遇贤人，《齐诗》盖同。自汉世为《毛诗》者以为男女之词，而诗之真失。犹幸《左传》、《说苑》、《韩诗外传》，存大义于几希，尚可推求而得之尔。"他指出这诗从古文毛氏说者或以为男女之词，今文鲁、韩遗说皆以为思遇贤人，恰和上举胡承珙一说相反。其实，他所谓思遇贤人，不是赋《诗》断章取义，就是引《诗》以就己说之义，都是后起之义，推衍之义，岂是这诗本义？而且诗说"有美一人，婉如清扬"，就算称他是贤人，也恐怕只合称龙阳君、安陵君和董贤一流人物！用这样称赞女性的美来称赞贤人，说出来不顺人耳，写出来不顺人眼。

溱洧

溱与洧，方涣涣兮。士与女，方秉蕳兮。女曰观乎？士曰既且。且往观乎？洧之外，洵訏且乐。维士与女！伊其相谑,赠之以勺药!

　　溱与洧,浏其清矣。士与女,殷其盈矣。女曰观乎?士曰既且。且往观乎?洧之外,洵讦且乐。维士与女!伊其将谑,赠之以勺药!

【解题】

　　《溱洧》,是实写士女春日郊游之作。更具体地来说,这是记述郑国风俗,三月上巳日,青年男女河上修禊的诗。《太平御览》八百八十六引《韩诗内传》说:"《溱与洧》,说人也。郑国之俗,三月上巳之日,于两水上招魂续魄,拂除不详。故诗人愿与所说者而俱往观也。"这说《溱洧》是诗人参加一个暮春节日男女盛会的纪事诗,最为可信。只是诗人写诗全用旁观者的口吻,说他人的恋爱活动,未必如《韩诗》所说,诗人写自己和女人吊膀子,"愿与所说者而俱往观"。《朱传》说:"此诗淫奔者自叙之词。"同样误会了诗人的语气。张彩说:"此篇曰士曰女,皆旁观而述之之词,所谓直书其事,而丑秽自见者也。"这话说得不错,只是"丑秽自见"应该改为"美丑自见"。(《传说汇纂》引)张尔岐说:"《女曰鸡鸣》第二章:'琴瑟在御,莫不静好。'此诗人拟想点缀之辞。若作女子口中语,似觉少味。盖诗人一面叙述,一面点缀,大类后世弦索曲子。《三百篇》中述语叙景错杂成文,如此类者甚多,《溱洧》、《齐·鸡鸣》皆是也。《溱与洧》亦旁人述所闻所见,演而成章。说家泥《传》淫奔者自叙之辞一语,不知女曰士曰等字如何安顿!"这说得更精确。《溱洧》并不全是作者自叙,自叙感想只是每章末了三句。至他说下面《齐风·鸡鸣》一篇似稍有误会,因为那位诗人纯然客观,只记他人问答,自己不曾出场点缀。

　　这诗从来就被认为是淫诗,无论今古文家、汉宋学者都没有什么争论。《诗序》说"刺乱",《郑笺》说:"乱者,士与女合会溱洧之上。"《序》又说:"兵革不息,男女相弃,淫风大行。"《郑笺》就说:"男女相弃,各无匹偶,感春气并出,托采芬香之草,而为淫泆之行。"并于一章末说:"士与女往观,因相与戏谑,行夫妇之事。其别,则送女以勺药,结恩情也。"可是我们从诗中看不出有人为淫泆之行,行夫妇之事。《吕览·本生》篇高注说:"郑国淫辟,男女私会于溱洧之上,有询讦之乐,勺药之和。"高诱习《鲁诗》。我们也看不出这诗是说男女私会。至于后世还流行的清明踏青,士女盛会,也不见得有和这诗说的相似。《朱传》说:"郑国之俗,三月上巳之辰,采兰水上,以祓除不祥。……此诗淫奔者自叙之词。"诗人未必便是淫奔者,已如上文所说。以上淫诗之说,不见有人驳过。其实,这诗旨在纪述上巳修禊、祓除不祥的一种风俗。在此暮春佳节里,一般青年男女高高兴兴地聚会,说说笑笑地作乐,过着活泼、健康、愉快、幸福的集体似的生活。一张一弛,文武之道,便在所谓西周盛时也当视为正常。在这种欢乐的聚会里谈情说爱也是合情合理的事。虽说其中夹有"招魂续魄、祓除不祥"的迷信成分,还不失为一种美善的风俗。如果仅仅作为淫辟风俗看,那只是暴露了看的人眼睛不甚干净,真该借上巳佳节到水上祓除一下才好!

诗说"蕑",说"勺药",都是植物吗?各为何种植物呢?说来颇有争论。比如《毛传》说蕑是兰,当是菊科植物的泽兰。后人却把它说成兰科植物的春兰、建兰,和唇形科植物的蕙、矮糠相提并论。陆文郁《诗草木今释》说:"蕑,又名兰(《离骚》),蘜(《说文》),兰草,水香(《本草经》),泽兰草(陶弘景),兰香(苏恭),香水兰、燕尾香(《开宝本草》),大泽兰(《炮炙论》),煎泽草(《唐本草》),都梁香(李当之),女兰、香草、省头草、千金草、孩儿菊(《本草纲目》),泽兰(《种子植物名称》)。……多年生草本,茎高一公尺余。叶对生,叶面滑泽,叶身在茎上部者单一,广披针形,或长椭圆形,下部者通常为三深裂,叶绿有粗锯齿。茎叶皆带紫红色,且具有颇强之香气。秋日于茎顶密生头状花,排列为伞房花序。头状花之总苞成数列小花,全部为管状花,淡紫色。产地:湖北、安徽、江苏、河南等处。为从古著名之香草,于采野生者供用外,颇有种植之者,如《离骚》'余既滋兰之九畹兮',是也。此种可煮汤供浴,所以有兰汤沐浴之说。又可和油泽头,可佩于身以祓除不正之气,即《离骚》所谓'纫秋兰以为佩'者也。又可置发中令头不腻（即令发不粘），故其名有水香、煎泽、省头之称。而中原古俗，以三月上巳为采兰令节（农历三月上旬之巳日，在郑国风俗上，于该日在溱、洧二水执兰作招魂续魄之举），沿为民风。……郁案：兰之本字实指此种。近世以兰科之春兰（《植物名实图考》）当之，其误始于黄山谷。山谷谓一干一花者为兰，一干五七花者为蕙。蕙为薰草（《名医别录》），即今之矮糠（俗名），为唇形科植物。李时珍《本草纲目》于《兰草》条下正误，言之甚详。兹举一例以明之：兰之香在茎叶，可束而佩之。今之春兰香在花而不能佩。画家亦受此误，画春兰而题'香生九畹'，真谬种流传，习非成是者矣。"

勺药一说为植物，一说为调味之物。《毛传》："勺药，香草。"《释文》："《韩诗》曰：勺药，离草也。言将离别赠此草也。"崔豹《古今注》："勺药，一名可离，故将别赠以勺药，犹相招则赠以文无，文无一名当归也。"其说和《韩诗》合。可知《毛》、《韩》都以勺药为植物名。司马相如《子虚赋》："勺药之和具而后御之。"伏俨说："勺药，以兰桂调食也。"文颖说："勺药，五味之和也。"扬雄《蜀都赋》："甘甜之和，勺药之羹。"张衡《南都赋》："归雁鸣鵽，黄稻鱻（鲜）鱼，以为勺药。"王充《论衡·谴告》篇："酿酒于罂，烹肉于鼎，咸酸淡苦不应口者，由人勺药失其和也。"高诱《吕览》注："勺药之和。"见《诗序集义》。勺药是调味之物，汉人相承语如此。陈乔枞《鲁诗遗说考》说："王充、张衡、高诱诸人并用《鲁诗》，而皆以勺药为调和之名，是《鲁诗》不以勺药为草名也。又枚乘《七发》云：'勺药之酱。'张载《七命》云：'和兼勺药。'韦昭云：'勺药和齐酸咸美味也。'亦皆本《鲁诗》以勺药为调和名。盖鲁说'赠之以勺药'，即承上文秉兰而言，谓以兰为调和之用，义取于和也。《太平御览》引《礼斗威仪》曰：'君乘金而王，其政平则兰常生。'宋均注曰：'兰生，主给调和也。'《文选·鲁灵光殿赋》注引郑氏说同。是调和古有用兰者矣。"可知鲁、齐以兰为植物名，以勺药为调味之物名。俞正燮《癸巳类稿·勺药义》一文说："毛、郑以来，谓即今红药。""服虔《子虚赋》

注云：或以为勺药调食，谓即今红药。""谓是一勺和羹药料。盖齐、鲁之义，中馈日用物也。"这也明明道出勺药是一种调味之物了。

这诗勺药两义，似皆可通。今人多用毛、韩说以勺药为植物一义。陆文郁说："勺药，又名芍药（《本草经》），梨食、白术、余容、铤（《名医别录》），离草（《韩诗外传》），留夷（《离骚》），挛夷（《广雅》），将离（《本草纲目》），新夷（《上林赋》注），辛夷（《诗毛氏传疏》），可离（《古今注》），黑牵夷、没骨花、解仓（《广群芳谱》），婪尾春（《清异录》），艳友（曾端伯），小牡丹（《埤雅》），近客（张敏叔），娇客（《三柳轩杂识》），余客（《二老堂诗话》），扬花（韩琦）。毛莨科。……多年生草本。茎高约一公尺。叶为二三回羽状复叶，小叶三裂，每裂长圆形或披针形，尖端尖，叶脉带赤色，上部近花处之叶为单叶。初夏，由茎间抽长花梗，开大形美丽之花，有红白紫诸色，雄蕊多数，鲜黄色。果实为蓇葖。……为我国从古盛行栽培之香草，《离骚》所谓畦留夷者是矣。由历代园艺上之培养，变品甚多，较之原形，益为妍丽。故凡名园胜地，无不尽力培植，是以骚人墨客题咏图写，代有名作；又复锡以佳名（品种名称），著之专书。《析津日记》谓芍药之盛，旧数扬州，刘贡父谱三十一品，孔常父谱三十三品，王通叟谱三十九品，亦云瑰丽之观矣。今扬州遗种绝少，而京师丰台连畦接畛，倚担市者，日万余茎。盖园赏、瓶供，两皆宜焉。又入药用根（白者称白芍，赤者称赤芍），治腹痛、肠加答儿、下痢、腰痛等症。采白花瓣以沙糖渍之，每日三四回少量服用，治子宫病，有妙效。"

最后还要附录几则关于赠芍药以堕胎，贻握椒以壮阳的笑话。这都是由淫诗附会而推衍出来的笑话。宋李廌《师友谈记》说："张文潜（耒）曰：先皇尚经术，本欲求贤圣旨趣，而一时师说竟以新奇相高，妄为臆说，即附意穿凿。如说《诗》曰'溱与洧'云云，以谓淫泆之会，芍药善堕胎行血，故为之赠。然诗言士与女相谑，然则士赠女乎？女赠士乎？借谓女赠士，安用堕胎行血也？此殆是以芳香为好之义，何至是陋也！刘贡父（攽）尝曰：赠之芍药，士女不分。若夫'视尔如荍，贻我握椒',则女赠士必矣。《本草》云:椒性温,明目,暖水藏,则女无用也。莫不以为笑。呜呼!有是种种陋说,而触类长之,此为罢经义之祸,其本亦以此。"宋儒王安石、刘攽以及蔡卞、陆佃之徒,说《诗》都曾闹过笑话,此其一例。明张萱《疑耀》说:"《毛诗·溱洧》之卒章'赠之以芍药'。芍药破血,女人无子当服之。故芍药之赠为男淫女。《东门之枌》其卒章'贻我握椒'。椒气下达,可以壮阳,故握椒之赠为女淫男。此先儒之俚谈,然理或有之。"所谓先儒,殆指宋儒,而凭记忆乱说。刘攽只说"芍药能行血破胎气",陆佃只说"芍药破血,欲其不成子妊",岂有男淫女,而必望其女有子之理? 所谓"理或有之",真是岂有此理!这都无助于读《诗》,录来给人"资暇"、"启颜",或有助于心理卫生!

诗三百解题卷八

齐　　毛诗国风

鸡　鸣

鸡既鸣矣,朝既盈矣？匪鸡则鸣,苍蝇之声。
东方明矣,朝既昌矣？匪东方则明,月出之光。
虫飞薨薨,甘与子同梦？会且归矣,无庶予子憎。

【解题】

《鸡鸣》,当为刺齐哀公荒淫怠慢、失时晏起而作。依《诗序》说,这诗设为贤妃警戒哀公之词,和诗旨合。贤妃可和周宣王姜后、齐桓公卫姬、楚庄王樊妃相比,却不知道她的姓名。诗是问答体,一问一答,前人都不知道,故说来不免错误。《黄氏日抄》说:"古说皆谓贤妃欲其夫之早起,误以蝇声为鸡声。晦庵云:心常恐晚,闻其似者而以为真。至曹氏始谓哀公以鸡声为蝇声。严氏宗之云:蝇以天将明乃飞而有声,鸡未鸣之前无蝇声也。戴氏曰:哀公荒淫,鸡鸣矣,乃托辞曰:此苍蝇之声耳。东方明矣,乃托辞曰:此月出之光尔。一以为贤妃之言,一以为哀公之言,未知孰是。然读者且当从古说,庶三章之义联贯。"或说全是贤妃之言,或说全是哀公之言,都说错了。

这诗确是问答体。前二章上二句是妃问,下二句是君答。后一章全是妃问,而君不答。答和不答,都所以为刺。《孔疏》于《序》下说:"二章章首上二句陈夫妇可起之礼,下二句述诸侯夫人之言,卒章皆陈夫人之辞。"他说卒章夫人之词,不错;说首、次二章上二句是诗人之言,下二句是夫人之言,错了。又于经文"匪鸡则鸣"二句下说:"作者又言夫人言鸡既鸣矣之时,非是鸡实则鸣,乃是苍蝇之声耳。"倘是以上二句为夫人之言,下二句为诗人之代言,似乎未免和前说自相矛盾,而且也说错了。张尔岐《蒿庵闲话》论这诗,似是依据经文《孔疏》,致有错误，已在上面《郑风·溱洧篇·解题》里指出。胡承珙《后笺》自认沿袭经文《孔疏》，而不知其有错。他说："细绎经文，首、次两章上二句自当为夫人之言，下二句乃诗人推原夫人所言之时实景如此，而其恐晚之心愈见。若如《序》、《疏》以下二句述诸侯夫人之言，则是夫人自以为尚早，非经意矣。此《序》下《正义》恐有讹脱。否则当时非一手所成，致与经下《正义》彼此互歧，未及检照耳。"他指出《序》、《疏》之误，对的；他沿袭经文《疏》以为下二句是诗人代述夫人之语，这就大不对了。

这诗今古文说有不同，据今文三家遗说，这是忧谗刺谮之作。魏源《诗序集义》已载上文。王先谦《集疏》说："韩说曰：《鸡鸣》，谗人也（《御览》九百四十四引《韩诗》）。'谗'上疑夺'忧'字。一本作纔人，字误。《玉海》三十八引作说人也，亦误。韩以此诗为忧谗之作。齐说曰：'鸡鸣失时，君骚相忧。'（《易林·夬之屯》）鸡鸣失时者，盖齐君内嬖工谗，有如晋献之骊姬，致其君有失时晏起之事，其相忧之而赋此诗。《文选》王元长《策秀才文》云：'歌《鸡鸣》于阙下，称仁汉牒。'李注引《列女传》云：'缇萦歌《鸡鸣》、《晨风》之诗。'今本《列女·齐太仓女传》无此事，盖夺文也。注又引班固《歌诗》云：'上书诣北阙，阙下歌《鸡鸣》。忧心摧折裂，《晨风》激扬声。'缇萦之歌此诗，伤父无罪被谗，冀见怜察。孟坚《歌诗》足为左证。子政列之于《传》，知鲁家之说此诗与齐、韩无异也。"今文家这说有难通处，已经有人指出。顾广誉《学诗详说》道："《太平御览》引《韩诗·鸡鸣》，谗人也（原注：疑脱疾字）。《薛君章句》：鸡远鸣，蝇声相似也。案此但可以释'匪鸡则鸣'二句，于篇首二句及次三章则难通矣。"这不用多辩，读者试从今文家这说去读，通否便知。

为什么《齐风》始于哀公之时？哀公是何等人物？这须从头说起。《郑谱》说："齐者，古少皞之世，爽鸠氏之墟。周武王伐纣，封太师吕望于齐，是谓齐太公。地方百里，都营丘（临淄）。周公致太平，敷定九畿，复夏禹之旧制。成王用周公之法制，广大邦国之境，而齐受上公之地,更方五百里。其封域东至于海,西至于河,南至于穆陵,北至于无棣。……其子丁公嗣位于王官。后五世(太公、丁公、乙公、癸公,凡四世),哀公政衰,荒淫怠慢,纪侯谮之于周,懿王使烹焉。齐人变《风》始作。"这把齐自太公始封立国至哀公因谮被烹的一段历史,以及《齐风》为什么始于哀公之时,都简单扼要地说明了。李超孙《诗氏族考》说:"齐哀公名不辰(《世本》作不臣),癸公之子,太公四世孙。《谥法》:蚤孤短折曰哀(《古今人表》列下中)。《竹书纪年》:哀公名昂。周夷王三年致诸侯,荆齐哀公昂。《史记》:哀公时,纪侯谮之周,周烹哀公。《困学纪闻》:《诗谱序》:懿王始受谮烹齐哀公。夷王失礼之后,邶不尊贤。《正义》谓变《风》之作,齐、卫为先。齐哀公当懿王,卫顷公当夷王,故先言此也。……按,庄四年《公羊传》、《史记·齐世家》但言周烹哀公,不斥何王,惟《诗谱》及《正义》指为周懿王。《公羊》、《世家》、《竹书》又谓周夷王。徐广亦云周夷王烹之。懿王至夷王,中间仅历孝王一世,是时王世不长,故未易遽定与?"这把齐哀公的为人以及《齐风》为什么始于哀公时候,都尽所有史料来说明了。

关于《齐风》还有什么须要说明的呢?《孔疏》说:"《诗·鸡鸣·序》云:刺哀公荒淫怠慢。《还·序》云:刺哀公好田猎。则皆哀公诗也。《著》、《东方之日》、《东方未明》三篇皆云刺,而不举号谥,则举上明下,亦为哀公诗矣。《南山》、《甫田》、《卢令》、《载驱》皆云刺襄公,则襄公诗也。《敝笱》刺文姜,《猗嗟》刺鲁庄公,皆由襄公淫妹而作,则亦襄公诗也。……自哀公至于襄公,其间有八世(献公、武公、厉公、文公、成公、庄公、僖公)皆无诗。……"这是据《齐谱》来说,《齐风》十一篇,前五篇为哀公诗,后六篇为襄公诗。《孔疏》又说:"案襄二十九年《左传》,鲁为季札歌《齐》,曰:美哉!〔泱泱乎,大风也哉!表东海者,其大公乎?国未可量也!〕此诗皆云刺,而彼云美哉者,以《鸡鸣》有思贤妃之事;《东方未明》虽刺无节,尚能促遽自警;诗人怀其旧俗,故有箴规。故季札美其声,非谓诗内皆是美事。"这是说,季札为什么赞美《齐风》。《礼·乐记》篇说:"子夏对(魏文侯)曰:郑音好滥淫志,宋音燕女溺志,卫音趋数烦志,齐音敖辟乔志,此四者皆淫于色而害于德,是以祭祀弗用也。"这是说,齐音既傲很僻越,所以使人意志骄逸。这指出了齐音的坏处。又说:"师乙(答子赣)曰:温良而能断者宜歌《齐》。……《齐》者,三代之遗声也。齐人识之,故谓之齐。……明乎《齐》之音者,见利而让。……见利而让,义也。"这是赞美齐音的好处。我们从《左传》、《乐记》可以知道齐音的好坏,可以窥见《齐风》和齐音的关系,即可以想见诗和乐的关系。例如诗以为刺,乐以为美,诗和乐的意义不必尽归一致。犹之郑、卫之《风》不必尽和郑、卫之音一致一样。

还

子之还兮,遭我乎峱之间兮。并驱从两肩兮,揖我谓我儇兮。

子之茂兮,遭我乎峱之道兮。并驱从两牡兮,揖我谓我好兮。

子之昌兮,遭我乎峱之阳兮。并驱从两狼兮,揖我谓我臧兮。

【解题】

《还》篇,当是猎人之歌。这是用粗犷愉快的调子,歌咏两个猎人的游猎活动,表现一种壮健美好的劳动生活。诗里称子称我,是两个猎人的相对称呼。《郑笺》说:"子也、我也,皆士大夫也,俱出田猎而相遭也。"是的,这两个猎人可能是属于当时的武士阶层。不过,倘若说这是因为他们出猎有马,那么,当时自由民阶层也可能有马。人民打猎是劳动生产,工作好就应该赞美。统治阶级无论是君主还是卿大夫,打猎是游戏,好乐无厌就应该刺。《诗序》说"刺荒",说"哀公好田猎,从禽兽而无厌",想是推原诗人言外之意,或取太师陈诗、瞽矇诵诗一类的意义，否则就看不出诗有"刺"，有政治意义。

这诗主旨"三家无异义"。但前人反对《诗序》"刺荒"一说还是有的。《郑笺》说："荒，谓政事废乱。"看来诗中猎者似和政事无缘。姚际恒《诗经通论》说："《序》谓刺哀公，无据。按田猎亦男子所有事。《豳风》之于貉为裘，《秦风》之奉时辰牡，安在其为荒哉？且此无君公字，乃民庶耳，则尤不当刺。第诗之赠答处若有矜夸之意，以为见齐俗之尚功利则可；若必曰：不自知其非，曰：其俗不美，无乃矮人观场之见乎？"汪梧凤《诗学女为》说："齐俗尚勇好胜，虽霸业未成，而功利夸诈之习已有其渐，所谓泱泱大国风也。说者动以田猎为刺，愚不谓然。秋冬射猎，古人兼资文武，其道固宜如是。特荒于禽，若太康之十旬不返，则宜指为大戒耳。此诗盖以著齐之风俗，而非刺其君上也。"他们所说，都有是处。看诗内容，无君公等字，不像《秦风·车邻》、《驷驖》那样；更无伟大排场，不像《小雅·车攻》、《吉日》那样；猎人也没有摆出身份的架子，不像下面《卢令》一诗以及《周南·兔罝》和《郑风》两《叔于田》那样。看来这诗出于民间歌谣，说的是普通劳动人民，他们打猎有什么可刺的呢？便是统治阶级出猎，小之如《驺虞》有驱兽除害的意义，大之如《车攻》、《吉日》有阅军习武的意义，也都不必刺。《诗序》"刺荒"只能另作解释如前段所说了。

这诗形式特殊，四、六、七言相杂，字句参差，形象生动，自是一种创格。在《三百篇》中，通常全用四言，三、五、七言实不多见。宋孙奕《履斋示儿编》说："章句始于《诗》，对耦亦始于《诗》。故三言若'深则厉'之类，四言若'关关雎鸠'之类，五言若'于嗟乎驺虞'，六言若'狂童之狂也且'，七言若'遭我乎峱之间兮'，八言若'十月蟋蟀入我床下'。是以后世由三言至七言皆自此始。若'觏闵既多，受侮不少'、'诲尔谆谆，听我藐藐'、'发彼小豝，殪此大兕'、'岂不尔受，既其女迁'、'念子懆懆，视我迈迈'之句，无一字非的对。则世之骈四俪六、抽黄对白者，得非又发端于是与？"这一段话论《三百篇》句式，可供读《还》篇这诗者参考；从《三百篇》论诗文体制源流，也可供治文学史者参考；虽然我们不是形式主义者。

著

> 俟我于著乎而？充耳以素乎而，尚之以琼华乎而？
> 俟我于庭乎而？充耳以青乎而，尚之以琼莹乎而？
> 俟我于堂乎而？充耳以黄乎而，尚之以琼英乎而？

【解题】

《著》篇，疑是贵族女子自述于归，而婿不亲迎，想象和婿初相见时之诗。倘若作为歌谣来说，疑是贵族女子出嫁，女伴相随，代为歌唱之词，有如后世新妇伴娘的歌词赞语一样。这诗以六七言相杂而成，又多著虚字，掉弄虚机，别具神味，有一种优游不迫之美，风格和《还》篇相仿佛。又下面《甫田》、《猗嗟》两诗虽全用四言，也多著虚字。古人论文有所谓"舒缓之体"，有所谓"齐气"，殆指此种而言。

诗说充耳有素、青、黄三色不同，何谓充耳？又说琼华、琼莹、琼英，究指何物？所谓充耳，是指悬在帽子两旁当耳处的一种饰物。诗说充耳，系暗指男子。男子一人，用的充耳当是一色，诗分说三色，由于诗分三章，便于韵句。同时也可以说，这是揣摩嫁者急于想和新郎相见，多方想象之词。不必像《毛传》说的，把三种服饰分属于士、卿大夫、人君。单以充耳素色者而论，也不必拘泥于《士丧礼》说的，瑱用白纩，以为这是士人丧礼所用，不能用在婚礼。素、青、黄，当是像马瑞辰《通释》说的，指充耳绦子上缀在当耳处的绵丸（纩絮）的颜色，不是像《毛传》说的，指像玉之类的耳瑱。所谓琼华、琼莹、琼英，才是指的宝石耳瑱，不是像陈奂《传疏》说的："《木瓜》之琼琚、琼瑶、琼玖，《有女同车》之琼琚，《渭阳》之琼瑰，《毛传》皆谓之佩玉，则此诗之琼华与琼莹、琼英亦为佩玉。"林义光《诗经通解》说："毛谓素为象瑱，青为青玉，黄为黄玉。果尔，则尚之以琼华、琼莹、琼英者，为玉上加玉矣。如谓琼华、琼莹、琼英乃以为佩，则不谓之佩而谓之尚又岂可通乎？"这话不错。

这诗主旨《诗序》说"刺时","时不亲迎","三家无异义"。但是说到亲迎之礼,今古文说就有不同。《孔疏》说:"毛以为首章言士亲迎,二章言卿大夫亲迎,卒章言人君亲迎。俱是受女于堂,出而至庭、至著,各举其一以相互见。郑以为三章共述人臣亲迎之礼。虽所据有异,俱是陈亲迎之礼,以刺今之不亲迎也。"可知毛、郑说亲迎之礼不同,郑或亦据今文三家中一说易毛,较毛义为长。武亿《群经义证》说:"案《春秋》隐二年《公羊传》:'讥始不亲迎也。'注:'礼所以必亲迎者,所以示男先女也。于庙者,告本也。夏后氏逆于庭,殷人逆于堂,周人逆于户。'《疏》:'即《书传》云:夏后氏逆于庙庭,殷人逆于堂,周人逆于户者,是也。'……俟我于著,即逆于户,为周礼。俟我于庭,即逆于庭,为夏礼。俟我于堂,即逆于堂,为殷礼。备陈三代典文,不著当时之失,故曰:温柔敦厚,《诗》教也。"陈奂说:"案《繁露·质文》篇,昏礼逆于庭,逆于堂,逆于户。……户即著,此或《齐》、《鲁》、《韩》诗义,以三代亲迎礼分属三章。"据上可知今古文说亲迎之礼不同。

我以为此诗明明是说一人之事。武虚谷说诗分陈三代亲迎之礼,暗刺"时不亲迎",好像也可通。但是诗三章通以"我"为主体,俟我于著、于庭、于堂,由外入内,渐入渐深,明明是指一人。这是作为一个新娘来说,新郎初等我在门口?再等我在院子?后等我在堂上?由外入内,记新娘进入次第,即记新郎引导新娘到家的程序。但说女入婿家,不曾说及婿及女家,我想这就是《诗序》刺"时不亲迎"的缘故罢。姚际恒《诗经通论》说:"安知其前婿不至女家耶?"又说:"安见此著与庭堂为婿家而非女家乎?"便断定"此女子于归见婿亲迎之诗"。他不知道,倘是女子于归,等待婿来亲迎,应该她是由内而外,不是由外而内。姚际恒显误。

为什么古代重视亲迎之礼呢?因为早在进到男系社会,即在男子一切占先的社会里,对偶婚制已经确立,"礼始于谨夫妇",这是"人伦之始",所以要特别表示男先于女。再按《周易·咸·彖传》说:"咸,感也。柔上而刚下,二气感应以相与,止而说。男下女,是以亨利贞,取女吉也。"《孔疏》说:"此因二卦之象(☶☱ 艮下兑上),释取女吉之义。艮为少男而居于下,兑为少女而处于上,是男下于女也。昏姻之义,男先求女。亲迎之礼,御轮三周,皆是男先下于女,然后女应于男,所以取女得吉者也。"这是从玄学上说明亲迎之礼男先于女的意义。现在看来未免可笑。陈奂说:"古者亲迎,天子以下达士皆行之。《大明》:'亲迎于渭。'天子亲迎也。《韩奕》:'韩侯迎止,于蹶之里。'诸侯亲迎也。周自文王及宣王时其礼不废。《春秋》:隐二年九月,纪裂繻来逆女,讥不亲迎。厥后桓八年,祭公逆王后于纪。襄十五年,刘夏逆王后于齐。天子不亲迎矣。桓三年,公子翚如齐逆女。文四年,逆妇姜于齐。宣元年,公子遂如齐逆女。成十四年,叔孙侨如如齐逆女。诸侯不亲迎矣。《春秋》正夫妇之始,天子诸侯皆在所讥。《正义》以《著》三诗皆刺哀公,则《春秋》之前哀公之世亲迎之礼已废矣。诗人陈古义以刺今时,亦《春秋》之讥也。"他说古重亲迎之礼,不错。他说诗人陈古义以刺今时,错了。他不知道诗说的是女至婿家,时不亲迎。《诗序》说"刺时,时不亲迎",正合。《传》、《笺》、《疏》都以为是陈古亲迎之礼以刺今时,错了。陈奂还是沿袭了这一错误。

陆奎勋以为这诗是为鲁庄公亲迎妇姜而作。著是齐地,是鲁庄公亲迎到齐之证。虽似创见,却未必是。《陆堂诗学》说:"俟著,《昏礼》所谓婿俟于门外,妇至,婿揖妇以入之时也。俟庭,《昏礼》所谓及寝门揖入之时也。俟堂,《昏礼》所谓升自西阶之时也。据此则亦新婚之诗,安见其为刺不亲迎?……班固《地理志》以著为地名。注:济南郡之著县也。此为鲁庄亲逆妇姜而作。国君亲逆本属常礼,而庄公忘父大仇,受制文姜,必欲娶于母家。"陆说《昏礼》婿妇相揖而入次第,说是新昏之诗,对的。说安见其为刺不亲迎,还说不定。说此为鲁庄公亲迎妇姜而作,著为齐地可证。这是不对的。汪梧凤以为诗无一字涉鲁,驳斥了诗刺鲁庄公说。《诗学女为》道:"《齐风》刺鲁皆明目言之。《南山》伤鲁道,《敝笱》呼齐子,不必隐讽也。此诗讥不亲迎,无一字涉鲁，则非刺鲁庄明矣。"说这诗和鲁无涉，驳得是。胡承珙《后笺》说："《汉书·地理志》引《诗》云：'俟我于著乎而。'颜师古曰：'著，地名。即济南郡著县也。'范氏《拾遗》曰：'此盖三家说。'承珙案，颜于上文'子之营兮'，明言《齐诗》作营，此则不言所据，未必出于三家。且济南之著，韦昭音弛咨反，乃蓍龟之蓍字。魏收《地形志》亦作蓍。颜氏乃音竹庶反，以韦昭为失，并谓即《齐风》之著。皆非也。"胡墨庄考定此诗之著不是齐地名，陆奎勋一说就更失去根据了。

东 方 之 日

东方之日兮！彼姝者子，在我室兮。在我室兮！履我即兮。

东方之月兮！彼姝者子，在我闼兮。在我闼兮！履我发兮。

【解题】

《东方之日》，当是如《诗序》说的"男女淫奔"之词。《朱传》以为女奔男，"此女蹑我之迹而相就"，似乎不错。汪梧凤《诗学女为》说："东方日月，纪时也。彼姝者子，《干旄》以目贤者，则此亦朋友好会之辞。日在东，旦也。月在东，夕也。履我即兮，步履相亲接，周旋于室中也。履我发兮，离闼而去，始发行也。自旦至夕，留连靡已，犹之以永今朝、以永今夕意也。《郑笺》以彼姝为男下女，《朱传》以彼姝为女求男，《薛君章句》以日月喻颜色盛美，皆非是。"他指斥今古汉宋诸说都不是，只有他说的是，果真是吗？

依《诗序》的意思来说，这诗写"男女淫奔"，就是刺"君臣失道"，换句话说，就是刺齐国统治阶级的荒淫生活，上行下效，无怪其然。这是推本探源之论，还算近情近理。"三家无异义"。《孔疏》以为这是刺齐哀公，何氏《古义》以为这是齐襄公。即令不能指实其人，但都可以说，虽不中，不远矣。

倘说诗写统治阶级的荒淫生活,应该打上了阶级的烙印。那么,我们但看这一个闱字便知。《毛传》说:"闱,门内也。"《释文》引《韩诗》说:"门屏之间曰闱。"马瑞辰《通释》说:"按《传》'门内'当为'内门'之讹。《文选·古词·伤歌行》李善注引《毛传》曰:'闱,内门也。'是其证矣。《汉书·樊哙传》:'排闱直入。'颜师古注:'闱,宫中小门也。'薛综《西京赋》注:'宫中之门小者曰闱。'又闱与闺同。《广雅》:'闱谓之门。'《后汉书·桓帝纪》章怀注引《广雅》作'闺谓之闱'。《尔雅》:'宫中之门谓之闱。'与闱为内门义正合。《说文》无闱有阓,云:'阓,楼上户也。'段玉裁谓阓即闱。今按,闱之言重沓也。闱为内门,对外门言,为重沓。阓为楼上户,对楼下户言,亦为重沓。闱与阓盖声近而义同。"如果古人这些训诂正确,无论闱是内门,是门屏之间,是宫中小门,是楼上户,都不是一般荜门圭窦、瓮牖绳枢的民家所能有,至少要大夫之家才能有。难道"公室淫乱,男女相奔,至于世族在位,相窃妻妾",只是卫国所独有么?卫宣公乱伦有鸟兽行,齐襄公不也乱伦有鸟兽行么?我们就有理由说这说刺齐国统治阶级的荒淫生活。何况齐国正有不少荒淫之君,如齐哀公、齐庄公都是,岂止齐襄公?便是号称贤君的齐桓公也还是著名的好色,他就有内嬖如夫人至六人之多。只是如今我们已经找不出确证指实这诗是刺齐国君臣中的什么人了。

东 方 未 明

东方未明,颠倒衣裳。颠之倒之,自公召之。
东方未晞,颠倒裳衣。倒之颠之,自公令之。
折柳樊圃,狂夫瞿瞿:不能辰夜,不夙则莫。

【解题】

《东方未明》,为刺国君兴居无节、号令不时而作。《诗序》和诗旨正合。今文"三家无异义"。王先谦《集疏》说:"《礼·玉藻》:'朝,辨色始入,君日出而视之。'若急事特召,偶或不同。此因其号令不时,故刺之。人臣承召入朝,虽当急遽时,亦必整肃衣裳,无任其上下颠倒之理,诗特极意形容之语耳。《说苑·奉使》篇:'魏文侯遣赵(一作张)仓唐赐太子衣一袭,敕以鸡鸣时至。太子发箧视衣,尽颠倒。太子曰:《诗》云:东方未明,颠倒衣裳。颠之倒之,自公召(一作诏)之。遂西至谒,文侯大喜。'《荀子·大略篇》:'诸侯召其臣,臣不俟驾,颠倒衣裳而走,礼也。《诗》曰:颠之倒之,自公召之。'赵岐《孟子章句》:'君以其官召之,岂得不颠倒?《诗》云:颠之倒之,自公召之。'据《说苑》诸书,明鲁、毛文同。《易林·同人之中孚》:'衣裳颠倒,为王来呼。'虽有别解,亦为《齐诗》文义相同之证。"

《诗序》说"挈壶氏不能掌其职",挈壶氏何官何职?《毛传》说:"古者有挈壶氏,以水火分日夜,以告时于朝。"《郑笺》说:"挈壶氏掌漏刻者。"《孔疏》说"人君置挈壶氏之官,使主掌漏刻,以昏明告君。""案挈壶之职,唯言分以日夜,不言告时于朝。《春官·鸡人》云:'凡国事为期,则告之时。'注云:'象鸡知时。'然则告时于朝乃是鸡人。此言挈壶告时者,以《序》云兴居无节,挈壶氏不能掌其职。明是挈壶告之失时,故令朝廷无节也。盖天子备官,挈壶掌漏,鸡人告时;诸侯兼官,不立鸡人,故挈壶告也。《庭燎·笺》云:'王有鸡人之官。'是郑意以为王者有鸡人,诸侯则无也。"陈奂《传疏》说:"《周礼》:挈壶氏下士六人。于诸侯未闻。"

读此诗和《鸡鸣》一诗,可以想见当时齐国政府无纪律无秩序的混乱状态。《鸡鸣》既刺哀公"荒淫怠慢",失时晏起;此诗又刺"朝廷兴起无节,号令不时";无所归咎,乃归咎于司夜之官不能尽职,此犹"官箴王阙"、"敢告仆夫"之意。王先谦说:"司夜之官不能举职,以致君之视朝不早则晚。盖齐侯兴居无节,有未明之时,即有晏起之时,举动任情,非必辰夜之咎。诗人不欲显君之过,故诿诸具官之不能,冀君之闻而能改耳。"这话或得诗人的用意。大概这两诗作者都是政府中人,所谓大夫君子一流,触目惊心,乃有此现实主义的作品。

南　山

　　南山崔崔，雄狐绥绥。鲁道有荡，齐子由归。既曰归止，曷又怀止？

　　葛屦五两，冠緌双止。鲁道有荡，齐子庸止。既曰庸止，曷又从止？

　　蓺麻如之何？衡从其亩。取妻如之何？必告父母。既曰告止，曷又鞠止？

　　析薪如之何？匪斧不克。取妻如之何？匪媒不得。既曰得止，曷又极止？

【解题】

　　《南山》，为刺齐襄公"鸟兽之行，淫乎其妹"而作。《诗序》确有根据，今文"三家无异义"。其主题诗中自明，其本事见于《春秋左传》、《公羊传》。如桓十八年《左传》说："春，公将有行，遂与姜氏如齐。申繻曰：'女有家，男有室，无相渎也。谓之有礼，易此必败。'公会齐侯于泺，遂及文姜如齐，齐侯通焉，公谪之，以告。夏四月丙子，享公。使公子彭生乘公，公薨于车。"庄元年《公羊传》说："夫人谮公于齐侯，公曰：'同非吾子，齐侯之子也。'齐侯怒，与之饮酒。于其出焉，使公子彭生送之；于其乘焉，搚干而杀之。"又《郑笺》说："襄公之妹，鲁桓公夫人文姜也。襄公素与淫通，及嫁，公谪之。公与夫人如齐，夫人愬之襄公。襄公使公子彭生乘公而搚杀之。夫人久留于齐，庄公即位后乃来，犹复会齐侯于禚、于祝丘，又如齐师。齐大夫见襄公行恶如是，作诗以刺之。又非鲁桓公不能禁制夫人而去之。"陈奂《传疏》说："桓十八年《左传》云：'公会齐侯于泺，遂及文姜如齐，齐侯通焉。公谪之，以告。'《管子·大匡》篇亦云：'会泺，文姜通于齐侯。'案此即淫妹之事，则诗作在会泺之后矣。"此诗本事始末大略如此。

　　《诗序》说"大夫遇是恶作诗而去之"，以为此诗是大夫刺襄公所作。刘玉汝《诗缵绪》说:"此诗齐人作之,以刺齐襄、鲁桓。……襄,本国之君也,刺本国之君则其意隐;鲁桓,外国之君也,刺外国之君则其辞显。其体当然也。然一篇之意尤在各章末'既曰'、'曷又'四字。盖既者谓昔之已然,又者谓今之不然,曷者怪而问之也。此于末句止设怪问之辞,不为答之之语,然其所以答者昭然已具于问之中。盖伤礼以问,故一发问而其情已露,不待答也。其事已著,不必答也。中冓之恶,不可答也。为国讳恶,不宜答也。故问焉而所答自在其中,不必悉言而意已切至。此所谓婉曲之妙,讥刺之工者也。"这一段话算是触及了这诗的艺术手法及其特点。所谓齐人作之,作者当是齐国的大夫君子之流。胡承珙《后笺》说:"《序》云:'《南山》,刺襄公也。'《笺》、《疏》以上二章刺襄公淫乎其妹,下二章责鲁桓纵恣文姜。《严缉》谓齐人不当以雄狐目其君,欲改为喻鲁桓之求匹。不知齐襄鸟兽之行何不可目以雄狐? 且诗人尝以雄雉目卫宣公矣。季彭山又以诗称齐子,疑为鲁人之作,误入《齐风》。尤为臆断。齐子者,谓其为齐之子,而非齐之妇也。不曰姜而曰齐者,讳其氏而为一国之通称,此所以为齐人之作也。吴氏易堂曰:前两言齐子是刺文姜,后两言取妻是刺鲁桓,皆所以刺襄公也。《虞东学诗》曰:章首既以南山雄狐发端,是意主于刺襄以及文、桓耳。承珙谓全诗本皆为刺襄而作,后二章乃恶君之大恶,无所归咎而责之鲁桓,《敝笱》之恶鲁桓,亦此意也。"刘玉汝说诗刺齐襄、鲁桓有隐有显,胡承珙说诗刺齐襄、鲁桓有主有次,言非一端,义各有当。胡氏所谓齐人之作,当然也是以为齐国大夫所作。

王闿运《补笺》独以为齐襄、文姜不是兄妹而是父女的关系,鸟兽之说不知所从来;同时大夫不可刺君阴私。认为《左传》、《毛诗》说的都无根据。他说:"文姜,齐襄女也。《檀弓》云齐襄夫人,鲁庄外祖母,明文章灼。而《左氏》、《毛传》造为不根之词,直以《公羊》'同非吾子'(庄元年《传》,已见于上)而影附之。鲁桓知其淫纵,不能出之,而反从之会襄,随之入国,《春秋》不为内讳,诗人歌而咏之,无礼甚矣。《公羊》、《穀梁》俱无襄、文兄妹之文。鲁桓之言,出于潜口,极其悖慢,以激襄怒,杀婿阴谋,非姜所料。庄之念母,亦谅其情。《春秋》但贬讥之,未尝绝之,非母杀父而不可仇也。鸟兽之说,不知所自来,大要同于囚尧杀伊尹之类耳。但知大夫不可刺君阴私,其诬自明。"湘绮解《诗》好发怪论,此其一例。按《檀弓》说:"齐谷(告之同音别字)王姬(襄公夫人)之丧。鲁庄公为之大功。或曰:由鲁嫁,故为之服姊妹之服。或曰:外祖母也,故为之服。"《孔疏》说:"此一节论诸侯为王姬著服之事。案庄二年秋,齐王姬卒,齐来告鲁云王姬之丧,鲁庄公为之大功。或人解之云:王姬,周女也,命鲁为主,由鲁嫁,比之鲁女,故为之服出嫁姊妹之服。更有或人解云:王姬为庄公外祖母,故为之着大功之服。此或人之言乃为二非也。王姬是庄公舅妻,不得为外祖母,是一非。假令为外祖母,正合小功,不服大功,是二非也。"这里已经指出了这二或人的话是两个错误,说外祖母,一错。说服大功,二错。湘绮论齐襄夫人是鲁庄外祖母就无须再驳了。不过我们也还得请他答复一下。《春秋》桓三年,"齐侯送姜氏于讙"。这一齐侯是僖公还是襄公呢? 这时文姜出嫁,襄公未立,怎能称他为齐侯呢? 文姜是僖公之女岂容怀疑? 他说《公羊》、《榖梁》俱无襄、文兄妹之文,其实二书俱在,何曾讳言襄公、文姜的丑恶行为? 即令证实他们是父女,也决不会因此而减他们的罪行。再,《春秋》书此事,诗人咏此事,也不得说是无礼,因为事本无礼,怎怪得史家、诗人? 至说大夫不可刺君阴私,《三百篇》时代何曾有此诗禁? 倘若诗出歌谣,民间歌手代表舆论,不留作者姓名,更不负无礼的责任了。

甫　田

无田甫田,维莠骄骄。无思远人,劳心忉忉。
无田甫田,维莠桀桀。无思远人,劳心怛怛。
婉兮娈兮,总角丱兮! 未几见兮,突而弁兮!

【解题】

《甫田》，当是诗人思念远人，其人忽见，喜极而作。其诗自明，无烦别解。如必指实，便说这是文姜于鲁庄公即位后，由齐返鲁，母子久别重逢，喜极而作之诗。这也勉强说得通。依诗来说，诗人所思念的远人，总角童年就已分手。诗人思念他时，心里难受，觉得离别太久了。久别重逢，则见其人已经长大，又觉得时光流转太快了。诗写这种情绪上的变化，恰到好处。这是写的男女关系呢，还是朋友关系呢，抑或其他关系呢？从文字上看不出来，但看"突而弁兮"一句，确知其人是一个男子。至于诗人本身是男是女就难以悬揣。诗说"婉兮娈兮，总角卯兮"，似乎诗人原要比他所思念的人在年龄上大了好些。我们分析诗的内容不过如此。

《诗序》说这诗"大夫刺襄公"，今无可考。想是诗次《南山》之后，《猗嗟》之前，正在关于襄公诸诗中间的缘故。今文"三家无异义"。其他不相信《诗序》而另指实其人其事的，也都无据。伪《诗传》、伪《诗说》以为刺齐景公，真是作伪心劳日拙。何楷《古义》说是刺庄公，因为此诗末章"婉兮娈兮"和下面《猗嗟》"猗嗟娈兮，清扬婉兮"句法相似。他岂不知《三百篇》中同句屡见，不必同指一事，不必同是一义？而且这诗上二章所说，似和鲁庄公事无关；与其说是他思念其远在齐国的母亲文姜，毋宁说文姜思念他。

经师依《诗序》作解，而其解释比较可通的，我只见到胡承珙《后笺》。他说："《诗序广义》曰：'古人云，《甫田》悟进学，《衡门》悟处世。《扬子·修身》篇亦引此诗。盖言诗之用。而此诗之作实指齐襄。以诗之言远人者证之，《春秋传》：襄公讨郑而杀子亹，伐卫而纳惠公，侵纪而灭其国，乃兄弟之间弗能防，以至篡弑。此忽近图远之明证。'承珙案，《诗序辨说》以此未见其为襄公之诗，故〔集传〕泛指为戒时人〔厌小而务大、忽近而图远〕而作，(子展按，《朱子语类》云：问《甫田》诗'志大心劳'。曰：《小序》说志大心劳，已是说他不好。人若能循序而进，求之以道，则志不为徒大，心亦何劳之有？人之所期固不可不远大，然下手做时也须一步敛一步着实做始得。若徒然心务高远而不下着实之功,亦何益哉?此朱子借《甫田》示人进学之法,是亦以义理论《诗》之一例)。夫《诗》无达诂,读《诗》者原有引伸触类之法。故扬雄《法言》引之以说修身,李和伯于此悟进学(原注:见《困学纪闻》),未为不可。而风人当日则实有所指,非必泛作格言,了无关系。《盐铁论·地广》篇云:'夫治国之道,繇中及外,自近者始。近者亲附,然后来远,百姓内足,然后恤外。今中国弊落不忧,务在边境。意者地广而不耕,多种而不耨,费力而无功。《诗》云:无田甫田,惟莠骄骄,其斯之谓欤?'此所引证乃诗本义。何氏《古义》反以为旧说相传与诗不合,何也?"他说《诗》无达诂,读《诗》者原有引伸触类之法。这是说的读《诗》之义或《诗》之义;他说诗本义,才是作诗之义。通人之论,无可非难。但是他据《盐铁论》引此诗便认为"乃诗本义",却不知道这还是属于引《诗》之义一类,未免可怪了。

我以为这诗应该看作无从指实的歌谣才是。诗人和远人的关系,不像是朋友,也不像是夫妇,很像是母子。但读诗末章,使人感到如闻一位慈母面临幼子久离,长大突见,热泪纵横,惊喜交集的亲切语言。难道这真是文姜于鲁庄即位后由齐返鲁,母子重逢,喜极而作之诗么?

卢　　令

卢令令,其人美且仁。
卢重环,其人美且鬈。
卢重鋂,其人美且偲。

【解题】

《卢令》,是速写齐国统治阶级一个特定的人物携犬出猎的诗。《还》篇是两个猎人互相赞美,而且他们未必属于统治阶级的上层,这篇是旁观者赞美一个贵族田猎者之词。《老子》说:"正言若反。"我们倘说这诗似美实刺,含有讽刺的意味,也没有什么不可。范家相《诗沈》说:"以卢与人对举,以美且鬈、美且偲与重环重鋂对举,贱之也。人者,从禽之人。荒于禽者不仁,而曰美且仁,刺上下之交荒也。"倘若把这诗说成刺荒,刺荒于田猎,即令这位田猎者不是被杀在"田于贝丘"之际的齐襄公,也该是齐国其他君主或卿大夫,绝不像是一个寻常的猎人。这诗是《三百篇》中最短的一篇。写一个田猎者的客观性情,写几条猎犬的颈饰,都只捉住一二特点,形象生动,语言简洁,便使人如见其形影,如闻其声音,很具有夸大而突出、概括而集中的艺术手法,一种速写或漫画的手法。

为什么猎犬叫作卢呢?《孔疏》说:"犬有田犬、守犬。《战国策》云:韩国卢,天下之骏犬也。东郭逡,海内之狡兔。韩卢逐东郭,绕山三,越冈五,兔极于前,犬疲于后,俱为田父之所获。是卢为田犬也。"这话说得是。又按《秦策》有"譬若驰韩卢而逐蹇兔"的话,可见战国时代韩国确有猎犬叫卢。陈奂《传疏》说:"韩之田犬称卢,义实本于《诗》之卢也。"王先谦《集疏》说:"卢是齐国田犬之名,盖韩国沿而称之。"这都比《孔疏》说的更简明了。

《诗序》说这诗有据,今文"三家无异义"。后人争论之点不在"刺荒",不在刺"襄公好田猎",而在是否"陈古以风"。《孔疏》说:"陈古者田猎之事以风刺襄公。"《严缉》说:"国人……陈古以风,谓古之田猎者若而人,今之田猎者若而人,田犬犹古也,其人则非矣。"这都肯定了陈古刺今一说,而说得更详细的莫过于胡承珙《后笺》。他说:"何氏《古义》曰:'《国语》及《管子》书皆称襄公田猎毕弋,不听国政。《公羊传》载庄四年公与齐侯狩于郜。《左传》载庄八年齐侯田于贝丘。此足为襄公好田之明证。'承珙案,后儒说《诗》者多谓此诗与《还》意略同,不信《序》'陈古以风'之语。不知《还》诗'揖我谓我'等语是自夸其从禽之事,故通篇直刺其荒。此诗云'其人'者,是想望之词,故以为陈古。首章《传》云:'言人君能有美德,尽其仁爱,百姓欣而奉之,爱而乐之,顺时游田,与百姓共其乐,同其获,故百姓闻而说之,其声令令然。'《传》文多简而此独详者,自以《序》刺襄公,故详述人君之事。足知

《序》、《传》所言必皆有所受之。《正义》引《孟子》（按谓梁惠王'今王田猎于此'章）为证，此善申《传》义者也。"

认为这诗是纪实不是陈古的，说来直捷较为有力。何楷《古义》说："襄公荒于田，国人赋此以风之。鬈与偲，明是见其人之状貌，非陈古也。"魏源《诗古微》说："毛以刺猎不合称仁，遂强为古者仁君之事。则于田之叔段而郑人仁之，从狼之猎夫而齐人臧之，岂皆陈古之刺耶？且《说文》鬈为发好之貌，则偲亦于思之义，皆明指目前之人，亦可谓古人之须发耶？《国语》：桓公曰：'昔吾先君襄公筑台以为高位，田猎毕弋，不听国政。戎车待游车之弊，戎士待陈妾之余。'则此诗自刺襄时民俗，与《还》诗同义。"陈奂说："《齐语》及《管子·小匡》篇并云：襄公田猎毕弋，不听国政。考鲁庄公之八年，齐襄公之十二年也。《左传》称田贝丘而乱作，为襄公因荒亡身之实据，皆与《序》合。"这都是说，此诗不是陈古以风，而是写关于田猎的实事。不过何元子、魏默深是明明说出了的，陈硕甫不涉及陈古与否，但所说的也恰好是说的纪实。朱子以为《还》诗刺民俗不刺哀公，此诗与《还》诗同义，所刺也不在襄公。魏默深似是沿袭了《朱传》一说。他们说两诗主刺民俗，不主刺国君。赦免渠魁，严究胁从。我们应该为当时猎民伸张正义，主持公道，指出朱、魏之说非是。人民打猎为了获得生活资料，绝不同于统治阶级荒于田猎专为娱乐享受，这有什么可以非难的呢？

最有趣的是王闿运《补笺》解此诗，又像是在开玩笑，发怪论。这诗三章，章两句，字数寥寥，但是在训诂上通假破读都有。比如"令"字，三家作"鏻"，一作"獜"，又作"泠"。陈奂说："令，古铃字。《载见》作铃。"又"鬈"字，《郑笺》破读为"攇"，说："攇，勇壮也。"再如"偲"字，《朱传》破读为"于思于思"之"思"，说："偲，多须之貌。《春秋传》所谓于思即此字，古通用。"湘绮先生看到了，忍不住，他的滑稽戏谑的癖性发作了，就把卢字也破读为驴，说是驴贱畜而缨铃，比喻公孙无知衣服礼秩如嫡，以为诗旨在此。这不是在开玩笑，发怪论吗？他说："卢驴古今字。驴似马，长耳。刺其荒废，不顾内难。""卢之名犬起于战国，以色黑呼之,与卢弓卢矢同,非犬可名卢也。经典惟《尔雅》有驴字,卢即驴矣。驴民家贱畜而施缨铃,喻无知公孙衣服礼秩如嫡。其人者,非其人也。美且仁者,郑以刺叔段(见《叔于田》),此亦以刺无知,皆庶宠并嫡之词。令者,人君缨饰。今岂其人美、仁耶?欲君自悟也。"按庄八年《左传》:"僖公之母弟曰夷仲年,生公孙无知,有宠于僖公,衣服礼秩如适。襄公绌之。"后来齐大夫连称、管至父就依附无知而作乱。"(襄公)田于贝丘,见大豕。从者曰:'公子彭生也。'公怒曰:'彭生敢见(先是鲁请以彭生除恶,而齐杀彭生)?'射之。豕人立而啼。公惧,坠于车,伤足丧屦。""遂弑之,而立无知。"这就是关于齐襄公和公孙无知从兄弟嫡庶斗争的史实。王湘绮把卢读作驴,把驴比喻"衣服礼秩如嫡"的公孙无知,以为诗刺公孙无知"庶嫡并宠之词"。这不是在玩弄训诂、附会历史来发怪论吗?

敝　笱

敝笱在梁,其鱼鲂鳏。齐子归止,其从如云!
敝笱在梁,其鱼鲂鱮。齐子归止,其从如雨!
敝笱在梁,其鱼唯唯。齐子归止,其从如水!

【解题】
《敝笱》是刺文姜淫乱,而鲁桓公微弱不能防闲之诗。《诗序》可信。今文"三家无异义"。魏源《集义》主刺哀姜,只是自下己意;王先谦《集疏》没有采用,即不以为今文说。笱,已见《邶风·谷风》篇。《说文》:"笱,曲竹捕鱼。"这是一种竹篾制成的渔具。前后两端之中各有一门,门向相反,一顺一逆,大口而小喉,如漏斗形,可伸缩,可倒须,鱼能入而不能出。农民往往把它拦置于桥闸流水间捕鱼。太湖南北方言叫它作篓,篓是笱。篓当作篗,方言声变,土人杜撰篓字。唐人所谓万尺篗(《酉阳杂俎》),并不是说篗有万尺,只是说置篗于万尺鱼梁之间以捕鱼的意思。破了的笱再不能控制鱼,诗人用敝笱隐喻鲁桓公微弱不能防闲文姜,这真是一种妙喻。诗里齐子指文姜,正和《南山》、《载驱》一样。郝敬《原解》说:"笱之制鱼,可入不可出,敝则鱼出矣。帷薄不修之比也。庄公于文姜则子耳,桓公其夫也。夫为妻纲,如笱可制鱼。""子之于母犹曰弗克,夫不能制其妻则同敝笱矣。故《敝笱》刺夫,而《猗嗟》以刺子,《序》说各有当也。"汪梧凤《诗学女为》引戴东原的话说:"笱所以取鱼,敝笱则取之而不能制之。即以本诗辞义求之,其为桓公明矣。"他们都以为敝笱一语是刺鲁桓公,不错。

诗说"齐子归止",说她归齐呢,还是归鲁呢?朱子以为说她归齐,此诗刺鲁庄公屡屡放纵她归齐。《集传》说:"案《春秋》,鲁庄公二年,夫人姜氏会齐侯于禚(音灼)。四年,夫人姜氏享齐侯于祝丘。五年,夫人姜氏如齐师。七年,夫人姜氏会齐侯于防,又会齐侯于谷。"依照封建社会的伦理,夫为妻纲,夫能控制其妻;夫死从子,子却未必能控制其母。想是朱子尝拟撰《通鉴纲目》,有鉴于自汉以来母后乱政,所以曲解《敝笱》一诗为刺鲁庄公不能防闲其寡母文姜,借以隐寓在政治上子能控制其母后的义理罢。这也当是他强以所谓义理解《诗》之一失,现在我们又可以为他指出。

陈启源以为"齐子归止"是说文姜于归于鲁,驳了《朱传》。《稽古编》说:"《敝笱篇·叙》以为恶鲁桓微弱,是也。《朱传》以为刺庄公,失之矣。案女子之归有三:于归也,归宁也,大归也。舍是无言归者。文姜如齐始于桓末年耳,时僖公已卒,不得言归宁,又非见,出不得云大归,则诗言'齐子归止',定指于归无疑。然于归时,文姜淫行未著也。末年如齐,桓即毙于彭生之手。诗何得责其防闲而以为刺哉?盖尝考之矣。鲁桓弑君自立,惟恐诸侯见讨,急结婚于齐以固其位,故不由媒介,自会齐侯于嬴以成婚。文姜又僖公爱女,于其嫁也亲送于讙。则嫁时扈从之盛,与文姜之骄逸难制可知。桓既恃齐以自安,势不得不畏内,养成骄妇之恶已非一朝,特于晚年发之耳。然则笱之敝也,不敝于彭生乘公之日,而敝于子翚逆女之年矣。诗人探见祸本,故不于如齐刺之,而于归鲁刺之,旨深哉!《集传》以归为归齐,既失考证,义味亦短。"陈奂《传疏》说："考桓三年《春秋》,书齐侯送姜氏于讙。齐侯,僖公也。桓以弑兄篡国,求昏于齐,而文姜又为僖公宠女,亲送之讙,嫁从之盛,骄伉难制,鲁为齐弱,由来者渐。及至桓十八年,文姜如齐,与襄公通,桓即毙于彭生之手。《序》云不能防闲使至淫乱,则诗乃作于十八年后,而追刺其嫁时之盛为淫乱之由,实始于微弱。"王先谦《集疏》于节录二陈之说以后说："愚案,笱敝鲂逸,明指当前;归从如云,推本既往;原有两意。"这诗经过了清代学者二陈、王氏三家的先后研讨,才考定它作出在鲁桓公十八年文姜如齐之日,追刺她于归之盛,为当前淫乱难制之由。这当是关于这诗主旨的定论。大概是诗人看到了鲁桓公的不幸的结局才作出此诗的罢。

载　驱

　　载驱薄薄,簟茀朱鞹。鲁道有荡,齐子发夕。
　　四骊济济,垂辔濔濔。鲁道有荡,齐子岂弟。
　　汶水汤汤,行人彭彭。鲁道有荡,齐子翱翔。
　　汶水滔滔,行人儦儦。鲁道有荡,齐子游敖。

【解题】

　　《载驱》,当是齐人为刺襄公与其妹文姜公然驱车通道大都相会淫乱而作。《诗序》可信,诗亦自明。所刺重在襄公,当然文姜也被刺到。但看诗的第一章便知。苏辙《诗传》说："襄公疾驱其车以会文姜,文姜夕发于鲁而往会之。"只此一句便已揭明章旨。

　　王氏《总闻》、《朱传》、《严缉》都以为此诗刺文姜,每章四句都说文姜,必如此,文势方顺,文意方贯。这一说不对。胡承珙《后笺》说："许氏《诗深》曰:'序诗之例,郑诗不书郑,齐诗不书齐,而此篇独系之齐人,正恐读者但见诗称齐子,不辨其何以刺襄,故加齐人以著之。使知载驱若指文姜,当其发夕于鲁,齐人何由见其薄薄?惟属之襄公,则知簟茀者国君之路车,非夫人之翟茀。固以齐人目击襄公之薄薄载驱,遂想见齐子之发夕鲁道,而后诗意了然。可谓发淫人隐微深痼之疾而善言其情状矣。'承珙案,齐人自刺其君,其词宜隐,故簟茀、四骊但言其车马驰骤之盛,无所指斥,而以齐子对照出之,所谓言隐而旨显也。……"又说:"《虞东学诗》曰:'《载驱》刺襄公,毛、郑俱以上二句指襄,下二句指姜。《集传》改为刺文姜。严华谷言四句分作二人,词意断续,必并言文姜,文方贯也。'今案《春秋》,庄二年冬,夫人姜氏会齐侯于禚(杜注:齐地)。《传》曰:'书奸也。'七年春,会齐侯于防(杜注:鲁地)。《传》曰:'齐志也。'杜氏以为至齐地则奸发夫人,至鲁地则齐侯之志。诗中四举鲁道,两言汶水,始终不及齐境,正杜所谓至鲁地为齐侯之志者。况首言'载驱薄薄',明已在道疾行;末言'齐子发夕',明是闻襄来而暮夜启行赴之。若叙一人之事,岂容先在道而后启行?《传》、《笺》无误,文亦无不贯也。承珙案,何氏《古义》引陈祥道《礼书》云,襄公方叔之车以簟茀,卫夫人之车以翟茀。以为此男子妇人车蔽之别。《毛诗明辨录》又云:'妇人不立乘,但乘安车,驾一马而无四骊。'其实亦不必尽然。总之,齐人作诗刺上,不应反舍襄公而不一及耳。"无论从事实、从情理或从修辞都可看出,此诗齐人意主刺襄公而不是只刺文姜,胡墨庄总结了诸家之说可称定论。

诗四说"鲁道",两说"汶水",襄公、文姜相会之地当在鲁境靠近汶水的一个都邑。胡承珙说:"汶水汤汤,《笺》云:'汶水之上盖有都焉,襄公与文姜时所会。'《稽古编》欲以《水经注》所谓文姜台者当之。《毛诗明辨录》云:'庄二年会禚,禚在禹城博平之间,是文姜渡汶而往也。四年会祝丘。注云:鲁地。而不知其所在。五年如齐师,师未出齐境,亦文姜渡汶以往。七年会防,防在金乡,是襄公渡汶而来。再会于谷,谷在东阿,亦文姜渡汶以往。至《郑笺》所云都为何邑,已不可考。今以《春秋》所纪会地按之,或者祝丘在汶水之上耶?'承珙案,首章《笺》云:'襄公既无礼义,乃疾驱其乘车以入鲁境。'《正义》云:'鲁在汶侧,齐在鲁北,水北曰阳,僖元年《左传》称公赐季友汶阳之田。当齐襄公之时,汶水之北尚是鲁地。'《虞东学诗》云:'原山之汶,以今舆地考之,自莱芜、泰安、肥城、宁阳至东平入济,绵亘数百里,或分或合,出入皆在鲁境。'马之贞《临清新闸记》:'凡东蒙徂徕之阴,岱岳之阳,诸山溪涧之水皆潨于汶,鲁之大川也。据此知《笺》云汶上有都者,依《序》大都言之,不必定在汶水切近之处。《严缉》以《春秋》姜氏五会齐侯,无会汶之事。'诸氏锦曰:'此不必拘,《春秋》可以补《诗》之亡,《诗》亦可以补《春秋》之阙也。'"又说:"……王氏兰泉曰:诗言汶,盖指大汶言之。郦氏云:汶水南径巨平县故城东而西南流。城东有鲁道,《诗》所谓'鲁道有荡,齐子由归'者也。今汶上夹水有文姜台。案成二年,齐侯伐我北鄙,围龙。注:龙在泰山博县西南。桓三年,公会齐侯于嬴。注:嬴,齐邑。今泰山嬴县。哀十一年,会吴子伐齐,克博。壬申至于嬴。然则嬴博以南属鲁界,龙以北属齐界。郦氏云:汶水屈从博县西南流经龙乡故城南。益知齐鲁往来要道实在嬴博,当今宁阳东平间,故襄公之来会由之。扼要之地即为大都通邑,惜《正义》之未能详指其地也。"今案,齐鲁地区诸水流贯,多称汶水。主流有二,一出莱芜原山入济者,徐州之汶;一出朱虚泰山北又东北入潍者,青州之汶。诗人所咏乃徐州之汶,在鲁北境,齐南境。和鲁道连说,当在鲁北境,这是可以断言的。胡氏《后笺》所采诸说可供参考。

这诗主旨今古文说显有不同。魏源、王先谦根据今文三家遗说,都以为这诗刺哀姜。鲁庄公夫人哀姜于她于归时,故意稽留不入,与公约远媵妾而后入。一句话,这是关于哀姜于归之日乔醋撒娇之作。说来很有戏剧性,倒很有趣。魏源《集义》已见上载。王先谦《集疏》说:"齐说曰:'襄嫁季女,至于荡道。齐子旦夕,留连久处。'(《易林·屯之大过》)《春秋经》:庄二十二年冬,如齐纳币。二十四年夏,公如齐逆女。秋,公至自齐。八月丁丑,夫人姜氏入。《公羊传》:'其言入,何?难也。其书曰何?难也。其难奈何?夫人不偻,不可使入,与公有所约然后入。'何注:'偻,疾也。齐人语。约,约远媵妾也。夫人稽留,不肯疾顺。公不可使疾入。公至,与公约定,八月丁丑乃入。故为难词也。'《左传》杜注:'姜氏,哀姜也。'《公羊传》以为姜氏要公,不与公俱入,盖以孟任故。丁丑入,而明日乃朝庙。又注:'姜氏,齐襄公女。'愚案,周惠王七年辛亥,鲁庄之二十四年,齐桓公十六年也。齐襄立十二年而死,又十六年而女嫁,盖是即位后所生,二十内外而嫁,其为襄季女无疑。云襄嫁季女者,系女于襄,犹言齐嫁季女耳。留连久处,与何、杜两注夫人稽留,不与公俱入情事合;与诗文发夕、岂弟、翱翔、游敖合。《毛序》以为刺襄公,非也。鲁、韩当与齐同。"此据《齐诗》和《公羊传》说,鲁庄公往齐亲迎哀姜,哀姜稽留,必和庄公约定疏远媵妾孟任(按,庄公初宠孟女,生子般)而后入鲁。尽管哀姜这样乔醋撒娇,干齐人何事?干诗人何事?倘若说,后来哀姜和庆父私通,谋杀闵公,酿成鲁乱,齐桓公召她往邾杀了。可见她比文姜闹的乱子也并不小,所以齐人深恶她而作诗刺她。这又是一件事。难道这诗可算齐人预见或追刺之作?王先谦以为古文《毛序》说刺襄公错了,我倒以为《毛诗》说的较切史事,较有意义。何况依《齐诗》说,全诗文字训诂上还有好些问题呢!

猗　嗟

猗嗟昌兮,颀而长兮。抑若扬兮,美目扬兮。巧趋跄兮,射则臧兮!

猗嗟名兮,美目清兮。仪既成兮,终日射侯,不出正兮。展我甥兮!

猗嗟娈兮,清扬婉兮。舞则选兮,射则贯兮。四矢反兮,以御乱兮!

【解题】

《猗嗟》,是齐人描写鲁庄公仪容之美、射艺之巧的诗。诗人用意是美是刺,后人很难捉摸,就诗论诗,我们只合如此说。沈德潜《说诗晬语》道:"讽刺之词,直诘易尽,婉道无穷。卫宣姜无复人理,而《君子偕老》一诗止道其容饰衣服之盛,而首章末以'子之不淑,云如之何'二语逗露之。鲁庄公不能为父复仇,防闲其母,失人子之道。而《猗嗟》一诗止道其威仪技艺之美,而章首以'猗嗟'二字讥叹之。苏子所谓不可以言语求而得,而必深观其意者也。诗人往往如此。"这是依据《诗序》作者推本《猗嗟》诗人言外之意为说。《诗序》以为"刺鲁庄公","齐人伤鲁庄公有威仪技艺,然而不能以礼防闲其母",好像可通。《朱传》说:"或曰:子可以制母乎?赵子曰:夫死从子,通乎其下,况国君乎?君者,人神之主,风教之本也。不能正家,如正国何?若庄公者,哀痛以思父,诚敬以事母,威刑以驭下,车马仆从莫不俟命,夫人徒往乎?夫人之往也,则公哀敬之不至,威命之不行耳。东莱吕氏曰:此诗三章,讥刺之意皆在言外,嗟叹再三。则庄公所大阙者,不言可见矣。"这是朱子借赵子匡、吕东莱两家之说阐明《诗序》"不能以礼防闲其母"的一种义理。后人说的义理,未必有当乎历史上当事人的情事。今文"三家无异义"。魏源《诗古微·诗序集义》以为这是"刺鲁庄公昏仇",又是他自下己意,和三家义无关。

《诗序》说"刺鲁庄公也。齐人伤鲁庄公有威仪技艺,然而不能以礼防闲其母"。不错,诗凡三章,每章都兼说鲁庄公仪容射艺之美。齐国诗人何时见到鲁庄公其人而有此写实之作呢?这是明清间以来学者颇有争论的问题。

一说作在庄四年公及齐人狩于禚之时。何楷《古义》说:"《春秋》庄四年冬,公及齐人狩于禚。……此诗疑即狩禚事,盖公朝齐而因以狩也。古者诸侯相朝则有宾射,故所言者皆宾射之礼。……诗曰:'展我甥兮。'自是庄公初至齐,而人骤见之之语。"孔广森《经学卮言》说:"展我甥兮,言鲁庄公工于容艺,而不恤政事,酷似其舅,此为微辞,以兼刺襄公也。三章皆侈其善射,殆作于舅甥相从狩郜(禚)之时欤?"陈奂《传疏》说:"吴惠士奇《春秋说》云:庄四年春二月,夫人姜氏飨齐侯于祝丘。其年冬,公及齐人狩于禚。齐有《猗嗟》之诗,为庄公狩而作也。"顾广誉《学诗详说》道:"此当作于庄四年公及齐人狩于禚之时,即

《公羊传》之公与齐侯狩于郜。庄于是无人心矣。作诗者齐人，故犹未计及其忘父仇也。"

一说作在庄二十三年公如齐观社之时。王夫之《稗疏》说："《毛传》曰：'外孙曰甥。'《郑笺》云：'拒时人言齐侯之子。'《集传》因之。乃辱子以其母之丑之行，而瘦文曲词以相嘲，圣人安取此浮薄之言列之《风》而不删邪？考鲁庄当齐襄之代未尝如齐。二十二年如齐纳币，二十三年观社，始两如齐。其时襄公已薨，文姜已死，齐桓立已十二年矣。鲁庄于齐桓为中外兄弟，不当言外孙。且文姜禽行已成既往，何必辱及朽骨？按《尔雅》，妻之晜弟为甥，姊妹之夫为甥。然则古者盖呼妹婿为甥。其云甥者，指鲁庄娶哀姜而言之也。鲁庄如齐纳币，逾年而归，《公羊》以为公有陈佗之行(按，陈厉公佗取蔡女，蔡女淫于蔡人，数归，厉亦数如蔡，蔡人杀厉公)。其观社也，穀梁子曰：观，无事之词也，以是为尸女也。家铉翁曰：盛其车，华其服，炫饰以惑妇人。盖与此诗相合。则《猗嗟》之咏因观社而作矣。纳币之日，哀姜已得见于公，齐故留难未许。故复因齐观民于社，搜军实，炫其射御之能，趋跄之丽，齐因喜之而终许焉。其曰'展我甥'者，展，诚也。齐人夸其诚足为我之婿，终许其昏之词也。而姜氏无愆期之待，鲁庄有陈佗之行，齐桓不能修其帷薄，皆可于言外得焉。微而婉，则《诗》教存矣。何得蔓及文姜，许人之母于既死之余，如毛、郑所云乎？"魏源《诗古微》说："《猗嗟》，亦刺庄公昏仇诗也。谓吾舅者吾谓之甥，帝馆甥于贰室。则甥谓婿明矣。诸侯不越竟逆女，而公则纳币亲迎两次如齐，皆桓昏文姜时所未有也。且鲁庄当齐襄之世未尝如齐。及二十二年始如齐纳币，二十三年复如齐观社。其时齐桓已立十二年，文姜、齐襄皆已久殁，何必如《郑笺》谓非齐侯之子瘦词追刺乎？惟庄因齐社搜军实之时，盛其服饰威仪，炫其射御趋跄，以媚妇人而夸齐国。哀姜无愆期之待，鲁庄为陈佗之行，齐桓无闺阃之闲，皆在所刺。且一则曰'射则臧兮'；二则曰'终日射侯，不出正兮'；三则曰'射则贯兮，四矢反兮，以御乱兮'。擅此才武，不以复仇而以昏仇，所昏者又非嘉耦而怨耦，其患方未艾焉。惜之深,刺之深也。其后牙、庆再乱(按,谓庄公弟叔牙、庆父),般、闵再弑(按,般,谓庄公妾孟女生子般,般一作班。闵,谓夫人哀姜娣叔姜生子开,即闵公。般、闵皆为庆父所杀),夫人孙(逊)邾,鲁几中绝。于是使高子将南阳之甲定鲁者齐桓也,诛哀姜立僖公者齐桓也,故桓自陈其风于王朝。特详齐襄、二姜之诗,一著其多难兴邦之由,一著其恤邻存鲁之绩。《春秋》书文姜皆详于桓薨以后之事,书哀姜皆详其初归于鲁之事,与《诗》相表里。盖鲁庄之不能闲母,正由其忘仇昏仇。使其枕戈卧薪如夫差勾践之蓄志,则襄与姜方将食不下咽,尚暇驰驱禚谷、烦制其侍御仆从之人乎?说诗者忽其篇次,昧其轻重,而《春秋》之义不明矣。"

一说作在庄二十二年公始如齐纳币之时。惠周惕《诗说》道:"《猗嗟》之咏鲁庄也,先辨其长短,次审其眉目,终得其趋跄步武弯弓执矢之状,非亲见而环观之,不能详悉如是。是为鲁庄适齐时作可知也。按庄九年,公及齐大夫盟于蔇,是时桓公尚未立也。十三年春,与齐侯会于北杏,冬又盟于柯。十五年又会于鄄。皆未至齐也。二十一年夫人姜氏薨。二十二年始如齐纳币,二十三年如齐观社,庄公如齐惟此。以意求之,当在纳币之年,盖文姜薨之明年也。公以嘉礼往,齐国人聚观,固其恒情。而又亲见文姜昔年淫乱,疑其类于襄公。于是注目谛观,知其非是,而始恍然曰:'展我甥兮!'则人言藉藉从此衰止,其诗之有关于鲁庄者大矣。"

一说作在庄二十二年公如齐纳币、二十三年公如齐观社、二十四年公如齐逆女此三年间。胡承珙《后笺》说:"王氏《总闻》以为庄公早年而桓公已殁,文姜挟母之尊,倚齐之强,安可防闲其后?郝氏敬、胡氏允嘉、邹氏忠胤、黄氏懋容皆于庄之不能防闲有恕词焉。然则曷为刺庄?考庄公生于桓公六年,至即位之时才十三岁耳,固难责以防闲其母。其即位后二年至七年,文姜屡会齐襄,庄公身已弱冠,责以不能防闲,固已无所逃罪。惟诗中历言庄公容貌技艺之美,非齐人熟观而审悉之,不能言之如此其详。而庄公二十二年以前,其身实未尝至齐,诗人无由兴刺。惟二十二年如齐纳币，二十三年如齐观社，二十四年如齐逆女，《穀梁》一则曰'不正其亲迎于齐也'，再则曰'娶仇人子弟以荐舍于前，其义不可受也'。盖庄之忘亲昵仇于此为甚，《猗嗟》之作当在此时。观末章'猗嗟娈兮'《传》云：壮好貌。毛于《甫田》、《候人》之婉娈并训为少好貌，独此言壮好者，岂亦以《猗嗟》作于如齐纳币逆女之时乎？"

总之，此诗必作在鲁庄公一次到齐之时，上举四说包括了鲁庄公到齐的各次，究竟诗作在哪一次呢？这很难说。以下略陈鄙见。

我以为此诗不作在庄四年公及齐人狩于禚时。因为其时鲁庄公才十六七岁，未必他的射艺之精已达到如此高度。何况诗但说射，并未说狩！何楷说诸侯相朝则有宾射。陈奂也说："射，乡射也。……《仪礼·乡射记》：'于竟则虎中龙䇩。'郑注云：'于竟，谓与邻国君射也。'此即君与君行乡射之义证。狩而射者，若《小雅·车攻》先言狩而后言射之例。但《车攻》篇射为大射，或者天子与诸侯行大射，君与君行乡射欤？《诗》可以补《礼》之阙。"《车攻》有狩有射，《猗嗟》有射无狩，何可相提并论？又何以硬说此射在狩于禚时？何况还要引起宾射、乡射、大射的争论呢？

此诗也不作在庄二十二年公如齐纳币时。诗说射艺，不及"嘉礼"。难道纳币必须试射，而至于"终日射侯"？记得《唐书》载窦毅择婿试射，李渊两射雀屏中目，未必此等故事早已见于《春秋》。而且公室纳币未必向外公开，让人"围观"，"嘉礼"形于歌咏。

胡承珙说此诗作在庄公如齐纳币逆女的一个时期。因为"庄之忘亲昵仇，于此为甚"。情事差合，可不算错。但是有意说得浑括，避免争端，态度模棱，还算不得确论。至于他排除了会狩于禚一次，想是因为"仇狩"只算"忘亲昵仇"的开端，《春秋》虽然特书，诗人却没注意。又他据诗末章"猗嗟娈兮"《传》，于"婉娈"不例训为"少好貌"而改训为"壮好貌"，是毛公已不认为此诗作在庄公年少狩禚之时。他如此分析，亦颇精细。

王夫之说此诗作在庄二十三年公如齐观社之时。这一说出在胡承珙一说之前,已较胡精审。因为无论庄公亲纳币、亲逆女,齐人都无必要为他举行盛大集会一试射艺的机会。只有观社专为"搜军实"、"观戎器",同时举行射礼,庄公才得以参加检阅,表演射艺,和诗写他的威仪技艺正合。诗说"舞则选兮,射则贯兮"。陈奂说:"舞,亦射也。《周礼》:乡大夫之职,以乡射之礼五物询众庶。一曰和,二曰容,三曰主皮,四曰和容,五曰兴舞。五者皆是乡射之礼。古以此兴民贤能;诗歌此以觇鲁庄技艺。下句言贯即主皮,则此句言舞为兴舞也。《论语·八佾》篇:'射不主皮。'马融注云:'射有五善焉。一曰和,志体和。二曰容,有容仪。三曰主皮,能中质。四曰和颂,合《雅》、《颂》。五曰兴武。武与舞同。'王引之《周礼述闻》云:《大司乐》:大射王出入,令奏《王夏》。及射,令奏《驺虞》。诏诸侯以弓矢舞。《乐师》:燕射帅射夫以弓矢舞。则射时有以弓矢舞之礼。以《大司乐》考之,舞当在歌乐之时,歌咏其声,舞动其容也。乡射歌《驺虞》以射,与王大射同。则射夫亦当以弓矢舞,故曰兴舞。据王说,则兴舞为弓矢舞,为射五善之一。与诗义正合。"总之,诗写庄公威仪技艺,不是写他无事一人独射,乃是写他在齐国一次射礼中公开表演所见的。这只有在"观社"的那一次为最有可能。王夫之又据《谷梁传》释"如齐观社",已经揭穿不是为了观社,而主要为了女人,即庄公为了哀姜而往,自无疑义。又据《尔雅·释亲》,姊妹之夫为甥,于"展我甥兮"一句说:"齐人夸其诚足为我之婿,终许其昏之词也。"似较毛、郑精确。加上他所举旁的论据,无不一一可和诗旨证合。魏源沿袭而且发展了他的这一说,就确认《猗嗟》一诗是齐人刺鲁庄公如齐观社、忘仇昏仇之作了。

诗三百解题卷九

魏　　毛诗国风

葛　屦

　　纠纠葛屦,可以履霜?掺掺女手,可以缝裳?要之襋之,好人服之!

　　好人提提,宛然左辟,佩其象揥:维是褊心,是以为刺!

【解题】

　　《葛屦》,是一篇最古的缝衣曲。缝衣的女子受冻,还穿了破葛鞋踏霜;不缝衣的所谓好人却有人给她缝好衣服,章身保暖。这就引起了诗人的愤怒,所以在诗的结语上着重点明是"刺"了。《朱传》说:"魏地狭隘,其俗俭啬而褊急,故以葛屦履霜起兴。而刺其使女缝裳,又使治其要襋,而遂服之也。此诗疑即缝裳之女所作。"这话颇有见地。要不是缝衣裳的女子本人所作,怕不会有这么大的不平、这么深的愤慨罢。

　　何谓好人?"好人服之"一句下,《毛传》说:"好人,好女手之人。"一作"好人女手之人"。语意不明确。好像所谓好人就是纤纤女手的女子。"好人提提"三句下,《孔疏》说:"言好人初至,容貌安详审谛提提然。至门之时,其夫揖之,不敢当夫之揖,宛然而左辟之。又佩其象骨之揥以为饰,敬慎威仪如是,何故使之缝裳?"这也是以为好人即缝裳之女,同时就是新嫁娘。那么,她的出嫁衣裳自己缝,自己着,怪谁?刺谁?即令新妇尚未庙见或尚未见舅姑,即执妇功为新郎缝衣裳,彼此自愿,也未为不可。《葛覃・毛传》说:"古者王后织玄纮,公侯夫人纮綖,卿之内子大带,大夫命妇成祭服,士妻朝服,庶士以下各衣其夫。"《鲁语》记公父文伯之母的话略同。可知当时贵族妇女并未完全脱离劳动,绩织缝纫都不算一回事。卿大夫之妻婚前受命为她的未婚夫缝制几件衣裳也该不算一回事，不算俭啬褊急，有何可刺？诗人所刺决不在此，当别有说。

我以为诗说纤纤女手可以缝裳的女子明明和好人服之的好人对称，一缝一服，一劳动一享受，还不是两方对立吗？《朱传》说："好人，犹大人也。"得其近似。但我疑好人未必是指男子。范氏《补传》说："今所至通都大邑，婺人之家……女子亦不蔽藏，至出市井为人刺绣之类，恬不以为怪。"《严缉》也说："未嫁之女其手纤纤，谓其可以出而为人缝裳，……治衣裳之要领，以为好人之服，而利其佣资。"倘以为此系贫女为富贵人家缝衣服，或"为他人作嫁衣裳"，也都更得其近似。可是好人究竟为何等人，并没有明白肯定的解说。我以为好人就是新嫁娘，《毛传》、《郑笺》、《孔疏》不错，错在以为就是缝裳之女。此缝裳之女明明是葛屦挨冻的贫贱女子，阶级悬殊，不是可以作为卿大夫家新嫁娘的呀。她当是奴婢之类，奴隶制度之下的产物或残存物。殷代社会已是奴隶制的社会。殷民族征服了其他种族，就把俘虏拿来做一种集团的奴隶，这些奴隶成了殷的种族或氏族的共有物，就是所谓的种族奴隶。以战争中所获得的俘虏为奴隶的时候，首先就要轮到女子。远由卜辞中所见奴妾嫔媵等字也可以看得出来。现在有些历史学者，以为西周时代还是奴隶社会。持之有故，言之成理，我并不反对。此诗当是为葛屦挨冻的小女奴用一双纤纤瘦瘦的小手，替象揥摄盛的小女主缝制衣裳而作。这样，从阶级分析上来说，《诗序》说"刺褊"，所刺的当是奴隶主阶级的褊急、俭啬、自私自利，才和诗旨相合。至于《朱传》把好人解作大人，《严缉》把好人解作君子尊贵者之称，好像也可以这么说，而从阶级分析上来说也可以通。可是大人君子是否佩其象揥？大有疑问。象揥本贵族妇女所佩，已见《君子偕老》篇。

这诗主旨今文"三家无异义"。总论魏国历史及其地理，今古文家却略有不同。《郑谱》说："魏者，虞舜、夏禹所都之地。在《禹贡》冀州雷首之北，析城之西。周以封同姓焉。其封域南枕河曲，北涉汾水。昔舜耕于历山，陶于河滨。禹菲饮食而致孝乎鬼神，恶衣服而致美乎黻冕,卑宫室而尽力乎沟洫。此一帝一王俭约之化,于时犹存。及今魏君啬且褊急,不务广修德于民,教以义方。其与秦、晋邻国,日见侵削,国人忧之。当周平、桓之世,魏之变《风》始作。至《春秋》鲁闵公元年,晋献公竟灭之,以其地赐大夫毕万。自尔而后,晋有魏氏。"《孔疏》说:"案襄二十九年《左传》,鲁为季札歌《魏》。曰:'美哉! 大而婉,俭而易行,以德辅此,则为明主。'但此诗并刺君,而季札美之者,美其有俭约之余风。而无德以将之,失于太俭,故诗人刺之。"王先谦《集疏》说:"《乙巳占》引《诗推度灾》曰:魏天宿牵牛。御览二十六《时序部》引《诗含神雾》曰:魏地处季冬之位,土地平夷。《汉书·地理志》:河东郡河北,《诗》魏国。又曰:魏国亦姬姓也。在晋之南,河曲。故其诗曰:彼汾一曲。置诸河之侧。陈奂云:魏在商为芮国地,与虞争田,质成于文王。至武王克商,封姬姓之国,改号曰魏。《春秋》鲁闵公二年,周惠王之十七年也,晋献公灭魏。今山西解州芮城县是其地。"

汾沮洳

　　彼汾沮洳,言采其莫。彼其之子,美无度。美无度,殊异乎公路!

　　彼汾一方,言采其桑。彼其之子,美如英。美如英,殊异乎公行!

　　彼汾一曲,言采其藚。彼其之子,美如玉。美如玉,殊异乎公族!

【解题】

　　《汾沮洳》,是歌颂在下位的劳动人民有最好的品质才能,绝不是在上位的公族世卿子弟所能及的一篇诗。诗说采莫、采桑、采藚的劳动人民满可以和旧家贵族子弟在位的度德量力,就是说,他们也该享受权利,不当永远处在奴役的地位。这有《墨子·尚贤》篇所说"官无常贵,而民无常贱"的思想。在社会变革由奴隶制跃进封建制时代,有的奴隶成为自由民了,有的自由民成为新兴地主阶级,还有的要取代奴隶主贵族的地位了。这是奴隶要求解放时社会现实的一种反映。把此诗和《葛屦》、《伐木》、《硕鼠》一些诗篇联系起来看,不能不说这都是在社会急剧变革途中阶级意识稍有觉醒的一点反映了。

汪梧凤论此诗"以为刺遗贤而非刺俭",似有是处。他在《诗学女为》里说:"按莫,冀州谓之干绛,五方通谓之酸迷,《陆疏》所谓缫以取茧绪者也。藚,《尔雅》谓之牛唇,《毛传》谓之水舄,《陆疏》谓之泽舄。莫、桑、藚,下湿之产,比卑贱者,即下所云'彼其之子'也。公路,主君路车,以卿大夫之余子为之。公行,主兵车之行列,以卿大夫之庶子为之。公族,主君同姓昭穆,以卿大夫之适子为之。皆世官也。莫可缫,桑可蚕,藚可药,不以生于沮洳之地遗之。乃美不可限量,如英如玉之子,非世家子弟所得比者,反以单寒弃之,是可惜也。童子备官而贤人放弃,魏之所以卒并于晋哉!"此诗刺世家子弟废物在位,惜"卑贱"中人贤才被弃。他这段话好像是自下己意,颇接触到了此诗的内容。当然,在他那时还不可能从社会变革上求得确解。

今按,此诗可据今文三家中《韩诗》遗说作解。魏源一说近是,见《诗序集义》。《韩诗外传》提到这篇诗"公行"、"公族"两章,说是:"虽在下位,民愿戴之,虽欲无尊得乎哉?"又说:"超乎其有以殊于世也。"这算是最早接触到了此诗的一点内容。魏源《诗古微·魏唐答问篇》中还说:"《韩诗》盖叹沮泽之间,有贤者隐居在下,采蔬自给,然其才德实高出乎在位公行公路之上。故曰虽在下位而自尊,超乎其有以殊于世。盖春秋时,晋官之适子为之田以为公族,又官其余子而使庶子为公行,赵盾以庶子为轵车之族,即公路,皆贵游子弟,无材世禄,贤者不得用,用者不必贤也。《毛诗》因次《葛屦》之下,并谓刺俭,乃以所美为刺,所刺为美。试思采莫、采藚,岂君公之行? 如玉、如英,岂啬褊之变? 既极道其美,又何言不似贵人气象乎?"王先谦《集疏》说:"愚案魏说是也。《外传》虽多推衍之词,然皆依文顺旨,从无与本诗相反者。

《汾沮洳》果为刺诗,韩在当时不容不知,何必取而曲畅其说？此智者所不为,岂经师而昧此理耶？鲁、齐当同韩义。"今按《韩诗》,以为"虽在下位"的还是所谓君子,不曾注意到诗说采莫、采桑……明明指的是劳力的"小人",当然他不知道当时所谓"君子"、"小人"原有阶级上的区别。魏源也把采莫、采桑、采藚的人称为贤者,而以为当时居官在位都是贵游子弟,无材世禄,贤者不得用,用者不必贤。这就进一步接触到此诗的内容。鄙意,此诗非刺魏君亲采野菜等等,俭不中礼；在刺奴隶主贵族无材世禄,新兴地主贵族将起而代之,奴隶亦要求解放,甚至要求分享政治上的权利了。

《诗序》说此诗"刺俭","其君子俭以能勤,刺不得礼"。昔人以为其说可通,今人恐未必以为是。《孔疏》于此诗一章下说:"由魏君俭以能勤,于彼汾水渐洳之中,我魏君亲往采其莫以为菜,是俭而能勤也。彼其采莫之子能勤俭如是,其美信无限度矣,非尺寸可量也。美虽无度,其采莫之士殊异于公路,贱官尚不为之,君何故亲采莫乎？刺其不得礼也。""案王肃、孙毓皆以为大夫采莫。其《集注·序》云:'君子俭以能勤。'案今《定本》及诸本《序》直云其君。义亦得通。"难道诗说魏君亲自采野菜么？朱子《集传》说:"此亦刺俭不中礼之诗。言若此人者,美则美矣,然其俭啬褊急之态殊不似贵人也。"他的门人辅广说:"魏之俗吝啬褊急,不中礼节。故虽公路、公行、公族之官而或自采莫、采桑、采藚于汾水之侧,故因以起兴。言若而人者美则美矣,然其所为俭不中礼,屑为卑下之事,殊不似夫贵人也。"(《传说汇纂》引)严虞惇说:"昔公仪子相鲁,之其家,见织帛,怒而出其妻。食于舍而茹葵,愠而拔其葵。曰:'我已食禄,又夺园夫红女利乎？'采莫、采桑、采藚,盖即茹葵之类,非特俭啬而已,是亦与民争利也。俭不中礼则吝,吝必至于贪,《伐檀》、《硕鼠》之所为作也。"(《诗学女为》引)这都是以为大夫采野菜。无论魏君亲自采菜也好,大夫采菜也好,自古人来说,都是俭不得礼,就是说,寒伧不成体统。尽管那时社会生产不发达,生产技术低劣,生活物资贫乏,统治阶级甚或有人偶尔还要从事一部分体力劳动。但是他们究竟过着剥削生活,衣食消费得由一般劳动人民负担。佯为同情劳动人民如鲁相公仪子,也还要坐食官禄,靠园夫红女供给衣食资料。"贤者与民并耕而食,飨飧而治",只是许行一流学者的乌托邦。此诗是否说魏君或大夫采野菜而食,用蚕桑而衣?《诗序》说"刺俭",是否和诗旨相合?还待进一步研究。

园 有 桃

园有桃,其实之殽。心之忧矣,我歌且谣。不我知者,谓我士也骄!彼人是哉,子曰何其?心之忧矣,其谁知之?其谁知之,盖亦勿思!

园有棘,其实之食。心之忧矣,聊以行国。不我知者,谓我士也罔极。彼人是哉,子曰何其?心之忧矣,其谁知之?其谁知之,盖亦勿思!

【解题】

《园有桃》一诗,当是一个骄傲而且急躁的大夫爱发议论,自以为是,受到了挫折,因而忧谗畏讥,心灰意懒,作了这篇诗。汪梧凤《诗学女为》说:"其犹《离骚》之意与?"这话得其近似。

郭沫若《中国古代社会研究》里说:"这首诗的诗人自己称自己为'士',这当然是一位作官的了。这位作官的人大概是穷得连饭都没有吃的,只是吃园里的桃子和棘实,所以他便大大地感伤起来。不消说他又是一位神经过敏的先生,当他郁郁不得志在路上讴吟踌躇的时候,他以为别人一定在指摘他,说:'你看那位尊驾罢,那真是骄傲得没法啦!你说不是吗?'他以为别人是不知道他,只晓得骂他的,他便灰了心,决心着甚么也不要想。——我们要注意他甚么也不要想的决心。这位诗人大约和那喊'天实为之,谓之何哉'的'出自北门'的诗人是相类的罢,但他在喊一声'悠悠苍天'没有呢?这种态度是比怨望责嚷更进了一境的。"又说:"这位君子委实是穷得没饭吃了,但他还有园子,——或者是别人的园子,他去偷摘桃子来吃罢?——园子即算是他的,不久也怕要拍卖了。"那时当然还没有像现在的拍卖方法,这只是说笑话。郭先生以为这位诗人是属于破产了的旧家贵族,有彻底怀疑的思想。这都可以帮助我们更进一步了解这篇诗。至他以为诗说桃棘是写实的赋义,也很有趣。

这诗主旨今古文家无争论。后儒所争有趣而值得一提的即是每章起首二句究为赋比兴三义中何义。一章《毛传》说:"兴也。园有桃,其实之殽。国有民,得其力。"这说明了是兴义。朱熹《集传》也说:"兴也。诗人忧其国小而无政,故作是诗。言园有桃,则其实之殽矣。心有忧,则我歌且谣矣。……"但是他又曾说:"或云:比也。园有桃则食其实,国有民则用其力。或云:赋也。诗固有一章而三义者,在人观之如何耳。"他还说不定这是赋比兴三义中的何义,只是不曾滑稽地说出"赋而比又兴也"那句话。本来三义中兴义难明,所以毛公作《传》只释兴义。其实即是兴义,不但含有比义,往往同时又是赋义。说者想做果决的分析自是一件难事。何况比兴之义,有的是隐晦的象征,无异哑谜,只有作者自己知道;旁人说来,不过试猜试猜而已,未必符合诗人的本义。汪梧凤说:"案,桃为果之下品,棘则枣之小者,均非美材,而实殽登俎,喻所用之非人也。魏小而逼于晋,又以下材当国,危亡在旦夕,君相不知忧。而士忧之,忽而歌谣,忽而行国,悲歌往复,冀闻者之少勤其思,其犹《离骚》之意与?两章首二语,先儒之解未稳。愚谓前篇刺贤者不用,是篇刺用者非贤也。"他以为诗说桃棘是用比义,比喻所用非人材,颇能自圆其说。

关于这诗比兴之义的争论,胡承珙《后笺》略作述评,可是说得不甚明快。他说:"秦留仙《毛诗日笺》曰:'诗中虽无不能用民力之言,而其意固在言外。或谓〔首〕二句止是托兴,无他意义,亦未必然。'承珙案《集传》云:'言园有桃,则其实之殽矣。心有忧,则我歌且谣矣。'此盖疑篇中不见用民力意,故以上二句兴,下二句改'心之忧'为'心有忧'。黄氏佐遂谓两'有'字相应为兴。然经文未尝有两'有'字也。许氏《名物抄》以此诗为无义之兴。是《三百篇》不过信口乱道,何以为经？不知诗以园桃可食兴民力可用,取义深隐,故毛以为兴。《吕记》引朱氏说,以《传》文为比。又与比显兴隐之旨戾矣。"他坚持《毛传》兴义,说园桃可食兴民力可用。《毛传》当是用《诗序》"不能用其民"语意,又是作《序》者推本诗人言外之意,诗中实不曾说到民力可用与否。《传》、《序》往往相合,这也是一例。难怪前儒说《诗序》"子夏、毛公合作",甚至说"《序》、《传》一人所作"了。

陟岵

陟彼岵兮,瞻望父兮。父曰嗟予子,行役夙夜无已。上慎旃哉,犹来无止！

陟彼屺兮,瞻望母兮。母曰嗟予季,行役夙夜无寐。上慎旃哉,犹来无弃！

陟彼冈兮,瞻望兄兮。兄曰嗟予弟,行役夙夜必偕。上慎旃哉,犹来无死！

【解题】

《陟岵》,自是"孝子行役、思念父母"而作。《诗序》先得诗旨,今文"三家无异义",朱熹也无辨说。《郑笺》以为"孝子行役思其父〔母兄〕之戒",《朱传》改为"想像其父〔母兄〕念己〔祝己〕之言"。《吕记》引广汉张氏(栻)说:"直述所以念父之意,未若思父所以念己之心之为深切也。"汪梧凤《诗学女为》说:"此诗孝子至情全在'瞻望'二字,其亲之念己祝己俱从望中想象出来。不言己之念亲,而反言亲之念己；不言己之自慎,而反言亲之欲其慎。则所以念其亲者益切,而所以保其身者益至矣。唐人诗：'遥知兄弟登高处,遍插茱萸少一人。'正用之也。'遥怜小儿女,未解忆长安。'反用之也。"方玉润《诗经原始》也说："人子行役，登高念亲，人情之常。若从正面直写己之所以念亲，纵千言万语岂能道得意尽？诗妙从对面设想，思亲所以念己之心，与临行勖己之言，则笔以曲而愈达，情以婉而愈深。千载下读之，犹足令羁旅人望白云而起思亲之念，况当日远离父母者乎！其用意尤重在上慎旃哉一语，亲以是祝之子，子以是体夫亲。其能以亲心为己心者，又不仅在思亲之貌与思亲之情而已。而可不谓之为贤乎？"

上引诸家说此诗孝子思念父母构思立言之妙，都有是处，可是还有未尽。按诗称父曰、母曰、兄曰，都放在登山瞻望之下，好像不一定是当初临别，父母和兄果有这种告戒；只是孝子远行之后，登高遥望，曲体父母和兄思己之心，想象他们可能说出这种念己、祝己的话来。诸家从这样的体会来说，自然觉得诗人的用意深挚恳切，更加有味了。诗三章分说思父、思母、思兄，似乎思母更切，感到母爱独深，但看诗人说母念己的话便知。首说"母曰嗟予季"，不复同于"父曰嗟予子"。《毛传》说："季，少子也。"只这一季字便透露出母爱独深。父母都顾爱幼儿少子，这是自古以来人情之常。《庄子》说："有弟而兄啼。"注云："人之性，舍长而视幼，故啼也。"丈夫怜爱少子，妇人更甚，见于《战国策》，赵威后就曾明明道出。《瓮牖闲评》、《辍耕录》都载古谚"孃惜细儿"。翟灏《通俗编》说："今蜀有百姓爱幺儿之语，即少子之谓。"按今湖南俗谚："娘痛满崽，爹爱长孙。"上一句正同于四川俗谚："娘爱幺儿"。次说"行役夙夜无寐"。《毛传》说："无寐，无耆寐也。"深探诗旨。陈奂《传疏》说："《笺》则谓早无寐，夜无寐（今检《笺》、《疏》皆无此语）。误矣。"但是他自己的意思以为无寐是无熟寐，"欲寐不得寐"，"耆（嗜）寐即孰（熟寐）"，似乎也错，未能全悟毛意。揣毛意，母戒子说："你在服役时早晚不要贪睡。"这正酷肖慈母的口吻，告戒娇宠惯了的幼子不要如在家时好睡晏起哩。末说"犹来无弃"，母说："你还要回来，不要抛弃妈妈呀！"这也正是慈母温情悱恻、叮咛反复的口吻。本来此诗分写父、母、兄三种语气不同，而又都很亲切，尤其写慈母口吻真是传神之笔。想是作者殊有感于母爱独深的缘故罢。

《诗序》说:"国迫而数侵削,役乎大国,父母兄弟离散。"我们可以想象到当时这一个弱小国家在大国侵略压迫之下,人民所受灾难的惨重。《郑笺》说:"役乎大国者,为大国所征发。"《郑谱》说:"其与秦、晋邻国,日见侵削,国人忧之。"《孔疏》说:"魏国西接于秦,北接于晋。桓四年《左传》曰:'秦师围魏。'是秦数伐之。终为晋所灭,明晋亦侵之。"当时当地的劳动人民既要为本国的统治阶级服役,又要为奴役本国的大国所征发。这样在双重奴役之下的奴隶们,惨痛悲伤无可控诉,就自然想到父母或者想到天神了。但是他们永远忠诚老实,爱国之心不泯,假如服役而于国有利的话,总不会逃避服役。即如这诗一则父曰"行役夙夜无已",再则母曰"行役夙夜无寐",三则兄曰"行役夙夜必偕",父母之教子,兄之勉弟,莫不以服役为重。《诗义折中》说:"夫军旅之际,原不可贪生而失之怯,亦不必轻生而伤于勇,此其道惟在于慎。慎之云者,详审而断以义也。犹来云者,原非期以必来也。义犹可来,乃望其来。盖欲其立功而生还,非教以贪生而苟免也。"这虽是官书官话,倒也不算违背诗旨,还算稍稍懂得劳动人民爱国御侮同时爱好和平的一种美德。

十 亩 之 间

十亩之间兮,桑者闲闲兮,行与子还兮。
十亩之外兮,桑者泄泄兮,行与子逝兮。

【解题】

《十亩之间》,是一篇采桑之歌。这当是妇女结伴采桑,一面劳动一面吟讴的歌曲。这也是劳者歌其事之一例。又是《三百篇》中最短诗篇之一。王闿运《补笺》说:"刺亟战而废农。""桑者,妇女也。男务于战,则桑者尽出,闲闲杂作,而不任劳。"这是说,魏国男子都出门打仗去了,农耕荒废。留下的妇女都要采桑,还做其他劳动,而不起劲。不过我们从诗里看不出妇女劳动不起劲的情绪来。相反,愉快歌唱而不告哀,便是她们热爱生活、热爱劳动、热爱和平的一种表现。此诗主题《诗序》、《朱传》说的都不惬当,清儒争论颇为热烈。

诗说"十亩"是甚么意思?指魏国削小,一夫受田十亩呢,还是指民各受公田十亩及庐舍二亩半而言呢?《诗序》说:"《十亩之间》,刺时也。言其国削小,民无所居焉。"《郑笺》说:"古者一夫百亩,今十亩之间往来者闲闲然,削小之甚。"《孔疏》说:"经二章皆言十亩,一夫之分不能百亩,是为削小。无所居,谓土田狭隘,不足耕垦以居生,非谓无居宅也。"这都是据诗"十亩"、《诗序》"削小"两点来说,太拘泥了。因为这十亩未必就是削小了的不合井田制一夫受田之数。

马瑞辰《通释》说:"井田之法,一夫百亩。魏虽削小,未必仅止十亩。又古者野田不得树桑。则此诗十亩盖指公田十亩及庐舍二亩半言也。古者民各受公田十亩,又庐舍各二亩半,环庐舍种桑麻杂菜。《孟子》所谓'五亩之宅,树墙下以桑';《穀梁传》所云'公田为居';《公羊传》宣十五年何注所谓'还(环)庐舍种桑获杂菜'也。凡为田十二亩半,诗但言十亩者,举成数耳。"这比《笺》、《疏》说的较通,还是不免拘泥于十亩之数。

胡承珙《后笺》说:"《水经注》云:'故魏国城南西二面并去大河可二十余里,北去首山十余里,处河山之间,土地迫隘,故《魏风》著《十亩》之诗。'此不过以见其国之小耳。……《苏传》疑一夫十亩,无以为生。横渠张氏谓周制国郊之外有听为场圃之地者,疑家授十亩以毓草木。《朱传》即本此为说。《吕记》则云:'横渠指桑地为场圃,合于古制。但又谓魏地侵削,无井授之田,徒有近郭园廛而已。则似不然。果如是,民将何所食乎?政使周制果家赋园廛十亩,魏既削小,岂容尚守古法?容或数家共之也。况诗所谓十亩者,特甚言之耳,未可以为定数也。'《严缉》又云:'或谓井庐邑居各二亩半,合为五亩之宅。八家则在井者二十亩,在邑者亦二十亩。一处本共有二十亩之桑,今止有十亩,是削其半。要之,诗人情性之言,亦不必屑屑求合。'李氏《集解》曰:'《诗》中言多则曰则百斯男,言少则曰靡有孑遗,言广则曰日辟国百里,言窄则曰一苇杭之。十亩亦此类也。'"何谓十亩?综合诸说不过如此。诗人情性之言,不必认真。所说十亩,但言其地狭小而已,不是指什么定数。这样说来,就比较圆通了。

这诗是不是贤者相约归隐农圃之诗呢?《朱传》说:"政乱国危,贤者不乐仕于其朝,而思与其友归于农圃,故其词如此。"我想这是受了《苏传》的影响。苏辙说:"虽有十亩之田,桑者闲闲其可乐也。行与子归居之。夫有十亩之田,其所以为乐者亦鲜矣。而可以易仕之乐,则仕之不可乐也甚矣。"朱子《辨说》还说:"国削则其民随之,《序》文殊无理。"显然攻击《诗序》,这就引起了清代《毛诗》学者的反攻。陈启源《稽古编》驳他说:"……《孔疏》已有说矣。古者侵其地则虏其民。此得地狭民稠者,以民有畏寇而内入故也。此言良是。晋取阳樊而出其民,狄灭卫而男女渡河者七百人。民皆不随乎地,非独魏然矣。"李黼平《䌷义》也说:"案《正义》……以民有畏寇而内入。既云畏寇内入,即有无居宅者矣。魏承虞、夏之遗,民知大义。地虽侵削,其民固有不尽从而迁者。《春秋》文十三年,魏亡久矣。毕万有魏,传且三世矣。然魏寿余谋归士会,《传》言秦伯师于河西,魏人在东。士会既济,《传》言魏人噪而还。地虽入晋,而人犹称魏人,是魏民不迁于晋之验。此诗国削民存,至无居止,《序》说不诬。泄泄,《传》云:多人之貌。顾《序》无所居为说也。"最后王先谦作《集疏》,倒像是有取于《朱传》。他说:"诗人言他国田蚕之乐而羡其得所,相约偕行。"这不是显然受了《朱传》贤者思与其友归于农圃一说的影响吗?

这诗是不是淫奔之诗呢?我们读过毛奇龄《白鹭洲主客说诗》一书,知道他是反对《朱传》淫诗一说的学者,但他早期著作承认《国风》中有淫诗,如说《褰裳》和这诗便是。他在《国风省篇》里说:"《十亩之间》,何也?曰:淫奔也。若非淫奔,何以曰'桑者闲闲兮'哉?《汉志》云:卫地有桑间之阻,男女亟聚会,声色生焉。则地凡有桑,皆其阻也,凡有桑者则皆得为之聚之起洪淫也。夫桑者,桑妇也。若非洪淫,则何以及桑妇哉?虽然,彼男子不采桑耶?何也?曰:古文云穆天子作居范宫以观桑者。桑者,桑妇也。彼以为采桑妇工,故必桑妇而后得称为桑者。故又曰出□桑者,用禁暴人也。盖惟恐狂夫之或及于彼桑妇也。非桑妇则暴何禁矣?曹植诗云:'美女妖且闲,采桑歧路间。'解曰:闲,丽也。则夫闲闲,丽者乎?使非妇,何丽矣?"这不仅是和《诗序》抬杠子,还像是和《朱传》开玩笑。《朱传》说桑者是贤者,他偏说桑者是淫妇。他说桑者是妇人,大概对的;他说闲闲是丽者,也还可以。但是他说这采桑妇人淫奔,这诗何曾涉及男女轻薄的话呢?凡桑地就是淫奔之地,凡桑妇就是淫奔之人,这真是一种怪逻辑!

还有姚际恒论这诗为淫诗,显然故意和《朱传》开玩笑。《诗经通论》说:"此类刺淫之诗。盖以桑者为妇人,古称采桑皆妇人,无称男子者。若为君子思隐,则何为及于妇人耶?《毛传》解'闲闲'之义曰:闲闲然,男女无别往来之貌。盖已知桑者为女子,微见其意矣。曹植诗云:'美女妖且闲,采桑歧路间。'亦得此意。古西北之地多植桑,与今绝异,故指男女之私者必曰桑中也。此描摹桑者闲闲泄泄之态,而行将与之还而往,正类其意。不然,则夫之呼其妻亦未可知也。因叹此诗若杂《郑风》中,《集传》必以为淫诗,今在《魏风》遂不之觉,于此见其有耳而无目。则其谓《郑风》为淫诗者,其非淫诗可知矣。"姚氏所持论据,所用逻辑,几乎和毛西河一样。是剿说?是雷同?不得而知。用意在诋诃《朱传》,看来是戏论。方玉润《诗经原始》说:"姚氏最恶《集传》指美诗为淫诗,此诗绝无淫意而乃以为淫,则何异恶人之狂而反自蹈狂疾者哉?"他不懂得戏论的趣味,板起面孔相诘难,未免呆相。魏源《诗古微》说:"毛于《十亩之间序》云刺时,而《传》云闲闲男女往来无别之貌,与《静女》、《伯兮》、《有狐》、《氓》、《著》、《东门》、《泽陂》诸《序》一例。"意以为此诗是男女之词,说来严肃,不像是戏论,可是这也不能算是确论。

最后结语:我以为这诗既不是刺时,又不是刺淫,也不是贤者约友归隐或夫妇偕隐之作。就诗论诗,这只是一篇妇女采桑之歌。诗说桑妇约伴同行,采了一处,又采一处。无疑地这是出自民俗歌谣之言,和

《芣苢》同类,也和后世的《采莲曲》、《采茶词》等等同类。

伐　檀

　　坎坎伐檀兮,寘之河之干兮,河水清且涟猗。不稼不穑,胡取禾三百廛兮？不狩不猎,胡瞻尔庭有县貆兮？彼君子兮,不素餐兮！

　　坎坎伐辐兮,寘之河之侧兮,河水清且直猗。不稼不穑,胡取禾三百亿兮？不狩不猎,胡瞻尔庭有县特兮？彼君子兮,不素食兮！

　　坎坎伐轮兮,寘之河之漘兮,河水清且沦猗。不稼不穑,胡取禾三百囷兮？不狩不猎,胡瞻尔庭有县鹑兮？彼君子兮,不素飧兮！

【解题】

　　《伐檀》,是伐木者之歌。这是伐木者控诉不平,反对剥削之歌。这也是所谓"劳者歌其事"的一例。从距河边不远的地方,砍伐檀木做战车大车的工人,就他们眼前所工作、所见闻、所感触的,如实地歌唱了出来,带有真实的社会生活的具体性,这就成为不朽的古典现实主义的名篇。他们对于不稼不穑、不狩不猎的君子大人们竟是这样严正地讥刺责问,当是从勤劳、饥饿中不自觉地反映出了阶级间的对立和仇恨。

　　《诗序》说"刺贪","在位贪鄙,无功而受禄",大旨不错。还意以为伐木者是"君子不得进仕"。《郑笺》就说:"彼君子者,斥伐檀之人。仕有功,乃肯受禄。"恐怕都误会了诗人之意。因为伐木者就是伐木者,正如稼者、穑者、狩者、猎者同属于劳动人民一个阶级,未必是隐逸君子,未必是统治阶级中人。当时所谓君子小人原是阶级上的区别。君子劳心,治人,食于人,明是统治阶级,剥削阶级。小人劳力,治于人,食人，明是被统治阶级，被剥削阶级。《孟子》所说君子小人的区别，原是根据当时社会阶级实际情况来说的。这诗三章同说一个意思。每章首三句是纪事，次四句是控诉不平。末二句是反对剥削阶级，冷语讥刺，正言若反，故读者或以为"美君子之不素餐"。剥削阶级没有不贪的，绝少不素餐的，所以说《诗序》说的大旨不错。

根据今文三家遗说所了解的这诗主旨，是刺在位尸禄，贤不进用。这和《诗序》略同。魏源《诗序集义》已见上载①。王先谦《集疏》说："鲁说曰：《伐檀》者，魏国之女所作也。伤贤者隐避，素餐在位，闵伤怨旷，失其嘉会。夫圣王之制，能治人者食于人，治于人者食于田。今贤者隐退伐木，小人在位食禄，悬珍奇，积百谷，并包有土，泽不加百姓。伤痛上之不知，王道之不施，仰天长叹，援琴而鼓之。(《御览》五百七十八引蔡邕《琴操》)又曰：其诗刺贤者不遇明主也。(司马相如《上林赋》云：刺《伐檀》。《史记·索隐》、《文选》李注引张揖注)齐说曰：功德不施于天下，而勤劳于百姓。百姓贫陋困穷，而家私累万金。此君子所耻，而《伐檀》所刺也。(桓宽《盐铁论·国疾》篇)……诸说皆刺在位尸禄，贤不进用。与毛不异。"这里虽说和《毛诗》不异，系指这诗刺贪、刺尸位素餐而言，而其他却不尽相同。如《鲁诗》说这诗是魏国之女所作，好像她是伐木者之妻，伐木者远行，她就"闵伤怨旷，失其嘉会"。伐木者不得志，她就"伤贤者隐避，素餐在位"。所以魏源说："其室家嗟叹之如此。"说这诗是伐木者之妻所作，不是伐木者自言，似乎也还说得通。

我想：这伐木者之妻、魏国之女，只是作《琴操》的大音乐家蔡邕假托的一位魏国贵族女子。他借《伐檀》一诗作为琴曲，寄托他的贤者不得在位的一种感慨。这在汉末是贤士大夫可有的事，而有现实意义的事。不过这诗的作者明明站在劳动者(伐木者、稼穑者、狩猎者)的立

---

① 编按：《诗序集义》云："《伐檀》，刺贤者不遇明主也。魏国女作焉，伤贤者隐退伐木，小人在位，食禄县珍奇积百谷，德泽不加，百姓痛上之不知，仰天长叹，援琴而鼓之。盖国小政荒，不知求贤自辅，使遗佚厄穷，其室家嗟叹之如此。"

场,用劳动者的口吻,非常露骨地讥刺责问那些不劳而获的人们,针对那些不从事劳动生产而公然"在位食禄,悬珍奇,积百谷,并包有土",即占有一切物质生活资料和生产资料土地等等的剥削阶级!黄中松《诗疑辨证》说:"魏俗啬俭,而此与《硕鼠》皆刺贪,天下惟啬者最贪。《魏风》至此,民何以堪乎?"这话也算有一点意思。愈奢侈愈贪,愈吝啬也愈贪。这都是我们在旧社会里领教过的剥削阶级的生活作风。

至若朱熹说:"此诗专美君子之不素餐。"这就恰和《诗序》说的相反。他对于历史、社会的理解,对于古典文艺的欣赏,要比《诗序》作者更倒退了。他的《辨说》已见上载,又《集传》说:"诗人言有人于此,用力伐檀,将以为车而行陆也。今乃寘之河干,则河水清涟而无所用,虽欲自食其力而不可得矣。然其志则自以为不耕则不可以得禾,不猎则不可以得兽,是以甘心穷饿而不悔也。诗人述其事而叹之,以为是真能不空食者。后世若徐稚之流,非其力不食,其厉志盖如此。"他以为此诗是诗人以旁观者的地位述其事而叹之。伐檀者欲自食其力而不可得,则宁甘穷饿而不悔,诗人因叹其为不素餐之君子。盖全就一人之励志上来说。粗看似是,细按难通。如以自"不稼不穑"以下四句形容伐檀君子的自己励志,那么,"胡瞻尔庭"等句的"尔"字指谁?又诗中何曾有自甘穷饿而不悔的意思?按,《孟子》答公孙丑问君子不耕而食一章说:"其君用之,则安富尊荣;其子弟从之,则孝弟忠信;不素餐兮!孰大于是?"朱子注曰:"《诗·魏国风·伐檀》之篇,……无功而食禄,谓之素餐。"这话节取《诗序》可不算错,有合《孟子》引《诗》语意。为什么《辨说》、《集传》都要反《序》,偏作别解呢?

硕　鼠

硕鼠硕鼠!无食我黍。三岁贯女,莫我肯顾。逝将去女,适彼乐土。乐土乐土!爰得我所?

硕鼠硕鼠!无食我麦。三岁贯女,莫我肯德。逝将去女,适彼乐国。乐国乐国！爰得我直？

硕鼠硕鼠！无食我苗。三岁贯女,莫我肯劳。逝将去女,适彼乐郊。乐郊乐郊！谁之永号？

【解题】

《硕鼠》,自是农民反对重税剥削之诗。把剥削阶级明比消耗粮食的大耗子,可以想见农民对于他们的仇恨。农民幻想离开他们,完全摆脱人身的依存和土地的束缚,跑到一个乐土或者乐国、乐郊去,以为那里可以安居乐业,可以实行直道,可以不至遭受苦难而长号大叫。这种朴素天真而又善良的愿望有实现的可能吗？明知其不可能,无可奈何,也不妨有此幻想。

怎么说这诗是农民所作？按那时社会的实际情况来说,农民当是指农奴——"隶农"、"萌隶",乃至诸侯和大夫的管家头目——"田畯"、"家臣"。这种管家头目有接近农民的一面,即有为农民说话的可能。诗说我,自是诗人自我。三岁贯女,汝,自是指国君或大夫,而以指国君尤为近似。不但《诗序》说"国人刺其君重敛",而据《鲁诗》遗说也像指的是国君。《诂经精舍文集》六金廷栋《鲁诗三岁宦女解》说:"石经《鲁诗》'三岁宦女',《毛诗》作'贯',训贯为事,盖本《尔雅》义。案:宦,臣也。宦为臣仆,见《国语》'入宦于吴'(《越语》'与范蠡入宦于吴')。韦昭注:训为臣隶(宦为臣隶也)。言三岁为臣,莫我肯顾,而将去矣。三岁宦女,同《春秋左氏传》'宦三年矣',文法比事字义深。彼《娄寿碑》谓宦即贯字,不足据以解此。"这是说,三岁贯女,就是多年为汝臣仆的意思。依此来说也通。此诗可能是大夫地位以下的管庄稼的头目所作,好比孔子做过乘田委吏一类小吏的人所作。

这诗今古文家无争论。《诗序》说:"《硕鼠》,刺重敛。"桓宽《盐铁论·取下》篇说:"周之末途,德惠塞而嗜欲众,君奢侈而上求多,民困于下,怠于公事,是以有履亩之税,《硕鼠》之诗作也。"王符《潜夫论·班禄》篇也说:"履亩税而《硕鼠》作。"桓习《鲁诗》,王习《齐诗》。大概当初今文三家说这诗主旨都和古文毛氏说略同，所不同的是今文家说得更具体，《硕鼠》一诗是为反对当时履亩之税而作。《毛序》单说重敛，后人就不知道这是怎样的一种税敛。

何谓履亩之税？就是说，对土地按亩课税。这说明当时已施行封建的课税法，可知封建的生产关系已在发展着。即是说，在农业奴隶劳动上的榨取关系已经衰废了，封建制下的农奴制的榨取关系已经在发展着。可知早在春秋时代奴隶制已经通过崩坏的道程而转化到封建奴隶制去了。按宣十五年《左传》："初税亩。"杜预注："公田之法，十取其一。今又履其余亩，复十收其一。故哀公曰：'二，吾犹不足。'遂以为常，故曰初。"《孔疏》说："书传言十一者多矣，故杜言古者公田之法十取其一，谓十亩内取一。旧法既已十亩取一矣，今又履其余亩，更复十收其一，乃是十取其二。故《论语》云：'哀公曰：二，吾犹不足。'谓十内税二犹尚不足。则从此之后，遂以十二为常，故曰初。言初税十二，自此始也。"再，《公羊传》说："古者什一而籍。古者曷为十一而籍？什一者，天下之中正也。……什一行，而颂声作矣。"何休注："多取于民比于桀。蛮貊无社稷宗庙百官制度之费，税薄。"《穀梁传》也说："古什一而籍。"《孟子》说："夏后氏五十而贡，殷人七十而助，周人百亩而彻。其实皆什一也。"赵岐注："民耕五十亩，贡上五亩。耕七十亩者，以七亩助公家。耕百亩者，彻取十亩以为赋。虽异名，而多少同，故曰皆什一也。"我们根据以上诸说，明白了什一之税就是取十分之一，什二之税就是取十分之二。履亩之税是私田制新税，取十分之二，比起公田制旧税什一来就算加倍了。这当然是《诗序》说的重敛。魏国的重敛是不是履亩之税呢？这是何时开始？今已不详。按昭三年《左传》记齐国晏子的话："民参其力，二入于公，而衣食其一。公聚朽蠹，而三老冻馁。"这里所说的税法已经不是什二之税了，公家要抽取农民一年劳力所得三分之二。而公家仓库的谷物腐烂虫伤，甚至使得例当照顾的少数老人也要挨饿受冻。齐国如此，同时他国可以准此推知。有人说，履亩税是由劳役地租改为实物地租。有人说，这是由奴隶制剥削转化为封建制剥削。总之自有剥削制度存在，总是对于劳动生产的人不利，无论在公田制或土地私有制之下。由于土地私有制的逐渐确立，按亩征税，剥削加倍，甚至加倍还不足（鲁哀公说："二，吾犹不足。"）。即由什一之税加到什二之税还不足，有加到三取其二的（见上引齐国晏子语）。农民的负担过重，无以为生，在困苦绝望之中，就很自然地幻想跑到那乐土、乐国、乐郊的乌托邦。原来魏国狭小，又屡被侵削，地瘠民贫，国用不足。居于统治地位的剥削阶级不得不俭啬，而愈俭啬就愈贪婪，也就愈剥削而税敛愈重，迫使被剥削的农民愈受不了，恐怕连管庄稼的小吏也会感到农民受不了。这就是《魏风》刺贪刺剥削的诗篇独多的缘故罢。

今人论这诗，郭沫若先生比较论得好，虽然不只是专论这诗。他在《中国古代社会研究》一书里说："阶级的不平等已经发现了，然而怎么办呢？燕燕居息、出入风议的人听他们永远燕燕居息、出入风议吗？或者是惨惨劬劳、靡事不为的自己永远甘于惨惨劬劳、靡事不为吗？这样的生活实在受不下，这是应该找一个解决的方法的。解决的方法有了！这便是三十六计走为上计。起初满以为一逃到外国去便可以免受压迫剥削的痛苦了，哼，哪里知道竟出乎意料之外！耗子是随处都有的，乐土纵找遍天下都寻找不出！"不错！天下乌鸦一般黑。莫赤匪狐，莫黑匪乌。难道作者不知道？诗人说作歌告哀，骚人说发愤抒情，自己原已知道不过是这么一回事而已！

诗三百解题卷十

唐　　毛诗国风

蟋　蟀

蟋蟀在堂,岁聿其莫。今我不乐,日月其除。无已大康,职思其居。好乐无荒,良士瞿瞿!

蟋蟀在堂,岁聿其逝。今我不乐,日月其迈。无已大康,职思其外。好乐无荒,良士蹶蹶!

蟋蟀在堂,役车其休。今我不乐,日月其慆。无已大康,职思其忧。好乐无荒,良士休休!

【解题】

《蟋蟀》,刺晋僖公俭不中礼,《诗序》所说可通而未必是,疑是士大夫忧深思远,相乐相警,勉为良士之诗。相乐而及时行乐,就反对俭不中礼;相警而无已大康,就反对居安忘危。人生过分俭啬艰苦就少生趣,过分欢乐享受就会腐化,都是偏向,都不适宜。这诗凡三章,每章前四句一意,后四句一意,看似矛盾而实统一。前四句说及时行乐,是相乐的话;后四句说好乐无荒,是相警的话。每章末句都以勉为良士作结。诗人忧深思远可以想见。当时所谓士,不当是指君主,也不会是指人民,当是那时士大夫阶层互相指目的阶级用语。

姚际恒《诗经通论》说:"《小序》谓刺晋僖公,《集传》谓民间终岁劳苦之诗。观诗中'良士'二字,既非君上,亦不必尽是细民,乃士大夫之诗也。"我以为这话正确。试想,在当时一个贫瘠的小国里,被剥削被压迫的人民,压根儿无所谓礼,无所谓俭不中礼,即令如此,也不必作诗为刺。朱子生在南宋时代的封建社会里,眼见民间地主阶级过着舒服的剥削生活;而且商业经济渐渐发达,海舶贸易渐渐茂盛,城市一般繁荣，小市民也有相当的享受；如今但读《武林旧事》一类的书也便可以想见。他就以今例古，以为《蟋蟀》一诗是写"民间终岁劳苦不敢稍休，及其岁晚务闲之时乃敢相与燕饮为乐"，"盖其民俗之厚，而前圣遗风之远如此"。这就恐怕未必符合历史事实了。

《诗序》说刺晋僖公俭不中礼，是不是呢？这得从头说起。《郑谱》说："唐者，帝尧旧都之地，今曰太原晋阳。是尧始居此，后乃迁河东平阳。成王封母弟叔虞于尧之故墟，曰唐侯。南有晋水，至子燮，改为晋侯。其封域在《禹贡》冀州太行恒山之西，太原大岳之野。至曾孙成侯南徙，居曲沃，近平阳焉。昔尧之末，洪水九年，下民其咨，万国不粒。于时杀礼以救艰厄，其流乃被于今。当周公、召公共和之时，成侯曾孙僖侯甚啬爱物，俭不中礼。国人闵之，唐之变《风》始作。"这是远从唐国历史上和地理上来说明诗所以刺晋僖公俭不中礼。朱鹤龄《通义》说："《序》说无可疑者，特所云刺晋僖公，不知何据。朱子谓特以谥得之。考《谥法》，小心畏忌曰僖，非恶谥也。"《诗序》说刺俭不中礼，有近是处。本来俭不必刺，但是在统治阶级吝啬到不成样子，就会刻薄而加紧剥削。这不算是俭，只是一种罪恶，就应该刺了。张衡《西京赋》里说："独俭啬以龌龊，忘《蟋蟀》之谓何。"这也是说《蟋蟀》一诗刺俭不中礼，但不能据以解决这诗是否刺晋僖公其人的问题。

胡承珙《后笺》说："陈氏《稽古编》曰：'汉傅毅《舞赋》云：哀《蟋蟀》之局促。《古诗》云：《蟋蟀》伤局促。局促之义正与《序》俭不中礼同。哀之，伤之，即《序》所谓闵之也。傅毅，明帝时人。《古诗》，亦名《杂诗》，《玉台新咏》以为枚乘作。乘，景帝时人。《文选·十九首》，昭明列于苏、李前，则亦以为西京时人作也。此时毛学未行，而《诗》说已如此，《序》义有本可知矣。'承珙案，《孔丛子》引孔子曰：'于《蟋蟀》见陶唐俭德之大也。'《左传》(襄二十七年)郑伯享赵孟，印段赋《蟋蟀》。赵孟曰：'善哉！保家之主也。'此皆以俭为美德。《汉书·地理志》曰：'参为晋星，其民有先王遗教，君子深思，小人俭陋。故唐诗《蟋蟀》、《山枢》、《葛生》之篇曰："今我不乐，日月其迈。""宛其死矣，他人是偷。""百岁之后,归于其居。"皆思奢俭之中,念死生之虑。'可见诸诗皆欲其奢俭得中,原非专为刺俭。《后汉书》马融上《广成颂》云:'臣闻孔子曰:奢则不孙,俭则固。奢俭之中,以礼为界。是以《蟋蟀》、《山枢》之人并刺国君,讽以大康驰驱之节。'颜师古注:'言僖公以大康贻戒,昭公以不能驰驱被讥。'马融传《毛诗》者,其言与《班志》合。盖此诗因刺僖公俭不中礼,故全篇皆言中礼之事。中礼则乐而无荒,仍不害其为俭。不中礼则不可谓俭,只见其不乐而已,经之大旨如此。每章前四句似为荒乐者代述其言,后四句又似戒其耽于逸乐。其实不然。前谓吾君亦姑行乐,毋一于俭;后则谓乐自有节,乃是奢俭得中耳。所云忧深思远者,正在于此。《盐铁论·通有》篇引孔子曰:'不可大俭极下,此《蟋蟀》所为作。'此尤足见《序》说之古,不止如《稽古编》所引枚乘、傅毅之言也。"这里综述了汉人对于《蟋蟀》一诗诸说,或说刺俭,或说美俭,或说欲奢俭得中。欲奢俭得中,就是刺晋僖公俭不中礼,这是《诗序》推本诗人言外之意。至说《诗序》来源甚古,有历史价值,是研究《诗经》的原始资料,我们并不反对。单就这一《诗序》而说,我以为与其说是刺晋僖公俭不中礼,毋宁说是晋诗人勉士大夫奢俭得中或忧乐得平。虽然也可以说,诗人强调士大夫奢俭得中,同时就是微讽国君俭不中礼。但这究竟是诗人言外之意,推衍之词,或是太师陈诗、瞽矇讽诵之义。

这是晋诗,为什么列作《唐风》呢?《苏传》说:"晋诗而谓之唐,以为此尧之旧,而非晋德之所及也。"刘瑾《通释》说:"叔虞封唐,燮侯号晋。十七传至晋侯缗,为曲沃武公所并。然武公能灭晋之宗而不能灭唐之号,能冒晋之号而不能继唐之统。君子欲绝武公于晋而不可,故总名其诗为唐以寓意焉。然则晋诗称唐,见曲沃武公灭宗国之罪;而《魏风》首晋,又以见曲沃献公灭同姓之恶。世变如此,《春秋》欲不作,不可得也。"难道晋诗称为《唐风》竟有这么多的微言大义?还是陈奂《传疏》说的平实可取。他说:"《史记·晋世家》:唐叔至靖侯五世,靖侯十七年,周厉王出奔于彘,大臣行政,故曰共和。十八年,靖侯卒,子釐侯司徒立。釐侯十四年，周宣王初立。十八年，釐侯卒。釐与僖同，僖公即釐侯，是僖公在共和、宣王世矣。晋阳、平阳皆尧旧都，故诗虽作于南徙曲沃之后，本尧之遗风，仍其旧号谓之唐。《吕览·当赏》篇：晋文公曰：'若赏唐国之劳徒，则陶狐将为首矣。'是后世亦有谓晋为唐者。《正义》云：季札见歌《唐》，曰：'思深哉！其有陶唐氏之遗风乎？不然，何其忧之远也！'案，此《序》之所本也。"这是说，诗称《唐风》，是仍袭始封旧号，后世也还有人称晋为唐，不足为奇。《诗序》说"忧深思远"，确有所本。

诗说"蟋蟀在堂，岁聿其莫"，又说"蟋蟀在堂，岁聿其逝"。诗人说物候，用夏历呢，还是用周历呢？前人颇有争论。冯景《解春集文录·补遗》二《蟋蟀诗用周正》一文说："《唐风·蟋蟀》之诗非周正乎？夫蟋蟀在堂，夏正十月耳。而即云'岁聿其莫'者，周建子，以十一月为正月，则十月非岁莫而何？故《孟子》十二月舆梁成，即夏令十月成舆梁也。哀十三年十二月螽，而《家语》载季康子之问，曰：'今周十二月，夏之十月也，而犹有螽，何也？'则《唐风》之为周正，非夏正，灼然明矣。"这是不以《正义》说夏正为然，而坚持这诗用周正一说。胡承珙《后笺》说："岁聿其莫。《正义》云：'《七月》之篇说蟋蟀之事，九月在户。此言在堂，谓在室户之外，与户相近，是九月可知。时当九月则岁未为莫，而云岁聿其莫者，言其过此月后则岁遂将莫耳。谓十月以后为岁莫也。《采薇》云："曰归曰归，岁亦莫止。"其下章云："曰归曰归，岁亦阳止。"十月为阳，明莫止亦为十月也。《小明》云："岁聿云莫，采萧获菽。"采获是九月之事，云"岁聿云莫"，其意与此同也。'《陆堂诗学》曰：'据《豳风》，则自九月而十月矣。"岁聿其莫"，可证晋用夏正。《梦溪笔谈》云："以新易旧谓之除（指日月其除）。"《日知录》云：据《左传》，晋用夏正。献公灭虢之月，平公时绛县老人甲子，其文可以互证。余谓平王以前，晋国仍用周正。《竹书》：曲沃庄伯改用夏正。本注云：庄伯之十一年十一月，鲁隐公之元年正月也。'何氏《义门读书记》则据僖四年十二月《左传》，称申生缢于新城，而经书其事于五年春。《传》自注云:晋侯使以杀太子申生之故来告。盖《经》必来告乃书,左氏发此为例。以后《传》载于前,《经》书于后,皆准诸此。岂可云晋用夏正?且告有迟速,亦有即告于当时者。僖五年《经》书'冬,晋人执虞公',《传》亦言是年冬十二月也。二十八年《经》书'三月丙午,晋侯入曹'。城濮之战,《经》云'四月己巳',《传》年月日无不同。知晋自叔虞以至《春秋》之末皆用周正。因以辟《竹书》之说,及罗泌所云《传》据晋史、《经》据周历之误。承珙案,莫者,晚也。九月以后,自秋徂冬,岁事已晚,不必定谓岁终事,可无泥于周正夏正之异。即以晋诗而论,《绸缪》之三星在天,毛以三星为参,在天为始见东方,谓秋冬为昏姻正时。此亦据夏正言之。盖三正通于民俗,十五《国风》皆然,非必由庄伯改用夏正之故也。"他总结了从来学者对于这诗用夏正或用周正诸说。他以为战国以前晋仍用周正。但是以为当时三正通于民俗,《诗》和《春秋》用何种历术不一,不必拘泥于这诗周正、夏正的不同。说来极为圆通,可以解诸说纠缠之结。他自己却像倾向于这诗是用周正的,而为冯景一说张目了。

山 有 枢

山有枢,隰有榆。子有衣裳,弗曳弗娄。子有车马,弗驰弗驱。宛其死矣,他人是愉!

山有栲,隰有杻。子有廷内,弗洒弗扫。子有钟鼓,弗鼓弗考。宛其死矣,他人是保!

山有漆,隰有栗。子有酒食,何不日鼓瑟?且以喜乐,且以永日。宛其死矣,他人入室!

【解题】

《山有枢》,为刺晋昭公而作。昭公不能修道以正其国,有财不能用,四邻谋取其国家而不知,国人作诗为刺。《诗序》所说可通而未必是,疑是讽刺没落的贵族老爷只知享乐、一味颓废的诗。我们可以设想:诗中所刺的人有衣裳车马,有宫室钟鼓,有酒食琴瑟,试问这些丰富而华贵的生活资料是从哪里得来的呢?却又假装不肯受用。被剥削苦了的劳动人民不会因为你表面上不算骄奢淫佚,倒假装着节俭,就被你瞒过而不再说话了。我以为这位诗人可能是民间的一个愤世嫉俗者,不一定是没落的贵族阶级、一个享乐主义者、颓废主义者自嘲自解的诗。

这诗主旨据今文三家遗说似和古文毛氏说异义。魏源没有看出来,王先谦看出来了,也许是对的。《集疏》说:"《史记·晋世家》:当周公、召公共和之时,成侯曾孙僖侯甚啬爱物,俭不中礼,国人闵之,唐之变《风》始作。以此推之,三家与毛异义。""张衡《西京赋》:'鉴戒《唐诗》,他人是偷。'薛综注:《唐诗》刺晋僖公不能及时以自娱乐。是鲁说明作僖公。"毛氏以为刺晋昭公,三家以为刺晋僖公,所刺的统治者不必同是一个人,但刺统治者的丑恶,伪装节俭,吝啬而无能,却是一样的。

最妙的是朱熹《集传》,好像以为前篇和这篇是两个诗人互相赠答的诗。他说:"此诗盖亦答前篇之意而解其忧。故言山则有枢矣,隰则有榆矣,子有衣裳车马而不服不乘,则一旦宛然以死,而他人取之以为己乐矣。盖言不可不及时为乐,然其忧愈深而意愈蹙矣。"他的门人辅广说:"以此诗为答前篇之意而宽其忧,则句句有着落,有意味。此义盖自先生发之。然亦因《天保》为报上之诗,故并《既醉》、《假乐》诸篇皆得其正也。"(《传说汇纂》引)这真是他们师弟子的一种创见!

《三百篇》中说及植物,往往说山有什么,隰有什么,南山什么,北山什么,大都是栽培植物。据此可知好些植物的原产地及其栽培之早都在中国。而且中国在很古的时代就已注意到培养森林和栽培行道树(已前见《定之方中》篇),这当然是和中国农业发达之早有密切关系的。乐天宇《森林在发展农业中的重大作用》一文里说:"森林在发展农业中重大作用的概念,作为世界最古农业国的人民,早已有明确的认识。约在两三千年以前，我国古人在《诗经》、《书经》等古籍中，即有农林相关的咏述，均系采集收罗广大劳动人民对于国家农事得失利弊的歌、颂、吟、咏，载述于典籍，以期广布流传，移风易俗，有助于国家的农政。其中有关森林与农业相关的咏述甚多，略举数例，以见我国自古以来对于森林在发展农业中的作用是极其重视的。《诗经·国风·山有扶苏》篇：'山有扶苏，隰有荷华。''山有乔松，隰有游龙。'这是人民歌咏山上有扶疏大树，乔林高木，平地才会有'荷华'、'游龙'等喜湿性的农作物（荷华，宿根草本农作物；游龙，一年生草本农作物）。《小雅·鹤鸣》：'乐彼之园。爰有树檀，其下维穀。'即是说明要有穀树桑麻之类，园子里才有可乐。但是，这是由于山上有大树乔檀，才能实现出'其下维穀'的。特别是《国风》是由各国（当时的诸侯国）采风得来的，其中有许多不但说明森林对农业发展有重大的作用，同时也说明了森林对人民衣、食、住有重大的作用。例如《国风·山有枢》：'山有枢，隰有榆。子有衣裳，弗曳弗娄。''山有栲（指枒），隰有杻（指檍）。子有廷内，弗洒弗扫。''山有漆，隰有栗。子有酒食，何不日鼓瑟。'即是说明要山上有枢树，平地有榆树，才能有枢、榆的叶子饲蚕，缫丝，制作衣裳。要山上有栲树，平地有杻树，才能有栋梁之材，建造房屋。要山上有漆树，平地有栗树，才能有漆、栗的种子制作酒食（漆、栗种子均可磨面、制酒）。"这位作者当是农林科学方面的专家，未必是研究《诗经》的学者，但他谈到《诗经》中的植物却有前人不曾道过之处。即谈《山有枢》，也很丰富了这篇诗的意义。

扬 之 水

扬之水，白石凿凿。素衣朱襮，从子于沃。既见君子，云何不乐！

扬之水，白石皓皓。素衣朱绣，从子于鹄。既见君子，云何其忧！

扬之水,白石粼粼。我闻有命,不敢以告人!

【解题】

《扬之水》,是暴露桓叔既得封于曲沃,阴谋叛乱之作。也可以说,这是诗人告密之诗。诗凡三章,以流水里面露出的白石鲜明清澈,隐喻桓叔谋叛之心显然可见。犹之三国魏人说司马昭之心路人皆知。素衣朱襮、朱绣,僭用诸侯礼服。从子于沃、于鹄,子指桓叔。既见君子,云何不乐、云何其忧,君子也指桓叔。既,不训为已,当训为尽,作为表数副词,按诗意说曲沃之人尽见桓叔,无不喜乐。结语我闻有命、不敢以告人者,这是微词,似故意泄漏桓叔阴谋,为昭公警告。《鲁诗》作:"国有大命,不可以告人,妨其躬身。"(《荀子·臣道篇》引,盖《鲁诗》说)也当是这个意思。国,指桓叔新封之国。王先谦《集疏》说:"大命,谓昭公有征讨曲沃之命。不可告人,惧以漏师获咎也。"这话不见得是。命,说辞命、辞令。从毛公到王先谦训为政命、政令,都说错了。《毛传》说曲沃有善政命。《郑笺》说曲沃有礼义。《孔疏》也和《史记》一样说桓叔为有德。《朱传》说《诗序》不误,以为此国人乐从桓叔之诗。想来桓叔是一个阴谋家,政治骗子,为了取得政权,不惜用尽一切伎俩,不但收买了当时的人心,也迷惑了后世的学者。诗人作诗告密,故弄狡狯,不但瞒过了桓叔及其党羽,也几乎瞒遍了后世的学者。

《诗序》说这诗刺晋昭公分国封沃,昭公和曲沃桓叔是什么关系?封沃的结果怎样?我们读《蟋蟀》篇已经谈到晋僖公。靖侯生僖公,僖公以后是献侯、穆侯、殇叔、文侯。昭公是文侯子,桓叔是文侯弟,他们是叔侄关系。按桓二年《左传》说:"初,晋穆侯之夫人姜氏,以条之役生太子,命之曰仇。其弟以千亩之战生,命之曰成师。师服曰:'异哉!君之名子也。……嘉耦曰妃,怨耦曰仇,古之命也。今君命太子曰仇,弟曰成师,始兆乱矣,兄其替乎?'惠之二十四年,晋始乱,故封桓叔于曲沃。靖侯之孙栾宾傅之。师服曰:'吾闻国家之立也,本大而末小,是以能固。故天子建国,诸侯立家。……今晋,甸侯也,而建国,本既弱矣，其能久乎？'……"只因晋昭公微弱，做错了这件事，为他后来被杀以及最后曲沃代晋种下了祸根。《史记·晋世家》说："昭侯元年，封文侯弟成师于曲沃。曲沃邑大于翼。翼，晋君都邑也。成师封曲沃，号为桓叔。……桓叔是时年五十八矣，好德，晋国之众皆附焉。君子曰：'晋之乱其在曲沃矣。末大于本，而得民心，不乱何待？'七年，晋大臣潘父弑其君昭侯，而迎曲沃桓叔。桓叔欲入晋，晋人发兵攻桓叔。桓叔败，还归曲沃。晋人共立昭侯子平为君，是为孝侯，诛潘父。孝公八年，曲沃桓叔卒，子鱓代桓叔，是为曲沃庄伯。"按，曲沃庄伯卒，子曲沃武公立。晋侯缗二十八年，齐桓公始霸。曲沃武公伐翼，灭晋侯缗。周釐王受赂命曲沃武公为晋君，列为诸侯，尽并晋地。从桓叔初封曲沃至武公灭晋，凡六十七年，卒代晋为诸侯。这是曲沃灭晋的本末大概。回溯晋昭公元年当周平王二十六年，公元前七四五年。诗说"素衣朱襮，从子于沃"，应该作在这一年，即昭公初立而封桓叔于曲沃的一年，诗人也该是从素衣朱襮的桓叔前往曲沃封邑的人了。

这位诗人是何等人？他忠于昭公呢，还是忠于桓叔呢？自宋以来，诸儒颇有争论。首先严粲《诗缉》以为诗人必非潘父之党。他说："昭公诸诗皆以沃强为忧，……此诗末章之云，盖反辞以见意，故泄其谋，欲昭公知之，忠之至也。……自桓叔至武公，屡得志矣，而晋人终不服，相与攻而去之。其后更六世，逾六七十载，迫于王命，而后不敢不听。在昭公之初，晋人之心岂从沃哉？若助桓叔而匿其情，则此诗不作可也。亦既声之于诗，使采诗者飏之以讽其君矣，安在其为匿之也？故言'不敢告人'者，乃所以告昭公。言'我闻有命'者，又以见其事已成，祸至甚迫，所以激发昭公者至切切也。"又说："时沃有篡宗国之谋，而潘父阴主之，将为内应，而昭公不知。……此正发潘父之谋，其忠告于昭公者可谓切至。若真欲从沃，则是潘父之党，必不作此诗以泄漏其事，且自取败也。"这和《诗序》、《朱传》以为诗是国人将叛而归曲沃者所作恰恰相反。

惠周惕《诗说》以为此诗是忠于昭公者如师服之流所作；陈奂《传

疏》也以为断非叛晋之人所作。惠周惕说:"诗虽刺昭公,实刺桓叔也。桓叔之倾晋,唯潘父栾宾之党从之,国人弗予也。其谋已泄,微闻于晋。晋之臣如师服者,已知晋之不能久,特昭公弗知耳。故其时深识远虑之人如师服者,作此诗以儆桓叔,盖亦无谓秦无人急也。其曰:'扬之水,白石凿凿。'言见之审也。水之渟蓄者能鉴物,激扬之水似无所见,然水中之石凿凿然不能掩也。桓叔之谋其可掩乎哉?故终之曰:'我闻有命,不敢以告人。'则直指而明言之矣。既见君子,云何不乐,云何其忧。不直言乐而言何不乐,不直言不忧而言何其忧,皆抑扬其辞以见意也。人有异志,容止改常,见者必从而疑之。而彼又忌人之疑之也,故泄其谋者必不免,则假为喜乐于桓叔之前,诗人之所以免祸也。然其情迫,而其辞危矣。昭公卒不悟,所以见杀也。"陈奂说:"盖其人必身在桓叔而心切昭公,忧昭公之微弱,畏桓叔之盛强,真有向隅仰屋、无所告语之叹。君子知晋之必为沃并,已情见乎辞矣。定十年《左传》:'侯犯以郈叛,叔孙谓郈工师驷赤曰:郈非叔孙氏之忧,社稷之患也。将若之何?对曰:臣之业在《扬之水》卒章之四言矣。'案,侯犯据郈叛鲁,与桓叔据沃叛晋,其事相似。驷赤畏侯犯,特咏此诗以明己意。则知作诗之人断非从叛之人。"这替严粲、惠周惕之说添了一件最古而又最有力的证据。

胡承珙《后笺》说:"案诗所谓刺其君者,非徒刺之已也,必实有爱君忧国之心,而事有不容显言者。故其虑深,其情切,而其词转隐;或且有诡词以托意,反言以著事者。如此诗托为叛者之辞,云既见桓叔而乐,又反言闻命而不敢告,乃正所以告之。此所谓主文谲谏,风人之旨也。《郑风》之《叔于田》、《大叔于田》皆刺郑庄,而诗词反似言叔段之美。与此《扬之水》、《椒聊》皆刺晋昭,而诗反似言桓叔之美者同意。盖其美者非真美也。彼以大都耦国,孽子倾宗,而为人所归附如此。为之上者,任其包藏祸心,而不早为之所,其可刺孰甚焉?故此《序》云刺昭公,是国史推见至隐之语;其下云沃盛强,昭公微弱,国人将叛而归之,乃是据事直书。《郑笺》泥于此文,遂有桓叔除民所恶,民得以有礼义之说。《严缉》云：昭公时,晋人之心尚未涣散,其乐从沃者,沃之党耳。作诗者设为国人相语之词曰：'我闻有命,不敢以告人。'正所以泄沃党之谋,而非叛晋者之所自作也。其说最为当理,后儒多从之者。……"又说："秦氏《诗测》曰：'素衣朱襮,从子于沃。'褚烑所云：'不知汝家司空以一家物复与一家,亦复何谓也。''云何不乐','云何其忧',则如徐广所云君为'宋朝佐命,身为晋朝元老,悲欢故是不同'。前二章已有微词,不特末二语为发潘父之邪谋也。凌氏濛初云：素衣朱襮,何等服物？我闻有命,何等密谋？而明明见之篇什。且'不敢告人'一语直同儿戏,不虞败乃公事邪？谬意此阳虽为沃,阴实耸晋。犹厮养卒所云：'名为求赵王,实欲燕杀之也。'承珙案,以上数说似颇得诗人微婉之旨。《集传》以为叛者所自作,天下有欲叛之人而乃为此以自彰其事乎？……"胡氏驳斥了《朱传》此诗乃叛者所作一说,肯定了《严缉》诗人忠于昭公者一说。他斡旋于《诗序》、《严缉》之间,为《诗序》回护,也算是能够自圆其说。他总结了《严缉》、秦氏《诗测》以及凌濛初诸家之说,意以为此诗作者忠于晋昭公,正和惠周惕、陈奂之说略同。我们姑且把它作为此诗定论。

椒　聊

椒聊之实,蕃衍盈升。彼其之子,硕大无朋。椒聊且,远条且！

椒聊之实,蕃衍盈匊。彼其之子,硕大且笃。椒聊且,远条且！

【解题】

《椒聊》,和前篇《扬之水》一样,是忠于昭公者师服之流的诗,而非忠于桓叔的潘父之党所作。范处义《补传》说："以《春秋左氏传》考之,昭公封成师于曲沃,乃鲁惠公之二十四年。至鲁庄公十六年,曲沃伯为晋侯,盖几七十年。诗人于昭公之世已知沃之子孙将有晋国,非君子知微知彰不能为此言也。"他所说的君子，当是师服之流。我们但读前篇所引《左传》，便知当时有师服那样的人，于成师命名预见穆侯名子兆乱，又于桓叔封沃预见昭公建国自亡，不是像他那样有天才的预见，怎能作出这种预言的诗来？诗当作在桓叔封沃已久、昭公被杀之前，故诗人有椒聊蕃衍远条之叹。《严缉》说："此诗言桓叔之强，而不及昭公；其意则忧昭公之弱，而非主桓叔；言在此而意在彼也。"又说："桓叔日强，昭公其危哉！为告昭公，故称桓叔为彼也。"陆奎勋《诗学》也说："彼其之子，显外之。"他们都认为这诗是忠于昭公者所作，当然对的。其实，诗人忠于何人，管他则甚？桓叔和昭公的争夺政权，不过是晋国统治阶级的内部矛盾，一种狗咬狗的老把戏而已。诗人忠于昭公也只是一种多余的义愤。

《诗序》于《扬之水》和此诗都说"刺晋昭公"，这是推本诗人言外之意来说，并不算错。尽管诗语似美桓叔，言外实刺昭公，为昭公干着急。这是诗人的厚道，也是诗人的忠告善道处。同时昭公其人似乎也不太坏，倘若是一个坏蛋，谁也怕他恨他，"善人载尸"，诗人搁笔了。李黼平《紬义》说："经三章，皆陈沃之蕃衍，即所以刺昭公之微弱，亦犹陈古所以刺今也。《正义》曰：'君子之人见沃国之盛强，桓叔能修其政教，知其后世稍复蕃衍盛大，子孙将并有晋国焉。昭公不知，故刺之。'按，《山有枢·序》有四邻谋取其国家而不知之语，故《正义》为此说。不知彼经有'他人入室'之词，故《序》云尔。此经惟言桓叔之盛，所以刺昭公者，令人于言外得之。《正义》谓刺昭公之不知，非经意，亦非《序》意。"吴闿生《诗义会通》说："朱子云：此诗未见其必为沃而作。案此诗刺昭绝无可疑。《序》末三语尤能阐发诗人言外之意。朱子议之，过也。〔每章〕末二句咏叹淫溢，含意无穷。忧深虑远之旨，一于弦外寄之。三代之高文大率如此。此等诗若不得《序》，则直不知其命意所在，薶却多少高文矣。"这都是申说此诗《诗序》的意思，可为读者参考。

绸　　缪

绸缪束薪，三星在天。今夕何夕，见此良人？子兮子兮，如此良人何！

绸缪束刍，三星在隅。今夕何夕，见此邂逅？子兮子兮，如此邂逅何！

绸缪束楚，三星在户。今夕何夕，见此粲者？子兮子兮，如此粲者何！

【解题】

《绸缪》，当是戏弄新夫妇之词。这是后世闹新房歌曲之祖。《抱朴子·疾谬》篇说："俗间有戏妇之法，于稠众之中，亲属之前，问以丑言，责其慢对，其为鄙黩，不可忍论。……"这是关于戏弄新妇最古之记载。当然这一风俗很古，不始于魏晋时代。杨慎《丹铅总录》、俞正燮《癸巳存稿》都曾说及戏弄新妇、闹房、听房以及看新妇、弄女婿一类的风俗，那是关于明清时代戏弄新夫妇的记载。由晋代葛洪到清代俞正燮一千几百年，此风不变，至今还有孑遗。安知不是在葛洪以前一千年西周时代就早已有此风俗，原是掠夺婚姻一种蛮俗的遗留？有诗为证，《绸缪》便是。

这篇《诗序》所说恐未必是。姚际恒《诗经通论》说："诗人见人成昏而作。《序》谓国乱，昏姻不得其时，恐亦臆测。如今人贺人作花烛诗，亦无不可也。"马瑞辰《通释》说："此诗设为旁观见人嫁娶之辞。见此良人，见其夫也。见此粲者，见其女也。见此邂逅，见其夫妇相会合也。"姚、马两家的话都很有见地。方玉润《诗经原始》说："此贺新昏诗耳。今夕何夕等语，男女初昏之夕自有此惝悦情形、景象，不必添出国乱民贫男女失时之言，始见其为欣庆词也。诗咏新昏多矣，皆各有命意所在，唯此诗无甚深义，只描摹男女初遇，神情逼真，自是绝作，不可废也。若必篇篇有为而作，恐自然天籁反难索已。"这说得更为接近诗旨。不过我以为这诗不止是对于新婚夫妇旁观赞叹、祝贺欣庆之词,实含有戏弄的意味。比如诗说:"今夕何夕?见此邂逅。子兮子兮,如此邂逅何!"这岂是仅止于冷静旁观、严肃祝贺的话?

诗说"三星在天"、"三星在隅"、"三星在户",是统指同一三星,还是分指三种不同的三星呢?先说三星在天。《毛传》说:"三星,参也。在天,谓始见东方也。……三星在天,可以嫁娶矣。"毛以为这是参三星。《郑笺》说:"三星,谓心星也。心有尊卑夫妇父子之象,又为二月之合宿,故嫁娶者以为候焉。昏而火星不见,嫁娶之时也。今我束薪于野,乃见其在天,则三月之末,四月之中,见于东方矣,故云不得其时。"郑以为这是心三星。次说三星在隅。《毛传》说:"隅,东南隅也。"《郑笺》说:"心星在隅,谓四月之末,五月之中。"末说三星在户。《毛传》说:"参星正月中直户也。"《郑笺》说:"心星在户,谓五月之末,六月之中。"毛以为三章同说参三星,郑以为三章同说心三星。谁说的对,谁说的不对呢?

近人金天翮《朱文鑫史记天官书恒星图考序》说:"贡三(朱氏字贡三)又言:《诗·唐风》三星,毛以为参,郑以为心。今验之星象,凡三星之相直者,尚有河鼓焉。然则所谓'三星在天'者,参三星也。时在冬季,参宿中天。《月令》:'季秋草木黄落,乃伐薪为炭。'诗'绸缪束薪',则燎炬以为烛,盖古嫁娶之礼然也。'三星在隅'者,心三星也。时在春暮,心宿初升。《小雅》:'终朝采绿。'《笺》以绿为王刍,诗'绸缪束刍',指暮春天气,亦犹《桃夭》之起兴也。'三星在户'者,河鼓三星也。时及新秋,河鼓当户。《尔雅》:'河鼓谓之牵牛。'感牛女之相会,知嫁娶之及时。绸缪束楚,正霜降逆女之时也。所以不及夏者,非其时也。其言足补毛、郑之阙,而备一解。所谓匡说《诗》解人颐者,其贡三之谓与?"依朱贡三说,一章"三星在天",参三星,时在冬季。《毛传》对,《郑笺》错了。二章"三星在隅",心三星,时在暮春。《郑笺》对,《毛传》错了。三章"三星在户",河鼓三星,时在新秋。毛、郑都错了。他以为这诗三章分咏一年中冬春秋三时嫁娶之事,除了夏时不得嫁娶。那么,作为乐章,关于新婚的一种歌曲,一年中可以通用。这虽然像是一位天文学家钻牛角尖的说法,但都有科学的根据,能够自圆其说,其说可通。金天翮认为这一说足补毛、郑之缺而备一解,我也以为这一解较合于诗之本义。《荀子·大略》篇说:"霜降逆女,冰泮杀止。"从霜降到冰泮,都是嫁娶的正时,即一年中举行婚事在秋冬春三时,周代制度如此。这诗三章分咏一年中三时婚事,作为一年中民间戏新妇、闹新婚的通用俗曲,恰恰相宜。但是看来三星一句都应作为惊讶之词的问句。

这诗今古文家无甚争论。魏源《诗序集义》虽据《释文》引《韩诗章句》"邂逅不固之貌",单词孤义,说是忧"新昏之不久聚";而说主旨"刺晋乱",仍用《毛序》。王先谦《集疏》就径说"三家无异义"了。至《朱传》说:"国乱民贫,男女有失其时而后得遂其婚姻之礼者。诗人叙其妇语夫之词曰:方绸缪以束薪也,而仰见三星之在天。今夕不知其何夕也?而忽见良人之在此。既又自谓曰:子兮子兮,其将奈此良人何哉!喜之甚而自庆之词也。"又于下章说:"此为夫妇相语之词。"于末章说:"此为夫语妇之词。"新夫妇初见,未必有此轻佻戏言。倘看作旁观者戏弄新夫妇的话就对了。

杕　　杜

有杕之杜,其叶湑湑。独行踽踽。岂无他人?不如我同父!嗟行之人,胡不比焉?人无兄弟,胡不佽焉?

有杕之杜,其叶菁菁。独行睘睘。岂无他人?不如我同姓!嗟行之人,胡不比焉?人无兄弟,胡不佽焉?

【解题】

《杕杜》,像是一篇乞食者之歌,可为"饥者歌其食"的一例。一个既无父母,又无兄弟,上了年纪还要讨饭的人,蹲在大路旁边的一棵梨树下,面向过路的人,口里哼唱着,哀求施舍。这好像是我们在旧社会里所见"唱快板"、"告地状"一类的高等叫化子。就诗论诗，诗出歌谣，只合如此说。

《朱传》说："此无兄弟者，自伤其孤特，而求助于人之词。"朱子这话算是得其近似。季本《解颐》说："此诗之意，欲人厚于兄弟，而笃亲亲之恩。言杕杜虽特生，亦有湑湑菁菁之叶以庇本根；人苟独行而无兄弟，则无庇矣，见人不可无兄弟也。非兄弟则为行路之人矣，行路之人相遇，何尝相亲比乎？……此即《常棣》所谓'虽有良朋，况也永叹'之意。"姚际恒《诗经通论》说："此诗之意，似不得于兄弟而终望兄弟比助之词。"方玉润《诗经原始》说："自伤兄弟失好而无助也。"从诗里看不出有兄弟失好或不得于兄弟的意思。他们都受了《朱传》的影响，却未能再进一步。我们但从诗的内容和语气探求，就知道这是一篇乞食者之歌了。

《诗序》说"刺时"，"君不能亲其宗族"，君未实指何人，似是无据。解者或以为指晋昭公，或以为指晋哀侯，或以为指晋武公、献公，也都无据。李黼平《绅义》说："昭公封其叔父，似不得谓不亲宗族。而此《序》云然者，孔子曰：'尊其位，重其禄，同其好恶，所以劝亲亲也。'沃地大，当时若裂之以封宗族，使食采其中，必无尾大之患。计不出此，而尽予成师，如《扬之水·序》有分国之词，且又半有晋国，而宗族之无位禄者固多矣。此其所以为不亲宗族而骨肉离散与？"这是以为诗刺昭公。汪梧凤《诗学女为》说："《诗故》曰：此刺哀侯诗。哀侯之世，曲沃益强，本根益弱；乃不知修德，而侵其弟陉庭之田，于是陉庭南鄙启曲沃伐翼，其后卒为曲沃所执。独行踽踽，喻哀侯之寡援也。同父，则陉庭也。"这是以为诗刺哀侯。魏源《诗古微》就以为诗"刺武公兼并宗国，献公尽灭桓庄之族"。略见《诗序集义》。当是他自下己意，未必是合于今文三家遗说。故为王先谦《集疏》所不取，但说"三家无异义"。又说："案桓叔既封而叛，宗族相继崩离。昭公以宗族为皆不可恃，异姓卿大夫必从而和之，劝其疏弃宗族。然昭公但当修其政令以图自强，无怨及宗族之理。故望君所与行之人以道辅其君，仍笃亲亲之谊，庶不为踽踽睘睘之人耳。"他仍以为诗刺昭公,也只是想当然。《诗序》一说很难证实。就诗论诗,这确像一个上了年纪而无兄弟者乞食之歌。把它还原为民风,正该如此说。

羔　裘

羔裘豹袪！自我人居居。岂无他人？维子之故！
羔裘豹褎！自我人究究。岂无他人？维子之好！

【解题】

《羔裘》,《诗序》说"刺时","晋人刺其在位不恤其民"而作。这是当时被奴役的劳动人民在重压之下发出的痛苦呻吟之声,当出自民间歌手。《诗序》说的恰和《毛传》、《郑笺》一致。"三家无异义"。就诗论诗,诗旨和《诗序》、《毛传》、《郑笺》、今文三家四者无不相合。这诗就该如此作为定解。

这诗毛、郑解释明确,朱子却故作非难。一章《毛传》说:"袪,袂〔末〕也。本末不同,在位与民异心。自,用也。居居,怀恶不相亲比之貌。"《郑笺》说:"羔裘豹袪,在位卿大夫之服也。其役使我之人民,其意居居然有悖恶之心,不恤我之困苦。此民卿大夫采邑之民也。故云岂无他人可归往者乎？我不去者,乃念子故旧之人。"二章《毛传》说:"褎,犹袪也。究究,犹居居也。"《郑笺》说:"我不去而归往他人者,乃念子而爱好之也。民之厚如此,亦唐之遗风。"可是朱子既于《诗序》说"诗中未见此意",又在《诗集传》里说:"居居未详。""究究亦未详。""此诗不知所谓,不敢强解。"本来阙疑是可以的,这却像故意阙疑。他对于《毛传》、《郑笺》乃至《雅》训都视若无睹。胡承珙《后笺》说:"案《吕记》引朱氏曰:在位者不恤其民,故在下者谓之曰,彼服是羔裘豹袪之人。是朱子初说本从《序》也。及著《集传》,以居居、究究义未详,不敢强解。夫《尔雅》为释《诗》之祖,又兴于中古,在毛、郑之前,此而不信,是古书无可证据者矣。《毛诗写官记》乃又以居居、究究为美其大夫。

夫苟蔑弃《雅》训而徒凭臆决,亦复何所底止乎?"这里批评《朱传》连带毛西河《毛诗写官记》,颇为平允。更有趣味的是金履祥以为"此妇人留所爱之词"。黄中松《诗疑辨证》驳他道:"以魏、晋之俗等于郑、卫,尤可发粲。夫立说必期有本,未可以意为断也。"我以为可以令人发笑的不是在《魏风》、《唐风》里就不应该有《郑风》、《卫风》里那样关于男女之词,而是不懂道学先生们解《诗》为什么偏爱胡扯到男女关系上去!

这诗虽短,训诂上却很有麻烦。不仅上举"居居"、"究究"字当是古语汇,除了《雅》训、《毛传》就无从索解。再如《三百篇》中"自"字,或训为用,或训为于,或训为从。这诗《毛传》训自为用,和《绵》篇、《执竞》篇同,和《皇矣》、《召旻》两篇异。后人不知,便生歧解。汪梧凤《诗学女为》说:"《埤雅》:居居,以言其不通。究究,以言其不恕。凤谓是诗为党私妨贤之在位者而作。其曰'羔裘豹袪'、'羔裘豹褎'者,言其位也。其曰'自我人居居'、'自我人究究'者,言自此人在位,皆以我人为居居、究究而不足用矣。其曰'维子之故'、'维子之好'者,言岂真无他人可用,而维子之故旧亲好是庸乎?居居、究究从《尔雅》训释,而曲寻本诗文义,僭立别解,似犹可通。若如《序》言刺不恤民,则末二句难通。若如《笺》、《疏》之解末二句,则民犹爱好此不恤民者,岂人情乎?吾有以知不然矣。"这一别解并非似犹可通,其实更不可通。倘依他说,"自我人居居","自我人究究",这两句如不添字补义,像他在自字下加"此人在位"数字,那么,在文法上怎么能够说得通呢?倘说如《笺》、《疏》解末二句,人民还爱好此不恤民者,不是人情。岂不知温柔敦厚正是《诗》教,正是人民从有奴隶制社会以来于无数惨痛的经验中学会的道理?后世说来似不近情,当时说来实是合理呀!再如这诗说"维子之故",和《狡童》篇句同,而意或不同。末句故、好二字并言,平列成文,和《遵大路》篇末句"不寁故也,不寁好也"正同。《郑笺》训故为故旧,训好为爱好,何尝不是?马瑞辰《通释》说:"按,故之言固也。闵元年《左传》:'因重固。'服虔曰:'重不可动,因其不可动而坚固之。'洪颐煊曰：'此与上亲有礼对,言因其为重臣而安固之。'襄十四年《左传》：'史佚有言曰：因重而抚之。'是固犹抚也。故旧谓之故,能爱好其故旧之人亦谓之故。维子之故,犹言维子之好也。《郑风·遵大路》亦以故与好并言。《笺》训为故旧,失之。"林义光《通解》说："故读为固。故与固,诸书多通用。固,犹拥护也。'岂无他人,维子是固',谓我辈岂无他人可以拥护而必拥护汝乎？"马氏、林氏读故为固,引申为安固或拥护的意思（《遵大路》之故,仍从《郑笺》为是）。依此作解,这诗就可以读通了。

鸨　羽

肃肃鸨羽,集于苞栩。王事靡盬,不能蓺稷黍；父母何怙！悠悠苍天！曷其有所？

肃肃鸨翼,集于苞棘。王事靡盬,不能蓺黍稷；父母何食！悠悠苍天！曷其有极？

肃肃鸨行,集于苞桑。王事靡盬,不能蓺稻粱；父母何尝！悠悠苍天！曷其有常？

【解题】

《鸨羽》,当是农民苦于征役不得养其父母者呼吁之作。《诗序》说"刺时",说"君子下从征役,不得养其父母,而作是诗",把握了主题,认错了作者。诗决不是大夫君子之流所作。王质《诗总闻》说："诗以种蓺为辞,当是农民。"《朱传》说："民从征役而不得养其父母,故作此诗。"何楷《古义》说："《序》谓……君子下从征役,……今案篇中有蓺稷黍等语,似与君子不类。"他们都说作者是民,是农民。无疑地这诗出自民间歌手,即用自由农民口吻。统治阶级内部发生矛盾,酿成长期战争,遭受这种灾难的首先就是久服兵役的那些农民。不但农业上的生产受了妨害,难以仰事俯畜；而且国费大增,农民的负担也随着增加。死伤、流离,更不待说。王事只给农民种种痛苦,难怪他们自私,哪有公尔忘私、国尔忘家的道理？

诗人感鸨造端，有何意义？《毛传》说："兴也。……鸨之性不树止。"《郑笺》说："兴者，喻君子当居安平之处，今下从征役，其危为苦如鸨之树止然。"《孔疏》说："鸨鸟连蹄，性不树止，树止则为苦，故以喻君子从征役为危苦也。"陆佃《埤疏》说："言鸨……其于苞栩、苞棘、苞桑也，尚得以其类集，聚众羽而成翼，聚众翼而成行。今君子无所于愬，下从征役，又不得养其父母，则鸨之不如也。"季本《解颐》说："鸨本水鸟，性不树止。以下无可栖之地而集于苞栩之上。如《易》所谓鸿渐于木，或得其桷。以比民之性本欲安居，而久劳征役，急于求息也。"按，鸨为涉禽类，习性不止于树，象征人性本好安居，不当久服征役。诸家说兴义，话虽不同，大旨一致。不过陆佃更进一步说，鸨虽习性不止于树，还有树可止，苦于征役的人靡有止息，连鸨鸟也不如了。他们都依《诗序》说君子下从征役，还不知道这是农民去服兵役，我们应该把它指出来。

这诗作在何公之世？王事究指何事？《郑笺》于《诗序》大乱五世一句解释道："大乱五世者，昭公、孝侯、鄂侯、哀侯、小子侯。"但《诗序》原是把大乱五世说在昭公之后。那么，昭公就不在这五世之内，《郑笺》未是。胡承珙《后笺》说："《稽古编》曰：'《郑笺》以昭公、孝侯、鄂侯、哀侯、小子侯为五世，此非也。《序》既云昭公之后，不得并数昭公矣。朱子初说不数昭而数缗，最得之。缗在位二十八年，视前数君独久，其时岂得无乱？又灭缗之后，曲沃武公始继晋而作《无衣》之诗，不容言晋乱者反阙缗而不数也。'承珙案，以孝侯至缗为五世，李氏《集解》、范氏《补传》已云然。况诗中明言王事。《左传》隐五年秋，王命虢公伐曲沃而立哀侯于翼。桓八年冬，王命虢仲立哀侯之弟缗于晋。九年，虢仲、芮伯、梁伯、荀侯、贾伯伐曲沃。皆所谓王事也。然则此诗云刺时者，当作于小子侯及缗为最后一二君之世。《孔疏》以为追刺昭公，谬矣。"陈奂《传疏》说："余友邵阳魏源云：晋自曲沃构难，何暇更勤王事？而《鸨羽》三言'王事靡盬'者何？此与《卫风·伯兮》之言王事皆作于桓王之世。桓王二年,曲沃庄伯以郑、邢之师伐翼,王使尹氏、武氏助之。是秋曲沃叛王,王命虢公伐曲沃而立哀侯。十六年,曲沃杀小子侯,王命虢仲立晋侯缗。虢仲、芮伯、梁伯、荀侯、贾伯伐曲沃。王师属临于晋,妨农失养,而作是诗。"这可和魏源《诗古微》参看,其《诗序集义》已载于上。① 以上诸说都以为这诗作在桓王之世,即当小子侯晋侯缗时。诗和《诗序》和史实似相合。不过我们对于"王事"二字的解释有时不可拘泥。《严缉》说:"诸侯为天子牧民,公家之事皆王事也。或谓哀侯与缗之立皆有王命,故称王事,狭矣。"顾广誉《学诗详说》道:"王事,凡下从上役,本于王朝之定制者即是,非必勤王而后为王事也。"这都说来圆通。其实,当时诸侯在其国内也可自称为王,已有许多金文可证。记得我在《伯兮》篇已经说及了。《北门》一诗所说王事,它的意义也该相同。

无　衣

岂曰无衣七兮？不如子之衣,安且吉兮！
岂曰无衣六兮？不如子之衣,安且燠兮！

【解题】

《无衣》,是关于曲沃武公灭了晋侯缗之后,赂王请命封为晋侯之作。这也是《三百篇》中最短的诗篇之一。庄十六年《左传》说:"王使虢公命曲沃伯以一军为晋侯。"《史记·晋世家》说:"晋侯(缗)十九年,齐人管至父弑其君襄公。晋侯二十八年(八当作六),齐桓公始霸。曲沃武公伐晋侯缗灭之,尽以其宝器赂献于周釐(僖)王。釐王命曲沃武公为晋君,列为诸侯,于是尽并晋地而有之。曲沃武公已即位三十七年矣,更号曰晋武公。晋武公始都晋国。……自桓叔初封

---

① 编按:《诗序集义》云:"当作于桓王助翼伐曲沃,立晋侯缗之时,故三言'王事靡盬'。使无衣之请不行,王灵犹竟于下国,故存之以征王迹,《诗》与《春秋》表里焉。"

曲沃以至武公灭晋也,凡六十七岁,而卒代晋为诸侯。武公代晋二岁卒,与曲沃通年,即位凡三十九年而卒。子献公诡诸立。"武公代晋在鲁庄公十六年,当周僖王四年,即公元前六七八年,《无衣》诗该作在这一年。

诗说"衣七",又说"衣六",这是为武公请命讲价还价的话呢,还是诗人分章的话、意义一样呢?看来似是前者,陈奂、王先谦都以为是后者。这诗今文"三家无异义"。陈奂《传疏》说:"《周礼·典命》云:'王之卿六命,及其出封加一等,其国家、宫室、车旗、衣服、礼仪亦如之。'是谓天子之卿之礼也。天子之卿即侯伯也。天子之卿六命,出封侯伯加一等则七命。七命以七为节,六命以六为节。晋为侯伯之国实七命,其在王朝则亦就六命之数。盖诗人以七、六分章,实一意耳。"王先谦《集疏》说:"愚案陈说是也。侯伯就封之后,亦入王朝为卿士,如卫武公、郑庄公父子皆是。故可言七,亦可言六,非谦也。"是的,这岂是谦词?简直是一面贿赂利诱,一面要挟威胁,露出了夺得权力而胜利冲昏了头脑的得意神气。

《诗序》说这诗为美,朱子必以为刺,这诗美刺曾成为大问题。朱子在他的《集传》和《诗序辨说》里,都用《春秋》大义即封建主义的大道理声讨了晋武公弑君篡国大逆不道之罪,说得"呜呼痛哉",痛哭流涕。今人看来岂不可笑?旧时学者却视为正论。魏源《诗古微》于《诗序》、《朱传》不多批评,但作两可之辞,说是"作诗者之所美,录诗者之所刺"。陈奂《传疏》为《毛诗》辩护,也只得说:"此诗即其大夫所作,故为美而不为刺。""编诗者隐喻刺意。"《诗序》说:"其大夫为之请命乎天子之使而作是诗。"《传疏》说:"《笺》云:'天子之使,是时使来者。'《正义》谓其使名号,书传无文。奂案《礼》,为人臣者无外交。虽容或有周使适晋,晋大夫不得与天子之使交通;且命出自天子,又不得私相干请。盖《序》中'使'字必'吏'字之误,天子之吏谓三公也。列国大夫入天子之国称士,士不得上通天子,故属于天子之吏。若成二年《左传》:'晋侯使巩朔献齐捷于周,王使委于三吏,礼之如侯伯克敌使大夫告庆之礼。'杜注云：'委，属也。三吏，三公也。'此其义证矣。晋武公克曲沃，以宝器赂僖王，必有大夫至周，其大夫亦但能属乎天子之吏为君请命。僖王得赂，遂以武公为晋侯。是请命在周，断不在晋。由转写者'吏'误作'使'，遂多谬说。此诗即其大夫所作，故为美而不为刺。至武公并晋，天子不正篡国之罪，而反许受命之请，编诗者隐喻刺意尔。"这诗美刺问题就从此结束了吗？自今以后，学者就不会再争论这类问题了。

有 杕 之 杜

有杕之杜，生于道左。彼君子兮，噬肯适我？中心好之，曷饮食之！

有杕之杜，生于道周。彼君子兮，噬肯来游？中心好之，曷饮食之！

【解题】

《有杕之杜》，和《杕杜》一样，也是一篇乞食者之歌。这应该是从《杕杜》一篇分化出来的，可以看作同一母题的歌谣。一个乞食者蹲在大路旁的一棵梨树下，正用告哀乞怜的口吻说：那些过路君子啊，可肯来到我这里？心里怜惜我，什么时候给我饮食呢！

这诗《诗序》说"刺晋武公"，"武公寡特，兼其宗族，而不求贤以自辅"。今文"三家无异义"。朱子《辨说》以为"此《序》全非诗意"。《集传》又说："此人好贤而恐不足以致之。"恰和《诗序》说的意思相反，而不知其所指此人为谁。这难道就是诗意吗？他解《杕杜》本来不见得有甚大错，却不知道把这篇和《杕杜》一篇比较研究一下，再下解释。

我们先看看这诗是否"刺晋武公"不求贤以自辅。胡承珙对此作过总结。《后笺》说："姜氏《广义》曰：'武公以篡弑得国，国人以王命无贰心，而超然于尘俗之表，泥而不滓，如后世申屠蟠、管幼安之徒，固自有人也。岂以武公之饮食为义而就之欤？故采一刺武公无以得贤人之诗,列于《无衣》之后,以见鸿飞冥冥,天子乱命不得而胁,乱臣贼子不得而污。《易》曰:肥遁。其殆斯人欤?此编诗之意也。'《田间诗学》云:'三国时,贾诩谓袁绍使者曰:归语袁本初,兄弟不相容,焉能用天下国士乎?即此诗意。'承珙案:戴氏《续诗记》已有此说。谓武公翦灭宗国,孤立无助,犹杕杜也。当时贤者必有不义其事、相率而去之者,故诗人以为刺。"这是说,贤者不和武公合作,武公也无法求得贤者自辅。又说:"《虞东学诗》曰:'此刺武公不能求贤自辅耳,诸儒解义各出。谓教武公求贤之法,何但饮食而已。此《疏》申《笺》义也。谓使武公诚有好贤之心,惟恐无以饮食贤者。此《吕记》用陈氏说也。谓好贤而恐不足以致之,无自而饮食之。此《集传》说也。谓君不能养贤,国人自致其意曰:何以饮食之?此《严缉》说也。余说虽多,要不出四者之域。今案,诗言君子适我而来游,若果中心好之,何不饮食之?病其不能饮食,所谓悦贤不能举,又不能养也。以杜之孤生道左,兴武公之不求自辅。事非切类,不得为比。《尔雅》:曷,盍也。郭注:盍,何不。诸家皆据《说文》以曷为何,似不如《尔雅注》之晓达。'承珙案,苏氏《诗传》云:'苟诚好之,曷不试饮食之?庶其肯从我乎?'是已以曷为曷不矣。盖缓言之曰曷不,如'曷不肃雍',是也。急言之则曰盍,亦曰曷。声近义通,故《尔雅》曰:曷,盍也。"读此可知胡氏赞同刺晋武公不求贤以自辅一说。他引据诸家所说,只有顾镇《虞东学诗》依《诗序》为说比较可通,他即支持这一说。他们同释曷为何不,义固可通。但此诗之曷,我还以为释为何时,如《君子于役》篇不知其期曷至哉之曷,也妥。

我们再看看这诗是否美晋武公"好贤"、"求贤"?陈启源《稽古编》说:"武公以庄公十六年命为晋侯,至十七年卒,其兼有宗国仅一年耳。《有杕之杜》其即继《无衣》而作乎?武公以不义得国,贤者耻立其朝。譬犹特生之杜,人罕托足。虽内致其诚,外尽其礼,犹恐不足枉君子之驾,况不求乎!故云'噬肯适我',望君子之来,而惟恐其不来也。'中心好之,曷饮食之?'求贤之道当如此矣。"这是说,诗咏晋武公求贤。

汪梧凤《诗学女为》说："《有杕之杜》，美好贤也。成王封唐叔，命以《康诰》，而封于夏虚。怀姓九宗，职官五正，犹有存者。翼之嘉父，尚见于《春秋》隐公之六年。至武公以篡弑得国，逆取顺守，招携怀远，有筑台拥彗之思，是诗所以作也。厥后狐、赵、栾、郤、荀、范、韩、魏之祖，皆起于武、献之间。齐桓公为五霸长，身没而诸侯倍之；晋自文公始霸，子孙为中国盟主者百五十余年。非皆其君之能，贤臣之力也。晋之即位而必朝于武宫，盖隐以太祖尊武矣。晋之多贤，武实启之也。"又说："'曷饮食之'，谓诚有好贤之心，惟恐无以饮食之耳。盖养贤有道，非其道则贤者必不受其养，故幸其来而又惧养之或不得当也。郑云：'何但饮食之。'《朱传》云：'无自而得饮食之。'诸家作曷不饮食之。皆非诗本义。"这是说，诗美晋武公好贤。厥后晋多贤臣，实收武公好贤之效。奸雄收买人心，桓叔、武公可能都有这一手，用来解这诗，却不见贴切。难道便以为这是诗的本义吗？胡承珙说："近人乃有以此诗美武公能好贤者。试思'有杕之杜'，是杜不皆杕，凡言有杕者，皆取兴于特貌。若果美其好贤，则当于《菁莪》、《棫朴》举其盛者言之，何故以特生之杜起兴乎？此不待辨而明矣。"他辩驳这一说也得其近是。所谓近人，当是指陈启源和他的乡先辈汪梧凤两家，也许还有他同时的学者魏源在内（其说略见《诗序集义》）①。

小结——上举美刺两说，依诗来看都未见得是。倘若我们就诗论诗，把它还原为歌谣，明是乞食者之歌，也可作为《韩诗》说的"饥者歌其食"之一例。

葛　　生

葛生蒙楚，蔹蔓于野。予美亡此，谁与独处？
葛生蒙棘，蔹蔓于域。予美亡此，谁与独息？

---

① 编按：《诗序集义》云："《有杕之杜》，晋武公求士也。武公既得国，惧诸侯之讨，思求士以自强焉。"

角枕粲兮,锦衾烂兮。予美亡此,谁与独旦?
夏之日!冬之夜!百岁之后,归于其居!
冬之夜!夏之日!百岁之后,归于其室!

【解题】

《葛生》,是男子"从军未还,未知死生",其妻思生悼亡之作,这也可视为最古的一篇夫妇之间悼亡的诗。怎知她思生?诗前三章都说"予美亡此"。《郑笺》说:"予,我。亡,无也。言我所美之人无于此,谓其君子也。……从军未还,未知死生,其今无于此。"是也。怎知她悼亡?诗末二章说"归于其居"、"归于其室"。《郑笺》说:"居,坟墓也。""室,犹冢圹。""言此者,妇人专一,义之至,情之尽。"是也。王柏《诗疑》说:"予观'予美'二字,则知其非夫妇之正,……是必悼其所私之人。"我不知道古时妇人为什么不能称其丈夫为予美。我认为可以称其丈夫为良人,就可以称其丈夫为予美,王柏的话是无根据的。陈澧《读诗日录》说:"此诗甚悲,读之使人泪下。"是确有感受语。

这是一篇妇人悼念丈夫从军丧亡的诗,含有反战刺君的意义。《诗序》说:"《葛生》,刺晋献公也。好攻战,则国人多丧矣。"《郑笺》说:"丧,弃亡也。夫从征役,弃亡不反,则其妻居家而怨思。"《孔疏》说:"数攻他国,数与敌战,其国人或死行陈,或见囚虏,是以国人多丧。其妻独处于室,故陈妻怨之辞以刺君。"何楷《古义》说:"《世说》云:袁羊尝诣刘恢,恢在内眠未起。袁因作诗调之曰:'角枕粲文茵,锦衾烂长筵。'刘尚晋明帝女,主见诗大不平,曰:'袁羊,古之遗狂。'刘孝标〔注〕亦引《小序》,以见袁以死嘲刘,故主不平耳。则其为悼亡之诗旧矣。"这都说得是。今文"三家无异义"。按《左传》:庄二十八年晋伐骊戎,骊戎男女以骊姬。闵元年,晋侯作二军以灭耿,灭霍,灭魏。二年,晋侯使太子申生伐东山皋落氏。僖二年,晋师灭下阳。五年八月,晋侯围上阳。冬,灭虢,又执虞公。八年,晋里克败狄于采桑。可证晋献公确是好攻战。非正义的战争徒然带给双方人民许多灾难,不止是"寡人之妻,孤人之子"。这是应该反对的。这篇诗反映了当时晋国人民对于和平生活的愿望。

这诗一、二两章各以葛生、蔹蔓两句发端,有什么意义?看来只是写实,直赋其事。但是一章《毛传》说:"兴也。葛生延而蒙楚,蔹生蔓于野,喻妇人外成于他家。"这是说,诗用葛蔹,有比兴之义。单就葛来说,当是战死裹尸之物。《法言·重黎》篇注说:"死则裹之以葛,投诸沟壑。"古制盖如此。《孔疏》说:"此二句互文而同兴。葛言生则蔹亦生,蔹言蔓则葛亦蔓,葛言蒙则蔹亦蒙,蔹言于野则葛亦当言于野。言葛生于此,延蔓而蒙于楚木;蔹亦生于此,延蔓而蒙于野中。以兴妇人生于父母,当外成于夫家;既外成于夫家,则当与夫偕老。"程子说:"葛之生托于物,蔹之生依于地,兴妇人依君子。"陆佃说:"言葛生高,而蒙楚,蔹生卑,蔓于野,各系所遇。犹之妇人外成于夫,荣悴随焉,所以一心乎君子。"(俱《传说汇纂》引)他们都说诗用葛蔹是比兴之义,即是说有象征的意味,似乎也说得通。

采　苓

采苓采苓,首阳之巅?人之为言,苟亦无信。舍旃舍旃,苟亦无然。人之为言,胡得焉?

采苦采苦,首阳之下?人之为言,苟亦无与。舍旃舍旃,苟亦无然。人之为言,胡得焉?

采葑采葑,首阳之东?人之为言,苟亦无从。舍旃舍旃,苟亦无然。人之为言,胡得焉?

【解题】

《采苓》,是刺听谗之诗,也就是戒人莫听谗言假话的诗。《诗序》说"刺晋献公也,献公好听谗",想是根据《左传》、《国语》记骊姬进谗事。太史公把它叙入《史记·晋世家》说:"献公私谓骊姬曰:'吾欲废太子，以奚齐代之。'骊姬泣曰：'太子之立，诸侯皆已知之；而数将兵，百姓附之。奈何以贱妾之故，废适（嫡）立庶？君必行之，妾自杀也！'骊姬详（佯）誉太子，而阴令人谮恶太子，而欲立其子。二十一年，骊姬谓太子曰：'君梦见齐姜，太子速祭曲沃，归釐于君。'太子于是祭其母齐姜于曲沃，上其荐胙于献公。献公时出猎，置胙于宫中，骊姬使人置毒药胙中。居二日，献公从猎来还，宰人上胙献公。献公欲享之，骊姬从旁止之曰：'胙所从来远，宜试之。'祭地，地坟。与犬，犬死。与小臣，小臣死。骊姬泣曰：'太子何忍也！其父，而欲弑代之，况他人乎？且君老矣，旦暮之人曾不能待，而欲弑之！'谓献公曰：'太子所以然者，不过以妾及奚齐之故。妾愿子母辟（避）之他国，若（与也、或也）早自杀，毋徒使母子为太子所鱼肉也！始君欲废之，妾犹恨之，至于今，妾殊自失于此！'太子闻之，奔新城。献公怒，乃诛其傅杜原款。或谓太子曰：'为此药者，乃骊姬也。太子何不自辞明之？'太子曰：'吾君老矣！非骊姬寝不安，食不甘。即辞之，君且怒之，不可。'或谓太子曰：'可奔他国。'太子曰：'被此恶名以出，人谁内（纳）我？我自杀耳！'十二月戊申，申生自杀于新城。此时重耳、夷吾来朝。人或告骊姬曰：'二公子怨骊姬谮杀太子。'骊姬恐，因谮二公子：'申生之药胙，二公子知之。'二子闻之，恐，重耳走蒲，夷吾走屈。"我们不妨把骊姬谮杀太子申生的这一段记事作为《采苓》诗本事来读。胡承珙《后笺》说："此《序》语简意明，后儒从之皆无异义。范氏《补传》、王氏《总闻》并引申生事以实之。《吕记》引朱氏曰：'献公好听谗，观骊姬谮杀太子及逐群公子之事可见也。'及作《集传》，则第以为听谗之诗，谓未见其果作于献公时。郝氏仲舆曰：'事之可据孰有如献公听谗者乎？如是犹谓不信，则诗必有年月日时、作者姓名乃可。'"这是说，《诗序》可信，后儒指实来说也可信。

这诗比兴之义，人执一解，似皆可通，迄无定论。一章《毛传》说："兴也。……采苓，细事也。首阳，幽辟也。细事喻小行也。幽辟喻无征也。"《郑笺》说："采苓采苓者，言采苓之人众多非一也。皆云采此苓于首阳山之上。首阳山之上信有苓矣,然而今之采者未必于此山,然而人必信之。兴者,喻事有似而非。"可见最初毛、郑同说兴义就不一致。《孔疏》加以分析,颇为明确。《疏》说:"采苓者,取草而已,故为细事。首阳在河曲之内,故为幽辟。细事,喻小行,谓小小之事。幽辟,喻无征,谓言无征验。幽隐辟侧非显见之处,故以喻小人言无征验也。谗言之起,由君昵近小人,故责君数问小事于小人,所以致谗言也。《笺》易之者,郑答张逸云:篇义云好听谗,当似是而非者,故易之。"毛、郑异同在此,而得失难言。《朱传》一章说:"比也。……此刺听谗之诗。言子欲采苓于首阳之巅乎?然人之为是言以告子者,未可遽以为信也。姑舍置之而无遽以为然,徐察而审听之,则造言者无所得而谗止矣。或曰:兴起。下章放此。"他以为这诗是比体,但是不反对他人说兴体。其实比兴都含有象征的意义,不过有隐显或深浅的不同。

陈启源《稽古编》说:"《采苓》刺献公,逸斋《补传》以骊姬谮申生事证之。谓工谗者,始以甘言投之,譬则苓,苓味美也。继以苦言动之,譬则苦,苦味恶也。终则甘苦之言并进,譬则葑,葑味上美而下恶也。骊姬始请使申生居曲沃,此甘言也。继夜半而泣,言申生将行强于君,此苦言也。又请君老而授之政,乃其释君,此甘苦并进也。案献公信谗之失莫大于杀申生一事,用以实此诗颇优于理。其说三兴义亦曲而中。"范处义说此诗兴义真像猜谜却未必猜穿了谜底。诗人用心未必如此曲折而周密,何况苓未必是甘草,葑也未必上美而下恶,他说倒了。至他说晋献公信谗、指实杀太子申生一事,则可不算错。

朱鹤龄《通义》说:"苓生隰,苦生田野,葑生圃。今必曰生首阳,则驾虚之辞耳。故以兴谗言之不可信。"说得简单明了。马瑞辰《通释》说:"案《秦诗》言'隰有苓',是苓宜隰不宜山之证。《埤雅》言葑生于圃。何氏楷又言苦生于田。是三者皆非首阳山所宜有。而诗言采于首阳者,盖故设为不可信之言,以证谗言之不可听,即下所谓'人之伪言'也。《笺》谓首阳山信有苓,失之。又案,苓为甘草,《尔雅》名为大苦,则甘者名苦矣。苦为苦茶,而诗言堇荼如饴,则苦者实甘矣。《谷风》诗：'采葑采菲，无以下体。'《笺》云：'其根有美时，有恶时。'是葑又美恶无定时者。诗以三者取兴，正以见谗言之似是而实非也。"林义光《通解》说："采苓、采苦、采葑皆重言之者，写其急切之态，遇草即采。以比听谗者闻言即据以为实也。一登首阳之山，而上采苓，下采苦，东采葑，则其广采而无所舍弃可知矣。"他们说这诗兴义还算不过于穿凿附会，比较好懂。

汪梧凤《诗学女为》说："诗人赋《采苓》而曰'首阳之巅'者，讽共子之法夷、齐也。夷、齐让国以全义，申生去国以全身，一也。《春秋传》：闵二年，晋侯使太子申生伐东山皋落氏，李（里）克谏。公曰：'寡人有子，未知其谁立焉？'太子帅师，公衣之偏衣，佩之金玦。先丹木曰：'是服也，狂夫阻之。曰：尽敌而反，敌可尽乎？虽尽敌，犹有内谗，不如违之。'狐突欲行。使申生用先丹木狐突之言，舍旃而去，可以全父子之恩，息国家之祸。此诗人所以三呼首阳也。盖事关君臣父子之间，诗人未敢斥言，故皆作隐语。惟首阳则重言明揭，以著作诗之旨。其曰采苓、采苦、采葑者，变采薇而言之，可谓微而显矣。人之为言，指潜言也。无信、无与、无从，言苟亦无有信而许之且从之者乎？危其不能尔也。舍旃舍旃，劝其舍晋而为首阳之逃也。然者，隐指后患。无然者，言舍则诚可无及于祸，则虽有谗而不为我害。故末云：'人之为言，胡得焉？'言不得而加之也。先儒训释似多牵凑，故为之说如此，以俟后之深于诗者。"这是从首阳而联想到夷、齐让国，而联想到诗人以采苓首阳巅起兴，或有讽申生效法夷、齐去国的用意，不妨以备一说。不过，诗说首阳是否就是夷、齐采薇的首阳？《史记·伯夷列传·正义》说首阳山有五。一在河东蒲坂，而清儒金鹗、陈奂、王先谦都以为实在今山西平阳，即此诗所咏者。诗用本地风光，近是。一在洛阳东北偃师。一为陇西首阳。一为《孟子》说的夷、齐避纣居北海之滨的首阳山。一为《说文》说的首阳山在辽西。都有人说是夷、齐所居之地，究竟以何者为是？还没有定论。至魏源说这诗略同汪说，今不备论。

俞樾《群经平议》说："案《传》、《笺》所说繁而无当，于诗意实未得也。首章言采苓，二章言采苦，三章言采葑，诗人盖托物以见意。苓之言怜也，苦之言苦也，葑之言从也。《说文·草部》曰：'葑，须从也。'谗人之言往往饰为哀怜辛苦之辞，动人之听，而使人必从，故以采苓、采苦、采葑为兴也。此诗刺晋献公听谗而作。采苓、采苦其即骊姬之夜半而泣乎？三章皆言'舍旃舍旃，苟亦无然'。《笺》云：'舍之焉、舍之焉，谓谤讪人，欲使见贬退也。'其即废太子申生之事乎？首阳者，元首之象，以喻君也。《传》谓幽辟，失之。一章言'首阳之巅'，二章言'首阳之下'，见谗人之在君侧也。三章言'首阳之东'，则更有意义。《硕人》篇《传》曰：'东宫，齐太子也'。《正义》曰：'太子居东宫。'然则'采葑采葑，首阳之东'，正见谗人之言切近太子矣。千载而下，以意逆志，犹可得其微意也。"这比《传》、《笺》更繁，而未必有当，病在故求深解。其释首阳近于穿凿。我也以为他于诗意实未有得。

小结——这诗当是刺晋献公好听谗，采苓、采苦、采葑自是用的比兴之义，含有象征的意味。上引诸家所说兴义，都可备一解，很难说谁是确诂。此不过作为《三百篇》里比兴之义难懂难解之一例。诗人托物起兴，不可捉摸；因事刺时，不便指斥；隐微曲折，惝恍迷离；有的耐人玩味，有的使人困惑。记得《庄子》说过天下沉浊不可与庄语，《荀子》说过乱世之文匿而采。又记得日本文艺批评家厨川白村论十九世纪末欧洲象征主义派诗人，说是诗必有谜。《三百篇》大半用比兴之义，而有隐显深浅及其巧拙之不同。解《诗》的人往往正像猜谜，却未必猜中谜底，就被后人讥笑为"盲人扪象"、"瞎子断匾"了。

诗三百解题卷十一

秦　毛诗国风

车　邻

有车邻邻,有马白颠。未见君子,寺人之令。

阪有漆,隰有栗。既见君子,并坐鼓瑟:今者不乐,逝者其耋!

阪有桑,隰有杨。既见君子,并坐鼓簧:今者不乐,逝者其亡!

【解题】

《车邻》,为美"秦仲始大,有车马礼乐侍御之好",并其"君臣以闲暇燕饮相安乐"而作。《诗序》、《郑笺》都说得对。诗中说"今者不乐,逝者其耋"云云,并不是悲观厌世、颓废享乐的调子,而有及时行乐和乐观进取的意思。李光地《诗所》说:"旧说但谓美秦仲有车马侍御者未尽,盖美其接下之简易和乐,人得其欢心也。自古创业之君,未有不略去礼文,上下交欢而足以济。此秦所以成霸之本也。"这话也说得是。

襄二十九年《左传》服虔注:"秦仲始有车马礼乐之好,侍御之臣,戎车四牡田狩之事。其孙襄公列为秦伯,故有'蒹葭苍苍'之歌、《终南》之诗。追录先人《车邻》、《驷铁》、《小戎》之歌,与诸夏同风,故曰夏声。"这补充了《诗序》。《朱传》说:"是时秦君始有车马及此寺人之官。将见者必先使寺人通之,故国人创见而夸美之也。"他在《辨说》里以为"未见其必为秦仲之诗",故在《集传》里但说秦君而不以为秦仲。按《史记·秦本纪》,秦确从秦仲开始强大。周宣王即位,命秦仲为大夫。宣王六年,秦仲死于西戎。大抵《诗序》、服虔《左传》注和诗旨合,也和史事合。那么,可以推定此诗作于周宣王的初年(公元前八二七—公元前八二二),即在秦仲奉命伐西戎(公元前八二五)苦战以前了。

在秦国历史上,秦仲是怎样的一个人物呢?陈奂《传疏》说:"秦嬴姓,皋陶之子伯益之后。历夏、殷世,至周孝王,封其苗裔非子于秦谷,为附庸国。《汉书·地理志》云:'今陇西秦亭秦谷是也。'《括地志》云:'清水县本秦川,非子始封。'案,今甘肃秦州清水县即其地也。"这里略述了秦仲先代事。又说:"《史记·秦本纪》:秦仲立三年,周厉王无道,诸侯或叛之。西戎反王室,灭犬丘大骆之族。周宣王即位,乃以秦仲为大夫,诛西戎,西戎杀秦仲。秦仲立二十三年,死于戎。徐广注云:宣王元年,秦仲之十八年也。《国语》:史伯曰:秦仲,嬴之俊也。且大,其将兴乎?史伯言嬴姓之大始于秦仲耳,非谓幽王之世秦仲尚在也。《序》与《国语》合。"可证《诗序》有据,可知秦仲是秦国开创霸业的一个英雄人物。

倘说孔子删过《诗》、《书》,何以他于《书经》存《秦誓》、于《诗经》存《秦风》?罗大经《鹤林玉露》说:"康节邵子云:夫子定《书》以《秦誓》缀周、鲁之后,知周之必为秦也。前辈颇不然其说。余尝思之,亦自有理。……盖当是时,周已不可为,而列国又皆不自振,惟秦骎骎始大。夫子知周之亡也,诸侯必折而入于秦,故定《书》之末,特收此篇,以微见意。……考秦之强,实自穆公始。秦以割地毙列国,非特战国时为然,在春秋时已然矣。《左氏传》曰:赂秦伯以河外列城五。又曰:秦始征晋,河东置官司马。此皆薪不尽,火不灭之兆也。周亡而秦兴,已粲然在目中矣,孰谓夫子而不知乎?且非特定《书》为然也,其删《诗》亦然。十五《国风》莫非中国之诗也,吴、楚流而入于夷狄,则削而不录。秦与吴、楚等也,独存其诗。今观列国之风,大抵流荡昏淫,有日趋于亡之势。惟秦始有车马礼乐,其诗奋厉猛起,已有招八州、毕六王之气象。夫子存之不删,岂无意乎?"尽管孔子未必删过《诗》,删《诗》也未必有此用意,但是他论《秦风》,认识到它奋励猛起,有兴国气象;论孔子,认为是"圣之时者",即是一个深明时代潮流的人,而不只是一个

"现存事物的友人"。至今在我们看来,还可算他都说得不错。

驷驖

驷驖孔阜,六辔在手。公之媚子,从公于狩。
奉时辰牡,辰牡孔硕。公曰左之,舍拔则获。
游于北园,四马既闲。輶车鸾镳,载猃歇骄。

【解题】

《驷驖》,是叙述秦襄公打猎的记事诗。《诗序》说:"美襄公也,始命,有田狩之事、园囿之乐焉。"《郑笺》说:"始命,命为诸侯也。秦始附庸也。"都说得是。王先谦《集疏》说:"三家无异义。"按上文说《车邻》一诗时,引服虔《左传》注,以《驷驖》、《小戎》同为秦仲诗。魏源据服虔说,以为《驷驖》美秦仲系用三家《诗》义,恐未是。姜炳璋《诗序广义》说:"下篇(《小戎》)以出兵时言,见强敌有必摧之势。此诗言平时讲武极其完备整暇,见在我为习练之师。惟其兵为习练,故知敌有必摧。惟其豫习平时,故出兵时车甲可夸,从义甚勇。是《驷驖》正《小戎》之张本。《序》以园囿之乐与田狩并言,昧其旨矣。"他岂不知道古之园囿亦是猎场,地方数十百里?余说近是。此诗与《小雅·车攻》、《吉日》气象大小虽别,而有志于经武则同,此其所以终能力却犬戎而开创霸业。汪梧凤《诗学女为》说:"《驷驖》专为田狩而作,不独美襄公,亦以见秦俗也。"不错,秦处山地,而近羌戎,俗好射猎,又善牧马。但论出猎排场,威仪气象,当是秦襄公始命为诸侯时开始,国人创见,故作诗赞美,《诗序》固自不错。我以为此诗描写田猎园囿,排场规模已经不小,当从《毛诗》作为襄公时候的诗。也就是说,这是平王东迁(公元前七七〇)东周时候的诗了。马叙伦《石鼓为秦文公时物考》(《北平图书馆刊》七卷二号)说:"《吴人石》中之中囿孔□,即《秦风·驷驖》诗之北园,在汧,汧源乃秦襄公故都。"鄙见,谓为襄公诗亦无不可。郭沫若《古刻汇考序》说:"阅《秦风·诗序》,言《驷驖》美襄公也。始命,有田狩之事、园囿之乐焉。则是与《石鼓诗》乃同时之作。诗云'游于北园，四马既闲'，盖即西畤之后苑矣。"都可证《驷驖》为秦襄公时诗。

秦从秦仲、庄公、襄公、文公四代辅周伐戎，有功受赐，开创了霸业基础，秦诗首美秦仲襄公在此。魏源以为《小戎》美庄公、近人以为《石鼓诗》美文公也在此。当然，这也都是根据了《史记》。按《秦本纪》说："秦仲立二十三年，死于戎（其事已略见上篇《解题》引陈奂《传疏》）。有子五人，其长者曰庄公。周宣王乃召庄公昆弟五人，与兵七千人，使伐西戎，破之。于是复予秦仲后及其先大骆地、犬丘，并有之，为西垂大夫。庄公居其故西犬丘。生子三人，其长男世父。世父曰：'戎杀我大父仲，我非杀戎王则不敢入邑。'遂将击戎，让其弟襄公，襄公为太子。庄公立四十四年卒，太子襄公代立。……襄公二年，戎围犬丘世父，世父击之，为戎人所虏，岁余复归世父。七年春，周幽王用褒姒废太子，立褒姒子为适。数欺诸侯，诸侯叛之。西戎犬戎与申侯伐周，杀幽王郦山下。而秦襄公将兵救周，战甚力，有功。周避犬戎难，东涉雒邑，襄公以兵送周平王。平王封襄公为诸侯，赐之岐以西之地。曰：'戎无道，侵夺我岐、丰之地，秦能攻逐戎，即有其地。'与誓，封爵之。襄公于是始国，与诸侯通使聘享之礼。乃用骝驹、黄牛、羝羊各三祠上帝西畤。十二年，伐戎而至岐，卒。生文公。……三年，文公以兵七百人东猎。四年，至汧渭之会。曰：'昔周邑我先秦嬴于此，后卒获为诸侯。'乃卜居之，占曰：吉。即营邑之。……十三年，初有史以纪事。民多化者。十六年，文公以兵伐戎，戎败走。于是文公遂收周余民有之。地至岐，岐以东献之周。……"这里叙述了秦先世四代伐戎、有功王室之事。但按《秦风》，无美庄公、文公诗。《诗序》：《车邻》美秦仲，《驷驖》、《小戎》美襄公。又按襄二十九年《左传》，季札见歌《秦》，曰："美哉！此之谓夏声。"杜预注："秦本在西戎汧陇之西。秦仲始有车马礼乐，去戎狄之音，而有诸夏之声，故谓之夏声耳。"《秦谱·孔疏》说："邾、滕、纪、莒之等，以其国小，蔑而不录其诗。而录秦仲附庸之风者……秦仲国大将兴，是其土地广宽，虽未得爵命，而大于邾、莒。诗者,缘政而作,故附庸而得有诗也。且秦于襄公之后,国大而录其诗,因秦仲先已有诗,故并录之耳。"这是前儒说《秦风》中先有秦仲襄公诗的由来,都有史实根据。

小　戎

小戎俴收,五楘梁辀,游环胁驱。阴靷鋈续,文茵畅毂,驾我骐馵。言念君子,温其如玉。在其板屋,乱我心曲!

四牡孔阜,六辔在手。骐骝是中,騧骊是骖。龙盾之合,鋈以觼軜。言念君子,温其在邑。方何为期,胡然我念之?

俴驷孔群,厹矛鋈錞,蒙伐有苑。虎韔镂膺,交韔二弓,竹闭绲縢。言念君子,载寝载兴。厌厌良人,秩秩德音!

【解题】

《小戎》,是关于秦伐西戎之诗,大夫君子从伐西戎,其室家思念之而作。刘玉汝《诗缵绪》说:"首章先言车而后及所驾之马,言马者一言而已。次章先言马而后及所乘之车,言车者二言。末章兼言车马矛盾(武器),而于弓矢为详。秦人性强悍、尚勇敢,又值犬戎之变而事战斗,其平居暇日所以修其车马器械以备战伐之用者,无不整饰而精致,故家人妇女亦皆习见而熟观之。而襄公又能以王命命之,大义驱之。其民勇于赴斗,而甘于死敌,故其家人妇女亦深畜而乐道之。是以此诗之作,其于车马器械之细微曲折,随意形容各尽其制,随韵长短各谐其声,参差错杂各得其词;而于君子之敌王所忾者,又能极情思念而皆合于义焉。"这里分析篇章结构,主题思想,同时指出艺术特点,都有触到处。其他如《严缉》说:"《小戎》之诗,铺陈兵车器械之事,津津然夸说不已。以妇人闵其君子,而犹有鼓勇之意,其真《秦风》也哉!"郝敬《原解》说:"诗本托兴妇人,《朱传》遂以为妇人自作,皆非也。"范家相《诗沈》说:"《小戎》铺张车马弓矢之盛,不无侈词,其体颇似《雅》诗,而借女子之言以之,所以为《风》也。以报仇义愤之师,而有从容暇整之象,可以观军容而知胜负矣。"他们所说也各有是处。

这诗所谓良人,或说是妇目其夫之词,或说是君子通称,此指君念其臣子之词。究竟哪一说是?姚际恒《诗经通论》说:"《序》谓美襄公,国人则矜其车甲,妇人能闵其君子焉。一诗作两义,非也。《伪传》谓襄公遣大夫征戎而劳之,意近是。邹肇敏曰:凡劳诗或代为其人言,或代为其家室言。而此诗'言念君子',则襄公自念其臣子。予初亦疑'厌厌良人'为妇目夫之词,以《孟子》'其良人出'、《唐风》'如此良人何',证之殆合。然《黄鸟》哀三良亦曰'歼我良人',《雅》之《桑柔》亦曰'维此良人,作为式榖',何也?若为室家代述,则种种军容固无烦如此觑缕耳。何元子曰:先秦之世,良人为君子通称。《吕氏·纪·序意》曰:秋甲子朔,朔之日,良人请问《十二纪》。注亦谓:良人,君子也。二说皆通。"姚际恒倒很像是赞同丰坊伪撰《子贡诗传》以及邹忠胤、何楷两家之说,以为这诗良人不是妇目其夫之词,而是君子通称,诗说"言念君子",疑是秦襄公念其大夫征戎之诗。方玉润竟肯定了他这一说。不错,良人也可以说是当时君子通称,不一定是妇目其夫。但是我们细看这诗每章末四句通作妇人女子温情语,甚至有"乱我心曲"的话,这岂是国君慰劳将士的口吻?陈奂《传疏》说:"《列女传·贤明》篇:君子谓於陵妻谓有德行。《诗》云:'憎憎良人,秩秩德音。'此之谓也。案,此三家释诗良人指妇人,与《绸缪·毛传》'良人,美室'同义,未审毛于此诗良人然否也。"按,此据《列女传》引诗良人指妇人,不错,毛于此诗良人不传,自是因为与《绸缪·传》同。其实《列女传》引《诗》虽或出于《鲁诗》说,但这是引《诗》以就己说之义,未必就是作诗之义,何况今文三家未必全都如此。王先谦《集疏》说:"三家无异义。"他并不采用魏源《诗古微·诗序集义》所说。

这诗究竟作在何时,即作在何公之世?《诗序》说:"美襄公。"按《史记》,秦襄公伐戎而至岐,卒。其时在襄公十二年,当周平王五年,即公元前七六六年,《小戎》一诗就该作在这一年罢。不过襄公伐戎似不止其十二年最后一役,或许其前还有史书缺载之事。陈启源《稽古编》说:"戎,世为秦患,而襄公时,周有骊山之祸,戎患尤剧。《小戎叙》所谓西戎方强,征伐不休,是也。幽王亡于襄公之七年,秦救周有功,十二年伐戎,至岐而卒。此数年中皆征戎之时矣。襄公奉天子命,乘国人好义之锐心,终身不能平戎方张之寇,信难以力碎也。子文公始败戎,收周余民而有之。至七世孙穆公用内史廖之计,取其谋臣由余,益国十二,遂霸西戎。自此戎弱而秦强矣。然襄公以义兴师,民心乐战,故子孙得收其成功耳。《小戎》一诗实秦兴盛之本。"依他说,从襄公七年到十二年六年之间都是伐戎之时,诗当作在这一期间。这可以据信。至魏源据服虔《左传》注,以为《小戎》是襄公追录先人之作,就以为它是关于庄公以兵七千破西戎那一战役的诗,恐怕不可靠。

这诗的历史价值或更大于它的艺术价值。章指和上文所引诸家之说已经不少触及它的艺术手法,这里不再重复。诗中叙述君子从军所用车马器械等等颇详,这是《三百篇》中最难解释、最难口译的诗篇之一,因为我们已经不能完全了解那时的车马制度及其器物形状。也许将来有人根据以前和最近大量出土的周秦古车架子和它的零件遗物,可凭想象还原复制,得以考见那时车制乃至用马身上的装备及其饰物,此诗就不难完全索解。单从《考工记》一类古籍资料考证,即使精博如戴震、阮元,也还存在一些问题。现代一般人谁都不见古车实物,其专门术语又无法完全今译,这就绝难把此诗译成简洁而又正确的、人人可懂的新诗。何况原诗刚健清新,无论我们直译、意译都会令人觉得冗赘庸腐,甚或还不及注疏好读,只是用了新诗的形式。这样,想把原诗的艺术价值存十一于千百,恐怕也很难得罢。黄中松《诗疑辨证》说:"徐凤彩曰:约而计之,攻木之工三,辀也,轴也,毂也。攻革之工四,游环也,胁驱也,阴靷也,文茵也。攻金之工一,鋈是也。一车而工聚如此。然二章言龙盾之合,画龙于盾(《毛传》),合而载之以为车蔽(王肃),则又未尝无设色之工矣。"这是说,当时制造兵车工艺的复杂如此,同时其他工艺的兵器农具之类也一定达到了相当高度的水平。这是我们研究《诗经》时代社会发展史或文化史时所必当注意的。这诗的历史价值主要在此。

蒹　葭

蒹葭苍苍,白露为霜。所谓伊人,在水一方。溯洄从之,道阻且长。溯游从之,宛在水中央。

蒹葭凄凄,白露未晞。所谓伊人,在水之湄。溯洄从之,道阻且跻。溯游从之,宛在水中坻。

蒹葭采采,白露未已。所谓伊人,在水之涘。溯洄从之,道阻且右。溯游从之,宛在水中沚。

【解题】

《蒹葭》一诗,无疑地是诗人想见一个人而竟不得见之之作。这一个人是谁呢?他是知周礼的故都遗老呢,还是思宗周、念故主的西周旧臣呢?是秦国的贤人隐士呢,还是诗人的一个朋友呢?或者诗人自己是贤人隐士一流、作诗明志呢?抑或我们主观地把它简单化、庸俗化,硬指为爱情诗,说成诗人思念自己的爱人呢?解说纷歧,难以判定。黄中松《诗疑辨证》说:"细玩'所谓'二字,意中之人难向人说;而'在水一方',亦想像之词。若有一定之方,即是人迹可到,何以上下求之而不得哉?诗人之旨甚远,固执以求之,抑又远矣。"这似引申朱子《集传》"不知其何所指"一说。汪梧凤《诗学女为》说:"《蒹葭》,怀人之作也。秦之贤者抱道而隐,诗人知其地而莫定其所,欲从靡由,故以蒹葭起兴而怀之,溯洄溯游往复其间,庶几一遇之也。自毛、郑迄苏、吕,无不泥《序》说秦弃周礼。黄茅白苇,《朱传》一扫空之,特未定其所指耳。然谓秋水方盛之时，所谓彼人者乃在水之一方，上下求之而皆不可得，则已明以为怀人之作矣。"这是明明引申《朱传》来说的。王照圆《诗说》道："《小戎》一篇，古奥雄深。《蒹葭》一篇，夷犹潇洒。《三百篇》中未见其匹。"又说："《蒹葭》一篇最好之诗，却解作刺襄公不用周礼等语，此前儒之陋，而《小序》误之也。自朱子《集传》出，朗吟一过，如游武夷、天台，引人入胜，乃知朱子翼经之功不在孔子下。"她自己明说是引申《朱传》，也就不指明所谓伊人究竟是何等人。不错，我们不能确指其人其事。但觉《秦风》善言车马田猎，粗犷直质。忽有此神韵缥缈不可捉摸之作，好像带有象征的神秘的意味，不免使人惊异，耐人遐思。在《三百篇》中只有《汉广》和这诗相仿佛。可是《汉广》诗人自己明说是求汉上游女而她不可求；这诗所求的是所谓伊人，伊人何人竟不可晓了。可晓的是诗人渴想求见伊人而伊人竟不得而见。

　　过去不少学者以为诗咏伊人是思贤人，求隐士。朱善《解颐》说："白露为霜，言其时之暮也。在水一方，言其居之远也。迫之以时之暮，限之以水之远，所谓伊人果若何而求之？将欲逆流而上以求之欤？则既远而不可即。将欲顺流而下以求之欤？则虽近而不可至。……味其词有敬慕之意，而无亵慢之情，则必指贤人之肥遁者。"这是说，诗中伊人必指贤人之肥遁者，却无从确证。但知当时以及稍后社会上确有贤人隐士存在，这在《论语》、《孟子》、《庄子》等书里还可考见，我们并不怀疑。唐顺之有读《蒹葭》诗的一篇文章，他说："秦时风俗为声利所驱，虽豪杰亦且侧足于寺人媚子间而不知愧。乃有遗世独立、澹乎埃壒之外若斯人者，岂所谓一国之人皆若狂，而此独醒者欤？乃并其姓名而逃之，此其所以为至也。"这更把伊人理想化了。《传说汇纂》说："案《序》，《蒹葭》刺襄公未能用周礼，朱子以为其说近于凿，然《集传》所谓彼人者仍不知其何所指也。今反复读之，曰伊人，曰从之，曰宛在，恍若有高人逸士隐于水滨，潜深伏隩，可望不可即者，则以是篇作怀人思贤咏观可也。"这更显然是从《朱传》一说引申出来的。姚际恒《诗经通论》于此诗一章说："此四句即上'在'字注脚，特加描摹一番耳。"又于次章篇尾说："此自是贤人隐居水滨而人慕而思见之诗。'在水之湄'，此一句已了，重加溯洄、溯游两番摹拟，所以写其深企愿见之状。于是于'在'字上加一'宛'字，遂觉点睛欲飞，入神之笔！上曰'在水'，下曰'宛在水'，愚之以为贤人隐居水滨，亦以此知之也。"他更把伊人说得像煞是隐居水滨的贤人了。

《诗序》说这诗"刺襄公""未能用周礼"，攻《序》的人说它太凿，宗《序》的人怎样为它辩护呢？胡承珙《后笺》说："案首《序》但云刺襄，而其下乃有用周礼之说，自必有所受之。《毛传》最简，此首章《传》云：'白露凝戾为霜然后岁事成，国家待礼然后兴。'如此委曲发明《序》意，亦足见《序》在《传》前，未可谓毛公未见《诗序》也。赵氏文哲曰：《诗序辨说》谓此诗不详所谓，而斥《序》之凿。（今案，如有人求《序》说而不得，便谓诗中伊人为喻指周礼或西周，岂不为凿？）于是后之说《诗》者如朱氏公迁、朱氏善、黄氏佐、唐氏顺之，或以为朋友相念之辞，或以为贤人肥遁之作，都无确指。试思作《序》者如果凿空妄说，则必依附诗词，若近世伪为《申公诗〔说〕》者，谓此乃秦之君子隐于河上，秦人慕之而作，于以欺天下后世，岂不易易？必不凭虚而创一襄公不用周礼之说，与诗词绝不相比附，以自纳于败阙也。是可知其必远有传授矣。"我们读这诗觉得《序》、《传》说礼似和诗旨无涉。怎见得襄公未能用周礼将无以固其国而国人不服？难道所谓伊人就是《郑笺》"所谓是知周礼之贤人乃在大水之一边"，不肯和襄公合作而隐居不出吗？把它倒过来说，就是"伊人之不出，为因周礼之不用"（崔述《读风偶识》）吗？如果这样说的话，勉强可以说得通。本来《序》、《传》难通，算是依《郑笺》把它委曲说通了。郑玄真是《毛诗》的功臣！

这诗今古文家无争论。今所见三家遗说关于这诗也无甚要义。王先谦《集疏》说："魏源云：'襄公初有岐西之地，以戎俗变周民也。豳、邠皆公刘、太王遗民，久习礼教，一旦为秦所有，不以周道变戎俗，反以戎俗变周民，如苍苍之葭遇霜而黄，肃杀之政行，忠厚之风尽。盖谓非此无以自强于戎狄，不知自强之道在于求贤。其时故都遗老隐居薮泽,文武之道未坠在人。特时君尚诈力则贤人不至,故求治逆而难;尚德怀则贤人来辅,故求治顺而易;溯洄不如溯游也。襄公急霸西戎,不遑礼教,流至春秋,诸侯终以夷狄摈秦,故诗人兴霜露焉。'愚案魏说于事理诗义皆合,三家义或然。"倘三家义果是这样,就和《毛诗》说的没有什么大两样了。我们知道秦襄公并不靠什么周礼什么礼教来巩固他的国家,到了秦始皇还是吞并了六国,首次真正完成了中国大一统的伟业!

终　　南

终南何有?有条有梅。君子至止,锦衣狐裘。颜如渥丹,其君也哉!

终南何有?有纪有堂。君子至止,黻衣绣裳。佩玉将将,寿考不亡!

【解题】

《终南》,也是赞美秦襄公的诗,当是秦大夫随从秦襄公朝王,受赐官服西归,路过终南山,即兴而作。细玩诗意本来是美,为什么《诗序》说是"戒",又说是"戒劝"呢?范处义《补传》说:"周地虽有王命,尚为戎有。《序》云'戒劝'者,'戒其无负天子之托而劝其必取也'。这里释"戒劝"二字近是。李黼平《绁义》说:"《驷驖·序》言始命,此《序》亦言始为诸侯,得不是同时者,彼是襄公以兵送平王,在洛邑受命;此在《驷驖》、《小戎》之后,已取岐、丰之地,襄公为诸侯久矣。至是始受显服,《序》故以能取周地表之。《小雅·采菽》云:'又何予之?玄衮及黼。'《大雅·韩奕》云:'王锡韩侯,玄衮赤舄。'僖二十八年《左传》:晋文公献楚俘于王,赐之大辂之服,戎辂之服。诸侯朝于天子有赐服之事。此诗言终南,言君子至止,襄公当亦朝王京师,受服归国,大夫因而进戒也。"这里解释"戒"字近是。也说明了《驷驖》、《终南》不是同时之作。并说明了"受显服"是怎么一回事。王先谦《集疏》说:"案周地,岐以西之地。《郑语》云：'平王之末，秦取周土。'盖已至秦文公末年矣。三家无异义。"这里又解释了《诗序》"周地"二字。今古文无争论。以上三说可证《诗序》不误。再案《诗》说："佩玉将将，寿考不忘。"赞美襄公佩玉而行的威仪，《诗序》说"大夫美之"，也恰和诗旨相合。

终南山在哪里呢？为什么诗从终南说起呢？这有什么意义呢？诸说不同。陈奂《传疏》说："《汉书·地理志》：'右扶风武功大一山，古文以为终南，垂山古文以为敦物，皆在县东。'案《禹贡》，终南、惇物皆在雍州渭南。惇物，汉扶风武功县之南山，而终南为汉京兆长安县之南山，今陕西西安府南五十里终南山即此。酆在长安西，镐在长安东，则终南为周酆、镐之南山矣。《古文尚书》终南、惇物皆在武功界内。而以大一当终南，未是也。《史记·秦本纪》言平王封襄公为诸侯，赐之岐以西之地。其子文公遂收周余民有之，地至岐，岐以东献之周。《汉书·匈奴传》亦云秦襄公伐戎至岐，始列为诸侯。据此，知襄公赐封仅有岐西，尚无岐东，至丰、镐之南山，必非秦履。《传》云'终南，周之名山中南也'者，……中与终通。终南为周之名山，《毛传》既有明文，《序》云'能取周地'者，亦谓取周岐西地耳，非以周山为周地也。《地理志》：'襄公将兵救周有功，赐受郏、酆之地，列为诸侯。'此班孟坚括《史记》襄公至德公以后而言。下文'故秦地于《禹贡》时跨雍、梁二州，《诗》风兼秦、豳两国'，亦统穆、孝以后而言。自郑康成误读《班志》，《诗谱》云：'襄公遂横有周西都畿内八百里之地。'高诱注《吕览·疑似》篇亦云受周故地酆、镐。其误与《诗谱》同。而说者因以西起秦陇，东彻蓝田，横亘八百里，皆属之终南。则谬之谬者也。然则诗何以咏终南也？终南为周西都地，其时故宗庙宫室尽为禾黍；而襄公来朝，受命东都，终南道所由径，故秦大夫偶以终南起兴。秦无终南而《终南》名篇，魏无汾而《汾沮洳》名篇，正是一例。"今据时人游记终南山佳胜以小五台为最，此即太乙山。诗为什么说终南？终南是长安南山？抑或泛指"西起秦陇，东彻蓝田"的终南山脉？陈奂都说明了。他更坚决地驳斥了泛指一说之谬，似是针对胡承珙《后笺》来说的。虽然秦襄公及其大夫路过终南山,来去都可以说;诗说终南,却以襄公受赐显服西归路过终南山一说比较为是。陈奂说的语意含糊,好像以为诗说东来,不是说西归。当是他看到了《后笺》稿上说的"襄公救周之后,受服西归,道经终南,大夫因以起兴",因而故意避免和它字句雷同罢了。

《诗序》"周地",未知其指周岐西地,抑指岐、丰。或以为是指前者,或以为是指后者,但据上引诸说可见。其实二者皆可通,因为襄公确曾受赐岐、丰,也许止占有岐西地。即令确止占有岐西地,也无妨于诗说的终南在酆、镐而不在岐西。胡承珙《后笺》说:"盖终南西起秦陇,东彻蓝田,绵亘至广。平王以岐西之地赐襄,岐周名山莫如终南,举终南则可以该西北。欧阳《本义》驳《蒹葭》序、笺,据《史记》言终襄之世不能取岐、丰。李、黄《集解》亦疑此《诗序》与《史记》相戾。不知岐之东西皆有终南,不必定至岐东之地。朱子谓襄公虽未能遽有周地,然既有天子之命矣。穀梁子曰:'王者无外,命之则成矣。'《史记》载平王曰:'戎无道,夺我岐、丰之地。秦能攻逐戎,即有其地。'故《秦襄公冢中鼎铭》曰:'天王迁洛,岐丰锡公。'(原注:见《通鉴前编》。今案,《通鉴前编》载宋太宗时,秦襄公冢壤,得铜鼎,状方而四足。铭曰:天子迁洛,岐丰锡公。秦之幽宫,鼎藏于中。)其言正与《诗序》相应。此大夫美其君能取周地,始为诸侯,首举周之名山,舍终南将何所举?不必泥于襄地之未至终南。且《笺》云:'至止者,受命服于天子而来。'是则襄公救周之后,受服西归,道经终南,大夫因以起兴,亦未为不可也。"读此可知,诗说终南,只是诗人偶见路上风光,触情起兴,无甚深意,后人不必故求深解。陈奂释终南较胡承珙明确,胡承珙释诗旨较陈奂明确。至汪梧凤《诗学女为》说:"文公三年,以兵七百人东猎,四年,至汧渭之会,乃卜居之。十六年,以兵破戎,收周余民而括地至岐。至德公徙居雍,则始在终南之下矣。德公子三人,宣公、成公递让国以及穆公,而秦遂伯。自文至穆累世今德。而衣锦佩玉,有声名文物之盛,至雍始备。此篇首咏终南,疑美德公之诗,《序》云美襄公,恐未是。"按此可备一说而未必是。胡承珙说"不必泥于襄地之未至终南",

当是因此而发。

诗说："终南何有？有纪有堂。"纪、堂是什么？《毛传》说："纪，基也。堂，毕道平如堂也。"《郑笺》说："毕也，堂也，亦高大之山所宜有也。毕，终南山之道名，边如堂之墙然。"这都说得不甚明确。《孔疏》说："案《集注》本作屺，《定本》作纪，以下文有堂，故以为基，谓山基也。《释丘》云：'毕，堂墙。'李巡曰：'堂，墙名。崖似堂墙曰毕。'郭注：'今终南山道名毕，其边若堂之墙。'以终南之山见有此堂，知是毕道之侧其崖如堂也。《定本》又云：'毕道平如堂。'据经文'有基有堂'，便是二物。今《笺》唯云'毕也堂也'，止释经之有堂一事者，以基亦是堂，因解《传》毕道如堂，遂不复云基。"越说越别扭。段玉裁知《毛传》"毕道平如堂也"难通，就订为"毕道如堂"。《小笺》说："《定本》作'平如堂'，非也。此自两崖壁立言之，故《释丘》云：'毕，堂墙。'若云平如堂，则自道言之矣。"陈奂知《郑笺》"毕也堂也云云"难通，就疑"今本《笺》'基也'误作'毕也'二字，孔仲达所据已不能谨正。"王先谦《集疏》说："三家纪作杞，堂作棠。《白帖》五引《诗》作'有杞有棠'。盖本三家《诗》文。马瑞辰云：纪当读为杞梓之杞，棠当读为甘棠之棠。纪、棠皆假借字。《左氏春秋》桓二年'杞侯来朝'，《公》、《穀》并作纪侯。三年公会杞侯于郕，《公羊》作纪侯。吴夫概奔楚为棠谿氏，定五年《左传》作堂谿。此皆杞纪、棠堂古得通借之证。王引之说略同，谓《白帖》所引盖《韩诗》。唐时《齐》、《鲁》皆亡，唯《韩诗》尚存也。"按，柳宗元《终南山祠堂碑》说："其物产之厚，器用之出，则璆琳琅玕，《夏书》载焉，纪堂条梅，《秦风》咏焉。"他以纪堂为终南山的物产，当是读纪为杞，读堂为棠，大概也是根据《韩诗》。本来这诗主旨今古文家无争论，但在纪、堂二字形义训诂上已大有不同如此。那么，当以何者为是？看来不费解释，文从字顺，自以三家纪作杞、堂作棠为是，即以柳宗元、王引之、马瑞辰读纪为杞、读堂为棠为是。

章炳麟《菿汉闲话》十六说："读古书须明辞例，此谓位置相同，辞性若一。如同为名物之辞，或同为动作之辞，是也。然尚有不可执者。

《论语》发端便云:'不亦说乎!''不亦乐乎!''不亦君子乎!'君子与说、乐辞性岂得同邪?或者拘挛过甚,同为名物,尚以天成、人巧、动物、植物琐细分之,流衍所极,必有如宋人说《滕王阁序》以落霞为霞蛾者(展按:宋俞成《萤雪丛说》一、吴曾《能改斋漫录》十五俱有此语,而说稍异)。高邮王氏父子首明辞例,亦往往入于破碎。如《秦风》:'终南何有?有纪有堂。'与'有条有梅'相偶,同为名物之辞也。王氏以其属对未精,必依《白帖》改纪堂为杞棠。《商颂》:'受大球小球。''受大共小共。'《传》曰:'球,玉也。共,法也。'亦同为名物之辞。王氏又以属对未精,必依《大戴记》一本及《淮南》高诱注改共为拱,引《广雅》'拱球法也'说之。苟充其类,则霞蛾之说亦不可破矣。"这里论及纪、堂二字,他既意以古文毛氏为是,却避开毛、郑难通之说而不谈;偏和高邮王氏泛论古籍词例以相难,又避开王氏所谓"全诗之例"而不说。即算未"入于破碎",恐怕要算支离罢。鄙见姑止如上。《诗》今古文异文很多,学者往往在其训诂异同得失上争讼不息。这是颇为显著的一例。这一训诂公案原已了之,章太炎又来翻案,似尚有待于今后学者解决。

黄　鸟

交交黄鸟,止于棘。谁从穆公?子车奄息。维此奄息!百夫之特。临其穴,惴惴其栗。彼苍者天,歼我良人!如可赎兮,人百其身!

交交黄鸟,止于桑。谁从穆公?子车仲行。维此仲行!百夫之防。临其穴,惴惴其栗。彼苍者天,歼我良人!如可赎兮,人百其身!

交交黄鸟,止于楚。谁从穆公?子车𬨎虎。维此𬨎虎!百夫之御。临其穴,惴惴其栗。彼苍者天,歼我良人!如可赎兮,人百其身!

【解题】

《黄鸟》，是刺秦穆公以人从死而哀三良从死之作。这是最古的一篇反对以人殉葬的诗。文六年《左传》说："秦伯任好卒，以子车氏之三子奄息、仲行、铖虎为殉。皆秦之良也，国人哀之，为之赋《黄鸟》。君子曰：'秦穆之不为盟主也宜哉！死而弃民。先王违世犹诒之法，而况夺之善人乎？……今纵无法以遗后嗣，而又收其良以死，难以在上矣。君子是以知秦之不复东征也。'"这当是《诗序》所本，可作为诗本事来读。鲁文公六年，当周襄王三十一年，公元前六二一年。《黄鸟》一诗作出当在这一年。这诗主题，诗自表明。今古文家、汉宋儒者都无异义。

三良之死，秦人所哀，而有不同的传说。《史记·蒙恬列传》：恬弟毅对使者说："昔者秦穆公杀三良，而死罪百里奚，而非其罪也，故立号曰缪。"《风俗通·皇霸》篇也说："（缪公）杀贤臣百里奚，以子车氏为殉，《诗·黄鸟》之所为作，故谥曰缪。"这都和《左传》合，而秦穆公之所以为穆在此。蒙毅秦人，说秦事最为可靠。《郑笺》释《诗序》"从死"说"自杀以从死"。郑玄盖用三家义。《汉书·匡衡传》：匡上疏说："秦穆贵信而士多从死。"应劭注："秦穆公与群臣饮酒，酒酣，公曰：'生共此乐，死共此哀。'于是奄息、仲行、铖虎许诺。及公薨，皆从死，《黄鸟》诗所为作也。"似和他在《风俗通》里所说有不同。曹植《三良诗》："功名不可为，忠义我所安。秦穆先下世，三臣皆自残。生时等荣乐，既没同忧患。谁言捐躯易？杀身诚独难。……《黄鸟》为悲鸣，哀哉伤肺肝！"上文自《郑笺》以下，都是说三良自杀从死，和《左传》说秦穆公卒以三子殉葬不同，大概同出于《诗》三家义。王粲《咏史诗》："临没要之死，焉得不相随？"说三良被迫殉葬，不知用何家义。《汉书·叙传》述《田儋传》："旅人慕殉，义过《黄鸟》。"当是说："《黄鸟》之诗刺秦穆公要人从死，言今田横不要而有从者，故曰过之。"班固习《齐诗》，其说如此，即以为三良被迫殉葬，并非自愿从死。可见三家说也不一致。此外还有关于秦穆公和三良葬地的传说。今陕西凤翔城内东南隅有一大土冢,传为秦穆公墓。王应麟《诗地理考》说:"《括地志》:秦穆公冢在岐州雍县东南二里。三良冢在雍县一里故城内。"何楷《古义》说:"二冢迥不相及,盖从死而非同葬。"顾广誉《学诗详说》道:"扬子云:秦大夫凿穆公之侧。服氏虔亦谓杀人以葬,旋环其左右。盖其葬别为之穴,而总不离乎左右。若葬非同处,何云殉葬?三良冢恐出后人附会,未可尽信。"这话说得是,今发掘古殉葬墓正如此。我们就这传说的葬地来说,不足以解决三良究为被迫殉葬还是自杀从死的问题。诗说:"临其穴,惴惴其栗。"倘系自杀而后入穴,三良已不能惊恐颤栗,旁观者又安得惊恐颤栗?《朱传》说:"临穴而惴惴,盖生而纳之圹中也。"这话近是。至《郑笺》说:"秦人哀伤此奄息之死,临视其圹,皆为之悼栗。"这话不见得是。

殉葬蛮俗从来古远,只有秦国统治阶级公然定为制度,但是到了穆公时候就成为问题。按秦文公"十三年,初有史以记事"。《史记》载秦事当据《秦记》。《秦本纪》:"武公卒,葬雍、平阳,初以人从死,从死者六十六人。""献公元年止从死。"可知从武公死时定此制度,以后十八君都行殉葬。其中只特书穆公殉葬之事一次!"缪公卒,葬雍,从死者百七十七人。秦之良臣子舆氏三人,名曰奄息、仲行、鍼虎,亦在从死之中,秦人哀之,为作歌《黄鸟》之诗。"这当是因为这次殉葬的人数独多,尤其是加上了三良,才引起秦人的哀怨,才赢得诗人的创作,才得到史官的特书。诗人作歌只痛惜三良的被迫殉葬,此外同殉的一百七十四人可能都是奴隶,不足数了。同时也可想见秦国逼处戎狄,文化比较落后。从秦仲以来,加速地吸收周文化,才渐渐"与诸夏同风"。至于大量杀殉,还是奴隶社会的蛮俗发展罢。不过到了穆公时候,国人已经知道这件事不对了,《黄鸟》之诗"刺穆公以人从死",就是一个不可磨灭的铁证。郭沫若《中国古代社会研究》里论到这一历史事件,说:"殉葬的习俗除秦以外,各国都是有的(就是世界各国的古代也都是有的)。不过到这秦穆公的时候,殉葬才成了问题。殉葬成为问题的原因,就是人的独立性的发现。同一是关于秦穆公的文章,《书经》

最后一篇有《秦誓》。……这一篇文章不一定就是秦穆公做的。古人是左史记言,右史记事。所有古事古言都是出于史官之手,也就像现在的文牍报告都是秘书幕僚做的一样。所以尽管《秦誓》里面把人的价值提到最高点,……而穆公自己死的时候偏偏要教三良从葬。这不一定就是秦穆公自己的矛盾,这只是时代的矛盾的反映。秦穆公的时代应该是新旧正在转换的时代,这儿正是矛盾的冲突达到高潮的时候。像这样,《秦誓》在强调人的价值,《黄鸟》同时也在痛悼三良,所以人的发现,我们可以知道正是新来时代的主要脉搏。"议论精辟可喜。

再按《秦始皇本纪》:"太子胡亥袭位,为二世皇帝。九月葬始皇骊山。……二世曰:'先帝后宫非有子者,出焉不宜。'皆令从死,死者甚众。葬既已下,或言工匠为机,藏皆知之,藏重即泄。大事毕,已藏,闭中羡(冢中神道),下外羡门,尽闭工匠藏者,无复出者。树草木以象山。"这一次秦始皇的葬礼,殉葬的后宫美人和治墓工匠究竟有多少人?我们知道"咸阳之旁二百里内,宫观二百七十",是"充"满了美人的。也知道"穿治骊山"是有"七十余万人"的。还知道"坟高五十余丈,周回五里余"。那么,殉葬的美人和工匠之多,谁知道它几千几万?这是由奴隶社会已过渡到封建社会的时期杀殉规模最大的一次,也是最后的一次。可以说,这是关于奴隶制杀殉一事的回光返照。尽管后世统治阶级还不断有杀殉之事,却不至如是之甚。

殷周杀殉的情况古史不详,今因考古发掘才找到了一些实证。《孟子》记孔子的话说:"始作俑者,其无后乎!为其象人而用之也。"殉葬蛮俗未必是先用俑而后用人,当是先用人而后用俑。孔、孟时代用人用俑并行,所以孔子才有这种深恶痛绝的话,又是危行言逊、避重就轻的话。《墨子·节葬》篇说:"天子杀殉,众者数百,寡者数十;将军大夫杀殉,众者数十,寡者数人。"这应该是说的当时或和当时不远的情况。根据现代考古发掘:"殷人用人遗迹见于小屯与侯家庄。小屯为殷人宗庙宫室所在地,侯家庄为殷人陵寝所在地。两地相比,以殷陵殉者为多,殷墟较少,合共二千人以上。此皆三千年前残暴社会之牺牲者。""濬县辛庄发掘，得西周墓八十二；汲县山彪镇发掘，得战国墓葬九；辉县琉璃阁发掘，得战国墓葬六十四；合共不过百五十五墓，遇殉者六人，都出诸侯阶级墓葬里。"（郭沫若《奴隶制时代》内附两封郭宝钧的信）可见从殷商西周直到春秋战国，当时各国诸侯还有杀殉的，并不止是秦国。不过秦国杀殉特别突出，又以秦穆公为甚，到了秦始皇、二世，就做到了惨绝人寰的地步了。

最后还得回头来说。这诗发端便说"交交黄鸟"，含有什么意义呢？《毛传》说："兴也。交交，小貌。黄鸟以时往来得其所，人以寿命终亦得其所。"《郑笺》说："黄鸟止于棘，以求安己也；此棘若不安则移。兴者，喻臣之事君亦然。今穆公使臣从死，刺其不得黄鸟止于棘之本意。"毛、郑都以为这诗用比兴之义，看来大致不错。《孔疏》说："毛以为交交然而小者，是黄鸟也。黄鸟飞而往来，止于棘木之上得其所，以兴人以寿命终亦得其所。今穆公使良臣从死，是不得其所也。"郑、孔同申毛，而孔申足毛有未尽之意，说来比较明快。马瑞辰《通释》说："按《传》、《笺》说皆非诗义。诗盖以黄鸟之止棘、止桑、止楚为不得其所，兴三良之从死为不得其死也。棘、楚皆小木，桑亦非黄鸟所宜止。《小雅·黄鸟》诗'无集于桑'，是其证也。又按诗刺三良从死，而以止棘、止桑、止楚为喻者，棘之言急也（《素冠诗·传》：棘，急也）。桑之言丧也（文二年《公羊传》：虞主用桑。何休注：用桑者，取其名与其粗觕，所以副孝子之心。今按，取其名，谓桑木之名音近乎丧）。楚之言痛楚也（《六书故》：楚亦名荆，捶人即痛，因名痛楚）。古人用物多取名于音近。如松之言容，柏之言迫，栗言战栗（见《公羊》文二年何休注），桐之言痛，竹之言蹙（《白虎通》：竹者，蹙也。桐者，痛也），蓍之言耆（《白虎通》：蓍之为言耆也。久长意也）。皆此类也。"他解棘、桑、楚三字博辩而近是。他未言黄鸟是何鸟，怎可遽认黄鸟止棘、止楚、止桑是不得其所？《小雅·黄鸟》"无集于桑"，是诗人禁止之之词，并非直述黄鸟的性习，安能作为黄鸟止于桑，有不得其所的意义？他以为黄鸟所止之木不得其所，象征三良从死穆公不得其死，说来顺适，而不知诗义原是反兴。兴义有正有反,孔申毛,郑都用反兴之义来说是也,其申郑时以为《笺》易《传》则未是。马以为"《传》、《笺》说皆非诗义",显然错了。我以为马解这诗虽仍不失其博辩,而王先谦《集疏》以为"马说精当"却不见得确切。这诗马说之失主要在不辨黄鸟究竟是什么鸟。宋孙奕《履斋示儿编》说:"黄鸟有二种,名同而实异,小大殊也。如'黄鸟于飞,集于灌木,其鸣喈喈';'睍睆黄鸟,载好其音',莺也。诗人取其善鸣者也。如'交交黄鸟止于棘'、'于桑'、'于楚'者,黄雀也。诗人言其交交而集于楚棘者众多也。如'黄鸟黄鸟,无啄我粟'、'我粱'、'我黍',亦黄雀也。盖啄其粟与粱黍,正今人稻粱熟时,黄雀群集于田垅以啄,为人所罗所逐者,正谓此耳。"《三百篇》中有四篇明说黄鸟,我们必须从其篇中说及黄鸟的生态或形态以及其所处之环境和当时之物候,更须参以诗旨,才能判定它是哪种黄鸟。孙奕说《诗经》中黄鸟有二种,哪两篇黄鸟是黄莺,哪两篇黄鸟是黄雀,对的。这诗黄鸟是黄雀,属雀形目,和麻雀同属雀科的一种,只因毛色不同,就一称麻雀,一称黄雀了。《毛传》于三百五篇中不言赋比,独指出百十六篇"兴也",因为兴义难明。其中又有一些是反兴,更难明白。我把这诗以黄鸟起兴者解作以黄鸟之止得其所,反兴三良之不得其死,曾黄鸟之不如。我就用它作为反兴之一例,故不惮烦而详言之如此。这也可以作为兴义难明、反兴更难明白的一个例子。

晨 风

䳐彼晨风,郁彼北林。未见君子,忧心钦钦。如何如何?忘我实多!

山有苞栎,隰有六驳。未见君子,忧心靡乐。如何如何?忘我实多!

山有苞棣,隰有树檖。未见君子,忧心如醉。如何如何?忘我实多!

【解题】

《晨风》一篇,《诗序》说是刺秦康公忘父业、弃贤臣之诗。可从。《严缉》说:"此穆公旧臣所作。""今穆公死而康公立,我旧臣废弃不用,不得亲近进见,拳拳之忠,日望君之召己。"依他说,诗说君子是指康公,诗说我就是穆公旧臣自称了。

朱子《辨说》道:"此妇人念其君子之词。"《朱传》即用此为说,并说:"此与《扊扅之歌》同意,盖秦俗也。"扊扅或作剡移,古称门扃、户牡,今言门杠、门栓。《扊扅之歌》何人所作?应劭《风俗通》说:"百里奚为秦相,堂上乐作。所赁浣妇自言知音,因援琴抚弦而歌曰:'百里奚!五羊皮。忆别离,烹伏雌,炊扊扅。今富贵,忘我为?'问之,乃其故妻,遂还为夫妇。"(《北堂书钞》一二八、《乐府诗集》六)大概朱子以为"秦人劲悍而染戎俗,故轻室家而寡情义",所以他就把《晨风》诗比做《扊扅之歌》一类作品罢。恰好《诗序》以为《晨风》和秦穆公、康公父子有关,他联想到秦穆公贤相五羖大夫百里奚的故事,就以为这诗和百里奚妻所作《扊扅之歌》同意。这真是有趣极了。

究竟这诗"《序》说误"还是《朱传》误呢?黄中松《诗疑辨证》说:"朱子以此《序》为误,而改为妇人念其君子之词,且引《扊扅歌》为证。今玩《序》说亦无甚悖理,特从《序》者穿凿失之尔。……盖从《序》之说,必于本文之外增添补缀,其意始达,……委曲周旋,不免太劳。若从《朱传》,则'未见'四句一气相生,直捷明快,无容添缀,其义晓然矣。然亦安知非朋友相怨如〔《小雅》〕《谷风》之类乎?其人齿位颇尊,故仍以君子称之耳。"他对于从《诗序》者一些人大大摇头,对于从《朱传》者一些人稍稍点头,最后自己翘起大拇指说,恐怕还是我说的对,这是"朋友相怨"之词。我们不免要问,果真如此吗?

陈启源《稽古编》说:"穆公虽不为盟主,然置晋、救荆、霸西戎,亦嬴之隽也。而得士力为多,如由余、百里奚、蹇叔、公子絷、公孙枝之徒,谋臣济济然。《传》谓贤人归之駃疾如晨风之入北林,信有之矣。康公嗣立,秦业遂衰,《春秋》见摈于中国。士会之归也,绕朝谓之曰:

'子无谓秦无人（文十三年《左传》）。'可见康公弃贤，有人而不用也。卒为晋所给，诒笑于诸侯，非自取之乎？《叙》云忘穆公之业，弃其贤臣，非无稽之谈也。朱子以为妇人思夫之诗，夫君子之称岂独妻可目其夫哉？"这是说，《诗序》不误，《朱传》误。

汪梧凤《诗学女为》说："《序》：《晨风》刺康公也，忘穆公之业，始弃其贤臣焉。邓元锡曰：惟忘故弃，弃不得见而忧。盖秦人忘功记过，嗜杀好兵，与国相终始焉。右说君子指君也，《车邻》、《终南》之言君子是也。《朱传》：此与《扊扅之歌》同意，盖秦俗也。赵一元曰：夫秦民轻生乐战，弃其室家而莫之顾，宁保其无相忘乎？视《汝坟》、《殷雷》之风远矣。右说君子，妇人指其夫也，《小戎》之言君子是也。戴氏震曰：诗之说无从定矣！苟非大远乎义，兼收而并存之可也。"这是两可之辞，以为《诗序》、《朱传》两说都通。

这诗今古文家有无异同争论？魏源《诗古微》说："康公之弃贤，于传无征，即以诗为刺弃贤，亦于三家《诗》不合也。后汉桓范与管宁书曰：'思请见于蓬庐之侧，承训诲于道德之门，厥途无由，托思《晨风》。'（《艺文类聚》）是明为欲见贤者之诗。《说苑》及《韩诗外传》载魏太子出守中山，使仓唐于父文侯。文侯问击何好，曰：'好《黍离》与《晨风》。'《黍离》既《王风》父子之诗，则《晨风》亦谓不敢忘父好贤之意。君子，谓贤人也。'如何如何？忘我实多！'此秦君思贤之词也。苟诗刺嗣君忘父弃贤，魏太子何为诲之以感其父乎？康公渭阳念母，霸业克绍，何为遽有弃贤之刺？"古文《毛诗》以为刺康公弃贤，他据今文三家遗说"疑为穆公求贤"，斤斤争辩。但是王先谦《集疏》说："三家无异义。"我们相信谁说的好呢？

《韩诗外传》八说："魏文侯有子曰击，……封击中山，三年莫往来。其傅赵苍唐曰：'父忘子，子不可忘父，何不遣使乎？……臣请使。'击曰：'诺。'……苍唐至，……文侯曰：'中山之君亦何好乎？'对曰：'好《诗》。'文侯曰：'于《诗》何好？'曰：'好《黍离》与《晨风》。'……文侯曰：'《晨风》谓何？'对曰：'鴥彼晨风，郁彼北林。未见君子，忧心钦钦。如何如何？忘我实多！'此自以忘我者也。（据陈乔枞《韩诗遗说考》校补末句）"又，《说苑·秦使》篇说："仓唐为太子击使于文侯，文侯曰：'子之君何业？'仓唐曰：'业《诗》。'文侯曰：'于《诗》何好？'仓唐曰：'好《晨风》、《黍离》。'文侯自读《晨风》，曰：'鴥彼晨风，郁彼北林。未见君子，忧心钦钦。如何如何？忘我实多！'文侯曰：'子之君以我忘之乎？'仓唐对曰：'不敢时（是）思耳！'"又，王褒《讲德论》说："太子击诵《晨风》，文侯喻其指意。"按，刘向、王褒俱习《鲁诗》。《晨风》殆系原言君忘其臣，故赵仓唐引此诗以讽魏文侯父忘其子，亦即君忘其臣，而魏文侯感悟大悦，因而父子如初。可证此诗刺秦康公弃其贤臣，今古义说大概一致。王先谦说是也；魏源说一半是，一半不是。这诗依毛、郑说，每章前四句说穆公求贤，后二句说康公弃贤，对比为义，主要在刺康公。今按：君子，指穆公所求之贤人；我，穆公旧臣自称。

无　衣

岂曰无衣？与子同袍。王于兴师：修我戈矛，与子同仇！
岂曰无衣？与子同泽。王于兴师：修我矛戟，与子偕作！
岂曰无衣？与子同裳。王于兴师：修我甲兵，与子偕行！

【解题】

《无衣》，当是秦哀公应楚臣申包胥之请，出兵拒吴救楚而作。托为秦民应王征召，相约从军之词。以前说这诗的人只有王夫之坚持这一说。从来治《毛诗》的人只知《诗》到陈灵公而止，事见鲁宣公九年、十年《左传》，有《陈风·株林》一诗刺灵公淫夏姬为证；治三家《诗》的人只以为《诗》到卫献公而止，献公立于鲁成公十五年，有《邶风·燕燕》一诗为证。从《春秋》中叶到末叶，鲁国经过宣、成、襄、昭、定、哀六公。秦哀公为申包胥赋《无衣》见鲁定公四年《左传》："初，伍员与申包胥友，其亡也，谓申包胥曰：'我必复（覆）楚国。'申包胥曰：'勉之！子能复之，我必能兴之。'及昭王在随，申包胥如秦乞师，曰：'吴为封豕长蛇以荐食上国,虐始于楚。寡君失守社稷,越在草莽,使下臣告急,曰:夷德无厌,若邻于君,疆场之患也。逮吴之未定,君其取分焉。若楚之遂亡,君之土也。若以君灵抚之,世以事君。'秦伯使辞焉,曰:'寡人闻命矣。子姑就馆,将图而告。'对曰:'寡君越在草莽,未获所伏,下臣何敢即安?'立依于庭墙而哭,日夜不绝声,勺饮不入口,七日。秦哀公为之赋《无衣》。九顿首而坐。秦师乃出。"《史记·秦本纪》也说秦哀公三十一年:"吴王阖庐与伍子胥伐楚,楚王亡奔随,吴遂入郢。楚大夫申包胥来告急,七日不食,日夜哭泣。于是秦乃发五百乘救楚,败吴师。吴师归,楚昭王乃得复入郢。"可证申包胥到秦求兵救楚,秦哀公为之赋《无衣》,史实俱在。王夫之用史证经,又用经证经,坚持了这一说。

　　王夫之《稗疏》说:"《春秋》:申包胥乞师,秦哀公为之赋《无衣》。刘向《新序》亦云然。《吴越春秋》亦曰桓公(注云:桓当作哀)为赋《无衣》之诗,曰'岂曰无衣'云云。为赋云者,与卫人为之赋《硕人》、郑人为之赋《清人》义例正同。则此诗哀公为申胥作也。若所赋为古诗,如子展赋《草虫》之类,但言赋,不言为赋也。《序》既以为刺用兵,而郑氏因其次于《渭阳》,据为责康公之诗,不知所谓王者何指邪?毛公曰:'天下有道,则礼乐征伐自天子出。'秦康公当襄王之末造,王灵不振,无能有命秦征讨之事,安所得三代有道之事而称之衰乱之天下乎?苏氏辙曰:'秦本周地,故其民犹思周之旧时而称先王。'说尤附会。《车邻》、《驷铁》之风,自夸其强而已,岂复有《黍离》之君子为秦民哉?其言王者,因楚之僭号,对其臣而王之也。子者,斥指申胥也。于,曰也。言楚王命我兴师也。与子偕行,言随申胥而往也。其为答申胥而救楚之诗明矣。旧说删《诗》止于陈灵。乃黎侯失国,在鲁宣公之末年;晋之有公族公行,在成、厉二公以后,当鲁成、襄之间。孔子删《诗》,在鲁哀公十二年以后,凡前此者皆得录焉。秦哀有救患之义,申胥立誓死之诚,故节取之,存而不删。《六经》当残缺之后,编次随先儒之记忆,固不可以为年代之先后,如《载驰》后于《定之方中》,《河广》先于《木瓜》,《新台》后于《旄丘》,《清人》先于《萚兮》,讵以年代为次序邪?则亦勿疑此诗之连《黄鸟》而先《渭阳》矣。守一先生之传而不参考之他经,所谓专己而保残也。"王船山这一说很有精确处,还有值得我们再加研究补充的。

反对王船山这一说比较有力的要算胡承珙。《后笺》说:"案此诗自宋以来,诸家异议纷纭。金氏《前编》、何氏《古义》以为秦庄公时。许氏《名物抄》、季氏《解颐》则以为襄公时。惠氏《诗说》、《陆堂诗学》又以为穆公时。此皆泥诗中'王于兴师'一语,以为衰周之世列国无有奉王命征伐者耳。不知庄公、襄公之奉王命伐西戎,皆以敌王所忾。穆公会晋纳王,事见《史记》,亦勤王之事皆可美,而何以云刺?观'王于兴师'《传》云:'天下有道,则礼乐征伐自天子出。'可见此经王字乃思古之词,所以刺康公非王法而兴师。故《苏传》、《吕记》、《严缉》皆以为陈古刺今之作,可谓善读《毛传》者。或谓定四年《左传》'秦哀公为申包胥赋《无衣》',似非刺用兵者。然哀公之赋只取'与子同仇'之意,不关本诗之美刺。乃王氏《稗疏》即以为秦哀公时诗,夫《三百篇》岂有下至东周百年以后者乎?"他驳王船山一说最重要的有两点:一是他笃信《诗序》刺用兵、《郑笺》责康公之说,诗中王字是思古之词,而以为秦哀公赋此诗但取"与子同仇"一个意义,即好像以为这和《左传》里记载许多断章取义的赋《诗》一样,只是"诵古",不是"造篇",和本诗原来美刺的意义无关。二是不承认《诗经》里有"下至东周百年以后"的诗。可是关于这两点,王船山早在立说时就把它破掉了。第一点,他以为先秦两汉古籍说及赋《诗》,单说"赋"和"为赋"在义例上有区别。第二点,他以为在《诗经》里有关于陈灵公淫乱的诗,即指《陈风·株林》,在鲁宣公时;有关于黎侯失国以后的诗,即指《卫风·式微》、《旄丘》,在鲁宣公末年;有关于晋有公族公行之职的诗,即指《魏风·汾沮洳》,当鲁成、襄之间。我们还可以为他加上一诗,即是有人提出关于刺卫献公无礼的诗,即指《邶风·燕燕》,在鲁成公末年。不都是"下至东周百年以后"的诗吗?这样说来,胡墨庄对于王船山一说的批驳就落空了。

另外，王船山立说的第三点是关于诗说"王于兴师"一句的解释。先说诗如刺秦康公，康公当衰周襄王之末，襄王还有力量能命康公行征讨之事吗？次驳秦民思周先王之说尤为附会。末说王是指楚僭称王，秦哀公对楚臣称楚王。于，曰也。说楚王命我兴师。与子偕行，说随申包胥而往。依他这么说，本来也可通，但是我们还以为这王字当是秦哀公自称，或托为诗人称秦哀公。战败之王有求于我，秦哀公好像骄傲自大，要理不理，未必会名从主人，自卑而给他尊称。于虽可训为曰，还以训往为是。王于兴师，言我秦王兴师而往也。与子同仇，仇，指吴人，对的。子者，指申包胥，楚人。我，哀公自我。虽然也可以这么说，但是不如《集传》、《集疏》以为是秦民相谓之词较为允洽。王国维《观堂别集·古诸侯称王说》一文道："古时天泽之分未严，诸侯在其国自有称王之俗。即徐、楚、吴、越之称王者亦沿周初旧习，不得尽以僭窃目之。"郭沫若《中国古代社会研究·矢令簋考释》一文里也说："王、公、侯、伯、子，乃古国君之通称。"这是王、郭两家研究周金文从许多例证得出来的结论，当然可靠。这么说来，这诗里"王"字不论是秦哀公对楚臣称楚王也可，是秦哀公自己称王也可，托为秦人称秦哀公也可，总之不是称当时周王，也不是称周先王，这是无可置疑的。再看王船山立说的第四点。他以为汉儒于秦燔书后，凭讽诵记忆所传经典，编次不一定是依年代先后。他要人"勿疑此诗之连《黄鸟》而先《渭阳》"，以为它的作出年代是在秦穆公或康公时，而不是在秦哀公时。我们根据王船山所说的这四点，还加上了自己补充的一些意见，就认定《无衣》一诗当是秦哀公时为出兵拒吴救楚、反压迫反侵略之作。据定四年《左传》，这诗就该作在这一年，即当周敬王十四年，公元前五○五年。这诗在《诗经》里可能是有绝对年代可考而作出年代又是最后的一篇。

古文《毛诗》说这诗刺用兵，今文三家有异义。如魏源《诗古微》、王先谦《集疏》都据三家遗说以为诗无刺义。魏说略见《诗序集义》。王先谦说："案毛谓诗之篇第以世为次，此在穆公后，宜为刺康公诗。

其实世次之说出毛武断,而审度此诗词气又非刺诗,断从齐说。"他说这诗不是刺康公诗,驳毛对的。又说:"《汉书·赵充国辛庆忌传赞》:山西、天水、安定、北地处势迫近羌胡,民俗修习战备,高尚勇力鞍马骑射。故《秦诗》曰:'王于兴师,修我甲兵,与子偕行。'其风声气俗自古而然。今之歌谣慷慨,风流犹存耳。……陈乔枞云:据班说,知《齐诗》不以《无衣》为刺。"《齐诗》果是如此,对的。王葵园也和朱子一样不曾确说这诗作在何公之世。但说:"秦自襄公以来,受平王之命以伐戎,所兴之师皆为王往也,故曰'王于兴师'。"魏源在《秦风答问》里说:"考《秦风》自《终南》以前皆襄公前世之诗,而后此力战戎、收复岐东故地献诸周室者,功莫盛于文公,不应反无一诗。则《无衣》殆劝于平王赐岐之命,踊跃用兵,同仇赴敌,而康公时追录先世之诗故编于康公诗内。"意以为,此美文公诗。他在《诗序集义》里又以为"当作在穆公拓地霸戎之时",这就未免前后自相矛盾,所以不为王先谦采用罢。

渭　阳

我送舅氏,曰至渭阳。何以赠之?路车乘黄。
我送舅氏,悠悠我思。何以赠之?琼瑰玉佩。

【解题】

《渭阳》,是秦康公送舅思母之诗。此和《燕燕》一篇同样是最古送别之作,所不同的是一出于妇人,一出于男子。《列女传》二说:"穆姬者,……晋献公之女,……贤而有义。……穆姬死,穆姬之弟重耳入秦,秦送之晋,是为晋文公。太子䓨思母之恩,而送其舅氏也。作诗曰:'我送舅氏,曰至渭阳,何以赠之? 路车乘黄。'君子曰:'慈母生孝子。'"此可作为诗本事来读。倘再参读庄二十八年《左传》,关于晋献公丽姬及其子女穆姬重耳等等一家复杂之事就更加明白了。

诗本事无可疑,所疑在《诗序》。诗一再明说"我送舅氏",为什么《诗序》说"念母"呢?《诗序》往往推本诗人言外之意,它于这诗也是如此。胡承珙《后笺》说:"案诗皆送舅之辞,而《序》云念母,则以经文'悠悠我思'一语断之。送舅而有深长之思,非念母乎?《序》每求作诗之意于言外,所以不可废也。《后汉书·马援传》:建初八年,有司奏防兄弟(按:马援四子,廖、防、光、客卿)悉免,就国。临上路,诏曰:舅氏一门俱就国封,四时陵庙无助祭先后者,朕甚伤之。其令许侯(原注:谓马光封许阳侯)思愆田庐(章怀太子贤注:留之于京,守田庐而思愆过也)。有司勿复请,以慰朕渭阳之情。《北齐书》:杨愔幼时,其舅源子恭问:读《诗》至《渭阳》未?愔便号泣,子恭亦对之歔欷。此皆见舅思母之意。"他从这诗内证和外证说明它有见舅思母之意,算是说通了。

又,《诗序》说:"及其即位,思而作是诗。"意以为是康公即位以后追思之作,不是即位以前即事之作,这很令人怀疑。陈奂专疏《毛诗》也不肯从《诗序》。《传疏》说:"案康公作诗时,穆公尚在。《坊记》:父母在,馈献不及车马。此赠车马,何也?《逸周书·太子晋》篇:师旷请归,王子赐之乘车四马。孔注云:《礼》,为人子三赐不及车马。此赐则白王然后行可知也。然则康公亦白穆公而行欤?"这从内证说明了康公诗可能是作在即位以前。王先谦《集疏》说:"《后汉书·马援传》注引《韩诗》曰:秦康公送舅氏晋文公于渭之阳,念母之不见也,曰:'我见舅氏,如母存焉。'是《鲁传》(《列女传》)、《韩序》并与毛合,《齐诗》亦必同也。惟毛以为康公即位后方作诗。案赠送文公乃康公为太子时事,似不必即位后方作诗。鲁、韩不言,不从可也。"这从三家义说明了康公诗作在即位以前。同时说明了诗有见舅思母之意,这是西京经师旧义。可证这诗今古文异同。

姜炳璋《广义》、李黼平《绁义》都坚持《诗序》"及其即位"追作这诗一说,虽似可通,却未必是。按《春秋左传》,晋文公由秦归国在僖二十四年,当周襄王十六年,即公元前六三六年。次年即位。《渭阳》一诗即当作在僖二十四年,康公时为世子。晋文公卒于僖三十二年,当周襄王二十四年,即公元前六二八年。秦康公即位在文七年,当周襄王三十二年,即公元前六二〇年。姜炳璋、李黼平坚持此诗是康公即位以后追忆之作，恐不可靠。试想康公即位作此诗，事过境迁，时间相隔十七八年之久，而且他舅氏也已死了七八年，未必他还能唤起往日从雍到渭阳三四百里送别的情绪，作出这样含有深情厚意的诗篇来罢。方玉润《诗经原始》说："见舅思母，人情之常。姚氏（际恒）谓非惟思母，兼有诸舅存亡之感。盖悠悠我思句，情真意挚，往复读之，悱恻动人，故知其有无限情怀也。然此种深情触景即生，稍移易焉已不能及。《大序》谓及其即位乃思而作，岂真知诗情者哉？"这话颇有是处。

还有人疑《诗序》"及其即位"不是指秦康公，而是指晋文公，更不见得是。胡承珙说："何氏《古义》曰：《孔疏》以即位为康公即位。按《左传》，重耳卒后七年，康始即位，无缘此时复述其事而著之诗。详味《序》意，或只谓重耳返国即位后而康公思之耳。如此，则与《列女传》所记犹相仿佛。《孔疏》误也。承珙案，戴氏《续诗记》亦疑即位为晋文复国，其说已开何氏之先。"我以为这诗明是现场送别之词，不是别后相思之作。尤其是《诗序》说"及其即位"，明是上承"康公时为世子"而说，上下文法线索不可割断。当然《诗序》说诗是康公即位后所作还是错了。

权　　舆

於我乎！夏屋渠渠；今也每食无余。于嗟乎！不承权舆？

於我乎！每食四簋；今也每食不饱。于嗟乎！不承权舆？

【解题】

《权舆》一诗的主题，《诗序》以为秦康公忘旧弃贤，旧臣贤士一流所作，和《晨风》一诗相先后，不过《权舆》写实写得更具体。朱子《辨说》无词，王先谦《集疏》也说"三家无异义"。其实这诗不像是没落的贵族自伤食贫、留恋过去生活之作；当是游士食客刺秦康公待士始厚终薄之作，他们并不都是所谓贤者。魏源《诗古微》说："长铗归来乎？

食无鱼！出无车！《权舆》诗人其冯谖之流乎？"他把这诗"视为弹铗无鱼之类"、"游士食客之所为"，这个比拟最为确切。

《朱传》说："汉楚元王敬礼申公、白公、穆生。穆生不嗜酒，元王每置酒，尝为穆生设醴。及王戊即位，常设，后忘设焉。穆生退曰：'可以逝矣。醴酒不设，王之意怠。不去，楚人将钳我于市。'遂称疾。申公、白公强起之，曰：'独不念先王之德欤？今王一旦失小礼，何足至此？'穆生曰：'先王之所以礼吾三人者，为道之存故也。今而忽之，是忘道也。忘道之人胡可与久处？岂为区区之礼哉？'遂谢病去（案，此与《汉书·楚元王传》所载字句略异）。亦此诗之意也。"这是以西汉楚王戊礼待贤者有始无终的故事和《权舆》诗中事相比拟，倒也有趣。黄中松《诗疑辨证》说："《朱传》引穆生事为证，亦惟醴酒不设也。唐明皇时，薛令为东宫官，曰：'朝日上团团，照见先生盘。盘中何所有？苜蓿长阑干。饭涩匙难捥，羹稀箸易宽！'遂去。亦此诗之意也夫！"这是以唐明皇薄待太子师友的故事比喻权舆诗人的用意，也有助于读此诗者的了解。

不妨说，秦代国运的盛衰和游士客卿遭遇的美恶相终始。我们但读李斯《谏逐客书》也略可想见。按，嬴秦立国，从秦仲"始大"，秦襄公"始命"，直到秦始皇统一六国，秦国的奴隶主贵族逐渐转化为封建主贵族，显然是很顺利的。从秦仲好客，"并坐鼓瑟"、"并坐鼓簧"，竭诚尽欢，到秦穆公求士，"取由余于戎，得百里奚于宛，迎蹇叔于宋，求丕豹、公孙枝于晋，且屡败犹用孟明，善马以食勇士，四方游士望风奔秦"，可见秦国迭有好养游士食客的君主。穆公死，康公立，一度忘旧弃贤。以后秦孝公志在变法，尊战士，贵客卿。最后到秦始皇，一度下逐客令，又焚书坑儒。由此可见，那个时代几百年间，文学游说之士，新起的知识分子，在秦国得到的遭遇显然不是一直很顺利的。他们愈不顺利，秦的国运也就完了！以上所说，或见之于诗篇，或见之于史籍。《诗序》把《晨风》、《权舆》都认为是有关秦康公忘旧弃贤之诗，正可以补古史之阙文，不用怀疑了。

诗三百解题卷十二

陈　毛诗国风

宛　丘

子之汤兮，宛丘之上兮。洵有情兮，而无望兮。
坎其击鼓，宛丘之下。无冬无夏，值其鹭羽。
坎其击缶，宛丘之道。无冬无夏，值其鹭翿。

【解题】

《宛丘》，是讽刺陈国统治阶级游荡歌舞之诗，当出自民间歌手。刘玉汝《诗缵绪》说："《诗》有首句中用一字而即见全篇之意者，此诗是也。惟用一汤字，而下文所咏之歌舞皆非其正可知。宛丘上下，无定所也；无冬无夏，无定时也。有情无望，写出游荡歌舞之情态。最可想见。击鼓、击缶，歌也；鹭羽、鹭翿，舞也。首章先见游荡之情，而后叠见歌舞之事实。事实易叙，而歌舞难画，故有情无望最善形容。《谱》谓歌舞之俗本于大姬。愚谓歌舞祭祀而亵慢无礼，楚俗尤甚，屈原《九歌》犹然。陈南近楚，此其楚俗之薰然欤？"这里分析篇章大旨，追寻风俗来源，都有近是处。

《诗序》说"刺幽公"，今不知所据。按，陈自胡公开国，到幽公宁六世。幽公，慎公之子，在位二十三年卒。谥法：动祭无常曰幽。陈自桓公鲍二十三年始入《春秋》，幽公事迹无考。但看《宛丘》、《东门之枌》两篇《诗序》说他"淫荒"，谥号为幽恰合。朱子《辨说》以为"幽公但以谥恶，故得游荡无度之诗"。难道《诗序》作者所据仅此一点？《史记·陈世家》里说，幽公十二年，周厉王奔于彘。诗刺陈幽公，当作在周厉王之世。

为什么我说这诗刺陈国统治阶级游荡歌舞呢？一章"子之汤兮"，《毛传》说："子，大夫也。汤，荡也。"《郑笺》说："子者，斥幽公也。游荡无所不为。""此君信有淫荒之情,其威仪无可观望而则效。"据毛、郑说,这诗是写陈国君臣游荡歌舞的荒淫生活。不过毛说子指大夫,郑说子指幽公,似不完全一致。《孔疏》说:"《传》以下篇说大夫淫乱,此与相类,则亦是大夫。但大夫称子是其常称,故以子为大夫。""《笺》以下篇刺大夫淫荒,《序》云疾乱;此《序》主刺幽公,则经之所陈皆幽公之事,不宜以为大夫。隐四年《公羊传》:公子翚谓隐公曰:'百姓安子,诸侯说子。'则诸侯之臣亦呼君曰子。《山有枢》云:'子有衣裳,子有车马。'子者,斥昭公。明此子斥幽公,故易《传》也。"又说:"毛以此《序》所言是幽公之恶,经之所陈是大夫之事,由君身为此恶,化之使然,故举大夫之恶以刺君。郑以经之所陈即是幽公之恶,经《序》相符也。""大夫当朝夕恪勤,助君治国,而游荡高丘,荒废政事,此由幽公化之使然,故举之以刺幽公也。"这样说来,毛、郑说的都对。孔颖达煞费苦心,斡旋于《诗序》、《毛传》、《郑笺》三者之间,算是他把其间的矛盾统一起来了。这原是《孔疏》中常见的一种长处,这里只是一个例子。

胡承珙《后笺》说:"案《序》刺幽公,而《传》以经文子字斥大夫,后儒因疑毛公不见《诗序》。然诗中就事指陈而《序》则推求原本者,往往有之。如此及《东门之枌》皆言士大夫之淫荒,而实幽公风化之所行,正所谓一国之事系一人之本者,未可谓《传》与《序》异。《集传》以子为泛指游荡之人,则击鼓舞羽至于无冬无夏,似非闾巷细民之所为。且宛丘为陈国都。刘氏克《诗说》曰:名诗以陈所都之地为言,则系于其国,非仅一方之风土所可言。《序》以为刺幽公者,非无自矣。"他更加辨明这诗事指大夫,意刺国君,《序》、《传》原是一致。还说击鼓舞羽不是小民之事,篇名《宛丘》即国都以斥国君。这似申《孔疏》而更补其不足。

《宛丘》、《东门之枌》,都说游荡歌舞之事,为什么陈国有此"淫荒"之俗呢?《汉书·地理志》说:"陈国,今淮阳之地。陈本太昊之虚,周武王封舜后妫满于陈,是为胡公,妻以元女大姬。妇人尊贵,好祭祀,用史巫,故其俗巫鬼。陈诗曰:'坎其击鼓。'……又曰:'东门之枌.'……此其风也。吴札闻陈之歌，曰：'国亡主，其能久乎？'（师古曰：言政由妇人，不以君为主也）自胡公后二十三世，为楚所灭。"《郑谱》说："大姬无子，好巫觋祷祈鬼神歌舞之乐，民俗化而为之。"这都是从历史根源上来说，陈国的歌舞巫风是远从她开国之初胡公夫人大姬好用巫觋祭神起头的。

《宛丘》在陈国什么地方呢？王先谦《集疏》说："《汉志》又云：淮阳国，陈故国。今河南陈州府治，附郭淮宁县，陈故都也。"邵晋涵《尔雅正义》说："郑氏《诗谱》：陈都于宛丘之侧。《水经注》：宛丘在陈城南道东。王隐云：渐欲平，今不知所在矣。《元和郡县志》：宛丘在陈州宛丘县南三里。《太平寰宇记》：在宛丘县南三里，高二丈。案，宛丘在元魏时郦道元已云不知所在，而李吉甫能按其道里，乐史且计其崇卑，疑后人别指一丘以当之，非王隐所云渐欲平者矣。"这都是从地理沿革上来说明陈国和宛丘所在。陈奂《传疏》说："《韩诗外传》云：子路与巫马期薪于韫丘之下。陈之富人有处师氏者，脂车百乘，觞于韫丘之上。此韫丘即宛丘。陈有宛丘，犹之郑有洧渊（见《溱洧》），皆是国人游观之所。处师氏脂车觞此，则陈大夫之游荡无度，习成风俗，由来久矣。"可见宛丘是陈人游览娱乐之地，便是富人暴发户也效法统治阶级到此摆阔宴客，过着游荡无度的生活。

东 门 之 枌

东门之枌，宛丘之栩。子仲之子，婆娑其下。
縠旦于差，南方之原。不绩其麻，市也婆娑。
縠旦于逝，越以鬷迈？视尔如荍，贻我握椒！

【解题】

《东门之枌》，描述陈国统治阶级男女歌舞之俗，正和《宛丘》一诗主题相同。《诗序》说是。幽公淫荒，臣下同化，并非专为幽公而作。朱说、魏说，都太拘泥，门户之见未免过深。王先谦《集疏》说："三家无异义。"是也。

但是今古文家对于这诗字句训诂上却有异义可说。我在《简注》中已经指出《韩诗》读差为嗟之失了。现在且看坚持《韩诗》这说的怎样作解。王先谦说:"于差者,歌呼以事神之事也。差作嗟者,《释文》引《韩诗》文。《释文》又云:王肃本,差音嗟。马瑞辰云:嗟,《说文》作謇。云:'謇,嗞也。'又云:'于,於也。象气之舒于。'又,讦字注:'一曰讦謇。'嗟又通作瑳。《尔雅》:'嗟,咨瑳也。'《玉篇》:'瑳,忧叹也。'古吁与讦多省作于,嗟与謇多省作差。《易》:'大耋之嗟。'荀本作差。是也。此诗于差,即吁嗟。与《云汉》诗'先祖于摧',《笺》读为吁嗟,正同。《周官》:'女巫,旱暵则舞雩。'《月令》:'大雩帝。'郑注:'雩,吁嗟求雨之祭也。'又《郑志》答林硕难曰:'董仲舒曰:雩,求雨之术,呼嗟之歌。'呼嗟,犹吁嗟也。古者巫之事神,必吁嗟以请。"又说:"马瑞辰云:于逝,犹吁嗟也。逝、噬古通用(《杕杜》诗:噬肯适我。韩作逝)。噬音近舒(《史记》'陈筮',即《战国策》之田荼)。《释名》:'鸣,舒也。'《说文》鸣字注:'孔子曰:鸣,盱呼也。'于逝,犹盱呼。亦巫歌呼以事神耳。"其说纵通,也都未免迂曲费解了。

再,子仲之子,子指丈夫子,抑指女子子,还是男女兼指?也有争论。王先谦说:"黄山云:诗'婆娑其下',与'市也婆娑',即是一人。下章言'不绩其麻',则子仲之子亦犹齐侯之子,蹶父之子,明是女子子。《笺》因《毛序》云'男女弃其旧业',遂以之子为男子,非也。《汉书·地理志》载大姬妇人尊贵,好祭祀,用史巫。匡衡疏:陈夫人好巫。张晏言大姬巫怪。《楚语》:男曰觋,女曰巫。《说文》:觋,能斋肃事神明也。巫,祝也。女能事无形以舞降神者也。是于嗟而祝,婆娑而舞,皆唯女巫降神为然,男子斋肃而已。巫怪之事,以大姬尊贵而好之,故国中尊贵女子亦化之。此诗既无男弃旧业之辞,三家亦无兼刺男子之说,不容以斋肃两字傅会成之也。"尽管世俗歌舞是由宗教歌舞而来,这诗说的是世俗歌舞而不是宗教歌舞,却不容混为一谈。尽管大姬尊贵而好祭祀用史巫,这诗却非单叙"尊贵女子亦化之"之词。尽管宗教歌舞以女巫为主,世俗歌舞却是男女并行,这诗却非单说女子,但看诗末章便明。《诗序》"男女""歌舞"之说是也,王先谦、黄山之说非是。此徒惑乱人意,应予澄清了。

衡　门

衡门之下,可以栖迟。泌之洋洋,可以乐饥。
岂其食鱼,必河之鲂?岂其取妻,必齐之姜?
岂其食鱼,必河之鲤?岂其取妻,必宋之子?

【解题】

《衡门》,《朱传》以为"此隐居自乐而无求者之诗"。崔述《读风偶识》说:"今按,衡门,贫士之居;乐饥,贫士之事。食鱼、取妻亦与人君毫不相涉。朱子之说是也。"朱子攻《序》,却像依《毛传》"可以乐道忘饥"为说。《毛传》和《诗序》不一致。《郑笺》和《诗序》一致,而所说不甚可通,魏源《诗序集义》已经指出来了。

《诗序》说僖公"愿而无立志,故作是诗以诱掖其君",想是推本诗人言外之意来说。从郑、孔以来,诸儒依《序》作解,大都难通。只见欧阳修《诗本义》和钱澄之《田间诗学》两说,各得其近是。欧阳修说:"诗人以陈僖公其性不放恣,可以勉进于善,而惜其懦无自立之志,故作诗以诱进之。云衡门虽浅陋,若居之不以为陋,则亦可以游息于其下。泌水洋洋然,若阅之而乐,则亦可以忘饥。言陈国虽小,若有意于立事,则亦可以为政。""既言虽小亦可有为,二章、三章又言何必大国然后可为。譬如食鱼者,凡鱼皆可食。若必待鲂鲤,则不食鱼矣。譬如取妻,诸姓之女皆可取,若必待齐、宋之族,则不取妻矣。是首章之意,言小国皆可有为;而二章、三章,言大国不可待而得。"这又是推衍《诗序》作者言外之意来说,未必便是诗人本义。不过他巧于运用比兴之义说诗,这诗的篇义章指似乎都说通了。钱澄之说:"诱僖公,诱其求贤也。言衡门泌水之间大有其人。"他用了八股文家作截搭题的手法，把《诗序》、《毛传》、《朱传》暗中搭合来说，也像可通。但《诗序》说诱他立志，不是说诱他求贤。难道是诱他立志求贤以自辅吗？

依今文三家遗说来说，和《毛传》合，却和《诗序》不合。魏源所说已略载如上。王先谦《集疏》说："《列女·老莱子妻传》：老莱子却楚王之聘，引此诗'衡门之下'四句以明志。乐饥作疗饥。《古文苑》蔡邕《述行赋》曰：'甘衡门以宁神兮，咏都人以思归。'此鲁说。又《焦君赞》：'衡门之下，栖迟偃息。泌之洋洋，乐以忘饥。'又《郭有道碑》：'栖迟泌丘。'又《汝南周巨胜碑》：'洋洋泌丘，于以逍遥。'《韩诗外传》二：子夏读《书》已毕，夫子问曰：'尔亦可以言于《书》矣？'子夏对曰：'《书》之于事，昭昭乎若日月之光明，燎燎乎如星夜之错行。上有尧舜之道，三王之义，弟子所受于夫子者，志之于心不敢忘。虽居蓬户之中，弹琴以咏先王之风，有人亦乐之，无人亦乐之，亦可发愤忘食矣。《诗》曰：衡门之下，可以栖迟。泌之洋洋，可以疗饥。'夫子造然变容曰：'嘻！吾子可以言《诗》已矣。'此韩说也。《汉书·韦玄成传》：'宜优养元成，勿枉其志，使得自安衡门之下。'《汉处士严发残碑》：'君有曾、闵之行，西迟衡门。'《山阳太守祝睦后碑》：'色斯举矣，殁身衡门。'《武梁碑》：'安衡门之陋，乐朝闻之义。'皆言贤者乐道忘饥，无诱进人君之意。即为君者感此诗以求贤，要是旁文，并非正义也。"

还有人说，《毛传》"可以乐道忘饥"一语，乃是好与郑玄立异的王肃私撰。卢文弨《龙城杂记》一说："王肃不好郑氏学，人之所见不同亦何害？乃必有意与郑乖异，甚且不惮改经，改古人相传之故训，以伸其所独见，前人固已有觉之者，近武进臧玉林著《经义杂记》摘辨尤多。其玄孙镛堂从予学，为予校《毛诗释文》，多本其祖之说。而其自为说，别白是非亦甚明确。《陈风·衡门》：'泌之洋洋，可以乐饥。'《毛传》有'乐道忘饥'之语，《郑笺》作'疗饥'。谓经文必本是瘵字，故郑不云乐当为瘵。……又证之《文选》王元长永明十一年《策秀才文》注，日本足利古本皆是瘵饥。《韩诗外传》二引《诗》'可以疗饥'。疗与瘵一也。《正义》引王肃、孙毓皆云可以乐道忘饥。是《传》中乐道忘饥乃肃所私撰，而孙毓从之。乐饥二字本相连成文，今乃截乐字为乐道，截饥字为忘饥，毛公必不如是之支离也。"看来乐道忘饥一语是出自毛公，抑或是王肃伪撰，这还难以断定。不过王肃曲学阿世，作伪骗人，为学者所共嫌忌，已有定论了。

郭沫若先生以为这诗是破落贵族诗人所作。他在《中国古代社会研究》里说："这首诗也是一位饿饭的破落贵族作的。他食鱼本来有吃河鲂河鲤的资格，——黄河的鲤鱼在现在也是很珍贵的东西。古时候的脍鲤好像是最好的上菜，我们看《小雅》的《六月》：'吉甫燕喜……炰鳖脍鲤。'又《大雅》的《韩奕》里面显父饯韩侯的菜单是：'其殽维何？炰鳖鲜鱼（当即是鲂鲤之类）。其蔌维何？维笋及蒲。'——但是贫穷了，吃不起了。他娶妻本来有娶齐姜、宋子的资格，但是贫穷了，娶不起了。娶不起，吃不起，偏偏要说两句漂亮话，这正是破落贵族的根性，我们在现在也随时可见。"这完全摆脱传统注说，自下己意，又不违背历史条件来说，倒也新奇可喜。

东 门 之 池

东门之池，可以沤麻。彼美叔姬，可与晤歌？
东门之池，可以沤纻。彼美叔姬，可与晤语？
东门之池，可以沤菅。彼美叔姬，可与晤言？

【解题】

《东门之池》，自是男悦女之词。所谓"叔姬"，当是池边劳动的女子，诗人也该是劳动中人。诗是歌谣形式。诗说"彼美叔姬"，犹言"彼美孟姜"，只是比喻女子之美正如贵族小姐，不必说这女子就是贵族。《易林·复之咸》："齐姜宋子，婚姻孔喜。"《左传》引《逸诗》："虽有姬姜，无弃憔悴。"姬、姜、宋子，都是用大贵族之姓"为妇人之美称"，《孔疏》说得不错。"美女而谓之姬者，以黄帝姓姬，炎帝姓姜，二姓之后，子孙昌盛，其家之女，美者尤多，遂以姬、姜为妇人之美称。"这就是把姬、姜作为妇人美称的由来，也就是这诗说"彼美叔姬"的用意。诗中男女自是一般劳动人民，并非贵族。当时贵族男女结合不是用的这种方式。

朱子《集传》说："此亦男女会遇之词。盖因其会遇之地、所见之物以起兴也。"这话不算错，错在《辨说》又以为"此淫奔之诗"。试问，这诗哪一字哪一句说的不是男女正常的关系呢？即令说，男女有别，晤歌、晤语、晤言为当时礼教所不许，可是诗说"可与"，原是设想之词或疑问之词，非必决定语气或实有其事。而且明云"彼美"，可知不是已晤；"叔姬"或"淑姬"也决非指的淫妇。胡承珙《后笺》说："张氏次仲曰：淑姬非妖丽之称，晤歌亦无谑浪笑傲之态。池水沤麻以喻渐渍而不觉，淑姬晤歌以见婉转而善入。承珙案，《列女传·鲁黔娄妻传》：君子谓黔娄妻为乐贫行道。引《诗》曰：'彼美淑姬，可与晤言。'又《晋文齐姜传》：君子谓齐姜洁而不渎，能育君子于善。引《诗》曰：'彼美孟姜，可与晤言。'此谓晋文安于齐，姜氏劝之行之事，尤与此诗贤女切化意合。淑姬作孟姜者，或传写之误，或因齐姜氏牵引《有女同车》之诗耳。总之皆非淫诗可知。且既云男女会遇，而经文曰彼美，岂是觌面之辞？即以词意而言，亦可见其不类矣。"这里明驳《朱传》、《辨说》，暗用《诗序》、《郑笺》。

这诗今古文家无甚争论，偶见争论在清儒间。《诗序》说"刺时"，"疾其君之淫昏，而思贤女以配君子"。王先谦《集疏》说："三家无异义。"可是这诗从郑、孔以来，诸儒拘泥于《诗序》为说，都不甚可通。《郑笺》说："于池中柔麻，使可缉绩作衣服。兴者，喻贤女能柔顺君子，成其德教。晤，犹对也。言淑姬贤女，君子宜与对歌相切化也。"《孔疏》说："以君淫昏，故思得贤女配之，与之对偶而歌，冀其切化，使君为善。"诗人，臣民，怎可设想到干涉国君的婚姻问题呢？清崔述《读风偶识》说得对，他说："今按，沤麻沤苎，绝不见有淫昏之意。即使君果淫昏，亦当思得贤臣以匡正之，何至望之女子？而人君礼不再娶，不亦容别求良配也。"

小结——就诗论诗,并非"此诗终不可解"(方玉润),倘若把它还原作为歌谣来说,这只是属于民间恋歌一类。因此,不必如《诗序》附会它是"疾其君之淫昏,而思贤女以配君子",也不必如朱子《辨说》痛斥它为"淫奔之诗"。至若因反下篇《东门之杨》的意思而说:"此男女婚姻之正也。时有亲迎者,故诗人因所见以起兴,与《桃夭》诗同。"(王照圆《诗说》)这还好像故意和朱子淫奔一说开玩笑。若说:"疑即上篇〔《衡门》〕之意,取妻不必齐姜、宋子,即此淑姬可与晤对咏歌耳。"(姚际恒《诗经通论》)这就好像"竟欲取东池淑姬以配衡门隐士,岂非千秋笑柄"(方玉润《诗经原始》)?以上诸说都不可通。总之,这只是一篇民间恋歌,不必泥于《诗》教之说而别求深解。

东 门 之 杨

东门之杨,其叶牂牂。昏以为期,明星煌煌。
东门之杨,其叶肺肺。昏以为期,明星晢晢。

【解题】

《东门之杨》一诗,《诗序》以为"刺时",即刺"亲迎,女犹有不至者"。王先谦《集疏》说:"三家无异义。"魏源《诗古微》以为"《续序》之说,《郑笺》不从"。这说错了。《郑笺》明明说:"亲迎之礼以昏时,女留他色,不肯时行,乃至大星煌煌然。"这不是从《诗序》为说么?诗说"昏以为期",这有什么意义?按《士昏礼》,婿亲迎俟于门外,从者"执烛前马",是古者亲迎之礼在黄昏之时,当是《诗序》以此诗为说"亲迎"之证。《朱传》说:"此亦男女期会,而有负约不至者,故因其所见以起兴也。"以为这也是"淫奔之诗"同前篇一样。他于诗为什么说"昏以为期"没有解释。

有好几个学者以为此诗是泛刺负约失期之诗,不一定是指男女期会。好像都想撇开《毛序》、《朱传》的是非得失不谈,两不得罪,故尔别作解释。刘玉汝《诗缵绪》说:"此只言其负期耳。而所托之兴,所见之景,有足咏歌者。凡诗欲吟哦上下,讽咏者能于短章而有得焉,斯可以观大篇长章矣。如此篇不必为男女期会,只以章句讽咏自有意味,不可以短章忽易之。"黄中松《诗疑辨证》说:"此疑是朋友之间负约不至,故刺之。'昏以为期,明星煌煌',特借以形容其负约耳,初不必太泥也。屈子云:'曰黄昏以为期兮,羌中道而改路',正用此诗之意,而彼更以喻君臣也。噫!世风日下,人情反覆,久要不忘,伊何人哉?夫子录此,其为无輗无軏之戒者深矣!"汪梧凤《诗学女为》说:"按此诗乃泛刺无信爽约者,不必定指男女。《楚辞》:'曰黄昏以为期,羌中道而改路。''初既与予成言兮,后悔遁而有他。'诗即此意。东门之杨,所约之地也。昏以为期,所约之时也。至于明星已出,而尚不赴约,无信之甚也。《郑笺》以杨叶牂牂为三月中,喻时晚,失仲春之月。明星煌煌为亲迎之礼以昏时,女留他色不肯时行,乃至大星煌煌然。皆拘泥不可从。"他们和朱子同样避开诗中一个关键问题:为什么说"昏以为期"?按,《楚辞·九章》中还说:"昔君与我成言兮,曰黄昏以为期,羌中道而回畔兮,反既有此他志。"想是《骚》人借用此诗刺"男女多违"之意以喻君臣不合。姜炳璋《诗序广义》也据《楚辞》而疑这诗是"孤臣被弃,借事言情"之作。

还有人以为此诗是"刺侈于昏礼者"。王闿运《补笺》说:"亲迎不至,诸侯邦交反复则可有之,士大夫不待迎时始知不至也。亦无容自昏至明星时。"他就断定此诗是"刺侈于昏礼者"。"盛其仪物,繁其文饰,因以聚会宾客,竞相夸炫,故皆以迟留为侈,虽贫家不能异也"。"许慎说:《礼》:晢(当作质)明行事,则将旦之明。"他说一场婚礼闹一通宵,迟延又迟延,原是为了撒阔,如此解释"昏以为期,明星晢晢",似亦可通。虽然他的论据不足,但足以说明他在当时所居湖南所见旧俗确是这样,我有同感。如今此俗随社会的大变革而变革了,他的这一新说还是可备一说。在没有论据充分的新说以前,我以为此诗《诗序》说的比较有据。

墓　门

墓门有棘,斧以斯之。夫也不良,国人知之。知而不已,谁昔然矣!

墓门有梅,有鸮萃止。夫也不良,歌以讯之。讯予不顾,颠倒思予!

【解题】

《墓门》,是刺恶之诗。恶人为谁?"国人知之"。《诗序》以为"刺陈佗",大概是的。《朱传》既说:"此人不良,则国人知之矣";又说:"所谓不良之人,亦不知其何所指也。"那么,当以指陈佗为是。当日陈佗其人不是"夫也不良,国人知之"吗?可是《毛传》说:"夫,傅相也。"似依《诗序》"陈佗无良师傅"为说,又以为诗刺陈佗的师傅。虽说太子有罪,刑其师傅,但用为比拟来说这诗,毕竟错了。魏源《诗序集义》说得不错。

墓门是什么地方?为什么这诗两章都用墓门发端呢?一章《毛传》说:"兴也。墓门,墓道之门。斯,析也。幽间希行,用生此棘薪,维斧可以开折而去之。"他说"兴也",对的。他说墓门是一处"幽间希行"即人迹稀少的地方。意以为斧伐墓门的枣树谁都不见,反兴"夫也不良,国人知之",谁都知道。同例,二章鸮叫墓门的梅树谁都不闻,反兴"夫也不良,歌以讯之",谁都听到。这也是对的。胡承珙《后笺》说:"《左传》襄二十五年,郑师入陈,陈侯扶其太子偃师奔墓,贾获与其妻扶其母以奔墓。盖冢间可以避兵,此墓门亦即其地,故《传》以为幽间希行也。"墓门当是陈国一个僻静的地方,故可以避兵,故伐树也少人见,鸟叫也少人闻。可是毛公所说这诗兴义,明是反兴之义,却不见有人阐明。但见王质《诗总闻》、王引之《经义述闻》都因《左传》襄三十年记郑国墓门是城门,以为此诗说墓门也该是陈国城门。城门是共见共闻的地方,这也可通,却和《毛传》说诗人用墓门是反兴之义恰恰相反了。毛公说兴,往往是反兴,反兴难明,这里再举一例。

据今文《鲁诗》遗说,《墓门》当日在陈国是很流行的歌曲。王先谦《集疏》说:"《列女·陈辩女传》:辩女者,陈国采桑之女也。晋大夫解居甫使于宋,道过陈,遇采桑之女,止而戏之曰:'女为我歌,我将舍女。'采桑女乃为之歌曰:'墓门有棘,斧以斯之。夫也不良,国人知之。知而不已,谁昔然矣。'大夫又曰:'为我歌其二。'女曰:'墓门有楳,有鸮萃止。夫也不良,歌以讯止。讯予不顾,颠倒思予。'大夫曰:'其楳则有,其鸮安在?'女曰:'陈小国也,摄乎大国之间,因之以饥馑,加之以师旅,其人且亡,而况鸮乎?'大夫乃服而释之。君子谓辩女贞正而有词,柔顺而有守。《诗》曰:'既见君子,乐且有仪。'此之谓也。《楚词·天问》:'何繁鸟萃棘,而负子肆情?'王逸注:晋大夫解居父聘吴,过陈之墓门,见妇人负其子,欲与之淫泆,肆其情欲。妇人则引《诗》刺之曰:'墓门有棘,有鸮萃止。'故曰'繁鸟萃棘'也。言墓门有棘,虽无人,棘上犹有鸮,女独不愧也? 此皆鲁说。虽有使宋使吴、采桑负子之殊,记载小歧,情事相合。齐、韩未闻。"晋大夫解居甫路过陈国,拦路调笑女人,此女人便歌唱《墓门》一诗讽刺他,因为他也是一个坏东西——"夫也不良"。我们据此知道《墓门》一诗在当时流行民间,连劳动妇女都知道引用、歌唱。大概这诗是民间歌手为着痛恨一个骑在人民头上的坏东西而作的。好比解放前,群众歌唱《你这个坏东西》一样,当时人听了,都知道指谁。可是而今我们读诗,已不知道这个坏东西究竟是谁。《诗序》说"刺陈佗",可通。

防 有 鹊 巢

防有鹊巢? 邛有旨苕? 谁侜予美,心焉忉忉!
中唐有甓? 邛有旨鹝? 谁侜予美,心焉惕惕!

【解题】

《防有鹊巢》,是忧惧他人谗间于我所爱者之诗。疑是出自民间歌手,也属于恋歌、情诗一类。不妨说句笑话:大概三角恋爱,古已有之。

《尔雅·释训》:"惕惕,爱也。"郭璞注:"《诗》云:'心焉惕惕。'《韩诗》以为悦人,故言爱也。"陈乔枞《鲁诗遗说考》说:"《尔雅》训惕为爱,是《鲁诗》与《韩》同义。景纯不见《鲁诗》,故引《韩诗》悦人之说以证明《雅·训》。"大概当初今文鲁、韩两家都以此诗为男女相悦之诗。《朱传》说:"此男女之有私,而忧或间之之词。"暗合了今文鲁、韩两家之说。

究竟《韩诗》说此诗"说人"是否指男女相悦? 同是治今文三家《诗》,魏源《诗序集义》以为是;王先谦《集疏》则疑其非。他既说:"三家义未闻。"又说:"愚案,爱、说同义。说宣公之可与为善,惟恐为谗人所壅蔽,陷于不明,是说人即爱君,鲁、韩非有异义。"他倒赞同古文《毛序》,想是他受了胡承珙一说的影响。胡氏《后笺》说:"《韩诗》以为说人者,盖因予美而云然。说其人,故忧其被谗,然不必为男女之离间。《孟子》云:'为我作君臣相说之乐。'又曰:'说贤不能举。'是君臣亦可言说,不必定属男女也。"可算说得圆通无碍,尽管不知诗本义是否如此。

《诗序》说:"《防有鹊巢》,忧谗贼也。宣公多信谗,君子忧惧焉。"照例附会上政治意义,这诗却像也可以说得通。按,庄公二十二年《左传》:"陈人杀其太子御寇,陈公子完与颛孙奔齐。……"《史记·陈世家》:"宣公后有嬖姬,生子款,欲立之,乃杀其太子御寇。御寇素爱厉公子完,完惧祸及己,乃奔齐。"自从宋儒王质《诗总闻》提出这事作为陈宣公多信谗之一证,到了清代,如汪梧凤、胡承珙、马瑞辰、陈奂诸家,更加肯定了这诗和陈宣公信谗、太子御寇因谗被杀之事有关。惜乎他们不曾再进一步驰骋想象,而疑这诗是太子御寇之党公子完所作,作在太子因谗被杀以前。《左传》、《史记》不都说公子完(即陈敬仲,亦即田完)是一位天生的大政治阴谋家,恰有作这诗的可能吗?

月 出

月出皎兮,佼人僚兮。舒窈纠兮! 劳心悄兮。

月出皓兮，佼人懰兮。舒慢受兮！劳心慅兮。

月出照兮，佼人燎兮。舒夭绍兮！劳心惨兮。

【解题】

《月出》，是诗人对于月下美人劳心相思之诗，又好像是诗人在月光之下等待一个美人而偏不得见之作。这诗描写美人只从虚神幻影着笔，所用形容语汇多不经见，所含什么意义也很模糊。但觉仙姿摇曳若隐若现，令人不可端倪，恰是月下美人劳人相思的形象。《焦氏笔乘》一说："《毛诗》'月出皎兮，佼人僚兮'，见月怀人，能道意中事。太白《送祝八》：'若见天涯思故人，浣溪石上窥明月。'子美《梦太白》：'落月满屋梁，犹疑见颜色。'常建《宿王昌龄隐处》：'松际露微月，清光犹为君。'王昌龄《送冯六元二》：'山月出华阴，开此河渚雾。清光比故人，豁然展心悟。'此类甚多，大抵出自《陈风》也。"他以为这诗给予唐代诗人见月怀人的启示不少，自有见地。

这诗许多字义训诂很难明确。《吕记》说："此诗用字聱牙，意者其方言欤？"姚际恒、王照圆也都疑这诗用于古代方言。张尔岐《蒿庵闲话》二说："《月出》一章用字多不可解，姑以意强释之。僚、懰，《传》并训好貌；燎，训明也。好者，便娟媚丽之谓。明则顾盼生姿，光彩动人，如有晖耀也。窈，训幽远。纠，训愁结。凡人中有所慕，心之所驰，都非耳目间事，之此之彼，诡曲难诘，其念专凝盘旋于此而不可解，故曰窈纠。悄字，王氏以为言不说而静默。钱氏以为默忧。凡有忧者多不言，二解得之。俗亦云悄无声，正此字。慢受，训忧思，亦有勉强忍受不能自聊之意。慅，王氏以为不安而骚动，如云怔忡搅乱也，只是意乱心烦之谓。夭绍，训纠紧之意，中心煎迫不得舒纵也。惨，王氏言不舒而忧愁，似不甚贴，似是惨悴不乐之意。男女相悦，千痴百怪，诗可谓能言丽情矣。"他特为这一诗详细作解，似以为男女相悦，千痴百怪，故作丽情隐语，以致多不可解。他只得"姑以意强释之"了。

这里再单拈诗中舒字来说，解释纷歧，就已令人头痛。《毛传》说：

"舒,迟也。"这是第一解。何楷《古义》、魏源《诗古微》都以为舒就是夏徵舒,亦即夏南。略见《诗序集义》。《诗义折中》说佼人指夏姬,舒指夏徵舒,较为详尽。它于首章说:"皎,明也。佼人,谓夏姬也。僚,好貌。舒,夏徵舒也。古人二名间有截用一字者,如晋重耳传谓之重,乐王鲋传谓之鲋,仲孙何忌经谓之忌,是也。陈灵公与孔宁、仪行父淫于夏氏,夏姬之子徵舒耻之,故弑灵公。此诗言当月出之时,灵公悦夏姬之佼好,而其子徵舒幽窈纠结,势必为乱,故中心忧劳又悄然而不敢言也。"它于次章说:"皓,月光白也。懰,美而清也。慅受,忧思而忍受也。慅,烦乱也。悄然不言而中心烦乱不知所为也。"它于卒章说:"照,月光照人面也。燎,人面亦有光也。夭,矫变。绍,纠紧。惨,哀痛也。言其忧思而忍受者,今夭变而纠紧,则祸发甚速,故烦乱者至于哀痛,知灵公之必不免也。"又它的《总案》说:"《月出》,忧灵公也。淫之为祸烈矣!淫人之女,如其父何?淫人之妻,如其夫何?淫人之母,如其子何?当其月佼人僚色授魂予之时,而环伺而欲刃之者,已不可胜计矣。……"这说篇义主题对吗?说字义训诂都对吗?这是第二解。马瑞辰《通释》以为舒是发声字,语词。这是第三解。他说:"舒者,噬之假音。噬通作逝,又作舍。《杕杜》诗:'噬肯适我',《韩诗》作逝。此噬、逝通用之证也。《春秋》:'陈乞弑其君荼。'《公羊》作舍,《史记》作筳。此荼、筳、舍通用之证也。《玉藻》:'荼前诎后直。'注:'读如舒迟之舒。'《史记·年表》:'荆荼是征。'即《诗》'荆舒'。则又舒、荼同音之证。舒者,发声字,犹逝为语词也。又与虚同音通用。《尔雅》:'虚,间也。'虚即舒也。舒窈纠兮,言窈纠也。舒慅受兮,言慅受也。舒夭绍兮,言夭绍也。犹之《日月》诗'逝不古处',言不古处也。《硕鼠》诗'逝将去女',言将去女也。《杕杜》诗'噬肯适我',言肯适我也。《桑柔》诗'逝不以濯',言不以濯也。逝皆发声,不为义也。以舒、舍同音推之,因知《孟子》'舍皆取诸其宫中而用之',舍亦发声。言许子何不为陶冶,皆取诸其宫中而用之也(原注:旧训舍为止,或谓作陶冶之处,并失其义)。舍,犹舒也。《说文》又曰:'余,语之舒也。'余从入,舍省声。亦舍、舒同类之证。《传》训舒为舒迟,因以窈纠、慢受、夭绍为舒之姿。盖失之矣。"他解舒字对吗?我以为《毛传》训舒为舒迟似误;《诗义折中》指实舒为徵舒太泥,以致字义训诂太勉强(卒章为甚);我就采用马氏一解了。以上三解,包括《蒿庵闲话》所解,以及本书所有解说,孰得孰失?何去何从?读者批评者不妨独立思考,自由批判。"理《诗》如理乱丝",这是《三百篇》中最难理的诗篇之一。仿佛记得高晋生先生用新观点、新理论考证了这诗是农民月月夜杀地主之作,无疑地这是一种创见。可惜他的《诗经研究》讲稿和山东大学《文史哲》月刊某期载有他的关于《月出》的文字,都不在手边,不能介绍给我们的读者一睹为快了。

《诗序》说:"《月出》,刺好色也。在位不好德而说美色焉。"不指实在位何人好色,话很活脱,还像可通。王先谦《集疏》说:"三家无异义。"至若朱子《辨说》不以为"刺诗",《集传》又说:"此亦男女相悦而相念之词。"他不知道诗中男女正是统治阶级在位者的狗男女,对于叙述这种狗男女的诗,《诗序》说"刺"何尝不对?《孟子》说:"逸居而无教,则近于禽兽。"俗语说:"饱暖思淫欲。"只有靠剥削过活、靠权力过活的统治阶级才有此荒淫享乐的闲情逸致,做出此等咬文嚼字、吟风弄月的闲文章来。至于劳动人民,"劳者歌其事,饥者歌其食",他们也许兼差歌唱男女爱情,可是往往只见其朴素、粗犷之美,总不会有才子佳人一套细腻货色。我想这是当时所谓贤人君子即统治阶级下层中人讽刺上层中人荒淫之作。他们对于荒淫享乐的生活熟见熟闻,所以写来又生动又曲折。恨我粗心领会不到,恨我笨笔解说不来。我只得随时准备着,硬着头皮,虚心地恭候"我们好像见过面"(苏联影片名)的背负巾箱、手挥大棒的所谓批评者。

株　　林

胡为乎株林,从夏南兮?匪适株林,从夏南兮!

驾我乘马,说于株野。乘我乘驹,朝食于株。

【解题】

《株林》一诗,为刺陈灵公淫于夏姬而作,诗中自明。《诗序》明确,朱子《辨说》不得不认为"有据"。今文三家遗说也无异义。王先谦《集疏》说:"《易林·睽之萃》:'继体守藩,纵欲废贤。君臣淫佚,夏氏失身。'又《巽之蛊》:'平国不均,夏氏作乱。乌号窃发,灵公殒命。'《临之晋》同。此齐说。综此事始末,依《左传》为言。废贤谓杀泄冶。鲁、韩盖无异义。"可证这诗今古文说相同。平国,灵公名。夏氏失身,指夏姬。夏氏作乱,指夏徵舒。乌号窃发,指夏徵舒射杀灵公。陈灵公事,详载于宣九年、十年、十一年《左传》。他在宣十年被杀,当周定王八年,即公元前五九九年,《株林》当作在这年以前。《郑谱》说:"孔子录懿王夷王时诗,讫于陈灵公淫乱之事,谓之变《风》变《雅》。"郑玄以为《诗》说于陈灵公时,就是说《三百篇》中无陈灵公以后诗,《诗经》时代的下限在此。这话不确,我已在《邶风·燕燕》篇和《秦风·无衣·解题》里说及了。

这诗是《三百篇》中短小精悍作品之一,风格颇为别致,技巧也很圆熟。姜炳璋《诗序广义》说:"《辑说》:两株林,两夏南,转换七个闲字(按,连两兮字当是九个),将当时车马簇拥,乡民聚观,嗫嚅附耳,道旁指摘,无不一一勾出。……二章将单襄公过陈,道弗不可行以下一段(按,此指《国语·周语》中一段。单襄公假道于陈,道路若塞,野场若弃,民将筑台于夏氏。及陈,陈灵公与孔宁、仪行父南冠已如夏氏,留宾不见),橐括在里。时君臣只知夏氏,举国事民瘼、宾客交际一齐置之。诗人只说一面,而面面俱到。"这好像是用了欣赏剪影家惯使的扼要的艺术手段来欣赏这诗,将诗中之事和言外之意广为想象探索,深中肯綮。《株林》虽系短诗,含蓄却很深广,概括的现象也很复杂。成功的作品往往是从繁复的现象集中而概括出来的,深刻地反映其本质的。单以这诗既说乘马又说乘驹一点来说,《毛传》说:"大夫乘驹。"意以为和君乘马不同。这是说灵公中途变换车马、微服独往呢？还是说"陈灵公与孔宁、仪行父南冠以如夏氏"呢？胡承珙《后笺》说："驾我乘马者，谓灵公本以诸侯车骑出至株野，托言他适，乃舍之而乘大夫所乘之骄以至于株林，则已永夕永朝淫荡忘返。《国语》云南冠以如夏氏，是灵公当日实有易服微行之事，故《笺》云'变易车乘'者，实得《经》、《传》微旨。王肃见《传》云'大夫乘驹'，遂以为乘驹者谓孔、仪从君适株。不知《序》但云刺灵公，并未尝及孔、仪也。"陈奂《传疏》说："奂谓经言我，《传》言大夫，郑以'变易车乘'申明《经》、《传》，固是精确；《正义》用王肃语述《传》，亦未见为非。何也？宣十年《左传》云：陈灵公与孔宁、仪行父饮酒于夏氏。此虽为灵公被弑发《传》，然其君臣共往夏氏已非一日，《序》故谓驱驰而往、朝夕不休息也。九年《传》云：'陈灵公与孔宁、仪行父通于夏姬，皆衷其衵服以戏于朝。'在朝既君臣同衷衵服，如夏氏则君臣共乘骄，《传》云大夫，亦未尝不关通孔、仪矣。"诗语含蓄，可能包括了上问两种现象而丰富其意义。活写活看，读者不妨这样来欣赏。陈奂说得倒不错，胡承珙说得太老实了。

　　陈灵公淫乱闹到杀身亡国，究竟是怎么一回事呢？按《史记·陈世家》，灵公是胡公的十八世孙，宣公的曾孙。经过穆公、共公而灵公平国立。"灵公元年，楚庄王即位。六年，楚伐陈。十年，陈及楚平。十四年，灵公与其大夫孔宁、仪行父皆通于夏姬，衷其衣以戏于朝。泄冶谏曰：'君臣淫乱，民何效焉？'灵公以告二子，二子请杀泄冶。……十五年，灵公与二子饮于夏氏。公戏二子曰：'徵舒似汝。'二子曰：'亦似公。'徵舒怒。灵公罢酒出，徵舒伏弩厩门，射杀灵公。孔宁、仪行父皆奔楚。灵公太子午奔晋，徵舒自立为陈侯。徵舒，故陈大夫也。夏姬，御叔之妻，舒之母也。成公元年冬，楚庄王为夏徵舒杀灵公率诸侯伐陈。谓陈曰：'无惊，吾诛徵舒而已。'已诛徵舒，因县陈而有之，群臣毕贺。申叔时使于齐，来还，独不贺。庄王问其故。对曰：'鄙语有之，牵牛径人田，田主夺之牛。径则有罪矣，夺之牛不亦甚乎？今王以徵舒为贼弑君，故征兵诸侯，以义伐之，已而取之，以利其地，则后何以令于天下？是以不贺。'庄王曰：善！乃迎陈灵公太子午于晋而立之，复君陈如故，是为成公。"读此，陈灵公淫于夏姬的前因后果可以了然。

夏姬是什么样的一个怪妇人呢？李樗《集解》说："夏姬，郑穆公之女，灵公之妹也，嫁于陈大夫公子夏御叔也。生徵舒，字子南。本姬姓，故以姬为氏；为夏氏之妇，故曰夏姬。"说夏姬之所以称为夏姬，不错。说"嫁于陈大夫公子夏御叔"，错了。错在"公子夏"下、"御叔"上脱去"之子"两字。《孔疏》说："徵舒祖字子夏，故为夏氏。徵舒字子南，以氏配字谓之夏南。楚杀徵舒，《左传》谓之戮夏南，是知夏南即徵舒也。"《国语·楚语》："陈宣公公子夏为御叔娶于郑穆公，生子南。"可证夏姬不是嫁于公子夏，而是公子夏之子御叔。御叔于陈灵公父共公为从兄弟辈，则御叔、夏姬于灵公为诸父母。灵公率其大夫淫于叔母夏姬，自是"渎姓"（《周语》记单襄公语）乱伦。昭二十八年《左传》："叔向欲娶于申公巫臣氏……其母曰：'子灵之妻杀三夫（杜注：子灵，巫臣。妻，夏姬也。三夫，陈御叔、楚襄老及巫臣也）、一君（陈灵公）、一子（夏徵舒），而亡一国（陈也）、两卿矣（孔宁、仪行父）。可无惩乎？吾闻之，甚美必有甚恶。是郑穆公少妃姚子之子，子貉之妹也。子貉早死无后，而天钟美于是，将必以是大有败也。……女何以为哉？夫有尤物足以移人，苟非德义则必有祸。'叔向惧，不敢取。平公强使取之，生伯石。伯石始生，子容之母走谒诸姑。曰：'长叔姒生男，姑视之。'及堂，闻其声而还。曰：'是豺狼之声也！狼子野心，非是莫丧羊舌氏矣！'遂弗视。"《列女传》说："陈女夏姬者，大夫夏徵舒之母也。其状美好无匹，内挟技术，盖老而复壮者三，□为王后，七为夫人。公侯争之，莫不迷惑失意。……公孙宁、仪行父与陈灵公皆通于夏姬。"可见夏姬生前就已有人传说她是天生的尤物、迷人的妖精。不但她的儿子明是弑君之"贼"，便连女儿外孙也早都被疑为祸胎了。

这是很有趣味的，就是偏有道貌岸然的文人学者对夏姬的传说特感兴趣，为她作考证、辨诬。如姚宽《西溪丛话》下说："夏姬……其子徵舒弑君。……姬当四十余岁，乃鲁宣公十一年。历宣公、成公，申公巫臣窃以逃晋，又相去十余年矣。后又生女嫁叔向，计其年六十余矣，而能有孕。《列女传》云：夏姬内挟技术，盖老而复壮者三，□为王后，七为夫人。或云：凡九为寡妇，当之者辄死（九夫一说见下按语）。左氏所载，当之者已八人矣。宇文士及《妆台记序》云：《春秋》之初，有晋楚之谚曰：夏姬得道，鸡皮三少。"又如卢文弨《钟山札记》四说："《史通》引《列女传》云：夏姬再为夫人，三为王后。夫为夫人则难以验也，三为王后则于周、楚皆无所处。以是为讥。余今考《列女传》云：盖老而复壮者三，当句绝（原注：郭璞《山海经图赞》云：夏姬是艳，厥媚三还。谚亦云：夏姬得道，鸡皮三少）。其下云：为王后（句），七为夫人。余谓为王后上当有一字。左氏虽未言曾入楚宫，而《列女传》则言庄王纳巫臣之谏，使坏后垣而出之。则固曾入楚宫矣。是非一为王后乎？至言七为夫人，若以国君言诚无可考。或刘向因后世卿大夫妻通称夫人，而以之例前代，并淫乱者数之，固有七矣。〔今按，成二年《左传》：王以（夏姬）予连尹襄老，襄老死于邲，不获其尸，其子黑要烝焉。若计黑要，固当八。若说有九，盖兼计楚王欤？〕若《史通》云再为夫人，则前御叔，后巫臣，更为灼然。似作再字为是。"可见关于夏姬的传说未免有些过于夸张。但说"公侯争之，莫不迷惑失意"，倒也近于事实。据成二年《左传》说，楚庄王正想娶她，不巧被巫臣谏阻，没有满足他的欲望；将军子反也想娶她，同样被巫臣谏阻。巫臣骗了楚庄王和子反，自己却使尽阴谋想取得夏姬，结果"窃妻以逃"，自不胜其"《桑中》之喜"。尽管他明知道她"是不祥人"，"天下多美妇人，何必是？""贪色好淫，淫为大罚。"用这样的道理谏阻人莫娶她，自己却正在为了她打主意，顾不得会遭"禁锢"、"获死"、"灭族"的惨祸，这就可见她的魅力之大了。

泽　　陂

彼泽之陂，有蒲与荷。有美一人，伤如之何？寤寐无为，涕泗滂沱！

彼泽之陂，有蒲与蕳。有美一人，硕大且卷：寤寐无为，中心悁悁！

彼泽之陂，有蒲菡萏。有美一人，硕大且俨：寤寐无为，辗转伏枕。

【解题】

《泽陂》一诗，《诗序》说"刺时"，意以为由于"陈灵公君臣淫于其国"带坏了头，"男女相说，忧思感伤"，而作是诗。但说"刺时"，又是《诗序》作者说教，推本诗人言外之意来说的。这说得不明确。今按，全诗语气，诗的作者和诗中对象都是妇女。作者用了女奴的口吻，对象却表现出一个贵妇人的形象。贵妇人"忧思感伤"，女奴怜悯她，这就是这诗的主题。指实来说，这诗当是夏姬的女奴悯伤夏姬之词，作在陈灵公、夏徵舒相继被杀的一段时期。

究竟这诗语气是以女言女呢，是以男言女，如《郑笺》所说呢，或是以女言男，如顾镇《虞东学诗》所说呢，抑或以男言男，如《毛传》、陈奂《传疏》所说呢？《虞东学诗》"许白云独别言之，谓《月出》男子思妇人，《泽陂》妇人思男子。钱天锡亦谓是女思男之辞。观'硕大且卷'、'硕大且俨'，可见。"这说不可通。按这诗说："有美一人，伤如之何？"《毛传》说："伤无礼也。"郑玄和陈奂对于《传》义的了解各有不同。王先谦《集疏》说："《孔疏》：毛于'伤如之何'下，《传》曰：'伤无礼。'是君子伤此有美一人之无礼也。《笺》易《传》(伤，思也)，以为思美人不得见之而忧伤。陈奂云：有美一人，谓有礼者也。言有美一人见陈君臣淫说无礼之甚，而为之感伤也。三说并通。"他似看不起顾镇一说，所举毛、郑、陈奂三说以为都通。他自己采用哪一说呢？他说："言此有美一人，我奈之何也？《防有鹊巢》篇称其君曰予美；此诗言我所美之一人，其意同也。虽听谗、无礼，而我犹美之，亲君之谊也。"显然他采用了《毛传》一说，以为有美一人指君，把诗看作以男言男，不见得合于诗旨。王先谦所举三说都不可通。必如鄢说,把诗看作以女言女,这才可通。

鄢说这诗语气是以女言女,即以女奴言贵妇人事,这有什么根据呢?

一、据"伤如之何"的伤字来说。马瑞辰《通释》说:"按《尔雅》:阳,予也。郭注引《鲁诗》'阳如之何'。今巴、濮之人自呼阿阳。《易·说卦》:'兑为妾为羊'。郭本'羊'作'阳'。注:此阳谓为养。无家女,行赁炊爨,今时有之,贱于妾也。是阳读同厮养之养。自称阳者谦辞也。"无疑地这诗《鲁诗》伤作阳,阳是婢妾女奴之辈对"有美一人"即一个美的贵妇人自称的谦词。犹之后世婢妾也还自称为妾、为婢子、为奴、为奴奴一样。按《周礼》:女史八人。注:女史,女奴晓书者。女奴晓书的可为女史,却未必全为女史。所以我只能含混地说这诗自称阳的是女奴。疑是夏姬其时正落在家国大忧患中,只有和她接近又最谅解她的晓书女奴才同情她而作出这种诗篇来。这是我从《鲁诗》遗说推衍来说而导致的结论。《鲁诗》、《韩诗》于伤同作阳。《鲁诗》训阳为予,与毛义异。王先谦说:"愚案《鲁诗》释阳为予,与毛义合。"错了。《韩诗》训阳为伤,倒像和毛义合。汉《诗》今古文四家,《鲁诗》"最为近之",此其一例。

二、据"硕大且卷"的硕大字和卷字来说。《严缉》说:"或疑硕大非妇人之称。……观《卫风》以硕人称庄姜,《车舝》称'辰彼硕女',则《诗》以硕大称妇人多矣。"这话不错。盖古者人以硕大为美,故硕大字于男女通用,男女美人都得称为硕人。再按,卷当读鬈。《说文》:"鬈,发好也。从髟,卷声。《诗》曰:'其人美且鬈。'"因声求义,婘、鬈同从卷声,卷可读婘,又何不可以读鬈呢?范处义《补传》、李樗《集解》都释卷为鬈,是也。《齐风·卢令》:"其人美且鬈。"卷、鬈字于男女都可用。因文求义,这诗"硕大且卷"是紧承上文"有美一人"来说,是用作称女无疑。合上一条来说,这诗语气是以女言女同样无疑。

三、据"硕大且俨"的俨字来说。《太平御览·人事部》九引《韩诗薛君章句》,俨作㜝。《说文》:"㜝,含怒也。一曰:难知也。从女,畲声。诗曰:'硕大且㜝。'"段氏注:"《陈风·泽陂》文,今诗作俨。《传》曰:矜庄貌。一作曦。《太平御览》引《韩诗》作㜝。㜝,重颐也。《广雅·释诂》曰:㜝,美也。盖三家《诗》有作㜝者,许称以证字形而已,不谓《诗》义同含怒、知难二解也。"马瑞辰说:"重颐亦美貌也。《淮南·说林训》:靥辅在颊则好。是已。"据此,俨当作㜝,当是形容女人颊辅之美。王先谦说:"案俨训矜庄,非状妇人之美。重颐丰下,斯为男子之貌。"又自注说:"今俗云双颊巴(按,颊巴,俗亦写作下巴)。或以《淮南》靥辅在颊当之,非是。高注明释靥辅为颊上窒。宋苏轼诗所谓双颊生微涡也。"他把诗看作以男言男,即大夫君子言刺其君,便以为㜝是重颐丰下,只是形容男子双颊巴之美。他专疏《诗》三家义,何以偏于此诗既失之于《鲁诗》阳字,又失之于《韩诗》㜝字?不可解。他不思㜝字从女,本义正是从女人来说。难道女人就不以双颊巴为美吗?双颊巴正是统治阶级养尊处优、营养丰富的特征之一。以此为美,无论男女,今俗还是如此。常言道,某太太富态。双颊巴正是富态之一。因文求义,合上两条来说,"硕大且俨"也是指女人而言,而且是以女言女。这样说来,全诗文义正复联贯。

总之:这诗说"有美一人,伤如之何",明是一个女奴之类的卑贱女子自称,无可奈何地为悯伤她的女主人即一个荷花似的兰草似的香艳的贵妇人而作。诗说"寤寐无为,涕泗滂沱","中心悁悁","辗转伏枕",明是描述儿女子态,这贵妇人正处于不幸的"忧思感伤"之中。男女有别,贵妇人居于幽闲深宫,只有伺候她的晓书女奴之辈(但不必是女史)日常和她生活在一起而又同情她,才能道出她的真情实态,写出这样的好诗篇。此诗次在《株林》一诗之后,必然使人联想到它也和陈灵公及夏姬淫乱的事件有关,陈奂释《诗序》中"女"字就说:"女,谓夏姬。"可算不错。最后我敢断定说:这诗是夏姬的女奴为悯伤夏姬正在不幸的"忧思感伤"中而作,作在陈灵公、夏徵舒相继被杀的一段时期。

诗三百解题卷十三

桧　　毛诗国风

羔裘

羔裘逍遥，狐裘以朝。岂不尔思？劳心忉忉。
羔裘翱翔，狐裘在堂。岂不尔思？我心忧伤！
羔裘如膏，日出有曜。岂不尔思？中心是悼！

【解题】

《羔裘》，《诗序》说桧大夫为刺其君徒"好絜其衣服，逍遥游燕，而不能自强于政治"而作。桧君是谁？郑樵说："诸《风》皆有指言当代之某君者。唯魏、桧二《风》无一篇指言某君者，以此二国《史记·世家》、《年表》、《书》、《传》不见有所说，故二《风》无指言也。若《叙》是《春秋》前人作，岂得无所一言？"（周孚《非诗辨妄》）疑《诗序》非必子夏作，近是。若据以为此《序》未指实桧君，便疑它和诗旨不合，则不可。《孔疏》说："逍遥游燕之事轻，视朝听政之事重，今先言燕后言朝者，见君不能自强于政治，唯好逍遥，忽于听政，故后言朝也。"姜炳璋《诗序广义》说："桧国褊小，迫于强大。王室衰微，渐相并吞。观郑桓公之欲逃死，则知当日之时势矣。乃逍遥游燕，饰其衣服，《孟子》所谓及是时般乐怠傲者。大夫以国无善政，不用其言而去之，去之而又思之，且告之故，以冀君悟，可谓得去国之道矣。"《郑语》：史伯谓郑桓公，桧仲恃险，有骄侈怠慢之心，而加之以贪冒。其云骄侈贪冒，正与诗合。"他以为这诗所刺桧君就是桧仲。那么，此诗作于郑桓公时，即当幽王之世。到了平王之世，桧国就为郑武公所灭了。钱澄之《田间诗学》说："《论语》：狐貉之厚以居。则狐裘燕服也。逍遥而以羔裘，是法服为嬉游之具矣。视朝而以狐裘，是临御为亵媟之场。先言逍遥，后言以朝，是以逍遥为急务，而视朝在所缓矣。"《孔疏》以及姜、钱二氏所说,都是阐明《序》、《传》,肯定主题,不错。王先谦《集疏》说:"王符《潜夫论·志姓氏》篇:会在河、伊之间,其君骄贪俭啬,灭爵损禄,群臣卑让,上下不缺,诗人忧之,故作《羔裘》,闵其痛悼也。符用《鲁诗》,此鲁说也。齐、韩无异义。"这一《诗序》绝少争论。只见王闿运《补笺》说:"诗无好服之意。""羔裘,邦交傧聘之服,卿大夫之专称。""此诗专言羔裘;尔思,盖大夫出使遂不还,作此以寄谏。"这一说恐不可靠。

桧系一个小国,世次不可考。但知道她出于远古氏族祝融氏之后,妘姓。僖三十三年《左传》:文夫人葬公子瑕于桧城之下。今河南密县东北五十里接新郑县界有郐城,即其地。《郑谱》说:"周夷王、厉王之时,桧公不务政事,而好絜衣服,大夫去之,于是桧之变《风》始作。"陈乔枞《齐诗遗说考》说:"《汉书·地理志》:济、洛、河、颍之间,子男之国,虢、会为大。恃势与险,密侈贪冒。师古曰:会读曰郐,字或作桧。桧国在豫州外方之北,荥播之南,溱、洧之间,妘姓之国。按《说文》云:郐,祝融之后,妘姓所封,溱、洧之间,郑灭之。从邑,会声。又云:会,合也。《方言》注:会,两水合处也。考《水经》:洧水东过郑县南,潧水从西北来注之。又云:潧水南入于洧水。郐地居潧、洧之间,二水合流,故以会名国,作桧者假借字耳。师古注与《诗谱》同,盖亦《齐诗》之遗说。"桧国历史及其地理位置大致如此。

郑灭桧,是郑桓公还是郑武公?汉以前古书包括《史记》、《汉书》在内,记载不一致。还是《汉书·地理志》说得对:"桓公死,其子武公与平王东迁,卒定虢、会之地。"此郑武公灭桧一说能得清代多数学者的同意。姜炳璋说:"王肃云:周武王封桧于济、河、洛、颍之间,为郑所灭。……《史记》、《韩非》、《说苑》、《公羊》皆载其事,然皆不可信。惟《郑语》云:桓公为司徒,甚得周众。问于史伯曰:王室多故,余惧及焉,其何所可以逃死?史伯对曰:虢叔恃势,桧仲恃险,而加之以贪冒。君若寄帑与贿,必将背君。君若以成周之众奉辞伐罪,无不克矣。公说,乃东寄帑与贿。虢桧受之,十邑皆有寄地。盖郑欲取虢、桧而无名,故先有所寄，俟其负约，以为兵端而灭之，此史伯之谋也。《史记》乃云：史伯请桓公居虢、桧之间，于是卒言于王，东徙其民于洛东，而虢、桧果献十邑，竟国之。夫桓公于幽王八年寄地，至十一年死难，此三年中方谋所以逃死，安能灭人之国？史迁不足信也。""东迁时，秦襄公、晋文侯、郑桓公父子皆力战勤王，而虢、桧之君无闻。虢、桧微弱，岂能与诸侯抗？必无之事也。盖虢、桧背郑负约，武公兴王师灭之，而王即以其地赐郑。"陈奂《传疏》说："桓公寄孥，则武公当桓公之世已居郐矣。寄孥在幽王九年，越二年而幽王灭。《公羊传》云：先郑伯有通于郐夫人者，《外传》言郐由叔妘（按《周语》：富辰谏王以狄女为后，有桧由叔妘，聃由郑姬之语。韦昭注引《公羊传》以实之）。此郑伯正指武公，通乎郐夫人，盖在此二年中。幽王既灭，武公乃与晋文侯共立平王，卒灭虢、郐。《世家》言桓公之时，虢、郐献十邑。夫十邑者，通虢、桧言之为十国，非虢、桧之国有是十邑也。《水经·洧水》篇称，《竹书纪年》：晋文侯二年，王子多父伐郐，克之，乃居郑父之丘，是曰桓公。然考文侯二年为周幽王三年，时桓公未为司徒，未谋于史伯，又何遽灭郐而居之也？"姜、陈二氏都说灭桧的不是桓公而是武公，算有根据。不过他们说郑桓公寄孥之年，一说在幽王八年，一说在幽王九年，有这么一点不同罢了。

素　　冠

庶见素冠兮，棘人栾栾兮，劳心慱慱兮。
庶见素衣兮，我心伤悲兮，聊与子同归兮！
庶见素韠兮，我心蕴结兮，聊与子如一兮！

【解题】

《素冠》，是关于三年之丧的诗。《诗序》说"刺不能三年"，对的。《郑笺》说："《丧礼》：子为父，父卒为母，皆三年。时人恩薄礼废不能行也。"季本《解颐》说："盖此作诗之人必亦能终三年之丧者。"王先谦《集疏》说："三家无异义。或引《魏书·李彪传》：'周室凌迟，丧礼稍亡，是以要绖即戎，《素冠》作刺。'并举《列女·杞梁妻传》引《诗》'我心伤悲，聊与子同归'二句，以为《鲁诗》异义。不知'要绖'、'素冠'二事并引，文不相属，非可以此溷入戎事。又《列女传》引《诗》'与子同归'，以妻殉夫死，断章取义。此篇专刺短丧，大旨明白。执礼匡时，所系綦重，尤不当傅会曲说，淆乱正经也。"他说不当傅会曲说，治学固当如此。他想执礼匡时，思想就太顽固了。

殷周时代有没有三年之丧这一礼制？如果有，这是周制还是殷制？抑或"殷因于夏礼"？经史学者争论至今，没有解决（可参看郭沫若《青铜时代·驳说儒》一文）。我们所确知的是孔、孟主张三年之丧，这是《墨子》所反对的。记得《论语》里说："宰我问三年之丧。……子曰：'……子生三年，然后免于父母之怀。夫三年之丧，天下之通丧也。予也有三年之爱于其父母乎？'"好像孔子说，三年之丧是当时社会上通行的礼制。可是孟子时候，滕国的父兄百官都反对行此丧礼，说是"吾宗国鲁先君莫之行，吾先君亦莫之行"。好像是说周代盛时并没有三年之丧这一礼制。如果有，"周礼尽在鲁"，鲁不会不遵周礼的。这样说来，这一问题就难于解决了。

孔、孟既都主张三年之丧，大概当时儒家是有人能够实践的。《毛传》说："子夏三年之丧毕，见于夫子，援琴而弦，衎衎而乐，作而曰：'先王制礼不敢不及。'夫子曰：'君子也！'闵子骞三年之丧毕，见于夫子，援琴而弦，切切而哀，作而曰：'先王制礼不敢过也。'夫子曰：'君子也！'子路：'敢问何谓也？'夫子曰：'子夏哀已尽，能引而致之于礼，故曰君子也。闵子骞哀未尽，能自割以礼，故曰君子也。夫三年之丧，贤者之所轻，不肖者之所勉。'"《礼记·檀弓》、《说苑·修文》篇所记此事，人名事实都有出入。《毛传》决非杜撰，当是根据其他逸典成文。假使当时儒家不曾有人如此实践，又不曾有过其他一些实行三年之丧的人，《墨子》为什么无的放矢，提出节葬短丧的主张，并且以此作为"非儒"的一大理由呢？儒家主张三年之丧的理由主要是"子生三年然后免于父母之怀",和由此而推衍出来的一些大道理如《礼记·三年问》所说。讲究繁文缛节的西周贵族可能有些人实行过三年之丧,故儒家以为这是先王礼制;虽然有些人实行过,但未必成为"天下之通丧"。剥削阶级贵族老爷不可能都肯放弃他们的物质享受去寝苫枕块地守三年之丧,如鲁、滕两国的先君便是。而人民又没有不劳而获的那种福气,可以居丧守礼,甚至庐墓三年,而不从事生产。《墨子》反对久丧的主张,正是代表劳动者对于丧礼的看法。《素冠》一诗"刺不能三年",锋头当是指向桧国贵族,但看末章"庶见素韠"的话便知道了。

　　毛公传"素冠、素衣",不传"素韠"。素韠是什么呢?《孔疏》说:"古者田渔而食,因衣其皮。先知蔽前,后知蔽后。后王易之以布帛,而犹存其蔽前者,重古道,不忘本。"这从韠的起源说起,最初韠是皮制的遮羞物,后来文化进步,就转化为装饰品了。这一解释应该得到文化人类学者尤其是我们历史唯物主义者的称许。素韠是大祥祭朝服所用。《孔疏》又说:"案丧服,斩衰有衰裳绖带而已,不言其韠。《檀弓》说既练之服云练衣,黄里縓缘,要绖绳屦,角瑱鹿裘,亦不言有韠。则丧服始终皆无韠矣。《礼》大祥祭服朝服缟冠。朝服之制,缁衣素裳。《礼》:韠从裳色。素韠是大祥祭服之韠。然则毛意亦以卒章思大祥之人也。"原来韠从裳色,素裳就得配合素韠。陈奂《传疏》说:"《丧服小记》及《杂记》,言祥祭服朝服,朝服素韠。故诗人言素韠为能终三年丧者,作幸见之词。《候人·传》云:'芾,韠也。'韠与芾通称。韠象裳色,天子山、火、龙,诸侯火、龙,卿大夫山,此画绘之韠以配衮、鷩、毳、希之裳也。玄冕之服,天子朱韠配朱裳,诸侯卿大夫赤韠配赤裳,士爵弁韎韐配纁裳也。玄端不与裳相应,故士玄端爵韠,裳则有玄黄杂之,异朝服,如深衣有韠而无裳。"这解释了素韠,也说明了韠制。韠的花样和色彩是随朝服的等级制而有所不同。诗"刺不能三年",最后揭明"庶见素韠",明是指的朝服用韠的贵族老爷。诗人不是贵族中人、就该是儒家者流了。

隰有苌楚

隰有苌楚，猗傩其枝。夭之沃沃，乐子之无知！
隰有苌楚，猗傩其华。夭之沃沃，乐子之无家！
隰有苌楚，猗傩其实。夭之沃沃，乐子之无室！

【解题】

《隰有苌楚》，疑是破落贵族悲观厌世之作。郭沫若先生说得是。他在《中国古代社会研究》里说："自己这样有知识罣虑，倒不如无知识的草木！自己这样有妻儿牵连，倒不如无家无室的草木！作人的羡慕起草木的自由来，这怀疑厌世的程度真有点样子了。""这种极端的厌世思想在当时非贵族不能有，所以这诗也是破落贵族的大作。"这一新说比较据《诗序》为说的许多旧注说最为得其近似。《诗序》说"疾恣"，说"国人疾其君之淫恣"。我们但知说桧君"骄"、"侈"、"贪冒"有据，说他"恣"可以，说他"淫恣"就不可考。倘说他的夫人叔妘"淫恣"，那倒近乎事实。朱子《辨说》直以《诗序》为误。他在《集传》里说："政烦赋重，人不堪其苦，叹其不如草木之无知而无忧也。"沈德潜《说诗晬语》说："政繁赋重，民不堪其苦。而《苌楚》一诗惟羡草木之乐，诗意不在文辞中也。至《苕之华》明明说出。要之并为亡国之音。"这申《集传》一说。他们似都以为这诗出自民间，郭沫若先生以为这是破落贵族的大作"，恰恰相反。《集传》一说也像可通，但是并不比《诗序》更为有据。

记得王应麟《困学纪闻》据《周语》富辰的话"桧由叔妘"，疑此诗和叔妘亡桧事有关。陆奎勋《陆堂诗学》也说："《公羊》有云：'郑先君通乎桧夫人以取其国。'观'乐子之无室'句，兴刺有因。然而温柔敦厚，《诗》教也。当以《集传》之说为正。"他既说"兴刺有因"，还是以《朱传》不背《诗》教之说为正，可见《诗》教和《朱传》的权威性。好在他说的"有因"并不一定就是事实。难道桧君亡国是由于其夫人叔妘通乎郑先君吗？由于他有知有家有室吗？这样附会史事似乎可通，未必便算确论。

又诗中"知"字虽是常见字,在训诂上却也有问题难以解决。《郑笺》说:"知,匹也。"陈启源《稽古编》说:"匹,谓妃匹也。诗本疾君之淫恣,又首章之知与二、三章之家室当一义耳。《尔雅·释诂》知匹语殆专为此诗注脚,故康成用之。宋儒以其惊俗仍解为知识义。"马瑞辰说:"训知为匹,与下章'无室'、'无家'同义,此古训之最善者。或疑知不得训匹。今案,《墨子·经上》篇曰:'知,接也。'《庄子·庚桑楚篇》亦曰:'知者,接也。'《荀子·正名》篇曰:'知,有所合谓之智。'凡相接相合皆训匹。《尔雅》:'匹,合也。'《广雅》:'接,合也。'是也。知训接训合,即得训匹矣。又古者谓相交接为相知。《楚辞·九歌》:'乐莫乐兮新相知。'言新相交也。交与合义亦相近。《芄兰》诗:'能不我知。'知正当训合。不我知为不我合,犹不我甲为不我狎也。《礼记·曲礼》:'男女非有行媒不相知名。'《释文》作'不相知',云:'本或作不相知名,名衍字耳。'今按,不相知者,即不相匹也。此皆知可训匹之证。"真亏他博辩,有劳了!按《乐记》:"好恶无节于内,知诱于外。"郑注:"知,犹欲也。"此诗知字似亦可训为欲,且正和《诗序》"情欲"字相应。但是鄙见以为不如如字作训,训为知识,于义为长。知字不必和下二、三章家、室字同义。一篇之中,诸章句位同,句式同,词位同而字异,字义可以同也可以不同,《三百篇》中不乏其例。倘若过于拘泥,就会被讥为高叟之固了!

诗意说喜爱苌楚的无知,因为人有情欲,有痛苦,就在于有知。诗人见物起兴,自恨不如苌楚,话极沉痛。法国大生物学家屈费儿(或译居维尔)说:"动物之性情亦与人类无以大异。强者好欺凌,弱者好卑屈。费大力以博顷刻之欢乐,久受痛苦,终归于死。其恶不减于人类,其痛苦亦不减于人类。至于植物则不为痛苦所困。吾人只见其华美而不见其忧愁,并不令人追想人类之情感忧虑与诸不如意之事。植物世界中只有恋爱而无妒忌,有美丽而无炫耀,有强力而无横暴,有死亡而无痛楚,与人类绝不相同。"(伍光建译、木尔兹著《十九世纪欧洲思想史》第一编上册之一，一二五页）可为读此诗及《小雅·鱼藻之什·苕之华》一诗者进一解。此诗无知的知，如依《郑笺》据《尔雅·释诂》解为匹，解为匹配，和下二章无家无室同义，不但三章意思重复，而且全诗也会使人觉得索然寡味，大为减色了。

匪 风

匪风发兮，匪车偈兮。顾瞻周道，中心怛兮！
匪风飘兮，匪车嘌兮。顾瞻周道，中心吊兮！
谁能亨鱼？溉之釜鬵。谁将西归？怀之好音！

【解题】

《匪风》，《诗序》说"思周道"。这是说，诗人因桧"国小政乱，忧及祸难，而思周道"。也就是说，"思王灵之庇而不可得"。今文"三家无异义"。这位诗人自是属于破落贵族，为国运唱挽歌，同时也是为他自己唱挽歌。这正是所谓亡国之音一类。这诗主题无可疑，疑在字句训诂上，比如"周道"应该怎样作解。

诗说"顾瞻周道"，何谓"周道"？《毛传》说："下国之乱，周道灭也。"《郑笺》说："周道，周之政令也。"毛、郑释周道就是周之政令，和《诗序》释周道一致，从诗所含当时政治上的意义来说不错，但是错在不曾包括到另一面的意义。故朱子《辨说》以为"诗言周道，但谓适周之路"，"《序》言思周道者，盖不达此意"。马瑞辰《通释》说："按周道，犹周行，朱子《集传》云'周行，大道'是也。周之言䆗。《广雅》：'䆗，大也。'周道又为通道，亦大道也。凡《诗》周道皆谓大路，即《孟子》云'夫道若大路然'也。为诗以大路之坦平喻王道之正直则可，若遂以为周之政令则非。"朱子、马氏释周道就是大道、大路，从诗人所见当前景物上的意义来说不错，但是也错在忽略了另一面的意义。周道，原是"《诗》、《书》"时代"的常语，一面可作周之政令、周之王道、文武之道来解，一面可作周行、大道、大路来解；用在文辞中究作何解，都须从上下文义或语气来定。这里诗人用此周道常语，不知道他原是什么意思，但在今日我们读者就该把它当作双关语来看，才不至说错，才不至有争论（拙作《直解》把周道解作周的大道，即用双关的意义）。就这一点来说，毛、郑和朱子、马氏释周道，都是一半儿不错、一半儿错了。这是此诗在字句训诂上难题之一。

此诗在字句训诂上还有难题，如诗说"匪风"、"匪车"的一个"匪"字。《毛传》说："发发飘风，非有道之风；偈偈疾驱，非有道之车。"以非有道之风释发发飘风，以非有道之车释偈偈疾驱，不是用非字释匪字，毛意当是如此。陈奂《传疏》说："《传》释匪风为非有道之风，匪车为非有道之车，匪为非有道，即探下周道而言。"这似乎误会毛意了。《汉书·王吉传》中吉《上昌邑王疏》说："古者师日行三十里，吉行五十里。《诗》云：'匪风发兮，匪车揭兮。顾瞻周道，中心怛兮。'说曰：是非古之风也发发者，是非古之车也揭揭者，盖伤之也。"王吉用《韩诗》说，可证毛、韩义同。但是毛似不释"匪"字，韩似用"是"字释"匪"字。韩也不是以"非古"释"匪"字，王先谦却像误会韩说了。他在《集疏》里说："后人释匪为彼、道为路者，皆未可从。"我倒以为未可从的不在他说的"后人"，而在他自己。释"道"为"路"，不是全不可从，上文已经说过了。释"匪"为"彼"，其说可从。王念孙《广雅疏证》说："匪风发兮，匪车偈兮。犹言彼风发兮，彼车偈兮也。"古"匪"、"彼"通用，所以《广雅·释言》(卷五下)、《左传·杜注》(襄八年，子驷引《诗·小雅·小旻》篇：如匪行迈谋，是用不得于道)都训"匪"为"彼"。王氏《疏证》于这字说的极为精确。依他说，这"彼"字在文法上是指示形容词，和上引《韩诗》说的"是"字相同。不过同是有所指示，说"彼"、说"是"，形容方所远近，似乎稍有不同。我就断定王念孙《疏证》释匪为彼可申这诗毛、韩一说，这于诗人用当前所见景物来说的意思恰合。陈奂、王先谦申毛、韩一说似乎都说错了。这是此诗训诂难题之二。全《诗三百》训诂难题何止千百？一一详解太嫌繁重了。这里顺便在《题解》再拈示一二例。

还有"自郐以下"一语作为微不足道一个意义的成语或典故常被使用,这一语源由来已古。襄二十九年《左传》,吴公子季札来聘,请观周乐。他说:"自《郐》以下无讥焉。"杜注:"《郐》第十三,《曹》十四,言季子闻此二国歌不复讥论之,以其微也。"《孔疏》说:"言以下,知兼有《曹》也。"那时桧国已亡,曹国快亡,季子无讥,是因小国微不足道,还是因为亡国之音不堪入耳呢?

诗三百解题卷十四

曹　毛诗国风

蜉　蝣

蜉蝣之羽！衣裳楚楚。心之忧矣，于我归处？
蜉蝣之翼！采采衣服。心之忧矣，于我归息？
蜉蝣掘阅！麻衣如雪。心之忧矣，于我归说？

【解题】

《蜉蝣》，是讽刺曹国迫近危亡，君臣还只是整饰衣服、讲究场面而作。这也是属于乱世之音、亡国之音一类的诗。曹是当时的一个小国，起初建国的时候也许不算小。顾栋高《诗经类释》说："武王封弟叔振铎于曹，今为山东曹州府定陶县，《春秋》哀八年为宋所灭。"《诗序》说"蜉蝣，刺奢"。"昭公国小而迫，无法以自守，好奢而任小人，将无所依归"。《郑谱》说："周武王既定天下，封弟叔振铎于曹。……其封域在雷夏菏泽之野。昔尧尝游成阳，死而葬焉。舜渔于雷泽，民俗始化。其遗风重厚，多君子，务稼穑，薄衣食，以致畜积。夹于鲁、卫之间，又寡于患难。末时富而无教，乃更骄侈。十一世当周惠王时，政衰，昭公好奢而任小人，曹之变《风》始作。"朱子《辨说》却以为《诗序》"言昭公，未有考"。王先谦《集疏》说："《汉书·人表》：曹昭公班鳌公子作诗。此齐说，鲁、韩当同。"这说此诗不但作在昭公之世，连作者也有考了。看诗的内容和旧解所述的史事大致相合，可能此诗确是破落贵族公子大夫一流人物所作，发泄他们预感快要灭亡的悲哀，语极沉痛。

蜉蝣是怎样的一种虫豸呢？《毛传》说："蜉蝣，渠略也。朝生夕死，犹有羽翼以自修饰。"这太简约了，但不算怎么错。按《孔疏》所引汉末魏晋人樊光、陆玑、郭璞诸家说，以为这是一种土生甲虫。而据郭义恭《广志》说："蜉蝣在水中翕然生，覆水上，寻死，随流而去。"傅咸《蜉蝣赋》说："读《诗》至《蜉蝣》，感其虽朝生暮死，而能修其羽翼，可以有兴，遂赋之。有生之薄，是曰蜉蝣。育微微之陋质，羌采采而自修。不识晦朔，无意春秋。取足一日，尚又何求？戏停淹而委余，何必江湖而是游？"傅咸认定蜉蝣是朝生暮死、取足一日的"一日虫"（Day-flies，详《汉译世界名著·动物生活史》，J. A. Thomsom 著，黄维荣、伍况甫译），这是正确的。郭义恭和傅咸也都是晋人，在郭璞之前。他们都确认蜉蝣是一种水生昆虫。其实，《夏小正》、《淮南·说林》早就说到浮游，但不写作蜉蝣，而作为一种微小的水生昆虫了。

究竟蜉蝣是一种水生昆虫，还是一种甲虫呢？不但古人有争论，便在今日昆虫学家间也有争鸣。一九五〇年，《中国昆虫学报》第一卷载有朱弘复、高金声所著《本草纲目昆虫名称注》，以为蜉蝣可能是属于金龟子科中的一种昆虫。一九五六年，《生物学通报》十二月号载有邹树文《毛诗蜉蝣虫名疏证》一篇长约万字的论文，确认蜉蝣是一种水生昆虫，对于朱、高两位说的有所辨正。

邹先生说："《毛诗·曹风·蜉蝣》，这是我国现存文献中关于蜉蝣的最早记载，亦即后世解释这一虫名的最后根据。日本学者以此名作为Ephemeroptera（蜉蝣目）一目昆虫的名称，我国现今昆虫学上一贯沿用，这是对的。""按Ephemeroptera 的得名，始于古希腊的学者亚理斯多德。古希腊字Ephemeron 即是朝生暮死之意。这样短促的生命，当然只就出水能飞的虫期而言。其幼虫生于水中，是极好的供给鱼类的食料。因种类之不同而幼虫期有久暂，有长至二或三年者。惟其成虫（包括亚成虫）则自出水能飞到死，最短不过几个钟头，长亦不过数日。此目昆虫在离水时期往往有同时出现的现象。于湖泊地区，每岁夏秋之交，突然大批成群飞行，由亚成虫蜕化为成虫，交尾及产卵于水中，都不过数日之间，完全消失，最易引人注意。此虫有一个亚成虫期，即是出水能飞之后，还再蜕皮一次，仍旧成为有翅能飞之虫，与其初出水的亚成虫的形态不见差别，是在昆虫世界中最独特之一类。成虫（包括亚成虫）的翅，通常有四翼，均甚娇嫩，几乎透明，全部展开，静止时矗立背上，从不垂覆。即是无论在飞行或静息，虫翅都是全部呈现。虫体相当长，亦颇娇嫩，附有很长的尾须二根，亦有三根者。成虫不饮不食，以致消化器官失去效用，充满了空气，减轻了体重，帮助了飞行，飞起来因风翱翔，令人看去有体态轻盈之感。""诗'心之忧矣，于我归处'、'归息'、'归说'，充满了朝不保暮的忧虑。《毛传》指明蜉蝣朝生暮死，具体地说出了诗人的情绪。"

"蜉蝣目的昆虫发生，以湖泊地区为最显著。我们再看曹国所在的地方是不是最适合于这类的突然大批发现？《禹贡·兖州》云：'雷夏既泽。'又云：'导菏泽，被孟猪。'据《正义》案《地理志》，雷夏泽在济阴成阳县西北，菏泽在济阴定陶县东。二泽同属济阴。济阴，曹都所在，是曹之封域在二泽。又据陈奂《诗毛氏传疏》，曹在'今山东曹州府定陶县'。更据《曹州府志·定陶县图》，有清河、柳河及白花河横贯。县有范蠡湖，是其养鱼处。曹国这样的地方，正是适合于蜉蝣目昆虫按季节大量发生而成群飞翔的地方。"

"综合以上的说法，体会诗人原意，蜉蝣是一类很漂亮的惯于炫耀其羽翼鲜明，容貌鲜洁的昆虫，并且又是曹地所常见到，其发生很多而又生活不久的。诗人正可用这个虫的情况而兴起其国小而迫、君臣习于奢侈、死亡无日之感。《毛传》具体道破了其为朝生暮死（当然是指其出水能飞之虫期而言）；《郑笺》指出君臣朝夕变易衣服之喻；《广志》和傅赋都肯定了诗咏蜉蝣是水生的昆虫；曹国地理又说明其地是适合这类水生昆虫大量发生之地。凡此种种，均可断定我国现今昆虫学上一贯沿用日本学者所用蜉蝣目的名称是不错的。"还有他解释《郑笺》："掘阅，掘地解阅，谓其始生时也。以解阅喻君臣朝夕变易衣服也。"根据高翔麟《说文字通》，以为"掘"字所通很多。首先，"通崛。扬雄《甘泉赋》：'洪台掘其独出兮。'注：亦作崛。""地字亦不一定作土地讲，而尽可作语助词讲。""《郑笺》的掘地二字同于扬雄的用法，作突然发生讲。"这也说得很精辟。友人范祥雍先生说："地字作副词或语助词用，见于唐宋人诗词,汉晋诸书未有此例。《郑笺》掘地解阅,疑似樊光、陆玑诸儒以蜉蝣为土生甲虫,故训掘为掘地(掘同堀)。邹解虽善,恐非郑意。"此说还可商榷。今按,蜉蝣决非土生甲虫,则掘阅不能解作穴地。樊、陆诸儒殆因误解掘阅为穴地,才误解蜉蝣为土生甲虫。用俗语诂经语,并非《郑笺》创始。《易·说卦传》说的大半都是,甚至鄙俚可笑。他如《雅·训》"毗刘暴乐"(见郝氏《义疏》),《毛传》"焸烋彭亨",亦间有之。《郑笺》"愿言则嚏"、"副笄六珈"之类,都引用俗语。安知他用掘地不也是用俗语呢?

　　邹老先生最后说:"《毛诗》原文对于昆虫所作名物的描写,以《蜉蝣》一篇为最详细,所以有可能根据原文以纠正注家之错误。至于《毛诗》所举其他虫名而仅作极短之比喻者,即难着手,不得不凭注家的说法,便不能知其是否错误了。"又附注说:"蜉蝣之名首见于《毛诗》,据《小序》是为刺曹昭公之奢而作。昭公在共公前。昭公在位,纪元前六六一到六五一。而Ephemeron之名始于亚理斯多德(Aristotle,纪元前三八四—三二二),所以我们这个的名字还较早三百多年。"他主要地从现代昆虫学上读通了这篇诗,说明了这篇诗《小序》、《毛传》、《郑笺》所具有的正确性。同时说及了这篇诗的文学价值、历史价值及其在昆虫学史上的价值。并可见古代诗人体物之妙,学者博物之精,足为祖国一种骄傲。

　　从蜉蝣虫名的这一争论,可以想见我们对于《诗经》作科学的研究之困难。单以其中草木鸟兽虫鱼来说,《陆疏》固有开创之功,其书今已残阙。厥后学者如郭璞、陆佃、郑樵、罗愿、李时珍、郝懿行、焦循、吴其濬诸家的著作中,虽有涉及,而贡献无多,大概因为都不是关于《诗经》这方面的专著。直到晚近,童士恺《毛诗植物名考》、陆文郁《诗草木今释》先后问世,《诗经》植物方面科学的研究始见专书;而在鸟兽虫鱼动物一方面专作科学的研究者至今无闻,只好我来姑作试解。这一工作不能不有待于今后兼通上古经典的动物学家来做了。

候　　人

彼候人兮,何戈与祋。彼其之子,三百赤芾?
维鹈在梁,不濡其翼?彼其之子,不称其服。
维鹈在梁,不濡其咮?彼其之子,不遂其媾!
荟兮蔚兮,南山朝隮。婉兮娈兮,季女斯饥!

【解题】

《候人》,是诗人同情一个在道路上迎送宾客的小官所谓候人者而作,也许就是候人自己假托第三人称讥刺暴发户所作。郭沫若《中国古代社会研究》里于《候人》一诗说:"这当然是讥诮那暴发户才作了贵族的人。这些由奴民伸出头来的人,在旧社会的耆宿眼里看来,当然是说他(们)不配的。"这是一种创见,可从。因为这并不违背诗旨和史实。

诗凡四章,中间两章都以鹈为比兴之义。鹈是什么鸟?《毛传》说:"鹈,洿泽鸟也。梁,水中之梁。鹈在梁,可谓不濡其翼乎?"《郑笺》说:"鹈在梁当濡其翼而不濡者,非其常也。以喻小人在朝亦非其常。"这都不错。按鹈就是鹈鹕,一种啄食鱼贝的水禽。它们想要两翼一嘴都不沾水而获得食物,那是不可能的。诗人用以象征暴发户贵族即所谓"小人","无德居位","无功食禄",最为恰切。曹国地处湖沼地带,当时必多鹈鹕,故诗人即以这种习见之水禽起兴。如今我国南方人就很少见识此鸟了。少见多怪,便闹笑话,很有趣的是焦循《雕菰集》七有关于鹈的一则记事。他说:"湖有鸟如鹤,而色不洁。喙修尺余,喙下肉囊大可容二斗,喙张则囊鼓翼开。两目荧荧顾人。俗呼曰突犁。突犁者,鹈之缓声也。戊午夏四月,偶止树间,为渔者所获,持至村市中,市人不识,目以为怪。好事者买以钱二百,畜诸鸭笼。每日所食,尽鱼数斤,苦不能膳,持货于城。是冬十月,余寓城中。相传市有凤皇,同人相约往观,则蔽以茨幕,标以彩绘。一人鸣铙,侈大其说。敛钱而后与视,观者竞入如蚁。余心颇为之动,从入窥之,则向之鹈尔。……余好为虫鸟之学,涉猎于《尔雅》诸书,素知其状,且见其所由来也,爰感而为之书。"当时有人把鹈鹕作为凤凰展览敛钱,竟尔轰动扬州城。亏他这位素好虫鸟之学的学者亲往观察,才证实此鸟原是鹈鹕。现在说来,不还是一件很有趣的故事吗?

《诗序》说《候人》刺曹"共公远君子而好近小人"。《辨说》说:"未知然否。"《集义》说:"非其事实。"《集疏》以为今文"三家无异义"。我以为《诗序》有据。这有什么根据呢?按僖二十八年《左传》:"晋侯围曹……三月丙午入曹。数之以其不用僖负羁,而乘轩者三百人也,且曰献状。令无入僖负羁之宫,而免其族,报施也。"杜注:"轩,大夫车。言其无德居位者多,故责其功状。报飧璧之功。"诗说"三百赤芾",正和《左传》"乘轩者三百人合"。又按《史记·晋世家》,当晋文公重耳亡命在外时,一次由齐"过曹,曹共公不礼,欲观重耳骈胁。曹大夫釐(同僖)负羁曰:'晋公子贤,又同姓,穷来过我,奈何不礼?'共公不从其谋。负羁乃私遗重耳食,置璧其下。重耳受其食,还其璧"。曹共公对于晋公子重耳的"骈胁"特感兴趣,既使"裸浴薄观"(《左传》),又使"袒而捕鱼"(《淮南子》),虽像好奇,却是无礼。后来晋文公重耳入曹,既数曹共公之罪,又报僖负羁之德,好像恩怨分明,其实只是野心霸主侵略弱小的一种借口。不然的话,"劳之不图,报于何有"? 当时于他有从亡之劳的魏犨、颠颉因此大怒不平,宁犯违命杀身之祸,直向僖负羁家放火,就是意在戳穿他的虚伪。亏了颠颉劳而无功,又白赔一条老命,好在介之推英灵不孤了。

《候人》一诗刺共公,作在曹共公在位的哪一年呢?考晋文公那次亡命过曹在晋惠公十年,即曹共公十二年,鲁僖公十九年,当周襄王十一年(公元前六四一年)。入曹数罪在曹共公二十一年,即鲁僖公二十八年,当周襄王二十年(公元前六三二年)。据此可以推知此诗大约作在曹共公十二年到二十一年之间。俞正燮《癸巳存稿·候人遂媾义》一则说:"《晋语》云:曹共公不礼晋公子重耳,僖负羁言于曹伯,弗听。晋公子过宋,过郑,遂如楚。楚〔令尹〕子玉欲杀公子,又请止狐偃,楚子不可。曰:《曹诗》曰,'彼己之子,不遂其媾。'邮(尤)之也。效邮,非义也。是《候人》之诗,曹人作于晋公子在曹之时。晋从者挟其诗遍示路人,故楚子亦知之。"这是以为此诗作在曹共公十二年,也说得很有根据。但恐《左传》浮夸,《国语》并不例外。事后记载,不免故弄玄虚。

最初引用这一《诗序》而见于记载的是三国时魏文帝,由此而引起了后儒关于《诗序》作者及其时代的问题。按"魏黄初中,尝有鹈集灵芝池,文帝识之。曰:此诗人所谓污泽者也。《曹诗》刺共公远君子、近小人,今岂有贤智之士处于下位? 否则斯鸟胡为而至哉?"宋儒郑樵、叶梦得(乃至近人)就据黄初四年诏书引用此《诗序》,作为《诗序》晚出或为后汉卫宏所作的证据。清代好几个著名的汉学家驳斥了这一说的不可靠,例如陈启源《稽古编·鱼丽》篇、惠栋《九经古义》六、钱大昕《十驾斋养新录》一、王崧《说纬》、翁方纲《诗附记》都是。

钱大昕说:"王氏《困学纪闻》引叶氏(梦得)云:'汉世文章未有引《诗序》者。魏黄初四年诏云:《曹诗》刺远君子、近小人。盖《小序》至此始行。'近儒陈启源始非之云:'司马相如《难蜀父老》云:王事未有不始于忧勤而终于逸乐。此《鱼丽·序》也。班固《东京赋》:德广所被。此《汉广》序〔及《鼓钟·毛传》〕也。一当武帝时,一当明帝时,〔皆用《序》语,〕可谓非汉世耶?'吾友惠定宇亦云〔郑渔仲云,汉世文字未有引《诗序》者,惟魏黄初四年诏,有曹共公远君子近小人之语,盖《诗序》至是而始行。栋案〕:'《左传》襄廿九年,〔季札见歌《秦》,曰:美哉!〕此之谓夏声。服虔《解谊》云:秦仲始有车马礼乐之好,侍御之臣,戎车四牡田狩之事,与诸夏同风,故曰夏声(原注:《诗正义》引之)。又蔡邕《独断》载《周颂》卅一章,尽录《诗序》,自《清庙》至《般》,一字不异,何得云至黄初始行于世耶?〔渔仲又谓《诗序》作于卫敬仲,亦臆说。〕'愚谓宋儒以《诗序》为卫宏作,故叶石林有是言。然司马相如、班固皆在宏之前,则《序》不出于宏已无疑义。愚又考《孟子》说《北山》之诗云:'劳于王事而不得养父母。'即《小序》说也。唯《小序》在《孟子》之前,故《孟子》得引之,汉儒谓子夏所作,殆非诬矣。说《诗》者不以文害辞,不以辞害志。诗人之志见乎《序》，舍《序》以言《诗》，《孟子》所不取。后儒去古益远，欲以一人之私意窥测古人，亦见其惑已！"

依钱竹汀说，《诗序》是子夏作，早在孟子前，所以《孟子》解说《北山》一诗用了它。司马相如《难蜀父老》引用了《鱼丽诗序》，班固《东京赋》引用了《汉广诗序》或《鼓钟·毛传》，他们都在卫宏前，可证《诗序》不是卫宏作。服虔《左传解谊》引用了《秦风·车邻》、《驷驖》的《诗序》，蔡邕《独断》述《周颂》差不多全和《诗序》相同，可证《诗序》不是到了曹魏黄初时候才流行于世。总之，清代汉学家大都相信《诗序》早在大毛公以前就有了，肯定是子夏所作。关于《诗序》的争论，我们以后还要涉及它，这里顺便谈到它就到此为止了。

鸤　鸠

鸤鸠在桑，其子七兮。淑人君子！其仪一兮。其仪一兮？心如结兮。

鸤鸠在桑，其子在梅。淑人君子！其带伊丝。其带伊丝？其弁伊骐。

鸤鸠在桑，其子在棘。淑人君子！其仪不忒。其仪不忒？正是四国。

鸤鸠在桑，其子在榛。淑人君子！正是国人。正是国人？胡不万年！

【解题】

《鸤鸠》，当为讽刺曹共公依附霸主，狐假虎威，妄自尊大，不知度德量力而作。《诗序》说"刺不壹"，"在位无君子，用心之不壹也"。大旨不错。假如我了解它不错的话，还须明确加以解说。《毛传》说"壹"是"平均如一"，《郑笺》申《传》说"其仪一兮"是"执义当如一也"。按曹"昭公当齐桓之世，屡与盟坛，备勤战绩"。《蜉蝣》诗人已刺其骄奢，而不自知朝不保夕。共公继承其父贻谋,"历事齐桓、宋襄、晋文三霸主",也是屡预征伐会盟。"桓之衰也,宋人即伐曹矣。宋襄图霸,复同伐齐,以纳孝公。桓公当日既失制命之义而轻属幼少,乃长子无亏既嗣立,虽以宋襄为主,奉少夺长,以乱齐国,而曹伯(共公)亦不能无咎矣。轻从宋师以乱齐,复盟曹南而背宋,宜无解宋人之围也。"《鳲鸠》之刺,当在此时。诗说"正是四国",不是刺他乱齐背宋之事吗?狐假虎威,张牙舞爪,居然有"正是四国"的野心!"曹共之位,齐所定也。"齐桓既死,又依附宋襄乱齐,旋复背盟反宋,二三其德,是执义不一而用心不固了。这可说"淑人君子,其仪一兮,其仪一兮,心如结兮"吗?又诗以鳲鸠起兴,鳲鸠之子别托卵翼,不是象征昭共父子依附霸主才能自存吗?李超孙《诗氏族考》评述昭共父子事迹甚详,这里就不必全引原文了。

　　这诗主题是什么?说者至为纷歧。单以美刺来说,是美是刺就难说定。《诗序》说"刺",朱子《辨说》以为"此美诗,非刺诗"。王先谦《集疏》说:"三家无异义。陈乔枞云:《鲁诗》说《尸鸠》之义,词无讥刺,与毛异解。愚谓刺诗不在显言,《关雎》、《鹿鸣》皆其例也。"他肯定这是"刺"诗,与毛同解。说"刺不在显言"也好,便说"以美为刺"如《关雎》、《鹿鸣》之例也好,今文家说《诗》美刺原不甚拘泥。究竟是歌功颂德还是讽刺?使人摸不准。诗人往往使用这种手法。此论《诗》之美刺者不可不知。曹君有何可美?无可美而亦美之,这不是刺而是什么?

　　再说,这诗美谁?刺谁?同样难以说定。或以为这是美君子之用心均平专一,而不指实君子是何等人,如朱子《集传》是。或以为这是美开国贤君曹叔振铎,如伪《申公诗说》、方玉润《诗经原始》是。或直以为这是曹叔振铎训诫子孙之作,如姜炳璋《诗序广义》是(姜氏并斥《诗故》以君子美公子臧,《蠡测》以为美周公,《诗亿》以为美僖负羁,《古义》以为美晋文公,皆非)。或以为这是美公子臧,如黄中松《诗疑辨证》引董氏钱氏说是。或以为这是美周公,《曹风》和《豳风》相联属,脱误在此,如《诗疑辨证》又引蒋仁叔说,并以为近是者是。或以为这是曹人美晋文公使曹伯复国,如何楷《古义》、姚际恒《诗经通论》是。相反,或据《诗序》刺不一,以为这是刺晋文公释卫侯、执曹伯,同罪异罚,是谓不一,如李黼平《绌义》、魏源《诗古微》、王闿运《补笺》都是。或不指实其人为谁,但以为这是思古刺今之作,如胡承珙《后笺》是。众说纷呶,莫衷一是。"盲人扪象"、"瞎子断匾",旁观的人只好会心微笑,怎好插言呢?

  这里姑且作一小结。鄙见此诗当是为刺曹共公托庇霸主,而又妄自尊大,背信弃义而作。诗说鸤鸠,就是"维鹊有巢,维鸠居之"的鸠,就是布谷。鸤鸠不自伏卵哺雏,寄巢产卵,故在梅在棘在榛不一。鸤鸠之子托庇他鸟卵翼之下,反向他鸟之子攻击。诗人以鸤鸠兴曹共公乱齐背宋,义当如是。《毛传》说"兴也"不错,错在说:"鸤鸠之养其子,朝从上下,暮从下上,平均如一。"诗说"其弁伊骐",骐不读《尚书·顾命》"四人骐弁执戈"之骐,当从《郑笺》读为《周礼·弁师》"王之皮弁会五采玉璂"之璂。《孔疏》说:"皮弁是诸侯视朝之常服,又朝天子亦服之。"不错。"其弁伊骐"和下文"正是四国"、"正是国人"语义配合,正指国君。倘说诗云"淑人君子"泛指一般君子或"统君臣言"(陈奂),专指公子臧或大夫僖负羁,无论是美是刺,说何可通?诗在《曹风》卷,当说曹国事,又不见得是他卷凑巧脱误在此,怎好说是美周公?怎好说是美晋文公、刺晋文公?此诗明明次在《蜉蝣》、《候人》之后,当是说昭公、共公之事,岂和开国之君曹叔振铎有关?诸说都无确证,故陈鄙见如上。

下　　泉

  洌彼下泉,浸彼苞稂。忾我寤叹,念彼周京!
  洌彼下泉,浸彼苞萧。忾我寤叹,念彼京周!
  洌彼下泉,浸彼苞蓍。忾我寤叹,念彼京师!
  芃芃黍苗,阴雨膏之。四国有王,郇伯劳之。

【解题】

《下泉》，是衰周乱世曹人思明王贤伯之作。《诗序》合乎诗旨。至说"曹人疾共公侵刻，下民不得其所"，或由于诗以冽泉浸稂起兴。《毛传》说："兴也。……稂，童梁，非溉草，得水而病也。"《郑笺》说："兴者，喻共公之施政教，徒困病其民。"诗盖以冽泉伤草喻侵刻伤民。所谓侵刻，犹今言压迫、剥削的意思。朱子以为"此乃天下之大势，非共公之罪"，魏源以为"续《序》疾共公侵刻下民，不得诗旨"，都不大见得是。《吕记》说："《匪风》、《下泉》，思周道之诗，独作于曹、桧，何也？曰：政出天子，则强不陵弱，各得其所。政出诸侯，则征发之烦，供亿之困，侵伐之暴，惟小国偏受其害，所以睠怀宗周为独切也。"这是以为衰周乱世，桧、曹小国，人民受祸独深，故诗人思周道，"思王灵之庇而不可得"。这和诗旨史实都有相合处。无疑地诗人出于破落贵族，诗也属于亡国之音一类。诗人为国运唱挽歌，也是为自己唱挽歌。

我们说这诗作于衰周乱世，究竟作在衰周何王之世？倘从《诗序》"疾共公"，就该作在周襄王之世。魏源《诗古微·陈曹答问篇》说："问：焦氏《易林》云：'下泉苞稂，十年无王。郇伯遇时，忧念周京。'何楷以晋荀跞纳周敬王事当之，其说若何？曰：周敬王事在晋顷、鲁昭之世，距陈灵已九十二年（定王八年至敬王四年），距晋文则百有余年。又纳王亦是晋侯之功，何得归美荀跞？决非诗人所指。《曹风》四篇自是晋文入曹所陈。故《传》曰：曹，文昭也。晋，武穆也。会诸侯而灭同姓，不可，乃复封曹。《下泉》美郇伯，正以郇及曹同为文昭，殆作于分田畀宋、执而未封之时。以郇伯望晋文，故晋文悦而封之，乌得下移百余年之久乎？《左传》：'蔡、雍、曹、滕、毕、原、酆、郇，文之昭也。'服虔谓郇在解梁县东、郇瑕氏之虚。《水经注》：'涑水西径郇城，郇伯故国也。'〔桓九年〕《左传》：'荀侯贾伯伐曲沃，是郇伯侯爵。'而二十四年秦、晋大夫盟于郇，则地已入晋矣（臣瓒曰：今河东有荀城，古郇国。盖荀、郇同字，晋灭之以为荀县）。《笺》以郇为州伯，则河东冀州之伯乌能劳及于青州之曹？当从《毛传》为二伯之一，主东诸侯者。考西周时十年无王,惟厉王流汾、共和摄政之世。王子朝告诸侯曰:厉王戾虐,民心弗忍,居王于彘,诸侯释位以间王政,宣王有志而后效官(杜注:间,与也。去其位,间与王室之政事。《孔疏》:谓指共和摄政)。则是共伯和摄之于内,郇伯劳来于外,皆同姓诸侯释位以间王政之事,故十年无王。而《下泉》诗人则曰:'四国有王,郇伯劳之。'苟追述西周之盛,则礼乐征伐自天子出,何仅以四国有王归功方伯乎?"陈奂《传疏》说:"《王制》:'千里之外设方伯,州有伯,八州八伯。八伯各以其属属于天子之老二人,分天下以为左右,曰二伯。'周制:方伯、二伯皆九命,方伯属于二伯,外统于内也。郇侯为二伯,《传》无明文,未审何时人。一说《易林·蛊卦》:'下泉苞粮,十年无王,荀伯遇时,忧念周京。'魏源据焦说'十年无王',谓郇伯劳来当在厉王流汾、共和摄政之世。奂窃谓《传》不言郇伯为文王子,《序》又不言古明王贤伯。《小雅·黍苗》刺幽王,但近述召穆公,已不必远追召康公。则此值晋文修怨之年,似不必更追述文王子之郇矣。焦说本三家《诗》,魏默深考厉王末年当之,说似有据。"他们肯定这诗为曹共公时作,又并说郇伯当为厉王末年人,对吗?

何楷、马瑞辰、王先谦则以为这诗作在周敬王之世,曹人在周者为美晋荀跞纳周敬王于成周而作。马瑞辰《通释》说:"按何楷《诗世本古义》据《易林·蛊之归妹》云:'下泉苞粮,十年无王。荀伯遇时,忧念周京。'此诗当为曹人美晋荀跞纳敬王于成周而作。其说以自《春秋》昭二十二年王子朝作乱,至昭三十二年城成周,为十年无王。《左传》:天王使告于晋曰:'天降祸于周,俾我兄弟并有乱心,以为伯父忧。我一二甥舅不遑启处,于今十年。勤戍五年,余一人无日忘之。'与《易林》'十年无王'合。又以昭二十三年'天王居于狄泉',即此诗下泉。郇伯,即荀跞也。荀即郇国之后,去邑称荀也。称荀伯者,《左传》昭三十一年,晋侯使荀跞唁公,季孙从知伯如乾侯。知伯即荀跞也。诸荀在晋,别为知与中行二氏,故又称知伯。荀伯犹知伯也。美荀跞而诗列《曹风》者,昭二十五年,晋人为黄父之会,谋王室,具戍人。二十七年会扈令成周。三十二年城成周。曹人盖皆与焉,故曹人歌其事也。今案,《易林》说《诗》多本三家。何楷以《左传》证之,似亦可备一说。昭二十二年,王猛入于王城。《公羊传》:'王城者何？西周也。'二十六年冬十月,天王入于成周。《公羊传》:'成周者何？东周也。'孔广森曰:'称成周不称京师者,敬王新居东周,非故京师矣。'此诗'念彼周京',似王新迁成周,追念故京师王室之词。自是以后,诸侯不复勤王,故列国《风》,诗终于此。亦可为何氏增一证也。"王先谦《集疏》说:"愚案,何氏阐明齐说,深于《诗》义有裨,今从之。自文公定霸之后,曹之事晋甚恭,议戍必皆从役。而成周之城,则曹人明书于经,故曹人在周者为此诗。"又说:"愚案《易林》云'荀伯遇时,忧念周京'者:《左传》昭二十二年十月,荀跞与籍谈帅师纳王于王城。二十六年七月,知跞与赵鞅帅师纳王。荀氏在晋为名卿,纳王之事,身著勤劳,诗美其遇王室危乱之时能以周京为忧念。故言黍之苗芃芃然盛者,以阴雨能膏泽之；今四国尚知有王事者,以郇伯能劳来之也。"他们认定这诗作在周敬王之世,曹人为美晋荀跞纳敬王于成周而作。其时在敬王四年,当公元前五一六年。

以上两说,谁说的对呢？我不据《诗序》用前说,因为后说持之有故,言之成理,故两存之,以待来哲论定。旧说"《诗》讫于陈灵",即是说,陈灵公以后无诗。这话不大可靠,记得拙作在《邶风·燕燕》、《秦风·无衣》、《陈风·株林》等篇已经说及。何楷《古义》论《诗经》时代,上限从夏少康之世起,凡八篇:《生民》、《公刘》、《七月》(《豳风》)、《甫田》(《豳雅》)、《大田》(《豳雅》)、《良耜》(《豳颂》)、《载芟》(《豳颂》)、《行苇》。其下限到周敬王之世,止一篇:《下泉》。就下限说,周敬王之世当还有《秦风·无衣》一篇(敬王十四年,当公元前五〇五年)。王夫之《稗疏》考定《无衣》这篇作出的年代,说得已够详细。不过,它比《下泉》作出已经迟了十年。下距传说删《诗》正乐的孔子之死(敬王四十一年当公元前四七九年)还有二十七年。孔子生前屡称《诗》三百,《下泉》和《无衣》都该算在里面的。

诗三百解题卷十五

豳　毛诗国风

七　月

　　七月流火，九月授衣。一之日觱发，二之日栗烈。无衣无褐，何以卒岁？三之日于耜，四之日举趾。同我妇子，馌彼南亩，田畯至喜。

　　七月流火，九月授衣。春日载阳，有鸣仓庚。女执懿筐，遵彼微行，爰求柔桑。春日迟迟，采蘩祁祁。女心伤悲，殆及公子同归！

　　七月流火，八月萑苇。蚕月条桑，取彼斧斨，以伐远扬，猗彼女桑。七月鸣鵙，八月载绩。载玄载黄，我朱孔阳，为公子裳。

　　四月秀葽，五月鸣蜩。八月其获，十月陨萚。一之日于貉，取彼狐狸，为公子裘。二之日其同，载缵武功。言私其豵，献豜于公。

　　五月斯螽动股，六月莎鸡振羽。七月在野，八月在宇，九月在户，十月蟋蟀入我床下。穹窒熏鼠，塞向墐户。嗟我妇子，曰为改岁，入此室处！

　　六月食郁及薁，七月亨葵及菽。八月剥枣，十月获稻。为此春酒，以介眉寿！七月食瓜，八月断壶，九月叔苴。采荼薪樗，食我农夫！

　　九月筑场圃，十月纳禾稼：黍稷重穋，禾麻菽麦。嗟我农夫！我稼既同，上入执宫功。昼尔于茅，宵尔索绹。亟其乘屋,其始播百谷!

二之日凿冰冲冲,三之日纳于凌阴。四之日其蚤,献羔祭韭。九月肃霜,十月涤场。朋酒斯飨,曰杀羔羊。跻彼公堂:称彼兕觥,万寿无疆!

【解题】

《七月》,是西周时代总结周代从后稷、豳公(公刘)以来关于奴隶社会农事经验的不朽的伟大的诗篇。可以作为周代农业史来读,可以作为豳地自然历和农桑生产活动月表来读,可以作为我国物候学史的最古资料之一(他如《大戴礼记·夏小正》、《礼记·月令》、《逸周书·时训解》、《淮南子·时则训》皆是)来读,也可以作为农业奴隶生活图来看。

说起关于《诗经》的图画,从汉晋到隋唐有过不少的官私名作。高似孙《纬略》十说:"汉桓帝时,刘褒画《云汉图》,见者皆热。又画《北风图》,见者复寒(《博物志》)。隋朝官本有卫协画《北风图》一卷,不复有汉人之笔矣。然古人多好以《诗》为图,陆探微有《新台图》,卫协又有《黍离图》,司马昭又有《豳风七月图》(司马昭,据唐张彦远《历代名画记》作司马绍)。"王应麟《困学纪闻》三说:"《唐志》:《毛诗草木虫鱼图》二十卷。开成中,文宗命集贤院修撰,并绘物象,学士杨嗣复、张次宗上之。按《名贤画录》:太和中,文宗好古重道,以晋明帝朝卫协画《毛诗图》草木鸟兽古贤君臣之像不得其真,召程修己图之,皆据经定名,任意采掇。由是冠冕之制,生植之姿,远无不详,幽无不显。然则所图非止草木虫鱼也(《隋志》:梁有《毛诗古贤圣图》二卷)。"可惜这些图画如今都已失传。最可笑的是那位祖传政治阴谋家司马昭,他自己还没有机会爬上皇帝宝座,就为子孙帝王万世计制定农奴生活图。司马昭之心路人皆知,他会图画却少人知,这里顺便才提到了。

《七月》一诗是我国古代奴隶社会里遗留下来的关于奴隶们一年四季怎样为奴隶主(公与公子)从事耕种生产而自己却过着挨饿受冻

的生活的最古老最详细而又最真实可靠的韵文记录。这正和《国风》其他许多的诗篇一样，尽管本来虽是民间的东西，但一经统治者攘为己有，为了他们政治上的利益，经过最初的采录、合乐、删定、传写，以及后来文字形体的几经变迁，《传》、《笺》注释的一些曲解，多多少少已经损害它的本来面目。单以《七月》而论，还是显然看得出有奴隶社会的烙印，掩盖不了奴隶主有过怎样的压迫和剥削，奴隶们有过怎样的生活和情感。它具有很大的历史价值和很高的文艺价值。

《七月》长篇产生的历史背景和地理环境怎样？《汉书·地理志》说："昔后稷封斄，公刘处豳，太王徙邠，文王作酆，武王治镐，其民有先王遗风，好稼穑，务本业，故《豳诗》言农桑衣食之本甚备。"顾栋高《诗经类释》说："许氏谦曰：豳即邠州，唐开元时改豳字为邠。今为陕西西安府邠州三水县。《郡县志》：古豳城在县西三十里。公刘所迁前，后稷封邰，在今西安府武功县西南二十二里，《诗》所谓即有邰家室是也。又百泉、溥原、流泉（三地见后《公刘》篇）俱在今三水县界。"陈奂《传疏》说："豳，公刘国。周公既遭管、蔡之变，东征三年，后归朝廷，致太平，为成王营雒，仿佛公刘治豳，故托始于豳，而太师编《诗》，遂以为豳国之《风》焉。《汉书·地理志》云：右扶风栒邑有豳乡，今陕西邠州即其地。"又说："先公，豳公也。公刘居豳，故谓之豳公。豳公之业由于后稷，故陈王业者必本后稷也。此周公遭管、蔡之变而作。"这里释豳国，释豳公，释《豳风》，都很简明。至释《豳风·七月》的主题及其作者和作出的年代，却都还有问题。

《七月》一诗是否和周公有关？姚际恒《诗经通论》说："《豳风》〔《七月》〕与周公何与？以下有周公诗及为公咏之诗，遂以为周公作。此揣摹附会之说也。周公去公刘之世已远，岂能代写其人民风俗至于如是之详且悉耶？篇中无言后稷事，《大序》及之，尤无谓，《集传》皆误承之。"陈奂以为这是周公为成王营雒而述公刘治豳之诗，显由《诗序》"陈王业"一语推衍而来。当然也有可能是根据襄二十九年《左传》："（季札见，）歌《豳》，曰：美哉！荡乎乐而不淫，其周公之东乎？"故他以为这诗是周公居东时所作。他岂不知朱子《辨说》早就疑此非"周公居东所作",意以为作在"周公遭变"以前?《朱传》说:"武王崩,成王立,年幼不能莅阼,周公旦以冢宰摄政,乃述后稷、公刘之化,作诗一篇以戒成王,谓之《豳风》。而后人又取周公所作及凡为周公而作之诗以附焉。"当然这也没有什么根据。记得阎若璩《四书释地》(又续)、黄中松《诗疑辨证》以及今人陈斠玄(钟凡)先生《豳风七月为夏代文学证》均引金履祥说,疑《七月》为豳人旧作,也都无令人信服的确证。岂仅何楷《古义》以为这诗作在"夏少康之世"徒逞雄辩吗?

崔述《丰镐考信录》说:"郑氏谓此诗在周公居东之日,朱子谓此诗在成王初立之时。余按,《鸱鸮》以下六篇皆周公时所作,此篇若又出于周公,则是七篇皆与豳无涉,何以名之为豳?曰:述豳俗也。然流火、授衣、烹葵、剥枣,在在皆然。以民间通行之事而独谓之豳俗,豳何在焉?且玩此诗醇古朴茂,与成、康时诗皆不类。窃尝譬之,读《大雅》如登廊庙之上,貂蝉满座,进退秩然,煌煌乎大观也。读《七月》如入桃源之中,衣冠朴古,天真烂熳,熙熙乎太古也。然则此诗当为太王以前豳之旧诗。盖周公述之以戒成王,而后世因误为周公所作耳。窃疑豳之旧诗当不止此,此篇因周公识之传之而独存。犹《商颂》当时亦必多,而正考父独得其十二篇也。至于《鸱鸮》以下,则以其诗皆为周公而作,而音节亦近豳,故附之于《豳风》之后,而此一篇则豳之正《风》也。"虽说他的话也无确证,却是圆通近理。如说《豳风》之所以名豳,必和豳人"述豳俗"有关。《七月》豳人"述豳俗"之诗和周公有关之诗编在一起,亦必和周公有关。有关周公之诗编入《豳风》,必和《豳风》音乐上有关。但是倘说《七月》完全为"豳之旧诗"则非;"周公述之以戒成王"完全是述而不作亦非。我以为这诗由来甚古,决不是一时一人之作,最后定稿的作者,"诵古"、"造篇"殆兼而有之,即是说,他于这诗有述有作。周代祖先以农业起家开国,《生民》述后稷,《七月》述豳公(公刘),都是着重在农事,而以《七月》述农事最详。其中纪时夏历、周历并用。周历不创始于公刘,夏历在周代成为农历。王先谦《集疏》

引皮嘉祐(鹿门之子)说:"此诗言月者皆夏正,言一、二、三、四之日者皆周正,改其名不改其实。《逸周书·周月》篇云:'亦越我周致伐于商,改正异械(按,械,谓礼乐兵甲之器),以垂三统(三统,谓夏殷周三正)。至于敬授民时,巡守、祭享,犹自夏焉(自夏,谓从夏正也)。'是为此篇之确证。"这话不错。又诗中说物候、农事,合于《夏小正》的较《礼·月令》为多。都可证此诗定稿虽不成于公刘之世,而成于西周之初,甚至即出于周公之手,却也根据从后稷、公刘以来相传的农事谣谚或其他农事资料。故可以说,《七月》一篇是高度概括地追述周先公居豳时的农事诗。这诗不是一时一人之作。

再从这诗作者的说话口吻探索他的阶级烙印。一章说:"无衣无褐,何以卒岁?"二章说:"女心伤悲,殆及公子同归!"三章说:"七月鸣鵙,八月载绩。载玄载黄,我朱孔阳,为公子裳!"四章说:"一之日于貉,取彼狐狸,为公子裘!""言私其豵,献豜于公!"五章说:"十月蟋蟀入我床下。穹窒熏鼠,塞向墐户。"六章说:"为此春酒,以介眉寿。七月食瓜,八月断壶,九月叔苴,采荼薪樗,食我农夫!"七章说:"嗟我农夫,我稼既同,上入执宫功。昼尔于茅,宵尔索绹。亟其乘屋,其始播百谷。"八章说:"跻彼公堂,称彼兕觥,万寿无疆!"这些话头明明是以在农业奴隶地位上来说话的口吻,明明反映了那个时代的一定的生产关系、阶级矛盾以及技术知识。这都不像是那个"身如断菑"(《荀子》)、"或言背偻"(《说文·白虎通》)、居摄执政、年高位尊、只惯劳心、不惯劳力的周公所能代说的。至于说到一年之中哪月该是什么气候,哪月鸟虫草木该有什么生态或形态,哪月该做什么事又该怎么做法,有许多探索自然规律和掌握农时的知识,有许多从事生产斗争的经验。这都是数百千年来从劳动生产得来的智慧累积、文化成果。尽管周公是当时一个杰出的奴隶主,自吹"多材多艺",也知道"稼穑之艰难";尽管他的上一代文王还曾"卑服即康功田功"(均见《尚书·周书》),也许还做过一阵伐木工作(见后《小雅·伐木》篇),可是到了武王和他这一代,灭了商纣,成了新的伟大的统治者。他为了巩固其新建立的周族的奴隶统治,忙得"夜以继日,坐以待旦"、"一沐三握发,一饭三吐哺",还来不及办公见客,而就不一定还有余暇精通农事达到《七月》诗里说的这样高度。至多他只能把这一篇不是一时一人完成之作——民间流传的农事诗采来,加工写定,入乐歌唱;或许还依照音乐上的性质和仪式上的需要,如《周礼·春官·籥章》所说的,作为《豳诗》、《豳雅》、《豳颂》分别歌唱罢了。

还有日本佐野袈裟美《中国历史教程》论到这诗,说:"这里是写着:把处女、红的美裳、裘和大豕献(贡纳)于公子。同时这诗也表示着奴隶制的存在。公子是残存的氏族种族的族长,是父家长制的家族的父家长,是形成支配阶级的贵族。奴隶被放在其支配下,这显然是父家长制的奴隶制。在农夫方面,父家长制的家族集团,也作为奴隶而被放在公子的支配下面。在这父家长制的家族集团内,父家长同样是奴隶,率领农夫和一家的妇子,而从事于生产。……奴隶的农夫食瓜、葫芦、麻子、苦菜等,勉强地生活着。农事的监督官'田畯'时时来巡视。……父家长指挥农夫从事收获;更使他们从乡野到城邑去,从事修理宫室的劳役。由此可以知道这父家长作为贵族的代理者而尽着忠实的义务的情形了罢。……土地当时已经成了公子的私有土地,如果不是这样,那就是成了以公子为父家长的征服者氏族种族的共同体的名目上的所有地了,所以,收获物被缴纳到公子那儿了。但是,这和在农奴制下被缴纳于领主的地租性质是确实相同的。"他这一段话,对于史学家探索周初乃至周先公之世奴隶制社会的情况,是可以作为参考的,对于读者读通《七月》一诗也许可有帮助的。

又,单就蚕桑一事来说,《七月》里所说采桑情形和养蚕方法也未必是周公所熟悉的。任何伟大作家,他的成功的作品必是写他最熟悉的生活和事物。今人周尧说:"养蚕是中国劳动人民所发明的,我国史籍记载、传说是黄帝的妃子嫘祖所发明。不过黄帝有无其人史家尚多争论,因此嫘祖的存在更属可疑。封建统治阶级每每把千百万劳动人民的创造和发明归在帝王的一身,这是不对的。总之我国劳动人民进行养蚕是很古很古的事。甲骨文上已有丝字的发现,如 ᛘ(系) ᛘ(丝)像丝成束状。山西西阴村出土的新石器文化中有半个'经过人工割裂的茧'的发现。我们相信养蚕是有四千七百年以上的历史了。蚕原来是野生在自然生长的桑树上,由于它的茧丝可以利用,人们才用人工的方法来饲养它。当开始时,可以想象它是被放饲在树上的,到后来才饲养在室内。《诗经·豳风》:'春日载阳,有鸣仓庚。女执懿筐,遵彼微行,爰求柔桑。春日迟迟,采蘩祁祁。'又,'蚕月条桑,取彼斧斨,以伐远扬,猗彼女桑。'这些说明采桑情形和采桑方法的歌谣,都有力地证明了在三千年前蚕已不再是在野外放饲而已改为室内饲养了。"(《光明日报·科学》二十七期《我国古代利用益虫和防治害虫的知识》)周尧先生认定《七月》一诗是民间"歌谣"而非周公所作,这是对的。至他从地下考古资料证明我国养蚕约有五千年的历史,又从《七月》一诗证明我国人知道室内养蚕至少是在三千年前,这于我们读通《豳风》这篇农事诗也是有帮助的。

为什么这诗篇名叫作《七月》呢?为什么在一年之中要从七月开始说起呢?黄中松《诗疑辨证·七月诗首言七月》一则里说:"《七月》一篇所陈一岁之事备矣,而以七月为首,何也?范逸斋曰:是诗以农为本,前乎此则农功未毕,至七月则凡耕稼耘耔皆已讫功,止俟其成耳。国君于是时而训农,则卒岁与来岁之事无不毕举,其意欲使之豫备,无后时之悔也。……程子曰:岁过中而将暮,当有卒岁之具,故以七月为首。张子曰:周人虑事有豫,《七月》之诗常于半年前提掇,故频举七月为言,当已。而刘瑾曰:人情之常,冬寒而始索衣,然所以成衣者则不始于冬日,而实始于七月之暑退。秋成而始得食,然所以足食者不始于秋成,而实始于二月之举趾。朱善曰:大寒之候在丑月,而谋之于建申之时。收获之候在酉月,而虑之于建寅之日。豫之至也。"又自下结论说:"盖民以食为天,宜先陈耕田之事。而恒言必曰衣食,豳地寒多,需衣尤急,……故此诗先言衣而后言食。将言需衣之急,其机兆于七月暑退将寒之候,故以'七月流火'为首云。"这虽都是老生常谈,不妨录备参考。当然,过去的学者们绝难知道诗从"七月流火"说起,是由于上古时代划分季节是从大火星的昏见来决定的。虽然太史公《史记》里说过有"火正"专门观测大火星的昏见。

现在,我们从社会发展的历史上观察,知道"《诗》、《书》时代"人民的生活水平还很低。生产技术还很幼稚,劳动生产还不太发达。衣食资料都不充足,食较足而衣最缺乏。衣的资料以丝麻为主,野生纤维植物如葛(《葛覃》、《采葛》)纻、菅、蒯(《东门之池》。成九年《左传》:虽有丝麻,无弃菅蒯)之类当作为补充。丝锦和难得的动物皮毛大都为统治阶级享受的服物。这诗对于种桑、养蚕、绩麻、染色以及衣裳的缝制都已说及,可以见其重视。同时可见那时劳动人民尽管自己无衣无褐受冻过冬,而供给贵族老爷少爷服用的丝织品和名贵皮毛的衣裳却是必不可少的。前儒误解这诗本旨,称美周公政绩,以及美化"农夫"生活、麻醉农民尊君敬上的说教,这里就无暇一一加以批判了。

再从我国上古天文学史上来说,诗说"七月流火",当在那时虽然已分四季,却还没有二十四节气,季节生活要由显著易见的大火星的昏见来决定,人们仰观天文的常识是很普遍的。同时天文历学和农业相适应的发展还是已经有了相当的高度的。竺可桢《中国古代在天文学上的伟大贡献》一文里说:"从殷墟小屯时代起,我们已是农耕社会。一年四季寒来暑往的规律对于农产品的培养、生长和收获是有决定性作用的。必得把握这寒来暑往的规律才能把农产物搞好。稻麦五谷早种或迟种十天的差别,常会使农人一年辛苦的劳动变为成功或失败。过去受了帝国主义宣传的毒素,总以为阳历是从西洋传来的,西洋古代历法要比中国来得精密高明,这是完全错误的。我们从甲骨文上可以看出三千年前殷代已经有十三月的名称。《书经·尧典》说:'期三百有六旬有六日,以闰月定四时成岁。'所谓三百有六旬有六日就是阳历年,以闰月定四时成岁乃阴阳历并用。西洋在巴比伦时代或希腊罗马时代,也夹用阴阳两历,和中国原是一样。不过同一时代我们的历法要比希腊罗马来得进步。《孟子·离娄》章说'天之高也,星辰之远也,苟求其故,千岁之日至可坐而致也'。古人称冬至夏至为日至。像《孟子》所说,在战国时代我们测定阳历年的长短,已极有把握。西洋到了我们西汉末年的时候,历法还是非常纷乱,……罗马该撒皇帝定了《儒略历》,历法遂上了轨道。……我国在春秋中叶,已知道十九年七闰的方法,要比希腊人梅冬发明这个周期,在时间上早一百六七十年。二十四节气也是中国历的特点。节气完全跟太阳走的,可称阳历的一部分。二至、二分在春秋时候已经知道了。其余二十个节气到秦汉之间才完备。西洋到如今只有春分、夏至、秋分、冬至四个节气,并不像我们中国有立春、雨水、惊蛰等名称。这二十四节气于实用上,给一般老百姓以极大方便。明末顾炎武《日知录》说:'三代以上,人人皆知天文。七月流火,农夫之辞也。三星在户,妇人之语也。月离于毕,戍卒之作也。龙尾伏辰,儿童之谣也。后世文人学士有问之而茫茫然者矣。'春秋以前没有二十四节气,所以人们的衣食住行统要看星宿的出没来决定,天文常识就很普遍。秦汉以后,有了节气月令,像'清明下种,谷雨下秧'这类谣谚和《九九歌》等流行以后,一般老百姓就无需仰观天文了。中国古代定一年四季的方法,最初以黄昏星宿的出没为主。《尚书·尧典》以鸟、火、虚、昴四宿为仲春、仲夏、仲秋、仲冬黄昏时之中星。殷墟甲骨文中已有'火'和'鸟'的星名。司马迁《史记》称古代有火正,专门观测大火的昏见。可见我国三千年前,春季黄昏大火即心宿第二星初见,为一年中农业上的大事,季节由大火的昏升而决定。到了春秋中叶,我国历学有了显著的进步。依据日本人新城新藏氏的推断,这是由于在鲁文公、宣公时代,即公历纪元前七世纪,已采用土圭来观测日影,以定冬至和夏至的缘故。希腊用土圭测定冬、夏至,始于纪元前六世纪的亚纳雪曼达,尚在我国之后数十年。……"读者读此不难理解到:《七月》一诗为何从大火星说起?为何我们要说《七月》一诗当作在周初,甚至玩它的底本还远在周初以前?为何周代自有正朔,当时民间还是夹用夏历?为何这诗关于农业知识已有那样丰富?他如:为何《小星》一诗记"肃肃宵征",说"维参与昂"？为何《定之方中》记卫文公营造宫室城市,要说定星"昏中而正",并说"揆之以日"呢？为何《大东》一诗记东方于役的人夜观天象,能说出牵牛、织女、长庚、启明、毕和箕斗一大串星名呢？为何《公刘》一诗记公刘迁岐,体国经野,说"既景乃冈,相其阴阳"呢？又,但看《公刘》和《定之方中》二诗,可知我国古人采用土圭来观测日影,测定方位,还该早于公元前七世纪了。

鸱　鸮

鸱鸮鸱鸮！既取我子,无毁我室。恩斯勤斯,鬻子之闵斯。

迨天之未阴雨,彻彼桑土,绸缪牖户。今女下民,或敢侮予。

予手拮据：予所捋荼,予所蓄租,予口卒瘏。曰予未有室家！

予羽谯谯,予尾翛翛,予室翘翘,风雨所漂摇,予维音哓哓！

【解题】

《鸱鸮》,托为鸟言,控诉鸱鸮凶鸟于我取子毁室,并痛自警惕,赶筹善后之词。这是禽言诗之祖。说它是周公救乱以贻成王之诗,《诗序》可信。所谓"救乱"者,《尚书大传》说："周公摄政,一年救乱,二年克殷,三年践奄,四年建侯卫,五年营成周,六年制礼作乐,七年致太平。"同用"救乱"一词,未知谁先谁后,似乎《序》当在先。既说"救乱",明在东征"克殷"、"践奄"之前了。所谓"公乃为诗以遗王,名之曰《鸱鸮》"者,《尚书·金縢》篇说："武王既丧,管叔及其群弟乃流言于国。曰：'公将不利于孺子。'周公乃告二公(召公、太公)曰：'我之弗辟,我无以告我先王。'周公居东二年,则罪人斯得。于后,公乃为诗以贻王,名之曰《鸱鸮》。王亦未敢诮公。"倘《金縢》不是伪书,当为《诗序》标明此诗作者所本,故朱子《辨说》以为它"最为有据"。

据《诗序》"救乱",这诗当是"周公摄政,一年救乱"时所作。但据《金縢》"于后,公乃为诗以贻王",这诗是周公"克殷"、"践奄"之后即在东征后所作。这在过去经学上成为一个大问题,而且问题中还有问题。《金縢》:"我之弗辟,我无以告我先王。"《伪孔传》:"辟,法也。告召公、太公,言我不以法法三叔,则我无以成周道告我先王。"这说得对吗?《释文》:"马(融)、郑(玄)音避,谓避居东都。"说得对呢?《释文》又说:"辟,扶亦反,治也。"按,金文义字常作嬖,训治,从辟。辟当有治义。这里辟训为治,若解作以法治之,实和《伪孔传》训法意义不二。若如马、郑读辟为避,以为周公是说:"我不避居东都,我就无以告我先王于地下。"这便有问题。《孔疏》说:"郑玄以为武王崩,周公为冢宰,三年服终,将欲摄政,管、蔡流言,即避居东都。成王多杀公之属党,公作《鸱鸮》之诗救其属臣,请勿夺其官位土地。及遭风雷之异,启金縢之书,迎公来反,反乃居摄,后方始东征管、蔡。解此一篇及《鸱鸮》之诗皆与〔伪〕孔〔传〕异。"问题摆在这里,郑玄解《金縢》、《鸱鸮》和《伪孔传》所解的不同。因为他们对于《金縢》一个辟字训诂的不同,就引出周公东征之前是否居东一个历史事实的问题,从而引出《鸱鸮》一诗作在东征前还是东征后一个时间的问题,以及《鸱鸮》为何而作的问题。

从魏晋经唐宋到清代,《诗经》学者一直争论这一问题,至今难以论定。魏晋时候,王肃驳郑玄一说之非,见于《孔疏》:"王肃云:案经传内外,周公之党具存,成王无所诛杀,横造此言,其非一也。设有所诛,不救其无罪之死而请其官位、土地,缓其大而急其细,其非二也。设已有诛,不得云无罪,其非三也。马昭:公党已诛,请之无及,故但言请子孙、土地。斯不然矣。案郑注《金縢》云:伤于属臣无罪将死。《笺》云:若诛杀之。则郑意以属臣虽为王得,实犹未加刑。马昭之言非郑旨也。公以王怒犹盛,未敢正言,假以官位、土地为辞,实欲冀存其人,非是缓大急细,弃人求土。郑之此意亦何过也?"今按,《鸱鸮》之诗,难道是周公居东，为伤于其属臣无罪将死，请勿夺其官位、土地吗？《孔疏》袒郑不见得是，但是可以代表唐初诸儒的见解。此后，就不见有人作此争论了。

或说："(《朱传》)事本《金縢》，说从孔氏，故以居东为东征，以《鸱鸮》为作于致辟管、蔡之后也(《书·蔡仲之命》：'惟周公位冢宰，正百工群叔流言，乃致辟管叔于商。'此以弗辟之辟与致辟之辟义同，谓以法诛治之)。至蔡氏《书传》，乃朱子晚年之说又从郑氏，改读弗辟之辟为避，而与此说不同。"(朱公迁)"然(朱子)卒未曾追改《诗传》，或尚未决。"(《传说汇纂》案语)是的，朱子不追改他的《诗传》，恐怕不能算此是他的"晚年定论"。朱子《覆蔡沈书》说："弗辟之说只从郑氏为是。向董叔重得书亦辨此条，一时信笔答之，谓当从古注说。后来思之不然。是时三叔方流言于国，周公处兄弟骨肉之间，岂应以片言半语便遽然兴师以诛之？圣人气象大不如此。又成王方疑周公，周公固不应不请而自诛之。若请之于王，王亦未必见从，则当时事势亦未必然。虽曰圣人之心公平正大，区区嫌疑自不必避，但舜避尧之子于南河之南，禹避舜之子于阳城，自是合如此。……或又谓，成王疑周公，故周公居东，不幸成王终不悟，不知周公又如何处？愚谓周公亦惟尽其忠诚而已矣。"他不从训诂上来说，不从历史上来说，凭空从义理上来说，以为周公圣人应该怎样，不应该怎样。这必然导致后儒周公不诛管、蔡之论。他断从郑玄居东一说，以为《鸱鸮》作在东征前，即居东时所作，而不作在东征以后。当日周公的事实是否如此？蔡沈据此一说就以为周公居东二年，东征往返又是三年。把居东、东征分为两件事，并非有何根据。不过以前《孔疏》申郑已有此一说了。清儒对此问题争论者益多，崔述《丰镐考信录》也有较为详尽的评述。他说："诗云：'予未有室家。'又云：'予室翘翘，风雨所漂摇。'则是王室不安，诸侯携贰，而尚未知其所定也。细玩通篇，惓惓虑患之心溢于语言之表。然则此诗作于东征之前明矣。若以为在东征之后，则王室已安，天下已靖，而为岌岌忧危不保终日之言，于事为不切，于人为不情矣。而说者乃以

'既取我子'为东征后之证。曰：子喻管、蔡，室喻王室。言既取我子，则管、蔡已受诛矣(原注：朱公迁说)。信如所云，管、蔡诛则武庚亦诛矣，泉下游魂尚能毁我王室乎？嗟乎！朱子之于《传》，岂能无千虑之一失？况其晚年已不吝于自改其说，而后儒反代为朱子吝之，何耶？故今遵《蔡传》之说，而以东征之事次于成王迎周公之后。"他力主朱子晚年一说，即《蔡传》一说，以为周公《鸱鸮》作在东征前，不作在东征后；东征前尚有居东事。

究竟周公有无居东或避居之事？孙星衍《平津馆文稿》下有关于周公是否诛管、蔡一文。他说："《墨子》云：周公非(罪)关(管)叔，辞三公，东处于商〔盖〕(奄)。《越绝》云：周公乃辞位，出巡狩于边。《论衡》云：王意狐疑，周公奔楚。……季札见歌《豳》，以为乐而不淫，其周公之东乎？季子读《豳诗》而知其乐，是其诗必不作于兵所。……《鲁世家》亦有成王用事、人或潜周公、周公奔楚之文。郑氏释诗'公孙硕肤'为逊辟。是周公有辟居之事审矣。"他列举了这些证据，肯定了周公有避居之事。无论其时周公避居东都、处商、奔楚，从西都来说，都在东方。他说"其诗必不作于兵所"。换言之，《鸱鸮》作于居东时，而非作于征东时。胡承珙《后笺》说："案《尚书》弗辟之辟，义当作治。即《说文》䢃训法，亦谓以法治之耳。盖周公初闻流言，自不容遽兴问罪之师，而宗亲大臣受遗辅政，又不可引嫌退避，不顾社稷之安危。故辟者，谓当体察虚实，推究主名，所以出而镇抚东方，就近控制。《越绝书》云：'周公傅相成王，管叔、蔡叔不知，而谮之成王。周公辞位，出巡狩于边。'此语与当日情事最合。盖辟非诛杀之名，亦非退避之义。《尚书》，史臣之文，据事直书，曰居东，必非东征；曰罪人，必指叛者；曰得，必尚未伏诛。断无出师东征而书之曰居东。"同此一个辟字，读避，训法，训治(镇抚、控制之意)，似乎都通。胡氏从《金縢》文义寻绎内证，又从《越绝书》得到一外证，他也肯定周公有居东之事，还把居东和东征看作两回事。

究竟周公居东和东征是一时事，还是两时事？陈奂《传疏》说：

"《书·大诰》篇:'肆朕诞以尔东征。'东征之一年也。《金縢》篇:'居东二年。'东征之二年也。《孟子·滕文公》篇:'伐奄三年讨其君。'东征之三年也。《书大传》云:'周公摄政,一年救乱,二年克殷,三年践奄。'是其谓矣。免窃谓东征与居东非有二时。'武王既丧,成王逾年即位,其夏六月葬武王,而武庚遂作乱。武庚叛即东征,东征作《大诰》。故《书大传·大诰》厕《金縢》前,有以也。武庚之叛,周公之征,总在成王元年中。流言岬起,东国欲以蠢动,西土人众而尚未知出自管、蔡。《书》云:'武王既丧,管叔及其群弟乃流言于国曰:公将不利于孺子。周公乃告二公曰:我之弗辟,我无以告我先王。周公居东二年,则罪人斯得。'案弗辟,《说文》作不薜。薜训治,治者治武庚,非治管、蔡也。治武庚叛乱,非治管、蔡流言也。不然,外侮不御,祸生萧墙,公之圣初不出此。道听浮说,辄动干戈,公之圣亦断不出此。盖《金縢》一篇文字极简略,记流言不及叛乱,论管、蔡不及武庚,此史臣载笔之辞。若当初周公意中,但欲出师治武庚乱,以告厥功于先王尔。绝不疑启商始祸乃出于骨肉懿亲,天伦遭变,实生意表。罪人斯得,以为至是而得罪人,前此则未得也。直至雷风动威,乃于三年之秋迎公,即于三年之冬公归朝廷。《书序》云:'唐叔得禾,异亩同颖,献诸天子。王命唐叔归周公于东。作《归禾》。'此东征颠末,心迹其灼然者也。自《伪孔传》辟为刑辟,居东为东征管、蔡。郑氏乃碍于罪人未得,不便一闻流言遂即东征,故辟为辟嫌,居东为辟居东都,不明辟字之解,以滋曲说。故具论之。"他肯定了居东和东征是一时事。

究竟周公《鸱鸮》一诗作在东征前,还是东征后?孙鑛《批评诗经》说:"代鸟为辞,创调特奇甚。细味此诗,当是殷未叛时作。盖当危急存亡之际,冀有以预弭之耳。的可证居东之非东征。若东征后,则天下已定,成王疑已尽释,复又何哓哓为?且武庚既死,焉能更毁王室?"这是说,诗决作在东征前。汪梧凤《诗学女为》说:"愚谓流言之起在三叔,而诗意所忧在武庚。故首章曰:'鸱鸮鸱鸮!既取我子,无毁我室。恩斯勤斯,鬻子之闵斯!'盖知煽惑三叔使陷于罪者实由武庚,又有以知武庚之所以煽惑三叔使摇己者，意不在害己，而欲倾覆我国家。且又不以流言为仇，而以陷之于罪为痛，则仁之至也。曰'无毁我室'，虑畔于未畔也。二章曰'迨天之未阴雨'，则及其未畔而豫图弭畔之道，身虽在外而御侮之计未尝去怀，忠之至也。三章曰'拮据'、'捋荼'、'蓄租'、'卒瘏'，言前之积累勤劳至今而国势未安也。国势未安而多难乘之，风雨飘摇，国将倾覆，《鸱鸮》不得不作矣。此卒章所谓予维音哓哓也。是篇与〔《金縢》〕祷疾祝册之言同一悲痛迫切，如谓东征以后所作，则本诗词义皆无着落矣。诗在《东山》前，是贻诗在前，东征在后。方麓王氏亦云。"这也是以为《鸱鸮》作在东征前。他和胡承珙同乡而年辈为长，上引胡氏一说或许受到了他这一说的影响。

陈启源《稽古编》说："周公居东即是东征，辟即致辟，孔氏《书传》本无误也。毛公《诗传》虽无明文，然训'既取我子'二语，则云宁亡二子，不可毁我周室。盖亦以《鸱鸮》诗为作于诛管、蔡之后矣。郑氏误以《金縢》居东为避居，故解《鸱鸮》诗种种害义。"又陈奂说："《书·金縢》篇云：'周公居东二年，则罪人斯得。于后公乃为诗以诒王，名之曰《鸱鸮》。'然则《鸱鸮》之诗盖作于东征二年之后、周公未归时也。故次在《东山》前。"二陈据毛郑以居东和东征为一事，《鸱鸮》作在东征后。

王先谦《集疏》说："鲁说曰：武王崩，周公当国，管、蔡、武庚等率淮夷而反。周公乃奉成王命，兴师东伐，遂诛管叔，杀武庚，放蔡叔，宁淮夷东土，二年而毕定。周公归报成王，乃为诗贻王，命之曰《鸱鸮》（《史记·鲁世家》）。明为诗贻王在诛管、蔡之后。齐说曰：《鸱鸮》、《破斧》，冲人危殆。赖旦忠德，转祸为福，倾危复立。又曰：鹲鸠鸱鸮，治成遇灾。绥德安家，周公勤劳（《易林·坤之遁》，又《大畜之蹇》）。……是《鲁》、《齐》诗无异义，《韩诗》当同。"他据《诗》三家义，也以为《鸱鸮》作在东征诛管、蔡之后。在这一点上今古文家无问题，问题在于魏源《诗古微》也据三家遗说，以为这诗原是"邠国旧风"，"刺邠君曾不如此鸟"，不是周公所作，不过"周公戒成王"用上了。

小结——《鸱鸮》,是周公救乱居东初年之作,旨在暗喻事实,藉明心迹;东征以后,贻诗成王,旨在痛定思痛,居安思危。《尚书大传》所谓周公"一年救乱",是指他避居决策之时;"二年克殷,三年践奄",是指他东征行动之时。居东、东征,是一件事、一个时期(三年间)的连续。倘说周公居东二年,因雷风之变,成王迎归;然后作《大诰》东征,三年而归,历时五年。这和《尚书》、《史记》不合,也和《逸周书·作雒解》、《尚书大传》不合。《鸱鸮》一诗托为小鸟呼鸱鸮而告之,好像物语、童话,疑出于歌谣。《朱子语类》:"问:周公作《鸱鸮》之诗以遗成王,其辞艰苦深奥,不知成王当时如何理会得?曰:当时事变在眼前,故读其诗者便知其用意所在。自今读之,既不及见当时事,所以谓其诗难晓。然成王虽得此诗,亦只是未敢消公,其心未必能遂无疑。及至雷风之变,启金縢之书后,方始释然开悟。"又说:"诗词多是出于当时乡谈,杂而为之,如《鸱鸮》拮据、捋荼之语,皆此类也。"魏源也说:"《七月》、《鸱鸮》,皆邠国旧风也。"即令此诗原是豳国歌谣,周公或述而不作,或加工而改作,仍当视为周公作品。要是当时不视为周公作品,不见得流传至于今日罢。

东　　山

我徂东山,慆慆不归。我来自东,零雨其蒙。我东曰归,我心西悲:制彼裳衣,勿士行枚。蜎蜎者蠋,烝在桑野;敦彼独宿,亦在车下。

我徂东山,慆慆不归。我来自东,零雨其蒙。果臝之实,亦施于宇?伊威在室,蠨蛸在户?町畽鹿场,熠燿宵行?不可畏也,伊可怀也!

我徂东山,慆慆不归。我来自东,零雨其蒙。鹳鸣于垤,妇叹于室:"洒扫穹窒,我征聿至!有敦瓜苦,烝在栗薪。自我不见,于今三年!"

我徂东山,慆慆不归。我来自东,零雨其蒙。仓庚于飞,熠燿其羽?之子于归,皇驳其马。亲结其缡,九十其仪。其新孔嘉,其旧如之何?

【解题】

　　《东山》,是周公东征三年而归,军士于途中有感之作。《诗序》以为周公"劳归士,大夫美之,故作是诗"。朱子以为"此周公劳归士之词,非大夫美之而作"。崔述《丰镐考信录》说:"余按此诗毫无称美周公一语,其非大夫所作显然;然亦非周公劳归士之诗也。细玩其词,乃归士自叙其离合之情耳。"魏源《诗古微》说此"亦豳民从征者所作",和崔述所见略同。今按诗中语气,恰和崔、魏之说符合。又按崔、魏之前,钱澄之《田间诗学》也说:"凡言我者,皆设为军士自道之词。"

　　诗凡四章,每章十二句。首四句,四章全同,总叙一般军士归途中遇雨之情;其下八句,作者分别自述其室家离合悲欢之感。最初《郑笺》就已注意及此,于一章说:"此(首)四句者,序归士之情也。我往之东山既久劳矣,归又道遇雨蒙蒙然,是尤苦也。"又于四章说:"凡先著此四句者,皆为序归士之情。""仓庚仲春而鸣,嫁取之候也。熠燿其羽,羽鲜明也。归士始行之时,新合昏礼,今还,故极序其情以乐之。"岂仅这一章后八句是作者自己追叙新婚时事?其实每章前四句全同,总叙军士共同行动及其情感;后八句乃追忆或想象个人室家生活及其情感。王先谦《集疏》说:"诗为周公劳归士作。毛云大夫美之,殆非。以《序》代归士述室家想望之情,大夫不能如此立言也。"真奇怪!既知大夫不能如此立言,何以不知周公也不能如此立言?何况叙述一个归来军士家事,不能拿它慰劳一般归来军士!

　　诗说"我徂东山",必有所指,指什么地方?胡承珙《后笺》说:"'我徂东山',《传》、《笺》皆不言其地。《严缉》云:'屯军必依山为固,故以东山言之。'王氏《诗考》曰:'商故都在河北,唐杜牧以河北为山东。秦汉谓山东、山西者皆指太行山。东山,即商地。'季氏《诗说解颐》云:

'东山,即鲁之东山。鲁盖古之奄国。《书》所谓王来自奄,即东征而归之事也。'承珙案,《诗考》所言究是山东,非东山。惟季氏说近之。《破斧》:'周公东征,四国是皇。'《传》云:'四国,管、蔡、商、奄也。'《尚书大传》:'奄君薄姑谓禄父曰:武王既死矣,今王尚幼矣,周公见疑矣,此百世之时也。请举事!'然后禄父及三监叛也。周公以成王之命杀禄父。《左传》:'(昭九年)薄姑商奄,吾东土也。'又,'(定四年)因商奄之民'。《说文》:郼,周公所诛郼国,在鲁。郑注《多方》云:'奄国在淮夷之北。'赵岐《孟子》注云:'奄,东方国。'据此可知《孟子》登东山而小鲁,即诗之东山。《弘明集》引宗炳《明佛论》云:《孟子》登蒙山而小鲁。阎氏《四书释地》云:或曰,费县西北蒙山正居鲁四境之东,一名东山。然则东征践奄已入鲁境。东山当是师行所至之地,故曰我徂东山。"

  这诗今古文家又无甚争论。王先谦说:"齐说曰:'东山拯乱,处妇思夫。劳我君子,役无休止。'(《易林·屯之升》)又曰:'东山辞家,处妇思父。伊威盈室,长股赢户。叹我君子,役日未已。'(《家人之颐》)鲁、韩无异义。案《尚书大传》:周公摄政,一年救乱,二年克殷,三年践奄。《大诰》云:'肆朕诞以尔东征。'一年救乱事也。《史记·鲁世家》:'管、蔡、武庚等果率淮夷而反,周公乃奉成王命兴师东伐,作《大诰》。遂诛管叔,杀武庚,放蔡叔,放殷余民,宁淮夷东土,二年而毕定。'即释《书》'居东二年,罪人斯得'二句也。《逸周书·作雒解》:'二年又作师旅,临卫攻殷,殷大震溃。王子禄父北奔(原注:《史记》云:杀武庚。此云禄父北奔。盖追奔而杀之,所记异)。管叔经而卒,乃囚蔡叔于郭凌。凡所征熊盈族十有七国。'此二年克殷事也。《墨子·耕柱》篇:'周公旦非关叔,辞三公,东处于商盖。'管、关字通,非即罪之省借,商盖即商奄(奄通作弇。《尔雅》:弇,盖也。故奄亦作盖)。东处,即居东也。《金縢》'秋大熟'以下乃《亳姑》逸文。东汉诸儒并《金縢》、《亳姑》为一谈,遂有成王感雷雨而迎周公返国之说。不知经虽阙佚,史公从安国问故,参酌古文(《班志》云:《史记》引《金縢》,多古文说),著为《世家》者,不可诬也。谓《史记》不可信,岂伏生亲见先秦完《书》,所述《大传》亦不可信乎？既雷雨启金縢,《史记》、《大传》皆为迁葬周公之事,则知无因雷雨迎周公之事。既周公非因雷雨迎归,则知周公居东之非为避居矣。《东山》诗'于今三年',即践奄而归也。"这从经史互证,以为周公居东、东征为一时事,说来很精确。但是以为居东非避居,不知周公居东之初,意在决策救乱,并未有军事行动,也可以说是避居,此避居传说之所由来。葵园王氏还不免有误！

　　《七月》之后,《东山》一诗也算是长篇杰作,《三百篇》中未易多得。其艺术特点,前人有稍已道著的,可供读者参考。王士禛说："……《豳风·七月》《东山》诸篇,述情赋景如化工之肖物。"(《池北偶谈》)"《东山》之三章:'我来自东,零雨其濛。鹳鸣于垤,妇叹于室。'四章之:'其新孔嘉,其旧如之何？'写闺阁之致,远归之情,遂为六朝唐人之祖。"(《渔洋诗话》)又王照圆《诗说》道："《东山》诗何故四章俱云'零雨其濛'？盖行者思家,惟雨雪之际尤难为怀。所以《东山》劳归士则言雨,《采薇》遣戍役则言雪,《出车》之劳还帅率言雪。《七月》诗中有画,《东山》亦然。古人文字不可及处在一真字。如《东山》诗言情写景亦止是真处不可及耳。"不错,这是《国风》里最好的抒情诗篇之一,也是《国风》诗人想象力最丰富的一篇。诗中有看似琐屑却极细致而又亲切的具体描写,能够给人以一种很鲜明又很深刻的实感。倘是不在人民中间生长,没有人民那样丰富的农村生活经验和军队生活经验,没有人民那样朴素而淳厚的思想情趣和愿望,怎么写得出这样好的不朽的诗篇呢？

破　　斧

　　既破我斧,又缺我斨。周公东征,四国是皇。哀我人斯,亦孔之将！

　　既破我斧,又缺我锜。周公东征,四国是吪。哀我人斯,亦孔之嘉！

既破我斧，又缺我锜。周公东征，四国是遒。哀我人斯，亦孔之休！

【解题】

《破斧》，是周公东征胜利以后军士庆幸生还之作，和《东山》一诗的性质相似。诗首章明说"周公东征，四国是皇"；又说"哀我人斯，亦孔之将"；即此可证它确是作在周公东征胜利以后。全篇连用九个我字，既说亦孔之将，又说亦孔之嘉、亦孔之休，庆幸还有我在，我是军士自称，毫无疑问。《诗序》以为此周大夫美周公、恶四国之作，说原可通。朱子《辨说》以为此归士美周公之词，非大夫恶四国之诗，也还不算甚误。但是他在《集传》里说："从军之士以前篇周公劳己之勤，故言此以答其意。"当时岂有小卒和主帅倡和之事？说来未免可笑。朱鹤龄《通义》驳他，以为此周大夫代为征士之辞，未见必为征士所作以答周公。范家相《诗渖》驳他，以为此非周大夫之恶四国，亦非军士之答周公而慰之，盖东人美公破敌之诗。姚际恒《通论》也以为此四国之民美周公之诗。最后王闿运《补笺》则以为此是美周公以晓天下，即周公作《大诰》之意，又似回到《诗序》的一说了。

诗说斧、斨、锜、銶，这是什么意思？毛、郑以为这是比兴之义。一章《毛传》说："斧斨，民之用也。礼义，国家之用也。"《郑笺》说："四国流言，既破毁我周公，又损伤我成王，以此二者为大罪。"毛、郑都以为诗说斧斨是比兴的意义，而所用为比喻的却不相同，究竟谁的比喻恰切呢？王先谦《集疏》说："斧言破，斨言缺，互词，以喻四国破坏礼义，乱我周邦。《笺》以斧斨分指周公、成王。胡承珙云：喻周公者不变，何以喻成王者屡变与？《笺》不如《传》明矣。"

其实，斧、斨、锜、銶同是兵器，也同是农具。当时把平日生产工具用作战时破坏工具，工具本身也用得破缺了，可以想见敌我双方战事进行的猛烈，破坏杀伐的残酷。这不是迷信圣人仁义之师、不战胜人、兵不血刃的腐儒所能想象。战事结束了，军士差幸我还生存，可以想见他们喜悦之甚，感慨之深。《毛传》、《郑笺》都以为斧、斨、锜、銶只是比兴之义，恐怕不见得是。

欧阳修《本义》、朱子《集传》都以为斧、斨、锜、銶是兵器。欧以为诗人引类比物，长于譬喻。以斧斨比礼义，其事不伦。况民之日用不止斧、斨，郑说尤无义类。因而他说斧、斨是作刑戮征伐之用。朱也说这是征伐之用。他们以为斧、斨是兵器，诗说斧、斨是赋，不是比兴。要算他们说对了一半。他们不知道这些东西本来是农具，农民被征作军士，农具也被用作兵器。无可置疑，这些东西是用金属制造，锜、銶两字就是从金得形，从奇、求得声。究竟这是用铜呢？还是用铁呢？想来当时专用兵器该是用铜，即用美金；本来是农具兼用作兵器的该是用铁，即用恶金。关于周初是否有铁的问题，拙撰《雅颂选译》里如《公刘》、《臣工》、《良耜》等篇解题已经说及，本书下面还将谈到，这里就从略了。

学者仍用毛、郑斧斨比兴之义，反对欧、朱斧斨为兵器一说的，也不乏人。胡承珙《后笺》说：＂'既破我斧，又缺我斨。'《传》：隋銎曰斧（段云：《七月·正义》引此《传》有'方銎曰斨'四字）。《稽古编》曰：二者皆斧耳，豳人用以取桑，非兵也。《集传》谓为征伐所用，殆不然。承珙案，《严缉》已有此说，谓诗人言兵器必曰弓、矢、干、戈、矛、戟，无专言斧、斨、锜、銶者。〔斧虽兵器所用，而以斨并言，乃豳民所用以采桑者。又锜为凿属，銶为木属，以类言之，知皆非兵器。〕然则破斧缺斨非为战也。若以为杀戮之多至于如此，则是与之血战而仅胜之，亦疲敝甚矣，与下文'哀我人斯'及'吡嘉遗休'之意皆不相类。总之，斧、斨、锜、銶，毛、郑只以为兴，本不必定属军中所用。若谓经言东征，不应别有取兴，则严氏云行师有除道樵苏之事，斧斨所用为多，〔历时之久则必敝，〕义亦近之。＂胡承珙颇赞同严粲、陈启源斧斨非兵器一说。好像他们都不了然于上古时代兵农或耕战二者间的一些历史事实，那时的农具是可以用作武器的，正像那时的农民同时就是兵士一样。这在近代军事学家蒋方震关于《孙子》兵书的论著中说得够详了。

若从历史上最初使用兵器或工具来说，二者初无区别。即在殷周时代虽然已有专用的兵器、专用的工具和农具,但是后者仍可用作兵器。近代考古学者就现在已经发现的远从旧石器时代到新石器时代乃至铜器时代初期的石骨角蚌之类的器物(如骨镞、角镞、具镞、石镞、蚌斧、石斧、石刀、石铚等等,唯未见石剑)从事研究,都以为工具兵器不分。即以这诗说及的斧斨而论,当从最初的石斧即考古学者叫它石拳或手斧的演进而来,无疑的这是作为尖劈斫击之用。这是兵器呢,还是工具呢? 当然我们不能把它请教于从毛、郑到陈启源、胡承珙两千多年间的学者。虽然《管子·禁藏》篇说过"缮农具当器械,耕农当攻战,推引铫耨以当剑戟",《轻重己》篇说过"张耜当弩,铫耨当剑戟",《史记·秦始皇本纪》末引贾谊《过秦论》论秦末农民起义所用武器,也说过"锄櫌棘矜非铦于句戟长铩","不用弓戟之兵,锄櫌白梃……横行天下"。这都是毛、郑以后的学者应该知道的也不知道,无怪他们不知道《破斧》一诗所说兵器的意义了。

这诗主旨今古文说稍有不同。魏源《诗序集义》见上①。王先谦《集疏》说:"周公东征后,遂兼行黜陟之典,非仅如毛说管、蔡、商、奄也。从三家为正。""鲁说曰:'……言东征黜陟,周公黜陟而天下皆正也。'(《白虎通·巡狩》篇)齐说曰:'东行述职,征讨不服。'(《易林·井之小畜》)""《公羊》僖四年《传》:古者周公东征则西国怨,西征则东国怨。《公羊》,齐学,此说必《齐诗》义。《后汉书》班固奏记东平王苍曰:'古者周公一举则三方怨。曰:奚为而后己?'李注引《孙卿子》曰:周公东征而西国怨。曰:何独不来也? 南征而北国怨。曰:何独后我也? 以上皆齐说。愚案,言天下皆正,则非独管、蔡、商、奄。诗称四国,犹《鸤鸠》篇'正是四国'之比,非有实指。东行述职,齐、鲁说同。二举三怨,即道黜陟,足见此诗并无别解,韩可知矣。《孟子》言灭国者五十。《逸周书·作雒解》:周公立,相天子。三叔及殷东徐奄及熊盈以略。

---

① 编按:《诗序集义》云:"《破斧》,美周公也。言周公出为二伯,述职东征,黜陟而天下皆正也。周公东征而西国怨,西征而东国怨,故又曰:'四国是吪。'吪,化也,言四国皆化于周公也。豳人从征者所作,非周大夫作。"

凡所征熊盈族十有七国,俘维九邑。俘殷献民迁于九毕。是四国不专指管、蔡、商、奄之明证。"这和古文《毛诗》说的颇有不同,两说都通。

伐　柯

伐柯如何?匪斧不克。取妻如何?匪媒不得。
伐柯伐柯!其则不远。我觏之子,笾豆有践。

【解题】
　　《伐柯》一篇,《诗序》既说"美周公",又说"周大夫刺朝廷之不知",语意混乱,从《郑笺》以来不少异解。揣《诗序》作者之意,当是以为诗人愿成王以礼迎归周公而已。古文《毛诗》说如此,今文"三家说不可见",宋儒苏、严两家之说比较为通。苏辙《诗传》说:"伐柯而不用斧,取妻而不用媒,岂可得哉?今成王欲治国,弃周公而不召,亦不可得也。"他从比喻来说,简单明了。严粲《诗缉》说:"有问伐木以为斧柄者当如何乎?非斧则不能,其理易知,何必问也!有问取妻者当如何乎?非媒则不得,其理亦易知,何必问也!今欲周公之归,何必问人,但以礼迎之而已。""所伐之柯即此手中之柯,比而视之,旧柯短则如其短,旧柯长则如其长,其法则不远,亦易知也。我欲见周公,当陈其笾豆,践然有行列,隆礼以迎之而已。"我以为这顺着两章文字边解说,边比喻,比较《苏传》说的稍烦,而同觉明白快畅。在所有旧解中,《苏传》、《严缉》最为杰出。而胡承珙也以为《苏传》"颇合《经》、《传》之意",王先谦则以为《苏传》"最合《经》意"。

　　《伐柯》一篇倘从它的文字本身上来看,好像是关于娶妻之家用于婚筵谢媒的俗曲。按《齐风·南山》篇:"析薪如之何?匪斧不克。取妻如之何?匪媒不得。"这里《伐柯》首章几乎全用这四句,大概这是出自当时诸夏通行的谣谚。想是因为次章诗里有"我觏之子"一句,和下篇《九罭》相同,就被《诗序》作者认为同是有关周公的诗,而赋予以政治上的意义,即《诗》教上的意义。《郑笺》就说:"觏,见也。之子,是子也,斥周公也。王欲迎周公,当以飨燕之馔,行至则欢乐以说之。"倘若《伐柯》、《九罭》两篇都确和周公有关,那么,这两篇可能原是一篇,被后人分成两篇,所以这两篇《诗序》除了诗题不同而外,其余文字完全相同。吴闿生《诗义会通》说:"先大夫以为此诗与下《九罭》本一篇而误分之,当合读,其义乃见。"又在《九罭篇》后说:"先大夫曰:《伐柯》、《九罭》当为一篇,上言'我觏之子,笾豆有践';此言'我觏之子,衮衣绣裳',文义相应。后人误分为二,于是上篇无尾,而此篇无首,其词皆割裂不完矣。《毛传》亦本一篇,故通以礼为言,上言礼义治国之柄,此言周公未得礼,文义亦相联贯,不以为两篇也。《小序》二篇同词,则后人以一《序》分冠于二篇耳。"吴氏这部书本来无甚可取,这里引用他先人的吴汝纶一说倒有见地,要是我们相信《伐柯》一诗确和周公有关的话。

九　　罭

九罭之鱼,鳟鲂。我觏之子,衮衣绣裳。
鸿飞遵渚,公归无所。于女信处!
鸿飞遵陆,公归不复。于女信宿!
是以有衮衣兮!无以我公归兮!无使我心悲兮!

【解题】

《九罭》是美周公之诗,自无问题,问题在于这是周大夫刺朝廷群臣不知周公而愿成王迎周公呢,还是东人或周大夫托为东人愿留周公之词,好像后世的所谓饯送、留别一类的作品呢?

首先,《诗序》肯定了前一说。"三家无异义"。胡承珙《后笺》说:"何氏《古义》曰:《金縢》:'惟朕小子其亲逆,我国家礼亦宜之。'孔颖达云:国家尊崇有德,宜用厚礼,诗称衮衣、笾豆是也。《伐柯》言以飨礼迎公,《九罭》言以冕服迎公也。周公关王室安危,二诗断当主周人幸公归立说。承珙案,《伐柯》但美周公,经中未见迎公之意。此诗首尾皆言衮衣,是欲王以上公之礼迎公也。"这从《诗序》一说,以此诗为周大夫欲成王以上公之礼迎周公西归而作。安知不是成王以上公之礼迎周公、东人为惜别而作呢?

其次,《郑笺》肯定了后一说,即东人想要挽留周公一说。二章《笺》说:"时东都之人欲周公留不去,故晓之云,公西归而无所居(按《豳谱·孔疏》:于时实未为都而云都,据后营洛而言之耳)。"末章《笺》说:"东都之人欲周公留为之君,故云是以有衮衣,谓成王所赍来衮衣。愿其封周公于此,以衮衣命留之,无以公西归。""周公西归,而东都之人心悲,恩德之爱至深也。"

朱子《辨说》也从《郑笺》,以为这是东人愿留周公之诗(并见《语类》)。诗里称我,《朱传》说,"我,东人自我也。""之子,指周公也。"这都是对的。诗里称女,《郑笺》意以为指周公,对的。《朱传》说:"女,东人自相女也。"这不对。《孔疏》申《传》说:"公未有所归之时,故于汝信处,处汝下国。"意以为女字是周公指东人,不对,未必是毛公意。《后笺》于"公归无所,于女信处"二句下说:"公归二字略逗。无所,犹《孟子》云无处。于女,犹言于东,不必定与东人相尔女也。"胡承珙以为女字是指东都,指地方,说来很勉强。陈奂《传疏》说:"女,犹尔也。尔,此也。此,此居东也。"也以为女字指居东,指所居地方,和胡承珙说的同样很勉强。我们细玩诗意,诗里女字当是东人称周公,对周公的爱称,也是敬语。女字上面的于字当是叹词。这从诗的文字本身上来说,可以说得通。总之,这诗是东人为周公得到上公冕服西归时惜别而作。

狼　　跋

狼跋其胡,载疐其尾。公孙硕肤,赤舄几几!
狼疐其尾,载跋其胡。公孙硕肤,德音不瑕!

【解题】

《狼跋》,《诗序》以为"美周公"。周公当"四国流言"之际,"进退有难","周大夫美其不失其圣"。这和诗旨正合。王先谦《集疏》说:"三家无异义。""胡承珙云:此诗当指周公摄政,四国流言时事。盖其时疑谤忽起,王室倾危,二叔不咸,冲人未悟。周公欲进不能,欲退不得,正跋前疐后之状。愚案胡说是也。周公惟摄政故致流言,必不如《笺》作《鸱鸮》诗时始欲摄政也。当流言之起,成王疑公,盖有二公(召公、太公)所不能匡救者。公此时既已摄政,进而负扆,无以解于鬻子,退而弗治,无以告我先王。请命东行,内则远嫌,外仍扞难,实处危难恐惧之地。及四国果叛,连兵二年,罪人斯得,然后心迹大显。衮衣既锡,旋亦召归。豳人于公之归,追纪德音,故以是诗美之耳。"他于此诗本事采用了胡承珙《后笺》"自当专指周公摄政、四国流言时事"一说;于诗的作出年代还像采用了陈奂《传疏》"此诗既归朝廷而作,在摄政四年后事"一说。他们都是据《诗序》立说。

毛、郑都以为这诗说狼是比兴之义,即说狼虽跋胡疐尾,"然而不失其猛",以兴周公"进退有难",然而"不失其圣"。为什么周公圣人把他比做一条"老狼"呢?陆佃《埤雅》说:"《毛诗草虫经》云:老狼项下有袋,求食满腹,向前行乃触之,退后又自踏践上(上疑作而)疐其尾,进退有患,故诗以况跋前疐后。"《朱子语类》说:"狐性多疑,每渡河,须冰尽合乃渡。若闻冰下犹有水声则终不敢渡,恐冰解也。故黄河边人每视冰上有狐迹乃敢渡河。又狐每走数步,则必起而人立四望,立行数步乃复走,走数步复人立四望而行,故人性之多疑虑者谓之狐疑。狼性不能平行,每行首尾一俯一仰。首至地则尾举向上,胡举向上则尾疐至地。故曰:狼跋其胡,载疐其尾。"又说:"此兴是反说,亦有些意义略似程子之说。但程子说得深,如云狼性贪之类。"(按,程子云:"周公居危疑之地终不能损其圣德者,以其忠诚在于王家,无贪欲之私心也。狼,兽之贪者,猛于求欲,故陷于机阱罗絷,前跋后疐,进退困险。诗人取之以言:夫狼之所以致祸难危困如是者,以其有贪欲故也。若周公者,至公不私,进退以道,无利欲之蔽,以谦逊自处,不有其尊,不矜其德。故虽在危疑之地,安步舒泰,赤舄几几然也。")朱子以为这是反兴,即以狼之"进退有难"反兴周公"安肆自得"。这话说得很巧妙,既不得罪所谓圣人,也不甚违背诗旨。陈启源《稽古编》说:"诗以狼为兴,但取其跋胡疐尾为进退两难之喻,初不计其物之善恶也。伊川以狼为恶兽,非所以喻圣人,故变其说以为狼以贪欲而陷于机阱,公以无欲而舒泰自如,意甚美矣。然以狼喻圣固为拟非其伦,反狼之恶以见圣之美,是又以圣与狼较论善恶也,亦非所以尊圣。"这是暗申毛义,驳斥宋儒程朱以这诗狼为反兴一说,他们以为尊圣,其实"亦非所以尊圣";却不知道自己认为诗但以狼之"跋胡疐尾"正兴周公"进退两难",反而更加得罪圣人!诗人以狼和圣人相比,哲人以大盗和圣人同科,无论他们是自觉的、非自觉的,都揭了从来统治阶级自居圣人的底!

有些学者似以为诗以狼兴周公,无论它是正兴反兴,都于圣人失敬,于是别求兴义所指。范家相《诗沈》说:"诗若曰:狼虽贪残之兽,然胡可跋,而尾载疐,终为人所禽杀而已。武庚虽反侧,然进莫前而退失据,终自取于灭亡而已。硕肤,大功也。言公奏此肤功以报朝廷,乃居东至于三年之久,其赤舄犹是几几也,其德音依然不瑕也,曾流言之足以累公哉?以狼喻四国,以硕肤德音称周公,斯之为美。"汪梧凤《诗学女为》说:"按以狼兴公,拟人失伦。上二句特以喻管、蔡流言自取颠踬,而归美于公之居东为能身名俱泰也。"他们以为诗以狼兴管、蔡、商、奄之伦也不对。诗明美周公,以狼起兴,例当联系下文来说,下文接着就说"公孙硕肤",难道不是正指周公,而是别指管、蔡、商、奄么?

诗说"公孙硕肤",公或公孙究竟是指谁呢?《毛传》说:"公孙,成王也,豳公之孙也。"《郑笺》说:"公,周公也。孙读当如公孙于齐之孙。孙之言孙遁也。周公摄政七年致太平,复成王之位,孙遁辟此,成公之大美。"毛说公孙是指成王,郑说公是指周公,谁说的对呢?刘敞《七经小传》说:"公孙者,豳公之孙,谓周公也。"他斡旋毛、郑两说之间,以为公孙是指周公。王先谦《集疏》说:"《易林·震之恒》:'老狼白狯,长尾大胡。前颠后踬,无有利得,岐人悦喜。'岐人即豳人也。诗列《豳风》,汉世说诗者每假豳以立言,如《鸱鸮》之诗以贻成王而以为刺邠君,此诗'公孙硕肤'解公孙为豳公之孙也。《豳风》因周公陈《七月》之篇，周史创立此名，《鸱鸮》、《东山》缘公作而附著之，凡美周公者亦入焉。公在东土，周大夫美之，与豳岐何涉，而称成王为豳公之孙？有以知其必不然矣。"这里暗驳毛而申郑，我以为说得是。诗美周公，主题唯一，所谓公，当是确指周公。若连孙字为说，公孙泛指豳公之孙，则称成王可，称周公可，称文王、武王又何尝不可？《毛传》专指成王，则是此诗为美成王，和《诗序》以美周公为主题不合。难道诗二章，每章首二句说狼美周公，尾二句称公孙美成王，首尾可以分割为两橛么？又单说狼二句而不连下文二句来说，何以知道是美周公呢？

《毛传》说："公孙，成王也，豳公之孙也。"毛公缘何而有此失？按诗"赤舄几几"，《毛传》说："赤舄，人君之盛屦也。"想是毛公以为王者才得服用赤舄，故合释公孙为成王，为豳公之孙。岂不知道赤舄为履是王和诸侯所同？冯景《解春集·赐履解》一文说："赐履之制见于《诗·大雅》及《豳风·狼跋》之章。……《大雅·韩奕》之诗，尹吉甫美宣王能锡命诸侯而作也。其曰韩侯受命，《毛传》云：受命为侯伯也。既曰'榦不庭方'，又曰'因以其伯'，此非九命作伯而何？于是乎殊礼以尊宠之，所云'王锡韩侯，玄衮赤舄'是也。而《狼跋》之美周公曰：'公孙硕肤，赤舄几几。'赤舄者，人君之盛屦也（原注：《毛传》）。时公欲老，成王又留之以为太师，履其赤舄，而其舄之饰几几然（本《郑笺》、《孔疏》）。此以知赐履之为殊礼，惟上公九命始克有之。外而王官之伯必韩侯若也，内而太师之尊必周公若也。……然则所赐之履，其制舄，其色赤，其饰曰絇、曰繶、曰纯（繶也者，牙底相接之缝，缀絛于其中者也。絇也者，履头以絛为鼻者也。纯也者，以絛为口缘者也）。《士冠礼》及《天官》履人之职，皆可考而知也。夫王吉服有九。舄有三等，赤舄、白舄、黑舄。赤舄为上，王与诸侯同者也。……"毛公不甚以《礼》释《诗》，郑君常以《礼》释《诗》。郑君深于《礼》，用《礼》释《诗》却有得有失。他笺这诗易毛，以赤舄属周公，既于主题不背，也于礼制有得了。

诗三百解题

陈子展 撰

下

诗三百解题卷十六

鹿鸣之什　　毛诗小雅

鹿　鸣

呦呦鹿鸣,食野之苹。我有嘉宾,鼓瑟吹笙。吹笙鼓簧?承筐是将。人之好我,示我周行!

呦呦鹿鸣,食野之蒿。我有嘉宾,德音孔昭。视民不恌,君子是则是效。我有旨酒,嘉宾式燕以敖!

呦呦鹿鸣,食野之芩。我有嘉宾,鼓瑟鼓琴。鼓瑟鼓琴?和乐且湛。我有旨酒,以燕乐嘉宾之心!

【解题】

《鹿鸣》,自是王者宴群臣嘉宾之诗。马瑞辰《通释》说:"此诗三章文法参差,而义实相承。首章前六句言我之敬宾,后二句言宾之善我。二章前六句即承首章'人之好我'言,后二句乃言我之乐宾。三章前六句即接言宾之乐,后二句又申言我之乐宾,以明宾之乐实我有以致之也。"《通释》极少说到篇章结构,说这诗章旨却好。胡承珙《后笺》说:"姚氏《识名解》曰:……旧以鹿呼同类如君呼臣子,嫌于鸟兽为比,然古人无所拘忌也。若《鱼藻》明以'鱼在'、'王在'相对言之,岂如后世必以称麟美凤为颂祷耶?"这说《鹿鸣》比兴之义也很好。我们还可补充一例,《狼跋》一诗不是以狼的跋胡疐尾象征周公的进退有难,诗人并不以为嫌吗?

《鹿鸣》是《小雅》的第一篇,《诗经》里的名篇,所谓"四始"之一,当是颂美时王,不是"刺时"。陈启源《稽古编》说:"四始之说,先儒言之各异。二《雅》、《风》、《颂》四者,人君能行之则兴,不行则衰,故此四诗为王道兴衰所由始,此郑康成之说而本于《大序》者也。《关雎》为《风》

之始,《鹿鸣》为《小雅》之始,《文王》为《大雅》之始,《清庙》为《颂》之始,此司马子长之说也。《大明》在亥为水始,《四牡》在寅为木始,《嘉鱼》在巳为火始,《鸿雁》在申为金始,此《诗纬·泛历枢》之说也。观《大序》历言《风》、《雅》、《颂》之义而总断之曰:是谓四始。则《风》、《雅》、《颂》正是始,非更有为《风》、《雅》、《颂》之始者,郑说得之矣。子长未见《毛序》,其所言四始不知宗何《诗》也。翼奉治《齐诗》,而知五际七情之要。五际七情亦纬书《泛历枢》之说也。然则亥、寅、巳、申之为四始,其出于齐诗乎?"按,司马迁的四始之说盖出于《鲁诗》。四始虽有多说,而以司马迁一说最为后来经学家所尊信:"《关雎》之乱以为《风》始,《鹿鸣》为《小雅》始,《文王》为《大雅》始,《清庙》为《颂》始。"(《史记·孔子世家》)"是谓四始,诗之至也。"从来为封建政治服务的经学家,大都认为四始是"歌文王之道","皆周公述文王之德,皆夫子所特定"。这是《诗经》里最有意义最了不起的诗篇。如果我们要问:孔子是否定《诗》?"定《诗》建始之谊"是否如此?这诗是否"歌文王之道"?是否"周公述文王之德"?何道何德?这都一时难于简单答复。但是我们可以说的,就在他无论是大奴隶主也好,大封建主也好,当他夺取政权之初,怎样使用臣下以取得政权而巩固政权?这倒是他首先要遇到的一个重要问题。《诗序》说的要使群臣尽心,《毛传》说的要使嘉宾竭力,想是作诗的本谊。就是说,《鹿鸣》一诗当作于盛周。大约到了衰周,守成之主不知创业的艰难,也不知宾礼群臣的重要,就有大臣或乐官用这诗来陈古以刺今罢,所以《鹿鸣》就被认为是刺诗了。

胡承珙《后笺》说:"陈氏《稽古编》曰:《序》云,燕群臣嘉宾也。此言作诗之本意,与《四牡》之劳使臣、《皇华》之遣使一例也。若夫升歌合乐之类,则就诗之用于乐而言,非作诗之本意也。朱子见《仪礼》(《燕礼·乡饮酒礼》:皆工歌《鹿鸣》、《四牡》、《皇皇者华》)、《学记》(《宵雅》肄三,官其始也。按,三,指上举三诗)之文,而改训之曰:此燕飨通用之乐歌。乃言乐,非言诗矣。承珙案《集传》又云:此诗本为燕群臣嘉宾而作,其后乃推而用之乡人,语本圆通。陈氏抨弹毋乃太过?

古人歌《鹿鸣》者,不独乡饮、燕礼及始入学。即《大戴礼·投壶》所云'八篇可歌'者,《鹿鸣》在焉。是投壶亦用之矣。总之,古人作诗与用乐不同,而读诗亦与作诗有异。如《北史·斐骏传》:斐安祖讲《鹿鸣》而兄弟同食。岂得又以为兄弟之诗耶?"陈启源说的本来不算错,毛病只在对于朱熹所说不全举出来就下批评。胡承珙说作诗、用乐、读诗三者的意义各有不同,自是对的。陈奂《传疏》说:"《鹿鸣》虽是文王燕群臣之乐,而《雅》、《颂》之作,实皆在成王之世。周公制礼,以《鹿鸣》列于升歌之诗。下篇《传》云:'周公作乐,以歌文王之道为后世法。'然则《鹿鸣》、《四牡》、《皇皇者华》三章皆周公本文王之道以为乐歌,《传》有明文也。"根据古文《毛传》和《传疏》来说,《鹿鸣》三诗作在何时,为歌颂何人而作,作为乐歌用意何在,不难了然,想来近是。这决不是刺诗。魏源《诗古微·四始义例》篇说:"《关雎》、《鹿鸣》之作,其当殷之末世、周之盛德耶?当文王与纣之时耶?"又说:"在文王国中为正《风》、正《雅》者,在商纣国中视之则为变《风》、变《雅》,……此毕公刺康王(指《关雎》)之旁义也。"他为今文三家说辩护,又在逞其雄辩。可是三家初无此说。他说得太巧妙了,我们不能不佩服他的巧思,也不能不指出他的臆造。皮锡瑞的《诗经通论》就这样批评了他,那是对的。

　　为什么今文三家《诗》遗说中或说《鹿鸣》是刺时之诗?王先谦《集疏》说:"鲁说曰:仁义陵迟,鹿鸣刺焉。(《史记·十二诸侯年表》)又曰:《鹿鸣》者,周大臣之所作也。王道衰,君志倾,留心声色,内顾妃后,设酒食嘉肴,不能厚养贤者,尽礼极欢,形见于色。大臣昭然独见,必知贤士幽隐,小人在位,周道陵迟,自以是始,故弹琴以风谏,歌以感之,庶几可复。歌曰:'呦呦鹿鸣,食野之苹。我有嘉宾,鼓瑟吹笙。吹笙鼓簧,承筐是将。人之好我,示我周行。'此言禽兽得美甘之食,尚知相呼,伤时在位之人不能,乃援琴以刺之,故曰《鹿鸣》也。(《御览》五百七十八引蔡邕《琴操》)""鲁说最先以为刺诗,乃相传古训,即思初之义也。《淮南·诠言训》:'乐之失,刺。'高注:'乡饮酒之乐歌《鹿鸣》。

《鹿鸣》之作,君有酒肴,不召其臣,臣怨而刺上者。非也。'是虽用鲁说,而意以怨刺为不然。《潜夫论·班禄》篇:'忽养贤而《鹿鸣》思。'与马、蔡说同。《琴操》用《鲁诗》,明鲁、毛文同。"又说:"《礼·学记》:'宵雅肄三,官其始也。'注云:'宵之言小也。习《小雅》之三,谓《鹿鸣》、《四牡》、《皇皇者华》也。此皆君臣宴乐相劳苦之诗,为始学者习之,所以劝之以官,取其上下相和厚。'《仪礼·乡饮酒》注云:'《鹿鸣》,君与臣下及四方之宾燕,讲道修政之乐歌也。'郑注《礼》时用《齐诗》,与毛义同。"又说:"《后汉·明帝纪》:永平十年,'召校官弟子作雅乐,奏《鹿鸣》,帝自御埙篪和之,以娱嘉宾'。《魏志》曹植《疏》:'远慕《鹿鸣》君臣之宴。'明帝、陈思皆习《韩诗》,知韩与齐、毛义合。"据此可知《鹿鸣》只有《鲁诗》以为刺诗和毛义异,齐、韩却和毛义同。我们不必把它牵合强同,所以在上文批驳了魏源一说。

诗本合乐,秦火而后,礼崩乐坏,唯《鹿鸣》古乐经两汉至魏晋犹存。我们知道《三百篇》在古初都是入乐的,诗篇就是乐章。同时可以想象到由使用铜器进到广泛使用铁器的时代,乐器制造有了一定的改进或变化,还便利了民间自制俗乐,音乐就有了新声罢。这是从春秋战国时代就已开始有了记载的,例如孔子、孟子都曾说及音乐上的这一发展。孔子说过"恶郑声之乱雅乐",孟子说过"今之乐犹古之乐",明明有郑声和雅乐或今乐和古乐的分别存在。后来经过秦始皇焚书坑儒,弄到礼崩乐坏,古乐遭了一次大厄。再经过两汉和西域交通,胡乐传入,这也给音乐上带来了一定的变化,我想古乐就是这样衰微下去的。但《诗经》还是作为"艺文"而存在,不过由绝少入乐到完全不入乐罢了。前人以为自"齐、鲁、韩、毛之说行而乐日微"(汪家禧),这是和历史实际不符的。臧琳《经义杂记·雅歌诗四篇》一条说:"《汉书·艺文志》:乐家,《雅歌诗》四篇。案《晋书·乐志》曰:'汉自东京大乱,绝无金石之乐,乐章亡缺不可复知。魏武平荆州,获汉雅乐郎河南杜夔,能识旧法,以为军谋祭酒,使创定雅乐。时又有散骑侍郎邓静、尹商善训雅乐,歌师尹胡能歌宗庙郊祀之曲,舞师冯萧、服养晓知先代诸舞。夔悉总领之，远详经籍，近采故事，考会古乐，始设轩悬钟磬。而黄初中，柴玉、左延年之徒复以新声被宠，改其声韵。'又曰：'杜夔传旧雅乐四曲，一曰《鹿鸣》，二曰《驺虞》，三曰《伐檀》（疑为《伐木》），四曰《文王》，皆古声辞。及太和中，左延年改夔《驺虞》、《伐檀》、《文王》三曲，更自作声节，其名虽存而声实异，唯因夔《鹿鸣》全不改易。每正旦大会，太尉奉璧，群后行礼，东厢雅乐常作者，是也。后又改三篇之行礼诗，第一曰《於赫篇》，咏武帝，声节与古《鹿鸣》同。第二曰《巍巍篇》，咏文帝，用延年所改《驺虞》声。第三曰《洋洋篇》，咏明帝，用延年所改《文王》声。第四曰复用《鹿鸣》，《鹿鸣》之声重用，而除古《伐檀》。及晋初食举亦用《鹿鸣》。至泰始五年，尚书奏使太仆傅玄、中书监荀勖、黄门侍郎张华各造正旦行礼及王公上寿酒食举乐歌诗。荀勖云：魏氏行礼食举再取周诗《鹿鸣》以为乐章。又，《鹿鸣》以宴嘉宾，无取于朝，考之旧闻，未知所应。勖乃除《鹿鸣》旧歌，更作《行礼诗》四篇。'据此知《汉志·雅歌诗》四篇即杜夔所传《鹿鸣》、《驺虞》、《伐檀》、《文王》也，魏武时尚存。及太和中左延年改夔旧乐，而《驺虞》、《伐檀》、《文王》遂亡，然犹存《鹿鸣》一篇，自魏太和中至晋泰始五年皆用之。至荀勖除《鹿鸣》旧歌，更作《行礼诗》，而《鹿鸣》亦亡矣。又《宋书·乐志》曰：'汉太乐《食举》十三曲，一曰《鹿鸣》，其余俱非古歌。则汉虽存四篇，疑亦特用《鹿鸣》一篇耳。蔡邕《琴赋》亦曰《鹿鸣》三章。'是两汉、魏、晋以来，惟《鹿鸣》最显。"可知秦火而后，《诗》乐虽亡，两汉、魏、晋间，在封建王朝所用礼乐上，《鹿鸣》还是古乐一大名曲。陈寿祺《左海经辨·雅乐四曲韶武二舞考》、严杰《经义丛编》中汪家禧《乐章乐器考》也都说及《诗》乐和《鹿鸣》古乐的兴废，可供研究。韩愈《送杨少尹序》说："杨侯始冠，举于其乡，歌《鹿鸣》而来。"原来唐代宴乡贡，用少牢，歌《鹿鸣》。但是《鹿鸣》古乐早已亡于晋代，却不知道这又是怎样歌法。朱子《仪礼经传通解》载唐开元乡饮酒礼所奏十二诗谱，《鹿鸣》居首。此谱乃赵肃彦所传，即是所谓开元遗声。古声亡灭已久，不知当时乐工何所考而为此。以一声叶一字，朱子已疑它不对。后来的科举制度,于乡试发榜的第二日,宴主考同考执事各官及乡贡士,叫做"鹿鸣宴",也还要歌《鹿鸣》。虽然这也是以一声叶一字,未必便是开元遗声,更不必说古之雅乐了。

四　牡

四牡骓骓,周道倭迟。岂不怀归? 王事靡盬,我心伤悲!

四牡骓骓,啴啴骆马。岂不怀归? 王事靡盬,不遑启处!

翩翩者鵻,载飞载下,集于苞栩。王事靡盬,不遑将父!

翩翩者鵻,载飞载止,集于苞杞。王事靡盬,不遑将母!

驾彼四骆,载骤骎骎。岂不怀归? 是用作歌,将母来谂!

【解题】

《四牡》,"此自使臣在途自咏之诗。采诗者以其义尽公私,故取为劳使臣之歌。……前后诸篇凡言遣劳燕答者皆然,皆是用旧诗为乐章"。孙鑛在《批评诗经》里说得不错。《诗序》说"《四牡》,劳使臣之来",自是就其用于乐而言,非言作诗之本意。按,襄四年《左传》说:"《四牡》,君所以劳使臣也。"《国语·鲁语》说:"《四牡》,君之所以章使臣之勤也。"当为《诗序》所本。《毛传》说:"思归者,私恩也。靡盬者,公义也。伤悲者,情思也。"《笺》云:"无私恩,非孝子也。无公义,非忠臣也。君子不以私害公,不以家事辞王事。"这虽是说的首章章旨,实已包括全篇主旨。王先谦《集疏》说:"《诗泛历枢》曰:'《四牡》在寅,木始也。'《仪礼·乡饮酒》郑注:'《四牡》,君劳使臣之来乐歌也。勤苦王事,念及父母,怀归伤悲,忠孝之至,以劳宾也。'《燕礼》注同。以上齐说,鲁、韩未闻。"他不取魏源这诗今文三家以为刺时一说,似以为今古文说大旨相同,这有《齐诗》遗说可证。

这诗作在什么时候?《毛传》说:"文王率诸侯,抚叛国,而朝聘乎纣。故周公作乐以歌文王之道,为后世法。"《郑笺》说:"文王为西伯之时,三分天下有其二,以服事殷。使臣以王事往来于其职,于其来也、陈其功苦以歌乐之。"毛、郑以为诗作在文王为西伯之时,合乐在周公相成王之时。陈奂《传疏》也说:"文王受殷天子命,入为三公,出为西伯。西伯但能率西方诸侯。厥后东诸侯叛殷从周,文王于是镇抚叛国,使通朝聘,故东诸侯亦率从文王焉。襄四年《左传》云:'文王帅殷之叛国以事纣。'《逸周书·程典》篇云:'文王合六州之侯奉勤于商。'《论语·泰伯》篇云:'三分天下有其二,以服事殷。'《后汉书·西羌传》亦云:'文王率西戎,征殷之叛国以事纣。'此事盖在受命五年乘黎之后,纣囚羑里,诸侯不娱,逆诸文王。是其时也。案诗所歌皆文王之道,而乐乃周公所作。如《乡饮酒礼》、《燕礼》皆有《鹿鸣》、《四牡》、《皇皇者华》,歌文王以为后世法也。《传》云:'故周公作乐以歌文王之道,为后世法。'此言为一部诸文王诗之总义矣。"这可代表以前封建社会一般经师的传统的见解。虽然文王、周公在历史上是可以肯定的人物,但是不是这些"诗所歌皆文王之道,而乐乃周公所作",看来还有问题。

诗说"翩翩者鵻",鵻是什么鸟呢?倘是作为比兴之义,这该怎么说呢?《毛传》说:"鵻,夫不也。"用《尔雅·释鸟》文。《郑笺》说:"夫不,鸟之悫谨者,人皆爱之,可以不劳,犹则飞则下,止于枞木。喻人虽无事,其可获安乎?感厉之。"这里毛、郑释鵻,释比兴之义,都还不能完全令人满意。不过郑已指出此鸟"悫谨","人皆爱之,可以不劳"云云,显然说它是一种为人饲养而又随时可以放出的鸟,比喻人臣有事使出,倒也相宜。按,《南有嘉鱼·毛传》说:"鵻,壹宿之鸟。"《郑笺》说:"壹宿者,壹意于其所宿之木也。"这里毛、郑释鵻又进了一步,指出雎恋故居、有极顽强的归栖性,就是所谓"壹宿"。陈奂《传疏》说:"《说文》:'雎,祝鸠。'昭十七年《左传》:'祝鸠氏,司徒也。'杜注云:'祝鸠,雎鸠。雎鸠孝,故为司徒,主教民。'樊光亦云:'孝,故为司徒。'案诗言雎集枊杞,兴养父母,故樊、杜以雎鸠为孝,或本三家说。"《左传》所谓"祝鸠氏司徒也",原是叙述郯子朝鲁,说及少皞时代以鸟名官,当是说的以祝鸠为图腾之氏族首领做了司徒之官。祝鸠未必孝,当是樊光、杜预因司徒"主教民"而主观推衍出来。王闿运《补笺》说:"雎,祝鸠,今鸽也。"按,鸽为六禽之一,见《周礼·庖人》郑注。《说文》:"鸽,鸠属也。"本来毛、郑释雎虽是,而不甚明确,算是王湘绮读通了《毛传》、《郑笺》,一扫从扬雄《方言》到陈奂《传疏》包括王先谦《集疏》在内的诸家谬说。雎,当属鸽形目,鸠鸽科。依毛、郑说,这是一种家鸽。至于青雎绿鸠之类就是野鸽了。因为雎是"壹宿"、"悫谨"之鸟,诗人就用它作为比兴之义以比喻使臣必能完成使命而归。可知我国人知道利用信鸽当远在唐人张九龄少时利用"飞奴"群鸽传书亲知这一记载之前(见五代王仁裕《开元天宝遗事》。洪迈《容斋随笔》疑此书作者为伪托)。但看《四牡》、《南有嘉鱼》两诗"翩翩者雎"同句的毛、郑释雎,便知二千年前古代学者对于鸽之特性已有相当的认识,而且鸽已为人所饲养了。鸽的定向导航,是依靠它自己的感觉机能作为导引,即它具有极敏锐的方向感。它有极顽强的归栖性,正是由于它有极敏锐的方向感而来的。这种方向感又是怎样来的呢?大概由于它具有与生俱来的对于地球磁场的感觉。仿生学家就称作地磁导航,认为鸟在飞行中挥动的翅膀会切割磁力线以产生电动势,再由它身上某种器官感受之。这种导航机能还没有完全弄明。这在现代已有科学家作过实验,得到一点证明了。例如:"前不久,有一个外国科学家带着五只鸽子,到离家很远的地方放飞,它们都准确地回了家;第二次,这位科学家又到同一地点去放飞。但是这一回却在每一只鸽子的翅膀下系上一小块磁石。实验的结果,其中只有一只飞回了家,其余的都没有能够飞回来。这个实验说明,鸽子所以能够从陌生的地方飞回来,是依靠地球磁场的磁力线来定向的,一旦在翅膀上给它系上一块磁石,就扰乱了它对地球磁场的'感觉',而使它迷失了方向。原来鸽子竟是一位掌握地球磁场的飞行家!它掌握了这种技术,使它在千百年中赢得了信使的美名。"(《人民日报·知识小品》栏,言火《生物的"技术"》)倘若要求再作进一步的解释,那就有待于今后发展的仿生学了。

皇皇者华

皇皇者华,于彼原隰。駪駪征夫,每怀靡及!
我马维驹,六辔如濡。载驰载驱,周爰咨诹。
我马维骐,六辔如丝。载驰载驱,周爰咨谋。
我马维骆,六辔沃若。载驰载驱,周爰咨度。
我马维骃,六辔既均。载驰载驱,周爰咨询。

【解题】

《皇皇者华》,和《四牡》一样,是使臣在途自咏之作,后乃作为君遣使臣的乐歌,好像是人君托为使臣自己说话。《四牡》说"王事靡盬",似为军事出使;《皇皇者华》说"周爰咨诹",似为聘问出使。《孔疏》说:"使臣往反固非其一,《四牡》所劳不必是《皇皇者华》所遣之使,二篇之作又不必一人。"关于两诗的关系,这话说得对。陈启源《稽古编》说:"诗之次第虽间有倒置者,然《鹿鸣》、《四牡》、《皇皇者华》三诗,所谓工歌《鹿鸣》之三也,见《仪礼》、《左传》诸书,又见《六月·小叙》,其先后不可易矣。李氏(《集解》)以为先遣后劳,《皇华》当在《四牡》前,真谬说。"关于两诗的次第,这话也说得是。再按,《墨子·尚同中》说:"夫唯能使人之耳目助己视听,使人之吻助己言谈,使人之心助己思虑,使人之股肱助己动作。助之视听者众,则其所闻见者远矣。助之言谈者众,则其德音之所抚循者博矣。助之思虑者众,则其谈谋度速得矣。助之动作者众,即举其事速成矣。"下引《皇皇者华》四、三两章,可证这诗"每怀靡及"、"周爰咨诹"的古义。王先谦《集疏》说："《乡饮酒礼》郑注：'《皇皇者华》，君遣使臣之乐歌也。更是劳苦自以为不及，欲谘谋于贤知而以自光明也。'《燕礼》注同。此齐说，鲁、韩未闻。"可证此诗主旨今古文说略同。

这诗凡五章，旧解从毛、郑以来大都把各章末句综合来解，而有五善六德之说，如此计较，在训诂上、在文法上大有纠纷。虽然精通训诂如王引之也没有把它解决，只好以不了了之。《经义述闻》说："引之谨案，《小雅·皇皇者华》篇，《左传》谓有五善，《国语》谓有六德，而其说小异。襄四年《传》曰：'《皇皇者华》，君教使臣曰：必咨于周。臣闻之，访问于善为咨，咨亲为询，咨礼为度，咨事为诹，咨难为谋。臣获五善，敢不重拜！'所谓五善者，咨也，询也，度也，诹也，谋也。《鲁语》曰：'《皇皇者华》，君教使臣曰：每怀靡及，诹谋度询必咨于周。敢不拜教！臣闻之曰：怀和为每怀，咨才为诹，咨事为谋，咨义为度，咨亲为询，忠信为周。君况使臣以大礼，重之以六德，敢不重拜！'所谓六德者，每怀也，诹也，谋也，度也，询也，周也。《左传》之五善则无每怀与周而有咨，《国语》之六德则有每怀与周而无咨，此其不同者也。《毛传》误以五善、六德合而为一。故其说曰：每，虽。怀，和也。忠信为周（原注：此二句用《国语》）。访问于善为咨，咨事为诹（此二句用《左传》）。咨事之难易为谋，咨礼义所宜为度（此二句合用《左传》、《国语》）。亲戚之谋为询。兼此五者，虽有中和，当自谓无所及成于六德也。夫五善无周，有周则六善矣。六德无咨，有咨则七德矣。《传》列周、咨、诹、谋、度、询，凡六事，而曰兼此五者；加以怀为中和之德，凡七事，而曰成于六德；欲弥缝五善六德之参差而参差愈甚，失之矣。然其说犹以每怀为怀和，备六德之数也。至《笺》则曰：'《春秋外传》曰：怀和为每怀。和当为私。'又曰：'中和，谓忠信也。五者，咨也、诹也、谋也、度也、询也，虽得此于忠信之贤人，犹当云己将无所及于事，则成六德。'于是以怀和为怀私，摈诸六德之外，与《国语》之文不合；而又以中和为忠信，则是以怀和之训强附于忠信为周（古无谓忠信为中和者，故孙毓曰：忠信自是周之训,何得以释中和)。《国语》及《毛传》皆无此意。且曰:'虽得此于忠信之贤人,犹当云己将无所及于事,则成六德。'则是以忠信为周与每怀靡及合为一德,既乖《国语》之文,又失《毛传》之意矣。韦昭注《国语》亦承《郑笺》之误。其注怀和为每怀曰:'郑后司农云,和当为私。'注咨才为谋曰:'才当为事',引《左传》咨事为谋。注咨事为谋曰:'事当为难',引《左传》咨难为谋。注重之以六德曰:'六德谓诹也,谋也,度也,询也,咨也,周也。'改和为私,而六德遂亡其一;益之以咨,则又六德之所无也;改才为事,改事为难,皆强取《左传》之文以说《国语》;而不知五善、六德,其说各异,不可比而同之也。"这是说,《左传》"五善"、《国语》"六德"之说各异,不妨各存其异而不可强同,勉强求同,愈见纷歧。鄙意毛公固然有失,郑玄、韦昭亦未为得。这一训诂上的纷争就只好从他这一说以不了了之。陈奂《传疏》曲为《毛传》斡旋,硬说"内外《传》皆出左氏,非有异也"。这就未免多余了。

这诗在训诂上还有些小问题。例如四个周字不当训为忠信,作为名词;应当训为周遍,用作副词。记得《易·系辞上》说,"知周万物";《系辞下》说,"周流六虚"。《礼·月令》说,"周视原野";又《仲尼燕居》说,"使女以礼周流,无不遍也"。《左传》说,"周麾而呼";又说,"周行天下"。这些周字训为周遍,不都是古义吗?但是忠信为周,古解似牢不可破。依我直解,就以忠信、周遍两义兼用为宜(每怀之怀,亦兼用和、私两义)。因为咨访必须周到、广泛,才是忠信于其所事;反过来说,忠信于其咨访,必须做到周到、广泛。如此作解,就可以解通了罢。

常　　棣

常棣之华,鄂不韡韡。凡今之人,莫如兄弟。
死丧之威,兄弟孔怀。原隰裒矣,兄弟求矣。
脊令在原?兄弟急难。每有良朋,况也永叹。

兄弟阋于墙,外御其务;每有良朋,烝也无戎。
丧乱既平,既安且宁。虽有兄弟,不如友生?
傧尔笾豆,饮酒之饫。兄弟既具,和乐且孺。
妻子好合,如鼓瑟琴。兄弟既翕,和乐且湛。
宜尔家室,乐尔妻帑。是究是图,亶其然乎?

【解题】

《常棣》,说是"燕兄弟"之诗,或说"此燕兄弟之乐歌",都不为错。诗六章"傧尔笾豆"云云,便是明证。诗意反复丁宁,至亲莫如兄弟。方玉润《诗经原始》说:"良朋妻帑未尝无助于己,然终不若兄弟之情亲而相爱也。……故曰:凡今之人,莫如兄弟。"这话也不错。

这诗今古文家、汉宋学者无多争论。宋儒所争只在"文、武之诗"一点。《朱传》说:"《序》以为闵管、蔡之失道者得之,而又以为文、武之诗则误矣。"是的,这决不是文、武之世的诗。但如《诗序集义》所说亦通。今文《韩诗·常棣》作《夫栘》,但仍和古文《毛诗》一样,以为这诗"燕兄弟"、"闵管、蔡之失道"。这悯伤管、蔡的是谁?《郑笺》说:"周公吊二叔之不咸而使兄弟之恩疏,召公为此诗而歌之以亲之。"好像这诗作者就是和周公旦并称的召公奭,而且他是迎合周公的意思作诗了。后人不能无疑。

究竟这诗是何人所作? 是周公旦还是召公奭,或是周厉王时候的召穆公呢? 迄难决定。《孔疏》于《郑笺》说:"此解所以作《常棣》之意。咸,和也。言周公闵伤此管、蔡二叔之不和睦,而流言作乱,用兵诛之,致令兄弟之恩疏。恐其天下见其如此亦疏兄弟,故作此诗以燕兄弟,取其相亲也。此《常棣》是取兄弟相亲之诗。至厉王之时,弃其宗族,又使兄弟之恩疏,召穆公为是之故,又重述此诗而歌以亲之。《外传》云:'周文公之诗曰,兄弟阋于墙,外御其侮。'则此诗自是成王之时周公所作以亲兄弟也。但召穆公见厉王之时兄弟恩疏,重歌此周公所作之诗以亲之耳。故郑答赵商云:'凡赋诗者,或造篇,或诵古。'所云诵古,指此召穆公所作诵古之篇,非造之也。此自周公之事,郑辄言召穆公事,因左氏所论而引之也。《左传》曰:'王怒,将以狄伐郑。富辰谏曰:不可。臣闻大上以德抚民,其次亲亲以相及也。昔周公吊二叔之不咸,故封建亲戚以藩屏周。召穆公思周德之不类,故纠合宗族于成周而作诗曰:常棣之华,鄂不韡韡。凡今之人,莫如兄弟。'周之有懿德如是,犹曰莫如兄弟,故封建之。其怀柔天下也,犹惧有外侮,捍御侮莫如亲亲,故以亲屏周。召穆公亦云,是周公吊二叔之不咸、召公作诗之事也。检《左传》,止言周公吊二叔之不咸而封建亲戚,不言为恩疏作《常棣》。下云,召穆公思周德之不类,纠合宗族于成周而作《常棣》,则周公本作《常棣》亦为纠合宗族可知。但《传》文欲详之于后,故于封建之下不言周公作《常棣》耳。末言召穆公亦云,明本《常棣》是周公之辞。故杜预云:'周公作诗,召公歌之,故言亦云。'是也。《孔疏》据《春秋》内外传和《郑志》申《笺》,以为《常棣》是周公作,到了厉王时候召穆公又重歌这诗,就把《郑笺》说的召公解作召穆公了。诗一章:"凡今之人,莫如兄弟。"《毛传》说:"闻《常棣》之言为今也。"陈奂《传疏》说:"《传》云闻《常棣》之言为今也者,以释经之今字。《常棣》之言即《常棣》之诗也。周公吊二叔之不咸,以作此诗,则二叔不咸为古,而周公作诗为今也。召穆公思周德之不类,以歌此诗,则周公作诗为古,而召公歌诗为今也。所谓'作乐为后世法'也。"王先谦《集疏》说:"《汉书·杜邺传》:'邺闻人情恩深者其养谨,爱至者其求详。夫戚而不见殊,孰能无怨?此《棠棣》、《角弓》之诗所为作也。'以《棠棣》与《角弓》并言,盖周公之作此诗,与召公之歌此诗,皆言兄弟宗族之不宜疏远,与《角弓》意同,故邺并引之也。"他们都说周公作诗,召穆公歌诗,和《孔疏》政自不异。记得近人杨树达《积微居金石论丛》据周金文《六年雕生殷》(《召伯虎殷》其二),认为《常棣》一诗确系召穆公所作,这还有待于作进一步的研究。

诗说"常棣之华"、"脊令在原",都该是比兴之义。一章《毛传》说:"兴也。常棣,棣(当作棪)也。鄂,犹鄂鄂然,言外发也。韡韡,光明也。"《郑笺》说:"承华者曰鄂。不,当作柎。柎,鄂足也。鄂足得华之光明则韡韡然盛。兴者,喻弟以敬事兄,兄以荣覆弟,恩义之显亦韡韡然。古声不、柎同。"毛、郑说常棣为兴,是也。鄂不之义,后儒大都从《郑笺》。三章《毛传》说:"脊令,雍渠也。飞则鸣,行则摇,不能自舍耳。急难,言兄弟之相救于急难。"《郑笺》说:"雍渠水鸟,而今在原,失其常处,则飞则鸣求其类,天性也。犹兄弟之于急难。"《毛传》例于每诗释兴不重。这诗脊令也该是用作兴义,故《郑笺》释为譬犹。此诗盖以常棣的花萼相辉象征兄弟友爱,又以脊令的在原相鸣象征兄弟急难。记得《唐书》载着唐玄宗曾于宫西建"花萼相辉之楼",常召他的兄弟诸王升楼燕乐。又载,曾有鹡鸰数十集麟德殿廷木,翔栖浃日。魏光乘作颂,以为天子友悌之祥。我想玄宗未必真是天性友爱,倘非生于消弭内部矛盾的政略,就是他偶尔节取《常棣》诗意命名一所用作他和兄弟诸王聚会的楼房。儒臣就希旨造作鹡鸰的祥瑞去欺骗他、歌颂他。而在过去还以宗族血统为"纠合"(今言团结)纽带的前封建社会里,《常棣》最先歌唱兄弟友爱,却是《三百篇》中名篇杰作之一。

伐 木

伐木丁丁!鸟鸣嘤嘤。出自幽谷,迁于乔木。嘤其鸣矣,求其友声。相彼鸟矣,犹求友声;矧伊人矣,不求友生?神之听之,终和且平。

伐木许许!酾酒有藇。既有肥羜,以速诸父。宁适不来?微我弗顾!於粲洒扫!陈馈八簋。既有肥牡,以速诸舅。宁适不来?微我有咎!

伐木于阪,酾酒有衍。笾豆有践,兄弟无远。民之失德,干餱以愆。有酒湑我,无酒酤我。坎坎鼓我,蹲蹲舞我。迨我暇矣,饮此湑矣!

【解题】

《伐木》,王者"燕朋友故旧"之诗,《诗序》可从。诗说"陈馈八簋",《毛传》说:"天子八簋。"《明堂位》:"周之八簋。"正可为证。但不知此是何王耳。诗一章《郑笺》说:"言昔日未居位、在农之时,与友生于山岩伐木为勤苦之事,犹以道德相切正也。"这位曾经做过伐木之事的王者又是谁呢?《孔疏》说:"郑以为此章远本文王幼少之时结友之事,言文王昔日尚未居位之时,与友生伐木于山阪,丁丁然为声也。于时虽处勤劳,犹以道德相切直。"这就明白说出诗里的主人公是文王了。焦循《补疏》说:"文王幼时何曾为农?又何伐木之有?"这一诘难不难答复。《尚书·周书·无逸》篇说:"文王卑服即康功田功。"这不是说王"昔日未居位在农之时",曾亲自参加过风谷种田一类的劳动吗?他是知道"稼穑之艰难"的人。《楚辞·天问》篇说:"伯昌号(一作何)衰(蓑),秉鞭作牧。"记得郭沫若《中国古代社会研究》以为这是说文王曾背蓑衣,拿鞭子,做过牧人,似乎也说得通。原来周族在太王、王季时候,虽然早已有了农业,可是生产力还很低,王子还得参加劳动,同时要督率奴隶劳动("旧劳于外,爰暨小人"),这是不足为奇的。至于后来天子亲耕藉田,那只是仪式的、象征的,从历史上留下来的王者亲耕的残影罢了。

这诗作者是谁?《诗序》、《传》、《笺》都不曾明说,魏源和王先谦根据今文三家遗说,以为是周公作。魏源《诗古微·诗序集说》已见上载①,又在《正小雅文武诗发微》中说:"《大学》言文王与国人交止于信。而文王受命惟中身,其未即位时已年数十岁矣。岐山草创,王季复耄。作之屏之,其菑其翳。修之平之,其灌其栵。启之辟之,其柽其椐。攘之剔之,其檿其柘。帝省其山,柞棫斯拔,松柏斯兑(见后《皇矣》篇)。

---

① 编按:《诗序集说》云:"《伐木》,文王敬故也,言昔日未居位在农之时,与友生于山岩伐木为勤苦之事,犹以道德相切正。君子迁于高位,不可以忘故友,文王旧劳于外,友贤人隐士。及即位,而举闳夭、泰颠于置网伐木之中,以道谊相师友,武王帅而行之,又以文王之臣为友。故周公作乐歌之,而列于文、武诗。"

于是举闳夭、泰颠于罝网之中。其诗曰:'肃肃兔罝,椓之丁丁,施于中林。'是则文王未即位时恒卑服即功,友贤人隐士。故《无逸》与高宗之旧劳于外,爰及小人并举。文王世子之法,武王帅而行之,不敢有加焉。我今贵居尊位矣,不敢以先王之臣为臣,得无适有事而不来乎?抑我有咎而不我顾乎?醴酒不设而贤者辟色,四簋不饱而贤者辟地,得毋我贵而有失礼,不如先王之重道乎?相与共天位,相与食天禄,兢兢乎其或失之。信非文王不能行,非武王、周公不能述也。《君奭》曰:'文王尚克修和有夏,亦惟有若虢叔,有若闳夭,有若散宜生,有若泰颠,有若南宫适。'武王惟兹四人尚迪有禄。则文王之臣,犹武王之朋友故旧也。友文王之臣,述文王之事,继文王之志,敬其所尊,爱其所亲。周公欲成王师武,犹武之师文。神之听之,终和且平。言诚能尊贤养老,心文王之心,则今日之作乐,吾知文王在天之神闻之,亦和且平矣。《大宗伯》:'以飨燕之礼亲四方之宾客,《鹿鸣》以之;以饮食之礼亲宗族兄弟,《常棣》以之;以宾射之礼亲故旧朋友,《伐木》以之。'酌我酤我为无算爵,鼓我舞我为无算乐。友之云乎!岂曰臣之云乎?"这是认为伐木的是文王,燕朋友故旧的是武王,作乐为歌的是周公。王先谦《集疏》说:"愚案,文王未履位之时,亲自伐木,容有其事。其志在求贤,不避艰险;登山伐木,特其借端。迨后身为国君,怀周行而陟崔嵬,求干城而举罝网,皆出自少年物色之人。昔日之朋友已为今日之故旧,此所为宴饮作歌,或即此诗之本义与?"又说:"愚案,诗是周公所作。故依文王尊为天子后称之曰父舅。文王微时朋友皆是后来内外大臣,故有父舅之名。而伐木求友之事,非周公亦无由知而述之也。"又他在《集疏序例》里因论诗体特为揭出《常棣》、《伐木》两诗作者来说:"《郑志》答赵商云:'凡赋诗者,或造篇,或诵古。'《孔疏》:诵古,指《常棣》也。夫周公作《常棣》,召穆公于厉王时重歌之,而《左传》富辰谓之作诗,是诵古亦为赋诗之明证也。顾《常棣》今知为周公作,《伐木》则无知之者。盖《伐木》之诗因文王少未居位时,借端求贤,与友生伐木山阪。迨身为国君,山林之朋友已为朝廷之故旧,宴饮叙情,事非周公不能知，诗非周公不能作也。年远世衰，贤人隐于伐木，歌此诗以见志，闻之者以为其所作，故云'周衰作刺'；又谓'《伐木》废，朋友之道缺也'。若非古说尚有流传，此义当尘霾千载。《郑笺·常棣》云：'周公吊二叔之不咸，而使兄弟之恩疏，召公为作此诗而歌之以亲之。'倘无《左传》为证，则诗属召公矣。《伐木》亦其比也。"他说《伐木》周公作，和魏源同；说文王宴故旧，和魏源异。说《常棣》、《伐木》都是周公作，《左传》富辰谓召公作《常棣》是诵古，《鲁诗》遗说以《伐木》为周衰作刺是诵古，也持之有故，言之成理。至于文王少未即位时为何伐木？他的解说在今日历史学者看来当然错了。按《韩诗》遗说："诗人伐木，自苦其事，故以为文。"或说"文王敬故"。要之，以为这诗是文王自作。而魏、王两氏总结今文三家义，都以为这诗是周公作，似乎论据稍强了。

诗说"嘤其鸣矣"。《玉篇》引诗作罃，说："罃，黄鸟也。"当是出于今文三家。今考《鲁诗》遗说，嘤正亦作罃。按，罃今字作莺。又名黄莺，黄鸟，雀形目，黄鹂科。已见《葛覃》、《七月》篇。王先谦说："张衡《东京赋》：'雎鸠丽黄，关关嘤嘤。'又《归田赋》：'王雎鼓翼，仓庚哀鸣。交颈颉颃，关关嘤嘤。'丽黄、仓庚皆罃也。是《鲁诗》以嘤嘤属罃鸣。而嘤其鸣矣之嘤一作罃，乃鲁别本。《文选》张茂先诗：属耳听罃鸣。李注引《诗》作'罃其鸣矣'。梁元帝《言志赋》曰：'闻罃鸣而求友。'梁昭明太子《锦带书·姑洗二月启》：'啼罃出谷，争传求友之声。'皆承用鲁家一作本耳。"这里他只举汉、晋、萧梁间人用《鲁诗》罃鸣作为诗文典故。按韦绚《刘宾客嘉话录》说："今谓进士登第为迁莺者久矣。盖自《毛诗·伐木篇》，诗云：'伐木丁丁，鸟鸣嘤嘤。出自幽谷，迁于乔木。'又曰：'嘤其鸣矣，求其友声。'并无莺字。顷岁试《早莺求友》诗，又《莺出谷》诗。别书固无证据，岂非误欤？"唐时《鲁诗》久亡，故有人不知道"莺迁"、"莺求友"、"莺出谷"原出于《鲁诗》，以为别是一说，而反以它为误。我以为《鲁诗》或于这嘤字作罃，比《毛诗》嘤字于义为长。

天　保

天保定尔,亦孔之固。俾尔单厚,何福不除?俾尔多益,以莫不庶!

天保定尔,俾尔戬穀。罄无不宜,受天百禄。降尔遐福,维日不足!

天保定尔,以莫不兴。如山如阜,如冈如陵。如川之方至,以莫不增!

吉蠲为饎,是用孝享。禴祠烝尝,于公先王。君曰卜尔,万寿无疆!

神之吊矣,诒尔多福。民之质矣,日用饮食。群黎百姓,遍为尔德!

如月之恒,如日之升。如南山之寿,不骞不崩。如松柏之茂,无不尔或承!

【解题】

《天保》,臣下为对君上献媚祝福、歌功颂德而作;作为周公营雒邑、宗祀文武、受釐祝嘏之词,似乎也通。在《三百篇》中这诗达到了"善颂善祷"的高峰。此后从歌颂秦始皇的《秦刻石辞》、歌颂王莽的《剧秦美新文》直到贡谀蒋中正的《九鼎铭》,三千年来在历史上出现过无数这种传为笑柄的丑恶作品。我以为应该歌颂的是创造历史的人民群众。尽管《天保》这诗颂祷"九如",善于使用形象,读来却不免肉麻,又感觉语多重复可厌。

《诗序》说:"《天保》,下报上也。君能下下以成其政,臣能归美以报其上焉。"王先谦《集疏》说:"三家无异义。《诗泛历枢》曰:'卯酉之际为革政。'卯,《天保》也。此齐说。"这诗今古文家没有什么争论的问题,问题在于《诗序》说的:何谓下下?何谓报上?《郑笺》说:"下下,谓《鹿鸣》至《伐木》,皆君所以下臣也。臣亦宜归美于王以崇君之尊而福禄之，以答其歌。"《朱传》说："人君以《鹿鸣》以下五诗燕其臣，臣受赐者歌此诗以答其君，言天之安定我君，使之获福如此也。"好像都是说，《鹿鸣》以下五诗是君上赐臣下之作，《天保》一诗是臣下受赐者报答君上之作，当时君臣在以诗歌相倡和。说来未免可笑。还是《孔疏》说得比较像话。他说："诗者志也，各自吟咏。六篇之作，非是一人。而已（以）此为答上篇之歌者，但圣人示法，义取相成。比（比次之义。字一作此）《鹿鸣》至《伐木》于前、此篇继之于后以著义，非此故答上篇也。何则？上五篇非一人所作，又作彼者不与此计议，何相报之有？郑云亦宜者，示法耳，非故报也。"《疏》述《笺》意，似申实驳。为什么《朱传》竟不理会这些，还要闹笑话呢？

诗说"天保定尔，亦孔之固"。《郑笺》说："天之安定女亦甚坚固。"这是一解。后儒说天保是周受命定都之名，又是一解。哪一解对呢？胡承珙《后笺》说："邹忠允（胤）据《史记》'武王克商，忧天保之未定'，《逸周书》王云'定天保，依天室，自洛汭迁于伊汭'云云，遂疑此诗为营洛后周召报命而致其祝颂之辞。何氏《古义》即用其说。按，《史记》、《周书》所云天保者，不过谓天之保周，与《诗》篇名偶同耳。《序》云下报上，自是祝颂之辞。前三章皆称天保者，如《召诰》所云'天迪从子保'、'天迪格保'也。《韩诗外传》云：'天保定尔，亦孔之固。天之所以仁义礼智保定人之甚固也。'此虽与经无当，然其义自精。若《潜夫论·慎微》篇以'天保定尔'作'天禄定尔'。此不过转写字误，何氏《古义》列为异文，误矣。"他驳了明儒邹、何两家以《天保》为营洛定都之作一说。这一问题似可作一结束。但是最后王闿运《补笺》还说："天保，受命定都之名。武王克殷，征九牧之君，登豳阜，望商邑，曰：'我未定天保。'又曰：'定天保，依天室。日夜劳来，定我西土。'是也。文王自岐迁丰，群臣归美受命而王，故曰报上。"究竟这诗是群臣归美文王受命、自岐迁丰之作，还是说武王克殷、受命定都之作呢？他自己还没有弄清楚就胡作主张，怎能叫人相信呢？

采 薇

采薇采薇！薇亦作止。曰归曰归！岁亦莫止。靡室靡家,猃狁之故。不遑启居,猃狁之故。

采薇采薇！薇亦柔止。曰归曰归！心亦忧止。忧心烈烈,载饥载渴。我戍未定,靡使归聘。

采薇采薇！薇亦刚止。曰归曰归！岁亦阳止。王事靡盬,不遑启处。忧心孔疚,我行不来！

彼尔维何？维常之华。彼路斯何？君子之车。戎车既驾,四牡业业。岂敢定居？一月三捷！

驾彼四牡,四牡骙骙。君子所依,小人所腓。四牡翼翼,象弭鱼服。岂不日戒？猃狁孔棘！

昔我往矣,杨柳依依。今我来思,雨雪霏霏。行道迟迟,载渴载饥。我心伤悲,莫知我哀！

【解题】

《采薇》,描写边防兵士服役思归、爱国恋家、情绪矛盾苦闷之作。诗人及其伙伴爱国恋家之复杂情绪,保卫国家同时爱好和平之善良品质,都在诗中得到反映,不愧为一篇名作。不仅因为末章四句"昔我往矣,杨柳依依。今我来思,雨雪霏霏",善于"写物态,慰人情"(《宋景文公笔记》),"兴寄深微"(《香祖笔记》),而首先就得到晋人谢玄作为《三百篇》中最佳诗句欣赏,才从此有名。(范晞文《对床夜话》一:"《诗》云:'昔我往矣,杨柳依依。今我来思,雨雪霏霏。'东坡谓韩退之'始去杏飞蜂,及归柳嘶蚤',与《诗》意同。子建云:'昔我初迁,朱华未希。今我旋止,素雪云飞。'又:'始出严霜结,今来白露晞。'王正长云:'昔往仓庚鸣,今来蟋蟀吟。'颜延年云:'昔辞秋未素,今也岁载华。'退之又居其后也。"今按,"杨柳依依"四句,历为魏晋以来诗人追摹,皆有未逮。而曹植之一再手摹此诗,又在谢玄口赞此诗之前也。)《诗序》说:

"文王之时,西有昆夷之患,北有玁狁之难。以天子之命命将率,遣戍役,以守卫中国,故歌《采薇》以遣之。"好像以为这是文王时候欢送边防将士出发的乐歌。这不必就是诗的本义,明是以诗合乐的意义。诗说玁狁,文王时候确有玁狁侵犯我边境的事故。《逸周书叙》说:"文王立,西距昆夷,北备猃狁,谋武以昭威怀,作《武称》。"朱右曾注:"昆夷,畎夷。猃狁,北狄。《诗·采薇序》与此略同。《通鉴前编》引此,系之文王五祀。称,宜也。"《后汉书·西羌传》说:"文王为西伯,西有昆夷之患,北有玁狁之难,遂攘戎狄而戍之,莫不宾服,乃率西戎征殷之畔国以事纣。"这都和《诗序》相合。

周初时候,玁狁屡犯边境。但是这诗说的不一定就在文王时候。这就首先有《诗》今古文家说的不同。魏源《诗序集义》已见上载①。王先谦《集疏》说:"鲁说曰:懿王之时,王室遂衰,诗人作刺。(《史记·周本纪》)又曰:古者师出不逾时者,为怨思也。天道一时生,一时养。人者,天之贵物也。逾时则内有怨女,外有旷夫。《诗》曰:'昔我往矣,杨柳依依。今我来思,雨雪霏霏。'(《白虎通·征伐》篇)又曰:家有《采薇》之思。"(蔡邕《和熹邓后谥议》)"齐说曰:周懿王时,王室遂衰,戎狄交侵,暴虐中国。中国被其苦,诗人始作,疾而歌之曰:'靡室靡家,玁狁之故。岂不日戒,猃允孔棘。'(《汉书·匈奴传》)又曰:'《采薇》、《出车》、《鱼丽》思初。上下促急,君子怀忧。'(《易林·睽之小过》)……《韩诗》大旨当同。案,《采薇》乃君子忧时之作,《鲁》、《齐》诗有明文。《毛序》立异,与下章《出车》、《杕杜》称为遣戍、劳还、勤归,意仿周公《东山》之篇,次于文王之世,可谓谬矣。"他总结了今文三家遗说,以为《采薇》是君子忧时之作,作在懿王之时。他痛斥古文《毛序》立异,以此诗列在文王之世为谬。这仍不免有门户之见,因为这诗很难确定作在西周何王之世。还有作于季历之世(何楷)和宣王之世(汪梧凤、魏

---

① 编按:《诗序集义》云:"《采薇》,宣王遣戍也。周自懿王时,王室遂衰,戎狄交侵,暴虐中国。中国被其苦,疾而歌之,及其曾孙宣王,命将出师征伐,诗人美之,故有《采薇》、《六月》、《出车》之诗。"

源)的两说,真是使人感觉"郢书燕说,无所适从!"(姜炳璋)

诗说《采薇》,薇是何种植物?《说文》:"薇,菜也。似藿。"《尔雅》:"薇,垂水。"《草虫·释文》:"薇,草也,亦可食。"《正义》引《陆疏》说:"山菜也。茎叶皆似小豆,蔓生,其味亦如小豆。藿可作羹,亦可生食。今官园种之,以供宗庙祭祀。"看来薇就是指一年生或二年生的豆科植物野豌豆苗。这诗说的当是二年生的野豌豆,今年冬生而明年夏秋间枯死。古人常用薇做汤菜(今人犹用之),即所谓"薇以芼羹"。《仪礼·公食大夫》、《士虞》、《特牲》、《馈食》都记着铏羹是用薇芼。宋元以来《诗》注,往往说薇"蜀人谓之巢菜"。《本草纲目》称为"大巢菜"(若谓小巢菜为翘摇或苕饶,则今之紫云英、红花草,未见有人食者。盖即《邶有旨苕》之苕,决非此诗之薇、东坡诗所云豆荚槐芽之巢菜也)。为什么又叫作"元修菜"呢?注家若不加说明,读者或未易索解。宋赵彦卫《云麓漫钞》五说:"东坡云:菜之美者,有吾乡之巢。故人巢元修嗜之,余亦嗜之。元修云:'使孔北海见,当复云吾家菜耶?'因谓之元修菜。东坡诗云:'彼美君家菜,铺田绿茸茸。豆荚圆且小,槐芽细而丰。'汉东人以豌豆苗为菜,云蜀人以为漫头,号巢菜。以坡诗求之,良不诬。今临安人目之曰豆菜,连角子卖。则知豌豆苗荚即巢菜也。"据此可知所谓元修菜,乃是以人名菜肴,比如今人说"东坡肉"、"麻婆豆腐"、"宫保鸡丁"了。

出　车

我出我车,于彼牧矣。自天子所,谓我来矣。召彼仆夫,谓之载矣。王事多难,维其棘矣!

我出我车,于彼郊矣。设此旐矣,建彼旄矣。彼旟旐斯,胡不旆旆?忧心悄悄,仆夫况瘁!

王命南仲,往城于方。出车彭彭,旂旐央央。天子命我,城彼朔方。赫赫南仲,玁狁于襄!

昔我往矣,黍稷方华。今我来思,雨雪载涂。王事多难,不遑启居。岂不怀归?畏此简书!

喓喓草虫,趯趯阜螽。未见君子,忧心忡忡。既见君子,我心则降。赫赫南仲,薄伐西戎!

春日迟迟,卉木萋萋。仓庚喈喈,采蘩祁祁。执讯获丑,薄言还归!赫赫南仲,玁狁于夷!

【解题】

《出车》,当是南仲奉命为将,北攘玁狁,西伐西戎,其部下随征军士略叙此一战役本末而作。《诗序》说"劳还率",又是以诗合乐之义,非诗本义。此诗旧注纷歧,大都不知《诗序》乃以诗合乐之义,而误以为诗本义。又于作者何人,作在何王之世,以及主题人物及其事实,都不甚了了,故迄无定解。尤其是作者叙事,初用将帅口吻,次用自己口吻,末用将帅室家口吻,语气屡变,其文义也因而有所不同。注者大都不知此乃客观叙事之词,非主观抒情之作,而误以为全是诗人自道口吻,九个我字全是诗人自我,所以说来大为扦格难通。

这诗说的南仲,他是何时人,乃今古文家争论的一个大问题。诗二章《毛传》说:"南仲,文王之属。"古文毛氏认定南仲是文王时人。一章《郑笺》说:"西伯以天子之命,出我戎车于所牧之地,将使我出征伐。"《笺》正从《传》,以为诗作在文王之世,南仲为文王时人。但是郑君先治今文,有时以今文易古文,改易《毛传》,不知何以此独不改。陈奂《传疏》说:"《王制》:'州有伯,八州八伯。八伯各以其属属于天子之老二人,分天下以为左右曰二伯。'州伯属于二伯,文王西伯,南仲州伯,故《传》云:'南仲,文王之属也。'《汉书·古今人表》作'南中',与召虎、方叔同列,而文王时无南仲,班以此南仲与《常武》南仲为一人,从《鲁诗》说也。《匈奴传》及《盐铁论·繇役》篇,《出车》与《六月》皆以为宣王时诗,当亦从鲁义。而《史记》又以羼入襄王者,恐司马迁记忆之误耳。《后汉书》马融疏亦云:'玁狁侵周,周宣王立中兴之功,是以赫赫南仲,载在周诗。'马治《毛诗》,而亦兼取三家。"说来有趣,马融治《毛诗》而亦兼取三家,郑玄通三家《诗》而又偏用《毛传》。这诗今古文家为说自相混乱如此,他们的得失教人怎好批判呢? 这里,专治《毛诗》的陈奂也只好说明今古文家的异同,而不肯论其得失,而不坚持《毛传》"南仲文王之属"一说。似乎陈奂也还受到他的朋友魏源和罗士琳坚持"南仲宣王时人"一说的影响,因为他们找到了周金文上的一个证据。

魏源《诗古微·小雅宣王诗发微》载有甘泉罗士琳《周无专鼎铭考》一文。罗氏说:"焦山旧藏周无专鼎,或云无惠,或又云无当作鄦。铭凡十行,行九字。其第三行及后三行行十字,大共九十四字。其文曰:'惟九月既望甲戌,王格于周庙,燔于图室。司徒南中。'中、仲古通假字。《积古斋钟鼎款识》谓南仲有二,诗《出车》篇之南仲,《毛传》以为文王之属,《常武篇》之南仲,《毛传》以为王命南仲于太祖,是宣王之臣也。齐、鲁、韩三家《诗》并以《采薇》、《出车》之南仲皆为宣王〔时〕。然则鼎之或为文王时器,或为宣王时器,当以九月既望甲戌推之。""文王自受命元年丙寅迄九年甲戌,据二术(殷、周二历)所推,皆不得九月既望甲戌。""文王受命之先,自元年己丑迄三十七年乙丑,据二术用商正建酉为九月,推得甲戌皆不值既望。""宣王自元年甲戌迄十六年己丑,据二术所推,惟是岁九月既望得甲戌,为月之十七日,与鼎铭合。""予既推勘得九月既望甲戌在宣王十六年己丑,定此鼎为宣王时器,魏默深复云:此证鼎铭,固无疑谊矣。""阮相国曾疑此铭不类商器,当是宣王时。臣友人魏默深舍人源历举齐、鲁、韩古谊,《出车》、《常武》皆宣王诗,因以鼎铭日月干支请予推算,果得此确证,洵千古大快!"我以为这只可证《常武》一诗中的南仲确是宣王时人,本来《诗》今古文说就是一致。《出车》一诗中的南仲是文王时人还是宣王时人? 今古文说原不一致,至今不能证明谁得谁失。安知《毛传》释《出车》南仲为文王时人,《常武》南仲为宣王时人,当时不都是确有所据呢?

王先谦《集疏》说:"鲁说曰:周宣王命南仲吉甫攘狁,威蛮荆(蔡邕《谏伐鲜卑议》)。又曰:狁攘而吉甫宴(蔡邕《释诲》)。齐说曰:懿王曾孙宣王,兴师命将以征伐之,诗人美大其功,曰:'薄伐猃狁,至于太原。''出车彭彭','城彼朔方'。是时四夷宾服,称为中兴。(《汉书·匈奴传》)"《古今人表》以怨刺诗为懿王时,又以南仲与召虎、方叔、张中列第三等,次周宣王世。……又《史记·卫将军传》载益封卫青诏书,亦并举《六月》、《出车》二诗,皆以为宣王时事,与《汉书》合。是鲁说与齐同。……《韩诗》大指当同齐、鲁。"他从今文三家遗说以为《出车》南仲也是宣王时人。他还痛斥《出车·毛传》"南仲文王之属"一说为妄。他说:"南仲宣王时为将,详见《常武》,文王时并无其人,此毛妄说也。《六月》篇云:'猃狁匪茹,整居焦穫。侵镐及方,至于泾阳。'盖猃狁居泾东之焦穫,逼近周京,纵兵四出,蹂躏方、镐、泾阳之地。合此诗及《六月》、《采芑》二篇观之,当日周廷命将,以方叔统重兵,厄驻泾西,屏蔽京邑,相机进击。吉甫自泾阳进兵镐地,南仲筑城于方。猃狁见首尾受敌,遂大奔窜。于是吉甫追至大原,南仲移兵西戎,克获而归,兵事可考见者如此。"这真是纸上谈兵!《出车》伐猃狁,"赫赫南仲"为主将。《六月》伐猃狁,"文武吉甫"为主将。《采芑》伐猃狁,"方叔元老"为主将。岂得并作一个战役来谈?三诗岂是一时之作?吉甫、方叔虽然同在宣王之世,也未必同在一个战役作主将。按,猃狁侵周,自文王时始,别有《逸周书·武称解叙》、《后汉书·西羌传》可证,已详上篇《采薇》解题。《出车》为文王之世南仲奉命为将讨伐猃狁之诗,岂得说全无根据?《毛传》说此"南仲文王之属",岂得诋为"此毛妄说"? 不妨文王时有南仲,宣王时有南仲。古今人名相同已是数见不鲜之事,为什么偏于见到这两个南仲就大惊小怪起来呢?

诗说"往城于方",又说"城彼朔方"。《毛传》说:"方,朔方也。"朔方何地? 这是前人热烈争论的一个问题。又,于方,不是如朔方一样是一个地方专名吗? 前人都依《毛传》说方就是朔方作解,我疑其不确。宜从周金文中"莽"字释此方字,亦即丰京之丰字。姑且不说它。《朱传》、王应麟《诗地理考》、朱右曾《诗地理徵》都说此朔方即汉朔方城地。陈启源《稽古编》首驳《朱传》。他说:"《传》与《疏》皆不指朔方是何地,《朱传》始以灵、夏等州当之。宋灵、夏,今宁夏卫,在汉为朔方郡,似矣。然汉自借诗语以名郡耳,岂可援汉郡以释周诗哉?又灵、夏为陕之极边,去长安千余里。商之末造,邠、岐近地皆沦于戎狄。南仲虽良将,岂能于一年中穷兵直至北垂连平二寇乎?朔方之为灵、夏,吾未敢信也。汉置朔方郡在武帝时,贾、郑、孙、王诸儒岂不知其事?而不用以释诗,良有见矣。"这疑诗朔方不是汉朔方城地。汉朔方城在今何地?也难确指。《乾隆府厅州县志》说:"汉朔方城在鄂尔多斯右翼后旗界内。"朱右曾说:"案,朔方,汉县,属朔方郡。唐为夏州治,元废。今榆林府西北二百里废夏州城,是也。"陈奂《传疏》以为"汉朔方城在今萨哈赉喀河之南"。《诗》朔方,《出车》之方,《六月》之镐方,"当在今甘肃平凉府固原泾州镇原间。宣王北伐至大原,即文王时所城朔方之地"。最后他说:"三代西北疆域,地不广大。自赵灵王攘北地,西至云中九原。秦始皇使蒙恬斥逐匈奴,筑长城。汉武帝遣卫青等度西河,历高阙,收河南,筑朔方城,后立朔方郡。皆非三代时疆域所有也。"朔方问题是否就算这样解决了呢?恐怕还有争执。总之,这诗说的朔方,介在猃狁、西戎之间,为当时控制西北边境上的一个要害之地,所以命将出师,筑城设防。这决无疑问。即令这朔方不是汉代的朔方,但论到各在当时边防重镇,正复相同。唐郭子仪说:"朔方,国之北门,西御犬戎,北虞猃狁。"唐代的所谓朔方还是如此重要。《诗义折中》说:"朔方介戎、狄之间,城朔方则西北之路不通。然城之,又恐猃狁之争之也,此其谋不可以不秘,而行不可以不速。故出车之时并不言城朔方,突至其地而城之,猃狁不及争也。既城之后,并不言伐西戎,出其不意而伐之,不惟猃狁不及救,西戎亦不及防也。朔方城,西戎服,则猃狁之患自息,所谓不战而屈人也。……伐交、攻心、出奇致胜之道皆具矣。汉建朔方之郡,唐筑受降之城,犹师昔人之遗智焉。"这也像是纸上谈兵,而就诗论诗,寻绎诗旨,颇近事理。朔方介戎、狄之间,一语扼要。朱右曾说:"夷夏之强弱,关中之安危,恒视朔方之得失。南仲城朔方而玁狁于襄,蒙恬、卫青取河南而匈奴衰弱。唐筑三受降城而西鄙安息,明失河套而陕西之患亟。其明征也。"这里所说朔方,只是从《出车》一诗朔方引起,泛言历史上朔方设防的重要,西北边防上须有这么一个重镇,不必是同指一个地方。总之,这诗一再说"往城于方","城彼朔方",自是当时攘玁狁、伐西戎所以取得胜利的一大军事措施。

杕　杜

有杕之杜,有睆其实。王事靡盬,继嗣我日。日月阳止,女心伤止,征夫遑止?

有杕之杜,其叶萋萋。王事靡盬,我心伤悲。卉木萋止,女心悲止,征夫归止!

陟彼北山,言采其杞。王事靡盬,忧我父母。檀车幝幝,四牡痯痯,征夫不远!

匪载匪来,忧心孔疚。期逝不至?而多为恤。卜筮偕止,会言近止,征夫迩止!

【解题】

《杕杜》,自是征夫逾时不归,妇人忧思咏叹之作。这和后世诗人所谓"闺思"、"闺怨"一类作品的性质相同。《杕杜》和《采薇》一样当都是采自民间歌谣。《采薇》说征夫思念室家,《杕杜》说妇人思念征夫,同是怨旷之作。这都不见列于龚橙《诗本谊》所谓《小雅》"西周民风",可知他多有不取处。

《诗序》说:"《杕杜》,劳还役也。"又是用作乐章之义,非诗本义。今古文家于此稍有争执。诗二章《毛传》说:"室家逾时则思。"陈奂《传疏》说:"《出车》篇云:'春日迟迟,卉木萋萋','薄言还归'。文义与此同。此兼言伐西戎之事。《传》云'室家逾时则思'者,盖室家之情有如是也。《盐铁论·繇役》篇：'古者无过年之繇，无逾时之役。今近者数千里，远者过万里，历二期，长子不还，父母愁忧，妻子咏叹。愤懑之恨发动于心，慕思之积痛于骨髓，此《杕杜》、《采薇》之所为作也。'案诗中皆叙逾时、期归之语，故三家《诗》以二诗刺时而作。《毛诗》则以为尽人之情，极道其劳役之苦、室家之意，不泥于文辞。此毛氏之所以独胜三家也。"王先谦《集疏》说："据《盐铁论》，是《齐诗》之说，以《杕杜》及《采薇》同为刺诗，与《毛序》异。鲁、韩当与齐同。"究竟这诗今古文说孰得孰失，还很难说。陈硕甫泥于《诗序》"劳还役"的意义，以为毛氏胜于三家，未为确论。三家"刺时"之说，就诗论诗，直接从诗求义，倒近于本义。

　　从来经师大都不知道《诗序》说的往往是用作乐章的意义，而作为诗的本义来说，就不免迂谬难通。《周南》、《召南》所谓后妃夫人的诗便是如此，这诗也是一例。明为征夫、思妇之词，岂是王者"劳还役"、"序其男女之情以说（悦）之"？诗三章云："王事靡盬，忧我父母。"《孔疏》说："忧我父母，谓夫为父母也。《日月》云：'父兮母兮，畜我不卒。'庄姜称庄公为父母，与此同也。"陈启源《稽古编》说："古人行役未有不念父母者。《汝坟》、《鸨羽》、《陟岵》、《北山》诸诗皆是，或自念之，或室家代念之。惟《四牡》、《杕杜》诗，则上之人探其情而念之，所以为正《雅》也。《孔疏》以为妇目夫之称，迂矣。"他驳了《孔疏》，固是；他以为《杕杜》是"上之人探其情而念之"，恐非。方玉润《诗经原始》说："《小序》谓劳还役。劳之而不慰其心、酬其力，乃故作此妇人思夫之词以媚之，天下有是酬人法乎？圣人纵曲体人情，亦不代人妻子作悲泣状也。即使为之，何益劳者，而谓劳者受之邪？大抵儒者说诗非迂即腐，而又故曲其说以文所短，则诗旨愈晦。此诗本室家思其夫归而未即归之词。故始则曰'征夫遑止'，言可以暇也，曷为而不归哉？继则曰'征夫归止'，言计其归期实可归也。既又曰'征夫不远'，言虽未归其亦不远矣。终则曰'征夫迩止'，言归程甚迩，岂尚迟邪？始终望归而未遽归，故作此猜疑无定之词耳。然期望虽殷，而终以王事为重,不敢以私情废公义也。此诗人识见之大,讵得以寻常儿女情视之邪?"他说这诗思妇作,非所谓"圣人"或"上之人"代作,诗人大有见识,都说得很好,很合诗旨。所遗恨的在于他不知道《诗序》说的是用作乐章之义,不是诗人作诗之义。他不知道这诗也该是统治阶级采自民间歌谣,攘为己有,作为"劳还役"的乐章,同《三百篇》中许多作为什么乐章的歌谣一样。

鱼 丽

鱼丽于罶,鲿鲨。君子有酒,旨且多。
鱼丽于罶,鲂鳢。君子有酒,多且旨。
鱼丽于罶,鰋鲤。君子有酒,旨且有。
物其多矣,维其嘉矣。
物其旨矣,维其偕矣。
物其有矣,维其时矣。

【解题】

《鱼丽》,《朱传》以为"此燕飨通用之乐歌"。李光地《诗所》则以为此必荐鱼宗庙之后燕饮之诗,后乃通用为燕飨之乐歌。这比《朱传》说得稍为圆通,他已知道诗有诗人作诗的意义,有用作乐章的意义。可是这诗风格很像歌谣,安知不是原出民间歌手,妒羡"君子"有鱼有酒大吃大喝之作呢?又《诗序》说:"美万物盛多能备礼","可以告于神明"。《郑笺》说:"告于神明者,于祭祀而歌之。"好像毛、郑以为这是一种祭祀神明的乐歌。什么祭祀?什么神明?是否如李光地说的"荐鱼宗庙"?但据《仪礼·乡饮酒》、《燕礼》都歌此诗,只知道它曾用为燕飨通用的乐歌。

《诗序》说"美万物盛多",为什么诗里只侧重说鱼呢?"荐鱼宗庙"可为一解,可是还有别解。王照圆《诗问》道:"或问万物盛多,何独称鱼？余(郝懿行自谓)曰：梦鱼，丰年之瑞。太平歌《鱼丽》，衰乱吟'星罶'('三星在罶')。瑞玉(王照圆)曰：若作燕飨诗，则全是侈陈口腹殽馔。且经自言鱼丽于罶，明是生鱼，何关燕飨？余曰：即是燕飨，一燕尔，何须鱼六品？"他们说的未必全是，但可想见他们夫妇读《诗》论学之乐。范家相《诗沈》说："言万物盛多但言鱼者，在下动物之多莫如鱼也。《小雅》言丰年之兆，亦曰众维鱼矣。"不错，梦鱼是丰年吉兆，见《小雅·无羊》篇。今人称物产丰富的地方还说"鱼米之乡"。这一条《诗序》不但像有历史上的根据，还像有民俗上的意义，这诗可能原是采自民间歌谣。民间歌手眼见统治阶级坐享丰年的果实就如实地歌唱了出来。

《诗序》"美万物盛多"，为什么盛多呢？一章《毛传》说："太平而后，微物众多，取之有时，用之有道，则物莫不多矣。古者不风不暴不行火，草木不折不操(芟)斧斤不入山林。豺祭兽然后杀，獭祭鱼然后渔，鹰隼击然后罻罗设。是以天子不合围，诸侯不掩群，大夫不麛不卵，士不隐(堰)塞，庶人不数罟，罟必四寸然后入泽梁。故山不童，泽不竭，鸟兽鱼鳖皆得其所然。"陈奂《传疏》说："《传》引庶人用罟四寸入泽梁以证鱼丽于罶之义，而又推广言之，以美万物盛多也。"这话说得是而意未尽。《毛传》首先明说要到太平而后才能万物众多，因为太平时候，"取之有时，用之有道。"就是说，利用资源，养护资源，都有一定的办法。这是从"古者"相传下来的。用现代人的了解来说，这当是远从渔猎时代只知利用自然经济、采集经济，而渐渐形成起来的。《毛传》自"古者"以下一段自是根据成文，和此相类似的文字，还见于《周礼·大司马·司裘》、《大戴记·夏小正》、《礼记·王制》《月令》《曲礼》以及《逸周书》、《国语·鲁语》、《荀子·王制》、《淮南子·主术训》、《贾子·礼篇》。这都可供研究我国古代社会史或经济史者之参考。

诗说："鱼丽于罶，鲿鲨。"这是赋义还是比兴之义呢？鲿鲨鲂鳢鰋鲤六种鱼中只鲨一种不是常见习知之鱼，它是什么鱼呢？关于第一问题，自毛、郑以下大都不说这是比兴之义。只见陆佃《埤雅》以为这是比兴之义。他说："盖鳣鱼黄，鲂鱼青，鳢鱼玄，鳏鱼白，鲤鱼赤，则五色之鱼俱备，故《序》以为万物盛多也。"这是以为诗以五色之鱼俱备象征万物盛多。倘说诗以鱼之众多喻万物盛多，似乎未为不可。但是如他所说，这牛角尖钻不通。因为鲂鱼未必青，鳏鱼未必白，还有鲨鱼又是什么色呢？又说："盖鳣鲨小鱼，鲂鳢中鱼，鳏鲤大鱼。亦其鳣鲨之美不若鲂鳢，鲂鳢之美不若鳏鲤，故其序如此。"这六种鱼型的大小，鱼味的美恶，难道如他所说？他竟用此定篇章的次序，这牛角尖又钻不通。总之，古代诗人运思未必如此周密，设想未必如此纤巧。关于第二问题，《毛传》说："鲨，鲏也。"《尔雅·释鱼》同。鲏是什么鱼？不知道。《尔雅》郭注说："今吹沙小鱼，体圆而有点文。"吹沙小鱼又是什么鱼？不知道。焦循《雕菰集·虎鲨吟序》说："吹沙小鱼俗谓之虎鲨，湖中人张网取之以当蔬菜。乙巳丙午，湖水旱涸，种类顿绝，八九年矣。今秋复繁衍如昔，足为丰年安乐之象，因咏其事。"他用扬州人俗名虎鲨的一种鱼释鲨。但是从他的《虎鲨吟》和《序》看不出虎鲨是何种鱼，因为对于它的形态和生活习性不曾有详确的说明。江标《沅湘通艺录》有胡元倓《释鲨鲦》一文，说："《诗·鱼丽》'鳣鲨'，《毛传》：'鲨，鲏也。'此用《尔雅·释鱼》文也。《释文》引舍人注曰：'鲨，石鲏也。'《正义》引《陆机疏》云：'鱼狭而小，常张口吹沙，故曰吹沙。'是此鱼之命名因吹沙而得，故其字鱼旁著沙。今本《说文》乃有鲦无鲨。解云：'鱼名，出乐浪潘国，从鱼，沙省声。'遗其本称，载其别号，决非原书之旧可知。《诗·雅》明有其文，许书不应遗之也。窃谓鲦盖鲨之或体，许君原书当作'鲨，鲏也。从鱼，沙声。一曰，鱼名，出乐浪潘国。鲦或从沙省'。许书多载一曰之义，皆当时名称，所以晓俗。后人习于时名，渐忘古义，传写讹脱。校者或非通人，遂至刊落正文，仅存或体矣。非赖《诗·雅》犹存古义，曷由知鲨即鲦之正体哉？"我们从这种考证上也看不出鲨是什么鱼。不得已，根据《陆疏》和《尔雅》郭注"吹沙小鱼"一点来说，可能这是生于浅水、飘浮水面、所谓银飘或飘鱼一类的鱼。至《说文》一说此"出乐浪潘国"，可能是海水中鲨之小者，如白点鲨（星鲨、沙皮鲨)皱唇鲨(九道箍)乃至角鲨之类,恐不是这诗中所有。究竟这诗说的鲨是何种鱼,还待今后鱼类学家作进一步的研究,加以审定。

这诗主旨今古文说稍有不同。王先谦《集疏》说:"齐说曰:'《采薇》、《出车》、《鱼丽》思初。上下促急,君子怀忧。'(《易林·睽之小过》)""当《采薇》、《出车》之时,上下促急,故君子忧时而作是诗。思初,犹言思古也。此齐说。《仪礼·乡饮酒》郑注:'《鱼丽》,言太平年丰物多也。物多酒旨,所以优贤也。'亦齐说。鲁、韩当同。"可知《齐诗》遗说以为《鱼丽》原是君子忧时思古之作,作为燕飨乐章就是优礼贤者之诗。它似以为原是刺诗,和古文毛氏以为美诗者不同,因而论到此诗作出的年代早晚也就不同。至龚橙《诗本谊》说:"《鱼丽》,乐得才大也。鲿鲨鲂鳢,四友十乱之俦。"我不知道他有什么根据,想是不很恰当地根据《仪礼》作为乐章之义而自己杜撰出来的罢。

诗三百解题卷十七

南有嘉鱼之什　毛诗小雅

南 有 嘉 鱼

南有嘉鱼,烝然罩罩。君子有酒,嘉宾式燕以乐。
南有嘉鱼,烝然汕汕。君子有酒,嘉宾式燕以衎。
南有樛木,甘瓠累之。君子有酒,嘉宾式燕绥之。
翩翩者鵻,烝然来思。君子有酒,嘉宾式燕又思。

【解题】

《南有嘉鱼》,诗自表明是君子宴乐嘉宾之诗。《诗序》说:"《南有嘉鱼》,乐与贤也。"王念孙、马瑞辰读"与"为"举",谓与贤当即举贤。似亦可通。王先谦《集疏》说:"《仪礼·乡饮酒》郑注:'《南有嘉鱼》,言太平君子有酒,乐与贤者共之也。能以礼下贤者,贤者累蔓而归之,与之燕乐也。'此齐说,义与毛同。《诗泛历枢》曰:'《嘉鱼》在己,火始也。'亦齐说。鲁、韩无闻。"这诗主题今古文家无争论。《孔疏》以为这诗"当周公成王太平之时",想是根据《郑谱》以《鱼丽》为武王时诗,《嘉鱼》至《菁菁者莪》为成王时诗。魏源《诗序集义》说此"作于武王命周公分陕、二南行化之时",则因"南有嘉鱼"和"南有樛木"、"南有乔木",同用南方风物作为比兴之义的缘故。我以为这些诗虽仍作于西周盛时,但作在何王之世实难说定。即以为《仪礼》用此作为乐章,必已作在周公制礼之时也很难说,前儒说过了。

诗说"南有嘉鱼,烝然罩罩",是不是比兴之义呢?《毛传》不说"兴也"。《郑笺》说:"言南方水中有善鱼,人将久如而俱罩之,迟之也。喻天下有贤者,在位之人将久如而并求致之于朝,亦迟之也。迟之者,谓至诚也。"他以为这是比兴之义。范处义《补传》说:"嘉宾,贤者也。嘉鱼,鱼之美者。甘瓠,瓠之甘者。鵻,鸟之壹者(《毛传》:壹宿之鸟)。

三物虽皆以喻贤者,然一章曰罩罩,恐其逸,故罩之使入也。二章曰汕汕,恐其伏,故汕之使出也。此言人君之善与贤者处也。三章曰烝之,乃瓠之自烝。四章曰来思,乃雏之自至。此言贤者之喜仕于王之朝也。四章皆言待贤者以燕礼,始言其乐好,次言其衎乐,次言其绥而安之,次言其又欲燕之,非至诚安能有加无已如此!"这说比兴之义不知是否受到《埤雅》(见下)一说的影响。通解全诗自较《郑笺》为详。

诗说嘉鱼,是专指一种鱼名,还是泛说鱼之美呢?《毛传》、《郑笺》、《陆疏》都不曾说嘉鱼是什么鱼,嘉鱼自是指鱼之嘉善或嘉美者而言。陆佃《埤雅》说:"嘉鱼,鲤质鳟鳞,肥肉甚美。食乳泉,出于丙穴。故《南都赋》云:'嘉鱼出于丙穴。'先儒言丙穴在汉中沔南县北,有乳穴二,常以三月取之,穴口向丙,故曰丙也。旧言尾像篆文丙字,故曰丙穴。盖《尔雅》:鱼枕谓之丁,鱼肠谓之乙,鱼尾谓之丙。则鱼尾像丙,岂特嘉鱼而已?《礼》曰:'鱼去乙。'乙,肠也。《诗》曰:'南有嘉鱼,烝然罩罩。'言嘉鱼欲逸则罩之使入也。'南有嘉鱼,烝然汕汕。'言嘉鱼欲伏则汕之使出也。求贤之道如此而已。《尔雅》曰:'翼谓之汕。'今之撩罟是也。太平君子乐与贤者共之。而所以求者,上笼之如罩,下撩之如汕,此至诚之道也。《淮南子》曰:罩者抑之,罾者举之。为之虽异,得鱼一也。"从他开始据左思《蜀都赋》以为嘉鱼是指丙穴之鱼的专名。尝见国内风景电影,山穴出鱼。不记穴在何地,不知鱼为何鱼。《吕记》、《朱传》、李氏《集解》都用此说。王氏《诗总闻》说:"嘉鱼……今辰州、鄂州皆有,鄂州取以名县,……恐或是因《诗》取号。"《严缉》就说:"下文樛木非木名,则嘉鱼亦非鱼名。要之,诗人以鱼之嘉者、瓠之甘者喻贤耳。"《黄氏日抄》就说:"周都西北,以南方之鱼为美,故曰南有嘉鱼,未必独指丙穴之鱼也。丙穴之鱼饮乳泉而美,亦未必元名嘉鱼也。"他似以为嘉鱼不是鱼名,更非丙穴之鱼的专名。由此可见宋儒于嘉鱼有此两解。《毛传》说:"江汉之间,鱼所产也。"《郑笺》申《传》说:"南方水中有善鱼。"如今湖南、湖北之间,靠近洞庭湖和长江一带地方,自古号称"鱼米之乡",许多淡水鱼类特别腴美。我们就从毛、郑这说好了。唐人刘恂《岭表录异》说:"嘉鱼如鳟,出梧州戎城县江水口。"今人张春霖《鱼类图说》中道:"卷口鱼又叫做嘉鱼。这种鱼的口部很特别:口在头的腹面,口前吻部有许多小突起,上唇可向前延展,边缘成十一个缺刻状物,有四小须,咽牙两行。背鳍和腹鳍相对,尾鳍深叉形。鳞片中等大,侧线完全。只产于广东,多在池塘里饲养。"按,这种嘉鱼属于硬骨鱼类,鲤科。今虽产于广东,也在我国南方,未必就是《诗》说的南有嘉鱼罢。

南 山 有 台

南山有台,北山有莱。乐只君子,邦家之基！乐只君子,万寿无期！

南山有桑,北山有杨。乐只君子,邦家之光！乐只君子,万寿无疆！

南山有杞,北山有李。乐只君子,民之父母！乐只君子,德音不已！

南山有栲,北山有杻。乐只君子,遐不眉寿！乐只君子,德音是茂！

南山有枸,北山有楰。乐只君子,遐不黄耇！乐只君子,保艾尔后！

【解题】

《南山有台》,姚际恒《诗经通论》以为这是"臣工颂天子之诗"。其说近是,想是受了《吕记》、《严缉》的影响。诗称君子,当和前此两篇《鱼丽》、《南有嘉鱼》一例,指王者天子。如指嘉宾贤者,就和诗旨不合,不仅"万寿无疆"等语,贤者嘉宾不足以当此。刘瑾《通释》说:"或疑宾客不足以当万寿之语。愚谓此诗上下通用之乐。当时宾客容有爵齿俱尊足当之者。盖古人简质,如《士冠礼》祝辞亦云'眉寿万年'。

又况古器物铭所谓'用蕲万年'、'用蕲眉寿'、'万年无疆'之类,皆为自祝之辞。则此诗以万寿祝宾庸何伤乎?"这虽善辩,却非此诗确诂。鄙意宜从全诗的语意上寻绎才是。朱子《辨说》指出"《序》首句(乐得贤)误",很对。可是《集传》说"此亦燕飨通用之乐",以为和《鱼丽》、《南有嘉鱼》一样。这也就错误了。郝敬《原解》驳他说:"夫《鹿鸣》、《鱼丽》、《嘉鱼》辞云有酒,犹似燕飨。是诗无饮酒,……非为燕礼作也。"陈启源《稽古编》驳得更有力。他说:"……《南山有台》篇,玩其词意殊与燕饮不类。凡《诗》为燕饮作者,必言酒肴乐舞之事,及为劝侑之词。如燕群臣,则云'鼓瑟吹笙'、云'我有旨酒'矣;燕兄弟,则云'傧尔笾豆'、云'饮酒之饫'矣;燕朋友,则云'酾酒有蔌'、云有肥牡、有肥羜,云陈馈八簋矣;燕诸侯则云'厌厌夜饮'矣。今《有台》篇所称南山、北山之所有,既非馈客之需;而颂美君子又绝无劝侑之意,若《鹿鸣》之'式燕以敖',《常棣》之'和乐且孺',与《伐木》、《湛露》之'饮此湑矣'、'不醉无归'者也。安在其为燕飨之诗也?"他反驳《朱传》而坚持《诗序》"乐得贤"一说,不知《诗序》亦误。

说这诗主旨在于"乐得贤",两汉今古文说略同。故清代汉学家陈启源、胡承珙、陈奂和魏源、王先谦诸家之说都有错误。王先谦《集疏》说:"《仪礼·乡饮酒》郑注:《南山有台》,言太平之治以贤者为本,爱友贤者为邦家之基、民之父母,既欲其身之寿考,又欲其民德之长也。齐义与毛大同,鲁、韩未闻。"诗说邦家之光,民之父母,万寿无期,德高不已,难道定是颂祝贤者?所谓"乐得贤"者是谁?王者天子如此颂祝所得之贤,自己置身何地?倘说臣庶如此颂祝王者天子所得之贤,则颂德祝寿至矣尽矣,蔑以加矣。试问他们颂祝天子,善颂善祷更著何词?

蓼 萧

蓼彼萧斯,零露湑兮。既见君子,我心写兮。燕笑语兮,是以有誉处兮。

蓼彼萧斯，零露瀼瀼。既见君子，为龙为光。其德不爽，寿考不忘！

蓼彼萧斯，零露泥泥。既见君子，孔燕岂弟。宜兄宜弟，令德寿岂。

蓼彼萧斯，零露浓浓。既见君子，鞗革冲冲，和鸾雍雍。万福攸同！

【解题】

《蓼萧》，当是西周盛时，四海诸侯朝见天子、歌颂福德寿考的诗。《诗序》说"泽及四海"，"三家无异义"。所谓"四海"，是指四海之外呢，还是举远以包近，兼指四海内外来说呢？《郑笺》说："九夷，八狄，七戎，六蛮，谓之四海。国在九州之外，虽有大者，爵不过子。《虞书》曰：'州十有二师，外薄四海，咸建五长。'"大约郑君以为《诗序》说四海，上有泽及二字，及字是指及于远的意思，就是指四海之外，远国之君。陈启源《稽古编》说："周之王业虽成于文、武，然兴礼乐，致太平，实在周公辅成王时。尝读《戴记·明堂位》、《周书·王会解》二篇，想见当时华夷一统之盛。《蓼萧》泽及四海，《孔疏》引越裳来朝事，以为此诗之作当在周公摄政之六年，良有然也。合《明堂》、《王会》二文以读此诗，觉成周一会俨然未散。"陈奂《传疏》说："《礼记·祭义》篇：'推而放诸东海而准，推而放诸西海而准，推而放诸南海而准，推而放诸北海而准。《诗》云：自西自东，自南自北，无思不服，此之谓也。'"他们引证经史来解此诗《序》，都算有据。我们从此诗看出我国远在上古时代对于四裔诸国就以兄弟相待（诗说"宜兄宜弟"可证），采取了天下一家、讲信修睦的和平政策与亲善态度。而且他们也不自外，拥护中国。

诗说"既见君子，为龙为光"，这是说四海诸侯得见天子于他们自己为宠为光呢，还是说天子接见诸侯于他自己为宠为光呢？这是前儒争论的一个问题。"既见君子"句下《郑笺》说："既见君子者，远国之君朝见于天子也"。"为宠为光，言天子恩泽光耀被及己也。"《郑笺》、《孔疏》都以为君子是指天子。《朱传》说:"君子,指诸侯也。""诸侯朝于天子,天子与之燕,以示慈惠,故歌此诗。"这就引起争论了。《严缉》说:"《湛露》、《彤弓》以'显允君子'、'我有嘉宾'称诸侯之美,则为燕飨诸侯无疑也。《蓼萧》之诗以零露喻王泽,以既见君子称天子,其下皆称赞天子之辞。若天子用之以燕诸侯,不应自称己之美而不称诸侯之美。"这好像是驳《朱传》。到了清儒驳的更多,如黄中松《诗疑辨证》、胡承珙《后笺》都是。《诗疑辨证》说:"揆朱子之意,特以末章'鞗革冲冲'、'和鸾雍雍'二句,与《载见》语气相类;而《庭燎》亦以君子目诸侯而称其车旂之美;故易《序》也。""'为龙为光'句施之朋俦谦逊之词则可,以为天子庆幸之语毋乃谦之过甚,而兆后世下堂见诸侯之机乎?况露零于蓼萧乃天道之下际,正天子恩泽及下之喻。《序》义不可尽废。"《后笺》说:"案《左传》昭十二年:宋华定来聘,享之,为赋《蓼萧》,弗知,又不答赋。昭子曰:'宴语之不怀,宠光之不宣,令德之不知,同福之不受,将何以在?'杜注云:'赋《蓼萧》,义取燕笑誉处,乐与宾燕语也。'为龙为光,欲以宠光宾也。宜兄宜弟,令德寿岂,言宾有令德,可以寿乐也。和鸾雍雍,万福攸同,言欲与宾同福禄也。杜盖谓赋诗之意(非作诗之意),是主人用以颂宾。《集传》即本于此。然经文为龙为光,明是诸侯以得见天子为遇恩宠而被光燿。君子,自当指天子,非诸侯也。"这都驳了《朱传》。我们读这诗求通,与其用《朱传》毋宁用《诗序》。

俞樾说"为龙为光"乃远国诸侯颂美天子是龙、是日光,这一创见撇开了汉学宗《序》、宋学攻《序》两者间争论的纠纷。其说可取。他在《群经平议》中说:"为龙为光,《传》曰:龙,宠也。《笺》云:为宠为光,言天子恩泽光耀被及己也。《正义》曰:为君所宠遇,为君所光荣。樾谨案:经言为龙为光,不言为所宠,为所光。《传》、《笺》之义似均与经文语意未合。此龙字仍当读如本字。《广雅·释诂》:'龙,曰,君也。'为龙为光,犹云为龙为日,并君象也。《贾子·容经》篇曰:'龙也者,人主之譬也。'《礼记·祭法》篇:'王宫,祭日也。'郑注曰:'王,君也。'日称君。是龙日为君象,古有此义。变日言光,以协韵也。《周易·说卦传》：离为日。而虞注于《未济》六五及《夬·象传》，并曰离为光。于《需·象辞》，则曰离日为光。是日与光义得相通。《文选》张孟阳《七哀诗》：'朱光驰北陆。'注曰：'朱光，日也。'陆士衡《演连珠》：'重光发藻。'注曰：'重光，日也。'词赋家以日为光，非无本矣。光与明同义。《礼记·礼器》篇：'大明生于东。'注曰：'大明，日也。'日谓之光，犹谓之明也。光与景亦同。《文选》王元长《曲水诗序》：'揆景纬以裁基。'注曰：'景，日也。'日谓之光，犹谓之景。此言远国之君朝见于天子，故曰既见君子，为龙为光，并以天子言也。《柏舟》篇：'母也天只。'《传》曰：'天，谓父也。'彼变父言天以协韵，此变日言光亦取协韵，《诗》固有此例矣。乃昭十二年《左传》叔孙昭子说此诗，有曰'宴语之不怀，宠光之不宣'，则已同《毛传》义。《左传》晚出，先儒致疑，若斯之类，恐未可据。"按，王楙《野客丛书》说："汉人碑刻以龙光对言鹤鸣，是又以为龙凤之龙。"俞说或亦有取于此。此诗四章，一章"既见君子，我心写兮"，明提"我"字，诗人自我。二章"既见君子，为龙为光"。三章"既见君子，孔燕岂弟"。四章"既见君子，鞗革冲冲"。后三章都是诗人既见君子指出所见君子其人的形象或动态，句例、文法正同。倘若二章"为龙为光"系诗人说自己而非指君子其人，不但和三、四两章同一句位的句例、文法不同，也和一章同一句位诗人说自己而明提"我"字的句例、文法不合。可知俞氏创解"为龙为光"指君自是精审。他驳了毛、郑、《左传》，不曾明驳《朱传》，但是他提出了为龙为光这一句的新解，就是以说明《朱传》以为这是天子美诸侯之词不可通了。记得闻一多撰有《龙凤》一文，以为龙是夏民族的图腾。考龙字见于甲骨文，作为人名、地名、国名，还有从龙字偏旁的龚字、庞字，并没有龙是图腾神物的意味。想是殷商灭夏，抹杀了敌人的神物。周时称中国为时夏、诸夏，或单称夏，想是周族自附于夏族。《周易·乾》卦辞及其《文言》，把龙看作活跃在水、陆、空的神物以象征"大人"、"圣人"，也就是象征帝王。《诗经》里说及龙的除了《蓼萧》这诗而外，如《秦风·小戎》"龙盾之合"，《周颂·载见》"龙旂阳阳"，《商颂·玄鸟》"龙旂十乘"，明明是把龙的形象装饰在武器和旌旗上面,这也许还是图腾的残留。

　　龙是一种什么样的动物?究竟有没有龙?前人只能凭自古相传的神话来说,直到现代古生物学家才作出科学的解释。《礼记·礼运》篇说:"麟、凤、龟、龙,谓之四灵。"龟虽称灵,实有其物,用不着多说,不像麟、凤、龙三灵只是神话传说中的动物。一九一九年章鸿创著《三灵解》,一九五二年杨锺健著《演化的实证与过程》,他们都说到龙。前一书没有明确的结论,后一书就说:"依照我们目下的知识来批判,龙是代表种属鉴定不确的几种爬行动物,蛇和鳄鱼最为近似。"前几年刘宪亭还作过《究竟有没有龙和凤》一文,又《再谈龙和凤》一文(《光明日报》一九五六年三月二十三日,又八月七日)。李学勤也作了《谈殷周时代的龙凤》一文(同上,九月十二日)。他们从古生物学上和古文字学上各作了解说。李学勤说:"在甲骨文和铜器铭文中都没有关于活龙的记载。由字形看来,它无疑是一种蛇类的动物。甲骨文里有龔字,是两手捧着一条龙的象形,可见龙的身体并不很大。龙和凤的神秘化,大概由商代就开始了。甲骨文里龙凤两字,在动物形的头顶上都加有一个发髻。殷代的一个国就叫龙方,可能是崇拜龙的。殷人把凤就叫做风,风凤是一个字,可知在当时人的心目中,两者有一定的关系。不过那时龙凤还没有太多的神秘性。到了春秋时代以后,龙和凤才完全变成了神话里的东西。"刘宪亭说:"据董作宾讲,甲骨文中龙字有繁体一种,简体三种,大都是鳄的形象。但该字没有表示四肢的部分,则又与蛇比较接近。所以龙字形象与鳄或蛇相近了,并不带神秘的意味。《说文》所载,龙为鳞之长,从肉,龙字右半是肉飞的形象。这里所说的飞并不一定指真飞的飞,不过因观察不清,以疾驰为飞了。'能出能明,能细能巨,能长能短。春分而登天,秋分而潜渊。'以现在的认识来讲,能出能明就是出来时有闪光,鳞甲被水浸湿折光。躯体可粗可细,呼吸的关系;可长可短,弯曲行走的关系。冬伏夏出,两栖及爬行动物的特性。归纳起来,大都是爬行动物的特性。这样说,龙就是几种爬行动物的总称了。龙被神化后,被多方引用,脱离了原来简单地代表几种爬行动物的本意了。龙越神秘,人们则越爱用来形容神秘性的人物,因此与皇帝就联系上了,并以龙来尊称帝王使用的东西,这种例子很多。其本意无非认龙为特殊神秘而发生敬畏的心理,就这样牵强附会造成许多传说。以后凡见到一些新奇不认识的东西,当时理解不了的事物,就推到龙上。试想,为什么一遇到奥妙莫测的形象就是龙呢?这正说明没有龙,它不代表某一具体的动物。"又说:"龙,可能为当时人对几种常见的爬行动物的总称;凤,可能为几种美鸟的总称;麒麟,可能是几种哺乳动物的总称。……这种概念是怎么产生的呢?最初可能是因为人们对自然界的某种动物的生活习性观察不清,对其活动不能理解,而笼统的反映到自己脑海中复合出一个形象来。人们在当时所知道的自然科学知识是有限的,作不出科学的分析,找不出具体联系,就以讹传讹地含混地流传下去。后来统治阶级乘机利用,加以夸张渲染记于史册,这更促进了流传范围的扩大,成为人人皆知的东西。龙也就跨入了社会科学的领域,不单是生物学的问题了。随着自然科学的发展,对自然一切事物和现象的规律性也愈来愈了解清楚,过去不正确的认识自然逐渐消失,像龙凤的传说也就不攻自破。至于说龙凤的说法与先民供奉的图腾有关系,这也是传说来源问题的一方面。再谈到图腾的取材,还是归结到龙凤有无的问题了。至于民间喜爱龙灯龙船以及龙凤的构图和绘画,这可作为艺术问题来处理,与龙凤的具体存在与否并不矛盾。"依上所说,我们才能理解到《诗经》里为什么说到龙,说到用龙的形象作为旗帜和兵器上的装饰。《蓼萧》一诗说的"为龙为光"就可能是把龙作为"君象",俞樾这一说可取。同时也该感到这一新说比俞樾说的更有根据、更近情理、更加明晰了。

湛　露

湛湛露斯,匪阳不晞。厌厌夜饮,不醉无归。

湛湛露斯,在彼丰草。厌厌夜饮,在宗载考。
湛湛露斯,在彼杞棘。显允君子,莫不令德。
其桐其椅,其实离离。岂弟君子,莫不令仪。

【解题】

《湛露》,是西周盛时,天子夜宴同姓诸侯之诗。诗说"厌厌夜饮,在宗载考"已自表明,不容置疑。胡承珙《后笺》说:"案经言宗者,古人谓同姓为宗,如《左传》'胙之宗十一族'及'宗不余辟'之类。在者,于也。在宗,犹言于同姓也。《传》云'夜饮必于宗室'者,宗室即谓同宗。于者,于其人,非于其地。言必于同姓乃有夜饮之礼,正以明异姓则否耳。故《笺》申之云:'夜饮之礼,在宗室同姓诸侯则成之。于庶姓其让之则止。'《正义》云:'以其宗室之故,则留之而成饮,不许其让,以崇亲厚焉。'《笺》、《疏》皆善读《传》文,后人泥《传》宗室为夜饮之地,其说多不可通。"按,《召南·采蘋》"宗室牖下"一句,《毛传》说:"宗室,大宗之庙。"胡承珙以为"《采蘋》本言宗室,此诗但云在宗,毛据当时同姓有宗室之称,用以释经,非可以《采蘋》为比也。"他就驳斥了陈启源《稽古编》说的"宗室是宗庙之寝室"和王夫之《稗疏》说的"宗室是宗子之室,宗子之庙"。他说来很精审。我们认为这诗原是天子为夜饮同姓诸侯而作,并不是没有根据。

《诗序》说:"《湛露》,天子燕诸侯也。"这是用作乐章之义,非诗本义。《郑笺》说:"燕,谓与之燕饮酒也。诸侯朝觐会同,天子与之燕,所以示慈惠。"王先谦《集疏》说:"《易林·屯之鼎》云:'《湛露》之欢,三爵毕恩。'《讼之恒》、《同人之离》同。又《讼之既济》云:'白雉群雏,慕德贡朝。《湛露》之恩,使我得欢。'是天子燕诸侯之说,三家与毛同也。左文四年《传》:'诸侯朝正于王,王宴乐之,于是乎赋《湛露》。'尤为天子燕诸侯之确证。"可知这诗通用为天子宴诸侯之乐章,《诗》今古文家说同。《后笺》又说:"文四年《左传》:'诸侯朝正于王,王宴乐之,于是乎赋《湛露》。'此皆统言诸侯,不分同姓异姓。《六月·序》云:'《湛露》

废,则万国离矣。'尤可见此兼同异姓言之。惟次章有'在宗载考'之文,或其中有同姓诸侯,为之加厚而夜饮,亦事理之常。特《郑笺》分三章为庶姓,四章为二王之后,经文所无,无以见其必然耳。"胡承珙以为这是天子宴诸侯不分同姓异姓,但因其中有同姓诸侯,为了特别厚待他们而设夜宴,要这样说也勉强可通,并比《郑笺》圆活。可是这不免和他前说自相矛盾,当然还有问题。我以为《三百篇》入乐,大都先有诗后有乐,作诗作乐原有分别,诗乐同作恐怕极少。天子夜饮同姓诸侯当是此诗本义,天子宴诸侯不分同姓异姓当是此诗用作乐章之义,或赋诗之义。

彤　弓

　　彤弓弨兮,受言藏之！我有嘉宾,中心贶之。钟鼓既设,一朝飨之。

　　彤弓弨兮,受言载之！我有嘉宾,中心喜之。钟鼓既设,一朝右之。

　　彤弓弨兮,受言櫜之！我有嘉宾,中心好之。钟鼓既设,一朝酬之。

【解题】

　　《彤弓》,是叙述天子以彤弓赐有功诸侯而作。通用为天子赐有功诸侯的乐章,《诗序》说得不错。"三家无异义"。按,文四年《左传》说:"卫宁武子来聘,公与之宴,为赋《湛露》及《彤弓》。不辞,又不答赋。使行人私焉。对曰:'臣以为肄业及之也。昔诸侯朝正于王,王宴乐之,于是乎赋《湛露》。则天子当阳,诸侯用命也。诸侯敌王所忾而献其功,王于是乎赐之彤弓一,彤矢百,玈弓〔十,玈〕矢千,以觉(读为较,训为明)报宴。今陪臣来继旧好,君辱贶之,其敢干大礼以自取戾?'"可知《诗序》说《彤弓》和《湛露》都有所本。又《孔丛子》记载孔子曰:

"于《彤弓》见有功之必报也。"明此是赐功之诗。范家相《诗沈》说:"严氏华谷曰:彤弓,非常赐也。钟鼓,大乐也。飨,大礼也。设之所以重其赐。苏氏颖滨曰:大饮宾曰飨,行之以飨礼,厚之至也。吕氏东莱曰:中心贶之,言其诚也。愚谓一朝飨之,言有功即飨,不留赏也。终朝而礼成,故曰一朝。"综上所说,可知《彤弓》是西周盛时报功行赏之诗,赐弓矢之礼颇为隆重。

周自东迁以后,王室衰微。平王以晋文侯迎立有功,还曾赐他"彤弓一,彤矢百。卢弓一,卢矢百"。详见《尚书·文侯之命》篇。到襄王时,晋文公以城濮之役伐楚有功,也还受到了弓矢的赏赐。僖二十八年《左传》说:"(晋侯)献楚俘于王,……赐之……彤弓一,彤矢百,玈弓矢千。"襄八年《左传》说:"(季)武子赋《彤弓》。宣子曰:'城濮之役,我先君文公献功于衡雍,受彤弓于襄王,以为子孙藏。'"昭十五年《左传》说:"彤弓、虎贲,文公受之。"《左传》再三夸张了晋文公受赐彤弓的光宠,可以想见这本来是从西周以来一种报功的大典。

"赐之彤弓一,彤矢百",而同赐的"玈弓矢千"为一与十之比。究竟彤弓是一种什么样子的宝弓呢?《毛传》说"朱弓",《释文》说"赤弓"。《孔疏》说:"彤,赤。故言朱弓。……漆之为色,赤之而已。彤既是赤,则知玈者为黑也。色以赤者,周之所尚,故赐弓赤一而黑十,以赤为重耳。为其体同异未闻。正以有功者受彤弓玈弓之赐,《周礼》:'唐弓、大弓以授劳者。'此《传》言彤弓以讲德习射,《周礼》:'唐弓、大弓以授学射者。'此彤弓必当唐、大二者之中有之耳,其必当唐、大亦未能审。玈弓与彤弓俱赐劳者,盖亦当唐、大乎?"孔氏但知彤弓色赤,玈弓色黑,赤一可当黑十,如此而已。李黼平《紬义》说:"案《春秋》定八年经,盗窃宝玉大弓。即四年《传》所谓封父之繁弱也。《明堂位》亦谓之大弓。《书·召诰》:出取币,乃复入,锡周公。《正义》引郑注云:所赐之币,盖璋以(与)皮,及宝玉大弓。此时所赐,成王赐周公者为大弓。此诗彤弓其当《周礼》之大弓乎?"陈奂《传疏》也说:"案定八年《榖梁传》云:'大弓者,武王之戎弓也。周公受赐藏之鲁。是大弓为我鲁受诸先王所藏之弓。'则彤弓之即大弓,此确证也。"他们都以为《诗》彤弓即《周礼》之大弓,亦即《春秋》之大弓,它和宝玉并重。成王曾用宝玉大弓赐周公,这就可以想见彤弓的珍贵了。

菁菁者莪

菁菁者莪！在彼中阿。既见君子,乐且有仪。
菁菁者莪！在彼中沚。既见君子,我心则喜。
菁菁者莪！在彼中陵。既见君子,锡我百朋。
泛泛杨舟,载沉载浮。既见君子,我心则休。

【解题】

《菁菁者莪》,《诗序》说:"乐育材也。君子能长育人材,则天下喜乐之矣。"不知何据。惟《菁莪》说育材,《子衿》说学校,都成名篇。约定俗成谓之宜,其说骤难更改,除非有了新的确证。诗里称我,是学子自称。所称君子,是指谁呢?《尚书》里说:"天乃锡禹洪范九畴,彝伦攸叙。"(《洪范》)"天佑下民,作之君,作之师。"(《泰誓》)大概上古君师合一,政教不分。这诗说的君子就是指当时掌握政教全权的君主罢。姜炳璋《诗序广义》说:"此天子视学,太学之士乐君子之育材而作此诗。"其说近是。据《严缉》说,《三百篇》中"既见君子"一句重复了二十二次,见于《汝坟》、《风雨》、《唐·扬之水》、《车邻》、《出车》、《蓼萧》、《頍弁》、《隰桑》和这诗,凡九篇。或妻见其夫,或国人见贤者,或臣见其君。这诗"既见君子"是像《诗序》说的诗人或学子代为国人(天下)之词,喜见其长育人材的君主呢,还是像某些朱熹主义者、弗洛伊德主义者、恋爱至上主义者,又以为这是妇人喜见其所爱的男子,正如他们无甚根据的硬指《国风》中许多看不出涉及男女关系的诗篇为男女之间一样呢?

朱熹似乎未便遽认正《小雅》诗为淫奔之词,但在《诗序辨说》中说:"此《序》全失诗意。"又在《集传》中说:"此亦燕饮宾客之诗。"这有什么根据呢？按文三年《左传》说："公如晋，及晋侯盟，晋侯飨公，赋《菁菁者莪》。庄叔以公降拜曰：'小国受命于大国，敢不慎仪！君贶之以大礼，何乐如之！抑小国之乐，大国之惠也。'"不知道他是否据此。《春秋》列国聘享赋《诗》，《左传》屡有记载，大都是断章取义。如果他据此就说"此亦燕饮宾客之诗"，实不足据。陈启源《稽古编》说："朱子释《子衿》、《菁菁者莪》二诗皆不从《小叙》而自立新说。及作《白鹿洞赋》，中有曰：'广青衿之疑问。'又曰：'乐菁莪之长育。'门人请其故。答曰：旧说亦不可废。可见朱子传《诗》之意，只为从来遵《叙》者株守太过，不能广开心眼，玩索经文，领其微旨，故悉扫旧诂，别开生面，为学者示一变通之法，以救后学之滞，俾与古注相辅而行。原不谓《集传》一出，便可尽废诸家之义也。其中或矫枉过直，不无所偏，朱子固自知之，应不罪后儒之指摘耳。今人奉《集传》如绳尺，束《注疏》而不观，此末学之陋也，非朱子之本怀也。"他论《诗》往往指摘《朱传》之谬，有时不免露出汉宋门户之见。独于这诗批评《朱传》平心静气，说得恰当。

这诗主题今古文说无争论。王先谦《集疏》说："徐幹《中论·艺纪》篇：'先王之欲人之为君子也，故立保氏掌教六艺：一曰五礼，二曰六乐，三曰五射，四曰五御，五曰六书，六曰九数。教六仪：一曰祭祀之容，二曰宾客之容，三曰朝廷之容，四曰丧纪之容，五曰军旅之容，六曰车马之容。大胥掌学士之版，春入学舍菜，合《万舞》。秋班学，合声讽诵。讲习不解于时。故《诗》曰：菁菁者莪，在彼中阿。既见君子，乐且有仪。美育人材，其犹人之于艺乎！既修其质，且加其文，文质著然后体全，体全然后可登乎清庙，而可羞乎王公。故君子非仁不立，非义不行，非艺不治，非容不庄，四者无愆而圣贤之器就矣。'徐用《鲁诗》，所说诗义乃鲁训也。古者育材之法备于此矣。齐、韩无异义。"上古育材之法未必像汉儒说的如此成为制度，但其时朝廷已有育材之事，学士已有利禄之途，则无可置疑。读《菁莪》诗，一般学士利禄薰心，灼然可见。这是知识分子传统的弱点！

诗说"锡我百朋",百朋指什么呢?《郑笺》说:"古者货贝,五贝为朋。赐我百朋,得禄多,言得意也。"陈奂《传疏》说:"《淮南子·道应》篇:'散宜生得大贝百朋以献纣。'高注亦云五贝为一朋也。一朋,五贝。百朋,五百贝。"都说百朋是指货贝之数。是否五贝就叫作一朋呢?还该讨论。王国维《观堂集林》三《说珏朋》一文说:"古制,贝玉皆五枚为一系,合二系为一珏若一朋。"不错,金文朋字作 ,正象二系之形。大概两系合为一朋,十贝一朋犹如今言一串。最近郭沫若《安阳圆坑墓中鼎铭考释》云:"丙午王商戍嗣子贝廿朋。""圆坑墓中有三堆海贝,其中有一堆可以看出确是十贝为朋,联成一组,三堆之数当不止廿朋。"(《考古学报》总二十七册)此亦可证一朋十贝。陈奂《传疏》又说:"《说文》:'贝,海介虫也。'古者货贝而宝龟,周而有泉,至秦废贝行钱。是古用贝为货,周兼用泉布而贝不废。《汉书·食货志》:'大贝四寸八分以上,壮贝三寸六分以上,幺贝二寸四分以上,小贝寸二分以上。二枚为一朋。不盈寸二分,漏度不得为朋。'是为贝货五品。贝不盈六分不得为货。此王莽制。"这里简单地叙述了由上古到秦汉间用贝作为货币的历史。还该加以补充说明。

按,上古时代各地部族类皆有崇拜贝壳之风习。至今最落后之民族此俗犹有存者,或以贝为符箓占卜,进而以贝为装饰,为筹码货币。这是就文化人类学上一般来说的。单就我国来说,在记载上最早的货币就是贝,正如马克思说的,"最重要的外来的交换品"。河南仰韶村山西芮城礼教村先后掘出史前彩陶遗址,都曾发见这种贝。到了有史时期,殷墟的考古发掘先后发见"颇多"的贝,还有"有孔贝"。以后河南濬县周墓和辉县周墓先后出土的殉葬的贝就要论千论百来计算了。《安阳发掘报告》中李济说:"贝蚌多琢成嵌饰,亦为当时之通用货币。货币多用咸水贝,装饰多用淡水贝。"郭沫若在他的《中国古代社会研究》和《卜辞通纂》两书里,认为商代已有商业行为,对于贝的使用就是一证。并且推定贝由装饰品转化为货币是在商周之际。《尚书·盘庚篇》说:"具乃贝玉。"把贝看作"货宝",显然在用作装饰之外,还有一种经济上的功用。《周易》里说:"亿丧贝。"当是说丧失了财产。《礼记·少仪》说:"君将适他,臣如致金玉货贝于君,则曰致马资于有司。"金玉之外有货贝,这不是说的贝钱吗？再从卜辞金文来说,《殷虚书契后编》有"贞易(锡)多女㞢贝朋"一辞。《殷文存·俎子鼎铭》有"王赏伐甬贝二朋"一语。易赏二字同义。到了周王朝,锡贝的事就更多见于记载。郭沫若《两周金文辞大系考释》一书所收一百六十二件铜器,记着锡贝的至二十一件之多。总之,殷周之际曾用贝作货币,我们已从考古学上所见,可以肯定无疑。

诗说"锡我百朋",当是厚赐。商器《小子𠚭殷铭》:"卿事锡小子𠚭贝二百。"贝二百,当是说的贝二百枚。这在现知商器中锡贝的单位数字算是很大,其他锡贝用朋计算的不过十朋。朱右曾《逸周书集训校释》附录《周书逸文》有一条说:"武王悦箕子之对,赐十朋。"(原注:"《广韵》。惠栋曰:此语别无所见,当在《箕子篇》。愚案,《艺文类聚》引《帝王世纪》曰,武王克商,命召公释箕子之囚,赐贝十朋。……或是《克殷篇》佚文也。")可见殷周之际,赐贝十朋是难得的事。西周金文中所见锡贝最多者亦为百朋,如《周公东征鼎铭》是也。其次不过五十朋,如《小臣静彝》、《敔殷》、《效卣》等铭是也。最少者仅十朋五朋,如《小臣单觯》、《趞尊》等铭是也。看来当时贝币一朋的等价颇高。周器《遽伯睘卣铭》:"遽伯睘作宝障彝,用贝十朋又四朋。"这已显然说出贝是"用"作货币。在青铜器时代,一件铜器只"用"费十四朋贝币。即此可以略略想见那时的贝币是怎样的宝贵。诗说"锡我百朋",所以《郑笺》就说"得禄多言得意"了。

六　　月

六月栖栖,戎车既饬。四牡骙骙,载是常服。玁狁孔炽,我是用急。王于出征,以匡王国。

比物四骊,闲之维则。维此六月,既成我服。我服既成,于三十里。王于出征,以佐天子。

四牡修广,其大有颙。薄伐玁狁,以奏肤公。有严有翼,共武之服。共武之服,以定王国。

玁狁匪茹,整居焦穫。侵镐及方,至于泾阳。织文鸟章,白旆央央。元戎十乘,以先启行。

戎车既安,如轾如轩。四牡既佶,既佶且闲。薄伐玁狁,至于大原。文武吉甫,万邦为宪!

吉甫燕喜,既多受祉。来归自镐,我行永久。饮御诸友,炰鳖脍鲤。侯谁在矣?张仲孝友!

【解题】

《六月》,是关于周宣王北伐之诗。《诗序》可据。诗自表明王命出征而薄伐玁狁的大将是吉甫,尹吉甫宣王时人,了无疑义。《朱传》说"成康既没,周室浸衰,八世而厉王胡暴虐,周人逐之,出居于彘。玁狁内侵,逼近京邑。王崩,子宣王靖即位。命尹吉甫帅师伐之,有功而归。诗人作歌以叙其事如此。"朱子说这诗作出的历史背景扼要可取。黄中松《诗疑辨证》说:"盖此诗为宣王中兴之首篇,词美吉甫,而意实专宣王之能知人善任,有将将之才,而克成鸿业也。首言出师之由,中言行师之法,终言燕劳之礼。条理缜密,次第秩然。吉甫既有功而归,王朝自有庆赏之典以宠异之。庆赏之典既行,又必与之燕以示慈惠。赐燕之时又必择在廷之贤而有德者为陪燕。皆礼之当然也。"这说此诗的篇章大旨也很中肯。尹吉甫铭功的铜器已有发现。王国维《观堂别集》二《兮甲盘跋》,以为此人以兮为氏,名甲而字吉甫,尹是他的官名。今按,李超孙《诗氏族考》说:"《人表考》:尹吉甫,周尹佚之后。谓尹本官名,恐非。"《图书集成》引旧志:"尹吉甫墓在房县南,去庐陵王城一里。"

这诗主旨今古文说略同。魏源一说见《诗序集义》。王先谦《集疏》说:"齐说曰:宣王兴师命将,征伐猃允,诗人美大其功。(《汉书·匈奴传》)鲁曰曰:周室既衰,四夷并侵,猃允最强,至宣王而伐之。诗人美而颂之曰:'薄伐猃狁,至于太原。'又曰:'啴啴推推,如霆如雷,显允方叔,征伐玁狁,荆蛮来威。故称中兴。'(《汉书·韦玄成传》引刘歆议)又曰:周宣王命南仲吉甫攘猃狁,威蛮荆。(蔡邕《谏伐鲜卑议》)"看来今文三家说和古文毛氏说所不同的,在宣王这次命将出征、讨伐玁狁不止尹吉甫一人,还有方叔南仲在。可参看《出车·解题》。

诗说六月,是周正还是夏正呢? 姜炳璋《诗序广义》说:"按六月,建未之月也。张氏谓六月乃夏之四月。按吕氏《读诗记》,刘氏亦为是说。不知玁狁入寇尝在秋冬,今六月入寇,故分外匆遽,不必疑为周正也。又《竹书》谓北伐在宣王五年六月,南征在秋八月,固不足信。即邵子《经世历》,北伐在元年,南征在二年,金氏《前编》述之,较《竹书》差有据。若《史记》以为襄王时事,则大不然矣。"他说六月盛暑,北伐匆遽,这是夏正,近是。而北伐是在哪一年呢? 宣王元年(公元前八二七)和五年(公元前八二三)两说,他是认定前一说的。后一说《竹书》记这事盖有所本,实较邵子金氏后出之说为有据,可参看郭沫若《两周金文辞大系·召伯虎殷铭文考释》)。

这诗结句说:"侯谁在矣? 张仲孝友。"突如其来添出一个陪客张仲,又戛然而止,不见下文,使人感到出于意外。这是什么缘故呢? 姚际恒《诗经通论》说:"结得冷而妙。"妙在哪里? 又曰:"'侯谁在矣? 张仲孝友。'夸其有贤客也。《毛传》云:'使文武之臣征伐,与孝友之臣处内。'此亦臆度。安知张仲仕而非隐? 安知其仕而在内非外也? 吁! 张仲何人? 附吉甫而传。作者又何人? 本以余意作结,见其章法之妙,而适以传其人(张仲)也!"这诗结束之奇,真使八股先生大为惊诧,岂仅姚氏一人而已? 按,《郑笺》申《传》说:"张仲,吉甫之友。"毛、郑以为,吉甫、张仲同是当时贤臣,又是朋友,一个出征,一个处内。故篇末说及,很近情理。当是实事,不能说是"臆度",说张仲"隐者"倒是主观臆度。这从作者行文的布置上已经暗示出来。《后汉书》杨赐对书说:

"内亲张仲,外任山甫。"杨赐用今文《鲁诗》,也说张仲辅佐宣王处内,亲信用事了。何独怀疑古文《毛传》"处内"之说呢?

按《汉书·人表》,张仲列在上下,第三等,次在周宣王世,仲作中。《易林·离之坎》说:"《六月》、《采芑》,征伐无道。张仲方叔,克胜饮酒。"又《小过之未济》说:"《六月》、《采芑》,征伐无道。张仲季叔,孝友饮酒。"这好像说,张仲和方叔一样也是将帅,至少也是"处内"担负军事后勤的责任。张仲还有兄弟张叔、张季。他们兄弟三人这次同在宴会。最凑巧的是刘敞《公是集》有《张仲簠赞》,《先秦古器记》有《张伯匜》。他说:"按其器曰,张伯作旅匜。疑为张仲昆季。"我看这一张伯不一定就是张仲的阿哥,不一定其时张仲兄弟伯仲叔季俱有。刘原父说得太巧,有时大胆怀疑也怪有意思。欧阳修《集古录》、薛尚功《钟鼎款识》都载有《张仲盨铭》,铭文五十一字。其中说:"用飨大正,歆王宾。馈具召飲张仲,受无疆福。诸友飱飲具饱,张仲眔寿。"所说正和《六月》诗说"饮御诸友"有合处。大概张仲因得参与宴饮,互相侑酒为寿,感到荣宠,而作盨为铭罢。

这诗所说用兵之地,前儒颇有争论,迄未解决。诗说:"狁匪茹,整居焦穫。侵镐及方,至于泾阳。"焦穫、镐、方、泾阳四地,好像是相距不太远的地方。陈奂《传疏》说焦穫即今陕西三原、泾阳二县间的焦穫泽,泾阳即今甘肃平凉西南汉泾阳故地。两地近是。他说方即《出车》篇"往城于方"之方,意以为朔方。恐未是。镐为何地,他阙疑,说是"镐地未闻"。王先谦所说和陈奂略同。诗又说:"薄伐狁,至于大原。"大原何地? 毛、郑无说。《朱传》以为即今山西太原阳曲县。《吕记》、《严缉》先后都持此说。顾炎武《日知录》、胡渭《禹贡锥指》都疑其未是。顾氏说:"大原当即今之平凉,而后魏立为原州,亦是取古大原之名尔。计周人之御狁必在泾原之间。若晋阳之太原在大河之东,距周京千五百里,岂有寇从西来,兵乃东出者乎? 故曰'天子命我,城彼朔方'。而《国语》宣王料民于大原,亦以其地近边,而为御戎之备,必不料之于晋国也。"陈奂、王先谦即采用他一说。王先谦说:"陈奂云:《方舆纪要》,陕西平凉府镇原县在府北百三十里,县西二里有高平故城。固原州在府西北百十里。镇原为唐之原州治,固原属原州界西之中。疑古大原当在镇原。平凉即泾阳地。从泾阳直北追至镇原,不更向西北矣。《史记·匈奴传》:武王伐纣,放逐戎夷泾洛之北,当亦不甚相远也。案,当时吉甫直出泾阳,遂破狎狁。扬雄《并州牧箴》所云宣王命将,攘之泾北也(原注:《艺文类聚》引)。清镐地而至大原,追逐千数百里,终宣王之世边境无事,功亦伟矣。"陈奂、王先谦都以为大原在今陕西镇原。近是,可取。又按顾颉刚、章巽、谭其骧《中国历史地图集》说西周太原今山西西南部,西周焦穫今山西阳城以西、中条山东端。是大原、焦穫两地何在,如今还有问题。鄙见以为这两地可用陈、王两家说。至于镐、方两地可用今人说。镐,即镐京,在今陕西西安市西南郊。方,即周金文中屡见之莽京,也就是丰京。载籍皆云文王都丰,武王都镐。镐在丰水东,丰在镐水西。丰、镐相去二十五里(或云三十里),不到半日路程。怎么说方就是莽京、丰京?这已经由郭沫若《两周金文辞大系考释》关于《臣辰盉》、《麦尊》、《遹毁》诸器铭文各则和黄盛璋《周都丰镐与金文中的莽京》一文(《历史研究》一九五六年十期)先后考证出来,我以为可从了。

武王都镐,丰京或莽京在政治上的地位和作用还是很重要。甚至可说镐京是丰京的扩展,或者说丰镐已联成一气。丰京有文王时候的明堂、辟雍、灵台、灵囿;有文王和其先公先王的宗庙;也还有其他的宫室可居。《臣辰莽》说:"王䢔(出)飨(馆)莽京。"《麦尊》说:"王客莽京。"《卯毁》说有"莽宫",《史懋壶》说有"湿宫"。好像这里是周王的离宫别馆所在。乘舟、行猎见于《麦尊》,呼渔见于《遹毁》,射箭见于《静毁》,又可见这里是周王休息和行乐的地方。尤其重要的是周王常到这里会见大臣,发布命令,祭祀,燕飨。《尚书·召诰》说:"王朝步自周则至于丰。"这是王命召公往洛相宅。程大昌《雍录》说:"武王继文虽改邑于镐,而丰宫元不移徙。每遇大事如伐商作洛之类,皆步自宗周而往,以其事告于丰庙,不敢专也。"这不仅有《周书》、《逸周书》可证,武王、成王之世如此，今据周金文为证，他的话也合乎史实。

诗说："来归自镐，我行永久。"前儒但知训自为从，误以为吉甫从镐地还到镐京。《郑笺》说："王以吉甫远从镐地来，又日月长久。"又《郑笺》前于"侵镐及方"句下说："镐也，方也，皆北方地名。"他不认为镐方（荞）即镐丰，又不能确指镐地方地为北方何地。《孔疏》说："以北狄所侵，故知镐也方也皆北方地名。……毛不解镐方之文，而《出车·传》曰：'朔方近玁狁之国。'镐方文连，则《传》意镐亦北方地也。王肃以为镐京，故王基驳曰：据下章云'来归自镐，我行永久'言，吉甫自镐来归。犹《春秋》'公至自晋'，'公至自楚'，亦从晋、楚归来也。故刘向曰：'千里之镐，犹以为远'。镐去京师千里。长安、洛阳代为帝都，而济阴有长安乡，汉中有洛县，此皆与京师同名者也。孙毓亦以《笺》义为长。"可知前儒都拘泥于"来归自镐"的这个自字，开始于刘向以为镐地去镐京千里（《汉书·陈汤传》）。郑玄、王基、孙毓就都以为镐地和镐京是两地，而王基反斥王肃以此镐为镐京错了。我以为这自字当训为于，说见《诗经直解·简注》。即今如他们说这自字当训为从，那么，"来归自镐"这句话当是"吉甫燕喜"、"饮御诸友"正在丰京，说我又从镐京来归于丰的意思。似乎要这样说才勉强可通。吉甫凯旋"饮至"为什么要从镐京归到丰京？于今已有金文可据为说如上。我论这诗，姑且在此作一结束。总之，《出车》、《六月》诸诗所说用兵之地似乎还存在问题，留待将来学者论定。

采　芑

薄言采芑，于彼新田，于此菑亩。方叔莅止，其车三千，师干之试。方叔率止，乘其四骐，四骐翼翼。路车有奭，簟茀鱼服，钩膺鞗革。

薄言采芑，于彼新田，于此中乡。方叔莅止，其车三千，旂旐央央。方叔率止，约軧错衡，八鸾玱玱。服其命服,朱芾斯皇,有玱葱珩。

鴥彼飞隼,其飞戾天,亦集爰止。方叔莅止,其车三千,师干之试。方叔率止,钲人伐鼓,陈师鞠旅。显允方叔,伐鼓渊渊,振旅阗阗。

蠢尔蛮荆,大邦为雠。方叔元老,克壮其犹。方叔率止,执讯获丑。戎车啴啴,啴啴焞焞,如霆如雷。显允方叔,征伐狎狁,蛮荆来威!

【解题】

《采芑》,是宣王南征之诗。《诗序》有据。方叔受命南征,诗已明说。《汉书·人表》中方叔列在上下,第三等;次在宣王之世。又扬雄《赵充国颂》说:"昔周之宣,有方有虎(召伯虎)。诗人歌功,乃列于《雅》。"可证方叔确是宣王时人。班固用《齐诗》,扬雄用《鲁诗》,可证《诗》今古文说正同。郭沫若《两周金文辞大系考释·师寰殷》一文说,师寰就是方叔,名寰(圜)而字方叔,正是名与字相反为训之一例。按,师,当是官号。如师尚父、师尹之比。诗说:"路车有奭,簟茀鱼服,钩膺鞗革。"《孔疏》说:"巾车金路,同姓以封也。今方叔所乘者,或方叔为同姓也。又下云方叔元老,则方叔五官之长,是上公也。上公虽非同姓或亦得乘金路矣。"李超孙《诗氏族考》引《十国名纪》说:"方,采地。方叔,周之族卿。"方叔何官?是否和周同姓?据今所有资料来说不过如此。

诗说采芑,芑是一种什么植物?《毛传》说:"芑,菜也。"不知何菜。《毛传》于"丰水有芑"之芑训为草,于"维穈维芑"之芑训为谷。三个芑字训释不同。宋儒王安石、范处义、严粲都把这诗芑字也解作谷。我想这是穀,为什么诗人说采芑不说获芑呢?麦倒是见说过采的。毛公于芑字分别作解,岂是随意?《孔疏》说:"《陆玑疏》云:芑似苦菜也,茎青白色。摘其叶,白汁出。肥可生食,亦可烝为茹。青州人谓之芑。

西河雁门芑尤美,胡人恋之不出塞。是也。"陆玑说芑似苦菜,苦菜就是苦荬。苦荬有多名,也有多种,《诗》称荼称苦的都是。这诗称为芑,当是北方栽培的一种苦荬,其味较佳。李时珍、陈启源、马瑞辰诸家说为白苣或蘆荬菜的便是。《朱传》说:"芑,……即今苦荬菜,宜马食。军行采之,人马皆可食。"朱子即据《陆疏》为说。诗为何说采芑?他也解释了。陆文郁《诗草木今释》略说:"芑,又名苦荬菜、光叶苦荬,俗名苦荬麻、苦菜、黄花菜。菊科。一年生或二年生草本。茎有紫色斑纹。根生叶丛生,具长叶柄。茎生叶,叶身略呈倒卵形,互生,叶底耳形,抱茎,有不整齐浅齿牙缘。茎与叶皆颇柔,断之有乳样汁。秋日,开黄色头状花,簇生为复伞房花序。果实瘦果,具白色冠毛。自生于山地原野间。"这于芑菜何菜作了科学的说明。

这诗再三说"其车三千",疑非实数而是夸饰之词。《郑笺》据《司马法》:一乘七十五人。《孔疏》就说天子六军千乘,三千乘十八军。金鹗《求古录·礼说》以为天子六军七万五千人,今用十八军,二十二万五千人,自古未有如此之多。经他考证得出的结论,说是"惟以二十五人为一乘,则按之诸书皆合。方叔南征,车三千乘,每乘二十五人,三千乘得七万五千人,是王六军之制也"。王先谦《集疏》以为金说确不可易。即如金鹗所说,这次方叔南征军事规模之大也就可想而知。我以为诗说其车三千之数不必拘泥。正如春秋战国时代常说的千乘之国、万乘之国一样,在使用车战的时代只是当时人夸张国力之大或兵车之多达到怎样程度而已。

诗结尾说:"显允方叔,征伐猃狁,蛮荆来威。"方叔南征荆蛮,为什么说及北伐猃狁呢?陈奂《传疏》说:"案诗章末正言方叔率师南征荆蛮,而因及征伐猃狁者,《六月》伐猃狁,其时方叔为上公,折冲御侮虽遣贤臣尹吉甫,而帷幄主谋总在方叔运筹之内,故守卫中国,功必归焉。《易林·离之小过》并云:'《六月》、《采芑》,征伐无道。张仲、方叔,克胜饮酒。'据焦说,方叔与张仲类列,则《六月》所云饮御诸友中有方叔矣。方叔未尝北伐,此为得其实。又《汉书·陈汤传》刘向《疏》

曰：昔周大夫方叔、吉甫为宣王诛玁狁而百蛮从。《笺》云方叔先与吉甫征伐玁狁，郑用刘子政说。《后汉书·李膺传》言冯绲前讨荆蛮，均吉甫之功。其说又稍异。"我以为方叔于北伐玁狁之役有功，当是在内帷幄主谋，其实未尝躬与其事。陈奂说的较合史实。倘如今本《竹书纪年》：宣王六月北伐，八月南征。依当时交通条件、军事技术等等来说，方叔夏天和吉甫北伐，他就不可能又在秋天南征，除非他仅仅治兵，虚张声势，南蛮就望风畏服。但是诗说："方叔率止，钲人伐鼓，陈师鞠旅。"方叔是曾指挥军事作过战的。又说："方叔率止，执讯获丑。"方叔是俘虏过不少敌人的。因此就不是像林义光《通解》说的："执讯获丑，愿望之词也。"再回头来玩味诗末尾的话，可知方叔是在吉甫北伐玁狁成功之后，他才南征荆蛮成功的。乘北伐战胜之余威，南征自易成功了。

诗说荆蛮一作蛮荆，就是说的楚国。当宣王之世，楚国是怎样的情况？周、楚间的关系怎样？陈奂说："考《史记·楚世家》，熊严生子四人，伯霜、仲雪、叔堪、季徇。熊霜元年，周宣王初立。熊霜六年卒，三弟争立，仲雪死，叔堪亡辟难于濮，而少弟季徇立。熊徇二十二年卒，子熊咢立，九年卒，子熊仪立，是为若敖。《十二诸侯年表》：宣王元年，楚熊霜元年。七年，熊徇元年。二十九年，熊咢元年。三十八年，楚若敖元年。宣王四十六年崩，即若敖之九年也。与《世家》合。盖楚当夷、厉之际，其国渐大，侵犯中国。故宣王中兴，既命方叔南征，又徙申伯于谢邑以御南方，其事皆在初年。《汲郡古文》以为宣王五年伐荆蛮，为熊霜之世，其说或有依据。若宣王之末，适当若敖之初。《左传》称若敖启辟山林。其丧南国之师已载见于《国语》。幽王荒废，荆叛不至，作《渐渐之石》以刺之。平王东迁，楚患尤甚。戍申、戍甫，劳动京师，汉阳诸姬蚕食殆尽。迨至齐桓公师召陵，晋文公战城濮，齐、晋迭霸而楚稍缩衰。然则南征荆蛮，亦夏夷盛衰之一转楔也。"他论宣王这次南征的年代及其意义颇为精当。

车 攻

我车既攻,我马既同。四牡庞庞,驾言徂东。
田车既好,四牡孔阜。东有甫草,驾言行狩。
之子于苗,选徒嚣嚣。建旐设旄,薄狩于敖。
驾彼四牡,四牡奕奕。赤芾金舄,会同有绎。
决拾既佽,弓矢既调。射夫既同,助我举柴。
四黄既驾,两骖不猗。不失其驰,舍矢如破。
萧萧马鸣,悠悠旆旌!徒御不警,大庖不盈?
之子于征,有闻无声。允矣君子!展也大成。

【解题】

《车攻》,《诗序》说"宣王复古"。就是说,诗咏周宣王中兴,"复文、武之境土","复会诸侯于东都"的意思。胡承珙《后笺》说:"《正义》曰:言复文、武之境土,以文、武周之先王举以言之,此当复成、康之时也。成初武末,土境略同。故知复古,复成、康之时,以文、武先王举而言之耳。案此疏是也。《序》又云复会诸侯于东都,此与复古复字同。成、康之时,本有会诸侯于东都之事。《逸周书·王会解》首云成周之会。孔晁注云:王城既成,大会诸侯及四夷也。《竹书》:成王二十五年大会诸侯于东都,四夷来宾。皆其明证。宣王中兴,重举是礼,故曰复会。"这一笺释,《诗序》和诗旨俱益明确。王先谦《集疏》说:"《易林·履之夬》云:'《吉日》、《车攻》,田弋获禽。宣王饮酒,以告嘉功。'《鼎之随》同。惟宣王句作反行饮至。班固《东都赋》嘉《车攻》,用此经文。皆《齐诗》说。鲁、韩无异义。"今文三家说大概和古文毛氏说相同。这诗主题从来没有争论。

《车攻》一诗的内容和《石鼓文》(一云《猎碣》,一云《石鼓诗》)相近似,而且词句也有相同和近似的地方。比如首章开端便说"我车既攻,我马既同",就和《石鼓文》之一(旧次《甲鼓》,郭次《车工》弟六)开端说的"避（吾，当读我）车既工（攻），避马既同"不是恰恰相同吗？次章"田车既好，四马孔阜"，也恰好和《石鼓文》之一"避车既孜（好），避马既骍（阜）"（同上）以及"田车孔安"（旧次《丙鼓》，郭次《田车》弟七）等的词句相同或相似。还有七章"徒御不警"一句也和《石鼓文》"徒驭孔庶"（旧次《丁鼓》，郭次《銮敕》第八）、"徒驭汤汤"（旧次《戊鼓》，郭次《霝雨》第二）两句相仿佛，徒驭一词就是徒御的另一写法。其他如马瑞辰《通释》所引《石鼓文》和《车攻》相证的词句，有的疑是出于杨慎之流的妄补，我们就不征引了。再，《石鼓文》说及渔猎所在再三称汧。《说文》："汧水出右扶风，汧县西北入渭。"《汉书·地理志》，汧县属右扶风。可见其渔猎地点是在西都附近汧水、渭水之间。还有《史记·秦本纪》说："孝王召使主马于汧、渭之间。"又说："三年，文公以七百人东猎，四年至汧、渭之会。"这就和《车攻》一诗所说田猎地点在东都附近圃田、敖山之间不同。《车攻》结语："允矣君子，展也大成。"君子自是指王，诗里的主人公。《石鼓文》之一（旧次《甲鼓》，郭次《车工》第六）说："君子鼎（员，云）邋，鼎邋鼎䜴（游）。"可见这君子也该是文中的主人公。它的下文还说及君子，说及王，说及嗣王，说及天子，说及公。但不知道这君子是否同是指王、嗣王、天子、公。王、天子，似当指周王。虽然金文通例，诸侯在其国内可以称王，秦公也可以称王。公，当是指的秦公，襄公、文公还说不定。这一问题过去学者所研究的还没有定论。我们在这里无暇考定：《石鼓文》是周宣王所作，还是"秦器"，作于秦襄公八年，即周平王元年？或作于秦文公四年，即周平王九年？更不必提到其他的异说，读者但读王昶《金石萃编》、郭沫若《石鼓文研究》便会知道。我们在这里所以提出《石鼓文》，只是旨在说明我们已经读过的关于田猎诸诗，如《兔罝》、《驺虞》、《野有死麕》、《叔于田》、《大叔于田》、《女曰鸡鸣》、《还》、《卢令》、《驷驖》等篇，不是民间士庶个人出猎谋生，就是贵族老爷私人出猎寻乐，其显然具有政治上意义或军事上意义的如《驺虞》、《驷驖》各仅一见。至叙述统治阶级较大规模出猎的就只有《车攻》、《吉日》这两篇，而《车攻》文字尤多有和《石鼓文》相似处,其在政治上和军事上的意义又较《石鼓文》为大。两相比较,看出其间有同一时代的生活和语言,足以证明两者是同一时代的作品。即令石鼓不是宣王时候的器物,而是稍晚一点平王时候秦襄公或秦文公的器物,也足以证明《车攻》一诗确是宣王时候的作品。

吉　日

吉日维戊,既伯既祷。田车既好,四牡孔阜。升彼大阜,从其群丑。

吉日庚午,既差我马。兽之所同,麀鹿麌麌。漆沮之从,天子之所。

瞻彼中原,其祁孔有。儦儦俟俟,或群或友。悉率左右,以燕天子!

既张我弓,既挟我矢。发彼小豝,殪此大兕。以御宾客,且以酌醴!

【解题】

《吉日》,也是关于宣王田猎的纪事诗,当是史官或卿士大夫之流所作。《诗序》说"美宣王田",不错。又说:"能慎微接下,无不自尽以奉其上焉。"《孔疏》说:"述此慎微接下二事者,以天子之务,一日万机,尚留意于马祖之神为之祈祷,能谨慎于微细也。人君游田或意在适乐,今王求禽兽唯以给宾,是恩隆于群下也。二者人君之美事,故时言之也。下无不自尽以奉其上,述宣王接下之义,于经无所当也。"《诗序》续申之词原是画蛇添足,《孔疏》解释一下未为不可。朱鹤龄《通义》引程子说:"漆沮之从,天子之所。悉率左右,以燕天子。皆群下尽力奉上。"《孔疏》以为《诗序》"下无不自尽以奉其上"一语于经无所当,程子却以为这也是根据经文来说的,以明《诗序》说的都有着落。朱子《辨说》说的"《序》慎微以下非诗本意",倒像说得不对了。

当时蒐狩之礼为什么视为必要？记曾在前《驺虞》篇解题中已经稍稍触及了春蒐之礼。倘说"一为干豆，二为宾客，三为充君之庖"，像《礼记·王制》、《春秋》桓四年《公羊传》、《穀梁传》所说，就还算不得必要。《吕记》说："《车攻》、《吉日》所以为复古者，何也？盖蒐狩之礼，可以见王赋之复焉，可以见军实之盛焉，可以见师律之严焉，可以见上下之情焉，可以见综理之周焉。……"这说宣王两次田猎的意义，虽然空洞，却于史实有合。《左传》说及"成周宣榭"，《国语·楚语》说及"榭所以讲军实"。《墨子·明鬼》篇说："昔周宣王合诸侯，而田于圃田，车数百乘。"成周为雒邑，去王城三十五里。宣王会猎于东都雒邑殆不止一次，《车攻》当是最有意义、最大规模的一次，至他猎于西都漆沮之地，想来也不止一次。《吉日》择吉以祭，择马以驱，谨慎微细之事，从容布置，好乐无荒，和《车攻》大张旗鼓以壮声势，又自不同。陈奂说："昭三年《左传》：郑伯如楚，子产相，楚子享之，赋《吉日》。既享，子产乃具田备。案此《吉日》为出田之证。《车攻》会诸侯而遂田猎，《吉日》则专美宣王田也。一在东都，一在西周。"这说宣王两次田猎的意义及其地点，简单明确。至魏源《诗序集义》说《吉日》作在北伐成功之后，《车攻》作在南征举事之前，说两次田猎的意义及其时间，并在《诗古微》里有较详的说明，可供参考。

诗三百解题卷十八

鸿雁之什　　毛诗小雅

鸿　雁

鸿雁于飞,肃肃其羽。之子于征,劬劳于野。爰及矜人,哀此鳏寡!

鸿雁于飞,集于中泽。之子于垣,百堵皆作。虽则劬劳,其究安宅!

鸿雁于飞,哀鸣嗷嗷。维此哲人,谓我劬劳;维彼愚人,谓我宣骄!

【解题】

《鸿雁》,当是关于救济流民之诗。诗说"之子于垣,百堵皆作"。《郑笺》说:"……于坏灭之国,征民起屋舍,筑墙壁,百堵同时而起,言趋事也。"王夫之《稗疏》说:"百堵皆作,……《集传》以为筑室以自居,安有乍还复业之流民而能筑此广袤之室乎?……墙壁者,城垣也。国已坏灭,则城郭颓圮,百堵之作,其为筑城明矣。若民之屋舍,则厉王之世,西京未遭兵燹,不应毁败。盖当厉王失道,诸侯擅相吞灭,国破民流。而宣王兴灭国,而为之安集,如鸿雁之飞集,故诗人咏之,非流民之自言也。使为还归之民复业筑舍而自言,则谁无室家之情,而有得谓其宣骄者乎? 新造之君,大修城池,为长久之计。……"依他们说,这诗说的当是政府于战后救济流民,征集流民修筑城垣,好像如今说的以工代赈。说来似乎可信。但非诗人咏之,当为流民之所自言。

《诗序》说"《鸿雁》美宣王",安集流民,当是美其动机,不必美其实效。按《周礼·地官·遗人》:县都之委积以待凶荒。《旅师》:用粟春颁而秋敛之。凡新甿之治皆听之,使无征役。《廪人》:掌九谷……以治年之凶丰，……令邦移民就谷。旅师、遗人都是士，廪人有下大夫二人。是赈贷存恤都用大夫士主持其事。再考《春秋传》关于救灾以及反对遏籴的记载，《孟子》说及梁惠王对于凶岁移粟移民的救济措施，我们有理由相信《鸿雁》一篇确是关于救济流民之诗。不过当时这一救济有名无实，诗当是"之子于征"者所作，暴露了这一救济的真相。倘在宣王之世，宣王能有君人大度让此诗进献而得存于《雅》诗中，《诗序》"美宣王"也还应该在此，不是别的。

这诗三章都以鸿雁发端，是直赋其事还是比兴之义？《毛传》说："兴也。"《郑笺》于一章说："鸿雁知辟阴阳寒暑。兴者，喻民知去无道就有道。"又于二章说："鸿雁之性安居泽中，今飞又集于泽中，犹民去其居而离散，今见还定安集。"鸿雁自是比兴之义，以喻"之子"。毛、郑以为"之子"指"侯伯卿士"则误。"之子"当指流民。《朱传》说："之子，流民自相谓。"说"之子"是流民，不错。倘如毛、郑说，鸿雁改喻流民，"之子"系指侯伯卿士，则于兴体诗例不合。兴和被兴的人或事物二者总是紧接来说。姑以《关雎》篇为例："关关雎鸠，在河之洲"，以兴"窈窕淑女，君子好逑"。"参差荇菜，左右流之"，以兴"窈窕淑女，寤寐求之"。倘说兴是谜，被兴的人或事物就是谜底，二者必相续来说。《鸿雁》一诗以鸿雁兴流民，接着说"之子"当是指流民，自是无疑的了。

这诗旧有解说一直都不曾解通。胡承珙《后笺》总结了汉宋诸家之说，以为毛、郑说得是，宋儒则范处义《诗补传》较胜其他诸家之说。我们依此求解还是解不通。他说："此诗自《传》、《笺》后，诸家解多互异。毛、郑以每章首二句皆以'鸿雁'喻流民，以'之子'为侯伯卿士之安集众民者。《郑笺》解末章'维此哲人'云，哲人谓知王之意及之子之事者。解'谓我宣骄'云，谓我役作众民为骄奢，文以皆明，毫无窒碍。欧阳《本义》亦以'之子'指宣王之使臣。而于每章首二语皆谓以喻使臣。然而玩卒章曰'哀鸣嗷嗷'，则非可以指使臣也。《集传》以'之子'为流民自谓，所解三章无言及使臣者。然首章曰'爰及矜人，哀此鳏寡'，则又不可为流民自谓矣。《严缉》又云：'此诗皆流民美使臣之辞。

哲人,即指使臣。谓使臣明哲,故能知我之劬劳。若彼愚人为使臣,将谓宣恣其骄,求索无厌也。'然《小雅》自《鹿鸣》而下至此二十余篇皆朝廷制作,不应忽采民谣一篇杂入其中。故此《序》云'美宣王'者,言宣王能遣侯伯卿士劳来安集其民,而使臣又能宣布上意,实劬劳而非宣骄。末章乃代使臣自我,亦所以美使臣也。美使臣即所以美宣王也。范氏《补传》云:'《鸿雁》为使臣之诗,先儒之说是也。然不必以鸿雁比使臣。盖诗有哀鸣嗷嗷之语,使臣岂至是哉?之子,谓使臣也。《车攻》以有司为之子,亦此类也。末章离散之民喜使者之来,皆合词告诉,如《鸿雁》之哀鸣嗷嗷。使者于是告之曰,凡尔庶民,有哲而知人者,有愚而无知者。我被命而出,哲人则知我劬劳于国事,愚人则以我宣示其骄耳。'此解善读经文,亦不背《传》、《笺》之意,似较胜于诸家。"这诗如此作解岂便解通?我也只好在已有解说的基础之上另作简明章指,并直解如上,以求解说通贯。是否就此解通,还有待于后来学者的批判。

庭　燎

夜如何其?夜未央。庭燎之光。君子至止,鸾声将将。

夜如何其?夜未艾。庭燎晣晣。君子至止,鸾声哕哕。

夜如何其?夜乡晨。庭燎有辉。君子至止,言观其旂。

【题解】

《庭燎》,《诗序》说:"美宣王也。因以箴之。"倘若这诗果作在宣王之世,诗人假设宣王和鸡人、阍人、挈壶、司烜(音毁)之类近侍小臣一问一答关于夜早晚的话,可能含意有美有箴。箴规他的是早朝晏起,好色忘德；颂美他的是纳谏改过，励精图治。《郑笺》说："诸侯将朝，宣王以夜未央之时问夜早晚。美者，美其能自勤以政事。因以箴者，王有鸡人之官，凡国事为期，则告之以时。王不正其官而问夜早晚。"这是说，颂美宣王勤政戒旦；箴规宣王不责令报时打更的鸡人之官尽职，而偏要自己问夜的早晚，不识大体。不错，《周礼·春官》鸡人有"夜嘑（同呼）旦以嘂（音叫）百官"的话。可是这诗未必只问鸡人，诗用问答体，和《齐风·鸡鸣》篇恰恰相似。这是托为宣王问，鸡人、阍人、挈壶氏（挈壶氏解见《齐风·东方未明》篇）、司烜氏一类近侍小臣答。所称君子，《毛传》说："君子，谓诸侯。"意以为将来早朝的诸侯，自是对的。

《诗序》说的美、箴两义，诸家解说不同。胡承珙《后笺》说："翁氏《附记》曰：'此二句义极该备，美之自是正义，箴则寓于其中耳。《笺》释箴义谓不正鸡人之官，固非；而后来诸家求其说而不得。又云：箴其太早，箴其过勤，箴其始勤终怠。此皆自生枝节，诗中无此意也。古人立言未有美而不寓箴者，此诗本是极意形容问夜之勤，则美其能勤在此，箴其能勤亦即在此，故云因以箴之，并非两义。'《田间诗学》云：'周自康王而后，王室渐卑。昭王南征不复，穆王时荒服者不至。及懿王，王室渐衰，夷王始下堂而见诸侯。至于厉王不享，终流于虩。非宣王中兴，诸侯谁复以时来朝，使重睹周官威仪乎？是可美也。《序》谓因以箴者，盖欲王之勤政始终如一，诸侯无有贰心，使朝廷常睹此仪也。后篇即继以《沔水》，则谓诸侯不朝而忧乱之作，诗人见之早矣。'承珙案，二说皆以箴字只大概言之，语甚圆通。《诗》中似此者，如《终南·序》云'大夫美之'，又云'故作是诗以戒劝之'。《常武·序》云'美宣王有常德以立武事'，又云'因以为戒然'。皆与此《序》同意。然《列女传》'宣王晏起，姜后脱簪'，未可谓无其事，则《序》箴字亦未必竟为泛设也。"胡墨庄虽然承认钱澄之、翁方纲解美、箴两字比较圆通，他自己却以为这诗和刘向《列女传》记的宣王晏起、姜后脱簪事有关，就认这诗今古文说一致了。

这诗今古文说大旨确是相同。可看魏源《诗序集义》。再看王先谦《集疏》说:"《易林·颐之损》:'庭燎夜明,追古伤今(《剥之大有》作追嗣日光)。阳弱不制,阴雄坐戾。'此齐说。陈乔枞云:《列女传》:宣王尝夜卧晏起,后夫人不出房。姜后脱簪珥待罪于永巷,使其傅母通言于王曰:妾之不才,至使君王失礼而晏朝,以见君王乐色而忘德也,敢请婢子之罪!宣王曰:寡人不德,实自生过,非夫人之罪。遂复姜后。而勤于政事,早朝晏退,卒成中兴之名。宣王中年怠政而《庭燎》诗作,脱簪之谏当在此际。宣王感悟,能复励精图治,所以为中兴贤主也。愚案,陈氏引《列女传》姜后事以证《易林》之说,是鲁、齐说合。所谓阴雄坐戾者,殆即不出房之后夫人。宣王能纳谏改过,所以为贤,而《庭燎》之诗亦不为徒作矣。韩说未闻。"按《史记》说:"宣王即位,二相辅之修政,法文、武、成、康之遗风,诸侯复宗周。"太史公叙述宣王中兴事业止此十九字,其他事迹大都依据《国语》。凡《诗》中歌咏宣王中兴事业之作,如《小雅·六月》、《采芑》,《大雅·崧高》、《烝民》、《韩奕》、《江汉》、《常武》等篇,它都没有提及。《庭燎》一篇和姜后脱簪待罪的传说就更不必说了。宣王在位四十六年,中兴事业有始无终,《庭燎》美箴之义不可拘泥。

沔　水

沔彼流水,朝宗于海。鴥彼飞隼,载飞载止。嗟我兄弟,邦人诸友!莫肯念乱,谁无父母?

沔彼流水,其流汤汤。鴥彼飞隼,载飞载扬。念彼不迹,载起载行。心之忧矣,不可弭忘!

鴥彼飞隼,率彼中陵。民之讹言,宁莫之惩?我友敬矣,谗言其兴!

【解题】

《沔水》,《诗序》说"规宣王",《朱传》说"此忧乱之诗"。一推原诗的言外之意,一直据诗的本文之意。后来学者大都用此两说,非彼即此。姚际恒《诗经通论》说:"谓规宣王者,以诗中'谗言其兴'也。谓忧乱者,以诗中'莫肯念乱'也。不知作何归著?其余诸解纷纷,悉属猜摹,更不能详悉也。"他对这两说怀疑,更不相信其余诸解。所谓诸解不知何指。据我们所知,包括在他之前和以后诸家,如严粲《诗缉》、陈启源《稽古编》,以为《沔水》是宣王听谗而诸侯不朝之诗。何楷《古义》以为这诗是杜伯之子隰叔畏谗而作。在他之前有王应麟《困学纪闻》,后有胡承珙《后笺》,也都以为诗和杜伯因谗被杀事有关。王照圆《诗问》以为这是大夫忧谗之辞,或云张仲作。最后王先谦《集疏》以为通篇意旨非对王之词,三家未闻。

先看严粲、陈启源一说。严粲说:"规其听谗而诸侯携贰也。"陈启源说:"《周语》:三十二年,宣王伐鲁,立孝公,诸侯从是而不睦。不睦则朝宗之典缺矣。宣王废长立少,仲山甫谏而不听,终致鲁人弑立。鲁之乱,宣王为之也,何以服诸侯乎?宜有不朝者矣。《沔水》之诗其作于三十二年之后乎?"其实他们都是推衍《诗序》一说。陈氏引证史事,并推测出诗的作出年代。胡承珙似相信王应麟一说,就不以严、陈说的为然。他说:"案《序》言规宣王者,是诗人见微知著,先事献规。观经云:'谗言其兴。'其兴者,盖思患而豫防,非必定作于听谗之后。"下引王应麟语作结(见上章指)。这说得未免拘泥。倘如他说,诗不作于听谗之后,那么,诗说"民之讹言,宁莫之惩",岂非无的放矢?"莫肯念乱,谁无父母",岂非无病呻吟?我以为严、陈依《序》解诗亦似可通。陈奂《传疏》说:"海之朝宗,隼之飞止,两喻皆兴诸侯朝天子,首章言朝,次章言不朝。"又于诗末章说:"隼之飞循陵中而至止,《笺》云喻诸侯之守职顺法度。"所解和严粲、陈启源说的正复相同,推衍了《毛诗》一说。

次看何楷一说。他说:"《沔水》,畏谗也。疑隰叔所作。""是诗也,其作于杜伯遭谗将见杀之时,左儒九谏而王不听之日乎?""作此诗者,其父母必有身遭谗言而将罹凶祸之事,故悲痛其词,以声动之曰:诸友纵不肯念乱,然谁人无父母乎?而何独使我父母至于此极乎?愚所以疑为隰叔之作者以此。以宣王末年有杀杜伯一事,而其子隰叔因之以奔晋也。"这话未必可信,但他引附史事和诗的语意巧合。宣王确曾听信谗言杀了杜伯,其子隰叔确曾奔晋避难,《国语》就载有"隰叔子违周难于晋"的话。他说的也可以留备一说。并且在无形中,王应麟先给了他启示,胡承珙后给了他支持。杜伯遭谗见杀的事实怎样?他在解下面《黄鸟》一诗里说:"《竹书》纪宣王四十三年,王杀大夫杜伯,其子隰叔出奔晋。《汲冢璅语》云:宣王之妾女鸠欲通杜伯,杜伯不可。女鸠反诉之王,王囚杜伯于焦。杜伯之友左儒九谏而不听,并杀之。……《周语》:内史过云,周之衰也,杜伯射王于鄗。《墨子》引《周春秋》云:宣王杀杜伯而无辜。后三年,宣王会诸侯田于圃田。日中,杜伯起于道左,衣朱衣、朱冠,操朱弓朱矢,射宣王,中心折脊而死。今案《竹书》,宣王以四十六年陟。距杀杜伯时仅三载,与《璅语》、《周春秋》所证俱合,盖杜伯为祟也。"这是根据古史传说来说的。他信杜伯为祟,未免可笑。白昼见鬼,岂有此事?想是宣王年老昏聩,或精神失常,跌伤致死,或中流矢致死,盖谰语中才有此幻觉鬼话。这不一定是由于当时人或后来史家故意捏造。

　　再看王照圆一说。她说以此诗为大夫忧谗之辞者,想是因为诗说"心之忧矣","谗言其兴"。她说或云张仲作者,想是因为宣王诸臣中张仲孝友;诗说"谁无父母","嗟我兄弟",像是张仲口吻。难道她真相信世俗相传所谓文昌帝君是张仲化身?《文昌化书》载着张仲说"予为《沔水》之诗",规正宣王莫听谗言而必始终信任尹吉甫。她倘若用这部乩书来证《沔水》是张仲所作,这就未免荒谬可笑了。阮元《诂经精舍文集》九载胡缙《文昌星象祀典考》,说到南宋以来,俗传道士之说,以为梓潼神文昌帝君就是张仲。李超孙《诗氏族考》说:"《困学纪闻》:张良,张仲三十代孙。按《灵应宝录》称梓潼神降生于周,初为张善勋,性至孝。宣王时又降生于张无忌家,为张仲,以孝友著称。顾再世降生,道书神异之说不足信也。"这虽然都是好奇录异,还不失为通人之说,并有助于治民俗学者的参考。

最后略评王先谦一说。他以为诗"非对王之词"。好像他宁信《朱传》而不信《毛序》、《毛传》。末章《毛传》说:"疾王不能察谗也。"《传》、《序》一致。其实《毛诗》、《朱传》两说俱可通。不过《朱传》第就诗的本文说诗比较直捷了当。

鹤　　鸣

鹤鸣于九皋,声闻于野。鱼潜在渊,或在于渚。乐彼之园,爰有树檀;其下维萚。它山之石,可以为错。

鹤鸣于九皋,声闻于天。鱼在于渚,或潜在渊。乐彼之园,爰有树檀;其下维榖。它山之石,可以攻玉。

【解题】

《鹤鸣》,像是一篇《小园赋》,为后世田园山水一派诗的滥觞。这个小园颇有湖山之胜。园外邻湖,鹤鸣鱼跃。园中檀榖成林,落叶满地。其旁有山,石可攻错美玉。一气说来,意思贯注。诗中所有,如是而已。倘说有贤者隐居其间,那只是诗的言外之意。从来说者大都不知道这是诗人的具体描述,无甚深意,却偏要务求深解,无异乎大家猜谜。无奈没有一定的谜底,怎能使人无可辩驳地相信呢?便是爱钻牛角尖的批评家也说这是隐语,视同哑谜了。王夫之《夕堂永日绪论》说:"《小雅·鹤鸣》之诗全用比体,不道破一句,《三百篇》中创调也。要以俯仰物理而咏叹之,用见理随物显,惟人所感,皆可类通,初非有所指斥一人一事,不敢明言而姑为隐语也。"他说这诗说的谜语,谜底只是说理,可以随人感悟。究竟这是什么理? 他没说明白,哑谜。想是他中了禅宗所谓"妙道"、"妙悟"的毒,还不一定只是受了《朱传》的影响。沈德潜《说诗晬语》说:"《鹤鸣》本以诲宣王,而拉杂咏物,意义若各不相缀,难于显陈,故以隐语为开导也。汉枚乘《奏吴王书》本此。"他就直说这诗是隐语。这隐语含有什么意义? 他也没说明白,哑谜。如今我们揭开谜底来说,这是一篇写实诗,是赋义,不是比兴之义。

这诗《毛传》说"兴也",《郑笺》、《孔疏》于此比兴之义解释太凌杂噜苏,教人看不明白,陈启源《稽古编》只好另作解释。他说:"《鹤鸣》诲宣王求贤,毛义允矣。但《笺》、《疏》述之,语多冗复。今约举其说曰:贤者身隐而名著,与鹤鸣之远闻无异也,可不求而列诸朝乎?但贤人不贪名利,性好隐居,犹良鱼之在渊,不似小鱼之在渚(原注:此毛义,郑稍异)。故求之甚难也。诚置之高位而不使小人并处其间,如彼园之上檀而下萚,则人皆乐观于其朝矣。然贤人不择地而产,其生长他邦、沉滞未举者,皆有治国之才,犹石之可以为错焉,俱当招致之为我用也。求贤之道,不忽于侧微,不闲于遐远,则无遗贤矣。"这比较任何一家说的简明通贯了,还是不免牵强附会,有如说谜。恰如《韩非子》记载的郢书燕说,虽非书意,却可借以举贤治国。诗岂似此?春秋战国间谐谑流行,有《史记》、《国语》、《国策》等书可证。要说《鹤鸣》诗人确以隐语"诲宣王"举贤治国,似亦未为不可。陈奂《传疏》说:"诗全篇皆兴也。鹤、鱼、檀、石,皆以喻贤人。""树檀下萚,喻用贤者而退小人。""榖与《黄鸟》之榖同。……《传》云恶木,喻小人。"王先谦《集疏》也说:"案诗全篇比喻,与《匏有苦叶》同体。"他们两人分别总结了《诗》今古文家之说,同说这诗是比兴之义,可是并没有把这诗完全解通。除非把诗当作隐语,说者效法郢书燕说,就难以说得通的。

《诗序》说这诗"诲宣王",究竟诗人教诲了宣王一些什么?《郑笺》说:"教宣王求贤人之未仕者。"一章发端《毛传》说:"言身隐而名著也。"章末说:"举贤用滞则可以治国。"王先谦说:"《后汉·杨震传》:'野无《鹤鸣》之士。'《杨赐传》:'速征《鹤鸣》之士。'皆指隐士言,二杨皆鲁说。《易林·师之艮》:'鹤鸣九皋,避世隐居。抱道守贞,竟不随时。'《无妄之解》:'鹤鸣九皋,处子失时。'处子即处士。诗言贤者隐居,此齐说。《韩诗》盖同。"这都还是说的诗的言外之意,却和《诗序》说的意义一致,正相补充。王先谦又说:"《论衡·艺增》篇:《诗》云:

'鹤鸣九皋,声闻于天。'……以喻君子修德穷僻,名犹达于朝廷也。《荀子·儒效》篇:〔君子务修其内而让之于外,务积德于身而处之以遵道,如是则贵名起之如日月,天下应之如雷霆。故曰,〕君子隐而显,微而明,辞让而胜。《诗》云:'鹤鸣于九皋,声闻于天。'此之谓也。《史记·滑稽传》:东方朔《答客难》云,《诗》曰:'鹤鸣九皋,声闻于天。'苟能修身,何患不荣?荀、王、东方,皆谓君子德修于身,名闻于远。申明鲁义,其意相同(原注:《史记·东方传》为褚少孙所补,少孙亦治《鲁诗》)。张衡《思玄赋》:'遇九皋之介鸟兮,怨素意之不逞。游尘外以瞥天兮,据冥翳以哀鸣。'应劭《风俗通义》六:《诗》曰:'鹤鸣九皋,声闻于天。'王逸《楚词·九章》注:'鹤鸣九皋,闻于天也。'《蔡邕集·蔡朗碑》:'鹤鸣闻天。'此皆《鲁》经文也。《韩诗外传》七:孔子困于蔡、陈之间,答子路以须时(君子务学,修身端行而须其时者也)。末引《诗》曰:'鹤鸣于九皋,声闻于天。'此推衍之词。明韩、毛文同。"这里备述了秦汉间儒者文人引用这诗作为修德立名的意义,恐怕都是和《韩诗外传》一样,作为推衍之词,乃引《诗》以就己说之义,未必就是这诗的本义。早在孔门子夏、子贡之流"言《诗》",就已如此,《论语》屡有记载。孔子称许他们"可与言《诗》",引《诗》以就己说的风气当是由孔子提倡起来的。荀卿是孔门七十子以后的一个大儒,《毛诗》、《鲁诗》都是出于他的传授。《鹤鸣》一诗毛、鲁之义都"正用其师说"。其实《荀子》这段话乃是引《诗》以就己说之义。

宋儒说这诗比兴之义又多和毛、郑不同,清代汉学家或加以抨击。胡承珙《后笺》说:"此及上篇《沔水》,《序》但曰规曰诲,而不言其事。然《沔水》经文犹有'莫肯念乱'、'谗言其兴'等语,此诗则全不见所指,故说者多异。范氏《补传》曰:诗人寓意甚微,视他诗为特异。又偶无《大序》,故诸儒不胜其异说。惟毛氏谓举贤用滞可以治国,郑氏谓教王求贤人未仕者。毛、郑在众说之先,必有师承。《吕记》、《严缉》亦云然。陈氏《稽古编》曰:《鹤鸣》诗纯是托兴,一章之中设喻者四,而不及正意。此与秦之《蒹葭》、陈之《衡门》体制相似,非古注则其旨茫无可测识矣。"他说到宋儒，欲说还休，不敢触犯程、朱。并把陈启源这一段话的下大半段攻击程、朱的话也删去了。陈启源接续说："毛、郑以为诲宣王用贤，说必有本。朱子弃而不用，自立新解（《朱传》：'盖鹤鸣于九皋，而声闻于野，言诚之不可掩也。鱼潜在渊，而或在于渚，言理之无定在也。园有树檀，而其下维萚。言爱当知其恶也。他山之石，而可以为错，言憎当知其善也。由是四者引而伸之，触类而长之，天下之理其庶几乎？'），分为四意，而文义各不相蒙。夫古人作诗，皆有为而发，语意定有专指，安得一诗而分四意乎？其云'诚不可掩'，'理无定在'，乃平居谈理之言，非因事纳诲之语也。至首章'为错'，既解为'憎而知其善'；次章'攻玉'，又引程子之言证明其义，则前后复自相背戾。（程子云：'玉之温润，天下之至美也。石之粗厉，天下之至恶也。然两玉相磨不可以成器，以石磨之然后玉之为器得以成焉。犹君子之与小人处也，横逆侵加，然后修省畏避，动心忍性，增益预防，而义理生焉，道德成焉。吾闻诸邵子云。'）程子之言谓君子受小人横逆之加，则可修省以成其德，如石之攻玉也。憎而知其善，谓不以私怨而蔽人之贤，如古之举不弃仇者耳。两义迥别矣。又程语虽为笃论，然以断章则可，非此诗正解也。诗以他山之石喻异国沉滞之贤。见王者取人当旁求远揽，扬及侧陋，取譬之意在他山不在石也。《严缉》既遵古注，又附程语于后，独不思诗以石喻贤者，程以石喻小人，义正相反。爱其词之美而忘其义之乖，疏矣！"这里抨击程、朱，击中了要害。难道《鹤鸣》诗人就已知道讲学谈理？程朱往往以所谓"义理"说《诗》，在今人看来，他们比毛、郑更加陷进了主观唯心的泥沼。这诗就是一例。

祈　父

祈父！予王之爪牙。胡转予于恤？靡所止居！

祈父！予王之爪士。胡转予于恤？靡所底止！

祈父！亶不聪。胡转予于恤？有母之尸饔！

【解题】

《祈父》,《郑笺》说是"此勇力之士责司马之辞",不错。为什么《诗序》说"刺宣王"呢?《郑笺》说:"刺其用祈父不得其人也。官非其人则职废。祈父之职,掌六军之士,有九伐之法。"这也说得是。诗说"予王之爪牙"、"予王之爪士",予字指谁呢?《郑笺》说:"我乃王之爪牙,爪牙之士当为王闲守之卫。"这还是说得对。玩诗上下文气,予,确是勇力之士自称代名词,作为主位。倘作为领位,说"我王之爪牙",就和《郑笺》说"我乃王之爪牙"不同。即爪牙不是勇力之士自指,而是指的祈父。魏源《诗序集义》正如此作解,胡承珙、陈奂和王先谦所解相同。安知《玉篇》用《韩诗》"祈父维王之爪牙","维"字不是"予"字之讹?《易林·谦之归妹》说:"爪牙之士,怨毒祈父。转忧与己,伤不及母。"这用《齐诗》,不是明明以为爪牙之士是勇力之士自指吗?伤不及母,这不是明说自己不能养母吗?所谓爪士,爪牙之士,决不是指尊官大将。因为这一士字在当时有等级性。任他们怎样博引《左传》、《汉书》,甚至最后王先谦《集疏》还断定说:"惟尊官大将方称爪牙之职,武士卑官不得以之自命,《笺》读非,韩义是也。"我们但就诗论诗,以为《郑笺》还是说得对。其有不对的乃在解"有母之尸饔"一句。《郑笺》说:"己从军而母为父陈馈,饮食之具,自伤不得供养也。"这在《诗经直解·简注》里引马瑞辰《通释》,他把许、郑两说都批驳过了。

"有母之尸饔"一句,我们但取马瑞辰一解,即是说有母失饔,说奉养不能具。马氏之后,还有两解。王闿运《补笺》说:"有母者,言无父也。长子当室,其妇尸饔,而母犹尸之;喻六军及诸侯之师不能战而令王爪牙士代,劳尊以役卑,如母之代妇职也。宣王注意王师,专欲以威胜天下,知者知其不终,故言东都之军以风焉。《礼》:父母在,子妇篡。舅殁则姑老。然则父在母宜尸饔,非子不供养。"他以为有母尸饔是一句比喻的话。一般军队不能战而使王的爪牙之士去代替,好像做寡母的要代替儿媳妇烧饭一样,说来有趣。王先谦《集疏》说:"黄山云:诗三言'胡转予于恤',即《蓼莪》'出则衔恤'之恤。盖方居母忧而迫使服戎，故作诗以写怨也。《礼·曾子问》篇：子夏问：'三年之丧卒哭，金革之事无辟也者，礼与？'孔子曰：'《记》曰，君子不夺人之亲，亦不可夺丧也。'又问：'金革之事无辟也者非与？'孔子曰：'吾闻诸老聃，昔者鲁公伯禽有为为之也。'郑注：'伯禽封于鲁，徐戎作难，卒哭而征之。'《疏》据《史记》，时周公尚在，此云卒哭者，为母丧也。子夏见周代行金革无辟之事，故问。是母丧御戎，周代沿习。虽已卒哭致事，不能辟役，而惟怨祈父之不聪，妨其饔祭。尸，主也。言己为主祭之长子也。于义亦通。"这是说：长子方居母丧而迫使从军，妨碍他主饔祭。也可以备一解，但未必是。以上两解还是像马瑞辰说的："均未免失之迂曲。"今断从马氏。

这诗当是一个有老母而不能奉养的勇力之士所作。诗的前两章说一般军士的忧困，代表众怨；后一章乃自述忧困，不能奉养老母，纯系私情。魏源《诗序集义》自注说："作于兵士，不作于大夫，则是民风，安得入王朝之《雅》？"这话未免拘泥。《小雅》中不乏"西周民风"，我们将要谈到。即令如魏氏所说，则这诗明说"予王之爪士"，可见其人在当时属于所谓士的一个阶层或一个等级，大概是宿卫军的中下级军官如司右虎贲之类，《郑笺》、《孔疏》说的可信。《国语·周语》里说："天子听政，使公卿至于列士献诗。"这诗作者当在列士之列，他有资格献诗，怎说其诗不能"入王朝之《雅》"？《雅》是政治诗，凡"公卿至于列士献诗"，乃至"庶人传语"，但有关于王朝政治，都是可以入《雅》的。所以《小雅》有"西周民风"，可能《大雅》中也有，往后我们就会说到。钱澄之《田间诗学》说："宿卫之士大抵皆死事之孤，汉时所谓羽林孤儿军是也。故尸饔之念独念其母。"这把周代爪牙之士看作汉代羽林孤儿军，未免太凑巧了。倒是吕祖谦说的较为近是。他说："越勾践伐吴，有父母耆老而无昆弟者，皆遣归。(《国语·吴语》)魏公子无忌救赵，亦令独子无兄弟者归养。(《史记》本传)则古者有亲老而无兄弟，其当免征役必有成法。故责司马之不聪，其意谓此法人皆闻之，汝独不闻乎？乃驱吾从戎，使吾亲不免薪水之劳也。责司马者，不敢斥王也。"

(《朱传》引)

这诗作出的年代及其历史背景怎样？从来学者说各不同。吕祖谦说："太子晋谏灵王之词曰：自我先王厉、宣、幽、平而贪天祸，至于今未弭。宣王中兴之主也，至与幽、厉并数之。其词虽过，观是诗所刺，则子晋之言岂无所自欤？"这话也说得近是，诗当作在宣王末年怠政之时。胡承珙《后笺》对于此一问题作了一个总结。他说："'胡转予于恤，靡所止居。'《传》：'恤，忧也。宣王之末，司马职废，羌戎为败。'《笺》云：'谓见使从军，与羌戎战于千亩（今山西介休县南）而败之时也。'……《稽古编》谓据《正义》则《传》、《笺》羌戎当作姜戎。承珙案，羌戎种类甚繁，姜氏之戎特其一耳。韦注《国语》云：'姜戎，西方之种，四岳后。'《后汉书》云：'西羌之本出自三苗，姜姓之别也。'其下云：宣王二十七年，遣兵伐太原戎，不克。后五年，王伐条戎、奔戎，王师败绩。《困学纪闻》又据《通鉴外纪》：'宣王三十三年伐太原戎，不克。三十八年王伐条戎、奔戎，王师败绩。三十九年战于千亩，王师败绩于姜氏之戎。四十一年王征申戎。'（《竹书》：四十一年王师败于申。）此皆《传》所谓宣王之末羌戎为败者也。《传》意不专指千亩之战，似不必改羌为姜。盖经云'转予于恤'，谓兵兴不已，展转忧困。若仅千亩一战，不必云转矣。"这解"胡转予于恤，靡所止居"两句，似合史实，戴震也说："转之为言，有迁转不已之意。凡军士皆王之爪牙也，不宜使爪牙困敝。何使之转于忧恤中无复安居之望乎？诗作于役久困敝，非谓不应从征也。"（汪梧凤《诗学女为》引）不错，为国从征，岂得反对？看来诗人确是只怨役久困敝，不得休整或瓜代罢了。

白　　驹

皎皎白驹，食我场苗。絷之维之，以永今朝。所谓伊人，于焉逍遥！

皎皎白驹，食我场藿。絷之维之，以永今夕。所谓伊人,于焉嘉客!

皎皎白驹,贲然来思。尔公尔侯,逸豫无期。慎尔优游?勉尔遁思!

皎皎白驹,在彼空谷。生刍一束,其人如玉。毋金玉尔音,而有遐心!

【解题】

《白驹》,当是所谓贤臣引退、同僚讽劝留职之诗。这诗主题旧说纷岐,究竟是如古文《毛诗》所说"大夫刺宣王","宣王之末,不能用贤,贤者有乘白驹而去者"呢,还是根据今文三家遗说,如魏源以为"致仕之臣招其寮友去位之诗",或如陈乔枞、王先谦以为"贤人远引、朋友离思"之作呢?或者像《朱传》说的"为此诗者以贤者之去而不可留",想要设法挽留呢?或者像邹氏《诗传阐》、何氏《古义》说的,以为诗再三说皎皎白驹,殷人尚白,大夫乘驹,这是周武王饯送箕子之诗呢?抑或像李光地《诗所》、汪梧凤《诗学女为》说的,这是送友人归隐之诗呢?甚或像方玉润《诗经原始》说的,这是王者放隐士还山之作呢?

这里只能略论。这诗是不是大夫刺宣王不能用贤?王先谦《集疏》说:"鲁说曰:《白驹》者,失朋友之所作也。其友贤居任也。衰乱之世,君无道,不可匡辅,依违成风,谏不见受。国士咏而思之,援琴而长歌。(蔡邕《琴操》)韩说曰:彼朋友之离别,犹求思乎《白驹》。(《艺文类聚》二十一曹植《释思赋》)""贤友居任而去,盖有甚不得已者。范宁《穀梁传注序》云:君子之路塞,则《白驹》之诗赋。说与《琴操》合。""陈乔枞云:《文选》王粲《赠士孙文始诗》云:'《白驹》远志,古人所箴。允矣君子,不遐厥心。既往既来,无密尔音。'曹摅《思友人诗》云:'思贤咏《白驹》。'皆用韩义。毛之说《诗》,每以诗先后限断时代,其说多不可从。宣末失政,尚非衰乱。毛特以诗寘于此,断为一王之诗耳。其为贤人远引,朋友离思,固无可疑;而必谓刺王不能留,则诗外之意也。

齐说未闻。"读此可见这诗今古文说的异同,其得失就很难说,似皆可通。

我疑这诗作于幽王之世。所谓"贤人远引"或像郑桓公寄孥与贿于虢桧(已见《桧风·羔裘·解题》)以及皇父徂向(见下《十月之交·解题》)一类事件。贤人原是卿大夫一流人物,还有可能是营私误国之流。细玩诗意,贤人远引,又来作客。朋友在朝,殷勤接待,希望还有共谋国事之日,至少也希望互通音问,可见这些朋友不是全不可以合作。虽就诗说其人如玉,诗里却含有微讽的意思。至于《十月之交》、《雨无正》的作者就更深恶痛绝这样的贤人圣人,可见其作者都还很关切国事,作品也有其积极的意义。

最近,学者对于这诗另创一种新奇的解说。郭沫若《盠器铭考释》说:"王初执驹于啟。……言王亲自参加执驹之礼,可见古代重视马政。(《周礼·校人》和《庾人》均有执驹之明文)……在此,有《小雅·白驹》一诗可以获得正确的解释。""这首诗分明是中春通淫、行执驹之礼时的恋诗,决不是《诗序》所谓大夫刺宣王。对白驹而絷之维之,即此尊铭所谓执驹或拘驹。诗中言'尔公尔侯',正表明公侯也参预典礼。牧场里是会有女子的。伊人可能是公侯的仆从,或者同来的公子之类。《鲁颂》有《駉駉牡马》和《有駜有駜》两诗,我看,毫无疑问也是中春通淫时的颂诗。"(《考古学报》总十六册)这很值得今后《诗经》学者作进一步的研讨。鄙见:所谓中春通淫,本来是指为马育种交配,郭先生似乎联系到《周礼·媒氏》"中春之月,令会男女","奔者不禁"。真可谓人畜同性,物我皆春! 所谓执驹之礼,郭先生已经指出是《周礼·校人》、《庾人》的春祭马祖和执驹。《郑注》说:"马祖,天驷也。《孝经说》曰:房为龙马。郑司农云:执驹无令近母,犹攻驹也。二岁曰驹,三岁曰駣。玄谓执犹拘也。春通淫之时,驹弱,血气未定,为其乘匹伤之。"《贾疏》说:"马与人异,无先祖可寻,而言祭祖者,则天驷也。故取《孝经说》房为龙马,是马之祖。春时通淫,求马蕃息,故祭马先。……玄谓春通淫之时,驹弱,血气未定,为其乘匹伤之者:《论语》

孔子云：'血气未定，戒之在色。'马亦如此，故引之而言也。按《月令》：'仲夏縶腾驹'。注云：'为其牝气有余相蹄啮。'彼牝气有余相蹄啮，縶之不为驹弱者，縶有二种，此谓二岁者，彼据马之大者，故不同也。"执驹之礼原来如此。马通淫，人相恋，同见于一诗，于斯为盛。有劳天子公侯尊驾以及公子、仆从，也都前来参加这种大典，岂仅重视马政云乎哉？现在把郭先生的这首诗译文迻录于下，以为读者理解时一助：

　　　一章　　　　　　　二章
　小白马儿多么好，　　小白马儿多么欢，
　牧场上面吃嫩草。　　牧场上面吃嫩颠。
　抓着它，拴着它，　　抓着它，拴着它，
　拴它一个大清早。　　拴它整整一晚间。
　好和我那人，　　　　好和我那人，
　一道去逍遥。　　　　通宵话缠绵。
　　　三章　　　　　　　四章
　小白马儿多么陡，　　小白马儿多么姣，
　远远跳来把头抖。　　一逃逃进背山坳。
　你们公、你们侯，　　人来了，一把草，
　欢乐永远无尽头。　　多情哥哥真是好。
　好生守规矩，　　　　时常捎信来，
　不要到处溜。　　　　不要忘记了。

黄　　鸟

　　黄鸟黄鸟！无集于榖，无啄我粟。此邦之人，不我肯榖。言旋言归，复我邦族！

　　黄鸟黄鸟！无集于桑，无啄我粱。此邦之人，不可与明。言旋言归，复我诸兄！

　　黄鸟黄鸟！无集于栩，无啄我黍。此邦之人，不可与处。言旋言归，复我诸父！

【解题】

《黄鸟》，毛、郑以为是弃妇之词。《诗序》说："刺宣王。"刺他什么？《郑笺》说："刺其以阴礼教亲而不至，联兄弟之不固。"所谓阴礼就是男女之礼，男女之事为阴。所谓联兄弟，就是说夫妇团结如兄弟。《孔疏》说："夫妇而谓之兄弟者，《列女传》曰：'执礼而行兄弟之道。'何休亦云：'图安危可否，兄弟之义。故比之也。'""令使夫妇相弃，是王之失教，故举以刺之。"倘若没有读过《周礼》(《地官·大司徒》、《秋官·士师》)的人就不知道《郑笺》说的有什么根据，《诗序》说"刺宣王"是刺什么了。诗一章《毛传》说："兴也。黄鸟宜集木啄粟者。"《郑笺》说："兴者，喻天下室家不以其道而相去，是失其性。"二章《毛传》说："不可与明夫妇之道。""妇人有归宗之义。"可见毛、郑确认这诗是室家相弃之词。

今文三家遗说对于这诗说的也和毛、郑说的略同，所不同的只在明说"女适异国而不见答"这一点上。王先谦《集疏》说："齐说曰：'黄鸟来集，既嫁不答。念我父母，思复邦国。'（《易林·乾之坎》）陈乔枞云：据焦氏所言诗义，盖女适异国而不见答，故欲复其邦族，与毛异。但在下者夫妇相弃，亦上之人礼教不至有以致之。《竹竿》诗'不答于夫，出游写忧'而已，望其机之转也。此则直云'不我肯谷'，'不可与处'，乃不答之甚者。曰'复我邦族'，是自异国来嫁，盖畿内小国也。"陈乔枞、王先谦根据《齐诗》遗说，还是以为此诗是弃妇诉苦之作。

宋儒说这诗有和汉儒立异的，如说此"民适异国"之诗。范处义《补传》说："适异国之民，而所至之邦，人不能与之相善，故曰'不我肯谷'；不能与之相知，故曰'不可与明'；不能与之相安，故曰'不可与处'。于是思归故国，复依族人与诸兄诸父也。《国风》曰：'岂无他人？不如我同姓。'此之谓也。""(《黄鸟》、《我行其野》)二诗之《序》皆不明言所刺。然《黄鸟》言'此邦之人，不我肯谷'，故说者以为适异国而失其所者。《我行其野》言'昏姻之故,言就尔居',故说者以为从异国之昏姻而不见恤者。诗辞亦可见也。"他所谓说者,不知道是谁。看,《朱传》说:"民适异国,不得其所,故作此诗。托为呼其黄鸟而告之曰:尔无集于榖而啄我之粟。苟此邦之人不以善道相与,则我亦不久于此而将归矣。""东莱吕氏曰:宣王之末,民有失所者,意他国之可居也;及其至彼,则又不若故乡焉,故思而欲归。使民如此,亦异于还定安集之时矣。今案诗文,未见其为宣王之世,下篇亦然。"吕、朱都不用这诗《小序》"刺宣王"一说。《严缉》就以"朱义为长"。他说:"民适异国,不得其所,无可告语者。惟黄鸟可爱,平时飞鸣往来于此,故于其将去,呼黄鸟而告之曰:尔无集于我之榖木,无啄我之粟矣。盖此邦之人不肯以善道待我,我亦不久于此,将旋归复反我邦之宗族矣。与黄鸟告别之辞也。杜诗:'岸花飞送客,樯燕语留人。'……亦此诗告别惟黄鸟之意也。"这比《朱传》说得更巧妙、迷人。诗呼黄鸟自是比兴之义,这是诗人与黄鸟告别之词,还是述此邦之人恶我如黄鸟?我以为汪梧凤《诗学女为》推衍毛、郑之意,谓诗人以黄鸟之见恶于人,喻我为此邦之人所恶一说,比较为是,故把它采入上文"章指"了。比兴之义难明,此亦一例。

清代汉学家或坚持毛、郑弃妇之词一说,反对宋儒民适异国一说。陈启源《稽古编》说:"《黄鸟》、《我行其野》,此二诗皆弃妇之词也。室家相弃,由王失教使然,所以为刺也。《朱传》祖范氏(《黄鸟》)、王氏(《我行其野》)之说,俱以民适异国释之。因篇中此邦之人,复我邦族,是身在他邦语耳。然古者士庶人得越国而娶,此二诗之妇人当是自异邦来嫁者,古注自通,不必易也。宣王末年虽多秕政,当不至如幽、厉之甚。《鸿雁》矜人甫获安堵,何不还踵而流离失所乃尔,魏之民犹有乐郊可适,西京之世反不若乎?"这批评《朱传》还很缓和。胡承珙《后笺》说:"此诗自《传》、《笺》以后,人人说殊。王氏、苏氏以为贤者不得志而去;《吕记》、《严缉》以为民适异国,不得其所之诗。然以经文证之,此言'复我邦族',与《我行其野》之'复我邦家'正同。彼明言昏姻之故,而与此诗相次,则此诗自亦为室家相弃而作,毛、郑之说不可易矣。《易林·乾之坎》云:'黄鸟采萊(原注:今本《易林》作黄鸟来集。此据宋本),既嫁不答。念我父母,思复邦国。'焦氏正用毛义也。"一说古注自通不必易,一说毛、郑之说不可易,他们越说越坚持了。郭沫若《中国古代社会研究》第二篇里说:"黄鸟就是瓦雀。这和耗子是一样,也就和坐食阶级是一样,没有一个地方是没有的。痛恨本国的硕鼠逃走了出来,逃到外国又遇着有一样的黄鸟。天地间哪里有乐土呢?倦于追求的人,他又想逃回他本国去了。"这显然受到了宋儒民适异国一说的影响。这诗汉学宋学之争,到如今还没有结束。

这诗好像是《国风》里歌谣形式的诗篇。所以列于王朝之《雅》,或如魏源说的《黄鸟》、《我行其野》"皆大夫陈民隐以告王"也好,说它采自王畿民风也好,说它以合乐为《雅》也好,不必深求。龚橙《诗本谊》说:"《黄鸟》,女思大归也。"他用今文《齐诗》遗说,和古文毛说并非有异。他特别指出《小雅》从《黄鸟》、《我行其野》到《谷风》、《蓼莪》、《都人士》、《采绿》、《隰桑》、《绵蛮》、《瓠叶》、《渐渐之石》、《苕之华》、《何草不黄》十二篇都是"西周民风"。看来大致不错。我们在上面就已经指出《采薇》、《鱼丽》、《杕杜》、《祈父》都像是民风。《大雅》和三《颂》里何尝不可以找出民风的诗篇?不要奇怪《泂酌》当是民风,怎么可登《大雅》之堂?不要奇怪《颂》里也有民风,如《周颂》的《武》即《武宿夜》、《鲁颂》的《有駜》看来都是。不过《小雅》里像民风的诗篇显得特别多罢了。

我 行 其 野

我行其野,蔽芾其樗。昏姻之故,言就尔居。尔不我畜?复我邦家!

我行其野,言采其蓫。昏姻之故,言就尔宿。尔不我畜?言归斯复!

我行其野，言采其葍。不思旧姻，求尔新特。成不以富，亦祗以异！

【解题】

《我行其野》，也是弃妇之词。《诗序》说："刺宣王。"《毛传》说："宣王之末，男女失道，以求外昏，弃其旧姻而相怨。"（各本此十九字窜入《笺》语，今从陈奂《传疏》本）《郑笺》说："刺其不正嫁取之数，而有荒政，多淫昏之俗。"诗首、次两章言被弃之后，归家途中，悔恨交集之心绪。卒章言己亦将不念旧情，别求新偶，以示报复。千载而下，读其诗者犹闻其愤怒声音。作此诗者当为弃妇本人。诗为短篇抒情杰作，自是《黄鸟》的姊妹篇。《朱传》说："民适异国，依其婚姻而不见收恤，故作此诗。"朱子说此诗可不算错。

诗说"蔽芾其樗"，又说"言采其蓫"、"言采其葍"。这有什么含义呢？《毛传》说："樗，恶木也。""蓫，恶菜也。""葍，恶菜也。"《郑笺》说："樗之蔽芾始生，谓仲春之时，嫁取之月。""蓫，牛蘈也。亦仲春时生，可采也。""葍，𦷕也。亦仲春时生，可采也。"《毛传》简略，不曾说出所以然。《郑笺》说出所以然，即说此草木都生在仲春之时，表示嫁娶之月。按，诗写大归之时，非写出嫁之月。毛、郑不明说这是兴义，看来还是比兴之义。王先谦《集疏》说："《孔疏》引王肃以为恶木喻恶夫。胡承珙云：方就其居，何得遽谓之恶？至尔不我畜，乃可为恶耳。不应首二句即以恶木斥恶人。愚案，《笺》谓仲春樗生，是也。但此女行野之所见非嘉木，所采亦非嘉卉，言外意自含蓄不尽。"他明采《郑笺》以草木表示季节说，暗用《毛传》以恶木恶菜隐斥恶夫说，这诗比兴之义算他说对了。

这诗卒章末四句颇难解释。"不思旧姻，求尔新特。成不以富，亦祗以异。"这是女自道之词，还是女责男之词？《毛传》说："新特，外昏也。""祗，适也。"《郑笺》说："婿之父曰姻。我采葍之时，以礼来嫁女。女不思女老父之命而弃我，而求女新外昏特来之女。责之也。不以礼嫁，必无肯媵之。'"女不以礼为室家，成事不足以得富也。女亦适以此自异于人道，言可恶也。"《毛传》解了的不错，没下解的太多。尔字、成字、异字无一字不吃紧，他偏不解。《郑笺》以为这是女责男之词，解前二句已极勉强，解后二句又不成话。从《郑笺》以下，大都不得全解。尤其是末二句难解。直到翁方纲作《诗附记》还说："'成不以富'二句，朱子《集传》别主一解，与《论语》不同，然却依《论语》作诚字。《论语》所引，义属断章。此训诗，似未可改用诚字也。然此二句，诸家之说皆若未合。《序》曰刺宣王也，既不言所刺何事，则此二句必应阙疑，不能遽为之解。"到陈奂作《传疏》才以为这是女自道之词，可算已得全解。王先谦就把它采入了他的《集疏》。但是又说："愚案，周室中叶即有弃旧姻求新特之事，降及汉世，婚礼大坏，见于诗篇者甚多。女子重前夫，男儿爱后妇，其殆'亦祇以异'之嗣音欤？"我们不会同意他的历史观点，即在西周盛时就没有婚变，从周中叶到汉世婚礼就愈趋愈坏。可是他采用陈氏《传疏》，又好像同情于被压迫的妇女，这是对的。如今我作这诗《简注》也采用了《传疏》，还于尔字、异字添上了解释，通过《直解》，似乎这诗全解从此可以确定了。

这诗清儒据《齐诗》遗说来说，说各不同，或近是，或不是。魏源《诗古微》以《黄鸟》、《我行其野》"二诗作于一时，前篇为女词，后篇为女父母词。"陈乔枞《齐诗遗说考》说："《易林·巽之豫》：'黄鸟采蓄，既嫁不答。念吾父兄，思复邦国。'案《毛诗》'言采其蓫'，《释文》云：蓫本亦作蓄。据《易林》言'黄鸟采蓄'，是三家文皆作蓄。曹植《七启》云：'霜蓄露葵。'李善注曰：'《毛诗》，我行其野，言采其蓫。'蓫与蓄音义同也。焦氏说本《齐诗》，以《我行其野》与《黄鸟》为一时事，故并举之。如《六月》、《采芑》、《吉日》、《车攻》之例也。"王先谦说："《毛序》义异。述一人之事，毛、郑则总一国而为词也。"他们都似以为二诗是一时一人之作。王氏和魏源不同的只在不曾说及二诗孰为女词，孰为女父母词。龚橙《诗本谊》说："《我行其野》，女父兄之怨也。"他也以为这诗是女父兄之词，和魏源说女父母词略同。如此作解，怎么解得通？今按，说二诗作于一时,述一人之事,系据《易林》以"黄鸟"、"采蓄"并举来说,还可以说近是。即令非一女事,二诗当同是女人之词,但看语气便知。倘说前篇为女词,后篇为女父母或女父兄词,怎见得后篇不是女词呢？

斯　干

秩秩斯干,幽幽南山。如竹苞矣,如松茂矣。兄及弟矣,式相好矣,无相犹矣!

似续妣祖,筑室百堵,西南其户。爰居爰处,爰笑爰语。

约之阁阁,椓之橐橐。风雨攸除,鸟鼠攸去,君子攸芋!

如跂斯翼,如矢斯棘,如鸟斯革,如翚斯飞,君子攸跻!

殖殖其庭,有觉其楹。哙哙其正,哕哕其冥,君子攸宁!

下莞上簟,乃安斯寝。乃寝乃兴,乃占我梦。吉梦维何？维熊维罴,维虺维蛇。

大人占之:维熊维罴？男子之祥! 维虺维蛇？女子之祥!

乃生男子:载寝之床,载衣之裳,载弄之璋。其泣喤喤,朱芾斯皇,室家君王!

乃生女子:载寝之地,载衣之裼,载弄之瓦。无非无仪,唯酒食是议,无父母诒罹!

【解题】
《斯干》,自是关于"宣王考室"之诗。《诗序》不误。何谓考室？

《郑笺》说："考，成也。德行国富，人民殷众，而皆佼好，骨肉和亲。宣王于是筑宫庙群寝，既成而衅之，歌《斯干》之诗以落之，此之谓成室。"《孔疏》说："言成者，非直筑成而已，通谓国富民和，乐共作力以成其事。庙则既为衅礼，使神得安焉；室则既为欢燕，使人得处焉。人神各有攸处，然后谓之为成。……《说文》云：'衅，血祭也。'贾逵云：'杀而以血涂鼓谓之衅鼓。'则衅者以血涂之名。《杂记下》曰：'成庙则衅之。'……昭四年《左传》：'叔孙为孟丙作钟，飨大夫以落之。'服虔云：'衅以豭豚为落。'则又一名落。盖谓以血浇之也。《杂记》云：'路寝成则考之而不衅。'注云：'设盛食以落之。'即引《檀弓》：'晋献文子成室，诸大夫发焉。'是乐之事。下《笺》亦云：'安燕为欢以乐之。'是也。……《杂记》之文，庙成则衅，寝成则考。此《序》言考室，《笺》得兼云衅庙者，此考之名取义甚广，乃国富民殷、居室安乐，皆是考义。犹《无羊》云考牧，非独据一燕食而已。故知考室之言可以通衅庙也。言'歌《斯干》之诗以乐之'者，歌谓作此诗也。宣王成室之时与群臣燕乐，诗人述其事以作歌，……皆是当时乐事。……非谓当乐之时已有《斯干》可歌也。本或作'乐'，以衅又名落。《定本》、《集注》皆作'落'，未知孰是。"《孔疏》申《笺》，说成室，说衅礼，已很详了。

《东山》长篇，《诗序》创为章指示例。这诗多至九章，每章句数多少不一，语意简括详明不同，没有章指，文章脉落不易了然。《孔疏》说："首章言天下亲、富。二章乃作之。三章言作之攻坚。四章言得其形制。五章言庭室宽明。六章乃言考之也。既考之后，居而寝宿，下至九章，言其梦得吉祥，生育男女，贵为王公，庆流后裔。"我于这诗章指已采用《吕记》、《严缉》，今再论及，不嫌重复，因其难明，求其彻底明了。首章从山水竹木之美、兄弟家族之和说起。二章言承先志，创新业，为建筑宫室提纲。二、三、四、五各章皆言建筑之事，宗庙宫寝或分或合言之，虽然尚俭，亦可见其工程之不易，规模之不小。倘若我们读过《公刘》、《绵》以及《灵台》、《文王有声》、《泮水》、《閟宫》等篇，再读这篇，综合来看，不难想见周代城邑、宫室、池台、园林一些工程和制度的规模及其演进。当时建筑房屋的方法大概以版筑为主,而以木柱构架,屋顶如翼,庭院平正,成为定制。六、七、八、九各章言室成居入之后,将见寝安梦美,多男多女,富贵之极。此乃祷颂想象之词。中言生男弄璋,生女弄瓦,男尊女卑之习,则与奴隶制社会到封建制社会相终始。此诗盖最初较为完整地反映此一意识形态者,颇有历史价值。

这诗今古文说最大不同之点,乃在今文家以为诗美宣王"迁都、俭宫室"两点上。王先谦《集疏》说:"鲁说曰:周德既衰而奢侈。宣王贤而中兴,更为俭宫室,小寝庙。诗人美之,《斯干》之诗是也。上章道宫室之如制,下章言子孙之众多也。(《汉书·刘向传·谏起昌陵疏》)又曰:昔周王德衰而《斯干》作,应运变通,自古有之。(蔡邕《宗庙祝嘏词》)''扬雄《将作大匠箴》:'《诗》咏宣王,由俭改奢。'张衡《东京赋》:'改奢即俭,则合美乎《斯干》。'薛综注:'《斯干》谓宣王俭宫室之诗也。'以上美宣俭也,皆鲁说也。""又《汉书·翼奉传》云:'奉以宫室苑囿,奢泰难供,乃上疏,言宜东徙成周,迁都正本,亡复缮治宫馆不急之费,岁可余一年之蓄。必有五年之蓄,然后大行考室之礼。'注引《斯干》之诗为证。奉,《齐诗》学也。言迁都俭宫室,与刘、杨、张、蔡说合。然则此诗鲁、齐同义矣,《韩》说当同。"

按,《诗》今文宣王迁都一说,姚鼐颇为支持,胡承珙早就反对。他在《后笺》中说:"姚姬传《九经说》曰:西周之都尝数迁矣。文王居丰,武王居镐。至穆王居郑,懿王居废丘。遭厉王流彘之祸,宣王中兴,盖废丘宫室之坏而镐京之废久矣。宣王更宜择都邑,建宫庙。史不著宣王所迁之邑,以《斯干》及申伯信迈、王饯于郿度之,盖宣王都汉右扶风之邑,南山之北、渭水之南,雍郿间也。太史公云:雍旁有吴阳武畤,雍东有好畤,晚周尝郊焉。事不诬也。故宣王石鼓出于陈仓。方周未东迁之时,而《都人士》之诗已作。'王在在镐',《鱼藻》诗人以伤今而思古焉。则未知其在郑欤?在废丘欤?抑宣、幽之世欤?刘子政说《斯干》之诗,以为上章言宫室之如制,意厉王以前宫室奢侈矣。宣王立都,改而从俭,故曰:'风雨攸除,鸟鼠攸去,君子攸芋。'言宫室取辟风雨鸟鼠而已，此君子所以为大也。承珙案，臣瓒注《汉书·地理志》云，周自穆王以下都于西郑。而右扶风槐里下，班固自注云：'周曰犬丘，懿王都之。'《索隐》引宋衷注《世本》云：'懿王自镐徙都之。'夫懿王为穆王之孙，若穆王已都西郑，又不应言懿王自镐矣。此皆矛盾不合，故颜师古谓穆王以下无都西郑之事。《诗谱·正义》云：'《鱼藻·序》，王居镐京。是幽王以上皆居镐也。'《世本》云：'懿王徙于犬丘。'《地理志》云：京兆槐里县，周曰犬丘。京兆郡，故长安县也。皇甫谧云：镐在长安南二十里。然则犬丘与镐相近，有离宫在焉，懿王暂居之，非迁都也。据此，宣王承厉王之乱，改建宫室事当有之，不必以迁都使然矣。"他肯定宣王以前穆王、懿王无迁都之事。所谓都于西郑、徙都犬丘，当是他们巡狩游观暂居之所。西郑在汉京兆尹，今陕西华县，也去镐京不远。穆王周游天下，东征必经此地。他又肯定宣王无迁都之事。这驳了姚鼐，即驳了《诗》今文家。安知这不是《诗》今文家用了"通经致用"的故技，造为《斯干》宣王俭宫室、迁都之说，以古讽今，古为今用？毛、郑不曾明言宣王俭宫室，这还是小事，无足深论。至迁都与否，却是历史上一件必书的大事。目前我们单靠纸上的史料还不足以解决这一问题，只好待到以后地下的史料发现去说了。

前人有疑这诗不是关于"宣王考室"之作者，诸家所说都不见得是。朱熹《集传》说："此筑室既成，而燕饮以落之，因歌其事。"朱子首先不承认这是宣王时诗。陈启源《稽古编》说："《斯干》之为宣王诗，见刘子政《昌陵疏》，非《小叙》一家之说也。而朱子终以为疑。'新宫'之名，见《仪礼》(《燕礼》)、《左传》(昭二十五年)郑、杜两注，及《诗》之《笺》、《疏》(见《由仪》叙下)，皆以为逸篇。而朱子引李氏(樗)之说，以为即《斯干》诗。于先儒所信则疑之，于先儒所阙则实之，意在立异而已。"这驳了《朱传》一说。方玉润《诗经原始》说："此诗若以为成王营洛时作(原注：朱郁仪、何元子之言)，则南山字无着落(姚氏际恒所驳)，即篇中亦必无兄弟聚处，及生男育女之祝。盖东都只为朝会诸侯而设，成王非躬居其室，何必祝其生男育女于是室哉？若以为武王诗

(事),(邹肇敏言)宣王时作;武王诗不应厕于宣王之内。"这驳《朱传》以后诸家说,对的。虽然他也承认这是宣王时诗,可是他又说:"《斯干》,公族考室也。""非为宣王作。"试问:诗说"朱芾斯皇,室家君王",难道这不是指王者说的,而是指公族说的吗?他还说:"当是时,中兴景运一新,天潢世胄以次还朝,各营新第。于是卜筑丰水,面对南山,择其林木佳处,聚族环处,以为世业常基者,夫岂无人?""《小序》不知,误为宣王考室,皆其读诗粗率处也。"他这些话却没有根据。想是他眼见同、光之际,清廷贵族官僚自庆中兴,有营新第;战后诸省又各有营造;以古例今,想当然耳!

无　　羊

谁谓尔无羊?三百维群。谁谓尔无牛?九十其犉。尔羊来思,其角濈濈。尔牛来思,其耳湿湿。

或降于阿,或饮于池,或寝或讹。尔牧来思,何蓑何笠,或负其糇。三十维物,尔牲则具。

尔牧来思,以薪以蒸,以雌以雄。尔羊来思,矜矜兢兢,不骞不崩。麾之以肱,毕来既升!

牧人乃梦:众维鱼矣!旐维旟矣!大人占之:众维鱼矣?实维丰年!旐维旟矣?室家溱溱!

【解题】

《无羊》,《诗序》说:"宣王考牧。"何谓考牧?这是不是关于宣王考牧之诗?《郑笺》说:"厉王之时,牧人之职废。宣王始兴而复之,至此而成,谓复先王牛羊之数。"《孔疏》说:"此美其新成,则往前尝废,故本厉王之时。今宣王始兴而复之,选牧官得人,牛羊蕃息,至此而牧事成功,故谓之考牧。又解成者,正谓复先王牛羊之数也。……王者牛羊之数,经典无文,亦应有其大数,今言考牧,故知复之也。《周礼》有牧人,下士六人,府一人,史二人,徒六十人。又有牛人、羊人、犬人、鸡人,唯无豕人。郑以为豕属司空,《冬官》亡,故不见。《夏官》又有牧师,主养马。此宣王所考,则应六畜皆备。此独言牧人者,《牧人》注云:'牧人养牲于野田者。'其职曰:'掌牧六牲,而阜蕃其物。'则六畜皆牧人主养。其余牛人、羊人之徒各掌其事,以供官之所须,则取于牧人,非放牧者也。《羊人》职曰:'若牧人无牲,则受布(布泉)于司马,买牲而供之。'是取于牧人之事也。唯马是国之大用,特立牧师、圉人,使别掌之。则盖拟驾用者属牧师,令生息者属牧人,故牧人有六牲。郑云:'六牲,谓牛、马、羊、豕、犬、鸡。'是牧人亦养马也。此诗主美放牧之事,经有'牧人乃梦',故唯言牧人也。牧人六畜皆牧,此诗唯言牛、羊者,经称'尔牲则具',主以祭祀为重,马则祭之所用者少,豕、犬、鸡则比牛、羊为卑,故特举牛、羊以为美也。"这里《笺》、《疏》既解释了所谓考牧,宣王为什么考牧,又解释了牧人的职掌,牲畜的种类,以及为什么诗上说牛羊。这对于我们从历史上的意义了解这诗就大有帮助了。胡承珙《后笺》说:"何氏《古义》云:《孔丛子》载孔子曰:'于《无羊》见善政之有应也。'按《列子》(《黄帝》篇)曰:周宣王之牧正有役人梁鸯者,能养野禽兽。委食于园庭之内,雌雄在前,孳尾成群。王令毛丘园传其术。梁鸯曰:'凡顺之则喜,逆之则怒,此有血气者之性也。今吾心无逆顺者也,则鸟兽之视吾犹其侪也。故游吾园者不思高林旷泽,寝吾庭者不愿深山幽谷,理使然也。'《列子》之书大都诙谐不足信。然彼生于周末,而以此事属之宣王,则当日宣王之留意牧事可知已。承珙案,《斯干》、《无羊》二诗与《定之方中》正相类。彼《序》云:文公徙居楚丘,始建城市而营宫室,得其时制,百姓说之,国家殷富焉。但《定之方中》一诗而首言营室,终言畜牧,此则分为二篇,《风》、《雅》体自别耳。然其为遭乱中兴之事则同。不属之宣王而谁属与?"他肯定这诗确是关于宣王考牧之诗。

这诗今古文家无争论。"三家无异义"。宋儒朱子好和汉儒立异,始别立一解。《朱传》说:"此诗言牧事有成,而牛羊众多也。"是谁牧事有成？他没说。大概他否认这诗为宣王而作，也否认它是宣王时候的作品。诗说牧人，当是《周礼》中的所谓牧人，不是社会底层的牧民。牧人是官，才设想他们做了梦可有"大人占之"，就是说，才有占梦的官替他们占梦。要是一般牧民，就未必能够这样占梦，也未必有这么大规模的放牧了。梦有"旐维旟矣"一事，牧人是官，才有可能用到旐旟属于仪仗一类的事物。一般牧民未必见到这类事物，即令见到也未必入梦。无疑的这诗说的是当时官家的畜牧事业。正和《斯干》一诗一样，诗里虽然没有明言是宣王时事，而都列在宣王诗末，《诗序》又都以为是说的宣王。没有反证，很难说它和宣王无关。只见汪梧凤《诗学女为》独以为这是诗人疾恶幽王之诗。他说："《无羊》，疑亦刺幽王诗。《左传》：随季良云，圣王先成民而后致力于神。故奉牲以告，曰博硕肥腯。谓民力之普存也，谓其畜之硕大蕃滋也，谓其不疾瘯蠡也，谓其备腯咸有也。于是民和而神降之福。幽王则二年增赋，五年作宫。民生凋敝而畜牧蕃盛，异于季良所云矣。故诗人疾而歌之。若曰：尔则无民矣，谁谓尔无羊也，谁谓尔无牛也。于是极写牛羊之各得其所，而继之以梦，且继之以占梦。所谓'实维丰年'、'室家溱溱'者，虚境幻想耳。民曾牛羊之不若矣，长歌之悲甚于痛哭者此也。旧说皮相，或恐未然。"他既疑《斯干》刺幽王嬖褒姒、宠伯服，又疑《无羊》亦刺幽王时民生凋敝而畜牧蕃盛。疑得有趣，恐亦未然。记得《孟子》说："庖有肥肉，厩有肥马；民有饥色，野有饿莩；此率兽食人也。"两个对立阶级的生活总是太相悬殊，不平已极。岂仅春秋战国时候才是如此？汪氏说这诗，可备一解。

这诗是《三百篇》里描写畜牧的一篇杰作。比《鲁颂·駉》篇写牧马之盛单说马的名目之多不同。清初神韵派诗人王士禛曾把这诗和《采薇》等诗篇作为最古最有神韵的例子，再三再四地称道。《渔洋诗话》说："《诗·国风》如《燕燕》、《蒹葭》、《豳风·东山》《七月》诸篇，述情赋景，如化工之肖物。即如《小雅·无羊》之'或降于阿，或饮于池，或寝或讹。尔牧来思，何蓑何笠，或负其餱'，'麾之以肱，毕来既升'，字字写生,恐史道硕、戴嵩画手擅场,未能如此极妍尽态也。"(《池北偶谈》略同)他极称赞此诗描写牛羊、描写牧人的生动、逼真。方玉润《诗经原始》说:"诗首章'谁谓'二字飘忽而来,是前此凋耗、今始蕃育口气。以下人物杂写,或牛羊并题,或牛羊浑言,或单咏羊不咏牛而牛自隐寓言外,总以牧人经纬其间,以见人物并处两相习,自不觉其两相忘耳。其体物入微处有画手所不能到,晋、唐田家诸诗何能梦见此境?末章忽出奇幻,尤为匪夷所思,不知是真是梦,真化工之笔也。其尤要者,'尔牲则具'一语为全诗主脑。盖祭祀燕飨及日用常馔所需,维其所取,无不具备,所以为盛,固不徒专为牺牲设也。然淡淡一笔点过,不更缠绕,是其高处。若低手为之,不知如何郑重以言,不累即腐。文章死活之分岂不微哉?"王士禛、方玉润论这诗艺术特点各有是处。《斯干》、《无羊》二诗以轻快之笔作祷颂之词,似是美宣王,不似刺幽王。

诗尾说:"众维鱼矣,实维丰年。"这话怎讲?马瑞辰《通释》说:"《笺》:牧人乃梦见人众相与捕鱼,又梦见旐与旟。瑞辰按《说文》:螺为蠡之或体。公羊桓五年《释文》引《说文》作罿。《玉篇》蠡古文作罿。《春秋》有蠡,公羊皆作螺。文二年雨螺于宋。何休《解诂》曰:'螺,犹众也。'此诗众,当为螺及罿之省借。螺,蝗也。蝗多为鱼子所化。鱼子旱荒则为蝗,丰年水大则为鱼,蝗亦或化为鱼。释玄应《一切经音义》引《毛诗虫鱼疏》云:'阜蠡,蝗也。今谓蝗子为蠡子,一名蚕,云是鱼子化。'《埤雅》云:'陂泽中鱼子落处,逢旱日暴,率变飞蝗;若雨水充濡,悉化为鱼。'是其证也。此诗牧人梦螺蝗化为鱼,故为丰年之兆。'众维鱼矣'与'旐维旟矣'二句相对成文。《尔雅》:'维,侯也。''侯,乃也。'此诗二维字皆当训乃。螺乃鱼矣,谓螺化鱼。旐乃旟矣,亦谓旐易以旟,盖旟本以继旐者也。《说文》:'旟,错革鸟于上,所以进士众。旟,众也。'旟有众义,故为室家溱溱之兆。《传》云:'阴阳和则鱼众多。'《笺》以为人众相与捕鱼,皆由不知众乃螺之省借耳。顷见卢氏抱经《钟山札记》引丁希曾曰:'众乃潨字之省。'其说与予略同。而王尚书驳之,以为'众维鱼矣,旐维旟矣',上维字训乃,下维字训与。然诗人句法相类者,大半同义,似不得谓二维字异训也。王又谓郊野载旐,百官载旟,旐化为旟之说不可通。然梦境幻化无常,固有不可以理测者。况旟有众义,固与'室家溱溱'义相贯乎?此以知王说之未为确也。"这释诗虽是,而说得不够正确。今按,蝗喜在湖滩或低湿之草地产卵越冬。如遇旱年,水位下降,低滩草地暴露,适合其卵繁殖。如遇夏秋多雨,湖沼河流水位上涨,则蝗卵淹没,不适孳生。又因阴雨多,则温度低,其卵孵化过迟,幼蝻生长慢而死亡率高,必致蝗害减少。我国南方多雨,不利于蝗虫生长、发育而繁殖,故少蝗害;北方气候干燥,所以蝗灾较多。古人察物不精,乃有蝗子化鱼之传说,诗人盖用此传说,而借众为蟓,故毛、郑不知。实则诗人时代化生的传说流行,但读《夏小正》、《月令》便知。丁希曾、马瑞辰解此诗句都不错,但不知古人何以有此传说哩。

诗三百解题卷十九

节南山之什　　毛诗小雅

节　南　山

节彼南山,维石岩岩。赫赫师尹,民具尔瞻。忧心如惔,不敢戏谈。国既卒斩,何用不监?

节彼南山,有实其猗。赫赫师尹,不平谓何?天方荐瘥,丧乱弘多。民言无嘉,憯莫惩嗟!

尹氏大师!维周之氐。秉国之均,四方是维,天子是毗,俾民不迷。不吊昊天!不宜空我师。

弗躬弗亲,庶民弗信。弗问弗仕,勿罔君子?式夷式已,无小人殆?琐琐姻亚,则无膴仕。

昊天不佣!降此鞠讻。昊天不惠!降此大戾。君子如届,俾民心阕。君子如夷,恶怒是违。

不吊昊天!乱靡有定。式月斯生,俾民不宁。忧心如酲,谁秉国成?不自为政,卒劳百姓!

驾彼四牡,四牡项领。我瞻四方,蹙蹙靡所骋!

方茂尔恶,相尔矛矣!既夷既怿,如相酬矣!

昊天不平!我王不宁。不惩其心,覆怨其正。

家父作诵,以究王讻。式讹尔心,以畜万邦!

【解题】

《节南山》,是大夫家父刺幽王任用师尹,听政不平之作。篇名又叫作《节》。昭二年《左传》:季武子赋《节》之卒章。《大戴礼记·卫将军文子篇》引"式夷式已"二句,卢辩注云:此《小雅·节》之四章。是也。这诗看来是刺师尹,《诗序》怎说是"刺幽王"？胡承珙《后笺》说："《序》者推其本。"陈奂《传疏》说："《序》谓刺王者,责重在王耳。"

师尹是谁？《毛传》说："师,太师,周之三公也。尹,尹氏,为太师。"王应麟《困学纪闻》说："尹氏不平,此幽王所以亡。《春秋》于平王之末书'尹氏卒',见权臣之继世也。于景王之后书'尹氏立王子朝',见权臣之危国也。《诗》之所刺,《春秋》之所讥。"按,《春秋》书尹氏卒,所以讥世卿。《公羊传》云："尹氏者何？天子之大夫也。其称尹氏何？贬。曷为贬？讥世卿。世卿非礼也。"何休注："世卿者,父死子继也。……氏者,起其世也。若曰世世尹氏也。"宣王时有贤臣尹吉甫。幽王时有师尹专政,平王时犹为卿。景王后又有尹氏擅立王子朝。师尹当是吉甫之裔,伯封之后。尹氏世卿,当吉甫时就已经成尹为氏了。

家父是谁？是不是幽王时人？《春秋》桓八年："天王使家父来聘。"《公羊传》何休注："家,采地。父,字也。天子中大夫氏采,故称字,不称伯仲也。"桓十五年："天王使家父来求车。"《孔疏》说："桓十五年上距幽王之卒七十五岁,此诗不知作之早晚。若幽王之初,则八十五年矣。韦昭以为平王时作。此诗（诗,本或误作言）不应（应,本或误作废）作在平、桓之世而上刺幽王。但古人以父为字,或累世同之。宋大夫有孔父者,其父正考父,其子木金父。此家氏或父子同字父,未必是一人也。""《春秋》时,赵氏世称孟,智氏世称伯。"他肯定这诗作在幽王之世。古人父子同字,求车的家父未必是作诗的家父。自宋儒不信《诗序》,乃有许多异说,或说此诗作在平、桓之世。如郑樵《诗辨妄》就说："家父乃桓王时人。"周孚《非诗辨妄》说："此欧阳子之弃说也。何足以晓学者？且鲁有两单伯,安知周无两家父乎？"这驳得是。姚际恒驳宋明诸儒也驳得很简劲。《诗经通论》说："《小序》谓家父刺幽王。以诗中南山证之,是终南山也。自欧阳氏执《春秋》家父在桓王之世,而《集传》亦疑之。季明德、伪《传》《说》、何元子遂皆以为桓王时,非也。《集传》云：'大抵《序》之时世皆不足信。'予谓《序》不足信,诗亦不足信乎？东迁以后曷为咏南山哉？"这驳了家父为桓王时人一说。范家相《诗沈》说:"朱子谓《序》之时世不足信,然《孔疏》谓父子同字往往有之。……《左传》文十一年有富父终甥,哀三年又有富父槐。吴子寿梦之后,又有太子寿梦。公子光之父名诸樊,光之子亦名诸樊是也。此家父亦是父子同字耳。"胡承珙说:"刘瑾以隐三年尹氏卒即诗之师尹,求车之家父与之同时。《稽古编》驳之当矣。《陆堂诗学》乃谓《孔疏》泥《序》说,以凡伯、仍叔为例。余谓伯爵可以通称,家父为字当有专属。《孔疏》又云:古人以父为字,或累世同之。因举孔父为例。然正考、木金,其名亦绝殊矣。韦昭定为平王时作,古人有先得我心者。张氏《诗贯》亦云:古人赐姓别族,虽以王父之字为氏,然曰某氏者为子孙之通称,曰某父者为本人之自称。则皇父、家父俱非前后两人矣。承珙案,二说皆非是。《左传》文十一年:鲁有富父终甥,哀三年又有富父槐。杜注:'槐,终甥之后。'此以某父为字,先后不嫌相同之明证也。"这驳了家父为平王时人一说。上举姚际恒、范家相、胡承珙三家都支持了《诗序》、《孔疏》以家父为幽王时人一说。魏源《诗古微》说:"《春秋》,郑有两子孔,晋有二士匄,卫、宋俱有公孙朝,郑、卫俱有公孙挥,乌知家父非同字之人?"他也以为家父是同字之人。并且郑重地说:"知予主《毛序》刺幽者非苟同,则其力辩《毛序》非刺幽者非苟异。"他自谓于《节南山》一诗主《毛序》刺幽不是苟同。以上所举诸家都以为家父是幽王时人,如果再没有人提出可靠的反证,那么,这诗作于幽王之世,可以说是无疑的了。

今文三家或以为这诗是刺卿大夫争田兴讼之诗。胡承珙说:"何氏《古义》曰:董仲舒云,周室之衰,其卿大夫缓于谊而急于利,亡推让之风而有争田之讼。故诗人疾而刺之曰:'节彼南山,维石岩岩。赫赫师尹,民具尔瞻。'〔尔好谊,则民乡仁而俗善。尔好利,则民好邪而俗败。〕(《汉书》董仲舒《对策》)今观篇中绝无一语及争田事。惟'天方荐瘥',《说文》作'荐眰',云'残蔵田也'。岂即争田说邪?然即如所言,义亦小矣。承珙案,五章'降此鞠讻'。《传》云:'讻,讼也。'《笺》以为'下此多讼之俗'。则董氏所谓无推让之风者,《毛诗》似亦有此义。但争田及荐瘥字异,则当出于三家耳。"又自注说:"高诱《淮南》注云:'讼闲田者,暴桓公、苏信公是也。'董仲舒所云,似即其事,则《何人斯》篇所言也。或其时卿士争讼,而尹氏为政有所偏私,故《节南山》刺之。然据此可见江都亦以《节南山》为幽王时诗矣。"王先谦《集疏》说:"案董以《节》为刺周大夫争田之诗,此齐说。师尹不善之事多端,而以争田兴讼好利至此,鄙孰甚焉?故举以为言也。"今按,诗说:"昊天不佣,降此鞠讻。"《毛传》说:"鞠,盈。讻,讼也。"《郑笺》说:"盈犹多也。昊天乎?师氏为政不均,乃下此多讼之俗。"并不见得是说的师尹争田兴讼。诗末说:"家父作诵,以究王讻。"陈奂说:"此章王讻与五章'昊天不佣,降此鞠讻',两讻字同义。凡民之争讼皆由于王之竞心也。"也不是说的师尹争田兴讼。何况讻当训凶,马瑞辰《通释》说得不错。董用《齐诗》所说争田之讼,想系出于古代传说,可是无从考见了。有人以为诗说"天方荐瘥",三家瘥作嵯,正是说的争田,不惜曲解。王先谦说:"《说文》:'瘥,愈也。'无疫义。三家瘥作嵯者,《说文》:'嵯,残薉田也(段注据《集韵》、《类篇》补薉字)。诗云:天方荐嵯。'本三家文。言天降凶荒,人民流散,田芜不治,故云天方荐嵯。与董说争田事无涉,义较毛作瘥为长。"他宗三家,却不曲解嵯字以附会争田事,还算有一点实事求是的精神。

正　月

正月繁霜,我心忧伤。民之讹言,亦孔之将。念我独兮,忧心京京! 哀我小心,癙忧以痒!

父母生我,胡俾我瘉? 不自我先,不自我后。好言自口,莠言自口。忧心愈愈,是以有侮!

忧心惸惸,念我无禄。民之无辜,并其臣仆。哀我人斯,于何从禄? 瞻乌爰止,于谁之屋?

瞻彼中林,侯薪侯蒸。民今方殆,视天梦梦。既克有定,靡人弗胜。有皇上帝!伊谁云憎?

谓山盖卑?为冈为陵。民之讹言,宁莫之惩?召彼故老,讯之占梦。具曰予圣,谁知乌之雌雄?

谓天盖高?不敢不局。谓地盖厚?不敢不蹐。维号斯言,有伦有脊。哀今之人!胡为虺蜴?

瞻彼阪田,有菀其特。天之扤我,如不我克。彼求我则,如不我得。执我仇仇,亦不我力!

心之忧矣,如或结之。今兹之正,胡然厉矣?燎之方扬,宁或灭之?赫赫宗周,褒姒灭之?

终其永怀,又窘阴雨。其车既载,乃弃尔辅。载输尔载:将伯助予!

无弃尔辅,员于尔辐。屡顾尔仆,不输尔载。终逾绝险:曾是不意?

鱼在于沼,亦匪克乐。潜虽伏矣,亦孔之炤。忧心惨惨,念国之为虐!

彼有旨酒,又有嘉殽。洽比其邻,昏姻孔云。念我独兮,忧心殷殷!

佌佌彼有屋,蔌蔌方谷。民今之无禄,天夭是椓。哿矣富人,哀此惸独!

【解题】

《正月》,《诗序》说:"大夫刺幽王也。"刺幽王何事?诗说:"赫赫宗周,褒姒灭之?"《毛传》说:"有褒国之女,幽王惑焉,而以为后,诗人知其必灭周也。"可知诗人重在刺幽王惑于褒姒,必致亡国而作。褒国在今陕西褒城县,县北木龙沟至马道驿间,有褒姒店、褒姒娘娘庙,传为褒姒出生地。陈奂《传疏》说:"褒姒灭周,莫详于史伯告郑桓公语。

《国语·郑语》云：'褒人褒姁有狱，而以为入于王，王遂置之，而嬖是女也，使至于为后而生伯服。'是褒女为后之事也。又云：'王欲杀太子以成伯服，必求之申。申人弗畀，必伐之。若伐申，而缯与西戎会以伐周，周不守矣。幽王八年，而桓公为司徒。九年而王室始骚，十一年而毙。'韦注云：'骚，谓适庶交争，乱虐滋甚。'是即灭周之事也。考《史记·周本纪》，言幽王三年，王之(往)后宫，见褒姒而爱之，生子伯服。是立后当在四五年间。六年，而遭日食之变，大夫作《十月之交》以刺之。至王欲放杀太子，而其傅作《小弁》之诗，自在九年中事。此《传》但云幽王惑于褒姒，立以为后，不及放杀太子。则此篇与《十月之交》篇先后同作，总在史伯告桓公八年之前。据《传》证《史》，可以得其岁次矣。然而嬖褒灭周其兆既成，贤者为之忧伤而作是诗，其即伯阳父流亚与？"这是据《毛传》证《史记》，以为这诗作在幽王六年前后，总在幽王八年之前，而且以为诗人就是伯阳父一流人物。似乎这诗作者及其年代问题只能如此解决了。

至于宋儒就有人以为这诗作在东迁之后，即非作在幽王未丧之前。《朱传》说："时宗周未灭，以褒姒淫妒谗谄而王惑之，知其必灭周也。或曰：此东迁后诗也，时宗周已灭矣。其言褒姒灭之，有监戒之意，而无忧惧之情。似亦道已然之事，而非虑其将然之词。今亦未能必其然否也。"所谓或者，不知是谁。不知如其惯例指王安石否。这一说遭到了清代许多学者的反驳。陈启源《稽古编》说："《集传》载或说，疑《正月》诗是东迁后作，以'赫赫宗周，褒姒威之'二语为据。……夫'赫赫宗周，褒姒威之'，何害为西周未亡时语耶？《国语》：幽王三年三川震。伯阳父料周之亡不过十年。又郑桓公为周司徒，谋逃死之所。史伯引㜶弧之谣、龙漦之谶，决周之必弊，其期不及三稔。然则周之必亡，而亡周之必为褒姒，当时有识之士固已明知之，且明言之矣。安在褒姒威周之语独不可著之于《诗》乎？况篇中所云'具曰予圣'及'旨酒'、'嘉肴'、'有屋'、'有谷'等语，显是荒君乱臣奢纵淫泆，燕雀处堂之态。若犬戎一乱，玉石俱焚，此辈已血化青磷，身膏白刃，尚得以富贵骄人哉？"姚际恒《诗经通论》说："《小序》谓大夫刺幽王，是。诗中明有褒姒。而《集传》犹疑之，以为东迁以后诗，谓时宗周已灭矣。不知此诗刺时也，非感旧也。若褒姒已往，镐京已亡，言之亦复何益？与前后文意皆不类矣。"汪梧凤《诗学女为》说："戴氏震曰：《节南山》、《正月》、《十月之交》、《雨无正》、《序》皆以为刺幽。据日食为幽六年，而其辞有似西周已亡者，盖犹祖伊之言天既讫我殷命，殷之即丧云尔。其说可以翌《序》而正诸说之误。"阮元《补笺》说："此诗作于幽王未丧之前，直曰'褒姒威之'者，豫决其必灭也。如幽王二年三川（泾、渭、洛）震，伯阳父言必有川竭山崩之事，是年果三川竭，岐山崩（原注：见《史记·周本纪》）。亦豫决之。"以上所举四家说，或驳宋儒，或申《诗序》，都说得是。

　　这诗今古文家无争论。王先谦《集疏》说："三家无异义。"倘有异义，当是说者推衍三家遗说而自下己意的什么。比如魏源《诗古微·诗序集义》虽用《毛序》，但他自己却给自己拖了一条尾巴。他说："怨申后之废，因代为申后之词。"又在《变小雅幽王诗发微上》说："《正月》之诗斥呼褒姒，不似臣下之词。且不上匡王阙，中忧师旅，下陈民瘼，而惟缱身家之况瘁，讵刺王室之体裁？泣匪微子，悲近妇人，疑刺幽王申后之废，因代为申后之词。故首末皆言'念我独兮，忧心京殷'，犹《白华》篇'之子之远，俾我独兮'也。次章'父母生我，胡俾我愈'，犹庄姜诗'父兮母兮，畜我不卒'也。三、四、五章言己无辜之身废黜绝禄，并媵臣仆从斥逐无栖。中林侯为薪蒸，犹贵后之忽贱也；卑阜俄成冈陵，犹贱孽之骤贵也。不惩屦弧之讹言，覆来贡谀之占梦。国有人乎？良可唏矣！六、七章言被谮之后，俯仰皆尤，容身无地。维彼好莠之口，实同虺蜴之情。方其入宫之初，屈体求我，惟恐不当我意。岂图宠逼之后，不德反仇，曾不念我前日之力耶？八章至十一章显斥褒姒，明为故后斥僭嬖之词。燎之方扬，喻祸水之灭火；屦弧箕服，卜宗周之必亡（原注：幽王三年山川震，伯阳父料周之亡不过十年。史伯语郑桓公，引屦弧之谣，决周之弊不及三稔。是周之必亡，而亡周之必为褒姒,人人知之,何待东迁之后耶)。然夫妇谊同辅车,太子国之陪贰,今逐妻放子,危谁持,颠谁扶? 鱼在于沼,亦靡克乐。虽见弃归申,而忧心惨惨,何日忘国之阽危矣! 末二章则宴尔新昏,不思旧好。彼之屋谷酒肴何其乐! 此之悻独瘨痒何其瘆! 明皆燕雀处堂之日,膏粱醉梦之情。若乃骊烽举,故宫黍。明眸皓齿污游魂,贵戚权寮归焦土。尚何昏姻之洽比? 尚何富人之独骘? 以此决之,《正月》之为幽王诗必矣。"他疑这诗是刺幽王废申后,诗人代为申后之词,虽说新颖可喜,却还是一个无从证实的问题。何况他在诗的字句训释上也还多要商量。不过这诗和《节南山》诗同样是反映某一政治事件的诗,关于统治阶级内部矛盾的诗,表现极大政治苦闷的诗。而《节南山》诗人却还有替人民说话的地方,《正月》诗人就好像不曾感觉到他周围人民受了虐政痛苦的呻吟,只是为着他个人的祸福利害打算,奏出了悲愤绝望的调子,要说他是"怨申后之废,因代为申后之词",也还像说得过去。至于魏说这诗必是幽王时候的作品,不是作在东迁以后,算由他又一次作出证明,已经成为定论了。

十 月 之 交

十月之交,朔月辛卯。日有食之,亦孔之丑! 彼月而微,此日而微? 今此下民,亦孔之哀!

日月告凶,不用其行;四国无政,不用其良。彼月而食,则维其常。此日而食,于何不臧!

烨烨震电,不宁不令。百川沸腾,山冢崒崩。高岸为谷,深谷为陵。哀今之人,胡憯莫惩?

皇父卿士,番维司徒。家伯维宰,仲允膳夫。聚子内史,蹶维趣马。楀维师氏,艳妻煽方处!

抑此皇父! 岂曰不时? 胡为我作,不即我谋? 彻我墙屋,田卒污莱。曰予不戕,礼则然矣!

皇父孔圣!作都于向。择三有事,亶侯多藏!不慭遗一老,俾守我王。择有车马,以居徂向。

黾勉从事,不敢告劳。无罪无辜,谗口嚣嚣。下民之孽,匪降自天。噂沓背憎,职竞由人!

悠悠我里,亦孔之痗。四方有羡,我独居忧。民莫不逸,我独不敢休。天命不彻,我不敢效我友自逸!

【解题】

《十月之交》,《诗序》说:"大夫刺幽王。"刺幽王何事?按,刺幽王宠艳妻,用小人,致有灾异,诗中已自己表明。可是《郑笺》说:"当为刺厉王。作《诂训传》时移其篇第,因改之耳。《节》刺师尹不平,乱靡有定;此篇讥皇父擅恣,日月告凶。《正月》恶褒姒灭周;此篇疾艳妻煽方处。又幽王时,司徒乃郑桓公友,非此篇之所云番也。是以知然。"从此这诗有了刺幽、刺厉的问题,引起了后儒的许多争论。《孔疏》说:"王肃、皇甫谧以为四篇正刺幽王,孙毓疑而不能决,其评曰:毛公大儒明于诂训篇义,诚自刺厉王,无缘横移其第,改为幽王。郑君之言亦不虚耳。是以惑疑,无以断焉。"毛说刺幽,郑说刺厉,究竟哪一说对呢?

在这诗刺幽、刺厉的争论中,我以为宋儒范处义《补传》说得比较恰当,清儒阮元《补笺》说得最为精确,这已经得到了现代天文学家的证实。范处义说:"郑氏谓《十月之交》、《雨无正》、《小旻》、《小宛》皆厉王之诗,毛公作《传》迁其第,因改之耳。其说曰:师尹、皇父不得并政,褒姒、艳妻不得偕宠,番与郑桓不得同位。先儒非之,谓使师尹皇父、番与郑桓先后其事,褒姒以色居位谓之艳妻,其谁曰不可?又谓《韩诗》之次与毛氏合。案,幽王八年以郑桓为司徒,安知前无番为此官?则四诗非厉王诗明矣。窃尝考之经,犹有五说证郑氏之妄。十月辛卯,日有食之。验之唐历在幽王六年。一也。百川沸腾,山冢崒崩。

稽之《史记》,幽王二年三山皆震。二也。《雨无正》言周宗既灭,即指'赫赫宗周,褒姒威之'之事,明非厉王。三也。《小旻》言谋夫孔多,发言盈廷,谓七子之徒。厉王监谤益严,国人莫敢言,道路以目,安有孔多盈廷之刺?四也。《小宛》言'念昔先人','有怀二人'。先人谓宣王,二人谓文、武。若厉王之先人乃夷王,安能怀文、武之事?五也。"阮元《揅经室集·诗十月之交四篇属幽王说》一文,道:"谓《十月之交》四篇属厉王时诗者,《鲁诗》申培公及《中候·擿雒戒》、郑司农《诗笺》之说也。谓属幽王时诗者,子夏《诗序》、大毛公《诗传》之说也。两汉《毛诗》晚出,其说甚孤。公卿大儒多从鲁说。""诗言'十月之交,朔月辛卯,日有食之'。交食至梁、隋而渐密,至元而愈精。梁虞𠠎,隋张胄元,唐傅仁均、一行,元郭守敬,并推定此日食在周幽王六年,十月建酉,辛卯朔,日入食限,载在史志。今以雍正癸卯上推之,幽王六年十月辛卯朔正入食限。"又说:"案《大衍术·日蚀议》曰:《小雅·十月之交》,虞𠠎以术推之,在幽王六年。《开元术》定交分四万三千四百二十九入蚀限。《授时术议》云:幽王六年十月辛卯朔,泛交十四日五千七百九分入食限。盖自来推步家未有不与《纬》说异者。本朝《时宪书》密合天行,为往古所无。今遵《后编法》,推幽王六年十月朔正得入交。从《鲁诗》说谓厉王时事者,断难执以争矣。"这样说来,《毛诗》说《十月之交》像幽王时诗,就有了古科学上的根据。这是他综合从梁到清天文历算的学者包括他自己在内推步所得的结果而说的。

现代天文学家陈遵妫说:"就日食的纪事来说,我国有世界上最早和最多的日食记录。过去中外学者都公认为《古文尚书》里面所载的《胤征》故事是世界上最古的日食纪事。这个日食是发生在夏朝仲康年代,发生的日期还没有得到一致的结论,一般认为发生在公元前二千多年。由于《古文尚书》是伪作,而它里面所载的《胤征》故事是否真实也有可疑,根据其中所载文字的解释也还有讨论的余地,因而我们不应该太强调这个不可靠的日食为世界上最早的日食纪事。还有《诗经·小雅》所载的'十月之交,朔月辛卯,日有食之',是指公元前七七六年九月六日的日食,虽较巴比伦最早的日食纪事早了十三年,但在中国这样有悠久历史的文化古国来讲,自然不能认为最早。我们从目前真正可靠的古代文物的甲骨卜辞也可以找到日食纪事。其中有一片卜辞刻着'乙卯允明瞿,三舀食日,大星'。这显然明确地说明了天亮后发生日全食的现象,三舀是指日全食时候所看见的火焰,也是所谓日珥,同时还看到大星。目前虽然还没有确定它所发生的正确日期,但发生在公元前十三十四纪是毫无庸疑的。这才是世界上最古而可靠的日食和日珥的纪事。"(一九五五年《光明日报·科学》四十四期,《从十二月十四日日环食谈起》)依据他这一说,那么,可以说《十月之交》一诗所记日食,就是我们的祖先遗留下来的世界上最古最可靠而有绝对年代和正确日期可考的一次日食纪事,真是值得我们引为骄傲的,而且这一诗篇也是值得我们珍视的。从此可以确定《十月之交》一诗是作于周幽王六年,即公元前七七六年。这诗自是刺幽王之作,已经毫无疑问了。总之,我国古代有可靠的天象记录确在各国之先,不但年代最早而且也最详尽。即以日食而论,纵使殷墟甲骨文日食和《书经·胤征》日食因为年代尚难确定,《十月之交》一诗所记日食是可以确定了的。中国科学院副院长竺可桢说:"《春秋》一书二百四十二年中纪有三十六个日蚀,其中有三十二个已证明是可靠的。最早的是鲁隐公三年二月朔的日蚀,即在公历纪元前七百二十年二月二十二号。比西方最早可靠的记录,即希腊人泰耳所记的日蚀要早到一百三十五年。其余天象记录,如哈雷彗星的记载开始于秦始皇七年(公历纪元前二百四十年),日中黑斑的记录开始于汉成帝河平元年(公历纪元前二十八年),统要比西洋同样记录早到一千四五百年之多。"(《中国古代在天文学上的伟大贡献》)

诗说"日月告凶"云云,这有什么含义呢? 一是说,这次日食之外,还曾有过一次月食。二是说,当时人以为日月食是上天儆告人们的一种灾异。按,林兆丰《隶经剩义·彼月而食解》一文说:"匪特幽王六年十月朔食入交限,即前一月望食亦入交限。'此日而食'指十月朔食言,'彼月而食'又即指前一月望食言。"他也是据阮元依《时宪术》推知,当同样正确可靠。日月告凶,是当时一件大事。这是从原始社会由于生产力的低下,劳动的没有充分发展,人民的无知和软弱无力,产生了宗教。逐渐进到自然崇拜,具有最大的生产意义的自然因素和自然力,如天地日月雷电风雨水火之类都得到了崇拜的性质。到了有阶级对立的社会,有了酋长元首乃至天子之类的人物,发挥了统治权力和宗教权力,把伟大的自然力更加神幻化了。他们就自认是天神的儿子,或者就是天上的太阳,连他们的重要臣仆也认为是天神的从属。我想这就是上古时代把日看作君、把月看作臣这种歪曲的概念的由来,而以为日月告凶就是君臣失政在天上的神幻的反映。《孔疏》说:"日月之食,于算可推而知。则是虽数自当然,而云为异者,人君者位贵居尊,恐其志移心易,圣人假之灵神,作为鉴戒耳。夫以昭昭大明,照临下土,忽尔歼亡,俾昼作夜,其为怪异,莫斯之甚。故有伐鼓用币之仪,贬膳去乐之数,皆所以重天变、警人君者也。而天道深远,有时而验,或亦人之祸衅偶与相逢。故圣人得因其变常假为劝戒。使智达之士识先圣之深情,中下之主信妖祥以自惧。但神道可以助教而不可以为教,神之则惑众,去之则害宜。故其言若有若无,其事若信若不信,期于大通而已矣。经典之文不明言咎恶,而《公》家董仲舒、何休及刘歆等以为发无不应,是知言征祥之义,未悟劝沮之方,杜预论之当矣。"我们从孔颖达这段话里可见他的思想见解比较自汉公羊家董仲舒、何休以及刘歆等以来迷信谶纬、迷信灾异、迷信天人感应之说的一流学者,大为进步。即他已不迷信从原始氏族社会到前期封建社会、从"人神杂糅"到"天人感应"的宗教思想。这是由于从汉到唐,生产力的提高,生产知识技术的提高,劳动人民对于自然因素和自然力的了解、利用、改造有了相当大的进步的缘故。同时也是由于魏黄初以后始课日食疏密,从魏晋到隋唐天文科学有了相当大的进步,"日月之食于算可推而知"的缘故。他就只相信所谓"神道设教"之说,而且补正地说:"但神道可以助教而不可以为教。"从而深斥董仲舒、何休、刘歆之流迷信灾异,"以为发无不应,是知言征祥之义,未悟劝沮之方"。倘再进一步拆穿来说,则所谓"神道设教"只是统治阶级欺骗人民、麻醉人民的一种把戏。在目前科学日益昌明的现代,高山要它低头,洪水要它让路,劳动人民对凭自己的力量改造世界、改造自然有了无比的坚强信心。所以遇到了日食月食,再也听不见像在旧社会一样敲锣放炮,呼救"天狗食日"、"天狗食月"了。

皇父是什么样的一种人物?《郑笺》说:"皇父、家伯、仲允皆字(《人表考》:皇氏,父字。《世本云》:姜姓)。番、聚、蹶、楀,皆氏。厉王淫于色,七子皆用,后嬖宠方炽之时并处位,言妻党盛、女谒行之甚也。"可知当时妻党盛,女谒行,七子都是走内线的裙带官儿,皇父是他们的魁首,和诗语正合。不过郑君把幽王说成厉王,这就错了。《汉书·古今人表》以皇父卿士、司徒皮、大宰家伯、膳夫中术、内史掫子、趣马㮷、师氏萬并列下下,在幽王、褒姒之后,当是出于《齐诗》,和《毛诗》也正合。顾炎武《日知录》说:"王室方骚,人心危惧。皇父以柄国之大臣而营邑于向,于是三有事之多藏者随之而去矣,庶民之有车马者随之而去矣。盖亦知西戎之已逼,而王室之将倾也。以郑桓公之贤,且寄帑于虢、邻,则其时之国势可知。然不顾君臣之义而先去,以为民望,则皇父实为之首。昔晋之王衍见中原已乱,乃说东海王越,以弟澄为荆州,弟敦为青州。谓之曰:'荆州有江汉之固,青州有负海之险,卿二人在外而吾留此,足以为三窟矣。'鄙夫之心亦千载而符合者乎!"我想顾亭林的话,因他自己含有关于亡国的隐痛,可以说是有为而发。阮元《补笺》说:"皇父乃南仲之孙,周宣王时卿士,命征淮徐者,故《常武》曰:'王命卿士,南仲大祖,大师皇父。'幽王不用之,任尹氏为太师,太师尸位。虢石父为卿,巧谀好利。用是废申后,去太子宜臼。故诗人颂皇父之圣,复怨其安于退居也。"他以为幽王时的皇父卿士就是宣王时的太师皇父,先朝老臣,此时退居于向。他推步此诗日食年代精确无疑,上文已经说过。其余《补笺》所说就多不精确。如说先后皇父是一人还可(《困学纪闻》:宣王太师皇父之后为皇父卿士。《世本古义》据《竹书》载宣王二年锡太师皇父命。又载幽王元年锡太师尹氏皇父命。系尹氏于皇父之上,所以别于宣王时之皇父耳。按,此皆以先后皇父为两人。又《诗氏族考》:《十月之交》皇父擅恣,若为厉王则在先,幽王则在后,皆相接连,与皇父得为一人),若说皇父是南仲之孙,就不知道宣王时也有南仲,说见我的《出车》解题,下解《常武》一诗还将再说。他又说:"皇父明是贤臣,而自汉以来皆视为奸佞之首,徒以此诗与艳妻同举故耳。其实此章不过胪举朝臣,末言'艳妻煽方处'自是贬词。……诗若曰:虽此老臣贤臣之多,其如褒姒煽方处何也!但诸臣退居私邑,保有室家,坐视王室之毁,无箕子、比干之节,不能免诗人怨刺耳。……自《鲁诗》误以七人为女谒权党,汉儒靡然从之。《汉书·人表》至列入下下,沉冤经史中数千载矣,不可不力辨之。"阮元想为皇父七子翻案,看来虽似新颖可喜,但我总疑"阮宫保"作《补笺》的时候,他自己也是退居的老臣,不免借他人的酒杯浇自己的块垒。不然的话,依他的解说,诗里就有许多解不通的地方,不必列举七事八事,但举一事就知道它的不对。比如诗四章明说皇父要往向邑筑城,自以为是地强迫命令向邑的劳动人民无偿地替他服役,又无偿地撤除民房,田地都荒废了也不管。还说我不是损害他们,按礼,即按制度就是这样的呀。当时束缚在土地上的人民,不如说是奴隶或农奴,他们无法逃避,只是说出了怨言。阮元却曲解道:"《补笺》:不时,不信也。……诗人言国事可为之时也。""何为我作而谋王,彼不来就我同谋。""言己独居勤王,墙屋皆彻,田亦不治。友朋谓予自谋不善,不知事王之礼当然。《笺》以为皇父毁彻民之墙屋,不得趋农,邑人怨辞,非也。"《郑笺》本来不错,他反以为错。依他这样说可说得通吗?

诗说"艳妻"是指谁呢?《毛传》说:"艳妻,褒姒。美色曰艳。"可是《鲁诗》艳作阎,见《汉书·谷永传》、《外戚·班倢伃传》。《齐诗》艳作剡,见《中候·擿雒戒》。盖三家《诗》以褒阎或褒剡为两人。《齐诗》更以两人分属幽、厉,并把此诗分属厉王。王先谦《集疏》说:"案,阎、剡音随字变,齐、鲁不同,学者各据所闻为说,其非褒姒甚明。幽王之好内嬖必不止一褒姒,诗人随时纪实,亦犹汉成初年许班之贵,举其宠盛而已。幽王十一年,戎灭西周。其得褒姒,《史记》在三年。此诗作于六年,当时申后之眷已衰,而褒姒之嬖未甚。三夫人之内必更有剡姓擅宠者。天子八十一御,妻则在妃嫔之末,皆得名妻,不必如《笺》'敌夫'之说也。至八年,而郑桓公友代为司徒,可知剡氏已替,姒氏益张,遂有夺后之事。说诗者先褒后剡,正以褒为后耳。"他虽然也以为褒、剡是两人,但认为她们都是幽王内嬖,而不分属幽、厉,仍用三家说而又稍有不同了。其说似可通。只是《人表》有褒姒,无剡妻,学者大都只认褒姒艳妻为一人了。

雨 无 正

浩浩昊天!不骏其德?降丧饥馑,斩伐四国。昊天疾威,弗虑弗图?舍彼有罪,既伏其辜。若此无罪,沦胥以铺。

周宗既灭,靡所止戾?正大夫离居,莫知我勚?三事大夫!莫肯夙夜。邦君诸侯!莫肯朝夕。庶曰式臧,覆出为恶!

如何昊天!辟言不信?如彼行迈,则靡所臻?凡百君子!各敬尔身。胡不相畏,不畏于天?

戎成不退?饥成不遂?曾我暬御,憯憯日瘁?凡百君子!莫肯用讯。听言则答,谮言则退。

哀哉不能言!匪舌是出,维躬是瘁。哿矣能言!巧言如流,俾躬处休。

维曰于仕?孔棘且殆!云不可使,得罪于天子。亦云可使,怨及朋友。

谓尔迁于王都,曰予未有室家。鼠思泣血,无言不疾。

昔尔出居，谁从作尔室？

【解题】

《雨无正》，是侍御近臣刺幽王昏暴，尤其是刺同僚诸臣营私误国的诗。诗说："曾我暬御，憯憯日瘁！"可知作者是谁。胡承珙《后笺》说："此诗自是暬御之臣所作，而《序》云大夫刺幽王，则暬御未必是小臣之称。《楚语》：'居寝则有亵御之箴。'韦注：'亵，近也（原注：亵与暬同）。'《崧高》：'王命傅御。'《传》云：'御，治事之官也。'然则此暬御当是近臣之治事者。《说文》暬字虽训曰狎习相嫚，然第言暬字本义耳。毛以侍御训暬御，则当为左右亲近之臣。故章末《传》云：'遭乱世，义不得去。'则其非小臣可知。后世侍中、常侍，何尝非尊官乎？《笺》泥于暬字之解以为左右小臣，恐非毛旨。"胡承珙申毛驳郑，以为此诗是侍御近臣所作，也就是《诗序》说的大夫所作、阮元《补笺》说的暬御大夫所作了。

诗说"正大夫离居"，当是指上篇"皇父卿士""以居徂向"的事。又说"戎成不退"，当是指西戎侵周的事。据此可知这是刺幽王的诗。《郑笺》说"亦当为刺厉王"，《朱传》引或说"疑此亦东迁后诗"。这两说对不对呢？陈启源《稽古编》说："朱子因周宗既灭一语疑《雨无正》为东迁后诗，刘瑾又附和之，谓'正大夫离居'及'尔迁于王都'之语，似是东迁之际，群臣惧祸离居，不随王迁。若使幽王尚在，不应言'周宗既灭'；去而挽之，当曰还，曰归，不应言'迁于王都'。以证此诗是东迁后作。似矣，而实非也。太康虽失位，夏未亡也，而五子曰'乃底灭亡'。纣虽无道，殷未亡也，而祖伊则曰'既讫殷命'。古虽昏暴之朝，其讳言亦不若后代之甚。即如伯阳父、史伯论周之亡，皆直言无隐，此亦幽王之时也。何尝以不祥语而不出诸口乎？况周宗者，以周室为天下所宗也。幽王昏乱，诸侯不朝，天下无复有宗周者，谓之既灭亦宜。至王肃述毛，以为先王之法有可宗之道，幽王弃之，故曰既灭，取义亦优。是既灭语不必待东迁后方可言也。又离居、出居，正与《十月》末章'我友自逸'意相合。大抵幽王时,见几之士多有去国远害者。郑桓公,王室懿亲,官居司徒,尚寄孥虢、郐,为逃死之计,其疏属而在下者可知也。去而复来,固当曰还曰归,而言迁,亦无不可,因一字而疑之,不几以文害乎?至谓东迁之际,群臣惧祸,不随王迁,此尤必无之事。西京宫室为禾黍矣,犬戎复出没其间,群臣不归东都,将安归乎?群臣非王戚即世族也,从王有祸,从犬戎反无祸乎?《左传》襄十一年,周伯舆之大夫瑕禽曰:'昔平王东迁,吾七姓从王。'则从迁者亦不少矣。又曰:'若筚门圭窦,其能来东厎乎?'则当日人情但有欲从王而力不能达者,必无能从而不欲者也。晋、宋之南迁也,中朝旧臣类皆跋涉千里,求故主而事之,古今人情岂甚相远乎?又篇中语有断不可通于东迁后者,首章之'若此无罪,沦胥以铺';次章之'庶曰式臧,覆出为恶'是也。平虽庸暗之君,不至若幽之无道。况立国之初,人心未固,何敢淫刑以逞,且肆行恶政哉?"胡承珙说:"宋儒有疑为东迁后诗者,毛西河以迁为迁易无还归之义,遂以'王都'为洛。夫使迁为迁洛,则其初本在西都,并非自洛而往,何以云'昔尔出居'乎?盖迁者移徙之名,其先自王都而出,固可谓之迁,即其自他处而还,亦可谓之迁。《曲礼》:'坐而迁屦。'注云:'迁或为还。'是迁与还字亦通也。上篇末章:'我不敢效我友自逸。'《传》云:'亲属之臣心不能已。'此篇末章《传》云:'思其友而不可反。'可见二篇实一时之事。此不肯迁于王都之贤者,即上篇之我友,亦即此篇之朋友也。幽王之时,乱形孔亟,群臣离散,郑桓公尚寄孥虢、郐为逃死之计。其不去者,必实有义不得去之故。此等《传》义,毛公当有师承,断非望文衍说也。"他们都以为此诗必作于幽王之世,驳了从宋儒以来此东迁以后诗一说。《郑笺》厉王诗一说不用驳了。魏源《诗古微》说:《雨无正》次章"周宗既灭"云云,"则一似亡国之后者。谓'尔迁于王都',则一似东迁之词者。庸讵知西周未亡之前,镐京已先失,幽王已东徙乎?考《传》、《笺》,宗周皆指镐京,而骊山在镐东将二百里。苟其时镐京未失,幽王何故烽于骊下?何故败于戏上?明为辟逼渐徙而东,故都先为戎有。《春秋》:'破都邑,杀民人,曰灭。'诗正作于其时。羁栖下邑,众叛亲离,不监前车,再败涂地。后此幽王诸雅,其皆东西周之交乎?"又说:"《雨无正》之为西都诗又必矣。"魏源也以为此诗必作在幽王之世。但是他以为当时镐京已先破,幽王已东徙,这还有待于证实。方玉润《诗经原始》说:"此诗不惟非东迁后诗,且西京未破之作。故望诸臣迁归王都。若西京已破,王室东迁,则勤王又自有人,岂待蓺御相招?且其立言,别是一番建功立业气象,断不作鼠思泣血等语。"他论这诗只这几句有力。依他说,这是幽王时诗,不但不是东迁后诗,而且是西京未破之作。最后一点就像是驳魏源一说了。

这诗篇名古怪,为什么叫做《雨无正》呢?《诗序》说:"雨自上下者也,众多如雨,而非所以为政。"《郑笺》说:"王之所下教令甚多而无正也。"这一解释对不对呢?陈启源说:"诗篇以意取名者,《雨无正》、《巷伯》、《常武》、《酌》、《赉》、《般》,凡六,而《雨无正》之名尤难解。《叙》云:'《雨无正》,刺幽王也。雨自上下者也,众多如雨,而非所以为政也。'《笺》、《疏》发明其意,以为王之教令甚多而事皆苛虐,非所以为政之道,意始晓然。《叙》语简质,词旨艰深,古文类多有此。朱子讥其尤无义理,不已过乎?又永叔谓此诗七章无众多非政之义,与《叙》绝异,所当阙疑。源谓叙此诗者,解命题之意,原作诗之由,如是而已。所云众多非政,乃谓诗由此而作,非必诗中语悉不离乎此也。首章言刑罚不当,盖亦无政之义。下遂及人心之离,忠言之蔽,仕进之危,又极其敝而言之,何尝非众多无政意乎?且使《叙》果出汉儒手,何难依傍经文为明白易晓之语,而故艰晦其词,开后世以疑端乎?观此《叙》,愈信其来之古。"他以为《诗序》、《郑笺》说的对,驳了宋儒欧公、朱子疑《序》一说。胡承珙说:"《集传》引刘元城云:'尝读《韩诗》有《雨无极》篇,序云《雨无极》,正大夫刺幽王也。'范氏《补传》曰:'凡诗之命名皆摘取诗中之语,独《雨无正》、《巷伯》、《常武》、《酌》、《赉》、《般》六篇特出。诗人之意,非有《序》以发之,虽孔子亦不能知其为何诗也。然则《诗》之有《序》,庸可少哉?说者多取《韩诗》为证,谓名《雨无极》,正大夫刺幽王也。篇首多雨无其极,伤我稼穑八字。窃意《韩诗》世罕有其书,或出好事者之附会。是诗七章,前二章今皆十句,加以二句已不可信。正大夫乃诗中之语,故欲以正大夫刺幽王合之。据今《序》之文以求诗人之言,亦可见非所以为政之意。且与前篇弗躬弗亲、不自为政之语相应,不必立异也。'承珙案,《吕记》引董氏曰:'《韩诗》作《雨无政》,正大夫刺幽王也。《章句》曰:无,众也。《书》曰:庶草繁芜。《说文》曰:芜,丰也。则雨众多者,其为政令不得一也。故为正大夫之刺。'刘、董俱称《韩诗》,而所见殊异。刘氏谓篇首多二句,朱子亦以章句参差,疑其不合。若董氏并见《薛君章句》,读无为芜,似非尽妄。雨芜政者,盖谓政乱如雨之芜。薛君以众训无,则韩义与《毛序》略近。惟谓正大夫之刺,则篇中明有'正大夫离居,莫知我勚'之语,对彼言我,其不作于正大夫明矣。至欧阳《本义》谓'诗人篇名往往无义例,其或有命名者则必述诗之意,如《巷伯》、《常武》之类是也。今《雨无正》之名据《序》所言,与诗绝异'。承珙谓《苏传》、《严缉》及刘克《诗说》,皆于《诗》词求所以命篇之意。其实《诗》篇名有但原作诗之由而诗中并无其语者。即如《周颂·酌》谓'酌先祖之道';《赉》,谓'锡予善人'。求之诗中词旨,实渺不相涉。可见古诗自有此例,不得执篇名以疑《诗序》也。"他还自下夹注,赞同陈启源一说,相信《诗序》,驳了宋儒疑《序》诸说;也怀疑所谓《韩诗·雨无极》或《雨无政》一说。此外陈乔枞《齐诗遗说考》以为《齐诗》此篇名为《昊天》。他说:"《易林·乾之临》:'《南山》、《昊天》,刺政闵身。'《蒙之革》、《谦之复》、《恒之艮》同。案,此诗篇名《毛叙》作《雨无正》,《韩诗》亦与毛同。今据《易林》说,则知齐家即以《昊天》为篇名,取首句'浩浩昊天'之语也。……焦氏以《南山》、《昊天》二诗对举,《南山》即指节彼南山之诗。下句'刺政闵身',刺政承《南山》而言,谓'赫赫师尹,不平谓何'也;'闵身'承《昊天》而言,谓'若此无罪,薰胥以铺'也。"王先谦《集疏》说:"刘、董之说未足据信。……陈说甚新。但《节南山》篇名三家作《节》,毛作《节南山》,无以南山名篇者。焦氏以南山、昊天相对,究系文言以为篇名,窃所未安,姑从盖阙。三家《诗》义当与《笺》同。"他怀疑所谓《韩》、《齐》篇名都不可靠,应该阙疑,可以说他谨严。但是如他骂信三家义同于《郑笺》"此诗刺厉王",又可以说他固执了。

小　旻

　　旻天疾威！敷于下土。谋犹回遹,何日斯沮？谋臧不从,不臧覆用。我视谋犹,亦孔之邛。

　　潝潝訿訿,亦孔之哀！谋之其臧,则具是违。谋之不臧,则具是依。我视谋犹,伊于胡底？

　　我龟既厌,不我告犹。谋夫孔多,是用不集。发言盈庭,谁敢执其咎？如匪行迈谋,是用不得于道。

　　哀哉为犹！匪先民是程,匪大犹是经。维迩言是听,维迩言是争。如彼筑室于道谋,是用不溃于成！

　　国虽靡止,或圣或否。民虽靡膴,或哲或谋,或肃或艾。如彼泉流,无沦胥以败！

　　不敢暴虎,不敢冯河。人知其一,莫知其他。战战兢兢,如临深渊,如履薄冰！

【解题】

　　《小旻》,《诗序》说:"大夫刺幽王。"刺幽王何事？按《毛传》、《郑笺》意,是"刺王谋为政之道"未善。《朱传》说:"大夫以王惑于邪谋,不能断以从善,而作此诗。"他们所说大致不错。用现代语来说,这是刺王不能好好掌握政策的诗。诗说"谋犹回遹",换言之,就是政策邪僻,或说政策不正确。这是一篇的主脑。此外还用"谋犹"一词两次,单用"谋"字七次,单用"犹"字三次。这是贯通各章的脉络。所谓"谋犹"或"犹",好像如今说的政策、策略,乃至政治纲领、路线、方针、计划之类。《毛传》、《郑笺》都说:"犹,道也。"《笺》于"谋犹回遹"句说:"今王谋为政之道回辟。"又于"不我告犹"句说:"犹,图也。……不复告其所图之吉凶。"再按,犹、猷古通用。《方言》:"猷,诈也。"《广雅》:"犹,欺也。"可知所谓"谋犹"或"犹"还该含有欺诈或阴谋诡计的意义。如今所谓政策就是政治策略的省语。今言策略,古言"谋犹"或"犹",正是同义语。好好掌握政策,谈何容易? 政策不决定不对,决定而不正确不对,正确而不执行不对,执行而不负责贯彻不对。细读这诗,此理自明。作者自是一个有政治头脑的诗人。诗以谴责有政策而邪僻滋弊发端,以警告无政策而危险可怕作结,中间四章痛陈不能好好掌握政策的危害。他稍把政论形象化了,不但教训人,而且耸动人,末章尤为耸动人在此。以前注释者和评点家大都未能明确指出诗的主题及其艺术特点。这诗也是一篇杰作。

这诗篇名《小旻》,为什么加上一个小字呢? 苏辙《诗传》说:"《小旻》、《小宛》、《小弁》、《小明》四诗皆以小名篇,所以别其为《小雅》也。其在《小雅》者谓之小,故其在《大雅》者谓之《召旻》、《大明》,独《宛》、《弁》阙焉,意者孔子删之矣。虽去其大,而其小者犹谓之小,盖即用其旧也。"因其在《小雅》就加小字,这一解释不能使人满意。姚际恒《诗经通论》说:"按《小宛》、《小弁》以其止宛、弁二字故加以小字,《小明》以其明明二字故改小字。此篇或以旻天涉泛,故去天字加小字与? 然必用小字何也?"他不信宋儒之说,自己也说不出篇名上为什么必加一个小字的确切理由。胡承珙《后笺》说:"《笺》云:'所刺列于《十月之交》、《雨无正》为小,故曰《小旻》。'《正义》曰:'《十月之交》言日月告凶,权臣乱政;《雨无正》言宗周坏灭,君臣离散,皆是事之大者。此篇唯刺谋事邪僻,不任贤者,是其事小于上篇。与上别篇,所以得相比者,此四篇文体相类,是一人之作,故得自相比校,为之立名也。'案此云四篇者,合下《小宛》。然彼《疏》又云:'名曰《小宛》者,王才智卑小似小鸟然。'则又当篇取义,不关比校立名。二篇相连而彼此参差,殊为穿凿。若宋儒谓《小旻》、《小宛》、《小弁》、《小明》皆以别其为《小雅》,其在《大雅》者谓之《召旻》、《大明》,独《宛》、《弁》阙焉者,孔子所删。郝仲舆驳之曰:'凡篇目皆作者自命,或太史记之,太师目之,未有二《雅》,先有篇目。如前说,是先有《小雅》而后以此诗从之,非也。且《小雅》诗多矣,何独别此四篇?若然,《大东》名小东正宜,反以大名,何也?至谓《大宛》、《大弁》夫子删之,然则《颂》有《小毖》又焉得有《大毖》乎?'此辨甚快。然则名篇之义竟从阙疑为是。"据此,《小旻》名篇之义,《郑笺》一说,《孔疏》申《笺》一说,宋儒《苏传》一说,明郝敬《原解》驳苏一说。又清初姚际恒一说。胡承珙总结诸说,找不出篇名冠一小字的正确理由,他只好认为应当阙疑。

这诗,《诗序》说"刺幽王",《郑笺》说"亦当为刺厉王"。究竟这是刺幽王还是刺厉王呢?《郑谱》把《十月之交》、《雨无正》、《小旻》、《小宛》都作为"刺厉王"诗。《孔疏》以为《十月之交》、《雨无正》、《小旻》、《小宛》四篇是一人所作。阮元《补笺》以为《正月》、《十月之交》、《雨无正》、《小旻》四篇都是謷御大夫所作。孔、阮都把《小旻》一诗同列在"幽王之世"。只因《十月之交》一篇是幽王六年的诗已有科学上的证据,证明了《诗序》说"刺幽王"正确,同样,其他各篇《诗序》也说是"刺幽王",我们有理由可信它不错了。《郑笺》"刺厉王"一说,不知是根据今文三家还是"自下己意"?三家遗说无考。王先谦《集疏》说:"三家《诗》义未详。"

小　　宛

宛彼鸣鸠,翰飞戾天。我心忧伤,念昔先人。明发不寐,有怀二人。

人之齐圣,饮酒温克。彼昏不知,壹醉日富。各敬尔仪,天命不又。

中原有菽,庶民采之。螟蛉有子,蜾蠃负之。教诲尔子,式穀似之!

题彼脊令!载飞载鸣。我日斯迈,而月斯征。夙兴夜寐,毋忝尔所生!

交交桑扈，率场啄粟。哀我填寡，宜岸宜狱？握粟出卜，自何能穀？

　　温温恭人，如集于木！惴惴小心，如临于谷！战战兢兢，如履薄冰！

【解题】

《小宛》，大夫兄弟相戒之诗。诗中已自表明，主旨在此。忧乱刺王乃其余义。《诗序》说："《小宛》，大夫刺幽王。"刺幽王何事？从诗里不易看出。《毛传》于一章说："行小人之道，责高明之功，终不可得。"似从"宛彼鸣鸠，翰飞戾天"的兴义悟来。又于五章说："言上为乱政，而求下之治，终不可得也。"似从"交交桑扈，率场啄粟"的兴义悟来。六章"温温恭人，如集于木"云云，陈奂《传疏》说："此诗刺幽王以小智而登高位，故末章陈古明王居上位而不敢怠忽于政事者。恭人，以言明王也。《韩诗外传》：孔子曰：'明王有三惧，一曰处尊位而恐不闻其过，二曰得志而恐骄，三曰闻天下之至道而恐不能行。三惧者，明君之务也。《诗》曰：温温恭人，如集于木。惴惴小心，如临于谷。战战兢兢，如履薄冰。此言大王居人上也。'《韩诗》说与《毛诗》首章兴义首尾相应，与《小旻》章末文义亦同。"他申述毛义，此为此诗刺幽王以小智而登高位，似属勉强。诗的主旨果如此吗？《毛传》本意果如此吗？

　　如必以为此诗刺幽王，窃意首先当在诗的二章，暗刺君臣纵酒败德，将政灭亡。《严缉》说："或疑饮酒小节，未必系天命之去留。殊不知荡心败德，纵欲荒政，疏君子而狎近幸，玩寇雠而忘忧患，皆自饮酒启之。禹恶旨酒，曰：后世必有以酒亡国者！历观前史，其事可鉴。晋元帝以王导一言而覆杯，其能植立江左，宜哉！"我们知道周代开国就有《酒诰》，因为鉴于前代纣王"诞惟厥纵淫泆于非彝，用燕丧威仪，民罔不盡伤心"，"故天降丧于殷，罔爱于殷，惟逸"。前代既以酒亡国，新朝就下令不许群饮。但是后王还有沉湎酒色的，厉、幽便是。这诗说的："彼昏不知，壹醉日富。各敬尔仪，天命不又。"不是好像又一次重复了《酒诰》里的话吗？不可认为是刺王吗？难道天命是如后世人说的个人的命运吗？再如这诗五章"哀我填寡"之我是大我，指人民；不是小我，作者自谓。《郑笺》说："可哀哉我穷尽寡财之人！仍有讼狱之事。无可以自救，但持粟行卜求其胜负，从何能得生？"这算是说得对的。这种悲悯时世的话不也可以认为是刺王吗？不过并不是通篇刺王，如一、三、四各章，《传》、《笺》不免迂曲作解。六章《笺》说："衰乱之世，贤人君子虽无罪犹恐惧。"诗人重在自儆，不在刺王。这里《笺》释不误。《朱传》说的"其说穿凿破碎，无理尤甚"，指《传》、《笺》迂曲作解的部分来说，有些近是。

《朱传》说："此大夫遭时之乱，而兄弟相戒以免祸之诗。"又说："此诗之词最为明白，而意极恳至。说者必欲为刺王之言，故其穿凿破碎，无理尤甚。"他的《诗序辨说》略同。这说得对吗？陈启源《稽古编》说："《小宛》刺幽王，解者纷纷。《朱传》尽扫诸说，定为兄弟相戒之诗，合之诗词甚为相似。独'天命不又'一语终属难通。《朱传》曰：'各敬慎尔之威仪，天命已去将不复来，不可不惧也。'惟天子受命于天耳，大夫戒其兄弟，可妄称天命乎？下复云：'时王以酒败德，臣下化之，故首以为戒。'仍不能脱刺时义矣。"这评《朱传》可算平允。他疑兄弟相戒不可妄称天命，仍以为诗刺幽王。就本章诗说，不错。魏源《诗古微》说："若谓大夫不得言天命，则试问《国策》称犀首云：'是工用兵，又有天命也。'枚乘《谏吴王书》云：'弊天命之上寿，全无穷之极乐。'扬雄《法言叙》曰：'明哲煌煌，旁烛无疆。孙子不虞，以保天命。'陶渊明《归去来辞》云：'乐夫天命复奚疑？'是皆为帝王言之乎？"虽是雄辩，不必合理。即令后人把天命一词用作泛言命运，但诗说"天命不又"，语意与革命一词的"命"意义相同。魏源以为《朱传》"本三家古义"，故他驳斥《稽古编》而支持了《朱传》这一说。

这诗今文三家怎样说？《诗序》"刺幽王"，《郑笺》以为"亦当为刺厉王"，不知《笺》说是否出于三家。陈奂以为毛、韩说同，即今古文说略同，已如首段所说。魏源《诗古微·小雅答问》说："《小宛》为兄弟相戒,此本三家古义,非《集传》之说也。《礼记·祭义》引'明发不寐,有怀二人',郑注谓明发,为明日绎祭之夜,自夜达旦。二人谓父母,与《毛传》以先人、二人指文、武者迥异。则是鲁、韩以此诗为大夫兄弟绎祭其先人而相戒之诗(原注:《祭义》引为文王诗者,断章取义)。"魏源、陈奂是朋友,同述韩说而有参差,究竟谁说的是?他们同是推衍之词,谁见韩说本来如此?最后王先谦《集疏》说:"三家《诗》义未详。《晋语》:秦伯宴公子重耳,秦伯赋《鸠飞》。韦注:'《鸠飞》,《小雅·小宛》之首章,曰:宛彼鸣鸠,翰飞戾天,我心忧伤,念昔先人。明发不寐,有怀二人。言己念晋先君及穆姬不寐,以思安集晋之君臣也。'左昭元年《传》:'赵孟赋《小宛》之二章。'又称《小宛》,不称《鸠飞》,盖当时篇有二名故也。"这诗主旨从三家遗说还找不出明确的解释。

  诗说:"螟蛉有子,蜾蠃负之。"怎么解说?经过二千多年来学者不断的求解和争论,直到现代人才从昆虫学上审定了完全正确的答案。诗人如果不是从前人经验和民间知识便是凭自己对于蜾蠃螟蛉的生活习性有过细密的观察和了解得来,这在现代昆虫学家也感到惊异。这诗句有两派不同的解释。《庄子》里有过"细腰者化"的话。《淮南子·说山》篇说:"贞虫之动以毒螫。"高注:"贞虫,细腰蜂,蜾蠃之属。无牝牡之合曰贞。"扬雄《法言·学行》篇说:"螟蛉之子殪,而逢蜾蠃,祝之曰:类我!类我!久则肖之矣。"这种化生说为两千年来唯心论的学者所支持。如此诗的《郑笺》、《礼记·中庸》郑注、许慎《说文》、陆玑《毛诗草木鸟兽虫鱼疏》、郭璞《尔雅注》以及张华《博物志》、干宝《搜神记》、李含光《本草音义》、陆佃《埤雅》、苏颂《图经本草》、朱公迁《诗疏义》等,都算坚决地支持这一说。但在公元五○二年,陶弘景《本草注》里就已经提出了由他实验得来的比较正确的记载。他说:"蠮螉,今一种蜂,黑色,腰甚细,衔泥于人屋及器物边作房如并竹管者,是也。其生子如粟米大,置中,乃捕取草上青蜘蛛十余枚满中,仍塞口,以待其子大为粮也。其一种入芦管中者,亦取草上青虫。《诗》云:'螟蛉有子,蜾蠃负之。'注言细腰之物无雌,皆取青虫教祝,使变为己子。斯为谬矣。"他这一说又经过了唐段成式《酉阳杂俎》、韩保升《蜀本草注》、宋掌禹锡《本草注》、寇宗奭《本草衍义》、罗愿《尔雅翼》、彭乘《墨客挥犀》、车若水《脚气集》，还加上严有翼《艺苑雌黄》、董彦辰《闻辨新录》、范处义《解颐新语》，以及元戴侗《六书故》、明王廷相《雅述》、杨慎《丹铅录·升庵经说》、田艺蘅《留青日札》等的重复研讨和观察证明。他们和以上所提到的唯心论化生学说作过激烈的论争。李时珍《本草纲目》作出了结论，肯定了这一说。这一场一千多年来的论争到他才算胜利地暂作结束。（冯志鹏《中国动物生活图说》六章之二；周尧《我国古代人民对昆虫的观察和研究》，《光明日报·科学》二十六期）

最有趣味的是王夫之《稗疏》说到这一问题。他说："先儒及诸传记皆云：果蠃负桑虫之子，鼓羽作声，曰：似我！似我！其虫因化为果蠃。流俗因呼为人后者为螟男。至陶弘景始云：……斯为谬矣。段成式亦云：'开卷视之，悉是小蜘蛛，不独负桑虫。'又陶辅《桑榆漫志》云：'于纸卷中见此等蜂，因取展视。其中以泥隔断如竹节状，为窠。有一青虫乃蜂含来他虫，背上负一白子如粒米，后渐大，其青虫尚活。其后子渐次成形，青虫亦渐次昏死。更后看其子皆果蠃，亦渐次老嫩不一。其虫渐次死腐，就为果蠃所食，食尽则穿孔飞去。'又韩保升《本草注》云：'有人候其封穴，坏而看之，见有卵如粟在死虫之上。'果如陶说。盖诗人知其大而不知其细也。近世王浚川《雅述》、陈明卿《类书》皆与二陶、段氏之说合。夫之在南岳，有山僧如满言其如此。因导夫之自于纸卷中展看，一一悉符陶、段氏之说。盖果蠃之负螟蛉，与蜜蜂采花酿蜜以食子同。物之初生，必待饲于母。胎生者乳，卵生者哺。细腰之属则储物以使其自食，计日食尽而能飞。一造化之巧也。乃诗以兴父母之教子则自有说。而罗愿《尔雅翼》云：'言国君之民为他人所取尔。'不知似字乃似续之似，遂附会其说。犹云'鸤鸠鸤鸠，既取我子'，亦可谓鸤鸠以众鸟为子乎？愿知果蠃之非以螟蛉为子，而远附《序》说，近背下文，于取兴之义无当。诗之取兴，盖言果蠃辛勤攫他子以饲其子，兴人之取善于他以教其子。亦如中原之菽，采之者不吝劳而得有获也。释诗者因下有'似之'之文,遂依附虫声以取义。虫非能知文言六义者,人之听之仿佛相似耳。彼果蠃者,何尝知何以谓之似,何者谓之我乎?物理不审,而穿凿立说,释诗者之过,非诗之过也。"王夫之这一说,取二陶、段氏释螟蛉蜾蠃之说,恰有机会亲自观察实验,颇有科学家的精神。又论这诗以庶民采芑、蜾蠃取螟蛉兴人之取善于他以教诲其子,为前人所未道,不仅比罗愿更懂得诗家的妙悟。我以为他说的最得这章诗的比兴之义,算他对这章诗作出了确诂。可是后来清代学者大都株守汉儒成说,不敢逾越范围,几无例外。博物名儒如程瑶田,所作《释虫小记·螟蛉蜾蠃异闻记》,虽屡经目验,证实了陶弘景所说,还是保留疑词,不敢确然断定。

再举关于蜾蠃螟蛉这一问题的一说和《稗疏》一样有趣味的,便是王先谦的《集疏》。他说:"土蜂所负不止桑虫,曾于春夏间目验。或窗棂、或笔管,此虫累土成圆孔,长约半寸许。取花树上青虫,或灰白色蝇虎,及长脚绿蜘蛛如高粱子大者,皆寘其中。对孔作声,煦妪良久,以土封其顶。自累土、负子、封顶,每来必作声,约近十日乃去不复来。其后虫出,遂成细腰蜂矣。"这不是也曾对于蜾蠃螟蛉的生活习性做过一些实地观察吗?好像他要证明陶弘景一说是否正确。可是他于蜾蠃捕到螟蛉或其他虫物之后,是否作为子粮抑或化成己子,偏像不曾目验,避而不说,只是含糊地说:"其后虫出,遂成细腰蜂。"想是因为他给《诗》三家义作疏,疏不驳注,对于扬雄《法言》、许慎《说文》、《毛诗》、《郑笺》、《礼记·中庸》郑注、《尔雅》郭注,认为是鲁说、齐说的,都不肯正面驳正。虽然事经目验实证,也只好含糊其词。这不是科学家的态度!可见我们要研究《诗经》,如果还死守家法师法,而有学派门户之见,那就根本上谈不上从事科学研究、追求真理。这不是一个最显明的例子罢?

小 弁

弁彼鷽斯,归飞提提。民莫不穀,我独于罹。何辜于天,我罪伊何? 心之忧矣,云如之何?

踧踧周道,鞫为茂草。我心忧伤,惄焉如捣。假寐永叹,维忧用老。心之忧矣,疢如疾首!

维桑与梓,必恭敬止。靡瞻匪父,靡依匪母。不属于毛,不罹于里? 天之生我,我辰安在?

菀彼柳斯,鸣蜩嘒嘒。有漼者渊,萑苇淠淠。譬彼舟流,不知所届。心之忧矣,不遑假寐。

鹿斯之奔,维足伎伎。雉之朝雊,尚求其雌。譬彼坏木,疾用无枝。心之忧矣,宁莫之知?

相彼投兔,尚或先之。行有死人,尚或墐之。君子秉心,维其忍之!心之忧矣,涕既陨之!

君子信谗,如或酬之。君子不惠,不舒究之。伐木掎矣,析薪扡矣。舍彼有罪,予之佗矣!

莫高匪山,莫浚匪泉。君子无易由言,耳属于垣!无逝我梁,无发我笱。我躬不阅,遑恤我后!

【解题】

《小弁》,《诗序》说"刺幽王,太子之傅作",不知其所据。《毛传》于首章说:"幽王娶申女,生大子宜咎。又说褒姒,生子伯服,立以为后,而放宜咎。"这当是根据《国语·郑语》史伯告桓公的话。但知太子为谁,没说诗是太子之傅作。又,于末章说:"念父,孝也。高子曰:'《小弁》,小人之诗也。'孟子曰:'何以言之?'曰:'怨乎?'孟子曰:'固哉夫高叟之为诗也!有越人于此,关弓而射我,我则谈笑而道之,无他,疏之也。兄弟关弓而射我,我则垂涕泣而道之,无他,戚之也。然则《小弁》之怨,亲亲也。亲亲,仁也。固哉夫高叟之为诗!'曰:'《凯风》何以不怨?'曰:'《凯风》亲之过小者也,《小弁》亲之过大者也。亲之过大而不怨,是愈疏也。亲之过小而怨,是不可矶也。愈疏,不孝也。不可矶,亦不孝也。孔子曰:舜其至孝矣! 五十而慕。'"这里他根据《孟子》已自表明。但《孟子》只说《小弁》之怨由于亲亲,亲之过大不可不怨,不曾说《小弁》作者何人。《毛传》引此,似以为诗系本人自作,非他人代作。这就是太子宜臼自作此诗一说的由来,和《诗序》"太子之傅作"一说小异。朱熹注《孟子》从《诗序》,以为此太子之傅作。他作《诗集传》,就用"旧说:幽王太子宜臼被废而作此诗"。他作《诗序辨说》,又疑非宜臼诗,尤疑非太子之傅作。何以这样没有定见呢? 是否还因为《孟子》赵岐注,说伯奇仁人而父虐之,故作《小弁》之诗,疑不能定呢?

与其说《小弁》太子之傅作,毋宁说太子宜臼作。姚际恒《诗经通论》说:"诗可代作,哀怨出于中情岂可代乎? 况此诗尤哀怨痛切之甚异于他诗也!"这话未免拘泥,《三百篇》中不少哀怨之作,难道尽是作者自道? 不过要说这诗太子宜臼自作,似亦未为不可。胡承珙《后笺》说:"刘氏《诗益》曰:《孟子》'亲之过大'一语,可断其为幽王太子宜臼之诗。盖太子者,国之根本。国本动摇则社稷随之而亡,故曰亲之过大。若在寻常放子,则己之被谗放逐,祸止一身,其父之过与《凯风》七子之母不安其室等耳,何得云'亲之过大'哉? 朱氏《通义》曰:'诗言踧踧周道,鞫为茂草,是忧国家之将亡,非宜臼作,必无此语。'承珙案,《汉书·杜钦传》言成帝为太子时以好色闻,及即位,钦说大将军王凤,历陈女戒,皆言后妃之事,而末云'《小弁》之作,可为寒心'。即此亦可见此诗必有关君国,而非士大夫一家之事矣。"这就肯定了《小弁》是幽王太子宜臼之诗。

这诗究竟何人所作,是《诗》今古文家一大争端。今据三家遗说来说,却很有趣。魏源《诗序集义》已载上文,①《诗古微》又说:"《孟子》'《小弁》过大'之义,则赵岐注本《鲁诗》,而申其义曰:《凯风》言'莫慰母心',母心不说也,知亲之过小也。《小弁》言'行有死人,尚或墐之',

---

① 编按:《诗序集义》云:"《小弁》,尹吉甫之子伯奇被放而作也。伯奇后母欲以无罪杀其子,故孟子曰:'亲之过大而不怨。是愈疏也。'又引舜之五十怨慕证之,必非平王宜臼之诗。伯奇本教国子,列于王官,其放也王知之,其复也王闻之。"

而曾不关(一作闵)己,知亲之过大也。本无淫风流行及太子傅之说。盖七子之继母止以无故怒其子,故怨则不可矶。伯奇之继母则欲以无罪杀其子,故不怨则愈疏。《孟子》特以舜之号泣怨慕证之,正以瞽瞍亦惑后妻,欲害长子事,同一辙。若宜曰预闻弑父,德仇戍申,罪通于天,高子即斥为小人之诗何不可者,而《孟子》顾以舜并论乎?《毛诗》篇次错入幽王之世,后人遂据《孟子》以成平王之孝(原注:《小弁》'我躬不阅,遑恤我后',《毛传》:念父,孝也),而诬卫母之淫。丰其蔀,日中见沫,未有如《凯风》、《小弁》二诗之甚者!"最有趣的是他认为《小弁》是伯奇之诗,主要理由似在《孟子》以《凯风》证《小弁》,又以舜之怨慕证《小弁》,都是因为同受后母恶怒的缘故。王先谦《集疏》也说:"黄山曰:祖毛者皆谓此篇必为刺幽王而后可当'亲之过大'。然《公孙丑》举《凯风》为比,则《小弁》本事必应与《凯风》同类。彼仅不悦其子,此则径逐其子,故《孟子》以为亲之过大,论其过之大,非谓其事之大也。且幽王因废申后而及太子,其事固以废后为主,得宠忘旧,不关信谗。太子辞宫庙而出奔,亦不当取喻桑梓。赵岐《章句》定为伯奇自作,无可疑矣。"这也和魏源一样肯定《小弁》是伯奇之诗,说有不同的只在解释《孟子》说亲之过大过小一点上。

魏源、王先谦同样坚持三家遗说,以为《小弁》是伯奇之诗,而王先谦说的更为详尽。王先谦说:"鲁说曰:'《小弁》,《小雅》之篇,伯奇之诗也。伯奇仁人而父虐之,故作《小弁》之诗。'(赵岐《孟子章句》)又曰:'《履霜操》者,尹吉甫之子伯奇所作也。吉甫娶后妻,生子曰伯邦,乃潜伯奇于吉甫,放之于野。伯奇清朝履霜,自伤无罪见逐,乃援琴而鼓之。宣王出游,吉甫从之。伯奇乃作歌,以言感之于宣王。王闻之,曰:此孝子之辞也。吉甫乃求伯奇于野而感悟,遂射杀后妻。'(蔡邕《琴操》,《文选·舞赋》李注引略同)齐说曰:'谗邪交乱,贞良被害,自古而然。故伯奇放流,孟子宫刑,申生雉经,屈原赴湘。《小弁》之诗作,《离骚》之词兴。'(《汉书·冯奉世传赞》)又曰:'尹氏伯奇,父子生离。无罪被辜,长舌所为。'(《易林·讼之大有》、《中孚之井》、《家人之谦》同)"他举鲁、齐两家来说,而说"《韩诗》未闻"。按,赵岐注《孟子》多用《韩诗》,疑注《小弁》也是。我们不妨说,三家都以《小弁》为伯奇之诗。还有像是出于《鲁诗》说的两则,《集疏》不采为注而附于疏,大概王先谦以为这种怪说可笑。一则是《御览》五百八十八《琴部》引扬雄《琴清英》云:"尹吉甫子伯奇至孝,后母谮之,自投江中,衣苔带藻,忽梦见水仙赐其美药。唯念养亲,扬声悲歌,船人闻而学之。吉甫闻船人之声,疑思伯奇,作《子安之操》。"王先谦说:"愚案,伯奇逐后,于野、投江,盖传闻不一。《履霜操》是求之于野,《子安操》则求之于江,莫知所终也。"一则是《后汉书·黄琼传》:"伯奇至贤,终于放流。"李注引《说苑》云:"王国子。前母子伯奇,后母子伯封。〔后母〕欲立其子为太子,说王曰:'伯奇好妾。'王不信。其母曰:'令伯奇于后园,妾过其旁,王上台视之即可知。'伯奇入园,后母阴取蜂十数置单衣中,过伯奇边曰:'蜂螫哉!'伯奇就衣中取蜂杀之。王遥见之,乃逐伯奇也。"(《汉书·冯奉世传赞》注引《说苑》略同)王先谦说:"愚案,尹吉甫为周名臣,不闻封国所在。《说苑》称王、称太子,未知其审。据《琴操》,后母子为伯邦,《说苑》欲立者为伯封。《王风·黍离》篇三家以为伯封求兄之作,而又载别说乱之,皆当阙疑。此鲁说。"王先谦专治《诗》三家义,也以为这两则鲁说不可靠,站在三家以外说《诗》的人该怎么说才好呢?故学者多致疑于三家《小弁》伯奇之诗一说。丁泰《未庐札记》说:"《秋槎杂记》云:《说苑》(原注:据《文选》陆士衡《君子行》李善注引),王国君,前母子伯奇,后母子伯封,兄弟相爱。后母欲其子为太子,言王曰:'伯奇好妾。'王上台视之。母取蜂除其毒而置衣领之中,往过伯奇,伯奇往视袖中杀蜂。王见,让伯奇。伯奇出〔示〕使者袖中有死蜂,使者白王。王见蜂追之,已自投河中。则伯奇以谗而死,非放逐,安得作《小弁》诗?"据此,《后汉书》李贤注、《文选》李善注同引《说苑》,不但字句颇不同,事实亦有歧异。一说吉甫"乃逐伯奇",一说伯奇"已自投河中"。《琴操》、《说苑》同用《鲁诗》说,一说伯奇既放,"吉甫乃求伯奇于野而感悟,遂射杀后妻"。一说伯奇未放,当时因谗即"自投河中"。

自相矛盾如此，岂能使人相信？

我以为三家关于诗本事往往根据传说乃至神话，虽然鄙俗怪诞，必是自古民间一口相传如此。这是三家《诗》说的一大特点。我于《国风》之《芣苢》、《汉广》、《行露》、《载驰》、《大车》、《溱洧》等篇已多采及，大都根据民俗学上的观点。比如说，后母虐待前娘的儿女，这在民间是常有的事。人民大都同情于这样不幸的儿女的遭遇，至于太子的或废或立，他们却未必视为国之根本而十分关心。正因为《小弁》是逐子之诗，所以民间就附会到伯奇被逐的故事上去。传播既广且久，添枝加叶，自然就有种种不同的说法，记载起来就大有歧异。于是伯奇放逐的结果是"首发早白"，"维忧用老"（《论衡·书虚篇》）；在野悲歌，其父感悟，而射杀后妻；自投于江，成仙悲歌，而不知其所往；传说不一了。于是伯奇原为王子，被后母骗捉衣上蜂虫，因而横遭诬害，带有传奇性的故事也有了。安得以史事相证，以逻辑相绳？多谢古代民间美化了这一家庭惨变的故事，提供了文艺上的词藻，活泼了经学家的解说，也就丰富了这一诗篇的意义。

巧　言

悠悠昊天！曰父母且。无罪无辜，乱如此幠。昊天已威！予慎无罪。昊天泰幠！予慎无辜。

乱之初生，僭始既涵。乱之又生，君子信谗。君子如怒，乱庶遄沮。君子如祉，乱庶遄已。

君子屡盟，乱是用长。君子信盗，乱是用暴。盗言孔甘，乱是用餤。匪其止共，维王之邛！

奕奕寝庙，君子作之。秩秩大猷，圣人莫之。他人有心，予忖度之。跃跃毚兔，遇犬获之！

荏染柔木，君子树之。往来行言，心焉数之。蛇蛇硕言,出自口矣!巧言如簧,颜之厚矣!

彼何人斯?居河之麋。无拳无勇,职为乱阶。既微且尰,尔勇伊何?为犹将多,尔居徒几何?

【解题】

《巧言》,是刺谗言召乱之诗。《诗序》说:"刺幽王也。大夫伤于谗,故作是诗。"说刺王,说伤谗,正说明了主题。按今文三家遗说,齐说和《诗序》略同。王先谦《集疏》说:"《易林·随之夬》云:'辩变白黑,巧言乱国。大人失福,君子迷惑。'此齐说,鲁、韩无闻。"诗本刺巧言乱国,而首先三呼昊天,往后七说君子,都是指王,这是诗的重点所在。《诗序》说它刺王,不错。陈启源《稽古编》说:"《小雅》多呼天之语,如'昊天不佣'、'昊天不惠'、'昊天不平'、'浩浩昊天'、'如何昊天'、'昊天已威'、'昊天泰憮'之类,天字当稍断,当云昊天乎!盖呼而诉之也。古注本如此,今皆以为〔无所归罪而〕归罪于天。则非刺时也,乃刺天矣。恐无是理。"暗驳《朱传》,这说得也不错。诗说"君子信谗","君子信盗",因为"盗言孔甘"、"巧言如簧",这就单刀直入地刺中了信谗进谗两方面的灵魂。"一条狗有了权,人也得服从它。"(莎士比亚《李尔王》一剧中语)所谓盗言、巧言,正是厚颜无耻的谗人服从权力而奴颜婢膝的一种绝技。没有这种伎俩就不足以惑王召乱。我以为这诗和下面《何人斯》、《巷伯》两诗都是刺谗的带血和泪之作。

如果诗说"维王之邛"的王指幽王,那么,谗人是谁呢?诗连说八个乱字,可见信谗进谗双方合作生出来的乱子颇为严重。这是指的什么乱子呢?我看这人不像是大少爷出身的大官僚赫赫师尹,也不像是攀裙带走内线的大官僚皇父卿士,当是幽王末年用事的虢石父一流人物。《史记·周本纪》说:"幽王以虢石父为卿用事,国人皆怨。石父为人佞巧善谀、好利,王用之。又废申后去太子也,申侯怒,与缯、西夷、犬戎攻幽王。幽王举烽火征兵,兵莫至。遂杀幽王骊山下。"幽王宠艳妻,用谗人,荒淫无道,这谁也看得出是他自取灭亡的一个因素。虢石父佞巧善谀、好利,国人皆怨,当时由他生出的乱子一定不少,最后才生出幽王被杀的大乱子来。《巧言》一诗不是为他而作吗?诗说:"匪其止共,维王之邛。"不是指他吗?

即令这诗所刺谗人不是虢石父,要必实有其人。诗说切身之痛,并非玩弄概念。我们试读这诗末章"彼何人斯"云云,回头联系全诗,就可以想象其人丑恶的形象那样突出,也可以想象他的罪恶的行为那样显著,不是令人觉得"此中有人,呼之欲出"吗?方玉润也算说得好,《诗经原始》里说:"噫?彼何人哉?而言之巧有如是哉?……论其材至柔且懦,论其疾则更微而且烜。而乃凭此三寸舌以惑乱君心,国政因之而紊。……不知者方疑其为谋甚多,而负勇实甚,而岂知其人乃卑卑无足道哉!即其徒之倡而和者亦无几何。若锄而去之,根株不难净尽。奈王不悟,则终未如之何也已矣!此必有所指,惜史无征,《序》不足信。徒存空言以为世戒,俾知信谗之足以召乱也如此,旨亦微哉!"这一段话可供读此诗者参考。

何 人 斯

彼何人斯!其心孔艰?胡逝我梁,不入我门?伊谁云从,维暴之云?

二人从行,谁为此祸?胡逝我梁,不入唁我?始者不如今:云不我可!

彼何人斯!胡逝我陈?我闻其声,不见其身。不愧于人?不畏于天?

彼何人斯!其为飘风?胡不自北,胡不自南?胡逝我梁,只搅我心?

尔之安行,亦不遑舍。尔之亟行,遑脂尔车?壹者之来,云何其盱!

尔还而入，我心易也。还而不入，否难知也。壹者之来，俾我祇也！

伯氏吹壎，仲氏吹篪。及尔如贯，谅不我知？出此三物，以诅尔斯！

为鬼为蜮，则不可得。有靦面目，视人罔极？作此好歌，以极反侧！

【解题】

《何人斯》，《诗序》说："苏公刺暴公。暴公为卿士而谮苏公。"按此诗一章于"彼何人斯"说："伊谁云从？维暴之云！"又七章说："伯氏吹壎，仲氏吹篪。及尔如贯，谅不我知？出此三物，以诅尔斯！"《世本》说："暴辛公作壎，苏成公作篪。"无论就内证外证说，《诗序》都有根据。

暴国在什么地方？苏国在什么地方？《郑笺》说："暴也，苏也，皆畿内国名。"《孔疏》说："〔苏〕，苏忿生之后。成十一年《左传》曰：'昔周克商，使诸侯抚封，苏忿生以温为司寇。'则苏国在温。杜预曰：'今河内温县。'是苏在东都之畿内也。《春秋》之世，为公者多是畿内诸侯。遍检书传，未闻畿外有暴国。今暴公为卿士，明畿内，故曰皆畿内国名。《春秋》时，苏称子，此云公者，子盖子爵而为三公也。暴公为卿士而亦称公，当卿士兼公官也。又暴公为卿士而谮苏公，则苏公为卿士以否未可知。但何人为暴公之侣？云'二人从行'，则亦卿士也。故王肃云：'二人俱为王卿，相随而行。'下云'及尔如贯'，郑云：'俱为王臣。'苏公亦为卿士矣。"这里苏国、苏公有考，暴国、暴公无考。陈奂《传疏》说："《汉书·地理志》：'河内郡，温故国，己姓，苏忿生所封也。'今河南怀庆府温县是其地。……解者遂据《春秋》时暴一名暴隧，郑地，即周之暴国，未详确实也。"他解苏国确在何地，解暴就著疑词。胡承珙《后笺》说："《稽古编》曰：'《春秋》文公八年，公子遂会雒戎盟于暴。杜注云：郑地。范宁《穀梁》注亦同。幽王时，郑尚未迁，暴未为郑有。且与雒戎盟于此，则暴必近雒。意暴亦东都畿内国欤？'王氏《诗稗疏》曰：'《春秋》，公子遂壬午及赵盾盟于衡雍，乙酉及雒戎盟于暴。相去三日，就盟两地，暴与衡雍其近可知。衡雍在今怀庆府。苏者，苏忿生之国。今怀庆府温县。苏、暴二国境土犬牙相入，故嫌忌而相谤。'承珙案，《路史》：'暴，辛公采地，郑邑也，一云隧（原注：隧上当脱一暴字。成十七年《左传》云：楚侵郑及暴隧。是暴一名暴隧，春秋时郑地也。）其地在今怀庆府原武县境，与温接壤。"这就同时说明了苏暴各在什么地方，而且是接壤邻国，都在东都畿内了。

宋儒始疑暴无其国，暴公无其人，暴公和苏公相厄相恶无其事。朱熹《诗序辨说》就是一例。《朱传》又说："旧说暴公为卿士而谮苏公，故苏公作诗以绝之。……但旧说于诗无明文可考，未敢信其必然耳。"这像是受了郑樵《诗辨妄》一说的影响。周孚《非诗辨妄》说："郑子曰：《何人斯》言'维暴之云'者，谓暴虐之人也。且二周畿内皆无暴邑，周何尝有暴公？非曰：苏公、暴公盖外诸侯而入为卿士者，如虢、郑武公之流，非〔西都〕畿内诸侯也。何以知之？曰：苏，今之怀州。暴，自《春秋》以来属郑矣。"清儒论此诗有和郑樵一说相同者。姚际恒《诗经通论》说："《小序》谓苏公刺暴公，有可疑。其谓暴公者，以诗中'维暴之云'句也。然上篇亦有'乱是用暴'句矣。苏字诗则无之。又不言何王之朝。其云苏者，得毋以左隐十一年桓王以苏忿生之田与郑人而附会耶？若是，又非幽王之世矣。《集传》云：'此诗与上篇文意相似，疑出一手。'则又谬。若论相似，《三百篇》何尝不相似？此篇与上篇同为刺谗，却绝不相似也。"不知道他可曾注意到《非诗辨妄》。这不用再驳了。他驳《朱传》是。

苏公和暴公的关系怎样？苏公刺暴公之诗为何而作？诗说："伯氏吹埙，仲氏吹篪。及尔如贯，谅不我知？"可知苏公、暴公不但是政治上的同僚，还是艺术上的同志，两人"如贯"有不可割断的关系。暴公吹埙，苏公吹篪，有古史可考。《孔疏》说："《世本》云，暴辛公作埙，苏成公作篪。谯周《古史考》云，古有埙篪，尚矣。周幽王时，暴辛公善埙，苏成公善篪，记者因以为作，谬矣。《世本》之谬信如周言，其云苏公、暴公所善,亦未知所出。苏、暴并公卿,不当自言于乐之小器以相亲也。又此穷极何人,何人非暴公也。故郑以为喻。王肃亦云:我与汝同寮长幼之官如篪埙之相和。与郑同也。"郑玄、王肃都说埙篪是比兴之义,恐怕不对。孔颖达直以"经八章皆言暴公之侣",并以诗说埙篪和苏公、暴公所善无关,更见不对。他以后世人的眼光看古代公卿,不相信暴辛公作埙、苏成公作篪的传说;也不相信暴辛公善埙、苏成公善篪的传说。但是这种传说早见于《世本》,应劭注《汉书·律历志》也引《世本》此语,又见于谯周《古史考》,可见它的来源是很古老的。又恰有此诗可以互证,有史影可寻。又按《世本·作篇》说"作"出于古史传说,不见得都是说创始,或是说相传最初善于其事之人。所谓暴辛公作埙,苏成公作篪,殆是后一类。埙、篪是吹奏相和的旋律乐器。篪是竹制管乐,埙是形如橄榄的陶制口哨。晚近已有殷商时代的陶埙出土(李纯一《原始时代和商代的埙》,《考古学报》总三十三册)。苏、暴善弄埙、篪,自有可能。胡承珙说:"高诱注《淮南·精神训》云:'讼闲田者,暴桓公、苏信公也。'此语必有所本。王志长谓苏公被谮之事,必有关于社稷安危,若止同列得谤相诟厉之言,何足登之于《雅》?张氏《诗贯》遂谓平王之废,暴公实阴构其间,而苏公乃因之得祸。此真无稽之说也。君臣、朋友皆人之大伦,此诗虽止绝交,而其词反复推详,婉而不激,所以为温柔敦厚之教,彼《谷风》亦朋友相怨之诗,又得谓以国事起衅邪?"他以为苏公诗刺暴公,不必和失国事有关,讼闲田之说必有所本。王先谦《集疏》说:"〔诗云谁为〕此祸者,盖苏被谮得罪,卒致失国。《左传》所云桓王与郑以苏忿生之田者,即司寇苏公之世业也。"他根据《左传》以为苏公得祸失国在桓公之世,苏公为此作诗刺谗就该在这个时候了。其实如《毛诗》说,苏公失国在幽王之世,至桓王乃与郑以苏忿生之田,似亦未为不可。依他说,此诗正和苏公失国事有关,这并不是他的创见,何楷《古义》已说"苏公以被谗失国"。他暗驳了胡承珙一说。他又说:"《淮南·精神训》:'延陵季子不受吴国,而讼闲田者惭矣。'高注:'讼闲田者,虞、芮及暴桓公、苏信公是也。'陈乔枞云：'据高注知《鲁诗》之说是以暴公与苏公因争闲田构讼，而苏公作此诗以刺之也。'愚案，暴、苏构衅起于争田。至暴之谮苏，则必隙末之后因事陷之，曲全在暴，非因争田构讼而作此诗也。二人皆王朝卿士，其争田兴讼，曲直固不可知，然亦轻朝廷而羞当世之士矣。大抵西周末造，朝臣竞利营私，风气日下。以尹氏太师而有与人争田之讼，其他更无论矣。是以移风易俗，必自上始。"他以为此诗苏公因被谮失国而作，非因争田构讼而作。构讼在前，被谮在后，前者为因，后者为果。他不但显然驳斥了陈乔枞一说，还在暗中驳了胡承珙和魏源两家之说。至《淮南》高注说争田的是暴桓公、苏信公，和《世本·古史考》说的暴辛公、苏成公称号不同。是不是暴桓公就是暴辛公，苏信公就是苏成公呢？王先谦没有说明。

同据三家遗说来说这诗，王先谦以为苏公被谮失国之作，近是；魏源以为苏公争田构讼之作，似未是。诗说"谁为此祸"，被谮失国才是祸，争田构讼说不上祸。诗说："不愧于人，不畏于天！"又说："为鬼为蜮，则不可得。有靦面目，视人罔极？"话说得太严重，当为被谮失国而说，非为争田构讼而说。魏源《诗古微》说："《左传》：卫献公使太师歌《巧言》之卒章，以讥林父如戚将为乱。则所歌乃末章'居河之麋'，于苏公刺暴无涉，不应为《彼何人斯》之首矣。（邹忠胤谓《巧言》之诗取第五章'巧言'二字名篇。其末章'彼何人斯'以下当为下篇之首章）。二公仕于幽王之朝，何妨卒于平王之世？且苏地在温，即成王司寇苏公之后。暴地在郑，即《春秋》公子遂及雒戎盟于暴。则其采邑皆在东都畿内，岂有不从平王东迁者乎？则时世不足疑矣。至谯周驳《世本》，谓古有埙、篪、尚矣。苏、暴善之。而缪记为作云云。此言尤不知古书之例。考《世本》，韩哀作御。宋衷注曰：'韩哀，韩文侯也。'时已有御，此复言作者，加其精巧也。《世本》中如夔作乐，伯夷作礼，伯益作井，垂作规矩准绳，巫彭作医，巫咸作筮，禹作宫室，逢蒙作射，鲁昭公作弁，卫公叔文子作輗轴，咸以其增益修改，功同创制，岂不知肇始羲、轩，取象《大易》哉？椎轮为大辂之始而不可以大辂为椎轮，鸟虫为篆隶之始而不可以篆隶为虫鸟。作诗者尚有述古造篇之殊,乌在一艺之精能不可名作?苏、暴始应音律之宫商,继分水火之门户。考其致衅之由,则不起于国事也,绅其赋诗之趣,复无与于刺谗也。《大雅·瞻卬》刺幽王曰:'人有土田,女反有之。人有民人,女复夺之。'董仲舒曰周室之衰,其卿大夫缓于谊而急于利,亡推让之风而有争田之讼,诗人疾而刺之',云云。正与《淮南》注争闲田者相表里。暴、苏采邑,犬牙相错,以卿士之尊为争田之讼,出三物之诅同细民之行。彼善于此,殆同唯阿。疾谗有愧屈原,恶恶复殊巷伯。存之变《雅》,见周道之陵迟焉。而谓皆作于圣贤之徒,止乎礼义之中,则闲田之争岂议礼之讼,三物之诅果三王之制耶?(原注:《周礼》春官有诅祝,秋官有司盟诅,皆以平小民之讼狱耳。故曰诅盟不及三王)《毛诗》但谓相谮,不言争讼;但见其列《巷伯》之前,而不知无刺谮之语。乌乎!周之兴也,太史司寇苏公式敬由狱,其子孙乃有虞、芮之争。不旋踵东迁,而苏忿生之田又为郑人所有矣。《毛诗》但言苏公被暴公之谮,岂情事哉?"这话不对。诗说:"二人从行,谁为此祸?""我闻其声,不见其身。不愧于人,不畏于天?""为鬼为蜮,则不可得。有靦面目,视人罔极?"明明是说二人干了见不得人的勾当,造了有祸于人的罪恶,岂非刺谮之语,倒是争田之讼?作者忠厚,立意要作好歌,存心克制自己,还是不免情绪激动,语言痛切。说它是被谮失国的血泪文章颇为近是,岂是关于争闲田、说闲话的等闲作品?尽管魏源雄辩,看来大不合于情事。至他说苏、暴二公是幽、平之际的人,可不算错。又说苏、暴作埙、篪:《世本》记载不谬,《古史考》驳《世本》倒谬,那可是对的。我以为关于这诗的本事,《诗序》系根据古史传说,这是无可疑的。至今还有《左传》、《世本》、《淮南子》高注、谯周《古史考》可以互证。只因为是传说,辗转相传,对于其人其地其事其时就说法不一,后人也就不易完全把它统一起来而作出可靠的结论,目前所得结论不过如此。

巷　伯

萋兮斐兮！成是贝锦。彼谮人者，亦已大甚！

哆兮侈兮！成是南箕。彼谮人者，谁适与谋？

缉缉翩翩！谋欲谮人。慎尔言也！谓尔不信。

捷捷幡幡！谋欲谮言。岂不尔受？既其女迁！

骄人好好，劳人草草。苍天苍天！视彼骄人，矜此劳人！

彼谮人者，谁适与谋？取彼谮人，投畀豺虎！豺虎不食，投畀有北！有北不受，投畀有昊！

杨园之道，猗于亩丘。寺人孟子，作为此诗。凡百君子，敬而听之！

【解题】

《巷伯》一诗，作者自己已在诗尾告白："寺人孟子，作为此诗。"无疑地这诗是一位阉官因被谗遭宫刑而作。为什么诗中没有巷伯字，而破常例名篇叫作《巷伯》呢？《孔疏》说："此经无巷伯之字而名篇曰《巷伯》，故《序》解之云，'巷伯奄官'。言奄人为此官也。'官'下有'兮'，衍字。《定本》无'巷伯奄官'四字，于理是也。以俗本多有，故解之。"陈奂《传疏》说："《释文》、《正义》、《秦风·正义》及《周礼·疏》皆以此下有'巷伯奄官'四字。又《正义》本'官'下有'兮'字。《小笺》云：兮、也古通用。然则《序》文有'巷伯奄官兮'五字矣。今据以补正。凡全《诗》不用经字名篇，《序》必申释其义，若《小雅·雨无正》之雨，《大雅·常武》之常，《召旻》之旻，《颂》之《酌》、《赉》、《般》，皆然。此云巷伯，亦不用经中之字，故《序》著释篇名之义。此其通例也。《序》以巷伯为奄官，则巷伯、寺人为一人。《周礼》无巷伯之官。唯襄九年《左传》'令司宫、巷伯儆宫'，与此诗巷伯同。《左传》以巷伯次司宫，犹《周礼》之寺人次内小臣。杜预云：'巷伯即寺人。'当是贾、服旧注。盖王之寺人五人,于五人中最长者谓之孟子。但云孟子则其官不显,但云寺人则其官为五人长者亦不显,故诗以'巷伯'名篇。巷者,宫中之道名。孟、伯,皆长也。巷伯,即经所谓'寺人孟子'也。《笺》以巷伯为《周礼》之内小臣,而与寺人别官,非是。"他据《孔疏》于这《诗序》末补正"巷伯奄官兮"五字,并说明名篇之意,可备一说。

　　陈奂说:"《序》以巷伯为奄官,则巷伯、寺人为一人。"巷伯、寺人确是一人吗?《郑笺》说:"巷伯,奄官。寺人,内小臣也。奄官,上士四人,掌王后之命,于宫中为近,故谓之巷伯,与寺人之官相近。谗人谮寺人,寺人又伤其将及巷伯,故以名篇。"郑君以奄官巷伯、寺人孟子分为两人。可是寺人和内小臣在《周礼》原是两职,他却合而为一,不可解。从宋儒以来,多疑巷伯、寺人为一人。刘敞《七经小传》说:"孟子仕人,以避嫌不审,为谗者谮之,至加宫刑为寺人,故作此诗也。诗名《巷伯》者,是其身所病者,故以冠篇。"《朱传》于诗首章说:"时有遭谗而被宫刑为巷伯者作此诗。"又于末章"寺人孟子"句下说:"寺人,内小臣,盖以谗被宫而为此官也。孟子,其字也。"刘敞、朱熹都以巷伯、寺人为一人。陈启源《稽古编》说:"《周礼》内小臣奄人而称上士,是奄官之长,故《笺》、《疏》以巷伯当之。伯,长也。寺人无爵,且属于内小臣,则奄人之卑者,故不以当伯长之称。宋之说诗者谓寺人即巷伯,已失据矣。《朱传》又谓寺人即内小臣,则误尤甚。夫内小臣与寺人并列于《周礼》天官属下,明是二职,岂未之见乎?"他坚持《郑笺》,反驳《朱传》,却不曾注意到"寺人内小臣"《朱传》袭用《郑笺》。翁方纲《诗附记》说:"甚矣!近来博古之徒好驳宋儒、不敢轻议郑说之为陋习也!"这话击中了陈启源的要害。当时学者间确有汉宋学之争,不止陈氏一人。王先谦《集疏》说:"黄山云:《后汉·孔融传》:'冤如巷伯。'李注引毛苌注:'巷伯,内小臣也,掌王后之命于宫中,故谓之巷伯。伯被谗将刑,寺人孟子伤而作诗以刺幽王也。'与《传》言孟子将践刑而作诗异。《笺》说又异二毛。其释篇名谓由寺人伤谗言将及巷伯,既非事实,尤涉不经。班固习《齐诗》,《司马迁传赞》言'《小雅》巷伯之伦',颜注亦云:'巷伯,奄官也,遇谗而作诗。'《冯奉世传赞》又言'孟子宫刑',张晏注亦云:'孟子被谗见宫刑,作《巷伯》之诗。'《后汉·宦者传》李注,前引《毛序》、毛苌注,后又云巷职即寺人之职,与毛注异,不知所出。然使巷伯即寺人,则说巷伯者可云即寺人官名,说寺人孟子者可云即巷伯。而经师讫无此说,则亦难定。惟准之齐说,知此篇古无正解,不妨并存也。"这是说,巷伯、寺人是一是二,两说不妨并存,因为古无正解,则亦难定。当以不了了之。在此以前,这诗无显然的今古文之争。这里黄山说的姑且作为坚持《诗》三家义的一说罢。

我以为巷伯、寺人当是一人。《三百篇》中凡用诗中字句名篇,似是从采诗到序诗这一过程中所加,另用篇名或是诗人自名,例如《巷伯》就疑是如此。《郑笺》说巷伯、寺人分为两人不对,说寺人作诗自己名篇倒是对的。这是我认巷伯、寺人为一人的一个理由,却和胡承珙《后笺》说的小有不同。他说:"承珙案:'寺人,内小臣',本于《车邻·毛传》。诗主讽咏之文,难以拘定官制。彼《传》以寺人为内小臣,本不过谓小臣之在内者,非专指王之正内五人也。寺人非一,而自称曰孟子,《传》所谓'罪已定矣,而将践刑,作此诗也'。《正义》云:自言孟子,以殊于余寺人不被谗人。是也。但诗为寺人所作而名篇以《巷伯》,故《笺》有'寺人伤其将及巷伯'之语。然诗中未见此意。末章言'凡百君子',则不止于将及巷伯矣。故后儒以寺人即巷伯者,亦非无理。盖诗篇名有作诗者自名,亦有采诗者所名。此诗或作者自称'寺人',而采诗者名之以'巷伯'。巷伯不见《周官》,惟见于襄九年《左传》。宋灾,令司宫、巷伯儆宫。杜注即以巷伯本内奄之通称(原注:《后汉书·宦者传赞》:况乃巷职,远参天机。注云:巷职,即寺人之职也)。故经言寺人,《序》称巷伯欤?《汉书·司马迁传赞》云:'迹其所以自伤悼,《小雅》巷伯之伦。'《后汉书·宦者传序》云:'《诗》之《小雅》亦有巷伯刺谗之篇。'详其词意,似皆以此诗即巷伯所作。然则以巷伯即寺人,其说不始于宋儒矣。《孔融传·驳复肉刑议》有'冤如巷伯'语,尤足见是巷伯被谗而作。《礼记·缁衣·正义》乃谓寺人伤谗,巷伯惧将及己,故作此诗。章怀注《后汉书》,又谓巷伯被谗将刑,寺人伤而作诗,又皆与郑异,然而皆非也。"他说的除了名篇一点我有异议外,关于巷伯、寺人是一是二的问题所作的总结,认定只是一人,我认为可称定论。

寺人孟子遭祸由于谮人,谮人诬说他一些什么?诗次章:"哆兮侈兮,成是南箕。"《毛传》说:"哆,大貌。南箕,箕星也。"《说文》:"哆,张口也。"《孔疏》:"箕四星,二为踵,二为舌。"诗以口舌星哆兮侈兮象征谮人张口夸大。为什么夸大呢?《毛传》接着说:"侈之言,是必有因也。斯人自谓避嫌之不审也。"是的,夸大必有原因,由于自己避嫌的不明确。避嫌指什么事呢?《毛传》又接着举颜叔子、鲁男子避男女之嫌有审有不审为例,它说:"昔者,颜叔子独处于室,邻之釐妇又独处于室。夜暴风雨至而室坏。妇人趋而至,颜叔子纳之,而使执烛。放乎旦而蒸尽,搔屋而继之。自以为辟嫌之不审矣(《孔疏》:颜叔子纳邻之釐妇,虽执烛继薪,人不可以家到户说,奸否难明,是不审也)。若其审者宜若鲁人然。鲁人有男子独处于室,邻之釐妇又独处于室。夜暴风雨至而室坏。妇人趋而托之,男子闭户而不纳。妇人自牖与之言曰:'子何为不纳我乎?'男子曰:'吾闻之也,男子不六十不闲居(《传疏》、《小笺》:此即六十闭房之说,谓不六十不能无欲也。……《正义》男子作男女,闲训闲杂。非)。今子幼,吾亦幼,不可以纳子。妇人曰:'子何不若柳下惠然?姁不逮门之女,国人不称其乱(《传疏》、《荀子·大略篇》,柳下惠与后门者同衣而不见疑,非一日之间。即其事也。《小笺》:后门,即不逮门。谓不及门,无宿处也。《礼记》注曰:以体曰姁)。'男子曰:'柳下惠固可,吾固不可。吾将以吾不可学柳下惠之可。'孔子曰:'欲学柳下惠可者,未有能似于是也。'"《毛传》举此为例,意在借以说明这位诗人由于"辟嫌之不审",即为了男女关系避嫌不清楚,而被人诬害。魏源《诗序集义》把它说成"辟嫌不审,被帷薄之谤",不错。《毛传》说寺人孟子避嫌不审,必有根据。为什么不直言其事,但举颜叔子、鲁男子两件故事为例?难道其事不雅驯,故避而不说?今无可考,是一恨事。按,《毛传》精简,绝少支离。有时偶引古书逸典,又好像不厌其烦。孙志祖《读书脞录续编》有《毛诗逸典》一则,指出所引逸典二十一例,《巷伯·传》中记颜叔子、鲁男子事即其一例。这诗末章:"寺人孟子,作为此诗。"《毛传》说:"寺人而曰孟子者,罪已定矣,而将践刑,作此诗也。"陈奂《传疏》说:"云罪已定,将践刑者,此自明其被谗之祸,且以原其作诗之由也。罪定践刑于经无当,当是相传古说如此。"《毛传》践刑之刑,是如《汉书·冯奉世传赞》说的"孟子宫刑"呢?还是如《郑笺》说的"既言寺人,复自著孟子者,自伤将去此官",丢掉寺人这官呢?

《毛传》根据逸典或相传古说来说这诗,郑君作《笺》时候已经不知,当是这诗毛、郑说有异同的由来。俞正燮《癸巳类稿·巷伯作诗义》说:"《传》……引颜叔子、鲁男子事以证之。……《正义》云:《传》言此者是证避嫌之事。此寺人非能身为奸淫,其所嫌者不必即是男女是非之事。则《正义》依《笺》解《传》,而不知非《传》意也。……毛言此孟子以男女之嫌,谮人诬致其罪,枉得宫刑,定为寺人。郑言此寺人被谮在宫中不谨,或逐或重得罪,去此寺人之官也。《传》、《笺》截然不同,《正义》乃误解《传》意。王肃于此诗不标毛义。肃甘心与郑为难,亦有精力不到之处。"他说这诗毛、郑的异同很精确。不妨重述一遍:毛意孟子作诗在未宫之前,谮人以男女之事相诬,故践刑乃是宫刑。郑意孟子作诗在已宫而为寺人之后,故践刑乃去寺人之官。陈启源说:"设遭谗而后宫,则践刑之时尚未为阉,安得自称寺人耶?"这话未免拘泥。罪已定为寺人,虽然宫刑未践,怎见得不可以气愤地而自称寺人呢?这诗定以毛公一说为是。

诗三百解题卷二十

谷风之什　　毛诗小雅

谷　　风

习习谷风，维风及雨。将恐将惧，维予与女。将安将乐，女转弃予！

习习谷风，维风及颓。将恐将惧，寘予于怀。将安将乐，弃予如遗！

习习谷风，维山崔嵬。无草不死，无木不萎。忘我大德，思我小怨！

【解题】

《谷风》，是朋友相弃之诗。为什么相弃？可与共患难，不可与共安乐。诗以风雨起兴。《毛传》说："兴也。风雨相感，朋友相须。……言朋友趋利，穷达相弃。"《郑笺》说："兴者，风而有雨则润泽行，喻朋友同志则恩爱成。……朋友无大故则不相遗弃。今女以志达而安乐，弃恩忘旧，薄之甚。"《诗序》说"天下俗薄，朋友道绝"，和诗旨合；又说"刺幽王"，于诗无当。但是以风俗浇薄，朋友道绝，归罪于王，也未尝不可。古人自有此理论。如《蔡邕集·正交论》说："古之交者，其义敦以正，其誓信以固，迨夫周德始衰，《颂》声既寝，《伐木》有鸟鸣之刺，《谷风》有弃予之怨。其所由来，政之缺也。"《汉书》朱穆《崇厚论》说："虚华盛而忠信微，刻薄稠而纯笃稀。斯盖《谷风》有弃予之叹，《伐木》有鸟鸣之悲。"这都该是用《鲁诗》说，和《毛诗》说合。王先谦《集疏》说："《潜夫论·交际》篇：'夫处卑下之位，怀《北门》之殷忧，内见谪于妻子，外蒙讥于士夫。嘉会不从礼，饯御不逮众，货财不足以合好，力势不足以杖急，欢忻久交，情好旷而不接，则人无故自废疏矣。渐疏则贱者愈自嫌而日引，贵人愈务党而忘之矣。夫以逾疏之贱伏于下流，而望日忘之贵，此《谷风》所为内摧伤也。'据此可推知《鲁诗·谷风》篇说。齐、韩无异义。"这也是用《鲁诗》说。还有胡承珙《后笺》说："案此《序》首句但云刺幽王，诗中'寘予'、'弃予'等语，焉知非君臣道睽，进若加膝，退若坠渊之谓？而《序》下及《传》独以为朋友之诗，自当有所受之。《韩诗外传》（七）载宋玉让其友，引《诗》曰：'将安将乐，弃予怍（原注：疑古如字）遗。'是毛、韩义略同。此后则《新序》（《杂事》五）宋玉事与《外传》同。蔡邕《正交论》、《风俗通·穷通》篇并云《谷风》有弃予之怨，朱穆《绝交论》亦同（《魏志》曹植《疏》亦云《谷风》有弃予之叹）。两汉儒者无不以此为朋友之诗。"这里引及《韩诗》说。可见这诗两汉《诗》今古文家说相同。

《邶风·谷风》是弃妇之词，或疑这篇《谷风》也是弃妇之词。母题同，内容往往同，歌谣常例。看来诗说"寘予于怀"，也像是说的男女相爱。《后汉书·阴皇后纪》载光武诏书说："吾微贱之时，娶于阴氏。因将兵征伐，遂各别离，幸得安全，俱脱虎口。"下文引《小雅》诗说："将恐将惧，维予与汝，将安将乐，汝转弃予。《风》人之戒，可不慎乎！"光武引这诗，意在表示自己当守《谷风》诗人之戒，对于阴皇后过去既和她共患难，现在就该和她共安乐。据此可证《谷风》一诗早在后汉时代就已有人看作弃妇之词了。

光武说《谷风》"《风》人之戒"，这诗风格确像是《国风》里的一篇。姚际恒《诗经通论》说："《小序》谓刺幽王，泛甚。此固朋友相怨之诗，然何以列于《雅》？而其体亦绝类《风》。不可解。"方玉润《诗经原始》说："此朋友相怨之诗，而《序》固谓之刺幽王，何也？夫天下俗薄，朋友道衰，以此刺王，何事不可以刺王？且亦天下古今通病，岂独幽王时为然耶？凡人处世，当患难恐惧时则思朋友，遇安乐无事日则谢交游。受人大德，转瞬不记；遭人小怨，终身难忘。此比比皆是，而诗固云尔也。亦身受其怨而不能自已焉耳。然诗体绝类乎《风》，而乃列之于《雅》，姚氏以为不可解，愚亦以为不可解。岂其间固不能无所误欤？"

按,龚橙《诗本谊》把这诗列为《小雅》"西周民风"十二篇之一,其实《小雅》民风何止这十二篇?民风入《雅》,当是合乐在《雅》之故。

蓼 莪

蓼蓼者莪?匪莪伊蒿。哀哀父母!生我劬劳。

蓼蓼者莪?匪莪伊蔚。哀哀父母!生我劳瘁。

瓶之罄矣,维罍之耻。鲜民之生,不如死之久矣!无父何怙?无母何恃?出则衔恤,入则靡至!

父兮生我,母兮鞠我。拊我畜我,长我育我。顾我复我,出入腹我。欲报之德,昊天罔极!

南山烈烈,飘风发发。民莫不穀,我独何害?

南山律律,飘风弗弗。民莫不穀,我独不卒?

【解题】

《蓼莪》,《诗序》说:"刺幽王。民人劳苦,孝子不得终养。"《郑笺》说:"不得终养者,二亲病亡之时,时在役所,不得见也。"不错,诗中已自表明如此。《诗序》不说"大夫刺幽王",而说"民人",作者口吻确不像是大夫之流。这诗当是采自"西周民风"。

这诗主旨今古文家说略同,所不同的在今文家或以为诗是大夫所作。王先谦《集疏》说:"《释训》:'哀哀、悽悽,怀报德也。'郭注:'悲苦征役,思所生也。'《尔雅》正释此诗之旨。是鲁说以《蓼莪》为困于征役,不得终养而作。《后汉·陈宠传》宠子忠《疏》云:父母于子,同气异息,一体而分,三年乃免于怀。先圣缘人情而著其节,制服二十五月。是以《春秋》臣有大丧,君三年不呼其门。闵子虽要绖服事以赴公难,退而致位以究私恩。故称君使之,非也;臣行之,礼也。周室陵迟,礼制不序。《蓼莪》之人作诗自伤曰:'瓶之罄矣,惟罍之耻。'言己不得终竟子道者,亦上之耻也。陈乔枞云:忠于《春秋》称《公羊》说,亦齐学也。此据《齐诗》之说，与《大戴礼·用兵》篇引《诗》义同。是齐说与毛合。《韩诗》当同。"依后汉陈忠的上疏来说，《蓼莪》诗人似属于大夫阶层。魏源《诗古微》也认为这诗和《四月》、《北山》两篇的"篇次本相连比"，同是大夫所作。这就和古文《毛序》说"民人"之诗不同了。

这诗在过去封建社会里是教孝的名作。《朱传》说："晋王裒以父死非罪(按，司马昭为魏安东将军，与吴战败。昭问于众曰：'近日之事谁任其咎？'王裒父仪对曰：'责在元帅。'昭怒而斩之)，每读《诗》至'哀哀父母，生我劬劳'，未尝不三复流涕。受业者为废此篇。诗之感人如此。"读了《蓼莪》一诗大受感动而见于正史记载的不止王裒一人。胡承珙《后笺》说："晋王裒、齐顾欢并以孤露读《诗》至《蓼莪》，哀痛泣涕。唐太宗生日，亦以生日承欢膝下永不可得，因引'哀哀父母，生我劬劳'之诗。是自汉至唐无不以此诗为亲亡后作者，欧阳《本义》乃谓《郑笺》泥滞。试思诗中'无父'、'无母'、'衔恤'、'靡至'等语，尚得为父母在之辞邪？"这诗是孝子在服役中哀伤父母死亡之作，确然无疑。

大　东

有饛簋飧，有捄棘匕。周道如砥，其直如矢。君子所履，小人所视；睠言顾之，潸焉出涕！

小东大东！杼柚其空！纠纠葛屦，可以履霜？佻佻公子，行彼周行。既往既来，使我心疚！

有洌氿泉，无浸获薪。契契寤叹，哀我惮人！薪是获薪，尚可载也。哀我惮人，亦可息也！

东人之子，职劳不来？西人之子，粲粲衣服！舟人之子，熊罴是裘？私人之子，百僚是试？

或以其酒，不以其浆？鞙鞙佩璲，不以其长？维天有汉！监亦有光？跂彼织女，终日七襄？

虽则七襄，不成报章？睆彼牵牛，不以服箱？东有启明，西有长庚？有捄天毕，载施之行？

维南有箕！不可以簸扬？维北有斗！不可以挹酒浆？维南有箕！载翕其舌？维北有斗！西柄之揭？

【解题】

《大东》，东国困于役而伤于财，谭大夫告病刺乱之作。《诗序》说的是。《郑笺》说："谭国在东，故其大夫尤苦征役之事也。鲁庄公十年（周庄王十三年，公元前六八四年），齐师灭谭。"按，谭国遗址已在山东济南附近发现，见《城子崖发掘报告》一书。

这诗主旨今古文家说略同，所不同的在于古文《毛诗》次在幽王之世，今文三家或以为作在厉王之世。王先谦《集疏》说："《潜夫论·班禄》篇：'赋敛重而谭告通。'陈乔枞云：'谭，本皆误作译，莫知其为指此诗矣。'顾广圻据《毛诗·序》谭大夫作此以告病，证译字即谭之讹。其说是也。愚案，谭告通者，盖《鲁诗》原有此文，言谭大夫告东国之病苦，具诗上达于周廷也。《后汉·杨震传》震《疏》云：'《大东》不兴于今。'震习《鲁诗》，是《鲁》篇名亦作《大东》。《易林·复之兑》：'赋敛重数，政为民贼。杼轴空虚，去其家室。'《否之丰》、《晋之复》同。焦用《齐诗》经文，与《毛序》义合。《汉书·古今人表》谭大夫次厉王世，然则非幽王诗也。"

谭是东国，不错。为什么诗说"小东大东"呢？《郑笺》说："小也，大也，谓赋敛之多少也。小亦于东，大亦于东，言其政偏，失砥矢之道也。"这是说，所谓大小是以赋敛之多少来说。杨慎《升庵经说》五道："周自平王遭父子之变，去丰而迁洛，周始东也，故曰大东。自敬王遭兄弟之争，子朝居王城曰西王，敬王居狄泉曰东王，周又东也，故曰小东。周有二东之变，王迹熄而王室乱矣。大国攻战会盟，小国贡赋奔走，故空其杼柚而怨刺作也。曰：然则诗词何以先小也？曰：自今而追昨，故先小而后大也。曰：诗篇名何又曰《大东》也？曰：纪乱之原也。

凡《诗》篇名多择章首二字。此诗名独越首章而取次章,不曰有饛而曰大东,吾不知作者名之与?删定者名之与?有旨哉!"这是说,所谓大小是以平王东迁于洛和敬王迁居狄泉曰东王、周有二东之变来说。惠周惕《诗说》道:"小东大东,言东国之远近也。《鲁颂》:'遂荒大东。'《笺》云:'极东也。'《周礼》:'大司徒以土圭之法测土深,正日景。日东则景夕多风。'注:'谓大东近日也。'《贾疏》云:郑意以日出东方而西流,故言东表为近日。以极东为大东,正与《鲁颂》之词合矣。远言大,则近言小又可知矣。谭在济南平陵县,实是东国,因其国而及其邻封,故言小东大东也。"这是说,所谓小东大东是以东国的远近来说。以上三说似皆可通。昔儒多用郑说,近儒或用惠说。今按,郑说于诗义为胜。不然的话,为什么此诗大东《笺》和《鲁颂》大东《笺》先后不同呢?

四 月

四月维夏,六月徂暑。先祖匪人,胡宁忍予!
秋日凄凄,百卉具腓。乱离瘼矣!爰其适归?
冬日烈烈,飘风发发。民莫不穀,我独何害?
山有嘉卉,侯栗侯梅。废为残贼,莫知其尤!
相彼泉水,载清载浊。我日构祸,曷云能穀?
滔滔江汉,南国之纪。尽瘁以仕,宁莫我有?
匪鹑匪鸢,翰飞戾天!匪鳣匪鲔,潜逃于渊!
山有蕨薇,隰有杞桋。君子作歌,维以告哀!

【解题】

《四月》,是一个大夫历述自己行役、忧乱、遭祸、思隐种种复杂心情的诗。他生在什么时代和什么社会环境?诗说:"乱离瘼矣,爰其适归?"可知他生在乱离时代、遭受苦难、无地可逃的社会里。大约他真是幽王时候的大夫罢。他遭了什么祸?诗里没有具体说出,但说"我日构祸,曷云能穀?"但说"民莫不穀,我独何害?""尽瘁以仕,宁莫我有?"就是说,他人都好,我独遭祸受害,虽然尽忠做事,没人理会而已。他从夏初出差(行役),经秋到冬,所到的地方是南方的江汉区域。好像他恨自己不是猛禽可以飞到天上去,不是大鱼可以逃到深渊里,最后有此逃避现实的隐居思想。

《诗序》说:"《四月》,大夫刺幽王也。在位贪残,下国构祸,怨乱并兴焉。"这说得空泛、含糊,和诗旨不甚切合。王先谦《集疏》说:"此篇为大夫行役过时,不得归祭,怨思而作。《中论》之说与左氏同。故首章即以先祖为言,与下篇《北山》劳于从事,不得养父母,首章即言父母,诗旨正为一类。《毛序》泛以为在位贪残,下国构祸,未得其要。"又说:"《中论·谴交》篇:'古者行役过时不反,犹作诗怨刺。故《四月》之篇称先祖匪人,胡宁忍予?'徐用《鲁诗》,是《鲁诗》以为行役过时不反而作。《左》文十三年《传》杜注:'《四月》之诗,行役逾时,思归祭祀。'说与《中论》合。是此诗古无异义。盖四月不反,已为过时,又历秋至冬,故作诗以刺。因言四月立夏,六月暑盛,又将往矣,不能归而祭祀,故思先祖也。"这也恰和《诗序》一样不得其要。说行役过时也许对的,说思归祭祀就为三家义所拘泥。诗说"先祖匪人,胡宁忍予?"岂是说的祭祀?钱澄之《田间诗学》以为篇中思祭之说只据此一语。他说:"先祖匪人,犹云独非人情乎?凡人未有不望其子孙之报本者,为人上者胡宁忍予蹈不祀之罪也?"他解"先祖匪人"未见得是,从而解成这是思祭之词也未免迂曲。像是他用其师说、何楷《古义》。

《左传》杜注说:"《四月》……行役逾时,思归祭祀。"不知道他是否用王肃一说,真像错到他外婆家里去了。王肃一说,孔颖达驳斥得好。《孔疏》说:"此篇《毛传》其义不明。王肃之说自云述毛,于'六月徂暑'之下注云:'诗人以夏四月行役,至六月暑往未得反,已阙一时之祭,后当复阙二时也。''先祖匪人'之下又云:'征役过时,旷废其祭祀,我先祖独非人乎?王者何为忍不忧恤我,使我不得修子道?'案,此经《序》无论大夫行役祭祀之事。据检《毛传》又无此意。纵如所说,理亦不通。故孙毓难之曰：凡从役逾年乃怨，虽文王之师，犹采薇而行，岁暮乃归。《小雅》美之，不以为讥。又行役之人固不得亲祭，摄者修之，未为有阙。岂有四月从役，六月未归，数月之间未过古者出师之期，而以刺幽王亡国之君乎？非徒如毓此言，首章始废一祭，已恨王者忍己，复阙二时，弥应多怨。何由秋日、冬日之下更无先祖之言，岂废阙多时反不怨恨也？以此王氏之言非得毛意。"今案，不但此《诗序》、《毛传》无论大夫行役祭祀之事，即诗本身也不曾说到祭祀，可知《鲁诗》和王肃、杜预一说之非。

　　诗说"先祖匪人"，这话怎讲？《郑笺》说："我先祖非人乎？人则当知患难，何为曾使我当此乱世乎？"这是什么话？悖慢之词，不合情，尤不合理。《孔疏》说："人困则反本，穷则告亲，故言我先祖非人，出悖慢之言，明怨恨之甚。犹《正月》之篇怨父母生己不自先后也。"这是申成《笺》义，话较圆通，实则还是牵强说来，同样不合理。到了宋儒就已有人明白指出《郑笺》之失。王楙《野客丛书》二十二说："《郑氏诗笺》极有害理处，不逆其意而以文害辞。如《四月》诗：'……先祖匪人，胡宁忍予？'……注谓云云，詈先祖为非人，岂理也哉？不若曰：不以为人乎？何忍使我当此乱世。"说此《郑笺》害理，对的。他自下一解似乎合理，却不合诗。又范处义《补传》说："一章叹先祖之神今已在天，非复人矣，何忍我受祸而不知恤乎？"这比《郑笺》似较合理，而增字成义，恐未必是。明何楷《古义》说："礼，卿大夫宗庙四时皆有祭。今以行役于外，而此典缺焉不修，我先祖独非人情乎？所望于后人之报本反始者谓何？宁能姑含忍予而无怨恫否也？"这增字成义也太噜苏。到了清儒，众解纷纭，莫衷一是。俞正燮就总结从来众解，自立一义。《癸巳类稿·四月匪人义》一文说："《诗·四月》：'先祖匪人。'《笺》、《正义》、《诗集传》：言先祖非人乎？何使己当此难世？无所归咎，怨恨之甚。其言不安。《正义》引王肃言：己不得祭其先祖。王肃所造《孔丛记义》云：孔子曰，于《四月》见孝子之思祭。《左传》文十三年：'季文子赋《四月》。'注云：'思归祭祀。'然不能与祭，遂以'先祖匪人'诘其上，亦为不词。欧阳氏修言:'先祖任用非人。'王氏楙言:'先祖不以子孙为人。'陈氏启源言:'先祖读断,匪人乃自指。'金氏甡言:'匪人谓非比他人。'皆望文生义。李氏黼平言:'人,为《说文》奇字之儿,仁人也。即《中庸》、《表记》仁者儿也之儿,为相儿偶,与忍字相对。'今案,人不必作儿。诗'匪人',当如《中庸》、《表记》'仁者人也'之人。《中庸》注云:'人也,读如相人偶之人,以人意相存问之言。'《表记》注云:'人也,谓施以人恩也。'《春秋传》曰:'执,未有言舍之者。此其言舍之,何?人也(今《公羊》:仁也。误)。'匪人者,谓先祖匪复以人意相慰恤。如下章言'天子宁莫我有',《葛藟》'亦莫我有'之有。匪与莫,其义同也。人与有,其义同也。冀先祖之人己,天子之有己,忠孝之人,情切而词悲也。《云汉》之诗曰:'后稷不克。'克,刻识也。'昊天上帝,则不我虞。'虞,度也。莫我有也,不我虞也,不克也,匪人也,同也。《诗》无达诂,得其句例则达诂也。"他这一解太费劲了,自谓得其句例,自诩达诂,恐未必是,尽管比较《郑笺》合理,比较他解近是。汪梧凤《诗学女为》说:"此忧乱之诗,盖周世臣之后放废而作也。先祖匪人,郑氏(所)云'出悖慢之言,明怨恨之甚',其说谬。……欧阳氏辨之韪矣。然以为先祖以来任用已非人,当时安然忍予之禄位。亦穿凿不可通。愚谓匪人犹云独非昔时宣猷效力之人乎?如邦之直、邦之彦之类。"这还是增字成义,穿凿求通,未必便是。其解"废为残贼"之废为放废,望文生义,不合古训。我们只好请教《毛诗》专家。陈奂《传疏》说:"匪,彼也。彼,犹其也。胡、宁,皆何也。'先祖匪人,胡宁忍予?'言先祖其人,何忍予而降祸乱也?与《云汉》'父母先祖,胡宁忍予',文义相同。"称先祖为"彼"、为"其人",也还是轻贱之词,和《郑笺》骂先祖非人比,只是"以五十步笑百步"。难道俞正燮和陈奂都不曾看到王夫之《稗疏》?要算《稗疏》说的于文义最顺。俞正燮引金氏甡言,甡盖阴用其义。《稗疏》说:"《笺》云:先祖非人乎?何为使我当此难乎?以不胜乱离之苦而遂詈及先祖,市井亡赖者之言,而何以云《小雅》怨悱而不伤乎?其云匪人者,犹非他人也。《颊弁》之诗曰:'兄弟匪他。'义同。

此自我而外不与己亲者,或谓之他,或谓之人,皆疏远不相及之词。犹言'父母生我,胡俾我愈'也。郑氏说《诗》滞于文句而伤理者不一。如'言从之迈',则云:欲自杀求从古人。'匪上帝不时',则云:纣之乱非生不得其时。如此类迂鄙不成理者,《集传》俱辟之,而于此独未削正,何也?"我以为今后学者要解通"先祖匪人"一句,当以此解作为定解。即今综合范处义、李黼平、俞正燮三家的解说,说成"先祖不相仁恤",也算可通,但未必是。

北　山

陟彼北山,言采其杞。偕偕士子,朝夕从事。王事靡盬,忧我父母!

溥天之下,莫非王土。率土之滨,莫非王臣。大夫不均,我从事独贤!

四牡彭彭,王事傍傍。嘉我未老:鲜我方将,旅力方刚,经营四方。

或燕燕居息,或尽瘁事国。或息偃在床,或不已于行。

或不知叫号,或惨惨劬劳。或栖迟偃仰,或王事鞅掌。

或湛乐饮酒,或惨惨畏咎。或出入风议,或靡事不为。

【解题】

《北山》,当是刺幽王使用士大夫劳逸不均、善恶无别之诗。汉唐经师都以为作者是一个大夫,因为诗说"大夫不均,我从事独贤"。本来这样说也说得通。姚际恒《诗经通论》独以为这是一个"士者所作,以怨大夫"的诗。我很赞同他这一说。诗首章说"偕偕士子,朝夕从事",次章又说"大夫不均,我从事独贤"。谁是士,谁是大夫,诗里"均有明文"。士的地位低于大夫一等,士和大夫等级间的对立、不均的矛盾,这是我们可以想象得到的。王臣公,公臣大夫,大夫臣士,一层奴役一层,这是当时社会里统治阶级内部的等级。其下是自由民和奴隶,也还有等级,这是属于被统治阶级。《北山》这诗就是对于当时统治阶级内部一种矛盾尖锐化的反映。同时对立阶级间的矛盾尖锐化,民族间的矛盾尖锐化,其他诗篇里也都有反映。从此王室解体,西周快要完了。

这诗写"大夫不均"的情状很为突出。《诗义折中》说:"或安居于家,或尽瘁于国。或高卧于床,或奔走于道。则苦乐大大悬殊矣。此不均之实也。……或耳不闻征发之声,或面常带忧苦之状。或退食从容而俯仰作态,或经理烦剧而仓卒失容。极言不均之致也。""不止劳逸不均而已。或湛乐饮酒,则是既已逸矣,且深知逸之无妨,故愈耽于逸也。或惨惨畏咎,则是劳无功矣,且恐因劳而得过,反不如不劳也。或出入风议,则己不任劳、而转持劳者之短长。或靡事不为,则是勤劳王事之外,又畏风议者之口而周旋弥缝之也。此则不均之大害,而不敢详言之矣。"这是就后三章描写不均两两对比上,或分析事实,或指出危害,很有是处。尽管它是官书,行文有八股调子,偶有长处,也不必一笔抹杀。

《孟子》以为这诗说"劳于王事而不得养父母",自是这诗古义,《诗序》说的正和它相合。胡承珙《后笺》说:"范氏《诗沈》曰:'《孟子》曰,是诗也,劳于王事而不得养父母也。已尽通篇之意。后四章但言役使不均,而失养之怨自明。'姜氏《广义》曰:'二章言天下孰非臣,而父母惟有子。王无我,非无可使之臣;亲无我,更无可依之子。何为从事独贤,不容终养也? 三章旅力方刚,经营四方,是报国日长之意。故此篇孝子之悲思,非劳臣之感愤也。'承珙案,二说以此诗通章意主不得养父母,故可以怨。足破李迂仲谓《北山》怀怨不及《北门》大夫之说。《吕览·慎人》篇云:'舜自为诗曰:普天之下,莫非王土。率土之滨,莫非王臣。所以见尽有之也。'焦里堂曰:'当时盖相传此诗为舜作,故咸邱蒙引以为问。孟子直据《北山》之诗解之,则诗非舜作明矣。孟子不独论舜,兼以明诗。'承珙谓此当是不韦之时,经师道绝,六籍榛芜,门下食客因咸邱蒙事而遂误托于舜耳。毛公遭秦灭学,而独与孟子合,其源流断非三家所能及矣。"他说这诗不是帝舜所作，对的。他说这诗通篇意主不得养父母，似乎不明诗人立意的主次。他说毛公说这诗和孟子合，"其源流断非三家所能及"，这似是出于宗毛的偏见。

这诗今古文家说略同。王先谦《集疏》说："《后汉·杨赐传》赐《疏》云：'劳逸无别，善恶同流，《北山》之诗所为作。'此鲁说，齐、韩盖同。"又说："《易林·夬之解》：'登高望家，役事未休。王事靡盬，不得逍遥。'《鼎之困》同。此《齐诗》义。登高望家，说诗首二句也。"又说："赵岐《孟子章句》九注云：'普，遍。率，循也。遍天下循土之滨，莫有非王者之臣。'今王不均大夫之使，乃使从王事独劳乎？故孟子引诗云：此莫非王事，我独贤劳也。训贤为劳，正《传》所本。《盐铁论·地广》篇：'《诗》云，莫非王事，而我独劳。刺不均也。'是齐义相同。"从这诗看来，今古文"同源异流"，这句老话不错。胡承珙说《毛诗》"源流非三家所能及"，这话不大确。

诗说："溥天之下，莫非王土。率土之滨，莫非王臣。"这反映了当时社会发展还在奴隶制阶段，也反映了当时土地是国有制，也就是"井田"或"公田"的存在。到了春秋战国之际，新兴地主阶级要取代奴隶主阶级，私田制要取代公田制，总之封建制社会要取代奴隶制社会了。最近看到郭沫若《中国古代史的分期问题》一文，其中有关于解释这几句诗语的，录在这里，以供读者参考："古代中国的土地所有制，在殷周时代是土地国有制。这是沿袭着原始公社的习惯而被固定下来的。那时的国家是奴隶主阶级专政的工具，是帮助奴隶主压迫奴隶的。耕种土地的奴隶离不开土地，是土地上的附属物。因此耕种土地的劳动力也随着土地的国有而同归于国有。周代的诗所说的'普天之下，莫非王土。率土之滨，莫非王臣'所表明的就是这种土地国有制的实际。一国的统治者，自殷代以来，是具有很高的权力的。据说国王是天的儿子（'天子'），天（也称为'上帝'，它其实是国王的影子）把全国的土地和人民授予给它的儿子让他统治，一国的土地和人民都是国王的家产。国王把他所有的可耕地和劳动力分配给臣下们使用，因而臣下们所有的土地和耕者只是他们的享有，而不是他们的私有。臣下们有罪或以其他的原因，国王可以随时收回所分配的土地和劳力。这样的情形，在春秋时代的前半期，都还常常见于记录。尽管当时的周王已经沦落得可怜，如同一个小小的诸侯，而他对于他所直属的臣下，仍然有夺回土地另行分配的权力。古代中国无疑问地施行过井田制，就平坦的地面划分出有一定亩积的等量的方田，以分配给臣下作为俸禄。这一方面可以作为规定俸禄多寡的标准，另一方面也可以作为考验耕者勤惰的标准。这种办法不仅限于中国，古代罗马的百分田法，同中国的井田制是十分类似的制度。凡是属于井田范围内的田都是公家的田，也就是所谓'公田'。这些公家的田被分配给臣下，同时也把一定的生产者分配给他们。制度施行既久，随着生产力的发展，有一些臣下们超额地榨取耕奴们剩余劳动（即在应有的耕作之外的超额耕作），以开垦井田以外的空地。这被开垦出来的田地，便成为私家的黑田。这私家的黑田不可能再是四方四正，也不可能有一定的亩积，在初公家是不收税的，是纯粹的私有物。这样的垦辟一经久了，黑田面积的总和或者某一个臣下的黑田总和，会超过公家所有的井田，因而私门也就富于公家，形成为上下相克的局面，实际上也就是一种阶级斗争。公家为了增加收入，终于被迫打破了公田和私田的区别而一律取税。这是承认臣下所享有的公田索性成为他们的合法私有。而他们所私有的黑田却不能再自由漏税了。这便导致了井田制的破坏，也便导致了奴隶制的灭亡。《春秋》在鲁宣公十五年（公元前五九四年）有'初税亩'的记载，虽然仅仅三个字，却含有极其重大的社会变革的历史意义。它表明着中国的地主阶级第一次登上了政治舞台，第一次被合法承认。在此以前的奴隶制下，中国是没有所谓'地主阶级'的。地主阶级既不存在，则农民阶级与地主阶级对立的这个主要矛盾也就还未成立。那么，在春秋中叶以前的中国社会便不是封建社会，而是奴隶社会，应该是没有什么可以争论的了。促进了这一变革的还有一个重要的因素，那便是在春秋年间铁器登上了舞台，促进了农业生产。铁制耕具的使用在战国中期已十分普遍,文献上和地底发掘上都有充分的证据,无疑铁器的开始使用是在春秋时代。这种新工具的发明和使用,比起前人的木耜、石锄来,效力会远远超过。这就大大提高了农业生产力,其必然的结果也就迅速地使私有的黑田超过了有限的井田,因此破坏了旧有的生产关系。奴隶制与封建制的更替之发生在春秋战国之交,铁的使用更是一个铁的证据。中国的疆域,在春秋战国时代已经相当广大,因而社会的发展是不平衡的。就《春秋》的记载看来,制度的变革,鲁国是最早的一个国家。就在鲁国,这一制度的变革,自鲁宣公十五年(前五九四年)起算,还经历了五十多年,直到鲁昭公五年(前五三七年)才全面完成了。其他的国家都比较迟,而秦国却最迟。秦国是在秦孝公十二年(前三五〇年)由于商君的变法,'废井田,开阡陌',重耕战,图富强,才扬弃了奴隶制而转入封建制。这和鲁国的开始变革相差有两百年之久。"

无 将 大 车

无将大车!祇自尘兮。无思百忧!祇自疧兮。
无将大车!维尘冥冥。无思百忧!不出于颎。
无将大车!维尘雍兮。无思百忧!祇自重兮。

【解题】

《无将大车》,当是赶大车者所作,这也是劳者歌其事的一例。其风格绝类《国风》,当是所谓"西周民风",采自民间歌谣。大车是什么车?《孔疏》说:"《冬官》:'车人为车有大车。'郑云:'大车,平地载任之车。'则此是也。其车驾牛。故《酒诰》曰:'肇牵车牛远服贾。'用是小人之所将也。"不错。这诗大车不必是《王风·大车》那样的车;推挽大车的人不必是为自己从事生产劳动,而是正在当差受苦。这诗是赋体,不是比体,也不是兴体。

朱子《辨说》指出:"此《序》之误,由不识兴体,而误以为比。"就是说,《诗序》以扶进大车比扶进小人,错了。《朱传》说:"兴也。"兴什么?即象征什么?没有进一步说明。但说:"此亦行役劳苦而忧思者之作。"又像是说诗直赋其事,非比非兴。这就要招致疑难了。胡承珙《后笺》说:"《稽古编》曰:此《序》与《荀子·大略篇》引诗合。又《韩诗外传》引此诗以证所树非其人,亦同《序》义。可见古义相传如此,非一家之说也。承珙案,《易林·井之大有》云:'大车多尘,小人伤贤,其忧百端。'《三国志·赵王幹传》:'幹私通宾客,为有司所奏,赐玺书戒之曰:《易》称开国承家,小人弗用;《诗》著大车,维尘之戒。'此皆与《序》合者。朱子……不知《毛传》虽不言兴,就首章《传》云:'大车者小人之所将也。'此小人谓小民,与《序》小人不同。故《笺》云:'鄙事贱者之所为,君子为之,不堪其劳。以喻大夫而进举小人,适自忧累,故悔之。'据此《传》、《笺》本皆以为兴,即《正义》亦云:'将此大车,适自尘蔽于己,以兴后之君子无得扶进此小人,适自忧累于己。'文义明白如是,而曰《序》不识兴体,何也?且诗首章与《齐·甫田》首次二章文例大同。彼《传》、《笺》皆以为兴,《集传》改以为比,而于此又不为比,亦未免自乱其例。"《朱传》、《后笺》两说相反如此,究竟这诗是属于赋比兴哪一体呢?

这诗今古文说都是以为兴体。《荀子·大略篇》说:"君人者不可以不慎取臣,匹夫者不可以不慎取友。友者所以相有也。道不同何以相有也?均薪施火火就燥,平地注水水流湿。夫类之相从也如此之著也。以友观人焉所疑?取友善人,不可不慎,是德之基也。《诗》曰:'无将大车,维尘冥冥。'言无与小人处也。"这是引诗以就己说之义,未必是诗本义。毛、鲁之学同出于荀卿,此为古文《毛序》所本,鲁说当同。《韩诗外传》七说:"魏文侯之时,子质仕而获罪焉。去而北游,谓简主曰:'从今已后,吾不复树德于人矣。'简主曰:'何以也?'质曰:'吾所树堂上之士半,吾所树朝廷之大夫半,吾所树边境之人亦半。今堂上之士恶我于君,朝廷之大夫恐我以法,边境之人劫我以兵,是以不复树德于人也。'简主曰:'噫!子之言过矣。夫春树桃李,夏得阴其下,秋得食其实。春树蒺藜,夏不可采其叶,秋得其刺焉。由此观之,在所树也。今子所树非其人也,故君子先择而后种也。'"这也明是引诗以就己说之义。同说这诗,《荀子》说"无与小人处",《毛序》说"悔将小人",《韩诗外传》说"所树非其人",都可以说是兴义,即有象征的意味。《朱传》所说兴义是什么呢?王先谦《集疏》说:"《易林·井之大有》云:'大舆多尘,小人伤贤。皇父司徒,使君失家。'陈乔枞云:'据《易林》皇父司徒云云,则《齐诗》之说或以此为刺厉王时也。'愚案,《十月之交》篇,皇父卿士仍当在幽王时。《笺》以为厉王,非也。陈沿《笺》说之误。鲁、韩未闻。"以上都可证这诗今古文说略同。

小　明

明明上天,照临下土。我征徂西,至于艽野。二月初吉,载离寒暑。心之忧矣,其毒大苦。念彼共人,涕零如雨。岂不怀归,畏此罪罟!

昔我往矣,日月方除。曷云其还?岁聿云莫!念我独兮,我事孔庶。心之忧矣,惮我不暇。念彼共人,睠睠怀顾。岂不怀归?畏此谴怒!

昔我往矣,日月方奥。曷云其还?政事愈蹙!岁聿云莫,采萧获菽。心之忧矣,自诒伊戚。念彼共人,兴言出宿。岂不怀归?畏此反覆!

嗟尔君子!无恒安处。靖共尔位,正直是与。神之听之,式榖以女!

嗟尔君子!无恒安息。靖共尔位,好是正直。神之听之,介尔景福!

【解题】

《小明》,《诗序》说:"大夫悔仕于乱世。"不错。诗中已自表明:"心之忧矣,自诒伊戚。"《郑笺》说得好:"我冒乱世而仕,自遗此忧,悔仕之辞。"确有悔意。顾镇《虞东学诗》说："此篇诗义，说者纷错。《笺》以共人指君，固属迂曲，后儒或谓大夫之友隐居不仕者（邱氏），或谓先时曾谏阻大夫之仕者（陈少南），皆无可据。惟谢叠山谓共人即'靖共尔位'之君子，与诗人志同道合者也。其言通贯前后。……盖仕乱世者惟敬共可免，故君子本共而又勉以靖共。"胡承珙《后笺》说："辅汉卿曰：'僚友不一而足，有出者，有处者，宜也。己之征役固劳苦矣，然以其所谓罪罟、谴怒、蹙急、反复者观之，则僚友之处者亦岂有乐事哉？此所以思之而涕零如雨也。'严华谷曰：'君子仕于乱世，凛凛畏罪。然其势不可以去也，则惟敬共以听天命而已。盖以己之所自处者告其同志也。'二说似于经旨有合。"他们都于这诗主旨有所阐发。我们读诗，便知这是一位西征大夫自述久役、忧时、思友、怀归，种种复杂心情之作。诗由行役引起，这和《四月》、《北山》两诗相同。虽然诗人个别遭遇不同，对于行役的感受也各有不同，可是诗人忧时、畏罪，三诗却又相似。当然诗人的情感思想还是有所差别。《四月》显然有逃避现实的思想；《北山》显然有役使不均的感愤和不得养父母的遗憾；《小明》则再三说"念彼共人"、"岂不怀归"，又重复说"嗟尔君子"、"靖共尔位"，显然有思友、怀归的感伤。这就是三诗不同的地方。

篇名《小明》是什么意思？为什么加上一个小字？《郑笺》说："名篇曰《小明》者，言幽王日小其明，损其政事，以致于乱。"他这一说有问题，宋儒别求解释也还是有问题。陈启源《稽古编》说："诗名《小明》，郑以为幽王日小其明，而欧阳氏非之，谓《大雅》有'明明在下'，《小雅》有'明明上天'，故名篇者加大、小于明上以记别也。苏氏亦谓《小旻》、《小明》所以别于《大雅》之《召旻》、《大明》，《小宛》、《小弁》亦然。其在《大雅》者必是孔子删之，故无闻耳。案，此说非是。观《书·金縢》言公为诗，名之曰《鸱鸮》，《左传》言许穆夫人赋《载驰》，秦人赋《黄鸟》，《国语》言卫公作《懿戒》，可见作诗时篇名已定。康成云（《关雎叙》、《笺》）三百十一篇并是作者自为名。斯言信矣。《大雅》之《大明》作于周之初年，安得预知幽王之世有作《小明》者而加大以记别哉？且诗篇重名固甚多矣。《雅》之《杕杜》、《黄鸟》、《谷风》、《甫田》，名皆与《国风》同。而《白华》之名两见于《小雅》，《国风》之《柏舟》、《无衣》则亦两见，《羔裘》、《扬之水》则三见。何独不为记别也？然则小之为义纵未必如《笺》、《疏》所云，至若欧、苏二家以为别于《大雅》，万无此理矣。又案，《小旻》、《小明》，郑皆有训释，以《小旻》所刺比于上二篇为小，故取名于小。此与日小其明之说俱迂曲难从。《小宛》、《小弁》郑无发明，《疏》推其旨，以为鸣鸠、鹡斯皆小鸟，幽王才智卑小，似鸣鸠之不能高飞，鹡斯小鸟而甚乐，叹宜曰之不如意。较平正可用。"我以为大小二字不是作者自名，当是采诗或编诗者所加，用以记别，欧、苏一说近是，但大、小不必依二《雅》两两完全相对。至陈氏相信《郑笺》以为《诗》三百篇名都是作者自名，又引起了一个问题。《诗》三百篇名由作者自题而可以考见的太少，安知其大部分不是由采诗、陈诗、编诗、删诗一类的人代题的篇名呢？此可和《小旻·解题》释篇名参看。

这诗主题，汉宋学家、今古经学家都无甚争论。王先谦《集疏》说："三家无异义。""《盐铁论·执务》篇:'古者行役不逾时，春行秋反，秋往春来，寒暑未变，衣服不易，固已还矣。今则繇役极远，寒苦之地，危难之处，今兹往而来岁还。故一人行而乡曲怅，一人死而万人悲。《诗》云：念彼恭人，涕零如雨。岂不怀归？畏此罪罟。'此齐说。共与恭同也。"桓宽虽用《齐诗》，这是引诗以就己说之义，只节取诗中苦于久役一个意思罢了。

鼓　钟

鼓钟将将，淮水汤汤，忧心且伤。淑人君子，怀允不忘！
鼓钟喈喈，淮水湝湝，忧心且悲。淑人君子，其德不回！
鼓钟伐鼛，淮有三洲？忧心且妯。淑人君子，其德不犹！
鼓钟钦钦，鼓瑟鼓琴，笙磬同音。以《雅》以《南》，以籥不僭！

【解题】

《鼓钟》,《诗序》以为"刺幽王"之诗。诗一章《毛传》说:"幽王用乐不与德比,会诸侯于淮上,鼓其淫乐以示诸侯,贤者为之忧伤。"《郑笺》说:"为之忧伤者,嘉乐不野合,牺象不出门,今乃于淮水之上作先王之乐,失礼尤甚。""古者善人君子,其用礼乐各得其宜,至信不可忘。"毛说淫乐,郑说先王之乐,两说孰是?《孔疏》说:"《传》言淫乐,《笺》易之为先王之乐者,以卒章所陈是先王正乐之事,举得正以责王,明是王作之失所耳,非有他乐也。……则未知幽王曷为作先王之乐于淮水之上耳。"陈奂《传疏》说:"淮水之上非方岳觐诸侯之地。今幽王会诸侯而用先王之乐,是不与先王之德比矣。不与德比,即为淫乐。此《传》总发全章之旨。……'嘉乐不野合,牺象不出门',定十年《左传》文。《史记·鲁世家》称孔子诛齐淫乐。郑引之,正以申明此《传》之义。王肃亦云:'凡作乐而非所,则谓之淫。'淫,过也。"他意以为毛、郑说同。《笺》正申《传》,并非易《传》,《孔疏》错了。

《孔疏》说"未知幽王曷为作先王之乐于淮水之上",似是始疑此诗非幽王之事。幽王是否东巡到淮?汪梧凤《诗学女为》说:"《诗揆》曰:昭王巡狩没于汉滨,穆王车辙马迹遍天下,共王游于泾上,疑此三王事,非幽王也。欧阳氏云:考《诗》、《书》、《史记》无幽王东巡之事,无由远至淮上而作乐,当阙其所未详。愚案《竹书纪年》:幽王十年春,及诸侯盟于太室。秋,王师伐申。《左传》:楚灵会于申。椒举曰:'幽王为太室之盟,戎狄畔之。'太室,即嵩山之东别名。申,在今南阳县北三十里。淮水出南阳胎簪山,至桐柏而大。太室也,申也,桐柏也,皆豫州地。而胎簪与申则皆隶南阳府地为尤近。宣王时改封申伯于谢,而曰'崧高维岳,维岳降神'。岳指嵩山,举其近者言也。盖是时幽王有事于东方,自太室而申而淮,自春而秋而冬,从流忘返。始则淮水汤汤,既而湝湝,终而水落洲见。诗人因鼓钟之声,思淑人之德,为婉言以讽之,冀其早自修省,而王卒不悟也。明年犬戎难作,而西周果亡矣。"他引《竹书纪年》,恐未可靠。他引《左传》,则似可信。姜氏《广义》、范氏

《诗沈》都曾据《左传》此文为说。朱右曾《诗地理徵》也据此文说："意王既会，遂浮颍入淮，斅穆天子之浮于荥水以奏广乐，宜其汱侈于诸侯，而不知戎狄之窃发。此贤者所以闻乐而拊心也（昭王南征，无缘流连于淮上。若作穆王，则与《左传》穆王有涂山之会适合，未详）。"他如陈启源《稽古编》以《诗》即是史，不得疑经信史，驳了胡一桂据史初无幽王至淮徐之事一说。胡承珙《后笺》以嵩高为中岳见于《尔雅》，《禹贡》曰外方，左氏即曰太室，驳了陆奎勋以为嵩山太室祠盛于汉武，周时未列中岳，幽王所盟者乃镐京明堂大室一说。以上所举诸家都以为古文《毛序》可信。

但是据今文三家遗说，《鼓钟》为昭王诗。王先谦《集疏》说："《孔疏》：'郑于《中候·握河纪》注云，昭王时《鼓钟》之诗所为作者，郑时未见《毛诗》，依三家为说也。'马瑞辰云：'郑君先通《韩诗》，以《鼓钟》为昭王诗，盖《韩诗》之说。故王应麟《诗考》以《孔疏》所引列入《韩诗》。'陈乔枞云：'《中候》多齐说。如《摘雒戒》言剡者配姬以放贤，是其明证。他若《契握》言玄鸟翔水遗卵，娀简拾吞，生契封商；《稷起》言苍耀稷生，感迹昌，皆与《诗纬》合。《鼓钟》之诗，郑据《齐诗》为说也。"又说："《风俗通义》十：淮出南阳平氏桐柏大复山，东南入海。《诗》云：'淮水汤汤。'明《鲁》、《毛》文同。南阳汉郡，今之南阳府。昭王南巡，盖将由此入汉也。王会诸侯于淮上而奏先王之乐，失礼之甚。闻者伤之。"又说："韩说曰：王者舞六代之乐，舞四夷之乐，大德广之所及。（《文选·魏都赋》李注引《韩诗内传》文）又曰：南夷之乐曰《南》。四夷之乐，惟《南》可以和于《雅》者，以其人声音及籥不僭差也。（《后汉·陈禅传》李注引《薛君章句》文）是韩说以《雅》统六代之乐，以《南》表四夷之乐。"他据三家遗说，以为此诗昭王南巡由淮入汉时所作。《诗揆》曾疑此诗昭王、穆王、共王三王事，惟昭王较有据。此外，或引《大雅·常武》篇以为这是记宣王亲征淮夷，或以为这是刺徐夷偃王僭用天子礼乐（姜氏《广义》引《诗故》）。或以为诗言用乐之节与《燕礼》记君燕勤王事大夫事皆合，自是诸侯燕勤王事大夫之乐，非天子飨诸侯之乐，

《传》说今无证验。《传》、《笺》属乐于王，故毛谓《雅》、《南》舞四夷之乐，郑谓《雅》为万舞，取说皆曲（阮元《揅经室集一·天子诸侯大夫士金奏升歌笙歌间歌合乐表说》）。也都难以相信。我们只以为今古文家两说皆有所受，比较可信。两说谁是？或者他说为是？有待于将来学者论定。倘有地下资料发现就更好确定了。

诗说："鼓钟伐鼛，淮有三洲。"这已指明用乐之地在淮水何处。《毛传》说："三洲，淮上地。"朱右曾说："苏氏曰：始言汤汤，水盛也。中言湝湝，水流也。终言三洲，水落而洲见也。言王之久于淮上而忘反也。右曾案，《水经注》曰：淮水又东为安风津，津中有洲，俗号关洲。盖津关所在，故洲纳厥称。通校全淮惟此有洲。在今霍邱县北也。"陈奂说："今考《方舆纪要》，江南凤阳府寿州霍邱县，县西南二十里有安风城，或讹风为丰。大业陂，县东北十五里，周二十余里，人呼为水门塘，相传古名镇淮洲，陷而为陂。淮水在县北三十里，自颍州流入境，又东北接颍上县界。自霍邱县而东，经正阳镇，颍水流合焉。《汉志》：颍水出阳城县阳乾山东，至下蔡入淮，其入淮处谓之颍尾，……亦曰颍口。下蔡城即古州来也。是淮洲陷成陂当在颍水入淮之处。"王先谦说："愚案，大水中洲坍涨不常。淮水三洲最古。据朱、陈二说，二洲一已为陂，另一洲更无可考。古南江并于中江，亦其比也。"据上三家说，可知古淮有三洲在今安徽何县了。

诗说："以《雅》以《南》，以籥不僭。"不待说，籥是一种管乐器。近顷学者以为雅、南也都原是乐器。雅字古文作疋。章炳麟《大疋小疋说上》道："凡乐言疋者有二焉，一曰大小雅，再曰春牍应雅。雅亦疋也。郑司农说《笙师》曰：春牍以竹，大五六寸，长七尺，短者一二尺。其端有两空，髹画，以两手筑地。应长六尺五寸，其中有椎。雅状如漆筩而弇口，大二围，长五尺六寸，以羊韦鞔之，有两纽疏画。"又《大疋小疋说下》道："大小雅者，其初秦声乌乌。"章太炎既以为雅是一种乐器，又说雅是一种曲调，所谓秦声，也就是所谓夏声罢。雅作为一种乐器，像鼓，但是只有一面用羊皮鞔（蒙）着。不如说它像漆筩（桶），像缶、像盆。当然,同是作为乐器,雅比缶盆进步多了。郭沫若《甲骨文字研究·释南》以为殷墟卜辞里的南字,"本钟铸之象形,更变而为铃","卜辞之八南九南或一羊一南,实即八铃九铃或一羊一铃。《小雅》之'以雅以南',《文王世子》之'胥鼓南',实即以雅以铃、胥鼓铃也","《诗》之《周南》、《召南》、大小《雅》,揆其初,当亦以乐器之名孳乳为曲调之名,犹今人言大鼓、花鼓、鱼琴、简板、梆子、滩簧之类耳。《诗序》所谓南,言化自北而南,乃望文生义之臆说。"郭先生以为"南"原是南方民族的乐器,后变为南方曲调之名,并把南作为南方之南。章、郭两家先后释雅南为乐器,这一新解渐渐得到学者的信从。张西堂《诗经六论》就说颂也是一种乐器。颂、庸、镛古字相通。颂就是钟。他除了把《国风》之"风"解作一种声调(盖以为风原是徒歌之风谣)以外,把"南"、"雅"、"颂"都解作原是乐器的名称,正是受了章、郭两家的影响。

楚　茨

楚楚者茨,言抽其棘。自昔何为？我蓺黍稷。我黍与与,我稷翼翼。我仓既盈,我庾维亿。以为酒食,以享以祀。以妥以侑,以介景福!

济济跄跄! 絜尔牛羊,以往烝尝。或剥或亨,或肆或将。祝祭于祊,祀事孔明。先祖是皇,神保是飨。孝孙有庆:报以介福,万寿无疆!

执爨踖踖,为俎孔硕,或燔或炙。君妇莫莫,为豆孔庶,为宾为客。献酬交错,礼仪卒度,笑语卒获。神保是格:报以介福,万寿攸酢!

我孔熯矣! 式礼莫愆。工祝致告,徂赉孝孙:苾芬孝祀,神嗜饮食。卜尔百福,如几如式。既齐既稷,既匡既敕。永锡尔极,时万时亿!

礼仪既备,钟鼓既戒。孝孙徂位,工祝致告:神具醉止,皇尸载起。鼓钟送尸,神保聿归。诸宰君妇,废彻不迟。诸父兄弟,备言燕私。

乐具入奏,以绥后禄。尔殽既将,莫怨具庆。既醉既饱,小大稽首。神嗜饮食,使君寿考。孔惠孔时,维其尽之。子子孙孙,勿替引之!

【解题】

《楚茨》,当是有关王者秋冬祭祀先祖,和祭后私宴同姓诸臣之诗。诗里称我,称孝孙,都是周王自称,或说诗人代周王自称,称周王。

这诗首章说丰收以后祭祀,故又可以列入西周农事诗一类,被视为所谓《豳雅》之一。《七月》是一个长篇农事诗,列在《豳风》,又称《豳诗》。《楚茨》、《信南山》、《甫田》、《大田》四篇也都是篇幅较长的农事诗,同列在《小雅》,所以有人疑这四篇就是所谓《豳雅》,例如《朱传》所引或说。还有《思文》、《臣工》、《噫嘻》、《丰年》、《载芟》、《良耜》篇幅长短不一的六篇也都是农事诗,同列在《周颂》,难怪《朱传》又说或疑这些诗都是所谓《豳颂》了。郭沫若《中国古代社会研究》第二篇《诗书时代的社会变革与其思想上之反映》和《青铜时代·由周代农事诗论到周代社会》一文,可供我们参考。《周礼·春官》说:"籥章掌土鼓豳籥。中春昼击土鼓,歙《豳诗》,以逆暑。中秋夜迎寒,亦如之。凡国祈年于田祖,歙《豳雅》,击土鼓,以乐田畯。国祭蜡,则歙《豳颂》,击土鼓,以息老物。"郑注:"《豳诗》,《豳风·七月》也。""《豳雅》,亦《七月》也。""《豳颂》,亦《七月》也。"依郑注,《七月》一诗兼《风》、《雅》、《颂》,当是指分别合乐来说的,不是把这诗分割为三部分,如有些学者所说。但是后人有以为《七月》只算是《豳风》,或称《豳诗》,《豳雅》、《豳颂》当在《雅》、《颂》中,如上面所说的。上面说的这些诗往后都要谈到。《七月》一诗以后,就从《楚茨》这诗谈起。

《诗序》说:"《楚茨》,刺幽王也。政烦赋重,田莱多荒,饥馑降丧,民卒流亡,祭祀不飨。故君子思古焉。"这诗主旨汉宋学有争执,今古文无甚争执。魏源《集义》以为这是公侯秋裕尝之《雅》,与其说他是自下己意,毋宁说是受了宋学的影响。他就不曾照例自注出于汉今文三家何说。王先谦《集疏》也不曾举出三家有何异义。陈奂《传疏》说:"诗先言民事而及神飨获福也。陈古以刺今。"他勉强释明《诗序》刺字。自《楚茨》以下十篇,《诗序》都以为是伤今思古以刺幽王。朱熹早就以为辞气不类,但认为是西周盛时的乐章。观《辨说》可见。后来无成见的学者有不少人赞同他这一说。黄中松《诗疑辨证》说:"夫班、张之赋喜述西京之盛仪,元、白之诗多咏开元之盛事。古人身居衰季,而遐想郅隆,恨不生于时,而反复歌咏,固无聊寄托之词也。然追慕之下必多感慨,词气之间时露悲伤。而十诗典洽和畅,毫无怼怨之情,何必变欣慰为愤懑,易颂美为刺讥乎?故就诗论诗,《朱传》得之者盖十之八九矣。"范家相《诗沈》也说:"刺幽之诗自《节南山》以下莫不愤悲疾苦,何此十篇乐易和平如此?明是经师迷失经之次第,并其《序》而乱之者。诸家犹疑此篇首四句及《甫田》'我取其陈'之陈字为伤今思古之证。不知此篇言蒺藜易生,始而楚楚,俄而抽棘,盖借其生意以兴黍稷之与与翼翼也。'我取其陈'二句,言年岁屡登,积贮足以食农。而接之曰'自古有年',犹《颂》云匪今斯今,振古如兹'也。何当强就《序》说乎?"是的,勉强牵就《诗序》,说诗而不从诗中寻绎作品主题,自是不对。但是《诗序》说的伤今思古,倘意以为这是衰世瞽矇讽诵、陈古刺今、以美为刺之义,就不是毫无道理的。不过它不曾明说,后人又不曾体会,故尔从宋儒争论到今还没有结论。

朱子把从《楚茨》以下四篇作为公卿有田禄或力农奉祭的诗,这就大有问题。何楷《古义》说:"祭礼之见于《少牢馈食》者,初无鼓钟送尸之礼,……况涤牛燕毛皆天子之礼。"范家相说:"按《左传》引'我疆我理'二句,明云先王疆理天下物土之宜而布其利,则非公卿可知。《周礼·钟师》云:'尸出入奏《肆夏》。'又《左传》金奏《肆夏》之三。《诗》曰:'鼓钟送尸。'是金奏《肆夏》也。公卿焉得用之?《郊特牲》曰:'大夫之奏《肆夏》,由赵文子始也。'如以为公卿大夫之诗,则仍是衰世之音矣。"胡承珙《后笺》说:"《集传》公卿之说,不独祊祭求神,鼓钟送尸,非公卿所有;即如絜牛骍牡之牲,君妇诸宰之号,奏寝之乐,燕毛之礼,千仓万箱之入,四方八蜡之祭,皆非公卿所宜有也。"他们都反对《朱传》把《楚茨》等四篇作为公卿之诗一说。我们也以为《楚茨》、《信南山》、《甫田》、《大田》四篇可能是西周初年王室还像是大奴隶主一家盛时,举行宗庙方社田祖等祭祀所用的诗乐。

这诗和《七月》一样,也是可证西周时代确有奴隶制存在的诗篇之一,佐野袈裟美《中国历史教程》引到这诗,说:"在这儿,若把称'我'的看为父家长制的氏族社会的代表者,——即父家长的公子,那就容易理解全体了。全体的意义是:这父家长的公子,代表征服者种族,特别是其中的贵族集团,使被征服者种族的奴隶农民从事耕作,差不多缴其全部收获,把这分量非常多的谷物装进父家长的公子的仓里,更把不能装进的堆在外面。这父家长的公子,代表一族,用这谷物制造食物和酒,而飨于其祖先,举行祭祀,更祈求给与景福。"这就和传统的解诗的人用《诗序》来解两样了,似较合于史实。

信 南 山

信彼南山,维禹甸之。畇畇原隰,曾孙田之。我疆我理,南东其亩。

上天同云,雨雪雰雰。益之以霡霂,既优既渥,既霑既足,生我百谷。

疆埸翼翼,黍稷彧彧。曾孙之穑,以为酒食。畀我尸宾,寿考万年!

中田有庐,疆埸有瓜。是剥是菹,献之皇祖。曾孙寿考,受天之祜!

祭以清酒,从以骍牡,享于祖考:执其鸾刀,以启其毛,取其血膋。

是烝是享，苾苾芬芬，祀事孔明。先祖是皇：报以介福，万寿无疆！

【解题】

《信南山》，当是烝祭的乐歌。《楚茨》说："以往烝尝。"可能还包括了禴祠。就是说，无论春夏秋冬祭祀都用得着它。所以范家相《诗沈》说："《楚茨》，天子时祭之乐歌也。"《信南山》但说："是烝是享。"可能只是用于冬祭。《毛传》说："烝，进也。"说得不明确。烝祭是一年最后的而且是在一年农事完毕之后的一次祭典，看来更觉重要。诗次章说："雨雪雰雰。"这正表明了冬祭的时节。

《诗序》又以为这是刺幽王，幽王不能疆理天下，君子思古之作。说刺、说思古，很成问题，解见上篇。这诗今古文无争论。王先谦《集疏》说："三家义未闻。"《朱传》说："此诗大指与《楚茨》略同。"何楷《古义》说："《楚茨》、《信南山》同为一时之作。"他们说得大致不错。这诗说的"曾孙"当和《楚茨》说的"孝孙"同义。朱子《辨说》以为："曾孙，古者事神之称，《序》专以为成王则陋。"吕氏《读诗记》也以为"诗之曾孙盖泛指周之盛王"。究竟此曾孙是专指成王还是泛指王室主祭者？从诗说来，后者为是。

这诗久被认为涉及井田制度，说来很为麻烦。相传井田始于黄帝，这真可以说是荒渺难稽。诗首章开端便说："信彼南山，维禹甸之。"末了又说："我疆我理，南东其亩。"无疑地这是诗人根据了大禹治水的传说，并以为田制始于大禹。《孟子》说井田也说始于夏后氏。后儒就以为井田制度"三代相因，改邑不改井"。夏禹时代是否开始了井田制度？目前学者还没有研究到，但认为禹是"爬虫"的学者却是早已有之的。至于"疆理"二字连文，《诗经》再三说及。例如《绵》篇"乃疆乃理"、《江汉》篇"于疆于理"。可见"疆理"、"南亩"是《诗经》时代的常用语汇。而且这都像是在说田亩制度，或者在讲井田制度。这种制度是和自然地理(包括地势、河流、物产、土宜)、灌溉系统(沟洫之制)、道路规划(阡陌)、乡邑区域(乡遂都鄙)、赋税方法(包括兵役、贡纳),乃至戎车战术,都有密切的关联。只要我们稍稍读过清代汉学家许多关于《周礼·小司徒·遂人》、《考工记·匠人》乃至《司马法》的考证文字,就知道这是极为复杂、纷歧、繁重的问题。便是读了被称为精确的程瑶田名著《通艺录·沟洫疆理小记》诸篇,金鹗名著《求古录礼说·井田考》、《司马法非周制说》诸篇,徐养原《顽石庐经说·井田议》大文,以及林颐山《经说》关于井田赋税的文章,也都还是不能全面解决问题。这有待于今后史学家运用马列主义继续研究,总结前人成绩,并根据地下材料尤其是解放后基本建设中出土的古代实物,提出新的见解,作出科学性的结论,同时就有可能对于三代的社会发展得出公认的结论。单就井田制本身而论,郭沫若《十批判书·古代研究的自我批判》一文的三、四两大段,我认为是对于这一问题进行科学研究的开端,而且是有典范性的开端,读者可以参考。

《诗序》说"疆理天下",诗说"南东其亩",周代井田制度像是有过。《韩非子·外储说右上》篇:"(晋文公)伐卫,东其亩。"又《吕览·简选》篇:"(晋文公)东卫之亩。"高注:"使卫耕者皆东亩以遂晋兵也。"成二年《左传》,晋郤克伐齐,使齐之封内尽东其亩。宾媚人曰:"先王疆理天下物土之宜而布其利。……今吾子疆理诸侯而曰尽东其亩而已,唯吾子戎车是利,无顾土宜!"杜注:"晋之伐齐循垄东行易。盖南东必因地势,齐、卫在晋东,故晋使东亩为不顾土宜也。"由此可见晋国为了削弱敌人,使自己的兵车容易长驱敌境,就逼令战败了的敌国齐、卫改变田制,田亩都是直长向东(《后笺》),就顾不到敌国的土宜和当地人民耕种的利益了。郭沫若对于这一历史事件解说得对。他说:"从前怀疑井田制的人,以为那样划豆腐干方式的办法不曾有也不能有。然而经过考古上的证明,罗马在奴隶时代已经有过了。我们的井田虽然还不曾从地下发掘出,但将来是很有希望的,谁也不能断定它绝对不能出土。地下的证据虽然还没有得到,古文献和古器物上的证据是已经有得够充分了。例如古时灭人国，有改变人亩道的事。《春秋》成公二年，晋郤克打败了齐侯，他所要求的媾和条件便有'使齐之封内尽东其亩'的一项。这也正好是井田的一种证明。因为亩道系以国都为中心，故有南北纵走与东西横贯的两种大道。南北纵走的是南亩，东西横贯的就是东亩。《诗》上所说的'我疆我理，南东其亩'，就是这个事实。齐国在晋的东边，'尽东其亩，唯戎车是利'，事实上就等于撤消它的首都和国防。把南北纵走的大道一律改为东西横贯，以便一有战事时，晋国的兵车可直达齐国的全境。这些资料好像与井田制并无直接关系，而其实它们正是绝好的证明。"郭先生说井田，说南亩东亩，合乎史实。程瑶田《阡陌考》取应劭《风俗通》一说，阡陌具有两义。一，"南北曰阡，东西曰陌"，其义出于东亩，而由于天下之川皆东流。一，"河东以东西为阡，南北为陌"，其义出于南亩，而由于河东之川南流。他说得很详实，这里不备引。可是他不曾说明阡路广而长，陌路狭而短。陈奂《传疏》说："诗言亩有南东，则阡陌亦必南东，程说足以证三代定亩之至意。天下之川东西流者亩必东，南北流者亩必南，其大较也。河东之川南流，豳、岐、丰、镐在大河之西，其川与河东之川同是南流，其亩必南陈，故《七月》、《甫田》、《大田》、《载芟》、《良耜》等篇皆云南亩。此篇言疆理天下，故云南东亩，是立文之义矣。"我们读了程、陈两家之说，对于"疆理天下"、"南东其亩"这两句话的意义就可以大概瞭然了。

这诗和上篇《楚茨》一样，也可证明当时确有奴隶制存在。佐野袈裟美《中国历史教程》说："这儿的曾孙也是指父家长的公子说的。由种族奴隶耕作的黍稷很茂盛，但是，这成了曾孙的穑（收获）。收获不是作为贡物缴纳，或者当作租税或地租而征收一定的分量。收获物是全部被认为曾孙的。这曾孙用这些收缴的谷物造酒而供祭祖先神，希望受天的幸福。我们若想像到在当时有奴隶制度存在着，则'曾孙之穑'的句子也便不感觉难于解释了。"

诗三百解题卷二十一

甫田之什　　毛诗小雅

甫　田

倬彼甫田,岁取十千。我取其陈,食我农人,自古有年。今适南亩,或耘或耔,黍稷薿薿。攸介攸止,烝我髦士。

以我齐明,与我牺羊,以社以方。我田既臧,农夫之庆。琴瑟击鼓,以御田祖。以祈甘雨,以介我稷黍,以谷我士女。

曾孙来止!以其妇子,馌彼南亩,田畯至喜。攘其左右,尝其旨否。禾易长亩,终善且有。曾孙不怒,农夫克敏。

曾孙之稼,如茨如梁。曾孙之庾,如坻如京。乃求千斯仓,乃求万斯箱。黍稷稻粱,农夫之庆。报以介福,万寿无疆!

【解题】

《甫田》,当是王者春夏祈谷,祭方(四方之神)社(后土之神)田祖(先啬之神)诸神之乐歌。诗里主要作为向诸神说的,还是大批奴隶为奴隶主种田,收获全归奴隶主所有,奴隶主自己享受和祭神求福,而奴隶们只是受到哄骗的微薄的一点赏赐而已。

《诗序》说:"《甫田》,刺幽王也。君子伤今而思古焉。"《郑笺》说:"刺者,刺其仓廪空虚,政烦赋政,农人失职。"看来都于诗旨无当。《孔疏》说:"经言成王庾稼,千仓万箱,是仓廪实,反明幽王之时仓廪虚也。言适彼南亩,耘耔黍稷,是农人得职,反明幽王之时农人失职也。政烦赋重，《楚茨·序》文。次四篇文势大同，此及下篇《笺》皆引之，言由政烦赋重，故农人失其常职也。若然，赋重则仓应实，仓虚则赋应轻，而同刺之者，以王贪而无艺，故赋重，用而无节，故仓虚。由仓虚而赋更重，以赋重而民逃散。农人失职由政烦赋重所致，其仓虚则别有费散不由赋重，故《笺》先言仓廪虚则言政烦赋重也。"算他曲曲折折解通了《序》、《笺》，也勉强解通了诗是正言思古成王，反明伤今幽王。正言若反，反言是言外之意，《序》、《笺》之说想当然耳。

这诗主旨今古文又无甚争论。王先谦《集疏》说："三家义未闻。"诗二章："我田既臧，农夫之庆。"《郑笺》说："我田事已善，则庆赐农夫，谓大蜡之时劳农以休息之也。"四章："黍稷稻粱，农夫之庆。报以介福，万寿无疆。"《郑笺》说："庆，赐也。年丰则劳赐农夫益厚，既有黍稷，加以稻粱。报者，为之求福助于八蜡之神，万寿无疆竟也。"原来郑君意以为这诗是春夏"迎祭先啬"，"秋祭社与四方"，冬又祭"八蜡之神"，四时通用之乐歌。今按，诗无祭八蜡的意思，毛公不传，当是郑君"自下己意"。王先谦引他门人黄山的话说："《笺》援古文之说，谓秋祭社与四方。既秋祭矣，又以为八蜡，蜡则冬祭也，尤无定说。盖以社者，蔡邕所谓春藉田祈社稷也。以方者，亦邕所谓春夏祈谷于上帝也。御田祖者，班固所谓享先农也。祈甘雨者，皇甫谧所谓时零旱祷也。皆春夏王者重农所有事，诗历言之，不必如《笺》说。"这驳郑君冬祭八蜡之说驳得是，但若视作古文之说来驳，似乎扑空了。

自《楚茨》以下诸诗，《诗序》都说刺幽王，意以为伤今思古，或以为除了这是出于瞽矇讽诵之义以外，还该说别有所本罢。《荀子·大略》篇说："《小雅》不以于污上，自引而居下（注：以，用也。污上，骄君也。言作《小雅》之人不为骄君所用，自引而疏远也）。疾今之政以思往者，其言有文焉，其声有哀焉（注：《小雅》多刺幽、厉而思文、武）。"毛公之学出于荀卿，确有师承，渊源很古。这几篇《诗序》再三说"君子思古"，"伤今而思古"，不是和《荀子》说的"疾今之政以思往者"话正相合吗？不错，"《小雅》多刺幽、厉而思文、武"，但在七十多篇中未必单指《楚茨》以下几篇。我们根据诗的内容,只见"其言有文",未见"其声有哀",还是以为《诗序》关于这几篇的说明上有问题,这在《楚茨·解题》里已经详细讨论过了,读者可以覆按。

倘若我们合《楚茨》、《信南山》和这诗来看,可以看出那时一些农事情况及其生产关系。诗里主人公称曾孙,也是指父家长的公子说的。虽然好像这是对于所祭祀的先祖乃至其他鬼神而言,同时也显示出他们是以世袭父家长身份而取得了统治者的地位和权力的,这里残留了父家长奴役制的历史影子。他们占据了所有土地,"我疆我理,南东其亩"。他们掠夺了劳动人民所生产出来的果实,"我仓既盈,我庾既亿","乃求千斯仓,乃求万斯箱"。他们迷信鬼神,主要是奉行祖先崇拜,"祀事孔明,先祖是皇"。这不但幻想自己因此得到无穷无尽的幸福,"报以介福,万寿无疆";还幻想子孙得到同样的幸福,"子子孙孙,勿替引之"。他们亲自督促或威胁人民劳动,"今适南亩,或耘或耔","曾孙不怒,农夫克敏"。下篇《大田》也说:"播厥百谷,既庭且硕,曾孙是若。"威胁之外,还会利诱、欺骗,"我田既臧,农夫之庆","黍稷稻粱,农夫之庆"。这四句《毛传》无说,《郑笺》说见本文上第三段。好像他是不自觉地看穿了大奴隶主的欺骗政策,本来不算错。《朱传》于前两句说:"我田之所以善者,非我之所能致也,乃赖农夫之福而致之耳。"于后两句说:"凡此黍稷稻粱皆赖农夫之庆而得之,是宜报以大福,使之万寿无疆也。其归美于下而欲厚报之如此。"这就大错了。试问大奴隶主会想到自己的享受"乃赖农夫之福而致之",因而想到"是宜报以大福使之万寿无疆,其归美于下而欲厚报之如此"吗?陈奂《传疏》释庆为善,语焉不详,无从批判他。我们采用前人的注释必要经过一番选择(无言的批判)和批判的脑力劳动,这只算是一个例子。

大　田

大田多稼:既种既戒,既备乃事。以我覃耜,俶载南亩。播厥百谷,既庭且硕,曾孙是若。

既方既皂,既坚既好,不稂不莠。去其螟螣,及其蟊贼,无害我田稚!田祖有神,秉畀炎火!

有渰萋萋,兴雨祁祁。雨我公田,遂及我私。彼有不获稚,此有不敛穧;彼有遗秉,此有滞穗:伊寡妇之利!

曾孙来止!以其妇子,馌彼南亩,田畯至喜。来方禋祀:以其骍黑,与其黍稷。以享以祀,以介景福!

【解题】

《大田》,当是王者祈年报赛而祭祀田祖之乐歌。诗末章说:"来方禋祀,以其骍黑。"《毛传》:"骍,牛也。黑,羊豕也。"《郑笺》:"成王之来,则又禋祀四方之神祈报焉。"郑说恐未见得是。胡承珙《后笺》说:"《正义》曰:上篇云'以社以方',而方、社连文,则方与社稷同用太牢,故以黑为羊豕,通牛为三牲也。且上篇言牺羊,是方有羊,明不特牛,故为太牢。牢色不同者,毛意盖以此四方既非望祀,又非五方之常,故用是牲。所以无方色之别。承珙案,《正义》述毛,既以此方为四方之神,而又谓毛意以四方非望祀,非五帝,殊不能自圆其说。即如《大宗伯》'青圭礼东方'之类,其牲币必各放其器之色,亦不应错举骍黑无方色之别。窃意毛本不以此'方'与《甫田》之'方'同。《毛诗写官记》曰:曾孙之来,本劝农也,然馌食之余,方且以禋祀为事,而或以骍或以黑焉。禋祀或则祈,或则报也,故曰方,言方有事于此耳。此说近之。"这本驳《疏》,同时也驳了《笺》。可知这诗不曾说到禋祀四方之神。

《诗序》说:"《大田》,刺幽王也。言矜寡不能自存焉。"《郑笺》说:"幽王之时,政烦赋重,而不务农事。虫灾害谷,风雨不时,万民饥馑,矜寡无所取活。故时臣思古以刺之。"王先谦《集疏》说:"三家义未闻。"今古文无争论。毛、郑又以为这诗是思古刺今之作,正言思古,反明刺今。其实即令诗说古代也未必可思。如诗说到寡妇一类的人靠拾残禾剩穗度日子,这就透露了当时社会里有许多贫苦无靠的人,并不只是寡妇们。可知即令此诗作于周初,人民也未必幸福。诗里不是说连天下雨也不公道,要先照顾好公田,然后照顾到私田吗?而且一般人民未必有私田的。《朱传》说:"言农夫之心先公后私,故望此云雨而曰:天其雨我公田而遂及我之私田乎!冀怙君德蒙其余惠,使收成之际,彼有不及获之稚禾,此有不及敛之穧束,彼有遗弃之禾把,此有滞漏之禾穗,而寡妇尚得取之以为利也。此见其丰成有余而不尽取,又与鳏寡共之,既足以为不费之惠,而亦不弃于地也。不然,则粒米狼戾,不殆于轻视天物而慢弃之乎?"朱子不知诗作统治者阶层的口吻,不是农夫语气。他歪曲了诗意,歪曲了史实,把丑恶擦上了胭脂水粉。又说:"此诗为农夫之词以颂美其上,若以答前篇之意也。"又说:"前篇上之人以我田既臧为农夫之庆,而欲报之以介福。此篇农夫以雨我公田遂及我私,而欲其享祀以介景福。上下之情所以相赖而相报如此,非盛德其孰能之?"他昧于史实,而意在调和上下,遮盖矛盾,不替人民设想,专为统治阶级帮腔,还在颂美这一阶级的盛德,这是可以理解的。他不可能认识到西周社会发展的阶段及其阶级矛盾,也就不可能认识到这两篇诗的主要意义,这是无怪其然的了。

殷周之际的奴隶制,是从种族奴隶制发展到父家长制的奴隶制。这个问题还有待于今后马克思主义的历史学者详加研讨。这里且引佐野袈裟美《中国历史教程》论到《大田》等诗的话作为参考。他说:"在题为《大田》的诗里,有'雨我公田,遂及我私'的句子,井田制说的辩护者把它拿来做井田制的证据。可以说,这是不妥当的。我认为应该把'公田'看为氏族种族共同体共有的田,'我私'是父家长的贵族私有地。向父家长制家族的发展,不外说明贵族的土地私有化的进展。总之由以上的诗里(《楚茨》、《信南山》、《甫田》、《大田》),我们可以认为在农业的领域从事于生产劳动的奴隶数相当的多,占相当重的比重。但是,和希腊、罗马的古典的奴隶比较起来显然还在未发达的状态。氏族种族共同体迟缓其崩坏过程,自然阻止了奴隶制的发展,这确实表示了亚细亚的特征。把西周时代生产的奴隶劳动的量估计得过低,而认为在古代中国的奴隶,主要的是家庭劳动,那是不正确的。确实,生产领域内的奴隶劳动,虽然还不怎样发达,但却不能不认为它在实质上、在量上都是非常重要的。于是我们得到一个恰当的结论:即'亚细亚的生产样式,因为在中国特殊的具体条件下,不外是奴隶占有者的生产样式(古代的生产样式的变形罢了)'。"

再综合上面四诗来看,可以稍稍看出周初的农业技术达到了怎样的水平,当时的社会发展达到了怎样的阶段。《楚茨》说:"楚楚者茨,言抽其棘。自昔何为?我蓺黍稷。"《信南山》说:"畇畇原隰,曾孙田之。我疆我理,南东其亩。"可知土地已经大量开垦耕种。《甫田》说:"今适南亩,或耘或耔,黍稷薿薿。"《大田》说:"既方既皂,既坚既好,不稂不莠。"再参照《周颂·良耜》一诗说的:"其镈斯赵,以薅荼蓼。荼蓼朽止,黍稷茂止。"可知已经注意到除草施肥,并把乱草沤作绿肥。本来早在殷商时代就已知道利用人粪尿和草木灰之类来肥田(胡厚宣《殷代农作施肥说》,《历史研究》一九五五年第一期)。《大田》说:"大田多稼,既种既戒。"可知已经注意到高产选种。又说:"去其螟螣,及其蟊贼,无害我田稚。田祖有神,秉畀炎火。"可知已经注意到防治虫害。三千年前,我国农民就已经对害虫展开了斗争。本来为了掌握农业生产的适当的时间,我国先民在天文历算上有过卓越的研究和巨大的贡献,关于这方面的研究也包括观察动物生活的物候学。因此农民能从昆虫或其他动物的出现来计算节气,进行一定的农业技术的操作(周尧《我国古代人民对昆虫的观察和研究》、《我国古代利用益虫和防治害虫的知识》,《光明日报·科学》廿六、廿七两期)远在那时农民就能够注意到怎样观察物候,防治害虫,并不是偶然的,有许多的古史资料可证。我们不必去翻《夏小正》、《吕览》、《礼记》关于月令的记载,和《周礼·秋官》庶氏、赤发氏、蝈氏、壶涿氏关于治虫的办法,只要读了《诗经》,读过《豳风·七月》和《小雅》这几篇诗,就可以窥见其一斑的。《楚茨》说:"我黍与与,我稷翼翼。"《信南山》说:"黍稷或或。"《甫田》

说:"黍稷薿薿。"又说:"禾易长亩,终善且有。"可以想见那时农作物生长茂盛的情况,和深耕细作的技术。《楚茨》说:"我仓既盈,我庾维亿。"《甫田》说:"曾孙之稼,如茨如梁。曾孙之庾,如坻如京。乃求千斯仓,乃求万斯箱。"这就可以想见那时谷物产量的巨大,劳动生产率的增高,生产力达到了怎样的水平。如果这是周初的诗,周初社会虽然还有奴隶制,可是无疑地已有了封建制的萌芽,即已开始了由奴隶制向封建制过渡的进程了。(束世徵《关于西周封建制形成的若干问题》,《华东师大学报》一九五五年一期)

诗说:"秉畀炎火。"这是治虫有效的一种方法,给了后世一些影响,尤其是大有助于盛唐时代的一次治蝗。《吕览·五月纪》说:"仲夏行春令,百螣时起。"高诱注:"螣读近殆。兖州人谓蝗为螣。"可知古人以为螣是蝗虫。所谓百螣,当是一切农作物害虫的总称。如果螣是蝗虫的话,作为这种害虫的总称也不为过。至今飞蝗还是世界性的农作物最凶恶的仇敌。蝗虫的灾害在我国历史上和地方志上都不断地有记载。有人估计,三千年来这种灾害发生过八百次以上。唐宋两代都把捕蝗列为要政。唐代设置过专门治蝗的官员叫作捕蝗使。唐"开元四年(西元七一六)山东大旱,蝗。""百姓皆焚香礼拜,设祭祈恩。"可是这有什么用处呢?宰相姚崇"乃出御史为捕蝗使,分道捕虫"。据新、旧《唐书·姚崇传》,姚崇坚决主张捕蝗,挺身负责。他不顾"朝廷喧议"和"外议咸以为非"。他不听信:"蝗是天灾,自宜修德","岂可制以人事"?"杀虫太多,有伤和气!"——这一派庸吏腐儒的胡说。他说:"若救人杀虫,因缘致祸,崇请独受,义不仰关怀。"玄宗皇帝怀疑他,他说:"此事不烦出敕,乞容臣出牒处分。若除不得,臣在身官爵并请削除。"他引《诗·大田》为证,说"秉彼蟊贼,付畀炎火"。认定"蝗既能飞,夜必赴火"。他节引了这诗,想是不相信"田祖有神"之说。他就从这诗体会出了捕蝗的方法,就是史书里说的"焚瘗(埋也)之法"。结果,单是汴州刺史倪若水就"得蝗十四万石","蝗害讫息"。

这诗《朱传》说:"姚崇遣使捕蝗,引此为证。夜中设火,火边掘坑,且焚且瘗，盖古之遗法如此。"所谓古之遗法、即为"秉畀炎火"一句所下的注脚。也许他还想到了五胡十六国石勒时代的靳准，曾用扫聚坑埋的灭蝗方法。这正合于诗义和史实，也正合于他所见闻当代捕蝗的具体事实。他说《大学》格物致知就是即物穷理，这一次算他即物穷理对了。至今我国北方有些农民还用掘沟捕蝗、边烧边埋的方法。朱子以后一般《诗经》学者大都反对《朱传》这样解释，尤其是清代正统派的汉学家。他们大都是唯心论者，正是姚崇说的"庸儒泥文，不知实事"。他们不相信炎火是"实火"，不相信"秉畀炎火"是"实事"。他们只相信《毛传》说的："炎火，盛阳也。"只相信《郑笺》说的："螟螣之属，盛阳气赢则生之。今明君为政，田祖之神不受此害，持之付与炎火，使自消亡。"还相信《说文》说的："吏冥冥犯法即生螟。""吏乞贷则生螣（䗩）。""吏抵冒取民财则生蟊。"却不想到《说文》是根据京房《易传》、《汉书·五行志》一类的鬼话。他们既知道盛阳（大暑大旱）就有可能发生虫害，虫害发生了却还希望田祖用盛阳来消灭它。说是"祝融司令，螟螽潜消，不啻田祖之秉畀于炎火。"（范家相《诗沈》）说来真是可笑。这样，或在宗教思想上一味迷信鬼神、迷信天人感应之说，或在经学师承上一味迷信毛、郑、许君之学，所以他们对于这两句诗就都不敢提出正确的解释，而且谁要提出就反对谁，《朱传》本来解得不错的也要说他错。我以为诗说："田祖有神！秉畀炎火。"就是说，田祖是有神通的啊！您就允许我们帮助我们把这些害虫烧光了罢。我们只要稍稍具有历史唯物论的知识，就会知道三千年前的古人不会不相信鬼神，不会没有由原始社会遗留下来的自然崇拜或拜物主义的宗教思想。例如那时每年冬季一度举行的盛大的蜡祭，八蜡之中就有昆虫之神。可是同时因为生产工具的改进，生产力的提高，劳动的发展，他们之中自然有人不会再像原始社会里的人一样，几乎完全感觉人类的软弱和无能为力，因而就开始了对自然的斗争，对虫害的斗争。尽管他们还在相信有神——昆虫有神，同时也相信自己的一定的力量，要"去其螟螣，及其蟊贼"。"秉畀炎火"，就是他们除去这种害虫的一种方法，即令还不是广泛使用的一种方法。由于当时他们已经有的对于昆虫的一些知识,像我在上文说过的,我们就不用怀疑他们是否已经观察到昆虫的向光性及其他生活习性而有利用"实火"诱杀昆虫的可能。而且在事实上,后来姚崇就根据《毛诗》这两句认定"秉畀炎火"是"实事",坚决主张用"焚瘗之法"捕治蝗虫,果然收到了实践的成效。这还不够证明这两句诗的真实意义吗?

诗说:"去其螟螣,及其蟊贼。"这是说除去螟螣蟊贼四种害虫呢?还是说除去螟螣蟊三种虫的贼害呢?《尔雅》、《毛传》、《陆疏》以为这是四种害虫。姚际恒《诗经通论》说:"贼,乃贼害之义,以此押韵,以为虫名恐非。"王先谦《集疏》说:"贼,《玉篇》作蟿,盖后人增益之字,古止作贼。《易林·坤之革》:'螟虫为贼,害我五谷。'用齐经文。《说文》有螟、蟘、蟊而无贼。齐家盖亦以三者皆为贼,非有四也。"他们以为这是三种害虫。但据邹汉勋《读书偶识》四说:"贼,则今之火灭也。小如蝨,绕禾节而居,有翼能飞,好赴火,故名火灭,又名银虫。"他依《雅》训《毛传》为说,肯定贼是一种害虫。据他所说,贼是俗叫火灭的一种虫,似是一种稻虻。这属于节肢动物,昆虫、双翅目、大蚊科。蟊,又是什么样的一种害虫?古人或以为这是蝼蛄。倘是蝼蛄,这就是我们湖南农民说的土狗子,主要生活在土壤中,一种喜吃菜根和吃稻麦根的害虫。疑它属于昆虫、直翅目、蟋蟀科。但是据《辞源》说:"蟊,食稻根虫也,亦谓之根白蛆,长二三分,体大头小。专在土中食稻之根,秋间为害最甚。字本作蟊。"这不知何据,也不知根白蛆属于昆虫何目何科。在这四种害虫中,螟螣还是目前农作物的大害。上文已说过古人以为螣是飞蝗,倘它不是飞蝗,属于昆虫、直翅目、蝗科,而是如《辞源》所说的:"螣,稻上小青虫也。长寸许,好食苗叶。又吐丝缠裹余叶令不得展,甚为苗害。"我疑不是粘虫,属于昆虫、鳞翅目、拟尺蠖科;就疑是稻蜉,属于昆虫、鞘翅目、金花虫科。螟,不待说,就是今人所说的稻螟虫、玉米螟之类,属于昆虫、鳞翅目、螟蛾科。所谓稻螟虫的二化螟、三化螟,这是为害南方水稻主要的害虫。所谓玉米螟,这是为害北方包谷主要的害虫。总之,这诗所说要去的害虫究竟是四种还是三种?这四种或三种害虫中除螟以外在昆虫学上各是什么学名?都有待于今后昆虫学者的鉴定和说明。目前我们所知道的就仅止于此了。

瞻 彼 洛 矣

瞻彼洛矣,维水泱泱。君子至止,福禄如茨。韎韐有奭,以作六师。

瞻彼洛矣,维水泱泱。君子至止,鞞琫有珌。君子万年,保其家室!

瞻彼洛矣,维水泱泱。君子至止,福禄既同。君子万年,保其家邦!

【解题】

《瞻彼洛矣》,当是歌颂周王会诸侯洛水之上检阅六军之诗。《朱传》说:"此天子会诸侯于东都以讲武事,而诸侯美天子之诗。言天子至此洛水之上,御戎服而起六师也。"就诗论诗,这话近是。但是诗说洛水是在东都畿内,还是在镐京畿内?有问题。《孔疏》申述《毛传》,以为这指和镐京相近的洛水,即《周礼·职方氏》"正西曰雍州……其浸渭洛"之洛。段玉裁《小笺》说:"自魏黄初以前,雍州渭洛字作洛,豫州伊雒字作雒,绝无混淆;至黄初以后,乃乱矣。其云至汉改伊洛作伊雒者,伪也。"钮玉树《非石日记》说:"段懋堂先生云'瞻彼洛矣'之'洛',毛公不作'雒'解;'实始翦商'之'翦',毛公作'齐'解;论甚精确。"依段氏说,《毛诗》用洛不用雒,还是保存原来字样,这洛水当是渭洛之洛,即《禹贡》和《诗经》中说的漆沮水。《朱传》和魏源《集义》以为这洛字指东都洛水,还该存疑。我以为西周王者有事于讲武,无论阅军实、出田猎,可以在东都,也可以在西都。如《车攻》、《吉日》便是一在东都,一在西周。即令这诗非刺幽王,总该作在厉、幽以前,因为诗无衰飒气象。《毛传》段氏《小笺》可从。

这诗主旨毛、郑说不同,即今古文说不同,郑用今文鲁、韩说,两说之间大有争论。《诗序》说:"《瞻彼洛矣》,刺幽王也。思古明王能爵命诸侯,赏善罚恶焉。"诗一章说"君子至止……以作六师。"《毛传》以为君子是指天子,天子六军。《郑笺》以为君子是指诸侯世子,天子使他代卿士将六军。郑说:"君子至止者,谓来受爵命者也。……此诸侯世子也。除三年之丧,服士服而来。未遇爵命之时,时有征伐之事。天子以其贤,任为军将,使代卿士将六军而出。"又于二章说:"此人,世子之贤者也,既受爵命赏赐而加赐容刀,有饰,显其能制断。德如是,则能长安其家室,家室亲安之尤难,安则无篡杀之祸也。"又于三章说:"此人,世子之能继世位者也。其爵命赏赐尽与其先君受命者同,而己无所加也。"这是不是出于《诗》今文说呢?王先谦《集疏》说:"《白虎通·爵》篇:世子上受爵命,衣士服,何?谦不敢自专也。故《诗》曰:'韎韐有奭。'谓世子始行也。陈乔枞云:《白虎通》以此诗首章为世子始行,衣士服而上受爵命,本于《鲁诗》之说。《郑笺》三章俱就世子言,与《白虎通》合,亦据《鲁诗》为解也。"按,《白虎通》还引《韩诗内传》说:"诸侯世子三年丧毕,上受爵命于天子。"《毛诗》是以诗中君子指天子,为刺幽王、思古明王而作。即此可见这诗今古文说不同。据今文说,诗中君子指诸侯世子,这是确指何人呢?何楷《古义》以为是指平王时候的郑武公,李黼平《绅义》以为是指幽王时候的晋文侯,都是附会史事,怎能断定谁是呢?

倘若作为这诗主人公的不是天子而是"来受爵命"之诸侯世子,试问,"以作六师"之事岂是他所敢当?"君子万年"之祝岂是他所能受?"鞞琫有珌"之刀剑岂是他所可佩?前两点不待说已明,后一点就须略作说明才。这里首先遇到一个问题,"鞞琫有珌"作何解释?鞞是容刀鞞,就是刀鞘(鞘一作削)。琫是刀鞘上饰,珌是刀鞘下饰。《毛传》当是如此作解,本不为错。《笃公刘》篇说:"鞞琫容刀。"彼《传》说:"下曰鞞,上曰琫。"鞞和此《传》珌训同。所以毕沅说:"同出毛公而语有异。"似乎自相矛盾。盖毛意后一鞞字是琕字或珌字通借,《释文》"鞞字又作琕",《释名》作琕,《说文》琕作珌,可证。但是也不必据《释文》校改作琕,或者以为《毛诗》原是琕字。所以毕沅又说:"只当各仍本文。"戴震《毛郑诗考正》必欲统一《毛传》这个矛盾,"疑《瞻彼洛矣》之珌下饰,当为鞞下饰。珌,文饰儿。'有珌'与首章'有奭'句法同。《说文》训鞞为刀室,误也"。他据《释名》"下末之饰曰琕",以鞞即琕字,《毛传》内珌字凡六见,皆当作鞞。刘书年道:"戴氏指诸珌字并误,岂《说文》亦误乎?抑逸《礼记》(指《毛传》'天子玉琫而珧珌'云云)先误乎?珌文饰貌,义复何出乎?"戴氏当时大师,其说既出,论者纷起。全祖戴的如汪梧凤《诗学女为》、李庆芸《炳烛编》。稍祖戴的如段玉裁《说文解字注》、马瑞辰《通释》。陈奂《传疏》则全用段说。不祖戴而或反戴的如毕沅《释名疏证》、阮元《校勘记》、胡承珙《后笺》、刘书年《贵阳经说》。这一训诂上的纠纷迄未解决。鄙见所及姑止于此,对于这诗句《毛传》的解释,就如上说。总之,我以为玉琫珧珌都是刀鞘上的玉饰,琫在鞘口,珌在鞘尾。用这刀鞘的宝刀,就是考古学上的所谓宝剑、玉具剑或玉具宝剑。这是从奴隶社会到封建社会最尊贵的统治者或军事领袖才开始佩起来的,岂是初受爵命的诸侯世子所可佩用?倘说诗中琫珌是指"诸侯荡琫而璆珌",次一等的宝剑,似乎也可通。但是这和接受了"以作六师"之事、"君子万年"之祝的有头等身份的人,威仪又远不相称。难道不是吗?

  这诗说:"君子至止,鞞琫有珌。"《公刘》诗说:"何以舟之?维玉及瑶,鞞琫容刀。"同是诗人夸张一个伟大人物的玉具宝剑。一说统率六军的君子——天子;一说统率大批人马迁往豳地的公刘——军事领袖。据此记载,周自夏朝末年先公公刘就已有了宝剑。至于这位统率六军的君子当是周有天下以后的天子了。《楚辞·九歌·东皇太一》说:"抚长剑兮玉珥,璆锵鸣兮琳琅。"素描佩剑,有声有色。《汉书·郊祀志》说:"天神贵者太一。"楚国王室祀此最尊贵的天神,所以象神的尸巫就得佩用最珍贵的玉具剑。对于这种宝剑,《诗》人和《骚》人都用夸饰之词,表示隆重的意义原是一致。宝剑始于何时?《管子》以为始于蚩尤,陶弘景《古今刀剑录》以为始于夏禹子启,都是难以证实的传说。但是可以推想宝剑的由来是从铜器时代模仿石器时代石兵萌芽的。* 殷商短兵,在殷墟出土的铜兵中虽然已经见到比较大型的战刀一两柄,但是可称作剑的还不曾发见。周铜剑出土的颇多,过去著录要算春秋战国时代的"越王剑"(容庚《鸟书考》、《续鸟书考》,《燕京学报》)、"吴季札之子之剑"(程瑶田《考工创物小记》、冯云鹏云鹓《金石索》)为最早又最难得。更加珍贵的是顷近发现之"越王鸠(句)浅(践)自作用剑",一九六五年湖北江陵望山一号楚墓出土,铭文八字亦为鸟书。此于了解我国上古时代青铜铸造工艺和文字有重要价值。本来传说中吴越和楚地多有著名铸剑的冶匠,如欧冶子干将之流,他们铸造过许多名剑,如干将、莫邪、龙渊、鱼肠等等。尤以干将莫邪铸剑、眉间尺报仇杀楚王的故事最流传久远,反映了人民抗暴的正义精神,也记述了南方冶铸技术的精巧。当时早已进入铁器时代,可能这些名剑中有用铁铸的,故较铜剑坚锐,传为神话。** 最近一九五七年,在河南陕县虢国贵族的墓葬里出土有四柄青铜短剑,剑基圆柱形,上有圆形剑首,没有剑格(卫手),脊上有凸起圆棱。这一墓群的年代约在西周末至春秋初期。战国时代的铜剑发现更多,全国各地战国遗址都有出土。如长沙一地,近年来就出土了不少的铜剑。这些剑都有剑格,上有花纹,或嵌绿松石。看了上文所述纸上的、地下的关于周剑的史料,

---

* 关于殷周刀剑之史的发展研究资料,可参考安志敏《中国古代的石刀》、李济《记小屯出土之青铜器》(中篇《锋刃器》)、怀履光《中国古代的铜刀》、林寿晋《东周式铜剑初论》。考古学者往往夸张甚至迷信地下资料而无视纸上资料,谓一古器物之初发现,即此器物之初创制,或不免于谬。

** 蒋玄佁《旅途考古记·长沙第一次查访楚墓》云:"铁剑,长三尺,有木鞘全部玉饰,柄上缀以丝绳,并金丝镶嵌绿松石玛瑙,红绿缤纷,宝光闪发,铁口锋利,不生锈迹。其同形一柄,剑身已腐,由涂某转售广州潘惠。这是铁器中最早的资料,最完备的资料。而在玉饰上刻有工人的名字,作战国式文体,在时代鉴定上是相当有依据的。"(《旅行杂志》廿五卷四期)

回头再来读《公刘》、《瞻彼洛矣》两诗,对于玉具剑的描写就会有较多的了解。凡剑用玉装饰剑鞘或剑首、剑腊(剑格)、剑璏(剑鼻)乃至剑茎的,都可以叫做玉具剑或玉具宝剑。这种剑名最初见于《汉书·王莽传》、《匈奴传》和刘向《说苑》等书,这里不用详述。这种剑用作佩刀,作为仪仗中物,今人叫佩刀或叫礼刀,就是《诗经》和《毛传》称为"容刀"的了。

裳裳者华

裳裳者华,其叶湑兮。我觏之子,我心写兮。我心写兮,是以有誉处兮。

裳裳者华,芸其黄矣。我觏之子,维其有章矣。维其有章矣,是以有庆矣。

裳裳者华,或黄或白。我觏之子,乘其四骆。乘其四骆,六辔沃若。

左之左之,君子宜之。右之右之,君子有之。维其有之,是以似之。

【解题】

《裳裳者华》,当是周王进用世禄子孙之诗。裳裳者华,《毛传》说:"兴也。"盖以华喻世禄子孙之美。诗中称我,我周王。之子,指世禄子孙。君子,指世禄子孙的先人。《郑笺》、《孔疏》都以我者指世禄子孙,之子指古明王,未是。按:《伐柯》、《九罭》两诗也都说"我觏之子"。彼我者指成王,之子指周公。此篇义例当同。这诗主旨虽如此说,而前人说者颇为纷歧。究竟是如《诗序》说的刺幽王进用谗谄小人,弃绝世禄贤者呢?还是像《朱传》说的"此天子美诸侯之辞,盖以答《瞻彼洛矣》",即答上篇"天子会诸侯于东都以讲武事,而诸侯美天子之诗",天子诸侯互相倡和呢?或者像何楷《古义》说的"美郑武公"帅师兴复之事呢？抑或像李光地《诗所》说的"天子朝会毕而见诸侯之诗"呢？也许像龚橙《诗本谊》说的"宣王朝有功"，"疑享吉甫"之作呢？

《诗序》说："《裳裳者华》，刺幽王也。古之仕者世禄。小人在位，则谗谄并进，弃贤者之类，绝功臣之世焉。"《郑笺》说："古者，古昔明王时也。小人，斥今幽王也。"毛、郑又以为这是陈古刺今之作。陈古明王进用功臣世禄子孙，刺今幽王不然。不错，我们从《三百篇》中一些诗可以看出西周末年世袭的贵族制濒于破产，在上层的容易跌到下层，在下层的容易爬到上层。这是痛感没落的贵族阶级所不能忍受的。所以《诗序》作者就取瞽矇讽诵之义把这诗当作陈古刺今之作罢。这诗主旨今古文无争论。王先谦《集疏》说："三家无异义。"魏源《集义》只算他又是"自下己意"了。

桑扈

交交桑扈，有莺其羽。君子乐胥，受天之祜。
交交桑扈，有莺其领。君子乐胥，万邦之屏。
之屏之翰，百辟为宪。不戢不难？受福不那！
兕觥其觩，旨酒思柔。彼交匪敖？万福来求！

【解题】

《桑扈》，《朱传》以为此天子燕诸侯之诗。这话倒可不算错。李光地《诗所》也说："朝会既毕而燕诸侯之诗。盖必元侯而受方伯之任者，其在东郊，则周公、君陈、毕公之伦是也。"不错。诗说"万邦之屏"，"百辟为宪"，不是出为方伯入为卿士的诸侯实不足以当此。这诗虽是因飨燕而赞美，却含有规戒乃至威吓的意思，这是和《蓼萧》、《湛露》两诗用意不同的地方。何楷《古义》以《桑扈》为飨礼，《蓼萧》为燕礼，《湛露》为来朝而飨燕，三诗作用不同，可供参考。诗称君子，《郑笺》以为是指王者，《朱传》以为是指诸侯。朱鹤龄《通义》说："今按，'之屏之翰，百辟为宪'，即'维周之翰，四国于蕃'，'文武吉甫，万邦为宪'也。

从朱说甚安。"看来《郑笺》说错，当从两朱之说。

桑扈是什么鸟？这诗说"交交桑扈"，和《小宛》篇句同。《小宛·毛传》说："交交，小貌。桑扈，窃脂也。"《郑笺》说："窃脂，肉食。今无肉而循场啄粟，失其天性，不能以自活。"这诗"交交桑扈，有莺其羽"，《毛传》说："兴也。莺然有文章。"《郑笺》说："交交，犹佼佼，飞往来貌。桑扈，窃脂也。兴者，窃脂飞而往来，有文章，人观视而爱之。喻君臣以礼法威仪升降于朝廷，则天下亦观视而仰乐之。"桑扈，毛释窃脂，本于《雅》训；郑中毛义，窃脂肉食。《尔雅·释鸟》郭注："俗谓之青雀。嘴曲食肉，好盗脂膏，因名云。"《陆疏》说："窃脂，青雀也。好窃人脯肉脂及筲中膏，故以名窃脂也。"桑扈所以叫作窃脂，这一解释对不对呢？昭十七年《左传》："九扈为九农正。"杜注："扈有九种也。春扈鳻鶞，夏扈窃玄，秋扈窃蓝，冬扈窃黄。棘扈窃丹，行扈唶唶，宵扈啧啧，桑扈窃脂，老扈鷃鷃。以九扈为九农之号，各随其宜以教民事。"《孔疏》说："诸儒说窃脂皆谓盗人脂膏也。即如此言窃玄窃黄者，岂复盗窃玄黄乎？《尔雅·释兽》云：虎窃毛谓之虦猫。貔如小熊，窃毛而黄。窃毛皆谓浅毛。窃即古之浅字。但此鸟其色不纯，窃玄浅黑也，窃蓝浅青也，窃黄浅黄也，窃丹浅赤也，四色皆具，则窃脂浅白也。其唶唶啧啧则声音为之名矣。"这解释为什么叫做窃脂，不错。我曾摘抄陈大章《诗传名物集览》二"桑扈"一条，注说："《左传》：'九扈为九农正。'贾逵注：'桑扈，窃脂，为蚕驱雀者也。'郑注：'此鸟今谓之蜡觜，性甚慧可教。色微绿，甚觜似蜡，言浅有脂色也。'"贾注见《孔疏》所引，所谓郑注不见。不知郑为何人，注何经典，当出郑樵《通志》，但此注文不误。桑扈，今名蜡嘴。俗称梧桐，皂儿。雀形目，雀科之一种。说它"交交"，毛、郑各随文为训，可不算错。学者沿用已久，我作《直解》同样沿用。但是我还疑交交是咬咬借字，形容它咬咬好音，因为它是"鸣禽"，至今还有人养作笼鸟以供赏玩。说它"有莺其羽"，想因翼色紫黑，或有白条纹，或内瓣有白斑，其尖有钢光。说它"有莺其领"，想因喉上黑色，下淡黄褐，带葡萄色。它的颈和翼都很有文彩，所以诗说"有莺"，

《毛传》说"莺然有文章"。说它"肉食",也可不算大错,因其食物主要是昆虫,虽然也吃草木谷物的果实种子和叶芽。惯蓄此鸟的人便知投其所好。现代科学家把它列入《国内主要农林益害鸟名录》(郑作新《农林的益鸟和害鸟》一书),即令它不算益鸟,也该算作益害参半的鸟。叫它"青雀",想因体色一般灰褐。叫它"窃脂"正和叫它蜡嘴一样,因为其嘴角质有蜡光,而色在浅黄浅白之间,唯冬呈肉色。目前我们对于桑扈所能作的新解止此。是否正确?有待于今后学者的鉴定。

《诗序》说:"《桑扈》,刺幽王也。君臣上下动无礼文焉。"《郑笺》说:"动无礼文,举事而不用先王礼法威仪也。"我们从诗看不出诗有刺意,更不必说刺幽王。诗说君臣宴乐,彬彬有礼,不见得动无礼文。《诗序》又是陈古刺今之义,不是诗本义。王先谦《集疏》说:"三家义未闻。"又说:"《新书·礼篇》:'《诗》曰,君子乐胥,受天之祜。胥者,相也。祜,大福也。夫忧民之忧者民必忧其忧,乐民之乐者民亦乐其乐。与士民若此者,受天之福矣。'此鲁说。司马相如《上林赋》:'乐乐胥。'扬雄《长杨赋》:'肴乐胥。'又曰:'受神人之祜福。'皆用鲁经文。班固《灵台诗》:'于是乐胥。'用齐经文。"王先谦不采魏源《集义》。这诗主旨今古文无争论。

鸳鸯

鸳鸯于飞,毕之罗之。君子万年!福禄宜之。
鸳鸯在梁,戢其左翼。君子万年!宜其遐福。
乘马在厩,摧之秣之。君子万年!福禄艾之。
乘马在厩,秣之摧之。君子万年!福禄绥之。

【解题】

《鸳鸯》,疑是颂祝贵族君子新婚之歌,具有歌谣风格。倘若为此诗与幽王有关,那么,与其说是刺幽王废后,毋宁说是美幽王大婚之诗。或者说,追美其大婚以刺其废后。可是说来似乎稍迂曲了。

王照圆《诗问》即以为此刺幽王黜申后之作。她说:"君子,斥幽王也。"一章"言鸳鸯于飞,喻申后离绝,当罗致归还之。夫妇正则阴阳和,子孙万年,福禄宜称之"。二章"言鸳鸯水鸟,今在梁,又独敛左翼,喻申后独居无耦。王迎还之,则子孙万年,福禄久远"。三章"言乘马在厩,无事摧之,有事秣之。君子驾迎申后还,则宜久为福禄所养,又老之"。四章"又言秣之摧之,见马无所事也。驾迎申后还,则宜久为福禄所安,可无亡国之祸"。最后说:"愚谓刺王黜申后居离宫,弃其妃偶,不以乘迎归之,与共福禄尔。又按,鸳鸯含喻夫妇。其'鸳鸯在梁'二语全与《白华》文同,疑谓申后也。"以为《鸳鸯》一诗于幽王及申后有关并不是她的创见,早有何楷说过。不过她说的是刺幽王黜废申后,何楷说的是美幽王迎娶申后,在美刺立废上有不同的看法罢了。

何楷《古义》说:"《鸳鸯》,美大昏也。疑为咏幽王娶申后作。""此美大昏之诗,故以鸳鸯起兴。若如《序》以为刺幽王,则咏娶申后事也。以《白华》之诗证之,其第七章曰:'鸳鸯在梁,戢其左翼。之子无良,二三其德。'是诗亦有'在梁'二语,词旨昭然矣。幽王之娶申后当在未即位时,诗人追美其初昏时祝以万年之福,亦犹唐高宗欲废王皇后,长孙无忌述太宗言'朕佳儿佳妇今以付卿,言犹在耳'之意。"又说:"鸳鸯不再匹,故以兴新昏,且刺幽王废申后、立褒姒也。凡《诗》中言'于飞'者有六:曰'黄鸟于飞',曰'仓庚于飞',曰'雄雉于飞',皆单举一鸟。曰'燕燕于飞',虽重言之,然以比庄姜、戴妫,则犹之乎皆雌燕也。曰'鸿雁于飞',则以有大小之异,要非一族。其以雌雄连言者,惟'凤凰于飞'及此'鸳鸯于飞'耳。《卷阿》咏凤凰虽不从配匹取义,而《左传》载齐懿氏之卜妻陈敬仲也,其妻占之吉,是谓'凤凰于飞,和鸣锵锵。有妫之后,将育于姜'。亦以雄凤雌凰之俱飞比夫妇也。然则此诗双举鸳鸯以兴夫妇,抑何疑焉?兴意重于飞,不重毕罗。"又说:"〔乘马〕二章皆咏亲迎之事,而因以致其颂祷之意。""《汉广》之诗曰:'之子于归,言秣其马。'事亦同。"最后说:"《〔伪〕子贡传》谓诸侯所以报天子;《〔伪〕申培说》谓诸侯祝天子之诗;朱子谓诸侯所以答《桑扈》,亦颂祷之词;三说皆同,然于鸳鸯乘马之解不可通也。《序》则云:'刺幽王也,思古明王交于万物有道,自奉养有节焉。'其意以前二章言鸳鸯,交于万物有道;后二章言乘马,为自奉养有节。牵强附会如此,盖无理之尤者。"姚际恒《诗经通论》评何楷这说道:"愚案,此说始于邹肇敏,谓咏成王初昏;而何氏因以为幽王,较邹自胜。何氏解《诗》穿凿,似此近理者绝少,恐其埋于荆榛中,故表而出之。"这话平允。

这一篇《诗序》说得对不对呢?《郑笺》说:"交于万物有道,谓顺其性,取之以时,不暴夭也。"《孔疏》说:"作《鸳鸯》诗者,刺幽王也。以幽王残害万物,奉养过度,是以思古明王交接于天下之万物鸟兽虫鱼皆有道,不暴夭也。其自奉养有节度,不奢侈也。今不能然,故刺之。交于万物有道,即上二章上二句是也。自奉养有节,即下二章上二句是也。见明王急于万物而缓于己,故先言交万物而后言自养也。"孔颖达呕了心血为此《诗序》求解还是解不通,《序》义和诗旨不相应。朱子《辨说》以为"此《序》穿凿尤为无理"。何楷《古义》以为"牵强附会盖无理之尤者"。姜炳璋《广义》也说:"《传》、《笺》泥后《序》之说,义终牵强,不如何氏《古义》之妥。"目前我们只好依何楷《古义》一说来读这诗,勉强可通了罢。倘若就诗论诗,把这诗还原为歌谣,作为民间颂祝贵族君子新婚之歌,在权力之下不得不歌颂奉承,似更切合诗旨。这诗今古文家又无争论。王先谦《集疏》说:"三家义未闻。"

頍 弁

有頍者弁!实维伊何?尔酒既旨,尔殽既嘉。岂伊异人?兄弟匪他!茑与女萝,施于松柏。未见君子,忧心奕奕。既见君子,庶几说怿!

有頍者弁!实维何期?尔酒既旨,尔殽既时。岂伊异人?兄弟具来!茑与女萝,施于松上。未见君子,忧心怲怲。既见君子,庶几有臧!

有頍者弁！实维在首。尔酒既旨，尔殽既阜。岂伊异人？兄弟甥舅！如彼雨雪，先集维霰。死丧无日，无几相见。乐酒今夕，君子维宴！

【解题】

《頍弁》是写西周末年王室怎样宴乐同姓之诗，当是与宴者贵族诗人所作。诗说："丧亡无日，相见无几。"可以想见这位诗人预感王室孤危将亡的悲哀。诗用"有頍者弁"一句发端，颇觉突兀。《孔疏》说："弁者，冠之大名，称弁者多矣。但爵弁则士之祭服，韦弁则服以即戎，冠弁则服以从禽，非常服也。唯皮弁上下通服之，故知皮弁也。《传》兴理不明。……按，昭九年《左传》，王使詹桓伯辞于晋曰：'我在伯父，犹衣服之有冠冕。'僖八年《穀梁传》曰：'弁冕虽旧，必加于首；周室虽衰，必先诸侯。'然则王者之在上位，犹皮弁之在人首，故以为喻也。"这释"有頍者弁"一句兴义，不错。诗三言"有頍者弁"，五言"君子"，都指设宴的主人，即是指王。又三言"兄弟"，当指同姓贵族；一言"甥舅"，当指异姓贵族。《礼记·文王世子》篇说："公若与族燕，则异姓为宾。"可证王室宴同姓也该请异姓作陪。《诗序》以为刺幽王不能燕乐兄弟。反对《诗序》这说的人以为正是说王宴兄弟亲戚，但不知王是何王，如《朱传》、王照圆《诗问》。还有人以为《诗序》既说"暴戾"就该是指厉王，如魏源《集义》。

《诗序》说《頍弁》是刺幽王暴戾无亲，不能宴乐同姓、亲睦九族，孤危将亡，也可算有是处。诗说："死丧无日，相见无几。"不是将这诗主题透漏些出来了吗？不见得如朱子《辨说》所说，古人劝人燕乐多为此言，只是一个空泛的概念。《孔疏》说："作《頍弁》诗者，时同姓之诸公刺幽王也。以王之政教酷暴而戾虐，又无所亲，不能燕乐其同姓，亲睦其九族，孤特倾危将至丧亡。故同姓诸公作是《頍弁》之诗以刺之，为不能燕乐同姓，明诸公是同姓诸公也。作诗者一人而已，言诸公者，以作者在诸公之中称诸公意以刺之也。九族亦同姓，见诸公非一，容九族之处,故言同姓以广之。不能燕乐即亦不能亲睦,亲睦由于燕乐。以经责王不燕乐,令不亲睦,故分而言之耳。暴戾无亲,即'如彼雨雪,先集维霰',是也。不能燕乐同姓、亲睦九族,三章皆上六句是也。孤危将亡,卒章四句是也。其首章二章上六句惧王危亡,庶几谏正,亦是将亡之事也。经《序》倒者,《序》述论其事由暴虐无亲,故不能燕乐为事之次。经则主为不能燕乐,故先言之。"这诗作在何王之世?作者是何等人?为何事何作?含有什么意义?《孔疏》据诗语分析《诗序》如此。《严缉》说:"幽王之时乱亡已迫而不自知,族人与国同休戚,深窃忧之。而王疏远宗族,无由进其忠告,其族人之尊者遂作此诗。因王不宴乐同姓,借以为辞,而告以祸败之戒,非欲王宴乐之也。但诗人优柔之辞先从宴乐上说来,以渐及危亡警惧之意,故读者不觉,真谓刺王不能宴乐同姓而已。当是时骊山之祸将作,人情凛凛,不保朝夕。幽王方且饮酒无度,诗人岂复劝其宴乐哉?《国风》、《小雅》多寓意于言外,或意虽形于言而优柔纡余,读者不觉也。有言古不言时而意在刺时者(如《甫田》、《采菽》之类),有言乙不言甲而意在刺甲者(如《叔于田》全述叔段之事而实刺郑庄,《椒聊》全述曲沃之盛强而实刺晋昭),有首章便见意而余章变韵成歌者(此类甚多),有前数章皆含蓄而末章乃见意者(如《载驱》之类),有首尾全不露本意但中间冷下一二语使人默会者(如《硕人》、《猗嗟》之类),有言轻而意重者(如《凯风》言母氏劬劳而不言欲嫁),有先从轻处论起,渐渐说得重者(如《四月》忧世乱而先叹征役之劳,《頍弁》刺危亡而先说不宴乐同姓)。读《诗》与他书别,唯涵泳浸渍乃得之。"这是严粲为《頍弁》诗和其《诗序》巧作解说,也可以看作他是在教人怎样用涵泳浸渍、玩索言外之意的方法,来读《诗》乃至《诗序》。胡承珙《后笺》说:"《郑笺》谓王服皮弁,宜以宴而弗为,则经文明言乐酒,明言维宴,似不得谓王无宴同姓之事。盖此当与《宾之初筵》参看。彼《序》云:'幽王荒废,媟进小人,饮酒无度,天下化之,君臣上下,沉湎淫液。'而诗中陈燕射之礼,《郑笺》谓是王与族人燕,则王非不燕同姓,乃其所与沈酗昵近者皆小人,而于宗族骨肉之间或反多猜忌,致有离心,故《頍弁·序》云:'不能宴乐同姓,亲睦九族,孤危将亡。'宴乐亲睦所包者广,非止为一宴而已。不能宴乐,亦非不宴之谓。不然,经曰'维宴',《序》刺不宴,不几相背谬乎?《五礼通考》:方氏曰,诗曰'尔酒''尔殽',曰'君子维宴',安在其非宴乎?曰'死丧无日,无几相见',安在其非刺乎?一再读之,乃知诗固宴也,宴而情不逮于《棠棣》,文不备于《行苇》,虽宴,无以成欢,故诗人伤心于集霰,以著交瘝之渐。迨胥远胥效,斯《角弓》兴悲,而《葛藟》有终远之诮,《杕杜》抱独行之感焉。诗表其事,《序》推其微,文殊而义一也。然则《角弓》之诗为不合族者示戒,《頍弁》之诗又为合族而情文不具者示戒也。"这是巧为《诗序》"不能宴乐同姓亲睦九族"一语作解,更畅论了《頍弁》一诗的主题。这样说来,《诗序》就似和诗旨相合了。

车　舝

间关车之舝兮,思娈季女逝兮。匪饥匪渴,德音来括。虽无好友,式燕且喜。

依彼平林,有集维鷮。辰彼硕女,令德来教。式燕且誉,好尔无射!

虽无旨酒,式饮庶几。虽无嘉殽,式食庶几。虽无德与女,式歌且舞!

陟彼高冈,析其柞薪。析其柞薪,其叶湑兮。鲜我觏尔,我心写兮!

高山仰止,景行行止。四牡騑騑,六辔如琴。觏尔新昏,以慰我心!

【解题】

《车舝》,如其不是思得贤女以配君子,便是诗人自道求女之诗。诗中称我,不是诗人代我君子,便是诗人自我。这诗人必是当时所谓

"君子"一个阶级中的人物。称季女、硕女,是他称女者。单称女、称尔,是对称女者。都指贤女。诗首说"车舝",末说:"四牡骙骙,六辔如琴。"当是指亲迎的车马。胡承珙《后笺》说:"'四牡'二句为往迎贤女,正与车舝为首尾之词,于上下皆顺。"这是确诂。诗中说:"式燕且喜。""式歌且舞。"当是说举行婚礼奏乐,受贺宴客。俞正燮《癸巳存稿》二说:"《郊特牲》云:昏礼不用乐,幽阴之义也。乐,阳气也。《曾子问》云:娶妇之家,三日不举乐,言三日不举乐,则其家必能举乐者。且《关雎》之诗云:'琴瑟友之','钟鼓乐之。'《车舝》之诗云:'式歌且舞。'则用乐古有之也。婚礼不贺,人之序也。而《曲礼》云:为酒食以召乡党僚友,以厚其别也。若不贺者,何以赴召乎?但王侯不以贺婚礼为邦交,若晋之少姜耳。《曲礼》又云:贺辞曰,闻子有客使某羞。《诗》云:'式饮庶几。'……"这话说来闳通。杨慎《丹铅续录》、何楷《古义》必以为古婚礼不举乐,不贺,不宴客,都未免拘泥。这诗怎能说得通?

《诗序》说:"《车舝》,大夫刺幽王也。褒姒嫉妒,无道并进,谗巧败国,德泽不加于民。周人思得贤女以配君子,故作是诗也。"从宋儒以来,学者多疑此诗和幽王无关。如《朱传》说:"此燕乐其新昏之诗。"朱善《解颐》说:"《正小雅》:有《鹿鸣》以燕群臣,有《常棣》以燕兄弟,有《伐木》以燕朋友,而独于夫妇缺焉。则此诗虽燕乐新昏之诗,其亦昏礼上下通用之乐也欤?"他们都以为诗无关于褒姒和幽王。胡承珙《后笺》说:"姜氏《广义》曰:'朱氏《解颐》以此为燕乐新昏,上下通用之乐歌。'季氏《解颐》曰:'君子得贤妻而自庆之词。'按章末曰:'觏尔新昏。'则知作诗之人非即新昏之人也。何氏《古义》曰:'《礼》云,昏礼不贺,人之序也。'又云,'娶妇之家三日不举乐,思嗣亲也。新昏安得有燕有乐歌邪?'朱氏《通义》曰:'西亭王孙亦疑及此。然《戴记》所云,恐是士庶之礼。天子纳后,其承宗庙社稷,必与士庶家不同。'承珙案,诸说反覆驳难,皆过于坐实诗词耳。《序》云:'周人思得贤女以配君子。'首章即云'思娈季女逝兮',是全篇皆虚拟之词,并无其人其事,与《陈风·东门之池》一例。'式燕且喜','式燕且誉',与韩姞燕誉同。本非谓新昏燕饮。式歌且舞，与可以晤歌同，亦非谓新昏乐歌。至酒殽饮食乃是兴词，总极言思贤女之切，得贤女之乐，所乐在此，则所恶在彼矣。诗人微婉之旨，岂可以刻舟胶柱之见言之哉？"他从诗和《序》的两个思字生说，以为全篇皆虚拟之词，并无其人其事，不必克就刺幽王来说，而刺幽王的意思包括在内。总结诸说，可算圆通。陈奂《传疏》说："设鑾往配，亦是陈古以刺今，与《大东》篇兴义同。""盖周人历世有贤圣之配，今幽王宠嬖褒姒立以为后，大臣知其将有倾城灭周之祸。故篇中语气，言不必若大姜、大任、大姒之贤圣，第思得德音、令德之女以配我君子，已有歌舞喜乐之盛，犹无旨酒、嘉殽亦足以解渴而解饥。此深恶王之黜申后而用褒姒也。故诗以'虽无德与女'作一转语，而《序》则直谓之贤女耳。"这是克就《诗序》刺幽王宠褒姒之意来说，可通，却未必可靠。这诗今古文又无争论。王先谦《集疏》说："三家义未闻。"

最后，还举力驳《诗序》的一说，以备进一步研讨。姚际恒《诗经通论》说："《小序》谓大夫刺幽王，《大序》谓褒姒嫉妒无道，周人思得贤女以配君子，故作是诗。邹肇敏曰：思得娈女以间其宠，则是张仪倾郑袖、陈平绐阏氏之计耳。以嬖易嬖，其何能淑？且赋《白华》者安在？岂真以不贤见黜？诗不讽王复故后，而讽以别选新昏，无论艳妻骄扇，宠不再移，其为倍义而伤教亦已甚矣。阅此可以击节！""何玄子谓幽王宫人思贤女代褒姒为后，依《序》略变，仿佛《关雎》，又足哂焉！"

青　　蝇

营营青蝇，止于樊！岂弟君子，无信谗言！
营营青蝇，止于棘！谗人罔极，交乱四国！
营营青蝇，止于榛！谗人罔极，构我二人！

【解题】

《青蝇》，大夫刺谗之作。襄十四年《左传》记晋范宣子以信吴人之言，不使戎人与向之会。戎子驹支"赋《青蝇》而退"，就是取其刺谗之义。诗说:"谗人罔极,交乱四国。"闹出了这么大的乱子,这谗人自是王的最亲信的人,虽然不曾明说其人为谁。作诗刺谗的人也该是和王接近的卿大夫一流人物,虽然诗人不曾明说自己是谁,像吉甫家父一样。

《诗序》说:"《青蝇》,大夫刺幽也。"大夫是谁? 宋明以来的学者或疑这是卫武公。胡承珙《后笺》说:"何氏《古义》曰:'袁孝政注《刘子》云:魏武公信谗,诗刺之曰:"营营青蝇,止于藩。岂弟君子,无信谗言。"'正不知其所自出。《国风》有魏而世系无考,然魏诗何得入《雅》? 愚不敢信以为然。窃意《毛传》篇次,此诗与《宾之初筵》相属,彼为卫武公所作,遂以此并系之武公,而误"卫"音为"魏"耳。'承珙案:《困学纪闻》已言及此。何氏谓卫武之误,虽想当然,亦似有理。"魏源《集义》已载如上,《诗古微》又说:"《青蝇》在卫武《宾筵》之前,当为卫武公刺幽王听谗之诗,而袁孝政误引以为刺魏武耳。"又说:"窃意《刘子》原注当云卫武公伤幽王听谗,诗刺之,云云。而转写讹夺耳。"王先谦《集疏》说:"《易林·豫之困》:'青蝇集藩,君子信谗。害贤伤忠,患生妇人。'据此,《齐诗》为幽王信褒姒之谗而害忠贤也。《困学纪闻》云:'袁孝政释《刘子》曰,魏武公信谗,诗刺之,云云。此《小雅》也,谓之魏诗可乎? 案魏当卫之误。'三家《诗》以此合下篇皆卫武公所作。何楷说同。愚案,卫武公王朝卿士,诗又为幽王信谗而刺之,所以列于《小雅》。若武公信谗而他人刺之,其诗当入《卫风》矣。即此可证明其误。鲁、韩未闻。"王应麟、何楷之后,魏源、王先谦又据今文三家遗说,以为此诗确是卫武公刺幽王信谗之作。陈乔枞《齐诗遗说考》驳王应麟《困学纪闻》一说道:"此三家之说未可厚非。《宾之初筵》为卫武公饮酒悔过之诗,又作《抑戒》以自儆,其诗并列二《雅》。则于魏武公信谗之刺列诸《小雅》又何嫌焉?"必定死依《刘子》袁注"魏武公信谗,诗刺之"一说,不加改正,恐是一误。

青蝇何物? 诗说青蝇是何用意? 《毛传》说:"兴也。"诗用青蝇作为比兴之义。《郑笺》说:"兴者,蝇之为虫,污白使黑,污黑使白,喻佞人变乱善恶也。言止于藩,欲外之,令远物也。"欧阳修《诗本义》说:"青蝇之为物甚微,至其积聚而多也,营营然往来飞声,可以乱人之听,故诗人引以喻谗言渐积之多,能致惑尔。其曰'止于樊'者,欲其远之,当限之于藩篱之外。郑说是也。"罗愿《尔雅翼》说:"汉昌邑王贺梦青蝇矢集西阶东可五六石,以问龚遂,遂亦劝放逐左侧谗人。而魏何晏梦青蝇数十来鼻端,驱之不去。管辂亦以为鼻者天中,今蝇臭恶而来集之,位峻者颠,轻豪者亡。诗人取喻,岂虚乎哉?"汉魏人说青蝇之喻似本于《诗》,说梦蝇又似出于古占梦书或古谣俗之言。诗人取喻青蝇,岂亦出于古占梦、古谣俗?朱鹤龄《通义》说:"青蝇驱之不去,小人亦驱之不去。"陈奂《传疏》说:"《笺》、《易林》、《论衡》、《初学记》并有青蝇污白之语。《后汉书·杨震传》:'青蝇点素,同兹在藩。'《汉书》:'昌邑王贺梦青蝇之矢积西阶东可五六石。'矢即污也。此皆本三家《诗》,可以申明《毛诗》之兴义也。"这是说,《青蝇》比兴之义,今古文说相同。但看上举诸说,从多方面玩索,诗说青蝇确有象征的意义无疑。又古语青、苍同义,如《礼记·月令·孟春之月》一节所说。按,青蝇,似是金蝇,蝇之一种。体长二三分,金绿色。复眼,赤褐色或黑褐色。胸下蓝绿色。背有黑毛甚细。其躯体较苍蝇为小。诸家注说以为青蝇就是苍蝇,可不算错。这是一种节肢动物,在昆虫学上属双翅目,家蝇科。苍蝇不但偷食可恶,尤其是污秽食物,为传染病媒介,为霍乱、伤寒、红白痢等疫症。诗说"营营青蝇",象征谗人往来进谗散布毒害,真是再恰切再巧妙也没有了。王充《论衡·言毒》篇结论说:"人中诸毒,一身死之。中于口舌,一国溃乱。《诗》曰:'谗人罔极,交乱四国。'四国犹乱,况一人乎?故君子不畏虎,独畏谗夫之口,谗夫之口为毒大矣。"这说谗人之口毒害政治,好像苍蝇偷吮人家食物就要带来粪污,带来细菌毒害,带来瘟疫死亡,真是可怕可恨呀。

厉王也听信谗言,怎知这诗是刺幽王还是刺厉王呢?《朱传》说:"诗人以王好听谗言,故以青蝇飞声比之,而戒王以勿听也。"朱子就不敢断定他是何王。姜炳璋《广义》说:"或以为厉王之诗,而不知非然也。古称暴主，必曰幽、厉而不曰厉、幽，幽甚于厉也。《荡》之篇曰：'流言以对。'《桑柔》曰：'朋友以谮。'厉固非不信谗言。然周公、召公依然执政，夫妇父子之间未闻失德。宣王时之吉甫、方叔、申伯、仲山甫之属，莫非先朝遗留，出而佐中兴之治。可知厉王之世，只卫巫监谤树恶于民耳，其于故家大臣未尝斩艾殆尽。若幽王之信谗，其迈乃祖远矣。谗人之为卿士者，为尹氏、皇父、虢石父之流也。谗人之为六卿者，则番、家伯、仲允、棸子、蹶、楀之属也。谗人之司百职，则琐琐之姻亚；谗人之居宫掖，则艳妻之煽处。谗人日多，故谗言日甚。莫亲于夫妇，而《白华》作矣，则曰'二三其德'。莫亲于父子，而《小弁》作矣，则曰'君子信谗'。《正月》云：'民之无辜，并其臣仆。'信谗而诛戮行矣。《小宛》曰：'哀我慎寡，宜岸宜狱。'信谗而刑政酷矣。以及《十月之交》、《雨无正》、《巧言》诸篇，其斥逐诛死于谗言者不知凡几。而《召旻》云：'人之云亡，邦国殄瘁。'职此谓也。然则幽王之廷尚有人乎？骊山发难，天子弑，王后虏，死事者仅一郑桓公，其余皆发蒙振落，无一人抒国家之难，盖忠臣义士靡有孑遗故也。而原其始，皆由于君子之信谗言。是以幽王之暴甚于厉，而祸亦惨于厉，夫乃知《青蝇》之为刺幽也。丰氏、邹氏欲移幽作厉，则亦未取刺幽之全诗读之耳。"这据全《诗》刺幽王诸篇综合来说，断定《青蝇》为刺幽王之作。胡承珙说："《虞东学诗》曰：此《序》下无衍文。钱饮光引《国语》史伯曰：'夫虢石父，谗谄巧佞之人也，而立以为卿士。与剸同也。周法不昭而妇言是从，用谗慝也。'此诗刺王，当为太子宜臼被谗而作。按《易林》云：'青蝇集藩，君信谗言。害贤伤忠，患生妇人。'又云：'马蹄蹎车，妇怨破家。青蝇污白，恭子离居。'则焦氏早有是说矣。承珙案，田间之说本于何氏《古义》。何氏并引《汉书》戾太子之乱，壶关三老令狐茂上书，引《诗》'营营青蝇，止于藩'。以为事与《诗》合。然谗人罔极，内而父子夫妇，外而君臣朋友，皆受其害，诗事固无所不该。即谓刺幽王听谗废嫡亦无不可。然必以棘为九棘，榛为妇赘，次章刺虢石父，卒章刺褒姒（原注：此何氏之说），则凿矣。"何楷、钱澄之以为此诗刺幽王听谗废嫡而作，顾镇和胡承珙都像以为是说亦无不可。陈奂说："魏源云：《易林·豫》云：'青蝇集藩，君听谗言。害贤伤忠，患生妇人。'又《观》、《革》云：'马蹄蹶车，妇恶破家。青蝇污白，恭子离居。'夫幽王听谗莫大于废后放子，而此曰'患生妇人'，则明指褒姒矣。'恭子离居'，用申生恭世子事，明指宜臼矣。故曰：'谗人罔极，构我二人。'谓王与母后也。'谗人罔极，交乱四国'，谓戎、缯、申、吕也。案，魏说本何楷《世本古义》。《汉书》：戾太子之乱，壶关三老茂上书：'昔者虞舜，孝之至也，而不中于瞽叟。孝已被谤，伯奇放流。骨肉至亲，父子相疑。何者？积毁之所生也。'其下即引《青蝇》之诗，与幽王放宜臼合。《楚辞·九叹》：'若青蝇之伪质兮，晋骊姬之反情。'又与幽王嬖褒姒合。皆出三家，有足以补明毛义者也。"可知清代《诗》今古文学者都认为这诗是刺幽王，没有争论。

宾 之 初 筵

宾之初筵，左右秩秩。笾豆有楚，殽核维旅。酒既和旨，饮酒孔偕。钟鼓既设，举酬逸逸。大侯既抗，弓矢斯张。射夫既同，献尔发功。发彼有的，以祈尔爵。

籥舞笙鼓，乐既和奏，烝衎烈祖。以洽百礼，百礼既至。有壬有林，锡尔纯嘏，子孙其湛。其湛曰乐，各奏尔能。宾载手仇，室人入又。酌彼康爵，以奏尔时。

宾之初筵，温温其恭。其未醉止，威仪反反。曰既醉止。威仪幡幡。舍其坐迁，屡舞仙仙。其未醉止，威仪抑抑。曰既醉止，威仪怭怭。是曰既醉，不知其秩。

宾既醉止，载号载呶。乱我笾豆，屡舞僛僛。是曰既醉，不知其邮。侧弁之俄，屡舞傞傞。既醉而出，并受其福。醉而不出，是谓伐德。饮酒孔嘉，维其令仪！

凡此饮酒，或醉或否。既立之监，或佐之史。彼醉不臧，不醉反耻。式勿从谓，无俾大怠。匪言勿言，匪由勿语。由醉之言，俾出童羖。三爵不识，矧敢多又！

【解题】

《宾之初筵》，是卫武公刺时又像是自警之作。陈古以刺今，自警以刺时，可能是他为了逃避监谤一类祸患，实行《酒诰》一类政策的两面手法。《毛序》说他"刺时"，《韩诗》说他"饮酒悔过"，单从一方面看，都可以不算错。合起来看，辩证地来看，才可以窥测到这一老奸巨猾的深意。这诗在《三百篇》中自是一篇杰作。我以为关于酒的文学作品，除了最古的《酒诰》是公牍、是散文不计外，后来的扬雄《酒箴》、刘伶《酒德颂》、杜甫《饮中八仙歌》，虽然短篇，都不失为名作。但是无论其了解酒趣，描写醉态，或儆戒沉湎；无论其思想性和艺术性二者兼而有之，而面面俱到，恰到好处，仍当推《宾之初筵》一篇为首出杰作。记得黄瑜《双槐岁抄》录有明初汪广洋《奉旨讲宾之初筵诗叙》一文，说是明太祖朱元璋听汪广洋讲这诗，大为感动。仍命他缮写数十本颁赐文武大臣，俾揭于高堂。还有可能启示了后来朱元璋杀戮功臣作为纵酒败度的一种借口。这可视为这诗在封建社会政治上发生作用最显著的一个例子了。

《诗序》说："《宾之初筵》，卫武公刺时也。幽王荒废，媟近小人，饮酒无度，天下化之，上下沉湎淫液。武公既入而作是诗也。"《郑笺》说："武公入者，入为王卿士。"据《史记》，卫武公入为王朝卿士在周平王的时候。他作这诗倘是"刺时"，就该是刺平王。陈奂《传疏》说："是诗为追刺幽王而作。《抑》三章云：'颠覆厥德，荒湛于酒。'刺厉王饮酒无度也。卫武公刺厉、刺幽，皆事关王政，故《抑》编诸《大雅》，而此则编诸《小雅》焉。"他说追刺幽王，这有问题。《诗序》明明说"刺时"，怎么可以说是追刺前代幽王？《史记·卫康叔世家》说："武公即位，修康叔之政，百姓和集。四十二年，犬戎杀周幽王，武公将兵往，佐周平戎有功，周平王命武公为公。"看来《诗序》说"刺时",就该是刺平王了。我以为平王本来就不是什么中兴令主,幽王时候"上下沉湎淫液"的风气未必已经由他转移过来。武公入相,看不过意,作了这篇惩前毖后的诗,讽谏平王不要再走厉王、幽王的老路。这就是《诗序》"刺时"一说的由来罢。

诗末章说:"凡此饮酒,或醉或否。既立之监,或佐之史。"当时燕饮,既立酒监,又立酒史,这是什么用意呢?《郑笺》说:"凡此者,凡此时天下之人也。饮酒于有醉者有不醉者,则立监视之,又助以史使督酒,欲令皆醉也。"看来当时似已盛行酒令,须使人醉以为笑乐。俞正燮《癸巳存稿》十一说:"宋窦蘋《酒谱》第十二为《酒令》。云:《诗》,'既立之监,又佐之史'。然则饮之立监史,所以已乱而备酒祸。案,其事有证。《史记·滑稽列传》云:淳于髡曰,'御史在前,执法在后'。是其制也。若《诗》则言'彼醉不臧,不醉反耻'。《笺》云:'立监使视之,又佐以史使督酒,欲令皆醉,取未醉者耻罚之'。卫武公刺时人如此。殆即酒令,非备酒祸也。〔又〕云:魏文侯饮酒,使公乘不仁为觞政。其酒令之渐欤?案,《说苑·善说》篇云:魏文侯与大夫饮酒,使公乘不仁为觞政。不仁曰:君已设令,令不行可乎?已明著令字。《韩诗外传》云:齐桓公置酒,令诸侯大夫曰:后者,饮一经程。管仲后,当饮一经程。亦前此酒令。"当时设立酒监、酒史之制,是对于饮者"欲令皆醉"呢?还是"所以已乱而备酒祸"呢?我以为与其作为历史上的问题,毋宁作为民俗学上的问题,这是满有趣味的问题,顺便在这里提出。鄙见:这里两个问题实是一个。既强人醉倒,又责人醉不失礼。此种恶作剧,意在故意窘人、玩弄人,使旁观者皆大欢笑取乐而已。这是从来民间戏谑之事往往采用的一种方法,不独酒令如此。

我国从什么时候开始用谷物酿酒?据今考古学者的意见,有人以为仰韶文化初期是谷物酿酒起源的最大可能的时期,理由是:从那时起开始有了农业和畜牧业。有人断定谷物酿酒只能发生于龙山文化晚期,理由是:据考古学界的新发现,在龙山文化中某些生产工具的出现和储藏谷物的窖穴普遍扩大,标志着当时农业生产有了长足的进步,从而较经常地有多余粮食。山东大汶口的龙山文化遗址一百二十多座墓葬,形制大小不同,随葬品的多寡也很悬殊,这表明当时已出现了私有财产和贫富差别,也说明生产力提高,剩余粮食可能集中到少数富有者手中,并用于酿酒。

这诗写贵族酗酒,三章泛写微醉失态,四章特写大醉胡闹。诗的煞尾还说:"三爵不识,矧敢多又!"酒精中毒如此可怕。究竟当时饮用的是什么酒呢?酒有哪些品种呢?首先从《诗经》本身来看,看它说到了哪些酒。我们看到它说了醴、春酒、旨酒、清酒、酾酒、湑酒、酤酒、秬鬯各种酒名。醴,是糖化多而酒化少,酿了一宿就熟,带着糟的甜酒。还有酤酒也是一宿酒,但是不一定就熟,而有人以为像后世的鸡鸣酒。可以说,凡是这样快熟而带糟的甜酒都属于醴酒一类。春酒,《毛传》说是冻醪,《孔疏》以为就是《周礼》酒正所辨三酒中的清酒。恐怕这不是清酒罢。胡先骕《经济植物学》里说:"稻之名见于《诗经》、《尔雅》。""稻字又见甲骨文及《叔家父盨》,则尤早矣。""糯稻栽培亦甚早。《豳风·七月》之诗云'十月获稻,为此春酒,以介眉寿'。《左传》云:'进稻醴粱糗'。可见在周朝即种糯稻以酿酒。"依他说,春酒就像如今糯米酒酿,俗称甜酒酿,也是属于醴酒一类。旨酒,有人以为就是醴酒。可是它在《诗经》里和嘉殽对文,也许较醴酒高级些。清酒,是去掉了糟粕的酒。用筐子细漉过的叫酾酒,用溲箕粗漉过的叫湑酒,都该属于清酒一类。秬鬯,是用黑小米和香草酿成的香酒,好像后世的所谓郁金香酒。再从《周礼》上看。《天官》酒正"辨三酒之物,一曰事酒,二曰昔酒,三曰清酒"。清酒不用说了。昔酒,可能是在酿后贮藏若干时候,好像如今的老酒、陈酒。事酒,可能是一种寻常的酒,也是带糟的酒。我想醴是甜酒,酒力是不高的。事酒如果是一般带糟的酒,酒力更不会高的。昔酒如果真是陈年老酒,酒力可能较高。事酒、昔酒之名不见于《诗经》。《宾之初筵》说是"酒既和旨",那些贵族酒鬼所饮之酒总不外乎旨酒、清酒、秬鬯一类罢。总之周代还没有蒸馏过的白干酒，即烧酒。白居易《忠州荔支楼对酒》诗说："荔支新熟鸡蛋色，烧酒初闻琥珀香。"又雍陶诗说："自到成都烧酒熟，不思身更入长安。"可证唐代已有烧酒，四川大曲的由来很古了。翟灏《通俗编》十四："东坡言唐时酒有名烧春者，当即烧酒也。元人谓之汗酒。十思义有咏汗酒诗，李宗表称阿剌古酒，作歌云：年深始作汗酒法，以一当十味且浓。"按，唐人诗已咏及四川方面的烧酒，《唐国史补》亦云："酒有剑南之烧春。"酒以烧名，明是可以燃烧的蒸馏酒，大概此酒初出于四川吧？梁元帝萧绎《金楼子·自序》说："有银瓯一枚，贮山阴甜酒。"可证绍兴酒的由来更古了。我想《宾之初筵》里所说的酒，所含的酒力不会比今绍兴酒更高许多，可是当时人喝了醉起来，也就满有一个样子，够人受了。我的一位去世的老师是金石学家，爱说："殷人醉死，周人胀死。"意以为殷商铜器多酒器，周铜器多食器和大鼎，这是他根据已出土的而且著录了的殷周铜器来说，确是如此。殷商奴隶社会里的帝王贵族荒淫无度，我们但读《大雅·荡》篇就可以想见。再从晚近出土的殷商文物来看，无论陶器铜器，其中用作酒器的最多，也可以想见。周公作《酒诰》。《孔传》说："康叔监殷民，殷民化纣嗜酒，故以戒酒诰。"康叔正是卫武公的先祖。《酒诰》说："厥父母庆，自洗腆致用酒。""尔大克羞耈惟君，尔乃饮食醉饱。""尔尚克羞馈祀，尔乃自介用逸。"周公告诫卫康叔只有三件事可以用酒：一是作为人子的为了孝养父母，二是作为人君的为了进养老成人，三是作为后嗣的为了献祭于祖考。卫武公作这诗时已经老耄，第一件要用酒的事他老早没有了。诗一章说要因射而饮，二章说要因祭而饮，和《酒诰》说的第二件第三件可以用酒之事正合。这诗一言"德"，五言"威仪"；《酒诰》八言"德"，一言"威仪"。彼此详略也正可以互相补充。虽然厉王、幽王的灭亡并不必是由于纵酒，却也不必说全和纵酒无关。而卫武公作《宾之初筵》和《抑》篇以为讽谏，可以算他是当时统治阶级内部一个头脑比较清醒的人。《史记》载他"修康叔之政"，他能和康叔一样谨守周公《酒诰》之教，当是其中的一端，因为有诗为证了。

诗三百解题卷二十二

鱼藻之什　　毛诗小雅

鱼　藻

鱼在在藻？有颁其首。王在在镐？岂乐饮酒！
鱼在在藻？有莘其尾。王在在镐？饮酒乐岂！
鱼在在藻？依于其蒲。王在在镐？有那其居！

【解题】

《鱼藻》,当是刺周王但知饮酒作乐之诗。《诗序》说"刺",单论这一点,不错。诗说"王在在镐",无疑的这是西周作品。西周建都镐京,始于武王,终于幽王。不知诗说何王,但总归是刺,我们不要被民间歌手瞒过。这诗风格很像《国风》诗篇,想是因为说的王朝日常生活琐事,又采自西都王畿,所以列在《小雅》,而经师们就认为这是所谓变《雅》罢。龚橙《诗本谊》指出《小雅》中若干篇"西周民风",偏漏掉了这篇。方玉润《诗经原始》说这诗"细民声口"。这话不错。又说:"此镐民私幸周王都镐而祝其永远在兹之词也。"袭用姚际恒一说,这话不见得是。安知不是镐民刺周王但知饮酒作乐,或刺他沉溺酒色、荒淫无道呢?

《诗序》说:"《鱼藻》,刺幽王也。言万物失其性,王居镐京,将不能以自乐,故君子思古之武王焉。"这诗主旨又无今古文之争。王先谦《集疏》说:"三家无异义。"我们读《诗序》,除了说"刺"一点以外,觉得它颇和诗意相反。为什么"反经以序之"呢?《孔疏》说:"作《鱼藻》诗者,刺幽王也。言时王政既衰,致令天下万物失其生育之性而不得其所,由此王居镐京将有危亡之祸,将不能以自燕乐。故诗人君子睹微知著,思古之武王焉。以武王之时万物得所,能以自乐;今万物失性,祸乱将起,不以为忧,亦安而自乐;故作此《鱼藻》之诗,陈武王之乐,反以刺之。幽王之诗思古多矣,皆不陈武王,此独言之者,此言将丧镐京。其居镐京武王为始,刺王将丧其业,故特陈武王也。既言思古,故反经以序之。万物失其性,经三章上二句是也。王居镐京,将不能以自乐,三章下二句是也。"唐儒作《疏》只算勉强把《诗序》的意思说通了。

宋儒对于这《诗序》有信有不信。胡承珙作了总评,可供参考。《后笺》说:"案此诗《传》、《笺》以在藻依蒲为鱼之得所,兴武王之时民亦得所。欧阳《本义》,李、黄《集解》及《埤雅》、《尔雅翼》皆从此义。范氏《补传》、严氏《诗缉》乃以藻蒲水浅为鱼之失所,以兴幽王之民失所。然经文曰在、曰依,似非失所之喻。《苏传》又谓在藻之鱼,〔所依至薄,然其首颁然而大,自以为安,〕不知将为人取,兴王饮酒自乐不知危亡。亦与经言'岂乐'、言'有那'者不合。惟从毛、郑,则词旨与《鸳鸯》相类,但陈古之美而刺意皆在言外。《文选》王元长《曲水诗序》:'信凯燕之在藻,知和乐于食苹。'此取其诗词本言武王,故可用为颂美耳。《隋书》:炀帝见薛道衡《高祖颂》,以为此《鱼藻》之义。刘知幾《史通 · 载文》篇:'观《狡与》之颂而验有殷方兴,观《鱼藻》之刺而知宗周将陨。'此皆正用《毛序》之义者也。"他遵毛、郑作解,驳了宋儒不遵《毛序》诸说,也只算勉强可通。看来苏辙深于《老子》之学,甚解"正宗若反"之义。此诗《苏传》近是,何尝与经不合呢?

明清儒者有人对此《诗序》又作别解。诗说:"岂乐饮酒"。何楷《古义》就据《周礼》来说。《大司马》:"若师有功,则左执律、右执钺以先,恺乐献于社。"郑注:"兵乐曰恺。"《古义》说:"岂乐者,奏岂(凯)而乐也。饮酒,即饮至也。""饮至者,嘉其行至,故因在庙中饮酒为乐也。"因此就断定说:"《鱼藻》,武王克商饮至也。"自注道:"按《大雅》云:'考卜维王,宅是镐京。维龟正之,武王成之。'经有'王在在镐'之文,此以知其为武王也。《礼》:'君行反,必告庙,告庙则饮至。'经有'岂乐饮酒'之文,此以知其为饮至也。详味诗意,是克商时所作。"又说:"按《周书》,武王来自伐商,至丰祀庙,在夏正二月望后,正藻蒲方生之时,故诗人因以起兴。"这一说对不对呢? 姚际恒《诗经通论》说:"《小序》谓刺幽王,非。阿《序》者大抵习为曲说,不悉辨也。《集传》谓天子燕诸侯,而诸侯美天子之诗。只得如此说。然云'在镐',其为西周王者无疑。邹肇敏以为武王饮至,何玄子踵之,因以岂乐为恺旋之乐。按岂、恺同,亦乐也。其云军旋作恺乐,他经未见,唯见于《周礼》,此伪书,不足信也。恺旋疑秦汉之说,武王时安得有之? 必欲以为武王诗,则谓武王初都镐之作亦可。味二'在'字及'有那其居'句,似有祝其永远在是而奠安之意,然未敢以为必然也。"这一说对不对呢?

诗说鱼藻,《毛传》不明以为兴,《郑笺》却暗以为兴。究竟是不是含有比兴之义呢?《毛传》只说:"鱼以依蒲藻为得其性。"《郑笺》说:"鱼之依水草,犹人之依明王也。明王之时,鱼何所处乎? 处于藻。既得其性则肥充,其首颁然。此时人物皆得其所。正言鱼者,以潜逃之类信其著见。……天下平安,万物得其性。武王何所处乎? 处于镐京。乐八音之乐,与群臣饮酒而已。今幽王惑于褒姒,万物失其性,方有危亡之祸,而亦岂乐饮酒于镐京而无悛心,故以此刺焉。"他以为这诗借鱼依水草象征人民依明王。《后笺》说:"案《传》于《鸳鸯》云:'兴也。'《笺》申之曰:'此交万物之实也,而言兴者,广其义也。'《正义》谓:'交于万物则非止一鸟,故云兴也。言举一物以兴其余也。'准此,则此《传》亦当言兴;而不言者,毛意以经'鱼在'、'王在'对文,恐人误以鱼兴王,而不知鱼之在藻乃万物得所之实,为王所以岂乐之由,文义相因,故不言兴。《笺》谓以潜逃信著见,深得《传》未言之意。后人多谓以鱼兴王,误矣。"此诗果如《传》、《笺》所说,以在藻依蒲为鱼之得所,兴武王之时民亦得所吗? 果如《郑笺》说,以鱼兴人民,非兴周王吗? 这是陈古刺今之作,美武王以刺幽王吗? 汪梧凤《诗学女为》说:"《序》云刺幽,是也。惟以为思古之武王,此衍说。《诗辑》直主刺幽,而以'鱼在在藻'为浅涸窘迫之状,'有那其居'为不知危亡之忧。极为有见。愚谓此诗东人所作,与《大东》之言西人相似。彼斥在位者,故不嫌尽言,此斥王,故以风刺出之。镐,京师也,自京师之人而言,则云王可矣,不必指在镐也。……鱼之生也以水,在藻而首尾见,喻民之病,而王则崇饮为乐;依于其蒲则更甚于在藻,有旱涸之忧,而王则自那其居;其不恤民瘼之象,言外显著矣。故刘知幾曰:睹鱼藻之刺而知周之将陨。"说诗刺王不错,王是幽王吗?诗以鱼在蒲藻之困喻民瘼呢?还是以鱼在蒲藻之乐喻王乐呢?我以为所谓兴就像是谜。此诗"鱼在在藻"是谜面,"王在在镐"是谜底,底面恰相一致才对。倘以鱼在蒲藻兴民瘼,底面不相合,此说不对。何楷说:"'鱼在在藻','王在在镐',两句焰映甚明,鱼兴王,藻兴镐。"我以为这话倒不错,错或在他确指诗美武王克商饮至。而又不知诗以鱼藻为兴乃是歌谣风格,此民间讽刺之语,不像是卿大夫颂美之辞。至《黄氏日抄》说:"此诗与'王在灵囿'、'于牣鱼跃'气象一同。因《诗序》以为刺幽王特不能自乐,诸家遂强以愁叹之辞释之。然本文之和乐气象终不可改,但外添一语云:伤今之不然。……三味此诗,初无此意。"他太老实,以为本文有和乐气象,不得解作愁叹之辞,即不得视为刺。这是被辞面的假象所惑,而不知文心的实义所在。似乎既不善读《诗》,又未为知言。

采　　菽

采菽采菽,筐之筥之。君子来朝,何锡予之?虽无予之,路车乘马。又何予之,玄衮及黼。

觱沸槛泉,言采其芹。君子来朝,言观其旂。其旂淠淠,鸾声嘒嘒。载骖载驷,君子所届。

赤芾在股,邪幅在下。彼交匪纾,天子所予。乐只君子!天子命之。乐只君子!福禄申之。

维柞之枝,其叶蓬蓬。乐只君子!殿天子之邦。乐只君子!万福攸同。平平左右,亦是率从。

泛泛杨舟,绋纚维之。乐只君子!天子葵之。乐只君子！福禄脺之。优哉游哉！亦是戾矣。

【解题】

《采菽》，是诸侯来朝，王赐车马衣服之作。虽然未必如《白虎通》说，这就是九锡。要之这是赏赐重典，不是一般诸侯所能当。《论语》记着孔子的话："君使臣以礼，臣事君以忠。"这是说的从奴隶制到封建制君臣关系的一般伦理。孔子说了"于《采菽》见古之明王所以敬诸侯也"的话，也像有可能，不必是《孔丛子》捏造。这诗天子于诸侯礼敬备至，自是一种殊礼。何楷《古义》说："康王即位，召公、毕公为东西二伯，率诸侯来朝，王锡命之。"他说这诗作于康王即位之时，好像说来有据，还是想当然的话，未必便是。但是倘说王锡命于方伯连率，其人如召公、毕公之流，而不一定就是召公、毕公，这样说来便可。他如李光地《诗所》说："此必宣王朝诸侯之诗。"魏源《诗古微》说："宣王朝会东都之诗。"（略见《集义》）龚橙《诗本谊》说："宣王锡命有功。"也都是想当然的话，殊难确定。

《诗序》说："《采菽》，刺幽王也。侮慢诸侯。诸侯来朝，不能锡命以礼数，征会之而无信义。君子见微而思古焉。"这又是"反经以序之"的一例。《孔疏》说："《序》皆反经为义"，"于经无所当"。但是又说："天子之会诸侯，必为四方有不顺服者，将征讨之，乃会以为谋焉。不然，不会之也。今幽王征会诸侯，若为合会义兵以征讨有罪者，故诸侯闻其召而皆会。既而无此征讨之义事，是于义事不信，故言无信义也。以寇征之而实无寇，后实有寇征将不来。君子见其如此，其后必见征伐将无救之。事未然而已知之，是见微也。《易》曰：几者动之微，君子见几而作。是君子皆见微也。《周本纪》曰：褒姒不好笑，幽王欲其笑万方，故不笑。幽王为烽燧大鼓。有寇至则举烽火，诸侯悉至，至而无寇，褒姒乃大笑。幽王欲悦之，数举烽火。其后不信，益不至。幽王之废申后、去太子，申侯怒，乃与缯、西夷犬戎共攻幽王。幽王举烽火征兵，兵莫至。遂杀幽王骊山下，尽取周赂而去。是义事不信、见伐无救之事。"这把《诗序》解通了,却于解诗无关,因为《诗序》和此诗不相应。

这诗主旨今古文说有异同。陈乔枞《鲁诗遗说考》说:"《白虎通·黜陟》篇:'九锡皆随其德可行而赐,能安民者赐车马,能富民者赐衣服。以其进退有节,行步有度,赐之车马以代其步。言成文章,行成法则,赐之衣服以表其德。《诗》曰:君子来朝,何锡予之?虽无与之,路车乘马。又何与之?玄衮及黼。'乔枞谨案,韦昭《晋语注》,以此诗为王赐诸侯命服之乐。与《白虎通》合。"王先谦《集疏》说:"案鲁家以为王赐诸侯命服之诗。齐、韩未闻。"今按,《国语》:"秦穆公燕公子重耳,赋《采薇》。子余使公子降拜,秦伯降辞。子余曰:'公以天子之命服命重耳,重耳敢有安志,敢不降拜?'"又按,昭十七年《左传》:"小邾穆公来朝,公与之宴。季平子赋《采菽》,穆公赋《菁菁者莪》。昭子曰:'不有以(与)国,其能久乎?'"这虽说都是赋《诗》断章取义,却也可以推见这诗原是天子对于诸侯有所赏赐之辞,即锡命诸侯之辞。今文鲁家于这诗未确定作在何王之世,似较古文《毛序》说"刺幽王"为妥。

《朱传》以《鱼藻》、《采菽》两篇为天子与诸侯互相称美赠答之作。于《鱼藻》一章说:"此天子燕诸侯,而诸侯美天子之诗也。言鱼何在乎?在乎藻也。则有颁其首矣。王何在乎?在乎镐京也。则岂乐饮酒矣。"于《采菽》一章说:"此天子所以答《鱼藻》也。采菽采菽,则必以筐筥盛之。君子来朝,必有以锡予之。又言今虽无以予之,然已有路车、乘马、玄衮及黼之赐矣。其言如此者好之无已,意犹以为薄也。"有何根据?羌无故实。主观臆说,未足与辩!

角　弓

骍骍角弓,翩其反矣。兄弟昏姻,无胥远矣。
尔之远矣,民胥然矣。尔之教矣,民胥效矣。
此令兄弟,绰绰有裕。不令兄弟,交相为瘉。
民之无良,相怨一方。受爵不让,至于己斯亡!

老马反为驹,不顾其后;如食宜饇,如酌孔取。
毋教猱升木,如涂涂附。君子有徽猷,小人与属。
雨雪瀌瀌,见晛曰消。莫肯下遗,式居娄骄。
雨雪浮浮,见晛曰流。如蛮如髦,我是用忧!

【解题】

《角弓》,《诗序》说:"父兄刺幽王也。不亲九族而好谗佞,骨肉相怨,而作是诗也。"这是以为诗刺幽王不亲九族,王室父兄长老所作。按,《汉书》载刘向上封事说:"幽、厉之际,朝廷不和,转相非怨,诗人刺之曰:'民之无良,相怨一方。'"诗当刺幽,连带说厉,想是修辞手法上的所谓连类而及。但如我们据此便说这诗作于幽、厉之世,或说兼刺幽厉,也都没有什么不可。这可视为今文《鲁诗》遗说,齐、韩未闻。

这诗反映了从原始氏族社会而来的一种宗法思想,即重同姓思想。首章既说"兄弟昏姻,无胥远矣",好像是将兄弟和婚姻即同姓和异姓并说。但是三章两提兄弟,不见再提婚姻,可见重点落在同姓兄弟上。首章兄弟、婚姻并说,只是因说兄弟而连及婚姻,《郑笺》、《孔疏》说的都算不错。不但《頍弁》以兄弟、甥舅连言;《伐木》也是以诸父和诸舅连言,又说兄弟无远。《孔疏》说《郑笺》以婚姻之亲与宗族同,故通言骨肉,岂能说错。胡承珙《后笺》说:"案,古人文词宽缓,因言兄弟而连及昏姻,义自可通。然第三章专言兄弟,并不及昏姻;《序》曰九族、曰骨肉,亦绝不及戚党。襄八年、昭二年《左传》并有赋《角弓》事,皆取兄弟无远。《汉书》杜邺因王音前与王谭有隙,说音以《棠棣》、《角弓》之诗。《三国》魏文帝《报曹植诏》云:'恩泽衰薄,不亲九族,则《角弓》之章刺。'是此诗主言兄弟而连及昏姻者,似非以兄弟、昏姻并宜无远。何氏《古义》以此为刺幽王宠任昏姻而疏远同姓之诗,谓《頍弁》已为幽王不亲兄弟之明证。而《十月之交》所言皇父七子皆褒姒姻党,《正月》又言'昏姻孔云'。《汉书》谷永上书云:'抑褒阎之乱,息《白华》之怨。后宫亲属饶之以财,勿与政事,以远皇父之类,损妻党之权。'皆可与此相证。'无胥远矣',言王者之视兄弟,不必与昏姻大相悬绝也。此说以经证经,似较《孔疏》为切。"他引何楷一说,何氏独强调了婚姻关系一点。陈奂《传疏》说:"昏姻,因兄弟而推及之也。《正月》:'洽比其邻,昏姻孔云。'《传》训邻为亲,亲亦是由善兄弟而兼善昏姻,以刺幽王之不能。两诗意正同。襄八年《左传》:'晋范宣子来聘,公享之。季武子赋《角弓》。'昭二年:'晋韩宣子来聘,公享之。韩子赋《角弓》,季武子拜曰:敢拜子之弥缝敝邑,寡君有望矣。既享,宴于季氏,有嘉树焉,宣子誉之。武子曰:宿敢不封殖此树以无忘《角弓》!'案,此两引《诗》,皆义取兄弟之国宜相亲近。《笺》云:'胥,相也。骨肉之亲当相亲信,无相疏远,相疏远则以亲亲之望易以成怨。'郑亦但说兄弟。以诗本言兄弟,故昏姻得从略耳。"他又强调兄弟关系一点。比较近是。

菀 柳

有菀者柳!不尚息焉?上帝甚蹈,无自昵焉。俾予靖之,后予极焉!

有菀者柳!不尚愒焉?上帝甚蹈,无自瘵焉。俾予靖之,后予迈焉!

有鸟高飞?亦傅于天。彼人之心,于何其臻?曷予靖之,居以凶矜?

【解题】

《菀柳》,《朱传》以为王者暴虐,诸侯不朝而作。他还是根据了《诗序》,但没有指明王者是谁。他说:"盖诸侯不朝而己独至,则王必责之无已。如齐威王朝周,而后反为所辱也。"大概他疑这是周室东迁以后诗罢。而他的《辨说》中无说。魏源《诗古微》以为这是刺厉王之诗。他说:"试质诸《大雅》刺厉刺幽之诗则瞭然矣。厉王暴虐刚恶,乃武乙、宋康之流;幽王童昏柔恶,特后汉桓、灵之比。故刺厉之诗皆欲其收辑人心,刺幽之诗皆欲其辨佞远色。"又说:"征以厉王诸诗,……一则曰'上帝板板',再则曰'荡荡上帝',与此《菀柳》'上帝甚神',皆监谤时不敢斥言而托讽之同文也。"这一说虽似可取,而现存今文三家遗说无可考,尽管他是一个坚持三家之说的学者。王先谦《集疏》说:"三家无异义。"

这诗是不是当时诸侯不朝王者所自作,还是诗人代述之辞?胡承珙《后笺》说:"案,《正义》述毛、郑,以此诗为诸侯不朝王者所自作。后儒谓王虽不道,而臣子朝贡之礼自不可废,如《疏》所云,疑于悖理伤教(今案,何楷《古义》有此说)。不知此为幽王暴虐,诸侯畏祸,不敢朝王,于是在王朝者作诗以著其事而原其情,故得列之于《雅》。其曰予者,盖代诸侯自予。诗中言我言予,多代述之辞。《疏》泥于予为自言,故成语病。"他驳《孔疏》,虽像言之成理,其实诗为何等人所作,无从确证,还不如指为民风为是。倘说这是诸侯自作,就认为悖理伤教,唐儒见解还不如此,《孔疏》是其代表。这只是后来封建社会里的腐儒的见解,当时诗人是没有这种忌讳的。否则《三百篇》中诸侯卿大夫刺王之诗,论理说教都不该作,便是作了也都会删掉,还待我们饶舌吗?

都 人 士

彼都人士,狐裘黄黄。其容不改,出言有章。行归于周?万民所望!

彼都人士,台笠缁撮。彼君子女,绸直如发。我不见兮,我心不说!

彼都人士,充耳琇实。彼君子女,谓之尹吉。我不见兮,我心苑结!

彼都人士,垂带而厉。彼君子女,卷发如虿。我不见兮,言从之迈!

匪伊垂之，带则有余。匪伊卷之，发则有旟。我不见兮，云何盱矣！

【解题】

《都人士》，自是东周人士回忆西都人物仪容之美，不胜今昔盛衰之感而作。这也是属于乱世之音、亡国之音一类的诗。《诗序》说："《都人士》，周人刺衣服无常也。古者长民，衣服不贰，从容有常，以齐其民，则民德归壹。伤今不复见古人也。"《郑笺》说："服，谓冠弁衣裳也。古者，明王时也。长民，谓凡在民上倡率者也。变易无常谓之贰。从容，谓休燕也。休燕犹有常，则朝夕明矣。壹者，专也，同也。"《序》、《笺》似都未能全了诗义。这诗不是专刺衣服变化无常。衣服怎样，这是表面现象，其实是慨叹一代盛衰无常，社会发展无常，人事变迁无常。这是周室东迁以后，西周旧人物的悲哀，没落阶级的悲哀。《诗序》说"伤今不复见古人"，这句话倒不算错。《朱传》说："乱离之后，人不复见昔日都邑之盛，人物仪容之美，而作此诗以叹惜之也。"这也算是懂得了这诗主旨。

这篇《诗序》说的和《缁衣》所说相同，两说谁先谁后，谁抄谁呢？《礼记·缁衣》篇说："子曰：长民者，衣服不贰，从容有常，以齐其民，则民德壹。《诗》云：'彼都人士，狐裘黄黄。其容不改，出言有章。行归于周，万民所望。'"《缁衣》相传是七十子之徒公孙尼子所作，是不是《诗序》确是子夏所作，公孙尼子用《诗序》呢？还是《诗序》为毛公所作，毛公用《缁衣》呢？还是公孙尼子、大毛同是六国时人，彼此各不相谋，用古书古说呢？《诗》今古文家说有不同。又《毛诗》有此首章，三家则无。

陈启源、钱大昕主公孙尼子《缁衣》用《诗序》一说。陈氏《稽古编》说："朱子《辨说》云：'《都人士叙》盖用《缁衣》之误。'是不然。《叙》纵非子夏作，然其来古矣。《缁衣》，公孙尼子作也。尼子者，七十子之徒，与大毛公俱六国时人。毛公作《诗叙》，尼子作《缁衣》，孰先孰后，未可定也。何知非《缁衣》用《叙》，而必为《叙》用《缁衣》乎？古人文字互相仍袭者甚多。《易》、《书》、《诗》皆圣经，亦往往有之。《叙》所谓'古者长民，衣服不贰'云云，当是先正遗言。叙《诗》者与尼子各述所闻，著之于书耳。又《叙》意是举古之节俭，驳今之奢淫。《朱传》云云，义稍异。若较论之，则《叙》义长也。观诗篇所述，并非纷华绮靡之事。狐裘、充耳、垂带、卷发，皆平常之服饰也。台笠、缁撮，尤俭之至也。春秋之世，乱离更有加矣。冕弁裘服、琼玉笄珈之仪容，载于《国风》及《左氏传》者，尚灿然可观。岂西京之世反不得见乎？况举古之节俭以驳今之奢淫，方是立训之意，所以为经也。若如《集传》之说，则直是萧后之述炀帝，宫女之说玄宗耳。何关于世教而夫子录之哉？"他说《诗序》来源古，未必此《序》仍袭《缁衣》，说来尚通。但说此《序》较《朱传》于义为长，就未必是。《朱传》好像是暗用《鲁诗》说。三家《诗》说和《毛诗》说同是关于《诗经》研究的第一等资料，各有是处，有不是处，一篇诗说的谁是谁不是，就需要今后的学者一一加以批判了。

魏源、王先谦主《诗序》用公孙尼子《缁衣》一说。魏源《诗古微》说："钱氏大昕据《孟子》'劳于王事不得养父母'为《孟子》之用《小序》，《缁衣》篇长民者'衣服不贰，从容有常'为公孙尼子之用《小序》；则不如据《论语》'《关雎》乐而不淫，哀而不伤'夫子用《小序》之为愈也。"这虽是雄辩，却未必是事实。王先谦《集疏》说："此诗毛氏五章，三家皆止四章。《孔疏》云：左襄十四年《传》引此诗'行归于周，万民所望'二句。服虔曰：'逸《诗》也，《都人士》首章有之。'《礼·缁衣》郑注云：'《毛诗》有之，三家则亡。'今《韩诗》实无此首章。细味全诗，二、三、四、五章士、女对文，此章单言士，并不及女，其词不类。且首言'出言有章'，言'行归于周，万民所望'，后四章无一语照应，其义亦不类，是明明逸《诗》孤章。毛以首二句相类，强装篇首。观其取《缁衣》文作《序》，亦无谓甚矣。《左传》如'翘翘车乘，狐裘蒙戎'，本有引逸《诗》之例。《汉书·儒林传》：'客歌《骊驹》，主人歌《客毋庸归》'，王式谓闻之于师。是鲁家亦本有传逸《诗》之例。贾谊《新书·等齐》篇引《诗》云：

'彼都人士,狐裘黄黄,行归于周,万民之望。'贾时《毛诗》未行,所引字句亦小异。是汉初即传此诗。蔡邕《述行赋》:'咏《都人》以思归。'是以为思归彼都之诗,不解周为忠信,则亦非用《毛诗》也。《毛诗》自有,三家自无。今述三家,此章仍当弃而不取。"他说这诗严分今古文不同,以为今文三家《诗》止四章,古文《毛诗》多出首章,而用《缁衣》文作《序》为无谓,乃以今文为是,不免宗派之见。但他引蔡邕《述行赋》释"行归于周"之周为周京,就比《毛传》释周为忠信为妥了。蔡邕用《鲁诗》。这就是《朱传》说这诗主旨的根据了罢。

采　绿

终朝采绿,不盈一匊。予发曲局,薄言归沐。
终朝采蓝,不盈一襜。五日为期,六日不詹。
之子于狩,言韔其弓。之子于钓,言纶之绳。
其钓维何?维鲂及鱮。维鲂及鱮?薄言观者!

【解题】

《采绿》,好像后世所谓闺思闺怨一类之诗,当是丈夫服役过期不归,妇人怨思之作。她的丈夫大约是一个从事打渔打猎的劳动者,玩三、四两章语意便知。他是往服渔猎一类的劳役呢,还是往服兵役呢?不知道。《诗序》所说,可不算错。王先谦《集疏》说:"三家义未闻。"这诗主旨,今古文家又无争论。

陈启源《稽古编》坚持这诗《序》说,批评了《郑笺》、《孔疏》、朱子《辨说》之失,但是他自己说的也有得有失。他说:"《叙》云:'刺怨旷也。'盖谓刺时之多怨旷耳。征役过时,王政之失,故复申言之云:'幽王之时多怨旷者也。'则刺怨旷者正刺幽王也。郑氏不会《叙》意,释之曰:'讥其不但忧思而已,欲从君子于外,非礼也。'此误矣。韔弓、纶绳,特托为此语以形容其必至之情,岂真谓欲从行哉?况刺诗之作,必有关于王政之兴衰,民风之美恶,故圣人录之以为后世永鉴,乃区区与里巷妇人较论得失,何陋也?朱子《辩说》谓此诗怨旷者自作,非人刺之。驳《叙》与遵《叙》异,而误解《叙》意则同。又谓非有刺于上,则害义尤甚。征役频兴,室家睽隔,民生愁困,谁实使然?上之失道,不言可知矣。犹云非刺,则是君之于民竟可秦越视也,而元后父母不反为妄语乎?"他不明白古代社会阶级对立的关系,他不懂得阶级斗争的史实,因而天真地相信上古《诗》、《书》所称元后父母都是真话,这是可笑的,同时又是可原谅的。诗三、四两章,《郑笺》以为此妇人欲从君子于外,固误;后儒以为追想君子在家之事,亦未必可通。何楷《古义》说:"此下二章皆预拟之词。"意以为预拟归后之事,较合诗旨。胡承珙《后笺》说:"案《笺》泥于三章为妇人欲从君子,故云'今怨旷,自恨初行时不然'。然四章'其钓维何'紧承上文,而《正义》又云:'此本在家之钓,非谓役中。'于文义殊窒阂。其实此诗既刺时多怨旷,通篇皆代怨旷者之言。首、次叙其忧思之情,三、四述其宴昵之想。或本其在家之时,或想为归后之事,皆可;实不必如《笺》所言。"他也不从《郑笺》以为三、四两章妇人欲从君子于外一说,可是以为本其在家之时,说来文义似不免窒阂;以为设为归后之事,说来就通了;并非两说"皆可"。陈奂《传疏》于诗三章下说:"此妇人思夫之不在而设想之如此,下章又因钓而申说之耳。皆为怨旷之词,非为悔不从夫往狩、往钓,而为之帐弓、纶绳也。"这就肯定了三、四两章确是此妇人思夫之不在而设想之之词,也就是胡承珙说的"或设为归后之事",又和上引何楷一说正同。我以为这一说当是定解。

诗次章说:"五日为期,六日不詹。"语意含糊,这是指妇人进御的日限呢,还是指丈夫于役的归期呢?《毛传》说:"詹,至也。妇人五日一御。"下句《礼记·内则》文同。《内则》郑注说:"五日一御,诸侯制也。"《毛传》明以为这是指妇人进御的日限。不但这妇人迟一日进御也等不得,要传为笑柄;而她的丈夫是诸侯呢,还是其他身份的人呢?也都有问题。《孔疏》说:"毛……言妇人五日一进御于夫,言常时以五日为御之期,而望之至六日而不至,尚以为恨;今日月长远,能无思乎?

举近以喻远也。"陈奂说："上章望夫之归,此章言夫不至,因念及夫在进御之情,故《传》文先释不詹为不至,再释五日之义,五日、六日连而及之,非行役过六日便生怨旷。《正义》引孔晁云:'行役过时,而以六日不至为过期之喻,非止六日。'是也。又王肃云:'五日一御,大夫以下之制。'案下章云:'之子于狩','之子于钓'。之子为行役之君子,其非庶人可知。《绸缪·传》:'大夫一妻二妾。'是有正寝一,小寝二。夫妇恒居,不必同寝,五日一御,礼或宜然。《内则》云:'妾虽年老,未满五十,必与五日之御。'《礼记》言妾不言侄娣,明是大夫以下之制也。郑以五日为诸侯制,非大夫以下妇人进御之日限。其注《礼记》,以五日配诸侯九女;至笺《诗》,乃依傍《月令》、《小正》,采蓝当在五月,故以五日、六日为五月之日、六月之日。俱于经义未当。《后汉书·刘瑜传》:'且天地之性,阴阳正纪,隔绝其道,则水旱为并。《诗》云:五日为期,六日不詹。怨旷作歌,仲尼所录。'此亦言怨旷者,举近以喻远也。"陈乔枞《齐诗遗说考》说:"郑君《内则》注云:'五日一御,诸侯制也。'诸侯娶九女,侄娣两两而御,则三日也。次两媵,则四日也。次夫人专夜,则五日也。天子十五日乃一御。然据《王度记》云:天子诸侯一娶九女。则五日之御亦可通乎天子。《内则》所言,妾未五十,必与五日之御,承上文夫妇之礼唯及七十同藏无间。此则据妾而言,并非专指诸侯之制,疑又当通乎大夫以下也。《毛传》云:妇人五日一御,王肃以为大夫以下之制。《笺》以五日六日谓五月六月之日,义与毛异。"他们都从《毛传》妇人五日一御说,以为这诗妇人是大夫之妻妾,而陈奂并驳郑君《礼注》、《诗笺》俱非。《礼注》见上。《诗笺》说:"妇人过于时乃怨旷。五日、六日者,五月之日、六月之日也。期至五月而归,今六月犹不至,是以忧思。"这是以为五日、六日指丈夫于役的归期,较合诗旨,岂得谓非?郑君不用自己的《礼注》,岂是善忘,或者自相矛盾?当是所谓言非一端,义各有当。须知妇人进御有制,且有日限之制,惟天子诸侯有女史专掌其事,乃得实行。大夫倘行此制,谁管这笔闲账?《礼注》也不见得为非。又何况诗用里巷庶人妇口吻,决非大夫妻妾。

他们都用《毛传》这一说,说不可通。《严缉》说:"去时约以五日而归,今六日而不见,时未久而怨,何也?古者新昏三月不从政,此新昏者之怨辞也。"他以为这诗是写大夫被命从政,迫作新婚别。是想当然语,不足与辩。《毛传》、《严缉》都说不通。目前我们只能断从《郑笺》一说了。

这诗当是采自民间歌谣。即令诗所歌咏的主人公为大夫,而诗的风格及其内容和《国风·殷其雷》《伯兮》《雄雉》《君子于役》诸篇正相仿佛。为什么列在王朝之《雅》呢?仅因合乐不同吗?《孔疏》说:"〔诗〕谓妇人见夫行役,过时不来,怨己空旷而无偶也。妇人之怨旷非王政而录之于《雅》者,以怨旷者为行役过时,是王政之失,故录之以刺王也。"姜炳璋《广义》也说:"或疑此诗妇人所作,何以登之于《雅》?盖大史采之畿内以入告,或大臣拟作以为谏,皆所以刺王也。"到了龚橙《诗本谊》,就把它作为《小雅》里"西周民风"之一。他们都认为这诗是歌谣,自是不错。

黍　苗

芃芃黍苗,阴雨膏之。悠悠南行,召伯劳之。
我任我辇,我车我牛。我行既集,盖云归哉!
我徒我御,我师我旅。我行既集,盖云归处!
肃肃谢功,召伯营之。烈烈征师,召伯成之。
原隰既平,泉流既清。召伯有成,王心则宁!

【解题】
《黍苗》,原是宣王之世诗人叙述召穆公奉王命为申伯营治谢邑之作。《诗序》说"刺幽王",当是因为诗列幽王之世诸篇中,或是用太师陈诗、瞽矇讽诵之义,也就是所谓"陈古以刺今"之义。诗连用五我字,当作复数,是兵伕们的自称。又再三再四地说:"召伯劳之","召伯营之"、"召伯成之";"召伯有成,王心则宁"。可见在当时兵伕心目中召伯还算是统治阶级一个应该肯定的人物,兵伕也就一时乐于在他的领导之下热烈地从事劳动,赶完任务。因而后儒说这诗美召伯也就没有什么不可。只是他们的观点和我们不同,但看见大人物,看不见小人物,却不知道把这诗的重点放在一般兵伕上,从而认为这诗是兵伕在事毕思归而作。作者当是兵伕中的歌手,这诗当视为"西周民风"。刘玉汝《诗缵绪》说:"此行者归而作此诗。其曰我,故知为行者所作。曰'归哉','归处';曰'成之','有成',故知其归而作。召伯营谢城邑,虽有旅从,而非征伐,故征为征行。成之,有成,谓成营谢之功。""《黍苗》为营谢方毕而归之诗,《崧高》为营谢既成、申伯出封之诗。此二诗之表里先后也。"他分析这诗字句用意及其主题所在,可算简明扼要。姚际恒《诗经通论》说:"宣王命召穆公营谢功成,徒役作此。《集传》谓徒役南行,行者作此。语意不明。如是,则下章何以云归、云有成乎?《小序》谓刺幽王。黄东发曰:诗中明言美召公,而《诗序》乃以为刺幽王,此类,亦何讶晦庵之去《序》耶?""此篇与《崧高》同一事,分大小《雅》者,此为士役美召伯之作,彼为朝臣美申伯之作;此为短章,彼为大篇也。严氏(粲)以此第三章'我师我旅'及第四章'烈烈征师'为平淮之役。非也。两事非一时,岂有士役一诗中兼咏两事者?且《崧高》诗亦只言营谢,不言平淮也。《左传》云:'君行师从,卿行旅从。'则天子之卿与诸侯同,故有师旅也。"他论这诗主题而兼评《毛序》、《朱传》、《严缉》,也算简劲。

　　这诗主旨今古文说有不同。魏源《诗序集义》用今文说已见上载。陈奂《传疏》说:"襄十九年《左传》:'范宣子赋《黍苗》。季武子兴,再拜稽首曰:小国之仰大国也,如百谷之仰膏雨焉。若常膏之,其天下辑睦,岂唯敝邑?'《晋语》:'子余使公子赋《黍苗》。子余曰:重耳之仰君也,若黍苗之仰阴雨也。若君实庇阴膏泽之,使能成嘉谷,荐在宗庙,君之力也。'此两引《诗》,并以古贤伯起兴。"又说:"襄二十七年《左传》:'郑伯享赵孟于垂陇,子西赋《黍苗》之四章。赵孟曰:寡君在,武何能焉？'言不敢受召伯之任也。"他用古文家说，据《左传》、《国语》记赋《黍苗》事，以为这诗原是美召伯，故说《诗序》刺幽王卿士不能行召伯之职是"陈古以刺今"之义。王先谦《集疏》说："三家说曰：召伯述职，劳来诸侯也。"《国语》韦注：'《黍苗》，道召伯述职，劳来诸侯也。'《左传》襄十九年杜注：'《黍苗》，美召伯劳来诸侯。'其义本三家，与《毛序》异。"他和魏源同用今文三家遗说，以为此诗美召伯述职，劳来诸侯。古文家含糊说美召伯，还似可以；今文家明白说美召伯述职，劳来诸侯，就有问题。何楷《古义》说："诗言营谢功成，于述职何与？其云劳之者，乃劳南行师旅，非劳来诸侯甚明。"他驳今文家说，简劲之至！

隰　桑

隰桑有阿，其叶有难。既见君子，其乐如何！
隰桑有阿，其叶有沃。既见君子，云何不乐！
隰桑有阿，其叶有幽。既见君子，德音孔胶。
心乎爱矣，遐不谓矣。中心藏之，何日忘之！

【解题】

《隰桑》，《诗序》说："刺幽王也。小人在位，君子在野，思见君子尽心以事之。"王先谦《集疏》说："三家义未闻。"这诗主旨今古文说无争论。朱子《辨说》疑其非刺诗，《集传》改说："此喜见君子之诗。……词意大概与《菁莪》相类。然所谓君子则不知其何所指矣。"似较《诗序》为合。陈奂《传疏》说："案末章言君子事君之道，《序》所谓思见君子尽心以事之也。《礼记·表记》：'子曰，事君欲谏不欲陈。'《孝经》：'子曰：君子之事上也，进思尽忠，退思补过。将顺其美，匡救其恶，故上下能相亲也。'并引此诗。襄二十七年《左传》：'郑伯享赵孟，子产赋《隰桑》。赵孟曰：武请受其卒章。'此赋《诗》以君子美赵孟，赵孟但断取忠君爱上之义，故云请受卒章也。皆与《序》合。"他专疏《毛诗》自不得不如此说。借此可知《诗序》说的似系据《左传》赋《诗》断章取义及《孝经》、《表记》载孔子引《诗》以就己说之义。至若陈启源《稽古编》说："《隰桑》诗音节与《风雨》同,使编入《国风》,朱子定以为淫诗。"这话未免有意挖苦朱子,透漏了当时学术界流行的汉宋学之争的一点风气。在今日我们看来,即作为淫诗,作为女悦男之词,似亦未为不可。这诗四章,前三章发端都用隰桑两句作为引句,先用引句而后进入正文。"感物造端","托事于物",这是《国风》及今民间歌谣惯用的一种风格,也可以说是一种技巧。记得晚唐诗人皮日休、陆龟蒙所作《杂体诗》,其中有所谓"风人体",便是明明摹仿《国风》或民间歌谣的这种手法。"风人体"也可以叫做"兴体",必用比兴之义为诗。

这诗自是"兴体",含有比兴之义。诗人盖以隰桑之叶美盛象征君子之德美盛,如此而已。倘更刻舟胶柱以求之,必见迂滞难通。从毛、郑以来,说者纷歧,迄无定说。上文章指节取《孔疏》、《吕记》,但浑言之,差为近是。下面列举数说,作为兴义难明之一例。

《毛传》说："兴也。阿然,美貌。难然,盛貌。有以利人也。"大概他以隰桑有利于人兴君子有利于人。怎样有利于人?话都不曾说得明确。

《郑笺》说："隰中之桑,枝条阿阿然长美,其叶又茂盛可以庇荫人。兴者,喻时贤人不用而野处,有覆养之德也。正以隰桑兴者。反求此义,则原上之桑枝叶不能然,以刺时小人在位无德于民,思在野之君子而得见其在位,喜乐无度。"他申《毛传》为正兴,以隰中之桑有庇荫之利,兴野处之君子有覆养之德。又说反求此义,以原上之桑瘠无利于民,兴在位之小人薄,无德于民,强附《序》说。何况诗不曾说及原上之桑呢!

《严缉》于一章下说："桑,嘉木也。可以〔养蚕吐丝织帛〕为衣,故南山有桑以喻贤者。今桑之在隰,枝条阿阿然而美,其叶又难然而盛;喻君子在野,虽处穷约,而英华发外也。我若见此君子,其乐何如哉!乐君子如此,见其恶小人深矣。"这是说,诗以在隰之桑枝叶美盛,兴在野之君子虽处穷约而英华外发。他依据《毛传》桑之有以利人、《郑笺》

君子有覆育之德为说，又稍有不同。如说桑之利人在有养蚕之利而不在庇荫，喻君子之德在穷则独善其身而不在有德于民，显然和毛、郑不同了。

王照圆《诗问》于一章下说："春时也。言隰中桑树密比，桑叶初生猗傩。君子之赐也今不见矣；若见君子，乐当何如？"于二章下说："夏时也。言桑叶盛时沃若。君子去不见矣；若见之，云何而不乐？"于三章下说："秋时也。言桑叶老，黝然而黑。君子久不见矣；若见之，聆其德音，甚固不忘。"她用美桑的一年生长发展上的过程象征不见君子时间上的久暂，同时象征思见君子情绪上的低昂。看来很有意味。但是诗说隰桑是在一时所见，还是在三个季度所见呢？有待研究。

顾广誉《学诗详说》道："桑高下皆宜，在隰亦不失其美盛，《笺》所云原上之桑枝叶不能然者，非也。且就《诗》辞所咏言之，'南山有桑'，'阪有桑'，山与阪之桑也；'降观于桑'，'十亩之间兮，桑者闲闲兮'，在田之桑也；'遵彼微行，爰求柔桑'，墙下之桑也；'菀彼桑柔，其下侯旬'，道上之桑也；'彼汾一方，言采其桑'，水涯之桑也。桑之不专宜于隰明矣。隰桑非君子在野之喻乎？"他驳了《郑笺》隰桑正兴、原桑反兴一说。且以为隰桑正喻君子在野。他据《诗》说，据目见（他是平湖人，浙江嘉湖一带是蚕桑业最盛之地），桑高下皆宜，处处可生。你能说他说的不是吗？

厨川白村曾说十九世纪末欧洲象征主义诗人"诗必有谜"。《三百篇》中《毛传》所谓"兴也"的诗百十六篇也大都有谜。上举诸家说《隰桑》一诗的兴义恰像猜哑谜，算谁猜中了呢？

白 华

白华菅兮，白茅束兮。之子之远，俾我独兮。
英英白云，露彼菅茅。天步艰难？之子不犹！
滮池北流，浸彼稻田。啸歌伤怀，念彼硕人！

樵彼桑薪，卬烘于煁。维彼硕人，实劳我心！
鼓钟于宫，声闻于外。念子懆懆，视我迈迈？
有鹙在梁，有鹤在林。维彼硕人，实劳我心！
鸳鸯在梁，戢其左翼。之子无良，二三其德。
有扁斯石，履之卑兮。之子之远，俾我疧兮！

【解题】

《白华》是刺幽王宠褒姒、废申后之诗。诗用第一人称，似用申后口吻。这是周人托为申后之词如《诗序》说，还是申后自作如《朱传》说呢？《郑笺》意以为诗五我字都是申后自称；诗称之子，称子都指幽王；称硕人，"妖大之人，谓褒姒"。和语意合。《孔疏》引王肃、孙毓说，硕人指申后。错了。《朱传》硕人指幽王。也错了。王照圆《诗问》同样以硕人指王。跟着错了。她还以为之子指斥伯服，褒姒之子；变文言之，子指宜臼，申后之子；这就更错了。文章脉络难明如此！

《诗序》说："《白华》，周人刺幽后也。幽王取申女以为后，又得褒姒而黜申后。故下国化之，以妾为妻，以孽代宗，而王弗能治。周人为之作是诗也。"《郑笺》说："申，姜姓之国也。褒姒，褒人所入之女，姒其字也。是谓幽后。孽，支庶也。宗，适子也。王不能治，己不正故也。"《序》、《笺》以为诗刺幽后褒姒，非刺幽王，其实两者都刺。王先谦《集疏》说："《汉书·班倢伃传》：'《绿衣》兮《白华》，自古今有之。'班氏家学《齐诗》，所举齐义明与毛同，鲁、韩当无异义。"这诗主旨今古文说又无争论。按，《孔疏》引《帝王世纪》说，幽王三年纳褒姒，八年立以为后。则黜申后当在八年，此诗之作当在见黜之后。幽王十一年被杀，诗当作在八年到十一年之间，即公元前七七四年到七七一年之间。程子以为《诗序》说幽后当是幽王之误。朱子以为《汉书注》引此《序》，幽字下有王废申三字（今案《汉书·班倢伃传》颜注：《白华》，《小雅》篇，周人刺幽王黜申后也），可补《序》文之缺。他们都疑得有意思。《诗序》、《郑笺》都说幽王有以妾为妻、以孽为宗的行为，诸侯从而效尤，效尤的事并无史实可考,故朱子《辨说》以为这是衍说了。崔述《丰镐考信录》说:"朱子《诗序辨说》云:'幽后字误,当为申后刺幽王也。下国化之以下皆衍说耳。'余玩此《序》词意,似以此诗所称者乃下国之人以妾为妻耳。但下国之所以如是,由于褒姒干后而人效之,故推其本而以为刺幽后,非谓诗所言即申后事也。且诗中'樵彼桑薪,卬烘于煁'等语,皆似里巷人之言,不类王后语气,故《序》以下国之人当之。但《诗序》之僻、好以诗为刺王,不论何人何事,务委曲而归其故于王,此其所蔽耳。朱子反据首三句为说,而以下国化之云云为衍说,失《序》之本意矣。朱子于《小弁》篇序之明指为宜臼者犹不敢必其果然,况此《序》初未明指为申后,又安得遽以为后作乎?大抵《诗序》之说揣度附会者多,朱子所驳深中其病,然亦间有误会《序》意而反失其实者。"我以为《诗序》往往推本诗人言外之意,或有揣度附会之失,便是朱子攻《序》也不免或有此失。崔述为朱子以后攻《序》最有力之一人,难道没有此失?但看他的《读风偶识》和《丰镐考信录》便知。即如他论此《白华》诗序,以衍说为本意,疑此诗所称者乃下国之人。以妾为妻,非谓所言即申后事。尤其有趣的是他说:"诗中'樵彼桑薪,卬烘于煁'等语,皆似里巷人之言,不类王后语气,故《序》以下国之人当之。"竟以比兴之言为实事,作为非申后事的确证,岂得谓为知言?

诗六章说:"有鹙在梁,有鹤在林。"鹤是什么鸟?不待多说。鹙是什么鸟?还待研究。《毛传》说:"鹙,秃鹙也。"秃鹙或写作鸋鹙,说见毛奇龄《续诗传鸟名》。陆佃《埤雅》说:"鹙性贪恶,一名扶老。状如鹤而大,长颈、赤目。其毛辟水毒。头高八九尺,善与人斗。好啖蛇。"此但知其为涉禽,从名扶老。罗愿《尔雅翼》说:"鹙,贪恶之鸟也,故进造于梁;鹤,高絜之鸟也,故退栖于林。以喻褒姒、申后之进退云尔。《北史》:后魏明帝时,获鹙鸟于宫内,遂养之。崔光以为《诗》所谓'有鹙在梁'者。魏黄初中,鹈暂集而去,犹以为戒。况饕餮之禽必资鱼肉菽麦稻粱之养,岂可留意于丑形恶声哉?"北魏崔光以鹙、鹈并说,似以为同类之鸟,却不曾明说鹙就是鹈。李时珍《本草纲目》说:"秃鹙,水鸟之大者也。出南方有大湖泊处。其状如鹤而大,青苍色,张翼广五六尺,举头高六七尺。长颈、赤目。头项皆无毛,其顶皮方二寸许,红色如鹤顶。其喙深黄色而扁直,长尺余。其嗉下亦有胡袋,如鹈鹕状。其足爪如鸡,黑色。性极贪恶,能与人斗。好啖鱼蛇及鸟雏。《诗》云'有鹙在梁',即此。"这写鹙的形态和生活习性较陆、罗两家为详。说鹙形特征,嗉下有胡袋如鹈鹕状,当是鹈鹕形目鹈鹕科一种大型的水鸟。这和鹤当属鹳形目鹤科者不同。《候人》篇说:"维鹈在梁",和此诗"有鹙在梁"文句正同。关于鹈鹕,说详彼篇,这里不重述。

绵　蛮

绵蛮黄鸟!止于丘阿。道之云远,我劳如何?饮之食之,教之诲之。命彼后车,谓之载之。

绵蛮黄鸟!止于丘隅。岂敢惮行?畏不能趋。饮之食之,教之诲之。命彼后车,谓之载之。

绵蛮黄鸟!止于丘侧。岂敢惮行?畏不能极!饮之食之,教之诲之。命彼后车,谓之载之。

【解题】

《绵蛮》,《诗序》说:"微臣刺乱也。大臣不用仁心,遗忘微贱,不肯饮食教载之,故作是诗也。"这是说,诗写微臣和大臣之间等级不同的矛盾,劳逸不均、苦乐不同的矛盾。这和《小星》、《北门》、《北山》诸篇相类似。何谓微臣?《郑笺》说:"微臣,谓士也。古者卿大夫出行,士为末介。士之禄薄,或困于资财,则当赒赡之。幽王之时国乱,礼废恩薄,大不念小,尊不恤贱,故本其乱而刺之。"微臣和卿大夫的矛盾,诗但就他们同行一事上表现出来。当时所谓士,虽也属于统治阶级,但是处在这一阶级的下层,故《诗序》说微臣,说微贱。尽管微贱,总比庶人高贵。士还以于役为苦,庶人苦于服役可知。我疑这不是庶人诉苦之作，就是庶人同情微臣武士的作品。总之，含有阶级或阶层不平的意思。天下有道，庶人不议。故有可能是庶人借他人的酒杯、浇自己的块垒。这诗感物造端，连章叠咏，具有歌谣风格，很像是民间作品。王先谦《集疏》说："《潜夫论·班禄》篇：'行人定（原注：疑当作困。今案，一本作病）而《绵蛮》讽。'与《毛序》意同，齐、韩当无异义。"这诗主旨今古文说又无争论。诗为行人讽刺之作可无问题，问题在于所谓行人是什么含义：是当时所谓于役的君子，还是行役的小人，抑或是《周礼》上所谓行人之官？我以为不妨把这行人看作远行服役的劳动人民，不必如《郑笺》释为士、为末介，如今人说的卫士、随员。这诗《毛传》以"绵蛮黄鸟"为兴，他说："鸟止于阿，人止于仁。"《郑笺》说："兴者，小鸟知止于丘之曲阿静安之处而托息焉，喻小臣择卿大夫有仁厚之德而依属焉。在国依属于卿大夫之仁者，至于为末介从而行，道路远矣。我罢劳则卿大夫之恩宜如何乎？渴则与之饮，饥则与之食。事未至则豫教之，临事则诲之，车败则命后车载之。后车，倅车也。"卿大夫和微臣同属统治阶级还不肯对微臣开恩，处在被统治阶级的庶人能够得到恩典吗？

这诗朱子《辨说》和《集传》所说，曾引起后学尤其是清儒诸家的辩驳。黄震曰："《诗传》谓绵蛮之黄鸟自言止于丘隅而不能前，恐不若诸家谓役人奔走道路，见黄鸟得所止而感叹也。"朱鹤龄《通义》说："郝敬曰：朱子《辨说》以诗中未见刺大臣意。夫行有后车，能食人饮人，非大臣而何？又谓《序》言褊狭无温柔敦厚之意。不知温柔敦厚以求诗，非以求《序》也。况诗人之旨不敢直愬而自托于鸟，不敢辞劳而但告哀于人，志苦而词悲，乃所谓温柔敦厚也。又谓全诗皆鸟言，尤不成文义。"这是借用明代学者的话来驳斥朱子。又说："程子曰：《诗》、《序》必是同时所作，然亦有后人增者。如此《序》但见诗有'饮之食之，教之诲之，命彼后车，谓之载之'，即云教载，绝不成语。按，古人作诗，非若今人先有题目而后为之，《序》非题也。诗陈于太师，肆于乐官，教于国学。其作诗之由必转相授受。说《诗》者乃绎其意义而为之《序》，大抵出于子夏之徒。而汉之经师如卫宏辈又各以其见增益之,所以其辞不免骰杂,《雅》诗尤多。伊川谓《诗》、《序》作于同时,尚非的论。"程颐指出了《诗序》所用"教载"二字连成为一词的不通;朱鹤龄又指出了程颐"《诗》、《序》必是同时所作"一语的不确。陈启源《稽古编》说:"《辩说》讥《绵蛮·叙》。近世郝仲舆驳其误,至详确矣(原注:见《通义》)。又谓《集传》释此诗为鸟言不成文义,尤为笃论。案,诗之托为鸟言者,必如《鸱鸮》篇则可。彼云'彻土',云'捋荼',云'予羽',云'予尾',以为鸟自谓,宜也。此诗之教诲车载,岂鸟所望于人哉?"这驳《朱传》此诗作者为鸟言以自比一说很坚实。姚际恒《诗经通论》也说:"《集传》谓此微贱劳苦而思有所托者,为鸟言以自比也。谓禽鸟亦有教诲及后车之事,岂真误读《大学》'可以人而不如鸟乎',而以此诗为鸟言耶?可叹也!"姚氏论《诗》往往指摘朱子之失和毛西河同,却远不及西河之博辩,但看《白鹭洲主客说诗》便知。

瓠 叶

　　幡幡瓠叶,采之亨之?君子有酒,酌言尝之。
　　有兔斯首,炮之燔之?君子有酒,酌言献之。
　　有兔斯首,燔之炙之?君子有酒,酌言酢之。
　　有兔斯首,燔之炮之?君子有酒,酌言酬之。

【解题】

　　《瓠叶》,庶人燕饮之诗。盖庶人初依士礼,自己筹思如何利用家有瓠叶、兔首以备燕饮之词,不是知礼而家有牲牢,饗饫者之言。《毛传》说:"幡幡,瓠叶貌。庶人之菜也。"《郑笺》说:"每酌言'言'者,礼不下庶人,庶人依士礼,立宾主为酌名。"意以为酌言尝之,酌言献之,酌言酢之,酌言酬之,四言字都训我,依士君子酌宾称我,非庶人自称,说来迂滞难通。可是又说:"此君子,谓庶人之有贤行者也。其农功毕,乃为酒浆以合朋友,习礼讲道艺也。"郑君肯定了这是庶人依士礼。此诗音节重沓,具有歌谣形式,自是庶人中歌手所作。龚橙《诗本谊》把它作为《小雅》"西周民风"之一。李黼平《紬义》说:"按《传》以庶人二字释经君子。《白虎通》曰:'或称君子,何？道德之称也。君之为言群也,子者丈夫之通称也。故《孝经》曰:君子之教以孝也,所以敬天下之为人父者也。何以言知其通称也？以天子至于民。故《诗》云:凯弟君子,民之父母。《论语》云:君子哉若人！此谓弟子,弟子者民也。'是君子得为庶人也。《传》意以庶人尚不以微薄废礼,王有牲牢饔饩乃不肯用,所以为刺。《笺》以君子为有贤行者,又谓庶人依士礼,则以经献酬酢酬皆是士礼,与《传》义迥殊。《正义》混而同之,惟以郑'有兔斯首'为异,误也。"他力主此诗必为庶人燕饮之礼,不错;但驳《郑笺》庶人依士礼和《毛传》义异,未见得是。胡承珙《后笺》说:"案《传》以瓠叶为庶人之菜者,不过极言其物之微薄,以见维其礼不维其物,如'蘋蘩蕴藻可以荐鬼神而羞王公'之意,未尝以全诗皆言庶人之礼也。《郑笺》泥于《传》义,遂历言庶人之事,以君子为庶人之有贤行者,已与《序》思古意不合。又云:'熟瓠叶以为饮酒之菹,农功毕乃为酒浆以合朋友。'然《邶风·匏有苦叶·传》云:'匏谓之瓠,瓠叶苦不可食也。'《笺》以瓠叶苦谓八月之时。然则农功既毕,瓠叶尚可亨乎？《左传》昭元年:赵孟赋《瓠叶》,穆叔知其欲一献。则此诗当是一献之礼。礼有献、有酢、有酬,而后一献之礼终,与诗中所言正合。古者士礼一献。《士冠礼·注》虽云'一献之礼有荐(荐脯醢也)、有俎(俎牲体也),其牲未闻'。然《既夕·注》云:'士腊用兔。'诗三章皆言兔首,又焉知非士礼而必以为庶人之礼乎？《笺》又云:'每酌言言者,礼不下庶人,庶人依士礼,立宾主为酌名。'《正义》云:'若是礼合当然,不应每酌言我,今每言我,则是行用他法。'此解尤支离。《彤弓》:'受言藏之。'《传》云:'言,我。'此亦每受言'言',又岂得谓行用他法邪？"他力主此诗必为士一献之礼,实比《郑笺》历言庶人之事为拘泥。但指出《郑笺》、《孔疏》曲解酌言之言为我,不错。又,《郑笺》农功毕,意谓农功有暇时,非必谓秋冬之际,驳《笺》亦泥。庶人能依士礼,当是自由农民。士而行士礼倘用庶人之菜,或是士已没落为庶人。

《诗序》说:"《瓠叶》,大夫刺幽王也。上弃礼而不能行,虽有牲牢饔饩不肯用也。故思古之人不以微薄废礼焉。"《郑笺》说:"牛羊豕为牲,系养者曰牢。熟曰饔,腥曰饩,生曰牵。不肯用者,自养厚而薄于宾客。"《序》说大夫刺幽王,岂因此诗列在幽王之世?但看庶人能依士礼,当是在厉王监谤、奴隶起义以后的事,便说诗作在幽王之世也得,但不必说是刺幽王。安知不是诗美当时庶人也有一天能依士礼打算怎样宴客?幽王沉湎无度,废礼有之,未必惜物尚俭;又未必自养厚而薄于宾客如此,至于燕饮之礼止用瓠叶、兔首。《诗序》说来实欠圆通。胡承珙说:"范氏《补传》曰:'《頍弁》之刺幽王,谓暴戾无亲,不能宴乐同姓。《宾筵》之刺幽王,谓媟近小人,饮酒无度。然则幽王非能俭也,特礼之所当行,乃弃而不用耳。'承珙案,此说足破《严缉》所疑幽王是过于燕饮,非有牲牢而不肯用之谓。盖此诗主刺王弃礼不行,故举饮酒之物至薄而有礼者以讽之。诗中君子,即《序》所谓古之人。言古人尚不以薄物而废礼,今王乃有盛礼而不能行,故思古以刺焉。其义甚明,无庸别解。"他为《诗序》辩护,巧加解释,似乎圆通,但未必即是诗旨。王先谦《集疏》说:"三家义未闻。"又说:"诗人因时王惜物废礼,故言虽瓠叶、兔首之微薄,亦可以合群习礼。《后汉·刘昆传》:'王莽世,教授弟子恒五百余人。每春秋飨射,备列典仪,以素木、瓠叶为俎豆,桑弧、蒿矢以射兔首。'(原注:《东观汉记》,素木下有刻字。李注云瓠木为俎实,误也。)此不过备列典仪之一事,取瓠叶兔首以寓诗意耳。"他仍用《毛序》为说。这诗主旨今古文说又无争论。

上篇《绵蛮》说到士为微臣,仍属于统治阶级。这篇又说到庶人依士礼,士又和被统治阶级接近。当时士的社会地位不难想见。三代所谓王公卿大夫士的士和后世所谓士农工商的士含义不同。现代研究古代社会的历史学者分析士的古义渐趋一致。这里且略举李亚农《西周与东周》一书里说明为例,以供读者参考。他说:"……及至西周末期,士的阶层中已有许多人不能维持他们统治阶级的地位,跌落下来变成了自食其力的自由农民。自由农民中的优秀人物经过选拔然后才能上升为士。这种士一直到春秋末期为止都是武士。连孔子的父亲也还是十足的武士(原引襄十年《左传》,略)。叔梁纥不仅仅是武士,而且是大力之士,但他的儿子孔子却已经变成了文士。专门以思想、教育为职业的知识分子大量地出现在春秋末期,孔子正是这种文士的代表人物(原引《论语·子路》篇子贡问士章,略)。孔子把士的身份提得极高,几乎把他们看作道德的典型。而当时掌握政权的贵人,孔子却把他们看得很低,看作微不足道的人物。"我们回头来看《三百篇》中的所谓士,士和大夫并称,是从阶层上来说的。士与女对文,是从两性上来说的。有时专指武士,如士也执殳、庶士有朅、偕偕士子之类便是。绝少是专指文人来说的。

渐渐之石

渐渐之石,维其高矣。山川悠远,维其劳矣。武人东征,不皇朝矣。

渐渐之石,维其卒矣。山川悠远,曷其没矣。武人东征,不皇出矣。

有豕白蹢,烝涉波矣。月离于毕,俾滂沱矣。武人东征,不皇他矣。

【解题】

《渐渐之石》,当是士卒描述东征途中之作。《郑笺》说:"武人,谓将率也。"将帅畏缩不前,嗟劳叹苦;而诗人反再三说他不遑反顾,语气轻浮而不沉重,明含有讽刺甚至嘲弄的意味。诗的形式又近歌谣,当是"西周民风",作者决非将帅,盖诸侯之国随征士卒所作。《诗序》说:"役久困于外,故作是诗也。"《郑笺》说:"役,谓士卒也。"都意以为士卒所作,不错。至《诗序》说:"下国刺幽王。"看来不如说士卒刺将帅更为恰切,即令此诗作在幽王之世。陈启源《稽古编》说:"诗止言道途之险艰,跋涉之劳苦,是赋体,非兴也。"是的,诗写实景实情,情景相生,配合得巧。诗末章说:"有豕白蹢,烝涉波矣。月离于毕,俾滂沱矣。"也不是务造警句以为奇,只是当时实事,本地风光,兴会触发,随手拈来而已。方玉润《诗经原始》说:"此必当日实事。月离毕而大雨滂沱,虽负涂曳泥之豕亦烝然涉波而逝,则人民之被水灾而几为鱼鳖者可知。即武人之霑体涂足、冒险东征而不遑他顾者更可见。……不然,武人离家远行,何物不可起兴,而必有取于豕涉波、月离毕之象乎?"不错,诗人的这一意境当是写境而不是造境。

《诗序》说:"《渐渐之石》,下国刺幽王也。戎狄叛之,荆舒不至,乃命将率东征。役久病于外,故作是诗也。"王先谦《集疏》说:"三家义未闻。"这诗主旨今古文说又无争论。魏源《诗古微》全用《毛序》,但易幽王为平王,王氏并未采及。其实就诗论诗,这诗当属乱世之音、亡国之音一类。说是作于幽王之世,固未为不可。何况幽王东征不难寻到史影。胡承珙《后笺》说:"《田间诗学》曰:或谓幽王东征之役,史传无所经见。案《四月》篇有云:'我日构祸。'是出征事也。曰:'滔滔江汉,南国之纪。'非东征之实纪乎?承珙案《左传》,椒举曰:'幽王为太室之盟,戎狄叛之。'《序》言固有征矣。《鼓钟·传》云:'幽王会诸侯于淮水之上。'《苕之华·序》云:'幽王之时,东夷西戎交侵。'则当其会诸侯于淮,或即以东夷之叛而征之。《严缉》谓史之所无,诗即史也。无庸更求他据矣。"他肯定幽王时候有东征之役。又说:"《序》于戎狄则曰叛,于荆舒但曰不至,则似问罪之师宜先戎狄,而乃命将率东征,是已失其轻重缓急之宜。况役久病生,恐致变生不测,下国之所刺者疑在于此。后儒有谓犬戎在西,幽不备而征东,故此诗三言东而末露一他字微见其意者。此说似于情事有合。"他不曾体会到诗的语气原是士卒刺将帅东征,畏葸不前;而据《诗序》"下国刺幽王",疑刺幽王用兵先荆舒而后戎狄,征东而不备西,战略上犯错误。也算持之有故,言之成理。

苕 之 华

苕之华,芸其黄矣。心之忧矣,维其伤矣。
苕之华,其叶青青。知我如此,不如无生!
牂羊坟首,三星在罶。人可以食,鲜可以饱!

【解题】

《苕之华》,李光地《诗所》说:"困于饥馑者之作。"诗写荒年饥饿,民不聊生,当是饥民之歌。可以作为《韩诗》所谓"饥者歌其食"的一例。王照圆《诗说》道:"尝读《诗》至《苕之华》'知我如此,不如无生'。二语极为深痛,盖与'尚寐无讹'、尚寐无觉'之句,同其悲悼也。然'苕华芸黄'尚未写得十分深痛,至'牂羊坟首,三星在罶',真极为深痛矣,不忍卒读矣。太平之日,虽堇荼亦如甘饴,饥馑之年,即稻蟹亦无遗种。举一羊而陆物之萧索可知,举一鱼而水物之凋耗可想。东省乙巳、丙午三四年,数百里赤地不毛,人皆相食。鬻男卖女者廉其价不得售,率枕藉而死。景象目所亲睹,读此诗为之太息弥日。"又自注道:"巳午年间,山左人相食。默人(牟相庭)与其兄鹤岚先生谈《诗》及此篇,乃曰:'人可以食,食人也。鲜可以饱,人瘦也。'此言绝痛,附记于此。"按乾隆从五十年起,三四年间,山东一带大闹饥荒,至于人吃人。王照圆亲眼所见,故举以为例,来解释"人可以食,鲜可以饱"二句。吃人之说尽管不是确诂,却可以有助于我们对于这诗的多方面的理解。她不怕当时文字之狱,公然揭了所谓太平盛世自号古稀天子、十全老人的老底,真佩服她勇敢!战争、饥馑,至人吃人,史不绝书。宣十五年(周定王十三年)《左传》记楚子围宋,不是弄得宋人"易子而食,析骸以爨"吗?想其年代不会和《苕之华》一诗相距太远呀。

《诗序》说:"《苕之华》,大夫闵时也。幽王之时,西戎、东夷交侵中国,师旅并起,因之以饥馑。君子闵周室之将亡,伤己逢之,故作是诗也。"《郑笺》说:"师旅并起者,诸侯或出师或出旅以助王距戎与夷也。大夫将师出,见戎夷之侵周而闵之。今当其难,自伤近危亡。"毛、郑于这诗都强调了战争,饥馑在次。大兵之后,必有凶年,说来也不算错。王先谦《集疏》说:"三家义未闻。"这诗主旨今古文说又无争论。但是毛、郑以为这诗是大夫将帅一类人物所作,我以为不然,当是饥民所作。就诗论诗,诗写饥馑,不及战争,更和将帅无关。说诗为饥民所作者,只有压在社会的底层最贫穷最饥饿的人民才深切感到贫穷饥饿的痛苦。而且诗的结句明说:"人可以食,鲜可以饱。"显然是写社会里有饥饱的不平,即阶级的不平。人人都可以吃,为什么只有少数人可以饱?这才引起了诗人的感愤!

何 草 不 黃

何草不黃?何日不行?何人不将,经营四方?
何草不玄?何人不矜?哀我征夫,独为匪民!
匪兕匪虎,率彼旷野。哀我征夫,朝夕不暇!
有芃者狐,率彼幽草。有栈之车,行彼周道!

【解题】

《何草不黃》,是征役不息、征夫愁怨之作。《朱传》说:"周室将亡,征役不息。行者苦之,故作此诗。"不错,作者当是兵伕。方玉润《诗经原始》说:"旷野之间无非兕虎,幽草以内尽是芃狐,此何如荒凉景象乎!哀我征夫,朝夕不暇,乘此栈车,行彼周道,是虎兕芃狐相率而为群也,其幸而不至为恶兽所吞噬者亦几希矣。嗟嗟我征夫也,独非民哉?胡为遭此乱离,弃其室家,几至无人不鳏也哉?盖怨之至也。周衰至此,其亡岂能久待?编《诗》者以此殿《小雅》之终。"他总解后二章还联承前二章来说,颇合诗旨。

《诗序》说:"《何草不黃》,下国刺幽王也。四夷交侵,中国背叛,用兵不息,视民如禽兽。君子忧之,故作是诗也。"细玩这诗,前二章说用兵不息,后二章说视民如禽兽,恰如《诗序》所说。但是《诗序》一则说下国刺幽王,再则说君子忧之,故作是诗,好像说这诗是诸侯之国大夫君子所作。看来这当是从事兵役和劳役的兵士民伕一类人所作。王先谦《集疏》说:"三家无异义。"这诗主旨今古文说又无争论。陈启源《稽古编》说:"《渐渐之石·叙》云:'戎狄叛之,荆舒不至,乃命将帅东征。'《苕之华·叙》云:'西戎、东夷交侵中国,师旅并起,因之以饥馑。'《何草不黄·叙》云:'四夷交侵,中国背叛,用兵不息。'三《叙》所言乃一时之事,而不见于史,此可补其阙矣。"范家相《诗沈》说:"幽王征伐之事不见古史,以此三诗观之,则其残民以逞者非一,诗即史也。"魏源《诗古微》不信诗而信史,以为诸诗刺平而非刺幽,但是并无信史可考,也不出于今文三家说。顾广誉《学诗详说》道:"自古虐使其下,至于臣民咸怨,鲜有不亡其国者。读《渐渐之石》三诗,几胥天下而无生之乐焉,此周室所以东也。故曰亡国之音哀以思,其民困。"把这三篇诗并论,作为幽王时诗,乱世之音,亡国之音,差不多成为定论了。

诗说:"匪兕匪虎,率彼旷野。"匪如字作解,还是匪、彼古通用作解呢? 陆佃《埤雅》说:"言兕抵触,虎搏噬,先王驱而远之,则率彼旷野,兕、虎之所宜。今征夫如此,则可哀矣。"他从正面解释,像是据襄八年《左传》引《小旻》诗"如匪行迈谋"杜注"匪,彼也"为说。王念孙《广雅疏证》说:"匪,彼也。……言彼兕彼虎则率彼旷野矣,哀我征夫何亦朝夕于野而不暇乎? 犹下文'有芃者狐,率彼幽草。有栈之车,行彼周道'也。"陈奂《传疏》即用此说。马瑞辰《通释》也同此说。此外,王氏父子于《诗》中"匪"、"彼"二字通用,举出多例,或不尽合,此例却合。王先谦说:"马瑞辰云:'匪、彼古通用。匪兕匪虎,犹言彼兕彼虎也。兕虎野兽,固宜率彼旷野,以兴征夫之不宜疲于征役也。《传》、《笺》不解匪字,《孔疏》训匪为非,失之。'《史记·孔子世家》:《诗》云:'匪兕匪虎,率彼旷野。'明鲁、毛文同。黄山云:《孔子世家》引《诗》下云:'吾道非邪,吾何为至于此?'明谓非兕虎不当在野。《疏》说不误矣。且'率彼旷野'明有彼字,不当又以匪代彼。马说未确。"似乎两解都通,但是我以为前一解较善。按,"匪兕匪虎,率彼旷野",与下章"有芃者狐,率彼幽草",当是诗人以即目所见排比对文。则匪、有二字当为指示方所远近的形容词,匪当读彼为训。此从文法上修辞上来说,诗意正该如此。倘说下有彼字,不当又以匪代彼,却不知道这是诗人变文避复,修辞常例。正因为下有"彼"字,故上两"彼"字才变文为"匪",以避重复。且如《桑扈》篇说:"彼交匪敖,万福来求。"同在一句中,上一"匪"字即变文为"彼"。《汉书·五行志》引此诗,不是作"匪傲匪傲"吗?

《小雅》读完了,最后还须提出《小雅》中的民风问题来说。朱公迁《疏义》说:"自《菀柳》至此,其诗多似《风》体。《雅》降为《风》亦有其渐欤?"魏源《诗古微·诗序集义》于《彼都人士》下说:"自此以下八诗虽作于王朝大夫,而纯乎《风》体,置之《王风》不复可辨。视西周厉、幽之世,升降又不可同日语矣。旧以为刺幽王者误。"这八篇作于幽王之世或平王之世,刺幽还是刺平,上面我们已经论及。但他以为这些诗纯是《风》体,可不算错。到了龚橙《诗本谊》,就指出《小雅》中《黄鸟》、《我行其野》、《谷风》、《蓼莪》、《都人士》、《采绿》、《隰桑》、《绵蛮》、《瓠叶》、《渐渐之石》、《苕之华》、《何草不黄》,凡十二篇,都是"西周民风"。我还以为他漏列了《鸿雁》、《采薇》、《杕杜》、《鱼丽》、《祈父》、《无将大车》、《鸳鸯》、《鱼藻》、《黍苗》等篇。综计《小雅》七十四篇,可视为民风的作品,至少要占四分之一。这是值得研究《诗经》的学者注意的一个问题。至于《大雅》和三《颂》中可视为民风的就绝少。我以为《大雅·洞酌》、《灵台》,《周颂·武》,《鲁颂·有驳》,都像是民风,留待以后论到这几篇诗时有机会再说了。

诗三百解题卷二十三

文王之什　　毛诗大雅

文　王

文王在上,於昭于天!周虽旧邦,其命维新。有周不显?帝命不时?文王陟降,在帝左右!

亹亹文王!令闻不已。陈锡哉周,侯文王孙子。文王孙子,本支百世。凡周之士,不显亦世?

世之不显?厥犹翼翼。思皇多士,生此王国。王国克生,维周之桢。济济多士,文王以宁。

穆穆文王!於缉熙敬止。假哉天命!有商孙子。商之孙子,其丽不亿?上帝既命,侯于周服!

侯服于周,天命靡常。殷士肤敏,祼将于京。厥作祼将,常服黼冔。王之荩臣,无念尔祖?

无念尔祖,聿修厥德?永言配命,自求多福。殷之未丧师,克配上帝。宜鉴于殷,骏命不易!

命之不易,无遏尔躬!宣昭义问,有虞殷自天。上天之载,无声无臭。仪刑文王,万邦作孚?

【解题】

《文王》,周公所作,歌颂文王"受命作周"之诗。作为乐章,用在"宗祀明堂",用在"天子诸侯朝会",用在诸侯"两君相见",这就无异乎是周代的国歌。《吕氏春秋·古乐》篇说:"周文王处岐,诸侯去殷三淫而翼文王。散宜生曰:'殷可伐也。'文王弗许。周公旦乃作诗曰:'文王在上,於昭于天。周虽旧邦,其命维新。'以绳文王之德。"这不明说诗是周公所作吗？但是以为诗在文王生时作。还有《汉书》载翼奉语，《世说新语》注引荀爽语，也都说这诗是周公作的。这诗是《大雅》的第一篇，是"四始"之一。《朱子语类》说："《大雅》非圣贤不能为，其间平易明白，正大光明。"作者虽然未必都是什么圣贤，作品却都出于统治阶级之手，而绝少全出于民间歌手。这是可以断言的。《雅》，大都是政治诗。不过政治事件及其意义颇有不同，所以分为大小《雅》。二《雅》同是采自王朝或王畿，在同一地区。而《小雅》多作在西周衰时，以厉、幽之世为多；《大雅》多作在西周盛时，以文、武、成、康之世为多，衰周有作则作在宣王中兴之世，厉、幽之世也有。陈奂《传疏》说："文王受命，武王定天下，成王告大平，宣王封诸侯。至若召穆、卫武、仍、凡之刺厉刺幽，皆直陈王事，而与《小雅》之主文谲谏者异矣。《关雎·序》云：政有〔小大，故有《小雅》焉，有〕《大雅》焉。《小雅》、《大雅》者，犹之诸侯之事系《召南》，天子之事系《周南》尔。"何谓大小《雅》？这里说得很简要。至若雅原是乐器，又是曲调名，即所谓夏声，他就不曾说及了。

《诗序》说："《文王》，文王受命作周也。"《郑笺》说："受天命而王天下，制立周邦。"《孔疏》说："言受命作周是创初改制，非天命则不能然，故云受命，受天命也。"可是《孔疏》又说："文王受命，毛无明说。"正因为如此，后儒说这诗的就有依据今古文家不同的两说：

今文家一说以为文王受命是受天命，而称王改元。王先谦《集疏》说："《史记·周本纪》：'诗人道西伯，盖受命之年称王。'司马迁用《鲁诗》，知受命称王，鲁说如此。赵岐《孟子章句》五：'诗言周虽后稷以来旧为诸侯，其受天命维文王新，复修礼义以致之耳。'岐亦治《鲁诗》者。《繁露·祭郊》篇：'文王受天命而王天下，先郊乃敢行事，而兴师伐崇（原注：引见《棫朴》诗）。'是齐说如此。韩说当同。孔子言三分有二以服事殷，后人因圣言，率以受命称王为不然。或又以受命为受纣命。不知诗人明言受天命，未尝言受纣命。……"可见今文三家是主张文王受命称王的一说了。《孔疏》引诸《纬书》赤雀衔丹书以证文王受天命之事。梁肃《文王受命称王议》力辨其非。在唐儒著作中已反映出了今古文家两说不同的争论。俞樾《达斋丛说》有《文王受命称王改元说》一文道："文王受命改元为古今一大疑,其实无足疑也。唐、虞五臣,稷、契并列。商、周皆古建国,周之先君非商王裂土而封之也。夏后氏德衰,成汤放桀南巢,天下归之,遂有天下。其后中衰,诸侯不朝,即已不有天下矣。《孟子》曰:'武丁朝诸侯,有天下,犹运诸掌也。'此武丁以前尝失天下之明证。及纣之身,天下大乱,三分有二皆归文王,则天下岂复商有乎?夫众所归往谓之王,虞、芮质成之后,六州咸附,则已有王之实矣。有其实,岂得辞其名,此文王所以称王也。纣虽存,止是殷商之国耳。其存其亡,与周之王不王无与也。纣恶未稔,文王不必亟亟焉亡之。纣恶既盈,武王不得不伐之。伐纣以救民也,非争天下也,天下之归周久矣。是故既诛纣而仍立武庚,殷商固无恙也。武庚又乱,则又伐之,而封微子于宋,亡于殷,犹存于宋也。何也?殷商之存,无损于周之王也。非如后世之争天下者,必灭其国而后可代之兴也。说者谓武王诛纣之后始谓之有天下,则昧于古今之异,而圣人伐暴救民之盛举转若为争天下之私心矣。及周之衰,则已与古微异。春秋时大国,若晋、楚、齐、秦,皆周之建国,故周虽衰而不得不奉之为共主。齐桓、晋文皆以尊王为名,莫敢自王。然当时纪载之辞,如'王贰于虢'、'单襄公如晋拜成'之类,固已视周如列国矣。此夏、商以来相习之见,非左氏纪载之失也。《孟子》曰:'三代之得天下也以仁,其失天下也以不仁。'由今观之,孟子之世岂非周王之天下?而《孟子》已与夏、商亡国并言之。然则文王受命称王,复何疑之有?执后世之义,而以绳三代以上,其不可通者多矣。"他从历史上的事实来说明文王受命称王也算有所根据,只是还嫌不够。何况他不知道诸《纬书》所记文王受命称王的神话实反映出了古代社会关于君权神授的一种思想,并非凭空捏造,有待于加以阐明。

凡是读过《春秋》的人,都知道诸侯自己于国内建元,并无妨于所谓大一统。研究过周金文的人,都知道诸侯于自己国内称王,不一其例。而所谓谥号也者,虽然《礼记·檀弓》上说:"死谥,周道也。"但至少在周初,谥即生前称号,王国维、郭沫若都曾从金文找出了许多证据。《礼记·文王世子》篇说:"武王谓文王曰:西方有九国焉,君王其终抚诸?"可以看作文王生时称王,甚至已称文王。这么说来,文王改元称王之说有啥稀奇? 至于受命之说,我们单从《文王》篇本身就可找到证据。一则说:"有周不显? 帝命不时? 文王陟降,在帝左右。"再则说:"商之孙子,其丽不亿。上帝既命,侯于周服。"三则说:"侯于周服,天命靡常。"四则说:"殷之未丧师,克配上帝。宜鉴于殷,骏命不易。"五则说:"命之不易,无遏尔躬。"全篇"命"字凡八见,都是说的天命。这样坚强的内证还不可靠吗? 而且同在《文王之什》的一组诗篇里,《大明》篇说:"天监在下,有命既集。"又说:"有命自天,命此文王。"《皇矣》篇再三说:"帝谓文王。"《文王有声》篇说:"文王受命,有此武功。"并把"文王烝哉"和"武王烝哉"再三地连说。这不是都可作为周初诗人说文王受命称王的确证吗? 再找周初的其他文字来证。先举《尚书》里的《周书》。《大诰》说:"予惟小子,不敢替上帝命。天休于宁王(文王),兴我小邦周。"《康诰》说:"天乃大命文王,殪戎殷,诞受厥命。"《梓材》说:"皇天既付中国民越(与也)厥疆土于先王,肆王惟德,用和怿先后迷民,用怿先王受命。"这不是都说到文王曾受天命造始周国吗?《康诰》又说:"惟命不于常。"这和《文王》篇里说的"天命靡常"不是同义语吗?《召诰》一再说:"祈天永命。"不也和《文王》篇里说的"永言配命,日求多福"正相类似吗? 其他《酒诰》、《洛诰》、《多士》、《无逸》、《君奭》、《多方》、《立政》等篇以及《周颂》中都可以找到相类似的证据。

最后再举周金文为证,并从社会意识的历史发展上来说。武王时代的《大丰毁》铭文说:"衣(禋)祀于王,不显考文王。事喜上帝,文王监在上。"康王时代的《大盂鼎》铭文说:"不显文王,受天有大命。"这不是都和《文王》篇首章的意义正相合吗?《大盂鼎》上又说:"今我隹(惟)即刑禀文王,若文王令二三正。"这不是也和《文王》篇末章"仪刑文王,万邦作孚"语意相类似吗?我以为受命称王、君权神授这样带有原始宗教性的政治思想,远在社会分裂有了敌对阶级,有了作为阶级权力组织的国家,有了争夺最高权位包括宗教权力的酋长、元首之类的人物的时候就发生了,并不是从周代开始的。当许多部落联合而成为国家的组织时,其中必有一个部落上升到战胜者和统治者的地位。这种情形在神灵世界里相应的变化上就得到神幻的反映。战胜者部落的神灵就代替了被征服者部落的神灵。战胜者认为接受了天或上帝的命令,天或上帝被认为已站到战胜者的一边。这就是受命说的由来,也就是最初所谓革命的意义。同时上古的国家宗教犹如一切剥削制度下的宗教一样,把剥削人、压迫人都看作是顺从天的意思,执行上帝的命令。这是天或上帝所赋予的权力。这时统治者自认是天神的化身,或者本身就是天神或天神的子孙。在古代中国,大奴隶主以至大封建主自称为天子,正像古希腊的君主自称为天神的嫡系子孙,古埃及王自称为法老,法老本身就是神一样。当文王联合了许多部落如虞、芮,征服了许多部落如邘、密、犬夷、耆、崇,天下大服,三分有二,这样的一个战胜者,几乎代替了商王纣的地位,他就自认为受天命,同时被认为受天命。这不是可以从社会发展史上找得到说明吗?

  这诗古文家一说以为文王受命是受天子之命,就是受纣命而作西伯。陈奂《传疏》说:"受命者,受命为西伯也。《书大传》云:'天之命文王,非啍啍然有声音也。文王在位而天下大服,施政而物皆听,令则行,禁则止,动摇而不逆天之道,故曰天乃大命文王。文王受命,一年断虞、芮之讼,二年伐邘,三年伐密须,四年伐犬夷,五年伐耆,六年伐崇,七年而崩。'然则古说受命皆谓受西伯七年之命,而作周之兴于焉始也。遂以为天之命文王,若(与也)受命之年称王,其说诬也。诗作于成王、周公时,故以《文王》名篇。"又释"帝命不时"一句道:"帝,天也。文王受命于殷之天子,是即天之命矣。"凡是读过《传疏》的人就知道陈奂治学颇为谨严,疏解大都精确。可是有时《毛传》可不算错,他倒解错。即以这诗《毛传》来说,文王受命本来是受天命,虽然《孔疏》

说"毛无明说"说此三字,但是"文王陟降,在帝左右"二句,《传》:"言文王上接天,下接人也。"这不是毛以文王克配上帝为神吗?"思皇多士",《传》:"思,辞也。皇,天。"《笺》:"思,愿也。"思字《传》、《笺》都通,而以《笺》为善。如必从《传》,毛意此句谓此天生多士。"天命靡常",《传》:"则见天命之无常也。""永言配命,多求多福",《传》:"我长配天命而行,尔庶国亦当自求多福。"毛不是承认有天神存在和有天命之事吗?"殷之未丧师,克配上帝",《传》:"帝乙已上也。"这不是说殷王帝乙以上皆克配上帝之命而行吗?综合上引《毛传》来说,这诗确是述文王受天命造周邦,不是恰说通了吗?陈奂解《毛传》错了。还有时《毛传》分明错了,陈奂也跟着错。虽说注不驳经,疏不驳注,经师通例,究竟是一毛病,不是犯了宗派主义的错误,就是犯了信而好古的偏差。就以陈奂解这诗文王受命来说,他本来知道"帝,天也",帝命就是天命,他却曲解为"受命于殷之天子,是即天之命"。但是同在这一篇中,天命一词两见,还有配命、骏命等词,曲解怎通?本来他是《诗》古文家,又偏破了惯例引用经今文家的《尚书大传》来证明已说。这在今日我们看来并不足怪,可怪的是他说"然则古说皆谓受西伯七年之命",这一"然则"竟被他转了一个大弯,恰是他对于《书大传》的曲解。《书大传》不是开头就说"天之命文王非啍啍然有声音",末尾又说"天乃大命文王"吗?何曾说到"受殷天子之命","受西伯七年之命"呢?总之他这一解说有难通之处。尽管孔子于文王说过"三分天下有其二,以服事殷",也只是言非一端,义各有当,不能拿来曲解文王受命。何况《文王》篇本身明明说出文王是受怎样的命呢?

记得《汉书》里记着辕固生和黄生争论汤武受命事。汉景帝说:"食肉毋食马肝,未为不知味。"就是比喻说:"学者不言汤武受命不为愚。"尽管《易经》里说过"汤武革命,顺乎天而应乎人",汉儒还是不敢轻言汤武革命和文王受命,这并不是他们不迷信关于天命的鬼话,只是曲学阿世为当时统治阶级服务,麻痹人民的反抗意志罢了。阮元以为《文王》篇是周公宗祀文王于明堂以配上帝之作,见《揅经室集·孝经郊祀宗祀说》和《大雅文王诗解》两文。后一文里说:"文王在上,乃宗祀明堂指文王在天上,故曰'於昭于天',非言初为西伯在民上时也。《传》、《笺》皆非。"这里说宗祀明堂和文王在天上两点,后一点才是确论。陈澧《东塾读书记》却说:"宗祀明堂之说,朱子所未及。其以文王之神在天上,则文达(阮谥)之说与朱子同。如文达之讲汉学真可以为法。此诗毛、郑之说实非,朱子之说实是。若拘守毛、郑而不论其是非,则汉学之病也。"要是陈兰甫平日不故作汉宋调和之论,他这话就更有说服力量了。

大　明

明明在下,赫赫在上。天难忱斯,不易维王。天位殷适,使不挟四方。

挚仲氏任,自彼殷商。来嫁于周,曰嫔于京。乃及王季,维德之行。大任有身,生此文王。

维此文王!小心翼翼。昭事上帝,聿怀多福。厥德不回,以受方国。

天监在下,有命既集。文王初载,天作之合:在洽之阳,在渭之涘。

文王嘉止,大邦有子。大邦有子,倪天之妹。文定厥祥,亲迎于渭。造舟为梁,不显其光?

有命自天,命此文王:于周于京。缵女维莘,长子维行,笃生武王。保右命尔,燮伐大商。

殷商之旅,其会如林。矢于牧野,维予侯兴:上帝临女,无贰尔心!

牧野洋洋,檀车煌煌,驷騵彭彭。维师尚父!时维鹰扬,凉彼武王。肆伐大商,会朝清明!

【解题】

《大明》,和上面《文王》篇一样,是周人自己叙述开国历史的诗篇之一。诗中从文王父母和文王出生叙起,到武王伐纣胜利为止。诗虽兼叙文王武王,重点似落在武王上。《诗序》说:"《大明》,文王有明德,故天复命武王也。"说明题旨可不算错。朱子《辨说》故意挑剔,大可不必。《郑笺》说:"二圣相承,其明德日以广大,故曰《大明》。"篇名的意义果然如此吗?王先谦《集疏》说:"马瑞辰云:'《大明》,盖对《小雅》有《小明》篇而言。《逸周书·世俘解》:籥人奏《武》,王入进《万》,献《明明》三终。孔晁注:《明明》,《诗》篇名。当即此诗。是此篇又以《明明》名篇,即取首句为篇名耳。'《诗泛历枢》曰:'午亥之际为革命。亥,《大明》也。'又曰:'《大明》在亥,水始也。'此齐说。《诗纬》鬼话,《齐诗》怪论,徒乱人意,无甚道理。倘若读者好奇,这在《清经解》中有《齐诗翼氏学》、《齐诗翼氏学疏证》、《齐诗遗说考》等书,不妨研究。

作为周人自述开国的史诗,主要的有《生民》、《笃公刘》、《绵》、《皇矣》、《文王》、《大明》六篇,《大明》可以算是最后的一篇。因为作为周代开国的伟大人物有后稷、公刘、太王、王季、文王、武王六人,武王是最后的一人。为什么这六篇诗在同一部书中不依其人年代先后编次呢?这个问题前人也曾说到。范家相《诗沈》说:"《大雅》自《文王》至《卷阿》皆正《雅》,自《民劳》至《召旻》皆变《雅》,秩然不紊,与《小雅》之前后凌乱不同。就正《雅》观之,周人尊后稷以配天,则《生民》当居《雅》首。以追王之意推之,《绵》诗当继《生民》(今按,周先世追王之说,始自《史记·周本纪》与《诗·郑笺》。窃疑太王、王季、文王皆原自称王,并非追王。王国维《观堂别集·古诸侯称王说》可以参考),《皇矣》当次《绵》后。若依世次,则《笃公刘》又当在《绵》之上。而今《诗》之次第如此者,《文王》为周室开王之始,故《风》、《雅》、《颂》皆以文王为始也(按指《四始》)。且以乐谱《诗》有不可以追王世次论者。《文王》、《大明》用之大朝会、受釐、陈戒,乐莫大焉。乐之大者宜居《雅》首。是故《雅》有大小,而小大之中又有小大焉,不可不知也。"他说这些诗不依其人先后编次,一是因为编《诗》建首以《四始》推尊文王之故,故《文王》为《大雅》之始;一是这些诗用作乐章,其意义有大小之故,故《文王》、《大明》为先。也算持之有故,言之成理。虽不见得当时确是如此,但是可备一说,而且是有力的一说。

我们从这六篇诗来看,它的叙事的形式,它的杂有半神话半传说的内容,颇具有史诗的规模。它所叙述的人物也都可以说是半神半人的史诗性质的英雄人物。他们有创造,有矛盾,有斗争。有对自然的斗争,如发展农业,建立城市。有对社会的斗争,如和殷商统治阶级对抗的斗争是内部的,和落后部族入侵的斗争是对外的。倘若合起来写,不难成为一大部史诗。何况《周南》、《召南》有所谓文王及其后妃有关之诗,《豳风》有和后稷、公刘尤其是和周公相关之诗,《小雅·鹿鸣之什》有和文王有关之诗,《大雅·文王之什》全和周初开国人物有关,《生民之什》除了末两篇《民劳》和《板》诗以外,半和周初开国人物,半和守成人物成王、康王有关,《周颂》都和文、武、成、康有关,也间有和后稷、太王相关之诗,《鲁颂·閟宫》也和后稷有关,此外《三百篇》中还有一些叙述周初战争和农事之诗。总之,把这些诗和《文王》、《大明》等六篇诗汇合起来,不难成为一大整体而结构复杂的波澜壮阔的史诗。为什么没有成为这样的史诗呢?假如说上古中国人"没有史诗头脑","缺乏想象力",这都是资产阶级唯心论者主观主义的胡说。最近看到《文学遗产》增刊二辑杨公骥、张松如《论商颂》,论到古代中国(殷商时代)为什么没有像古代希腊那样的史诗,算是第一次试作了科学性的探讨,虽然说的未必便是,却可供学者继续讨论。这里我只就周代为什么没有篇幅巨大的史诗提出个人意见。我以为这是由于周人夺取了殷商的政权,继承了殷商的文化,稍稍放松了对奴隶的锁链,就把原有的农业生产更加发展起来,过渡到封建社会为早。而作为封建社会萌芽时期上层建筑的礼乐,限制了单篇乐章即单篇诗的用途,就没有把单篇缀合成为篇幅浩瀚的史诗的可能和必要。难道当时事实上不是这样吗?

《大明》这诗说到王季的妃子太任,文王的妃子太姒,这是相传周代先世两个有名的后妃,或者说是两个有名的圣母。加上太任之前太王的妃子太姜,算是一连三个圣母了。见《列女·周室三母传》。《传》说:"大任者,文王之母,挚任氏中女也。王季娶为妃。大任之性,诚壹端庄,惟德之行。及其有娠,目不视恶色,耳不听淫声,口不出敖言。文王生而明圣,大任教之以一而识百。君子谓大任为能胎教。"这是关于太任的传说。《传》又说:"大姒者,文王之妃,武王之母,禹后有莘姒氏之女也。在郃之阳,在渭之涘,仁而明道,文王嘉之。亲迎于渭,造舟为梁。及入,大姒思媚大姜、大任,旦夕勤劳以进妇道。大姒号曰文母。文王治外,文母治内。《诗》曰:'大邦有子,俔天之妹。文定厥祥,亲迎于渭。造舟为梁,不显其光?'此之谓也。"这是关于太姒的传说。范家相说:"自首章以下接言太任、太姒者,唯圣父圣母乃生圣子。有是圣德又有是圣配。妃匹之际,生民之始,莫非天也。"他相信天命,相信圣人,把太任、太姒都看作天生的半神半人的神圣母。这在今日我们说来,未免觉得太可笑了。

诗说:"缵女维莘,长子维行。"怎样解说?《毛传》说:"缵,继也。莘,大姒国也。长子,长女也。能行大任之德焉。"《郑笺》说:"使继大任之女事于莘国。莘国之长女大姒则配文王维德之行。"毛、郑这一解说对不对呢?陈奂《传疏》说:"缵女维莘,言能继行大任之德者其女有莘也。……云长子长女也者,大姒为莘国之长女也。古者适室所生之子嫁为诸侯夫人,若周武王元女配陈胡公满,是也。大姒莘国之长女,故曰长子,尊贵之称也。行,当读如'维德之行'之行。"这据毛、郑为说不得不如此。但是他又说:"先儒论文王娶大姒生武王,年代莫考。大抵依《大戴记》,称文王十三生伯邑考,十五生武王为说。《礼记·文王世子》篇称文王九十七乃终,武王九十三而终。然以此数推之,文王十五岁生武王,当武王即位已有八十二岁,武王即位十有三年方始克殷。《管子·小问》篇云:'武王伐殷克之,七年而崩。'《汉书·律历志》亦云:'克殷后七岁而崩。'唯《逸周书·明堂》篇作六年。则知武王九十三之说既不足信，即文王十五而生之说亦无足据。盖《大小戴记》间载杂说耳。近儒举《尚书》、《逸周书》语为说，确有根据。《尚书·无逸》篇：'周公告成王曰，文王受命唯中身，厥享国五十年。'此文王享国之年数也。又《逸周书·度邑》篇：'武王克殷，告叔旦曰，唯天不享于殷，发之未生，至于今六十年。'此武王克殷之年数也。武王克殷年近六十，其在位已十有三年。此外四十七年皆在文王享国数内。武王之生应在文王即位之三四年中。然则文王之取大姒在文王即位后，书有明文，或可据此数而推知也。奂窃谓古者天子诸侯皆有不再娶之文，然又有即位娶元妃之礼。文二年冬，《左传》云：'襄仲如齐纳币，礼也。凡君即位，好舅甥，修昏姻，取元妃以奉粢盛，孝也。孝，礼之始也。'是礼也，周公之礼，亦文王之礼也。此篇言大姒之来归周京，已在天命文王之既集，玩诗辞正与《尚书》'受命中身'语合。《韩奕》篇美韩侯之入觐宣王也，亦云：'韩侯迎止，于蹶之里。'此亦行即位亲迎之礼，与《春秋》古左氏说合。明邹忠胤意大姒为文王继妃，以解'缵女维莘'句。以文王即位后娶大姒，准诸事理似乎有据，姑记之于此。"他又认为邹氏《诗传阐》一说有据。这就令人无所适从了。王先谦《集疏》说："愚案，'文王初载'，毛训载为识，已滋疑窦。若解缵女为继妃，则与文王即位初年合，可以释载为年。一也。'长子维行'，毛训长女，但武王之先有伯邑考，虽曰早死，此亦文王、大姒之长子，不应竟置不论。若即以长子指伯邑考，'维行'解如《笺》说'维德之行'，然后接咏武王，文义大顺。二也。经义、史年一一吻合，事在不疑，可质后世矣。"他进一步肯定了邹氏解缵女为继妃一说，又认为长子是指伯邑考，二者确与经义、史年相合。但说"长子维行"之行当解如《郑笺》，虽然可通，却未必确。鄙见：行，当读如《小尔雅·广名》"讳死谓之大行"之行，行有逝而不返之意。"长子维行"，犹言长子维逝，长子维亡。这样说来，这两句诗才算完全解通了。

　　诗说："殷商之旅，其会如林。"怎样解说？《毛传》说："旅，众也。如林，言众而不为用也。"《郑笺》说："殷盛合其兵众，陈于商郊之牧野。"毛不解会字,似以为常用字。郑申毛义,训会为合。这是古文《毛诗》一说。齐、韩会作擔。王先谦说:"齐、韩会作擔者,《说文》:'擔,建大木,置石其上,发以机,以追敌也。《诗》曰:其擔如林。'马融《广成颂》'旌擔椮其如林',本此。据下,鲁作会,此为齐、韩文。《风俗通义》十:'《诗》云,殷商之旅,其会如林。林,树木之所聚生也。'《吕览·务本》篇高注:'言天临命武王,伐纣,必克之,不敢有疑也。'此皆鲁说。"齐、韩会作擔,训擔为抛石,为礟石。这是今文齐、韩一说。今、古文擔、会两作,两说皆通。沈钦韩《春秋左氏传补注》说:"桓三年《传》:'擔动而鼓。'寻贾逵、许慎之义,并以擔为发石。《后汉书·袁绍传》:'曹操乃发石车。'章怀注:'今之抛车也。'《晋书·卞壶传》:'贼峻造逆,戮力致讨,身当矢擔。'则知古训相承以擔为石明矣。《唐书·李密传》:'命护军将军田茂广造云擔三百具,以机发石为攻城械,号将军礟。'"阮元《注经精舍文集》五徐鲲《礟考》说:"《说文》无礟字。或作砲,《说文》亦无。唯擔字解云:'擔,建大木,置石其上,发以机,以礌敌也。'《春秋传》曰:'擔动而鼓。'《诗》曰:'其擔如林。'按左氏桓五年《传》杜预注云:'擔,旝也。'《正义》曰:'贾逵以旝为发石,一曰飞石。引《范蠡兵法》作发石之事以证之。'《说文》与贾同也。是以礟为擔也。《毛诗》擔作会,《郑笺》以为会聚之义。考马融《广成颂》云:'旌擔椮其如林。'正用《诗》语。盖别本固有作擔者。第马为旌擔,与杜注《左传》同,而与贾、许异义。如许氏所说,是礟石之制在商周时已有之矣。至《范蠡兵法》据张晏注《汉书·甘延寿传》引云:飞石重十二斤,为机发行二百步。李善《文选》注亦引之,十二斤作二十斤,二百步作三百步。此礟石之显证也。特自汉以前未见所谓礟字耳。然则礟字何昉乎?《文选·闲居赋》云:'礟石雷骇,激矢虹飞。'盖昉于西晋时也。字又作抛。李善注云:'礟石,今之抛石也。'或又作砲。宋太祖将平江南,简稽军实,置南北作坊及弓弩院,所造有砲。其字借炮燔之炮。""其擔如林",擔是何物,当如沈钦韩和徐鲲所解。他们寻源索流颇为详尽。今按,殷商之末早由石器时代进入铜器时代,其主要兵器如斧钺戈矛箭镞之类都是铜兵。虽如殷虚出土之石兵、石刀仍以千计，石斧亦甚多，而石镞则已少见，可见其时仅以石兵为辅助兵器，又作为殉葬明器。此诗"其会如林"，《说文》从今文会作旝，以为木石所制利用机械射远的重武器，当是石兵中最进步之一种，想是到了青铜器时代才有的。刘仙洲《中国机械工程史料》八《兵工·礮类》单从《事物纪原》引《范蠡兵法》，以为礮石始自春秋战国，这也可不算错。但是作为科学史记载就嫌史料不够。

这里还须稍为补论文王受命和武王伐商的历史记载。《史记·周本纪》说："古公卒，季历立，是为公季。公季修古公遗道，笃于行义，诸侯顺之。公季卒，子昌立，是为西伯，西伯曰文王。遵后稷、公刘之业，则古公、公季之法。笃仁敬老慈少，礼下贤者，日中不暇食以待士，士以此多归之。伯夷、叔齐在孤竹，闻西伯善养老，盍往归之。太颠、闳夭、散宜生、鬻子、辛甲大夫之徒皆往归之。崇侯虎谮西伯于殷纣曰：'西伯积善累德，诸侯皆向之，将不利于帝。'帝纣乃囚西伯于羑里。闳夭之徒患之，乃求有莘氏美女，骊戎之文马，有熊九驷，他奇怪物，因殷嬖臣费仲而献之纣。纣大说曰：'此一物足以释西伯，况其多乎！'乃赦西伯，赐之弓矢斧钺。使西伯得征伐。曰：'谮西伯者崇侯虎也。'西伯乃献洛西之地，以请纣去炮格（烙）之刑。纣许之。西伯阴行善，诸侯皆来决平。于是虞、芮之人有狱不能决，乃如周。入界，耕者皆让畔，民俗皆让长。虞、芮之人未见西伯，皆惭相谓曰：'吾所争，周人所耻，何往为？只取辱耳。'遂还，俱让而去。诸侯闻之曰：'西伯盖受命之君也。'明年伐犬戎。明年伐密须。明年败耆国。殷之祖伊闻之，惧以告帝纣。纣曰：'不有天命乎？是何能为！'明年伐邘。明年伐崇侯虎。而作丰邑。自岐下而徙都丰。明年西伯崩。太子发立，是为武王。西伯盖即位五十年。其囚羑里，盖演《易》之八卦为六十四卦。诗人道西伯盖受命之年称王，而断虞、芮之讼。后十年而崩，谥为文王。改法度，制正朔矣。追尊古公为太王，公季为王季。盖王瑞自太王兴。武王即位，太公望为师，周公旦为辅，召公、毕公之徒左右王师，修文王绪业。九年,武王上祭于毕(文王墓地)。东观兵至于盟津。为文王木主载以车、中军。武王自称太子发,言奉文王以伐,不敢自专。……武王渡河,中流白鱼跃入王舟中,武王俯取以祭。既渡,有火自上复于下,至于王屋流为乌,其色赤,其声魄云。是时诸侯不期而会盟津者八百诸侯。诸侯皆曰:'纣可伐矣。'武王曰:'女未知天命,未可也。'乃还师归。二年,闻纣昏乱暴虐滋甚,杀王子比干,囚箕子。太师疵、少师强抱其乐器而奔周。于是武王遍告诸侯曰:'殷有重罪,不可以不毕伐。'乃遵文王,遂率戎车三百乘,虎贲三千人,甲士四万五千人,以东伐纣。十一年十二月戊午,师毕渡盟津。诸侯咸会,曰:'孳孳无怠。'武王乃作《太誓》告于众庶。……二月,甲子昧爽,武王朝至于商郊牧野乃誓。武王左杖黄钺,右秉白旄以麾。……誓已。诸侯兵会者车四千乘,陈师牧野。帝纣闻武王来,亦发兵七十万人距武王。……纣师虽众,皆无战之心,心欲武王亟入。纣师皆倒兵以战,以开武王。武王驰之,纣兵皆崩,畔纣。纣走,反入,登于鹿台之上,蒙衣其珠玉,自燔于火而死。武王持大白旗以麾诸侯。……遂入至纣死所,武王自射之,三发而后下车。以轻剑击之,以黄钺斩纣头悬大白之旗。已而至纣之嬖妾二女,二女皆经自杀。武王又射三发,击以剑,斩以玄钺,悬其头小白之旗。武王已乃复其军。"不先明白文、武这段历史,就不易了然于《文王》、《大明》两诗,也不足以了解以后关于文、武的许多诗。诗和史详略互备,诗也是史。诗和史都杂有神话传说的成分,借此可以窥见当时社会的发展正处在什么阶段。小奴隶所有主怎样战胜了大奴隶所有主? 武王联合了许多诸侯乃至许多落后部族("庸、蜀、羌、髳、微、泸、彭、濮人"),最多不过十几万奴隶兵,怎样战胜了拥有七十万奴隶兵的纣王? 武王又怎样不许虐杀俘虏而使他们作为奴隶? ("不御克奔,以役西土。")还有,太王、王季、文王、武王他们祖孙父子是怎样的祖传阴谋家、野心家? 纣王究竟是怎样的一个暴君? 我们不能不一读《殷本纪》和《周本纪》而加以仔细研究。所可断言的,诗和史都说殷周兴亡由于天命,这就不能解释当时历史的变迁了。文王受命之说,当时信为事实,今人只以为神话了。

绵

绵绵瓜瓞!民之初生,自土沮漆。古公亶父!陶复陶穴,未有家室。

古公亶父!来朝走马。率西水浒,至于岐下。爰及姜女,聿来胥宇。

周原膴膴,堇荼如饴。爰始爰谋,爰契我龟:曰止曰时,筑室于兹。

乃慰乃止,乃左乃右。乃疆乃理,乃宣乃亩。自西徂东,周爰执事!

乃召司空,乃召司徒,俾立室家。其绳则直,缩版以载,作庙翼翼!

捄之陾陾,度之薨薨。筑之登登,削屡冯冯。百堵皆兴,鼛鼓弗胜!

乃立皋门,皋门有伉。乃立应门,应门将将。乃立冢土,戎丑攸行。

肆不殄厥愠,亦不陨厥问。柞棫拔矣,行道兑矣。混夷駾矣,维其喙矣!

虞芮质厥成,文王蹶厥生。予曰有疏附,予曰有先后,予曰有奔奏,予曰有御侮。

【解题】

《绵》篇,也是周人自己叙述开国历史的诗篇之一,《生民》《公刘》而后,这可以作为第三篇,这是叙述古公亶父即太王迁到岐周的英雄事迹。孙鑛《批评诗经》说:"此诗不但称古公,且仍出其名,乃后又称文王。岂武王初克商,甫尊文王,尚未追王太王,是彼时作耶？"又说："此诗如此收束,当是未克商时作。然则文王应实有受命称王之事矣。《武成》已称太王,若周公戒成王诗,岂应复称古公耶？"他从诗称文王而于太王却称古公亶父,疑此诗武王初克商、尚未追王太王时所作,也不是周公戒成王之诗。其说近是。魏源《诗古微》又合据《郑笺》、赵岐《孟子章句》、韦昭《国语注》为说,肯定此诗为周公美文王之作。鄙见诗必作于周初,作者不必是周公,与其说美文王,毋宁说美太王。但就诗作为乐章用于典礼而论,把作者归之于相传制礼作乐的周公,似亦未为不可。

  诗叙太王迁岐,是怎么一回事？《诗》今古文家所说这诗本事大体相同。《毛传》说："古公处豳,狄人侵之。事之以皮币不得免焉,事之以犬马不得免焉,事之以珠玉不得免焉。乃属其耆老而告之曰：'狄人之所欲吾土地。吾闻之,君子不以其所养人者害人,二三子何患乎无君？'去之,逾梁山,邑于岐山之下。豳人曰：'仁人之君不可失也！'从之如归市。"这是古文家说,和《孟子》里记载的差不多。从太王避狄迁岐一事的传说看起来,太王自是一个有远见、有魄力的部落国家之伟大首领。诗说："爰及姜女,聿来胥宇。"看来他的妃子太姜也是一个不平凡的妇人,不愧为"周室三母"之一。《史记·周本纪》说："古公亶父复修后稷、公刘之业,积德行义,国人皆戴之。薰育戎狄攻之,欲得财物,予之。已复攻,欲得地与民。民皆怒欲战。古公曰：'有民立君,将以利之。今戎狄所为攻战,以吾地与民。民之在我与其在彼何异？民欲以我攻战,杀人父子而君之,予不忍为。'乃与私属遂去豳渡漆沮,逾梁山,止于岐下。豳人举国扶老携弱,尽复归古公于岐下。及他旁国闻古公仁,亦多归之。于是古公乃贬戎狄之俗,而营筑城郭室屋,而邑别居之。作五官有司。民皆歌乐之,颂其德。"又蔡邕《琴操》说："《岐山操》者,周太王之所作也。太王居豳,狄人攻之。仁恩恻隐,不忍流血,选练珍宝、犬马、皮币、束帛与之。狄侵不止,问其所欲得,土地也。太王曰：'土地者所以养万民也,吾将委国而去矣。二三子亦何患无君?'遂杖策而出,逾乎梁而邑乎岐山。自伤德劣不能化夷狄,为之所侵,喟然叹息,援琴而鼓之云:'戎狄侵兮土地移,迁邦邑兮适于岐。蒸民不忧兮谁者知?嗟嗟奈何,予命遭斯!'"这都是出于今文鲁说。可证《诗》今古文说略同。这诗是周人叙述开国历史,歌咏太王,他是首先"复修后稷、公刘之业"的一个伟大人物。

诗说:"古公亶父,陶复陶穴,未有家室。"怎样解说?据《诗》,据史,周人老早就进入农业社会。从《生民》一诗就知道周的始祖后稷是一个农艺天才,不,应该说它说的是一个农神,至少是一个半神半人的农事英雄。他的子孙世为农官。到了不窋失官,窜居戎狄之间,尽管那时的农业不是高度发达的农业生产,他既然做过农业社会的农官,是不是他完全"变于西戎","逐水草迁徙"?这有问题。何况他的孙辈公刘迁豳,"于豳斯馆","复修后稷之业","京师之野","彻田为粮",依然过着农业社会的定居生活,这有《笃公刘》一诗为证。从公刘到太王有了十代,太王迁岐还是重视农业,并营建了城郭、宗庙、宫室。史称"乃贬戎狄之俗",当是指他改变岐地人民原有的风俗。倘若根据《绵》篇首章断章取义,认为太王之时穴居野处,使用陶器,还是处于野蛮的阶段,这就大成问题。至今西北陕甘一带还有人住在窑洞呢!这诗首章前三句说周人起初生活于杜水、沮漆水之间。何谓杜水、沮漆水?王先谦《集疏》说:"《汉书·地理志》:'右扶风杜阳。'班自注:'杜水南入渭,《诗》曰自杜。'颜注:《大雅·绵》之诗曰'人之初生,自杜漆沮(原注:误倒)',齐作'自杜'。言公刘避狄而来,居杜与沮漆之地(原注:公刘系太王之误)。案,土、杜古同音通用。《毛诗》'桑土',《韩诗》作'桑杜'是也。汉漆县,今邠州治,杜阳县,今麟游县西北。漆、杜并以水名县。郦《漆水注》云:'孔安国曰,漆沮一水名矣,亦曰洛水也。'(《书传》今作一水名。)又《沮水注》云:'浊水至白渠与泽泉合,俗谓之漆水,又谓之为漆沮水。'又《寰宇记》载逸洛水云:'洛水又东,沮水入焉,故洛水亦名漆沮水。'据此,是漆沮二水所在皆可以沮漆通称。其实此诗漆自入渭,沮自入洛。诗云'自杜沮漆',即沮漆二水通称之先导矣。"这诗首章后三句说太王迁岐失去了在豳的家室，只好和原住岐山的人民一道暂居窑洞土室而已，并不是说周人原来就是过着穴居野处的生活。不然，由穴居野处突然进步到城市宫室，而且由一人一时仓卒地完成，这是神话，这是奇迹，绝不合于社会发展的实际。古代学者也有朦朦胧胧地见到了这一点，想要寻求一种合理的解释。例如《孔疏》说："公刘始迁于豳，比至古公将历十世。《公刘》云：'于豳斯馆。'则豳有宫馆也。〔《书传》〕《略说》称耆老谓大王曰：'不为宗庙乎？'是豳地有寝庙也。而此《传》言未有寝庙室家者，此以文王在岐而兴，上本大王初来之事，叹美在岐新立，故言在豳未有。下云'作庙翼翼'，故此言未有寝庙；下云'俾立室家'，故此言未有室家，以为立文之势耳。其实在豳之时亦有宫室也。《七月》云：'入此室处。'即豳事也。不然，岂十世之内常穴居乎？但豳近西戎，处在山谷，其俗多复穴而居，故诗人举而言耳。"孔说豳有宫室，确是。但是诗说复穴在岐而不在豳，孔从《郑笺》以为在豳，错了；《朱传》又从孔、郑，错了。这诗首章全说太王初至岐之事。冯氏《名物抄》说："大王自邠迁岐，逾梁山，始至岐山北沮漆合流之处。梁山在今西安府乾州城西北五里，当邠之西南。若沮漆在邠，则公刘于豳斯馆已有宫室，大王何为陶复陶穴哉？但以大王初至扶风之地，故'陶复陶穴'云耳。"这说沮漆在岐，陶复陶穴是指太王初至岐时，不错。上引王先谦说正复如此，复按便知。范氏《诗沈》说："首以瓜瓞起兴，而曰'自土沮漆'者，言公刘迁豳，周之子孙已盛，推所自也。'陶复陶穴'，言古公迁岐之始，未立室家也。《孔疏》谓公刘迁豳至古公已十世，公刘于豳斯馆则已有家室矣。此盖本太王初来之事，叹美在岐新立，故言在豳未有。非也。此句正言太王迁岐之事，非指豳也。公刘于豳斯馆，相阴阳，观流泉，建立宫室何待言？若太王始迁，不免与民重窑穴处，后乃以次建立耳。次章言聿来胥宇。胥者，相也。尚是相室。三章以下乃是筑室之事。观其建都立庙，从容暇整，必二三年渐次兴作可知。首言未有室家，正以起下筑室之事。"这也驳了《孔疏》。说诗"陶复陶穴"一句正言太王迁岐之事，不错。但是他不知道:诗说"自土沮漆"也是指岐而不指豳,诗美周代之兴从太王迁岐而非从公刘迁豳。现代史学家大都说太王之时,社会生活还处在穴居野处的野蛮阶段,故特为详辨之如此。

诗说:"古公亶父,来朝走马。"所说走马是赶马驾车呢? 还是单骑赶马呢? 问题虽小,却大有争论,说来说去都很有趣。《郑笺》说:"来朝走马,言其辟(避)恶早且疾也。"说得含糊,疑是说单骑。《吕记》讥他说的"非杖策去豳雍容气象"。吕祖谦太把太王理想化、圣人化了。程大昌《雍录》以为"古皆驾车,今曰走马,恐此时或已变乘为骑。盖避翟之遽,不暇驾车。"顾炎武《日知录》说:"古者马以驾车,不可言走。曰走者,单骑之称。"也疑是太王单骑,"国邻戎狄,习尚相同"。但是他又说:"至六国之时始有单骑。"惠栋则说:"案《韩非子》,秦穆公送重耳,畴骑二千。则车骑不始于六国。"清末顾广誉《学诗详说》却赞同《吕记》,反驳程、顾。以为"走马犹云驱马。走,《玉篇》引作趣,趣其车之马也。"又说:"《曲礼》:'前有车骑。'《疏》:'古人不骑马,故经典无言骑者。今言骑,当是周末时礼。'《左传·疏》又云:'六国时有车骑,苏秦所云车千乘,骑万匹,是。'其言单骑出于周末六国时,考之他书无不合者。若《传》所载左师展将以(与)公乘马而归。赵游以良马二济其兄与叔父,自是骑马之渐,然变也,非常也,前此未见也。"难道古公亶父来朝走马不是变而是常? 前此未见,未见于《左传》前,就不得见于《诗》? 又他的《悔过斋文集》一别有《单骑考》一文,更阐明他的这一说。文章洋洋洒洒,虽然举出了不少关于古代车战和单骑的史料,他也知道"车乘之易为单骑,世变为之也",但是并不足以解决《绵》篇走马是驾车还是单骑的问题。我们宁相信《郑笺》、程大昌、顾炎武和惠栋说的,走马就是骑马。因为诗不说驾言,不说驱马、驰马,也不说乘马,破例说走马,当是别有意义。于省吾《诗经新证》别创新说,以为朝、周古音近,字通。走、趣古通。《周礼·夏官》有趣马。他就说:"来朝走马,应读为来周趣马,谓太王迁于岐周而养马于斯也。"好像他是因为看见下章之文"周原脿脿",这个肥美的大草原正好养马才这样作解的。不错,从他说,在训诂上似乎可通,但是要把这句孤立作解才行。如果联系本章上下文来解,在文法上和文义上都有说不通处。因为这句下文的率字、至字、来字正和上文走马的走字相承,怎么可以说走马是养马呢? 听说他最近著《殷商的驲传制度》一文也说到这句诗,没有读到,就不知道他是如何说的了。

棫 朴

芃芃棫朴,薪之槱之。济济辟王,左右趣之。
济济辟王,左右奉璋。奉璋峨峨,髦士攸宜。
淠彼泾舟,烝徒楫之。周王于迈,六师及之。
倬彼云汉,为章于天。周王寿考,遐不作人!
追琢其章,金玉其相。勉勉我王,纲纪四方!

【解题】

《棫朴》一诗,古文《毛诗》说的是歌咏文王作育人材,使用人材,包括内而左右诸臣,外而六军将士;今文《齐诗》说的是叙述文王受命称王以后,郊祭告天,出兵伐崇。汪龙《毛诗异义》说:"首章《传》以棫朴薪槱兴贤人众多,得为国家之用。《笺》不为兴,以薪槱为祀天,左右趣之为诸臣相助积薪。《疏》引孙毓诗评,以《笺》义为长矣。然首章若言祀天,不当仅举一槱燎(原注:二章宗庙之祭言奉璋赞祼是举其大者)。即举槱燎不必言棫朴(棫朴丛生喻众多),言棫朴亦不必言芃芃也(芃芃喻盛)。郑特以'济济辟王,左右趣之'与二章'济济辟王,左右奉璋'文同,下章言祭,此章亦当为祭,而《大宗伯》又有槱燎之文,故易《传》为是解耳。要以经言'芃芃棫朴'思之,毛公取兴之义优也。"可知古文一说重在以一章"芃芃棫朴,薪之槱之"为兴贤材众多义,以四章"遐不作人"为能官人义。马瑞辰《通释》说:"古者燔柴以祭天神。《说文》:'禷,以事类祭天神。'《周官·小宗伯》郑注:'类者,因其正礼而为之。'

则类祭上帝依乎郊祀,是亦用燔柴也。《王制》:'天子将出征,类乎上帝。'此诗二章奉璋是发兵之事,三章六师是伐崇之事。"他说薪槱用今文齐义,说奉璋则用古文毛义。王先谦《集疏》说:"齐说曰:天子每将兴师,必先郊祭以告天,乃敢征伐,行子之道也。文王受命而王天下,先郊乃敢行事,而兴师伐崇。其诗曰:'芃芃棫朴,薪之槱之。济济辟王,左右趋之。济济辟王,左右奉璋。奉璋峨峨,髦士攸宜。'此郊辞也。其下曰:'淠彼泾舟,烝徒楫之。周王于迈,六师及之。'此伐辞也。其下曰:'文王受命,有此武功。既伐于崇,作邑于丰。'以此辞者,见文王受命则郊,郊乃伐崇。(《春秋繁露·郊祭》篇)此齐说以为文王郊祭伐崇之事。《四祭》篇又云:'已受命而王,必先祭天乃行王事,文王之伐崇是也。诗云:济济辟王,左右奉璋。奉璋峨峨,髦士攸宜。此文王之郊也。其下之辞曰:淠彼泾舟,烝徒楫之。周王于迈,六师及之。此文王之伐崇也。上言奉璋,下言伐崇,以见文王之先郊而后伐也。'与《郊祭篇》语意全同。"可知今文一说以此诗为赋体,重在一章"棫朴薪槱"、二章"左右奉璋"为文王郊祭燔柴与诸臣助祭义,也重在三章"六师"、"于迈"为文王出师伐崇义。我以为今古文两说都通,殊难判定得失。至于朱子《辨说》以为《序》误,怎样误?不知道。《朱传》以为此亦歌咏文王之德,什么德?不知道。这就未免说得太空疏了。

又,古文一派以为文王受命是受纣命为西伯,今文一派以为文王受命是受天命称王,说见上面《文王》篇解题。《尚书大传》说文王受命,六年伐崇,七年而崩。《孟子·公孙丑》篇说文王百年而崩。这当是约举百年成数来说的。《礼记·文王世子》篇说文王九十七乃终。这当是文王享年实数。那么,文王伐崇就在九十六岁的时候,诗说"周王寿考"正合。诗称辟王,称周王,又称我王,《郑笺》都以为是称文王,不错。可是为什么同在一诗,同称一人,前后称谓不一律呢?顾广誉《学诗详说》道:"以尊言,曰辟王;以实言,曰周王;以亲言,曰我王。"可备一说。倘作为修辞上变文避复之例又何尝不可?

《诗序》说:"《棫朴》,文王能官人也。"这话怎讲?按,襄十五年《左传》说:"君子谓楚于是乎能官人,官人,国之急也。"能官人,古语原是举贤授职的意思。胡承珙《后笺》说:"《大戴礼》、《逸周书》皆有《文王官人》篇。《荀子》亦云,文王以官人为能。并与此《序》语合。毛于首章《传》即以山木茂盛为贤人众多之兴,全诗大旨已明,故下四章但训诂经文而已。《晏子春秋》对鲁昭公问,引此诗首章,即继之曰:'此言古圣王明君之使以善也。'贾谊《新书·连语》篇、《容经》篇并引此诗首章,皆继之曰:'此言左右日以善趋也。''此盖谓人君当慎选左右之意。'虽似断章,然正与《序》官人义相发明也。"可证这一《诗序》是有根据的,文王能官人出于古史传说。即以《诗》而论:《周南·兔罝》美文王时赳赳武夫可作公侯的干城、好仇、腹心;《小雅·鹿鸣》美文王燕群臣嘉宾,以其能示我周行;《伐木》美燕朋友故旧,述文王少时殷切求友;上面《文王》篇美济济多士,文王以宁;《绵》篇又美文王有了疏附、先后、奔走、御侮之臣。回头来看《棫朴》这诗本身也有"髦士攸宜"、"遐不作人"等句子。这都可以想见文王善于培养干部,维周之桢,有开国群英之盛,而文王的雄心大略也就不难想见了。我们可以像朱子《辨说》那样但简单说了"序误"两字就完事了吗?

旱 麓

瞻彼旱麓,榛楛济济。岂弟君子,干禄岂弟。
瑟彼玉瓒,黄流在中。岂弟君子,福禄攸降。
鸢飞戾天,鱼跃于渊。岂弟君子,遐不作人?
清酒既载,骍牡既备。以享以祀,以介景福。
瑟彼柞棫,民所燎矣。岂弟君子,神所劳矣!
莫莫葛藟,施于条枚。岂弟君子,求福不回!

【解题】

《旱麓》,《诗序》说:"受祖也。周之先祖世修后稷、公刘之业,大王、王季申以百福、干禄焉。"王先谦《集疏》说:"三家无异义。"这诗主旨今古文家无争论。诗称君子,《郑笺》以为指太王、王季,错了。魏源《诗古微》、陈奂《传疏》同以为诗中君子皆谓文王,《诗序》"受祖"亦谓文王受祖,不错。何谓受祖?《孔疏》说:"言文王受其祖之功业。"彼据《诗序》为说,自当如此。其实受祖当是受釐于祖或祭祖受釐的意思,魏源说"祭祖受祜",不错。

《诗序》"百福干禄"一句怎样解说? 吕祖谦说:"'周之先祖'以下皆讲师所附丽。此篇诗《传》以为文王之诗,故有大王、王季申以百福干禄之说,于理虽无害,然干禄百福之语则不辞矣。"《吕记》和朱子《辨说》先后指出了这句话的不通。胡承珙《后笺》为《诗序》辩护。他说:"案,'干禄百福'出《假乐》之篇,彼谓求禄而得百福,此《序》即用其语。言百福干禄者,谓得天之百福与所求之禄耳。《疏》云:'福言百,明禄亦数多。禄言干,明福亦求得。'盖古人自有此种互文,何得谓其不辞? 段氏《诗传》云:'此《序》干字是千字之误。'引《假乐·笺》'子孙得禄千亿'为证。案,此说亦可不必。"今案,《孔疏》、《后笺》从修辞上来说可通。百福之下,干禄之上,加一顿点(、)更加明白。马瑞辰《通释》似有取于吕、朱两家的意见,但不知道他是否受到和他同时段氏《小笺》陈氏《传疏》一说的影响。他说:"案,干禄与百福对言,干禄疑千禄形近之讹。此诗'干禄岂弟'及《假乐》'干禄百福','干'皆当'千百'之'千',传讹已久,遂以干字释之耳。"这从校勘上来说同样可通。目前我们只好两存其说了。

何谓旱麓? 一章《毛传》说:"旱,山名也。麓,山足也。济济,众多也。干,求也。言阴阳和,山薮殖,故君子得以干禄乐易。"他不但说出了旱麓是旱山脚下,还说出了诗用旱麓的意义。旱山在什么地方呢? 陈奂说:"《汉书·地理志》:'汉中郡南郑旱山,池(一作沱)水所出,东北入汉。'刘昭《郡国志注》引《华阳国志》、郦道元《沔水注》并谓池水出旱山。又《水经·沔水》及《涔水》篇云:'涔水出旱山。'案,此二水皆出自旱山也。今陕西汉中府附郭南郑县,在《禹贡》梁州之域。殷周并梁入雍,则旱山在江汉域内。诗以旱山发咏,是在文王为西伯时矣。……《周语》:'单穆公云,《诗》亦有之,曰:瞻彼旱麓,榛楛济济。恺悌君子,干禄恺悌。夫旱麓之榛楛殖,故君子得以易乐干禄焉。若夫山林匮竭,林麓散亡,薮泽肆既,民力雕尽,田畴荒芜,资用乏匮,君子将险,哀之不暇,而何易乐之有焉?'案,君子有易乐之德,求福而福自至。榛楛之殖,此其验也。《毛传》正用《国语》。"王先谦说:"《一统志》:'旱山在汉中府城西南六十五里。'盖即《诗》之旱麓也。……或疑旱山去丰镐稍远。然岐山在今凤翔府,汉中之北即凤翔之南。况此诗本咏文王,然土宇已扩,不得谓旱山非境内也。"读了陈、王两家之说,即从旱山所在之地可证其为美文王诗。当时丰镐尚未建都,而岐周境土扩大,已远非太王王季之世所有。再从"遐不作人"一句来说,全和上篇《棫朴》相同,更可证其为美文王诗。

思　齐

思齐大任,文王之母。思媚周姜,京室之妇。大姒嗣徽音,则百斯男!

惠于宗公,神罔时怨,神罔时恫。刑于寡妻,至于兄弟,以御于家邦。

雍雍在宫,肃肃在庙。不显亦临,无射亦保。

肆戎疾不殄,烈假不瑕?不闻亦式,不谏亦入?

肆成人有德,小子有造。古之人无斁,誉髦斯士。

【解题】

《思齐》,也可作为歌咏周初开国人物的史诗来读。这诗首先叙述"周室三母",然后叙述文王怎样修身、齐家、治国、平天下而成为所谓圣人。虽然文王不算怎样平了天下,他的儿子武王却是继承了他的事业而得到成功。诗说:"刑于寡妻,至于兄弟,以御于家邦。"王先谦

《集疏》说:"即身修、家齐、国治之道也。"就诗解诗可说不错。诗说:"肆戎疾不殄,烈假不瑕。"说他绝去了西戎之害,远离了疾疫之害。这该算是文王治国、平天下的一点成效了。总之,这诗夸大了所谓"圣人"在历史上所起的作用,夸大了所谓"圣母"在历史上所起的作用。后来道学诸儒为了明道说教,凭臆发挥,益发违反社会发展、历史进化的事实了。但看这诗朱子《集传》和他的《大学章句》,便可见其一斑。

我们读这诗不妨和《大学》一篇同读。《礼记》之《大学》、《中庸》两篇,宋儒把它特别提出来和《论语》、《孟子》合编为《四书》。他们以为《大学》讲的是教人怎样修身、齐家、治国、平天下的大道理,这是内圣外王之学,修己治人之术。我们读了《大学》就会有助于懂得《思齐》一诗的意义及其所产生的影响。《说苑·建本》篇说:"成人有德,小子有造,大学之教也。"我想刘向就是把《思齐》和《大学》联系来说的,大学不是泛指。相传曾子作《大学》,他是不是从读《思齐》一诗而得到了启示呢?

《诗序》说:"《思齐》,文王所以圣也。"怎样所以圣?没说明。《郑笺》说:"言非但天性,德有所由成。"好像是说文王之所以圣,不仅由于先天的遗传,而且有后天的教养,当然包括母教和自我教育等等在内。想来又是他用今文三家说来解古文《毛诗》。王先谦说:"三家无异义。"这诗主旨又无今古文家的争论。《孔疏》说:"作《思齐》诗者,言文王所以得圣,由其贤母所生。文王自天性当圣,圣亦由母大贤,故歌咏其母,言文王之圣有所以而然也。"这强调了文王之所以圣,由于遗传和母教,然而诗中所说并不止此。故《严缉》说:"此诗五章皆言文王之所以为圣也。孔氏以为文王得圣由其贤母所生,止是首章之意耳。"又,欧阳修《诗本义》说:"文王所以圣者,世有贤妃之助。"《朱传》说:"此诗亦歌文王之德,而推本言之。""上有圣母,所以成之者远;下有贤妃,所以助之者深。"这较《孔疏》更加强调了"周室三母"在周初开国历史上的作用了。但是由于唐宋诸儒的这一讨论,我们或可以悟到文王之世虽然离开了简狄、姜嫄的时代已远,原始社会母系中心的意识似乎还有残象遗留,而反映在周初涉及先世后妃夫人的诗篇里。

这里触及了个人在历史上的作用一个大问题。我们不必否认文王是周初开国的一个英雄或一位圣人,也不必否认"周室三母"的圣善,更不会像元明以来坚持封建主义的经学家一样轻视妇女而指摘欧公、朱子"立言失轻重之体"。可是要说文王所以圣只是由于贤母之生、贤妃之助,正如《周南》、《召南》的《诗序》说后妃夫人之化一样,这就大有问题。我们要探索一个伟大人物所以成长发展的因素,首先要理解到劳动创造人类,劳动创造世界,人民群众创造历史。不能抛开历史条件、社会条件以及自然条件而单论其人物本身所具有的个人条件,尽管不能忽视他是一个具有主观能动性的人。这诗涉及的"文王所以圣"一个问题,还有待于今后历史唯物主义的学者作出正确的解答。目前我所能批判到的就止于此了。

皇　矣

皇矣上帝！临下有赫。监观四方,求民之莫。维此二国！其政不获。维彼四国！爰究爰度？上帝耆之,憎其式廓。乃眷西顾,此维与宅。

作之屏之,其菑其翳。修之平之,其灌其栵。启之辟之,其柽其椐。攘之剔之,其檿其柘。帝迁明德,串夷载路。天立厥配,受命既固。

帝省其山:柞棫斯拔,松柏斯兑。帝作邦作对,自大伯王季。维此王季！因心则友,则友其兄。则笃其庆,载锡之光。受禄无丧,奄有四方。

维此王季！帝度其心,貊其德音。其德克明,克明克类;克长克君,王此大邦,克顺克比。比于文王:其德靡悔。既受帝祉,施于孙子。

帝谓文王：无然畔援，无然歆羡，诞先登于岸。密人不恭，敢距大邦，侵阮徂共。王赫斯怒，爰整其旅，以按徂旅。以笃于周祜，以对于天下。

依其在京，侵自阮疆。陟我高冈：无矢我陵！我陵我阿。无饮我泉！我泉我池。度其鲜原，居岐之阳，在渭之将。万邦之方，下民之王！

帝谓文王：予怀明德，不大声以色，不长夏以革。不识不知，顺帝之则。帝谓文王：询尔仇方，同尔弟兄。以尔钩援，与尔临冲，以伐崇墉。

临冲闲闲，崇墉言言。执讯连连，攸馘安安。是类是祃，是致是附，四方以无侮！临冲茀茀，崇墉仡仡。是伐是肆，是绝是忽，四方以无拂！

【解题】

《皇矣》，也是周人自己叙述开国历史的诗篇之一。诗从太王、太伯、王季叙述到文王伐密、伐崇的事迹。文王的兴起由于太伯的能让不争继承，即由于王季的能立，得以传位给文王。诗的三、四两章特写王季，《毛传》《孔疏》据《左传》说他具有度、貊、明、类、长、君、顺、比、文九德。九德之说未免拘迂。但说王季有盛德，则据诗为是。周之先世，后稷、公刘、太王而后，他是第四个大人物，这诗可以看作周人歌咏开国英雄人物的史诗第四篇。虽然诗不止是说他一人，在他之上有太王，在他之下有文王，和他并肩有其兄太伯。

太伯、虞仲让国而逃，和稍后的伯夷、叔齐让国而逃，同是有名的古史传说。《韩诗外传》十记太伯、虞仲、季历事，和《史记》颇有不同，写对话比较生动，可惜文字有讹夺。《史记·周本纪》说："古公有长子曰太伯，次曰虞仲，大姜生少子季历。季历娶大任，皆贤妇人。生昌，有圣瑞。古公曰：'我世当有兴者，其在昌乎！'长子太伯、虞仲知古公欲立季历以传昌,乃二人亡如(往也)荆蛮,文身断发,以让季历。古公卒,季历立,是为公季。公季修古公遗道,笃于行义,诸侯顺之。"读此可知太王原是一个有阴谋的野心家,他的长子太伯、次子虞仲知道他要传位给少子季历,才好传位到生而具有野心的孙子姬昌(文王),兄弟两个只好逃开,逃到如今江南苏、常一带地方,相传常熟虞山就有虞仲墓在。可见周要灭亡殷商是继续了好几代的阴谋,初不因为纣王的暴虐无道。"纣之不善不如是之甚,天下之恶皆归之",是周人宣传的影响,古人老早道破。季历为商所杀(《竹书纪年》),文王也曾被囚羑里,后来武王诛纣。伯夷、叔齐也许是站在殷商一边说话,悲歌"以暴易暴,不知其非矣!"我们并不相信太王、王季、文王、武王的什么德,什么明德,什么与天合德,什么配命、受命;更不会相信"三后在天"(《下武》篇),太王、王季、文王是天神。可是想来,他们一定要比殷商昏暴之君把对付奴隶的鞭挞锁链放松了一些,有策略,会欺骗,缓和了自己内部的阶级矛盾,利用了敌人内部的阶级斗争。不然,他们就不可能得到奴隶们的好感而为他们卖命,最后把殷商灭亡了。

诗说:"帝作邦作对,自大伯王季。"王先谦《集疏》说:"诗言天之兴周邦,立明君,自太伯、王季之相让始。"诗尤侧重叙述王季,像以王季为中心。不错,毛、郑就已注意到这点。《毛传》说:"对,配也。从大伯之见王季也。"《郑笺》说:"作,为也。天为邦,谓兴周国也。作配,谓为生明君也。是乃自大伯、王季时则然矣,大伯让于王季而文王起。"这都不错。可是《诗序》说:"《皇矣》,美周也。天监代殷莫若周,周世世修德莫若文王。"这太强调了此诗美周,即美文王。王先谦又说:"三家无异义。惟据鲁、齐之说皆直言此诗为陈文王之德。左昭二十八年《传》引《诗》亦以近文德为言,不言美周。是三家相承古说当与此《序》略别矣。"这诗主旨今古文说略同,只是据今文鲁、齐遗说不言美周,又大大强调了美文王之德一点。魏源《集义》已先据此,说诗全美文王了。诗首次两章确叙太王迁岐时事,《毛传》无明文,但是不曾说这是文王事。《汉书·郊祀志》引匡衡、张谭奏议:"《诗》曰:'乃眷西顾,此维予宅。'言天以文王之都为居也。"匡、班皆习《齐诗》,以为这也是说文王事。

诗三、四两章都说"维此王季",明是说的王季。四章《毛传》于王季也无明文。《郑笺》却说:"王,君也。王季称王,追王也。王季之德比于文王无有所悔也。必比于文王者,德以圣人为匹。"他说"王此大邦"之"王"指王季,不错。他释"比于文王"之"比"为匹,而不释为及。这就反给后儒说父非匹子作为此章王季当作文王的一种理由。三家于四章王季作文王。王先谦说:"三家王季作文王者,徐幹《中论·务本》篇云:'《诗》陈文王之德曰,惟此文王。'幹用《鲁诗》,是鲁作文王。《礼·乐记》引《诗》'莫其德音'十句,郑注:'言文王之德皆能如此。'是齐作文王。《孔疏》云:'今《韩诗》亦作文王。'是三家皆作文王之证。左昭二十八年《传》引《诗》作'维此文王'。《传》作'王季',王肃申毛改'文王',《郑笺》仍作'王季'。是毛本如此,不必为掩护也。"谁为毛掩护呢?当是指陈奂《传疏》本改作文王。其实毛本不错,陈奂校改反而错了。他不是替毛掩护,反而是替毛帮倒忙(此书据陈氏原刻《传疏》为底本,今为谠正)。范家相《诗沈》说:"此章《左传》作'维此文王',《毛传》训'克明克类'亦用《左传》而意指王季。先儒谓经涉乱离,师有异读。然结言'施于孙子',明指武王之有天下也。可见毛氏之《传》正矣。"师有异读,今古文师传不同不必强同。王先谦因三家作"维此文王"和毛不同,沾沾自喜,暴露了他在《诗经》学上的宗派偏见,令人发笑。同样,陈奂改毛,无论是自作聪明用王肃说,或窃取三家说,也都可笑。最后录丁晏《颐志斋文集·王肃私改毛诗唯此王季作文王辨》一文,以了结这一场公案。他说:"《毛诗·皇矣》云:'唯此王季,帝度其心',云云。《正义》曰:'昭二十八年《左传》言唯此文王。经涉乱离,师有异读,后人因即存之,不敢追改。'今王肃注及《韩诗》亦作'文王'。……郑注《毛诗》作'维此王季'。《乐记》引《诗》'莫其德音',云云。郑注:'言文王之德皆能如此。'郑君初就张恭祖授《韩诗》,故注《礼记》依韩说为文王。后得《毛诗》作《笺》时定为王季,而《记·注》不复追改。师传各别，故两解之。王肃为《毛诗》注亦当说为王季，乃据《韩诗》之说改《毛诗》王季为文王。此乱经之甚者也。杜预朋于王，《左传》注多阿附肃，故杜本《左传》引《诗》亦作'文王'，依用王肃本也。徐幹《中论·务本》云：《诗》陈文王之德曰：'惟此文王，帝度其心。'亦《韩诗》之说。尝谓王肃多据《韩诗》以改毛，而与郑为难。如肃说苄苣木名，实似李。亦据《韩诗》（徐锴《说文系传》引《韩诗》）。'榖旦于差'，肃据《韩诗》读为嗟。夫毛、韩说异，郑君注《礼》笺《诗》，具守师承，不敢参附，肃乃以私意窜之。呜呼！肃诚乱经之首哉？"读此可知此诗四章《毛诗》作"维此王季"，确然无疑。依毛、郑说比较顺适。我们不必依三家"王季"作"文王"，也不必用王肃、陈奂说改毛本"王季"为"文王"。这一公案可以从此了结。

灵　台

经始灵台，经之营之。庶民攻之，不日成之。
经始勿亟，庶民子来。王在灵囿，麀鹿攸伏。
麀鹿濯濯，白鸟翯翯。王在灵沼，於牣鱼跃！
虡业维枞，贲鼓维镛。於论鼓钟！于乐辟廱！
於论鼓钟！於乐辟廱！鼍鼓逢逢，矇瞍奏公。

【解题】

《灵台》，为歌颂文王有台池苑囿离宫游观之乐而作。《诗序》说："《灵台》，民始附也。文王受命，而民乐其有灵德以及鸟兽昆虫焉。"何谓灵台？何谓民始附？《郑笺》说："民者，冥也。其见仁道迟，故于是乃附也。天子有灵台者，所以观祲象、察气之妖祥也。文王受命而作邑于丰，立灵台。"所谓灵台，像是原始的气象台，天文台。《孔疏》说："《异义·公羊说》：天子三〔台〕，诸侯二〔台〕。天子有灵台以观天文，有时台以观四时施化，有囿台观鸟兽鱼鳖。诸侯有时台、囿台。诸侯卑,不得观天文,无灵台。皆在国之东南二十五里。东南少阳用事,万物著见。用二十五里者,吉行五十里,朝行暮反也。"看来所谓灵台,所谓灵德,都含有神秘的意味,当时确是如此。《孟子》《毛传》《郑笺》和《孔疏》的解释都该不错。朱子《辨说》怀疑了灵台的命名。后儒更多争论,有的说是灵、令字古通用,当训为善,并非鬼神灵异之谓。此诗三言灵,皆以文王德行之善言之。诗意以灵台为文王所创造,因其德善而称之为灵,固非以速成而诧其灵异,亦非以观象而谓之神灵。王夫之《稗疏》、胡承珙《后笺》、马瑞辰《通释》都讨论得很详细,但不见得就是原来的意义。所谓民始附,当是说文王伐崇胜利之后崇民始附。文王灭崇之后,就地作丰邑,立灵台。朱子《辨说》不知民是崇民,就反倒说:"民之归周也久矣,非至此而始附也。"

原来周民族在还未征服殷民族以前,已经有种族奴隶了。一切奴隶都是由战争获得的。《大雅·文王有声》诗里有:文王"既伐于崇,作邑于丰";《尚书·西伯戡黎》篇里有:"西伯(文王)既戡黎。"看这些也知道:周民族在打倒殷民族以前,已经不止一次地征服了周围的民族。这些被征服的诸民族多半被迫而做种族的奴隶,如密人、芮人、崇人等都被迫做了奴隶(《中国奴隶史附论》——《读书杂志》第二卷第七、八期合刊)。即此《灵台》一诗就表示着:周在灭殷前灭了崇,把崇人作为奴隶,从事建筑丰邑灵台的劳动。这诗是诗人站在奴隶主方面说话的,所以把奴隶主——文王歌颂了,也把奴隶劳动美化了。

灵台位置在丰邑的什么地方?陈奂说:"诗言文王作台耳,以其有神灵之德,故谓之灵台。是灵台之号始于文王,后遂以为天子望气之台,在文王时未有等差。且台、沼、囿同处,则文王之灵台实即诸侯之囿台,当在郊。诸儒每据天子灵台在明堂路寝中者以说文王之灵台,则挹而同之也。焦循《学图》云:'僖十五年《左传》,秦伯舍晋侯于灵台,大夫请以入。'杜注云:'在京兆鄠县周之故台。'则此灵台即文王之灵台也。《三辅黄图》云:'灵囿在长安西北四十二里,灵台在长安西北四十里。'《长安志》云:'丰水出长安县西南五十五里。'是丰邑在长安之西也。《黄图》以汉长安县言。今长安故城在西安府西北之十三里。《水经》：渭水会丰水后，越镐水、沈水而东径长安城北，是长安在丰邑之东也。《公羊》说云：'在国之东南二十五里。'即长安西北四十里也。《地理志》：'文王作丰。'颜注云：'今长安西北界灵台乡，丰水上。'灵台在郊，断断然矣。"他说灵台即诸侯囿台，和《郑笺》说天子灵台不同。他说灵台不在明堂路寝中，当在郊，对的。灵台的位置还不曾说得明确。黄盛璋《周都丰镐与金文中的莽京》一文里说："根据文献记载归纳，丰京跟灵台的位置可知者约有三点。（一）灵台在丰水之东。《水经注》：自丰水北径灵台西，文王又引水为辟雍灵台。《三辅故事》：周作灵台在丰水东。（二）丰邑在丰水之西。《诗·大雅·文王有声》句下《郑笺》：丰邑在丰水之西，镐京在丰水之东。《帝王世纪》：丰在鄠县东，丰水之西。（三）丰镐相去二十五里。虞挚《三辅决录》注：镐在丰水东，丰在滈水西，相去二十五里。此外皇甫谧、徐广等都说丰镐相去二十五里。""明清以来传统的说法，是以丰水上游秦渡镇西边平定寺附近的灵台为周灵台故址。直到一九四八年石璋如的《传说中周都的实地考察》，仍认为这个灵台就是丰京遗址大概没有问题。现在我们可以完全否定这个灵台遗址，周灵台一定不在这里。""周丰京所在的范围当在昆明池西北，丰水的西边，靠近泥河沧浪河下游沿岸。倘自开瑞庄向西画一东西直线直至沧浪河，丰京的位置南不出此线，北不到渭河滩，南北不超过四五公里之地。将来勘查即应以此为范围，沿泥河（沧浪河）的下游求之。"（《历史研究》一九五六年十期）他说灵台遗址，丰京位置，系据实地考察，都该可靠。至他说的金文中的莽京就是丰京，也该不错。据郭沫若《西周金文辞大系考释》，西周金文中明出莽京或莽以及莽宫、莽人等文字的，有成王时候的《臣辰盉》，康王时候的《麦尊》，穆王时候的《遹殷》、《静殷》、《静卣》、《小臣静彝》，懿王时候的《卯殷》、《史懋壶》，宣王时候的《召伯虎殷》。他在考释《臣辰盉》、《麦尊》、《遹殷》诸器铭文后和《金文丛考·臣辰盉考释》里，以为莽字就是丰字，莽京就是丰京丰邑。黄盛璋此文证明了这一说，可为定论。

我们说到灵台、灵囿、灵沼，就会想到孟轲见梁惠王和答齐宣王两段有趣的对话。《孟子·梁惠王》篇说："孟子见梁惠王，王立于沼上，顾鸿雁麋鹿曰：'贤者亦乐此乎？'孟子对曰：'贤者而后乐此，不贤者虽有此不乐也。《诗》云：经始灵台，经之营之。庶民攻之，不日成之。经始勿亟，庶民子来。王在灵囿，麀鹿攸伏。麀鹿濯濯，白鸟鹤鹤。王在灵沼，於牣鱼跃。文王以民力为台为沼而民欢乐之，谓其台曰灵台，谓其沼曰灵沼，乐其有麋鹿鱼鳖。古之人与民偕乐故能乐也。《汤誓》曰：时日曷丧？予及女偕亡！民欲与之皆亡，虽有台池鸟兽，岂能独乐哉？'"这是说，在三灵那个地方，文王和人民一道游乐。好像那是文王向人民开放的一个王室花园，未免把文王理想化了。他把文王理想化还不止此。《梁惠王》篇又说："齐宣王问曰：'文王之囿方七十里，有诸？'孟子对曰：'于《传》有之。'曰：'若是其大乎？'曰：'民犹以为小也。'曰：'寡人之囿方四十里，民犹以为大，何也？'曰：'文王之囿方七十里，刍荛者往焉，雉兔者往焉，与民同之，民以为小，不亦宜乎？臣始至于境，问国之大禁，然后敢入。臣闻郊关之内有囿方四十里，杀其麋鹿者如杀人之罪。则是方四十里为阱于国中，民以为大，不亦宜乎？'"这是说，在文王一个方七十里的园地里，人民可以自由出入，割草砍柴，猎雉打兔，好像那是文王向人民开放的一个围场。那么，所谓灵囿和囿原是两处地方，一像公园，一像围场。《孟子》的话不大可靠。因为他好辩，辩才无碍，容易信口胡诌，想是借《灵台》诗和文王的故事来讽谕当时王者的。还有《新序·杂事》五说："周文王作灵台，及为池沼，掘得死人之骨，吏以问于文王。文王曰：'更葬之。'吏曰：'此无主矣。'文王曰：'有天下者天下之主，有一国者一国之主也。寡人固其主，又安求主？'遂令更以衣冠更葬之。天下闻之，皆曰：'文王贤矣！泽及枯骨，而况于人乎！'或得宝以亡国，文王得朽骨以喻其意，而天下归心焉。"刘向习《鲁诗》，大概《鲁诗传》采用了关于文王作灵台、池沼，泽及枯骨的故事传说。这和《诗序》及《孟子》说的这诗意义在歌颂文王之德是相合的。文王真是所谓"仁主"吗？自"泽及枯骨"传为美谈，后世或设为制度。顾炎武《日知录》说:"《月令》已有掩骼埋胔。《后汉书·桓帝纪》:'诏师死者相枕,若无亲属者,可于官壖地葬之。'是后汉已有此制,而宋初又已著令。""漏泽园之设,起于蔡京,不可以其人而废其法。"按,《宋史·神宗本纪》、《徽宗本纪》,都有关于"官瘗"、"漏泽园"的记载。此后又在习俗上有所谓"义冢"了。利用伪善掩盖真恶,这是从来统治阶级的惯技。此其一端。何谓辟雍?《毛传》说"水旋丘如璧曰辟雍,以节观者"。《孔疏》说:"水旋丘如璧者,璧体圆而内有孔,此水亦圆而内有地,犹如璧然。土之高者曰丘。此水内之地未必高于水外,正谓水下而地高,故以丘言之。以水绕丘,所以节约观者。"《泮水·毛传》:"天子辟雍。"《郑笺》:"辟雍者,筑土雍水之外圆如璧,四方来观者均也。"依毛、郑说如此。《白虎通·辟雍》篇说:"天子立辟雍何?辟雍所以行礼乐,宣教化也。辟者璧也,象璧圆以法天。雍者壅之以水,象教化流行也。辟之为言积也,积天下之道德。雍之为言壅也,壅天下之仪则。故谓之辟雍也。"蔡邕《明堂月令》说:"取其四面周水圆如璧则曰辟雍。水环四周,言王者动作法天地,德广及四海,方此水也。"和《白虎通》义同。这都是用鲁说。班固《东都赋》:"辟雍海流,道德之富。"《辟雍诗》:"乃流辟雍,辟雍汤汤。"此用《齐诗》。《孔疏》引《异义·韩诗说》道:"辟雍者,天子之学,圆如璧,雍之以水。示圆言辟,取璧有德;不言辟水言辟雍,取其雍和也。所以教天下春射秋飨,尊事三老五更。在南方七里之郊,立明堂其中,五经之文所藏处。盖以茅苇,取其絜清也。"韩说辟雍明堂五经之文所藏处,当是汉制,非殷周旧制所有。以上《诗》今古文家说辟雍的意义及其制度大略如此,还不足以解决这诗辟雍的问题。

这里再看清代几个学者关于辟雍、关于灵囿的研讨。

戴震《毛郑诗考正》说:"辟雍于经无明文,汉初说礼者规放故事,始援《大雅》、《鲁颂》立说,谓天子曰辟雍,诸侯曰頖宫(原注:卢植云,汉文帝令博士诸生作《王制》篇)。如诚学校重典,不应《周礼》不一及之,而但言成均、瞽宗。《孟子》陈三代之学,亦不涉乎此。他国且不闻有所谓泮宫者。《周鼎铭》曰：'王在辟宫，献工锡章。'《左氏春秋》曰：'郑伯享王于阙西辟。'《史记》曰：'丰镐有天子辟池。'谯周曰：'成王作辟上宫。'此单言辟者也。《周颂》曰：'于彼西雍（《传》云：雍，泽也）。'古铭识有曰：'王在雍上宫。'此单言雍者也。其曰辟上、雍上，则以名池名泽而作宫其上，宫因水为名也。赵岐注《孟子》雪宫云：'离宫之名也。宫有苑囿台池之饰，禽兽之饶。'此诗灵台、灵沼、灵囿与辟雍连称，抑亦文王之离宫乎？闲燕则游止肄乐于此，不必以为太学，于诗辞前后尤协矣。"他因辟雍于经无成文，不见《周礼》，以为《诗》今古文家说天子辟雍为诸侯泮宫；说辟雍天子之学、泮宫诸侯之学，都无根据。并据古史金文以为所谓辟雍只是一个圆水池，作宫其上，宫就叫做辟雍，如雪宫、离宫之类。这是一种创见。

李黼平《绁义》说："王在灵囿，《传》：'囿所以域养禽兽也，天子百里，诸侯四十里。'……言四十里，以文王未为天子也。若然，文囿四十里，有雉兔者往来其中，麀鹿白鸟何以能嬉游得所？则知四十里之囿与灵囿亦当有别。《周礼》囿人职：'掌囿游之兽禁，牧百兽。'郑注：'囿游，囿之离宫小苑观处也。养兽，以宴乐视之。禁者其蕃卫也。'贾公彦疏云：'《孟子》：文王之囿方七十里，是田猎之处。'今此云禁，知非大囿，是小苑观处也。如《周礼注疏》：'是小苑在大囿中，故曰囿之小苑。'文王灵囿亦即在四十里为小苑，内以时观游，节劳逸，外以供四时之畋。此囿又自有蕃卫以畜鹿鸟之等，其外乃与民共之，故鹿鸟能得其所也。"他说灵囿和囿有别，对的。至说灵囿就在囿中，这还有问题。灵囿当如《周礼》囿人所掌的囿游，如汉时离宫小苑观处，也像今日公园里的动物园区。

胡承珙《后笺》说："案《周礼·天官》'阍人囿游'郑注，以囿为御苑，游为离宫。《贾疏》即引《诗》'灵囿'为证。《诗疏》引郑《驳异义》，谓三灵、辟雍同处在郊，则辟雍似亦为游观之所。然《文王有声》言'镐京辟雍'，即继之以东西南北'无思不服'。《笺》云：'武王于镐京行辟雍之礼，自四方来观者皆感化其德，心无不归服者。'然则此诗言作乐，

《传》言水旋丘以节观者,是辟雍在文王时已为合乐行礼之地。但其时未尝定为天子之大学。至武王有天下,及周公制礼以后,始别诸侯为泮宫,不得同于天子,而辟雍行礼之事愈备。如《五经异义》引《韩诗说》,辟雍所以教天下春射秋飨,尊事三老五更。郑氏据《王制》'天子出征,执有罪反,释奠于学,以讯馘告',合之《鲁颂》在泮献囚,知辟雍同义。即如古器铭《宰辟父敦》:'王在辟宫。'《册周庞敦》:'王在雍位,格庙册庞。'是辟雍又有册命之事。凡皆周家弥文之制,而推其原始,即归之文王之善道,亦无不可。总之,三灵自为游观之所,辟雍自为礼乐之地,同处者第言其相近。《三辅黄图》所载,灵台在长安西北四十里,灵囿在长安西四十二里,灵沼在长安西三十里者,似非无据。至辟雍即《周颂》之西雍,彼《传》云:'雍,泽也。'泽,即'王立于泽'之'泽'。郊祭听誓命于此,则辟雍在郊可知。谓之西雍,则在西郊又可知。《王制》:'小学在公宫南之左,大学在郊。'郑注以为殷制。《正义》引熊氏云:文王时犹从殷制,故辟雍、大学在郊。郑注《乡射礼》,谓周之大学在国。然则武王之镐京辟雍殆立于国中欤?"这是他引戴震一说后所加的案语。他说三灵、辟雍同处在郊,辟雍似亦为游观之所,和戴说离宫同。他说辟雍在文王时已为合乐行礼之地,正和诗说辟雍奏乐相合。他说文王时未尝以辟雍为天子之大学,这是武王、周公以后事,也证明了戴说。因而我们要说文王辟雍宫是当时离宫小苑里的一个音乐厅似亦未为不可。

马瑞辰《通释》说:"《说文》:'囿,苑有垣也。一曰养禽兽曰囿(养字从《太平御览》引增)。'古者囿盖有二:一是田猎之处,一是宴游之所。虽同是养禽兽,而地之大小不同。田猎之囿即薮泽。《周官·职方氏》:'豫州,其泽薮曰圃田。'《白虎通》:'苑圃在东方。'引《诗》'东有圃草',是也。《春秋》:成十八年筑鹿囿。公羊何休注:'天子囿方百里,公侯十里,伯七里,子男五里,皆取一也。'又《天官·阍人·疏》引《白虎通》云:'天子百里,大国四十里,次国三十里,小国二十里。'《孟子》:'文王囿方七十里,齐囿方四十里。'所谓囿,皆薮泽,以借田猎也。

《周官》:囿人'掌囿游之兽禁'。郑注:'囿游,囿之离宫小苑观处也。'赵岐《孟子注》:'雪宫,离宫之名。宫有苑囿台池之饰,禽兽之饶。'所谓囿,皆养禽兽,以供玩游也。此诗灵囿与台、沼并言,其为玩游之囿无疑。《毛传》乃以百里、四十里之囿当之,失其义矣。"他说灵囿和囿有别,可补充李黼平一说。他说灵囿为玩游之囿,离宫之一部,可和戴震辟雍离宫一说相发明。

最后小结——辟雍成为学制,完全作为礼乐之地,那是文王以后的事,它在《灵台》一诗中无此含义。因为文王作丰京,他在郊区经营三灵和辟雍,本来就是作为游乐之所。武王都镐以后,丰邑还是很重要,它的郊区还是一个风景胜区。后来的周王还常常到这里暂住,反正丰镐之间往返不过一日路程。周王在这里可以会见大臣命事,可以举行祭祀,这见于《麦尊》和《召伯虎殷》;并可举行各种娱乐活动,如乘舟猎禽见于《麦尊》,呼渔见于《遹殷》,射箭见于《静殷》,飨醴见于最近西安斗门镇普渡村出土的《长由盉》(郭沫若《长由盉释文》,《文物参考资料》一九五五年二期)。我们就依靠了现代学者一些考古学上的收获,才更加知道上述戴震、李黼平、胡承珙、马瑞辰诸家释辟雍释灵囿各有精审处。便是他们疑辟雍为离宫而非太学,疑灵囿为游观小苑而非田猎大囿,也因而显得更有说服力了。

下　　武

下武维周,世有哲王。三后在天,王配于京。
王配于京,世德作求。永言配命,成王之孚。
成王之孚,下土之式。永言孝思,孝思维则。
媚兹一人,应侯顺德。永言孝思,昭哉嗣服!
昭兹来许!绳其祖武。於万斯年!受天之祜。
受天之祜,四方来贺。於万斯年!不遐有佐?

【解题】

《下武》是叙述康王即位，诸侯来贺，歌颂先世太王、王季、文武、成王之德，并及康王善继善述之孝而作。这诗不出史臣之笔，便是来贺者之词。诗说"永言配命，成王之孚"，再说"成王之孚"，应该是说的成王诵。《郑笺》说："永，长。言，我也。命，犹教令也。孚，信也。此为武王言也。今长我之配行三后之教令者，欲成我周家王道之信也。王德之道成于信。《论语》曰：'民无信不立。'"丢开凡《诗》说配命为上配天命不说；言，为助词，无义不说；其他解释如关于成王的，是何等的迂曲！陈奂《传疏》说："《噫嘻·传》云：成王，成是王事也。"这也不对，因为《噫嘻》中成王就是指的成王诵，那是《毛传》错了的。《朱传》说："或疑此诗有成王字，当为康王以后之诗。"这疑得很有理。可是下文又说："然考寻文意，恐当只如旧说，且其文体亦与上下篇血脉通贯，非有误也。"这就不见得是。陆奎勋《陆堂诗学》以为此康王即位而诸侯朝贺之作，大概他受了《朱传》或说的影响。他说："'下武维周'，犹《长发》之'濬哲维商'也。王配于京，美武也。成王之孚，美成也。周公之戒成王者曰：'永言配命，自求多福。'故继言之曰：'永言配命，成王之孚'也。'永言孝思，孝思维则'，则此美康王之辞。'昭哉嗣服'，即《顾命》所云'命汝嗣训临君周邦'也。'绳其祖武'，即所云'答扬文武之光训'也。'四方来贺'，即《康王之诰》所云'诸侯皆布乘黄朱（按《孔传》，诸侯皆陈四黄马朱鬣以为庭实），奉圭兼币'也。'不遐有佐'，即所云'太保率西方诸侯入应门左，毕公率东方诸侯入应门右'也。"这是以经证经，算是最有根据。并较魏源《诗古微》说诗中成王就是成王生存之尊号，而以此诗为成王颂武王之诗，更可信从。

《诗序》说："《下武》，继文也。武王有圣德，复受天命，能昭先人之功焉。"《郑笺》说："继文者，继文王之王业而成之。昭，明也。"这诗主旨最初今古文说盖同。王先谦《集疏》说："三家无异义。"难道这诗真是歌颂武王能继承文王之王业吗？我有异义已如上段所说。其他异义从宋元到明清诸儒提出来的，首先是关于"下武"和"继文"有不同的解释和争论,我们将在下文扼要评述。

何谓"下武"? 戴震《诗考正》说:"按自上世数而下,故下有后义。下武,谓继承步武,故曰'世有哲王'。《国语》:'在下守祀,不替其典。'注亦云:'下,后也。'屈原《离骚》之赋曰:'及前王之踵武。'"这申毛、郑一说并不算错。可是宋儒乃有别解。《吕记》训下为继,训武为武功。看来下字实无继义。《诗序》明明说是继文,诗里不曾一字提到武功。朱子《辨说》道:"下字恐误。说见本篇。"误在哪里? 我们来看他的所谓本篇。《朱传》说:"〔下武维周〕,下义未详。或曰:字当作文,言文王武王实造周也。"任意改字说经,恐怕不对!《严缉》和《戴续记》以为下武就是说以武为下,换言之,就是偃武,不尚武。陈启源《稽古编》说:"严华谷以下武为不尚武,尤无理。周乐名《武》,《颂》篇亦名《武》,受命则曰武功,伐纣则曰我武,何尝讳言武哉?"这话驳得尖锐而有实理。至若何楷《古义》说:"《下武》,康王祭成王庙,受釐陈戒之诗。朱子云:'此《序》有成王字,当为康王以后之诗。'愚案,此与《昊天有成命》篇同为一时之作。知为受釐陈戒者,以昭兹来许二章知之。"他说此诗为康王诗,不算错。他还训释下武:下是堂下,武是《大武》,在堂下演奏周公所作《大武》之乐。恐怕"不可为训"!

《严缉》以"下武"为偃武、为不尚武一说,颇得几个清代汉学家的赞同。桂馥《札朴》六说:"《陈书·沈炯传》有《上文帝表》云:'惟陛下睿哲聪明,嗣兴下武,刑于四海,弘此孝治。'"当时就陈文帝说,殆以下武为不用武。胡承珙《后笺》说:"近翁氏《附记》仍力主《严缉》偃武之说。然所引王融《曲水诗序》:'皇帝体膺上圣,运钟下武。'庾信《华林园马射赋》:'皇帝以上圣之姿,膺下武之运。'此不过词人以上下俪句,未见必为偃武之义。又引《魏书·肃宗纪》:'高祖以文思先天,世宗以下武经世。'考此诏在武泰元年。其先此孝昌元年又有诏曰:'高祖以大明定功,世宗以下武宁乱。'二诏语意不同,其曰宁乱,则非偃武可知。即云唐初令狐德棻撰《于志宁碑》所称'下武膺运',其下即继曰'赫赫明明',则用《常武》诗语,亦不足为偃武之证。唯所见宋真宗《登泰山述二圣功德碑》有曰：'尊贤尚德，下武缓刑。'此则似以下武为不尚武。大抵宋人始有此解，非古义也。"这对翁方纲《诗附记》提出的下武就是偃武的论证都予以有力的反驳了。为什么宋儒偏有这一下武的解释？翁氏不知道，故反而赞同。其实宋儒的理由只有一个，就是由于宋代不能御外侮、雪国耻，甘受民族压迫而不辞，宋儒不得不替当时的统治阶级庸懦无能的君臣涂脂抹粉罢。马瑞辰《通释》说："按《序》言继文为尚文德，则诗言下武宜为后武功。下，对上言。上之言尚，则下武即后武矣。编《诗》者先《下武》，后《有声》，亦先文德后武功之意。"马瑞辰说后武功，这和《严缉》说的"人知武王定天下，而不知武王之心上文而不上武，用武非其得已"，和《戴续记》说的"世修文德，以武为下"，其意义不是一样吗？即令编《诗》者把《下武》、《有声》先后相次含有先文德后武功的意思，但是作诗者未必同是一人，故意对于文德武功作先后轻重的分别。我们但看胡氏《后笺》也就可以悟到了。

何谓继文？《郑笺》说："继文王之王业而成之。"可是诗说三后，说祖武，并没有只继文王之王业或文王之德的话。《诗序》说"继文"似乎不是专指文王。范处义《补传》说："继文则兼言三后，谓太王、王季、文王皆有文德，而武王继其绪也。继伐则专言文王，谓文王有伐崇等功，而武王卒其事也。言文德则非文王所得而专，言武功则非太王、王季所得而与。"这分析得很精审。《严缉》也说："《下武》言继文，继三后之文德也。《文王有声》言继伐，继文王之伐功也。"这和诗和史都相合。最后专治《毛诗》的清代学者陈奂，他在《传疏》里也说："文，文德也。文王以上世有文德，武王继之，是之谓继文。"《诗序》"继文"的意义可能真是如此。不过依《诗序》说，是武王继文；依我们来说，就该是康王继文了。

文 王 有 声

文王有声，遹骏有声。遹求厥宁，遹观厥成。文王烝哉！

　　文王受命，有此武功。既伐于崇，作邑于丰。文王烝哉！

　　筑城伊淢，作丰伊匹。匪棘其欲，遹追来孝。王后烝哉！

　　王公伊濯，维丰之垣。四方攸同，王后维翰。王后烝哉！

　　丰水东注，维禹之绩。四方攸同，皇王维辟。皇王烝哉！

　　镐京辟雍！自西自东，自南自北，无思不服。皇王烝哉！

　　考卜维王，宅是镐京。维龟正之，武王成之。武王烝哉！

　　丰水有芑，武王岂不仕？诒厥孙谋，以燕翼子。武王烝哉！

【解题】

　　《文王有声》，《朱传》说："此诗言文王迁丰、武王迁镐之事。"不错，这诗主题确是说的文王伐崇以后迁丰，武王灭纣以后迁镐，周初开国两个英雄人物的两件大事。朱子《辨说》道："《郑谱》之误，说见本篇。"本篇怎说？《朱传》说："《郑谱》：此以上为文、武时诗，以下为成王、周公时诗。今案，《文王》首句即云'文王在上'，则非文王之诗矣。又曰'无念尔祖'，则非武王之诗矣。《大明》、《有声》并言文、武者非一，安得为文、武之时所作乎？盖正《雅》皆成王、周公以后之诗。但此什皆为追述文、武之德，故《谱》因此而误耳。"这里指出《郑谱》之误不错。《文王之什》未必都是文、武时诗，至早也作在成王、周公时，读了这十篇诗便知。《朱传》又说："此诗以武功称文王，至于武王则言'皇王维辟'、'无思不服'而已。盖文王既造其始,则武王续而终之无难也。又以见文王之文非不足始武,而武王之有天下非以力取之也。"这把文、武都是圣王理想化了,而更迷信文王。还有《朱子诗传遗说》道:"徐寓问:三分天下有其二,以服事殷,使文王更在十三四年,将终事纣乎?抑为武王牧野之事乎?曰:看文王亦不是安坐不做事底人。如诗中言'文王受命,有此武功,既伐于崇,作邑于丰,文王烝哉'云云。武功皆是文王做来,诗载武王武功却少,但卒其伐功耳。观文王一时气势如此,度必不终竟休了。一似果实,文王待他十分黄熟自落下来,武王却似生擘破一般。"这也还是对文王个人迷信,把文王理想化了。

《诗序》说:"《文王有声》,继伐也。武王能广文王之声,卒其伐功也。"《郑笺》说:"继伐者,文王伐崇,武王伐纣。"按,诗说文王"遹追来孝",继承了太王、王季的功业;武王"诒厥孙谋",又继承了文王的功业。庄二十八年《左传》"且旌君伐"杜注:"伐,功也。"《诗序》说"继伐",又说"伐功",伐字的意义不很明白吗?《郑笺》偏解为讨伐或征伐的伐,难怪后儒因《诗序》于上篇既说"继文",于这篇又说"继伐",作为对文来说,就把"继伐"说成"继武"了。所以胡承珙《后笺》说:"《序》言继伐者,犹云继武也。伐功即经中武功,谓武王能继文王之武功。《孟子》引《太誓》'我武维扬',《左传疏》引马融《书序》作'我伐维扬',知伐与武义同字通。此言继文王之武功,则上篇为继先王之文德,而非止谓继文王,尤可据断。《吕记》曰,《序》言武王继伐,而此诗未尝一及征伐之功,何邪?定都而无思不服,创业而诒厥孙谋,固非大告武成之前所能致也。诗人之意盖有本末具载、精粗兼举者矣,亦有言其事而略其意者矣,不可以一体求也。"他以为这两篇诗分言文德武功,即令依《诗序》所说果是如此,难道这两篇诗果是作者一时有计划的作品,甚至说作者就是周公吗?

至关于丰镐的解释已见《六月》、《灵台》两诗《解题》,可再补充一下。近见报载署名世民的《近年来有关西周时代的考古工作》一文,他说:"一九五一年和一九五三年沣河两岸的调查,证明丰镐二京位置与文献记载相去不远。文献记载丰京在长安西南,丰水西,鄠县东。而现在沣河西的开瑞庄大原村冯村一带有很密集的西周遗址,过去常有铜器出土。张家坡发掘出圆形和长房形的房基(都是在当时地面上挖成的竖穴),烧陶器,水井,窖穴等遗迹;陶器和石骨蚌质的工具;玉石骨蚌质的装饰品;而铜器很少,说明生产力的水平还很低。值得注意的是在大批墓葬中有七座有人殉,最多的达四人,说明用人殉葬的现象还存在。墓葬有的也有埋狗的腰坑,同于殷代。一座车马坑中两辆车保存很好,可据痕迹复原,解决了一些车器的用途问题,可与《考工记》结合研究。车后也有一个殉葬的御人。刻字的甲骨也有少量的发现。文献记载镐京在长安西,丰水东,昆明池北,汉武帝凿昆明池时曾遭破坏。经调查,在昆明池西北发现一些西周遗址,这里过去也曾出土过铜器。在普渡村曾发掘三座墓葬,其中一座出土随葬品三百九十余件。铜器中最重要的是一件盉,有铭文五十四字,记载一位名叫长由的贵族受周穆王褒奖的故事,对断定西周遗迹遗物的绝对年代有很大作用。同墓所出青釉陶是中国陶瓷史上的重要资料。这一地区有计划的考古工作正在进行,我们若干年后这西周京畿之地的发掘一定能为西周史研究提供许多重要资料。根据已有资料,除装饰外,一般遗物和殷代都有较显著的区别。""我们得到的印象是:西周的生产力水平还很低,而和殷代文化有一定的因袭关系。"据此,我们可以略略想像西周丰镐两京盛时社会发展已经达到了什么样的一个阶段,那时生产力和一般文化已经达到了什么样的一种水平。这对于我们读这诗乃至读所有西周初诗来说,不能说没有一些帮助,不止于仅知丰镐二京遗址的所在了。

诗三百解题卷二十四

生民之什　　毛诗大雅

生　民

厥初生民,时维姜嫄。生民如何？克禋克祀,以弗无子！履帝武敏歆,攸介攸止。载震载夙,载生载育。时维后稷。

诞弥厥月,先生如达。不坼不副,无菑无害。以赫厥灵,上帝不宁。不康禋祀,居然生子。

诞寘之隘巷,牛羊腓字之。诞寘之平林,会伐平林。诞寘之寒冰,鸟覆翼之。鸟乃去矣,后稷呱矣:实覃实讦,厥声载路！

诞实匍匐,克岐克嶷,以就口食:蓺之荏菽,荏菽旆旆。禾役穟穟,麻麦幪幪,瓜瓞唪唪。

诞后稷之穑,有相之道。茀厥丰草,种之黄茂。实方实苞,实种实褎。实发实秀,实坚实好。实颖实栗,即有邰家室！

诞降嘉种:维秬维秠,维穈维芑。恒之秬秠,是获是亩。恒之穈芑,是任是负,以归肇祀。

诞我祀如何？或舂或揄,或簸或蹂。释之叟叟,烝之浮浮。载谋载惟:取萧祭脂。取羝以軷。载燔载烈。以兴嗣岁。

卬盛于豆,于豆于登。其香始升,上帝居歆。胡臭亶时！后稷肇祀,庶无罪悔,以迄于今！

【解题】

《生民》，是周人自己叙述开国历史的诗篇之一，也可以说是第一篇，因为这是叙述其始祖后稷的事迹。后稷这个伟大的人物，相传生在上古唐、虞时代，事迹渺茫，说起来就是神话传说。他是半神半人的人物。诗说其母姜嫄因能禋祀上帝，踏了上帝脚迹的大拇指，就怀孕生了他。可知他没有父，是由其母感天而生的。难道真有圣灵感动这回事？

《诗》古文毛氏不相信后稷无父是由其母感天而生一说。《诗序》说："《生民》，尊祖也。后稷生于姜嫄，文、武之功起于后稷，故推以配天焉。"这是说，后稷是周民族的始祖，他的母亲是姜嫄，但不曾说出他的父亲是谁。《毛传》说："后稷之母配高辛氏帝焉。〔履帝武敏〕，帝，高辛氏之帝也。"可见毛氏以为姜嫄有夫，后稷有父，不相信感生一说。

郑玄也以为姜嫄有夫，后稷有父，可是他兼信感生一说，因为他兼通今古文。这一说最有力量，早作为正史。《史记·周本纪》说："周后稷名弃。其母有邰氏女，曰姜原。姜原为帝喾元妃。姜原出野，见巨人迹，心忻然说，欲践之，践之而身动如孕者。居期而生子，以为不祥。弃之隘巷，马牛过者皆辟不践；徙置之林中，适会山林多人；迁之而弃渠中冰上，飞鸟以其翼覆荐之。姜原以为神，遂收养长之。初欲弃之，因名曰弃。弃为儿时，屹如巨人之志。其游戏好种树麻菽，麻菽美。及为成人，遂好耕农。相地之宜，宜谷者稼穑焉。民皆法则之。帝尧闻之，举弃为农师。天下得其利，有功。帝舜曰：'弃！黎民始饥，尔后稷播时百谷。'封弃于邰，号曰后稷。别姓姬氏。"司马迁用古文家说，就说后稷母姜嫄为有邰氏女，帝喾元妃；用今文家说，就说姜嫄履巨人迹有孕而生子。他就是首先兼采今古文说的。《史记·三代世表》褚少孙说："张夫子问褚先生曰：'《诗》言契、后稷皆无父而生；今案诸传记，咸言有父，父皆黄帝子也，得无与《诗》谬乎？'褚先生曰：'不然。《诗》言契生于卵、后稷人迹者，欲见其有天命精诚之意耳。鬼神不能自成，须人而生，奈何无父而生乎？一言有父，一言无父，信以传信，疑以传疑,故两言之。'"褚少孙两言之,作两可之词,也就是兼采今古文说。当时古文《毛诗》还没有通行,所谓《诗》就是今文三家《诗》。至所谓传记,当是《五帝德》、《帝系》之类,出于古文。司马迁据以作《三代世表》,自云"不离古文者近是"。

《诗》今文三家相信后稷无父是由其母感天而生一说。《孔疏》引许慎《五经异义》说:"《诗》齐鲁韩、《春秋》公羊说,圣人皆无父,感天而生。左氏说,圣人皆有父。谨案《尧典》以亲九族,即尧母庆都感赤龙而生尧,安得九族而亲之?《礼谶》云:唐五庙。知不感天而生。"郑玄《驳异义》道:"玄之闻也,诸言感生得无父,有父则不感生,此皆偏见之说也。《商颂》曰:'天命玄鸟,降而生商。'谓娀简吞鳦子生契,是圣人感生见于经之明文。刘媪是太上皇之妻,感赤龙而生高祖,是非有父感神而生者也?且夫蒲卢之气妪煦桑虫成为己子,况乎天气因人之精就而神之,反不使子贤圣乎?是则然矣,又何多怪?"《孔疏》又引《郑志》:"赵商问:此《笺》云,帝,上帝。又云,当尧之时,姜嫄为高辛氏世妃。意以为非帝喾之妃?《史记》:喾以姜嫄为妃,是生后稷。明文皎然。又毛亦云高辛氏帝。为信先籍未觉其遍隐,是以敢问易毛之义。答曰,即姜嫄诚帝喾之妃,履大人之迹而歆歆然,是非真意矣,乃有神气故意歆歆然。天下之事,以前验后,其不合者,何可悉信?是故悉信亦非,不信亦非。稷稚于尧,尧见为天子,高辛与尧并在天子位乎?是《笺》易《传》之义也。"据上所引,知道《诗》今文三家和《春秋》今文公羊家以为圣人皆无父,感天而生;古文《诗》毛氏和《春秋》左氏以为圣人皆有父,不感天而生。许君《异义》早成,从古文家说。他在《说文》里说:"古之神圣母感天而生子,故称天子。"《说文》晚定,从今文家说。郑君指出今文古文两家之说都是偏见,以为感生也可有父,有父也能感生。易言之,悉信亦非,不信亦非。他兼采了今古文为调停之说。司马迁、褚少孙早就有和他相类似之说,上文已经引用过了。现在再看《史记·三代世表》褚少孙引《诗传》说:"汤之先为契,无父而生契。母与姊妹浴于玄丘水,有燕衔卵堕。契母得,故含之,误吞之,即生契。契生而贤,尧立为司徒,姓之曰子氏。子者,兹兹益大也。诗人美而颂之曰:'殷社芒芒,天命玄鸟,降而生商。'商者,质(本)殷号也。文王之先为后稷,后稷亦无父而生。后稷母为姜嫄,出见大人迹而履践之,知于身,则生后稷。姜嫄以为无父,贱而弃之道中,牛羊避而不践也。抱之山中,山者养之。又捐之大泽,鸟覆席食之。姜嫄怪之,于是知其天子,乃取长之。尧知其贤才,立以为大农,姓之曰姬氏。姬者,本也。诗人美而颂之曰:'厥初生民。'深修益成,而道后稷之始也。"按《汉书·儒林传》,褚少孙和张幼君、唐长宾并受《诗》于王式,为博士,于是《鲁诗》有张、唐、褚氏之学。那么,褚少孙所引《诗传》就是《鲁诗传》了。《列女传》一说:"弃母姜嫄者,邰侯之女也。当尧之时,见巨人迹好而履之。归而有娠,浸而益大,心怪恶之。卜筮禋祀以求无子,终生子以为不祥。而弃之隘巷,牛羊避而不践。乃送之平林之中,后伐平林者咸荐覆之。乃取置寒冰之上,飞鸟伛翼之。姜嫄以为异,乃收以归,因命曰弃。姜嫄之性,清静专一,好种稼穑。及弃长,而教之种树桑麻。弃之性,明而仁,能育其教,卒致其名。尧使弃居稷官,更国邰地,遂封弃于邰,号曰后稷。及尧崩,舜即位,乃命之曰:'弃!黎民阻饥,汝居稷,播时百谷。'其后世世居稷。至周文、武而兴为天子。君子谓姜嫄静而有化。《诗》云:'赫赫姜嫄,其德不回,上帝是依。'又曰:'思文后稷,克配彼天,立我烝民。'此之谓也。"刘向也是用《鲁诗》,故所说和褚先生说同。《春秋繁露·三代改制质文》篇说:"后稷母姜嫄履天之迹而生后稷。后稷长于邰土,播田五谷。"董仲舒述《春秋》公羊义,又习《齐诗》,这当是齐说。三家都信谶纬,尤其是《齐诗》。《孔疏》于本篇多引谶纬,也都可以看作三家说,虽然三家只有遗说可考了,而从此遗说中却知三家是相信感生一说的。

以上扼要地叙述了关于后稷是否感生三说,即《诗》古文毛氏一说,今文三家一说,兼采今古文的一说,究竟哪一说为是呢?

元李治《敬斋古今黈》二说:"后稷、挚、尧、契四人,同为帝喾高辛氏之子。契则十三叶而得汤,稷则十四叶而得文王。然夏之世历四五百年,而商之世又历五六百年,计千余年而文王始生。若以代数较之,文王之于汤但不及一叶耳。是则殷之先一何夭、周之先一何寿乎?此为甚可疑者,前志必有脱误。"稷、契是否同为帝喾子,实是可疑。清儒更多争论。崔述《唐虞考信录》一说:"《大戴记·帝系》云:帝喾上妃姜嫄氏产后稷,次妃简狄氏产契,次妃陈隆氏产帝尧,次妃娵訾氏产帝挚。《史记》云:帝喾崩,挚代立。帝挚立,不善,崩。弟放勋立,是为帝尧。《帝王世纪》云:帝喾在位七十年,年百五岁。挚在位九年,政微弱,而唐侯德盛,诸侯归之,乃受帝禅,封挚于高辛。后之学者皆信之不疑。余独以为不然。《书》云:帝曰:'弃!黎民阻饥,汝后稷播时百谷。'帝曰:'契!百姓不亲,五品不逊,汝作司徒,敬敷五教在宽。'是稷、契皆至舜世然后授官,暨禹播奏庶艰食也。若稷果喾元妃之子,则喾之崩,稷少亦不下五十岁,又历挚之九年,尧之百岁,百有六十岁矣。契于此时亦当不下百数十岁。有是理乎?尧之兄弟有如此两圣人,而终尧之身不知用,四岳亦不之荐,迨舜然后举之,可谓不自见其眉睫者矣,尚何明之明而侧陋之扬哉?"这疑、稷契决非帝喾子。严杰《经义丛钞》十二载汪家禧《稷契非帝喾子说》一文,更说得明确。其他如李惇《群经识小录》二、邹汉勋《读书偶识》三对于姜嫄、后稷事都特作专条考证,可是都不得要领。只有马瑞辰、皮锡瑞两家所说比较精审,有可取处。

马瑞辰《通释》说:"按此诗毛、郑异说。尝合经文及《周礼》观之,而知姜嫄实相传为无夫而生子;以姜嫄为帝喾妃者,误也。《周官·大司乐》'享先妣',郑注:'周立庙自后稷为始祖,姜嫄无所妃,是以特立庙而祭之。'使姜嫄为帝喾妃,不得言无所妃。一证也。《守祧》'奄八人',《贾疏》谓守七庙又姜嫄庙。使姜嫄为帝喾妃,不得有嫄庙而无喾庙。二证也。诗言'履帝武敏',而下言'上帝不宁'。《閟宫》诗曰:'上帝是依。'是知帝为上帝,非高辛氏之帝。三证也。武,迹也。敏,拇也。见于《尔雅·释训》。则履迹之说相传已久。四证也。《诗》曰:'克禋克祀,以弗无子。'许氏益之曰:'弗无之为言有也。故莫匪尔极者,皆是尔极也。求福不回者,求之正也。方社不莫者,祭之早也。其则不远者,则之近也。'戴氏震曰:'如许氏说,无庸破弗为祓。然不直言有子而曰以弗无子,反言以见非理之常。'又二章'居然生子',亦出于意外之词。若有夫而生子,人道之常,何以言'以弗无子'? 又何以言'居然生子'? 五证也。《楚词·天问》:'稷惟元子,帝何竺之? 投之于冰上,鸟何燠之?'王逸注:'元,大也。帝,天帝也。竺,厚也。言后稷之母姜嫄出见大人之迹,怪而履之,遂有娠而生后稷。后稷生而仁贤,天帝独何以厚之乎? 投,弃也。燠,温也。言姜嫄以后稷无父而生,弃之于冰上,有鸟以翼覆荐温之以为神,乃取而养之。'六证也。古言履迹生者三:一为宓羲(原注:《孝经钩命诀》:华胥履迹,怪生皇羲),一为帝喾(《路史》:帝喾父侨极取陈丰氏曰裒,履大人迹而生喾),合后稷而为三。又言吞卵生者二:一为契(《殷本纪》:简狄吞卵生契),一为大业(《秦本纪》:女修吞卵生大业),世代荒远,秦、汉间已莫可考。殷、周之视唐、虞,犹秦、汉之视周初。盖周祖后稷以上更无可推,惟知后稷母为姜嫄,相传为无夫履大人迹而生,又因后稷名弃,遂作诗以神其事耳。"这是说,诗叙神话,上古多有此类神话。姜嫄无夫,感生后稷,只是此类神话传说的一件罢了。总之,姜嫄非帝喾妃,后稷非帝喾子。至若关于上古大人物感生的神话传说并不止于马氏所举,如黄帝母符宝,于郊野见电感而生黄帝(《史记·五帝本纪·正义》),帝禹母修己,见流星梦接意感,又吞神珠薏苡,胸坼而生禹(《夏本纪·正义》)。又帝颛顼母,见瑶光星贯日如虹,感而生颛顼。少昊母皇娥,与白帝子太白之精感而生少昊(《拾遗记》)。学者倘想作进一步的研究,可参考日本白鸟清氏《殷周感生传说的解释》一文。(《东洋学报》十五卷第十四号)

皮锡瑞《诗经通论》说:"以诗义推之,《毛传》必不可通。帝既弗无子,生子何又弃之? 且一弃再弃三弃必欲置之死地? 作此诗者,乃周人尊祖以配天,若非实有神奇,必不自诬其祖。有夫生子,人道之常,何以铺张生育之奇,乃至连篇累牍? 孙毓谓自履其夫帝喾之迹,何足异而神之? 其说甚通。马融知毛义不可通,强为遗腹避嫌之说以解之,王基、马昭已驳之矣。近人又各创为新说。有谓帝为帝挚,诸侯废挚立尧,姜嫄避乱生子而弃之者。有谓先生如达,稷形似羊,如包羲牛首,以其怪异而弃之者。有谓不坼不副,居然生子,稷初生如卵,古人未知剪胞之法而弃之者。有谓后稷呱矣,可见初生不哭,以其不哭而弃之者。纷纷异说,无一可通。即解《生民》诗可强通,而解《玄鸟》、《长发》《閟宫》三诗皆不可通。《玄鸟》诗云:'天命玄鸟,降而生商。'则契生于卵甚明。若但以为玄鸟至而祀禖生契,何言天命?又何但言玄鸟?作此诗者近不辞矣。《长发》诗云:'有娀方将,立子生商。'《列女传》、高诱《吕览》注引,皆无帝字。诗称有娀,不及其夫,自不以为帝喾,则契非帝喾所生甚明。郑解帝为黑帝,不如三家本无帝字为更明也。若《閟宫》诗义尤昭著。云:'赫赫姜嫄,其德不回,上帝是依。无灾无害,弥月不迟,是生后稷。'上帝必是天帝,人帝未有称上帝者。《生民》之诗可以高辛帝强解之,《閟宫》之上帝不可以高辛帝强解。故《毛传》云:'上帝是依,依其子孙。'此不得已而为之辞,与诗上下文不相承。《笺》云:'依,依其身也。天用是凭依。'其解经甚合。后人乃疑不当侪姜嫄为房后,拟上帝于丹朱。不知周、鲁之人作诗以祀祖宗,叙述神奇,并无隐讳,何以后人少见多怪必欲曲为掩饰?依古纬说,自华胥生皇羲,以至简狄、姜嫄,皆有感生之事。且据诗而论,无论事之有无,而诗人所言明以为有。如必断以理之所无,则当起周、鲁与宋(原注:《商颂》宋人作)作诗之人,责以诬祖之罪,不当谓三家说《诗》为误,责以诬古之罪也。古文说圣人皆有父,以姜嫄、简狄皆帝喾之妃。如其说,则殷、周追尊自当姒祖并重,何以周立先妣姜嫄之庙,不祀帝喾?《生民》等诗专颂姜嫄、有娀之德,不及帝喾?《仪礼》曰:禽兽知母而不知父。如古文说,稷、契皆有父,而作诗者但知颂稷、契之母而不及其父,得毋皆禽兽乎?(原注:戴震曰:《帝系》曰,帝喾上妃姜嫄。本失实之词。徒以傅会周人禘喾为其祖之所自出。使喾为周家祖之所自出,何《雅》、《颂》中言姜嫄、言后稷,无一语上溯及喾?且姜嫄有庙而帝喾无庙。若曰履迹感生不得属之喾,则喾明明非其祖所自出)古文似正而非，今文似奇而是。学者试取诗文平心而熟玩之，知此四诗断然当从三家而不当从《毛传》。"这是《诗》今古文家所争诸问题中的一个大问题，不小于后此《鲁颂》、《商颂》各篇作者及其时代问题，故专治经今文的皮氏同样使出了全副精神来争。他以为：当日诗人相信神话传说，后来学者就该从此出发作解；今文三家根据古史谶纬保存下来的上古神话传说作出《生民》、《閟宫》、《玄鸟》、《长发》四诗的解释不错；古文《毛传》必不可通；从而作出了"古文似正而非，今文似奇而是"的结论。单就《生民》这诗来说，就算是作出了后稷确是无父、由母感天而生的结论。

诗用神话就该解以神话。上引马瑞辰的论证，皮锡瑞的结论，都该算对罢。可是在今日有了社会科学知识的学者看来，还会觉得他们说的不够。因为他们知其然而不知其所以然，徒有感性认识而没有达到理性认识。郭沫若《中国古代社会研究·导论》里说："黄帝以来的五帝和三王的祖先的诞生传说都是感天而生，知有母而不知有父。那正表明是一野合的杂交时代或者血族群婚的母系社会。"依郭先生说，后稷所处的唐、虞时代，那时中国的社会还是原始社会，母系氏族社会。我以为后稷的母亲姜嫄可能就是有邰氏部落的一个女酋长。传说中的后稷正和上古许多"圣人"一样，感天而生，知有母而不知有父。这正表明后人曲解了也就是神幻化了上古杂交群婚或是杂交群婚而对偶婚过渡时期的一种婚姻现象。在这传说里最有趣味的一节就是后稷生下来怎样被弃，原来他是感天而生的怪胎。"诞弥厥月，先生如达，不坼不副，无菑无害。"不是有诗为证吗？这是在已经有了对偶婚制时期的诗人不自觉的神幻化了的解说。传说姜嫄好种稼穑，后稷就从母亲那里学会种树桑麻，以至他作为最初教民稼穑的一个农官，也被作为仅亚于神农的一位农神，这正表明他是由母系制向父系制过渡的一个明显的标志。因为我们不难想象到，当时在生产力的增长上，也就是在经济的发展上，从前主要地从事于渔猎的男子开始参加到农业生产中来。由于农业和畜牧业的发展，乃至交换的发展，使得男子在社会生产上居于重要地位。这就是由母系制过渡到父系制的基础。由此我们可以说,后稷是上古中国氏族社会由母系制向父系制过渡时期的一个伟大人物。传说他是最初教民稼穑的一个农官,他是仅亚于神农的一位农神,不是没有来由的。可不是吗?

再说,我们还得理解到何谓天子?"古之神圣母感天而生子,改称天子。"说成天子是天帝的儿子,承继了天帝的血统,这就是"君权神授说"的由来。随着地上的支配者的出现,在天上也观念地制造了支配者了;地上的支配者的祖先就被认为是承继着天帝的血统。由于制造出这样的关系,其支配便被赋予权威,产生了遵天命而统治的神授说。《生民》一诗,其所以要造出后稷是由其母姜嫄感天而生的神话,不外是要对于周的支配权赋与一种权威,使一般相信这种支配是必然的。周的文、武诸王也都被认为是由天帝选择出来为王的。《大雅·文王之什·文王》一诗说:"商之孙子,其丽不亿。上帝既命,侯于周服。"又《大明》一诗说:"有命自天,命此文王。于周于京,缵女维莘,长子维行,笃生武王。保右命尔,燮伐大商。"《尚书·周书》里《大诰》、《康诰》、《酒诰》、《梓材》、《君奭》诸篇,大宣传文、武亡殷乃是顺从天命,周负着天所命的任务,亡殷而为支配者。殷的被亡是由于它全被天所厌弃了。在这里自然展开了其人民和其土地都是由上帝授与的思想。即是:"皇天既付中国民越(及)厥疆土于先王。"(《梓材》)上帝虽然像这样地对于地上的支配者加以支持——因为它是支配阶级产生的东西,所以是当然要这样——但是,若果从他方面看,还是"天命靡常"(《文王》),"天命不易"(《君奭》);所以支配者屡次训诫其子孙,当心失掉了支配权:"命之不易,无遏尔躬。"(《文王》)我们就是要这样来理解《生民》和《文王》、《大明》诸诗的,以及其他关于周代开国诸诗的。

行　　苇

敦彼行苇,牛羊勿践履。方苞方体,维叶泥泥。戚戚兄弟,莫远具尔!

或肆之筵,或授之几。肆筵设席,授几有缉御。或献或酢,洗爵奠斝。

醓醢以荐,或燔或炙,嘉殽脾臄。或歌或咢。

敦弓既坚,四鍭既钧。舍矢既均,序宾以贤。

敦弓既句,既挟四鍭。四鍭如树,序宾以不侮。

曾孙维主,酒醴维醹。酌以大斗,以祈黄耇。

黄耇台背,以引以翼。寿考维祺,以介景福!

【解题】

《行苇》一篇,古文《毛序》以为泛言周先世忠厚之诗,今文三家遗说以为专写公刘仁厚之诗,何楷《古义》则以为是夏少康之世颂美公刘之作。《古义》说:"《行苇》,美公刘也。公刘有仁厚之德,行燕射之礼,以笃同姓,诗人美之。"他举出了《吴越春秋》、《烈女传》晋弓工妻语、《潜夫论》、《后汉书》寇荣语四证。末了还添加汉章帝敕侍卫司空一证和其他两证。他说:"汉章帝敕侍御司空曰:'方春,所过无得有所伐杀。车可以引避,引避之;骓马可辍解,辍解之。《诗》云,敦彼行苇,牛羊勿践履。《礼》,人君伐一草木不时,谓之不孝。俗知顺人,莫知顺天。其明称朕意!'亦用此事,所谓公刘有仁厚之德者也。愚故以为公刘之诗焉。又按公刘初迁豳,而即于同姓、异姓行燕饮之礼,所谓'食之饮之,君之宗之',是也。此诗之作,其在迁都以后乎?邹忠胤云:'《周礼·钟师》,《九夏》有《族夏》。'杜子春谓族人侍,奏《族夏》。此傥是也耶?"他又于"曾孙维主"句下说:"按《史记》,后稷卒,子不窋立。不窋卒,子鞠立。鞠卒,子公刘立。是公刘者,后稷之曾孙也。故《豳雅》若《甫田》、《大田》皆称之为曾孙焉。又礼:凡主祭者皆得称曾孙。但此诗无言祭祀之事,其为以世次称公刘明矣。主之言君也。曾孙为一国之主,故曰维主,非主人之谓。主人乃膳宰为之,臣莫敢与君抗礼,何曾孙为主之有乎?"他否认《毛传》曾孙是指成王,而确认这是指公刘,并推其他诗称曾孙或指公刘,或指主祭者。他以为在《三百篇》中最古的作品是在夏少康之世,有诗八篇,即《公刘》、《七月》、《甫田》、《大田》、《丰年》、《良耜》、《载芟》、《行苇》,都是美公刘之作。当然,公刘是不是恰当夏少康之世,还是一个问题。这些诗是不是都为公刘而作? 也当分别来论。

何楷论《行苇》一诗根据了今文三家遗说,影响了清代一些《诗经》学者,尤其是专治《诗》今文三家的学者。可是这些学者明采用了他的论据,暗抹杀了他的姓名,使我们容易忽略关于这诗研讨的发展过程中一个重要环节。想是这些学者挟有成见,瞧不起这位明季的怪学者,瞧不起他这部研究《诗经》的书——这是把《诗经》时代上推到夏少康之世,而以世次为主,作者为辅,用《孟子》诵《诗》读《书》论世知人之说,打破原有《诗经》编次,依夏、商、周三代世次,另立体系的怪书。其实,这部书固多穿凿傅会的,也间有考证精审的。我以为他是两千年来《诗经》学者里面的一颗光焰逼人的彗星。这里对于其人其书不暇详作评论,只是拈出他说《行苇》一诗作例来说罢了。王先谦《集疏》说:"案《列女·晋弓工妻传》:弓工妻谒于平公曰:'君闻昔者公刘之行乎? 羊牛践葭苇,恻然为民痛之。恩及草木,仁著于天下。'《潜夫论·德化》篇:《诗》曰:'敦彼行苇,牛羊勿践履。方苞方体,维叶柅柅。'公刘厚德,恩及草木。牛羊六畜,仁不忍践履生草,则又况于民萌而有不化者乎? 又《边议》篇:公刘仁德,广被行苇,况含血之人,已同类乎?以上鲁说。班彪《北征赋》:'慕公刘之遗德,及行苇之不伤。'此齐说。《吴越春秋》:'公刘慈仁,行不履生草,运车以避葭苇。'此韩说。明三家同以此为公刘之诗。《后汉·寇荣传》:'公刘敦行苇,世称其仁。'《蜀志·彭羕传》:'体公刘之德,行勿践之惠。'据诸说,足证汉人旧义大同。盖公刘举射飨之礼,出行有此故事,诗人美之,因以名篇。《毛序》删之,特以示异于众。"他说今文三家同以此为公刘之诗,攻击古文《毛序》有意立异。他也和惠栋《九经古义》、孔广森《经学卮言》、孙志祖《读书脞录》一样,因用何楷所举四证,虽说同用"公言",却不肯提到何楷其人其书,除了成见以外,似找不出其他理由。尽管何楷把这诗时代上推到夏少康之世其说不可靠,但他说这诗主题是美公刘,正和三家和汉儒一致呀。从三家遗说来看,公刘出行,不践生草,车子避开路旁芦苇,当是出自古书传说,因为秦火之后汉时古书还多。古文《毛诗》以为《行苇》泛言周家忠厚,自是不及今文三家以为此指公刘忠厚故事或传说来得确切有力些。

《诗序》说:"《行苇》,忠厚也。周家忠厚,仁及草木。故能内睦九族,外尊事黄耇,养老乞言,以成其福禄焉。"这说周家忠厚,仁及草木,其人为谁?不知道。《朱传》说:"疑此祭毕而燕父兄耆老之诗。"是谁祭毕?祭什么?不知道。诗里也不曾论及祭祀事。倘因诗称曾孙以为这是主祭子孙对其先祖的自称,就以为诗和祭祀有关,这不见得可靠。戴震说:"古者适孙则曰曾孙,《书》曰'有道曾孙',《考工记》曰'曾孙诸侯',是也。此燕族人,故称曾孙,明祖之适孙以与同祖之人燕于此也。"(《诗学女为》引)《朱传》定此诗四章章八句,说:"毛七章,二章章六句,五章章四句。郑八章四句。毛首章以四句兴二句,不成文理;二章又不协韵。郑首章有起兴而无所兴。皆误。今正之为此。"这诗章句依《朱传》改"正",似较合理。但依毛、郑分章,《孔疏》、王先谦《集疏》从郑;陈奂《传疏》从毛;也都不必算"误"。这诗首章是否比兴之义?《毛传》说:"敦,聚貌。行,道也。叶初生泥泥。"《郑笺》说:"苞,茂也。体,成形也。敦敦然道傍之苇,牧牛羊者毋使蹴履折伤之。草物方茂盛,以其终将为人用,故周之先王为此爱之,况于人乎?"《毛传》不照例说"兴也",《郑笺》不照例申毛说"兴者",看不出毛、郑说的是兴义,不知道朱子何所见而云然,想是他用了郑樵《诗辨妄》一说,张冠李戴弄错了?周孚《非诗辨妄》说:"郑子曰:笃公刘敦彼行苇,牛羊勿践履。言道中之苇无践之而后能成,以兴兄弟不远弃而后能亲。非曰:苇之为物微矣,以况兄弟,何义乎?且以为比耶兴耶?以为比则不类,以为兴则郑子又以为比也。为(治)诗而不知比兴,适足以自惑也。"郑樵以此诗为比兴之义似乎未可厚非,非之者以苇为微物不可比况兄弟,论比兴太拘泥,也不见得是。《朱传》说:"兴也。……疑此祭毕而燕父兄耆老之诗。言敦彼行苇而牛羊勿践履,则方苞方体而叶泥泥矣。戚戚兄弟而莫远兴尔,则或肆之筵而或授之几矣。此方言其开燕设席之初,而殷勤笃厚之意蔼然已见于言语之外矣。读者详之。"就诗论诗亦似可通。但据《诗》今文家所用诗本事来说,公刘仁德,恩及草木,出行不履生草,运车以避葭苇。那就诗用赋义,不是比兴之义了。又朱子《辨说》道:"此诗章句本甚分明,但以说者不知比兴之体,音韵之节,遂不复得全诗之本意而碎读之,逐句自生意义,不暇寻绎血脉,照管前后。但见'勿践行苇'便谓仁及草木,但见'戚戚兄弟'便谓亲睦九族,但见'黄耇台背'便谓养老,但见'以祈黄耇'便谓乞言,但见'介尔景福'便谓成其福禄,随文生义,无复伦理。诸《序》之中,此失尤甚。览者详之。"可见这是朱子攻击《诗序》十几个重点中的一个重点,连《毛诗》所分章句也一起攻击。

清代学者为此《诗序》辩护而反攻朱子一说的不乏其人。陈启源《稽古编》说:"《行苇·后叙》,东莱疑为讲师附益,容或有之。朱子讥其随文生义,无复伦理,恐不然。仁及草木,爱物也。内睦九族,亲亲也。尊事黄耇,敬老也。总为王者忠厚之道,何谓无伦理哉?又谓说诗者不知比兴之体,音韵之节。此特以毛、郑二家指'行苇勿践'为忠厚之实事,不以为兴;而'或肆之筵'四句故言自为一章(原注:毛公分章谓之故言),不以几字上叶尔字,御字下叶嘼字耳。殊不知诗即行苇一物见王者爱物之仁,于义自通,何必判为兴体?又此篇毛分首章为六句,次章四句,三章六句,后四章四句,文义允惬(说见《吕记》)。必欲易之以然韵,则'或肆之筵'四句分属两章,在本章既遭割裂,在前后章复成赘疣矣。《三百篇》中同韵而异章、同章而异韵者,不仅此诗,能悉更定之乎?又因'曾孙'二字疑此诗祭毕而燕,恐未必然。曾孙虽是主祭之称,然非祭时亦可称也。《貍首》诗言射不言祭,亦云曾孙侯氏矣。蒯聩自称曾孙以告三祖(哀二年),乃是战时,非祭时。"凡朱子对此《诗序》攻击的各点无不一一反攻给以各个击破。胡承珙《后笺》说："案此诗章首即言'戚戚兄弟'，自是王与族燕之礼，与凡燕群臣国宾者不同。然所言献酢之仪，殽馔之物，音乐之事，皆与《仪礼·燕礼》有合。则其因燕而射，亦如《燕礼》所云'若射则大射正为司射'，是也。至末言'以祈黄耇'，则又如《文王世子》所谓'公与父兄齿'者，此其与凡燕有别者也。然则此诗只是族燕一事，而射与养老连类及之。《序》以睦族为内，养老为外，盖由养九族之老而推广言之，以见周家忠厚之至耳。《序》文因诗推及言外者，每多如此。《疏》谓族是近亲，黄耇则及他姓，故言内外以别之，非是。《笺》以'敦弓既坚'以下为将养老而射以择士，'曾孙维主'以下为养老而成其福禄，则与前章族燕截分二事。其实经文饮燕序射以次相承，绝非判而为二，《笺》义似失经旨。至《集传》以为祭毕而燕射以为乐，则《三礼》无文，尤不足据矣。"他论这诗主题是言王与族燕之礼而射与养老连类及之，并为《诗序》言"内睦九族，外尊事黄耇"一点回护，都可不算错。不过依今文三家来说，这诗说的是关于公刘的事。不但公刘时代还没有所谓《三礼》，便是武王伐纣以前所谓三后之世也还没有一定的礼制。即令这诗作于成王之世，说的却是先公先王的事，从诗说《礼》则可，如必拘《礼》求诗，不失之拘便失之诬了。《朱传》论这诗主题固误，倘据《三礼》来驳，也并不是妥当的。

我们可以认定这诗说的确是关于周代开国伟大人物之一公刘的史事，不妨作为《笃公刘》一诗歌颂公刘的附篇，作为史诗、叙事诗来读。同样，《思文》可以作为《生民》一诗歌颂后稷的附篇；《天作》可以作为《绵》诗歌颂太王的附篇；《思齐》、《灵台》、《文王有声》、《清庙》、《维天之命》、《我将》诸诗，可以作为《文王》一诗歌颂文王的附篇；《下武》、《维清》、《时迈》、《执竞》、《载见》、《武》、《桓》、《赉》、《般》诸诗，可以作为《大明》一诗歌颂武王的附篇。在周代开国六大人物中，只有王季一人仅见歌颂于《皇矣》一诗，此外没有看见歌颂到他的篇章，王季要算是周代开国英雄人物中间的蜂腰了。

既　　醉

既醉以酒,既饱以德。君子万年！介尔景福。
既醉以酒,尔殽既将。君子万年！介尔昭明。
昭明有融,高朗令终。令终有俶,公尸嘉告。
其告维何？笾豆静嘉。朋友攸摄,摄以威仪！
威仪孔时,君子有孝子。孝子不匮,永锡尔类。
其类维何？室家之壸。君子万年！永锡祚胤。
其胤维何？天被尔禄。君子万年！景命有仆。
其仆维何？釐尔女士。釐尔女士,从以孙子！

【解题】

《既醉》,叙述西周盛时王者祭毕飨燕而公尸祝福之诗。这诗在《三百篇》中也是最难直解的一篇,因为有些字句旧注都不得其解,尤其是关于第三章和最后两章几乎全部误解。

《诗序》说:"《既醉》,大平也。醉酒饱德,人有士君子之行焉。"这和诗旨不甚合。《严缉》说:"此诗成王祭毕而燕群臣也。太平无事而后君臣可以燕饮相乐,故曰大平也。讲师言醉酒饱德,止是首章二语,又言人有士君子之行,非诗意矣。"这评述《诗序》话说得很平稳。《朱传》说:"此父兄所以答《行苇》之诗,言享其饮食恩意之厚而愿其受福如此也。"这话恐怕不对。怎见得这诗和前篇《行苇》是王和族人宴一唱一和之作？《行苇》不见得是关于祭祀之诗,前篇已经说过。范家相驳《朱传》不错,《诗沈》说:"此止是王与群臣祭毕饮燕于寝而群臣颂君之词,非父兄之答《行苇》也。《行苇》但言燕射而不言祭。此篇特言公尸嘉告,笾豆静嘉,明其为祭毕之燕也。"《严缉》、《范沈》都触及了这诗的主题,较《毛序》、《朱传》为合。

《诗序》说"人有士君子之行",这话怎讲？按诗四章述公尸嘉告之词说:"其告维何?笾豆静嘉。朋友攸摄,摄以威仪。"《毛传》说:"言相摄佐者以威仪也。"《郑笺》说:"公尸所以善言告之是何故乎?乃用笾豆之物絜清而美、政平气和所致故也。朋友,谓群臣同志好者也。言成王之臣皆有仁孝士君子之行,其所以相摄佐威仪之事。"这里才找到了人有士君子之行一语的意义。但玩诗的大旨并不在这里。《孔疏》说:"四章下二句言相摄以威仪,五章言君子有孝行,是有士君子之行。此二事是太平之实,故《序》特言之。"他不曾领会到"朋友攸摄,摄以威仪"二句是指群臣;"威仪孔时,君子有孝子"二句是说王;君子是专指王,非泛指人。便说太平之实在此也很牵强。陈奂《传疏》于"釐尔女士"句下说:"釐,读为赉。《楚茨·传》、《赉·序》皆云:'赉,予也。'《正义》引《尔雅》:'釐、予,赐也。'今《释诂》作:'赉、予,赐也。'釐、赉声同,予、赐义同。尔,亦女也。尔女二字连文。《孟子·尽心篇》:'人能充无受尔女之实。'此即尔女连文之证。《序》云:'人有士君子之行。'即指此章末之士而言之也。《繁露·俞序》篇云:'是亦始于麤粗,终于精微,教化流行,德泽大洽,天下之人人有士君子之行而少过矣。'案董说虽不释诗而与诗义合。毛读女音汝,郑读女如字。《笺》云:'予女以女而有士行者,谓生淑媛使为之妃。'与《毛诗·序》不合,而与《列女传·母仪》篇引《诗》义合,盖郑用《鲁诗》也。"他申这诗句毛义未必是。毛读女为汝,《传》无明文。尔女虽可连文,未必适用于此诗句。他以为:《诗序》说的人有士君子之行即指此章末之士而言之,未免牵强附会。

这诗末章说的"釐尔女士",这话怎讲?已见上文的《郑笺》一说,陈奂《传疏》一说,都非确诂。王先谦《集疏》说:"《列女·涂山氏传》:涂山氏既生启,独明教训而致其化焉。及启长,化其德而从其训,卒致令名。君子谓涂山强于教诲。《诗》云:'釐尔士女,从以孙子。'此之谓也。陈乔枞云:此作士女,盖鲁文,与毛异。马瑞辰云:……《列女传》引作士女,谓女而士行。犹《都人士》诗言'彼君子女',谓女而君子者也。《笺》'女而有士行'者,正释经文'士女'。今《毛诗》作'女士'者,后人顺《笺》文而误。愚案马说是。士女,实字在下,虚字在上,故释为女而有士行,君子女即其明证。若作女士,则实字反在上,古人无此属文之法。当从《鲁诗》正作'士女'为是。"他本来说过这诗"三家无异义",这里又指出《鲁诗》于"釐尔女士"作"釐尔士女",并从《郑笺》所释,不能不说这是一个异义了。因为这已牵涉到《诗序》,即论到诗的主题。俞樾《群经平议》说:"谨按,以'女士'为女有士行,其说巧矣。然经文平易,恐不如是也。《甫田》篇:'以穀我士女'。此云'女士',彼云'士女',倒文以协韵耳。下云'从以孙子','孙子'即'子孙',则'女士'即'士女'也。……《夏小正》'绥多女士','女士'亦即'士女'也。臧氏琳曰:《毛诗》、《周礼》、《仪礼疏》皆引'绥多士女',今本误倒。然士女、女士于义俱通,不必乙正。"他说士女、女士两作都通,不错。他和臧琳都像以为这是兼指男女。果真如此,就说对了。我以为这章诗的大意说:您的奴仆怎样?赐给您的奴仆有女有男,还加以他们的子孙世袭做您的奴仆。在当时社会发展的阶段中,人们认为老天爷命把男女奴隶和奴隶头目赐给大奴隶主,大奴隶主又把他们留给子孙或分赐小奴隶主,这是当然的事。不是在周金文中就屡见赐奴隶和奴隶头目的记载,有《作册夨令簋》、《大盂鼎》、《不嬰簋》等铭文可证吗?(详见郭沫若《两周金文辞大系》四页,又《中国古代社会研究》二三九页、二九六页、三〇一页)总之,《既醉》一诗的作者根据了当时的"活见鬼"——公尸的好意的祝告写来,反映了当时所有大奴隶主的思想和愿望。

凫 鹥

凫鹥在泾!公尸来燕来宁。尔酒既清,尔殽既馨。公尸燕饮,福禄来成!

凫鹥在沙!公尸来燕来宜。尔酒既多,尔殽既嘉。公尸燕饮,福禄来为!

凫鹥在渚!公尸来燕来处。尔酒既湑,尔殽伊脯。公尸燕饮，福禄来下！

　　凫鹥在渚！公尸来燕来宗。既燕于宗，福禄攸降。公尸燕饮，福禄来崇！

　　凫鹥在潀！公尸来止熏熏。旨酒欣欣，燔炙芬芬。公尸燕饮，无有后艰！

【解题】

　　《凫鹥》，当是举行绎祭、宴饮公尸之诗。古时天子诸侯祭祀，祭的明日又祭叫做绎祭。第一日正祭，重在享祀神灵；第二日绎祭，重在宴饮公尸。何谓公尸？扮神受祭的叫做尸，尊称公尸、神尸、皇尸。尸是神的代表，所谓"象神"，但并不就是神。天子行祭，尸用卿大夫。《尔雅·释诂》："公，君也。"故称公尸。宗庙之祭，尸用同姓而已经无父的嫡子。不是宗庙之祭，尸用异姓，也可以用同姓。如《孔疏》引《石渠论》说，周公祭天用太公为尸，是用异姓；《白虎通》说，周公祭泰山用召公为尸，是用同姓。姜炳璋《诗序广义》说："杜氏谓燕尸上古朴陋之礼者，非也。方氏观成云：古人立尸自有深意。祭如在，祭神如神在。虽精心，亦凭尸象方能从形影中感召出来。然毕则罢之，则又人鬼不渎，而民无惑志。惟妇人无尸。"按，妇人也有尸，《士虞礼》说："男，男尸。女，女尸。"难道不是吗？杜预说燕尸是上古朴陋之礼，正自不错。祭必立尸，这是上古时代先民以为地天通、人神杂糅、巫能降神、一系列的宗教思想的一种具体表现。但在今日我们看来就不免觉得它荒谬可笑，真可以说是神气活现、活见鬼了。

　　《诗序》说："《凫鹥》，守成也。大平之君子能持盈守成，神祇祖考安乐之也。"何谓守成？大平之君子是谁？说神祇祖考安乐之，是不是说天神、地祇、人鬼一道来祭？《郑笺》说："君子，斥成王也。言君子者，大平之时则皆然，非独成王也。"这里算是先答复了第二个问题。《孔疏》说："作《凫鹥》诗者，言保守成功不使失坠也。致太平之君子成王能执持其盈满，守掌其成功，则神祇祖考皆安宁而爱乐之矣。故作此诗以歌其事也。上篇言太平，此篇言守成，即守此太平之成功也。太师次篇见有此义，叙者述其次意，故言太平之君子，亦乘上篇而为势也。……神者天神，祇者地祇，祖者则人神也。经五章，毛以为皆祭宗庙，则是祖考耳；而兼言神祇者，以推心事神，其致一也。能事宗庙则亦能事天地，因祖考而广言神祇，明其皆安乐之也。"这里算是总答复了我们上文对《诗序》提出的三个问题。

这是关于"公尸燕饮"之诗，诗中已自表明。但是还有问题，究竟是全篇通言燕宗庙的公尸呢，或是各章分言燕宗庙和天地神祇的公尸呢？上文及章指所引《孔疏》，它是据《诗序·毛传》作解，以为全指燕宗庙的公尸。这是《诗》古文家说。王先谦《集疏》以为《诗》今文"三家无异义"，可是他于诗三章下又说："《易林·噬嗑之中孚》：'璃英朱草，仁政得道。凫鹥在渚，福禄来下。'又《同人之剥》：'文山紫芝，雍梁朱草。长生和气，王以为宝。公尸侑食，福禄来处。'又《蛊之涣》：'紫芝朱草，生长和气。公尸侑食，福禄来下。'陈乔枞云：此诗'公尸'，《笺》以首章为祭宗庙，次章祭四方万物，三章祭天地，四章祭山川社稷，末章祭七祀。宋儒讥其臆说。然据《毛序》以神祇与祖考并举，断非专指宗庙而言，《正义》申毛以五章皆属宗庙，非也。郑于《诗》兼通三家，以五章分配宗庙、天地、社稷及四方群祀，必非无据。马瑞辰以为古者祭天地社稷虽皆有尸，然不闻有宾尸之礼，绎而宾尸，惟于宗庙见之，决此诗为宗庙绎祭。余谓马说未审。《周颂·丝衣·序》云：'绎，宾尸也。高子曰：灵星之尸也。'正以《序》言'宾尸'，不明为何祭之尸，故特著此语。《续汉志》云：'祠后稷而谓之灵星者，以后稷又配食星也。'《古今注》：'元和三年，初为郡国立稷及祠社灵星礼器。'是古者灵星之祀与社稷为类。祭灵星有绎宾尸之礼，则祭天地、社稷及方祀、群祀之皆有宾尸，亦足以明矣。《易林》有'璃英朱草，仁政得道'之文，盖以王者德至天地，天下太平，符瑞并臻，则三章之为祭天地，此亦其确证也。"依他这样说来，《郑笺》以五章分配宗庙、天地、社稷及四方群祀宾尸之礼，也有确证。郑盖据三家为说，这就不能不说三家颇有异义了。

这诗毛、郑说有不同,正反映《诗》今古文之异。欧阳修《诗本义》说:"凫鹥在泾在沙,谓公尸和乐,如水鸟在水中及水旁得其所尔,在渚、在潈、在亹,皆水旁尔。郑氏曲为分别,以譬在宗庙等处者,皆臆说也。"此论近是(陈启源《稽古编》遍考先秦经籍,以为三才群祀皆有尸,然而未能确证此诗各章公尸为何祀之尸)。后来《朱传》也不从郑而从毛。也就是说,他们从古文而不从今文了。

小结——《既醉》、《凫鹥》两诗同是有关公尸之作,究竟有什么不同呢?范处义《补传》说:"《既醉》、《凫鹥》皆祭毕燕饮之诗,故皆言公尸。然《既醉》乃诗人托公尸告嘏以祷颂,《凫鹥》则诗人专美公尸之燕饮。"胡承珙《后笺》说:"《既醉》为正祭后燕饮之诗,《凫鹥》为事尸日燕饮之诗。""二诗皆公尸。上篇云:'孝子不匮。'明为宗庙祭祀。此篇公尸自不应有异。"

假　　乐

假乐君子,显显令德。宜民宜人,受禄于天。保右命之,自天申之!

干禄百福,子孙千亿。穆穆皇皇,宜君宜王。不愆不忘,率由旧章!

威仪抑抑,德音秩秩。无怨无恶,率由群匹。受福无疆,四方之纲。

之纲之纪,燕及朋友。百辟卿士,媚于天子。不解于位,民之攸墍!

【解题】

《假乐》,是颂美王者之诗。不知道诗人为谁为何王而作,但知为王与群臣相宴乐而作。歌颂的内容不外王者敬天、法祖、用贤、息民、多福禄、多子孙,希望人民没有反抗而已。但是诗并不曾明言希望人民没有反抗,只说人民要得到休息、得到喘息的机会而已。

《诗序》说:"《假乐》,嘉成王也。"只此简单一句。《孔疏》说:"作《假乐》诗者,所以嘉美成王也。经之所云,皆是嘉也。正诗例不言美,以见为经之正。因训假为嘉,故转经以见义,且乘上篇为次,以其能守成功,故于此嘉美之也。"《朱传》殆因此诗中有"燕及朋友"的话,又恰好和上篇说"公尸燕饮"的相次,便说"疑此公尸之所以答《凫鹥》也"。陈启源《稽古编》驳他说:"以《假乐》为尸答赋,一似宾尸时王与公尸即席唱酬者,尤令人难信。"姜炳璋《诗序广义》说:"成王之守成而致太平,其实功实事皆于此篇发之。"好像这诗真是嘉美成王了。至若王闿运《补笺》说:"假,嘉,嘉礼也。盖冠词。成王抗世子法,故有冠礼。""宜王者,未王也。时周公摄位。"他说这诗是周公为成王举行冠礼的冠词。仅据一假字转训为嘉字就说成是嘉礼冠礼,一转弯再转弯三转弯,恐怕不见得可靠。

考今文三家遗说,以为这是美宣王之诗。魏源《诗古微·诗序集义》已载如上。① 王先谦《集疏》说:"《论衡·艺增》篇:《诗》言'子孙千亿',美宣王之德能慎(顺)天地,天地祚之,子孙众多,至于千亿。是《鲁诗》与《毛序》嘉成王不同。齐、韩未闻。"依魏源、王先谦用《诗》今文说来说,这诗不是嘉成王而是美宣王了。孰得孰失,谁能判定?

还有说这诗是美武王的,见于何楷《古义》。他说:"《假乐》,赞美武王之德,为祭武王之诗。""所以知为美武王者何也?有三征焉。《大明》之诗曰:'笃生武王,保右命尔,燮伐大商。'今此诗亦有'保右命之'之语,一也。《中庸》:'子曰,舜其大孝也与?德为圣人,尊为天子,富有四海之内,宗庙享之,子孙保之。故大德必得其位,必得其禄,必得其名,必得其寿。故天之生物,必因其材而笃焉。故栽者培之,倾者覆之。《诗》曰:嘉乐君子,宪宪令德。宜民宜人,受禄于天,保佑命之,自

---

① 编按:《诗序集说》云:"《假乐》,美周宣之德也。宣王能顺天地,祚之子孙千亿,卿士多贤,皆德获天佑所致也。"

天申之。故大德者必受命。'夫舜起匹夫为天子,武王自诸侯有天下,其事相类,故孔子合言之。知此诗非咏守成之诗,二也。又篇中云:'穆穆皇皇,宜君宜王。'按《礼》云:'天子穆穆,诸侯皇皇。'旧说亦皆以君为诸侯,王为天子。夫以一身而兼历诸侯、天子者,惟汤、武而已,三也。所以知为祭诗者,以'子孙千亿'一语知之。凡《诗》中言子孙,多是对祖考而言,纪述庙中所见也。《大雅》咏文王诗最多,其专为武王咏者唯此一诗而已,疑亦周公所作。太史公云,夫天下称颂周公,言其能论歌文、武之德。"尽管他说得未必对,却是能够自圆其说。说《诗》以博学雄辩见长,当推他的《古义》和魏源的《古微》。这也可以作为何楷说《诗》令人解颐的一例。再下面读到《泂酌》篇还要举他的一说为例。

公　　刘

笃公刘!匪居匪康。乃埸乃疆,乃积乃仓。乃裹糇粮,于橐于囊。思辑用光。弓矢斯张,干戈戚扬,爰方启行!

笃公刘!于胥斯原。既庶既繁,既顺乃宣,而无永叹。陟则在巘,复降在原。何以舟之?维玉及瑶,鞞琫容刀!

笃公刘!逝彼百泉,瞻彼溥原。乃陟南冈,乃觏于京。京师之野:于时处处,于时庐旅,于时言言,于时语语。

笃公刘!于京斯依。跄跄济济,俾筵俾几,既登乃依。乃造其曹,执豕于牢;酌之用匏。食之饮之,君子宗之。

笃公刘!既溥既长。既景乃冈,相其阴阳。观其流泉;其军三单,度其隰原。彻田为粮;度其夕阳,豳居允荒!

笃公刘!于豳斯馆。涉渭为乱,取厉取锻。止基乃理,爰众爰有,夹其皇涧,溯其过涧。止旅乃密,芮鞫之即!

【解题】

《公刘》,也是周人自己叙述开国历史的诗篇之一,这可以作为第二篇。因为在周人先公先王历史上,后稷是第一个伟大的人物,公刘是第二个伟大的人物。此诗叙述公刘统率部落从邰迁豳的事迹。《毛传》说:"公刘居于邰,而遭夏人乱,迫逐公刘。公刘乃避中国之难,遂平西戎,而迁其民邑于豳焉。"公刘是从邰迁豳吗?为什么迁豳呢?《毛传》说得太简略。胡承珙《后笺》说:"据此(《传》),公刘之迁必非由戎狄而来。盖自不窋失官窜狄,公刘复兴,必已还居邰地。至夏乱见迫,或以邰地逼近,故特改邑于豳,以豳邻西戎,为中国不争之地。平西戎者,《正义》所谓'与之交好,得自安居',是也。《白虎通义·京师》篇云:'后稷封于邰,公刘去邰之邠。《诗》云:即有邰家室。又曰:笃公刘,于邠斯观。周家五迁,其义一也。'此当本三家《诗》,其说正与毛同。《传》又云:'诸侯之从者十有八国。'毛公所据周、秦古书,尤可见公刘是避中国之乱而迁近西戎,故有诸国相从,必非由戎狄而来迁矣。第其迁也,不遇改邑于豳以安其民,未必遂弃邰不有。以经文证之,'乃积乃仓',尚在邰地。即末章'涉渭为乱',亦必仍有邰地,乃能渡渭而南耳。或疑邰在今武功县,豳在今邠州,相去仅百余里,似不必裹粮陈兵如此举动。不知今之图经亦只能约略所在,当时地旷民稀,安见后稷所封之邰与公刘所邑之邠相去不稍远于今地?况迁国徙民,又值乱世,陈兵裹粮乃事之宜。此皆不足以致难者也。"这申《毛传》,说明了公刘确是因为夏乱由邰迁豳。陈奂《传疏》也说:"公刘乘夏人乱,自邰之豳,非失邰也。豳亦非周故有也。周故有邰地,后公刘启豳土,故诗中纪邰豳风土綦详。""治场积谷,是纪居邰事也。……裹糇粮于橐囊,是纪去邰事也。《孟子·梁惠王》篇引《诗》释之:'居者有积仓,行者有裹粮。'赵注云:'乃积谷于仓,乃裹盛干食之粮于橐囊也。'公刘迁豳,固未尝失邰矣。"此诗说公刘由邰迁豳的事迹,大概如此。

《诗序》说:"《公刘》,召康公戒成王也。成王将莅政,戒以民事,美公刘之厚于民而献是诗也。"《郑笺》说:"公刘者,后稷之曾孙也。夏之始衰，见迫逐，迁于豳，而有居民之道。成王始幼少，周公居摄政，及归之成王，将莅政，召公与周公相成王为左右。召公惧成王尚幼稚，不留意于治民之事，故作诗美公刘以深戒之。"此诗果如毛、郑所说，是召康公戒成王之作吗？陈奂说："召公献《公刘》，周公陈《七月》。召公相雒，周公营雒，左右成王，二诗并作。"他肯定此诗是召康公所作，作在成王将要亲政的时候。周公营雒归政在成王七年（公元前一一〇九），那么，诗该作在这个时候了？王先谦《集疏》说："《史记·周本纪》：'公刘虽在戎狄之间，复修后稷之业，务耕种，行地宜。自漆沮渡渭取材用。行者有资，居者有蓄积。民赖其庆，百姓归之，多徙而保归焉。周道之兴自此始，故诗人歌乐思其德。'《索隐》：'即《诗·大雅》篇笃公刘是也。'此鲁说。《易林·家人之临》：'节情省欲，赋敛有度，家给人足，公刘以富。'此齐说。《吴越春秋》一：'公刘避夏桀于戎狄，变易风俗，民化其政。'《吴越春秋》五：'昔公刘去邰而德彰于夏。'此齐说。据鲁说，诗专美公刘，不关戒成王，亦不言召公作。齐、韩当同。"据此可知这诗主旨《诗》今古文说不同。

过去学者或以为《七月》、《公刘》都是豳人旧作，即作在公刘之世。如金履祥、何楷以及方玉润，都持此说。方氏《诗经原始》说："金仁山谓《七月》及《笃公刘》皆豳之遗诗。其言曰：《笃公刘》下视《商颂》诸作同一蹈厉，《七月》亦然。岂至周、召之时而后有此哉？且周诗固有追述先公之事者，然皆明著其为后人之作。《生民》之诗，述后稷之事也，而终之曰'以迄于今'；《绵》之诗，述古公之事也，而系之以文王之事。此皆后人之作也。若《笃公刘》之诗，极道冈阜、佩物、物用、里居之详；《七月》之诗，上至天文气候，下至草木昆虫，其声音、名物、图画所不能及，安有去之七百岁而言情状物如此之详，若身亲见之者？又其末无一语追述之意，吾是以知决为豳之旧诗也。案，此说深为有理。然则此诗者固当日豳民咏公刘之旧诗，而周、召之徒传之，以陈于嗣王欤？愚谓《序》以此为召康公作者，盖因《七月》既属之周公，则此诗不能不属诸召公矣。其有心附会周、召处明白显然，即二诗之为豳旧作，亦可概见。二公当日陈之王前,未必不联名具上,以见同心辅政之诚;而后世强分而属之谁作者,适成其私心臆测之见而已。是乌可与谈《大雅》之乐哉?"金仁山说《公刘》、《七月》豳之旧作,好像有理。但细看两诗,《公刘》较为简单朴素,《七月》则较复杂丰富。即令《七月》是豳之旧作,也该经过不止一时一人的许多添补,总结了几百年的农民经验,我在《七月·解题》已经说到了。《公刘》是否豳之旧作?传说公刘生在夏、商之际,那时还不一定有这样的诗篇,即令其有,也该和《七月》一样经过民间或周族长时期的流传,又经过后来采诗作乐的人一些加工。方玉润既相信《公刘》、《七月》是豳之旧作;又说"周、召之徒传之,以陈于嗣王",又说"二公当日陈之王前,未必不联名具上",这比之《诗序》把此二诗分属周、召二公,更是有心附会,更是私心臆测,更令人发笑了。

上文提到传说公刘生在夏商之际,有何根据?《史记·周本纪》说:"后稷卒,子不窋立。不窋末年,夏后氏政衰,去稷不务。不窋以失其官,而犇戎狄之间。不窋卒,子鞠立。鞠卒,公刘立。"依司马迁说,从后稷到公刘刚好四代,公刘是不窋的孙、后稷的曾孙。但《史记·刘敬传》里又说:"周之先自后稷,尧封之邰,积德累善十有余世,公刘避桀居豳。"前后记载自相矛盾。难道是传闻异辞,故尔彼此参差?从后稷到公刘究竟是四世?还是十有余世呢?刘敬说"公刘避桀居豳",《汉书》所记与《史记》同,《古今人表》把公刘列在夏末。假使公刘真是夏桀时人,从唐、虞到夏桀四五百年间,而从后稷到公刘只有四代,就太不合事理了。我以为《周本纪》"后稷卒,子不窋立","后稷卒"三字下或有脱误,脱去了若干代不见记载。戴震《毛郑诗考正》说:"按,周自公刘始居豳,书传阙逸,莫能详其时世。考《国语》、《史记》所录。祭公谋父谏穆王曰:'昔我先王(原注:俗本《国语》脱去王字,宋本及《史记》并有)世后稷以服事虞、夏。及夏之衰也,弃稷弗务。我先王不窋用失其官,而自窜于戎狄之间。'盖不窋已上,世为后稷之官,不知凡几传至不窋,然后失其官也。夏之衰疑值孔甲时,《史记》称孔甲淫乱,夏后氏德衰,诸侯畔之。殆后稷之官及有邰之封,此时乃相因而失。诸侯侵夺,天子不正之,是以远窜。禹至孔甲三百余年,据《史记》十一世十四君;则有邰始封至不窋亦且十余世。《周本纪》曰:'封弃于邰,号曰后稷,别姓姬氏。后稷之兴,在陶唐、虞、夏之际,皆有令德。后稷卒,子不窋立。'……《史记》不曰弃卒而曰后稷卒,且上承'后稷之兴,在陶唐、虞、夏之际,皆有令德',此书法也。世次中阙,莫知其名。继弃而为后稷,谨修其官守,以至不窋,是不一人,故曰'皆有令德'。及最后为后稷者卒,其子不窋立,末年而失其世世守官,微窜之际,殆不绝如缕,典文谍记一切荡然。虽公刘复立国于豳,后已无旧人能追先世之代系。故《国语》称十五王,不数其皆有令德而世后稷者。汉刘敬对高帝曰:'周之先自后稷,尧封之于邰,积德累善十有余世。公刘避桀居豳。'所谓'积德累善,十有余世',与《本纪》'皆有令德'之文,是汉初相传,咸知不窋已上代系中隔矣。其曰避桀者,传闻异辞,而系之桀,时则近之。汤代桀,至纣十七世,《国语》、《史记》公刘至文王十二世(《世本》十六世)。孔甲之后,帝皋、帝发、帝桀;不窋之后,鞠、公刘,此代系不相远者。"这说明了最初弃为后稷,后稷原是封号或者说是官名。《史记》书后稷卒,子不窋立,这后稷不是指弃,乃是紧接上文总括自陶唐至虞、夏之际若干代皆有令德的后稷,而不窋其人正是皆有令德者以后的玄稷不务以失其官的一个。同时说明了从最初后稷弃,中经不窋,直到公刘的代系大概,以及公刘约为何时人。这于史事于文义都说通了,也就是把这段《史记》读通了,拿来说这诗也就通了。

诗里一再说到京,又说京师之野。从此以后,京或京师渐成为国都的通称。在此以前,所传夏商的国都只称做邑。殷虚甲骨文中屡见"作邑"的记载。邑的初义怎样?金鹗《求古录礼说·邑考》一文说:"邑者,民居之所聚也。《释名》云:'邑,犹俋也,邑人聚会之称也。'《说文》:'邑,国也,谓国都所在也。'《易·泰》之上六云:'自邑告命。'《诗·大雅》云:'作邑于丰。'《商颂》云:'商邑翼翼,四方之极。'《周书》云:'作新大邑于东国洛。'是天子诸侯之国皆称为邑,要皆以国城所在为言,非通一国之地而言也。《白虎通》云:'夏曰夏邑,商曰商邑,周曰京师(原注:京,大也。师,众也。京师者,大众之称)。'然周称京师,亦未尝不称邑。《召诰》言周公达观于新邑营。《洛诰》云:'祀于新邑。'又武王之妃谓之邑姜。是周亦称邑也。邑为民居所聚,民居有多少,故邑有大小,极其大而言之,则为王都之邑,极其小而言之,则有十室之邑,其间大小不等,未可枚举也。"他还说到"邑有在野者,聚于一处,犹今之村落",那么,十室之邑当是村落了。公刘的京师是城市呢? 还是村落呢? 汉儒都认为是城市,是国都。《大雅·绵》叙述太王迁岐,建筑城郭宫室。我想不是从他们开始才知道修筑城市,尽管有人不相信鲧、禹筑城的传说,乃至正史关于上古城邑宫室起源的记载。据《史记·五帝本纪》、《夏本纪》、《秦始皇本纪》:黄帝"邑于涿鹿之阿,迁徙往来无常处,以师兵为营卫"。尧"堂崇三尺,茅茨不翦"。尧、舜"采椽不刮,茅茨不翦"。舜"一年而所居成聚,二年成邑,三年成都"。禹"卑宫室,致费于沟洫"。可以考知从黄帝到夏禹一个时期城邑宫室之制粗具规模,盖已渐由野蛮时代而进入文明时代了。公刘下距太王只五六百年,《公刘》篇所说的京师当是由村落而建立的城市,不然就无以容纳公刘带去的那么多的军民。那么,周家五迁,一迁于豳,再迁于岐,三迁于丰,四迁于镐,五迁于洛,除洛先已作邑外,其余都是迁时作邑,新作城市,这是从夏末公刘迁豳开始的。《白虎通》说:"笃公刘,于邠斯观(馆)。周家五迁,其意一也,皆欲成其王道也。"这是说,周家五迁的意义只有一个,都是要成就他们的王道。周家王道从公刘迁豳开始了第一次的成就。恩格斯《家族、私有制和国家的起源》九章《野蛮时代和文明时代》里说:"新的设防城市的周围都围绕以高峻的墙壁,在它们的壕沟中掘了氏族制度的坟墓,而它们的尖塔已经注视文明了。"公刘的建立京师当是周人有城市的开始,也就是周人由原始文化进入文明的开始,也就是所谓王道的开始。逼处西戎的公刘已经在挖掘氏族制度的坟墓,这时中国西北周人的氏族制度社会开始解体,要和中原的夏、殷人争着并驾齐驱了罢。

公刘当是周人从氏族社会向奴隶社会过渡时期的一个伟大的人物。从安阳殷虚发掘以后，从郭沫若写《中国古代社会研究》和《奴隶制时代》以来，一些新史学家结合了纸上的材料《易》、《书》、《诗》和地下的材料甲骨文、金文及其伴随出土的其他古器物而研究的结果，大都肯定殷商是奴隶制社会。因而我们要说周人从氏族制向奴隶制过渡也是从夏末商初开始，就是说，从公刘时候开始，不是没有根据的。陈奂说："《释文》引《书大传》云：公，爵。刘，名也。疑公刘为商之三公，故称公。受商命，故得张弓矢、秉斧钺。公刘当日必有佐成汤平攘西戎之功焉。《后汉书·西羌传》：'后桀之乱，畎夷入居邠岐之间，成汤既兴，伐而攘之。'则《毛传》所云'公刘平西戎'者，盖在此时也。要之，唐、虞以来、终夏之世国于邠，夏末商初国于豳。历公刘、庆节、皇仆、差弗、毁隃、公非、高圉、亚圉、公组至古公亶父，自豳而岐焉。邠、岐、豳皆属汉右扶风界内，泾水之南，渭水之北。"他说公刘佐成汤平西戎虽然是推测也还有点根据。至少公刘迁豳也得和邻近的西戎部落打好交道。还有不窋自窜于戎狄之间，在什么地方呢？他却遗漏了。陈启源《稽古编》说："不窋窜翟，公刘迁豳，其故迹多载图经。《史记正义》云，《括地记》：'不窋故城在庆州宏化县南三里。'案，唐庆州即汉北地郡，今为庆阳府。不窋冢在府城东三里，城内有不窋庙。是不窋窜居在今庆阳府也。郑氏《豳谱》云：'今属右扶风栒邑。'《史记正义》云：公刘徙漆县。《括地记》：'豳州新平县，即汉漆县也。'案，栒邑在今西安府邠州三水县西二十五里。邠州西有新平废县，本汉漆县。而公刘墓及庙皆在邠州城东六十里。是公刘迁都在今邠州也。庆阳与邠州相去五六百里，两地本甚县隔。然庆阳旧号北豳，韦昭注《国语》以不窋窜戎为在豳，殆以此与？又庆阳之宁州治西亦有公刘邑，宁州亦称豳宁。意豳都独在漆县，而豳地所统则兼及于北地乎？但公刘侯国，其封域广轮不应及五六百里之远。盖夏时西裔已弃为戎翟之居，土旷民稀，不得以常制限也。"陈长发用后世封建诸侯的制度说公刘不应该占有那么广大的地区，他像陈硕甫说公刘要做了像后世的三公才有张弓矢秉斧钺的体制一样，都是不合当日历史实际的。但是他考出了公刘占有如今甘陕泾渭之间庆阳和武功邠县一带，差不多要上地方千里的一大块土地，可使我们了解到当日公刘不只是一个小小部落的酋长。试想，公刘统率了一大批军民迁豳，还有十八个部落随从的人（已见上引《毛传》），张弓矢，秉斧钺，自己还佩带宝剑，不像是初期奴隶社会里的一个"英勇领袖"吗？近来学者根据《史记·匈奴列传》："夏道衰，而公刘失其稷官，变于西戎，邑于豳。"便以为公刘在豳也和西戎一样："居于北蛮，逐畜牧而转移。""毋城郭，常处耕田之业，然而各有分地。毋文书，以言语为约束。""因射猎禽兽为生业。"这样的经济文化都还停滞在氏族社会的前期。这说不对。公刘不像是还过游牧生活的人。《公刘》一诗可证他及其所属部落迁豳建立"京师"，"于豳斯馆"，明明有了城市宫室。诗说："相其阴阳，观其流泉"，"度其隰原，彻田为粮"，明明有了农业，而且对于田亩的位置规划整理已注意到日照和灌溉等条件，明明掌握了一些农业知识和田间技术。再说"取厉取锻"，明明石器金属器并用。周人说周事，尽管夸张，尽管以后事证前事，总不会离事实太远。当然这不是说他们逼处西戎，完全不变于西戎；只是说，他们的经济文化终究都高于西戎，尽管比较落后于同时夏、殷的中国。

诗说："何以舟之？维玉及瑶，鞞琫容刀。"按，鞞琫字已见《小雅·瞻彼洛矣》篇。彼诗云："君子至止，鞞琫有珌。"彼《传》云："鞞，容刀鞞也。琫上饰，珌下饰。"何谓鞞珌？详见彼篇《解题》。我以为"鞞琫有珌"是指玉具剑，也就是宝剑。容刀是说礼刀，也就是佩刀，也就是剑。再看这篇诗上引三句，不正是说的佩刀玉具剑吗？《毛传》说："容刀，言有武事也。"陈奂说："容刀，佩刀也。佩刀以为容饰，故曰容刀。"这释容刀意为仪仗礼刀、佩刀，不错。"何以舟之"，《毛传》说："舟，带也。"《郑笺》说："民亦爱公刘之如是，故进玉瑶容刀之佩。"按，舟字亦作鵃，舟、周古通，周绕系之故曰舟。毛训舟为带，郑申毛训舟为佩，是也。汪中《经义知新记》说："中谓舟无佩义，必是服字，传写者脱其半耳。"这疑舟是服之烂字,说亦可通。总之容刀是佩刀,是剑,了无疑义。友人范祥雍先生校阅《瞻彼洛矣·解题》说:"据此'鞞琫有珌'《传》及《大雅》'鞞琫容刀',皆言宝刀。刀剑形制有别,同为当时贵族所佩带。《尚书·顾命》有'赤刀、大训、弘璧、琬琰在西序',鲁宝刀在孟劳,见僖元年《穀梁传》。金文著录书及出土之文物中时有周刀。此文多言剑,未及刀,似宜补充。"多谢范先生的指教!平生朋友讲习之乐,惟与范先生同治《诗》《骚》有之。赤刀是西序"陈宝"之一,自是宝刀,但陈而不必佩。又除了赤色以外,未知它的形制怎样(《清高宗纯皇帝御制诗集》屡屡咏及赤刀。当时清内府藏古赤刀,长三尺许,上涂以朱,赤色烂然。端方、王国维皆以为殆即《书》之赤刀一类)。"孟劳者,鲁之宝刀也。"公子友和莒挐决斗的时候,他的左右提醒他要用此宝刀。大约孟劳也是佩刀,他已忘记正佩在身边。我们据容刀为礼刀、为佩刀,并释"鞞琫有珌"和"鞞琫容刀"同是指玉具剑,为尊贵人物所佩用,似乎不算怎么错。浑言之为刀,析言之则有刀有剑。剑为佩刀,不必是陈刀。周初有鞞琫容刀,春秋战国鲁有孟劳宝刀,楚有玉珥长剑(《九歌·东皇太一》),最近又有战国玉具剑出土,这不是确有它的历史线索可寻么?

诗说:"弓矢斯张,干戈戚扬。"除了弓、矢、干三种不是或不全是金属制器外,戈、戚、扬三种当是金属制器,是铜器。纵使我们不相信黄帝采首山之铜铸器的古史传说,但是确知殷商已是青铜器时代,殷虚发掘已见不少的精致的铜器。解放以后,郑州殷代遗址发现了铜器的制作工场,证明殷商使用这种合金——青铜,已经到了非常成熟的阶段。可见青铜器至少在那时以前已经使用了好几百年。那么,公刘的时候就有可能已经使用得上铜兵了。诗里又说:"笃公刘,于豳斯馆。涉渭为乱,取厉取锻。"有些学者以为公刘在豳地营建的时候已经利用锻铁作为器材。这也是从郭沫若开始,他在《中国古代社会研究》里就是这样说的。他说:"厉是石器。锻《毛传》训石,《郑笺》谓锻所以为锻质,则是铁矿之意。这儿正表现着取石器和铁器大兴土木,开辟疆土。

《公刘》这诗是周初文字,所以我们可以断言,在周初的时候铁的耕器是发现了。"可是他到后来对此书重版又补注说:"《公刘》所叙的虽然是周初传说,但并不是周初作品,锻解为铁器是很勉强的。这一断案根据十分薄弱。"郭先生补作疑词,是他治学愈到后来愈见谨严的地方。我们知道《尚书·费誓》是鲁侯伯禽征讨淮夷徐戎誓师之作,它里面说:"锻乃戈矛,砺乃锋刃。"正和"取厉取锻"的诗句一样,锻和厉是对文,不过一用作动词,一用作名词。锻,毛训石,郑以为锻质,当指锻砧。《说文》:"锻,小冶也。"《说文系传》:"椎之而已,不销,故曰小冶。"段注:"小冶谓小作垆。""冶之则必椎之,故曰锻铁。"如果《公刘》、《费誓》都真是周初文字,这就可见铁器早已在周初被部分使用,而不是铁器刚刚开始,当然也不是像春秋战国时候铁耕已很流行。那么,早在周公、伯禽父子以前几百年当公刘的时候,已有粗锻的块铁开始使用,又有什么稀奇?(可参考阮鸿仪《从冶金的观点试论中国用铁的时代问题》,《文史哲》一九五五年第六期)

泂酌

泂酌彼行潦,挹彼注兹,可以餴饎。岂弟君子,民之父母!

泂酌彼行潦,挹彼注兹,可以濯罍。岂弟君子,民之攸归!

泂酌彼行潦,挹彼注兹,可以濯溉。岂弟君子,民之攸墍!

【解题】

《泂酌》,如诗所说,当是被迫于远地取水者所作。这不像是奴才诗人的歌颂,倒像是奴隶诗人的讽刺。《左传》记载着:被周族征服了的殷族的十三族被迫为奴隶,其中七族受成王的兄弟康叔所支配,六族受周公的儿子伯禽所支配。殷氏族大部分(当然还包括周初征服殷氏族的前后所征服的其他小氏族)就这样被迫做了奴隶罢。在这里，虽说它是受康叔和伯禽的支配，可是决不是说只受个人贵族的支配，而是受周氏族种族共同体的代表者族长或说父家长的支配。所以我们应该认清楚：征服者的种族共同体不是把被征服者的种族共同体分离开成为一个个的奴隶，而是把它集体地奴隶化了。这些奴隶用在生产劳动，尤其是用在农业生产上，相当广泛地存在而且发展着。这在《诗经》关于周初十来篇农事诗里可以考见；同时这些奴隶也有一部分用在家庭劳动上，上面《假乐》一诗固是一证，这里《泂酌》一诗更是明证。《泂酌》这诗是在大奴隶主家里从事劳役的奴隶们唱出来的一曲埋怨歌，具有民歌风格，当是龚橙《诗本谊》所谓"西周民风"一类作品。《诗序》和《诂训传》的作者确像看到了这诗非颂美之作这一点。在全部《诗》中歌颂主子的作品往往称岂弟君子，《毛传》总是释为乐易，偏在这里释为"乐以强教之，易以说(悦)安之"，显示这一岂弟和平常说的岂弟在意义上颇有区别。所谓强教、说安，粗心人看来就无甚深意，善于解释者却以为这是政治艺术，含有威迫利诱的意味，强迫命令和欺骗软化相结合的意味。这么说来，诗说"岂弟君子"就不是歌颂而是和歌颂相反的意义了。

这诗主旨今古文说不同。《诗序》说："《泂酌》，召康公戒成王也。言皇天亲有德，飨有道也。"说召康公用了这诗教诫成王，可能不错。当时确有"皇天无亲，惟德是辅"一类话头。可是诗不必为召康公自作，可能是召康公从奴隶们那里得来的讽刺歌谣，拿了去警戒成王。当时似有询于刍荛，和所谓采诗、陈诗、乐工讽诵的一套办法。《诗序》说"戒"，不说嘉，不说美，是于诗旨有领会的。今从古文《毛诗》来说，如此。

再从今文三家遗说来说，这诗又是美公刘之诗。王先谦《集疏》说："《艺文类聚·职官部》二扬雄《博士箴》云：'公刘挹行潦而浊乱斯清，官操其业，士执其经。'陈乔枞云：'此以《泂酌》为公刘之诗，鲁说与毛异指。'《盐铁论·和亲》篇：'政有不从之教；而世无不可化之民。《诗》云：酌彼行潦，挹彼注兹。故公刘处戎狄，戎狄化之。大王去豳，豳民随之。周公修德，而越裳氏来。'陈乔枞云：'此与扬雄《箴》意合。是三家说同。'《韩诗外传》六：'《诗》曰，恺悌君子，民之父母。君子为民父母何如？曰：君子者貌恭而行肆，身俭而施博，故不肖者不能逮也。殖尽于己而区略于人，故可尽身而事也。笃爱而不夺，厚施而不伐，见人有善，欣然乐之，见人不善，惕然掩之，有其过而兼包之。授衣以最，授食以多。法下易由，事寡易为。是以中立而为人父母也。筑城而居之，别田而养之，立学以教之。使人知亲尊，亲尊故父服斩缞三年，为君亦服斩缞三年。为民父母之谓也。'愚案，三家以诗为公刘作。盖以戎狄浊乱之区而公刘居之，譬如行潦可谓浊矣。公刘挹而注之，则浊者不浊，清者自清。由公刘居豳之后，别田而养，立学以教，法度简易，人民相安，故亲之如父母。及大王居豳而从如归市，亦公刘之遗泽有以致之也。其详则不可得而闻矣。据扬《箴》'官操其业，士执其经'之语，是周之学制权舆于公刘，故并有《行苇》习射养老之典。"据此，是今文三家以为此诗是美公刘外化戎狄、内安人民之作。这未免太附会了，太把公刘理想化了。如说，当时筑城而居之、别田而养之、立学以教之。我们或可以从《诗》、《书》，从古史传说上承认，公刘时代社会发展的阶段，早已由渔猎畜牧进步到农耕生活，由穴居野处进步到有了宫室，有了设防的城市，而从城头上望见了文明的曙光。可是即令其时立学，有典有册，甚或已有所谓大训，却未必已有所谓经。也未必有了"人知亲尊，亲尊故父服斩缞三年，为君亦服斩缞三年"的丧服之制，而说出君子是民之父母的话来。王先谦也只得说："其详则不可得而闻矣！"

最有趣味的是何楷《古义》一说。他说："《泂酌》，召康公教成王以岂弟化庶殷也。岂以强教之，弟以悦安之。"他以为这诗是召康公教诫成王要好好对待殷俘虏这批新奴隶。这比《诗序》更明确一些，即把召康公戒成王的具体内容也指明出来了。他自诩"定是正解"！他说：

"《序》以为此诗为召康公所作。《申培说》(他不知此书为丰坊伪撰)及《朱传》因之,皆以为召康公戒成王之诗。郑玄云:'成王始幼少,周公居摄政,及归之成王,将莅政,召公与周公相成王为左右。'《书序》云:'周公为师,召公为保。'公名奭,康其谥也。所以知为成王化庶殷者,以《尚书·召诰》知之。其文云:'太保入,锡周公曰,拜手稽首,旅王若公。诰告庶殷越自乃御事。王先服殷御事,比介于我有周御事,节性惟日其迈。其惟王勿以小民淫用非彝,亦敢殄戮用乂民。若有功,其惟王位在德元。小民乃惟刑用于天下,越王显。'盖召公惓惓欲王以德化庶殷若此。玩诗意殊似。而古说又以为召康公之作,其与《召诰》相表里明矣。强教、悦安,则孔子之释岂弟也,与兴意合。定是正解。"他为什么说这诗是兴意?倘若说,诗人因事即兴而作诗,换句话说,诗是从事远地取水的奴隶自述其事,有感而作。这就是对的。倘若说,诗人就是召康公,借行潦比喻殷民,这就近乎迂曲。至他引《召诰》来证召康公戒成王怎样对待殷民这批新奴隶,可算近于"正解",除非我们不认为这诗和召康公有关(无论诗为召康公自作或采自殷民歌谣),《诗序》全无史料价值。诗说"民之父母","民之攸归","民之攸塈",可知这些奴隶是希望受到优待的,他们不久才来归顺的,他们新近得到喘息的。《召诰》说:"诰告庶殷。"说要教化殷民。又说:"王先服殷御事,比介于我有周御事。"说要成王首先服帖新来归顺的新奴隶,使他们和我们周家原有的奴隶亲近在一起。又说:"其惟王勿以小民淫用非彝,亦敢殄戮用乂民。"说要成王优待殷民,不因为他们是小奴隶就滥用非刑,或敢于用斩尽杀绝的办法来镇压他们。还有《古义》不曾引及的,如说"呜呼!皇天上帝改厥元子兹大国殷之命。惟王受命无疆惟休,亦无疆惟恤。呜呼!曷其奈何弗敬"、"我不可不监于有夏,亦不可不监于有殷……惟不敬厥德,乃早坠厥命"、"王其德之用,祈天永命"!这不恰是《诗序》说的"皇天亲有德,飨有道"吗?以上《召诰》说的,有合于诗旨和《诗序》召康公戒成王的意思。何楷说这诗和《召诰》相表里,以经证经,《诗》、《书》相合,即令不是"正解",也不失为一解。

卷 阿

有卷者阿,飘风自南。岂弟君子!来游来歌,以矢其音!

伴奂尔游矣,优游尔休矣。岂弟君子!俾尔弥尔性,似先公酋矣。

尔土宇昄章,亦孔之厚矣。岂弟君子!俾尔弥尔性,百神尔主矣。

尔受命长矣,茀禄尔康矣。岂弟君子!俾尔弥尔性,纯嘏尔常矣。

有冯有翼,有孝有德,以引以翼。岂弟君子!四方为则。

颙颙卬卬,如圭如璋,令闻令望。岂弟君子!四方为纲。

凤皇于飞,翙翙其羽,亦集爰止。蔼蔼王多吉士,维君子使,媚于天子!

凤皇于飞,翙翙其羽,亦傅于天。蔼蔼王多吉人,维君子命,媚于庶人!

凤皇鸣矣,于彼高冈。梧桐生矣,于彼朝阳。菶菶萋萋,雍雍喈喈!

君子之车,既庶且多。君子之马,既闲且驰。矢诗不多,维以遂歌。

【解题】

《卷阿》,当是召康公随从成王避暑卷阿,颂德、答歌而作。《诗序》

说:"《卷阿》,召康公戒成王也。言求贤用吉士也。"大旨不错。《毛传》:"飘风,回风也。"《郑笺》说:"回风从长养之方来入之。"毛、郑解释"飘风自南",意以为是夏日南风。诗又说"梧桐生矣","萋萋菶菶"。《毛传》说:"梧桐盛也。"当指梧桐夏日开花盛时。诗结句说:"矢诗不多,维以遂歌。"马瑞辰《通释》说:"乃召康公欲人之陈诗答之。《尔雅》:'对,遂也。'《广雅》:'对,答也。'对为遂,则遂亦可训对。遂歌,犹云答歌也。"应当说,召康公自己陈诗答歌才对。这是后世御用文人应制奉和歌功颂德一类诗作的滥觞。何楷《古义》说:"周公之戒成王也,于《无逸》则曰:'继自今,嗣王则其无淫于观、于逸、于游、于田。'于《立政》则曰:'继自今立政,其勿用憸人,其惟吉士。'是诗为游观而作,而篇中又惓惓以吉士、吉人为言,其为告成王之诗明矣。"《诗序》说召康公戒成王,似乎确有所本。何谓卷阿?《毛传》说:"卷,曲也。"《郑笺》说:"大陵曰阿。"初不以为这是固有地名。《岐山县志》说:"卷阿在县西北二十里岐山之麓,今有姜嫄祠、周公庙、润德泉。"但看诗说"有卷者阿",可知原来不是地名。卷阿古迹,当是后人根据此诗附会而来。我们为了叙述便利起见,也就不妨采用这个地名了。

　　《朱传》说:"此诗,旧说亦召康公作。疑公从成王游歌于卷阿之上,因王之歌而作此以为戒。"我们不知道朱子作《集传》是否参考到《古本竹书纪年》。今人所见的如朱右曾《汲冢纪年存真》、王国维《古本竹书纪年辑校》、范祥雍《古本竹书纪年辑校订补》,成王部分全佚,从明代以来流行的《今本竹书纪年》就有关于成王的记载。朱子一定看到过《竹书纪年》,是否和《今本》一样?陈启源《稽古编》说:"《集传》云:'召康公从成王游歌于卷阿之上,因王之歌而作此以为戒。'其说本《竹书纪年》。《纪年》云:'成王三十三年,王游于卷阿,召康公从。'是也。然阿是大陵之通称,卷是卷曲义,非地名也。诗以为兴,不言王游于此也。且《纪年》言王游,不言王歌也。言王歌见《纪年》注,则在十八年,非歌于游卷阿时也。《纪年》因《诗》而傅会,《集传》又因《纪年》而增益之耳。《纪年》之书,先儒不用以释经,故朱子虽祖其说,而不著其所自出。"这驳了《朱传》援据《竹书纪年》来说《卷阿》一诗。马瑞辰说："《汲冢纪年》所言出游之年虽未足信，然以诗义求之，其为成王出游，召公因以陈诗，则无疑也。"这像是暗为《朱传》辩护。不错，《朱传》多误，独释此诗无甚大误。

毛、郑和朱子都以为这诗主旨是成王出游，召康公陈诗为戒。据今文《齐诗》遗说，则以为召公避暑曲阿，凤凰来集，因而作诗。《易林·观之谦》："高冈凤皇，朝阳梧桐。嗺嗺喈喈，菶菶萋萋。陈辞不多，以告孔嘉。"又《大过之需》："大树之子，百条共母。当夏六月，枝叶盛茂，鸾皇以庇。召伯避暑，翩翩偃仰，甚得其所。"《暌之困》同。王先谦《集疏》说："《汲冢纪年》：'成王三十三年，游于卷阿，召康公从。'伪书不足信。黄山云：'《毛序》于《公刘》、《泂酌》皆增戒成王之说，此篇亦然。三家固无此言也。夫采诗列于《大雅》，自足垂鉴后王，不必其诗皆为戒王而作。此诗据《易林》齐说，为召公避暑曲阿，凤皇来集，因而作诗。盖当时奉命巡方，偶然游息，推原瑞应之至，归美于王能用贤，故其诗得列于《大雅》耳。周公乘戒毋佚，成王必不般游，毛说殆近于诬矣。'"这是清末《诗》今文学者的偏见。《竹书纪年》不足信，可说不错。但是诗说"岂弟君子，来游来歌"，"百神尔主矣"，"尔受命长矣"。这不是指成王又是指谁？岂得说成王必不般游，诗和成王无关？成王偶然出游，虽是劳民伤财，不见得就是般游无度，犯了周公《无逸》之戒。谁能担保成王必不一犯《无逸》之戒？正因为成王偶尔避暑般游，召康公才作诗以戒之。按《纪年》，成王二十一年周公薨于丰。成王此游在三十三年，周公已死，故召公独谏了，虽然《纪年》"伪书不足信"。

诗说"凤皇于飞"，"凤皇鸣矣"。《郑笺》说："因时凤鸟至，因以喻焉。"好像当时确有这么一回事。当是根据先秦古籍所记关于成王时候神凤飞来的古史传说。黄中松《诗疑辨证》引《中候·摘雒戒》说："若稽古周公曰：朕惟皇天顺，践阼，即摄七年，鸾凤也。"这是《纬书》，出于秦汉间方士。陈启源说："凤凰于飞，……《孔疏》引《书·君奭》'鸣鸟不闻'（今按，《君奭篇》云：耇造德不降，我则鸣鸟不闻。耇，指召公。我,周公自我。盖前此凤鸟尝至,故周公以鸣鸟之闻为耇德之应)证之,当矣。案,《周语》太史过曰:'周之兴也,鹫鹭鸣于岐山。'韦昭注云:'鹫鹭,凤凰之别名也。《诗》云:凤凰鸣矣,于彼高冈。其岐山之旧乎?'此又一证也。又《周书·王会解》云:'西申以凤鸟,方扬以皇鸟。'解所言正指成王时王城既成,大会诸侯及四夷之事。此尤足为证,而孔不之引,岂偶未及耶?至《竹书纪年》云:'成王十八年,凤凰见,遂有事于河。'沈约注云:'凤凰翔庭,王援琴而歌,作《神凤操》(原注:此《集传》所谓游歌也)。《纪年》非正典,宜不为孔所据信矣。案《神凤操》曰:'凤皇翔兮于紫庭,余何德兮以感灵!赖先王兮德泽,臻于胥乐兮民以宁。'词调卑弱,非三代人手笔,其为伪作无疑。"他不相信《纪年》为正典。《神凤操》为真作,却还相信先秦古籍关于成王时候神凤出现的记载,而不知道这并不是史实,只是一种神话传说。

凤凰究竟是一种什么鸟?我们在甲骨文中见到一片上有凤字:"甲寅卜,呼鸣罗,归凤?丙辰,获五。"(《殷虚文字缀合》第三五四片)又在周初金文中见到一件古器物铭上有凤字:"惟王令南宫伐虎方之年,王令中先省南国串行,鈠王居在夔隌真山。中呼获生凤于王。鈠于宝彝。"(宋王俅《啸堂集古录》)殷甲骨文周金文都有关于获凤的记载,好像凤在殷周时代原是实际存在的一种鸟类。《论语》里也记载孔子"凤鸟不至,河不出图"的话。我们只须知道:在先秦古籍中都说凤凰是一种神秘之鸟,瑞应之物,说到它的形态就好像是属于鸡形目雉科的一种,如天山鸡、大锦鸡,乃至大孔雀等最为美丽的鸟。《山海经·南山经》说凤:"其状如鹤,五采而文。"《淮南子》说凤凰就是鹓鸡。这就使人联想到南方大山鸡。《说文》说凤字的古文就是朋字,而朋字篆文朋,象鸟张大尾形,特别夸张,这就使人联想到南方大孔雀。他如杜甫《朱凤行》咏衡山朱凤,虽是寓言性质,也使人联想到南方大锦鸡,湖南省西南部分山地至今还常见此种美鸟。我想,上古所谓凤凰,如果不是由于先民非正确知识的错觉而把雉科的一种美鸟神秘化了,就是由于先民以其所有神幻观念中的一种假象真实化了;否则这种鸟原是实际存在,后来由于它不适于生存就灭绝了(如其形体过大,班固《汉书》说高五六尺,京房《易传》说高丈二,似亦为其不利于生存之一因素)。不是据鸟类学的专家说,近几百年来灭绝之鸟至少在百几十种以上,还有几十种濒于灭绝了吗?至若《毛传》说:"凤皇,灵鸟,仁瑞也。雄曰凤,雌曰皇。"《孔疏》说:"《礼运》云:麟、凤、龟、龙谓之四灵。皇亦凤类,故俱云灵鸟,言此鸟有神灵也。言仁瑞者,《五行传》及左氏说皆云貌恭体仁则凤皇翔。言行仁德而致此瑞。毛此意用臣之仁以致南方凤。昭二十九年《左传》云:'水官废矣,故龙不得生。'彼言臣修水职致东方龙。则毛意与左丘氏说同,以用臣所致者,皆修母致子应也。……《说文》云:'凤,神鸟也。天老曰:凤,象麟前鹿后,蛇颈鱼尾,燕颔鸡喙,五色备举。生于东方君子之国,翱翔四海之外,过昆仑,饮砥柱,濯羽弱水,暮宿风穴。见则天下大安宁。字从鸟,凡声。凤飞则群鸟从以万数。故凤古作朋字。'……今能致此灵鸟之瑞者,以多士也。欲其常以求贤用吉士为务也。"世间哪得有此灵鸟?只可看作上古时代统治阶级有意无意间臆造渲染、愚弄人民也愚弄自己的一种神话罢了。章鸿钊《三灵解》解凤虽详,并无明确结论,载有陈师曾所钩摹的汉碑上的凤凰图,也只是想象中物,其形似在雉与孔雀之间。记得李白有诗句说:"楚人不识凤,重价求山鸡。"误认野鸡为凤凰的何止他说的楚人?近见古生物学家杨钟健《演化的实证与过程》有《龙》一篇,说:"依照我们目下的知识来批判,龙是代表种属鉴定不确的几种爬行动物,蛇和鳄鱼最为近似;凤是代表种属鉴定不确的几种鸟,孔雀甚至野鸡最为近似;而麒麟是代表种属鉴定未确的几种哺乳动物,鹿和犀牛最为近似。当时因为对于生物学的知识有限,那样笼统的说法是无足深怪的。"这对三灵作了简明的科学的解释。《诗》中说及三灵,就该据此作解,不独关于凤凰这一灵物了。

诗中关于人称诸词,诸家注解纠纷不决,到此也该作出结论。朱子《辨说》和《集传》指出后儒分贤人、吉士为两等之误,指出尔和君子不是称王和天子而是称贤人之误,本来从郑玄、王肃以来就存在的问题已经得到了解决。

　　清代汉学家又出来翻案,这就令人觉得纠纷不解了。比如陈启源说:"《卷阿》诗十章,凡十言君子,而其六则言岂弟,《笺》、《疏》皆目大臣,即《叙》所谓贤也。《叙》所谓吉士,即经文之'蔼蔼吉士'、'蔼蔼吉人'也。能信任大贤,处之尊位,则众贤满朝矣。……朱子《辩说》谓贤与吉士不得分为两等。同一岂弟君子,《泂酌》目成王,不应此篇遽为贤人。似矣。但首章云'来游来歌',七章云'维君子使,媚于天子',来是自外而至之词,非所以称王,媚于天子不得云王使媚之,均碍于文义。又召公意在劝王用贤,何得二、三、四章徒为颂祷之谀辞,不一及本指乎?"这说不对。诗说"来游来歌",可能为是游是歌之意,即令来为往来之意,无论自外而至也好,自内而至也好,都可说来。天子来到哪里就说幸哪里,这是后来的话。来游来歌为什么不可以称王?只因他以为诗上句"岂弟君子"是指贤人,就把下句也说错了。诗说:"蔼蔼王多吉士,维君子使,媚于天子。"这是说,王有许多吉士,为王使用,而都亲爱于王;不是说,王使之媚于天子;如果不把使字意义说错,怎说有碍于文义?至于说王以后又说君子,又说天子,其实君子、天子同是说王。这是变文的一种方法,为了行文避复、趁韵,或是整齐字句,在修辞上都是许可的。而且在一篇中同人异称,同事物异称,同意义异字,而有变换错综,这种修辞方法原在先秦古籍里早就有了的。但读俞樾《古书疑义举例》、杨树达《中国修辞学》便知。《朱传》说:"既曰君子,又曰天子,犹曰'王于出征,以佐天子'云尔。"姚际恒《诗经通论》好攻击《朱传》,也说这话不错。陈启源却说:"维君子使,《集传》以君子目王,自知与下句文义难通也,因引《六月》篇'王于出征,以佐天子'相例。不知彼诗于本训曰,出征以佐天子,正王命吉甫语也。故王与天子文连,无碍于义,非此诗之比。"这还是由于过信《毛传》、《郑笺》以君子指贤人,说来未是。《六月》诗述宣王语,对臣下自称天子,诗人却同时说王又说天子。为什么召康公向成王陈诗说了王就不能又说天子和君子呢?变文理由已如上述,不赘。

再如胡承珙《后笺》，也以为诗中君子必是指的贤人，不过他以为尔字是指王。他说："案，诗中'尔'字皆指王言。若'岂弟君子'亦指王，则'俾尔弥尔性'之'俾'，孰为使之？《天保》三言'俾尔'，皆谓天使之。然则此自当谓贤人能使王弥其性矣。《传》于诗中君子虽未明所指，然观首章'以矢其音'，《传》云：'矢，陈也。'末章'矢诗不多，维以遂歌'，《传》云：'明王使公卿献诗以陈其志，遂为工师之歌焉。'是经文首尾两'矢'字相应，《传》以来歌矢音之君子即献诗之公卿矣。且'君子之车'，《传》云：'上能锡以车马。'锡以者，谓锡君子以车马也。毛义明白如是，《郑笺》明指君子为贤人，所以申毛也。朱子谓《泂酌》之'岂弟君子'既指成王，此不当指为所求之贤人。不知《泂酌》乃设言有道德者为民父母，彼亦陈戒之词，并非以岂弟颂成王。指君子为成王者，亦即《传》之自为说耳。岂可以彼例此乎？（原注：《韩诗外传》云，《诗》曰来游来歌，以陈盛德而和无为也。此亦以矢为陈，君子当指贤人。与毛、郑意合）"《朱传》以为君子指王，就全诗文义而言。毛、郑以为君子指贤人，似就《诗序》文义而说，或者竟如胡氏所云"自为说"。毛、郑此解不可从，已如上说，不再驳。胡氏说"俾尔"之尔，俾使也，孰为使之？说即"俾尔"上句"岂弟君子"，亦即贤人。为什么不知道这是诗人使之，为诗人对王祝愿的话？尔，是承上文尔君子呀！即尔王呀！知道尔是尔王，却不知道尔亦即尔君子，殊不可解。胡氏说："经文首尾两'矢'字相应。"在另一意义上可说不错，但是不如他所说，首尾都是君子贤臣自相应。因为首章"以矢其音"三句的主语明说君子，指王。末章"矢诗不多，维以遂歌"，明是诗人自道，而省去主语。和上文所称君子另自成句者无关。可知诗语首尾相应，是君子矢音和诗人矢诗相应。这和《夏书·益稷》帝庸作歌，皋陶赓歌相似。只是王所矢音之歌无从知道罢了。此诗胡氏《后笺》较《郑笺》进步之点在以尔指王，虽然同以君子指贤人。《郑笺》则显然以君子与尔为一，皆指贤人。这当然错误了。后来注家多沿郑误。想来他们都是以为诗人不得和王相尔汝。顾观光《武陵山人杂著》说："'伴奂尔游矣，优游尔休矣'，是臣于君可称尔也。'惟时厥庶民于汝极,锡汝保极',是臣于君可称汝也。降及战国,乃以尔汝为轻贱之称。《孟子》云:'人能充无受尔汝之实,无所往而不为义也。'可知时移俗易,虽大贤有不能守其旧者。"这说诗所以用尔称王的古语意义,不错。诗说"百神尔主矣",就是《孟子·万章》篇"使之主祭而百神飨之"的意思,也就是《礼记·祭法》篇"有天下者祭百神"的意思。尔,不是指王而是指谁呢?

民　劳

民亦劳止,汔可小康。惠此中国,以绥四方。无纵诡随,以谨无良。式遏寇虐,憯不畏明?柔远能迩,以定我王!

民亦劳止,汔可小休。惠此中国,以为民逑。无纵诡随,以谨惛怓。式遏寇虐,无俾民忧。无弃尔劳,以为王休!

民亦劳止,汔可小息。惠此京师,以绥四国。无纵诡随,以谨罔极。式遏寇虐,无俾作慝。敬慎威仪,以近有德!

民亦劳止,汔可小愒。惠此中国,俾民忧泄。无纵诡随,以谨丑厉。式遏寇虐,无俾正败。戎虽小子,而式弘大!

民亦劳止,汔可小安。惠此中国,国无有残。无纵诡随,以谨缱绻。式遏寇虐,无俾正反。王欲玉女!是用大谏。

【解题】

《民劳》,是召穆公大谏厉王之作。所谏何事?恤民、保京、防奸、止乱，如是而已。诗凡五章，重章叠咏，好像《国风》里的诗篇。不过每章词句略有变动，以示反复丁宁之意，也可见先后深浅的不同。每章起首四句说恤民、保京，中间四句说防奸、止乱，末尾二句都收到谏王主题上去。而以中间四句为中心，因为奸人不去，助王为虐，必致激起民变。奸人对于人民的掠夺暴虐虽然相同，可是他们的情况就不一样：无良、憸恢、罔极、丑厉、缱绻都是。所谓缱绻，就是巴结自固。到了固结君心而不可解，就会愈无忌惮，对于人民的掠夺暴虐就会愈不能遏止，一定要闹出大乱子来。最后说到这一点，就是要王好自敬慎，防患未然。但是厉王不听，奸人愈益横行，连京师的人民也不稍稍使他们得到喘息。结果，不出诗人豫见，人民起义，从京师到四方都骚动起来了，厉王就被迫滚蛋了。

《诗序》说："《民劳》，召穆公刺厉王也。"这说明了这诗作者是谁，为何人而作。《郑笺》说："厉王，成王七世孙也。时赋敛重数，徭役繁多，人民劳苦。轻为奸轨，强陵弱，众暴寡，作寇害，故穆公以刺之。"诗为何人何事而作，更加说得明白了。王先谦《集疏》说："《释文》：从此至《桑柔》五篇，是厉王变《大雅》。三家无异义。"今古文家都把《民劳》、《板》、《荡》、《抑》、《桑柔》五篇作为厉王时候的变《大雅》。召穆公是否和厉王同时？《孔疏》说："《世本》及《周本纪》皆云成王生康王，康王生昭王，昭王生穆王，穆王生恭王，恭王生懿王，懿王生孝王，孝王生夷王，夷王生厉王，凡九王。从成王言之，不数成王，又不数孝王，故七世也。《左传》服虔注云：'穆公，召公十六世孙。'然康公与成王同时，穆公与厉王并世，而世数不同者，生子有早晚，寿命有长短也。"这似可作为召穆公是否与厉王同时一个问题的解答。魏源《诗古微》说："问：《民劳·序》，召穆公刺厉王，《笺》以厉王为成王七世孙，而《疏》引服虔说，穆公为召康公十六世孙，盖依《世本》为说。考《论衡·气寿》篇称召公百有八十岁。故俗本《纪年》以召康公卒于康王二十四年。至厉王元年，百三十二年，每世不及十年者何？……曰：穆公当为康公十世孙，《世本》衍'六'字耳。召公天寿平格，则其暮年当及见四五世孙。

又历五世而至厉王,则穆公殆其十世矣。若以十六世当七王,无是事理。《正义》强申之,非也。"《孔疏》解答不对,依魏源这一说,就比较合于事理了。这样,《诗序》说召穆公刺厉王,就说得通了。至诗称王"戎虽小子",显是老臣口吻了。

"问:《民劳》、《板》、《荡》、《桑柔》皆刺厉王,而《序》不明其所刺之事者何?"《诗古微》又说:"曰:幽、厉之恶无大于亲小人。而幽则艳妻、奄寺皆倾惑柔恶之人,厉则强御掊克皆爪牙刚恶之人。且厉王监谤,道路以目。故召穆、凡伯皆托讽寮友,一诗义著,则余篇大同。姑先以《民劳》篇发之:次章:'无弃尔劳,以为王休。'末章:'王欲玉女,是用大谏。'《笺》皆以尔女斥王,无此文义。故知与四章'戎虽小子'皆斥小人之词。'无弃尔劳,以为王休',则讽世臣之语。'柔远能迩,以定我王',则劝辅辟之臣。《板》诗:'我虽异事,及尔同寮。'即斯谊也。《墨子》言厉王染于虢公长父及荣夷公,而史传言虢公长父为厉王主兵征伐于外,是强御之臣;《国语》言荣夷公专利聚敛于内,是掊克之臣。流彘之祸起于贪暴,故诗屡言'民亦劳止',而欲其惠中国以绥四方,柔远迩以遏寇虐。言所患者不在四方,而在国中之民。其贼民者又非戎狄,而在朝廷小人也。小人者,贪暴于外,而独能诡随于内,故每章以'无纵诡随'为言。诡随在侧,则忠言不闻,民怨不达。足寒伤心,民怨伤国,王则受之。《春秋传》曰:'惠此中国,以绥四方',施之以宽也。'无纵诡随,以谨无良',纠之以猛也。'柔远能迩,以定我王',平之以和也。尽之矣!尽之矣!宽于诡随之人,而猛于矜寡孤独,未有能得志者也。《后汉·陈忠传》曰:'轻者重之端,小者大之源,故堤溃蚁穴,气泄针芒。是以明者慎微,智者识几。《诗》云:无纵诡随,以谨无良。盖所以崇本绝末,钩深之虑,此之谓也。'"魏源从厉王时候的史实来论《民劳》一诗的意义,大体都算恰当。只是他以为诗中尔、女、小子皆斥小人之词,虽然也像说得通,却未必果合全诗文义。因为要像《郑笺》那么说,尔、女、小子都是指王,才正好说得通的。

诗说:"戎虽小子,而式弘大。"戎和小子指谁?毛、郑都以为指王,对不对呢?《毛传》说:"戎,大也。"《郑笺》说:"戎,犹女也。式,用也。弘,犹广也。今王,女虽小子自遇,而女用事于天下甚广大也。"《朱传》、《严缉》都以为毛、郑说戎和小子指王不对,而以为这是指同列、同寮。《朱传》说此诗"乃同列相戒之词耳,未必专为刺王而发"。《严缉》说此诗和《板》诗:"皆戒责同寮,故称小子耳。"胡承珙《后笺》说:"《严缉》云:旧说以此诗'戎虽小子'及《板诗》'小子'皆指王。小子非君臣之辞,今不从。二诗皆戒责同僚,故称小子耳。范氏《补传》曰:说者谓戎之与女,《诗》人通训。古者君臣相尔女,本示亲爱,小子则年少之通称。故周之《颂》诗、《诰》、《命》皆屡称小子,不以为嫌。见诗及《板》、《抑》以厉王为小子,意其即位未久,年尚少,已昏乱如此。故《抑》又谓未知臧否,则年少可知矣。穆公谓王虽小子,而用事甚广大,不可忽也。承珙案,古人训诂必有所本。毛公时戎字必无女训,故于《诗》中戎字但据《尔雅》训大、训相,无训女者。郑谓戎犹女者,亦必有所出。考《常棣》以戎韵侮,《常武》以戎韵父。当时戎字必有女音,因即以戎代女,故《笺》每云戎犹女也。王肃述毛云:在王之大位虽小子,其用事甚大。自不如《笺》谓女王虽小子,语意直截耳。"这驳了《严缉》一说。根据《周颂》、《周书》,称王小子并不以为嫌。古者君臣相尔女以示亲爱,也确有其语(参看上篇《解题》)。戎虽小子,《郑笺》训戎为女,必有所本。如从古音韵上来说,可通。今按,章炳麟《新方言》也说:"今江南浙江滨海之地谓女为戎,音如农(俗字作侬)。古音曰纽归泥,此音犹本于古。"据此两家从古音韵上来说,《郑笺》训戎为女,指王,当是确诂。王肃述毛,训戎为大,谓在王者之大位,毛意或然,也还可通;但不及郑训戎为女"语意直截"了。怎见得诗中尔女(包括戎)小子皆斥小人之词?小子非君臣之词?说《笺》皆以尔女斥王无此文义?

板

上帝板板!下民卒瘅。出话不然,为犹不远。靡圣管管,不实于亶。犹之未远,是用大谏!

天之方难,无然宪宪。天之方蹶,无然泄泄。辞之辑矣,民之洽矣。辞之怿矣,民之莫矣。

我虽异事,及尔同寮。我即尔谋,听我嚣嚣。我言维服,勿以为笑。先民有言:询于刍荛!

天之方虐,无然谑谑。老夫灌灌,小子蹻蹻。匪我言耄,尔用忧谑。多将熇熇,不可救药!

天之方懠,无为夸毗。威仪卒迷,善人载尸。民之方殿屎,则莫我敢葵?丧乱蔑资,曾莫惠我师?

天之牖民:如壎如篪,如璋如圭,如取如携。携无曰益,牖民孔易,民之多辟,无自立辟!

价人维藩,大师维垣,大邦维屏,大宗维翰。怀德维宁,宗子维城。无俾城坏,无独斯畏!

敬天之怒,无敢戏豫。敬天之渝,无敢驰驱。昊天曰明,及尔出王!昊天曰旦,及尔游衍!

【解题】

《板篇》,凡伯大谏厉王,兼刺同僚之作。诗开头便称上帝,而说"上帝板板"。《朱传》说:"此章首言天反其常道,而使民尽病矣。……世乱乃人所为,而曰'上帝板板'者,无所归咎之词耳。"其实,诗人吁上帝而愬之,犹呼王而诉之。以下各章历称天之方难、天之方虐、天之方懠、天之牖民,最后说要敬天之怒、敬天之渝。天大于帝,盖借天来威吓王,威吓君臣。此诗主旨重在刺王。从《朱传》以来,说者大都以为这诗和《民劳》诗一样,乃同列相戒之词,专为责讽同僚,实在误解。尽管这诗的三章确有"我虽异事,及尔同寮"的话,而且四五两章承三章来说,也像是说的同僚。但这是开拓说来的话,不是诗的正意。试看首次两章和末三章说的,倘非王者当国主政,岂足以当此?所以说,此诗重在刺王。厉王监谤,防民之口甚于防川,却容许召公凡伯之流"大谏",替人民说几句公道话。他虽是亡国暴君,还算得有一点君人之度的。

《诗序》说:"《板》,凡伯刺厉王也。"《郑笺》说:"凡伯,周同姓,周公之胤也。入为卿士。"陈奂《传疏》说:"凡,周公之胤,畿内国,入为王官。《续汉书·郡国志》:'河内郡,共,有汜亭。'刘昭注云:'凡伯邑。今河南卫辉府辉县西南有故凡城,即其地也。'"凡伯为什么作此诗?凡伯是什么人?凡国在什么地方?这都一一说到了。王先谦《集疏》说:"《后汉·李固传》:固对策云:'窃闻长水司马武宣、开阳城门候羊迪等,无他功德,初拜便真。此虽小失,而渐坏旧章。先圣法度,所宜坚守。政教一跌,百年不复。《诗》云:上帝板板,下民卒瘅。刺周王变祖法度,故使下民将尽病也。'李注:'《诗·大雅》凡伯刺周厉王反先王之道,下人尽病也。'《华阳国志》:'固父郃师事鲁恭,习《鲁诗》。'固当传其家学,所引即《鲁诗序》说。不言凡伯作,或略厉王作周王,犹《荡》篇'伤周室大坏'之义。《毛序》首句多本旧说。李注言'凡伯刺厉王',亦有'反先王之道,下人尽病',与鲁说合。皆与《毛序》泛言'凡伯刺厉王'者异。盖本《韩诗序》说。齐说当同。"这诗主旨今古文叙说大同,只是详略不同。诗主刺王,非专刺同僚,也就明白了。

魏源以为这个凡伯就是共伯和。共伯和就是《汲冢纪年》说的"共伯和干王位,故曰共和",并不是像《史记》里说的"召公、周公二相行政,号曰共和"。他在《诗古微》里说:"汉武建元以前(建元元年为公元前一四〇年)本无年号,惟《史记·年表》起自共和以来(共和元年为公元前八四一年)。若周秦古籍,则《吕览》(原注:共伯和修其行,好贤仁,而海内皆以来为稽矣。周厉王之难,天子旷纪,而天下皆来请矣)、《庄子》(故许由娱于颍阳,而共伯得乎共首。郭象曰:共和者,周王子孙也。怀道抱德,食封于共,厉王之难,诸侯立之,宣王立乃废。立之不喜,废之不怒)、《汲冢纪年》(《周本纪·索隐》及《庄子·释文》引纪年曰,厉王十三年,王在彘。共伯和即于王位。二十六年大旱,王陟于彘。周公、召公立大子靖为王。又沈约注曰：大旱既久，庐舍俱焚。卜于太阳，兆曰：汾王为祟。乃立王子靖。共伯和遂归国。和有至德，尊之不喜，废之不怒。逍遥得志于共山之首）、《鲁连子》（共伯名和，好行仁义。诸侯贤之。厉王奔彘，诸侯奉和以行天子事。十四年厉王死。共伯使诸侯奉王子静，是为宣王，共伯复归于卫）皆无改元共和之说，足征周、召行政，号曰共和之诬矣。本非年号，何斥名之有？《古今人表》：共伯和在厉王世，居中品之上。孟康谓入为三公，正符《左传》诸侯释位以间王政之说。则其年仍皆厉王之年。《鲁连子》谓共伯使诸侯复奉王子靖，而自归于卫。则即《地理志》：州共，属河内郡，故国，北山淇水所出，所谓共山之首也。共地后入于卫，故《鲁连》以归卫为言。而杜预谓共县东南有凡城。《郡县志》：共有泛亭。即《雅》诗凡伯之国。则共地即凡国。古者多以所都名国，故殷与商并称，唐与晋并称，以及梁、魏、韩、郑皆然。凡之即共，亦犹是已。凡、蒋、邢、茅、胙、祭，皆周公之胤。而凡伯《板》诗作于厉王时，已称'老夫灌灌'，则其年必长于周、召二公，故二公从民望而推之，以亲贤镇抚海内。其后归老于凡，并释侯位不居，而老于共山之首，故天下皆以共伯称焉。犹厉王终于汾上，谓之汾王，以见其失王位；此称共伯，则表其并辞侯位也。《易林》云：'下泉苞稂，十年无王。郇伯遇时，忧念周京。'即《桑柔》篇'天降丧乱，灭我立王'之事，亦即《吕览》厉王时天子旷纪之事，亦即《左传》诸侯释位以间王政之事。是岂子虚乌有之人，而可曲传为周召之共和乎？（陆奎勋谓共伯即周定公，欲通《史》、《汉》为一说，则《纪年》明以共伯与周、召为三人。且《诗谱》言周公、召公次子世守采地在王宫，而春秋时明有周公、召公，则断非外诸侯入矣）至《大雅》末，《瞻卬》、《召旻》幽王之凡伯，则距厉王时六十余年，必其继世之子孙。犹《春秋》戎伐凡伯于楚丘，又非《召旻》之凡伯也。《召旻》卒章曰：'昔先王受命，有如召公，日辟国百里。'正谓召穆公与其先人佐宣中兴，疆理至于南海，幽王所及见也。苟谓追述召康公分陕之盛，则何以不及周公乎？"作《板》诗的这个凡伯是否就是共伯和？魏源肯定说是的。这倒是一个有趣味的问题。至于他否认周、召二相行政号曰共和之说，只以为是共伯和摄行政事，同时朱右曾《诗地理徵》同主此说，都在史学上很有影响。现代史学家从郭沫若起，大都以为共和就是共伯和，差不多成了定说了。

今按共伯国在今河南辉县，县南五里苏门山，即庄生所称共首之山。其下有百泉，为著名的古迹风景胜地。可怪的是这泉旁共姜祠，有说系前代所建以祀共伯和者。还有子在川上祠。难道孔子曾有一次忽然悟到一种哲理（例如大化流行之说似的慨叹逝川不舍昼夜），就是在这个地方么？难道他于此时此地突触灵感，感悟到西周的盛衰无常，或者共伯和的进退逍遥，只是天行不息，顺应自然么？

诗三百解题卷二十五

荡之什　　毛诗大雅

荡

荡荡上帝！下民之辟。疾威上帝！其命多辟？天生烝民，其命匪谌？靡不有初，鲜克有终！

文王曰咨！咨女殷商。曾是强御？曾是掊克？曾是在位？曾是在服？天降滔德，女兴是力！

文王曰咨！咨女殷商。而秉义类，强御多怼。流言以对，寇攘式内。侯作侯祝，靡届靡究！

文王曰咨！咨女殷商。女炰烋于中国，敛怨以为德。不明尔德，时无背无侧！尔德不明，以无陪无卿！

文王曰咨！咨女殷商。天不湎尔以酒，不义从式。既愆尔止，靡明靡晦：式号式呼，俾昼作夜！

文王曰咨！咨女殷商。如蜩如螗，如沸如羹。小大近丧，人尚乎由行。内奰于中国，覃及鬼方！

文王曰咨！咨女殷商。匪上帝不时，殷不用旧。虽无老成人，尚有典刑。曾是莫听？大命以倾！

文王曰咨！咨女殷商。人亦有言：颠沛之揭，枝叶未有害，本实先拨。殷鉴不远，在夏后之世！

【解题】

《荡》篇，疑是武王假"遵文王"，车载"文王木主"，托为文王的话去伐纣，声讨纣王的一篇有韵的檄文，正和《泰誓》、《牧誓》相类。只因为它是韵文，所以就被编次在《诗经》里。后人却都认为这是召穆公哀伤周室大坏之诗。何谓荡？《郑笺》说"荡荡法度废坏之貌"。胡承珙《后笺》说："徐位山《管城硕记》曰：张耒《明道杂志》谓今人作文称乱世曰板荡。此二诗篇名也。板为不治则可，荡则诗云'荡荡上帝，下民之辟'，荡岂乱意乎？太师举篇首一字名篇耳。《小序》言'荡荡无纲纪文章'，非其本意。案，《小序》言'荡荡无纲纪'，乃谓厉王无道，非谓上帝也。《后汉·杨赐传》曰：'不念《板》、《荡》之作，虺蜴之戒。'唐太宗《赐萧瑀诗》：'疾风知劲草，板荡识诚臣。'谓荡无乱意可乎？承珙案，《后汉书·董卓传》论亦云：'《板》、《荡》之篇，于焉而极。'欧、苏训荡荡为广大。《稽古编》谓其不知诗'荡'字当作'憘'，《说文》'狂放'字作'憘'，亦作'愓'。法度废坏，正狂放义也。总之，诗以'荡'名篇，则'荡荡上帝'断非美辞，自不得训为广大。"荡字正该如此作解，宋儒异说不可从。

这诗作者是不是召穆公？邹忠胤《诗传阐》说："通篇托之文王叹商，危言不讳，而卒不能启王之聪。故异时虢之乱，国人围王宫。召公曰：'昔吾骤谏王，王不从，以及此难。'夫骤谏者，非独《春秋外传》所载谏监谤数语，盖《荡》之诗尤最危焉。"这就肯定《荡》诗是召穆公所作了。记得《文中子》有"归而援琴鼓《荡之什》"的话，这是王通伤隋室大坏，歌诗寓意。同时也可见《诗》乐到隋唐之际或犹有存者。

《诗序》说："《荡》，召穆公伤周室大坏也。厉王无道，天下荡荡无纲纪文章，故作是诗也。"《孔疏》说："厉王无人君之道，行其恶政，反乱先王之政，致使天下荡荡然法度废灭，无复有纲纪文章，是周之王室大坏败也。故穆公作是《荡》诗以伤之。伤者，刺外之有余哀也。其恨深于刺也。"《民劳》和《荡》两诗都是召穆公为厉王暴政而作，为什么《诗序》一称为刺、一称为伤呢？《孔疏》作了解释。这诗主旨今古文说略同。王先谦《集疏》说："三家无异义。"但就这诗字句训诂来说，毛、郑和今文三家颇有异同。魏源《诗古微》说："《荡》次章摯克在位，强御在服（原注：服，侯服也）。谓荣夷公以专利内尸三公之位，而虢公长父以二伯专征外擅五服之事（《荀子·成相篇》：'任用谗夫，不能制孰公长父之难,厉王流于彘。'案,孰公当作郭公。郭、虢同声字)。四章'炰然中国,敛怨为德',则刺掊克在位也。六章'内奰于中国,覃及鬼方',则刺强御在服也。而《毛传》于四章'无背无侧',以为背无人侧无人,则复陪卿之文,乖鲁、韩之义,故与炰然敛怨义不相蒙(《汉书·五行志》释《诗》曰:'不明其德,不知善恶,以美为恶,以恶为美,至于无有善,亦无有恶。'师古曰:'言虽有背逆倾侧者,有堪为卿大夫者,皆不知之也。'《韩诗外传》:'上主以师为佐,中主以友为佐,下主以吏为佐,亡主以隶为佐。非贤者莫能用贤。有咢咢争臣者昌,有默默谀臣者亡。《诗》曰:不明尔德,时无背无侧。尔德不明,以无陪无卿)。'盖三家《诗》作'亡背亡仄',犹言无反无侧。言不明之君,其臣虽有反侧者视若无有,岂知炰然敛怨之臣即反侧之臣?则刺用掊克之荣夷公明矣。六章《笺》、《疏》不详内奰、覃及之事,故长父之恶不明,《桑柔》二、四章之义不著,而欧阳修至以厉无征伐之事(《桑柔》二章:'四牡骙骙,旟旐有翩。乱生不夷,靡国不泯。'四章:'自西徂东,靡所定处。多我觏痻,孔棘我圉。'《笺》以为军旅之祸,欧阳氏非之)。考《后汉书·东夷传》:'厉王无道,淮夷入寇,王命虢仲征之,不克。'《史记·楚世家》:'熊渠畏厉王暴虐,去其三子王号。'此则'内奰于中国',及'自西徂东,孔棘我圉'之事也。《西羌传》:'先是夷王时,荒服不朝,命虢公率六师伐太原之戎。厉王无道,戎狄寇掠,入犬丘,杀秦仲之族。王命伐戎,不克。'考《世本》注:以鬼方为先零(见《文选》注引,先零,西羌也。又干宝《易》注:鬼方,北方国)。而匡衡以成汤之服氐羌为怀鬼方。此则内奰中国、覃及鬼方之事也。其刺用虢公强御之臣明矣。《荡》诗之义,犹《民劳》之义也。'枝叶未有害,本实先拨'者,厉时威令颇行于四方,而民心已叛于畿内。厉虐类纣,故召穆屡咨殷商以陈刺。"我作这诗直解主要依据毛、郑。这里魏源说的是用三家训诂,并都指实其事,不尽可靠。但是都为主题而发,可供读者参考。

诗五章说殷商沉湎于酒:"既愆尔止,靡明靡晦。式号式呼,俾昼作夜。"纵酒之害至于如此,酒精中毒已很惊人。《小宛》二章和《宾之初筵》全篇说的周人纵酒败德,是指幽王时。这篇《荡》诗第五章也是暗指厉王纵酒。下篇《抑》诗三章说:"其在于今,兴迷乱于政,颠覆厥德,荒湛于酒。"就不知是指厉、指幽或指平王。尽管周代建国之初,周公作有《酒诰》诰诫康叔,(《酒诰》云:"文王诰教小子,有正有事,无彝酒。越庶国,饮惟祀,德将无醉。"又云:"厥或诰曰,群饮,汝勿佚,尽执拘以归于周,予其杀。")又《周官》有萍氏掌几酒、谨酒;厉、幽以前统治阶级不是没有纵酒者,不过少见记载。康王时代铜器《盂鼎铭文》,康王又申诰诫而重复了文王的戒酒遗教("今我隹井(维型)□于文王正德,若文王令二三正"),算是难有的一例。范祥雍先生校阅本书《宾之初筵·解题》说:"左思《魏都赋》:'醇酎中山,流湎千日。'张载注:'中山出好酎酒,其俗传云,昔有人曰玄石者,从中山酒家酤酒,酒家与之千日之酒,语其节度,比归数百里可至于醉。如其言饮之,至家而醉。其家不知其醉,以为死也,棺敛而葬之。中山酒家计向千日,忆曰:玄石前来酤酒,其醉向解也?遂往问其邻人。曰:玄石死来三年,服已阕矣。于是与其家至玄石冢上,掘而开其棺。玄石于是醉始解,起于棺中。其俗语曰:玄石饮酒,一醉千日。'《洛阳伽蓝记》卷四:'河东人刘白堕善能酿酒,季夏六月,时暑赫晞,以罂贮酒暴于日中,经一旬,其酒不动,饮之香美而醉,经月不醒。京师朝贵多出郡登藩,远相饷馈,逾于千里。以其远至,号曰鹤觞,亦名骑驴酒。永熙年中,南青州刺史毛鸿宾赍酒之蕃,逢路贼,盗饮之即醉,皆被擒获,因复命擒奸酒。游侠语曰:不畏张弓拔刀,惟畏白堕春醪。'此二则状酒精中毒,语虽夸张,然足见酒分之高,酿酒技术已达高度。其时远在蒸馏酒发明之前,而地并在北,亦非绍兴之陈酒。"又说:"烧酒,《饮膳正要》、《本草纲目》并以元时始创其法,名阿剌吉酒。近人亦有从此说,亦有古唐时已有者。唐人诗中之烧春究否为今日之烧酒?尚无定论。"这有助于了解我在这书中说及周代酒之品种及其酒精成分多少之推测,并及绍酒烧酒之来源(河东白堕酒,殆山西汾酒之先导乎?据此,中山、河东皆古北方名酒产地。可与南方山阴、成都媲美)。迻录在此,也许可为读此篇之一助。借知远在绍酒烧酒之类出现以前,即在殷周时代,酒祸已很可观。难怪汉代也严申酒禁,至三人以上无故群饮,罚金四两。这不仅因为要防酒祸,还和恐怕浪费粮食有关了。范先生博极群书,校阅著语往往给我启发,这也是一例。

诗结尾说:"殷鉴不远,在夏后之世。"这和《召诰》说的"我不可不监于有夏,亦不可不监于有殷"语意正相仿佛。这诗本来是哀伤厉王的暴虐好像商纣,讽谏厉王要以殷为鉴,偏偏假托文王哀伤商纣的暴虐好像夏桀,夏桀灭亡可为殷鉴。也就是说,夏是殷商的镜子,殷商就是周的镜子,诗人哀伤厉王未必肯照照这面镜子,直到篇末才像画龙点睛似的点明这个意思。钱澄之《田间诗学》说:"托为文王叹纣之辞。言出于祖先,虽不肖子孙不敢以为非也;过指夫前代,虽至暴之主不得以为谤也。其斯为言之无罪,而听之足以戒乎!"陆奎勋《陆堂诗学》说:"文王曰咨,咨女殷商,……初无一语显斥厉王。结撰之奇,在《雅》诗亦不多觏。"当日诗人虽是王室亲贤重臣,也不敢直说。厉王的监谤政策生效了,诗人的文学技巧也进步了。这还可以帮助我们对于下篇《抑》诗的了解。《郑笺》说:"此言殷之明镜不远也,近在夏后之世,谓汤诛桀也。后武王诛纣。今之王者何以不用为戒?"郑君以明镜不远申毛意,同时也该是根据今文三家论。《潜夫论·思贤》篇说:"'殷监不远,在夏后之世。'夫与死人同病者不可生也,与亡国同行者不可存也,岂虚言哉?"赵岐《孟子章句》七说:"言殷之所监视,在夏后之世耳。以前代善恶为明镜也。欲使周亦监于殷之所以亡也。"这都出于鲁说。《盐铁论·结和》篇说:"语曰:前车覆,后车戒。殷鉴不远,在夏后之世矣。"《汉书·传赞》说:"梅福之辞,合于《大雅》。虽无老成,尚有典刑。殷鉴不远,夏后所闻。"这都出于齐说。《韩诗外传》五说:"夫明镜者所以照形也,往古者所以知今也。夫知恶往古之所以为亡,而不袭蹈其所以安存者,则无以异乎却行而求逮于前人也。鄙语曰:不知为吏,视已成事。或曰:前车覆而后车不戒,是以后车覆也。故夏之所以亡者而殷为之,殷之所以亡者而周为之。故殷可以鉴于夏,而周可以鉴于殷。《诗》曰：'殷鉴不远，在夏后之世。'"韩说如此。可证这诗主旨今古文家大致相同。

抑

抑抑威仪！维德之隅。人亦有言：靡哲不愚。庶人之愚，亦职维疾。哲人之愚，亦维斯戾。

无竞维人，四方其训之。有觉德行，四国顺之。訏谟定命，远犹辰告。敬慎威仪，维民之则！

其在于今，兴迷乱于政！颠覆厥德，荒湛于酒。女虽湛乐从，弗念厥绍？罔敷求先王，克共明刑！

肆皇天弗尚！如彼泉流，无沦胥以亡。夙兴夜寐，洒扫廷内。维民之章：修尔车马，弓矢戎兵。用戒戎作，用遏蛮方。

质尔人民，谨尔侯度，用戒不虞。慎尔出话，敬尔威仪，无不柔嘉。白圭之玷，尚可磨也。斯言之玷，不可为也！

无易由言，无曰苟矣！莫扪朕舌，言不可逝矣！无言不雠，无德不报。惠于朋友，庶民小子。子孙绳绳，万民靡不承！

视尔友君子，辑柔尔颜，不遐有愆？相在尔室，尚不愧于屋漏？无曰不显，莫予云觏！神之格思，不可度思，矧可射思！

辟尔为德，俾臧俾嘉。淑慎尔止，不愆于仪。不僭不贼，鲜不为则。投我以桃，报之以李。彼童而角，实虹小子！

荏染柔木，言缗之丝。温温恭人，维德之基。其维哲人，告之话言，顺德之行。其维愚人，覆谓我僭，民各有心！

於乎小子！未知臧否。匪手携之，言示之事。匪面命之，言提其耳。借曰未知，亦既抱子！民之靡盈：谁夙知而莫成？

昊天孔昭！我生靡乐。视尔梦梦，我心惨惨。诲尔谆谆，听我藐藐。匪用为教，覆用为虐。借曰未知，亦聿既耄！

於乎小子！告尔旧止。听用我谋，庶无大悔。天方艰难，曰丧厥国。取譬不远，昊天不忒。回遹其德，俾民大棘？

【解题】

《抑》篇，又名《懿戒》，卫武公自儆之诗。或说此诗卫武公刺王室，亦以自戒。诗里暴露了西周社会已经崩溃，东周统治阶级还是怎样腐朽。《国语·楚语》上说："左史倚相曰：昔卫武公年数九十有五矣，犹箴儆于国曰，自卿以下至于师长士，苟在朝者，无谓我老耄而舍我，必恭恪于朝，朝夕以交戒我。闻一二云言，必诵志而纳之，以训道我。在舆有旅贲之规，位宁有官师之典，倚几有诵训之谏，居寝有瞽御之箴，临事有瞽史之道，宴居有师工之诵。史不失书，矇不失诵，以训御之。于是乎作《懿戒》以自儆也。及其没也，谓之叡圣武公。"韦昭注："昭谓《懿》，《诗·大雅·抑》之篇也。懿读曰抑。"这说明了《抑》篇作者何人，为何而作，为何篇名又叫《懿戒》。《孔疏》引侯包《韩诗翼要》说："卫武公刺王室亦以自戒。行年九十有五，犹使臣日诵是诗而不离于其侧。"这是韩说，根据《楚语》而稍有不同。它说这诗刺王室，也是自戒，似乎重在刺王室。《中论·虚道》说："先王之礼，左史记事，右史记言。师瞽诵诗，庶僚箴诲。器用载铭，筵席书戒。月考其为，岁会其行。所以自供正也。昔卫武公年过九十，犹夙夜不怠，思闻训道。命其群臣曰：'无谓我老耄而舍我，必朝夕交戒！'又作《抑》诗以自儆也。卫人诵其德，为赋《淇澳》，且曰睿圣。"《淮南·缪称训》说："卫武侯谓其臣曰：'小子！无谓我老而羸，我有过必谒之！'"高诱注："武侯盖年九十五矣。"这都是鲁说。也都是根据《楚语》而没有什么大出入。今文三家《诗》或说这诗是自儆，或说这诗刺王室，亦以自戒，和古文《毛序》不同的就在不曾指明这是刺厉王。

究竟这诗泛刺王室，还是刺厉王，或刺幽王，或刺平王呢？魏源《诗序集义》说刺平王，他在《诗古微》里又说："《抑》诗不但非刺厉，并非刺幽也。诸家申毛之说，若吕氏则谓《史记》纪年、《国语》记事皆未足信，当以《小序》正《史》、《国》之误，不当以《史》、《国》疑《小序》之非。严氏则谓古有其诗，本刺厉王，国史佚其作诗之人，因武公好诵，遂以诗归之。甚至陈氏启源直谓武公幼时所作，正当共和之时，征著述于蚤慧，非垂训于暮年。此三者皆宁道《国语》错，毋言毛、郑非。有争气者勿与辩矣。惟《孔疏》追刺之说，谓文刺前朝，意在当代。则是借厉刺幽，可谓苦心调剂。然《小序》之例，皆主诗志，不主诗文。故《荡》诗咨殷商，而《序》云刺厉。此诗果借厉以鉴幽，正当《序》云刺幽以申其本意，而篇次亦不当在宣王之前。矧'其在于今'，岂追刺之语？小子、尔、女，讵先王之称？《周书·芮良夫》篇曰：'惟尔执政小子。'又《淮南子》：'卫武公谓其臣曰：小子！无谓我老而羸，我有过必谒之。'则是以小子呼其臣，必非小子其君。'亦聿既耄'，匪中年之谓。且规辞令威仪于荒淫之辟，进屋漏圭玷于板荡之朝，以变《雅》陈《丹书》，蹈《楚茨》之前失。至'用戒戎作，用遏蛮方'，明当平王初，戎荆交哄，迁洛戍申之时，勤王御侮之志。若厉王时，燀威及于鬼方，荆楚去其王号，何兢兢诘戎，敌忾是劝乎？《史记》言武公将兵佐周平戎甚有功，平王命为公。则知作于为平王卿士之时，八十既耄之后，当东迁之始，变《雅》之终，不但非刺厉，并非刺幽。……盖武公以方伯入为三公，睿圣元勋方欲修其车马、弓矢、戎兵以复镐京之旧。而平王为勤勤于文侯之命，申甫之戎,自是武公不竟其志,而西周不可复,东周不可为矣。《诗》于《小雅》录《宾筵》,于《大雅》殿《抑》,以见为东西周之大关系焉。《孔疏》谓其文刺前朝,意在当代;吾则以为文儆自躬,意存王室。《韩诗》以自儆为主,而不废王室之刺,亦不訾何王之世,诚善备《国语》之义者也。以王朝卿士则其诗宜为《雅》,以诸侯所自作则不与民《风》俱陈,岂必刺厉王而后为《雅》乎?九十自儆,在幽没三十年之后,岂非大小变《雅》皆终于平王末年,为《诗》亡然后《春秋》作之征乎?"据魏氏这么说来,《抑》篇是卫武公作于为平王卿士之时,不但不是刺厉王,也不是刺幽王,必然导致刺平王的结论。

《诗序》说:"《抑》,卫武公刺厉王,亦以自警也。"大概《诗序》作者以为《抑》篇前有《板》、《荡》,后有《桑柔》,都已作为刺厉王,论诗的篇次,《抑》篇也该是刺厉王。其他的理由是没有的。《序》这样说似不可通。《孔疏》就有追刺厉王一说了。它说:"案《史记·卫世家》:武公者,僖侯之子,共伯之弟,以宣王三十六年(今按,三字当衍)即位。则厉王之世,武公时为诸侯之庶子耳,未为国君,未有职事,善恶无豫于物,不应作诗刺王,必是后世乃作,追刺之耳。正经美诗有后王时作以追美前王者,则刺诗何独不可后王时作而追刺前王也?诗之作者欲以规谏前代之恶,其人已往,虽欲尽忠,无所裨益;后世追刺,欲何为哉?诗者,人之咏歌,情之发愤,见善欲论其功,睹恶思言其失。献之可以讽谏,咏之可以写情,本愿申己之心,非是必施于谏。往者之失诚不可追,将来之君庶几能改。虽刺前世之恶,冀为未然之鉴。不必虐君见在始得出辞,其人已逝即当杜口。……武公虽非厉王之臣,亦是朝廷之士。沦胥以败,无世不然。冀望远彼恶人,免其祸患。虽文刺前朝,实意在当代。故诵习此言,以自肃警。"孔颖达知申《诗序》难以说通,就曲曲折折说是追刺厉王,最后还自为斡旋地说:"虽文刺前朝,实意在当代。"算是能够自圆其说。到了宋儒,怀疑此诗不刺厉王,不止朱子一人。戴埴《鼠璞》据《国语》、《史记·诸侯年表》和《卫世家》,以及温公《稽古录》、刘恕《通鉴外纪》,考证卫武公立、卒年代,结论说:"武公之自警在于耄年，去厉王之世几九十载，谓诗为刺厉王，深所未晓。"这不是怀疑《诗序》和《孔疏》吗？清初阎若璩《潜邱札记》说："案卫武公以宣王十六年己丑即位，上距厉王流彘之年已三十载，安有刺厉王之诗？或曰追刺，尤非。虐君见在，始得出词；其人已逝，即当杜口。是也。《序》云刺厉王，非也。"这也是反对《诗序》和《孔疏》说的。清儒之中要算陈奂给了《诗序·孔疏》这说以有力的支持。他说："《抑》与《宾之初筵》皆卫武公入相于周而作也。《史记·十二诸侯年表》：武公和元年，宣王之十六年，至平王十三年而卒。《卫世家》：武公和四十二年，犬戎杀周幽王。武公将兵往，佐周平戎甚有功。周平王命武公为公。五十五年卒。据《史记》：平王始命武公为公，武公于厉王时未为诸侯，幽王时虽诸侯不闻为周卿士，则入相于周，断在平王之世。入相而作《宾之初筵》刺幽王，作《抑》刺厉王，两诗皆作于平王时，而《序》云刺厉王者，本作诗之意而言，取殷鉴不远之义，因遂附于《荡》篇后。《正义》以为追刺厉王，是矣。《正义》引《楚语》：昔卫武公年九十有五矣……作《懿》以自儆。案，懿即抑也，抑为假借字，儆与警通。武公作《抑》已在耄年，诗作于平王之世，其一证也。《序》云亦以自警者，与《国语》合。"他说《孔疏》追刺厉王一说为是，断定此诗和《宾之初筵》皆作于平王时。我以为既然此诗确作于平王之世，就该以魏源刺平王一说为是了。

攻击这一篇《诗序》最激烈的首先是朱子《辨说》，其后有姚际恒《诗经通论》。而姚氏又同时痛诋朱子，说来有趣。朱子《辨说》直以为《诗序》说刺厉王不对，说自警却是对的。这是他从"即其诗之本文反复读之"一种"读《诗》之简要直诀"得来的结论。自谓可以不待考证而判然于胸中。不错，这自是一种读《诗》的主要诀窍。可是应用起来并不容易。即如朱子读这诗就不知道诗的本文刺王、自警两义俱有。十章说："借曰未知，亦既抱子。"不是刺王吗？十一章说："借曰未知，亦聿既耄。"不是自警吗？二、三两章以及他章姑且不细说。姚氏好像故意和朱子抬杠。他以为说诗刺厉王是对的，说诗是卫武公所作不对，说诗是作者自警更不对。他攻击《诗序》之谬有三：一，"刺王则刺王，自警则自警，未有两事可夹杂为文者"。二，"厉王之世，武公时为诸侯庶子，无刺厉王之事甚明"。三，"诗中《毛传》、《郑笺》句句皆言刺王，无一语及武公与自警。毛在《序》前固无此说，郑亦不依《序》。此明明可见者。奈何自《序》出，而举世皆以为武公作乎"？他以为把《抑》篇当《懿戒》，其不可信者有五。又驳斥了朱子《辨说》主张卫武公自警一说的五点。并骂朱子说："是非颠倒，黑白错互，可笑殊甚。""嗟嗟！文义之不通，而尚云通经乎？"这就涉及人身攻击了。他攻击《诗序》除了第一点外还似有些是处，攻击《辨说》意气用事就不必与辩了。汪梧凤《诗学女为》说："《序》既以《宾筵》刺幽，乃复以此诗刺厉，考之时代，其误自见。而孔氏以为事后追刺，此附会《序》说，不足据也。其以为刺幽者始于李迂仲，而力主之者钱氏澄之。钱氏曰：篇中'於乎小子'等语应是老成耆旧之言。计幽王距厉王所几百年矣，武公为幽王卿士已在耄年。幽王初政，昏乱已著，武公追维往事，以明鉴戒，故曰'告尔旧止'，曰'言示之事'，曰'曰丧厥国'，'取譬不远'，举厉王之事以为幽王戒，故序诗者以为刺厉王，其实此诗之作在幽王时也。以《宾筵》之《序》例之，刺幽之说为可从。《朱传》据《国语》专主自儆，又以本诗'亦聿既耄'、'谨尔侯度'、'曰丧厥国'三句，为武公自谓无疑。顾诗之刺厉者曰上帝，王与帝其尊同也。诗之刺幽者曰侯度，王与侯其君同也。义既同，则言亦借。诗主刺而不主谏，其词固不可得而显斥也。侯国曰国，天子畿内亦可曰国。'日辟国百里，日蹙国百里'，言天子也。至于既耄之词，似非武公不足以当之。然而许氏以且将因循忽而既耄解之，即作刺王之语亦可。视呼既耄之人为小子，其义较安也。味诗词义有合于刺王者，亦有合于自儆者。《序》谓刺王亦以自警，愚则谓托于自儆以刺王耳。义须兼备，说可互参。惟《序》以为刺厉王，则有不能曲为之解者矣。"他驳朱子《辨说》较姚氏平允。他说此诗卫武公托于自儆以刺王，自儆和刺王义须兼备，不错。至他赞同钱澄之《田间诗学》刺幽一说，说武公为幽王卿士，这就无甚根据了。

总之，《抑》篇确是刺王，不过作者托于自儆，所以又是自儆，又是刺王。《诗大序》所谓"主文而谲谏，言之者无罪，闻之者足以戒"，这也是一个显然的例子。我们根据所有史料，就知道作者卫武公是一个有政治野心又有政治才能的人，到了晚年为王朝执政更是老谋深算。他在政治上遇到了不能不说话却不敢公然说话，托为自儆之词来讽刺王室的境况，这是他玩弄狡狯的地方，我们不可被他瞒过。诗称尔、女，自称、称王，均无不可。战国以前，君臣相称尔女原无忌讳。襄四年《左传》："鲁人之歌云，我君小子。"是古人称幼君为小子。诗称小子，盖年少之称。君臣相称小子，当时也无忌讳。读过上面《民劳》、《板》、《荡》诸篇就知道了。这诗两言"於乎小子"，一言"实虹小子"。《郑笺》说："《礼》：天子未除丧称小子。"可知不是其时王方年少，便是王初即位。同时作者亦耄既耄，倚老卖老还说不定。王夫之《稗疏》说："《民劳》、《板》、《抑》三诗言小子者数矣。'戎虽小子'，郑氏以为王以小子自遇；'小子跻跻'，郑氏以为女反跻跻然如小子。'於乎小子'，《集传》则以为卫武公之自称。然斥王为小子，既嫌始倨侮；武公八十而自称小子，谦不中礼矣。《逸周书·芮良夫》曰：'惟尔执政小子。'又曰：'惟王暨尔执政小子。'则小子盖当时执政之称也。按《周礼》，夏官有小子，其属下士二人。职虽卑贱，而掌徇陈赞牲受彻之事，则左右之近臣也。或因狎习而与执政，故《诗》、《书》皆斥告之。犹趣马亦下士，而《十月》、《云汉》皆郑重言之。盖周末宠任童昏便嬖，小子在王左右，得以上执国政，遂为要职已。《淮南子》曰：'卫武公谓其臣曰：小子！无谓我老而羸，我有过必谒之。'益知小子非武公之自称矣。"他说这诗小子非武公自称，不错；说不是称王，乃是当时执政之称，这就不见得是。再如诗中说"四方其训之"，"四国顺之"，"其在于今，兴迷乱于政"，"罔敷求先王，克共明刑"，"修尔车马，弓矢戎兵，用戒戎作，用遏蛮方"，"天方艰难，曰丧厥国"，云云。姚际恒认为这些话最切合于王，可不算错；认为必指厉王，这就未必是了；我以为是指平王。平王不是什么中兴令主，魏源说得不错。此诗卫武公托为自儆以刺平王，语意双关，或难确指,通篇如是。卫武公生在那样的时代,处在那样的地位,有那样的才能,又是那样深谋远虑的大老,自有可能作出这样玩弄狡狯手法、含有深刻意义的诗歌来。根据上面引过的许多史料,我们知道卫武公《抑》篇作于他的晚年,正做王朝卿士,即在平王即位不久的时候,他已九十五岁。到了平王十三年(公元前七五八年)他就死去。可知他享年在百岁以上了。

桑　柔

菀彼桑柔,其下侯旬,捋采其刘。瘼此下民,不殄心忧。仓兄填兮! 倬彼昊天,宁不我矜?

四牡骙骙,旟旐有翩。乱生不夷,靡国不泯。民靡有黎,具祸以烬。於乎有哀! 国步斯频。

国步蔑资,天不我将。靡所止疑,云徂何往? 君子实维:秉心无竞。谁生厉阶,至今为梗?

忧心殷殷,念我土宇。我生不辰,逢天僤怒。自西徂东,靡所定处。多我觏痻,孔棘我圉。

为谋为毖,乱况斯削。告尔忧恤,诲尔序爵。谁能执热,逝不以濯? 其何能淑,载胥及溺?

如彼溯风,亦孔之僾。民有肃心,荓云不逮? 好是稼穑,力民代食。稼穑维宝,代食维好!

天降丧乱,灭我立王? 降此蟊贼,稼穑卒痒。哀恫中国! 具赘卒荒? 靡有旅力,以念穹苍!

维此惠君! 民人所瞻。秉心宣犹,考慎其相。维彼不顺! 自独俾臧。自有肺肠,俾民卒狂。

瞻彼中林,甡甡其鹿。朋友已谮,不胥以穀。人亦有言:进退维谷!

维此圣人！瞻言百里。维彼愚人！覆狂以喜。匪言不能，胡斯畏忌？

维此良人！弗求弗迪。维彼忍心！是顾是复。民之贪乱，宁为荼毒？

大风有隧，有空大谷。维此良人！作为式穀。维彼不顺！征以中垢。

大风有隧，贪人败类。听言则对，诵言如醉。匪用其良，覆俾我悖！

嗟尔朋友！予岂不知而作？如彼飞虫，时亦弋获。既之阴女，反予来赫？

民之罔极，职凉善背！为民不利，如云不克？民之回遹，职竞用力！

民之未戾，职盗为寇，凉曰不可。覆背善詈，虽曰匪予，既作尔歌！

【解题】

《桑柔》，是芮伯刺厉王、责执政之诗。《诗序》说："《桑柔》，芮伯刺厉王也。"不错。芮伯何人？《郑笺》说："芮伯，畿内诸侯，王卿士也，字良夫。"芮国何地？陈奂《传疏》说："《汉书·地理志》：'左冯翊临晋有芮乡，故芮国。'案，此周之芮在河西，与商之芮邻于虞在河东者不同地。今陕西同州府朝邑县即周芮伯国。《书序·疏》引《世本》云：'姬姓。'厉王时芮伯芮良夫也。文元年《左传》引此篇第十三章，以为周芮良夫之诗。诗为芮良夫所作，《传》有明文矣。又《潜夫论·遏利》篇亦曰：'周厉王好专利，芮良夫谏而不入，退赋《桑柔》之诗以讽。'三家《诗》亦谓芮良夫刺厉王。"这说明了芮国何地，兼及芮伯何人，其诗为何而作。同时也说明了这诗主旨今古文说相同。王先谦《集疏》说："鲁说曰：昔周厉王好专利，芮良夫谏而不入，退赋《桑柔》之诗以讽。

言是大风也必将有遂,是贪人也必将败其类。王又不悟,故遂流于彘。(《潜夫论·遏利篇》)《史记·周本纪》:'厉王即位三十年,好利,近荣夷公。芮良夫谏,厉王不听,卒以荣夷公为卿士,用事。王行暴虐侈傲。三十四年,王益严,国人莫敢言,道路以目;三年,乃相与畔,袭厉王,王出奔彘。'此诗之作在荣公为卿士后,去流彘之年当亦不甚远。"这说明了诗本事,推测了诗作出的年代。按,荣夷公当是《敔簋》、《康鼎辅师嫠簋》的夌伯。芮良夫谏厉王在厉王三十年;谏而不入,退赋《桑柔》,也该在同一年中。厉王奔彘在三十七年(公元前八四二年)。《桑柔》作出至迟在这一年以前,决不会在流彘以后了。

诗说:"天降丧乱,灭我立王。"《朱传》说:"此诗之作,不知的在何时。其言灭我立王,则疑在共和之后也。"方玉润受了这一说,也许还受了魏源《诗古微》一说的影响,就认定此诗作在流彘之后。《诗经原始》说:"夫诗不云乎?'天降丧乱,灭我立王。'此时国人已畔,厉王已逐。然王虽被逐,尚居于彘,故又曰:'哀恫中国,具赘卒荒。'正《春秋传》所谓'君若缀旒'时也。朝廷之上虽有周、召二公行政,谓之共和,而王至共和十四年始死于彘。则哀此中国谁为之主?虽曰有君,不且若赘然哉?此诗正作于其时,盖伤之也,何以刺为?凡诗中所言,无非追究同朝不能匡救君恶以致危亡,并恨已无大力拯民水火,可以挽回天意,此作诗大旨也。"他说作诗大旨或可不算错,说诗作在厉王流彘以后可不然。他从诗找内证也可,所下解释就有问题。一是文法和语气的问题。比如他以为"灭我立王"系肯定句,安知这不是疑问句为了字句整齐而省去了疑问助词?这在《三百篇》中是常见的例,就在本篇也还找得出。二是训诂,同时又是文法和逻辑的问题。比如他说"具赘卒荒"的赘就是《春秋传》"君若缀旒"的缀,他据《朱传》引来,其实出于《孔疏》。我以为赘字是承上文指国中执政,是疑问句。若专指人君,何以上加"具"字即"俱"字呢?方氏还说:"诸儒说《诗》,总不肯全篇合读,求其大旨所在,而碎释之,乌能得其要领?晦翁讥《行苇·序》以为逐句自生意义,不暇寻绎自脉,管照前后。又云:随文生义,无复伦理。不知己亦正坐此病。即如此诗，其佳处全在'灭我立王'三章，而乃为游移无定之解。其余不过追溯悔恨之词，偏又呆疏碎释，岂能抓人痒处哉！"他主张解《诗》要全篇合读，求其大旨所在，岂能说他不对？但是由他自己实践起来，用在这一诗上，依然有问题。看来他也未免有呆疏碎释、隔靴抓痒的毛病。

《逸周书·芮良夫解》一篇，是"厉王失道，芮伯陈诰"之作。也和《桑柔》诗一样，刺厉王，并责执政同僚。他对王自称"小臣良夫"，可见良夫是名，不是如《郑笺》说的"字良夫"。他称同僚为"执政小子"，可见他是卿士，又是王室同姓老臣，故而倚老卖老，老气横秋。他谏厉王说："民归于德，德则民戴，否德民雠，兹言允效，于前不远。商纣不改夏桀之虐，肆（故今）我有周有家。"又说："后（君）除民害，不惟民害。害民乃非后，惟其雠。后作类（善），后。弗类，民不知后，惟其怨。民至亿兆，后一而已，寡不敌众，后其危哉！"又说："以予小臣良夫观天下有土之君，厥德不远，罔有代德。时（是）为王之患，其惟国人！"他责执政同僚说："道（导）王不若（顺），专利作威。佐乱进祸，民将不堪！"又说："今尔执政小子惟以贪谀事王，不勤德以备难，下民胥怨。财力单竭，手足靡措，弗堪戴上，不其乱而？"又说："尔执政小子不图大囏，偷生苟安。爵以贿成。贤智钳口，小人鼓舌。逃害要利，并得厥求。唯曰哀哉！"这可和《桑柔》诗一时同读，魏源说它和诗相表里，不错。芮良夫也不失为当时一个有远见的政治家，后来果不出他所料，人民起义，厉王就滚蛋了。防民之口，有何用哉？

云　　汉

倬彼云汉，昭回于天。王曰於乎！何辜今之人？天降丧乱，饥馑荐臻。靡神不举，靡爱斯牲。圭璧既卒，宁莫我听？

旱既大甚，蕴隆虫虫。不殄禋祀，自郊徂宫。上下奠瘨，靡神不宗。后稷不克，上帝不临？耗斁下土，宁丁我躬！

旱既大甚，则不可推？兢兢业业，如霆如雷。周余黎民，靡有孑遗。昊天上帝，则不我遗；胡不相畏，先祖于摧？

旱既大甚，则不可沮？赫赫炎炎，云我无所。大命近止！靡瞻靡顾。群公先正，则不我助；父母先祖，胡宁忍予？

旱既大甚，涤涤山川。旱魃为虐，如惔如焚。我心惮暑，忧心如熏。群公先正，则不我闻；昊天上帝，宁俾我遁？

旱既大甚，黾勉畏去。胡宁瘨我以旱？憯不知其故！祈年孔夙，方社不莫。昊天上帝，则不我虞；敬恭明神，宜无悔怒！

旱既大甚，散无友纪。鞫哉庶正！疚哉冢宰！趣马师氏，膳夫左右！靡人不周，无不能止。瞻卬昊天，云如何里？

瞻卬昊天，有嘒其星。大夫君子，昭假无赢，大命近止！无弃尔成。何求为我？以戾庶正！瞻卬昊天，曷惠其宁？

【解题】

《云汉》，《韩诗》以为"宣王遭旱仰天"之词。好像它说这是宣王自作，诗里称我就是宣王自我，不是诗人代宣王称我。《诗序》说："《云汉》，仍叔美宣王也。宣王承厉王之烈，内有拨乱之志，遇灾而惧，侧身修行，欲销去之。天下喜于王化复行，百姓见忧，故作是诗也。"《郑笺》说："仍叔，周大夫也。《春秋》鲁桓公五年夏，天王使仍叔之子来聘。"毛、郑以为《云汉》一诗是周大夫仍叔所作。这个仍叔是不是《春秋》所书的仍叔呢？范处义《补传》说："仍叔，亦周之世臣也。《春秋》书仍叔之子来聘，乃周威（桓）王之十三年，去宣王即位之初已百余年。左氏云：仍叔之子弱，盖未满二十也。故杜预云：讥使童子出聘。以岁考之，殆曾孙与？"他猜《春秋》所书仍叔之子是作诗仍叔的曾孙。李超孙《诗氏族考》说："按《节南山·疏》云：'《笺》引桓五年仍叔之子来聘。春秋时，赵氏世称孟，智氏世称伯，仍氏或亦世字叔也。自桓五年上距宣王之卒七十六岁，若当初年则百二十年矣。引之以证仍叔是周大夫耳，未必是一人也。'《春秋》：桓王使仍叔之子来聘。《穀梁》仍作任，《公羊》亦作任叔，讥其父老子代从政。仍叔虽已年老，然考宣王遇旱，《前编》在六年，《大纪》连年书旱，则《云汉》之诗作于宣王六年矣。宣王在位四十六年，历幽王十一年，平王五十一年，至桓王十三年，已百十五年。仍叔已能作诗，年应长矣，断未有至桓王时尚存，而年老逾百三四十岁者，则此非《春秋》所书之仍叔明矣。盖仍氏字叔，世为大夫，后嗣相袭是其常也。"他断定《春秋》仍叔是《诗序》仍叔的后嗣，可以据信。至此诗是否作于宣王六年？还没有定论。

这诗主旨今古文说略同，还有异同可说。上引《韩诗》，见陈乔枞《韩诗遗说考》。又《鲁诗遗说考》说："皇甫谧《帝王世纪》：宣王元年以邵穆公为相。是时天大旱，王以不雨遇灾而惧，整身修行，欲以消去之。祈于群神，六月乃得大雨。大夫仍叔美而歌之，今《云汉》之诗是也。"这是以为仍叔作诗在宣王元年。《鲁诗遗说考》又说："案《毛诗正义》引皇甫谧，以为宣王元年不藉千亩，虢文公谏而不听，天下大旱，二年不雨，至六年乃雨。以为二年始旱，旱积五年，谧之此言无所凭据，不可依信。乔枞谓谧以《皇矣》诗阮、徂、共为三国名，从《鲁诗》之说。则说《云汉》诗当亦据《鲁诗》而言。孔冲远不见《鲁诗》，遂疑谧言为无据，失之疏矣。观《论衡·须颂》篇云：'成汤遭旱，周宣亦然。然而成汤加成，宣王言宣，无妄之灾，不能亏政。'以成汤与周宣并举，汤有七年之旱，则周宣王之旱积五年，自是古有此说。《论衡》之语盖亦本诸《鲁诗》。"据此可知宣王有五年之大旱，正和尧有九年之水患，汤有七年之旱灾一样出自古史传说。《齐诗遗说考》说："《春秋繁露·郊祀》篇：周宣王时，天下大旱，岁恶甚，王忧之。其诗云云。宣王自以为不能乎后稷，不中乎上帝，故有此灾。有此灾，愈恐惧，而谨事天。""董子引诗'饥馑荐臻'。荐，再也。见《尔雅·释言》。《毛诗》荐作荐，《传》训荐为重。《尔雅·释天》又曰：'仍饥为荐。'《释文》云：'荐本作荐。'又《释诂》训荐为臻，训臻为仍。以荐、臻二字互训，则臻亦仍也。诗言荐臻，犹言频仍耳。"据此可知宣王之时旱灾不止一年，虽不见于正史，古代传说还有残存。《云汉》一诗正可补正史之不及，也可证传说之有据。大约此诗作于宣王元年至六年之间（公元前八二七—公元前八二二）。《孔疏》说："宣王遭旱早晚，及旱年多少，经传无文。"不错。但是宣王遭旱，连岁频仍，"天降丧乱，饥馑荐臻"，有诗为证，这是无可置疑的了。

遇旱祈雨，仰天呼吁，想是周人沿习殷人旧俗，不是从宣王开始。甲骨文中常见："贞，帝其降我莫？""贞雨，帝不我莫？"还有其他贞卜莫灾的记载。莫，当读如"中谷有蓷，暵其干矣"之暵，音义都与旱通。禳旱祈雨本来是一件事，就是雩祭。《礼记·祭法》篇说："雩宗，祭水旱也。"《月令》说："仲夏之月，……命有司为民祈祀山川百源，大雩帝，用盛乐。"这是说，每年例行歌舞盛大的雩祭。倘若国有大旱，无论何时都可举行雩祭，《云汉》诗就该是这样的了，诗里说的盛暑酷热像已过了仲夏。又诗说："不殄禋祀，自郊徂宫，上下奠瘗，靡神不宗。"可见不止雩祭上帝。《周礼》于荒政说"索鬼神"。就是说，国有凶荒，尽求鬼神而祭祀之，正和《云汉》诗合。诗首章说："倬彼云汉，昭回于天。"末章说："瞻卬昊天，有嘒其星。"诗中主人公在旱热如焚的一天过去了，总要看看夜色，渴望明天有雨，尤其是在止打闷雷"蕴隆虫虫"的时候，却不曾一次明明点出雨字，不知何故。《朱传》引张子（载）说："不敢斥言雨者，畏惧之甚，且不敢必云尔。"这当然也可以算是一种理由，难道果真如此？

诗说："旱魃为虐，如惔如焚。"这对被认为带来旱灾的女鬼旱魃公然斥责,丝毫不存敬畏的心理。旱魃究竟是怎样神幻化的一种鬼物呢?《孔疏》说:"《神异经》曰:南方有人,长二三尺,袒身,而目在顶上,走行如飞,名曰魃。所见之国大旱,赤地千里,一名旱母。遇者得之,投溷中,即死,旱灾消。"胡承珙《后笺》说:"《艺文类聚》引韦昭《毛诗答问》曰:'《云汉》之诗,旱魃为虐。《传》:魃,天旱鬼也。据此,似《传》本作旱鬼(今作旱神)。《说文》:魃,旱鬼也。即用《毛传》。《后汉书·皇甫规传》:旱魃为虐。注云:魃,旱神也。意章怀时《毛传》已作旱神欤?"陈奂《传疏》说:"《山海经》:'大荒之中有山名不句。有黄帝女妭,本天女也,黄帝下之,杀蚩尤,不得复上,所居不雨。'郭注:'妭音如旱魃之魃。'《玉篇》'妭'下引《文字指归》云:'女妭秃无发,所居之处天不雨也。'"王先谦《集疏》说:"《山海经·大荒北经》:'系昆之山有人,衣青衣,名曰黄帝女妭。黄帝攻蚩尤冀州,蚩尤请风伯雨师纵大风雨。黄帝乃下天女曰妭,雨止,遂杀蚩尤。妭不得上,所居不雨。'"又《魏书》载,咸平五年晋阳得死魃长二尺,面顶各二目。《文献通考》载,唐永隆元年长安获女妭,长尺有二寸。这都说得像煞有介事,真是活见鬼!综合以上所说,我们对于旱魃神话可以得到一个比较完整而明确的概念。她是旱母,旱鬼,旱神。她也可以单叫妭,妭、魃同音,又叫女妭,或叫黄帝女妭,本来是天女妭。她的身长约二三尺。头上是光秃秃的,没有头发。头顶上也有一对眼睛。她有时裸体,有时着青衣。她行走时如飞。当黄帝和蚩尤在冀州战斗的时候,蚩尤请来风伯雨师,使用大雾大风雨。黄帝就请来天女妭,因为她所到的地方就没有雨,风雨止了,蚩尤就被黄帝杀了。后来她不得上天,就留在人间作祟。这是上古遗留下来的一段满有趣味的神话。据这神话,黄帝和蚩尤的一次战争只是一场魔术妖法的斗争。他们各自拜请一两个自然神,不,应该说是一两种超人间的自然力,替自己作战。结果,风伯雨师败了,蚩尤也就败了;女妭胜了,黄帝也就胜了。也就是说,一个女性的晴神战胜了两个男性的风神雨神。这很有些像希腊神话的意味。黄帝、蚩尤的时候当在中国氏族社会时期,像是正处在由母权制向父权制过渡的一个阶段。相传黄帝有四个妃子,正妃是西陵氏之女嫘祖,最有名,她可能是西陵氏部落的一位女酋长。女娲战胜了风伯雨师,反映了当时女权制还保有相当的势力。这么说来,我们要说关于旱魃的神话是从原始社会传来的最古的神话之一,不是没有理由的。

《云汉》一诗用作雩祭乐章,到了南北朝还见于记载。顾栋高《毛诗类释·雩祭》一则说:"晋穆帝永和时,博士议曰:'《云汉》之诗,宣王承厉王拨乱,遇灾而惧,故作是歌。今晋中兴,奕叶重光,岂比周人耗斁之辞乎?汉魏俱别造新书,晋室太平,不必因故。'司徒蔡谟议曰:'《云汉》之诗,兴于宣王。今歌之者,取其修德禳灾,以和阴阳之义,故因而用之,无庸更作。'梁武帝天监十年,朱异议曰:'《云汉》诗中《毛传》有瘗埋之文,不见燎柴之说。'帝亦以用火祈水,于理为乖。于是停用柴燎,从坎瘗典。十二年大雩国南,除地为墠。舞僮六十四人,皆衣玄衣,为八列,皆执羽翳,每列歌《云汉》一章而舞。"按,北魏文成帝和平元年为旱祈祷,也曾用《云汉》乐章。可见南北朝时代,朝廷举行大雩祈雨,还要歌唱《云汉》诗,并有舞童八佾起舞。到孔颖达作《正义》,就不曾说及隋唐雩祭。而且他已不迷信禳旱祷雨有验。他说:"岁或水旱,皆是上天之为,假祭群神,未必能已,圣王制此礼者何哉?将以灾旱不熟,必至于死;人君为之父母,不可忍观穷厄,固当责躬罪己,求天祷神,罄忠诚之心,为百姓请命。圣人缘人之情而作为此礼,非言祈祷必能止灾也。徒以民情可矜,不得不为之祷;祷而无雨,不得不诉于神耳。"这把迷信行为合理化了,不能拿来解释西周时代宣王求雨的宗教心理。只在隋唐统一时代,生产力发展到相当高的程度,人民生产斗争的知识已是相当的丰富,天文科学也有了相当大的进步,这是我们在《十月之交·解题》里说过的。那时劳动人民已经可以用自己可能有的力量和水旱灾荒作有效的斗争。所以孔颖达疏解《云汉》一诗怀疑祈祷未必有效,正如他疑日食未必和人君的行动好歹有关一样。他不可能从上古社会宗教意识发展上的意义求解释,就只好从后世帝王救灾政策运用上的意义作解释。但是在一千年来的经学家中,孔颖达还算是比较有进步思想的。朱子《辨说》说"此《序》有理",似较《孔疏》倒退了一大步。因为《诗序》是说宣王祈祷欲消去所遇灾难的,《诗序》作者是相信天人感应之说的,相信人君恐惧修省可以感天的。

崧 高

崧高维岳,骏极于天,维岳降神!生甫及申。维申及甫!维周之翰。四国于蕃,四方于宣。

亹亹申伯!王缵之事。于邑于谢,南国是式。王命召伯:定申伯之宅。登是南邦,世执其功。

王命申伯:式是南邦。因是谢人,以作尔庸。王命召伯:彻申伯土田。王命傅御:迁其私人。

申伯之功,召伯是营。有俶其城,寝庙既成。既成藐藐,王锡申伯:四牡蹻蹻,钩膺濯濯。

王遣申伯,路车乘马:我图尔居,莫如南土。锡尔介圭,以作尔宝。往近王舅!南土是保。

申伯信迈,王饯于郿。申伯还南,谢于诚归。王命召伯:彻申伯土疆?以峙其粻,式遄其行。

申伯番番!既入于谢,徒御啴啴。周邦咸喜:戎有良翰。不显申伯?王之元舅,文武是宪!

申伯之德,柔惠且直。揉此万邦,闻于四国。吉甫作诵,其诗孔硕。其风肆好,以赠申伯!

【解题】

《崧高》一篇,《朱传》说:"宣王之舅申伯出封于谢,而尹吉甫作诗以送之。"话极简单明确,恰和诗旨相符。这是后世在朝大员同僚饯送一类诗的滥觞。在《三百篇》中像这篇一样,世次和作者都没有问题的绝少。这诗的作者是谁？这诗作在什么时候？为什么而作？我们每读一篇诗，首先就要遇到这几个问题。《诗三百》的作者经《诗序》指出的多不可靠，而作者自己在作品里说出自己是谁的又不过寥寥几篇。如《小雅·巷伯》作者是寺人孟子，《大雅·节南山》是家父，这篇和下面一篇作者是尹吉甫，还有《鲁颂·閟宫》作者是奚斯，总共不过五篇而已。这篇有许多字句和意思重复的地方，想是作者故意显示宣王对申伯宠眷之隆，丁宁之切。严粲说得好，《诗缉》说："此诗多申复之辞，既曰'王命召伯，宅申伯之宅'，又曰'申伯之功，召伯是营'。既曰'南国是式'，又曰'式是南邦'。既曰'于邑于谢'，又曰'因是谢人，以作尔庸'。既曰'王命召伯，彻申伯土田'，又曰'王命召伯，彻申伯土疆'。既曰'谢于诚归'，又曰'既入于谢'。既曰'登是南邦，世执其功'，又曰'南土是保'。既曰'四牡跷跷，钩膺濯濯'，又曰'路车乘马'。此诗每事申言之，写丁宁郑重之意，自是一体，难以一一穿凿分别也。"

《诗序》说："《崧高》，尹吉甫美宣王也。天下复平，能建国亲诸侯，褒赏申伯焉。"《郑笺》说："尹吉甫、申伯，皆周之卿士也。尹，官氏。申，国名。"不错，这诗是尹吉甫美宣王褒赏申伯，加邑于谢而作。可是这有什么可赞美的呢？从诗的文字上看不出来。《诗序》作者又是推本诗人言外之意，从《诗》教上或政治上的意义来说的。何楷《古义》引张耒的话说："《崧高》之所序，止于建国亲诸侯，褒赏申伯；《韩奕》之所序，止于能锡命诸侯。夫武王之盛时，大邦畏其力，小邦怀其德。朝觐会同，无敢失时，征伐侵讨，莫不如志。爵赏有度，锡命有礼。夫岂以为盛哉？天子之事固若是也，一不能是，则乱而已矣。而宣王之所能，乃止于褒赏申伯，锡命韩侯，而诗人美之如是者，盖周至厉王而乱极矣。王室衰微，诸侯肆行，王且不能有国矣，而况能建国乎？诸侯背叛，构怨连祸，而况能亲诸侯乎？赏命不行于上，则褒赏申伯为可美也；锡命不行乎下，则锡命韩侯为可善也。扬子曰：'习治则伤始乱也，习乱则好始治也。'方宣王之初，可谓习乱矣。而宣王能行天子之职，诗人为乐其始治而好之，此所以美之也。"这释《诗序》意在维护封建秩序,可算言之成理,就是很合当时封建制度的道理。诗人有没有这些言外之意? 我们无从知道,至多只能说是有此可能罢了。王先谦《集疏》说:"此诗及下章皆有诗人自名,三家无异义。"在这诗主题上今古文说无争论。可是这诗发端就提出了"崧高维岳"。这是专指嵩岳呢? 还是泛指山大而高的岳,或者岳是说的四岳五岳呢? 这对了解全诗来说还不算重要,姑且不说它。诗又把申、甫两人并提。请问:申是申伯,甫是何人? 这就是《诗》今古文学者一直争论,至今还难作出定论的问题。

先看清代最后一个专治古文《毛诗》的学者怎样说的。本来《毛传》于"崧高维岳"一句说:"崧,高貌。山大而高曰崧。岳,四岳也。东岳,岱。南岳,衡。西岳,华。北岳,恒。尧之时,姜氏为四伯,掌四岳之祀,述诸侯之职。于周则有甫、有申、有齐、有许也。"陈奂《传疏》说:"《传》云'于周则有甫、有申、有齐、有许'也者,《周语》云:'齐、许、申、吕由大姜。'又云:'申、吕虽衰,齐、许犹在。'此亦《传》义所本也。甫即吕,吕为姜姓始封之国,申亦夏、商旧国。齐、许则皆周封之国。宣王之世,四国犹存。诗言锡命申伯耳,申、甫连言,犹之申、吕连言。而《传》又连及齐、许,更推广之。申之先祖主岳之祀,自尧迄周历千余年。《传》乃探下'生甫及申'句以发明篇端高岳之义也。"又说:"郑注《孔子闲居》篇:甫、申为仲山甫及申伯。仲山甫,樊侯也。《后汉书·张衡传》:'申伯樊仲,实干周邦。'此皆三家异说。"他坚持古文毛氏说,甫是甫侯,甫侯就是吕侯。他还指出,今文三家以甫为仲山甫是异说。

再看清代最后一个专治今文三家《诗》的学者怎样说的。王先谦《集疏》说:"陈乔枞云:'《孔疏》谓《笺》以甫为甫侯,而《孔子闲居》引此诗,注以甫为仲山甫。《外传》称樊仲山甫,则是樊国之君,必不得与申伯同为岳神所生。注《礼》之时未详诗意故耳。乔枞谓《疏》说非也。《后汉·张衡传·应间》曰:申伯樊仲,实干周邦。亦以甫为仲山甫,与郑《记》注合。张述《鲁诗》,郑述《齐诗》,是鲁、齐说同。蔡邕《荐董卓表》云：是故申伯山甫，列于《大雅》。蔡亦述《鲁诗》者，并以申甫为申伯仲山甫。又《司空杨公碑》云：昔在申吕，匡佐周宣，《崧高》作诵，《大雅》扬言。申吕即此诗之申伯山甫也。张衡《司徒吕公诔》云：四岳在虞，傅土佐禹。克厌天心，姓姜氏吕。登是南邦，以家以处。降及于周，穆侯作辅。登受八命，衮职靡倾。据此，则樊仲山甫亦系出吕，同为四岳之裔，故诗言惟岳降神，生甫及申也。《孔疏》以仲山甫是樊国之君，必不得与申伯同为岳神所生，何疏于考据耶？《困学纪闻》谓仲山甫犹《仪礼》所谓伯某甫，甫与父同。若以仲山甫为父，则尹吉甫、程伯休父亦可言甫矣。伯厚妄用驳难，其说愈失之。'愚案，陈氏引《应间》'申伯樊仲'，证齐义同于鲁家；引《吕诔》'衮职靡倾'，证樊仲亦出四岳。此二条最足破《孔疏》之固。惟三家既以岳为五岳，则《毛传》四岳之后本不关诗旨，系属添设。况《孔疏》既谓姜姓于四岳之中为其一，则非姜姓者尚有其三。既谓樊系国名，又何不可姓姜姓吕？似亦不足辨也。至《吕诔》言姜吕而远溯四岳，说本《齐太公世家》。"又说："《韩诗外传》八云：'若申伯仲山甫，可谓救世矣。昔者周德大衰，道废于厉。申伯仲山甫相宣王，拨乱世反之正，天下略正，宗庙复兴。申伯仲山甫乃并顺天下，匡救邪失。喻教德，举遗士，海内翕然向风。故百姓滓然咏宣王之德。《诗》曰：周邦咸喜，我有良翰。又曰邦国若否，云云。如是可谓救世矣。'案，据此，韩与鲁、齐同以甫为仲山甫，与毛指甫为甫侯异。愚谓若是甫侯，吉甫引与申伯同称，决无全不表章之理。惟其甫属樊仲，封颂各赠一人，故此诗首章申、甫并言，而其功绩专于下章明之，立言之体固如是也。若如毛说，称颂申伯，而推一无可称述之达官配之，当亦为申伯所不许矣。黄山云：'《笺》以甫为即穆王训夏赎刑之甫侯，无论甫侯作刑由于诸侯不睦，左氏以为叔世乱政，史家亦不以为君臣之盛，不当以申伯并提。且中隔恭、懿、孝、夷、厉五王，相距太远。由泥定俱出四岳，遂强相牵合耳。'"他坚持今文说，以鲁、齐、韩三家同以甫为仲山甫；岳指周之五岳，有《尔雅》《说文》可证，《毛传》四岳之说和诗旨无关。其他想当然之词就不值一辩。

《诗》今古文家关于这诗甫是甫侯还是仲山甫的问题，其间异同略已分别说明如上，这里还该论到他们的得失。本来今古文说同源异流，何异何同较易清楚，孰得孰失向无定论。和我以前论《诗》一样，今论这篇诗也只能就他们所争执的论证试作一个小结。郑君先注《礼》，后笺《诗》，注《礼》从《齐诗》以甫为仲山甫，笺《诗》从《毛诗》以甫为甫侯，亦即吕侯。当以后说为是，或者两说并存，否则陷他于自相矛盾。张衡《应间》并称申伯樊仲，似据《崧高》、《烝民》两诗而言。《吕谋》说姓姜氏吕，四岳之后，和《崧高·毛传》正同。衮职云云，语出《烝民》，连类而及，和《应间》相似，非必说司徒吕公系樊仲山甫之后。这不能作为《鲁诗》说甫为仲山甫之证。蔡邕《杨碑》并称申、吕，明据《大雅·崧高》，是以甫为吕，不得指为仲山甫。《荐表》并称申伯山甫，但说《大雅》，或据《崧高》、《烝民》两诗，不得以山甫即指申伯之甫，说他单据《崧高》一诗。这也不能作为《鲁诗》以甫为仲山甫之证。王符《潜夫论·三式》篇说："周宣王时，辅相大臣以德佐治，亦获有国。故尹吉甫作封颂二篇，其诗曰：'亹亹申伯，王缵之事。于邑于谢，南国是式。'又曰：'四牡彭彭，八鸾锵锵。王命仲山甫，城彼东方。'此言申伯仲山甫文德致升平，而王封以乐土，赐以盛服也。"这倒可以作为汉儒好用申伯仲山甫并称，系据《崧高》、《烝民》二篇，或出于《鲁诗》之证。《韩诗外传》并称申伯仲山甫，明引《崧高》、《烝民》二篇语句，行文手法和《潜夫论》相同。这也不能作为《韩诗》以甫为仲山甫之证。他如申甫佐周中兴，必非远引耄荒赎刑之甫侯，《吕记》早已说了，黄山驳《郑笺》近是。甫者，男子通称。倘非假甫为吕，不可与申国之名并举。《孔疏》、《困学纪闻》先后说过了，陈乔枞驳《孔疏》、《困学纪闻》都不见是。魏源《诗古微》不免时有今文三家偏见，独于此诗从毛，以甫侯为即吕侯，以为"甫者，四岳之国，故曰维岳降神，非仲山甫之谓"，自是确有所见的。由此可见，古文毛氏以甫为甫侯，亦即吕侯之说，比较可以据信。至《汉书·古今人表》以申伯同仲山甫、尹吉甫等列宣王世上品，而申侯列于幽王世下品，这把得宣王褒赏的申伯和向幽王进攻的申侯分为先后两人，似是父子。是申伯之于申侯，犹宣王之于幽王，世次恰恰相当。班固家习《齐诗》，他往往斟酌兼用三家说，《人表》序次申伯、申侯也是可以据信的。惠周惕《诗说》以为宣王封申之役最为失策，纸上谈兵，又不知道申伯、申侯当分别来说，就不见得和史实相符合了。

宣王中兴的成功，由于起初军事的迭获胜利。《六月》美尹吉甫北伐玁狁，《采芑》美方叔南征荆蛮，《江汉》美召穆公东征淮夷，《常武》美宣王亲征徐方，都是关于宣王军事行动的诗。《黍苗》、《崧高》叙述封申城谢以防荆蛮，《烝民》叙述仲山甫筑城东方以防淮徐，《韩奕》叙述锡命韩侯以防北狄，都是关于宣王军事善后的诗。姜炳璋《诗序广义》说："宣王时，玁狁扰于北，王命尹吉甫伐之。既平，韩侯来朝，锡之追貊，使为之伯，以控制北方。荆楚及淮南乱于南，王命方叔伐荆蛮，召穆公伐淮南之夷，俱平之。以申、甫二国逼近荆、淮，元舅出封，所以威南邦也。东有徐夷之叛，王自将伐之。徐方既庭，以齐为东诸侯长，密迩淮徐，因命仲山甫宣布王命，即以备徐方者委齐侯。盖数贤侯皆有用之才，与之图善后之计。终宣王之世三十余年不见再寇。此以见付托得人，而中兴之业于斯为盛。故《六月》、《采芑》、《江汉》、《常武》所以美其始，《崧高》、《烝民》、《韩奕》所以美其终。"这有合乎诗旨，同时有合乎史实。

烝　民

天生烝民，有物有则。民之秉彝，好是懿德。天监有周，昭假于下。保兹天子，生仲山甫！

仲山甫之德，柔嘉维则：令仪令色，小心翼翼。古训是式，威仪是力。天子是若，明命使赋。

王命仲山甫：式是百辟，缵戎祖考，王躬是保。出纳王命，王之喉舌。赋政于外，四方爰发。

肃肃王命，仲山甫将之。邦国若否，仲山甫明之。既明且哲，以保其身。夙夜匪解，以事一人！

人亦有言：柔则茹之，刚则吐之。维仲山甫，柔亦不茹，刚亦不吐。不侮矜寡，不畏强御！

人亦有言：德輶如毛，民鲜克举之。我仪图之，维仲山甫举之，爱莫助之。衮职有阙，维仲山甫补之！

仲山甫出祖，四牡业业，征夫捷捷，每怀靡及。四牡彭彭，八鸾锵锵。王命仲山甫：城彼东方。

四牡骙骙，八鸾喈喈。仲山甫徂齐，式遄其归。吉甫作诵，穆如清风。仲山甫永怀，以慰其心！

【解题】

《烝民》，是宣王命仲山甫往齐筑城，尹吉甫送行之作。这诗赞美了仲山甫的方德，就是歌颂了宣王的任贤使能。可是西周的社会崩溃了，在奴隶们武力反抗、厉王出奔于彘的一桩历史大事件本身上就已证明了出来。宣王算是能够任贤使能，他的大臣也确有好多是贤能，虽然在政治上用了改良主义的办法，也还是不能把历史前进的轮子倒转过来。他的中兴事业只是回光返照，把残照余光拖长时间而已。此诗在《三百篇》中是带有说理成分较多的作品之一。自从主张性善说的《孟子》引用和《郑笺》训释以来，儒家说天说性、说五常五行、说阴阳刚柔往往引用，而且发展了它，丰富了它。我们只要从文艺上、从历史上来了解它，就不必管这些。何况诗人并不是为说理而作、为梦想自己做圣贤而作，正和《淇澳》、《抑》篇的作者一样。便是他们说的天、说的理，也未必和后世儒者理学家所阐明的完全相同。

《荡》诗说："天生烝民，其命匪谌？靡不有初，鲜克有终。"这诗说："天生烝民，有物有则。民之秉彝，好是懿德。"这里天字究竟含有什么意义呢？看来好像说天是多少人格化了的主宰者，但是如将下文联系来细玩，就得认为这是把天指为理法的天。天是性理的根源。天是道德原理的根源。天就是理，就是绝对的真理，就是本体。在《三百篇》里，天字是表示这样一种观念的，我们就得举这两诗首章里的几句为例了。《朱子语类》卷一说："问经传中之天字。曰，人须自理会分晓，有说苍天者，有说主宰者，有时或单训理者。"这把天字的意义分为三类。《荡》和《烝民》两诗里的天字可以说是朱子所谓"训理"的天，表示理法的天的观念的。朱子所谓"有说苍天者"，是指有形体的天，不外表示单纯的天体的自然观。如在《王风·黍离》一诗里说："悠悠苍天！此何人哉？"这是悲叹的话，不是把天人格化了来看的。如在《唐风·鸨羽》一诗里说："王事靡盬，不能蓺稷黍。父母何怙？悠悠苍天，曷其有所！"这也是悲叹的话，不过是把苍天作为自然的天来看。又如在《小雅·巧言》一诗里说："悠悠昊天，曰父母且！无罪无辜，乱如此憮！"在这里说的天也不外是自然的天。朱子所谓"有说主宰者"，是把天人格化，神灵化，看成是超自然的力，即是把天看成是宇宙和人类的支配者。这已在上面《生民》一诗的《解题》里详说过了。

　　《诗序》说："《烝民》，尹吉甫美宣王也。任贤使能，周室中兴焉。"王先谦《集疏》说："三家无异义。"先是《朱传》也说："宣王命樊侯仲山甫筑城于齐，而尹吉甫作诗以送之。"可知这诗主旨既没有今古文之争，也没有汉宋学之争。但是关于诗中主人公仲山甫其人其事，从汉以来诸说纷呶，主要是今古文说的不同。问题很多，不妨全盘提出。而史料有缺，还难一一解答。比如仲山甫是否即上篇说的申甫之甫？（说见上篇解题）仲山甫这次奉命往齐，是如古文毛氏所说为了筑城？还是如今文《韩诗》或《鲁诗》所说为了受封（《汉书·杜钦传》、《潜夫论·三式》篇）？《国语》称他为樊仲山甫，又称他为穆仲。仲山甫是字，穆仲是谥？樊是他的国名，还是他的采邑名（韦昭《国语》注）？樊在河南修武（僖二十五年《左传》作阳樊，旧怀庆府济源县地），还是在兖州瑕丘（《史记·周本纪·正义》引《括地志》、《汉书·地理志》东平国樊县，又《太平寰宇记》。按，瑕丘在旧山东济宁州北）？或是在襄州之樊（《水经注》、《广韵》以山甫封在南阳为襄阳樊城）？他是周室的同姓（洪适《隶释·汉孟郁修尧庙碑》）？虞仲之裔（《路史》、《通志·氏族略》）？鲁献公仲子山甫（《权德舆集》）？或即共和之周公（《诗疑辨证》引或说）？还是太公之后，齐之同姓，或齐之庆氏（张衡《司徒吕公诔》、《潜夫论·志氏姓》篇、元于钦《齐乘》）？诸说纷歧，纠缠矛盾，令人头痛，不可爬梳。我们既从《毛传》以上篇甫即甫侯，亦即吕侯，并非樊仲山甫，其说比较为是；今读这篇，也只从毛氏一说了。

诗说："王命仲山甫，城彼东方。"又说："仲山甫徂齐。"这究竟是怎么一回事呢？《毛传》说："仲山甫，樊侯也。""东方，齐也。古者诸侯之居逼隘，则王者迁其邑而定其居。盖去薄姑而迁于临菑也。"当时齐国何君？为何去薄姑而迁于临菑？王质《诗总闻》说："《史记》：齐本封营丘，至胡公始徙薄姑。献公杀胡公而徙临菑，则夷王时也。再世而厉公暴虐，胡公子入齐，与齐人攻杀厉公，胡公子亦死。齐人乃立厉公子赤，是为文公，诛杀厉公者七十人。事在宣王之世，筑城之命疑在斯时，盖出定齐乱也。置君戮叛之事疑出山甫方略，史失纪耳。"王先谦说："愚案，仲山甫本以辅佐大臣奉天子命徂齐，盖为定乱，而就封坐镇亦事所有。三家古说皆有师传，其籍既亡，断章只义弥可宝贵。若但以其与毛不符而贸焉置之，是欲广见闻而自蔽耳目矣。"他似以为王质提出的仲山甫定乱一说虽与《毛传》的为筑城之说不甚符合，但和三家古说徂齐就封有合。先是顾镇《虞东学诗》用了王质这说，胡承珙疑其未是。《后笺》说："《毛传》只言因逼隘而迁，似不关于定乱。且似其时方去薄姑迁临菑，亦无先徙后城之意。《疏》谓毛去古未远，有所依约而言。是也。《史记·年表》：齐文公立于宣王十二年。而《竹书》云：宣王七年命樊侯仲山甫城齐。则其时齐尚未乱。总之，古籍参差，其事与时殆难以凿指也。"同时魏源《诗古微》却以为仲山甫受封于齐，正所以定乱，因为其"时齐（献公）鲁（孝公）皆有内乱"。但是他好像未受到王质一说的影响，故不以为这是齐文公时事，而不计及齐献公之乱当夷王时，并说鲁乱当鲁孝公时。其说已略见《诗序集义》。其实王质所云仲山甫定乱之说有助于今文三家的封齐一说，何尝不也有助于古文毛氏的城齐一说呢？

陈奂《传疏》于诗说"城彼东方"，《毛传》说东方是齐，其时齐迁于临菑。他疑仲山甫往齐筑城当在齐文公时，好像也是受了王质一说的影响。他说："《地理志》：'齐郡，临淄，师尚父所封。'临菑，名营丘。《礼记·檀弓》云：'大公封于营丘。'《史记·齐世家》云：'武王封师尚父于齐营丘。成王时，得征伐，为大国，都营丘。五世至哀公时，纪侯谮之周，周烹哀公而立其弟静，是为胡公。胡公徙都薄姑，而当周夷王之时。哀公之同母少弟山怨胡公，乃与其党率营丘人袭攻，杀胡公而自立，是为献公。献公元年，尽逐胡公子，因徙薄姑，都治临菑。'案，《世家》言胡公都薄姑，至献公即都临菑。献公当周夷王世，不当宣王世，与《毛传》不合。孔仲达以为迁之言未必实。是矣。哀公既烹，齐或削地，故胡公徙薄姑。《世家》云：'周宣王二年，齐献公子武公寿卒，子厉公无忌立。厉王暴虐，故胡公子复入齐。齐人欲立之，乃与攻杀厉公，胡公子亦战死。齐人乃立厉公子赤为君，是为文公，而诛杀厉公者七十人。文公十二年卒，子成公脱立。成公九年卒，子庄公购立。'武、厉、文、成、庄五公皆当宣王世。文能定厉之乱，其时或有锡命复都临菑、宣王命山甫城齐之事。则《传》云去薄姑而迁于临菑者，宜在齐文公时。然《书》缺有间矣，载疑可也。"又说："《汉书·杜钦传》：'仲山甫异姓之臣，无亲于宣，就封于齐。'邓展以为《韩诗》。《隶释》载孟郁《修尧碑》云：'天生仲山甫，翼佐中兴。宣王平功，遂受封于齐。'又《潜夫论·三式》篇亦云：'此言申伯山甫文德致升平，而王封以乐土，赐以盛服也。'并用韩义。而《尔雅·释诂》篇：'齐，疾也。'郭璞引《诗》'仲山甫徂齐'。则训疾亦本三家，或是鲁义欤？盖《崧高》封申伯，故《序》云'建国亲侯'。《烝民》仲山甫封齐，故《序》云'任贤使能'。一为外诸侯，一为内诸侯，两诗文义显然，读诗者往往连文言之。《韩诗外传》言申伯、仲山甫辅相宣王，申伯、仲山甫并顺天下，匡救邪失。《后汉书·张衡传》：'申伯樊仲，实干周邦。'又《刘陶传》：'周宣用申甫以济夷、厉之荒。'皆合两诗为说。解诗者知仲山甫以樊侯入为卿士，是矣。据此,申伯亦当以外诸侯而为卿士。知申伯出封于谢邑,是矣。据此,仲山甫亦当就封于齐。因又误以仲山甫谓即甫侯。古甫、吕通,甫侯即吕侯,则又误以仲山甫为出封于汉之南阳郡。一误再误而不可终极也!《毛诗》所以独行欤!"究竟仲山甫徂齐是城彼东方,还是受封于齐?他不曾说得肯定,似乎是他不肯武断地否定今文三家仲山甫封齐之说。但是他对于今文三家,明明指出以仲山甫即甫侯之误,又指出以甫侯即吕侯,便以仲山甫为出封于汉南阳郡之误。他以为这也是《毛诗》较胜,所以独行的一个原因。

韩　奕

奕奕梁山,维禹甸之。有倬其道。韩侯受命,王亲命之:缵戎祖考,无废朕命!夙夜匪解,虔共尔位,朕命不易。干不庭方,以佐戎辟。

四牡奕奕,孔修且张。韩侯入觐,以其介圭,入觐于王。王锡韩侯:淑旂绥章,簟茀错衡。玄衮赤舄,钩膺镂钖。鞹鞃浅幭,鞗革金厄。

韩侯出祖,出宿于屠。显父饯之,清酒百壶。其肴维何?炰鳖鲜鱼。其蔌维何?维笋及蒲。其赠维何?乘马路车。笾豆有且,侯氏燕胥。

韩侯取妻,汾王之甥,蹶父之子。韩侯迎止,于蹶之里。百两彭彭,八鸾锵锵,不显其光?诸娣从之,祁祁如云。韩侯顾之,烂其盈门!

蹶父孔武!靡国不到。为韩姞相攸,莫如韩乐。孔乐韩土!川泽訏訏,鲂鱮甫甫,麀鹿噳噳。有熊有罴,有猫有虎。庆既令居,韩姞燕誉!

溥彼韩城!燕师所完。以先祖受命,因时百蛮。王锡韩侯:其追其貊,奄受北国,因以其伯。实墉实壑,实亩实藉。献其貔皮,赤豹黄罴。

【解题】

《韩奕》,《诗序》说:"尹吉甫美宣王也。能锡命诸侯。"《孔疏》:"《韩奕》诗者,尹吉甫所作以美宣王也。美其能锡命诸侯,谓赏赐韩侯命为侯伯也。不言韩侯者,欲见宣王之所锡命非独一国而已。"《朱传》说:"韩侯初立来朝,始受王命而归,诗人作此以送之。《序》亦以为尹吉甫作,今未有据。下篇云召穆公、凡伯者,放此。"陈奂《传疏》说:"此诗当在《六月》北伐后而作。"王先谦《集疏》说:"三家无异义。"这诗主旨又没有今古文之争和汉宋学之争。所争者主要在于:韩侯何人?韩国何地?作诗者是不是尹吉甫?或是显父?诗说"韩侯出祖","显父饯之"。《毛传》说:"显父,有显德者也。"《郑笺》说:"显父,周之公卿也。"《孔疏》说:"父者,丈夫之称。以有显德,故称显父。"其人不能确定。与其说此诗显父所作,毋宁说尹吉甫所作,即令说"今未有据"。

诗说:"韩侯受命,王亲命之,缵戎祖考。"这话怎讲?《毛传》说:"受命,受命为诸侯伯也。""宣王平大乱,命诸侯。"后又说:"韩侯之先祖,武王之子也。"可知这韩侯新立,韩原是旧封。《白虎通义·爵》篇说:"诸侯世子三年丧毕,上受爵命于天子。"此引《韩诗内传》。诗说"韩侯受命",又说"韩侯入觐",当是他丧毕来朝,接受爵命。诗还说到"韩侯取妻","韩侯迎止"。文二年《左传》说:"凡君即位,好舅甥,修昏姻,娶元妃,以奉粢盛,孝也。孝,礼之始也。"可知这韩侯新即位后才娶元妃。韩国何地?始封何人?《毛传》虽是,但太简略。后儒争论支离,迄未解决。这里,必须指出:到了陈奂作《传疏》,他对于这一问题才算作出了一个结论。他说:"《传》释先祖云'韩侯之先祖,武王之子',者,谓武王之子为韩侯始封之先祖。然则韩侯为武穆矣。周有二韩:一为姬姓之韩,襄二十九年《左传》:'叔侯曰,霍、杨、韩、魏,皆姬姓也。'是也。一为武穆之韩,僖二十四年《左传》:'富辰曰,邗、晋、应、韩,武之穆也。'《国语·郑语》：'史伯曰,武王之子,应、韩不在。'是也。武王克商,举姬姓之国四十人。则姬姓之韩当受封于武王之世。其后为晋所灭,以赐大夫韩万。《续汉书·郡国志》：'河东郡河北县有韩亭(按,在旧山西解州府芮城县)',即姬姓韩国地。武穆之韩封自成王之世,至西周之季尚存。其国在《禹贡》冀州之北,故得总领追、貊北国,载诸诗篇,章章可考。郦道元《水经注·圣水》篇：圣水东径方城县故城,又东南经韩城东。《诗·韩奕》章曰：'溥彼韩城,燕师所完。王锡韩侯,其追其貊,奄受北国。'王符《潜夫论·志氏姓》篇：昔周宣王有韩侯,其国也近燕。故《诗》云：'普彼韩城,燕师所完。'又《五德志》篇：韩,武之穆也。韩,姬姓也。其辨武穆、姬姓为二韩,尤足征信。《郑笺》以武穆之韩即是晋灭姬姓之韩,误合为一。(按,《郑笺》云：梁山于韩国之山最高大,为国之镇,所望祀焉。故美大其貌奕奕然,谓之《韩奕》也。梁山,今左冯翊夏阳西北。韩,姬姓之国也。后为晋所灭,故大夫韩氏以为邑名焉。幽王九年,王室始骚,郑桓公问于史伯曰：'周衰其孰兴乎？'对曰：'武实昭文之功,文之祚尽,武其嗣乎？武王之子应韩不在,其晋乎？')杜注《左传》、韦注《国语》,皆沿其说。姬姓韩在河东。而后之言舆地者,梁山在夏阳西北,遂以今河西韩城县隋始置者指为韩侯古城,则谬之谬也,学者不可以不辨。"他说周有二韩：一为姬姓之韩,始封武王之世,为晋所灭。一为武穆之韩,始封成王之世,西周之季尚存。这不但指明了郑玄、杜预、韦昭以来合二韩为一的错误,以及陈启源《稽古编》、胡承珙《后笺》固执《郑笺》一说,并以韩城县为韩侯古城的错误,也证明了从王符、王肃、郦道元、王应麟到顾炎武、江永(《诗补义》)、戴震(《诗考正》)说此诗为近燕之韩不误,还证明了江永、马瑞辰说此韩在晋灭韩后徙封之韩一说也有误。最后王先谦说："《潜夫论·志氏姓》篇：昔周宣王亦有韩侯,其国也近燕,故《诗》曰：'溥彼韩侯,燕师所完。'又《五德志》篇：韩,武之穆也。是武穆之韩近燕,鲁说如此。《笺》训燕为安,非也。《水经注·圣水》篇：圣水东径方城县故城,又东南径韩城东。今固安县(旧属直隶省顺天府)有方城村，即是汉县。韩侯城（按《水经注》引王肃曰：今涿郡方城县有韩侯城。世谓寒号城，非也）近在其地，与河东姬姓为晋所灭之韩确为二地，《笺》合为一，误也。"他重复了陈奂的论证，但他是从今文三家《诗》义的立场出发的，可证今古文说相同。这一说于古历史、于古地理都有坚强的根据，当是定论。还有朱右曾《诗地理徵》其说也和陈奂说略同。

诗开端便说："奕奕梁山，维禹甸之，有倬其道。"梁山在哪里？《郑笺》说："梁山，今左冯翊夏阳西北。"这段《郑笺》已见上文夹注按语，单是这句话倒可不算错。但因王肃首先认定此韩是在他那时的涿郡方城县韩侯城（寒号城），顾炎武、江永、戴震、朱右曾诸家就以为此诗梁山也是在方城东北的梁山，甚至朱氏以为"韩城之韩无与于《毛诗》"，亦即否认《郑笺》梁山在夏阳、为韩国之山一说。如果诗人是在韩国，从韩侯入朝，即从韩国地望说起，或以本地风光起兴，这样说来也像可通。但是诗人是在王朝，诗是饯送之作，像是就祖饯之地（屠）所见，或悬拟韩侯归途所经过的要道即兴来说。看来两说都通。说到这里，必须指出陈奂对于这一问题，既据禹治梁山的史实，又揣诗说梁山的比兴之义，也作出了一个较为近是的结论。他说："《书·禹贡》云：'壶口治梁及岐。'此《传》训甸为治之义也。《汉书·地理志》：'左冯翊夏阳，故少梁。《禹贡》：梁山在西北，龙门山在北。'案，梁山在今陕西同州府韩城县西北，即汉县夏阳地。梁与龙门俱在河西，二山比近。故《禹贡》道河纪至于龙门，冀州既载纪治梁，梁即吕梁也。疏九河以畅下流之归，而辟龙门、凿吕梁以决上流之势，最为治水急切之功。禹随山道河，自东而西，由壶口而龙门，由梁而岐。梁山治，周都镐京之北土尽成沃野。《小雅》：'信彼南山，维禹甸之。'终南山在镐京之南。渭北之山既治，渭南之原隰亦得垦辟成耕。一在镐南之山，一在镐北之山。两诗立言，义正相同。梁山在王畿东北交界处，又为韩侯归国之所经。故尹吉甫美宣王锡命韩侯，章首即以禹治梁山除水灾比况宣王平大乱命诸侯，与《信南山》以禹比曾孙成王者，其《传》意亦正同也。《郑笺》

据《汉志》梁山在夏阳西北,而误以梁山为韩国之山,韩侯为晋所灭之韩。近儒能辨韩侯为近燕之韩。复据《水经·㳊水》注:'水径良乡县之北界,历梁山南,高梁水出焉。'即为此诗'奕奕梁山'之证。则又误梁山为近燕矣。梁自夏阳之梁山,韩自北国之韩侯,解者胶泥一处,龃龉难通。"王先谦熟精《水经注》,通地理沿革,晚年作《集疏》,不是不知道顾炎武、江永、戴震、朱右曾诸家关于这诗梁山之说,《疏》中偏用了和他自己《诗》派不同的陈奂这一说,当是确有所见的。

诗说:"溥彼韩城,燕师所完。"这话怎讲?《毛传》说:"师,众也。"《郑笺》说:"溥,大。燕,安也。大矣彼韩国之城,乃古平安时众民之所筑完。"《毛传》太简略,是否如《郑笺》所申说?郑不以燕为国名,显然错了。陆德明《释文》说:"燕,于见反。徐云:郑于显反。王肃、孙毓并乌贤反。云:北燕国。"王肃、孙毓说燕是国名,不错;说这是北燕,错了;倘说燕有南北燕,也不错。上文已说过韩是近燕之韩,反过来说,燕就是近韩之燕。燕人城韩,算是近便,合乎顾炎武所谓量地任力之法。吕祖谦《读诗记》说:"《春秋》之时,城邢、城楚丘、城缘陵、城杞之类,皆合诸侯为之。霸令尚且如此,则周之盛时命燕城韩固常政也。"这说燕人城韩是当时常政。燕、韩所在却无说明。《传说汇纂》引朱子说:"不知当初何故不教本土人筑,又须去别处发人来,岂不大劳攘?古人重劳民,如此等事却又不然,更不可晓,强说便成穿凿。如汉筑长安城,却去别处调人来。如今建州南剑上下筑城,却去建康府发人来,这般却晓不得。"他在《集传》里既误以为韩"今在同州韩城县",又误以为燕只有"燕,召公之国"(《汉书·地理志》:广阳国,蓟县,故燕国,召公所封。朱右曾云:古蓟县在今顺天府治东偏,自府西南至固安县百二十里)。依他说,两地相隔二千几百里,燕人南来筑城,可说"大劳攘"了。倘若他说的是,韩侯在此,"奄受北国,因以其伯",越过邻封,遥领三四千里外的追貊北国,作为那一地区的方伯。试问,古时交通阻隔,政令如何传达?难道有此事理、有此可能么?便说此韩确是武王之世始封的姬姓之韩,不在河西韩城而在河东韩原,也同样无此可能。这可作为我们所以论定陈奂和朱右曾一说,即以成王之世始封的武穆之韩在冀州之北、汉方城县者,为此诗韩侯之国的一大理由。朱右曾说:"使河东为武穆所封,太史公不应于吉甫所咏、富辰所言概置不道,而但据叔侯一语明为同姓。此可见《毛传》、《史记》相为表里,西汉人之开见大抵相同矣。且河北县(河东、韩原)于《诗》为魏国《十亩之间》已伤狭隘,魏侯逼处。安得以泽讦讦而大,麀鹿噳噳而多?夏阳渡河为河津、荣河二县。河津则耿国所处,荣河乃魏之胜地,韩安得越之而有梁山哉?至若燕师北国追貊百蛮之窒硋者,河北与夏阳同也。实事求是,自不得违王肃而从郑氏矣。"他这段话说得很精审。

后来说这诗的学者多不知道周有二韩、燕分南北,所以他们说来总是缠夹不清。倘若我们联系全篇来读,并把蹶父何人、所封何地这个问题弄清楚,燕国何地一个问题也就弄清楚了。诗说:"韩侯取妻,汾王之甥,蹶父之子。"这话怎讲?《毛传》说:"汾,大也。蹶父,卿士也。"又说:"姞,蹶父姓也。"《郑笺》说:"汾王,厉王也。厉王流于彘,彘在汾水之上,故时人因以号之,犹言莒郊公、黎比公也。姊妹之子为甥。王之甥,卿士之子,言尊贵也。"又说:"蹶父甚武健,为王使于天下,国国皆至。为其女韩侯夫人姞氏视其所居,韩国最乐。"蹶父何人,他和厉王和韩侯各有何关系,毛、郑虽有说明,但是太简略了。《汉书·古今人表》:韩侯、蹶父皆次周宣王世,列上之下。何楷《古义》说:"韩姞。按《路史·国名记》,姞姓一十四国。南燕,伯儵国,即后稷妃家,亦曰东燕。及《左》昭三年,北燕伯款亦姞姓。此诗末章有'燕师所完'之语,疑蹶父国本在燕,而仕于王朝,因与韩侯联姻,故诗中叙及其先世之事。"李超孙《诗氏族考》说:"《春秋地名考略》:蹶父,疑南燕之君入为卿士者。按,黄帝之枝裔曰伯儵,蹶父其后也。《国语》云:黄帝之子二十五宗,得其姓者十四人。为十二姓:姬、酉、祁、己、滕、葴、任、荀、僖、姞、儇、依是也。故蹶父之先受姓姞也。"王先谦《集疏》说:"《易林·井之需》:'大夫祈父,无地不涉。为吾相土,莫如韩乐。可以居止,长安富有'。《同人之需》同。陈乔枞云:《易林》言'大夫祈父'者,盖蹶父为司马之官。《书》称司马亦曰圻父。圻、祈古通。《诗·祈父》：'王之爪牙。'《毛传》：'祈父，司马也。'司马掌甲兵征伐之事，故言孔武。愚案，《易林》齐说，'天地不涉'，即诗之'靡国不到'也。"以上诸家所说蹶父其人其事，虽较毛、郑有加，还是不甚明确。比如他是国戚，而不知道他和厉王的关系是妻兄弟(《郑笺》)还是甥婿外舅(俞正燮，见下)。也不知道他是不是南燕姞姓之君。但知道韩姞是他的女儿，韩侯是他的女婿。也知道他在王朝为卿士，为司马，行则供聘使奔走，居则掌甲兵征伐。周代三公往往六卿兼摄，早从周召即已如此，可知蹶父也是如此了。

说到这里，必须指出：肯定这诗说的燕是南燕，蹶父是南燕姞姓公族，算是由俞正燮试作了一个结论(又俞樾《群经平议》也有燕是南燕、蹶父是南燕之君入为王朝卿士者一说)。他在《癸巳类稿》二《韩奕燕师义》一文里说："……今案，燕，乃蹶父国也。周初有燕，有北燕。《左传》隐五年，卫人以燕师伐郑。注云：'南燕国，今东郡燕县。'《正义》云：《世本》，燕国姞姓也。《汉书·地理志》东郡南燕县云，南燕国姞姓，黄帝后。今卫辉之封丘地(按，当包括延津)。其地后入卫。《家语》：'子夏，卫人。'《檀弓》：'孔子之丧，有自燕来观者，舍于子夏氏。'其乡人也。其国，《春秋》前及《春秋》时正谓之燕。《郑语》：成周北有卫、燕、翟、鲜虞、路、洛、泉、徐、蒲，及此诗燕师，皆西周时名。《春秋左传》隐五年燕师，庄十九年卫师燕师，二十九年燕仲父，皆南燕姞姓。《史记·召公世家》误以庄十九年二十年之燕为姬姓。谯周亦知其误。宣三年《左传》：郑文公妾燕姞，其祖为伯儵。其后石癸亦称之曰：姞，吉人也。《说文》姞云：百儵姓。此诗云韩姞，合之《左传》有燕姞，则蹶父本燕国支庶。《春秋》时，南燕止称燕也。其在蓟(按，今河北蓟县)之燕，正谓之北燕。《春秋》襄公二十九年，齐高止出奔北燕。昭公三年，北燕伯款出奔齐。六年，齐侯伐北燕。十二年，齐高偃率师纳北燕伯于阳。及《史记·燕召公世家》云：武王灭纣，封召公于北燕。是其证。……诗言韩姞，汾王之甥，蹶父之子。则蹶父姞姓，为厉王婿，以燕公族入为卿士。诗言韩侯迎止,于蹶之里。知蹶父不在燕,久居周,已有族里,如鲁凡蒋祭在周圻内。诗言溥彼韩城,燕师所完,奄受北国。韩城在河西,居镐东北,得受王命为北诸侯长。蹶父亦得假王灵用其国人为韩筑城,如晋人城杞,亦戚好赴役,燕、韩事同也。郑未思南燕姞姓,故疑之。王符《潜夫论·志姓氏》云:周宣王时亦有韩侯,其国也近燕。是亦不知燕、韩之地何在。王肃乃以寒号城为韩侯城,后人多喜其说,于诗之燕与姞不能通也。"不错,他据《春秋左传》、《国语》、《礼记》、《史记》、《汉书》以及《家语》来证诗说燕师、韩姞,肯定蹶父是南燕姞姓公族,未有新证异说以前,不妨作为定论。因为他于诗说的燕和姞都解通了。但是他知道燕分南北,却像不知道周有二韩,还是相信与二韩都无关的河西韩城后起之名,就是诗说的韩侯之国。即令南燕人为韩侯筑城可以服役二千里外,难道韩侯可以遥领三千里外的追貊北国?看来,韩还是为王符、王肃所说近燕之韩,即陈奂、朱右曾所说武穆之韩,以在韩侯城者为是。这于他所解说的燕和姞的意义,两说互补并备,相得益彰。学术公器,实事求是。不能因为"后人多喜其说",就故意标新立异,哗世取宠了。至若魏源《诗古微》也肯定"蹶父以南燕姞姓诸侯入为王朝卿士",略见《诗序集义》。俞、魏先后同时,想是各自立说,未必是谁受谁的影响。

  诗说"汾王",毛以为大王,郑以为即厉王,从来无异说,异说始自俞樾《群经平议》。他说:"诗言汾王,当举其实,不得漫言大王,《传》义诚非也。《笺》以汾王为厉王,似亦臆说。此汾王疑是西戎之王。《史记·秦本纪》:襄公元年,以女弟缪嬴为丰王妻。宁公三年,与亳战,亳王奔戎。皇甫谧曰:'亳王号汤,西夷之国也。'穆公三十四年,戎王使由余于秦。厉共公十六年,伐大荔,取其王城。三十三年,伐义渠,虏其王。孝公元年,西斩戎之獂王。然则西戎之君称王者多矣。汾,即《考工记》之妢胡,西戎国名也,说详《周礼》。汾王者,妢胡之王。韩侯取汾王之甥为妻,盖亦有意。《史记》载申侯之言曰:'昔我先郦山之女为戎胥轩妻,生中潏。以亲故归周,保西垂。今我复与大骆妻,生适子成。申、骆重昏,西戎皆服。'然则韩侯取汾王之甥,亦即申、骆重昏之意。当时借此为服西戎之策。后世和亲之议,此其滥觞也。诗人张大其事而歌咏之,盖亦以此。不然,韩侯取妻,何与王朝之事乎?"他说汾王是西戎妢胡之王,看来很有魍理,也很有趣。汾王一词仅见于此诗,毛郑解说固有可疑,他的平议未必确实。但是可备一说,留待批判。他也以为蹶父是南燕之君,可能是受俞正燮和魏源的影响,愈说愈见此一说之可信。他说:"今按,此燕,乃南燕也。隐五年《左传》:'卫人以燕师伐郑。'杜注曰:'南燕国,今东郡燕县。'《正义》曰:'燕有二国,一称北燕,故言南燕以别之。'宣三年《传》:'郑文公有贱妾曰燕姞。'注曰:'姞,南燕姓。'此诗承上'韩侯娶妻'而言,韩侯娶蹶父之子,谓之韩姞。《传》曰:'姞,蹶父姓也。'疑蹶父乃南燕之君入为王朝卿士者,犹樊侯仲山甫之比。其称蹶父者,亦犹昭十二年《左传》所称燮父、禽父也。上云:'韩侯迎止,于蹶之里。'《传》曰:'里,邑也。'盖其汤沐之邑。又按《将仲子》篇《传》曰:'里,居也。'此里字亦或当训居,谓迎于蹶父之居也。蹶父既善韩之国土,使韩姞嫁焉而居之,于是又使其国之众为之筑城。诗人言此者,见燕、韩二国相亲如一,推之汾王,亦必惠顾昏姻,永敦盟好。正明宣王命韩侯之得计,《序》所谓'美宣王能锡命诸侯'者,此也。"他以为诗人说燕女嫁韩,燕人城韩,二国相亲如一。又以为燕汾旧亲,也含有希望西戎汾王永敦盟好的意思。也就是说,宣王锡命韩侯之得计,《诗序》所以美宣王能锡命诸侯的原因。依他说来,像煞有介事。虽然未必合乎史实,却不妨录出,以供读者同享他读这诗个人欣赏的趣味。

诗说:"王锡韩侯,其追其貊,奄受北国,因以其伯。"所谓追貊,当包括在上文"百蛮"之内。蛮貊(貊)连字常见经传,追貊并称仅见此诗。追是指什么地方、什么部族?《毛传》说:"追,貊,戎狄国也。"《郑笺》说:"其后追也、貊也为猃狁所逼,稍稍东迁。"陈奂说:"《说文》:'貉,北方豸穜。'追,未闻。疑追貊即秽貊,追、秽声相近。孔晁注《逸周书·王会》篇:'秽,韩秽,东夷别种。'服虔注《汉书·武帝纪》:'秽貊在辰韩北，高句丽沃沮之南，东穷于大海。'此即《郑笺》所谓'追貊为猃狁所逼，稍稍东迁'者欤？周时追貊在荒服之中，故《传》云'戎狄国'也。《周语》云：'戎狄荒服。'"同时朱右曾说："《正义》曰：'职方掌四夷九貊。'《郑志》答赵商曰：'九貊，即九夷也。'又《秋官》貊隶注云：'征东北夷所获。'是貊者，东夷之种，而分居于北，故为韩侯所统。至于汉氏之初，其种皆在东北，于并州之北无复貊种。……汉高祖四年，北貊燕人来致枭骑助汉。师古曰：'貊在东北方，三韩之属，皆貊类也。'……案《周书·王会解》曰：'周头𫗴𦍌。'𫗴𦍌者，羊也。孔晁注曰：'周头，海东地名。'盖即追也。又曰：'秽人前儿。前儿若猕猴立行，声似小儿。'注曰：'秽，韩秽，东夷别种。'《山海经》曰：'貊国在汉水东北，地近于燕。'《汉书》：'元朔元年，东夷薉君南闾等降，置苍海郡。'服虔曰：'秽貊在辰韩北，高句丽沃沮之南，东穷大海。'《晋书·东夷传》：'夫余国在玄菟北千余里，有秽城，本秽貊之城也。'是所谓貊也。"陈奂以为追秽声相近，疑追貊即秽貊。朱右曾似以为追周声相通（周雕声通，追雕声又相通，故雕琢作追琢），故疑追即周头。又有人疑追隹同部，追翟通假，追貊犹言貊翟、貊狄。如沈曾植《海日楼丛札》一《追貊》一条说："《韩奕》诗：其追其貊。《疏》释貊，不释追。陈氏《传疏》以濊貊释之，谓濊、追音近，非也。《释文》：追如字，又都回反。从如字读之，则追翟音和；从都回反读之，则追狄音和；翟狄二字经通用。翟字从羽，隹声。隹追又同部，则追之为翟无疑也。《周礼》：'职方氏辨其邦国都鄙四夷八蛮七闽九貊五戎六狄之人民。'郑司农注：'北方曰貊狄。'彼貊即此貊，彼狄即此追。"据上所说，何谓追？追字究竟当读秽，或应读狄，还该读"周头"之周？从音韵学上还解决不了问题。这有待于今后学者作进一步的研究。目前我们所知：诗所谓追貊，就是古所谓东北夷或东夷，北邻高句丽，南与燕人交通，汉初还是如此。朱氏还以为韩侯之裔亦已为貊。可见今我东北自古在昔即和内地成为一体；韩侯是经营东北、见于歌咏最早的一个历史人物。

江　汉

　　江汉浮浮,武夫滔滔。匪安匪游,淮夷来求！既出我车,既设我旟。匪安匪舒,淮夷来铺！

　　江汉汤汤,武夫洸洸。经营四方,告成于王。四方既平,王国庶定。时靡有争,王心载宁。

　　江汉之浒,王命召虎:式辟四方,彻我疆土。匪疚匪棘,王国来极。于疆于理,至于南海。

　　王命召虎:来旬来宣。文武受命,召公维翰。无曰予小子！召公是似。肇敏戎公,用锡尔祉！

　　釐尔圭瓒,秬鬯一卣；告于文人。锡山土田,于周受命,自召祖命。虎拜稽首:天子万年！

　　虎拜稽首,对扬王休。作召公考,天子万寿！明明天子,令闻不已。矢其文德,洽此四国！

【解题】

　　《江汉》诗,当是《召伯虎簋铭》之一。不是在周金文中另有《召伯虎簋铭》正是记同时事吗？《朱传》说:"宣王命召穆公平淮南之夷,诗人美之。"诗人美之这句话不对,应该说召穆公自作。又说:"言穆公既受赐,遂答称天子之美命,作康公之庙器,而勒王策命之词以考其成,且祝天子以万寿也。古器物铭云:'郊拜稽首,敢对扬天子休命,用作朕皇考龚伯尊敦。郊其眉寿,万年无疆。'语正相类。但彼自祝其寿,而此祝君寿耳。"他疑这诗是器物铭,不错。方玉润《诗经原始》说:"《江汉》,召穆公平淮铭器也。"他把朱子的话肯定下来。又说:"《集传》以为诗人美之者非,盖自铭其器耳。""此诗即铭词,《集传》既知考成为铭器而不敢断者,何也？"他进一步肯定召穆公自铭其器。但是他和朱子一样不知道"作召公考"的考字就是器物。

　　郭沫若《两周金文辞大系考释》有《召伯虎毁铭》一文。他说:"此铭所记与《大雅·江汉》篇乃同时事,乃召虎平定淮夷,归告成功而作。诗之'告成于王',即此之'告庆';诗之'锡山土田,于周受命',即此之'舍以邑讯命司,舍典勿敢封';诗之'作召公考、天子万寿',即此之'对扬朕宗君其休,用作烈祖召公尝毁'。考,即毁之借字,古本同音字也。告庆在六年四月,则出征当在五年之末或六年之初。据《兮甲盘》:王命兮甲征治淮夷之委积,有敢不用命,即井㒷伐之语。盖征治之结果,淮夷终不听命,故终至扑伐之也。今本《竹书纪年》叙召穆公帅师伐淮夷,及锡召公命,事在宣王六年,与本铭相符,盖有所本。"又他的《青铜时代》一书有《周代彝器进化观》一文说:"彼周秦诸子,广义而言,余谓均可称为金石学家。墨子曾通读金石盘盂之书,其言已自明。儒家经典如《尚书》之周代诸篇,及《诗》之《雅》、《颂》,余谓殆亦有琢镂于金石盘盂之文为孔子所辑录者。《尚书·文侯之命》其文辞与存世《毛公鼎铭》如出一人手笔,而《鼎铭》尚矞皇过之,则《文侯之命》安知非器物之铭?《大雅·江汉》之篇,与存世《召伯虎簋铭》之一,所记乃同时事。《簋铭》云:'对扬朕宗君其休,用作列祖召公尝簋。'诗云:'作召公考,天子万寿。'文例正同。考乃簋之假借字。是则《江汉》之诗实亦《簋铭》之一也。"按,所谓金石盘盂之书,所谓百国宝书,就是古器物上的铭文。《江汉》诗原是一种器物上的铭文,《召伯虎簋铭》之一,郭先生这说殆成定论。江汉之役、出征淮夷,在宣王五年到六年之间(公元前八二三—公元前八二二)。此诗也该作在这一年。

《诗序》说:"《江汉》,尹吉甫美宣王也。能兴衰拨乱,命召公平淮夷。"《郑笺》说:"召公,召穆公也,名虎。"《孔疏》说:"于《世本》,穆公是康公之十六(六字疑衍)世孙。"王先谦《集疏》说:"三家无异义。"这诗主旨今古文又无争论。但是我们以为从朱子到郭先生已经用地下考古材料证明了《诗序》说得不甚正确。陈启源《稽古编》说:"《崧高》、《烝民》、《江汉》、《韩奕》四诗皆尹吉甫作。申伯、韩侯称爵,仲山甫称字,召穆公称名,诗以寓兴而已,非有义例也。然穆公独称名者,殆以别于召公召祖而言之欤?"陈启源笃信《毛诗》,以为这四诗都是尹吉甫作。可是他也疑到尹吉甫何以独于召穆公直称其名,虽然他也说出了一个理由,其实,如果我们确认《江汉》是召穆公自作簋铭,就不会发生这个疑问了。《礼记·祭统》篇说:"夫鼎有铭,铭者自名也。自名以称扬其先祖之美而明著之后世者也。"懂得了铭者自名的意义,就懂得这诗于召穆公称名,正是说明他自己作器勒名的证据。至方玉润诋《诗序》"不知作何梦呓",那就过分。《诗序》单说"尹吉甫美宣王",可算含糊了。但是它说诗有美宣王"能兴衰拨乱,命召公平淮夷"的意思,也还可不算怎么错。

　　此篇和下篇同是有关征淮之作。一王命召虎,一王自亲征,是一时并发,还是时有先后? 又或淮有南北不同? 前儒颇有争论,何说为是? 此篇诗说:"江汉之浒,王命召虎。"《毛传》说:"淮夷,东国,在淮浦而夷行也。"《郑笺》说:"江汉之水合而东流浮浮然,宣王于是水上命将率,遣士众,使循流而下滔滔然。"《孔疏》说:"《禹贡》:'导淮自桐柏,东入于海。'其傍之民不尽为夷,故辨之云,淮夷,东国,在淮之厓浦而为东夷之行者也。知在东国者,《禹贡》'徐州淮夷蠙珠',则淮夷在徐州也。春秋时,淮夷病杞。齐桓公东会于淮以谋之,《左传》谓之'东略',是淮夷在东国。昭四年,楚子会诸侯于申,而淮夷与会,是淮夷为国号,其君之名姓则书传无文。""宣王不于京师命之而于江汉之上命者,盖别有巡省,或亲送至彼也。……命将在江汉之上,盖今庐江左右,江自庐江亦东北流,故顺之而行,将至淮夷,乃北行向之也。如此,则召公伐淮夷,当在淮水之南。鲁僖所伐淮夷,应在淮水之北。当淮之南北皆有夷也。"孔申毛、郑,说明了淮夷在什么地方,召公所伐当是淮南之夷。《朱传》就肯定《江汉》是"宣王命召穆公平淮南之夷";《常武》是"宣王自将以伐淮北之夷"。《严缉》说:"周兴西北,岐丰去江汉最远,故淮夷最难服,从化则后,倡乱则先。周人经理淮夷,用力最多。成王初年,淮夷同三监以叛,其后又同奄国以叛。伯禽就封,又同徐戎以叛。……宣王一命吉甫,北方旋定;继命方叔伐蛮荆;其后又命召公平淮南之夷,又命皇父平淮北之夷。盖南方之役至再至三。淮夷未平,则一方倡乱，天下皆危。故至淮夷平，然后四方平。此《江汉》、《常武》所以为宣王之终事，而系之宣王《大雅》之末也。"这也以为淮有南北，而时有先后，《江汉》征淮南在先，《常武》征淮北在后。并根据史实说明了宣王平淮的意义。《传说汇纂》引陈鹏飞的话说："淮夷之地不一，徐州在淮北，扬州在淮南。《江汉》、《常武》同言淮夷，以地理考之：曰'江汉之浒，王命召虎'者，是淮南之夷也。若在淮北，则江汉非所由入之路矣。曰'率彼淮浦，省此徐土'者，是淮北之夷也。若在淮南，则徐土非联接之地矣。"这从地理上，即以进兵的路线来说，《江汉》从扬州进兵，《常武》从徐州进兵。可证《朱传》、《严缉》说得不错。姜炳璋《广义》说："黄櫄云：《江汉》一诗乃召公旋师奏凯之日，论功行赏之时所作也。按《史记·宣王纪》……北伐南征事皆失载。……邹氏遂引《竹书》：宣王六年，召穆公伐淮夷，王伐徐戎。以为一时并出，此不然也。用兵次第，诗明言之。第一次命尹吉甫征玁狁，第二次命方叔征荆蛮，故云：'征伐玁狁，蛮荆来威。'第三次则命召穆公征淮南之夷，江汉楚界，舟师自江汉入，知已在平荆楚之后也。第四次王亲将以伐淮北。陈氏埴云：淮夷之地不一，徐州有夷则在淮北，扬州有夷则在淮南。……按，征淮南之夷不言淮浦，征淮北不言江汉，可知其地隔远。徐夷之联结叛国在淮北而不在淮南，故征淮南之夷，江汉诸国可为王师之助，而不忧淮北诸夷为淮南之援也。《常武》自在《江汉》之后，以为一时并举，非也。"这重辨淮有南北，时有先后，《常武》在《江汉》之后，驳斥邹忠胤引《竹书》以为一时并出一说之非。胡承珙《后笺》说："《江汉》、《常武》两诗，其先后正当如今《诗》次第。《江汉》王不亲行，《常武》则王亲行，诗文亦明白可据。郑《江汉·笺》云：'宣王于是水上命将率，遣士卒。'《疏》谓：'不于京师命之，而于江汉之上命者，盖别有巡省或亲送至彼。'后儒因谓《常武》王自将六师，《江汉》乃命召公征兵江汉以行，故以为一时并发。不知《江汉》之诗自是王命召虎平淮南，由江汉进兵，因以为兴耳。三章'江汉之浒，王命召虎'者，此古人倒装语。谓王命召虎由江汉之浒进而式辟四方耳，非谓王在江汉之水涯命之也。

但必由江汉进兵者,意其时淮北徐戎未服,故不能由豫、兖之境渡淮而南,必至扬州之庐江左右而后可以东行至淮也。以此知《常武》伐徐当在《江汉》平淮之后。刘汝桢谓二事同时并举,〔王亲帅六师,穆公则征兵江汉以行,〕斯不然矣。"他驳了《郑笺》、《孔疏》宣王江汉之上命将遣卒一说和邹忠胤、刘汝桢征淮征徐一时并发一说。可知《江汉》叙召穆公征淮南之夷在先,《常武》叙宣王亲征淮北之夷在后,当为定论。

常 武

赫赫明明,王命卿士,南仲大祖;大师皇父。整我六师,以修我戎。既敬既戒,惠此南国!

王谓尹氏,命程伯休父:左右陈行,戒我师旅。率彼淮浦,省此徐土。不留不处?三事就绪!

赫赫业业,有严天子!王舒保作:匪绍匪游,徐方绎骚!震惊徐方,如雷如霆,徐方震惊!

王奋厥武!如震如怒。进厥虎臣,阚如虓虎。铺敦淮濆,仍执丑虏。截彼淮浦,王师之所!

王旅啴啴!如飞如翰,如江如汉。如山之苞,如川之流。绵绵翼翼,不测不克,濯征徐国!

王犹允塞!徐方既来。徐方既同,天子之功!四方既平,徐方来庭。徐方不回,王曰还归!

【解题】

《常武》,是关于周宣王亲征淮夷徐方凯旋之歌。怎知道这是宣王亲征呢?《孔疏》说:"此章王肃述毛以为王不亲行,王基述郑为此章王自亲行。王既亲行,仍须命元帅以统领六军。故《左传》鄢陵之战,楚王虽自亲行,仍命子反将中军。是也。"后儒多从王基述郑"宣王亲征"一说。因为诗说:"赫赫业业,有严天子。""王奋厥武,如震如怒。""徐方既同,天子之功。"内证确凿,不容争辩。

《诗序》说:"《常武》,召穆公美宣王也。有常德以立武事,因以为戒然。"王先谦《集疏》说:"三家无异义。"这诗主旨今古文说又无问题。问题在于:篇名《常武》是什么意义?《诗序》说得对不对呢?一说以为《诗序》不对。姜炳璋《广义》说:"名篇之义未详。《续序》常武二字拆开,无此文义。如云常有此武功,又失穆公因以为戒之意矣。……阙之可也。"姚际恒《诗经通论》说:"《小序》谓召穆公美宣王,此臆说。《大序》谓有常德以立武事,因以为戒然。按此尤属影响之论。诗起句无'常武'字,必因其'赫赫明明'皆为双字故不可用,名为《常武》耳。武字是已,常字作者之意则不可知。《大序》因谓有常德以立武事,因以为戒然。按诗中极夸美王之武功,无戒其黩武意,毛、郑亦无戒王之说。然则作《序》者其为腐儒之见明矣。《集传》于末章云:'言王道甚大,而远方怀之,非独兵威然也。《序》所谓因以为戒者是也。'又其言曰:'诗中无常武字,召穆公特名其篇。'(原注:《集传》谓诗人作此。此又依《序》谓召穆公作。何也?)盖有二义:有常德以立武则可,以武为常则不可,此所以有美而有戒也。故予谓佞《序》者莫若朱也,盖喜其同为腐儒之见耳。(或依《集传》之意,谓王曰还归,是所以戒之。按诗以王曰还归收束,正见其首尾完善处。乃以为戒辞,非夏虫之见乎?且夷已平,不归将安之? 尤可笑已!)"一说以为《诗序》是对的。胡承珙《后笺》说:"案,《诗》中特立篇名者,如《雨无正》、《酌》、《赉》、《般》之类,皆必有意义。此诗以《常武》名篇,《序》者以武不可常,故以常德立武事解之,可谓善于说经矣。范氏《补传》云:'召穆公之意谓德为可常,武不可黩,故先极言其盛美以满宣王之欲,卒章乃陈警戒之言,故其言易入也。后之为词赋者窃取其义,而学者以曲终奏雅、劝百讽一讥之,是不知其得古诗人之遗意也。'"今按,卒章"王曰还归"不为戒词,已如姚氏所说。"王犹允塞,徐方既来",《汉书·严助传》引此诗句解作"王道甚大,而远方怀之"。这是《朱传》所本。重在王道,不重在王用兵谋略,毛义初不如此。作为诗人警戒之言,也很勉强。鄙意

《诗》三百篇,篇名大都摘用篇首字句或篇中字句,当为采诗陈诗编诗一类人所加,想是到了序诗的人已经全有篇名了。特立篇名疑是作者自立,如《雨无正》、《酌》、《赉》、《般》之类都是。但是周公作《鸱鸮》也还是用篇首鸱鸮二字,这种篇名当有意义。倘若作者不可知,篇名意义就更无可考。《诗序》说这诗作者召穆公,说篇名意义,不知其所本。后儒疑非疑是,读者骤难判断。姜炳璋说得好:"阙之可也。"

为什么这篇《诗序》不曾说明宣王征伐何方呢?胡承珙说:"又案,此《序》并不言所伐,以经文自明白也。诗言'率彼淮浦,省此徐土',明是淮夷、徐戎并有征伐之事。淮夷者,淮北之夷。徐戎者,徐州之戎也。《费誓》:'徂兹淮夷,徐戎并兴。'是在周初已朋比构难。故此诗先言'铺敦淮渍','截彼淮浦',然后言'濯征徐国'。《笺》云:'既服淮浦,又以大征徐国。'是也。邹忠胤谓《江汉》之淮夷兼指淮南、淮北。《常武》所云淮浦、淮渍,指所经历及驻师之地,未尝指淮夷。毛西河力主此说。谓以《江汉》伐淮南之夷,《常武》伐淮北之夷,出《朱传》臆说。不知《江汉·疏》已言召公伐淮夷当在淮水之南,鲁僖所伐淮夷应在淮水之北,此言是也。《书序》:'成王东伐淮夷,遂践奄。'僖十三年《左传》:'淮夷病杞。'此正淮北之夷在徐州之境者。诗首章统言南国,次章并言淮夷,三章总言徐方。徐方犹云冀方,谓徐州境内,戎夷皆在其中。四章则言伐淮,五章则言征徐,末章复总言徐方,则徐州之戎夷皆服矣。然则宣王此举,先淮夷而后徐戎,其次第历历可见。盖曰徐土、曰徐方者,指徐州之境内言之;曰淮浦、曰淮渍者,专指淮夷;曰徐国者,专指徐戎也。《笺》、《疏》已明,无庸更为异说。"他据《费誓》淮夷、徐戎为二,以明诗言淮言徐为二。他以为宣王此役淮夷徐戎并伐。先淮后徐,行文用兵同一次第。看来可以据信。陈奂《传疏》说:"盖宣王既北伐狁,南伐荆蛮,然后兴师东服,大伐淮徐。徐在穆王时僭号称王,其负固不服已非一日。至徐方来于王庭,则四方既平也。上篇云:'经营四方,告成于王。四方既平,王国庶定。'文义正同。房乔《晋书·庾勇传》:'古者三公坐而论道,不以方任婴之。惟周室大坏,宣王中兴,四夷交侵,救急朝夕,然后命召穆公征淮夷。《诗》云:徐方不回,王曰还归。宰相不得久在外也。'柳宗元《献平淮西雅》亦云:'周宣王时称中兴,平淮夷。'则《江汉》、《常武》,晋、唐人二诗为一时事,当是古说如此。"又于"濯征徐国"句下说:"《笺》云:'既服淮浦矣,今又以大征徐国,言必胜也。'案,郑说非也。郑分伐淮夷、伐徐为两事。不知淮夷之国徐为大,伐淮夷即是伐徐。二章云'率彼淮浦',其下即云'省此徐土'。三章三言徐方。四章言淮濆又言淮浦。其时徐国必有兴师御兵于淮浦者。淮浦之御兵既已败散,至此则大征徐国,入其国都尔。"他似以为《江汉》、《常武》是一时事,时无先后。这不见得对,已详《江汉·解题》。又他既承认淮夷之国徐为大,而以为《常武》伐淮夷伐徐国为一事,不顾诗已次第叙述,这也不见得对。上引胡承珙一说算作已经驳了他,这里不用再驳了。

这诗南仲和《小雅·出车》一诗的南仲是不是一人呢?《出车》说:"王命南仲,往城于方。"《毛传》说:"王,殷王也。南仲,文王之属。"这诗说:"王命卿士,南仲大祖,大师皇父。"《毛传》说:"王命南仲于大祖,皇父为大师。"《孔疏》说:"言王命南仲于太祖,谓于太祖之庙命南仲也。皇父为太师,谓命此皇父为太师。毛盖见其文烦,故以为二人。南仲卿士,文在太祖之上,是先为卿士,今命以为大将。太师皇父在太祖之下,则于太祖之庙始命以为太师。其实皆在太祖之庙并命之,故太祖之文处其中也。"可知《孔疏》释《毛传》不误。唐兰《西周铜器断代中的康宫问题》一文说:"金文里有关宫庙的记载可以分为三类。第一是举行祭礼,如'用牡于京宫'、'用牡于大室'之类。第二是作祭器,如'王作永宫尊鬲'之类。第三种情况在金文里最为普遍,那就是王在某宫、某寝、某庙或某大室等。凡说'在'的,是王先期来到而住在这里的;说'格',是指王临时到那里的;都根据当时情况而定。王的来格目的是对臣下进行册命或赏赐。《诗经·常武》篇说:'王命卿士,南仲大祖,大师皇父。'又说:'王谓尹氏,命程伯休父。'都和金文里常见的册命典礼相符合。《大雅》里还有《崧高》、《烝民》、《韩奕》、《江汉》等篇,也都差不多。《礼记·祭统》说：'古者明君爵有德而禄有功，必赐爵禄于大庙，示不敢专也。故祭之日，一献，君降立于阼阶之南，南向，所命北向，史由君右执策命之。再拜稽首，受书以归，而舍奠于其庙。此爵赏之施也。'这当然是汉朝学者所记的古礼，但从金文来看，是有一定根据的。"(《考古学报》总二十九册)像他这样从金文所记册命典礼来说，也足证《毛传》"王命南仲于大祖"之文不错。

《毛传》以为这诗南仲不是《出车》诗南仲，明是二人。但是《郑笺》说："南仲，文王时武臣也。……宣王之命卿士为大将也，乃用其以南仲为大祖者，今大师皇父是也。"《孔疏》又说："《笺》以王命卿士以为大将，止当命一人为元帅，不应并命二人，故以为止命皇父而已。以《出车》之篇言之，知南仲文王时武臣，是今所命者皇父之太祖，故本言之。命皇父为将必远本其祖者，因其有积世之功，尤欲使之彰显故也。上言'王命卿士'，则皇父为卿士矣。太师，三公之名。复言太师皇父，一人是公兼官，谓三公而兼卿士之官。必易《传》者，孙毓云：宣王之大将复字南仲，《传》无闻焉。且古之命将皆于祢庙，未有于后稷太祖之庙者。又经言'南仲大祖'，明以南仲为太祖，非命于太祖之文也。昔陈胜举兵称项燕，命将本祖，古今有之。《笺》义为长。"这是说，《笺》易《传》义，这诗南仲就是《出车》诗的南仲，文王时人。这诗所以说及南仲，因为他是皇父的太祖，王命卿士皇父为太师，必于其南仲太祖，因为命将本祖之故。郑君不知道宣王时确有南仲。魏源《诗古微》载其友人罗士琳《周无专鼎铭考》一文。罗氏据铭文"惟九月既望甲戌，王格于周庙，燔于图室，司徒南中，云云"，用周术四分历、汉术三统历推算："文王自受命元年丙寅迄九年甲戌，据二术所推，皆不得九月既望甲戌。""宣王自元年甲戌迄十六年己丑，据二术所推，惟是岁九月既望甲戌为月之十七日，与鼎铭合。"他又用商正据二术推算："文王受命之先，自元年己丑迄三十七年乙丑，据二术用商正建酉为九月，推得甲戌皆不值既望。"据此可知周无专鼎确是周宣王时器，南仲确是宣王时人。已详见《出车·解题》，于今不复省记，再略言之如此。《出车》南仲,《毛传》说:"文王之属。"可能将来也有地下考古资料发见以证明其不误。这诗南仲《毛传》明以为宣王时人,已从考古资料上证明其不误。依毛说,南仲有二,一在文王时,一在宣王时。依三家说,《出车》、《常武》都是宣王时诗,故二诗南仲只是一人。这就是《诗》今古文家关于二诗争论的所在。王先谦说:"古人锡命必于庙。《白虎通·爵》篇:'封诸侯于庙者,示不自专也,明法度皆祖之制也。《诗》云:王命卿士,南仲大祖。'又引《礼·祭统》:'古者人君爵有德于大祖。'《潜夫论·叙录》:'蛮夷猾夏,古今所患。宣王中兴,南仲征边。'《史记》亦言南仲翊宣王时。皆鲁说也。《汉书·人表》有南中,次周宣王世,列上下,即南仲。此齐说也。如文王时更有南仲,马、班岂容知而不载?明出《毛传》臆说,别无凭证,众所不信。郑创皇父以南仲为大祖之解,欲以成文王时别有南仲之曲说,而不知无益于毛,自取排击也。皇父并命,亦在大祖之庙,故以大祖之文处其中,句例多如此。南仲为将,皇父监军,王肃所说,情事或然。"他驳这诗《郑笺》是。他驳《出车·毛传》还待确证。这诗《毛传》不错,倘借彼诗驳这诗《毛传》,未免诬毛,挟有宗派偏见了。再,这诗皇父是否即《十月之交》诗中的皇父?《孔疏》说:"《十月之交》,皇父擅恣。若为厉王,则在此之先;若为幽王,则在此之后。皆相接连,与此皇父得为一人。或皇氏、父字,传世称之,亦未可知也。"现知《十月之交》确是幽王时诗。皇父当是一人,宣王时壮盛有为,幽王时衰朽堕落,结果做了后党政治集团的首脑人物了。

瞻卬

瞻卬昊天!则不我惠?孔填不宁,降此大厉!邦靡有定,士民其瘵。蟊贼蟊疾,靡有夷届。罪罟不收,靡有夷瘳!

人有土田,女反有之。人有民人,女覆夺之。此宜无罪,女反收之。彼宜有罪,女复说之。

哲夫成城,哲妇倾城。懿厥哲妇!为枭为鸱。妇有长舌,维厉之阶。乱匪降自天,生自妇人。匪教匪诲,时维妇寺!

　　鞫人忮忒,谮始竟背。岂曰不极,伊胡为慝?如贾三倍,君子是识;妇无公事,休其蚕织?

　　天何以刺?何神不富?舍尔介狄,维予胥忌?不吊不祥,威仪不类。人之云亡,邦国殄瘁!

　　天之降罔,维其优矣?人之云亡,心之忧矣!天之降罔,维其几矣?人之云亡,心之悲矣!

　　觱沸槛泉,维其深矣?心之忧矣,宁自今矣:不自我先,不自我后!藐藐昊天,无不克巩。无忝皇祖,式救尔后!

【解题】

　　《瞻卬》,是刺幽王宠褒姒将致大乱之作。《诗序》说:"《瞻卬》,凡伯刺幽王大坏也。"《郑笺》说:"凡伯,天子大夫也。《春秋》:鲁隐公七年冬,天王使凡伯来聘。"王先谦《集疏》说:"三家无异义。"这诗主旨又无今古文之争。《诗序》以为这篇和下篇都是凡伯刺幽王之诗。这是不是和作《板》篇刺厉王的凡伯同是一个人呢?我以为不是。作《板》篇的凡伯在厉王末年,已称老夫,到幽王大坏时,又已经过了七十多年,不会同是一个人,犹之《诗》说的家父先后不同是一个人一样。《板》篇《孔疏》说:"僖二十四年《左传》云:'凡、蒋、邢、茅、胙、祭,周公之胤也。'……以其伯爵,故宜为卿士。……《春秋》隐七年,天王使凡伯来聘。世在王朝,盖畿内之国。杜预云:'汲郡共县东南有凡城。'共县于汉属河内郡,盖在东都之畿内也。"李超孙《诗姓氏考》说:"按,《节南山·疏》谓《瞻卬·笺》引隐七年天王使凡伯来聘,自隐七年上距幽王之卒五十六岁。凡国伯爵,为君皆然,不知其人之同异。但《板》与

《瞻卬》俱是凡伯所作,《板》已言'老夫灌灌,匪我言耄',则不得下及幽王时矣。〔范〕逸斋〔补传〕于《瞻卬》诗亦云:凡伯为《板》之诗以刺厉王,有曰'老夫灌灌,匪我言耄'。已非少壮矣。历年既久,又刺幽王大坏,则非《板》之凡伯,明矣。凡,为周同姓之国,岂非入为卿士与。《瞻卬》、《召旻》二诗,盖《板》之凡伯子若孙也。然则凡伯世守爵邑,一进谏于厉王,至其子孙复进谏于幽王。"这已经肯定了《瞻卬》、《召旻》二诗凡伯是《板》诗凡伯的子孙。陈奂《传疏》也说:"盖畿内之伯,世为王官,若郑武公、庄公相继为卿士也。"诗说:"舍尔介狄,维予胥忌。"予是诗人自称。即令诗人不是凡伯,也必是卿士大夫中一个重要人物。

《小雅·十月之交》篇说:"艳妻煽方处。"艳妻是谁?《正月》篇说:"赫赫宗周,褒姒灭之?"艳妻就是褒姒。这诗说:"懿厥哲妇?为枭为鸱。"哲妇指谁?这个哲妇也正是褒姒。她是古史传说中最有名的一个亡国妇人,在她生前,这几个诗人都知道她会要招致亡国之祸。她究竟是怎么样一个妇人呢?崔述《丰镐考信录》七说:"……按,《史记》称幽王三年见褒姒而爱之,虽其年未必有确据,然观《正月》、《十月》二诗所称,则褒姒之宠固当在六年日食前也。《晋语》:周幽王伐有褒,有褒人以褒姒女焉。《郑语》:宣王之时,有童谣曰,檿弧箕服,实亡周国。于是宣王闻之,有夫妇鬻是器者,王使执而戮之。〔府之小妾生女而非王子也,惧而弃之。此人也收以奔褒,褒人有狱而以为入。天之命此久矣,其又可为乎?《训语》有之,曰:〕夏之衰也,褒人之神化为二龙,以闻于王庭,而言曰:余褒之二君也。夏后卜杀之,与去之,与止之,莫吉。卜请其漦而藏之,吉。〔乃布币焉而策告之。龙亡而漦在椟,而藏之,传郊之。及殷、周,莫之发也。〕及厉王之末,发而观之,漦流于庭,不可除也。王使妇人不帏而噪之,化为玄鼋,以入于王府。府之童妾,未既龀而遭之,既笄而孕,当宣王而生。不夫而育,故惧而弃之。为弧服者方戮在路,夫妇哀其夜号也而取之,以逸逃于褒。褒人褒姁有狱,而以为入于王,王遂置之。而壁是女也,使至于为后,而生伯服。〔天之生此久矣,其为毒也大矣,将俟淫德而加之焉。毒之酋腊者,其杀也滋速。申、缯、西戎方强,王室方骚,将以纵欲,不亦难乎?王欲杀太子以成伯服,必求之申,申人弗畀必伐之。若伐申而缯与西戎会以伐周,周必不守矣。]其后司马氏《史记》、苏氏《古史》咸采此文录之。余按,神有气而无形,龙则有形物也。神安能化为龙,鼋在椟中千年而不化?何以一噪而遽为鼋也?且童妾未既龀而遭鼋,既笄而后孕,何以知其孕之因于鼋?厉王以后,历共和十四年,宣王四十六年,凡六十年,幽王乃立。若褒姒生于宣王之初年,则至幽王之时已老。若生于宣王之末年,则是童妾受孕四十余年而始生也。其荒唐也如是!而司马氏、苏氏咸信之,其亦异矣!唯《晋语》所称,理或有之,然亦不敢必其果然。"尽管崔述还相信有神,却不相信含有神话性的褒姒传说。他指出了这一传说的荒唐,并斥司马氏《史记》、苏氏《古史》照录《国语》史伯答郑桓公问王室多故,何所可以逃死,因述当时褒姒传说这一段话的可怪。看来只有《诗》说褒姒是艳妻,是哲妇,妇人长舌,妇无公事,都可以据信,《诗》真是史。《史记·周本纪》说:"褒姒不好笑,幽王欲其笑万方,故不笑。幽王为烽燧大鼓,有寇至则举烽火。诸侯悉至,至而无寇,褒姒乃大笑。幽王说之,为数举烽火。其后不信,诸侯益亦不至。……又废申后去太子也,申侯怒,与缯、西夷、犬戎攻幽王。幽王举燧火征兵,兵莫至,遂杀幽王骊山下,虏褒姒,尽取周赂而去。"只此一段故事可以想见褒姒是怎样一个能够撒娇取宠的怪妇人了,赫赫宗周不是果然灭在她的几次大笑声里吗?

诗说:"乱匪降自天,生自妇人;匪教匪诲,时维妇寺!"这话怎讲?《毛传》说:"寺,近也。"《郑笺》说:"今王之有此乱政,非从天而下,但从妇人出耳。又非有人教王为乱、语王为恶者,是惟近爱妇人,用其言故也。"这一解释本来不错,《朱传》偏要另作解释,说:"乱岂真自天降如首章之说哉?特由此妇人而已。盖其言虽多,而非有教诲之益者,是惟妇人与奄人耳,岂可近哉?上文但言妇人之祸,末句兼以奄人为言,盖二者常相倚而为奸,不可不并以为戒也。欧阳公尝言宦者之祸甚于女宠,其言尤为深切,有国家者可不戒哉!"诗说妇寺,难道是说的妇人和奄人宦官？他于"匪教匪诲"一句不联系上下文作解，也解错了。姚际恒《诗经通论》说："此刺幽王宠褒姒致乱之诗，《小序》谓凡伯作，未见其然。《集传》谓刺幽王嬖褒姒，任奄人，以致乱之诗。以诗中有寺字，故为此说。按，褒姒实有其人，实由以致乱。寺则史无其人。诗以妇寺连言者，大抵内有女宠，寺人密迩，自必因缘为奸，不过带言之，非所重也。今实以奄人与褒姒并举为言，然则何人乎？周以前未闻有寺人之祸，自秦皇用赵高始有之。诗人因妇而及寺，亦可谓有先见之明矣。《集传》又于三章下引欧阳公尝言宦者之祸甚于女宠，其言尤为深切，有国家者可不戒哉！按，此自论后世事，与诗旨无涉，皆题外闲文；且以客为主，尤无谓。"他虽然认为妇寺就是说的妇人和寺人（奄人、宦官）；对于下篇《召旻》"昏椓靡共"一句，他也赞同《郑笺》说的，"昏椓，指内小臣奄人因缘为奸者"。但是他在这诗里从史实上、从修辞上批评《朱传》的错误，还算有些合于历史主义的观点，可以不算怎么错。陈奂说："寺，古文侍。《传》云近者，言昵近也。《论语》：唯女子与小人为难养也，近之则不孙（逊）。"毛意妇寺只是说和妇人亲近的意思，所以不释寺为寺人、为侍御之臣。《毛传》说诗旨不错，陈奂申《毛传》不错。

召　旻

旻天疾威！天笃降丧。瘨我饥馑，民卒流亡，我居圉卒荒！

天降罪罟！蟊贼内讧。昏椓靡共，溃溃回遹，实靖夷我邦？

皋皋訿訿，曾不知其玷？兢兢业业，孔填不宁，我位孔贬？

如彼岁旱，草不溃茂，如彼栖苴。我相此邦，无不溃止！

维昔之富，不如时！维今之疚，不如兹！彼疏斯粺，胡不自替？职兄斯引！

池之竭矣，不云自频。泉之竭矣，不云自中。溥斯害矣！职兄斯弘，不烖我躬？

昔先王受命，有如召公。日辟国百里，今也日蹙国百里。於乎哀哉！维今之人，不尚有旧？

【解题】

《召旻》，和前篇《瞻卬》一样，《诗序》也以为是凡伯刺幽王大坏之诗。何以大坏？一由于女谒盛行，上篇说："乱匪降自天，生自妇人。"是也。一由于小人得逞，这篇说："天降罪罟，蟊贼内讧。"是也。《郑语》说：幽王九年，王室始骚。这两篇诗当作在幽王九年前后，到十一年（公元前七七一）幽王就被杀了。

《诗序》说："旻，闵也。闵天下无如召公之臣也。"召公指谁？毛氏未传。《郑笺》说："召公，召康公也。"陈奂《传疏》说："召公，谓召穆公也。……昔者宣王受命中兴，复文、武之竟土，辅佐之者有如此召公之臣，是以日辟国百里。《江汉》篇云：'江汉之浒，王命召虎。式辟四方，彻我疆土。匪疚匪棘，王国来极，于疆于理，至于南海。'《盐铁论·地广》篇亦云：'周宣王辟国千里。'是其事也。"他不管《郑笺》，申古文毛氏义，以为召公是指召穆公。王先谦《集疏》说："三家无异义。"又说："《毛传》说二《南》与三家异，故言召公辟国事，以为非实。今网罗旧籍，推而迹之，尚可考见大略。文王称王后，命召公为召南牧伯，辟汉世南郡南阳郡地，故有'日辟国百里'之诗。云'昔先王受命'者，即谓文王受命称王事也。盖岐周开国，肇建二南，乃一时权立之制。迨武王灭纣，南国是疆，已非二南旧时封域。历秦逮汉，逾越千年。在孔子时，已有'不为二《南》，其犹墙面'之言。矧祖龙灭学，申公传《诗》，《书》缺有间，听睹茫昧，众家杂出，莫相是非。故虽以鲁学正传，而兰台惟许其最近；河间偏好，而古文尤畏其名尊也。"据此可知，这诗主旨今古文间又无问题,问题在于:召公是康公还是穆公?"日辟国百里"的是哪个召公?看来今古文两说似乎都通,鄙见则以为说召穆公者是也。王先谦硬指这诗召公就是周初召康公,据此攻击《毛传》说二《南》与三家异"。这是宗派主义的偏见,未是。至若王闿运《补笺》据这诗"日辟国百里"的召公,以为《甘棠》是召公开垦之诗,那就更加不是了。

倘说这诗召公是召穆公,这话怎讲?先从这诗末章行文上来说:这是暗用今昔对比,错综成文。起首以先王和今王对比,中间以昔日国土和今日国土对比,结尾又以旧臣和今人对比。但是这一昔字古义犹云昨昔一昔之比,不是太远的古昔。诗以今昔时间紧接,才显出它的含义。怎知如此?因为诗说今昔时间的久暂受了下文表示时间的"尚"字和"旧"字的限制。诗人之意,希望今王还有如先王时候的召公之臣,就说如今召公虽然不在了,不是还有曾和召公同列的旧臣吗?这样刺王才现警策,才有现实的积极意义,所以这一召公就是穆公。倘若说这是指几百年前的康公,诗人还说"不尚有旧",试问这成什么话?再从上面叙述召穆公功绩的《江汉》诗来说,诗说:"式辟四方,彻我疆土。""于疆于理,至于南海。"不是穆公确有"日辟国百里"的事实吗?这一点上引陈奂之文已经指出,不用再说。诗人想到穆公的功绩,曾几何时,戎夷日逼,疆土日削,触目惊心,不该有"今也日蹙国百里"的悲叹吗?又何况诗人似曾和穆公同列,穆公既死,自己又有"维予胥忌"、"我位孔贬"的危险和恐惧。证以上篇说的"人之云亡,邦国殄瘁",当时殆有仁贤被罪屠戮、被迫奔亡之事,恐不止于自就死亡。诗人在此群小内讧、戎夷外逼、国势危急存亡之秋,不更思念召穆公而如《诗序》说的"闵天下无如召公之臣"吗?

诗说:"昏椓靡共,溃溃回遹,实靖夷我邦。"这话怎讲?《毛传》说:"椓,夭椓也。靖,谋。夷,平也。"毛不以为昏椓是说的奄人宦官。《郑笺》说:"昏、椓,皆奄人也。昏,其官名也。椓,椓毁阴者也。王远贤者而近任刑奄之人,无肯共其职事者,皆溃溃就惟邪是行,皆谋夷灭王之国。"郑以为昏是阍人,椓是受了宫刑之人,昏椓就是像他当时的阉人宦官。从此后儒就把这诗结合上篇"时维妇寺"一句来说,以为幽王大坏,坏在女后,坏在宦官,两者没有什么轩轾。或者说这有轩轾,宦官阉人是连及之词,如上篇《解题》引姚际恒《诗经通论》所说。这都不符合历史事实,而以前说为甚。郑君笺此诗,倘不是用《诗》三家义,或是受到了当时今文家"通经致用"那一学说的影响,可能是出于他个人对时局的感触,托古以刺今。这是违反了历史主义的。试设想在幽王的那个时代,服役王室的阍人阉人都是受刑作践的下贱奴隶,他们还会有干预政治的权利吗?我们不能用看待后来封建社会王朝宦官的眼光来看待他们。陈启源《稽古编》说:"阉寺之祸,始见于齐之貂,宋之戾,至秦之高而甚焉,三代以前未尝有也。幽王时乱政小人,《诗》有尹氏,有皇父七子,《国语》有虢石父,皆非寺人。即史伯所云,谗慝、暗昧、顽童、穷固、侏儒、戚施、妖冶、幸措,亦非寺人也。其寺人仅有遭谗被刑,无可控诉而作《巷伯》诗以鸣其不平者,其他阉官未必怙宠弄权可知。盖《周官》法度精密,此时未尽亡,又勋旧之族世掌国钧,此辈止供洒扫、给使令,未敢预政也。《召旻》篇'昏椓靡共',《毛传》昏字无训,椓训夭椓,未尝以为阉人。《郑笺》始以昏为阉官,椓为毁阴。《孔疏》证成其说,言《传》意亦与《笺》合。愚意未必然也。郑生桓、灵之世,目睹诸常侍之恶,故激而为此解耳,然以论世则疏矣。朱子不用其说,良为有见。但《瞻卬》篇又以任阉人为说,则失之。"陈启源以为郑玄生在后汉桓帝、灵帝的时候,眼见宦官专横,故尔愤激作此解释。他这一推测是对的。不然,历史无此事实,时代无此刺激,郑君不会凭空来解诗了。

诗三百解题卷二十六

清庙之什　　毛诗周颂

清　庙

於穆清庙！肃雍显相。济济多士,秉文之德。对越在天,骏奔走在庙。不显不承?无射于人斯!

【解题】

《清庙》,《诗序》说:"祀文王也。周公既成洛邑,朝诸侯,率以祀文王焉。"《郑笺》说:"成洛邑,居摄五年时。"(公元前一一一一年)这诗作者何人?为何而作?作在何时?都简略地说明了。这是《颂》的第一篇。"《关雎》为《国风》之始,《鹿鸣》为《小雅》之始,《文王》为《大雅》之始,《清庙》为《周颂》之始"。"是谓四始,诗之至也"。前儒以为这起头的四篇诗都和文王有关,有特殊的意义,是了不起的作品,我们在此以前已经说及过。王褒《四子讲德论》说:"周公咏文王之德而作《清庙》,建为《颂》首。"《孔疏》说:"《礼记》每云'升歌《清庙》',然则祭宗庙之盛,歌文王之德,莫重于《清庙》,故为《周颂》之首。"这都讲到了《清庙》作为《周颂》之始的意义。最初《清庙》是作为祀文王的乐章,不久就作为兼祀文王、武王的乐章。《尚书·洛诰》说:"王在新邑,烝祭岁,父王骍牛一,武王骍牛一。"《书大传·洛诰》篇说:"周人追祖文王而宗武王。"据此,《清庙》乐章开始用于祫祀文王武王,当是成王七年周正十二月的事。又据蔡邕《明堂论》说:"成王命鲁公世世禘祀周公于太庙,以天子之礼升歌《清庙》,下管《象武》,所以异鲁于天下。"这就以为《清庙》之乐不独用在兼祀武王,而且特许用于鲁祭周公了。

何谓清庙?《郑笺》说:"清庙者,祭有清明之德者之宫也,谓祭文王也。天德清明,文王象焉,故祭之而歌此诗也。庙之言貌也,死者精神不可得而见,但以生时之居,立宫室象貌为之耳。"但据《左传》贾逵

注:"肃然清静谓之清庙。"杜预注:"清庙,肃然清静之称也。"他们说的清庙似是泛称,和《郑笺》专指文王之庙不同。徐养原《顽石庐经说·清庙说》一文道:"古有清庙之称,咏于《诗》,载于《春秋左氏传》,其为清庙一也,而解之者各异。……郑意专指文王之庙,杜意广指诸庙,二说不同。吾以杜氏为是。古制天子七庙,文王庙其一也。如专以清庙为文王庙,则余庙复何称焉?将别有嘉名,而书传偶未之及邪?《诗疏》曰:庙者人所不居,虽非文王,孰不清静?何独文王之庙显清静之名?……此则广指诸庙,非独文王,故以清静解之。《春秋疏》则曰:《诗·颂·清庙》者,祀文王之歌。故郑玄以文王庙解之。……《诗》与《春秋》之《疏》均孔颖达等所撰,而立说之不相应如此。虽《疏》例不驳注,然游移两可,使后学何所适从乎?""吾谓清庙广指群庙,不专指文王庙也。"他这样就把何谓清庙一问题解决了。不错,《汉书·韦玄成传》玄成《疏》说:"《清庙》之诗,言交神之礼无不清静。"清庙一词的意义该是如此,尽管《清庙》一诗原为祀文王而作。蔡邕《独断》说:"《清庙》一章八句,洛邑既成,诸侯朝见,宗祀文王之所歌也。"这说宗祀文王,使人联想到这是出于《孝经》宗祀文王于明堂以配上帝之说。诗本言清庙,倘又说到明堂,则祀于何所?叫人迷惑。徐养原说:"是时未有明堂,故于文王庙中权行祀明堂之礼。其后既立明堂,即不复祀于文王庙矣。""或曰郑注《洛诰》以文祖为明堂。《孝经》曰宗祀文王于明堂以配上帝。则文王庙非明堂,而明堂亦得为文王庙。曰:明堂之祀祀上帝,而以文王配之,非祀文王也。以祀上帝之堂为文王庙,则必以郊天之坛为后稷坛矣。殆必不可。吾谓清庙广指群庙,不专指文王庙也。文王庙中权行祀明堂之礼,不可以为明堂;明堂祀上帝,不可以为文王之庙。参考诸书,其名与实固有截然不可紊者矣。"这把宗祀文王于明堂、明堂清庙是一是二的问题姑且解决了。说似圆通。其实,同是配天之祭,清庙之禘和明堂之禘不同。清庙是宗庙之禘,以祭先王为主;明堂是祖宗之禘(《祭法》:祖文王而宗武王),以祭上帝为主。《独断》但说宗祀,未说明堂,不必牵混《孝经》宗祀明堂为说。总之,

《清庙》一诗是周代统治者特别作为对于祖先崇拜的乐章。所谓清庙,所立宫室象貌,就是这一崇拜的物质对象。

何谓《颂》?何谓《南》、《风》、《雅》、《颂》?在此以前,我们不止一次地说到过(如《小雅·鼓钟·解题》)。这里单说《颂》。阮元《揅经室集·释颂》一文说:"《诗》分《风》、《雅》、《颂》。颂之训为美盛德者,余义也;颂之训为形容者,本义也。且颂字即容字也。故《说文》:'颂,皃也。从页,公声。籀文作額。'是容即颂。《汉书·儒林传》:鲁徐生善为颂,即善为容也。容、养、羕,一声之转。古籍每多通借。今世俗传之様字始于《唐韵》,即容字转声所借之羕字,不知何时再加扌旁以别之,而后人遂绝不知从颂、容、羕转变而来。岂知所谓《周颂》、《鲁颂》、《商颂》者,若曰周之様子、鲁之様子、商之様子而已,无深义也!何以三《颂》有様而《风》、《雅》无様也?《风》、《雅》但弦歌笙间,宾主及歌者皆不因此而为舞容。惟三《颂》各章皆是舞容,故称为颂,若元以后戏曲,歌者、舞者与乐器全动作也。《风》、《雅》则但若南宋人之歌词弹词而已,不必鼓舞以应铿锵之节也。"阮元从歌舞上来分别《风》、《雅》、《颂》,自以为"此乃古人未发之义",可不算错。

王国维《观堂集林·说〈周颂〉》一文说:"阮文达《释颂》一篇,其释颂之义至确,然谓三《颂》各章皆舞容,则恐不然。《周颂》三十一篇,惟《维清》为象舞之诗,《昊天有成命》、《武》、《酌》、《桓》、《赉》、《般》为武舞之诗,其余二十四篇为舞诗与否,均无确证。至《清庙》为升歌之诗,《时迈》为金奏之诗(原注:据《周礼·钟师》注引吕叔玉说,则《执竞》、《思文》亦金奏之诗),尤可证其非舞曲。《毛诗序》云:'《颂》者,美盛德之形容,以其成功告于神明者也。'盛德之形容以貌表之可也,以声表之亦可也。窃谓《风》、《雅》、《颂》之别,当于声求之。《颂》之所以异于《风》、《雅》者虽不可得而知,今就其著者言之,则《颂》之声较《风》、《雅》为缓也。何以证之?曰:《风》、《雅》有韵,而《颂》多无韵也。凡乐诗之所以用韵者,以同部之音间时而作,足以娱人耳也。故其声促者韵之感人也深,其声缓者韵之感人也浅。韵之娱耳,其相去不能越十言或十五言。若越十五言以上,则有韵与无韵同。即令二韵相距在十言以内,若以歌二十言之时歌此十言,则有韵亦与无韵同。然则《风》、《雅》所以有韵者,其声促也。《颂》之所以多无韵者,其声缓而失韵之用,故不用韵。此一证也。其所以不分章者亦然。《风》、《雅》皆分章,且后章句法多叠前章。其所以相叠者,亦以相同之音间时而作,足以娱人耳也。若声过缓,则虽前后相叠,听之亦与不叠同。《颂》之不分章不叠句者当以此。此二证也。《颂》为《清庙》之篇不过八句,不独视《鹿鸣》、《文王》长短迥殊,即比《关雎》、《鹊巢》亦复简短。此亦当由声缓之故。此三证也。……《肆夏》一诗不过八句,而自始奏以至乐阕,所容礼文之繁如此,则声缓可知。此四证也。然则《颂》之所以异于《风》、《雅》者,在声而不在容,则其所以美盛德之形容者,亦在声而不在容可知。以名《颂》而皆视为舞诗,未免执一之见矣。"阮元强调了《颂》的容一面,王国维强调了《颂》的声一面,好像相反,其实相成。因为《颂》兼歌舞,有声有容,二者相依,不可缺一。王国维《宋元戏曲考》以巫舞为戏曲之起源,但看《楚辞·九歌》便知。他似不知《颂》为史巫尸祝之词,歌舞之曲,也该视为戏曲之萌芽。

张西堂《诗经六论·说颂》里说:"从文字通假上来看,古文颂、镛通用。《仪礼·大射仪》:'颂磬东面。'注:'西方钟磬谓之颂,古文颂为庸。'《周礼·眡瞭》:'击颂磬笙磬。'注:'颂或作庸。'《书》,'笙镛以间',正作镛。"他以为颂是镛,是大钟,《颂》和《南》、《雅》都是以乐器得名。章炳麟《说大小疋》,郭沫若《释二南》,以为雅似鼓,南似铃,自是创见,他以为颂是镛,也该是创见罢。都还不是定论。何况他据两《礼》注说,颂、镛、庸字通,可是镛、庸都训为功,不训为大钟。所谓颂磬似乎不是大钟和磬两件东西,而止是说一种磬叫做颂磬,正和笙磬也是一种磬名一样。《尚书》说笙镛以间,似乎也是说的笙磬和颂磬。这还有待于作进一步的研究。总之,《颂》作为宗庙祭祀乐章演出,当是用了载歌载舞、声容并茂、把先人的盛德形容出来的形式。这种祖先崇拜的仪式,当是远从氏族社会里就开始了的。这是氏族长老权力之神幻的反映。到了周初制礼作乐,这一仪式就更加隆重化、更加制度化了。

上举论《雅》、《颂》诸家之说都说到音乐,但是他们不是音乐家。这里且看一看近代专门研究古音乐的学者的意见。郑觐文《中国音乐史》说:"继雅乐而兴者,厥惟颂乐。周乐体制甚多,颂者取《周颂》、《鲁颂》之意。颂乐肇始于夏、商,而极盛于周乐。由礼而作故,又可曰礼乐。礼乐二字周以前不少概见。雅乐言德性,颂乐则兼言功业,体制不同,故名称亦当有别。雅乐之六律六吕,周乐则云六律六同。《周礼》:'大司乐掌六律六同以合阴阳之声。'是也。……颂律与雅律之配置不同,雅为周旋律,颂为交旋律。"古音乐是否如此?也还有待研究。倘得现代音乐研究者再加以鉴定,作出科学的结论,不独《雅》、《颂》在音乐上的区别,即《诗》和《乐》的关系也可借以明白了。

维 天 之 命

维天之命,於穆不已!於乎不显?文王之德之纯!假以溢我?我其收之。骏惠我文王,曾孙笃之!

【解题】

《维天之命》,是周公摄政、辅成王致太平、祭告文王的乐歌。末句说:"曾孙笃之。"《毛传》说:"成王能厚行之也。"成王明是武王之子,文王之孙,为什么称曾孙呢?《郑笺》说:"曾,犹重也。自孙之子而下,事先祖皆称曾孙。是言曾孙,欲使后王皆厚行之,非维今也。"马瑞辰《通释》说:"曾孙从《笺》通指后王为允。"朱鹤龄《通义》说:"《颂》者,成功告神,必言子孙勉力保守以慰祖考之意。故此诗曰'曾孙笃之',《烈文》、《天保》亦曰'子孙保之'。"这都说得是。

《诗序》说:"《维天之命》,大平告文王也。"《郑笺》说:"告大平者,居摄五年之末也。文王受命,不卒而崩,今天下大平,故承其意而告之,明六年制礼作乐。"《鲁诗》遗说道:"《维天之命》一章八句,告大平于文王之所作也(蔡邕《独断》)。齐、韩当同。"这诗今古文又没有争论。陈奂《传疏》说:"《书·雒诰篇·大传》云:'周公摄政,六年制礼作乐,七年致政。'《维天之命》制礼也,《维清》作乐也,《烈文》致政也。三诗类列,正与《大传》节次合。然则《维天之命》当作于六年之末矣。《雒诰》周公曰:'王肇称殷礼,祀于新邑,咸秩无文。'郑注云:'周公制礼乐既成,不使成王即用周礼,仍令用殷礼者,欲待明年即政,告神受职,然后班行周礼,班讫始得用周礼,故告神且用殷礼也。'郑谓周礼行于七年致政之后,是也。《笺》以告大平为礼未成时,在居摄五年之末,未是。诗云'我其收之',又云'曾孙笃之',自在制礼后语矣。"陈奂以为这诗作在成王六年之末(公元前一一一〇年),似较《郑笺》为有据。

诗说:"维天之命,於穆不已?"这话怎讲?《毛传》说:"孟仲子曰:大哉天命之无极?而美周之礼也。"《郑笺》说:"命,犹道也。天之道於乎美哉?动而不已,行而不止。"郑申毛义更为明确。毛引孟仲子语,此解亦最古。孟仲子是谁呢?王应麟《困学纪闻》三说:"《诗谱》云:子思论《诗》,於穆不已。孟仲子曰:於穆不似(原注:仲子,子思之弟子)。《閟宫·传》引孟仲子曰:是禖宫也。《序录》云:子夏传曾申,申传魏人李克,克传鲁人孟仲子。(《孟子》注:孟仲子,孟子之从昆弟学于孟子者。岂名氏之同欤?)"但据《陆疏》说:"孔子删《诗》授卜商,商为之《序》,以授鲁人曾申,申授魏人李克,克授鲁人孟仲子,孟仲子授根牟子,根牟子授赵人荀卿,荀卿授鲁国毛亨,亨作《训诂传》以授赵国毛苌。时人谓亨为大毛公,苌为小毛公。"这就是《毛传》引孟仲子语的来由罢。

维　　清

维清缉熙,文王之典,肇禋。迄用有成,维周之祯!

【解题】

《维清》,为祀文王奏象舞而作。《诗序》说:"《维清》,奏《象舞》

也。"鲁说道:"《维清》一章五句,奏《象武》之所歌也。"(蔡邕《独断》)齐说道:"武王受命作《象乐》,继文以祀天。"(《繁露·质文》篇)可证《诗》今古文说正同。陈奂《传疏》说:"《象》,文王乐。象文王之武功曰《象》,象武王之武功曰《武》。《象》有舞,故云《象舞》。《笺》云:'《象舞》,象用兵时刺伐之舞,武王制焉。'胡承珙《后笺》云:'郑谓武王所制者,武王之作《象舞》,其时似但有舞耳。考古人制乐,声容固宜兼备,然亦有徒歌徒舞者。《三百篇》皆可歌,不必皆有舞。武王制《象舞》时殆未必有诗。成王、周公乃作《维清》以为《象舞》之节,歌以奏之。'案胡说诗周公作,是矣。襄二十九年《左传》:吴公子札观周乐,见舞《象箾》、《南籥》者。贾、服、杜注并以《象》为文王之乐。此《象》谓舞,不谓诗也。《礼记·文王世子》、《明堂位》、《祭统》、《仲尼燕居》皆言下管《象》,犹之下管《新宫》耳。此《象》谓诗,不谓舞也。制《象舞》在武王时,周公乃作《维清》以节下管之乐,故《维清》亦名《象》。"马瑞辰《通释》说:"《左传》:'见舞《象箾》、《南籥》者。'杜注:'箾,舞者所执。'据《说文》:箾,以竿击人也。是箾即干。《公羊传》:'万舞者,干舞也。'古者文舞执籥,武舞执干。《左传》《南籥》为文舞,则《象箾》为武舞,即此诗《象舞》也。武、舞古通用。《象舞》,蔡邕《独断》作《象武》,盖以象文王之武功也。作武者,通借字耳。是以知《仲尼燕居》篇'下管《象武》',即《象舞》也。"何谓《象舞》? 又何谓《象武》? 又何以单称《象》? 《象》和《武》即《大武》,二者有何区别? 这里都得到解释。从郑注《礼记》以来,学者往往把后二者混淆,直到清儒胡承珙、马瑞辰和陈奂诸家,才算把它澄清了(详见后)。

《象舞》是否即《三象乐》? 王先谦《集疏》说:"《汉书·司马相如传》:'《韶》、《濩》、《武》、《象》之乐。'张揖注:'《象》,周公乐也。南人服象,为虐于夷。成王命周公以兵退之,至于海南,乃为《三象乐》也。张说本《吕览·古乐》篇,高诱亦云:'《三象》,周公所作乐名。'愚案,此又《象乐》别解。张、高所说,无妨周有此乐,然非《象武》,《象武》即《武》也。《孔疏》引《明堂位》注:'《象》,谓《周颂·武》也。谓《武》诗为

《象》,明《大武》之乐亦为《象》矣。'明与周公《三象》无涉。《笺》云:'武王制焉',亦与《大武》无涉也。文王始征伐,故以武功归文王,克纣后为此乐,故云'迄用有成'也。"这是说高诱、张揖据古史传说,以为周公曾用兵击退南人象阵至于海南,作《三象乐》。这是《象》乐的另一解释。或者说这是《象》乐的另外一种,和《维清》奏《象舞》无关。

诗说"肇禋",这话怎讲?《郑笺》说:"文王受命,始祭天而枝伐也。《周礼》以禋祀祀昊天上帝。"戴震《毛郑诗考正》说:"言此天下澄清光昭于无穷者,文王之法典实开始禋祀皇天盛礼,以迄于今而有成,是周有天下之祥如此也。辞弥少而意指极深远。"王先谦说:"《尚书中候·我应》曰:'枝伐弱势。'注:'伐纣之枝党以弱其势,若崇侯之属。'《我应》又云:'伐崇谢告。'注:'谢百姓,且告天,主为崇也。'纬学亦本《齐诗》。陈启源云:'《维清》篇郑释最明,而后儒莫用者,因枝伐祭天之说出纬书也。文王之伐崇类祭,见《皇矣》篇。类祭之为祭上帝,见《尚书》、《礼记》。则以肇禋为文王始祭天,非无稽之谈也。'愚案《繁露·郊祭》篇:'文王受天命而王天下,先郊乃敢行事,而兴师伐崇。'引《棫朴》'薪槱'为当日郊辞,此亦肇禋征伐之确据。董习《齐诗》,知齐义如此。"这都根据《诗》今文三家《齐》说,把"肇禋"一词解释明确了。

《清庙》三篇原是一篇吗?三篇是相连为义吗?何楷《古义》说:"季本云:自此(《清庙》)至《维清》似宜合为一篇。是说也,愚有取焉。夫《维清》之诗,《序》所谓奏《象舞》也。凡《礼》之言歌《清庙》者,未尝与管《象》相离,斯其证也。然而章分为三者,以登降时所奏各有节序,亦如古乐府一篇之中分为数解耳。而后人不察,乃真谓各自为一篇者误矣。试观首章言'於穆',而次章亦言'於穆';首章言'不显',而次章亦言'不显';首章言'秉文之德,对越在天',而次章即以'维天之命'与'文王之德'并言;又首章言'清庙',而三章亦曰'维清'。其前后呼应,井然可数,非同为一篇而何?特以古文章句相沿已久,姑仍其分篇之旧耳。"季本、何楷都把《清庙》三篇看作同是一篇。李光地《诗所》说:

《清庙》"方祭之诗"，《维天之命》"祭而受福之诗"，《维清》"祭毕送神之诗"。这是说，这三篇同时为用，即相连为义。魏源《诗古微》也这样说，略见《诗序集义》。陈奂说："《周颂》首三篇《清庙》、《维天之命》、《维清》皆文王诗；如《周南》之《关雎》、《葛覃》、《卷耳》，《召南》之《鹊巢》、《采蘩》、《采蘋》，《小雅》之《鹿鸣》、《四牡》、《皇皇者华》，《大雅》之《文王》、《大明》、《绵》，亦皆文王诗；周公用之宗庙、朝廷、燕饮、盟会。《四牡·传》云：'周公作乐以歌文王之诗，为后世法。'是其义也。《清庙》为升歌之乐章，《维清》为下管之乐章，唯《周颂》之不用《维天之命》，犹《召南》之不用《草虫》耳。论诗编乐自有制度，则知《维清》即《象》，《象》为文王乐，《维清》为文王诗，昭然不疑矣。《后笺》云：'郑注《礼记》概以《象》为《周颂》之《武》，然记文管《象》之下又别云舞《大武》，舞《大夏》。则所谓下管《象》者，非《大武》之诗，当即此文王之《象》。若《仲尼燕居》之下管《象》，《武》、《夏》篇序兴，亦当以《象》为文王之乐，与上升堂歌《清庙》对。曰《武》曰《夏》，即所谓朱干玉戚以舞《大武》、八佾以舞《大夏》者。郑注亦以《象》为《大武》，非是。'"我看《清庙》不是原为一篇，似是一组。说三篇相连为义，或说同时为用，其说近是。这三篇确像同出周公一手所作。陈奂、胡承珙指出了郑注《礼记》、《象》和《武》、《大武》混淆不清之误，这是对的。按《仲尼燕居》："下管《象武》，《夏》籥序兴。"马瑞辰即依照传统如此断句，以为《象武》合为一词即是《象舞》（已见前）。胡承珙、陈奂读作"下管《象》，《武》、《夏》籥序兴"。尽管他们断句不同，但是认定《象》或《象舞》指文王之乐《维清》一诗却是相同的。

烈　文

烈文辟公！锡兹祉福。惠我无疆，子孙保之。无封靡于尔邦，维王其崇之。念兹戎功，继序其皇之。无竞维人？四方其训之。不显维德？百辟其刑之。於乎前王不忘！

【解题】

《烈文》,当是成王亲政告祖,诸侯助祭,祭毕而敕戒诸侯之词。诗中称我,我成王;称尔,尔诸侯。《诗序》说:"《烈文》,成王即政,诸侯助祭也。"鲁说道:"《烈文》一章十三句,成王即政,诸侯助祭之所歌也。"(蔡邕《独断》)韩说道:"《烈文》,成王初即洛邑,诸侯助祭之乐歌也。"(《孔疏》引服虔《左传》注)这诗主旨今古文说又同。《朱传》说:"此祭于宗庙而献助祭诸侯之乐歌。言诸侯助祭使我获福,则是诸侯锡此祉福而惠我以无疆,使我子孙保之也。"按《仪礼》,宾三献尸之后,主人酌酒献宾。朱子以为献助祭诸侯而歌《烈文》,便在此时吗?可不算错。但是他释诗"锡兹祉福"、"子孙保之"两句似非诗旨。欧阳修《本义》说:"锡兹祉福,毛以为文王锡之,郑以为天锡之。据《序》言成王新即政,诸侯来助祭于庙,祉福当为文、武所锡,宜从毛义为是。"这释"锡兹祉福"一句不错。"子孙保之"一句,今按诗旨是指诸侯子孙。这是王敕戒诸侯的话,不是感谢诸侯的话。

《诗序》说:"成王即政,诸侯助祭。"即政何时?祭为何祭?《郑笺》说:"新王即政,必以朝享之礼祭于祖考,告嗣位也。"这说祭是以朝享之礼祭于祖考,不错。但是说即政就是嗣位,究竟是指武王死后成王嗣位呢,还是指周公归政后成王嗣位呢?殊不明确。《孔疏》说:"《烈文》诗者,成王即政,诸侯助祭之乐歌也。谓周公居摄七年,致政成王,成王乃以明年岁首即此为君之政,于是用朝享之礼祭于祖者,有诸侯助王之祭,既祭因而戒之,诗人述其戒辞而为此歌焉。经之所陈皆为戒辞也。武王崩之明年与周公归政明年俱得为成王即政。但此篇敕戒诸侯用赏罚以为己任,非复丧中之辞,故知是致政之后〔明〕年之事也。《臣工·序》云:'遣于庙',此不言遣者:彼敕之使在国有事来咨于王,又令及时教民农业,是将遣而戒,故言遣以戒之;此则戒以为君之法,其辞不为将遣,故不言遣。《笺》意于经亦有卿士,《序》不言者,以诸侯为重,故举诸侯以总之。"他把这一《诗序》全解明白了。他从此篇敕戒诸侯用赏罚以为己任,证明成王不是正在丧中之词,而是在周公致政之后，尤为精审。至朱子《辨说》还以为诗中未见即政之意，就未免粗疏了。陈奂《传疏》说："此成王即政，诸侯助祭文王之乐歌也。周公摄政，七年致政成王。七年者，成王在位之七年。周公致政，成王即政矣。《雒诰》：'王在新邑，烝祭岁，文王骍牛一，武王骍牛一。'郑注云：'岁，成王元年正月朔日也。以朝享之后，用二特牛袷祭文王、武王于文王庙。'案，改元虽非西京旧说，而用二特牛祭文、武，与诗义合。文王庙即清庙，合祭文、武亦歌《清庙》之诗。成王初即政，与诸侯共享大平，于其来助祭也以申敕之，令无忘文、武之德，又歌《烈文》之诗。事非两时而义各有当。此诗乃专谓诸侯助祭而作耳。故《诗谱·正义》引服虔注《左传》云：'《烈文》，成王初即雒邑，诸侯助祭之乐歌。'是其义矣。"他以为成王袷祭文武，乐章用《清庙》又用《烈文》，是一时事。那么，其时不在成王七年之末就在七年之初。就"烝祭"说，当在七年之末；就"即政"说，或在七年之初，或在八年之初。前儒对于此点颇有争执。即令如郑君说，袷祭文、武在成王即政改元正月朔日，不管他是不是说七年八年，我们说这诗作在成王七年（公元前一一〇九年）总不算大错。

天　作

天作高山，大王荒之。彼作矣，文王康之。彼徂矣，岐有夷之行。子孙保之！

【解题】

《天作》，当是成王祭岐山之乐歌。这诗主题旧解歧出，何者为是？《毛序》说祀先王先公，《鲁诗》遗说也以为祀先王先公之所歌（蔡邕《独断》），是《诗》今古文说略同。这是第一说。《朱传》以为此祭太王之诗。这是第二说。何楷《古义》用季本、邹忠胤说，以为武王祀岐山之乐歌。钱澄之《田间诗学》，黄中松《诗疑辨证》，傅恒、孙嘉淦《诗义折中》，姚际恒《诗经通论》，汪梧凤《诗学女为》，方玉润《诗经原始》同主这一说。这是第三说。究竟哪一说对呢？

先论第一说。《诗序》说："《天作》，祀先王先公也。"《孔疏》说："祀先王先公，谓四时之祭，祠、礿、尝、烝。但祀是总名，未知在何时也。时祭所及，唯亲庙与大祖。于成王之世为时祭，当自大王以下，上及后稷一人而已，言先公者，唯斥后稷耳。于王既总称先王，故亦谓后稷为先公，令使其文相类。经之所陈唯有先王之事，而《序》并言先公者，以诗人因于祭祀而作此歌，近举王迹所起，其辞不及于后稷，《序》以祭时实祭后稷，故其言及之。《昊天有成命》经无地而《序》言地，《般》经无海而《序》言海，亦此类也。"这依《序》说，祀为时祭；先王先公，为自太王以下，上及后稷一人。郝敬《原解》说："朱子但谓祀大王，不兼文王，以其间遗王季也。然诗并颂二王，安得独为祀大王？既祀大王、文王，又安得遗后稷与王季乎？《序》说是也。"这是坚持《诗序》一说，驳了《朱传》。陈奂《传疏》说："此时享庙祧之乐歌也。《周礼·守祧》：'掌守先王先公之庙祧。'先王为庙，先公为祧。其在成王时，后稷为大祖庙，最尊。大王、文王为二昭，王季、武王为二穆，最亲。此五庙皆先王庙也。诸盩（音周）即祖绀为一昭，亚圉为一穆，此二祧为先公庙也。《中庸》云：'周公成文、武之德，追王大王、王季，上祀先公以天子之礼。'祀先公而别立二祧，不与于五庙数中。故《礼记·丧服小记》及《周礼·隶仆》但言四庙五寝。而《王制》、《祭法》等篇所云七庙，实兼二祧。此周公时七庙之说也。《国语》：'祭公谋父谏穆王曰，日祭、月祀、时享、岁贡、终王，先王之训也。《五经异义》：'古《春秋》左氏说云，时享为二祧。'《汉书·韦玄成传》刘歆释《国语》亦云，二祧则时享，是时享有先公矣。"他根据经史证明《诗序》说的祀先王先公就是说时享庙祧，比较《孔疏》、庄述祖《周颂口义》、魏源《诗古微》有力得多了。看来《诗序》这说也还可通，倘不结合经文进一步来说。

再论第二说。《朱传》说："此祭大王之诗。"这像是用《齐诗》说。陈乔枞《齐诗遗说考》说："《尚书大传》云：'大王去豳，邑岐山，周民奔而从之者三千乘，止而成三千户之邑。'即此颂所言'天作高山，大王荒之'是也。郑君《诗笺》云:'居之一年成邑,二年成都,三年五倍其初。'盖亦据《齐诗》之说。"这一说强调了太王,忽略了文王,和经文不甚合。又诗说"彼徂矣,岐有夷之行"两句,朱子读为"彼徂矣岐,有夷之行"。他说:"沈括曰:《后汉书·西南夷传》作'彼岨者岐'。今案彼书,'岨'但作'徂'。而引《韩诗薛君章句》亦但训徂为往。独'矣'字正作'者',如沈氏说。然其注末复云:岐虽阻僻,则似又有岨意。韩子亦云'彼岐有岨',疑或别有所据。故今从之,而定读岐字绝句。"是朱子因沈括说而误断诗句。王应麟《诗考》说《朱传》读彼徂者岐,系从《韩诗》。这是说错了的。这两句诗应读:"彼徂矣,岐有夷之行。"或从《韩诗》遗说:"彼徂者,岐有夷之行。"宋荦、臧琳、卢文弨、陈乔枞、王先谦先后说得很明白了。

再论第三说。何楷《古义》说:"《天作》,祀岐山之乐歌(原注,出季本《诗说解颐》)。"又说:"案,《易》升卦六四之爻曰:'王用享于岐山,吉。'则岐山之祭,周固有之矣。此诗所颂止及太王、文王,而末系'子孙保之'一语,先言子,后言孙,定是武王时所作,岂亦在柴望大告武成之日欤?邹忠胤云:天子为百神主,岐山王气攸钟,岂得无祭?祭岂容无乐章?不言及王季者,以所重在岐山,故止絜首尾二君言之也。"又说:"夫祀先王先公而止及太王、文王,彼太王之前有后稷,文王之前有王季,何不一齿及欤?《礼经》中曾有此祀典否欤?朱子止以为祭太王之诗,亦疑其不应独遗王季故耳,然篇中何以兼颂文王?邹驳之云:夫《序》增入所无之先公,而朱子又偏遗诗中所有之文王,均之莽矣。〔伪〕《申培说》则曰:周祭岐山,配以太王、文王之诗。夫以二王配岐山,于《礼》无所载,皆臆说也。"我以为《周易》两言"王用享于岐山",何楷据此以证《天作》一诗,算是一个有力的旁证。至他因诗止说及太王、文王,又说"子孙保之",就断定是武王时所作,虽说得通,似太拘泥了。在当时社会意识支配之下,即在对于自然崇拜一种宗教思想的支配之下,统治阶级以为天生成了岐山,先人太王又在这里垦荒开路,算是岐山有了利用厚生的大功,祭祀岐山不是应该有的事么?所以《荀子·王制篇》说:"天之所覆,地之所载,莫不尽其美,致其用,上以饰贤良,下以养百姓,而安乐之,夫是之谓大神。《诗》曰:'天作高山,大王荒之。彼作矣,文王康之。'此之谓也。(《天论篇》略同)"这里所谓大神,是指的山川之神。引《天作》一诗为证,是指的岐山之神,而不是指太王、文王之神。说《天作》是祭岐山之乐歌,这也是一个证据,可不是吗?以上所举关于《天作》一诗主题的三说,我独有取于这一说。

最后,我们来看近人杨树达《诗周颂天作篇解》一文,他解通了没有?他说:"天作岐山,太王垦辟其芜秽。彼为之始,而文王赓续治之。是以虽彼险阻之岐山亦有平易之道路也。夫先人创业之艰难如此,子孙其善保之哉!"他把这诗康字读为庚字,释庚为赓续之赓,于义于韵都合。但这不是他的创见。山井鼎《七经孟子考文·微子之命序》"杀武庚",庚作康。古文康、庚字相近。阮元早就指出来了。又他把全诗直解为散文,一气贯注,看来也比旧有解说畅达。但他不知道《韩诗外传》三、刘向《说苑·君道》篇均引《诗》作:"岐有夷之行,子孙其保之。"岐字当属下为句。他又不曾细想诗说彼作矣,彼徂矣,自是同一句例,黄震《日抄》、马瑞辰《通释》都说这两句相对成文;又不知道朱子读彼岨矣岐,原系误读。因而他虽然把彼作矣之彼作为人称代词,指太王;却还沿着《朱传》彼岨矣岐之误,把彼徂矣之彼作为指示形容词,指彼险阻之岐山。他不知道两彼字在此同一篇中,同一句例,同一词位,具有同一词性,应该同样作解,即指太王;或者因为后一彼字在文王康之句下,也可认为同指太王、文王,彼字单复数不分,系古文法通例。精通古文字学、古文法修辞学如杨先生,偏在一篇小诗中犯了这么一些不小的错误,可见《诗》语直解之难了。拙作全部《诗经直解》难免有错,幸望学者指教!

昊天有成命

昊天有成命,二后受之。成王不敢康,夙夜基命宥密。

於缉熙！单厥心。肆其靖之！

【解题】

《昊天有成命》，"郊祀天地之所歌"。蔡邕《独断》说的和《诗序》相同。是谁郊祀天地呢？《汉书·郊祀志》载丞相衡和博士师丹等奏议，都以为是成王郊祀天地于雒邑。他们习三家《诗》，可证这诗主旨今古文说同。《朱传》说："此康王以后之诗。""此诗多道成王之德，疑祀成王之诗也。"又《朱子语类》说："问：康王如何无诗？曰：某窃以《昊天有成命》之类便是康王诗。而今人只是要解那成王做王业，……费尽气力要解从那王业上去，不知怎生地！"何楷《古义》就指实这是康王之世祀成王之诗。这都拘泥于成王是死后谥号、不是生号，说来不见得是。至若朱子《辨说》，上据《国语》，旁采欧阳，肯定成王就是成王诵，却是不错。但是他不知道成王是生号，又说王诵之谥，错了。

诗说"成王不敢康"，究竟成王是谥号还是生号？马瑞辰《通释》说："按，《晋语》引此诗，韦昭注：'谓文、武修己自勤成其王功，非谓成王身也。'说与《笺》同（《笺》：文王、武王受其业，施行道德，成此王功，不敢自安逸）。但考叔向说是诗曰：'是道成王之德也。成王能明文昭、能定武烈者也。'二后指文、武，则成王自指周成王无疑。颂作于成王之时。成王，犹《召南》诗称平王，象其德而称颂之，非谥也。叔向曰：'夫道成命而称昊天，翼其上也。二后受之，让于德也。'盖谓成王不自谓能受天命，而曰文、武受之，故以为让于德。若不指周成王，则二后受之，何谓让于德乎？《贾子·礼容》篇释此诗曰：'二后，文王、武王。成王者，文王之孙，武王之子也。文王有大德而功未就，武王有大功而治未成。及成王承嗣，仁以临民，故称昊天焉。蚤兴夜寐，以继文王之业，懿然葆德，各遵其道，故曰有成。'是《贾子》亦以诗成王指周成王身矣。《吕氏·慎大览》曰：'文王造之而未遂，武王遂之而未成，周公旦抱少主而成之，故曰成王。'《史记》周公谓伯禽曰：'我文王之子，武王之弟，成王之叔父。'成王，盖时臣美其德，生有此号。《酒诰·释文》载马融注引或曰：'以成王为少成二圣之功，生号曰成王，没因为谥。'其说是也。《尚书大传》：'奄君薄姑谓禄父曰，武王已死矣，成王当幼矣。'成王惟生有此号，故《周颂》作于成王在位时，得称成王耳。此《笺》及韦注《国语》并以成王指文、武，失之。"他论证了诗说成王不是谥号是生号，极为精确。陈奂《传疏》说："《噫嘻》篇：'噫嘻成王。'《传》云：'成王，成是王事也。'与此成王同。"今按，毛公殆以为两诗成王不同。此诗成王就是成王诵，人所习知，故不传；彼《噫嘻》诗成王是成其王事之意，人或不知，故特为出传。陈奂以为两诗同，未是。何况彼诗成王也是实指成王，彼诗《毛传》有误呢！（详见后《噫嘻·解题》）但是陈奂于此诗是否成王郊祀之诗，最后还不肯断定，所以他说："盖《周颂》一篇，其间有营雒致政先后不同。如《思文》郊祀后稷，《我将》宗祀文王，皆在周公摄政五年治雒邑时。后稷谓祖，文王谓宗，为配天之祭。六年制作礼乐，七年致政于成王，遂以后稷谓大祖，南郊配；文王谓祖，武王谓宗，明堂配。又周与殷皆出自帝喾，周用殷禘喾之礼于圜丘配。此在致政之后之礼。故《昊天有成命》说者或谓成王祭祀之诗。"陈奂和马瑞辰是同时人，不知道陈氏此说是否受到马氏一说的影响。王先谦《集疏》据《盐铁论·未通》篇、《贾子新书·礼容》篇、《汉书·匡衡传》都引此诗，意以为成王是生号。故他的结论说："是齐、鲁《诗》说皆如此。"他支持了马瑞辰此诗成王是生号一说。

《诗序》说："《昊天有成命》，郊祀天地也。"这话怎讲？陈奂说："此冬至圜丘，夏至方丘，祀天地之乐歌也。《周礼·大司乐》：'冬日至，于地上之圜丘奏之，若乐六变则天神皆降。夏日至，于泽中之方丘奏之，若乐八变则地示皆出。'郑注云：'此皆禘大祭也。天神则主北辰，地祇则主昆仑。'《礼记·礼器》：'为高必因丘陵，为下必因川泽。'注云：'冬至祭天于圜丘之上，夏至祭地于方泽之中。'又：'因天事天，因地事地。'注云：'天高，因高者以事也。地下，因下者以事也。'郑亦本《大司乐》而言之矣。《大宗伯》：'以禋祀祀昊天上帝。'注云：'昊天上帝，冬至于圜丘所祀天皇大帝。'又：'以苍璧礼天。'注云：'此礼天以冬至，谓天皇大帝在北极者也。'《祭法》：'周人禘喾而郊稷。'注云：'此禘，谓祭昊天于圜丘也。祭上帝于南郊曰郊。'韦注《鲁语》同。《尔雅·释天》云：'禘，大祭也。'禘在郊上，故禘为最大之祭。禘喾，非配稷也。圜丘，非南郊也。昊天上帝，非上帝也。《司服》：'王之吉服，祀昊天上帝，服大裘而冕。'圜丘之祀以冬日至时，服大裘。则所祀者昊天上帝也。《大司乐》不言禘而以为禘，《祭法》不言圜丘而以为圜丘，郑说固融贯极矣。《大司乐》注以圜丘祀天，方丘祀地，二者皆为禘。而《祭法》之禘，注但言圜丘，而方丘之为禘，亦当该在其中。圜丘、方丘皆在郊，故《祭法》谓之禘，经、传皆谓之郊，《国语》又以禘、郊连言之。《周语》：'禘郊之事则有全烝。'《鲁语》：'天子日入监九御，使絜奉禘郊之粢盛。'《楚语》：'天子禘郊之事必自射其牲，天子亲舂禘郊之盛。'与《表记》'天子亲耕、粢盛、秬鬯以事上帝'合。此禘郊为祭天矣。《楚语》'禘郊不过茧栗'，与《王制》'祭天地，牛角茧栗'合。此禘郊并为祭天地矣。临海金鹗辨之甚详。然则诗言昊天，即所谓昊天上帝也。《序》言天地，即所谓祀天圜丘、祀地方丘也。圜丘、方丘郑注谓之禘，而此《序》言祀天地谓之郊。南郊之祀，郊也，而《小记》、《大传》谓之禘，郑注谓之郊。盖禘、郊、祖、宗，皆祭天之事，对文则别，散文则通。禘郊通称，亦犹祖宗通称焉耳。周人于孟春南郊之祀以后稷配，《思文》之诗是也。于冬至圜丘之禘以帝喾配，此《昊天有成命》之诗是也。后稷立大祖庙，又以配天。帝喾无庙，但有石室藏于大庙大室，于两日至（夏至冬至）出以配天。亲疏远近之义也。禘本兼天地，故诗言天而《序》兼言地，则圜丘、方丘皆歌此诗可知。圜丘以喾配，则方丘亦以喾配又可知。《曲礼下》：'天子祭天地。'《孔疏》云：'《孝经纬》，后稷为天地之主。'则后稷配天南郊，又配地北郊。周人以喾配圜丘，亦当配方泽，是矣。孔仲达泥此《序》之为郊而不为禘，遂以为南郊、北郊，不为圜丘、方丘。则周人于南北郊既歌《思文》，又歌《昊天有成命》，而于冬至圜丘、夏至方丘两大禘无诗；后稷配天有诗，帝喾配天无诗。遂使周公制礼一代典章残阙茫如，非细故也。且南郊称上帝不称昊天，此其义证也。诗中但述文、武之功德不及帝喾,与《雍》篇追述文、武而不及后稷同意。且帝喾之祖,其神甚远,止歌诗以配天,不必援诗不涉喾一语以为疑也。金鹗云:始封之祖固是后稷,而世系之远祖则帝喾也。喾又有圣德,故圜丘以之配天。冬至为阳生之始,故祭天而以世系之远祖配。夏正,孟春为一岁之始,故祭天而以肇封之始祖配。子月在寅月先,远祖在始祖先,其配祭各有所当。郑氏以禘为圜丘、方丘之祭,卓识自超千古。而注《大宗伯》昊天上帝以为天皇大帝,注《大司乐》以为天神古北辰,注《月令》皇天以为北辰耀魄宝,本于《春秋纬·文耀钩》、《元命苞》;昆仑之说本于《地统书》、《括地象》,亦是纬书。此郑氏之失也。"

这诗何以说昊天?《诗序》何以说郊祀天地?算由陈奂一一说明了。他把郑君注《礼》说的综合来说,系统化了。又把金鹗《求古录·礼说》说的乃至秦蕙田、孙星衍说的简明化了。我们读此可以了解这篇诗,如果有机会参观北京天坛、地坛、圜丘、方泽处明清封建王朝遗留下来的郊祀古迹也易了解了。总之,他说明了好些和郊祀有关的问题:何以祭天时必在冬至,地必在南郊圜丘?祭地时必在夏至,地必在北郊方泽?何谓郊?又何谓禘?郊禘要用何种特备的牲体粢盛?何以周人禘喾而郊稷?何以周人为后稷立大庙而帝喾无庙?何以《昊天有成命》是禘喾配天的乐歌,《思文》是郊稷配天的乐歌?目前我们实在没有兴趣研究这类问题,除非有必要对于古代社会史或古代宗教思想史作专题研究。但因《颂》诗里有好几篇都和郊禘之礼有关,就不得不就便在此简单明确地把它说清楚了。本来郊禘之礼是从奴隶社会到封建社会时期君主绝对的权力在人们头脑中神幻化的一种反映。这是统治者利用它来威吓人民、愚弄人民,逐渐演成的最隆重的一套把戏。这也是在过去的学者们长期争论不休的问题。

我 将

我将我享,维羊维牛,维天其右之!仪式刑文王之典,日靖四方。伊嘏文王!既右飨之。我其夙夜,畏天之威。于时保之!

【解题】

《我将》,《诗序》说:"祀文王于明堂也。"当是根据《孝经》宗祀文王于明堂以配上帝来说的。配上帝就是配天。《思文》郊祀后稷配天,《我将》宗祀文王配天。所谓配天,当是因袭了殷人以为先王死后宾天的旧礼。殷虚甲骨文中就有贞卜先王咸(大乙汤烈祖)大甲(太宗)下乙(祖乙中宗)宾于帝不宾于帝的许多契文。陈奂《传疏》说:"此宗祀文王配天之乐歌也。《孝经》:'孝莫大于严父,严父莫大于配天,则周公其人也。昔者周公郊祀后稷以配天,宗祀文王于明堂以配上帝。'《孝经》与《诗序》正合。《思文》后稷配天,《我将》文王配天,皆是周公摄政五年治雒中事。《逸周书·作雒》篇'乃位五宫',明堂居其一。孔晁注云:'明堂,在国南者也。'此正言周公治雒筑明堂。其时宗文王不宗武王,故诗但歌文王也,《孝经》所谓严父配天也。"又说:"周公初宗文王,后更祖文王而宗武王。……周人以文、武为祖宗,宗庙之禘祫于清庙,祖宗之禘祫于明堂,是其制也。"这说明了宗祀文王时在周公摄政五年(公元前一一一一年),诗当作在此时。宗祀之地在周公作洛邑所建筑的南郊明堂。何谓宗祀?清庙之祀与明堂之祀如何区别?即《清庙》和《我将》两诗同说祀文王,有何区别?他也说明了。阮元《明堂论》说:"《我将》。……元案,此郊外明堂,祀五帝以文王配也。《清庙》。……元案,此清庙即郊外明堂中央大室也。周公居摄五年,制度大备,朝诸侯于明堂,即率以祀文王于此。……《我将》之祀文王于明堂与此有别者,此率诸侯助祭,礼尤盛也。"这也说到《我将》和《清庙》两诗祀文王的区别,却不是其地点不同在明堂,不知何据。此所以陈奂别作解说吗?

这诗主旨今古文说又同。王先谦《集疏》说："鲁说曰:《我将》一章十句,祀文王于明堂之所歌也。"(蔡邕《独断》)又说:"《汉书·郊祀志》:'周公相成王,王道大洽,制礼作乐。天子曰明堂辟雍,诸侯曰泮宫。宗祀文王于明堂以配上帝。四海之内,各以其职来助祭。'陈乔枞云:'《明堂月令论》以明堂、辟雍异名而同事,其实一也。引《礼记·盛德》篇:明堂九室(按,一室而有四户八牖,九室三十六户,七十二牖),以茅盖屋,上圆下方。其外有水,名曰辟雍。据《班志》语,知《齐诗》与鲁说同。'《大戴礼》注引《韩诗说》'明堂在南方七里之郊',即释此诗语。"这里今文说更明白指出明堂就是辟雍,并说明了明堂的结构形式大致怎样。按,经传中所谓明堂,有王朝之明堂(金榜云:王居听政之明堂,即路寝。路寝,即大寝也);有近郊之明堂(阮元云:于近郊东南别建明堂以存古制,藏古帝治法册典于此。或祀五帝,布时令,朝四方诸侯,非常典礼乃于此行之。按,此即明堂辟雍);有巡狩方岳之下,会同诸侯之明堂(金榜云:《孟子》书:齐宣王曰,人皆谓我毁明堂。《史记》:泰山东北址,古时有明堂处)。从汉以来,学者言明堂,人各异说。直到清儒金榜作《礼笺》,阮元作《明堂论》,学者合此两说来读,才知道金榜一说可算定论了。

时　迈

时迈其邦,昊天其子之,实右序有周。薄言震之,莫不震叠。怀柔百神,及河乔岳,允王维后! 明昭有周,式序在位。载戢干戈,载櫜弓矢。我求懿德,肆于时夏,允王保之!

【解题】

《时迈》,《诗序》说:"巡守告祭柴望也。"《郑笺》说:"巡守告祭者,天子巡行邦国,至于方岳之下而封禅也。《书》曰:岁二月,东巡守,至于岱宗,柴望秩于山川,遍于群神。"这位出外巡狩的天子是谁呢?《郑笺》说:"武王既定天下,时出行其邦国,谓巡守也。"郑申毛义,肯定这是武王巡狩之诗。《孔疏》说:"武王既定天下,而巡行其守土诸侯,至于方岳之下,乃作告至之祭,为柴望之礼。……周公既致太平,追念武王之业,故述其事而为此歌焉。"据《左传》、《国语》,武王克商,周文公作颂,说"载戢干戈",就是此诗。那么,诗中称我,是周公自称;称王,就是他称武王了。孔申毛、郑义不错。陈奂《传疏》说:"此武王巡守告祭天之乐歌也。《书序》云:'武王伐殷,往伐归,兽识其政事。'案,兽与狩古字通用。'兽识其政事',《史记·周本纪》作'行狩记政事'。事虽行于武王,而诗自作于成王耳。《白虎通义·巡守》篇云:'何以知大平乃巡守?以武王不巡守,至成王乃巡守也。'三家《诗》说如此。《正义》以为其言违,是矣。"他专申古文毛氏义,略驳了今文三家义,对的。但是他以为诗作于成王,和《左传》、《国语》说周公作于武王时,不合。

一以为武王不巡狩,这是成王巡狩之诗。非太平不巡狩,可知武王巡狩非正礼。一以为这是武王巡狩之诗。《书》有《武成》可证武王巡狩是事实。今古文家所说不同,他们所争论的在此。魏源《诗古微》所说,略见《诗序集义》。王先谦《集疏》说:"鲁说曰:《时迈》一章十五句,巡狩告祭柴望之所歌也。(蔡邕《独断》)齐说曰:《时迈》者,太平巡狩祭山川之乐歌。(《仪礼·大射仪》郑注)韩说曰:美成王能奋舒文、武之道而行之。(《后汉书·李固传》注引《韩诗》薛君传)"又说:"胡承珙云:《孔疏》引左宣十二年《传》云,昔武王克商,作颂曰:'载戢干戈。'明此篇武王事也。《国语》称周文公之颂曰:'载戢干戈。'明此篇周公作也。《白虎通》曰:'何以知太平乃巡守?以武王不巡守,至成王乃巡守。'其言违诗反《传》,所说非也。据《李固传》引薛传,是《韩诗》以《时迈》为成王巡守,《白虎通》盖用韩说也。然《逸周书·大匡解》、《文政解》俱有'维十有三祀,王在管'之文,又《度邑解》云:'我南望过于三涂,北望过于有岳,丕显瞻过于河宛,瞻过于伊洛。'与诗言'及河乔岳'亦相近。《史记·周本纪》:'武王既克殷,命宗祝享祀于军,乃罢兵西归,行狩记政事,作《武成》。'《书序》云:'武王伐殷,往伐归兽,作《武成》.'所谓归兽者,即《乐记》云'马散之华山之阳,牛散之桃林之野'者。其下文云'车甲衅而藏之府库而弗复用,倒载干戈,包之以虎皮',正与此诗'载戢干戈,载櫜弓矢'语合。然则《时迈》虽作于周公,要为颂武王克殷后巡守诸侯之事甚明。班固谓武王不巡守,妄矣。愚案,三家大旨无相违者,此诗似不合,而实非也。武王克殷,周公始作歌以颂武王;及成王巡狩,乃歌此诗以美成王。与《清庙》颂文王,仍兼祀武王,又祀周公相同。狩、兽古通用,《书序》'归兽'本即为'归狩',情事甚明。韩以非巡狩正礼,故主美成王为说。《白虎通》宗《鲁诗》,未尝用韩说。班固虽录《通义》,并未参用己说。胡氏之论皆误也。《独断》与《白虎通》为一家之言,于《武成》巡狩告祭柴望不没其事实,仍不以为正礼。韩、鲁同,齐说亦必同也。"此诗王先谦和胡承珙之争,主要是关于今古文说不同之争。王指出胡三误:一不以为兽、狩古通用,二以《白虎通》为韩说,三以《白虎通》为班固自作。是也。至王氏申今文三家义,以武王巡狩虽有此事实,却不是正礼,必以为诗美成王,说来未免拘迂了。

所谓巡狩正礼,究竟是怎么一回事？上文载《郑笺》引《尚书》说巡狩的那样便是。那是所谓唐、虞时代太平盛事。故今文家说:太平乃巡狩,武王不巡狩,至成王乃巡狩。俞正燮《癸巳存稿》一说:"《时迈》言巡狩。云:'薄言震之,莫不震叠。'天子适诸侯曰巡狩。古者,君行师从。《诗·棫朴》云:'周王于迈,六师及之。'吉行人众,不欲取义征讨,故以狩猎为名。今皇上巡幸曰围,取巡狩义。古太平乃巡狩,一公以其属守,二公以其属从。《书·立政》周公告成王云:'其克诘尔戎兵,以陟禹之迹,方行天下。'方行以戎兵,非狩何为乎？故知狩者,本义也。《晏子》云:'巡狩者,巡所守也。'昭五年《左传》云:'小有述职,大有巡功。'《白虎通》云:'巡,循也。狩,牧也。'盖狩、守双声,狩、牧叠韵。巡守、巡功、循牧,别义也。刘攽校《后汉书》云:多作巡守字。世俗迷误已久,非也。狩,本义也。"他解释巡狩本义,也正是说巡狩乃太平时事。可供此诗读者参考。

执　竞

执竞武王！无竞维烈。不显成康？上帝是皇！自彼成康，奄有四方，斤斤其明。钟鼓喤喤，磬筦将将，降福穰穰！降福简简，威仪反反。既醉既饱，福禄来反！

【解题】

《执竞》，《朱传》说："此祭武王、成王、康王之诗。"又说："此昭王以后之诗。"他在《辨说》里说明了他于《昊天有成命》和这诗都不采用《诗序》的理由。王应麟《困学纪闻》三说："欧阳公《时世论》曰：'昊天有成命，二后受之，成王不敢康。'所谓二后者，文、武也；则成王者，成王也。当是康王已后之诗。《执竞》'不显成康'，所谓成康者，成王、康王也。当是昭王以后之诗。《噫嘻》曰'噫嘻成王'者，亦成王也。范蜀公《正书》曰：'昊天有成命'，言文、武受命以有天下，而成王不敢以逸豫为也。此扬雄所谓康王之时《颂》声作于下。'自彼成康，奄有四方'，祀武王而述成、康，见子孙之善继也。班孟坚曰：'成、康没而《颂》声寝。'言自成、康之后不复有见于《颂》也。朱子《集传》与欧、范之说合。"他以《朱传》一说为是。

何楷论这诗显然受了《朱传》一说的影响。他在《古义》里说："《执竞》，祭成、康也。昭王之世，始以成、康备七庙，此其日祭之诗也。"那时宗庙有日祭之礼吗？我们只见到《国语》两次说及日祭。《周语》祭公谋父说："日祭、月祀、时享、岁贡、终王，先王之训也。"《楚语》观射父说："古者先王日祭、月享、时类、岁祀。"又恰好"康王祀庙之诗无闻"，他就把这诗充数，作为昭王祀康王之诗。太凑巧了！

反对《朱传》、何氏《古义》此昭王以后之诗或昭王诗一说，明清代学者不少。如朱鹤龄《通义》驳《朱传》改《诗序》，他说难改者有五。胡承珙《后笺》则从文义上指出诗说成康不必就是成王、康王。又如姜炳璋《广义》驳何氏说："按武王时已有七庙，安得云至昭时而始备？"《诗序》、《朱传》两说相持,迄无定论。看来两说都像可通。鄙见将诗直解,以为从《朱传》一说比较文从字顺,自然合理,就定从《朱传》了。

今文三家论这诗怎样？胡承珙说:"《盐铁论·论菑》篇曰：周文、武尊贤受谏,敬戒不殆,纯德上休,神祇相贶。《诗》曰:'降福穰穰,降福简简。'此虽连文王言之,然可见诗中无成、康事。是时《毛诗》未盛,而引《诗》作解如此,疑三家说与毛同,不独蔡氏《独断》合于《毛序》也。"不错。桓宽用今文《齐诗》,引诗但说文、武,似不以为这篇说及成、康。王先谦《集疏》说:"鲁说曰：《执竞》一章十四句,祀武王之所歌也(蔡邕《独断》)齐、韩盖同。"又说:"愚案,诗祭武王,而《笺》谓'钟鼓'以下乃言武王祭祖考,似与诗意不合。盖祭武王则武王降福耳。敷陈礼乐,即《商颂·那》篇祀成汤之所祖。"可证这诗主旨今古文说盖同。王氏驳《郑笺》武王祭祖考非诗旨,驳得是。《毛传》释成、康为"成大功而安之"。《郑笺》易《传》,释为"成安祖考之道",以为"武王既定天下,祭祖考之庙",又似"自下已意",不出三家。可见这诗毛、郑说有不同。李黼平《䌷义》已经详细分析清楚了,但是无论他从毛、从郑,都还不能解决关于何谓成康一问题。至若魏源《诗古微》说这诗是召公为昭王祭武王以成、康配而作,本来班固说过"自成、康没而《颂》声寝"的话,而他竟以为昭王时还有老寿之召公作此颂,说来很凑巧,虽然也像说得通,未必这是依据今文三家来说,所以就不为王先谦所取了。

思　文

思文后稷！克配彼天。立我烝民,莫匪尔极。贻我来牟,帝命率育,无此疆尔界,陈常于时夏！

【解题】

《思文》,《诗序》说:"后稷配天也。"《孔疏》说:"《思文》诗者,后稷配天之乐歌也。周公既已制礼,推后稷以配所感之帝,祭于南郊。既已祀之,因述后稷之德可以配天之意而为此歌焉。经皆陈后稷有德可以配天之事。《国语》云：'周文公之为颂曰，思文后稷，克配彼天。'是此篇周公所自歌，与《时迈》同也。后稷之配南郊，与文王之配明堂，其义一也。而此与《我将·序》不同者，《我将》主言文王飨其祭祀，不说文王可以配上帝，故云祀文王于明堂；此篇主说后稷有德可以配天，不说后稷飨其祭祀，故言后稷配天。由经文有异，故为《序》不同也。"《孔疏》申《序》，说明了诗为何事而作，为何人所作，并将这诗和上《时迈》、《我将》两诗比较说了。王先谦《集疏》说："鲁说曰：《思文》一章八句，祀后稷配天之所歌也（蔡邕《独断》）。齐说曰：周公相成王，王道大洽，制礼作乐，郊祀后稷以配天。(《汉书·郊祀志》)《韩》说盖同。"参合《诗序》来说，今古文家同说这诗是周公为郊祀后稷以配天而作。

郊祀后稷之礼怎样？陈奂《传疏》说："此南郊祀天之乐歌也。后稷为周始封之祖，故既立为大祖庙，而又于南郊之祀配天。《生民·序》云：'文、武之功起于后稷，故推以配天。'是也。《孝经》：'昔者周公郊祀后稷以配天。'《祭法》：'周人郊稷。'郑注云：'祭上帝于南郊曰郊。'《鲁语》：'展禽曰，周人郊稷。'韦注与郑同。《书·召诰》篇：'若翼日乙卯，周公朝至于雒，用牲于郊，牛二。'牛二者，帝牛一、稷牛一也。《逸周书·作雒》篇：'周公设丘兆于南郊以祀上帝，配以后稷。'是正谓周公在雒祀天，始行后稷配天之事，与《孝经》合。其后遂以南郊配稷为定礼，又与《祭法》、《鲁语》合也。《礼记·丧服小记》：'王者禘其祖之所自出，以其祖配之，而立四庙。'《大传》：'礼不王不禘，王者禘其祖之所自出，以其祖配之，诸侯及其大祖。'又《仪礼·丧服传》：'诸侯及其大祖、天子及其始祖之所自出。'案天子之始祖即诸侯之大祖，诸侯无配天之祭，故及大祖而止。天子大祖庙共四亲庙为五庙，而更得配享于郊。故《孝经》、《左传》、《礼记·郊特牲》皆言郊，而《小记》、《大传》则谓之禘。凡禘、郊、祖、宗四者，皆天子配天之大祭。郑康成以《祭法》之禘为冬至圜丘之祭，郊为夏正南郊之祭。而《小记》、《大传》之禘则又谓禘即郊，祖即后稷。以其祖配，即是后稷配天之义。宣三年《公羊传》：'郊则曷为必祭稷？王者以其祖配。'此郑本《公羊》作解，其说卓矣。金鹗云：'《荀子》，王者天大祖。《董子》：天地者，先祖之所自出为天矣。《郊特牲》：万物本乎天，人本乎祖。此所以配上帝也。郊之祭也，大根本反始也。此即禘其祖之所自出，以其祖配之注脚也。又是禘即郊之确证。万物本乎天，此禘其祖之所自出之注脚也。人本乎祖，所以配上帝，此以其祖配之注脚也。《小记》、《大传》言禘，此言郊，是禘即郊之证也。'金鹗又云：'配字古与妃通。《尔雅》：妃，合也，匹也，对也。《释名》：配，辈也。然则配享之人必相对相匹而后可。至于以人神配享天地，盖以天地人参为三才，圣人与天地合其德，故可以配之也。'……奂谓两《序》之作，一时之事，于《我将》言宗文王而不言配天，于《思文》言配天而又不言郊后稷。言缟祀而配天可见，言配天而缟祀亦可知。孔谓经有异故《序》不同，非也。《噫嘻·正义》引《书传》曰：'祀上帝于南郊，所以报天德。'《郊特牲》注引《易说》曰：'三王之郊一用夏正。'此南郊在夏正正月也。《昊天有成命》为冬至圜丘祀天之诗，而《序》云郊祀天地，则知夏至方泽亦歌其诗。此《诗序》但称配天，不及配地。配天在南郊，既歌此诗，则配地当在北郊，亦当同歌此诗。金鹗云：'王肃谓方丘即北郊。后儒多从王说。不知泽中方丘非人所为，而北郊则为坛以祭，谓之泰折，其地不在泽中。又泰折定在正北近郊，而方丘则无定处。且方丘祭以夏至不必卜日，而北郊则必卜日。《大宰》：祀五帝卜日。下云：祀大神示亦如之。大神谓天，大示谓地，则南北郊皆必卜日矣。'"这里他提出了许多问题：周人为何以后稷配天？配天之祭为何叫做郊又叫做禘？为何以人神配享天地？为何《诗序》但称配天，不及配地？后稷配南郊，文王配明堂，有何不同？又，这诗何人所作？作在何时？他都就他所知，一一给以答复了。

何谓郊禘？上文及《昊天有成命·解题》都已说及。这有什么意义？这里还得补充说明。《思文》这篇短诗也含有神话传说的成分。诗说来牟，当是说的"天所来也"，"周所受瑞麦来牟"。《诗序》说把人鬼和天神一起祭祀，那就是说，这个人鬼在他生前已被看作了天神，或者看作了天神的亲属，如所谓天子。本来原始社会的发展达到了一定的阶段后，就产生了宗教。又在由原始社会转变为阶级社会的过程中，开始有了"国家组织"，开始有了"英勇领袖"酋长元首之类的人物。这样在阶级社会里创造了人王，同时也就创造了上帝。对于上帝或天神的崇拜，就是对于人王崇拜的神幻的反映。人王被认为是上帝或天神的化身，上帝或天神就成了人王统治人民的有力的工具。人王很隆重的祀祖配天，结合了祖先崇拜、天神崇拜在一起，作为赞颂的统一体。这是在社会的发展到了国家组织日益强大、人王权威日益显赫的情况下，才会有的事。因此我们读了《思文》一类的诗篇就可以想见周初的盛况。关于周人把祖先崇拜和天神崇拜结合在一起作为赞颂的统一体，记得在《生民》、《公刘》、《文王》以及上面从《清庙》以来诸篇都已或多或少的触及。总之，这是属于所谓"原始的愚行"，不是什么大典、大礼。这种意识形态，我们可以从马克思主义社会科学里求得它的正确的意义。

《朱传》说："或疑《思文》、《臣工》、《噫嘻》、《丰年》、《载芟》、《良耜》等篇，即所谓《豳颂》者，……亦未知其是否也。"朱子提出过所谓《豳颂》问题，实际包括了《豳风》、《豳雅》问题。这该怎么说？朱子所举六篇颂，都属于所谓农事诗，大约都作于周初，当然不就是说，这都是周公所作。我们把这些诗和《豳风·七月》，和《大雅·楚茨》、《信南山》、《甫田》、《大田》等篇同时来读，对于当时农业生产、社会情况、历史事实及其文艺内容的了解，都是有帮助的。当然这也并不是说，这就是《豳风》、《豳雅》、《豳颂》。我只是认为相传周的先代老早就注重农事。后稷而后有公刘。公刘旧说就是豳公。《豳风》就是夏诗，未为定论。豳公当是古公亶父，也就是太王。他更是一个显著注重农业的人物，可以说周代后来的农业发达是和他分不开的。首先是因为关于他的传说就比更古远的后稷、公刘来得可靠。《七月》一诗虽列在《豳风》，并不就是豳公一个时候的作品，也不就是后来周公一人所作，这是总结了从周的先代好几百年以来劳动人民生产经验和农业文化的民间口头创作而来的，这在《七月·解题》里已经说及了。至于其他的农事诗，虽然不是歌咏豳公的作品，甚至歌咏到豳公两百年后的成王，但是作为周代关于农事的诗篇，关于农事祭祀的乐章，溯源追始疑为这就是《周礼·籥章》所说的《豳雅》、《豳颂》和《豳风》同类，也并不算是什么大错。方玉润《诗经原始》说："无论《豳风》、《豳雅》、《豳颂》之文不必如此分，即使如此分，《思文》乃后稷配天之乐，《噫嘻》实成王昭假之诗，岂古公未迁豳以前即有此二诗乎？不然，何以谓之《豳颂》邪？此等明显易见之事尚多疑议，何论其他？迁儒谈《诗》，鲜所当也。"这就未免拘泥于文字本身，夸大了前儒的错误，而于历史事实颇欠研求了。

诗三百解题卷二十七

臣工之什　　毛诗周颂

臣　工

嗟嗟臣工！敬尔在公。王釐尔成，来咨来茹：嗟嗟保介！维莫之春。亦又何求？如何新畲？於皇来牟！将受厥明。明昭上帝！迄用康年。命我众人：庤乃钱镈，奄观铚艾！

【解题】

《臣工》，王者春省耕（视察耕种）之诗。郭沫若说："诗中的王亲自来催耕，和卜辞中的王亲自去'观黍'、'受禾'的情形相同。"（《青铜时代·由周代农事诗论到周代社会》，下同）。郭先生断定《噫嘻》是成王时候的诗，对于此诗就说："这诗的时代不敢断定，大约和《噫嘻》相差不远，因为风格相同，而且没有韵脚。"这都说得不错。《诗序》说："《臣工》，诸侯助祭，遣于庙也。"王先谦《集疏》说："鲁说曰：《臣工》一章十五句，诸侯助祭，遣之于庙之所歌也（蔡邕《独断》）。齐、韩盖同。"这诗主旨今古文说又同。我们但看诗里不曾说及宗庙祭祀，所谓臣工也不见得就是诸侯，咨及保介也和《诗序》遣助祭诸侯不合，足见两汉经师们所说不甚可靠。郝敬《原解》说："戒农官何与于《颂》？诸侯守土，民事为先。祭归而申饬王章，稼穑其首务也。周先王力农开国，故告于庙，以祖德训之，所以为《颂》。"这解通了《诗序》，却无助于解诗。

《朱传》说："此戒农官之诗。"其说近是。又释保介一词说："保介，见《月令》、《吕览》，其说不同，然皆为藉田而言，盖农官之副也。"难道这诗是王亲耕藉田、敕戒田官之词吗？魏源《诗古微》似有取于这一说。保介果如《朱传》所说是农官，是农官之副，也就是"甸徒"吗？元明儒者大都相信《朱传》。刘玉汝专明《朱传》一家之学。他说："保介以下则专戒农官,举副则戒正可知。"姚际恒《诗经通论》说:"夫保介为农官之副,不知何者为农官之正乎?"《朱传》虽说近似,而根据却很薄弱。

诗末说:"命我众人,庤乃钱镈,奄观铚艾。"王先谦说:"诗言勉力农田,用答天佑。命我众民,具乃利器,同观铚艾之盛焉。"不错。当时农民靠天吃饭,主子靠奴隶养活。诗说的钱镈和铚,《郑笺》概释为田器。《管子·禁藏》篇说:"推引銚耨以当剑戟。"《轻重己》篇说:"銚耨当剑戟。"《轻重乙》篇说:"一农之事,必有一耜一銚,一镰一耨,一椎一铚,然后成为农。"又《庄子·外物》篇说:"春雨日时,草木怒生,銚鎒于是乎始修。"按,耨、鎒字古通。管、庄所谓銚耨,就是诗说的钱镈。《毛传》、《说文》都训钱为銚。銚,古假作斛。《尔雅》:"斛谓之魋。"郭注:"皆古锹锸字。"是钱即今铧狄、铲子。《毛传》训镈为耨,今叫小锄头。《吕览·任地》篇说:"耨柄尺,此其度也。其耨六寸,所以间稼也。"《释名》训镈为锄类,不错。是镈或耨为短柄轻锄,今用为镐(古字作蒦)草的中耕器,也叫镐。中耕即松土、除草、间苗的意思,也就是古时所谓间稼。《毛传》训铚为获,似以获刈为一词,如今言收割。《说文》:"铚,获禾短镰也。"是铚即今人收割时所用的短柄小镰刀。艾、刈同字,作为名词,当是用作连稿杆收割的长柄镰刀。至《管子》所说的镰是大镰刀,今叫弯刀、砍刀,和小镰刀不同。这些田器都在《农政全书》上有图,可以查考。再按,钱、镈、铚都是从金的形声字,可见不是木石贝壳之类所制。如果为金属所制,是用那时所谓吉金或美金的青铜呢?还是所谓恶金的铁呢?我以为当是用铁所制。即令这诗如郭先生所假定作于成王时候,那时也该有了粗铁。春秋战国时代铁器已经广泛应用,除了见于先秦古籍外,如今还有许多地下考古资料如《齐侯钟铭》、楚简、古钵文、铁质钱范等古器物可证。从而可知用铁并不是从春秋战国时开始,在此四五百年前周初就有可能使用粗铁制器。读者可参看前面《公刘·解题》、后面《良耜·解题》。这里就不重复了。

噫 嘻

噫嘻成王！既昭假尔。率时农夫,播厥百谷。骏发尔私,终三十里;亦服尔耕,十千维耦!

【解题】

《噫嘻》,似是康王祭告成王祈谷之词。朱子《辨说》以为"《序》误",《集传》以为"此连上篇亦戒农官之辞"。今玩诗意,首尔字,尔农官。"率时农夫,播厥百谷",自是为农官说的。下文两次称尔,如果尔不可训为无此疆尔界之尔,即训为彼或训为此,而必训为尔汝之尔,这就也都是对农官说的;不必作为康王嗣位、对其先人成王负责而述志继事来说,以尔指成王。何楷《古义》说:"朱子以为六戒农官之辞,则此诗宜在《雅》,不在《颂》。"他以为这诗:"康王春祈谷也。既得卜于祢庙(卜郊),因戒农官。"说这是康王时诗,可不错;说是祈谷于先王,因而戒农官似乎也不错。姚际恒《诗经通论》说:"何元子(楷)云云。《家语》孔子对定公曰:'臣闻天子卜郊则受命于祖庙,而作龟于祢宫,尊祖亲考之义也。'又在襄七年夏四月,三卜郊不从。孟献曰:'吾乃今而后知有卜筮。'夫郊祀后稷以祈农事也,启蛰后郊,郊而后耕。今既耕而不郊,宜其不从也。愚以此诗章首有成王昭格之语,是此诗作于康王之世,乃主作龟祢宫而言。不然,周自后稷以农事开国,即欲敕农官,何不于始祖之庙举始祖为辞,而顾于成王何取乎? 其说亦巧合,存之。"姚氏不信《诗序》,不信《朱传》,独存何氏一说,以为巧合,是有见地的。

《诗序》说:"《噫嘻》,春夏祈谷于上帝也。"《郑笺》说:"《月令》:孟春祈谷于上帝。夏则龙见而雩。是与?"按,郑引《月令》孟春祈谷,又引《左传》夏祈雨,似疑为两祈。但据《穀梁传》论郊,所谓夏之始可以承春,不妨认为一祈。王先谦《集疏》说:"鲁说曰:《噫嘻》一章八句,春夏祈谷于上帝之所歌也(蔡邕《独断》)。齐、韩盖同。"这诗主旨今古文说又无争论。诗说："噫嘻成王！既昭假尔。"成王是生号？是死谥？《毛传》说："成王，成是王事也。"《郑笺》说："噫嘻乎能成周王之功！"毛、郑都不以为成王是人名，殆以为此是成王时诗，却不知道成王原是生时称号，故于成王一词别作解说。《昊天有成命》一诗所称成王即是成王生号，已详彼篇《解题》。王先谦于这诗也说："成王是生号，顺文释之亦合。"他肯定了戴震、马瑞辰释噫嘻就是噫歆，祝神之声，呼叫之义；并以马氏说的"噫嘻盖倒文，谓成王噫歆为声，以祈呼上帝也"为是。其实，如其以"噫嘻成王"为倒文，何如不以为倒文，而直解为康王祈呼成王较为顺适、自然？郭沫若《青铜时代》一书里也以为这成王"还是在生时的成王"，他依据的是王国维《观堂集林·遹敦跋》和他自作《金文丛考·谥号之起源》研究周金文得出来的相同的结论。不错，成王原是生前称号，不必是死后谥号。但是从这诗文义上说，当是康王时称已死的成王。如诗语成王上不用於乎一般叹词，而用噫嘻祈神叹词可见。马瑞辰说"祈呼上帝"，似以尔字指上帝，未是。郭先生说："诗中三个尔字都是指的先公先王，太王、王季、文王、武王固然包括在内，可能连姜嫄和后稷都会包括在内。"亦未是。因为三个尔字上文没有说及上帝，说及先公先王，便以为尔字指上帝，指先公先王，这是从何生根？何所附丽？此诗当是康王祈呼成王而告农官，以尔字指农官为是。还有一位憩之先生说这诗"是主祭者对成王在天之灵报告农业上的成绩"（见下）。他以为这是康王时诗，不错；说对成王报告农业成绩，错了。因为诗只说春夏耕种之事，不曾说及收获成绩，明是康王祭告成王祈谷之词。

郭先生说这诗"是成王亲耕之前昭假先公先王，史官们（古人称'作册'，犹今人称'书记'）把这事做成颂歌来助祭。"鄙意这话还待商榷。比如他以为这诗是史官们用成王语气对先公先王说的。但是他又以为这是"成王命田官率农夫耕种"之诗，成王对田官说的，和他上说不一贯。至若他说："〔这诗把〕周初的农业情形表现得异常明白。农业生产的督率是王者所躬亲要政之一。土地是国家的所有，作着大规模的耕耘。耕田者的农夫是有王家官吏管率着的。这情形和殷代卜辞里面所见的别无二致。"这却道前人所未道,确是精审,大有助于学者通读十来篇周代农事诗。今录郭先生这诗今译,以供读者参考:

　　啊啊,我们的成王,

　　既已经招请了你们〔各位先公先王〕来;

　　他率领着这些农夫,

　　开始农作物的播种。

　　大规模地开发你们所有的土地,

　　一直到了三十里的尽头;

　　也从事你们的耕作,

　　二万人在同时成对地劳动。

　　小结——今之学者关于这诗主题有几种不同的意见,又于这诗文句有几种不同的译解。除了上文已引郭沫若先生一说以外,还有见于李亚农《中国的奴隶制与封建制》、岑仲勉《西周社会制度问题》、憩之《关于周颂噫嘻篇的解释》(《光明日报·文学遗产》第一一四期),再加上这里我作的译解,究竟谁说的是? 尚无定论(正如《古史辨》里关于《静女》一诗的讨论和译解一样)。这可作为关于《诗经》争鸣的一例,也可作为《诗经》难解的一例。末了,再引佐野袈裟美《中国历史教程》论到这诗的话,作为参考。这可不一定完全正确,比如他解释昭假。他说:"《噫嘻》篇也表示着:当时是进行着奴隶的农业劳动,而且是在集团的方式下进行的。'噫嘻成王,既昭假尔(成王已经显然召告了汝等农官)。……''率时农夫,播厥百谷'的农夫,便显然是奴隶。不过在这儿的'尔私'是说私田罢。当时在另一方面贵族已经渐渐把共同体所有的土地私有化着了。"

振　　鹭

　　振鹭于飞,于彼西雍。我客戾止,亦有斯容。在彼无恶,在此无斁。庶几夙夜,以永终誉。

【解题】

《振鹭》,《诗序》说:"二王之后来助祭也。"二王之后指谁?《郑笺》说:"二王,夏、殷也。其后,杞也、宋也。"原来是指夏王之后杞国,殷王之后宋国。王先谦《集疏》说:"鲁说曰:《振鹭》,二王之后来助祭之所歌也(蔡邕《独断》)。《汉书》匡衡议曰:'王者存二王后,所以尊其先王而存三统也。'是《齐诗》亦有此说,韩义盖同。"可知这诗主旨今古文说又同。魏源《诗序集义》说这是成王将祭文王而选士泽宫之乐,未必全出今文说。为什么周灭殷后要存夏、殷二王之后,是否如匡衡所说?《孔疏》说:"……《郊特牲》曰:'王者存二代之后,犹尊贤也。尊贤不过二代。'《书传》曰:'天子存二王之后,与己三,所以通天三统,立三正。'郑《驳异义》云:'言所存二王之后者,命使郊天,以天子礼祭其始祖受命之王,自行其正朔服色,此之谓通天三统。'是言王者立二王后之义也。"周立二王后的意义如此,其事实怎样?《孔疏》说:"《乐记》称武王伐纣,既下车,封夏后氏之后于杞,投殷之后于宋。……《史记·杞世家》云:武王克殷,求禹之后,得东楼公,封之于杞,以奉夏后氏之祀。是杞之初封即为夏之后矣。其殷后,则初封武庚于殷墟,后以叛而诛之,更命微子为殷后。"这就是二王之后所以来助祭的由来罢。

诗说"我客戾止",这客指谁?《朱传》说:"客,谓二王之后。夏之后杞,商之后宋,于周为客。"李樗《集解》说:"二王之后,不纯臣待之,故谓之我客。如所谓虞宾在位,作宾于王家也。"我客指谁,为何谓客,这里都说明了。《汉书·梅福传》里说:"武王克殷,未下车,存五帝之后,封殷于宋,绍夏于杞。"原来西周之初,凡是从古老的氏族社会保留下来的部落,还是就其聚居的部落所在,大都明给了他们的封地,列为诸侯。首先封黄帝之后于蓟,帝尧之后于祝,帝舜之后于陈,叫作"三恪"的便是。也有人说,陈、杞、宋叫做"三恪"。恪字读为执事有恪的恪,原有敬字的意义。这字也写作愘,也或作窓。这诗和下面《有瞽》、

《有客》两篇里的客字,虽然说的是主客的客,也是说以客礼相待,也含有恪字的意思。不管叫"三恪"也好,还是叫客也好,都是出于当时怀柔敌对部族、协和万邦不得已而采取的一种政治策略。

诗发端便说:"振鹭于飞,于彼西雍。"这话怎讲?《毛传》说:"兴也。振振,群飞貌。鹭,白鸟也。雍,泽也。"《郑笺》说:"白鸟集于西雍之泽,言所集得其处也。兴者,喻杞、宋之君有絜白之德,来助祭于周之庙,得礼之宜也。"毛、郑都以为这是比兴之义,以鹭白鸟象征二王之后——杞、宋之君有洁白之德,于义亦通。但看接下两句"我客戾止,亦有斯容"便知。同时更有可能是诗人感物造端,即是因见白鹭水鸟群飞西泽,凑巧触兴来说。《玉篇》:振鹭作鸁鹭,合二字为一鸟名。刘渊林《蜀都赋》注也以鸁鹭为鸟名。这当是后起之义,因此诗而有。马瑞辰《通释》说:"《鲁颂·有駜》篇:'振振鹭,鹭于飞。'朱子《集传》以鹭为鹭羽,舞者所持。盖据下文醉言舞,知振鹭为羽舞也。今按,此诗'振鹭于飞',亦当指羽舞言。《陈风·宛丘》篇:'值其鹭羽。'是鹭羽可为舞也。庄二十八年《左传》:'楚令尹子元欲蛊文夫人,为馆于其宫侧,而振《万》焉。'是舞可称振也。振鹭于飞,盖状振羽之容,与飞无异。于、如古通用。于飞,即如飞也。《振鹭》一名《振羽》。《仲尼燕居》篇:'彻以《振羽》。'郑注:'《振羽》当为《振鹭》。'是也。盖因为羽舞,故一名《振羽》耳。舞以习容,故下云'亦有斯容',言如舞者之动容中节也。《序》言助祭,当于宗庙。而诗云'于彼西雍',盖祭毕而宴于辟雍也。"这解"振鹭于飞"可通,而似太求甚解。

马瑞辰释西雍为辟雍,胡承珙《后笺》说西雍就是文王时候的辟雍。他说:"《正义》曰:以鹭是水鸟,明所往为泽,故知雍,泽也。谓泽名为雍,故《笺》云西雍之泽也。明在作者之西有此泽,言其往向彼耳,无取于西之义也。承珙案,《灵台·传》云:'水旋丘如璧曰辟雍,以节观。'是辟雍本取四周有水、形如璧环为名。《说文》:'邕,四方有水,自邕成池者。'《水经注》释渔阳郡雍奴县曰:'四方有水为雍,不流为奴。'皆与毛合。宣十二年《左传》云:'川壅为泽。'故辟雍又谓之泽宫。单言之,或曰雍,如《周虡敦》:'王在雍位,格庙。'或曰泽,如《周礼》:'泽共射棋质之弓矢';及《礼记》:'王立于泽,必先习射于泽',皆是。《灵台》言辟雍,故《传》以水旋如璧释之。此经但言雍,故《传》亦只训为泽。其云:'鹭,白鸟也',盖即谓《灵台》之白鸟。是《传》意以雍为辟雍,泽即辟雍之泽。不释西字者,岂古称西雍,犹言东胶、东序,人所易晓欤?《后汉书·边让传》注引《薛君章句》曰:'西雍,文王之雍也。'郑君注《礼》谓殷制小学在公宫南之左,大学在西郊。《乐记·疏》引熊氏云:'武王伐纣之后犹用殷制。'然则文王辟雍自当在西郊。此《笺》云西雍之泽者,盖以为文王之雍。《正义》以为泛言川泽,无取于西,失《传》、《笺》之旨矣。"这释西雍,申毛、郑而驳孔,不错。旧说成王辟雍在南郊,又或说周制辟雍是在国中(京师)的泽宫。岂非西周所谓辟雍不止一处么?

丰　年

丰年多黍多稌!亦有高廪,万亿及秭。为酒为醴,烝畀祖妣。以洽百礼,降福孔皆!

【解题】

《丰年》,百谷报成之祭所歌。此秋冬报祭,从祖妣以至上帝百神,皆歌此诗。《诗序》说:"《丰年》,秋冬报也。"《郑笺》说:"报者,谓尝也,烝也。"蔡邕《独断》说:"《丰年》一章七句,蒸尝秋冬之所歌也。"郑、蔡似皆用《鲁诗》说。这诗今古文说盖同。魏源《诗序集义》说报赛八蜡,非秋冬报之诗。当是他自下己意,未必是今文三家义。《孔疏》说:"《丰年》诗者,秋冬报之乐歌也。谓周公、成王之时致太平而大丰熟,秋冬尝烝,报祭宗庙,诗人述其事而为此歌焉。经言年丰而多获黍稻,为酒醴以进与祖妣,是报之事也。言'烝畀祖妣',则是祭于宗庙。但作者主美其报,故不言祀庙耳。"毛、郑义原不明确。他据经文"烝畀祖妣"一语,申述毛、郑,才肯定这是秋尝祭和冬烝祭、报祭宗庙之诗。到了宋儒,争论就多起来了。王安石以丰年属天地之功,故以此诗为祭上帝。苏辙《集传》说:"报,谓秋祭四方,冬祭八蜡。《丰年》、《载芟》皆非宗庙之诗,而曰'烝畀祖妣',何也?以为所以能进享先祖者,皆方蜡社稷之功也。"他就以为这是秋冬报祭方蜡社稷之神,非宗庙之诗。八蜡何神?其说不一。郑玄说先啬一,司啬二,农三,邮表畷四,猫虎五,坊六,水庸七,昆虫八。是也。苏说报祭方蜡社稷,后来魏源、龚橙《诗本谊》主报祭八蜡一说,或者受到了他的影响。《朱传》说:"此秋冬报赛田事之乐歌。盖祀田祖、先农、方社之属也。"所谓田祖,盖指神农,即《郊特牲》之先啬。先农,盖指后稷,即《郊特牲》之司啬。方社,即《甫田》篇说的"以社以方",《云汉》篇说的"方社不莫"。朱子也以为此非宗庙之诗,他作《辨说》以为《序》误。这诗主旨,从汉唐宋以来诸儒争论不已,究竟谁说的是?

　　胡承珙总结了这诗汉、唐、宋以来诸儒之说,比较为是。他说:"今一以《序》及经证之,似当以曹氏之说(曹粹中《诗说》)为近。《噫嘻·序》言春夏祈谷,此言秋冬报,明是一祈一报相对为义。彼言上帝而此不言何神者,考祈谷之郊主祀上帝,而百神亦当从祀。""《噫嘻·序》但言上帝,举其重者耳。此秋冬报祭,亦必自上帝百神凡有功于谷实者遍祭之,而皆歌此诗。《月令》:'季秋大飨帝;孟冬祈来年于天宗,大割祠于公社及门闾,蜡先祖五祀。'郑注皆以为蜡。《郊特牲》云:'蜡者,合聚万物而索(尽也)飨之。'可见秋冬之报,所祭甚广,故《序》不指言何神。但经文首称丰年,则其为百谷报成之祭,义甚明著,故《传》亦不言何祭。""窃意秋冬报祀,取尝新烝众之义,亦名尝烝,与庙祀之秋尝、冬烝同名而异实。《笺》以报为尝烝,岂亦谓四时之外别有尝烝欤?"陈奂《传疏》全采了他这一说。陈乔枞《鲁诗遗说考》里所说的也和他们说的相同。他说:"此烝尝,非四时宗庙之祭也。""谓之尝者,取物成尝新之义。谓之烝者,取品物备进之义。《月令》言'毕飨先祖',《诗·丰年》亦言'丞畀祖妣',其事正同。……《噫嘻》为春夏祈祭之所歌,《丰年》则为秋冬报祭之所歌。固与宗庙时祀之烝尝名同而实异也。"本来这诗争论到此可以结束,但是王先谦《集疏》引其门人黄山说,还是主张此诗为宗庙之祭。黄说和陈启源《稽古编》所说不同的,就在于他说祭宗庙同时也是说报,并不是"非报田功"。而且以为报祭或在秋或在冬,只是一报,不是二报。这只算讼师的翻案了。我们没有兴趣来研讨古代这种祭祀制度、靠神吃饭的这种"原始的愚行"。只是为了读通这诗,并把这一长期争论的无聊公案就此了结,不觉说来太啰苏了。还是郭沫若先生说得好。他说:"这首诗没有什么可以解释的,时代要晚些(谓较《噫嘻》、《臣工》),辞句多与《载芟》相同。万亿及秭的情形,同样表示着国有的大规模耕作,决不是所谓小有产或大有产的个人地主所能企及的。"

有 瞽

有瞽有瞽!在周之庭。设业设虡,崇牙树羽。应田县鼓,鞉磬柷圉。既备乃奏,箫管备举。喤喤厥声,肃雍和鸣,先祖是听!我客戾止,永观厥成!

【解题】

《有瞽》,《诗序》说:"始作乐而合乎祖也。"《郑笺》说:"王者治定制礼,功成作乐。合者,大合诸乐而奏之。"王先谦《集疏》说:"鲁说曰:《有瞽》一章十三句,始作乐,合诸乐而奏之之所歌也(蔡邕《独断》)。齐、韩盖同。"这诗主旨今古文说又同。《序》文简略,引起了许多争论。所谓始作乐,是始作《大武》之乐,还是泛指周乐呢?所谓乐,是指乐器,还是指乐章呢?合乎祖的合,《郑笺》说大合诸乐而奏之,诸乐是指周乐,或者兼指异代之乐,如说合周与黄帝、唐、虞、夏、商六代之乐呢?还有人说,合乎祖的合是指祫祭,祫祭又有时祫大祫的争论,这该怎么说呢?再有合乎祖的祖,当然是经文说的先祖,这是专指太祖——文王或后稷,还是泛指先公先王呢?

《孔疏》说:"《有瞽》诗者,始作乐而合于太祖之乐歌也。谓周公摄政六年,制礼作乐,一代之乐功成,而合诸乐器于太祖之庙奏之,告神以知善(一作和)否。诗人述其事而为此歌焉。经皆言合诸乐器奏之之事也。言合于太祖,则特告太祖,不因祭祀,且不告余庙,以乐初成故于最尊之庙奏之耳。《定本》、《集注》直云合于乐,无太字。此太祖,谓文王也。"又说:"大合诸乐而奏之,谓合诸乐器一时奏之,即经所云'鞉磬柷圉'、'箫管'之属是也。知不合诸异代乐者,以《序》者序经之所陈,止说周之乐器。言既备乃奏,是诸器备集,然后奏之,无他代之乐,故知非合诸异代乐也。"这里兼疏毛、郑。说始作乐是周公制礼作乐。说合乎祖,毛意合诸乐器于太祖文王之庙奏之。说大合诸乐,郑意合诸乐器一时奏之,止有周之乐器,无异代之乐。陈启源《稽古编》说:"《叙》所云始合乐,是始作《大武》。所云合乎祖,是以《大武》而与诸乐合奏之尔。《疏》谓经止说周之乐器,当独奏《大武》。合乐者,合诸乐器,非合异代之乐。此未必郑意。诸器毕备,特奏乐之常,何云大合诸乐也?况经所言,惟县鼓是周制耳。余器则《虞书》、《商颂》已有之,岂专为周乐设哉?"这里指出《疏》失《笺》意。依他说,大合诸乐,如郑注《周礼·大司乐》以六舞大合乐一样,遍作六代之乐。不是说乐器,更不是止说周之乐器。今按,《序》说合乎祖,《疏》云合于太祖,是《疏》所据本有太字,和《定本》、《集注》、《释文》都不同。马瑞辰《通释》说:"据《祭法》言:祖文王。则文王可单称祖。且经止言'先祖是听',不言太祖,当以无太字为长。"是的,经止言先祖,不当有太字,也不必专指文王,泛指先公先王也可。即令合乐在宗祀文王之明堂,但这是合乐,不是祭祀。因而范处义《补传》、何楷《古义》都说合乎祖是指袷祭也都错了。经文前半说备乐器,后半说奏乐器,故说"既备乃奏"。所谓合乐,须兼此两者来说才是。经说乐器,有可考见是新制的,为"悬鼓周鼓";或是旧传的,如"应田二代之典物"。当时功成作乐,乐章非一,未必是独奏《大武》。经文结尾说:"我客戾止,永观厥成。"《郑笺》说:"我客,二王之后也。长多其成功,谓深感于和乐,遂入善道,终无愆过。"笺释不甚明确。但是当时合乐请客观礼,即请群臣嘉宾参加新乐演奏大会,以示从此礼乐长存,实含有威吓和教导的用意,所笺是触及了的。陈奂《传疏》说:"王者始起,未制作之时,取先王之乐与己同者,假以风化天下。天下大同,乃自作乐。故武王有天下,未致大平,乐器未具。至成王之世始克大同,乃作己乐。树羽、县鼓皆先王所未有也。是在周公摄政六年时。《笺》云:合者,大合诸乐而奏之。"这说作乐在周公摄政六年(公元前一一一〇年),和《孔疏》同。这诗就该作在这一年。我想是对的。他的意思以为合乐是合先王所未有的自作诸乐器而演奏出来,也和经说"既备乃奏"相合。总之,这诗前儒所争论的问题,我们都一一论到,看来当可以就此了结。

潜

猗与漆沮!潜有多鱼:有鳣有鲔,鲦鲿鰋鲤。以享以祀,以介景福!

【解题】

《潜》,是专用鱼类献祭宗庙之诗。我想,远在旧石器后期,中石器初期,人类学会磨擦取火,过着渔猎生活;到发生了宗教,相信"死后生活",才有专用鱼类献祭的原始仪式。进到奴隶社会,虽还成为一种正式祭典,不过这种专用鱼牲的祭典只算是由原始社会遗留下来的残余罢了。《潜》这篇诗恰留下了这个历史的影子。

《诗序》说:"《潜》,季冬荐鱼,春献鲔也。"为什么鱼祭要在冬季而鲔祭要在春季呢?《郑笺》说:"冬,鱼之性定。春,鲔新来。荐献之者,谓于宗庙也。"这还不算完全答复了上面的问题。《孔疏》说:"冬则众鱼皆可荐,故总称鱼。春唯献鲔而已,故特言鲔。"又说:"言春鲔新来者,陆玑云:'河南巩县东北崖上山腹有穴。'旧说云:此穴与江湖通。鲔从此穴而来,北入河,西上龙门入漆沮。故张衡云:'王鲔岫居。'山穴为岫,谓此穴也。然则其来有时,以春取而献之,时新来也。陆玑又云:'大者为王鲔,小者为鮛鲔。'言王鲔,谓鲔之大者也。"这比较说得明确些。但是陆玑、孔颖达都似不知鲔于春夏从海溯河而上产卵,故误认鲔是从山穴出来。陈奂《传疏》说:"《礼记·月令》:'季冬命渔师始渔。天子亲往,乃尝鱼,先荐寝庙。'此冬荐鱼也。《月令》:'季春荐鲔于寝庙。'又《周礼·鱉人》:'春献王鲔。'《夏小正》:'二月祭鲔。'此春献鲔也。《鲁语》云:'古者大寒降,土蛰发,水虞于是乎讲罛罶,取名鱼而尝之庙。行诸国。'案,冬春之际皆取鱼尝庙,正与《序》义合。"王先谦《集疏》说:"鲁说曰:《潜》一章六句,季冬荐鱼,春献鲔之所歌也(蔡邕《独断》)。齐、韩盖同。"这诗主旨今古文说仍同。

  诗说"潜有多鱼",潜是何物?《毛传》说:"潜,糁也。"王先谦说:"胡承珙曰:'糁谓之涔,《尔雅》列于《释器》,(舍人注:以米投水中养鱼。米字盖木字之讹。《毛传》糁字亦有从米之本,见阮元《校勘记》)。若以米养鱼,不得为器。况漆沮大水,非可投米以养。若如《韩诗》谓涔为鱼池,则当入《释地》。《尔雅》既与罛、罶、翼、罜并列,则糁自是围鱼待捕之具。水中列木,所以聚鱼,亦可谓养,非必以米畜养也。'愚案,列木水中,鱼得藏隐,有若池然,故曰鱼池。《邢疏》引《小尔雅》云:'鱼之所息谓之橬。橬,糁也。积柴水中,鱼舍也。'是可称鱼舍,亦可称鱼池。若在漆沮水中而曰别有鱼池谓之涔,韩固不为此训也。潜、涔古今字。"胡、王两家释潜都可不算错。现在太湖渔民还用这个法子养鱼,叫它鱼窝。早在三千年以前,劳动人民就知道用人工养鱼,那时统治阶级就要他们养鱼作为祭品。尽管他们养鱼的技术是原始的、低级的,但在今日养鱼专家、水产专家看来,也该觉得惊异了。《大雅·灵台》说及灵沼鱼跃,《孟子》记着水产养鱼的故事。春秋战国之际,范蠡著有《养鱼经》,可惜今已不存。这恐怕是世界科学史上最古一部关于人工养鱼的专著了。

  其实,三千年以前殷周时代就用人工养鱼,原不算稀奇。据人类学家考定,五万多年以前,周口店的山顶洞人已经知道采捕鱼蚌。东南沿海一带还发现过原始社会人类所用的鱼钩和鱼网坠。在西安北坡村出土的原始社会陶器上更制有鱼形花纹,说明当时鱼类已进一步反映到了艺术创作上。鱼类的养殖，至少可以追溯到三千多年前的殷商。殷墟出土的甲骨文有一条说："贞，其雨？在圃渔。"所谓在圃渔，当是在园圃的人工池塘中进行捕鱼的意思。《周礼》所载管理渔业的官、獻人，至于包括三百多人。马融以为这是由于当时池塞苑囿取鱼处多的缘故。无疑殷周时代已知用人工养鱼了。

关于这诗，清代汉学家间有过一番激烈的争论，这是当时学术上一桩有趣的公案。这是由于陈启源在他的《毛诗稽古编》中以佛家的观点来论这诗而引起的。他于《简兮》诗所谓"西方美人"已以为这是指佛陀，说佛教东流始于周代。他于此《潜》诗说："《尔雅·释器》云：槮（音糁，又霜甚反。《说文》作罧，所今切。《字林》：山沁切），谓之涔（潜同，又音岑）。毛之传《诗》本之。……是潜之为取鱼器也古矣。王介甫谓积柴取物疑于尽物，不可为训，故改释潜为取之深。夫取之深而有多鱼，殆几于竭泽，独不为尽物乎？案，古人捕鱼之具见于《诗》者：曰绪，曰梁，曰笱，曰罭，曰竹竿，曰九罭，曰罩，曰汕，曰纶，曰网，曰罶，并此诗之潜，凡为名十有二。其中如梁之堰水是为绝流，罭之细目亦同于数罟，不仅积柴为尽物矣。"同书附录又说："今观唐皮（日休）陆（龟蒙）《渔具诗》，为题十有五。又宋陆游《入蜀记》言吴江县治有石，镌曾文清公（名幾，字吉甫，南宋人）《渔具诗》，比《松陵倡和集》（皮陆诗）所载，又增十事。俗敝民讹，机巧日滋，肆为不仁之器残害水族，是可慨也！夫此广杀物命，恬不为怪，非大觉缘果之文岂能救之哉！或谓网罟作于包犠，犠皇圣人未尝不教人以杀。吁！罔罟之制始于包犠之世耳，岂真包犠作之耶？……《系辞》之意，本赞《易》理广大，八卦既画，则天下事物总不出其范围者也。又包犠作罔罟独见《易·系辞》耳。《礼运》言古未有火化，民食鸟兽之肉。是燧皇以前，民已击鲜而食，渔猎之具此时即应有之，并非始于犠皇时矣。《系辞》明《易》象之悉备，则以为在既画卦之后；《礼运》推礼制所由兴，则以为在未钻火之前；立言之旨各有攸归。故两书皆夫子之言而先后不同。要之洪荒时事无书史可稽，夫子止约略言之耳。何可偏执其一语，遂谓犠皇之教杀乎？"关于渔具的应用，当远在原始社会以渔猎为生，还不知道用火熟食以前，陈启源说是在传说中的燧人氏以前，可不算错。他说传说中的伏羲氏不作网罟，作网罟在伏羲氏以前，这也未为不可。至于他说羲皇不教杀，上古圣人不作弧矢之类的武器教人杀人，这就未免迂谬可笑了。又他说佛教东流始于周代，不知道他有什么可靠根据。再说他偶然用了佛说解经，这在今日我们看来，并无问题，问题在于用得不正确。这里我们只能这么简单地批判他几句。他这一说，在当日治学谨严的清代汉学家经师们看来，不能不算是异端邪说。不但招致了《四库提要》作者的指摘，还招致了江藩《汉学师承记》的排觝。总之都不承认他是一个正统的汉学家。阮元编《皇清经解》才把他的《稽古编》收入，算他是清代开始专治《毛诗》的一位学者。可是我所见到的《经解》本《稽古编》，其中关于"西方美人"解说的一条遍查不见，想是阮元把它删除了。阮元、江藩是同时人，江藩又久在阮元幕府。阮元《定香亭笔记》说："元和惠征君定宇（栋）经学冠天下。郑堂（江藩）学于惠氏弟子余君仲林（萧客）尽得其传。"这很称许江藩。可是阮、江两人论学态度却不一致。比如阮元编《国史儒林传稿》，第一，次顾炎武居首；第二，次黄宗羲居首。江藩《汉学师承记》就把顾、黄附编卷末。可见江藩纯宗汉学，汉学的定义很狭，门户之见很深。我们据此就不难知道为什么阮元、江藩对于陈启源《稽古编》一书的评价竟是那么两样了。

《汉学师承记》于清初至乾嘉间的《诗经》学者大都瞧不起。所载《经师经义目录·诗经》部分仅举惠周惕《诗说》三卷，戴震《毛郑诗考正》四卷，顾炎武《诗本音》一卷，钱坫《诗音表》一卷，凡四家。他说："国朝崇尚实学，稽古之士崛起。然朱鹤龄之《通义》虽力驳废《序》之非，而又采欧阳修、苏辙、吕祖谦之说，盖好博而不纯者也。鹤龄与同里陈启源商榷《毛诗》，启源又著《稽古编》三十卷，惠征君定宇亟称之。其书虽宗郑学，训诂声音以《尔雅》为主，草木虫鱼以《陆疏》为则，可谓专门名家矣。然而解'西方美人'，则盛称佛教东流始于周代；……解捕鱼诸器,谓广杀物命恬不知怪,非大觉缘果之文莫能救之。妄下断语,谓庖羲不作罔罟。吁！可谓怪诞不经之谈矣。以佛说解经,晋、宋间往往有之,然皆袭其说而改其貌,未有明目张胆若此者也。顾震沧之《毛诗类释》多凿空之言,非专门之学,亦在删汰之列。"不错,清代《诗经》汉学之盛,只在嘉道以来百年间。胡承珙、马瑞辰、陈奂、魏源以及陈寿祺、乔枞父子,是其代表人物。但是在此以前,江氏已提及的朱鹤龄、顾栋高固然只算二三流的学者,而陈启源却是《诗源》汉学的一个先驱人物,不失为第一流的学者。《潜》本是一篇小诗,因为陈启源释潜,泛论渔具,而大发议论,涉及佛说,引起了在他后来的汉学家间的一些争论。即此我们可以看到当时汉学家治学态度极为谨严的一面,也可以看到汉学家宗派主义成见极深的一面。

雍

有来雍雍,至止肃肃。相维辟公,天子穆穆。於荐广牡！相予肆祀。假哉皇考！绥予孝子:宣哲维人,文武维后。燕及皇天,克昌厥后。绥我眉寿,介以繁祉！既右烈考,亦右文母！

【解题】

《雝》,《诗序》说:"禘大祖也。"禘为何祭,前已一再说过,为解这诗,必须再简明说一遍。禘天于圜丘,禘地于方丘,禘祖于宗庙。这说禘大祖,自是宗庙之禘。这也有二禘,即吉禘——终王大禘,和时禘——四时大禘。既说禘大祖,无论其始封之祖或受命之祖,都不是天子"三年丧毕,致新死者之主于庙"的吉禘,当是时禘了。郑玄注《礼》而后,宋儒以来,所谓礼书、礼考、礼笺、礼说、兴志一类的专门著作不少,说到禘都是纠缠不清。孙星衍《问字堂集》有《三禘释》一文,并简化为《周禘表》和《周制配天表》、《圜丘郊祀表》、《方丘北郊表》、《明堂大禘及迎气还祭十二月告朔表》,附在篇末。这也够麻烦了。还有崔適《四禘通释》，谁也难得一看。我们释禘就到此为止。大祖指谁？是《祭法》说的"用人禘喾"，指帝喾呢，还是指文王或指后稷呢？这就是《诗》今古文家所争论的问题。

《毛传》例不释《序》，于诗皇考说"斥文王"，烈考说"武王"，文母说"大姒"。盖毛以为这是成王禘大祖后稷。后来古文家主张这一说的以陈奂为代表。《传疏》说："此时禘后稷之乐歌也。……《序》云禘大祖。大祖，后稷也。周以文、武为受命之祖，以后稷为肇封之祖。立后稷为大祖庙，故唯后稷称大祖。《周礼·大司乐》：'于宗庙之中奏之，若乐九变，则人鬼可得而礼。'注：'人鬼则主后稷。'《王制》：'天子七庙，三昭三穆，与大祖之庙而七。'注：'七者，大祖及文王、武王之祧，与亲庙四。大祖，后稷。'然则郑亦谓大祖为后稷矣。《王制·疏》云：'郑说禘大王、王季以上迁主，祭于后稷之庙，其坐位乃与祫相似。其文、武以下迁主，若穆之迁主祭于文王之庙，文王东面，穆主皆北面，无昭主。若昭之迁主祭于武王之庙，武王东面，其昭主皆南面，无穆主。又祭亲庙四。其四时之祭，惟后稷、文、武及亲庙四也。'案据郑说，已极淹贯。……周以后稷配天为郊祭，以后稷主宗庙为禘祭，以文昭武穆未毁庙为合食以祭。其后遂定禘为五年一祭。此周公制礼也。《笺》云：'大祖，谓文王。'非也。刘昫《旧唐书·礼仪志》引《白虎通义》：'文王为大祖，武王为大宗。'此为郑所本。不知祖文宗武为明堂配天之祭，不闻于宗庙称文为大祖、武为大宗。且文王既不得与后稷同称大祖，成王时文王尚居亲庙，岂得于文王庙特禘？《笺》失之矣。"

《郑笺》说："大祖，谓文王。"疑非自下己意，即亦出三家说。魏源《诗序集义》说"成王至洛，烝祭文、武"，并非出于三家。今文三家盖主大祖文王一说，后来坚持这一说的以王先谦为代表。《集疏》说："鲁说曰：《雍》一章十六句，禘太祖之所歌也（蔡邕《独断》）。韩说曰：禘取毁庙之主，皆升，合食于太祖（《三礼义宗》引《韩诗内传》文。《通典》四十九，《礼书》七十一引同。王应麟《诗考》引此条无所附著，卢文弨以为当在此篇，而文不全）。陈乔枞云：〔案，以《雍》为禘太祖之所歌，鲁说与《毛序》同。《郑笺》云：禘，大祭也，大于四时而小于祫。太祖，谓文王。考《白虎通》云：'祭宗庙所以禘祫何？尊人君，贵功德，广孝道也。位尊德盛，所及弥远。谓之禘祫何？禘之为言谛也。序昭穆，谛父子也。祫者，合也。毁庙之主皆合食于太祖也。周以后稷、文王特七庙。周之所以七庙者，以后稷始封，文王、武王受命而王，后稷为始祖，文王为太祖，武王为太宗。'韦玄成云：'《礼》，王者受命，诸侯始封之君皆为太祖。'并与《笺》说同。则鲁家之说，以此禘太祖为祀文王也。郑〔君《诗笺》盖〕用《鲁》义。《淮南·主术训》：'奏《雍》而彻。'高注：'《雍》，已食之乐也。'以上鲁说。《礼·仲尼燕居》：'客出以《雍》彻。'郑注：'《雍》，乐章也。'陈乔枞云：《乐师》云：'及彻，率学士而歌《彻》。'注：'《彻》者，歌《雍》，在《周颂·臣工之什》。'《论语》'《雍》彻'注引马融云：'天子祭于宗庙，《雍》以彻祭。是宗庙之祭及食举乐并歌《雍》以彻也。'又《小师》：'彻歌，大飨亦如之。'《贾疏》云：'大飨，飨诸侯之来朝者，彻器亦歌《雍》。若诸侯自相飨，彻器即歌《振鹭》。'《仲尼燕居》云'彻以《振羽》'，是其事也。《雍》，本禘太祖之所歌，用之彻祭，又用之大飨。《文选》李注释《西都赋》'食举《雍》彻'，引《礼记》'客出以《雍》彻'为证。是读以'《雍》彻'绝句，谓歌《雍》以彻也。又言'以《振羽》'者，谓两君相见、诸侯大飨之礼，则歌《振鹭》以彻也。《礼记正义》读'客出以《雍》'为句，言客出之时歌《雍》以送之，失其义矣。以上齐说。"

　　小结——以上所举今古文家两说，所争只在《序》说大祖是文王还是后稷。就诗来说，两说都通，还没有人判定何者为是。至朱子《辨说》道："《祭法》：周人禘喾。……今此《序》云禘大祖，则宜为禘喾于后稷之庙矣。……"说亦近是而未必是。又《集传》说："此武王祭文王之诗。""皇考，文王也。""烈考，犹皇考也。"此说显然不可通。按，《洛诰》说"烈考武王"，此诗当作在成王之世。又按，诗中既说"假哉皇考"，煞尾又说"既右烈考，亦右文母"。当是说皇考既佑助了烈考，又佑助了文母。即是说，文王既佑助了在位之子，又佑助了尚存之妻。诗先说武王,后说大姒,当是趁韵。或如《汉书·杜邺传》所说,《礼》明三从之义,虽有文母之德必系之于子的意思。倘若皇考烈考同指文王,这怎么说得通呢?

载 见

载见辟王,曰求厥章:龙旂阳阳,和铃央央。鞗革有鸧,休有烈光!率见昭考,以孝以享。以介眉寿,永言保之。思皇多祜!烈文辟公,绥以多福,俾缉熙于纯嘏。

【解题】

《载见》,《诗序》说:"诸侯始见乎武王庙也。"王先谦《集疏》说:"鲁说曰:《载见》一章十四句,诸侯始见于武王庙之所歌也(蔡邕《独断》)。齐、韩当同。"这诗今古文说又同。《朱传》说:"此诸侯助祭于武王庙之诗。"这和《诗序》说的也略同,所不同的是他在《辨说》里说的"《序》以载训始,故云始见。恐未必然也"。按,诗发端便说"载见辟王"。《毛传》说:"载,始也。"《郑笺》中也以载见为始见。《朱传》说:"载,则也。发语辞也。"改训载为则,为发语辞。倘以一则字发端,未免奇突,未见此文例。马瑞辰《通释》于《大雅·文王》篇"陈锡哉周"一句说:"《传》:'哉,载。'《笺》:'哉,始也。乃由能敷恩惠之施,以受命造始周国。'戴震曰:'《春秋传》及《国语》引此诗皆作"载周"。古字载与栽通,载犹殖也。言文王能布大利于天下,以丰殖周国。《国语》说之曰,故能载周以至于今。是也。'瑞辰按:……哉、才以同部假借。《说文》:'才,草木之初也。从丨上贯一,将生枝叶也。一,地也。'《尔雅·释诂》:'哉,始也。'哉即才之假借。哉、载以同声通用。《皋陶谟》'乃赓载歌曰',《正义》引郑注:'载,始也。'《皋陶谟》'载采采',《史记·夏本纪》作'始事事'。载之为始,犹哉之为始也。是知《传》训哉为载,《笺》训哉为始,义正相成。宣十五年《左传》引此诗而释之曰:'文王所以造周,不是过也。'此诗《序》曰:'文王受命作周也。'《广雅·释诂》:'作、造,始也。'

是知造周、作周皆释诗'哉周'之义。《笺》谓'造始周国',是也。《国语》:'故能载周以至于今',犹云能造周以至于今,载亦始也。戴震训为栽殖之栽,失之。韦昭《国语》注训载为成,亦非。"这训"陈锡哉周"之哉为载、为始,不错。借此可证《载见·毛传》训载为始,不错;《朱传》改训载为则,反倒错了。

诗说诸侯始见于武王庙,当在成王之世,在成王哪一年?《孔疏》说:"周公居摄七年而归政成王,成王即政,诸侯来朝,于是率之以祭武王之庙,诗人述其事而为此歌。"依孔颖达说,当时诸侯来朝助祭在周公归政之后,即在成王七年之末或八年之初。郝敬《原解》说:"武王年九十三崩(见《礼记》),成王年十三即位(见《公羊传·正义》引《古尚书说》),此诗乃初朝见诸侯、率以祭武王庙之乐歌也。孔氏惑于《明堂位》七年即政之说,以此为七年后成王即政作,盖〔亦〕据《洛诰》周公诞保文武受命惟七年。彼谓成王七年周公留洛耳(依孔氏《书传》),非谓七年前成王非亲政也。十三年即位而又七年,则二十矣,乃始朝见诸侯乎?"这从"载见"二字涉想,驳了《孔疏》一说。他以为此诗是说成王初即位时事。黄中松《诗疑辨证》说:"此当与《闵予小子》一时之诗,成王免丧,诸侯来朝,即率以见于昭庙。此则诗人述祭时事,《闵予小子》乃成王自述之词也。"姜炳璋《诗序广义》说:"按,诗曰'载见辟王',则其为成王免丧,诸侯初见可知。曰'率见昭考',则成王率之以祭武王可知。成王免丧在即位之三四年,而《竹书》遂云:'成王四年正月,成王免丧,初朝于庙。'亦想当然耳。"姜、黄两氏同以为此诗是说成王免丧时事,这诗就该作在成王二三年时。魏源《诗序集义》以为此"盖成王免丧,武王初入祢庙时诗"。陈奂《传疏》说:"成王之世,武王庙为祢庙。武王主,丧毕入祢庙,而诸侯于是乎始见之,此其乐歌也。"按,古者三年之丧,二十五月而毕。成王免丧,武王主入祢庙,当在成王三年(公元前一一一三年)。魏源、陈奂两家以当时丧制结合庙制来说,于此诗本文、于《诗序》都合。这比郝敬,也比黄中松、姜炳璋更为切合诗旨、《序》义、史实,更有说服力量了。

有　客

有客有客！亦白其马。有萋有且！敦琢其旅。有客宿宿，有客信信。言授之絷，以絷其马。薄言追之，左右绥之。既有淫威，降福孔夷！

【解题】

《有客》，《诗序》说："微子来见祖庙也。"王先谦《集疏》说："鲁说曰：《有客》一章十二句，微子来见祖庙之所歌也（蔡邕《独断》）。齐、韩当同。"这诗主旨今古文说无争论。宋儒也无异义。诗发端便说："有客有客，亦白其马。"按僖二十四年《左传》："皇武子曰：宋，先代之后，于周为客。"隐三年《公羊传》何休《解诂》："王者封二王后，地方百里，爵称公，客待之而不臣也。《诗》云：'有客宿宿，有客信信。'"《礼记·檀弓》："殷人尚白，戎事乘翰。"郑注："翰，白色马也。《易》曰：'白马翰如。'《明堂位》云：'殷人白马黑首。'"诗说有客、白马，于上举史实正合。上面读过的《振鹭》、《有瞽》两篇，各有"我客戾止"一句，《诗序》或《郑笺》以为是夏、殷二王之后，也可能包括有微子在内。

何楷《古义》以为这三诗都是关于微子一人的诗。他说："《振鹭》，周成王时，微子来助祭于祖庙，先习射于泽宫，周人作诗以美之。""《有瞽》，成王大祫也。合诸乐于太庙奏之，微子以客礼来助祭，诗人纪述其事。""《有客》，微子助祭于周，毕事而归。王使人燕饯之，而作此诗。"他于《有客》一诗说："按，微子名启，纣同母庶兄也。当殷之世封于微，而爵为子，微盖殷畿内国名。及武王克商，改封微子于宋，《乐记》所谓'未及下车，而投殷之后于宋'，是也。其时武庚尚在，故不得为殷后。及武庚叛，成王诛之，而汤祀斩矣。于是即微子始封之宋国进爵上公，命为殷后，以主汤祀。《史记·世家》言周公既承王命诛武庚，乃命微子代殷后，奉其先祀，作《微子之命》以申之，是也。"又说："孔颖达云：'《序》言见于祖庙，必是助祭。知非此时召来受命见祖庙者,以经言亦白其马,敦琢其旅,是自国而来之辞。若未受命,不得已乘白马,明是受命而后乃来。与上《振鹭》、《有瞽》或亦一时事也。'《白虎通》云:'有客有客,亦白其马,谓微子朝周也。'《尚书大传》云:'微子朝周,过殷故墟,见麦秀之崭崭兮,禾黍之蝇蝇也,曰:此故父母之国!乃为《麦秀之歌》,歌曰:麦秀渐兮,禾黍油油。彼狡童兮,不我好仇!'……按,朝周实为助祭。《振鹭》之言西雍,《有瞽》之言先祖,皆助祭事也。或谓微子始封,必受命于周之祖庙,于是朝周,谬矣。"他扼要叙述了微子的事实,不错。《孔疏》疑《有客》和《振鹭》、《有瞽》三诗为一时事,他就以为此三诗都是有关微子一人之诗,这都难以断定。他赞同《孔疏·有客》这诗必是助祭,非受命始封、见于周之祖庙一说,这也大有问题。《孔疏》自己已经说过:"《序》不言所祭之名,不指所祭之地,无得而知之。"怎知必是助祭,不是受命始封、朝见周庙呢?诗煞尾说:"既有淫威,降福孔夷。"明是成王既黜殷命,杀武庚,始命微子代殷后之词,魏源《诗序集义》说得不错。倘说微子若未受命,不得已乘白马。安知微子在武王封他于宋之后不保存殷俗,必须等待受命重封以代殷后之时才能仍用殷俗?

邹肇敏、姚际恒以为这是有关箕子之诗,说来很凑巧,但未必是。姚氏《诗经通论》说:"《小序》谓微子来见祖庙,向来从之。惟邹肇敏曰:愚以为箕子也。《书》载武王十三祀,王访于箕子,乃陈《洪范》。此诗之作,其因来朝而见庙乎?淫威降福亦即就《箕畴》(即《洪范》)中'向用五福,威用六极',遂用其意。言前之非常之凶祸,今当酬以莫大之福飨,盖祝之也。此说甚新,以威福合《洪范》尤巧而确,存之。盖谓微子则当为成王之朝,谓箕子则当为武王之朝。故此说与《序》说皆可通。……"这是把《有客》看作箕子来见祖庙之诗。以诗语有和《洪范》相合处,就以为这是说箕子之诗。其实当时大奴隶主对付小奴隶主玩弄的一套作福作威、恩威并用的政治把戏,不是箕子一人的发明,周公就玩弄得比他高明。这诗说的可以对箕子玩弄,也可以对微子玩弄,何必拘定是对箕子,以其人之道还诸其人之身呢?何况《洪范》是否箕子所作,是否周初作品,都还有问题。

武

於皇武王!无竞维烈。允文文王!克开厥后。嗣武受之,胜殷遏刘,耆定尔功。

【解题】

《武》,即《大武》,或即《武宿夜》。疑是士兵群众集体创作的军歌。《礼记·祭统》篇说:"舞莫重于《武宿夜》。"郑注:"《武宿夜》,武曲名也。"《孔疏》说:"皇氏曰:师说《书传》云,武王伐纣,至于商郊,停止宿夜,士卒皆欢乐歌舞以待旦,因名焉。……熊氏云:此即《大武》之乐也。"这说《武宿夜》,是武王伐纣在商郊宿营的时候,士兵群众欢乐歌舞直到天光的曲子,也就是《大武》之乐,最古的军歌,最古的"兵演兵"的杰作。或者有人要说,这诗歌颂文王、武王,而武王伐纣只是如当时伯夷、叔齐说的"以暴易暴",用一个大奴隶主换一个大奴隶主而已,为什么武王方面的士兵群众会这样的欢乐歌舞?我想,这不是由于他们接受了"恭行天讨"和"吊民伐罪"一类的鼓动宣传,就是由于纣王对待奴隶们确比文王、武王暴虐,抑或二者兼而有之。因此就仇恨纣王而歌颂武王,在战斗前夕情绪激昂起来,不觉手之舞之、足之蹈之,创作出这样一支军歌来,不是可能的么?范家相《诗沈》疑诗中不见宿夜之义。其实当时军中狂欢达旦,无暇顾到宿夜细节,这有什么稀奇?何楷《古义》因为《酌》篇有"遵养时晦"一语就把它认作《武宿夜》,那就未免牵强附会可笑。如果《武宿夜》不是《大武》,别是一曲,那么,为什么这样一种重要的武曲,表现所谓"周道"的一种曲子,不见于《诗三百》,不见于《周书》,也不见于其他的先秦记载?

《诗序》说:"《武》,奏《大武》也。"陈奂《传疏》说:"诗以《武》命篇,《序》云《大武》,犹《大夏》、《大濩》耳。《周礼》、《礼记》、《左传》皆言舞《大武》,则《大武》为乐舞。《笺》云:'《大武》,周公作乐所为舞也。'《后笺》云:'《笺》言周公所作即此《武》诗。又言所为舞者,以《周颂》惟《维清》及此《序》言奏,是既歌此诗即为此舞。但《维清·笺》言《象舞》武王所制,则似武王时已象文王之伐而为舞,周公乃为歌诗作乐而奏之于庙。《大武》则似乐歌乐舞皆成王时周公所作。《独断》谓《大武》周武所定,盖本《左传》武王克商作《武》之语,而《国语》引此以为周文公之颂。且经云於皇武王,云耆定尔功,必非武王时所作。意此亦同《维清》,其舞作于武王时,诗则周公所定。至此乃合诗与舞而奏之与?"胡承珙《后笺》即信《左传》、《国语》说《武》舞作于武王时,周公作此颂。《墨子》有武王自作《象舞》的话还可互证。又疑诗称武王必非武王时所作。为了解决这一矛盾,就说舞作于武王时,诗则周公所定,意以为合歌舞演奏则在成王时。陈奂赞同这一说。他们不知道诗称武王可能是生号不是谥号,正和《昊天有成命》一诗称成王一样。详见彼篇《解题》。

王先谦《集疏》说:"鲁说曰:《武》一章七句,奏《大武》,周武所定一代之乐之所歌也。"(蔡邕《独断》)"陈乔枞云:《吕氏春秋·古乐》篇:'武王即位,以六师伐殷,六师未至,以锐兵克之于牧野。归乃荐俘馘于京太室,乃命周公为作《大武》。'考《春秋繁露》言文王受命作《武》乐,制文礼以奉天。武王受命作《象》乐,继文以奉天。周公辅成王,受命成文、武之制,作《汋》乐以奉天。直以《武》为文王乐者,《白虎通·礼乐》篇:'周乐曰《大武象》,周公之乐曰《酌》,合曰《大武》。《象》者,象太平而作乐,示已太平也。合曰《大武》者,天下始乐周之征伐行武,故诗人歌之:王赫斯怒,爰整其旅。当此之时,天下乐文王之怒以定天下,故乐其武也。'据此是文王已作《武乐》。及武王克殷,继文而卒成武功,又定《大武》之乐。故《鲁诗·序》云'周武所定一代之乐'。不言周武所作者,明文王已作《武》乐也。《大武》为武王所定,即传为武王乐。犹《咸池》本黄帝所作乐,尧增修而用之,曰《大咸》,而《咸池》亦得为尧乐也。愚案,《大武》者,祀周武王所定一代之乐歌,周公作也。《大武》之乐亦为《象》,象用兵时刺杀之舞。见《维清·孔疏》。《礼·

仲尼燕居》郑注:'《武》,象武王之大事也。'《明堂位》郑注:'《象》,谓《周颂·武》也,以管播之。'是也。《维清》者,武王克殷后,祀文王奏《象舞》之所歌,武王作也。《繁露》言文王受命作《武》乐,是武王未克殷时已祀文王而作《武》乐,但未制《象舞》耳。"陈乔枞、王先谦综据今文三家说,以为文王已作《武》乐;武王又定《大武》之乐,即作《象舞》;周公作《武诗》,即作《大武》之乐歌。今按,诗言及文王文德,而实以武王武功为主。诗当作在武王用兵时,或为周公所定,而未必为他所作。似非象文王之伐而为《武》,亦似非文王已作《武》乐。《诗》今古文家所说略同,都以为诗称武王即不作于武王时,武王时但有乐有舞而无歌词。其说未必确当,已在上一段批判到了。

《武乐》,《大武》之乐,《乐记》说得较详。它说:"子曰:夫乐者,象成者也。总干而山立,武王之事也。发扬蹈厉,太公之志也。《武》乱皆坐,周召之治也(郑注:成,谓已成之事也。总干,持盾也。山立,犹正立也。象武王持盾正立待诸侯也。发扬蹈厉,所以象威武时也。《武舞》,象战斗也。乱,谓失行列也。失行列则皆坐,象周公、召公以文止武也。按:乱,当读《论语》'《关雎》之乱'之乱,《楚辞》篇末'乱曰'之乱,曲终之辞也)。且夫《武》始而北出,再成而灭商,三成而南,四成而南国是疆,五成而分周公左、召公右,六成复缀以崇(郑注:成,犹奏也。每奏《武》曲一终为一成。始奏,象观兵盟津时也。再奏,象克殷时也。三奏,象克殷有余力而反也。四奏,象南方荆蛮之国侵叛者服也。五奏,象周公、召公分职而治也。六奏,象兵还振旅也。复缀,反位止也。崇,充也,几六奏以充《武》乐也)。"不知《乐记》是否公孙尼子所作,子曰是否孔子所说,要必所据很古。还加以宣十二年《左传》载楚庄王论武王克商作《武》的话,因此就有人以为《武》只是《大武》中之一章,《大武》原是六章合成的组曲。

《大武》六成是否说《颂》诗六章?《左传》说《武》,说《大武》之卒章,其三为《赉》,其六为《桓》。其二、其四、其五都未明说。这是自宋儒以来学者争论的问题。伪《申公诗说》说《大武》是以《武》为一成,

《赉》为二成,《时迈》为三成,《般》为四成,《酌》为五成,《桓》为六成之歌。黄中松《诗疑辨证》驳斥这一说很有力。其实这是伪书,不足与辩。何楷《古义》想是受了伪《诗说》的影响,只是他把六诗篇次先后加以改动。他说:

《武》,《大武》一成之歌。首纪北出伐商之事,为《武乐》六成之始,故专得《武》名。在《九夏》中,疑即《纳夏》,一名为《遏》。

《酌》,告成《大武》也。周公所作,言能斟勺先祖之道也。是为《大武》之再成,象武王灭商之事。亦名《武宿夜》。

《赉》,武王灭殷,南还于周,遍封诸侯,命之大赉。是为《大武》之三成。

《般》,述武王巡守之事。为《大武》之四成,所谓南国是疆者也。

《时迈》,一名《肆夏》。为《大武》之五成。巡行方岳后,分周公左、召公右之事也。

《桓》,武志也。是为《大武》之六成。复缀以崇,天子之所歌也。《武》乱皆坐,周、召之治也。

他说:"愚于《武》、《赉》、《桓》三诗外,更定《勺》为《大武》之再成,《般》为《大武》之四成,《时迈》即《肆夏》,为《大武》之五成。而《大武》六成之乐俱无欠缺,真千古快事!"是的,在他主观上看来,自是一件千古快事。尽管他博学雄辩,但论《大武》六成,还是不免牵强附会。上文已经指出他说《酌》诗的可笑就是一例。其他不暇详说了。

胡承珙《后笺》说:"朱氏《通义》曰:朱子谓《春秋传》以《武》为《大武》之首章,《赉》为《大武》之三章,《桓》为《大武》之六章。严华谷因其说,谓《酌》与《般》亦《大武》篇内之一章。以愚考之,其说误也。《周颂》简严,故篇止一章,无有叠章者。《左传》既以'耆定尔功'为《大武》卒章,则此句之下不应更有《武》诗;而下之其三、其六,断皆以篇言,非以章言矣。《传》意盖谓《武》为武王之乐,《桓》与《赉》亦皆武王之乐,故以其三、其六数之。虽当时篇次已不可考,然《桓》、《赉》四篇必无属

《武》乐分章之理。承琪案,《左传》首言武王克商作《颂》,然后曰'又作《武》'云云,盖谓《时迈》及《武》、《赉》、《桓》诸诗皆颂武王克商之事。《传》文于《时迈》言'作颂',所以包下《武》、《赉》、《桓》三篇。而于《武》则举篇名,于《赉》、《桓》则举篇次,此不过行文错举互见耳。然于《时迈》泛言'作《颂》',固已别于《武》乐。其上文随武子引《汋》曰,又引《武》曰,亦可见《酌》及《时迈》必非《武》乐中之诗篇矣。严华谷以《酌》为《大武》篇内之一章,何黄如并以《时迈》亦为《大武》之一章,皆臆说也。"陈奂《传疏》说:"《左传》云:'楚子曰,武王克商作《武》,其卒章曰,耆定尔功。其三曰:铺时绎思,我徂惟求定。其六曰:绥万邦,屡丰年。'左以此篇为《武》之卒章,赉为《武》之三章,《桓》为《武》之六章。《赉》、《桓》皆纪武王用武事也。杜注云:'此三六之数与今《诗·颂》篇次不同,盖楚乐歌之次第。'《后笺》云:'杜谓楚乐歌次第,亦未必然。楚子明言克商作《颂》,自必用当时《周颂》之次。其与后世不同,不必推及未删定以前。即如《左·正义》引沈氏难云,今《颂》篇次《桓》第八,《赉》第九;而《周颂谱·疏》所次则《桓》在二十九,《赉》在三十。是六朝篇次又与《郑谱》不同,况未经秦火时乎?所谓可与粗论,难与精悉者也。'"胡承珙、陈奂不相信《严缉》、何氏《古义》强以《左传》所举《武》、《赉》、《桓》三诗合《酌》、《般》、《时迈》三诗,重加次第,作为《大武》六成。今案:《左传》所举《武》卒章、其三、其六之数,是《大武》六成中次第,还是楚乐歌次第?抑是《诗·颂》篇次?实不可考。真是"所谓可与粗论,难与精悉!"只好以不了了之。

最后,且看一看近时研究古乐专家的意见。郑觐文《中国音乐史》说:"按《大武》共九成(比韶乐多三成),舞器用干戚。雅乐为德性之乐,武乐兼主功业,又作房中乐为内庭之乐(不用钟鼓为房中乐)。"又说:"《乐记》:孔子言《武乐》之编制云云。按自古乐法不过分文、武二体,《武乐》当然为武体,本九成,《乐记》只言六成。一戒备之象,当声迟调缓;二计划之象,当音多调慢;三发扬之象,当调高音急;四凯还之象,当音舒调畅;五治理之象,当声静调和;六盛威之象,当气洪调复。

《武乐》之编制法,实为后世一切乐体之标本。自来大曲制多仿此。即后世琴曲以及琵琶大谱等皆然。"他说《武乐》本九成,《乐记》只言六成,这是《武乐》之编制法。他却未能一一指出九成六成名目,想是今不可考。据此可息后来经师关于《大武》六成之讼。

诗三百解题卷二十八

闵予小子之什　　毛诗周颂

闵 予 小 子

闵予小子！遭家不造，嬛嬛在疚。於乎皇考！永世克孝。念兹皇祖！陟降庭止。维予小子！夙夜敬止。於乎皇王！继序思不忘。

【解题】

《闵予小子》，《诗序》说："嗣王朝于庙也。"嗣王何王？朝庙何事？事在何时？《孔疏》说："此朝庙早晚，毛无其说。毛无避居之事。此朝庙事，武王崩之明年，周公即已摄政，成王未得朝庙，且又无政可谋。此欲夙夜敬慎，继续先绪，必非居摄之年也。王肃以此篇为周公致政、成王嗣位，始朝于庙之乐歌，毛意或然也。此及《小毖》四篇俱言嗣王，文势相类。则毛意俱为摄政之后、成王嗣位之初有此事，诗人当即歌之也。"王肃申毛，未必就是毛意。他以为此诗作在成王七年周公致政以后。

《郑笺》说："嗣王者，谓成王也。除武王之丧，将始即政，朝于庙也。"郑玄申毛，以为此诗作在成王三年免丧朝庙之时。《孔疏》说："郑以为成王除武王之丧，将始即政，则是成王年十三，周公未居摄。于是之时成王朝庙，自言敬慎思继先绪。《访落》与群臣共谋，《敬之》则群臣进戒，文相应和，事在一时，则俱是未摄之前。后至太平之时，诗人追述其事为此歌也。《小毖》言惩创往时，则是归政之后、元年之事。"又说："以《颂》皆成王时事，故知嗣王谓成王。《曲礼》云：'内事曰孝王某，外事曰嗣王某。'彼谓祝之所言以告神，因其内外而异称，此非告神之辞，直以嗣续先王称嗣王耳。古者天子崩，百官听于冢宰，世子以三年之内不言政事。此嗣王朝庙，自谋为政，则是即政之事，故知除武王丧，将始即政朝于庙也。《曲礼》称'天子在丧曰予小子'，若已除丧，当为吉称。而经言小子在疚为丧中辞者，以其服虽除，去丧日近，又序其在丧之事，故仍用丧称。言将始即政者，始欲即政，先朝于庙，既朝而即听政，故言将也。《烈文·笺》云：'新王即政，必以朝享之礼祭祖考、告嗣位'，然则除丧朝庙亦用朝享之礼祭于庙矣。《序》不言祭者，以作者主述王言，其意不在于祭，故略而言朝，则祭可知。"孔申郑义，说明了嗣王何王，朝庙何事，事在何时。但是孔既说周公未居摄，又说《小毖》是归政后事，自相矛盾。岂是成王嗣位若干年后，周公居摄而后归政？语意不明。再，诗似即事有作，不像追述其事。这恐怕都不是郑意。

《郑笺》成王除丧即政而朝于庙一说，当是出于今文三家。王先谦《集疏》说："鲁说曰：《闵予小子》一章十一句，成王除武王之丧，将始即政，朝于庙之所歌也。（蔡邕《独断》）齐、韩当同。黄山云：'将始即政，未遂即政也。成王即政在洛，《烈文》篇《韩》说可证。此朝于庙，乃吉祭于武王之庙告除丧耳。'"不错，这诗今文三家说同。《汉书·匡衡传》：衡上疏说："《诗》云'茕茕在疚'，言成王丧毕思慕，意气未能平也。"这是齐说。《文选·寡妇赋》注引《韩诗》说："茕茕余在疚，凡人丧曰疚。"据此可证这诗今古文说同，毛、郑义同。但看《毛传》于闵、疚二字都释为病，含有居丧遭变的意义，就知道了。魏源不知王肃申毛已误，他在《诗序集义》自注里说《毛传》、王肃皆以为七年致政后之词也半误了。

胡承珙《后笺》肯定这诗毛、郑义同。他说："案《烈文·序》云：'成王即政，诸侯助祭。'彼《疏》云：'《烈文》敕戒诸侯，以赏罚为己任，非复丧中之词，故知是致政后年之事。'然则《闵予小子·序》变成王言嗣王，又但云朝于庙，其为免丧后始朝于庙可知。《笺》云'将始即政'者，成王居武王之丧，自遵亮阴不言之制，既除丧，则虽年在幼冲，亦当躬亲庶政。所谓周公诞保七年者，不过伐叛营洛及制作礼乐数大事耳。总之，武王崩后，周公但摄政非摄位，则免丧朝庙者实为嗣王；以及访谋,进戒,何莫非一时之事?《正义》以毛无避居之事,遂谓武王崩,周公即已摄政,故用王肃述毛,以此及《小毖》四篇俱为摄政后成王嗣位之初有此事。今玩《小毖·传》,以菲蜂为瘴曳,以集蓼为辛苦,虽似指管、蔡之事而言,安知非三监方叛,《大诰》东征时所作?何必定为太平以后追述之词?至前三篇《传》,更未见必为周公致政后事,则毛义当与郑同。王肃所述,未必得毛旨。曾氏钊曰:'《召诰》,王朝步自周,则至于丰。马融注:丰,文王庙所在。按:营成周在居摄五年时,未还政成王,已告庙,经有显文可据。何谓成王摄政,周公未得朝庙邪?"这里申郑驳王不错。陈奂《传疏》说:"曰嗣王,新辟之词也。曰朝于庙,免丧之词也。曰谋,曰进戒,曰求助,遭变之词也。此及《小毖》四篇皆事在周公居摄三年,于后六年作乐,乃追叙而歌之。"这里和上引胡氏一说主要不同之点,乃在仍以此诗为周公追叙之作,作在成王六年制礼作乐之时。

综合以上来说,这诗主题在叙述成王三年除丧朝庙事,是可以从此论定的。

访　落

访予落止:率时昭考。於乎悠哉!朕未有艾。将予就之,继犹判涣。维予小子!未堪家多难。绍庭上下,陟降厥家:休矣皇考!以保明其身。

【解题】

《访落》,《诗序》说:"嗣王谋于庙也。"嗣王为什么谋于庙?《郑笺》说:"谋者,谋政事也。"《孔疏》说:"《访落》者,嗣王谋于庙之乐歌也。谓成王既朝庙而与群臣谋事,诗人述之而为此歌焉。"是此诗与上篇《闵予小子》同时所作。王先谦《集疏》说:"鲁说曰:《访落》一章十二句,成王谋政于庙之所歌也。(蔡邕《独断》)齐、韩当同。黄山云:谋政于庙,即谋之武王庙也。盖斯时成王虽未即政,而周公在外,家难未平,故预访群臣而谋之。"嗣王是成王,诗称昭考、皇考,可知这庙是武王祢庙。这诗主旨今古文说同。

成王有什么大政要召集群臣在武王庙里商量？王先谦说："黄山云:'三年之丧二十五月而毕,成王即吉,甫逾二年也。《尚书大传》曰:周公摄政,一年救乱,二年克殷,三年践奄,四年建侯卫,五年营成周,六年制礼作乐,七年致政成王。东征三年,践奄而后归。与《豳诗》说合。三监之变,公亲政刑焉,骨肉摧残,正成王所谓家难也。访落之时,公既未归,难犹未已,惟其不堪多难,故访群臣而谋之。'"大概诗说未堪家多难,是指管、蔡流言至武庚叛乱等事故。成王为此而召集庙前会议实有其必要。按,《尚书·大诰》说："惟予小子,若涉渊水,予惟往求朕攸济。""予造天役,遗大投艰予朕身。"又说："矧今天降戾于周邦。"是《诗》、《书》相表里。这诗好像是成王在庙前会议的致词。咨询政事而归结于祈求先人在天之灵的佑助,藉以吓唬臣民,多少反映了当时社会统治阶级的宗法思想和权威意识。

敬　之

敬之敬之！天维显思,命不易哉！无曰高高在上,陟降厥士；日监在兹。维予小子！不聪敬止？日就月将,学有缉熙于光明。佛时仔肩,示我显德行！

【解题】

《敬之》,《诗序》说："群臣进戒嗣王也。"《孔疏》说："《敬之》诗者,群臣进戒嗣王之乐歌也。谓成王朝庙与群臣谋事,群臣因在庙而进戒嗣王,诗人述其事而作此歌焉。"王先谦《集疏》说："鲁说曰:《敬之》一章十二句,群臣进戒嗣王之所歌也。(蔡邕《独断》)齐、韩当同。"这诗主旨今古文说又同。魏源《诗序集义》以《载见》、《闵予小子》、《访落》、《小毖》、《敬之》五篇为"召公西都之颂,在周公居东未归之时"。意以为这都是召公所作,说似可通。

这诗前节用群臣语气,后节用成王语气,究竟是何人所作?陈启源《稽古编》说:"《疏》谓《周颂》诸篇皆当时实有其事,诗人见之而述为歌。则作者主名不可考矣。《闵予小子》四篇当是一人手笔。《敬之》篇述成王君臣相告语之言,皆旁人代为之词耳。《朱传》曰:成王受群臣之戒而述其言。又曰:乃自为答之之词。是直以此四诗为成王作矣。"这里指出了《朱传》以《闵予小子》四篇为成王作,其说不可靠。胡承珙《后笺》说:"案,自《闵予小子》以下三篇皆有'维予小子'语,毛于前二篇无传,惟《敬之》'维予小子'《传》云:嗣王也。毛意盖以上二篇皆成王之词,则所称小子自系嗣王。《敬之》前六句皆群臣进戒之词,忽接以'维予小子',嫌于群臣自称,故特为发传,其精析如此。"这里指出了毛意以已上三篇都是成王之词,盖为《朱传》所本。我以为这三篇和下篇《小毖》确像一人手笔。无论其为成王、为周公、为召公、为史臣、为其他诗人,要之作者主名不可考,诚如陈长发所说。但是《敬之》这诗作者把全篇隐分两截,上半截作群臣进戒语气,下半截作成王受戒语气,自无可疑。毛公早已见到了这点,胡墨庄说他精析,确是不错。

小　毖

予其惩而!毖后患。莫予荓蜂,自求辛螫。肇允彼桃虫,拚飞维鸟。未堪家多难,予又集于蓼!

【解题】

《小毖》,自是成王决诛管、蔡,平武庚,深自惩艾,求助群臣之诗。《诗序》说:"《小毖》,嗣王求助也。"《郑笺》说:"毖,慎也。天下之事当慎其小,小时而不慎,后为祸大。故成王求忠臣早辅助己为政,以救患难。"王先谦《集疏》说:"鲁说曰:《小毖》一章八句,嗣王求忠臣助己之所歌也。(蔡邕《独断》)齐、韩当同。"这诗主旨今古文说又无争论。

毛奇龄解说这诗颇为明确。《毛诗写官记》说:"《小毖》者,自惩也。'莫予'云者,惩己之使管、蔡也。《大诰》云:'是我国有疵也。''肇允'云者,则惩己之轻武庚也。《大诰》云:'殷小腆耳,乃大敢言继叙也。'故曰予其惩而毖之也哉!当其初也,莫有使蜂蛮予者,予自求之。若曰予惩乎管、蔡之使而不及也。桃虫者,鹪鹩也。然而鹪鹩不化雕。其云鸟者,则鹪鹩本鸟也。故鹪鹩鸟也,人但以其名为虫而忽之,而不知其拚飞之本是鸟。此比忽视武庚,而不知武庚实胜国后,得为患。故曰始以武庚为可轻,而不可轻也!予遭家不造久矣,乃复觏此事。"他解荓蜂为使蜂。《大雅·桑柔》:"荓云不逮。"《传》云:"荓,使也。"蜂,本是虫名。这和《传》、《笺》解荓蜂为瘴曳(《尔雅·释训》:粤夆,瘴曳也)或掣曳,即牵挽或迫使的意思不同。不一定是他用宋儒王安石或吕祖谦、朱熹说,因为早在《诗》今文三家中就有如此作解的。《易林·履之泰》:"蚕室蜂户,螫我手足,不得进止,为吾害咎。"《屯之明夷》、《蛊之观》同。这是《齐诗》遗说。其用蜂字即用本义,和下文螫字相应。又,他解桃虫为鹪鹩。他不相信《易林》说的桃虫生雕,《陆疏》说的俗语鹪鹩生雕,只以为诗人自知误解名叫桃虫的就忽视了它,不知道它飞起来原是一只鸟。这样作解,说来明快。至于他把这诗和《大诰》管、蔡、武庚事件相结合来解,使得这诗比兴之义益明,不是哑谜没有谜底了。

把这诗结合当时历史事件来说,毛奇龄以后,清儒更有发展。胡承珙《后笺》说:"桃虫飞鸟之喻,多难集蓼之言,乃似方当武庚作乱,国家不靖之时,急求辅助,故其词危迫。《大诰》曰:'殷小腆,诞敢纪其叙。'即桃虫飞鸟之谓也。曰:'天降割于我家。'曰:'有大艰于西土。'即多难集蓼之谓也。曰:'予惟小子,若涉渊水,予惟往求朕攸济。'即《序》求助之谓也。大抵武王崩,群叔即流言。周公居东二年,始知流言所起。《鸱鸮》贻王,风雷示警(《尚书·金縢》),时已免丧即政,然后悟而迎周公,命师伐叛。《小毖》之作,似正值东征之时。曰'予其惩'者,惩戒往日之误信流言致疑周公,《史记》所谓'推己惩艾,悲彼家难'也。曰'毖后患'者,谓祸难未已,当日慎一日,《大诰》所云'朕言艰日思'也。《逸周书》:'成王即位,因尝麦而语群臣求助,作《尝麦解》。'其曰求助,与此《序》相应。其文曰:'维四年孟夏。'又可证此及上三篇通为免丧即政时事。毛意未必如郑以此为归政后之诗也。"据此可以推定此诗作出年代,也似可以揣想作者为谁。王先谦《集疏》说:"成王言时逢多难,境又处辛苦,切望群臣各抒忠谋以相助也。黄山云:'此诗作于成王除丧朝庙之后,当即在征淮夷之时。家多难,指三监之启商。又集于蓼,正指淮夷之继叛,不当如《笺》说也。'"由此我们可以说,《闵予小子》四篇都作于成王三年。末了《小毖》一篇倘据《尝麦解》来说,就该作于成王四年了。

最后,略抄清代八股文家古文家对于这诗作者问题的意见,可供参考者。吴闿生《诗义会通》说:"上三篇疑皆周公所为,此当为成王自作,察其词气可以决之。方望溪曰:以上诸诗高微深密,恐非成王初年所及,必周公代作以答天下之望,而又使日诵以自警也。其说甚善。独此首决其不然者,'莫予荓蜂,自求辛螫',乃痛自惩艾之词,非周公所代言也。先大夫(吴汝纶)曰:此诗大旨源本《鸱鸮》,成王之文固渊源周公也。旧评云:哀音动人。"说此诗为成王作,虽无确据,当能自圆其说。《诗义会通》无甚可取,远在姚际恒、方玉润、林义光几家所著之下。我们采录它一两条,目前出版方面还排印了它一次,就不算全无意义了!

载　芟

载芟载柞,其耕泽泽。千耦其耘,徂隰徂畛。侯主侯伯,侯亚侯旅,侯强侯以。有嗿其馌,思媚其妇,有依其士。有略其耜,俶载南亩。播厥百谷,实函斯活。驿驿其达,有厌其杰。厌厌其苗,绵绵其麃。载获济济,有实其积,万亿及秭。为酒为醴,烝畀祖妣,以洽百礼。有飶其香,邦家之光! 有椒其馨,胡考之宁! 匪且有且,匪今斯今,振古如兹!

【解题】

《载芟》,是《周颂》里最长的一篇。这是叙述一年农事,大规模地从事垦荒耕地,除草播种,以及大量收获,祭祀燕飨之诗。《朱传》说:"此诗未详所用。然辞意与《丰年》相似,其用应亦不殊。"意以为这是秋冬报祭之诗。《传说汇纂·案语》说:"朱子疑诗无祈田之意。……谓辞意与《丰年》相似。……以为报而非祈也。案,《丰年》之诗曰,降福孔皆。故《序》主秋冬报,而朱子亦主于报,其意相符矣。然《丰年》诗言报祀而神降福,而此诗无其文,则似不可言报。况《噫嘻》,《诗序》以为祈谷,只言农夫尽力于耕而不言福;此诗但言农事之勤,所获之多,可备百礼之用,未尝言祭报而获福也,则非报之乐章明矣。若以类诸《豳》之《七月》,《雅》之《大田》,则当次于《风》、《雅》;今次于《颂》,则为王者之乐章明矣。况《集传》原无定指,而《序》在毛苌以前,与《诗》并出于汉,则且从古说为是。"这反常例,不从《朱传》,转从《诗序》古说,并说出了所以然的理由,虽然理由未必充分。魏源《诗古微》论这诗,还像受了《朱传》的影响,以为诗中无祈词,无藉田社稷之词,便说这是腊先祖五祀之诗。略见《诗序集义》。① 这又是他自下己意,不是出于今文三家说。据上可知,他们都不明白《诗序》作在《诗》三百合乐之后,往往是用作乐章之谊,不是诗之本谊。

《诗序》说:"《载芟》,春藉田而祈社稷也。"这正和我们已经读过的许多农事诗一样,《诗序》所说只是用作乐章之谊。王先谦《集疏》说:"鲁说曰:《载芟》一章三十一句,春藉田祈社稷之所歌也。(蔡邕《独断》)《南齐书·乐志》:汉章帝时,玄武司马班固奏用《周颂·载芟》以祈先农。是齐说亦以此诗为藉田祈社稷所用乐歌。《韩诗》当同。"这

---

① 编按:《诗序集义》云:《载芟》,腊先祖五祀也。《月令》:腊先祖五祀,劳农以休息之。及党正以礼属民饮酒,正其齿位,故有烝祖妣,宁祖考之语。亦《豳颂》乐章,非春藉田而社稷之诗。

诗主旨今古文说又同。何谓藉田？《郑笺》说："藉田，甸师氏所掌，王载耒耜所耕之田，天子千亩，诸侯百亩。藉之言借也，借民力治之，故谓之藉田。"作为大奴隶主或封建主的天子要亲耕藉田，只是仪式的、象征的、骗人的把戏。他不是真正要耕田，也并不是重视农耕，提倡劳动。这应该是由原始社会氏族首领亲自和氏族成员一起劳动生产遗留下来的历史的影子。何谓社稷？陈奂《传疏》说："天子有王社、王稷，又有大社、大稷。大社、大稷与天下群姓共之也，在王宫路门内之右。王社、王稷在郊，为境内之民人祀之。天子藉田千亩在南郊，社稷之壝与藉田相近也。祈谷之祭上帝于夏正月，后土于夏二月。后土为社，诗兼言稷者，为五谷，因重之也。《独断》云：'天子社稷土坛方广五丈，诸侯半之。社、稷二神同功，故同堂别坛，俱在未位。'"经学家说社稷，以此为最简明。金鹗《求古录·礼说·社稷考》太繁重。

诗说："千耦其耘，徂隰徂畛。"这上千成对耕地除草的人，当是直接从事生产的农业奴隶。又说："侯主侯伯，侯亚侯旅，侯强侯以。"主、伯、亚、旅、强、以这一群人，我以为当是前来指挥监督乃至鞭挞奴隶的头目及其狗腿子。所谓主，当是父家长制的代表者。李亚农《中国的奴隶制与封建制》释"强"为打手，释"以"为帮手，似都不错。至于还有几位新史学家说侯字就是族字，说主、伯、亚、旅、强、以，无论尊卑长幼强弱都是周的氏族，即西周王室的一族。即使这没有错，但是连那些上千上万直接从事生产的人（本篇"千耦其耘"，《噫嘻》"十千维耦"）也都不认为是奴隶，而认为是周的氏族成员，这恐怕和历史事实不符，还待商榷。如果说，在《七月》一诗里看不到"取彼狐狸，为公子裘"，"采荼薪樗，食我农夫"，即公子和农夫间的阶级对立；在《甫田》一诗里看不到"我取其陈，食我农人"，所谓曾孙也者和农人间的阶级对立；在《噫嘻》、《载芟》两诗里看不到王族主伯之类的人物和耦耕耦耘的劳动者其间阶级的对立；反而以为西周时代全体族众从事集体劳动，他们劳动所得的成果，除了把一部分献给神（先祖）和君主（家族长），用以赞扬统一体，并祈求丰年和扩大再生产之外，还共同消费享受其劳动的成果,并以为就在《豳风》、《豳雅》、《豳颂》十来篇农事诗里具体地反映了这样的历史情况。但是我们细细研究这些诗篇就会觉得像他们这样的说法确是大可商榷的!(杨械《关于西周社会性质的商榷》,《文史哲》一九五五年九期——李亚农、郭沫若两先生对于这诗都有解说,有译文,可供读者参考。我再三把它作为直解,又和其他诗篇直解一样经过反复玩索修改,结果如此,仍恐未能贴合诗旨。躬尝此中甘苦,深觉解《诗》之不易,也才知大言不惭者不可以与谈学问)

这诗和《噫嘻》诗一样,也表示着:当时是进行着奴隶的农业劳动,而且是在集团的方式下进行的。佐野袈裟美《中国历史教程》里说:"因为被征服者的氏族种族共同体,依旧那样整个地作为集团而被奴隶化了;所以,农业劳动也是在集团的方式下进行着了。……《载芟》里有'千耦其耘'、'有嗿其馌……'、'载获济之,有实其积,万亿及秭'等。看这些句子便知道:耕作和收获都是由多数农夫在集团的方式下进行的,井田制的痕迹是看不见的,显然是由共同体从事集团耕作。收获物是不分散的,是大量地堆积起来。以其谷类'为酒为醴,烝畀祖妣,以洽百礼。有飶其香,邦家之光。有椒共馨,胡考之宁。匪且有且,匪今斯今,振古如兹'。对于收入收获物的阶级,真是享不尽的清福,他们开酒宴而大祝,那是当然的了。并且,他们希望无论到甚么时候,都是这样地享福。不是出自收缴奴隶劳动的收获物的阶级的手,怎么能产生这样的诗呢?站在自由农民的以及痛苦的农业劳动的立场,这样的诗是不会产生的。这样,奴隶劳动显然在这诗里被暗示着了。"

良 耜

畟畟良耜!俶载南亩。播厥百谷,实函斯活。或来瞻女:载筐及筥,其饟伊黍。其笠伊纠,其镈斯赵,以薅荼蓼。荼蓼朽止,黍稷茂止。获之挃挃,积之栗栗。其崇如墉,其比如栉,以开百室。百室盈止,妇子宁止。杀时犉牡,有捄其角。以似以续,续古之人!

【解题】

《良耜》,在《周颂》里也是比较长的一篇。这和《载芟》同样,也是叙述一年农事,从奴隶耕地播种、除草肥田,到奴隶主大量收获、祭祀、求福之诗。《朱传》说:"或疑《思文》、《臣工》、《噫嘻》、《丰年》、《载芟》、《良耜》等篇,即所谓《豳颂》者。其详见于《豳风》及《大田》篇之末,亦未知其是否也。"可知这里所举六篇有《良耜》在内,有人疑即所谓《豳颂》。魏源《诗序集义》以《昊天有成命》、《天作》、《潜》、《有客》、《振鹭》、《噫嘻》、《臣工》、《丝衣》、《丰年》、《载芟》、《良耜》十一篇为"周公西都之颂。在先后归镐京之日及陈《七月》、《无逸》之时,故诗中屡称成王尊号,在制作已成之后"。这是否都为周公诗?还待研究。仅就最后《载芟》、《良耜》两诗来说,有完全重复的三句,难道是一人一时之作吗?

"《良耜》篇也表示着奴隶农业劳动非常盛行的光景……"佐野袈裟美《中国历史教程》里说:"被收缴去的收获物,满满堆在仓里,成了征服者的一族或者其中的贵族集团的东西。这贵族集团中的女子们看见收获物堆满在自己的房子里是非常快活的,而且为着希望这种状态能够永久的继续下去,他们就献牺牲于祖先,从事祭祀,大大祝贺。这显然也不是指自由农民的收获,而是指奴隶农耕的收获,成了征服者的种族共同体的贵族集团那一族的东西。希望这种状态永久继续的,不是驱使奴隶的支配阶级的贵族是谁呢?由以上所述(关于《七月》、《楚茨》、《信南山》、《甫田》、《大田》、《噫嘻》、《载芟》、《良耜》等诗),可知当时在农业上的奴隶劳动,是非常广泛地进行着的,在农业上,奴隶劳动确实是在极其优势的地位。周代是农业国,而在农业上,奴隶劳动既是处于优势的地位,那么,周代的社会全体,也就要受这种形态的限制了。"这对于读通周代农事诗或许是有帮助的。

《诗序》说:"《良耜》,秋报社稷也。"陈奂《传疏》说:"此秋报社稷之乐歌也。《白虎通义》云:'岁再祭之,何? 春求秋报之义也。故《月令》:仲春之月,择元日,命民社。《援神契》曰:仲秋获禾,报社祭稷。'侯官陈寿祺云:'仲秋旧作仲春,误。引《月令》以证春求,引《援神契》以证秋报。获与穫古通。'"这说明了何谓春祈秋报。王先谦《集疏》说:"鲁说曰:《良耜》一章二十三句,秋报社稷之所歌也。(蔡邕《独断》)齐、韩当同。"这诗主旨今古文说又同。《载芟》、《良耜》两诗内容和形式都很相似,作为乐歌就用处不同了。

这诗篇名《良耜》,耜是一种什么农具? 耜字从耒或从木,这应该就是原始木犁。耜字已屡见于前。《七月》篇说:"三之日于耜,四之日举趾。"《大田》篇说:"以我覃耜,俶载南亩。"上篇《载芟》说:"有略其耜,俶载南亩。"我们都释耜为犁。从许慎《说文》注,郑玄《礼》注,直到近人徐中舒《耒耜考》,大都以为耜就是犁。严杰《经义丛钞》载阮福《耒耜考》,他把耜字认作枱字,引《说文》说:"枱,耒也。"因此他就断定耜是锹子铲子之类的东西,并且把它的形式绘制成图了。其实耜字在《说文》里又作杞,它说:"杞,耒耑也。"殷注:"杞,今经典之耜。"古语所谓耒耑,俗话叫做犁头。《说文》又说:"耒,耕曲木也。"古语所谓耕曲木,就是俗话说的犁把、犁柄,或说犁辕、犁架。《周易·系辞下》说:"斫木为耜,揉木为耒。"可以想见最古的犁头原是木犁。大约远在新石器时代初期,人类就有了原始的农业。其间由用石锄进到用雏型的木犁,即由"锄农业"进到"犁农业",还须经过一段很遥远的过程。《周易·系辞下》说:"包羲氏没,神农氏作。斫木为耜,揉木为耒,耒耨之利以教天下。"依据这一传说,神农氏时代大约相当于新石器时代中期。中国农业正是在这个时候开始由"砍倒——烧光的农业"、"锄农业"进到"犁农业"、"耕治农业"了罢。

原始木犁说过了。用牛耕田起于什么时候? 就是说,什么时候开始使用牲畜作为牵引力,使用牛耕或马耕代替人耕呢?《周易·系辞下》又说:"神农氏没,黄帝、尧、舜氏作。""服牛乘马,引重致远,以利天下。"这是传说使用牛马作为牵引力开始于黄帝、尧、舜之世。但服牛乘马四字,从来经史学者的解释只道是驾车,不说是拉犁。《山海经·海内经》说:"稷孙曰叔均,是始作牛畊。"这一传说和上一传说在历史时间上恰相应。那么,服牛一词就有可能解作使用牛耕。可是我们知道,《周易·系辞》不见得真是孔子所作,有人以为出于孔门七十子的后辈。《山海经》更不见得是和尧、舜、禹、稷同时的伯益所作,作出时代最早怕也早不过春秋时代,何况其中还杂有汉人窜入的成分。我们据此仅仅能够知道春秋战国时代早已有了牛耕,当时的人已经不知道牛耕是什么时候开始。不然,就不会有这样的传说,这是我们必须注意的。顾栋高《毛诗类释》载宋周益公为曾公谨作的《农器谱序》,说:"案,《论语》曰:'犁牛之子骍且角。'盖犁田之牛纯杂牝牡皆可用,祭牛则非纯非牡不可,故曰骍且角也。《注疏》乃以犁为杂色,近世诸儒并从此义。今考《周礼·牧人》,时祀牲必用牷。牷,纯色。外祭毁事用厖。厖,杂色。是则纯杂之辨,杂色谓之厖,不谓之犁。窃疑犁起于春秋之世,故孔子有犁牛之言,而弟子冉耕亦字伯牛。《礼记·月令》:'季冬出土牛,示农耕早晚。'贾谊《新书》、刘向《新序》俱载邹穆公曰:'百姓饱牛而耕,暴背而耘。'大率在秦汉之际,何待赵过?过特教人耦犁,共二牛,费省而功倍尔。"这说明了春秋时代已有牛耕。但是他"疑犁起于春秋之世",又说"大率在秦汉之际",还是把牛耕起源看迟了些。江永《群经补义·杂说》里说:"有谓汉武帝时赵过始教民牛耕,非也。观冉伯牛、司马牛之名字,犁耕用牛久矣。更有一切证,《国语》窦犫对赵简子云:宗庙之牺为畎亩之勤。谓贵者降而为贱,为宗庙牺牲恐服勤于田也。岂非牛耕之谓乎?"江永这些话恰为补充了周益公说所未及的。不错,孔门弟子有冉耕字伯牛,司马耕又名犁,字子牛。要不是春秋时代早有用牛拉犁耕田的事实,他们怎么会有这种名字?他引《国语》的一证真是一个确切的证据。严杰《经义丛钞》十六载有赵春沂《牛耕说》一文,道:"案《周礼·里宰》郑注:'合人耦。'则牛耦可知。《闾师》'掌六畜之数。郑注:'掌六畜者,农事之本。'窃思牛之为牲，非庶民燕祭之所得用；而大车之载，亦非庶民家得有之。可悟周时已有牛耕之制。《晋语》有之曰：'其子孙将耕于齐，宗庙之牺为畎亩之勤。'此尤牛耕之确证。特是周时虽有牛耕，而牛耕不始于周也。尝谓牛耕之利与耒耜并兴。《庄子·天下篇·释文》引《三苍》：'耜，耒头铁也。'《考工记》：'二耜为耦。'郑注云：'今之耜歧头两金，象古之耦也。'《贾疏》云：'用牛耕种，故有两脚耜。'两脚耜为牛耕而设，则耦亦即为牛耕而设。耦与耜同制，有耦已有耜，有耜已有牛耕。考之《易》，作耒耜者神农氏也。则牛耕亦当始自神农氏矣。"他说周时虽有牛耕，而牛耕不始于周。这话可不算错。至于说牛耕之利与耒耜并兴，牛耕亦当始自神农氏。这话就不见得符合历史事实了。

使用牛耕而用铁犁，究竟起于什么时候？我们从《诗经》许多篇关于农事的诗里看不出用牛耕田的影子，虽然屡见耜字，耜是耒头金，认为这就是犁，却找不到当时犁头用铁的确证。但见约和成王时候《噫嘻》一诗同时的《臣工》诗里有锄类的"镈"、锹铲之类的"钱"、割禾短镰的"铚"，这三个形声字的偏旁都从金，可以想见它是金属制的农具。就是说，周初已有金属农具。又见到其他的诗形容耜是"覃耜"、"有略其耜"、"畟畟良耜"，可以推想那些犁头是尖锐的、锋利的，可能和镈、钱、铚一样是用金属制成的。同时我们也可以推想那时所谓美金或吉金的青铜，贵族制器还不易得，当然不会用作一般农具给被迫劳动的奴隶使用，奴隶用得到的当然是所谓恶金的铁。即令有铜犁之类的农具，不是由带头的奴隶主贵族或奴隶总管田官一类人物示范时候使用，也该是贵族传给子孙保用的彝器宝物一类性质的东西，而且数量绝少。不然的话，为什么在已经发见的大量的殷周青铜器群中铜制农器绝少绝少呢？学者可就陆懋德《中国发现之上古铜犁考》（《燕京学报》三十七期）一文所说的再加研究。又，根据《大雅·公刘》、《尚书·费誓》里的"锻"字，这是从周初的文字记载透漏了当时用铁的消息，哪怕还是粗锻的块铁。由此可见，周初已经开始使用铁的犁头，并不是全无踪影可寻。《战国策·赵策》中说："秦以牛田，水通粮。"《孟子》一书记载孟轲和许行的辩论,孟轲诘问许行道:"许子以釜甑爨,以铁耕乎?",要不是春秋战国时代早已很普遍的使用牛耕、铁犁,孟轲就不会有这样的问话。就是说,牛耕、铁犁决不是刚从春秋战国时代开始。因为一件工具、一种技术的创造和改进,直到广泛使用,其间不知道要经过多久岁月。而且春秋战国时代广泛使用铁制农具,最近已从地下考古材料得到实证。中国科学院一九五〇年发掘河南辉县固围村战国魏墓,有铁犁、锄头、铲子出土。又在河北兴隆发见了战国时代燕国铸造铁工具的铁范七十多件,其中有好多件是属于农具一类的。综合以上来说,说春秋战国时代早已有了牛耕,有了铁犁,这是绝无疑问的事。再,从殷虚卜辞来证:卜辞中有许多犁字,楷写作牢或作牣。字形从勿从牛,勿上还有三点或两点不等,当是象泥土点滴之形。勿是犁头,牛带着犁头,表示用牛耕田。牣或隶定作牣,还待研究。近人或说金文、甲骨文都有畴字,像耕犁到田边转弯的形象。人用耒耜发土,只有直行,不会转弯,所以殷周间即使没有铁,也该有金属犁了。尽管殷商时代还有许多石制农具,如在安阳小屯出土的石铲、石铚之类,还像有所谓"剡耜而耕,摩蜃而耨",蚌制木制的农具存在。可是在殷商贞卜文字上似已证明有了牛耕。而在周初文字记载的《诗》、《书》里也已露出了如上文所说的用铁的痕迹,从而我们说周初已经有了牛耕,又有了铁犁,也就不能说是全无根据,向壁虚造。《诗经》里的农事诗不曾明白写出牛耕和铁犁,想是偶然缺载。但看这些诗里再三说覃耜、略耜、良耜,那样好的锐利的犁头,可能就是金属制的犁头,不是同时已有其他的农具如镈、钱、铚之类当认为是金属铁制的或铜制的吗?最后不妨再重复一句:我们认为从古初开始有铁到用铁犁,必有一个很长时间的发展过程,绝不会晚到春秋战国时代突然出现,而且那么广泛地应用起来,并屡见于记载的。始见记载,初见古物,非"必"标识创始,但可证明其早已流行。考古学者误认为"必",原是数见不鲜的。这是本书榷论考古通义之一。

丝 衣

丝衣其紑！载弁俅俅。自堂徂基，自羊徂牛，鼐鼎及鼒。兕觥其觩，旨酒思柔。不吴不敖，胡考之休！

【解题】

《丝衣》，当是关于祀灵星、绎宾尸之诗。《诗序》说："《丝衣》，绎宾尸也。高子曰：灵星之尸也。"王先谦《集疏》说："鲁说曰：《丝衣》一章九句，绎宾尸之所歌也。（蔡邕《独断》）齐、韩当同。陈乔枞云：刘向《五经通义》亦以'丝衣其紑'为言王者祭灵星公尸所服之衣，与高子说合，知鲁、毛义同。"是这诗主旨今古文说同。《诗序》引高子语，高子何许人？陈奂《传疏》说："《序》引高子者，以博异闻也。《郑志》答张逸云：高子之言非毛公，后人著之。奂疑高子即高行子。《孟子》称高子论《小弁》之诗，《小弁·传》引其说；《韩诗外传》又称高子与孟子论卫女之诗，则与此高子当是一人，习于《诗》者，故《毛诗序》与《传》皆有高子。陆德明《释文》：徐整云，子夏授高行子，高行子授薛仓子，薛仓子授帛妙子，帛妙子授河间人大毛公。"倘若这高子就是高行子，子夏弟子，又得和孟子同时，可见他享有高寿，那就难怪梁惠王尊称为叟的孟子还得尊称他为叟了。

何谓绎？何谓宾尸？《郑笺》说："绎，又祭也。天子诸侯曰绎，以祭之明日。卿大夫曰宾尸，与祭同日。周曰绎，商谓之肜（音融）。"可知绎和宾尸都是祭名，名异而事同，因为祭者身份不同，等级不同，而其名称也不同。但是这里《诗序》说绎宾尸，只是天子绎祭、宾礼公尸的一个意思。记得我们在《小雅》之《楚茨》、《信南山》，《大雅》之《既醉》、《凫鹥》的解题中说过，公尸是象神受祭的人，又叫做神尸、皇尸，也单称尸。而且也说过绎祭，以《凫鹥·解题》里说的较详。

何谓灵星？灵星何神？祀灵星何事？马瑞辰《通释》说："后世学宫前立棂星门。据桂馥引《龙鱼河图》云，天镇星，主得士之庆。其精,下为灵星之神。则门名棂星,自祭天镇星耳。"这说的是文庙(孔庙)棂星门的灵星,和此诗所祀的灵星不同。胡承珙《后笺》说:"高子以为灵星之尸者,正以《序》言宾尸,不明何祭之尸,故特著此语。《史记·封禅书》:'汉兴八年,或曰:周兴而邑郜,立后稷之祠,至今血食天下。于是高祖制诏御史,其令郡国县立灵星祠,常以岁时祠以牛。'张晏曰:'龙星左角曰天田,则农祥也。晨见而祭。'张守节《正义》引《汉旧仪》云:'五年,修复周家旧祠,祀后稷于东南,为民祈农。夏则龙星见而始雩。龙星左角为天田,右角为大庭。天田为司马,教人种百谷为稷。灵者神也,辰之神为灵星,故以壬辰日祠灵星于东南,金胜为土相也。'其后《汉书·郊祀志》、《续汉书·祭祀志》皆因之。以汉法推周制,考《周语》虢文公曰:'农祥晨正。'伶州鸠曰:'昔武王伐殷,月在天驷。''月之所在,辰马农祥也。我大祖后稷之所经纬也。'《晋语》董因曰:'大火,阏伯之星也,是谓大辰,辰以成善,后稷是相。'此三条皆足为周人祀灵星之证。《续汉书》又引旧说云:'言祠后稷而谓之灵星者,以后稷又配食星也。'然则灵星之祀,其来甚古。《淮南·主术训》:'君人之道,其犹零(零同灵)星之尸也。'是灵星之有尸亦久矣。高子与孟子同时,去古未远,故能确知此诗为祀灵星之作。毛公分序篇端,存而不削,自必意与之同。至《郑笺》乃注宗庙绎祭;《孔疏》遂谓高子别论他事,云祭灵星以人为尸,后人引之以证宗庙之尸。此缪说也。宗庙有尸,谁人不知?何用假灵星以明之乎?又《丝衣》次《载芟》、《良耜》,《古今注》云:'元和三年,初为郡国立稷及祠社、灵星礼器。'《后汉·东夷传》:'高句骊好祠鬼神、社稷、零星。'可知古者灵星之祀与社稷为类。此诗之次于《载芟》、《良耜》,殆非无故矣。"他肯定了此诗是祀灵星之作;证明了周人祀灵星,灵星有尸;也说明了此诗次《载芟》、《良耜》之后,因为古者灵星之祀与社稷为类,同是为了祈谷。陈乔枞《鲁诗遗说考》据其说,乃谓"《载芟》、《良耜》二篇是正祭所歌乐章,《丝衣》一篇则绎祭所歌之乐章耳"。同时胡承珙还指出了这诗《笺》、《疏》的错处。至朱熹沿《笺》、《疏》之误以为此祭宗庙，亦祭而饮酒之诗；反以为《序》误，高子尤误。这都用不着驳了。

灵星是不是龙星？灵星之祭是不是雩祭？这问题是因王充《论衡》把灵星和龙星和雩祭混在一起来说而引起来的。后来《诗》、《礼》注家辄用其说。陈奂《传疏》虽以为灵星是农星而非龙星，还是说"灵星为雩祭之星"；"祭农星，后稷配食，此雩配先帝之义也。"王先谦《集疏》说："黄山云：灵星所祭者天田，天田为龙左角之星，非即龙也（《论衡·祭意篇》：灵星者，神也。神者，谓龙星也。又见《明雩篇》）。龙主雨，天田主稷。惟其主稷，故为祈报社稷绎尸之诗（用陈乔枞说），而又以雩捉之，非也（《论衡·祭意篇》：灵星之祭祭水旱也，于《礼》旧名曰雩）。龙见于建巳之月，于夏正亦为四月，而云二月，亦非也（同上，二月之时，龙星始见）。求雨之祭，至两汉犹始立夏，止立秋。春雩秋雩，古所谓非礼之雩，岂可为典要？祈谷与祈雨有别。《月令》之祈谷实：因大雩而及之，然亦在仲夏。八月而祈谷实，亦《月令》所无（同上，龙星二月见则雩，祈谷雨；龙星八月将入则秋雩，祈谷实）。春社，祈也，秋社，报也，报尚何求？尤不可通也。惟周以后稷配天，非时不敢祭，故别立灵星以为常祀，旱潦虫蝗盖皆祷之，岂专为求雨设哉？"他本意在驳《论衡》的这一些论点，却不明白指出，看来好像无的放矢。我们没有兴趣介入这一种无谓纠纷。只是为了读通这诗，例须总结旧说而加以批判，试作一定的结论，故不能不揭穿这种旧说玩弄玄虚的把戏。总之，我们读过《豳风》、《雅》、《颂》里好些农事诗，再读《周礼》、《礼记》等书涉及农事的一些记载，就会知道周时劳动人民从事农业生产积累了不少关于生产斗争的知识，比如已有沟洫畎浍灌溉排水的一套水利系统，并向水旱虫蝗许多自然灾害作过斗争。同时统治阶级却又像自欺欺人，屈服于人间权力神幻化了的神权之下，一年到头忙于从祭祀祈祷中讨生活。这可以考见当时社会发展到了一个怎样的阶段。目前劳动人民掌握了自己的命运，成了社会的主人翁，成了自然界的控制者，固然没有兴趣读这类祭祀诗，却不妨试从历史上了解这些诗的意义,更鼓舞我们前进!

酌

於铄王师!遵养时晦。时纯熙矣,是用大介。我龙受之,蹻蹻王之造;载用有嗣,实维尔公,允师!

【解题】

《酌》一篇,《诗序》说:"告成《大武》也。言能酌先祖之道以养天下也。"《郑笺》说:"周公居摄六年,制礼作乐,归政成王,乃后祭于庙而奏之。其始成,告之而已。"这于诗为何人所作?作在何时?用在何事?都有暗示,却不甚明确。陈奂《传疏》说:"《维天之命》,礼成告文王;此乐成告武王。乐莫大于《大武》,故云告成《大武》也。《仪礼》、《礼记》皆言舞《勺》,则乐有舞矣。酌与勺同。《后笺》云:'养即经中养字。《传》训养为取,《序》养天下即取天下,《大武》之功在于取天下。此告成《大武》之诗而篇名《酌》者,言酌时之宜,所谓汤伐桀、武王伐纣,时也。曰酌先祖之道者,先祖谓文王。文王之道,三分有二而不取;武王酌其时,八百会同则取之。《孟子》曰:取之万民不悦则勿取,文王是也。取之而万民悦则取之,武王是也。《序》以《大武》之取天下为能酌文王之道,即此意也。称先祖者,据成王作颂时言之耳。'"这就比《郑笺》说得明确了。尤其是解通了酌字、养字,从此《诗序》意义才完全明白。

王先谦《集疏》说:"鲁说曰:《酌》一章九句,告成《大武》,言能酌先祖之道以养天下之所敬也。(蔡邕《独断》)齐说曰:周公作《勺》。《勺》,言能勺先祖之道也。(《汉书·礼乐志》)"又说:"《白虎通·礼乐》篇:'周乐曰《大武象》,周公之乐曰《酌》,合曰《大武》。周公曰《酌》者,言周公辅成王,能斟酌文、武之道而成之也。'《风俗通义》六:'武王作《武》,周公作《勺》。《勺》,言斟酌先祖之道也。《武》,言以功定天下也。'以上亦鲁说。……《董仲舒传》:'五帝、三王之道,改制作乐,而天下和洽,百王同之。虞氏之乐莫盛于《韶》,周之乐莫盛于《勺》。'张晏注:'《勺》,《周颂》篇名,言能成先祖之功以养天下也。'陈乔枞云:'谓周乐莫盛于《勺》者,谓文王、武王之武功至是大成,故为极盛耳。'《繁露·质文》篇:'周公辅成王受命,作宫邑于洛阳,成文、武之制,作《礿》乐以奉天。'《仪礼·燕礼》:'若舞则《勺》。'郑注:'《勺》,《颂》篇,告成《大武》之乐歌也。《万舞》而奏之,所以美王侯,劝有功也。'以上皆齐说。酌,正字。汋,通用字,《荀子》、《左传》并作汋。礿,讹字。勺,省字也。韩说盖同。"据此可见这诗主旨今古文说同。今文更明确指出周公作《酌》。

《周颂》诸篇,词句简古,后人难晓,《酌》篇尤甚,说来大有纠纷,不可尽述。诗发端四句:"於铄王师,遵养时晦。时纯熙矣,是用大介。"《毛传》说:"铄,美。遵,率。养,取。晦,昧也。"这解首二句虽简、不误。马瑞辰《通释》说:"遵养时晦,……言用王师以取是晦昧也。晦昧既除,则天下清明,故下即接言时纯熙矣。……纯熙,谓大光明也。武王既攻取晦昧,于时遂大光明,犹《绵》之诗曰'会朝清明'也。《尔雅·释诂》:'介,善也。'大介即大善,大善犹大祥也。故下即继以'我龙受之',正谓受此大善耳。"依此串解了首四句,不误。诗中三句:"我龙受之,蹻蹻王之造,载用有嗣。"王先谦说:"愚案,上文当如马说。以此大善,我知为天之宠而受之,遂诛商奄,灭国五十。蹻蹻武臣争来造王,王之所用,有相续不绝者,言周得人之盛也。"这串解了中三句,不误。但"我"当是我武臣,不是我王。诗末二句:"实维尔公,允师。"《毛传》说:"公,事也。"《郑笺》说:"允,信也。王之事所以举兵克胜者,实维女之事,信得用师之道。"这串解了末二句,不误。如此集解,总算从此全篇解通,歧解可息了。全部《直解》都用这个方法解通,不能一一备述所据,这里特举一例罢了。

桓

绥万邦,娄丰年,天命匪解。桓桓武王!保有厥士,于以四方;克定厥家。於昭于天,皇以间之!

【解题】

《桓》一篇,《诗序》说:"讲武类祃也。桓,武志也。"何谓类?何谓祃?何谓武志?《郑笺》说:"类也,祃也,皆师祭也。"他仅简单地解了"类祃"二字。《孔疏》:"《桓》诗者,讲武类祃之乐歌也。谓武王欲伐殷,陈列六军,讲习武事。又为类祭于上帝,为祃祭于所征之地,治兵祭神,然后克纣。至周公、成王太平之时,诗人追述其事而为此歌焉。《序》又说名篇之意,桓者,威武之志。言讲武之时军师皆武,故取桓字名篇也。此经虽有桓字,止言王身之武;名篇曰《桓》,则谓军众尽武。《谥法》:辟土服远曰桓。是有威武之义。桓字虽出于经,而与经小异,故特解之。经之所陈,武王伐纣之后民安年丰,克定王业,代殷为王,皆由讲武类祃得使之然。作者美武王,意在本由类祃,故《序》达其意,言其作之所由。讲武是军众初出,在国治兵也。类则于内祭天,祃则在于所征之地,自内而出,为事之次也。"这里初解了"武志"二字,即以《桓》名篇之意。重解了"类祃"二字。祃字难明,还须详解。故又说:"祃之所祭,其神不明。《肆师》云:'凡四时之大甸猎,祭表貉则为位'。注云:'貉,师祭也。〔貉读为十百之百。〕于所立表之处为师祭,祭造军法者,祷气势之倍增也。其神盖蚩尤,或曰黄帝。又《甸祝》:'掌四时之田,表貉之祝号。'杜子春〔读貉为'百尔所思'之百,书亦或为祃。〕云:貉,兵祭也。甸以讲武治兵,故有兵祭。〔《诗》曰:'是类是祃。'《尔雅》曰:'是类是祃,师祭也。'玄谓田者〕习兵之礼,故〔亦〕祃祭,祷气势之十百而多获。由此二注言之,则祃祭造兵为军法者,为表以祭之。祃,《周礼》作貉,貉又或为貊字,古今之异也。貉之言百,祭祀此神,求获百倍。"据此可知,类是祭天,祃是祭造兵为军法者,即祭军神。类祃都是誓师之祭,故郑玄以为皆师祭。王先谦《集疏》说:"鲁说曰:《桓》

一章九句，师祭讲武类祃之所歌也。(蔡邕《独断》)齐、韩当同。"这诗主旨今古文说又同。这都是说的用作乐章之谊，非诗本谊。《孔疏》申《序》未免曲解。

祃祭军神，当即后世所谓祃牙、祭旗。陈奂《传疏》说："《书》：'类于上帝。'文在巡守之先。《周礼·肆师》：'类造上帝。'记在师甸之后。至《肆师》、《甸祝》、《大司马》'表貉'，诸家以为貉即祃祭，皆为四时田猎设祭，是巡狩、大甸猎皆有类祃。《序》云讲武，则不独施于出征矣。盖武王克纣代殷，出征类祃。其后大平告成，讲武事而类祃，当亦以此为乐歌欤？"这是说，武王伐纣出师有过类祭祃祭。其后这诗作为类祭祃祭的乐歌，战时出兵用它，平时巡狩、大田猎也用它，总之用在讲武之事。他解《诗序》"讲武"二字不错。

赉

文王既勤止！我应受之。敷时绎思；我徂维求定，时周之命。於绎思！

【解题】

《赉》一篇，当是关于武王伐纣胜利以后，宣布接受先德，大封诸侯于庙之诗。诗称我，我武王。诗用武王自勉并和诸侯共勉的语意。张尔岐《蒿庵闲话》说："赉，《集传》云，此颂文、武之功而言其大封功臣之意。愚按，大封功臣者武王也。则经文我字正是诗人代武王自言，篇中岂容自颂其功？《集传》云颂文、武之功者，乃后人解经推原而为此说耳，非当时诗人之意即一边颂文、一边颂武也。言其大封功臣之意，一语足括经意，其字即指武王而言。《序》云：'《赉》，大封于庙也。'朱子初无驳语，《集传》正本其说。先辈文乃有云：我周之有天下者文之谟，而定天下者武之烈。以武王之谥入口气内，盖泥《集传》而失之。"此诗是武王自作还是诗人代言？善于代圣贤立言的八股文家竟弄不清楚，闹出了这一笑话。

《诗序》说:"《赉》,大封于庙也。赉,予也。言所以锡予善人也。"《郑笺》说:"大封,武王伐纣时封诸侯有功者。"陈奂《传疏》说:"《论语·尧曰》篇云:'周有大赉,善人是富。'《书序》云:'武王既胜殷,邦诸侯,班宗彝,作《分器》。'《史记·殷本纪》作'封诸侯',古邦、封通也。"王先谦《集疏》说:"鲁说曰:《赉》一章六句,大封于庙,赐有德之所歌也。(蔡邕《独断》)"又说:"《中论·爵禄》篇:先王之将封建诸侯而锡爵禄也,必于清庙之中,陈金石之乐,隆宴赐之礼,宗人摈相,内史作策也。其《颂》曰:'文王既勤止,我应受之,敷时绎思。'由此观之,爵禄者先王之所贵也。此鲁说。"这诗主旨今古文说又同。

诗无赉字,何以篇名叫《赉》?大封于庙,庙为何庙?何谓大封?锡封为何在庙?大封史实若何?《孔疏》解说比较为详。《孔疏》说:"《赉》诗者,大封于庙之乐歌也。谓武王既伐纣,于庙中大封有功之臣以为诸侯。周公、成王太平之时,诗人追述其事而为此歌焉。经无赉字,《序》又说其名篇之意。赉,予也,言所以锡予善德之人,故名篇曰《赉》。经之所陈,皆是武王陈文王之德,以戒敕受封之人,是其大封之事也。此言大封于庙,谓文王庙也。"又说:"以言大封,则所封者广,唯初定天下可有此事,守文之世不应得然。且宣十二年《左传》曰:'昔武王克商而作颂,其三曰,敷时绎思,我徂维求定。'引此文以为武王之颂。故知武王伐纣时封诸臣有功者,封为诸侯。《乐记》说:'武王克殷,未及下车而封蓟、祝、陈,下车而封杞、宋。'又言'将率之士使为诸侯'。是大封也。昭二十八年《左传》曰:'昔武王克商,光有天下。其兄弟之国者十有五人,姬姓之国者四十人。'《古文尚书·武成》篇说:'武王克殷而反,祀于周庙,列爵惟五,分土惟三,大赉于四海,而万民悦服。'皆是武王大封之事。此言大封于庙,《乐记》未至庙而已封三恪二代者,言其急于先代之意耳。《祭统》曰:'古者明君必赐爵禄于太庙,示不敢专也。'然则武王未及下车,虽有命封之,必至庙受策乃成封耳,亦在此大封之中也。皇甫谧云:'武王伐纣之年,夏四月乙卯,祀于周庙,将率之士皆封,诸侯国四百人,兄弟之国十五人,同姓之国四十人。'如谶之言,此大封是伐纣之年事也。"按,武王十三年伐纣,当纣王三十三年,即公元前一一二二年。可以推知这诗作出最早不早过这一年,最迟也迟不到成王七年,即公元前一一〇九年以后。

般

於皇时周！陟其高山,隳山乔岳；允犹翕河。敷天之下,裒时之对,时周之命！

【解题】

《般》一篇,当是关于王者巡狩祭祀之诗。这个王是武王还是成王？迄无定论。正和《时迈》一篇同说王者巡狩祭祀,不易确指何王一样。胡承珙《后笺》以此二诗俱属武王。他说:"按此诗与《时迈》相似。但《时迈·序》云:'巡守告祭柴望也。'此所重在告祭天神,而山川百神皆在从祀之数,故经首言昊天,然后及百神河岳。《郊特牲》云:'天子适四方,先柴。'《尧典》:'东巡守至于岱宗,柴。'《说文》:'祡,烧柴焚燎以祭天神。'郑《王制》注:'柴,祭天告至也。'此可见《时迈》以柴为重,望秩山川,不过连而及之耳。《般》则绝不及柴燎,惟祀山川而已,此其所以不同。况《时迈》言'载戢干戈,载櫜弓矢',明是颂武王初克商后巡守祭告之事。《般》则通言陟山翕河,敷天裒对,似当为既定天下后,时巡四方而作。《正义》不分别二诗之异同,则岂同是武王一时巡守之事而分为二《颂》耶？于义疏矣。"说亦有见,还待论定。当时他的朋友陈奂作《传疏》,还分为一告祭天,一望祀山川。好像说二诗是同时之作,和《孔疏》同。魏源《诗序集义》以为《清庙》、《维天之命》、《维清》、《我将》、《思文》、《雍》、《烈文》、《时迈》、《有瞽》、《武》、《酌》、《赉》、《般》、《桓》等十四篇,"皆周公东都之颂"。亦可附及,备考。

《诗序》说:"《般》,巡守而祀四岳河海也。般,乐也。"诗无般字,为什么篇名叫做《般》？般字训为"乐也",对不对呢？黄中松《诗疑辨证》说:"《苏传》以般为游。范氏更为巡狩则跋涉山川,故取般为义。异乎所谓乐与游也。朱子亦谓诗中无游乐之义,当阙之。窃意《序》所云乐者,即《夏谚》'吾王不豫'之豫乎?苏氏所云游者,即《夏谚》'吾王不游'之游乎?乐为豫乐,游为行游,因行游而为豫乐,由豫乐而出行游,二者原不相离,皆为巡狩之事,而非巡狩之所重。"他引《孟子》所举《夏谚》为证,解此般字,可算恰当。《传说汇纂》引曹粹中说:"《论文》云:般,旋也。象舟之旋,从舟从殳,殳所以旋也。今名篇曰《般》,取盘旋之义。巡守而遍乎四岳,所谓盘旋也。"于义可通,恐未必是。

这诗主旨今古文说有不同,清儒颇有争论。王先谦《集疏》说:"鲁说曰:《般》一章七句,巡狩祀四岳河海之所歌也。(蔡邕《独断》)。"单看这条好像今古文说同。又说:"《史记·封禅书》:'周成王封泰山,禅社首。受命然后得封禅。'《诗》云纣在位,文王受命,政不及泰山。武王克殷二年,天下未宁而崩。爰周德之洽维成王,成王之封禅则近之矣。陈乔枞云:'《史记》所引《诗》即《鲁诗》说。据《封禅书》言,上招贤良赵绾、王臧等,以文学为公卿,欲议立古明堂城南以朝诸侯,草巡狩封禅改历服色事。绾、臧并申公弟子,益足证《鲁诗》以《般》为言封禅事矣。《史记》又云:孔子论述六艺,《传》略言易姓而王,封泰山,禅乎梁父者七十余王。疑《传》即指《鲁诗传》也。'《白虎通·封禅》篇:'王者易姓而起,必升封泰山,何?报告之义也。始受命之日,改制应天。天下太平功成,封禅以告太平也。所以必于泰山,何?万物之始,交泰之处也。《诗》云:於皇明周,陟其高山。言周太平,封泰山也。又曰:隋山乔岳,允犹翕河。言望祭山川,百神来归也。'陈乔枞云:'元本《白虎通》作明周,与《诗考》引合。惟小字本作时周。'以上亦鲁说。《易林·萃之比》:'德施流行,利之四乡。雨师洒道,风伯逐殃。巡狩封禅,以告成功。'《益之复》、《旅之小过》同。此齐说。《尚书孔序·疏》引《韩诗外传》曰:'古封泰山、禅梁甫者万余人,仲尼观焉,不能尽识。'司马贞《补史记三皇本纪》引略同。陈乔枞云:'封禅之礼,古者帝王巡守必皆行之。封,即《尧典》封十有二山之封。郑注《书大传》云:祭者必封,封亦坛也。禅,与墠同。《东门之墠·传》云:墠,除地町町者。

然则封土为坛,除地为墠,乃巡守祭祀之常事,故经典皆未尝特言之耳。'愚案,秦汉以后,狃于所无,未免郑重言之。其实古帝王无不巡狩,巡狩无不祭方岳。则封禅之事,并非巡狩之外,经传别有盛典。乾隆间,东巡岱宗,祀典隆重,破除世俗拘墟陋见,所以为千古之极则与?"同此一诗,古文家以为武王巡狩而不说及封禅,今文家或以为成王巡狩封禅。究竟巡狩是武王还是成王?巡狩封禅是二事还是一事?前儒争论起劲,意在为帝王服务(如为乾隆东巡颂美便是一证);今人以为无用废话,因为这和人民利益不相容。

　　阮元作《封泰山论》,其言盖为康乾两朝屡见东巡、南巡劳民病国而发。他以为上古文字始造,史册未兴,王者封禅刻石即是史书。又说:"封禅为古大礼,古者开创之帝王虽功德有醇驳而皆得行之。秦始皇、汉武帝之求长生,光武帝之用谶纬,宋真宗之得天书,皆以邪道坏古礼,不足为封禅咎。"这当是有为而发,岂是无的放矢?本来所谓巡狩封禅祭祀天地山川遍于群神的大礼,实是统治阶级一种自欺欺人的鬼把戏。疑是从原始氏族社会有了酋长,有了英勇的领袖,认为他是天神的化身,就开始有了的。这就是古史传说"封泰山者七十有二代"(指多代,非实数)的由来。又从奴隶社会到封建社会,秦皇汉武才把这一鬼把戏愈演愈盛的。但读《史记·封禅书》便可知道。汉代经今文家爱说封禅,当是讨好当时帝王。古文家大毛公是六国时人,只说巡狩,不曾夸张封禅。当然即是所谓巡狩,也还是统治阶级谎言受命以欺骗人民,炫耀权威以恐吓人民的一套鬼把戏。胡承珙不曾揭穿经今文家主张"通经致用"原有曲学阿世的嫌疑,单从《时迈》和《般》两诗来论今古文说的异同得失,也算有些意思。他说:"案《时迈·传》,以乔岳为岱宗,此则以高山为四岳。是必毛公时古书尚多,确知武王克商后有巡行至泰山之事,及天下既定,乃举巡守四岳之礼。至成王、周公述武王之功为此二诗,俱属武王之颂,故《传》文分别若此。……汉儒于二诗皆有封禅之说。《时迈·疏》谓封禅之见于经者惟《大宗伯》:'王大封则先告后土。'而毛于二诗不言封禅。""秦皇、汉武踵事而增,玉检金泥为世大诟。汉儒狃于所闻，未免郑重言之，似于巡守之外别有此盛典者。《白虎通义》所载，亦三家《诗》说，犹是汉人之见。毛公生于先秦，尚知不侈言封禅，其见卓矣。"《诗》今文家为何爱说封禅？这诗是否说的封禅？说何王封禅？我们为了读通这诗，不能不谈到这些问题，并把它从此了结。

诗三百解题卷二十九

驷　　毛诗鲁颂

驷

驷驷牡马,在坰之野。薄言驷者?有骊有皇,有骊有黄,以车彭彭。思无疆:思马斯臧!

驷驷牡马!在坰之野。薄言驷者?有骓有駓,有骍有骐,以车伾伾。思无期:思马斯才!

驷驷牡马!在坰之野。薄言驷者?有驒有骆,有骝有雒,以车绎绎。思无斁:思马斯作!

驷驷牡马!在坰之野。薄言驷者?有駰有騢,有驔有鱼,以车祛祛。思无邪:思马斯徂!

【解题】

《驷》是《鲁颂》的第一篇,叙述鲁侯马政之盛。朱公迁说:"问国君之富,数马以对。故诗人以之颂美其君如此。"朱谋㙔说:"鲁政多矣,独举考牧一事,军国之所重也。"沈万钶说:"孔子曰,鲁、卫之政,兄弟也。盖悯其衰乱之相似也。夫悯其衰乱之相似,则岂不喜其兴复之相侔乎?是故鲁之驷牡扬于《颂》,卫之骍牝褒于《风》。"《传说汇纂》引此三说,借以说明此诗主旨,不错。诗里说马都因马的毛色形状不同而各有专名,可见当时牧养从事车战的军马是一种专业;又,社会生产虽然已经以农耕为主,却离以渔猎畜牧为主的时代还不太古远。

《诗序》说:"《驷》,颂僖公也。僖公能遵伯禽之法,俭以足用,宽以爱民,务农重谷,牧于坰野。鲁人尊之,于是季孙行父请命于周,而史克作是《颂》。"为什么鲁国没有《风诗》而有《颂诗》?《驷》篇是不是颂美僖公?季孙行父何人?史克何人?《鲁颂》四篇是否都是史克所作?

作在何时？《周颂》每篇都是一章，《鲁颂》何以分章？《孔疏》都有说明，虽然所说不一定都对。《孔疏》说："《王制》说巡守之礼云：'命太师陈诗以观民之风俗。'然则天子巡守，采诸国之诗，观其善恶以为黜陟。今周尊鲁若王者，巡守述职，不陈其诗，虽鲁人有作，周室不采。《商谱》云：'巡守述职，不陈其诗，示无贬黜客之义。'然则不陈鲁诗，亦示无贬黜鲁之义也。……故王道既衰，《变风》皆作，而鲁独无之。……至于臣颂君功，亦乐使周室闻之，是以行父请焉。""（僖公）既薨之后，鲁国之人慕而尊之，于是卿有季孙氏名行父者请于周，言鲁为天子所优，不陈其诗，不得作《风》，今僖公身有盛德，诗为作《颂》。既为天子所许，而史官名克者作是《駉》诗之《颂》，以颂美僖公也。""《序》云史克作是《颂》，广言作《颂》，不指《駉》篇，则四篇皆史克所作。""文六年，行父始见于经。十八年，史克名见于《传》。则克于文公之时为史官矣。然则此诗之作当在文公之世，其年月不可得而知也。""行父是季友之孙，故以季孙为氏，死谥曰文子。《左传》、《世本》皆有其事。文十八年《左传》称季文子使太史克对宣公，知史克鲁史也。此虽借名为《颂》而体实《国风》，非告神之歌，故有章句也。"

陈奂《传疏》于上《孔疏》所说有所驳正。他以为鲁大夫季孙行父请命于周，是请命以鲁僖公为侯伯，不是如《孔疏》说的请命作《颂》；史克作是《颂》，只是作这《駉》篇，不是如《孔疏》说的作《鲁颂》四篇。同时他于鲁僖公在历史上的地位，及其在当时列国关系上的地位，也作了简要的评价。他说："案命，当读如'侯伯七命'之命。初，伯禽就封鲁，本大国，至春秋时为次国。闵公又遭庆父之乱，家国颠覆，齐桓公救而存之，遂立僖公。僖公从伯主讨淮夷，能复伯禽之业，如大国之制。鲁人尊其教，于是有大夫季孙行父者往周请命，谓请命，非谓请作《颂》也。行父请命与史克作《颂》是两事。史克作《颂》谓作《駉》篇，非谓作《鲁颂》四篇也。《唐风·无衣》：'美晋武公也。武公始并晋国，其大夫为之请命乎天子之使而作是诗也。'一章云：'岂曰无衣七兮？'二章云：'岂曰无衣六兮？'七命以七为节，六命以六为节。晋武公始并晋国，大夫为之请命，作《无衣》；鲁僖公能复旧制，大夫为之请命，作《駉》。两诗《序》义正同也。鲁诗独称《颂》者何？仍旧史也。录之，念周公也。鲁，周公之后，有可以继周而王者鲁也。僖公以前未尝无诗，僖公以后未尝无诗，其录僖公者何？僖值周惠王、襄王时，王以庄终，伯以齐始。《春秋》十六年春，公子季友卒。其冬，公会齐侯于淮。十七年冬，齐侯小白卒。十八年春，宋公伐齐。夏，师救齐。《榖梁传》云：'善救齐也。'僖有伐淮夷之功，一时史臣皆得歌颂其功。行父，友之孙，相继为鲁命卿。三年丧毕，有职司于王室，故得往周为君请命。则可以继齐而伯者僖公也。孔子曰：'齐一变至于鲁，鲁一变至于道。'盖觊之也。其以《駉》为《颂》首者何也？鲁僖、卫文皆系齐桓所存之国。卫文务材训农，季年有三百乘之多，故诗人美之云：'骓牝三千。'鲁僖亦能复千乘之制，备六闲之教，其事略相等。僖为鲁中兴之君，鲁又为诸姬之宗，故圣人于《駉》尤致意焉。史克，大史克也。《国语》作里革。"他肯定了史克作《駉》，这是古文《毛诗》一派最后又最有力的一说。又说："《駉》四篇皆鲁诗。周武王定天下，封其弟周公旦于鲁，居上公之职，未就国。后成王灭三监，封元子伯禽，得受上公之地，封疆方五百里。今山东兖州府曲阜县，鲁所都也。孔子鲁人，仍鲁大师之旧诗，录《鲁颂》，犹修鲁《春秋》之义焉尔。"

王先谦《集疏》坚主今文三家遗说，驳斥古文《毛序》不足据。他以为奚斯颂鲁不止是《閟宫》一篇，《駉》篇也是，《鲁颂》四篇全是。他说："愚案，史克作颂惟见《毛序》，他无可证。三家《诗》说皆以《鲁颂》为奚斯作。扬雄文云：'昔正考父尝睎尹吉甫矣，公子奚斯尝睎正考父矣。'说《鲁颂》者首雄，但云'奚斯睎考父'，不云'史克睎考父'。此鲁说。班固《两都赋序》：'昔皋陶歌虞，奚斯颂鲁，皆见采于孔氏，列于《诗》、《书》，其义一也。'此齐说。曹植《承露盘铭序》：'奚斯《鲁颂》。'此韩说。而皆不及史克。《后汉·曹褒传》：'昔奚斯颂鲁，考甫咏殷。夫人臣依义显君，竭忠彰主，行之美也。'此又汉人承用皆属奚斯之证。史克见《左传》，在文公十八年。至宣公世尚存，见《国语》。奚斯见闵公二年,故文公二年《传》已引《閟宫》之诗。不应季孙行父请命于周之前,已有史克先奚斯作颂,知《毛序》不足据矣。今特标举以显三家之义。"他肯定了奚斯作颂。这是今文三家一派最后又最有力的一说。其他反《毛序》的尚有多说。如姜炳璋《诗序广义》所举:"或以为祀鲁公之诗,或以为美马政之诗,或据《春秋》书新延厩以为祀庄公之诗,皆与《序》异。"再如汪梧凤《诗学女为》就说:"此大阅而祭马祖之诗,非专颂牧马之盛。"或想当然,今不具论。

有　　駜

有駜有駜!駜彼乘黄。夙夜在公,在公明明。振振鹭!鹭于下。鼓咽咽,醉言舞。于胥乐兮!

有駜有駜!駜彼乘牡。夙夜在公,在公饮酒。振振鹭!鹭于飞。鼓咽咽,醉言归。于胥乐兮!

有駜有駜!駜彼乘駽。夙夜在公,在公载燕。自今以始,岁其有!君子有谷,诒孙子。于胥乐兮!

【解题】

《有駜》,当是叙述僖公君臣燕乐之诗。朱子《辨说》、魏源《集义》所说不错。从诗寻义只得如此说。不知道它是颂是讽。诗开端说:"有駜有駜。"《毛传》:"駜,马肥强貌。"《说文》:"駜,马饱也。"这是说,有马都吃饱了肥了。安知不是像《孟子》说的?"庖有肥肉,厩有肥马,民有菜色,野有饿莩。"诗中说:"自今以始,岁其有。君子有谷,诒孙子。"像是《春秋》僖三年书"不雨,六月雨,诗人喜雨"的话。君子有谷诒厥孙子,这在劳心的君子自是可喜之事,但在其对立面,劳力的小人又是如何? 这诗是民风体,如从民间采来,诗旨所在,还当研究。

《诗序》说:"《有駜》,颂僖公君臣之有道也。"《郑笺》说:"有道者,以礼义相与之谓也。"王先谦《集疏》说:"三家无异义。"这诗今古文说无争论。《诗序》说的究竟对不对呢？姚际恒《诗经通论》说："《小序》谓颂僖公君臣之有道，云僖公，未有据；云君臣之有道，尤不切合。《集传》云：此燕饮而祷颂之词。无以定其为何公何事也。季明德以为美伯禽君臣，……然亦无所据也。"范家相《诗沈》说："李迁仲曰：僖之贤臣惟季友，臧文仲而已。季友不死子般之难，文仲有三不仁、三不知，安得为有道乎？按三章俱君臣燕乐之词，亦不见称其有道意。"这都怀疑了《诗序》的不可靠，而以何楷《古义》疑的较为近是。他说："此诗疑僖公饮酒泮宫而作，以'振振鹭，鹭于飞'意之。《周颂》：'振鹭于飞，于彼西雍。'鹭固泽鸟也。又疑为喜丰年而作，以'自今以始，岁其有'意之。《春秋》于僖公三年书'不雨'，既而书'六月大雨'。岁其有者，始有年也。"疑这诗是僖公喜雨，饮酒泮宫而作，比较近是。

胡承珙作《毛诗后笺》，病中不废，作完这篇，绝笔而卒。遗嘱他的友人陈奂替他补作成书以便刊行。陈奂就用自己的《传疏》为他补足，成为如今行世的《后笺》足本。真令人有"人能弘道，无如命何"之叹！

泮　水

思乐泮水！薄采其芹。鲁侯戾止，言观其旂。其旂茷茷，鸾声哕哕。无小无大，从公于迈。

思乐泮水！薄采其藻。鲁侯戾止，其马蹻蹻。其马蹻蹻？其音昭昭：载色载笑，匪怒伊教。

思乐泮水！薄采其茆。鲁侯戾止，在泮饮酒。既饮旨酒，永锡难老！顺彼长道，屈此群丑！

穆穆鲁侯！敬明其德。敬慎威仪，维民之则。允文允武！昭假烈祖。靡有不孝，自求伊祜。

明明鲁侯！克明其德。既作泮宫，淮夷攸服。矫矫虎臣！在泮献馘。淑问如皋陶，在泮献囚。

济济多士！克广德心。桓桓于征，狄彼东南。烝烝皇皇！不吴不扬。不告于讻，在泮献功。

角弓其觩，束矢其搜。戎车孔博，徒御无斁。既克淮夷，孔淑不逆。式固尔犹，淮夷卒获。

翩彼飞鸮，集于泮林。食我桑黮，怀我好音。憬彼淮夷，来献其琛：元龟象齿，大赂南金。

【解题】

《泮水》，颂美僖公既作泮宫、淮夷攸服之作。主旨明确，如诗中所说。《诗序》但举修泮宫一事，还不算错。今文"三家无异义"。朱子《辨说》反《诗序》已如上载。《朱传》说："此饮于泮宫而颂祷之词。"不指明其为鲁何公。又意以为非颂其能修泮宫，而是颂祷其将能服淮夷，似仍以为僖公诗。这也许受了欧阳修以诗服淮夷事疑为妄作一说的影响。姚际恒《诗经通论》说："《集传》知于僖公不合，故但曰此饮于泮宫而颂祷之辞。于第三章下云，此章以下皆颂祷之辞，谓献馘、献囚、献功、献琛，皆是。末祝其未来事，尤堪绝倒。"这驳《朱传》有力。但是他从王柏据《费誓》"徂兹淮夷，徐戎并兴"之语，也便说"此篇为颂伯禽诗亦有据"。何以不知诗说"昭假烈祖"，"靡不有孝"，正指僖公能绍周公伯禽之业为更有据呢？不错，"僖公十年冬，从齐侯会于淮而为淮执，明年九月乃得释归。诗言纵夸大，不应以丑为美至于如此。"但据《齐语》：东南有淫乱者莱、莒、徐夷，一战帅服者三十一国。齐桓公南伐盖曾倚重鲁师，鲁僖公从霸主征伐而归，便在泮宫策功饮至，各自以为功，此亦人情常态，难道一无根据而尽属夸大？何况夸大僖公武功，《閟宫》尤甚，《泮水》就不可以吗？

陈启源和陈奂都以为僖公实有伐淮夷之事。陈启源《稽古编》说："《泮水》、《閟宫》两诗述僖公武功，皆因人成事耳。伐淮夷，《郑谱》以十六年会淮当之。《孔疏》申其意，谓淮夷近鲁，霸者独令鲁伐之，应在十七年之末，经、传无文者，因旧史脱漏之故。'戎狄是膺'，《疏》亦以为史文脱漏；或十年齐伐北戎，鲁使人助之，帅贱师少，故不书。其说或然。然源谓十三年会咸，十四年城缘陵，皆为淮夷病杞。十六年会淮，亦谓淮夷病鄫。鲁实从役，斯亦伐淮夷之一证也。而会咸之举，亦因王室有戎难，秋为戎难，故诸侯戍周。十六年又以戎难，故诸侯戍周。讵非膺戎之事乎？作颂者夸大其词，掠人之美，归功于君，臣子之常情耳。成二年鞌之战、襄十八年平阴之役，皆借晋力也。而季文子立武宫以示后世，季武子以所得于齐之兵（铜兵）作林钟而铭鲁功焉，正祖史克之故智也。朱子以为祝愿之词，殆不然。僖公时齐、晋相继而霸，攘除四裔，实有其事，会盟征伐，鲁悉与焉，岂徒祝愿哉？"陈奂《传疏》说："前四章言修泮宫之化，后四章言伐淮夷之功。'既作泮宫，淮夷攸服'，此蒙上生下之词。《春秋》僖十三年夏，公会诸侯于咸。《左传》：'会于咸，淮夷病杞故。'十六年冬，公会诸侯于淮。《传》：'会于淮，谋鄫，且东略也。'十七年秋九月，公至自会。《传》：'书曰：至自会，犹有诸侯之事焉。'案，淮夷病杞又病鄫，于咸、于淮皆齐桓公兵车之会，而僖公与焉。淮之会于十六年之冬十二月，而至自会在十七年秋九月。其时齐侯先归，留鲁侯与诸侯以为东略之谋，则僖公自有伐淮夷之事。淮夷在鲁东南，世与鲁为难。故周公、伯禽之世，尚有淮夷并兴，伯禽征讨之，后或为鲁属国。僖公又能征伐淮夷，故诗歌以美之。昭二十七年《左传》：'晋范献子曰：季氏甚得其民，淮夷与之。'是淮夷与鲁，固畔则为难、服则听从者也。"以上二陈据《春秋》经、传证僖公实有伐淮夷之事，和这诗说及淮夷正合。倘以为不合而别求解说，将见迂曲难通。如范家相《诗渖》：以此诗前四章属僖公，后四章属伯禽。割裂为二，说有未安。又《陆堂诗学》说此诗颂孝公，以诗辞与《国语》樊穆仲之言相合故。此亦不足为证。还有《义门读书记》说："《泮水·序》，明其为颂鲁公也。诸侯能究宣王化，则颂鲁即所以颂周焉耳，其辞也繁，与《周颂》之体异，或追作于僖公时欤？若以为颂僖公能修复泮宫，则诗中未尝一言及修复也。"何焯疑为这诗是僖公追作以颂美鲁先公，但是鲁先公指谁呢？伯禽呢？孝公呢？总之，诸说都不可靠。

何谓泮水？何谓泮宫？《毛传》说："泮水，泮宫之水也。天子辟雍，诸侯泮宫。言水则采取其芹，宫则采取其化。"《郑笺》说："辟雍者，筑土雍水之外圆如璧，四方来观者均也。泮之言半也。半水者，盖东西门以南通水，北无也。天子诸侯宫异制，因形然。"按《礼记·王制》篇："天子命之教，然后为学。小学在公宫南之左，大学在郊。天子曰辟雍，诸侯曰泮宫。"郑注："此小学、大学，殷之制。"王先谦曰："案殷制，大学在郊，《灵台》辟雍是也。周制，天子大学在国，小学在郊。《文王有声》辟雍是也。天子郊学、国学各四。诸侯用殷制，小学在国，大学在郊，各一。"这就是后世国学学宫称辟雍，郡县学学宫称泮宫的由来。明清两代各省府州县所立孔庙谓之文庙，亦谓之学宫或泮宫。其庙宫棂星门前，例凿地为半圆池，亦谓之泮池或泮水。秀才入学谓之入泮。又按，《水经·泗水注》说："灵光殿之东南，即泮宫也。在高门，直北道西。宫中有台，高八十尺。台南水东西一百步，南北六十步。台西水东西六十步，南北四百步。台池咸结石为之，《诗》谓'思乐泮水'也。"陈奂《传疏》、王先谦《集疏》，并据《礼·礼器》《明堂位》《白虎通义》以及《说文》等书，肯定此诗泮宫为学宫，论证详晰，看来不错。

别有一说，以为此诗泮宫不是学宫，泮水不是泮池。只因这宫作在鲁国泮水的边头，所以叫做泮宫。朱右曾《诗地理徵》说："《通典》，兖州泗水县有泮水。此五汶之一，亦曰汶水。或据以说诗，非是。"他说或据此泮水来说诗，不知道他是指谁。清代汉学权威戴震在《毛郑诗考正》里说："鲁有泮水，作宫其上，故他国绝不闻有泮宫，独鲁有之。泮宫也者，其鲁人于此祀后稷乎？鲁有文王庙称周庙。而郊祀后稷，因作宫于都南泮水上，尤非诸侯庙制所得及。宫即水为名，称泮宫。《采蘩篇·传》云：'宫，庙也。'是宫与庙异名同实。《礼器》曰：'鲁人将有事于上帝，必先有事于泮宫。'郑注云：'告后稷也。告之者，将以配天。'然则诗曰'从公于迈'，曰'昭假烈祖，靡有不孝'，明在国都之外，祀后稷之地。曰献馘、献囚、献功，盖鲁于祀后稷之地时，亦就之赏有功也。《王制》篇之言，作于汉文帝时，多涉傅会，未足据证。……此诗至五章已后乃及淮夷，非全无是事，而徒侈言之矣。淮夷近鲁，鲁所当使之服，则诗又以勉鲁公矣。"他肯定了这是关于僖公之诗。但是他也以为泮水出曲阜县治西，流至兖州府城东入泗；泮宫是就泮水命名。并以为《王制》天子辟雍诸侯泮宫之说，出于汉儒，不足据信。即令如他所说，请问《王制》、《毛传》谁先谁后？大毛公六国时人，《毛传》似比《王制》先出，而《毛传》《王制》两说正同，这该怎么说才好？究竟这诗泮宫是如诸侯泮宫通名，还是鲁侯泮宫专名？问题虽小，还待论定。

闷　宫

闷宫有侐！实实枚枚。赫赫姜嫄！其德不回，上帝是依。无灾无害，弥月不迟。是生后稷，降之百福：黍稷重穋，稙稚菽麦。奄有下国，俾民稼穑。有稷有黍，有稻有秬。奄有下土，缵禹之绪。

后稷之孙，实维大王。居岐之阳，实始翦商。至于文武，缵大王之绪。致天之届，于牧之野：无贰无虞！上帝临女。敦商之旅，克咸厥功。王曰叔父！建尔元子，俾侯于鲁。大启尔宇，为周室辅。

乃命鲁公，俾侯于东。锡之山川，土田附庸。周公之孙，庄公之子。龙旂承祀，六辔耳耳。春秋匪解，享祀不忒：皇皇后帝！皇祖后稷！

享以骍牺，是飨是宜，降福既多。周公皇祖，亦其福女。秋而载尝，夏而福衡。白牡骍刚，牺尊将将。毛炰胾羹，笾豆大房。万舞洋洋，孝孙有庆。俾尔炽而昌，俾尔寿而臧。保彼东方！鲁邦是常。不亏不崩，不震不腾。三寿作朋，如冈如陵。公车千乘，朱英绿縢，二矛重弓。公徒三万,贝胄朱绶,烝徒增增。戎狄是膺,荆舒是惩,则莫我敢承!俾尔昌而炽,俾尔寿而富。黄发台背,寿胥与试。俾尔昌而大,俾尔耆而艾。万有千岁,眉寿无有害!

泰山岩岩,鲁邦所詹:奄有龟蒙,遂荒大东。至于海邦,淮夷来同。莫不率从,鲁侯之功!

保有凫绎,遂荒徐宅,至于海邦,淮夷蛮貊。及彼南夷,莫不率从,莫敢不诺,鲁侯是若!

天锡公纯嘏!眉寿保鲁。居常与许,复周公之宇。鲁侯燕喜,令妻寿母。宜大夫庶士,邦国是有。既多受祉,黄发儿齿!

徂来之松,新甫之柏,是断是度,是寻是尺。松桷有舄!路寝孔硕,新庙奕奕。奚斯所作:孔曼且硕,万民是若!

【解题】

《閟宫》,颂美僖公保卫疆土、修建寝庙之诗。凡八章,百二十句,是《三百篇》中唯一长篇。诗五、六两章明颂其保卫疆土之功。七章又说:"居常与许,复周公之宇。"反复称美,可见其着重。又诗发端说:"閟宫有侐,实实枚枚。"结束说:"路寝孔硕,新庙奕奕。"首尾若相呼应,也足见其着重所在。閟宫、新庙,是一是二?《毛传》说:"閟,闭也。先妣姜嫄之庙在周,常闭而无事。孟仲子曰:是禖宫也。"《郑笺》说:"閟,神也。姜嫄神所依,故庙曰神宫。"何谓閟宫?这是姜嫄庙,毛、郑说同。《毛传》说:"新庙,闵公庙也。有大夫公子奚斯者作是庙也。"《郑笺》说:"修旧曰新。新者,姜嫄庙也。僖公承衰乱之政,修周公、伯禽之教,故治正寝,上新姜嫄之庙。姜嫄之庙,庙之先也。奚斯作者,教护属功课章程也。至文公之时,大室屋坏。"何谓新庙?一说闵公庙,一说姜嫄庙,毛、郑不同。閟宫、新庙,毛说是二,郑说是一。至说奚斯作庙,毛、郑又同。

　　这诗读来,似乎重在颂美僖公新作其父闵公庙,为什么远从其始祖姜嫄庙闷宫说起呢?自是诗人推本僖公之祖出于姜嫄后稷。但是在今日我们看来,还觉得另有一番意义。这诗不自觉地反映了周族起源于由母系氏族社会过渡到父系氏族社会的那一时代。在母系氏族社会,由于妇女地位为高,所以对于先人的亡灵崇拜、祖宗崇拜,只有先妣,只为先妣立庙。这就是最初周人独祀姜嫄,《闷宫》一诗也就先从她说起的由来。到了父系氏族社会,随着父权制家族的发展,氏族的祖宗崇拜变成了家族的祖宗崇拜。这就是周人首祀姜嫄、次祀后稷为先祖的所由来。由此可以说,姜嫄、后稷母子恰代表了由母系氏族社会过渡到父系氏族社会那一时代的两个历史人物。这诗可和《大雅·生民》一诗同读。

　　《诗序》说:"《闷宫》,颂僖公能复周公之宇也。"《郑笺》说:"宇,居也。"今文"三家无异义"。但是诗末章说"奚斯所作",这是说奚斯作庙还是作诗?今古文说不同,唐宋以来,诸儒大有争论。毛、郑以为奚斯作庙;汉人多从今文说,以为奚斯作诗。清代汉学家用今文这说者都和古文毛氏一说为难,用古文毛氏一说者则为毛氏辩护。段玉裁《经韵楼集·奚斯所作解》一文说:"此章自'徂徕之松'至'新庙奕奕'七句,言鲁修造之事。下'奚斯所作'三句,自陈奚斯作此《闷宫》一篇,其辞甚长且甚大,万民皆谓之顺也。作诗之自举其名者,《小雅·节南山》曰:'家父作诵,以究王讻。式讹尔心,以畜万邦。'《巷伯》曰:'寺人孟子,作为此诗。凡百君子,敬而听之。'《大雅·崧高》曰:'吉甫作颂,其诗孔硕。其风肆好,以赠申伯。'《烝民》曰:'吉甫作颂,穆如清风。仲山甫永怀,以慰其心。'并此篇为五。云奚斯所作,即吉甫、家父作诵之辞也。曰'孔曼且硕,万民是若',即'其诗孔硕,以畜万邦'之意也。所字不上属,所作犹作诵、作诗之云,以作为韵,故不曰作诵、作诗耳。汉人言《诗》者无不如是。……《文选·两都赋》:'皋陶歌虞,奚斯颂鲁。'注云:《韩诗·鲁颂》曰,'新庙奕奕,奚斯所作。'薛君曰,奚斯,鲁公子也。言其新庙奕奕然盛，是诗公子奚斯所作也。分释二句甚明。学者多谓《毛诗》与韩大异。《毛传》曰：'有大夫公子奚斯者作是庙也。'愚谓《毛诗》庙字必诗字之误。《传》之原本必重举'奚斯所作'而释之曰，有大夫公子奚斯者作是诗也。翦割《毛传》者尽去其复举之文，则以新庙闵公庙也，有大夫公子奚斯者作是庙也，相联为顺，而改诗为庙，此其与韩不同之故。以'奚斯所作'上属者，乃《郑笺》之说，非古说也。《郑笺》之异于毛者多矣，不当混而同之也。《毛传》之辞最简，假令'新庙奕奕，奚斯所作'连文，毛如是读，则断不注之曰'奚斯作是庙矣'。《毛传》既讹，《郑笺》乖异。而《颜氏家训》（《家训》当作《匡谬正俗》）乃云：王延寿《灵光殿赋》、陈思王《承露盘铭序》，谓此诗为奚斯所作，于义乖矣。洪容斋复扬其波，其故总由将'新庙奕奕'二句连读，岂古人离经之法哉？且路寝、新庙并言，而下句乃单承庙字，云作是庙，于文法亦未协也，信其为'作是诗'之误矣。且以经文言，上'孔硕'言宫室，下'孔硕'言诗歌，乃无复赘。"他还作有《奚斯所作解下》一文，把史克作《颂》、奚斯作《閟宫》分别来说，从而指出毛、郑关于《鲁颂》作者说有不同。总之，他就《三百篇》中作者自举其名的通例来说；又就经文而研究它的文法结构，上下断句，及其修辞命意来说；并就他校勘《毛传》而作《小笺》时所见，即他研究《毛传》凡例，以及后人往往翦割《毛传》复举之文来说；断定诗说"奚斯所作"是说作诗，《毛传》"作是庙"的"庙字必诗字之误"。剖析精审，令人信服。陈奂《传疏》说："《传》文'有大夫公子奚斯者'，上夺复句经文'奚斯所作'四字，当依《小笺》补正。奚斯，公子奚斯，即鲁大夫公子鱼也。《传》中庙字，《小笺》改从诗字。奚斯所作，所字不上属，所作犹作诵、作诗，与《节南山》、《巷伯》、《崧高》、《烝民》末章文法皆同。《文选·两都赋》'奚斯颂鲁'，李注引《韩诗薛君章句》曰：'是诗公子奚斯所作也。'毛与韩不异。……段说是也。郑意《鲁颂》四篇皆史克所作，故解奚斯所作为监作新庙，与毛、韩异。不知史克作《駉》，奚斯作《閟宫》。史克见《左传》在文公十八年，至宣公世尚存，见于《国语》。奚斯见于闵公二年，故文公二年《传》已引《閟宫》之诗。则奚斯作《閟宫》必在史克作《駉》之前，此其显证矣。"这里完全采用了其师段氏《奚斯所作解》两文之说，当是这诗古文毛氏一说的最后定论。

　　清代汉学家用今文说，坚持这诗是奚斯所作的，有好几家。孔广森《经学卮言》说："班固《两都赋序》'奚斯颂鲁'注引《薛君章句》，谓是诗公子奚斯所作。按《韩诗》说是也。上文已有'路寝孔硕'，若又以'孔曼且硕'为美宫室，词窘而意复矣。此与'吉甫作颂，其诗孔硕'，文义正同。曼，长也。《诗》之章句未有长如此篇者，故以曼言之。"这从诗的上下文义，即联系它的文法修辞来说，肯定奚斯作诗。这是对的。武亿《群经义证》，为了补正颜氏《匡谬正俗》、洪氏《容斋续笔》、罗源《扪虱新语》（当作陈善《扪虱新话》），坚持奚斯作庙一说，"诸人偏词有所未尽"，而以为汉人说及奚斯作颂的，不止扬雄《法言》、王延寿《灵光殿赋》、曹植《承露盘铭序》，还见于《后汉书·曹褒传》，并引了许多汉代刻石之文。结论是："以此证奚斯作诗，殆非无据。"关于这一问题，这从所得正反两面的证据来说，汉人大都以为奚斯颂鲁，便肯定奚斯作诗。这自是对的。到了魏源作《诗古微》，皮锡瑞作《诗经通论》，搜集的证据更多，论断益加明确。魏源列举八证，四五两证尤为坚锐。他说："自'周公之孙，庄公之子'以下，《传》、《笺》及《疏》皆谓追颂僖公之词。夫行父、史克作于僖薨既久之后，乃犹颂其皇祖福汝，俾其昌炽冈艾，有冈陵作朋之寿，无亏崩震腾之虞；甚至令妻寿母，黄发儿齿，万有千岁，骀背无疆，曾有此身后之追祷，故君之补祝者哉？惟奚斯当庄、闵之末，僖公之初，故因立闵庙而致祈寿之词，故文公二年《传》已引《閟宫》之诗。视行父之文十六年始见于经，史克之文十八年始见于传，又逾三君至襄六年行父始卒，距僖初八十余年者先后大悬，时代孰合？且经传俱在，果颂生乎、颂死乎？"这从《閟宫》一诗时人引用为早，与其作者奚斯生存年代来说，则奚斯比行父为早，颂僖公于生前，故此为奚斯所作之一证，益证陈奂说奚斯《閟宫》作在史克《駉》篇之前为确。魏氏又说："僖四年经，书公会齐侯、宋公等侵蔡，蔡溃，遂伐楚，次于召陵。此中夏攘楚第一举,故鲁僖、宋襄归侈厥绩,各作颂诗,荐之宗庙。若至僖二十六年使襄仲、文仲如楚乞师以后,鲁方求救不遑,尚敢曰'荆舒是惩,莫我敢承'耶?"这从鲁、楚关系来说,鲁僖从齐侯召陵之役伐楚有功,故《鲁颂》乃自夸美。此为诗作在僖四年以后,二十六年以前之证,也很确切。皮锡瑞说:"《駉·毛序》曰:'季孙行父请命于周,而史克作是颂。'《郑诗谱》曰:'僖复鲁旧制未遍而薨,国人美其功,季孙行父请命于周而作其颂。'寻毛、郑之意,盖谓《鲁颂》皆史克所作,作于僖公薨后,故解奚斯所作为作庙,不为作颂。今案,《閟宫》诗多祝寿之语,且云'令妻寿母',意必僖公在位,其母成风、其妻声姜皆在,乃宜为此颂祷之辞。若在僖公薨后,世无其人已死,犹为之追祝寿,且并颂其母与妻者,如毛、郑之说,可谓一大笑话。史克见左氏文十八年《传》,宣公时尚存,见《国语》,其年辈在后。奚斯见左氏闵二年《传》,其年辈在前。则奚斯作颂于僖公之时,时代正合。故当从三家,以为奚斯所作。汉人引《诗》各处相合。以为误,必无各处皆误之理。若毛、郑之说诚误,不必为之曲讳。"这更加证明了上引陈奂、魏源两说之确。诗说奚斯所作,这是作诗,还是作庙?从毛、郑以来二千年间学者所争论的问题到此总算解决了,即最后今古文两派学者的结论一致了。而且据此可以推定《閟宫》一诗的作出年代,至早在僖公四年召陵攘楚之役以后一年,即周惠王二十二年,公元前六五五年;至迟必在僖公二十六年使襄仲、文仲如楚乞师以前,即周襄王十八年,公元前六三四年以前,绝不会在僖公死后了。

鲁僖公有什么可以歌颂的呢?清代学者中也有提出这一问题的。黄中松《诗疑辨证》说:"夫僖之为人,既无文德,亦无武功。或睹先庙倾颓而略加修饬,当为事理之所有。诗人因此一事而遂张大其词,僖公未有之事,皆诗人深愿之事也。不然者,僖尝伐邾矣,而鱼门之耻终不能雪。又尝灭项矣,事不由公,而反止于齐。尝从齐一伐楚,而卿如楚乞师,君受盟于楚矣。甚至晋使归曹以济西田,而祀周公之许田且不保矣。何言复周公、伯禽之宇乎?君子是以贵论世也。"这完全否定了僖公，直以为不足颂。陈启源《稽古编》说："《鲁颂》颂僖公之贤，而《春秋》多书其失德之事，学者疑之。宋赵氏、黄氏、李氏诸儒皆论其故，大约以僖特中材庸主，而颂词多溢美。故任季友则贤，任仲遂则否。天下有霸主则能自固，无霸主则不能自立。其说似之，而未尽然也。源谓僖公自是中材以上之人，过恶诚有之，要不失为贤君也。……列国诸侯为诗人所美者，卫武公、文公、郑武公、秦仲及襄公、齐桓公、鲁僖公，凡七君。卫、郑二武与秦之两君事在《春秋》前。其见《春秋》者，卫文灭邢，书名以示贬。齐桓霸业虽隆，而内多惭德。要此二君者，不害其为贤侯。僖公亦犹是尔。安得因《春秋》所讥，并疑颂语之失实乎？案，鲁遭庆父之乱，祸难相寻。齐人睥睨其旁，欲乘衅袭取，微仲孙湫言，禽父几不祀（原注：事见《左传》闵元年），国势岌岌矣。及僖公立，鲁复晏然。意其抚和臣民，交好邻国，易乱为治，转危为安，绥辑定应多术。《诗叙》所言，足用爱民，务农重谷，君臣有道，以及修泮宫，复周公之宇，乃其实事也。不贤而能然乎？但所行者，不过修举旧章，勤政节用，无赫赫可记之功。而《春秋》之法，常事不书，无由取而笔之于经。其失德之彰彰者，载在国史，又不可尽削。夫子既书之以垂戒后世，更录《鲁颂》颂美之词，以补《春秋》之未及，殆不无微旨焉。又，鲁本嬴国，僖亦非雄才，欲保境自安，势须结援大国。无伯而从楚，此社稷之故，未可深罪也。……若夫败邾于偃，败莒于郦，御侮之勇也。取须句，反其君，存亡之义也。纳玉于王，求释卫侯，亲亲之仁也。僖之美亦稍见《春秋》经、传，不仅《颂》有之矣。"这就肯定了僖公还有可颂的地方。到了魏源，还是否定鲁僖不足颂，以为《鲁颂》皆颂祷祝愿之词，作在僖公生前，作者奚斯"盖鲁之夸谀臣"，并一一指出他的失处。其实《诗经》里尤其《雅》、《颂》部分有许多歌功颂德的诗篇，该是当时国史太师从"献诗"档案中保留下来的"夸谀臣"的作品。我们就不必苛责奚斯一人了。

　　已上《鲁颂》四篇论毕。《駉》篇史克作，《閟宫》奚斯作。其中《有駜》、《泮水》二篇尚难断定谁作。

诗三百解题卷三十

那　　毛诗商颂

那

猗与那与！置我鞉鼓。奏鼓简简，衎我烈祖。汤孙奏假，绥我思成！鞉鼓渊渊，嘒嘒管声。既和且平，依我磬声。於赫汤孙！穆穆厥声：庸鼓有斁，万舞有奕。我有嘉客，亦不夷怿？自古在昔，先民有作。温恭朝夕，执事有恪。顾予烝尝，汤孙之将！

【解题】

《商颂》，自是殷商后裔宋国统治阶级所保存下来的先代祀祖的乐歌。《那》，是《商颂》五篇的第一篇，即为祀成汤而作。陈奂《传疏》说："《那》五篇皆商诗。尧之时，契封于商，汤有天下，仍旧号焉。今陕西商州是其地。鲁大师有《商颂》，故孔子得录之也。"王先谦《集疏》说："韩说曰：汤为天子十三年，年百岁而崩，葬于徵，今扶风徵陌，是也。"成汤何以号商？这里说明白了。

《诗序》说："《那》，祀成汤也。微子至于戴公，其间礼乐废坏。有正考甫者，得《商颂》十二篇于周之大师，以《那》为首。"《郑笺》说："礼乐废坏者，君怠慢于为政，不修祭祀、朝聘、养贤、待宾之事，有司忘其礼之仪制，乐师失其声之曲折，由是散亡也。自正考甫至孔子之时，又无七篇矣。正考甫，孔子之先也。其祖弗甫何，以有宋而授厉公。"这是说，殷商后裔宋国统统阶级原来保存有《商颂》，只是从微子到戴公，中间一度礼乐废坏，《商颂》就废坏了。这一废坏究竟是全失，还是有残存呢？《国语·鲁语》记闵马父的话："昔正考父校商之名《颂》十二篇于周大师，以《那》为首。"这当是《诗序》所本。但是《诗序》说正考甫得《商颂》,《国语》说正考父校《商颂》,语意颇有不同。我以为所谓"得",当是前此废坏至于全失,今又再得的意思;所谓"校",当是废坏之后还有残存,今又再加校正的意思;所谓名《颂》,当是早已传播的旧作,不是新作的意思。总之,这都是说,《商颂》不是正考父所作,他只有获得或校正《商颂》的功绩。正考父时有《商颂》十二篇,大约到了他的后代孔子自卫返鲁删《诗》正《乐》时,已经失去了七篇,只剩下这五篇了。

《诗序》说祀成汤,自是成汤的子孙称为汤孙的祭成汤,不是像《孔疏》申《毛传》说的:"美成汤之祭先祖。"诗里说:"奏鼓简简,衎我烈祖。汤孙奏假,绥我思成。"烈祖是谁?汤孙是谁?《毛传》说:"烈祖,汤有功烈之祖也。"《郑笺》说:"烈祖,汤也。汤孙,太甲也。"诗里又说:"於赫汤孙。"《毛传》说:"於赫汤孙,盛矣汤为人子孙也。"《郑笺》说:"於,盛矣汤孙!呼太甲也。"好像《毛传》把烈祖指成汤之祖,汤孙指成汤;《郑笺》就分明指出烈祖是成汤,汤孙是太甲。《郑笺》何以改《毛传》?《孔疏》说得好:"以《序》称祀成汤,则经之所陈是祀汤之事,不宜为汤之祀祖,故易《传》以烈祖为汤。下篇《烈祖》既是成汤,则知此亦成汤,其子孙奏鼓以乐之也。《殷本纪》:汤生大丁,大丁生大甲。大甲,成汤适长孙也,故知汤孙谓大甲也。孙之为言,虽可关之后世,以其追述成汤当在初崩之后。太甲是殷之贤王,汤之亲孙,故知指谓太甲也。"从这里可知《郑笺》实比《毛传》说得合理。那么,这诗原是太甲祭祀其祖成汤的乐歌,后来就成为殷商后裔宋公祭其初祖成汤的乐歌罢。

自清嘉道以来,学者于《诗》今文三家遗说搜集大备,堪称复兴。今古文两派学者对立,争论《商颂》尤为热烈。陈奂说:"成汤功成,作《大濩》之乐。继世子孙祀其先祖,作此乐歌也。(郑觐文《中国音乐史》云:《那》祀成汤,按此为祭祀用乐之始。)《国语》闵马父之言曰:'昔正考父校商之名《颂》十二篇于周大师,以《那》为首。'是为子夏作《序》之源流也。《左传》称正考父佐戴、武、宣,则正考父为戴公时大夫。戴公当周宣王时。宣王中兴,修礼乐,正考父得以考校,而录《商颂》十二篇。自幽王之末,六代礼乐又遭废坏。孔子录《诗》,仅得五篇,附诸《周颂》之末。所以学殷、存宋,备三统之文,仍大师之旧,而非自孔子删之也。《史记·宋世家》:'襄公之时,其大夫正考父美之,故追道契、汤、高宗,殷所以兴,作《商颂》。'《集解》云:'《韩诗章句》亦美襄公。'司马贞驳之矣。古甫、父通。(按司马贞《索隐》云:考父佐戴、武、宣,则在襄公前且百许岁,安得述而美之?斯谬说耳)"他借司马贞《史记索隐》的话攻击了今文家主张正考甫作《商颂》的一说,颇为轻巧,却击中了要害。这是古文《毛诗》一派学者申述了何谓《商颂》,作者为谁的一说。王先谦说:"鲁说曰:宋襄公之时,修仁行义,欲为盟主。其大夫正考父美之,故追道契、汤、高宗所以兴,作《商颂》。(《史记·宋世家》。扬雄《法言》:'昔正考甫尝晞尹吉甫矣。'《大雅》云:'吉甫作颂,穆如清风。'考甫晞之,即谓作《商颂》。雄亦习《鲁诗》者也)齐说曰:《商》,宋诗也。(《礼·乐记》郑注)……韩曰:正考父,孔子之先也。作《商颂》十二篇。(《后汉·曹褒传》李注引《韩诗薛君章句》)"这是今文三家《诗》一派学者申述何谓《商颂》,作者为谁的一说。两派所说最大不同之点:一是《商颂》为殷商诗,正考父从周乐官太师那里获得或校录而来;一是《商颂》为宋诗,正考父为美宋襄公而作。究竟《商颂》是否正考父所作?《商颂》是否和宋襄公有关? 只需把这两个问题解决,两派的争论就解决了。今文派学者魏源《诗古微》列举十三证,皮锡瑞《诗经通论》又加举七证,看来并不足以解决这两个问题。试想:一、正考父岂能经历宋戴、武、宣、穆、殇、庄、潜、桓、襄(自戴元至襄元相距一百五十一年)九世,活到一百五十以上,还做襄公大夫,作颂以美襄公?又何以不闻于周太师不陈《宋风》而独存此《宋颂》?倘说客礼二王之后,何以不见《杞颂》?这都很难以说通。二、《商颂》五篇除了末篇《殷武》和《鲁颂》末篇《閟宫》结尾同说修建寝庙,词句有相类似,好像一颂鲁僖,一颂宋桓,同时从齐伐楚,各自夸功以外,其他四篇内容何曾见得与宋桓公、襄公事有关?何况《閟宫》和《殷武》词句类似处不是没有更合适的解说呀!比如《左传》记季札观周乐,为之歌《颂》曰:"至矣哉!

颂盛德之所同也。"杜注:"《颂》有殷、鲁,故曰盛德之所同。"此非因鲁国保存有周之礼乐,包括《诗三百》在内,故鲁人得仿《商颂》作《颂》?倘说《商颂》、《鲁颂》同时作出,则谁先谁后?作者俱存,遽相摹仿,剿说雷同,岂非笑话?其他问题都是枝节,不值一驳了。总之,他们举证虽多,我们只能佩服他们如夸多斗靡的辞赋家,不能佩服他们是实事求是的考据家。我们实事求是,论到《鲁颂》奚斯所作时,不能苟异于今文家一说;论到《商颂》考正父所作时,不能苟同于今文家一说。王先谦《集疏》全用了魏、皮二十证之后,便作结论说:"先谦案,《诗》至唐时,齐、鲁皆亡,《韩诗》仅存。学官专立毛、郑,天下靡然,不复考求古义。故司马贞作《索隐》,疑正考父之年岁,径驳《史记》为谬说。如陆氏《音义》之称引《韩诗》,存什一于千百,已属难能可贵。僧贯休《君子有所思行》:'我爱正考父,思贤作《商颂》。'犹用三家义,不可谓非特出也。魏、皮二十证精确无伦,即令起古人于九原,书无异议。益叹陋儒墨守,使古籍沉埋为可惜也!"他痛惜三家《诗》义沉埋千载,故称许魏、皮二十证精确无伦,明是今文家门户之见作祟。这岂是学者治学的实事求是的态度?

晚近《诗》今文一派学者执定《商颂》就是宋诗,甚至不惜曲说宋诗何以得称《商颂》。魏源所举第一证说:"《乐记》:'肆直而慈爱者宜歌《商》,温良而能断者宜歌《齐》。'郑注:'《商》,宋诗也。'《疏》谓据下文'商人识之故谓之《商》,齐人识之故谓之《齐》',知此《商》为宋人所歌之诗,宋是商后故也。(原注:案《乐记》此节郑注所正错简二条尚有未尽。当云:《商》者三代之遗声也,商人识之。《齐》者五帝之遗声也,齐人识之。盖《商颂》在宋,《韶》乐在齐,故也。《庄子》云:曾子曳履而歌《商颂》,声满天地。殆师乙所谓宜歌《商》者也。)《左氏春秋》哀二十四年:'芈夏曰,周公、武公取于薛,孝惠取于商,自桓以下取于齐。'杜注:'商,宋也。《国语》:'吴夫差阙为深沟于商、鲁之间。'韦昭注:'商,宋也。'又哀九年《左传》曰:'利以伐姜,不利子商。'杜注:'子商,宋也(王引之曰:子当作予,通作与,敌也。言不利敌宋)。'《逸周书·王会解》:

'堂下三左,商公、夏公立焉。'《庄子》、《韩非子》均有商太宰,与孔子、庄子同时,皆谓宋为商之证。盖鲁定公名宋,故鲁人讳宋称商。夫子录《诗》据鲁太师之本,犹卫之称邶、鄘,晋之称唐,皆仍其旧。"他举《乐记》说歌《商》,《庄子》说歌《商颂》,怎见得是指歌宋诗,歌正考父美宋襄公之诗?不错,自周初以至春秋战国时代,宋有时被称为商。盖由于《商颂》以嘉客称助祭诸侯,周初亦以客礼待三恪,二王之后;宋人于周为客,故宋人不讳为胜国商王之后,而宋人有时反自称为商。僖二十二年《左传》说:"楚人伐宋以救郑。宋公将战,大司马固谏曰:'天之弃商久矣,君将兴之;弗可,赦也已。'弗听。"这是宋大司马公孙固对襄公自称宋为商。魏氏何以忘举此例作为宋得称商之坚证?虽然这也同他所举诸例一样,并不能作为宋诗得称《商颂》之坚证。倘说,孔子录《诗》仍据鲁太师旧本,因鲁定公名宋而讳宋称商。岂不知史笔直书,临文不讳;鲁史《春秋》如此(即如鲁定公宋时,《春秋》并不讳书宋),《诗》何独不可以如此?又何以《周颂·雝》篇"克昌厥后",周太师不为周大祖文王昌讳;而鲁太师岂必为鲁定公宋讳,改称《宋颂》为《商颂》?今若有人博学雄辩远远不及魏、皮,必重复说宋得称商,从而断定《商颂》就是宋诗,就是正考父所作以美宋襄公之诗,是亦不可已矣乎?

王国维有《说商颂》上下篇,他无今古文成见,于毛、韩都有批判,结论是"《商颂》盖宗周中叶宋人所作以祀其先王,正考父献于周大师,周大师次之于《周颂》之后,迨《鲁颂》既作,又次之于《鲁颂》后"。其中有些论点还待研究。不过他已确定《商颂》不是正考父作。他说:"襄公、考父时代不同,韩说固误。""《鲁语》引《那》之诗,而曰先圣王之传,恭犹不敢专。称曰自古,古曰在昔,昔曰先民,可知闵马父以《那》为先圣王之诗,而非考父自作也。《韩诗》以为考父所作,盖无所据矣。"毛、韩之说,同本《鲁语》。他说:"余疑《鲁语》校字当读为效。效者,献也。谓正考父献此十二篇于周大师,韩说本之。""考汉以前无校书之说,即令校字作校理解,亦必考父自有一本,然后取周大师之本以校之,不得言得。是《毛诗序》改校为得，失《鲁语》之意矣。"按，《鲁语》说校，《诗序》说得，两字异同已在上文论过。王氏破字改读，读校为效，疑的也像有理，却还待研究。《玄鸟》一诗末尾说"景员维何"，景，当是指景山。《殷武》卒章也说及景山。王氏说："此《商颂》当为宋诗不为商诗之一证。"景山是否可作为宋诗之一证？留待下面论《殷武》诗时再说。他又据《商颂》文辞及其称谓和卜辞不类，成语和周诗《风》、《雅》相袭，以及《鲁颂》摹仿《商颂》，以此三者为证。这也都待研究。窃意《商颂》篇少，卜辞事止贞卜，都不足以完全反映殷商一个时代的社会生活。何况文体韵散不同，这就很难多寻其间相类似的文辞。如说卜辞称国都为商不为殷，《商颂》殷、商杂出，此为后出宋人之证。不知前人已正据此为确出商人之证。冯景《解春集文钞》九有关于《玄鸟》诗一文，他坚信何楷《古义》以此诗为"高宗报上甲微之乐歌"。他说："予因究是诗，凡两言殷、两言商，皆确不可易。盖自契始封商也，故曰'降而生商'；上甲微已迁殷也，故曰'宅殷土芒芒'；汤有天下，国号商也，故曰'商之先后'；自盘庚迁殷至武丁孙子也，故曰'殷受命咸宜'。商则曰商，殷则曰殷，……其名不淆乱，义难动摇如此。"即令我们不相信何楷一说而仍用《诗序》说，这是祀高宗诗，诗人言有序也正该如此。王国维殆不知有此说。此何楷、冯景之说不破，王氏之说不立。至卜辞中往往直称汤为大乙，这和《玄鸟》诗直称高宗武丁一样，也正是殷商人不同于周人以讳事神之一例。若说《商颂》、《鲁颂》成语相类，这在魏、皮二十证中已再三提出。岂不知商周时代相接，既同是韵文，同用成语，说同类事，自然易有类似的语句，怎能以此分别时代先后，作出时代断限？安知不是《鲁颂》摹仿《商颂》，《风》、《雅》袭用《商颂》，而必说是《商颂》摹仿《鲁颂》，袭用《风》、《雅》，作为《商颂》是宋诗之一证？宋桓（宋襄之父）、鲁僖同时，齐桓召陵伐楚之役，宋、鲁同在。倘两颂作在同时，谁先谁后不知，谁摹仿谁也很难说。只有《商颂》确是从商传下来的诗，才有《鲁颂》摹仿《商颂》的可能。这在上文已经说及了。总之，王国维论《商颂》受了魏、皮二十证的影响，较之魏、皮有了进步，但还不是完全正确的、无可辩驳的定论。

烈　祖

　　嗟嗟烈祖！有秩斯祜。申锡无疆，及尔斯所。既载清酤，赉我思成。亦有和羹，既戒既平。鬷假无言，时靡有争。绥我眉寿，黄耇无疆。约軧错衡，八鸾鸧鸧。以假以享，我受命溥将。自天降康，丰年穰穰！来假来享，降福无疆。顾予烝尝，汤孙之将！

【解题】

《烈祖》，和《那》篇先后相次，疑是祀成汤同时所用的乐歌，一用在迎牲之时，一用在杀牲之后。《那》篇首节言奏乐，故《毛传》说："周尚臭，殷尚声。"按，《礼记·郊特牲》说："殷人尚声。臭味未成，涤荡其声，乐三阕然后出迎牲，声音之号所以诏告于天地之间也。"《孔疏》说："尚声，谓先奏乐也。臭味未成，谓未杀牲也。涤荡，谓摇动也。阕，止也。奏乐三遍止，乃迎牲入杀之。言鬼神在天地之间，故用乐之音声号呼，告于天地之间，庶神明闻之而来。"可知《那》篇在前，重在乐声；《烈祖》在后，重在臭味。《春秋繁露·质文》篇说："先用玉声而后烹。"所谓玉声，即前诗说的"既和且平，依我磬声"。祭祀迎神之法，不外用声、用臭。这是三代所同，而所尚各有不同。殷商祭祀不是只用声而不用臭，但是所尚却不同于周代。后诗说的"清酤""和羹"，就像是"周人尚臭，灌用郁臭……"了。何楷《古义》据后诗"申锡无疆"，以为是祭之明日又祭，这是肜祭成汤之乐歌。用思虽苦，而说来很巧，但恐未必便是。

《诗序》说："《烈祖》，祀中宗也。"《郑笺》说："中宗，殷王大戊，汤之玄孙也。有桑穀之异，惧而修德，殷道复兴，故表显之，号为中宗。"《孔疏》说："案《殷本纪》云：汤生大丁，大丁生大甲。崩，子沃丁立。崩，弟大庚立。崩，子小甲立。崩，弟雍己立。崩，弟大戊立。是大戊为汤之玄孙也。《本纪》又云：'大戊立，亳有祥桑穀共生于朝，一暮大拱。大戊惧，问伊陟。伊陟曰：帝之政其有阙与？帝其修德！大戊从之，而祥桑穀枯死。殷复兴，诸侯归之，故称中宗。'是表显立号之事也。"晚近《诗》今文派学者则以为前篇是美宋襄公祭成汤，这篇是美宋襄公祭中宗。我们不论今古文，以为与其说这诗祀中宗，不如说是祀成汤，可以从诗里找出本证。《朱传》说："此亦祀成汤之乐。"可不算错。又《辨说》道："《序》但不欲连篇重出，又以中宗商之贤君，不欲遗之耳。"《诗序》说祀中宗的用意可能如此。今按，这诗所说烈祖当和上篇说的烈祖同指一人。烈祖虽说是有功烈之祖的通称，但是古文《尚书·伊训》篇说："乃明言烈祖之成德以训于王。"又《说命》篇说："佑我烈祖格于皇天。"似可证殷商习称成汤为烈祖。上篇说"绥我思成"，这篇说"赉我思成"，可见句法同，语意也同。上篇说"汤孙奏假"，这篇说"鬷假无言"，《礼记·中庸》篇引《诗》当是《齐诗》，鬷假作奏假，可见奏假、鬷假，系同词同义语。两篇相为首尾，所祭烈祖同；同说汤孙之将，则主祭者为汤孙同；迎神祝釐之词也有相类似处。这不是表明两篇确像同为一祭先后所用的乐歌吗？

诗说："约軝错衡，八鸾鸧鸧。以假以享，我受命溥将。"所说乘车来祭的人是谁？《郑笺》说："约軝，毂饬也。鸾在镳，四马则八鸾。……诸侯来助祭者，乘篆毂金饰错衡之车，驾四马，其鸾鸧鸧然声和，言车服之得其正也。以此来朝升堂，献其国之所有，于我受政教。至祭祀又溥助我，言得万国之欢心也。"他以为这是说诸侯乘车来助祭之事。王先谦《集疏》说："皮锡瑞云：'此当属宋公之车。上公虽非同姓，亦得乘金辂。周制驾四，故八鸾。'……言宋君乘此上公之车而来于庙中，以升以献。由我受周天子之命既大且长。自天降安乐之福，得获丰年。莫非我祖神灵之来至来享，降福无疆也。"末了又说："愚案，此汤孙亦指主祭之宋公。"他用皮锡瑞说，以为这节诗是说宋襄公乘车来庙献祭受福之事。他们所说恐都未是。我以为诗说的车是辂。

《论语》:"乘殷之辂。"《集解》引马融注:"殷车曰大辂。"辂路古通,大辂就是大路。大路,天子之车。《荀子·礼论》篇说:"大路之素未集也。"注:"大路,殷祭天车,王者所乘也。"据此可知这诗末节是说殷王乘大辂来庙上祭求福。大辂驾四,岂必周制?皮氏但据《干旄·疏》引王肃夏丽驾两、殷骖驾三、周驷驾四之说,而又不知其说所本,便据以为这非商诗,岂不知王肃以杜撰伪造有名,未可遽信?何况三代一千年间车制用马之数,不可能死板地按照等差级数递加!谁为为之?孰令听之?倘说乘此车者,皮、王说宋公来主祭可通,难道郑君说诸侯来助祭就不可通,鄙说殷王来主祭也不可通吗?此不足以为宋襄公诗之一证。

玄　鸟

天命玄鸟,降而生商。宅殷土芒芒。古帝命武汤,正域彼四方。方命厥后,奄有九有。商之先后,受命不殆,在武丁孙子。武丁孙子!武王靡不胜。龙旂十乘,大糦是承。邦畿千里,维民所止,肇域彼四海。四海来假,来假祁祁,景员维河。殷受命咸宜,百禄是何!

【解题】

《玄鸟》,《诗序》说:"祀高宗也。"单说祀,好像是烝尝时祭,这就和下面《殷武·序》雷同了。《郑笺》说:"祀当为祫。祫,合也。高宗,殷王武丁,中宗玄孙之孙也。有雊雉之异,又惧而修德,殷道复兴,故亦表显之,号为高宗云。崩而始合祭于契之庙,歌是诗焉。古者君丧三年,既毕禘于群庙,而后祫祭于太祖。明年春禘于群庙,自此之后,五年而再殷祭,一禘一祫,《春秋》谓之大事。"他似以为王者崩后始禘始祫,与平时一禘一祫所谓大事的不同。他熟精《三礼》古史,又兼通今古文,可能有据。王先谦《集疏》说:"案,《序》云祀高宗,《笺》改祀为祫,以避下《殷武·序》同也。然人君免丧,祫于太祖之庙,是以太祖为主,不当云祫高宗。况三家以《商颂》为宋诗,则此篇即为宋公祀中宗之乐歌,明系烝尝时祭之所用。乃曰'崩而始合祭于契之庙',其说固不可用矣。"怎见得这诗是祭中宗?怎见得这主祭者是宋公?他没说明,无从据信。我们寻绎诗旨,也不见得如他所说。还不如何楷《古义》自诩"断为高宗报祀上甲微确有典据"了!

我们读这诗,觉得它具有史诗性质,诗里人物是史诗性质的半神半人的英雄人物,所叙述的史事杂有神话传说的成分。总之,《玄鸟》这诗当和《生民》一诗同读,不妨视为商周人各自述其祖先开国的史诗。契是商的始祖,正和稷为周的始祖一样。简狄吞玄鸟卵生契,姜嫄履大人迹生稷,同有无父而生子的神话。玄鸟是什么鸟?古人大都以为是燕。毛奇龄《续诗传鸟名》里说:"玄鸟,燕名,以羽玄见称,与黄鸟同。……若有娀吞鳦,则不经之事在上古容有之。或谓玄鸟降,即《月令》玄鸟至,有娀氏于玄鸟至日祠高禖生契,不必吞鳦。此亦以臆说诗之言。"好像他是申《笺》驳《传》。他以为上古容有神话,若解神话为实事,这就错了。这不失为通人之言。又相传简狄为帝喾次妃,姜嫄为帝喾元妃,稷、契同时就有同为帝喾子的传说。稷母姜嫄当是有邰氏部落的女酋长,契母简狄当是有娀氏部落的女酋长。她们当是原始氏族社会由母权制向父权制过渡,由杂婚群婚向对偶婚过渡,这一阶段的神话式的女性英雄人物。记得许慎《说文》里说得好:"古之神圣母感天而生子,故称天子。"要不是姜嫄、简狄是有权力的女酋长,她们就不会被认为感天神而生儿子,她们的儿子就不会被认作天神来歌颂,被认作半神半人的英雄来歌颂,像《生民》、《玄鸟》所歌颂的那样。王充《论衡·奇怪》篇驳诘当时儒者所说:"禹母吞薏苡而生禹,故夏姓曰姒(薏苡),卨(契)母吞燕卵而生卨,故殷姓曰子(燕子)。后稷母履大人迹而生后稷,故周姓曰姬(迹、基)。"他以为这不合事理,也不合文字学。严杰《经义丛钞》十二汪家禧《稷契非帝喾子说》一文,又论证其不合史实。这都像皮锡瑞《诗经通论》所说的:"正所谓痴人前说不得梦。"可惜皮锡瑞不生在今日,不可能从历史唯物主义上看问题,有可靠的理论作指导。他只能说:"尝谓后世说经之弊,在以世俗之见律古圣贤,以民间之事拟古天子。仲任(王充)生于东汉,已有此等习见。即明其说,亦当以为诗人之误,不当以为儒者说《诗》之误。"这样一说,他自己就大为满意了。

玄鸟生商的神话传说,秦汉古籍上是怎样说的?刘向《列女传》一,说:"契母简狄者,有娀氏之长女也。当尧之时,与其妹娣浴于玄丘之水,有玄鸟衔卵过而坠之,五色甚好。简狄与其妹娣竞往取之。简狄得而含之,误而吞之,遂生契焉。简狄性好人事之治,上知天文,乐于施惠。及契长,而教之理顺之序。契之性聪明而仁,能育其教,卒致其名。尧使为司徒,封之于亳。及尧崩,舜即位。乃敕之曰:'契!百姓不亲,五品不逊,汝作司徒,而敬敷五教在宽。'其后世世居亳,至殷汤兴,为天子。君子谓简狄仁而有礼。《诗》云:'有娀方将,立子生商。'又曰:'天命玄鸟,降而生商。'此之谓也。颂曰:契母简狄,敦仁励翼。吞卵产子,遂自修饰。教以事理,谁思(一作推恩)有德。契为帝辅,盖母有力。"他不从《史记·殷本纪》、《周本纪》采《帝系姓》所说,简狄是帝喾次妃,姜嫄是帝喾元妃。但以为契、稷都是无父而生,算他保存了一些古代神话传说的原始模样。《毛传》说:"玄鸟,鳦也。春分玄鸟降,汤之先祖有娀氏女简狄配高辛氏帝,帝率与之祈于高禖而生契。故本其为天所命,以玄鸟至而生焉。"《郑笺》说:"天使鳦下而生商者,谓鳦遗卵,娀氏之女简狄吞之而生契,为尧司徒,有功封商。"可知毛不相信感生,郑仍用感生神话。这一神话屡见于先秦古籍。如《楚辞·离骚》说:"望瑶台之偃蹇兮,见有娀之佚女。""凤皇既受诒兮,恐高辛之先我。"又《天问》说:"简狄在台喾何宜?玄鸟致诒女何喜?"既说凤皇,又说玄鸟,好像玄鸟就是凤皇,这是独和其他古籍不同的地方。既说帝喾,又说玄鸟,好像是说契有父而又感生。这反映了在对偶婚一夫一妻成为制度后感生神话的演变。《吕览·音初》篇说:"有娀氏有二佚女,为之九成之台,饮食必以鼓。帝令燕往视之,鸣若谥隘(许氏《集解》,校改为隘隘)。二女爱而争搏之,覆以玉筐。少选发而视之,燕遗二卵北飞，遂不反。二女作歌一终，曰：《燕燕往飞》，实始为北音。"所谓二女，就是《淮南·墬形训》说明长女简翟、少女建疵罢。其他纬戈残说，汉儒述古，今不备引。由此可见玄鸟生商这一神话传说是很古老的，真是十口相传，并不是由于一种古籍一人杜撰的诬谬邪说、怪诞不经之谈。我们应当寻求合理的解释，从社会科学研究上找出答案。窃以为如果不懂得早期氏族社会的图腾崇拜，就不会懂得禹母吞薏苡而生禹，启母化石而生启，契母吞玄鸟卵而生契，稷母履大人迹而生稷的神话。无疑地，薏苡和石都是夏的一种图腾，玄鸟是商的一种图腾，大人迹是周的一种图腾。夏、商、周的祖先同起于氏族图腾。柯斯文《原始文化史纲》说："如认为生育是由于图腾入居妇女体内，死亡就是人返回于自己的氏族图腾。"切博克沙罗夫《原始文化史》，在《图腾主义》一章中说澳大利亚的阿兰达部落的人，认为"他们的图腾祖先曾在各地漂泊，在各地（在石头里、树林中、水池里）留下了'童胎'拉塔尔，这种'童胎'从那时起就留在那里了。如果妇女，特别是结了婚的，并且年轻的妇女，在走近这种地方时，那么，童胎就会进入她的体中，她就会怀胎。此后她所生的那个小孩就属于在传说中和这个地点有关的那个图腾。"难道吞卵履迹一类的神话不恰可以从这种图腾主义来解释吗？

现代学人对于《玄鸟》一诗有何新说？于省吾有《略论图腾与宗教起源和夏商图腾》一文，他从氏族的宗教起源和图腾崇拜来论玄鸟这个问题，他说："商代青铜器《玄鸟妇壶》有'玄鸟妇'三字合书的铭文（原附拓本略）。玄字作 δ，金文习见，右侧鸟形象双翅展飞。我以为'玄鸟妇'三字合文是研究商人图腾的唯一珍贵史料，系商代金文中所保留下来的先世玄鸟图腾的残余。它的含义是作壶者系以玄鸟为图腾的妇人，可以判定此妇既为简狄的后裔，又属商代的贵族。《诗·长发》'有娀方将'。娀字也见于第五期卜辞。""□辰王卜，方兮□贞，娑毓幼。□王迫曰吉，方三月。（《前二》十一、三）""娑即娀，有娀氏即有戎氏。晚期商王娶戎女为妇，因而加女旁称之为娀，犹之乎商王娶羌女为妇,因而加女旁称之曰姜(姜妫见《乙中》五四〇五)。由此可见商代从先世契母简狄一直到乙辛时期,还与有娀氏保持着婚媾关系。有娀氏之娀既见于殷虚卜辞,而玄鸟为图腾又见于商代金文,足征《诗》篇所咏,《天问》所疑,其来有自。"(《历史研究》一九五九年十一期)他从地下发见的文物中找出玄鸟和有娀的史料,追溯《诗》、《骚》关于这一传说的来历,试作一种历史唯物论的解释,这对于《玄鸟》一诗的读者大有裨益。也由此可证这诗确是出于古《商颂》,不是宋诗。

长　发

濬哲维商！长发其祥。洪水芒芒,禹敷下土方。外大国是疆,幅陨既长。有娀方将,帝立子生商！

玄王桓拨！受小国是达,受大国是达。率履不越,遂视既发。相土烈烈,海外有截！

帝命不违！至于汤齐。汤降不迟,圣敬日跻。昭假迟迟;上帝是祗,帝命式于九围。

受小球大球,为下国缀旒,何天之休。不竞不絿,不刚不柔,敷政优优:百禄是遒！

受小共大共,为下国骏厖,何天之龙。敷奏其勇:不震不动,不戁不竦。百禄是总！

武王载旆,有虔秉钺。如火烈烈,则莫我敢曷。苞有三蘖,莫遂莫达。九有有截:韦顾既伐,昆吾夏桀！

昔在中叶,有震且业。允也天子！降予卿士:实维阿衡,实左右商王！

【解题】

《长发》,当是大享成汤,以伊尹从享的乐歌。《诗序》说:"《长发》,

大禘也。"何谓大禘？《郑笺》说："大禘，郊祭天也。《礼记》曰：'王者禘其祖之所自出，以其祖配之。'是谓也。"按，《礼记·祭法》篇说："殷人禘喾而郊冥，祖契而宗汤。"今玩此诗，不是禘喾，倒像禘汤。岂不是禘喾之说出于周人，禘汤之事殷人本有？所谓大享，可以说烝尝时祭，也可以说郊禘大祭。禘有时说郊，郊有时说禘，郊禘可从祭功臣。文二年《公羊传》说："禘所以异于祫者，功臣皆祭也。"《诗序》说大禘，无妨于诗禘成汤，诗末说及伊尹。《昊天有成命》陈奂《传疏》说："盖禘、郊祖宗，皆祭天之事，对文则别，散文则通。禘、郊通称，亦犹祖、宗通称焉耳。"说得不错。又按，《尚书·盘庚》篇说："兹予大享于先王，尔祖其从与享之。"还有《君奭》篇，周公对召公奭说："君奭！我闻在昔，成汤既受命，时则有若伊尹，格于皇天。在太甲，时则有若保衡。在大戊，时则有伊陟、臣扈，格于上帝，巫咸乂王家。在祖乙，时则有若巫贤。在武丁，时则有若甘盘。率惟兹有陈，保乂有殷。故殷礼陟配天，多历年所。"这都可作为殷商以先王配天，功臣从享的证据。《楚辞·天问》篇说："初汤臣挚，后承兹辅，何卒官汤而尊食宗绪？"这正是说的伊尹从享宗庙。《殷虚书契前编》第二十二叶也有两片卜辞说及伊尹从享成汤。这都是伊尹从享成汤的证据。汪梧凤《诗学女为》说："此大享成汤而以伊尹配之之诗。考《世纪》载伊尹卒，《竹书》载祠保衡，皆在沃丁八年，诗当作于是时。《书序》谓沃丁既葬伊尹于亳，咎单遂训伊尹事作《沃丁》，则是诗亦咎单作焉。盖功臣从祀自伊尹始，后遂定为商家一代典礼。"他说这诗作者是卿士咎单，作在沃丁八年（公元前一七一三年），比何楷《古义》说这是盘庚之世的诗，还提前了三百多年，虽然他们所根据的史料都不甚可靠。

究竟这诗说的何祭？所祭何人？学者还有过什么争论？陈奂说："郑意以周况殷，契为殷之大祖，南郊以契配天，犹稷为周之大祖，南郊以稷配天，故遂以此大禘为南郊祀契之诗。但《周礼·内司服·贾疏》引《白虎通义》'《周官》祭天，后夫人不与'，而诗首章先言有娀；《盘庚》言大享，功臣从祀，郑注：'大享谓烝尝。'而郊天无功臣从享之文，乃诗末章并及伊尹；似皆不合。元和惠栋《禘说》，定为吉禘成汤之诗。兔窃谓：殷人以成汤为受命之王，五世当迁其主纳于路寝大庙，而即以为成汤专庙。故后王新主行大禘礼，必以成汤为禘主，犹之周人后王新主亦以文、武为禘主。周固因于殷也，故篇中述汤受命功德綦详。或亦祀高宗之诗，上篇为大祫，而此篇为大禘欤？而诗又何不一及高宗也？《礼》无明文，宜从盖阙之例。"王先谦《集疏》说："愚案，此或亦祀成汤之诗。黄山云：《笺》以此篇为郊祭天之诗，谓殷后王所用之乐歌也。此仍毛说，不足以证三家。陈氏两疑，犹之误也。诸经言禘多矣，无大禘为郊天之明文。惟《礼·祭统》：'周公既没，成王、康王追念周公勋劳而欲尊鲁，故赐以重祭。外祭则郊社是也，内祭则大尝禘是也。'宋之有禘本与鲁同，大禘即大尝禘，抑即《盘庚》之大享，本为内祭，功臣固得从祀，夫人亦当侍祠。诸侯不得郊天，在鲁且然，宋固无郊天之事。《苏传》引《盘庚》：'兹予大享于先王，尔祖其从与享之。'疑是礼起于殷，亦本无可疑也。《殷本纪》载武王封纣子以续殷祀，令修行盘庚之政，殷民大说。宋国于亳，殷旧都，必循盘庚旧典可知矣。朱子乃谓大禘不及群庙之主，此宜为祫祭之诗。然宋之大禘本即大享，变享言禘，重有禘也。鲁禘于周公之庙，微子非其比，则当禘于汤之庙。诗本亦主祀汤，而以伊尹从祀，其历述先世，著汤业所由开，非皆祀之。否则宋为诸侯，礼不得禘帝喾，又安得及有娀乎？陈氏乃并以诗不及高宗为疑，故曰犹之误也。"这两说代表了清代今古文学者两派的意见，迄今还没有定论。鄙见已如首段所说。《诗序》说大禘，无论是郊祭天，大尝禘，或吉禘，都是禘汤，换言之，就是大享成汤，和诗中备言成汤事合，也和诗末说及伊尹事合。这当是殷商后王诗，和宋襄公无关，非美宋襄公禘祀。尽管诗述祖德，宋襄公迂弱可笑，德不足称，时人作颂亦必无此雄才，无此识力。否则宋襄公霸业就会大有可观，不会给人笑柄结局了。

诗四章说："受小球大球，为下国缀旒。"五章说："受小共大共，为下国骏厖。"何谓球？何谓共？是一、是二？《毛传》说："球，玉。""共，法。"各用一字分别作解,太简了。《郑笺》说:"汤既为天所命、则受小玉谓尺二寸圭也,受大玉谓琠也,长三尺。执圭搢琠以与诸侯会同。""共,执也。小共大共,犹所执搢小球大球也。"郑用圭琠申《毛传》玉义。又用执字易《毛传》法义,读共为拱执之拱,犹言拱璧。似以为球、共只是说一事。故《孔疏》说:"拱,执,《释诂》文。以此章文类于上,玉必以手执,故易《传》以为小拱大拱也。"这还不足以解决这一训诂问题。故《朱传》说:"小球、大球之义未详。或曰:小国大国所贽之玉也。""小共、大共、骏厖之义未详。或曰:小国大国所共之贡也。"《朱传》所引或说,往往是王安石说,这在黄中松《诗疑辨证》里曾经指出过。这里王安石于球申《郑笺》,于共读供易《郑笺》,似亦可通。至清高邮王氏又据《广雅》"拱球法也"解之,则此二字同解为法,同指一事,越解越纷歧了。最后到章太炎作《菿汉闲话》(十六、十七)才得确解。他考核古史资料,以球为宝玉瑞玉之类,以共为图书法令之类,证明《毛传》"球,玉"、"共,法"之训确不可易,而又不落空。他说:"读古书须明辞例,此谓位置相同,辞性若一。若同为名物之辞,或同为动作之辞,是也。然尚有不可执者。《论语》发端便云'不亦说乎','不亦乐乎','不亦君子乎'。君子与说、乐辞性岂得同邪?或者拘挛过甚,同为名物,尚以天成、人巧、动物、植物,琐细分之,流衍所极,必有如宋人说《滕王阁序》,以落霞为霞蛾者。高邮王氏父子首明辞例,亦往往入于破碎。如《秦风》'终南何有?有纪有堂',与'有条有梅'相偶,同为名物之辞也。王氏以其属对未精,必依《白帖》改纪堂为杞棠。《商颂》'受小球大球'、'受小共大共',《传》曰:'球,玉也。共,法也。'亦间为名物之辞。王氏又以属对未精,必依《大戴记》一本及《淮南》高诱注,改共为拱,引《广雅》拱球注也说之。苟充其类,则霞蛾之说亦不可破矣。"又说:"《商颂·长发》篇:'受小球大球','受小共大共',《毛传》球训玉,共训法,自有据。案《吕氏·先识览》:'夏大史令终古出其图法,执而注之,乃出奔如商。汤喜而告诸侯曰,夏王无道,守法之臣自归于商。'此所谓受小法大法也。《书序》:'夏师败绩,汤遂存之,遂伐三朡,俘厥宝玉,谊伯仲伯作《典宝》。'此所谓受小玉大玉也。盖玉以班瑞群后,法以统制诸侯,共主之守莫要于此。是以受之则为下国缀游,为下国骏厖矣。《逸周书·世俘解》说武王克殷,亦云矢圭矢宪,其意并同。凡观古者,当先核其事,次求其义,非徒以虚文笼罩而已。王氏据《广雅》拱、球训法,此或三家《诗》有之,要未得其实事也。"他这两段话批评了高邮王氏的训诂学,有是或不是。如纪堂之训,似王氏为得而他失之,球共之义则王氏有失而他得之。这诗辞句很多难于训诂,除见于简注者外,这里不妨再提一下。如地名可从陈氏《传疏》;如缀旒、骏厖以及有震且业,当依马氏《通释》;球共之义必为章氏《菿汉闲话》。阮元《释邮表畷》于球于缀旒说得太枝蔓了(他读球为裘,谓为木上缀毛物之标志。缀旒,实言受地于天子,为诸侯之封疆树立联缀之裘以定四界。高邮王氏父子盖不以此说为然)。至此,《长发》一诗才算得其全解。这也可以作为本书主要根据《毛传》、《郑笺》、《孔疏》,又广泛总结前儒解说,旁采晚近考古资料,以及科学新知,间或自下己意,总之实事求是,无征不信,才得以作出全部《直解》的一例。

殷　　武

挞彼殷武！奋伐荆楚。罙入其阻,裒荆之旅。有截其所,汤孙之绪！

维女荆楚！居国南乡。昔有成汤:自彼氐羌,莫敢不来享,莫敢不来王,曰商是常！

天命多辟,设都于禹之绩:岁事来辟,勿予祸适！稼穑匪解！

天命降监,下民有严。不僭不滥,不敢怠遑。命于下国,封建厥福。

商邑翼翼,四方之极。赫赫厥声,濯濯厥灵。寿考且宁，以保我后生！

陟彼景山，松柏丸丸。是断是迁，方斫是虔。松桷有梴，旅楹有闲，寝成孔安！

【解题】

《殷武》，是殷人立庙以祀高宗的乐歌。《诗序》说："《殷武》，祀高宗也。"不曾说到立庙。《孔疏》说："高宗前世，殷道中衰，宫室不修，荆楚背叛。高宗有德，中兴殷道，伐荆楚，修宫室。既崩之后，子孙美之，诗人追述其功，而歌此诗也。经六章，首章言伐楚之功，二章言责楚之义，三章、四章、五章述其告晓荆楚，卒章言其修治寝庙。皆是高宗生存所行，故于祀而言之，以美高宗也。"他于卒章说是高宗修治寝庙，不以为是后人立高宗庙，何以解于结句"寝成孔安"，明述后人主祀者的祈愿呢？诗说立庙以祀高宗，除了本证之外，还可找到旁证。《尚书·无逸》篇说："高宗之享国五十有九年。"周公把高宗作为殷商贤主、勤劳无逸、得享高年的一例，《商颂》一再颂美高宗，周公或许受到它的影响。高宗是殷商奴隶社会王朝一个中兴的名主，能用贤臣傅说，傅说是从做泥水匠奴役中提拔出来的，即从奴隶一跃而登相位，这是古史上一件有名的故事。《史记·殷本纪》说："帝武丁即位，思复兴殷，而未得其佐。三年不言，政事决定于冢宰，以观国风。武丁夜梦得圣人，名曰说，以梦所见，视群臣百吏，皆非也，于是乃使百工营求之野，得说于傅险（险，他书作岩）中。是时说为胥靡，筑于傅险，见于武丁。武丁曰：是也。得而与之语，果圣人，举以为相，殷国大治。故遂以傅险姓之，号曰傅说。帝武丁祭成汤，明日有飞雉登鼎耳而呴，武丁惧。祖己曰：'王勿忧？先修政事。'""武丁修政行德，天下咸驩，殷道复兴。帝武丁崩，子帝祖庚立。祖己嘉武丁之以祥雉为德，立其庙为高宗，遂作《高宗肜日》及《训》。"这就是殷人所以为高宗立庙的史实。这诗结句说"寝成孔安"。寝，就是寝庙。以史证诗，不为无据。祖己曾作《高宗肜日》及《训》，就有同时作出这诗的可能，子述父德，恳挚周到。祖庚元年当公元前一二五六年,诗当作在这年以后一两年间。我以为《诗经》作品及其年代,上限最早不过《商颂·殷武》,当公元前一二六五年;下限最迟不过《秦风·无衣》,当公元前五〇五年。

这篇诗和上篇《长发》诗一样,歌颂祖先,歌颂英雄,歌颂天神,作为统一体来歌颂。歌颂高宗对于其他诸国诸部族挞伐奴役的暴力都是奉天命来行使的,人间的暴力采取了超人间的形式出现,反映了从成汤以来殷商社会大奴隶主的思想意识,不妨看作《商颂》五篇的总主题。上篇《长发》诗,说商始祖契是由于上帝要立子而生出他来的。说到成汤又说:"帝命不违,至于汤齐。"就是说,成汤受了上帝之命,合乎天心。可见殷商大奴隶主自以为是天帝的子孙,和古埃及王的法老一样。诗说成汤怎样接受天命统治了天下九州,奴役了许多部落国家,最后讨伐了韦、顾、昆吾三国,同时灭亡了当时共主夏桀。他叨了天福,受了天宠,像煞天的儿子,半神半人的英雄。这是奴隶社会对于英雄崇拜、祖先崇拜、天神崇拜的歌颂,也就是把祖先把英雄把天神作为统一体来崇拜来歌颂。《商颂》五篇,《那》和《烈祖》两篇虽然同是把祖先作为英雄作为天神结合起来崇拜的作品,但是所重在祭祀,说的不是音乐就是酒食,缺乏神话传说的成分,还不够单篇作为史诗。《玄鸟》歌颂契汤高宗,《长发》歌颂契和相土成汤,《殷武》歌颂成汤而主要歌颂高宗,这都是作为半神半人的英雄人物来歌颂,含有一些神话传说的成分,这就像是具有史诗性质的诗篇。把这五篇诗连读,就不妨作为殷商开国史诗来读。这正和大小《雅》里有些诗篇是关于周代开国的史诗一样。这都反映了从殷商中叶到西周初年一个特定时代及其社会的意识形态。到了厉、幽变《风》、变《雅》的时代就有了些不同,比如对于上帝对于天道就开始怀疑起来了。

魏源《诗古微》说:"《殷武》,美襄公之父桓公会齐伐楚也。……"诗中语气岂和宋襄公祀其父桓公之语相类?诗中事实岂和宋桓公相关?倘说桓公有伐楚事,难道殷高宗无伐荆楚事?王先谦《集疏》说:"魏源云:'《春秋》僖四年,公会齐侯、宋公伐楚。此诗与《鲁颂》荆舒是惩,皆侈召陵攘楚之伐,同时同事同词,故宋襄作颂以美其父(原注:宋桓二十四年从战召陵,逾六年卒。至襄公战泓之败,齐桓已没,在此诗后矣)。'……愚案,魏说为此诗定论,《毛序》之伪不足辨也。"他坚持《韩诗》说,攻击《毛诗序》,故认定魏说为定论,这是宗派主义的偏见。《商颂》、《鲁颂》岂真是同时之作而《商颂》即为《鲁颂》所摹仿?《商颂》明是殷商王者的话,岂是宋公诸侯所宜有?何况最初用《韩诗》说者并不一定认为《商颂》是宋诗,王先谦也知道。他于《殷武》这诗末章"松桷有梴,旅楹有闲"句,注云:"韩说曰:'闲,大也。谓闲然大也。'(《文选·魏都赋》:旅楹闲列。李注引薛君《韩诗章句》)。……王肃云:'桷楹以松柏为之,言无雕镂也。……'今以《魏都赋》证之,则肃义实本《韩诗》。"又于结句"寝成孔安"句,注云:"韩说曰:'宋襄公去奢即俭。'(《史记》司马贞《索隐》、《文选》张衡《东京赋》李注引《韩诗》)王肃云:'无雕镂。'正谓其俭也。愚案,考父颂商,本无可疑义,徒以年寿之故,致众信不坚。今得皮氏引公孙寿为证,足以冰释群惑。"今按,皮氏云:"史公非不知考父之年必百三四十岁而后能〔与襄公〕相及也。乃《宋世家》仍用考父颂殷之语,其说必有所受,断非自相矛盾。百龄以外之寿古所恒有;父在子死,亦事之常。若谓孔父殉君,其父不应尚在。则《春秋》时明有其事,且即宋国之人,文十六年《传》云:'初,公子荡卒,公孙寿辞司城,请使意诸为之。'意诸死昭公之难,历文十七、十八两年,宣十八年,成八年,凡二十八年,宋公使公孙寿来纳币,明见于经、传。荡意诸见杀,其父公孙寿可来纳币。何独孔父见杀,其父正考父不可作《颂》乎?古人致仕亦称大夫,夫子曰'以吾从大夫之后'可证。考父作《颂》,年已笃老,非必尚在朝列,是皆不足以献疑也。"此皮氏第一证,实为比喻,岂可据信?考父与襄公不同时,不能作《商颂》以美襄公。王国维《说商颂上》已断言之。王先谦又说:"《毛诗》当汉世虽不立学官,而好古博览之士亦间有取资。《汉书·杜钦传》之引《小卞》(《小弁》),即是暗用毛义。至于此诗,则《贾捐之传》云:'武丁地,南不过荆楚,西不过氐羌。'《后汉·黄琼传》:'《诗》咏成汤之不怠皇。'则不独用毛,兼采《左传》。曹植文云:'感殷人路寝之义,嘉先民泮宫之事。盖高宗、僖公嗣世之王,诸侯之国,犹著德于《三颂》,腾声于千载。'植习《韩诗》而亦旁参毛义,则郑学大行之后,时代为之也。并著于此,以质学者!"他后面这一段话还算平心静气,不失为一个学者实事求是的精神。又他精通《汉书》,可称"《汉》圣",也不会不知道班固说过这样的话:"殷周之《雅》、《颂》,乃上本有娀、姜嫄,契、稷始生,玄王、公刘、古公、大伯、王季、姜女、大任、大姒之德;乃及成汤、文、武受命,武丁、成、康、宣王中兴,下及辅佐阿衡、周、召、大公、申伯、召虎、仲山甫之属;君臣男女有功德者,靡不褒扬。功德既信美矣,褒扬之声盈乎天地之间,是以光名著于当世,遗誉垂于无穷也。"班固家习《齐诗》,在毛、郑学大行之前即以《商颂》为殷商诗,和司马迁《宋世家》说《商颂》是宋人诗,正考父所作以美宋襄公者不同。马、班同是大史学家,同用《诗》今文三家说,他们谁说的对呢?王先谦论《商颂》为什么偏用《史记》、偏用《韩说》呢?宋儒早就批判过《韩诗》这一说不可信了。《苏传》说:"司马迁言宋襄公修行仁义,欲为盟主,其大夫正考父美之,故追道契、汤、高宗殷之所以兴,作《商颂》。其说盖出于《韩诗》。近世学者因此诗有'奋伐荆楚',则以襄公伐楚之事以当之,遂以韩婴之说为信。予考《商颂》五篇皆盛德之事,非宋之所宜有。且其诗有'邦畿千里,维民所止,肇域彼四海','命于下国,封建厥福',此类非复诸侯之事无可疑者。襄公伐楚而败于泓,几于亡国,此宋之大耻,既非所当颂。而《长发》之诗谓汤武王,苟诚襄公之颂,周有武王,岂复以命汤哉?"

这诗发端说:"挞彼殷武,奋伐荆楚。"这话怎讲?《毛传》说:"殷武,殷王武丁也。荆楚,荆州之楚国也。"《郑笺》说:"殷道衰而楚人叛,高宗挞然奋扬威武,出兵伐之。"毛、郑明指殷高宗,不是说宋桓公。魏源说:"楚入春秋,历隐、桓、庄、闵止称荆,至僖二年始称楚,安得高宗即有伐楚之名?《孔疏》亦穷于词,故云周有天下,始封熊绎为楚子,于武丁之世,未审楚君为何人。"这在宋儒早就见到而且解释过了。《严缉》说:"《解颐新语》云:或谓成王始封熊绎于荆,至鲁僖公元年始有楚号,遂疑商时未有荆楚,乃欲假此以实《韩诗》宋襄公时作《商颂》之说。殊不思《禹贡》荆及衡阳为荆州。乃在南,即荆楚也。荆岐既旅,至于荆山。乃在西,盖雍州之荆也。诗人以有二荆,故以荆楚别荆岐耳。孰谓周始有荆楚哉?"这不失为《商颂》说及荆楚的一种理由。今按,《虞书·舜典》肇始十有二州,《禹贡》禹别九州,荆楚州国之名盖萌芽于唐、虞时代。《说文》说:"荆,楚木也。""楚,丛木,一曰荆也。"造字之初,荆、楚同义。"荆楚一木二名,故以为国号亦得二名。"(《左传·孔疏》)"《春秋》先书荆,后书楚,盖本国史旧文……非义理所在。""荆楚之名犹殷商也。合言之曰荆楚,分言之则或为荆或为楚;犹合言之曰殷商,分言之则或为殷或为商也。"(俞樾《宾萌集·释荆楚》)再看《白彞》、《狱彞》、《鬲彞》诸器铭文,也知荆和楚和楚荆所指是一。关于殷周时代的所谓荆、所谓楚、所谓荆楚,目前我们只能作出如此的解释。孔子殷人,已有文献不足之叹,何况在我们?将来可能会有新的地下考古资料发见。或者已有发见而我们尚未研究到、认识到。纸上资料往往得地下资料互证而益明,不能说上古《诗》、《书》等载籍都不可靠。即如王国维从甲骨文金文考证殷周制度,殷先公、先王,以及《诗》、《书》成语,不是已经有了一个很好的开端吗?安知殷商伐楚方没有地下资料可以发见而被认识到呢?

倘说高宗但伐鬼方,不伐荆楚,诗说"奋伐荆楚",恐非史实。殊不知史之所无而其他载籍有者正多,《诗》正可补史之所不及。魏源说:"《易》称高宗伐鬼方,三年克之。干宝《易》注云:'鬼方,北方国。'《汉书·五行志》:'武丁外伐鬼方以安诸夏。'《后汉书·西羌传》:'武丁征西戎鬼方国,三年乃克。故其诗曰:自彼氐羌,莫敢不来王。'范谓《易·既济》高宗所伐鬼方即《诗》之氐羌。《贾捐之传》:'武丁地西不过氐羌。'《后汉·西羌传》曰:'武丁征西羌鬼方,三年乃克。'章怀注引《纪年》:'武乙三十五年,周季历伐西落鬼戎。'《文选·赵充国赞》:'鬼方宾服。'注引《世本》注:'鬼方即汉之先零戎,在凉州。'盖鬼之为言归也,东方物所始生,西方物所成就,故以西方为鬼方。是高宗所伐者西戎,非南蛮,明矣。历考传记,从无殷高宗伐荆楚之文,亦从无以荆楚为鬼方之说(原注:或引《大戴礼》及《楚世家》,陆终取于鬼方氏,生子六人,曰季连,芈姓。为荆楚即鬼方之证。不知陆终以南侯而取于西戎,犹周取狄后,鲁娶吴孟子,岂得谓周即北狄,鲁即南夷哉？纣脯鬼侯,《史记》作九侯。而《文王世子》:西方有九国焉,君王其终抚诸？正谓文王怀昆夷之事)。是鬼方者高宗所伐,荆楚者宋桓襄父子所伐。盖周初难服者莫如西戎,故诗以昔有成汤,自彼氐羌为言。而匡衡疏,亦以成汤之服氐羌为怀鬼方。以史证诗,虚实立见(原注:《大雅》厉王诗:内奰于中国,覃及鬼方。即《西羌传》厉王时征犬戎之事,皆指西夷。至《唐书·高祖纪》:夏曰熏鬻,商曰鬼方,周曰猃狁,汉曰匈奴。此本干宝《易注》鬼方北方国之说。盖西北二戎互相统属。要之非东南夷也)。"今按,鬼方荆楚是一是二？自来说者纷歧,尚无定论。即令荆楚不是鬼方,《朱传》以来说者皆误,安知《易》说鬼方、《诗》称荆楚,不是高宗实有两伐？又安知不是古鬼、九字通,鬼方犹言芜野,乃是远荒之地,并非确指一地之名？或说今贵州省为《禹贡》荆州的西徼、梁州的南徼,即殷商时鬼方地。贵州关岭县红岩碑为高宗纪功故迹。新化邹汉勋、嘉鱼刘心源都有碑文考释,我看都还有待研究。再,魏默深和毛西河一样,博学雄辩,英雄欺人,引据论证或有改窜隐瞒。即如他在这段话里,据《贾捐之传》武丁地西不过氐羌以证鬼方即氐羌,却故意删去中间南不过荆楚一句。大概他怕人据此以证氐羌自氐羌,鬼方即荆楚;或证高宗实有西南两伐,氐羌鬼方实为两地。特为顺便揭出,以告读魏氏《诗古微》者,慎勿为他所欺。

诗末章说:"陟彼景山,松柏丸丸。"王国维《说商颂下》据此景山以为是商丘景山,作为《商颂》当为宋诗不为商诗之一证。这大不可靠。他说:"毛、郑于景山均无说。《鲁颂》拟此章云:'徂徕之松,新甫之柏。'则古自以景山为山名,不当如《鄘风·定之方中·传》大山之说也。案《左氏传》:'商汤有景亳之命。'《水经注·济水》篇:黄沟枝流'北径己氏县故城西,又北径景山东'。此山离汤所都之北亳不远。商丘蒙亳以北惟有此山，《商颂》所咏当即是矣。而商自盘庚至于帝乙居殷虚，纣居朝歌，皆在河北，则造高宗寝庙不得远伐河南景山之木。惟宋居商丘距景山仅百数十里，又周围数百里别无名山，则伐景山之木以造宗庙，于事为宜。此《商颂》当为宋诗不为商诗之一证。"他说的不能令人无疑。诗说的景山是在北亳商丘，还是在西亳偃师？无论高宗是否曾都西亳，即令其时立都于今人所发见之殷虚，伐西亳景山之木以造宗庙，也算取材不远，谁说于事不宜？据古地理书，西亳以有景山而名景亳，说北亳有景山者少见。《寰宇记》说："景山在应天府楚丘县北三十八里。高四丈。"朱右曾《诗地理徵》说："夫四丈之山与丘陵等耳，乌足以表地乎？"显然是后人不知此亳非景亳，命此小丘为景山以实之。如此小丘安得有所谓松柏丸丸？王氏一说实不可通，岂得用此证《殷武》及《玄鸟》为宋诗？又盘庚以后，帝乙以前，商邑在殷虚安阳，还是在西亳偃师？今昔为说不同。《玄鸟》："景员维河。"陈奂《传疏》说："高宗都景亳，在冀州域内，三面距河，故诗人言四海之朝贡来至于河者乃大均也。"他从《毛传》释景员为大均，不以景为景山。但是他仍用古史传说（如下引《楚语》），说高宗所都在有景山的景亳，即西亳偃师，和今人有以为彼时商都在殷虚安阳者不同。即令高宗时确都殷墟，亦无妨于其子祖庚为他立庙伐景山松柏，"是断是迁"。陈奂于《殷武》这诗景山又说："《文选·洛神赋》：'陵景山。'李善注称《河南郡图》曰：'景山在缑氏县南七里。'考今河南偃师县有缑氏城，县南二十里有景山，即此诗之山也。昭四年《左传》云：'商汤有景亳之命。'盖亳，汤都名。西亳有景山，亦称景亳。《楚语》云：'昔殷武丁能耸其德，至于神明，以入于河，自河徂亳。'汤、武丁同都河南。诗咏'陟彼景山'，此即自河而徂亳也。"这说今偃师县南二十里之景山即诗之景山，和朱右曾说同。朱氏还说："今偃师县属河南府。景山，唐天祐元年更名太平山（今按，唐高宗太子弘葬于此，改名天平山。后天祐初朱温弑昭公亦葬此山）。"朱、陈二家肯定景山是在偃师，王国维却说景山在商丘，这该怎么说？一据景山以为确是有关殷高宗诗，一据景山以为确是有关宋桓、襄诗,这该怎么作出批判呢?好在殷墟安阳已经发掘研究过,目前科学院考古研究所洛阳考古队对于"河南偃师二里头遗址"发掘的工作还在进行中。倘若考古学者的调查和研究所及,涉及景山,涉及《殷武》这诗,又或涉及安阳小屯的发掘作为比较研究,可能给我们作出一个结论,从而据以考定《商颂》是否宋诗。目前但知他们之中已有人认为"偃师就是商汤的都城西亳"了。倘从我们已有的资料来说,只得说它不是宋诗而是商诗。魏、皮所举三十证,关于《商颂》的来源、作者、篇旨、词义诸要证,我们都一一给它批驳了。

一九六四年二月十五——一九六五年七月十七日

图书在版编目(CIP)数据

诗三百解题/陈子展撰. --上海：复旦大学出版社,2025.1. -- ISBN 978-7-309-17518-9

Ⅰ.I207.222

中国国家版本馆 CIP 数据核字第 2024PP2267 号

诗三百解题
陈子展　撰
责任编辑/杜怡顺

复旦大学出版社有限公司出版发行
上海市国权路 579 号　邮编：200433
网址：fupnet@fudanpress.com　http://www.fudanpress.com
门市零售：86-21-65102580　团体订购：86-21-65104505
出版部电话：86-21-65642845
常熟市华顺印刷有限公司

开本 890 毫米×1240 毫米　1/32　印张 30.125　字数 783 千字
2025 年 1 月第 1 版
2025 年 1 月第 1 版第 1 次印刷

ISBN 978-7-309-17518-9/I·1438
定价：158.00 元

如有印装质量问题，请向复旦大学出版社有限公司出版部调换。
版权所有　侵权必究